高兴宇◎著

五代十国

上

中国书籍出版社
China Book Press

图书在版编目（CIP）数据

五代十国. 上册 / 高兴宇著. -- 北京 : 中国书籍
出版社, 2024.4

ISBN 978-7-5068-9747-1

Ⅰ. ①五… Ⅱ. ①高… Ⅲ. ①长篇历史小说—中国—
当代 Ⅳ. ①I247.5

中国国家版本馆CIP数据核字(2024)第012910号

五代十国. 上册

高兴宇　著

图书策划	孟怡平
责任编辑	王　淼
责任印制	孙马飞　马　芝
封面设计	程　跃
出版发行	中国书籍出版社
地　　址	北京市丰台区三路居路 97 号（邮编：100073）
电　　话	（010）52257143（总编室）　　　（010）52257140（发行部）
电子邮箱	eo@chinabp.com.cn
经　　销	全国新华书店
印　　厂	三河市富华印刷包装有限公司
开　　本	787毫米×1092毫米　1/16
字　　数	857千字
印　　张	57.75
版　　次	2024 年 4 月第 1 版　2024 年 4 月第 1 次印刷
书　　号	ISBN 978-7-5068-9747-1
定　　价	196.00 元（全二册）

前言

　　唐朝创造了闻名世界的辉煌，但是过了两百多年，就暮气沉沉。

　　公元874年，中原地区遭遇大旱，百姓饿殍千里，王仙芝、黄巢揭竿而起。唐朝各路军阀，费了好大劲，才剿灭王仙芝、黄巢起义。与此同时，藩镇割据出现，他们各自为政，打着心中的小算盘。唐朝廷无力控制天下，一些藩镇就逐渐成为高度自主的王国，中国历史进入了五代十国时期。

　　五代十国称谓，出自《新五代史》，是对五代（公元907—960年）与十国（907—979年）的合称。五代十国自唐朝灭亡开始，至宋朝建立为止，也可定义为到宋朝统一十国剩余政权为止。

　　五代是指后梁、后唐、后晋、后汉和后周五个朝代。这五个依次更替的中原政权，虽然实力强大，但无力控制整个天下，是藩镇型的朝廷。十国是指割据于西蜀、江南、岭南和河东的前蜀、南汉、南吴、吴越、南平、南楚、闽、后蜀、南唐、北汉十个政权。史家称五代为中原王朝，十国为割据政权。中国的内乱，给了契丹南侵的机会，辽国得以建立。沙陀族也进军中原。这些游牧民族，像是倒进油锅里的一盆水，让原本动荡不安的中原之地更加沸腾。

中原王朝、割据王国钩心斗角、朝不保夕，是五代十国的主旋律；烽火连天、政权更迭、混乱无序、德义混乱，是五代十国的时代特征。《新五代史》作者欧阳修说："呜呼！五代之乱极矣。"乱世是个魔鬼，把世间的美、丑、善、恶尽情释放。数十年间，数百位乱世枭雄个个用拳头说话。到了五代后期，一些英雄人物开始思索用什么来结束乱世，甚至祈祷拯救苍生的圣人出现。终于，赵匡胤横空出世，建立了宋朝。他在抱着马脖往前冲杀的乱世中，思索治世之道，大改尚武之风，宋朝文化由此繁荣兴盛。

本小说系统叙述五代十国主要事件、重要人物，通过故事描述、人物对话来阐述历史脉络、因果联系，引人深思，启人心智。本小说是一面镜子，通过几十个割据政权的兴亡、几百个鲜活人物的命运，让读者诸君从反面案例中照出自己的缺陷，从正面奋争中映出自己的潜力，从而挖掘出人生的黄金来。

河北沧州有一铁狮子，名为"镇海吼"，六米多长，五米多高，三十二吨重，是留存至今的中华文化瑰宝。这座铁狮子，就是在五代十国时期铸造。如此威武庞大的沧州铁狮子，已是历经千年风雨。但对于沧州铁狮子，有人知晓，也有人未闻。哎呀！五代十国历史，不就如同这座沧州铁狮子吗？虽然价值不菲，但却未被人们津津乐道！那些散见于《新五代史》《旧五代史》《资治通鉴》《十国春秋》《辽史》《宋史》里的五代十国史料，默默地待在历史的故纸堆里，就如同这锈蚀斑斑、曾经倒伏于地的沧州铁狮子。

从理论角度说，要想让沧州铁狮子活起来，就需要扶正狮身、修补缺损、除掉锈蚀、磨光铁身、擦亮狮眼，再给它配上一个和谐的基座、系上一块大红的绸布。天哪！如此一来，在明媚的阳光照射下，沧州铁狮子不就大放光彩了吗？

呜呼！笔者写这部小说《五代十国》，做的不就是挖掘、扶正、打磨、添彩的活儿吗？

目 录

1

黄巢之乱：

唐朝极目千里无复烟火

待到秋来九月八，
我花开后百花杀。
冲天香阵透长安，
满城尽带黄金甲。

唐朝末年，曹州人黄巢数次到京城长安科举考试，皆名落孙山，于是满怀愤恨写下了《不第后赋菊》诗。此时的黄巢已有不轨之志，诗中可见端倪。黄巢心中那邪恶的种子，只在等着阴晦的雨水到来。

公元874年，唐朝各地发生水旱灾，河南道最为严重，麦才半收，秋季的庄稼几乎没有收成，百姓流殍，无处控诉。濮州的私盐贩子王仙芝与尚君长、尚让聚众数千，在滑州长垣县揭竿而起。他们自称草军，王仙芝自称"天补平均大将军"兼"海内诸豪都统"，传檄诸道，斥责唐朝吏治腐败、赋役繁重。草军快速攻陷了濮州。875年六月，草军又攻陷了曹州。

飒飒西风满院栽，蕊寒香冷蝶难来。

他年我若为青帝，报与桃花一处开。

曹州的黄巢终于等来了"阴晦的雨水"。他闻听王仙芝前来，写了《题菊花》一诗，然后与侄子黄邺、外甥林言等人，聚众数千，响应王仙芝。

黄巢同王仙芝一样，也以贩卖私盐为业。他擅长击剑，箭术也不错。黄巢的加入，让草军立刻声势浩大。四方苦于苛征暴敛的百姓，争先投奔，很快聚众数万。

千里之外的长安城中，方才还是阴云密布，霎时雷雨交加，大树被狂风吹得东倒西歪。十四岁的少年唐僖宗李儇一心沉浸在斗鸡打球中，无力处理政务。大宦官田令孜独揽大权。

田令孜，蜀州人，本姓陈，读过很多书，很有智谋。唐僖宗小时与田令孜要好，两人经常在一起玩耍，田令孜还要陪着他睡觉。唐僖宗一继位，

3

就提拔田令孜为枢密使，不久又提拔田令孜为神策军中尉，即禁军统领。唐僖宗将军务委托田令孜，称他为"阿父"。

面对平地而起的草军，田令孜劝说唐僖宗下旨，命金吾卫上将军齐克让为兖州泰宁军节度使，讨伐草军。

齐克让立即上任，信心满满、威风凛凛地率领唐朝官军杀奔草军。王仙芝、黄巢不去硬碰硬，率领草军转战河南道的陈州、许州以及山南道的襄州、邓州。草军声势浩大，唐朝廷又命青州平卢军节度使宋威为诸道行营招讨草贼使，会同淮南道的淮南军以及河南道的许州忠武军、汴州宣武军、滑州义成军、郓州天平军，联合进击草军。

876年七月，宋威同王仙芝战于沂州城下，唐朝官军大败草军。宋威以为王仙芝已死，上奏朝廷，遣散了各藩镇兵马。

其实王仙芝并没有死，他逃窜后，与黄巢一起召集残兵败将以及流亡百姓，于八月迅速攻占了阳翟、郏城等地，接着与河东道的潞州昭义军战于中牟。败后，草军在河南道、山南道四处烧杀抢掠，所过之处，路上几乎没有活人。就像一群没有目标的饿狼，草军转向东南，挺进淮南道的安州、黄州、扬州。宋威老迈昏庸，向部下说："狡兔死，走狗烹。有'狡兔'在，才有'走狗'红。我们不如留下草贼，让天子担忧，这样我们就会成为功臣。"宋威消极对待，草军从而迅速壮大，很快到了三十万人。

淮南道蕲州刺史裴偓意欲招降王仙芝，上表朝廷为其求官："人被逼急了才会选择反抗，哪怕是反叛的人也会有着各种幻想，期望被朝廷招降，回到原先的生活。系列天灾，是导致王仙芝叛乱的原因。如今，天灾已过，朝廷派出大量官军围剿，是乱上加乱。据此，为天下苍生着想，请求朝廷采用抚的办法，封王仙芝一官半职，让这些乱民回归各自生活。"

裴偓踌躇满志，以为唐朝廷必会答应，双方相约罢兵。王仙芝、黄巢等人与裴偓一起饮酒。果不出裴偓所料，唐僖宗封王仙芝为神策军押衙。裴偓想不到的是，虽然王仙芝思想有了动摇，但还有个黄巢未必听从王仙芝。黄巢恨唐朝廷没有封赏自己，就斥责王仙芝："我们一起横扫天下，现在只有您获得封官，让兄弟们到哪里去呢？"草军群情激愤，怒不可遏的黄巢出拳击打王仙芝。王仙芝只好拒绝降唐，但也与黄巢分道扬镳。

唐朝廷用宦官杨复光为诸道行营监军，协助宋威围剿草军。杨复光精于算计，见草军一时难以平定，就拿起劝降的旧招。王仙芝派尚君长来谈判，提出要做节度使。但是没等尚君长到达杨复光的大营，就被宋威劫去。宋威向唐朝廷虚报战功，称与尚君长交战，俘获尚君长。杨复光十分生气，上奏唐僖宗，说尚君长是自愿投降，并不是在与宋威作战中被俘。唐僖宗不知如何是好，不了了之。为防节外生枝，宋威杀害了尚君长，杨复光精心设计的劝降阴谋失败。王仙芝气愤至极，组织草军猛攻山南道江陵府，又攻打江南道的洪州。宋威亲自率兵去救，在黄梅擒杀了王仙芝，并斩杀草军五万多人。

877年二月，黄巢攻陷了河南道郓州，杀死了郓州天平军节度使薛崇。三月，又攻陷了沂州。王仙芝死后，尚让率领草军余众北上，与黄巢会师于亳州。尚让文武双全，与黄巢意气相投，两人结为"忘年交"。草军众将推黄巢为"黄王"。黄巢率军在河南道、山南道、淮南道到处劫掠。

一　学刘秀造反吗

877年夏，一位二十六岁的青年投奔黄巢，这人名叫朱温。

朱温出生在河南道宋州砀山县，父亲是位读书人，但过早死了。其母王氏带着他和他的两个哥哥朱全昱、朱存到萧县富人刘崇家做佣。朱温不喜劳作，以豪雄英勇自许，乡里人很反感，刘崇也不喜欢他。刘崇常常责备朱温："朱阿三，你平时好说大话，无事不能，其实是一无所能呢。你想想，你在我家做佣，耕了几亩田？灌了几亩地？"朱温答："这都是市井粗人干的活儿，他们怎么晓得男儿壮志？"刘崇听了，怒气直冲，取了一根木棒，就朝朱温打去。朱温不慌不忙，双手夺过木棒，折成两段。刘崇更怒，另寻木棒。刘崇母看见，急忙阻拦刘崇道："打不得，打不得，你不要轻视朱阿三，他身上有股英雄气，将来会有番作为的。"

把刘崇支走后，刘崇母劝导朱温："你也不小了，看你不愿耕作，你想做什么？"

"平生所喜，只是骑射。不如给我弓箭，到山林里打猎，获些野味，呈给主人。"

"好吧，你要注意安全，也不要伤了无辜百姓。"刘崇母取来弓箭，交给了朱温，又是一番叮咛。

此后，朱温日日追逐野兽，不仅猎取许多，而且练就了一身好功夫。吃上了野味，刘崇也不再讨厌他。二哥朱存羡慕朱温，也跟着他打猎。他俩朝出暮归，无一空手时候。

一日，朱存、朱温到了宋州郊外，看见一大群人陪伴着两位贵人，一个是半老妇人；一个是青年闺秀，十五六岁。朱温被这姑娘吸引，悄悄走上前去，仔细端详。见这位富家小姐，如出水芙蓉，千娇百媚，楚楚动人。等他们走远了，呆若木鸡的朱温才回过神来。找人打听，才知所见母女是宋州刺史张蕤的妻女。

朱温舔了舔嘴唇，对朱存说："二哥，父亲在世时，讲过东汉光武帝刘秀故事，你还记得吗？"

朱存摇摇头，说什么也记不清了。

朱温喃喃说："东汉光武帝刘秀未做皇帝时，常常感叹'为官当做执金吾，娶妻当得阴丽华'，后来果如所愿。今日所见张蕤女，不就是传说中的阴丽华吗？你说我配做刘秀吗？"

朱存笑着说："癞蛤蟆想吃天鹅肉，说的就是你啊！"

朱温叹口气说："刘秀当年，一介农夫，不一定比得上我呢！"

朱存惊问："难道你要学刘秀造反吗？"

朱温点点头说："现今天下已乱，兵戈四起。你我这般勇力，如果跟随黄巢为盗，抢些金银财宝，很是容易，何必在此混天撩日呢？"

这一番话，把朱存也说动了心。他心里很痛苦，因为家穷，弟兄三个都快三十岁了，还是光棍三个。他想了想，向朱温说："那我与你去投黄巢吧。"

"回去禀告母亲，辞别主人，明日便可动身。"

朱存、朱温二人计议已定，就返至刘崇家，先去禀明老母王氏，说要外出谋生。王氏放心不下，意欲劝阻。二人齐声说："儿等也不小了，不去谋点生意，难道要老死在这里吗？母亲尽管放心！"大哥朱全昱是个安分守己的老实人，闻听二位弟弟远出，也来关心说："我在此侍奉母亲，二位弟弟尽管前去。"两人应声称是。朱温又向刘崇母辞行，刘崇母还是一番叮咛。刘崇也任他二人所去。

翌日，刘崇母赠送干粮、路费。朱存、朱温两人饱餐一顿，欢跃而去。

朱存、朱温身材壮实，武艺高强，黄巢军当然录用。既入黄巢军，两人便与唐朝官军为敌，仗着一身勇力，勇往直前，不久二人都被提拔为队长。朱存乘势掠夺妇女，作为妻室。朱温一心想着张蕤女，甘愿做个黄巢军中的光棍。

朱温在黄巢军中立功尤多，居然得在黄巢左右，担任亲军头目。他怂恿黄巢，往攻宋州。黄巢便遣他领众数千，进围宋州城。醉翁之意不在酒，哪知宋州刺史张蕤已经去任。朱温怅然若失，率众回归。

1

877 年的冬天，天气异常寒冷。

大雪下了三天三夜，长安街道宛如银子铸成，那么亮，长长的冰柱像水晶短剑一样挂在屋檐前，行人的呼吸也化作了一股股白烟。西北风猛烈地吹着，枯枝无力地吱吱作响，做着最后的挣扎。

十六岁的唐僖宗坐在皇宫中烤着炉火。陪伴着唐僖宗烤火的，有四个人。这四个人，自然少不了神策军中尉田令孜，另外三人是：大宦官、枢密使杨复恭，同平章事卢携、郑畋。

杨复恭，建州人，诸道行营监军杨复光的堂兄，其家世代权宦，经常出监各镇兵马。

卢携，涿州人，进士出身，家族显赫，世代冠冕。

郑畋，郑州人，父祖三代皆为进士出身。

此时的唐王朝，就像寒冷中的唐僖宗，哆哆嗦嗦。撼动唐王朝的不只东南部的黄巢，还有北部的沙陀族。沙陀族为西突厥别部，这支仅有十万人口的游牧民族，个个都是骑术高手。他们平时放牧，战时当兵，十分强悍。

枢密使掌军事，杨复恭奏道："陛下，黄巢这股乱贼已经让我们头疼了，不料北部的沙陀族跟着叛乱，逼近了长安。祸起肘腋，大唐不得不分兵北上，打击沙陀首领李国昌、李克用。"

李国昌、李克用是父子俩。李国昌本名朱邪赤心，后来改姓李。

李克用十三岁时，见两只野鸭在空中飞翔，便发一箭，居然射中了两只野鸭。骁勇的李克用常常随父出征，勇猛无敌，人称"飞虎子"，因一目失明，又号"独眼龙"。

沙陀兵常穿一身黑衣，人称"鸦儿军"。田令孜拖着娘娘腔，顺着杨复恭的话说："鸦儿军很强呀，我们官军和他们交战，数次失利。"

见"阿父"说话了，唐僖宗哼哼道："鸦儿军可恨呀，黄巢乱军可恶啊，我们陷入了两线作战的境地，众卿看看，应该如何办？"

同平章事掌政务，相当于宰相，卢携哈了哈腰奏道："陛下，大唐第一名将当属淮南节度使高骈。他足智多谋，统领的淮南军足以剿灭黄巢。所以说，东南的问题，我们放心交给高骈。对于北面的问题，我们则应该调集官军主力，剿平鸦儿军。"

高骈，幽州人，出身禁军世家。相传高骈年轻时，见两只雕在天上并飞，就说道："我如能发迹，便能射中。"一箭射去，贯穿两雕，众人自此称他为"落雕侍御"。

高骈与卢携素来相善，因此卢携极力推荐称赞他。

要论亲缘关系，郑畋与卢携是亲表兄弟。唐朝中书舍人李翱在世时，曾请算命先生为自己的两个女儿相面，算命先生说："不错不错，你两个外孙都要当宰相。"这两个外孙就是卢携、郑畋。"兄弟齐心，其利断金。"如果二人携手合作，一定权倾朝野，但事实却恰好相反，郑畋、卢携二人处处针锋相对。听到卢携推荐高骈，郑畋立刻反驳："黄巢乱贼数十万，横行半个天下，怎么能够小瞧他们呢？当今，国家的安危全靠我们几个人来谋划。如果'落雕侍御'高骈消极作战，像宋威那样养寇自重，那时又该怎么办？"

见郑畋反对，一直与他不和的卢携当即怒气上升，指责郑畋："你说高骈消极作战，有何证据呢？将高骈调任淮南节度使，不就是危难之时起用良将吗？"

郑畋也来了火气，拂袖欲走，不慎将衣袖甩到了桌案上的砚台里，弄脏了袖子。虽然皇帝就在身边，郑畋根本没当回事，气得将砚台摔到地上。已经成为青年的唐僖宗大怒，愤愤说："两个宰相相争，怎么为天下表率？"

郑畋回到府中，内心忐忑不安，他预感自己会被外放，也预感大唐王朝会有灭亡的一天。郑畋一边独自酌酒，一边暗自掉泪。郑畋有小女，很有才气，过来给郑畋解闷："父亲，'得即高歌失即休，多愁多恨亦悠悠；今朝有酒今朝醉，明日愁来明日愁。'有什么事想不开呢？"

军国大事，郑畋没法与小女探讨。这句诗词，郑畋知道是一位名叫罗隐的落魄书生所写。

罗隐，杭州人，参加十次科举考试，全部铩羽而归，人称"十上不第"。

罗隐进取心不减，将自己的诗集呈给郑畋，期望得到青睐。

郑畋很想与小女交流，就说道："罗隐曾献诗给为父，为父把他的诗集放在书房里，想必你已经读过，你印象深的还有哪几首？"

> 不论平地与山尖，无限风光尽被占。
>
> 采得百花成蜜后，为谁辛苦为谁甜？

罗隐的这首《蜂》诗，郑畋小女随口背出。

郑畋回味了半天，喃喃说："为父感觉我就是那只蜂吧！我位居宰相高位，应该为大唐辛苦，为大唐尽忠。"郑畋看出自己小女仰慕罗隐，便说道："这位名叫罗隐的诗人就在长安城中，我明天请他来府上，你看怎样？"郑畋小女满心欢喜。次日，罗隐来到郑畋府上，郑畋让小女在帘内窥探。罗隐已是四十多岁的中年人，相貌丑陋，衣着破烂。郑畋小女不看罗隐，心中无比仰慕；一看罗隐，不由大失所望，从此不再吟诵罗隐之诗。

果不出郑畋所料，未几天，唐僖宗就将郑畋外放凤翔节度使。在众多藩镇节度使中，凤翔节度使地位特殊。世人称"宰相回翔"，意思是能当上凤翔节度使的人，就算不是宰相，也具备了当宰相的能力和资格，或者干脆原本就是宰相，被安排到凤翔当节度使。凤翔节度使之所以地位如此高，是因为凤翔府离长安城近，是拱卫京师的要地。郑畋和他的小女以及家人前去凤翔府，幸运地逃过了以后的长安悲剧。

唐僖宗希望"落雕侍御"高骈能够成功，他与卢携一样，对高骈寄予了厚望。面对北面沙陀叛乱的愈演愈烈，唐僖宗决定毕其功于一役，向北增兵添将。回鹘族人、幽州节度使李可举，吐谷浑酋长赫连铎等将领，纷纷率军，合击李国昌、李克用父子。洛阳、汝州等地的唐朝官军，守卫长安的神策军，也被调往河东道，对付沙陀族。大唐朝再颓废，集中力量对付黄巢军，也是绰绰有余，然而一旦两线开战，那就另说了。其实，唐朝廷也不是胡乱决策。黄巢率军向南流窜去了，离长安越来越远了。即使黄巢不被南面的各个藩镇剿灭，三年五年也休想返回北方，对大唐都城长安不可能构成威胁。唐僖宗与众臣都看清了这一点，于是调集主力去抵御凶悍的鸦儿军。长安外围也就没有多少防御兵力了。

2

878年腊月，黄巢军劈山开路，打通了去向江南道建州的七百里山路，进入福建藩镇。福建观察使韦岫出战不胜，弃城逃跑。黄巢军烧官府、焚室庐，杀人如麻。黄巢军中盛传："杀儒者不祥。"黄巢虽然科举屡试不第，恨透了儒家，但也是迷信之人，害怕给自己带来灾祸，于是对儒者释而不问。黄巢夜过翰林院弘文馆大校书黄璞门前，还令军士把火把吹灭，静悄悄地走过，不要惊动他。但黄巢毕竟是个性情暴躁之人，并非个个如此。"一阵风来一阵沙，有人行处没人家。黄河九曲冰先合，紫塞三春不见花。"这首著名的《塞上曲》，是大儒周朴所作。黄巢吟着这首诗歌，去寻找隐居在福州的周朴。找到后，黄巢问他："先生能跟从我吗？"周朴冷冷回答："老夫尚不仕天子，安能从贼？"黄巢大怒，当即斩杀了周朴。

879年夏，黄巢军劫掠浙东，进犯杭州。二十八岁的杭州偏将钱镠率领二十余人伏击黄巢军先锋，将他们击败。

钱镠，杭州临安人，出生时，突现红光，相貌奇丑，父亲钱宽认为不祥，欲弃于屋后井中。祖母怜惜，方得保全性命，取乳名为"婆留"。钱镠自幼学武，擅长射箭、舞槊，对图谶、纬书也有所涉猎，成年后贩卖私盐。杭州刺史董昌招募乡勇，钱镠应募投军，被董昌任命为偏将。

钱镠击败黄巢军先锋后，来到一个名为"八百里"之地。钱镠告诉路边的老妇人："等会有追兵来，你就告诉他们：杭州兵屯八百里。"黄巢军追兵到来,老妇人就将钱镠的话相告。这些人不知道八百里是地名,还以为杭州兵马扎下了八百里营地,不由惊叹道:"刚才二十几人都打不过,何况有八百里的兵马。"

钱镠如此虚张声势,竟然吓退了黄巢军。他们不敢进攻杭州,翻越五岭,围攻广州去了。

广州是岭南藩镇治所。岭南节度使李迢用起劝降招数,向唐朝廷上书,求封黄巢为郓州天平军节度使。

李迢的奏章到了长安。太原府人王铎开始担任同平章事,他与枢密使杨复恭意欲同意。凤翔节度使郑畋闻讯后也上奏说:"黄巢乱军因饥荒而起,又大肆劫掠钱粮,这才逐渐壮大,席卷全国。不如宽赦其罪责,以官职将其稳住,待日后时机成熟再行剿灭。那些跟随作乱的民众,大都只是为了寻求活路才铤而走险,只要遇上丰收之年必然思乡,到时乱民离散,黄巢不战自灭。"虽然多数大臣都倾向于招抚,但神策军中尉田令孜与同平章事卢携执意不肯。二人认为黄巢不成气候,应剿而不是抚。唐僖宗听从"阿父"田令孜的话,拒绝了李迢的请奏。

黄巢又委托李迢上书,请求担任安南都护,唐朝廷亦是不允。

黄巢大骂,立即发布檄文,斥责唐朝奸臣把持朝政,败坏纲纪。黄巢自称"义军百万都统",急攻广州,仅一天即破城,生擒李迢。

黄巢欲据南海之地,永为巢穴,但广州疫病大为流行,黄巢军大半染病,死者十有三四,朱存也在这场瘟疫中死去了。部下都劝黄巢北归,以图大利。黄巢万般无奈,率军向西北进发,攻取了桂州,几乎控制了岭南道全境。

879 年冬,一位身着破旧青布蓝衫,脸上写着忧患和疲惫的诗人,骑着毛驴,在崎岖不平的山道上颠簸跋涉。这人名叫曹松。他看到江南战火纷飞,写下了不朽名篇《己亥岁》——

> 泽国江山入战图,生民何计乐樵苏。
> 凭君莫话封侯事,一将功成万骨枯。

传闻一战百神愁，两岸强兵过未休。

谁道沧江总无事，近来长共血争流。

黄巢天下闻名了，但不知有多少百姓和拿起刀剑拼杀的人死去。

大唐并非没有能人，相反多的是。同平章事王铎有经世之志，素以安邦为己任，深受士人推崇。王铎看得很明白，黄巢这些乱民大都是北方人，他们在南方一定会水土不服，会从岭南杀回来的。王铎于是上奏："臣身为宰相，在朝不能为陛下分忧，愿亲率诸军，扫平贼寇。"王铎毛遂自荐，请求去荆南一带围堵黄巢。唐僖宗十分高兴，当即任命王铎为荆南节度使、诸道行营都统，率军进讨黄巢军。王铎屯兵荆南藩镇治所江陵府，等待黄巢到来。

880年春，湘江水暴涨，黄巢军乘坐大木筏，顺着湘江，穿过江南道永州、衡州，攻占了湖南藩镇治所潭州。十万围堵的唐朝官兵尽皆被杀，尸体遮蔽了宽阔的湘江。黄巢军浩浩荡荡，进攻荆南道江陵府。

王铎征讨黄巢，将妻子留在长安，只带姬妾随行。忽部下来报："夫人离开京城前来，已在半路上了。"王铎惧内，惊慌说道："黄巢乱贼渐渐从南逼近，夫人又气冲冲自北方赶，旦夕之间，就要到达，这可怎么办？"宿州刺史刘汉宏开玩笑说："不如投降黄巢。"王铎大笑。

刘汉宏，少时无赖，后为宛州小吏。刘汉宏素有野心，见王仙芝起义，就劫持辎重投奔。刘汉宏在黄巢军里混不下去了，就投奔了王铎。刘汉宏将抢劫的波斯商人的珠宝、药材献给王铎。王铎也不能脱俗，当即眉开眼笑，上表朝廷，任命刘汉宏为宿州刺史。刘汉宏认为官小赏薄，心有怨气。

王铎见黄巢军来势汹汹，当即初心没了，只命刘汉宏守江陵，自己率军离去。刘汉宏也不糊涂，等王铎一走，就大肆劫掠，弃城而去。黄巢军顺利进入江陵，又在刘汉宏抢夺基础上再拨一层皮。

13

　　黄巢占据了荆南道大部分州县，胁迫在广州俘获的李迢再度上书唐僖宗，求封节度使。李迢已经心灰意冷，叹口气说："我腕可断，表不可为。"黄巢大怒说："你岂是写字的手腕断，而是喘气的脖子断。"黄巢挥剑杀掉了李迢。

　　黄巢军接着进攻襄州。襄州是山南东道藩镇治所，节度使刘巨容坚守不战。襄州城中，有五百沙陀骑兵。等黄巢军松懈后，刘巨容让城中的沙陀骑兵将五百匹马佩上华丽的鞍辔朝黄巢军营放去。黄巢军以为官军胆怯，喜不自禁，次日骑着这些马前来挑战。这次，刘巨容不再拒战了。他将官军埋伏于林中，等那些马一跑进林中，就让沙陀骑兵呼喊。这些马听得懂沙陀语，见沙陀骑兵叫唤，就朝着呼喊方向奔去。黄巢军立刻乱了阵脚，刘巨容大败黄巢军，抓获贼首十二人。黄巢害怕，渡江东走。唐朝官军乘胜追击，俘虏了十万人。部下劝刘巨容继续追击，刘巨容淡淡说："有危难时，朝廷舍得重赏，稍得安宁，就弃若旧屣，将他们撵走算了！"

　　黄巢军渡过长江，稍加休整，就进攻江南道的鄂州，接着进攻饶州、信州、池州、宣州、歙州、杭州。黄巢军又发展到了二十万人。

3

　　880年春，唐朝廷的北面战线有了转机。

　　经过唐朝官军两年的围追堵截，李克用的叔父李友金携河东道蔚州、朔州两州向唐朝廷投降。李可举追击李克用至药儿岭，大败李克用。李可举、赫连铎等数路唐朝官军夹击，在蔚州再次将李克用击败。沙陀鸦儿军被打折了翅膀，李国昌、李克用父子流亡到塞外去了。

　　长安城中欢呼雀跃、笑声不断。唐僖宗与大宦官田令孜、杨复恭喝起了庆功酒。酒酣耳热后，三人身穿窄袖袍，足蹬黑色靴，头戴灰噗头，手挥弯月杖，到清思殿前广场击打马球去了。

　　球门就在球场中间，一块木板当中挖一个圆洞，马球穿过圆洞就算得分。击马球，是大唐贵族们的最爱。比赛在两队之间进行，十人为一队，除了唐僖宗与田令孜、杨复恭外，另外十七人是小宦官与靓宫女。马在奔跑，人在打球，皇宫中的伶人们在奏乐，未上场的宦官、宫女们则在两侧尽情吆喝。"玉勒回时沾赤汗，花鬃分处拂红缨"。皇宫击球，热闹非凡。

唐僖宗精神抖擞，奔驰腾跃，挥动球杖，连连将球洞穿球门。球技之高，令人目瞪口呆。每当唐僖宗击进一球，宦官、宫女们则是放开嗓门大喊。唐僖宗生于深宫之中，长在宦官之手，最兴奋的事情就是肆无忌惮地游乐。除了马球外，唐僖宗还喜欢斗鸡、赌鹅、骑射、下棋。游玩的营生，他无不精妙。一个时辰过去了，唐僖宗大赢特赢。他高兴地对身边伶人石野猪说："朕若参加马球科举，必能中个状元。"石野猪巧妙劝谏："陛下，如果遇到尧、舜这样的贤君做主考，恐怕皇上您不但落选还会被责难呢！"唐僖宗笑了笑，又去喝酒了。

大唐山岳崩颓、江河日下，翰林学士刘允章上表劝谏沉溺玩乐的唐僖宗——

臣闻太直者必孤，太清者必死。

国有八破，陛下知之乎？终年聚兵，一破也；蛮夷炽兴，二破也；权豪奢僭，三破也；大将不朝，四破也；贿赂公行，五破也；长吏残暴，六破也；赋役不等，七破也；食禄人多，输税人少，八破也。

今天下苍生，凡有八苦。陛下知之乎？官吏苛刻，一苦也；私债征夺，二苦也；赋税繁多，三苦也；所由乞敛，四苦也；替逃人差科，五苦也；冤不得理，屈不得伸，六苦也；冻无衣，饥无食，七苦也；病不得医，死不得葬，八苦也。

天下不敢言，臣独言之，万死一生。臣死一介之命，救万人之命。臣今虽死，犹胜于生。陛下不以万国为心，不以百姓为本。臣当幸归沧海，葬江鱼之腹，不忍见国难危。

唐僖宗太年轻，只知道玩，管他国家破不破、苍生苦不苦呢。此时的大唐王朝宛如一个行将就木的老人，面对着夕阳余晖，苦苦支撑。身为一国之君的唐僖宗，面对社稷的危亡，非但没有励精图治，反而玩物丧志。这样的帝国，终究会被他推进万劫不复的境地。

黄巢一下子捅破了长江防线，兵锋直抵河南道腹地。大宦官田令孜得知后，心中感觉不妙。他开始选择退路，他的退路就是他的家乡蜀地，像一百二十多年前唐玄宗那样"幸蜀"。在退居蜀地之前，先要让蜀地掌握在自己人手中。田令孜奏请唐僖宗，从其兄长陈敬瑄及三位神策军心腹杨师立、牛勖、罗元杲中选择三人，担任蜀地三大藩镇西川、东川和山南西道的节度使。

闻听"阿父"的奏请，唐僖宗不知道如何决断，信口就说："让他们四人陪朕打球吧，谁球打得好，就让谁去。"

清思殿前的广场上，又一场马球比赛开始了。此四人谁先把马球打进洞，谁就优先选择外放藩镇。毫无悬念，陈敬瑄拔得头筹，获得了西川节度使一职。这场比赛最早胜出的一定是陈敬瑄，这是大家心照不宣的事情。接下来，杨师立胜出，被册封为东川节度使，牛勖成为山南西道节度使。最后一名的罗元杲也被外放河阳三城节度使。这就是历史上臭名昭著的"击球赌三川"。

刘允章不由感叹："现在的唐朝廷本应该发愤图强，却被一个年纪轻轻、贪玩无道的皇帝给废了。"刘允章没有成为屈原，"幸归沧海，葬江鱼之腹，不忍见国难危。"他离开长安，去任洛阳留守，成为一方大员。

陈敬瑄要取代的西川节度使崔安潜，出身名门，文武双全，戎马一生。先前，田令孜为陈敬瑄向崔安潜求取一个差使，但崔安潜没有许诺。如今，陈敬瑄要到成都撵走崔安潜了。

西川藩镇，治所成都府，是位于剑南道的一处藩镇。西川治安混乱、盗贼猖獗，百姓常常受到侵扰。前几任官吏治匪不力，百姓怨声载道。西川节度使崔安潜上任后，追捕盗贼别有办法。他拨出军府库钱一千五百贯，在市上张榜："有能告发并逮捕一个盗贼者，赏钱五百贯。盗贼往往不是独自一人行窃，若同伙告发，可以免他的罪，和百姓一样领赏。"张榜不久，就有人捕获盗贼前来军府领赏。被捕盗贼不服，对捕获人说："你与我同伙为盗十几年，赃物都是平分，你怎么敢抓我？现在到了官府，你会与我一样被处死。"崔安潜哈哈一笑，对被捕盗贼说："你为何不将你的同伙抓住送来？如果你这样做，他就该处死，你就该受到奖赏了。现在你既然被他告发，还有什么话好说！"崔安潜立即实践诺言，给告发的人赏钱，然后将被捕盗贼押到成都炭市上处死。如此一来，那些未捕获的盗贼互相猜疑，不敢继续留在成都府了。

"击球赌三川"的消息还未传到成都府，又一名盗贼被捕，这人名叫陈二。崔安潜将其押到牢房，择日处斩。还没等到处斩那天，崔安潜就离任了。与此同时，陈敬瑄出任西川节度使的消息也传到了成都府。陈敬瑄出身卑微，做过卖烧饼的师傅，众人都很吃惊，不知道陈敬瑄为何人、长啥样。

成都府青城山上有一位术士，本名陈三，是陈二的弟弟。他想救出他的哥哥，心生一计，诈称是新上任的西川节度使陈敬瑄，领着几个同伙大摇大摆而来。陈三到了军府，就下达命令，释放陈二。军府官吏并非酒囊饭袋，立刻觉得这个陈三不像是个官场中人。

西川黄头军使郭琪上前问陈三："大帅，您是从神策军干起，请问当今神策军中尉是哪位大人？"

陈三天天在青城山道观中，真不知神策军中尉是何人，他支支吾吾说道："这个事情，你还需要问我吗？"

郭琪笑了笑说："天下人谁不知道神策军中尉是大宦官田令孜呢？我之所以问你，是因为怀疑你！我再问你一个问题，当今皇上多大？"

陈三答不上来，立刻面红耳赤，刚要呵斥郭琪，但是军府官吏全都明白了，立刻上前将陈三捆绑起来。

众人将牢中的陈二押出来，进行对质。没想到陈二也是糊涂，居然一

17

不小心问陈三："三弟为何也被抓住？"军府官吏哄堂大笑，将二人拘押牢中，等候处死。

真正的陈敬瑄一来，立即将陈二、陈三二人杀掉。

4

> 六出飞花入户时，坐看青竹变琼枝。
> 如今好上高楼望，盖尽人间恶路歧。

一位诗人坐在窗前，望着雪花飘入庭户、青竹变成了琼枝，便引发感想：如果白雪能掩盖住世上的丑恶就好了。这位诗人，就是淮南节度使高骈。

黄巢军在南方肆虐，唐朝官军围剿不力，王铎被罢了职，诸道行营都统改由高骈接任。黄巢造反，已经五年。唐朝廷认识到黄巢不是等闲之辈，便调潞州昭义军、徐州感化军、定州义武军南下，与淮南军协力作战，抵抗黄巢军。杭州刺史董昌也率八都兵前来，支援高骈。

董昌聚集杭州各县乡兵，组建八都兵，年轻将领钱镠成为石镜都副将。钱镠跟着董昌，前来拜见高骈。听闻一年前钱镠设下疑兵计，吓跑黄巢军，高骈赞叹不已："钱镠年轻有为呀，将来钱镠的成就必能超越本帅。"

高骈不愧唐朝名将，指挥各路唐朝官军，大破越过长江的黄巢军，降服黄巢军将领李罕之、秦彦、毕师铎等数十人。

李罕之，陈州人，身手矫捷、力超常人。他曾落发为僧，没有寺庙容纳他；也曾沿街乞食，没有人给他饭吃。李罕之因此毁僧衣、掷盆钵，做起了抢劫亡命勾当。这次带兵脱离黄巢，高骈举荐他为光州刺史。

秦彦，徐州人，早年聚集亡命之徒数百人，袭杀下邳县令。黄巢兵败于淮南，秦彦投降，高骈举荐他为和州刺史。

毕师铎，曹州人，善骑射，投降高骈后，被任为淮南都知兵马使。

高骈派遣马步军都指挥使张璘与李罕之、秦彦、毕师铎渡过长江南下，追击黄巢军。黄巢连战失利，退守饶州。张璘乘胜进军，黄巢又退守信州。张璘追击甚急，而信州又遇疫病流行，黄巢军元气大伤。危急时刻，黄巢施出缓兵计：用重金贿赂张璘，使其减慢进军，又致书高骈，情愿"投降"。高骈中了黄巢圈套，以为大功告成，就上奏朝廷："依赖皇上英明，黄巢乱军不日当平，不烦诸道兵马，请悉遣归。"长安城中的同平章事卢携兴高采烈，按高骈所奏，请唐僖宗下诏，遣散了诸道官军。

淮南藩镇，治所扬州。繁华的扬州城中，到处是胜利的气氛。高骈走出户外，看到如镜池塘上倒映着亭台楼阁，美景如画，便提笔写下诗歌《山亭夏日》——

绿树阴浓夏日长，楼台倒影入池塘。

水晶帘动微风起，满架蔷薇一院香。

炎炎夏日，若读此诗，似有阵阵凉风袭来。但是，高骈虽然诗写得好，主导的战局却在瞬间发生变化。

黄巢见唐朝官军大大减少，便发动突袭，斩杀了张璘，获得大胜。高骈吓得魂不附体，高挂免战牌，不敢出战。黄巢军势复振，乘胜攻占了江南道睦州、婺州、宣州。

唐朝廷急了，连续发布诏令，命高骈领兵抗敌。诏令归诏令，听不听是另一回事，唐朝廷与藩镇之间已经离心离德。此时的高骈居然泄气了，不想把这重任再扛在肩上。他或许对唐王朝失去信心，或许身居高位开始惜命，或许被功名利禄冲昏了头脑。此时的高骈做出了一件让他后悔终生的事情，那就是对唐朝廷诏书置之不理，只命幕僚崔致远作《檄黄巢文》，虚张声势——

上天有好生之德，大唐皇帝是仁义之君，愿意为你再施以恩德，向你等贼军颁下赦免令。现在我用一封文告，解你倒悬之急。劝你再不要执迷不悟，早日见机行事，为自己和手下的人早作打算。知错能改，善莫大焉。如果愿意归顺朝廷，则朝廷必定会裂土封侯，对国家对自己都有莫大好处，不但可以使自己免了身首异处，而且可以获得朝廷的爵位，不用取信于你那些贼寇手下，可以使自己的荣耀传给子孙后世。你可以早日前来归顺，不用怀疑朝廷的诚意。我征讨大军上奉皇命，信义著于天下，言出必行，不会恩将仇报。如果你等贼寇执迷不悟，负隅顽抗，拒绝接受朝廷的收编，则我征讨大军一到，就会一举歼灭你等乌合之众，你等就会四散奔逃，身为资斧之膏，骨作戎车之粉，妻儿被戮，宗族见诛。你需要好好思量，怎样进退，是逃是降，早做定夺。与其做个叛臣贼子自取灭亡，不如归顺朝廷得到荣华富贵。只要你有这个愿望，我一定能够帮你达到。

崔志远拟就的《檄黄巢书》，情理并重，天下传诵。崔志远获赐"绯鱼袋"。但是文章写得再好，已经阻挡不了黄巢进攻长安。

880年七月，黄巢率军十五万从采石矶渡过长江北上。被誉为"落雕侍御"的高骈手握七万雄兵，不愿冒险与黄巢交战。高骈喝着酒，喃喃说道："皇上沉溺于打马球，这是亡国行为呀！"高骈坐视黄巢从眼皮底下流窜。

爱打马球的唐僖宗顿时慌了手脚，连忙召集几位大佬商议。

河中府人豆卢瑑出任同平章事，他奏请唐僖宗："陛下，乱贼黄巢一心想着当个大官。现在不妨授黄巢为郓州天平军节度使，待他到镇时，再发兵除掉他。"

同平章事卢携执意不从，愤愤说："治理天下要奖罚分明，如果造反叛乱，荼毒生灵，就可以获得封赏，那么天下会成为什么样的天下呢？"

卢携的辩论对头郑畋已不在朝廷，豆卢瑑也说服不了他。

大宦官田令孜问卢携："你说得有道理，但如何保住长安无恙呢？"

卢携答道："只要发兵守住泗州、汝州等重要城镇，与淮河、溵水等天险构成一道道屏障，黄巢乱军便不能进入关内。"

卢携说得在理，唐僖宗立即下诏，命郓州天平军节度使曹全晸守住泗州，又命兖州泰宁军节度使齐克让守住汝州。不料，黄巢军竟然在短短时间内就杀掉了曹全晸，顺利渡过了淮河。卢携所说的"一道道屏障"，目前只剩下汝州、溵水屏障了。这道屏障能否守得住，谁心里也没底。曾经信心满满的卢携惶愧不已，称病不出。京师长安，上自皇室贵族，下至吏卒平民，人人惴惴不安。

唐朝廷发出数道救急诏书，着令河南道各藩镇发兵屯守溵水，全力守住汝州、溵水防线。

接到唐朝廷旨令的徐州感化军前去溵水防线。三千感化军途径许州的时候，就去拜访原徐州感化军节度使、现任许州忠武军节度使薛能。薛能，诗人，看到以前的老部属们很开心，把这些人引入到了城内叙旧。"活色生香第一流，手中移得尽青楼。谁知艳性终相负，乱向春风笑不休。"薛能的老部属们吟唱着薛能的这首《杏花》，畅谈昔日的友情，薛能非常开心。

这首《杏花》，是描写杏花绽放，妩媚动人，外出踏青的青楼女子随手折取杏花，抛撒在风中。杏花就这样在青楼女子的欢声笑语中，结束了自己短暂的一生。

薛能有才，妄自尊大，其部下亦如此。许州忠武军招待徐州感化军，难免有些疏慢不周。风尘仆仆的徐州感化军将士们看到许州忠武军这副德行，怒火就上来了，在许州城一番打、砸、抢。虽然最终被薛能好言安抚了下来，但灾祸随之而来。许州忠武军衙将周岌被薛能派往溵水驻防。路上，周岌得到许州城的变乱消息，心中充满愤怒。他火急火燎地带领许州忠武军主力回来，趁着夜色，突入徐州感化军营地，一顿血腥地杀戮。杀红眼的许州忠武军将士们怨恨薛能引狼入室，又将他逐走。周岌被推为许州忠武军节度使。薛能奔往襄州，周岌派兵追杀，屠其全家。乱世之中，薛能成为一朵被抛撒的"杏花"。

许州忠武军的变乱，打乱了唐朝廷防御黄巢军的部署。

从许州城逃出的徐州感化军返回了徐州，领头的是衙将时溥，徐州人，早年从军，一直跟随节度使支详。时溥害怕支详责罚，便驻扎在城郊，不敢入城。支详知道时溥畏惧，就派人送去牛羊美酒犒劳，承诺免去他们的罪过。时溥这才率军进入徐州城，但仍担心支详秋后算账。时溥亲信陈璠趁机发动兵变，拥立时溥。时溥为支详准备了行装，命陈璠护送前去长安。陈璠假意护送，在半路上将支详杀害。陈璠成为宿州刺史，时溥成为徐州感化军节度使。

许州忠武军、徐州感化军撤防溵水，这让兖州泰宁军节度使齐克让心灰意冷，他撤离了汝州。

唐朝廷刻意建立的汝州、溵水防线立刻崩溃。黄巢进军长安的道路畅通无阻，措手不及的唐王朝岌岌可危。

880年十一月十七日，黄巢军顺利进抵洛阳城下。洛阳的背后就是长安，一旦洛阳失守，潼关、长安立即就会被黄巢军攻击。唐朝廷将希望寄托到了这座雄伟的城池之上。作为大唐的东都，洛阳城有着坚固的城防，尤其坐镇洛阳的人是上书直谏的刘允章，其对大唐的赤诚忠心，没有任何人怀疑。然而，当黄巢率领大军抵达洛阳城下时，迎接他们的不是滚木雷石箭矢，而是洞开的城门以及城门外黑压压匍匐在地的洛阳官吏们，跪在最前面的，正是针砭朝政热血沸腾的洛阳留守刘允章。

黄巢无法想象，一路打来，竟然如此顺利。

黄巢军纪律严明，仅在洛阳吃了一顿饭，即向关中挺进。

黄巢警告阻拦的唐朝官军："我'黄王'经过淮南，高骈像老鼠一样跑穴；我'黄王'到了淮北，各路军阀纷纷避让。刘允章总结出'国有九破'，'天下苍生，凡有八苦'，所以我'黄王'起兵，所以刘允章率百官迎降。识时务者为俊杰，你们抓紧投降好了。"

驻守河中府的河中节度使李都放弃了抵抗，投降了黄巢。

唐僖宗万万没想到，仅仅一场马球工夫，这贩盐的黄巢就杀来了。唐僖宗急命大宦官田令孜为晋州、绛州、同州、华州诸州都统，率神策军以及各藩镇、州兵防守潼关。神策军将士皆是长安豪富子弟，平日高车大马，悠然自得，未曾经历战阵。一旦听说出征，吓得抱头相哭。为了逃避战事，多以金帛雇商贩与贫民代行。田令孜虽名为诸州都统，仅是遥领，只派左马军将张承范率神策军二千八百人前往拒敌。兵力少也就罢了，二千八百神策军过华州时只有三日粮。官兵不能吃饱，立刻没了斗志。

880年腊月初一，黄巢军进至潼关。兖州泰宁军节度使齐克让率军战于关外，黄巢军稍稍退却。

张承范拿出一条条黄金对官兵说："诸君报效朝廷的时候到了。"众人感激涕零，纷纷请战，当看到漫山遍野的黄巢军时，二千八百神策军将士立刻泄气了。

潼关下，黄巢异常惊奇，那么多唐朝官军哪去了？难道上天在帮助黄巢灭亡唐朝？黄巢下令急速攻关，令黄巢没有想到的是，唐朝官军居然没有弓箭，他们只是站在城墙上扔石头。潼关左边有谷，谓之禁谷。等黄巢军来时，唐朝官军只守潼关，不守禁谷。一些饿了肚子的唐朝官兵慌乱中从禁谷逃离，竟然踏平了谷中灌木，给黄巢军踩出一条道来。黄巢手下大将尚让、林言率领前锋尾随而入。唐朝官军人心惶惶，弃关而逃。黄巢仅用一天时间，就攻克了号称畿内首险的潼关。

潼关已失，无险可守的长安只能拱手让人。此时的唐朝廷居然异想天开，下达了一份诏书，封黄巢为郓州天平军节度使。黄巢哈哈大笑，对前来传旨的宦官严实说："你现在就回长安，告诉那年轻皇帝佬儿，半年前我想要的是郓州天平军节度使，现在我想要的是长安城皇宫中的娘娘。你速速打扫好宫殿，等候我'黄王'前去入住。"数不清的金钱、大批的美女、至高无上的权力，都在等待着黄巢。黄巢现在怎会去接受唐朝廷的册封呢？

二　满城尽带黄金甲

三十万黄巢军，直奔长安，如同一大片黑压压的蝗虫。

大宦官田令孜向唐僖宗进谗言："这都要怪宰相卢携,如果他不极力推荐高骈,就不会有今天了。如果他早同意给黄巢个节度使干干,也不会有今天了。"

唐僖宗异常生气,当即贬卢携为太子宾客。这天夜里,卢携服毒身亡。

880年腊月初五,百官退朝,听说黄巢军进入长安城,各自逃匿。唐僖宗紧急逃离长安,田令孜率领五百神策军护卫。除了吉王李保、寿王李晔及唐僖宗嫔妃数人从行外,其他皇室贵族及文武百官都不知唐僖宗的去向。

跑到咸阳,神策军中的十几个骑兵哭着喊道:"陛下西去,关中的百姓怎么办呢?请陛下回宫吧。"田令孜大怒,立即命人将他们斩首。田令孜请唐僖宗骑上白马,昼夜不停奔往西蜀。

唐僖宗到了斜谷,凤翔节度使郑畋前来迎驾。郑畋号哭请罪:"社稷至此,皆是将相误国,请陛下斩臣以谢天下。"

唐僖宗下马,抚慰郑畋,让他坚守要冲,阻止黄巢军西进。

郑畋哭着说:"道路艰虞,奏报受梗,遭遇紧急情况怎么办?"

郑畋索要便宜行事之权,唐僖宗允诺。

唐僖宗行到了一处高坡。他骑在高大的白马上,回望长安,两行眼泪流了下来。以前的唐僖宗常常骑马,那是在打马球,如今骑马,却是逃往西蜀。这位未曾经历风雨的青年皇帝心中充满惆怅,他不知道现在的长安会是什么样子。

880年腊月初五下午,黄巢军前锋未受到任何抵抗,顺利进入了长安。昨天,长安城还是唐朝的天空,飘浮着盛极后的腐朽气息;今日,长安城便成了黄巢军的乐土,一大批陌生的形形色色的人的脸上荡漾着欣喜和傲慢。唐朝金吾卫上将军张直方率领文武官员数十人,迎接新主角黄巢。一排排的将士披肩散发,他们身穿锦袍,腰束红绫,手执兵器,簇拥着一位趾高气扬的老头前往长安,这位老头就是黄巢。他乘坐金色车舆前行。三千宫女跪拜迎接,口称"黄王"。黄巢高兴说:"这是天意啊。""冲天香阵透长安，满城尽带黄金甲。"黄巢不得第时的夙愿，今日实现了。

唐朝一共十个道，除偏远的陇右道外，黄巢仅用了六年时间，就将关内道、河南道、河东道、河北道、山南道、淮南道、江南道、剑南道、岭南道扫荡了一遍。此时的黄巢，已经被接二连三的胜利冲昏了头脑。他已认为自己天下无敌，唐朝廷如同风中残烛不日将亡。

百姓夹道观看黄巢，长安府人韦庄也在人群中，他心中自语："平日里耀武扬威的大唐官军到哪里去了？神圣的大唐天子到哪里去了？"其他百姓也在窃窃私语："二百多年的大唐王朝，难道已经到头了？这位盐贩子，难道是真命天子？"

黄巢手下大将尚让四处告谕长安百姓："'黄王'起兵，本为百姓，不会像唐朝皇帝那样不爱你们，你们安居无恐。"

黄巢、尚让，也想学学历史上的开国圣君。初进长安时的想法是好的，但黄巢军抢掠惯了，其中的许多人是穷苦百姓出身，特别憎恨官吏长年欺压；也有些人是惯匪出身，劫掠成性。仅仅忍了几天时间，他们就匪性暴露无遗，杀唐朝皇室在长安者无遗。不只皇室，贵族也不能幸免。同平章事豆卢瑑等一批高官藏匿民间，被黄巢军搜出后一一杀之。迎接黄巢的金吾卫上将军张直方因藏匿公卿于夹壁墙中，事发后也被杀。黄巢军屠刀一旦举起，便很难放下。黄巢军到处打杀，几乎涤荡了所有唐朝门阀士族。军纪越来越坏，黄巢军开始抄略富户，就连平民百姓也不放过。当年，郑畋被贬出长安，幸运地逃过了这场悲剧。

弥漫血腥味的长安城中，六十一岁的黄巢迎来了人生最辉煌的时刻。880 年腊月十三日，在昔日大唐王朝庄严的含元殿上，黄巢加冕登基。没有皇帝用的衣冠，就在绸子上画成龙袍。没有金石乐器，就击大鼓为乐。黄巢立国号为"大齐"，自称"承天广运启圣睿文宣武皇帝"，册立妻子曹氏为皇后。

尚让辅佐黄巢，开启了波澜壮阔的"冲天之路"，立下大功，黄巢便以尚让为宰相。

黄巢有个贩盐世交，名叫孟楷，黄巢对待孟楷如同自家子侄一般。黄巢登基后，任命孟楷为军容使，总掌军权。

朱温屡立战功，被黄巢任命为四面游奕使。

复州人皮日休，自幼勤学苦读，才华出众。黄巢军下江浙，皮日休为黄巢所得。皮日休曾作《牡丹》一诗："落尽残红始吐芳，佳名唤作百花王。竞夸天下无双艳，独立人间第一香。"黄巢看后大为欣赏，因为黄巢家乡盛开牡丹，而皮日休用牡丹"百花王""第一香"来称颂黄巢的非凡。黄巢登基后，以皮日休为翰林学士。

林言资历甚高，但是战功平平。黄巢在军中挑选五百名骁勇之士组成"功臣军"，以林言为功臣军使。

黄邺与林言一样，最早跟随黄巢，被任为华州刺史。

其他骨干战将以及唐朝降吏，黄巢一一安排。

黄巢下令：唐朝三品以上官员全部停任，四品以下官吏原职不动。众多唐朝的官员，摇身成了"大齐"的官员。那位献出洛阳城的刘允章遭人唾骂，羞愧难当，患了急病去世了。

河阳三城节度使罗元杲虽想抵抗，无奈部下尽皆投降，只好弃河阳三城而去。

夏州节度使诸葛爽入京勤王，但是尚未到达，长安便已陷落。

诸葛爽，青州人，曾经当过小吏，曾经沦为乞丐，后来投军，征战沙陀族"飞虎子"李克用有功，升为了夏州节度使。

黄巢命朱温向诸葛爽示好，诸葛爽遂降，被黄巢任命为河阳三城节度使。

唐朝天下，共有五十个藩镇。许州忠武军节度使周岌、青州平卢军节度使王敬武等二十一个藩镇节度使见风使舵，向黄巢称臣。

岁寒知松柏，国难见忠臣。凤翔节度使郑畋等继续忠于唐朝廷。

郑畋向着长安方向掉泪说："卢携啊卢携，你倒是轻松了，可是把拯救大唐的责任给忘记了。我郑畋虽然主张招抚，可当形势逆转时，我郑畋会主战，要在大唐崩溃的边缘，扭转乾坤。"

1

整整一个月，惊恐不安的唐僖宗才缓过神来。

881年正月，唐僖宗诏令各藩镇发兵讨伐黄巢。

渭水"哗哗"地流淌着，如同万马奔腾。当渭水流至凤翔府时，将凤翔城包了一个圈，成为一条天然护城河。正值寒冬，雾从凤翔城周边的山上升起，渭水也冒出团团蒸汽，蒸汽和雾连为了一体。晚上，河面结了一层薄薄的冰，远远望去，犹如一面镜子，映照着天空中淡淡的星光。这本是一幅美丽祥和的景色，却无人欣赏。

凤翔城中，凤翔节度使郑畋召集军府将吏，商议讨伐黄巢之事。

郑畋说："生很容易，跪下就行；死也容易，饮毒就行。我们该怎么选择？我们既不能像叛臣刘允章那样去忍辱求生，也不会像卢携那样服毒自尽，我们要宁为玉碎、不为瓦全，即使孤军荒城难挡，凤翔城头依然要悬挂着大唐旗帜。"

郑畋激情慷慨，可三百里外的长安那边，有着数十万黄巢军，踏也能把凤翔给踏平了。众人皆认为黄巢气焰嚣张，须等各地勤王唐军云集再作打算。郑畋心急，加上怒气填膺，竟然晕倒在地，虽被救醒，却无法发声。就在此时，黄巢派出的招降使者皮日休来到了凤翔府。

识时务者为俊杰，凤翔监军彭敬柔殷勤招待皮日休。彭敬柔笑嘻嘻地说："先生曾说，'一民之饥须粟以饱之，一民之寒须帛以暖之，未闻黄金能疗饥，白玉能免寒也。'现今先生亲临凤翔，来劝我们归降'大齐'，你们是要给我们一个什么样的出路呢？"

皮日休哈哈一笑，当即回答："官职依旧。'大齐'中流传一句诗，'欲知圣人姓，田八二十一；欲知圣人名，果头三屈律。''田八二十一'合起来是'黄'字，'果头三屈律'合起来是'巢'字，这首谶言诗是把'大齐'皇帝黄巢赞美为圣人。跟着圣人干，难道没有更好的出路吗？你看看黄巢军从江南杀向长安，如同秋风扫落叶一般，这难道不是天命所归吗？"

彭敬柔一时无言。黄巢这么顺，确实令人惊奇！彭敬柔与其他官吏一合议，竟以郑畋之名起草谢表，归顺黄巢。郑畋还在救治，无法表达心声。

彭敬柔不管郑畋，设宴款待皮日休。席间，凤翔府中的伶人奏起了《秦王破阵乐》。听到这铿锵有力的乐曲，凤翔藩镇将士们纷纷泪流满面。这《秦王破阵乐》慷慨激昂、直击人心，歌颂的是唐太宗李世民，背叛唐朝的将吏们听到这曲子，能不羞愧掉泪吗？皮日休虽然有文采，但未能看破眼前的真相。他见众人掉泪，心中疑惑。凤翔藩镇押衙孙储巧打圆场："节度使郑畋因风痹不能前来，所以我们悲伤。"皮日休哈哈一笑，不去多想，当天就回返长安了。

两天后，郑畋恢复健康。他得知众将皆哭，明晓人心尚未厌唐，于是召集将吏，晓以大义："有首诗歌，你们听说过吗？'不论平地与山尖，无限风光尽被占。采得百花成蜜后，为谁辛苦为谁甜？'诗人罗隐写的《蜂》诗，给本帅很大启发。我们都是吃大唐俸禄的人，领略了无限风光，如今需要我们'为谁辛苦为谁甜'，我们怎能将叛国的毒酒饮下？"

郑畋的忠君精神，感动了诸将。郑畋刺破手臂，与诸将歃血为盟。凤翔藩镇积极修缮城池，整治军械，训练军士，并秘密联络各处藩镇，相约合力讨伐黄巢。唐朝神策军尚有数万，因与沙陀鸦儿军征战，分散于关中各地，神策军中尉田令孜西逃，无人指挥。这些神策军，也被郑畋召集到凤翔府，厚赏钱财。一时间，凤翔军势大振。

黄巢又遣皮日休到凤翔府招降。郑畋毫不犹豫，斩杀皮日休，誓与黄巢斗争到底。郑畋派儿子郑凝绩入蜀，朝觐唐僖宗。唐僖宗热泪盈眶，加授郑畋为同平章事，充任京西诸道行营都统，与各藩镇节度使同盟起兵，讨伐黄巢。唐僖宗准许郑畋以"墨敕"封授官职，自行奖赏有功将士。

一边是天使，一边是魔鬼。黄巢见凤翔藩镇出尔反尔，杀掉了皮日休，立刻怒火冲天，派遣宰相尚让率军十万西进凤翔，征战郑畋。

尚让路过蓝田，县令刘篱盛情款待。刘篱有女，长得俊俏可人，人见人爱。尚让望见，兴奋不已，当即提出娶她为妻。尚让风光八面，位高权重，刘篱纵使有一百个不愿意，也不敢反对。当天将女儿打扮一番，嫁与"大齐"二号人物。蓝田刘氏自此锦衣玉食，无上荣光。

尚让率军来到凤翔。郑畋书生出身，并未亲身征战疆场，尚让不免有些轻敌。其实郑畋颇懂谋略，他让三千军士以松散队形在山坡上布阵，多立旗帜。尚让误以为是唐朝官军主力，列阵迎击。郑畋不等黄巢军布阵完毕，便下令两翼伏兵出击。黄巢军一触即溃，被唐朝官军追杀到龙尾坡，死伤二万多人。

尚让轻敌大败，心中恼怒，回到长安后，杀掉唐朝官吏三千人，还将他们挖眼，倒挂于市。

龙尾坡一战，唐朝官军大获全胜。郑畋趁势发出檄文，号召天下藩镇共讨黄巢。养精蓄锐、静观其变的各处藩镇，此时明白了黄巢不过如此，纷纷重竖大唐旗帜，响应郑畋。河阳三城节度使诸葛爽等原本投降黄巢的藩镇大帅，重新回到大唐朝廷麾下。

河中藩镇马步军都虞候王重荣率兵作乱，杀死已经投降黄巢的河中节度使李都。王重荣善于权术，勇猛绝伦，众人忌惮。王重荣率领河中军与黄巢军激战，获得大胜。郑畋以"墨敕"升王重荣为河中节度使。王重荣率领河中军一万，前来郑畋麾下效力。

灵州朔方节度使唐弘夫，率领五千兵马，抵达凤翔汇合。

定州义武军节度使王处存，率领五千兵马，来到长安东北。

党项族首领拓跋思恭，纠合蕃汉兵马三万，前来围剿黄巢。

黄巢接近一年的顺利似乎到头了，他陷入了病虎应对群狼的困境。

881 年四月，京西诸道行营都统、凤翔节度使郑畋指挥神策军、凤翔军、河中军、灵州朔方军、定州义武军、党项军完成对长安的合围。长安城中的黄巢惶恐不安，仓惶出城东走。王处存、唐弘夫连夜进入京城长安，百姓欢呼塞路。两处唐朝官军入城，不去安抚百姓，竟然也是大掠府库，百姓又是惊恐。更令百姓惊恐的是，黄巢重新杀回长安，噩梦重来。王处存已经六十多岁，为人谨慎，全身退出长安。唐弘夫还沉醉在抢掠中，未想到黄巢的回马枪这么快。唐弘夫在长安城中苦战，寡不敌众而死。次日清晨，拓跋思恭、王重荣前来驰援，与黄巢军遇于王桥，拓跋思恭、王重荣战败，双方死伤甚众。黄巢气愤之极，下令屠城，无辜百姓死伤惨烈，长安城中哀号四起。

郑畋为大唐王朝力挽狂澜，却是兵多粮少，凤翔藩镇很快府库虚竭。凤翔行军司马李昌符不满郑畋，煽动军士作乱。郑畋不愿部下自相残杀，便将兵权交给李昌符，离开凤翔西去。李昌符自称凤翔节度使。

拓跋思恭围剿黄巢有功，获任夏州节度使，被赐皇姓"李"。李思恭从此以夏州为根基，领着党项人安居西北一隅。

许州忠武军节度使周岌爬上许州城楼，观察着天下风向的变动。黄巢的不成熟，让周岌这位投降黄巢的藩镇节度使后悔了。周岌思来想去，决定设宴，邀请唐朝京西诸道行营都监杨复光前来，共议天下时局。

鸿门宴？杨复光淡淡说："不入虎穴，焉得虎子？"杨复光放下顾虑，应邀到了许州。喝到半醉，杨复光向周岌说："大丈夫应该知恩图报，周大帅你从穷苦子弟一跃成为一方大吏，这难道不是大唐天子赐予的吗？为何要背离唐朝廷而向贼人称臣呢？"

周岌伤心地说："我并不是甘心投降黄巢，实在是迫于无奈。杨公公您也知道，藩镇的衙兵都是节度使自己招募、自己养活，这些兵一旦打没了，节度使也就差不多做到头了。所以说，各个藩镇在打仗的时候，都是思前想后。以我们许州忠武军的力量，是不能抗拒黄巢军的。今日把公公您请来，就是为了前途大计，请公公您指教一二。"

杨复光见周岌有意归顺唐朝廷，便掩饰不住内心的高兴，当即高举酒杯对天宣誓："我这个老奴，上对得起天子，下对得起弟兄。周大帅你放心，如果回归大唐，老奴我保您荣华富贵。"

周岌下定决心，脱离黄巢，重入大唐藩镇之列。

许州忠武军藩镇领许州、陈州、蔡州三州。

蔡州刺史秦宗权，并不受周岌节制。

秦宗权，蔡州人，原是许州忠武军节度使薛能手下的一员干将。薛能被杀后，秦宗权领兵占据了蔡州，自称刺史。后来，秦宗权投降了黄巢。

杨复光率领许州忠武军五千精兵进逼蔡州，劝说秦宗权摆脱黄巢。秦宗权也是左右摇摆之人，当即听从了杨复光的劝告，归顺唐朝。

杨复光意气风发，踌躇满志，决心进攻盘踞邓州的黄巢军。秦宗权派偏将王淑领兵三千跟随杨复光。行至邓州，王淑不听号令。杨复光乃是果敢之人，当即杀死王淑，将蔡州的三千精兵与许州忠武军的五千精兵合并，分成八都，一都一千人。杨复光以鹿晏弘、王建、晋晖、韩建等人为都头，统领八都。

鹿晏弘，许州人，山林猎户出身。

王建，许州人，他家世代卖饼，到了王建这一辈，不喜欢做小生意，每天跟一帮泼皮无赖厮混，以偷驴杀牛、贩卖私盐为业，因为他在家中排行老八，乡里人称他为"贼王八"。王建父亲去世时，王建找了块无主之地，挖好墓穴，想将父亲埋葬。可王建无论怎样都无法将父亲的棺椁摆正。一位风水先生路过，对王建说："此乃天子之穴，你等小民岂能在此安葬？"王建不听，棺椁摆不正也下葬。后来，王建犯法，流窜到武当。有个和尚见到他，说他骨相甚奇，将来不会是一般人，继续小偷小盗有违使命，王建便投军。

晋晖，许州人，年轻时不事生产，常和好友王建一起偷盗。

韩建，许州人，秦宗权占据蔡州，招纳亡命之徒，韩建投奔他。

杨复光号称唐末"擎天白玉柱，架海紫金梁"。他看中的这几个人，不是一般人物，个个是乱世枭雄。

2

> 二月卖新丝，五月粜新谷。
> 医得眼前疮，剜却心头肉。
> 我愿君王心，化作光明烛。
> 不照绮罗筵，只照逃亡屋。

洛阳诗人聂夷中目睹黄巢之乱和唐室衰败，不由感叹世事苍凉，尽吐胸中块垒，写下了这首《咏田家》。

881 年六月，唐僖宗跟随大宦官田令孜逃到了西蜀成都府，就像一百二十多年前的唐玄宗"幸蜀"一样。唐僖宗是否读过《咏田家》不得而知，但他没有"化作光明烛"却是事实。诗人罗隐写下诗歌《帝幸蜀》，来描述自己对唐僖宗逃奔西蜀的惆怅心情——

> 马嵬烟柳正依依，又见銮舆幸蜀归。
> 泉下阿蛮应有语，这回休更冤杨妃。

诗人韦庄，写下了《立春日作》，悲叹"幸蜀"——

> 九重天子去蒙尘，御柳无情依旧春。

如今不关妃妾事，始知辜负马嵬人。

　　"幸蜀"的唐僖宗看到成都不如长安豪华，心情像这些诗人们一样闷闷不乐。诗人们是忧国、忧君、忧民，唐僖宗是恨黄巢、烦官吏、苦生活。唐僖宗天天与妃嫔、宦官们赌博、饮酒，以解烦闷。田令孜不忘开导唐僖宗："万岁爷呀，神策军以及各个藩镇兵马正在并力剿贼呢，我们一定能够很快收复长安的。"身边的宦官们立即跪下，高呼万岁。唐僖宗这才稍稍感到快乐。

　　唐僖宗入蜀，身边跟了五百护驾的神策军。这些将士虽说没有什么功劳，忠心却是有的。田令孜拿出钱财来，厚赏这些护卫将士。成都，不仅有护驾的神策军，还有当地的蜀军。蜀军眼睁睁地看着外来的神策军不仅粮饷多，而且衣食住行样样好，心中就愤愤不平。

　　田令孜看得明明白白。他找个日子，召集蜀军将领喝酒，美酒佳肴不说，连酒杯也是金子做的。觥筹交错，推杯换盏，个个喝得烂醉。田令孜非常兴奋，把这些金杯全都赏给了蜀军将领。

　　西川黄头军使郭琪对田令孜说："田公公，诸将每月俸禄有余，常思难以报答圣恩，岂敢贪得无厌？只是蜀军与护驾神策军同样拱卫朝廷，而蜀军的赏赐少得可怜，蜀军很有怨气，万一引起兵变就不好了。希望朝廷能够减少诸将的赏赐而均给蜀军，使蜀军、神策军待遇一样。那样的话，蜀军上下就会更加忠心朝廷了。"

　　田令孜沉默了一会儿，绷起脸来问郭琪："这些神策军保驾有功，你有什么功劳？"

　　郭琪侃侃而谈，列举了自己的赫赫战功："启禀田公公，皇上来蜀地前，匪盗是猖狂的，末将跟着崔安潜大帅剿匪，身负重伤，昏死了三天才苏醒过来。"

　　田令孜见郭琪如此强硬，便来了个软的，换了一个酒杯给郭琪倒酒。郭琪这下也不好拒绝，就一口喝下。郭琪明白，田令孜阴险毒辣，酒中暗藏杀机。

郭琪回到了家里，就开始吐酒，居然吐出数升黑汁，显然酒中下了毒。郭琪心想：自己本是一片忠心为国，没想到朝廷的奄狗却要咬死自己。郭琪干脆一不做二不休，直接反了，率领着自己的部下攻向了唐僖宗、田令孜。陈敬瑄派出西川军反击，郭琪寡不敌众，逃出了成都。他路上诈死，逃避了田令孜、陈敬瑄的追杀。

唐僖宗躲过了郭琪这一劫，对田令孜和陈敬瑄更加信任，对外臣愈加疏远。左拾遗孟昭图打探到唐僖宗逃到了成都，也一路追随而来。他给唐僖宗上了封奏折，里面尽是抱怨唐僖宗亲宦官疏外臣——

宦官与外臣共为陛下服务。去年冬天，陛下离京时，没有告诉朝中官员，结果宰相以下官员多被贼杀害，唯独宦官们平安完好。今天跟随陛下来到蜀地的朝廷官员，都是冒着生命危险，经过艰难跋涉，千里迢迢来此。陛下与朝官应该共患难。如今陛下不体恤群臣，只宠信宦官，道理何在？天下，是唐高祖、唐太宗开创的天下，不是宦官的天下；天子是四海九州的天子，也不独是宦官的天子。以上所言，望陛下三思。

田令孜看了这道奏疏，七窍生烟。他直接扣下奏折，矫诏将孟昭图贬官。孟昭图走到蟆颐津，田令孜派人将其推入水中淹死。狄常侍感慨孟昭图遭遇，写下了《悼孟昭图》一诗——

一何罪死一何名，独向湘江吊屈平。
从此蜀川春夜月，杜鹃啼作两般声。

果如诗中所言，蜀川春夜月，杜鹃两般声。外臣和蜀军的怨气被压下去了。

3

黄巢成了"大齐皇帝"，不再与手下同甘共苦了。他整日与嫔妃、宫女们鬼混，不知疲倦，那鲜活香艳的肉体令他陶醉，豆卢瑑的女儿也成了黄巢的妃子。

黄巢自认为大功告成，可"大齐"的范围，仅仅长安城附近几州。此前，黄巢能横行大半个中国，在于黄巢军的流动作战，声东击西。如今数十万大军蹲在关中这个狭小区域内，又被各地藩镇大军团团包围，如同进入了猎人的口袋，黄巢陷入了极其危险的境地。

唐朝官军一年的围困，让黄巢军粮草短缺。黄巢无奈之下，对众将领说："安史之乱的时候，睢阳被围，城中无粮，守将张巡开始吃人。你们都是'大齐'的栋梁，难道没有这种智谋吗？"

黄巢军开始吃人了。唐军官兵欣喜不已，不只因为胜利在望，更因为有了发财门路。丧心病狂的唐军官兵竟然抓捕逃亡山林的百姓，卖给黄巢军为食。此时的长安，堪称人间炼狱，往日繁华的大都会成为过眼云烟。不只长安城，关内也是糜烂不堪，民间村落都成为瓦砾场。老弱填沟壑，丁壮散四方。最可怜的是青年妇女，成为黄巢部下行乐的玩物，任意糟蹋。

黄巢手下大将孟楷击败了唐朝邠宁节度使朱玫。朱玫，邠州人，与黄巢军交战，咽喉被刺穿，但他命大，活了下来。

黄巢手下大将朱温打退了唐朝夏州节度使李思恭。李思恭率领残众逃归夏州，修缮兵甲、补充军士后，再度返回关内，围剿黄巢军。

朱温投奔黄巢已近五年，他不断得到拔擢。882年二月，黄巢任命朱温为同州防御使，让朱温自行攻取。朱温领兵南下，很快攻克同州，同州刺史米诚逃奔河中府。河中节度使王重荣率领精锐军士三万，攻打朱温。朱温所统军士仅仅五千，不由大惧，吓得将舟船全部凿沉河中。

朱温长年征战，东驰西突，掠得美人儿不知有几千数百。他本性好色，但始终想念着张蕙女。如果拣了几个美人，也是今日受用，明日舍去。老天有意成人之美，当朱温攻陷同州后，他的心上人也逃难到同州，为他部下掠取，献至朱温座前。

朱温定睛一看，这不正是朝思暮想的张蕙女吗？虽然乱发粗服，依旧倾国倾城。朱温激动问："你是前宋州刺史张蕙之女吗？"

女子低声称是。朱温连声道："请起！请起！你是我同乡，你屡遭兵祸，想是受惊不小了！"

张蕙女含羞称谢，站立一旁。朱温问她这些年遭遇，张蕙女答："父已去世，母亦失散，小女子跟了一班乡民，流离至此，幸得见到将军，顾全乡谊，才得苟全。"

朱温高兴说："五年前，宋州郊外，目睹芳姿，倾心已久。近年我东奔西走，时常探问府居，竟无着落。我已私下立誓，如果不能娶你为妻，情愿终身独自生活，所以到了现在，我仍是孤身一人。今日天降良缘，我朱温是三生有幸呢！"

张蕙女闻听，两颊生红，俯首无言。朱温唤出婢女，拥张蕙女梳洗打扮。当晚，与张蕙女成婚。洞房花烛府，宛如天仙的张氏令朱温如痴如狂。

朱温连遭王重荣的围击，急派手下谢瞳向长安求助。

"大齐"朝中，上下、内外离心。总掌兵权的军容使孟楷嫉恨朱温，只对谢瞳说知道了，后来竟严词训斥，说朱温希图拥兵自重，不肯奋力征战。谢瞳回报，气得朱温咬牙切齿，大骂孟楷。

朱温回到家中仍是愤愤不休，向张氏述说心中的闷忿。张氏，唐朝前宋州刺史的女儿，自然心向唐朝廷。张氏趁机劝说朱温归唐："将军勇武善战，兼具文韬，唐朝廷正是用人之际，将军一旦归顺，必得重用，更可立下不朽之功。将军当初发愤投军，不就是要获功名富贵吗？现在困中求生，遭人嫉恨，后果难料，而如果归顺唐朝廷，功名利禄一切立至，妾身也免得整日为将军提心吊胆。"

张氏言之有理，朱温立刻心有降意，只是怕部众不服，一时难以决断。

想劝朱温投降的，不只张氏，还有唐朝诸道行营都监杨复光。他工于心计，擅长劝降。他又拿出他的劝降老招，派人潜入同州城，收买了朱温手下谢瞳、胡真。

谢瞳、胡真，一文一武，深得朱温器重。

谢瞳，福州人，进京参加科举考试，连试三次不中。黄巢攻占长安后，他便投在朱温帐下，成为贴心智囊。

胡真，江陵府人，体貌雄壮，尤善骑射，投奔黄巢军后，在朱温麾下为校，深得朱温信赖。

谢瞳已觉朱温有归唐之意，便趁机进言："黄巢起自草莽，乘唐衰乱，伺隙入关，但他并非天选之人，无力称王天下。目前来看，他是兴容易、亡也容易，断不足与他成就大事。今唐天子在蜀，各个藩镇大军闻命勤王，云集景从，可见唐德虽衰，人心还是未去呢！当前，孟楷总掌兵权，嫉妒将军，处处使绊。将军在外力战，奸人在内牵制，试问将来能成功吗？愿将军三思！"

朱温沉思良久，望着谢瞳说："我早有此意，只是担心将校不肯一心！"

恰在这时，胡真也来劝降。朱温三人不谋而合，便决意归唐。

朱温召集将校，谢瞳、胡真二人一唱一和，宣传鼓动，众将校有些情绪激昂。

朱温涕泪纵横，忧伤说道："我朱温投军以来，拼命冲杀，南北转战，早已将生死置之度外。现唐军数万紧围同州，我等身陷绝境。我们向长安屡请增援，前后十次，不想孟楷居中专横，竟不肯发一卒一兵赴援。我朱温身死无所谓，只是不忍让众弟兄随我而死。"

徐州人朱珍、曹州人庞师古、寿州人丁会、宋州人邓季筠等众将校，都是朱温亲信，见状立刻发誓，愿随朱温共降唐朝。朱温当即将黄巢派来的监军、昔日唐朝宦官严实诱至，当众斩首，然后宣布易帜降唐。

朱温派谢瞳率十余亲兵，出城去见河中节度使王重荣。王重荣与朱温

37

交兵多次，深知其勇武善战，闻知其愿归从，极为高兴，随即与朱温相聚于同州城下，设案结盟。时朱温三十一岁，王重荣五十一岁，朱温之母也姓王，朱温愿认王重荣为娘舅。王重荣虽心中高兴但却推辞不受，朱温意坚诚恳，众将几经劝说，王重荣方肯受其礼拜。

劝降，是杨复光之功。今见王重荣受利，杨复光起了妒心，想要斩杀朱温。王重荣连忙劝阻："如今招降黄巢兵马，投降的一律赦免，为什么要单单杀朱温呢？朱温此人骁勇可用，杀了他怕是不祥。"

王重荣即日将兵撤围，仍令朱温镇守同州。

唐朝诸道行营都统，重由王铎担任。王铎得报，也是极为高兴，承制授朱温为同州节度使。

谢瞳入蜀奉表，代表朱温晋谒唐僖宗。蜀中的唐朝君臣已经看过王铎、王重荣的飞章上奏，个个眉开眼笑。唐僖宗一再览表，大喜说："这是上天赐我大唐良将呀！"唐僖宗听完谢瞳叙述朱温参加黄巢军之由，闻他有"金吾"之叹，当即传诏，授朱温为金吾卫上将军、赐名朱全忠；另授谢瞳为检校屯田员外郎，赏赐甚厚。次日，宣达朝堂，布告天下。

朱温当年思慕东汉光武帝刘秀"为官当做执金吾，娶妻当得阴丽华"，今皆如愿以偿。

黄巢见朱温叛变，异常愤怒，亲率五万精兵来战。

王重荣驻军在华阴，杨复光屯兵在渭北，与同州朱温结成掎角之势，联合抵挡五万黄巢军。战鼓鸣鸣，旌旗猎猎，双方展开大战。突然天空下起了暴雨，大地刮起了狂风。这雨浇得黄巢军睁不开眼，这风刮得黄巢军站立不稳。唐朝官兵踊跃向前，黄巢军节节败退。风雨中，黄巢中了流矢，大败逃走。

王铎出任诸道行营都统，派都统判官张濬前往青州宣诏，召青州平卢军节度使王敬武共讨黄巢。

张濬，瀛州人，年轻时涉猎文史，性情洒脱，但一直都郁郁不得志，于是隐居山中学习纵横之术。后来得到大宦官杨复恭的推荐，被任命为太常博士。黄巢率军逼近关中时，张濬称病辞职，带着母亲避乱于商州。唐僖宗弃京出逃西奔蜀地时，张濬指点汉阴县令李康献上数百骡车的干粮，解决了唐僖宗逃难途中的粮草短缺，得到唐僖宗的器重，被召为兵部郎中。王铎总领收复长安战事后，被王铎召入幕府，担任都统判官。

青州平卢军节度使王敬武已降黄巢，张濬当面斥责他："王公不知君臣礼数，又有什么脸面统驭军民？"王敬武愕然谢罪。

张濬宣读诏书，青州平卢军将士默然不应。张濬对他们晓以逆顺之道："你们不效忠于享国数百年的天子，却向黄巢这个盐贩子出身的乱贼称臣，有什么利益可图？如今各处藩镇纷纷勤王，你们占据青州之地坐观成败，难道不内心有愧吗？一旦朝廷讨平黄巢，你们又会有什么下场？现在应诏出兵，富贵功名，指掌可取。"

诸将感动，皆表示愿意效忠唐朝廷，王敬武于是派军跟随王铎作战。

三 鸦儿军来了

秋风萧瑟，吹来了小雨绵绵，吹下了满地金黄。

河中节度使王重荣看到落叶飘飘，心中伤感，向诸道行营都监杨复光说："黄巢虽然败了，但他还会卷土重来。不要小瞧了他，他曾经像这秋风一样，扫荡了大半个天下。"

杨复光嘿嘿一笑说："黄巢这个乱贼有什么可怕的？老奴不才，劝降了周岌，劝降了秦宗权，劝降了朱温，还曾劝降了王仙芝这个贼首，只不过当时让已经死去的老家伙宋威给搞砸了。"

"杨公公还能劝降黄巢吗？"

"不能。但老奴可以借刀杀黄巢。"

王重荣瞪大了眼睛。杨复光说出了他的打算："黄巢之所以能攻陷长安，其中一项原因是大唐两线作战，长安附近的精兵都去对付沙陀首领李克用了。这李克用英勇善战，人送绰号'飞虎子'。听到探报，他现在跑到了塞外，重又聚集起一帮鸦儿兵。我们如果借兵李克用，就会大败黄巢，从而拯救起已经患难的大唐王朝。"

王重荣明白了，杨复光是想借鸦儿军这把利刀，刺向黄巢。王重荣又问："李克用刚刚被我大唐打败，他会同意吗？"

杨复光哈哈一笑说："老奴最擅长的就是劝降。"

王重荣、杨复光当即派人赴蜀，上表唐朝廷。

朱温的投降，让唐朝廷看到了剿灭黄巢军的曙光。

成都武侯祠内外，也是小雨绵绵。唐僖宗在大宦官田令孜、同平章事韦昭度等人陪同下，拜谒了三国汉昭烈帝刘备、蜀汉宰相诸葛亮神像。就在诸葛亮殿内，唐僖宗向随行众臣说："王重荣、杨复光虽然招降了朱温，但又上奏说，乱贼黄巢的势力仍然很大，与乱军作战仍然力量不足。他二人想出了一个办法，就是推荐沙陀族李克用进入关内剿匪。二人在奏章中说，李克用为人忠直、作战骁勇、不惧危难、视死如归，而且拥有一支强大的鸦儿军。如果朝廷下旨赦免李克用罪过，请他出兵，他一定能够迅速剿平黄巢乱贼的。"

田令孜接话："蜀汉丞相诸葛亮给我们智慧，这智慧就是以夷制夷，以乱治乱，以毒攻毒。李克用不是北逃了吗？可以将他招来，用鸦儿军来攻击黄巢乱贼。"

"阿父"的话，唐僖宗是言听计从的，但他还是看了看旁边的韦昭度。韦昭度，长安府人，闻听唐僖宗来到蜀地，便也前来，被任命为同平章事。此时的韦昭度心里清楚，黄巢军盘踞在长安已近二年，周边藩镇力量薄弱，赶不走黄巢。现在局势逼着唐朝廷拉下脸来请李克用南下。韦昭度附和道："沙陀骑兵虽然危害唐朝廷，但如今长安被乱贼占去，好比一个人得了半身不遂。这种情况下，毒性极强的砒霜就是一味治病的良药。"

君臣齐心，无须再行探讨。唐僖宗当即下诏，召回李克用，任他为代州刺史、雁门以北行营节度使。

李克用不但接到了唐僖宗的诏书，还接到了王重荣、杨复光的来信。李克用与其父李国昌明白，沙陀族与唐朝廷是相互利用、彼此提防的。现在的唐朝廷是在使用驱虎吞狼计，用沙陀鸦儿军作打手，去镇压黄巢军。李国昌向李克用说："我们不是不明白唐朝廷的伎俩，我们更明白的是，吞下'狼'，'弱虎'才可以成为'壮虎'，沙陀人可以借镇压之名，重夺雁门之地。"

882年十月，二十七岁的凶悍的李克用率领骑兵七千、步兵一万进入关中。沙陀鸦儿军身穿黑衣，素来强悍。这些沙陀人想到的是重夺雁门之地，但没有想到的是，在以后的数十年里，自己的民族将迎来成长发展的巅峰，在中国历史上留下浓墨重彩的一笔。

长安城含元殿里，一群艳丽的宫女在翩翩起舞，一群唐朝遗留下来的伶人在弹奏着靡靡之音。忽然，军容使孟楷紧急来报："沙陀李克用杀来了！"

黄巢端在手上的酒杯立刻掉了，惊叫道："是鸦儿军来了吗？"

黄巢对骁勇善战的沙陀骑兵心有余悸。襄州之战中，击败黄巢军的关键力量就是五百沙陀骑兵。五百骑兵尚且难以对付，要对付这一万七千沙陀鸦儿兵更是难于登天了。黄巢问孟楷："怎么办？"

"当年，我们在南面与唐军斗，沙陀人则在北面与唐军斗。"

"我明白了，招降沙陀人，共霸天下。"

但是李克用怎会瞧得起黄巢这些乱民？当即严词拒绝。

黄巢使出吃奶力气，命宰相尚让率领十五万大军出战。

勇冠诸胡的沙陀人，以骁勇闻名。黄巢军却是乱民杂聚一起，虽有人数优势，但难以抵挡沙陀兵的冲锋。梁田坡一战，黄巢军全线溃败，死者数万。李克用乘胜攻克了长安外围的华州，刺史黄邺逃回长安。鸦儿军一路势如破竹，杀到了长安。

883年二月，朱温被唐朝廷任命为汴州宣武军节度使。他也率军来到长安，与鸦儿军一起围攻长安。黄巢军节节败退，粮食早已吃光。无奈之下，黄巢发兵三万修筑蓝田道，准备撤离。

883 年四月，李思恭率领的夏州军以及唐朝各路兵马从四面八方汇集长安，与黄巢军展开决战。李克用率鸦儿军抢先出战，黄巢军连战连败。朱温、李思恭率其他诸道兵马趁机发起攻击，黄巢军全线溃败。四月十四日，李克用率鸦儿军攻入了长安。黄巢连夜撤离，这时，黄巢军尚有兵力十五万。黄巢虚晃一招，扬言奔徐州，却经蓝田逃去。长安城攻下后，唐朝各路官兵大肆抢掠，又在路上争拾黄巢军辎重，不去追击黄巢，黄巢得以整军而去。

1

回头敛袂谢行人，丧乱漂沦何堪说！三年陷贼留秦地，依稀记得秦中事。
紫气潜随帝座移，妖光暗射台星折。家家流血如泉沸，处处冤声声动地。
东邻有女眉新画，倾国倾城不知价。长戈拥得上戎车，回首香闺泪盈把。
四面从兹多厄束，一斗黄金一斗粟。尚让厨中食木皮，黄巢机上刲人肉。
六军门外倚僵尸，七架营中填饿殍。长安寂寂今何有？废市荒街麦苗秀。
明朝晓至三峰路，百万人家无一户。破落田园但有蒿，摧残竹树皆无主。

年近半百的诗人韦庄离开长安，前往洛阳。他将耳闻目见的乱离情形，写成长篇叙事诗《秦妇吟》，从中可见长安城的惨状："大齐"二号人物尚让也吃树皮了，唯有"黄巢机上刲人肉"。下层兵民，只有"六军门外倚僵尸，七架营中填饿殍"。"百万人家无一户"，"摧残竹树皆无主"，长安城一片死寂。

值得庆幸的是，十五万黄巢军终于离开长安，向东逃窜去了。

883 年五月，黄巢派孟楷奔袭河南道蔡州。蔡州刺史还是秦宗权，他曾经投降黄巢，在杨复光劝说下，又归顺了唐朝廷。蔡州军虽然彪悍，但却被孟楷击败。以一州之兵，抵抗十五万黄巢军，秦宗权内心瑟瑟发抖，无奈的秦宗权又选择了投降。

孟楷又进攻陈州，不料陈州刺史赵犨早有防备。

赵犨，陈州人，博学多识，精于弓马。赵犨料到黄巢必然进犯陈州，便在陈州城外深挖沟堑，加固城墙，修整铠甲，囤积粮食。方圆六十里的百姓全部迁到陈州城里，赵犨坚壁清野。

赵犨迎战孟楷，先是示弱，待孟楷轻敌无备，突然发动袭击，诛杀黄巢军一万余人。孟楷被俘，出口不逊，被赵犨斩杀。黄巢气昏了头脑，率领大军屯于溵水，誓为孟楷报仇。

883年六月，黄巢与秦宗权合兵一处，深挖战壕五道，全力围攻陈州。陈州军民惊恐万分，赵犨给众人鼓劲："现在敌众我寡，正是大丈夫为国建功立业之时。我们生在陈州，长在陈州，我们要誓与陈州共存亡。"众民稍稍安定。赵犨亲自率军，出城作战，多次战胜黄巢军。以一州之力，对抗庞大的黄巢军，赵犨极为吃力。他站在陈州城楼，往西望去，心中充满惆怅：攻破长安城立下大功的李克用、李思恭、朱温哪里去了？

收复长安，李克用立下大功，被唐朝廷封为河东节度使，李国昌封为雁门以北行营节度使。河东藩镇，位于黄河以东，治所太原府，天险黄河与天险太行山环绕，地势险峻，易守难攻。太原府乃李氏唐朝龙兴之地，自唐朝建立起，便在此屯驻重兵，防备沙陀、契丹。此地民风彪悍，无论蕃汉，甚至妇女少年皆有骑射本领。李克用到了太原府，扩张鸦儿军，既有游牧族，也有汉人入征。这只蕃汉混编的鸦儿军弓马娴熟、能征善战。李克用从此手握鸦儿军，虎踞河东道，横行天下。不久，李国昌去世，忻州、代州等地也归属李克用。

唐僖宗因为李思恭收复长安有功，加任李思恭为太子太傅，晋爵为夏国公。李思恭权知京兆尹，正在长安收拾残局呢。

883年七月，朱温到达河南道汴州，上任宣武军节度使。此时，朱温三十二岁。汴州曾是战国时期魏国的都城。隋朝时，隋炀帝杨广开凿了举世闻名的大运河，中经汴州，让汴州城尽得漕运之利。到了唐朝，汴州城上升为中原重镇，成为兵家必争之地。朱温上任后，汴州成为朱温的大本营，四十年的朱氏基业由此开始。

朱温组建了强大的汴州军。朱温将新招募的军士和降兵，都交给部将朱珍训练。朱珍建立了严格的军法。如果有将校阵亡，他所率的军士全部斩首，称之为"跋队斩"。"跋队斩"虽然提升了战力，但也有副作用，就是当将校阵亡后，所辖军士纷纷逃亡，拉帮结派，烧杀抢掠。于是朱温又在汴州军士脸上刺字，这样逃亡军士多被认出，抓住后遣返。如此邪恶军法，造就邪恶战力。此后，汴州军在战场之上，想不死战都难。汴州军与鸦儿军一样，都成为北方的劲旅，朱温从此强势崛起。

朱温遣胡真率兵役百人，乘坐车马，至萧县刘崇家，迎母王氏并刘崇母。

刘崇家居乡僻，虽经地方变乱，但不遭焚掠，所以全家无恙。惟自朱温弟兄二人离开后，一别六载，杳无音讯。朱全昱已娶妻生子，始终不离刘崇家。朱温母王氏时常惦念两儿，四处托人探问，或说二人做了强盗，或说二人已死岭南，没有确切消息。

胡真一行人来到了刘崇村落，车声辚辚，马声萧萧，吓得村中百姓都弃家逃走，以为大祸临头，不是大盗进村劫掠，就是乱兵过路骚扰。刘崇全家老小，也是惊慌万分。

胡真进入刘崇家，说是奉汴州宣武军节度使朱温差遣，来迎朱太夫人及刘太夫人。朱温母王氏心虚胆怯，疑是两儿为盗，被官府拿住，前来搜捕家属，吓得魂飞魄散，奔向灶下躲藏，浑身乱抖不停。还是刘崇有些胆识，出去问明，才知朱温已官拜汴州宣武军节度使，特来迎接两位太夫人。刘崇当即找寻朱温母王氏，将情况一一陈述。王氏还是不信，颤抖问："朱阿三哪有这等富贵之命？节度使这么大的官儿，绝非我儿能做上，想是弄错啦。"

刘崇母过来了，从容说："我原说朱阿三，不，朱大帅，不是常人，如今他做了节度使，为何不能相信？妹妹，我如今要称您太夫人了！一人得道，鸡犬升天。我刘氏一门，全仗太夫人关照啦。"

说至此，刘崇母便向朱温母敛衽称贺。朱温母王氏慌忙答礼说："不要折杀老奴！"

刘崇母握着王氏手，请她走进厅堂。王氏硬着头皮，随刘崇母出来。刘崇母笑着对胡真说："朱太夫人出来了！"

胡真一行人立即向王氏下拜，并询及刘崇母，知是刘太夫人，也一并行礼。

胡真将朱温如何建功、如何拜爵等情，一一详述无遗。朱温母王氏方才肯信，喜极而泣。王氏问："大儿朱全昱以及刘氏一家，难道朱阿三没提及吗？"

胡真答："大帅待两位太夫人到了汴州，自会有安排。"

王氏、刘崇母登车，随着胡真而去。

萧县离汴州城不远，只有一二日路程。距汴州城十里，朱温已排着全副仪仗，亲来迎接两母。既见两母到来，便下马施礼，问过了安，随即让两车先行，自己上马后随。道旁百姓，啧啧叹羡，称为盛事。到了城中，趋入朱府。朱温下马，扶二母登堂，盛筵接风。朱温唤出妻室张氏，拜过两母，然后二人陪两母欢饮。

朱温母王氏问及朱存，朱温答道："二哥已经离开人世了。"

王氏立刻痛哭起来，刘崇母上前劝慰。

朱温抹了抹眼泪说："我们兄弟两人投奔黄巢，跟随他去了岭南，遇到瘟疫，二哥没挺过来，死去了。二哥有二儿遗下，因道途遥远，尚未接回，母亲不必伤心了！"

谁料朱温母王氏更加伤心了，不停责怪朱温："老二死去了，两个孙子肯定过着乞讨的日子，你朱阿三还有亲情吗？"

朱温红着脸，连忙应承道："等战乱稍稍平息，儿就去把两个侄儿接来。"

王氏转悲为喜,想了想又说:"你大哥朱全昱,尚在刘家,虽娶妇生子,也是勉力支撑,仍旧一贫如洗。你既发达,应该顾念兄长。况且刘家主人,也养你好几年,刘太夫人如何待你,你应当还记着。今日该如何报恩呢?"

朱温淡淡说:"何劳母亲嘱咐。"

当日,朱温派人再往刘家,赠刘崇、朱全昱黄金各千两。

2

黄巢久攻陈州城池不下,愈加愤怒,发誓要活捉刺史赵犨,屠尽陈州之人,以泄心头之恨。黄巢在陈州城西建起八仙营,分封百官,设置百司,储备粮食,打算持久下去。黄巢大势已去矣,二百多天了,历经大小百战,都没能攻下陈州城。

883年腊月,赵犨派人突出重围,向汴州宣武军节度使朱温、河东节度使李克用、徐州感化军节度使时溥、许州忠武军节度使周岌求救。汴州、太原府、徐州、许州,环绕在陈州四周。四大藩镇只有剿平黄巢,才能过上平安日子。不用说,四大藩镇一齐出兵援助陈州。

陈州周围上百里,已无百姓生活,也无人种田。黄巢军中再度上演了以人肉为军粮的惨剧。黄巢军将俘虏军士、流亡百姓抓来,放入石臼里,用巨碓碾成肉泥,制成干粮,以此来填饱军士们的肚子。数百巨碓,同时开工,把能见到的百姓都碾光了。黄巢纵兵四掠,所过之地,百姓净尽。陈州城像一把剪刀,似乎要剪掉黄巢的前程。黄巢若继续转战各地,也许还能让"大齐"政权苟活数年。但黄巢为了一口气死死缠住陈州,丢掉了重生时间。

884年三月,四大藩镇兵马一齐出击黄巢军。

李克用、时溥率军,围攻太康,黄巢手下头号大将尚让过够了"吃人"的日子,率领部下万人,投降了时溥。朱温、周岌率军攻下了瓦子寨,黄巢手下大将李唐宾投降了朱温。李唐宾，陕州人，骁勇过人。朱温与周岌分兵围剿陈州四周的黄巢军，大小四十余战。

四月，朱温攻下西华寨，黄巢之侄黄邺只身一人逃走。

五月，连日大雨，平地积水深达三尺，黄巢军所筑的营垒被洪水冲垮。黄巢见大势已去，舍弃了围困三百多天的陈州，逃命而去，陈州之围遂解。陈州之败，是黄巢的最终失败。要说诱因，那就是孟楷。他嫉贤妒能，逼反了朱温；他轻敌身亡，令黄巢发狂。

朱温进入陈州。刺史赵犨非常感激，到朱温马前迎接，归附于他。赵犨为朱温立下生祠，每日参拜。其后，全力资助朱温。

李克用没有进入陈州，他统率鸦儿军追击黄巢。李克用夫人刘氏，云州人，明敏而且多智，常常随夫出征。云州刘氏劝说李克用："太原往东南是汴州，汴州往东南是陈州。我们大军来这儿攉黄巢，与其说是给陈州解围，还不如说是给朱温清理家园呢！"李克用虽骁勇但少智，经云州刘氏这么一提醒，立刻明白了，当即说道："我李克用在拼命，他朱温坐享其成呢！"李克用派人催促朱温进军。

冥冥之中，黄巢的命数到头了。假若黄巢像当年那样，率残军向南，远离太原府、汴州，那么李克用、朱温都会放弃追击。偏偏黄巢率军向西北挺进，来到了汴州近郊中牟县。朱温不得不出击了。他致信李克用："愚兄虽年长贤弟四岁，但驰骋疆场，愚兄不如贤弟。现今，我们兄弟二人在中牟会合，共击黄巢乱贼，期待建立不世之功。"

李克用与朱温合兵，埋伏在中牟北面的王满渡。黄巢军渡河一半，朱温、李克用发起袭击，杀死黄巢军一万人。黄巢手下大将霍存、葛从周、张归霸、李谠跪倒在朱温的马前，朱温收容了他们。

霍存，洺州人，生性骁勇，尤善骑射。

葛从周，濮州人，聪明豁达，喜读兵书。

张归霸，翼州人，风流倜傥，勇敢机智。

李谠，河中府人，勇悍多力，甚有气谊。

黄巢军损失惨重，向东北逃去。等到了封丘，李克用再次将他们击败。这时，乌云密布，天空突然黑了下来。随着雷公电母的到来，下起了倾盆大雨。鸦儿军躲雨之时，黄巢带领残兵千人，东奔兖州。李克用一心想立盖世奇功，奔驰三百里追击黄巢，但黄巢军一千人竟然消失得无影无踪。在云州刘氏劝说下，李克用放弃寻找，率军返回。

路过汴州，李克用在城外封禅寺休军整顿。

884年五月十四日，朱温在汴州城内上源驿摆下了豪华宴席，邀请李克用畅饮。

驿馆内灯火通明，人声鼎沸。妖媚妖娆的舞女、清扬美妙的丝乐增添着宴会的情调。朱温频频举杯，劝李克用饮酒。数月征战，李克用未曾如此享受过。他来者不拒，一杯接着一杯，很快醉意朦胧。李克用酒后吐狂言："朱兄呀，陈州解围，我李克用是功居第一的，但听说陈州刺史赵犨归附了你。我李克用是一介莽夫，你朱温是奸人呢！剿平乱贼，我李克用损伤弟兄，而你朱温却增添了同党。其实，你朱温人再多，也是些乱民草寇，打不过我们草原上的沙陀健儿。"

李克用说的是实情。黄巢手下李唐宾、霍存、葛从周、张归霸、李谠等骨干战将都投降了朱温，朱温是实力大增。李克用说他们是同党，也是实情，毕竟他们都曾在黄巢手下打家劫舍。说他们不能打仗，却伤了这些人的自尊心。

李克用醉了，没看到年长自己四岁、满面堆笑的朱温脸上红一阵、白一阵，也没细想李唐宾、霍存、葛从周、张归霸、李谠等人就在旁边饮酒。他们做过贼不假，但也是人，都需要旁人尊重的。朱珍、庞师古、丁会、邓季筠、谢瞳、胡真等朱温亲信战将也在饮酒，他们也是血性之人，容不得一个胡人对自己的主子指手画脚。

李克用此次进入汴州城，仅仅带了薛志勤、史敬思、李嗣源、郭景铢等三百名侍卫。

> 薛志勤，蔚州人，现为右衙都校；
> 史敬思，代州人，沙陀族勇士，骁勇善战；
> 李嗣源，本名邈佶烈，应州人，沙陀族勇士；
> 郭景铢，李克用贴身侍者。

酒宴结束，李克用被郭景铢架着回客房休息。朱温也回到了府邸，一众汴州军将领尾随而至。他们气愤难平，朱珍上前说："大帅，李克用这个'独眼龙'欺人太甚、狂妄无礼，太不把大帅您放在眼里了！赶走黄巢，我们也是大小数十战，主功是我们的，怎么会是这帮胡人呢？"

朱温的火气，被众将给点燃了，他愤怒说道："没错，鸦儿军是彪悍，可硬骨头是我汴州军啃的。我朱温当过贼，你们也同我一样，可是你李克用是什么好鸟？如果不是黄巢折腾一番，你李克用还在塞北吃沙啃草呢！"

汴州军衙将杨彦洪凑近说："李克用傲气凌人，言出不逊，我们何不乘此机会，除掉这个'飞虎子'，以绝后患？"

杨彦洪的提醒，正中朱温下怀。此时在汴州城的鸦儿军也就三百人，全部干掉是很容易的。朱温虽然喝醉，但心里明白，黄巢已经走到末路了。将来如果有战事，头号劲敌便是这李克用。一向无法无天的"朱阿三"把心一横，决心杀掉李克用，既能出一口恶气，还能为以后除一大敌。说干就干，朱温派朱珍、杨彦洪率兵夜间偷袭。

汴州军用满载木头的车辆堵塞道路，又调集军士团团围住驿馆。

杨彦洪叮嘱朱温："如果大火烧不死李克用，他一定会纵马狂奔，大帅可射杀骑马者。"

驿馆内，李克用酣然入睡，薛志勤、史敬思等亲随在卧房外警戒。忽然，窗外升起火光，箭矢如雨点般射了进来。薛志勤、史敬思等人立刻明白，汴州军前来袭击了。二人率领一百人登上房顶，与外面的汴州军展开对射。

薛志勤勇武冠绝，独登驿楼大呼："朱温负恩无德，邀我家大帅来喝酒，却想杀我们。我们三百人虽少，却足以战胜你们！"薛志勤弯弓射箭，箭无虚发，汴州军毙者数十。

郭景铢冲进李克用卧房，熄灭灯火，使劲摇晃李克用，无奈李克用睡得太死。情急之下，郭景铢将李克用拖入床底，兜头就是一盆冷水，这下李克用醒了。看到冲天的火光、听到阵阵喊杀声，久经沙场的李克用知道危险来了。

火势越来越大，十七岁的李嗣源跑来，向李克用喊道："大帅，赶紧突围。"外面重兵围住，眼前火光冲天，李克用是上天无路、入地无门，急得他破口大骂："这个'朱阿三'，也太心狠手辣了！"

忽然，一阵电闪雷鸣、狂风大作，瓢泼大雨从天而降，火势立刻减弱。喜出望外的李克用与侍卫立刻翻过院墙，突围而去。李克用在闪电照射下，跌跌撞撞逃向了汴州城南门。汴州军上前拦截，又是一番血战。李嗣源等人拼死冲杀，李克用顺利前行。史敬思留下断后，连杀数十人之后，力竭而亡。仅剩薛志勤、李嗣源等十余名侍卫的李克用一路狂奔，爬上了汴州城南门城墙，借着绳索逃出城去。这个晚上，郭景铢等接近三百名沙陀将士命丧汴州城内。

杨彦洪到处寻找李克用，见沙陀人窜了出去，便立刻骑马追去。一道闪电划过夜空，朱温看见一人骑马狂奔，当即说："杨彦洪提醒我，看到骑马者就射杀。李克用，我朱温候你多时了。"朱温张弓搭箭，"嗖"的一声，射向了骑马者，远处之人应声落马。朱温过去察看，立即傻眼了，被射死的不是李克用，而是献计的杨彦洪！朱温不由长出一口气，向天叹道："难道'独眼龙'命不该绝？难道上天降下大雨，是在刻意帮助李克用？"

李克用狼狈回到了封禅寺大营。怒火冲天的李克用要带领将士攻打朱温。

云州刘氏拦住李克用，劝他道："我们沙陀军征战黄巢，已经疲惫不堪。相反，朱温的汴州军收编了黄巢残军，军势正盛。如果现在去攻朱温，便是在错误的时间、错误的地点，打一场错误的战斗。再说，如果我们擅自攻打朱温，天下人谁能分得清其中的是是非非呢？君子报仇，十年不晚。当前明智做法，是先回去禀告朝廷。"

云州刘氏颇习兵机，李克用以前有功，半出内助。有了云州刘氏的劝告，横行天下的李克用压抑怒火，率军回返太原府。

李克用启程时，收到了朱温的来信："昨天晚上，愚兄醉酒了，不知道发生了伤害兄弟感情的事。今天早晨，我才知道我的衙将杨彦洪与朝廷密谋对你下手。为了替你报仇，我已经将他处死了，请你见谅。"李克用气得牙根痒痒。

这就是"上源驿事件"，从此拉开了李克用、朱温两大势力四十年间在中原争雄、互斗的序幕。

李克用路过洛阳，李罕之出城相迎。李罕之脱离黄巢后，高骈举荐他为光州刺史。一年后，李罕之被蔡州刺史秦宗权攻击，城池失守，他就转去依附河阳三城节度使诸葛爽。诸葛爽保荐李罕之为河南尹、洛阳留守。

李罕之出城，在道旁摆下酒宴，盛情款待李克用。李克用刚刚解除了上源驿之难，说话真爽，就问李罕之："朱温倒行逆施，欲杀我这个对他有所帮助的人，罕之兄是否也会这样呢？"

李罕之信誓旦旦说道："愚兄年长贤弟十四岁，绝不会做出像朱温这样的事来。假若愚兄忘恩负义，一定会瞎了眼！"

李克用哈哈一笑说："乱世之中，我们互相支持，罕之兄何必发这样的毒誓呢！"

李克用、李罕之二人从此结下了深厚友谊。

3

李克用回到了太原，将上源驿之变上书唐僖宗，请求出兵汴州。

　　李克用先派其弟李克宁领兵一万，驻扎在河中府待命。

　　唐僖宗不想再起争端，下达诏书，一番劝和，封李克用为陇西郡王。

　　唐僖宗"幸蜀"，已经三年半了。

　　唐朝廷的花费，需要各地上贡。江淮贡赋运往成都，要走西蜀峡江这条水路。涪州刺史韩秀升起兵叛乱，抢夺贡赋，切断了峡江这条要道。

　　西川节度使陈敬瑄非常生气，对衙将高仁厚说："韩秀升占据涪州，劫取钱粮，阻塞交通，致使大唐朝廷官吏俸禄短缺，平民百姓食盐没有着落。如果您能平定韩秀升叛乱，等待您的应当是东川节度使之职。"

　　高仁厚爽快答应，率军征讨。到了涪州，找到山民，仔细询问山川小路以及韩秀升营寨部署。一位乡老说："贼寇精锐全都在船上，守卫营寨的是些年老体弱之人。他们重视攻战，轻视防守，所以早晚会败的！"

　　高仁厚立刻有了声东击西打法。高仁厚在江面上布下军士，大张旗鼓，吓得韩秀升在船上日夜防备。令韩秀升想不到的是，高仁厚暗度陈仓，派出一千勇士，于黑夜中抄偏僻小路攻打叛军营寨。十分疲倦的韩秀升刚要在船上休息，忽然看到岸上营寨火光冲天，急忙派兵救援，但是已经来不及了。老弱之兵以及叛军妻儿全部被杀，资财粮食也被夺走一空。更令韩秀升想不到的是，当叛军回营救援之时，高仁厚派出了百名会水军士，下水凿破了叛军船只，韩秀升的战船一只只沉没。韩秀升来回奔波，眼睁睁地看着营寨、战船都被高仁厚毁掉，立刻心急如焚，怒骂部属防范不严。叛军气愤韩秀升，将他抓住送交高仁厚。

　　高仁厚质问韩秀升："你身为刺史，为何起兵谋反？"

　　韩秀升回答："朝廷法度废弃，天下失去公道，还靠什么来撑起大唐江山？当今谋反的人，难道只是我韩秀升一人吗？成者王侯败者贼，我已是案板上的羔羊，任凭你们宰割了！"

　　高仁厚顿感凄怆，将他押送成都。唐僖宗斩杀了韩秀升。

　　东川藩镇，治所梓州。"击球赌三川"后，杨师立成为东川节度使。唐僖宗途经梓州时，杨师立前来晋见。倍感寂寞的唐僖宗高高兴兴地封杨师立为同平章事、中山公。杨师立虽然升官封爵，但心中忐忑不安。当他听到陈敬瑄许诺高仁厚来领东川的消息，既惊恐又愤怒。杨师立虽然曾是田令孜的亲信，但当他与他的哥哥陈敬瑄密谋解除他的实权时，关系随之破裂。

884年夏，田令孜召杨师立回成都任右仆射，杨师立当即拒绝受命，起兵讨伐陈敬瑄，很快攻到了汉州城下。汉州是成都的门户，离成都仅仅百里之地。一时间，成都恐慌，唐僖宗发布《讨杨师立诏》，剥夺杨师立的所有官职——

杨师立，本实庸材，曾无远虑，幸因薄技，久列禁军。据绵州奏闻，杨师立带甲数千，去州十里，反状具明。此固天地之所不容，人神之所共弃。西川节度使陈敬瑄，以义事君，拥锐敏之师，必能剿除逆竖，镇定蜀川。

陈敬瑄奏请唐僖宗，任高仁厚为东川留后，让其率兵攻打杨师立。高仁厚进军汉州。杨师立派部将郑君雄趁夜突袭高仁厚，小有得胜。高仁厚很快予以反击，东川军溃败。高仁厚追赶至鹿头关，再次击败杨师立。败军逃回梓州，被高仁厚包围。

高仁厚见东川军溃逃如山崩，知道杨师立不得人心。高仁厚思谋一计，将唐僖宗的《讨杨师立诏》射向梓州城，并向梓州城中宣言："停止攻城十天，如果杨师立的人头没有送来，那么将继续进攻，到时屠杀梓州将领在所难免。"几日后，郑君雄兵变，攻打杨师立，逼其自杀。郑君雄将他的首级送给高仁厚。高仁厚逮捕杨师立全家，送往成都。

陈敬瑄将杨师立之子杨触钉在城墙上。当年，陈敬瑄、杨师立在长安时，二家人熟悉。陈敬瑄的儿子陈陶来看杨触，用手指指点点。杨触怒喊道："你有什么兴奋的？我的今天很快就会发生在你们身上。你们准备好丧衣，陪我上路吧！"

杨师立死后，高仁厚成为东川节度使。不久，郑君雄再次叛乱，被陈敬瑄剿平。陈敬瑄担心高仁厚觊觎他的地盘，便调动维州、茂州羌兵袭击高仁厚。高仁厚一点没有防备，被羌兵所杀。

丰州人顾彦朗围剿黄巢军有功，成为东川节度使。

四　记得当年草上飞

徐州感化军节度使时溥派出衙将李师悦，会同归降时溥的尚让，率军追击黄巢。尚让，原黄巢手下宰相，熟悉黄巢活动规律。884年六月十五日，尚让在瑕丘找到了黄巢，两下里殊死作战。黄巢军余众殆尽，黄巢与其外甥林言、侄子黄邺及妻妾逃到了泰山狼虎谷。

黄巢身负重伤，躺在树下的草丛中睡去。恍恍惚惚中，黄巢做了一个梦——

黄巢削发为僧，夕阳下，黄巢在天津桥上行走，他对着行人说："我是大齐皇帝。"可是没人搭理他。

黄巢醒来后，写下了最后一首诗《自题像》——

记得当年草上飞，铁衣著尽著僧衣。
天津桥上无人识，独倚栏干看落晖。

六十多岁的黄巢明白自己已到了人生尽头，掉了几滴泪后，对林言说："我原本打算为天下讨伐奸臣，洗涤朝廷的污浊。但事成而不退，这是我的过错。你拿上我的首级，去献给唐朝吧。你可以求得富贵，不要让他人得利。"林言不忍心，黄巢自刎。

黄巢残暴毒虐，攻克长安之后不思进取，最终被唐朝各路官军击败。黄巢流传后世的诗歌只有三首，落第之时写的"冲天香阵透长安"，透露出黄巢的狂傲霸气；起义前写的"他年我若为青帝"，说明黄巢已经不再眷恋过往生活；死亡前写的"天津桥上无人识"，则是一种旷世悲情。黄巢即便垂败之时，也能骄傲地记住自己曾经"草上飞"。

林言斩下黄巢和黄邺的脑袋，押着黄巢的妻妾去往徐州。林言意欲向时溥献功，不料在路上遇到李师悦、尚让，他们杀了林言，将黄巢等人首级和黄巢妻妾一并献于时溥。

884年七月，时溥派人把黄巢的人头以及黄巢妻妾三十人送往成都。

此时的唐僖宗，已经度过了三年多的"幸蜀"生活。闷热的成都上空，乌云密布。唐僖宗对着天空，哈哈大笑，他终于尝到了胜利的滋味。大宦官田令孜过来献媚说："皇上呀！在您的运筹帷幄之下，这个恶贼终于被杀了！时溥把黄巢妻妾三十人送来了，这里面有许多是大唐朝高官女儿呢！"唐僖宗一听，来了精神，亲自登上大玄楼，心高气傲地责问她们："你们这些女子，世受国恩，为什么跟从了贼寇？"黄巢妻妾气愤回答："假若陛下不逃往成都，假若朝廷能抵挡住黄巢，我等弱女子会来到这里吗？今天陛下不检讨自己，反而责备我等弱女子，是何道理呢？"唐僖宗默然无语。

刀斧手可怜这些妇女，让她们喝醉后再行刑。女子们边哭边喝，不久在醉卧中受死，唯独居首责备唐僖宗的女子不哭亦不醉，从容就死。她是黄巢攻占长安后杀掉的同平章事豆卢瑑的女儿。

黄巢妻妾被杀时，成都刮起了狂风，下起了暴雨。西川节度使军府门前的牛身粗的香樟树也被大风掀倒。豆卢瑑拜相之日，天降雷雨，大风拔起树木，豆卢瑑心中闷闷不乐。有人开解说："此应是相公您成为甘霖，拯救百姓的祥兆啊。"豆卢瑑笑答："这甘霖也太厉害了吧？"没过多久，黄巢进犯长安，豆卢瑑未能逃脱，遭遇杀身之祸。如今成都狂风暴雨，恰与当年长安情景相似。

黄巢军转战南北，所克之城不下数百。晚唐户数大约九百万、人口总数大约五千万，因黄巢之乱，消减户数一百二十万、死亡人口八百万，强大的唐帝国走向崩溃。

平定黄巢，时溥出力不多，但他却取得黄巢首级，送往成都。唐僖宗论功，评定时溥为第一，封时溥为钜鹿郡王、中书令。时溥虎踞徐州，八面威风。尚让之妻蓝田刘氏不甘寂寞，给时溥暗送秋波，二人很快勾搭成奸。时溥心中暗语："尚让是贼出身，势穷而降，如今睡了他老婆，他肯定会报复的。"时溥放心不下，便杀死了尚让。

时溥同时还杀死了一人，那就是五年前杀掉徐州感化军节度使支详的宿州刺史陈璠。他本是一名凶悍愚昧的武夫，没读过书，残酷喜杀，贪得无厌，五年中资贿山积，百姓嗟怨。时溥下令，将其斩于宿州。陈璠死前，忽然索笔写下《临刑诗》——

积玉堆金官又崇，祸来倏忽变成空。

五年荣贵今何在，不异南柯一梦中。

由于陈璠没读过书，且是幡然醒悟，时人以为是鬼代作也。

剿灭黄巢立下大功的王重荣被封为琅邪郡王，加封同平章事。

赵犨被封颍川县伯、同平章事，仍在陈州理政。

两度担任诸道行营都统，率领唐朝官军剿灭黄巢的王铎功成后，被大宦官田令孜进谗，贬为了沧州横海军节度使。王铎累世豪贵，赴任之时，裘马鲜明，美姜如云。魏博节度使乐彦祯之子乐从训觊觎其妻姜财宝，乃伏兵五百于高鸡泊，待王铎一行到来，围而杀之。王铎及僚属三百余人皆死，乐从训尽掠其资财、侍姜而去。乐彦祯奏称王铎为蒙面采花贼所杀。唐朝廷虽怀疑而不能追查，更无法治其罪，于是不了了之。

朱温被封为沛郡侯、同平章事。朱温向张氏发泄不满："夫人，投机取巧的时溥，善于权术的王重荣，还有沙陀族的李克用，都被封为郡王。我立下赫赫战功，功劳不亚于三人，却仅仅得了个侯爵。"

张氏通达事理，劝慰朱温："将军，受封低，是件好事，减少世人妒忌，避免自己气傲。将军要考虑的，不是爵位，而是避祸。上源驿之变，让我们朱家和李克用成为了死仇。虽然暂时和李克用没有交战，虽然朝廷对李克用进行了安抚，但两下里火拼，是迟早要发生的事。"

张氏说得有理，朱温打了个冷战。朱温有汴州军七万，但想要对付李克用的五万鸦儿军，朱温心里没底。

朱温受封沛郡侯，虽然心中不甘，庆贺还是要有的。

朱温开设家宴，向母亲王氏禀告："我父亲一生辛苦，不得一第，今天你儿子成为节度使，荣登相位，获封侯爵，也算是显亲扬名、不辱先人了！"

王氏见他意气扬扬，随口说道："你能至此，算是为先人吐气，但你的行为品德，未必能及先人呢！"

朱温惊问何故，王氏凄然说："别的事不说，你二哥朱存与你同行，客死他乡，尸骨尚未取回。两个孙子飘零异地，穷苦失依。你幸得富贵，却未念及你的二哥，试问你安心吗？照此看来，你的行为品德，恐怕未必能及先人呢！回想你的父亲，虽然贫穷，却常常夜间挑灯教育你们兄弟三人。你与你的父亲相比，品行差远了。"

朱温涕泣谢罪，遣人前往岭南，寻找朱存二子，带来汴州，分别取名朱友宁、朱友伦。

朱温大哥朱全昱回老家砀山县大起甲第，光耀门楣。他生有三子，分别是：朱友谅、朱友能、朱友诲。

朱温先前与民女、营妓生有二子，分别是：朱友裕、朱友珪。

朱温、朱全昱遵从母亲教诲，聘请私塾先生教授这些子侄。这些子侄先读识字课本《兔园册》，再读《论语》《春秋》，同时练习舞枪弄棒。这些朱家子弟要跟着朱温大干一场了。

1

884年夏天，唐朝大宦官、诸道行营都监杨复光患病，在河中府去世，年仅四十一岁。杨复光就是平定黄巢起义的最大功臣，是扶社稷于倾倒的柱国。杨复光凭借个人魅力征服了朝野，史书对他竭尽褒奖之词。

鹿晏弘、王建、韩建、晋晖等八位都头失去了依靠。众人商议一番，推举鹿晏弘为总都头，离开河中府，一起去西川勤王。

鹿晏弘率领八千兵马，一路烧杀掠夺，来到了兴元府，这儿是山南西道藩镇治所，节度使牛勖十分恐惧，弃守兴元府，隐居而去。"击球赌三川"的主角之一牛勖，从此消失在史书中。鹿晏弘占据兴元府，自称山南西道留后，不再前往西川。鹿晏弘让王建、韩建、晋晖等其他都头分别担任山南西道藩镇各州刺史，但不许他们上任，只让他们留在兴元府中。

鹿晏弘霸占一方，与王建、韩建、晋晖等人渐行渐远。鹿晏弘担心他们合伙谋私，数次召他们进府饮酒，嘴上不停夸赞。

王建心中犯嘀咕，秘密与韩建、晋晖商议："鹿晏弘甘言厚意，这让我们心生不安呀。从他的眼神中，我看出他是提防我们啊。"

韩建附和："鹿宴弘一直猜忌我等，我们怕是大祸临头了！"

晋晖对王建道："我们如不自图去就，早晚必被鹿宴弘所害。如今皇上将要回京，我们不如按以前计划，继续西去勤王。"

王建深以为然。恰在此时，处于成都府的大宦官田令孜秘密遣人到兴元府，厚利相诱王建、韩建、晋晖。三人一合计，率众三千，叛离鹿晏弘，前往西川报效唐朝廷去了。

田令孜见到三人，极为高兴，将王建、韩建、晋晖收为义子，将其部纳入神策军。

三人中，韩建运气最好。他攀上了高枝，被拜为金吾卫上将军，接着出任华州节度使，占据华州、潼关一带。韩建出镇华州，治理有方。是时，天下已乱，诸镇皆武夫。韩建原本是个文盲，统治华州期间，刻苦识字，在华州兴起读书之风。

王建、韩建、晋晖离去后，鹿晏弘在兴元府待不下去了。他带领人马，在襄州、邓州、均州、房州、庐州、寿州辗转抢掠，之后回到了老家许州。许州忠武军节度使周岌思量打不过，弃城逃跑。鹿晏弘也是心狠，竟追上周岌，将他杀死在郊外。世道有轮回，苍天饶过谁。周岌为许州忠武军衙将时，驱逐并杀害了其上司许州忠武军节度使薛能，取而代之。仅仅四年后，许州忠武军节度使周岌被曾经的部将鹿晏弘逐杀。鹿晏弘占据许州，自称留后。唐朝廷不能讨伐，就命鹿晏弘为许州忠武军节度使。

885 年正月，唐僖宗自成都启程，回返长安。大宦官田令孜以及王建、晋晖一路护送。

"一片花飞减却春，风飘万点正愁人。且看欲尽花经眼，莫厌伤多酒入唇。江上小堂巢翡翠，苑边高冢卧麒麟。细推物理须行乐，何用浮荣绊此身"。这是诗人杜甫描述安史之乱后长安城衰败的诗歌，用在此时的长安城，是那样的恰如其分。唐僖宗面对眼前的满目疮痍，充满心酸。原来高楼上还有鸟巢，现在什么也不见了。那些站着的麒麟石像，也全部卧倒在了地上。虽然收复长安后对宫殿、街道进行了整修，但长安城已不是原来的繁华的都市。一阵春风吹来，唐僖宗痛哭失声。二十四岁的唐僖宗已经成熟了不少，然而为时已晚，昔日只知道玩乐的花花公子对大唐江山的衰微已是无力回天。

乱世病疫多，长安城中药铺特别吃香。白兰堂药铺经营一味神奇汤药，不问来人是什么病痛，统统一百文钱一副汤药。说来也奇怪，不论各种疾病，服下就好。白兰堂宽敞的宅院中放置一口大锅，白天黑夜地锉、砍、煎、煮，没有一点空闲。

田令孜回长安，患起了急病，宫中御医给他开了几个方子，都不见好。田令孜义子匡佑说："白兰堂的汤药很神奇，义父您不妨试一下。"

急病乱投医，田令孜立派小宦官田中骑马去取药。田中拿到汤药，策马回返，不料一不小心将汤药全撒在了地上。田中惧怕田令孜，就到附近一家染坊，求得一瓶染料残液，拿回来交差。田令孜服下后，身体立刻就好了。田令孜非常高兴，厚赏了白兰堂药铺。

黄巢死去了，幸存的乱民如一群无头苍蝇四处逃窜。

宋州人华温琪，世本农家，身长七尺，状貌魁伟。黄巢攻陷长安时，以华温琪为供奉官都知。

黄巢兵败，华温琪逃到滑州，想想自己定被官府不容，乃投白马河自尽。漂流数十里后，华温琪浮至浅处，被行人救出。华温琪仍旧想死，就到了一片桑树林上吊，不料桑枝折断。一农夫见到华温琪，好心说："你相貌堂堂，身体健壮，为何不好好求生呢？"华温琪立刻醒悟，遂不再自杀，投军去了。

黄巢同伙秦宗权回到了老窝蔡州，聚集残众，意图东山再起。"山棚"和"江贼"纷纷加入，所谓"山棚"，是指山林中的猎人、强盗，他们熟悉山地环境；所谓"江贼"，是指江河中的强盗，他们水性娴熟。黄巢残众、"山棚"和"江贼"汇聚，蔡州军重又崛起，危害四方。

885年二月，秦宗权在蔡州称帝，国号沿用"大齐"，以示继承黄巢斧钺。

从875年黄巢起义至秦宗权称帝，十年战乱，已让河南道民不聊生，田野变成了荆棘，粮食颗粒无收。秦宗权下令以活人为食，将人杀死后，用盐腌制，载尸而行。从此，蔡州军让人闻风丧胆，穷苦百姓一听到秦宗权的名号，望风而逃，村村户户几无人烟。小儿一听蔡州军来了，夜晚不敢啼哭。西至关内，东极大海，南出江淮，北至卫滑，全部鱼烂鸟散，人烟断绝。

885年六月，秦宗权手下大将孙儒率军攻打洛阳。

孙儒，蔡州人，为人强横，与军中壮士刘建锋等人交好。

洛阳留守李罕之与孙儒相拒数月，兵少食尽，弃城西逃到渑池。洛阳遂被蔡州军攻陷。秦宗权又分兵攻取了陕州、怀州、唐州、孟州、汝州、郑州等二十州。"他时若遂凌云志，敢笑黄巢不丈夫"。秦宗权成为中原实力最强的割据军阀，其占领的地盘以及为人凶狠，远超死去的黄巢。

885年八月，秦宗权发兵攻打陈州。刺史赵犨与秦宗权交战，依旧毫不屈服。消息传到了长安，唐僖宗下诏，封赵犨为蔡州节度使。这唐朝廷也是玩弄权术，蔡州，秦宗权老窝，赵犨管得了吗？秦宗权更加愤怒，攻打陈州更猛。赵犨无奈，再次求助汴州宣武军节度使朱温。二人结为亲家，赵犨次子赵岩娶了朱温长女。

滑州义成军节度使安师儒遭遇部下叛乱，仓惶出逃汴州。滑州与汴州接壤，朱温立刻派部将朱珍、李唐宾去夺滑州。朱珍、李唐宾常常一起领兵出征，二人搭档，往往每战都能取得大胜。此时正值隆冬，寒风凛凛，大雪纷飞。朱珍、李唐宾顶风冒雪，全速行军，一夜长袭二百里来到了滑州城下。二话不说，百梯并举，汴州军在风雪中登上了城墙。天气奇寒，滑州守军万万没有料到会有人攻城。汴州军从天而降，杀了滑州守军一个措手不及。滑州从此成为朱温的辖地，朱温命胡真为滑州义成军留后。

2

唐朝藩镇林立，自黄巢起义后，多不向唐朝廷缴纳赋税，依然是一个半独立的王国。

幽州藩镇，是"河朔三大藩镇"之一。

这"河朔三大藩镇"分别是：幽州、魏博、镇州成德军。

幽州节度使李可举意欲吞并定州义武军藩镇，就向部下扬言："幽州古称燕国，而定州义武军节度使王处存盘踞的易州、定州，自古就是燕国的领地，我们应该打败王处存，夺下易州、定州。"李可举派遣幽州人李全忠率领六万幽州军进攻易州。定州义武军节度使王处存老谋深算，将易州城守得固若金汤。幽州军久攻不克,毫无对策。

幽州列校刘仁恭突发奇想,挖地道进入了易州城。王处存防不胜防,大败而逃,李全忠顺利夺取了易州。刘仁恭一举成名,被人称为"刘窟头"。李全忠进入易州城,骄傲自满,放任手下将士胡作非为。幽州兵或喝得烂醉如泥,到处寻衅滋事;或留恋青楼,狎妓不归军营;更有甚者,打家劫舍,掠人财物。易州城内,民怨沸腾。

王处存闻听,心中气愤,下令义武军将士:"幽州军不得人心,这正是我们夺回易州的良机。此时不战,更待何时!"王处存时已七十岁,目光如炬。他骑着马在易州城外转悠,心中思索着如何破城。他突然看到远处山坡上,一大群羊像一朵白云在慢慢移动,立刻灵光闪现,破城方法有了。

王处存挑选三千精兵,让他们披上白色的羊皮,弯着腰缓缓前行。定州义武军将士远远跟在这些"羊群"的后面,伺机而动。一轮红日将要西沉,易州城楼上的幽州兵,看到漫山遍野的"羊群",欣喜若狂,纷纷出城,抢夺"羊群",妄想美餐一顿。当幽州军靠近了这群"羊"时,披着羊皮的定州义武军精兵直起身子,手执长矛,刺向幽州军士。幽州军毫无防备,一个个被刺倒在地。王处存率军冲进了易州城,夺回了易州,这就是披羊皮计,也叫羊群变精兵计。

李全忠惨败,惧怕受到李可举惩罚,索性一不做二不休,率兵回到幽州进攻李可举。如同易州城中的幽州军不知城外的"羊群"是披着羊皮的定州义武军一样,李可举万万没想到自己的部下居然不思悔过,反而杀向自己的大帅。李可举猝不及防,自焚而死。

李全忠成为新的幽州节度使。

他曾做过棣州司马,在他卧房里,长出了一棵芦苇,一尺长,共三个芦节。他心里奇怪,就请教别驾张建章。张建章巧妙谄媚:"芦苇应该生长在池塘里,不应该长在室内。如果长在室里,就不同寻常了。这预示你以后一定能做高官,芦草长有三个竹节,这表明官位可以传递三人。"

李全忠既然做上幽州藩镇主人,就要上报唐朝廷。唐朝廷逐渐有名无实，无力管控李全忠这类的打家劫舍者。

此时的长安城，因为经历战火，城池败落，宫殿需要修缮。

唐王朝号令不行，藩镇不再向朝廷上供，唐王朝只能依据京畿、同州、华州、凤翔等州府的租税来供应财政支出。唐王朝相比于辉煌时期，现在只能算是个小朝廷了。从成都迁回长安的，是一整套机构，仅宦官与宫女就有一万多人。田令孜在蜀地招募新军五十四都，每都一千人，还有王建等随驾五都，他们都等着钱花。由于赏赐减少，将士越来越不满。田令孜害怕引起叛乱，只好割夺藩镇利益，充实朝廷。

大宦官田令孜奏请唐僖宗，将安邑、解县两大盐池收归朝廷掌控，所得利润供应朝廷开支。

安邑、解县两大盐池，位于河中节度使王重荣辖内。手中的肥肉，哪会舍得交出？王重荣不停上书论诉。田令孜坚持到底，派义子匡佑前往河中府，进行威逼利诱。匡佑态度狂傲，王重荣怒怼匡佑："我收复长安有功，却被田令孜排斥，你这个小小的匡佑，竟敢来这儿撒野！"匡佑灰头土脸回到了长安，一番添油加醋，力劝田令孜除掉王重荣。

田令孜心中气愤，摆下了一个圈套：王重荣调任兖州泰宁军节度使，齐克让调任定州义武军节度使，王处存调任河中节度使。

田令孜心中有自己的小算盘，他暗暗自语："你王重荣到了兖州，根基不稳，就可以轻松除掉了。"主意是好，但田令孜知道王重荣必能识破这种雕虫小技，势必难以摆平，于是就请唐僖宗下诏，令河东节度使李克用率兵前往河中府，驱逐王重荣。

不只王重荣不想离开河中府，王处存也不想离开定州。他上疏唐朝廷："北面有个契丹，窥视中原，臣不敢轻易离开定州。况且王重荣非但无罪，而且还立有大功，所以不能轻易将他调离河中府，动摇藩镇之忠心。"

三人轮转，两人不听，田令孜计谋遂告破产。

王重荣不害怕田令孜，却害怕李克用的鸦儿军。王重荣思谋再三，巧施反间计，他致信李克用："朝廷下达密诏，等李公到达河中府后，就将您擒住。朝廷之所以这么干，全是朱温的奸计。"王重荣担心李克用不信，就伪造一份诏书送给李克用。王重荣抓住了李克用内心之痛处，上源驿之变，李克用与朱温结下了仇怨。不只有这个结节，王重荣对李克用还有推举之恩。

李克用听信王重荣的挑拨，上疏唐朝廷，请求讨伐朱温。李克用连续八次上表，唐僖宗连续八次下诏劝解。

王重荣不会罢休，上书弹劾田令孜离间各藩镇。田令孜也不是好惹，动用唐僖宗诏令，调遣邠宁节度使朱玫、夏州节度使李思恭、凤翔节度使李昌符率军讨伐王重荣。

洛水与渭水间，有一大片沙草地，东西八十里，南北三十里，这就是沙苑。沙苑本是唐朝的牧马场，如今成为唐朝藩镇间交战的沙场。在沙苑对敌的，一方是河中节度使王重荣；一方是邠宁节度使朱玫、夏州节度使李思恭、凤翔节度使李昌符。

山雨欲来风满楼，双方明里暗里进行较劲。王重荣向李克用求救。此时，李克用正在招兵买马，准备进攻汴州，攻打朱温。他给王重荣回信："朱温曾暗杀我，我侥幸脱身，我与朱温誓不两立，等我先消灭了朱温，回来再收拾田令孜等鼠辈！那时就会像秋风扫落叶那样简单了！"王重荣叹道："等你消灭朱温回来时，恐怕我已经是阶下囚了。"朱玫也用计，派人潜入长安，冒充李克用鸦儿军烧长安仓库，杀唐朝卫兵。长安城日夜不宁，人心惶惶。

王重荣、朱玫二人都在用计，一个用反间计，一个用李代桃僵计，都是针对骁勇少智的李克用。只不过一个成功，一个搬起石头来砸了自己的脚。

885年十一月，李克用率军与王重荣会合。二人联合上表唐僖宗，请求诛杀田令孜与朱玫、李昌符、李思恭。唐僖宗下诏劝和，李克用、王重荣不听。慌得田令孜派出神策军前来协助朱玫、李思恭、李昌符。

十二月，沙苑枯草遍野，寒风凛冽。李克用、王重荣开战，朱玫、李昌符、李思恭败归各镇，神策军逃回京师。

李克用乘胜进攻长安。田令孜又想到了逃跑。他请求唐僖宗逃往兴元府，唐僖宗不听。夜里，田令孜率兵冲入寝宫，劫持唐僖宗逃往了凤翔府。

李克用还军河中府，与王重荣一起上表，请求唐僖宗返回长安，诛杀田令孜。朱玫、李昌符害怕李克用，做了墙头草，改附李克用。二人气愤田令孜操控朝廷，让他们惹祸上身，于是上表唐僖宗，请求诛杀田令孜。凤翔府是李昌符的老窝，见他掉转方向，吓得田令孜惊慌失措，带着唐僖宗紧急逃往兴元府。

李克用返回了太原，朱玫则点齐兵马，追击唐僖宗、田令孜一行。田令孜命神策军都头王建为清道使，背负玉玺，护卫唐僖宗。王建在大散岭火烧栈道，堵住朱玫，唐僖宗、田令孜一行这才勉强脱险。

到了晚上，唐僖宗枕着王建的大腿而眠。醒来后，唐僖宗满脸是泪，将自己的御衣披在王建身上。

寒冷的冬天里，一轮红日升了起来，金色的光辉洒在大地上。已经四十岁的披着御衣的王建，突然有了一股做皇帝的冲动。他知道不现实，就赶快将这想法丢掉了。

886年二月，王重荣、朱玫、李昌符再次上表，请求唐僖宗杀掉田令孜。唐僖宗现在还要依靠田令孜，再说神策军掌握在田令孜手里，唐僖宗一时也杀不掉他。唐朝廷又使出了安抚老招，加封王重荣为应接粮料使，令他调拨十五万斛粮食来兴元府接济唐朝廷。王重荣上表称："田令孜一日不除，就概不奉诏。"田令孜知道自己已为天下所不容，就逃往西川，依附他的哥哥陈敬瑄去了。

大宦官杨复恭代替田令孜，成为神策军中尉。

这些年，杨复恭哪去了？

原来自兄弟杨复光死后，杨复恭受田令孜排斥，闲居蓝田。杨复恭接旨后，日夜兼程，来到了唐僖宗身边，顶替大势已去的田令孜。

山，怪石嶙峋；水，流速湍急。山水之间，有个石鼻驿。大散岭受阻后，

65

朱玫在石鼻驿遇到了唐朝襄王李煴。

这李煴是谁？他是一百二十年前死去的唐肃宗的玄孙，根正苗红。

贼胆包天的朱玫突然有了一个馊主意：挟天子以令诸侯，拥立李煴为帝。

李煴当然有一百个不情愿。朱玫不管他三七二十一，将他挟持到长安，立为傀儡皇帝。朱玫尊唐僖宗为太上皇，自任侍中，专断朝政。大唐帝国风雨飘摇，长安城中，烧杀抢掠，乌烟瘴气。

栖居兴元府的唐僖宗涕泣不止，不知如何是好。同平章事杜让能向唐僖宗献计："神策军中尉杨复恭之弟杨复光在世时，与王重荣、李克用有袍泽之谊。两大藩镇刚刚在沙苑击败了朱玫。如今，田令孜已经西去西川，两大藩镇的仇敌也就消失了。如果陛下派人前去劝说王重荣、李克用进军长安，一定会撵走李煴。"

唐僖宗抹掉眼泪，当即采纳，派谏议大夫刘崇望去王重荣和李克用处，宣谕旨意。刘崇望还带去了杨复恭的亲笔信札，信中无非是晓以大义。

王重荣想了想说："如果当年没有杨复光的计谋，哪会顺利剿平黄巢乱贼呢？"

李克用也说："如果没有杨复光、王重荣的推荐，沙陀鸦儿军也不会进入关内，我李克用也不会有今天。"

王重荣、李克用二人当即听命，贡奉唐僖宗绢帛十万，出兵讨伐朱玫。

其实不用王重荣、李克用出兵，朱玫又一次搬起石头来砸了自己的脚。在王重荣、李克用虎视眈眈之下，朱玫派军校王行瑜率领五万大军攻打兴元府中的唐僖宗。

王行瑜，邠州人，专横跋扈，充满野心。

王行瑜率军一路朝兴元府而来。唐僖宗知道远水解不了近渴，便命神策军都头李茂贞率军抵御。

李茂贞，深州人，在与黄巢军交战中立功，成为神策军的都头。

李茂贞和王行瑜交战，竟然生生挡住了兵力十倍于己的王行瑜。双方一时僵持不下。

杨复恭甩出撒手锏，传檄关中："谁取得叛将朱玫首级，谁为邠宁节度使。"

王行瑜闻听，心中打起了小算盘：如果杀掉唐僖宗，那是弑君之罪，留下千古骂名；如果回师长安，打朱玫一个措手不及，迎接唐僖宗回京，则是大功一件，还能获封节度使。

主意已定，王行瑜便掉转马头，率兵回返长安。

朱玫听到王行瑜回师，不知何故，急忙召他进府问话。王行瑜率兵进入，朱玫愚蠢，竟然不知眼前危险，大怒道："你擅自回京，是想造反吗？"王行瑜大笑说："我这哪里是造反，我是率王师来抓你这个反贼。"话音落下，手下亲兵迅速向前将朱玫擒获，随即斩首。王行瑜血洗长安城，诛杀朱玫党羽二百人。

李煴逃往河中府，王重荣假装迎接，埋伏在暗处的刀斧手冲出，将李煴砍死。

唐僖宗论功行赏，封李茂贞为洋州武定军节度使，王行瑜为邠宁节度使。

3

长安东南一千二百里，是蔡州。

唐朝廷势力衰微，各个藩镇争斗不已，盘踞蔡州的"吃人魔王"秦宗权横行为害。曾经的大唐盛世千疮百孔，碌碌众生在劫难逃。

秦宗权派遣蔡州人赵德諲攻打襄州，山南东道节度使刘巨容争斗不过，逃往成都。赵德諲接管了山南东道藩镇。秦宗权又亲自率军攻陷了许州，杀死了忠武军节度使鹿晏弘。

蔡州方圆几千里，几乎断绝了人烟，只有汴州等数州勉强自守。

汴州宣武军节度使朱温竭力苦战蔡州军，一次战马受惊，朱温落马。眼看性命不保，部将葛从周拍马杀到，救下了朱温。葛从周死战，杀退了蔡州军，掩护朱温撤离。此战，葛从周脸受伤，臂中箭，脊背也中了数枪，朱温感激不已。此役不利，许多部将被削职，只有葛从周升为都虞候。

汴州军、蔡州军各有千秋，几乎不相上下。朱温有时胜，有时败。秦宗权虽然兵力十倍于朱温，但数次为朱温所败。秦宗权十分恼火，不停掠杀百姓。不论大唐朝廷还是茫茫百姓，都将剿灭乱世魔王秦宗权的希望寄托在朱温身上。唐僖宗颁布诏令，加封朱温为吴兴郡王，食邑三千户。

汴州被蔡州军包围，朱温便向郓州天平军节度使朱瑄求救。

朱瑄，宋州人，刚刚当上郓州天平军节度使没有几天。

朱瑄有个堂弟，名叫朱瑾，十六岁入伍，勇猛无比，心有吞噬四方之志。

朱瑄、朱瑾二人暗怀争夺天下的雄心，带兵援助同乡朱温，合力击败了蔡州军。朱温与朱瑄结拜为兄弟。

朱瑾求娶兖州泰宁军节度使齐克让之女，齐克让毫不迟疑就答应了。

娶亲这天，齐克让喜滋滋地与女婿朱瑾畅饮。到了洞房花烛夜时，朱瑾突然发动袭击，驱逐了岳父齐克让，控制了兖州泰宁军藩镇。朱瑾成为兖州泰宁军节度使，时年二十岁。齐克让躲过了恶邻居，但没躲过歹女婿。齐克让此后下落不明。

朱瑄、朱瑾兄弟雄踞太行山以东，不纳贡赋，赏罚由己。无人去为齐克让讲理。大唐天子朝不保夕，各个藩镇也互相争抢，天下乱成了一锅粥。

得中原者得天下，中原的中心是汴州。秦宗权意在攻取汴州，尽得中原。

887年春，秦宗权派张晊、秦贤再次围困汴州。张晊屯扎在北郊，秦贤屯扎在版桥，各自都有十五万人，树起的栅栏相连二十里。

朱温任命朱珍为淄州刺史、李唐宾为青州刺史，到淄州、青州招募军士，十天之内，便得到了一万五千人。朱温对诸将高兴说道："现在正是麦苗拔节之时，贼在城郊，倘若踏坏麦子咋办？我天天为此忧愁呀！现在朱珍、李唐宾募兵回来，我的烦恼没有了，我的大事可以成了。蔡州军正在养精蓄锐，他们算计我的兵少，猜测我不过是坚守罢了。我如果给他来个突然袭击，先发制人，一定会大获全胜。"

朱温亲自领兵，进攻秦贤大营。朱温先命张归霸带领五百弓箭手埋伏在战壕，然后朱温带着五百骑兵慢慢逼近秦贤营寨。秦贤没有防备，派出精锐军士迎战。战壕中的张归霸发起伏兵，射杀这些精兵。小战获胜，后面的汴州军奋勇争先，秦贤四座营寨接连失陷，被杀一万多人。

张晊部将卢瑭带领一万五千人，在汴水两岸扎营，跨河建起桥梁，以控制河运。朱温派霍存、张归霸带领三千精兵，前去袭击卢瑭。正好起了大雾，汴州军没被蔡州军发现。霍存大喊着冲入卢瑭军营掩杀，尽败蔡州军，卢瑭投河自尽。张归霸被飞矢射中，他拔出箭矢，回射过去，正中刚才射箭者，张归霸缴获战马而回。朱温在高丘上观战，目睹张归霸之勇，大加赞赏。朱温乘胜进击，又是大败蔡州军，一直追杀二十多里，蔡州军死尸堆积如山。

汴州军大获全胜，朱温决心一战定乾坤，于是再次求援郓州天平军节度使朱瑄、兖州泰宁军节度使朱瑾。二人率兵前来汴州，攻打蔡州军。胡真也率滑州义成军赶到汴州。一时间，汴水北岸，旌旗蔽日，鼓号喧天。

秦宗权闻讯，也从郑州前来，直入张晊军营中。张晊战战兢兢，唯恐受到责罚。大敌当前，秦宗权不敢临阵斩将。秦宗权站在张晊营中，隔河观望，心中充满惊恐和悲观。第二天，秦宗权又到岸边观望朱温大营。远远望去，朱温在中军大帐中置酒，招待朱瑄、朱瑾、胡真。大帐外，众将领划拳喝酒，呼声震天。秦宗权回归大帐，饮酒解闷。

秦宗权所见，实是朱温布下的迷雾阵。文官们依旧喝酒行乐，武将们则偷偷起身。汴州军以及郓州天平军、兖州泰宁军、滑州义成军全部杀向蔡州军。猛士朱瑾在敌阵之中，横冲直撞，挡者无不被杀。汴州、郓州、兖州、滑州将士立刻来了劲头，横戈跃马，英勇无畏，一举杀掉蔡州军两万人。夜晚收兵，朱温获得了数不清的牛马、辎重和俘虏。秦宗权败逃而去，到了郑州，斩杀张晊，屠尽城内百姓。

汴州军一鼓作气，四处征战蔡州军。洛阳、陕州、孟州、怀州、许州、汝州等地蔡州军恐惧朱温，全部弃城逃走。这些唐朝州城经历数次战火，全无鸡犬之声。

蔡州军山南东道留后赵德諲见势不妙，以山南东道七州之地降于朱温。唐朝廷任命赵德諲为山南东道节度使。不久，赵德諲去世，其子赵匡凝接任。

赵匡凝相貌雄奇，性情严谨，颇知诗书。

唐朝天子衰微，各地藩镇不再听命朝廷，只有赵匡凝贡赋不绝。

4

中原大战不已，曾经的"落雕侍御"、大唐第一名将高骈似乎销声匿迹了。

高骈干什么去了？学道去了。

自从被免诸道行营都统后，高骈便开始信道。

有位方士，名叫吕用之，饶州人，因为盗窃，亡命九华山，学了些役鬼驱神之术。后来下山到扬州卖药，为图进取，造访淮南节度使高骈的部将俞公楚，向他表演法术。在俞公楚的引荐下，吕用之得以见到高骈。吕用之熟悉人情世故，知道公私利病，屡次向高骈进言，加上吕用之精通旁门左道，因此被高骈视为奇才，信任有加。

一日，吕用之对高骈说："今晚有剑客刺杀您！"

高骈大惊，询问如何是好，吕用之声称术士张守一可用仙术驱逐刺客。

高骈就按吕用之的主意扮成女人躲藏起来，张守一则在高骈卧房里扔铜器，洒猪血，铿锵不停，吆喝不止，一直折腾到五更天。天亮后，张守一笑着向高骈说："大帅差点就落入那刺客手中了！"高骈谢其再生之恩，对这些术士更加宠信。

吕用之引导高骈不理军务，日夕斋醮，炼金烧丹，费用巨大。吕用之厚贿高骈左右随从，随时观察高骈的动静，有对吕用之异议者，都被他陷害而死，因此无人敢言。高骈将吕用之视为左右手，公私大小之事皆由他裁决。吕用之淫刑滥赏，淮南藩镇军政事务越来越混乱。

吕用之害怕诸将不服，便从淮南军中选募骁勇之士二万人，号左、右莫邪都，由张守一和他本人分任左、右都头。左、右莫邪都器械精利，衣着华丽，为非作歹，横行霸道。

吕用之还嫌不够，又劝高骈："神仙不难招来，但恨学道者不能绝俗，因此神仙不肯降临！"高骈信以为真，便远离妻妾，谢绝人事，宾客、将吏皆不得见。吕用之由此肆无忌惮，淮南只知吕用之而不知有高骈矣。高骈之子高澞反对吕用之，被其杀掉。高骈开始怀疑吕用之，想剥夺他的权柄，但吕用之已经根深蒂固，奈何不了他了。

淮南都知兵马使毕师铎有一美妻，吕用之要见见，毕师铎拒绝。一日，毕师铎外出，吕用之闯入毕师铎府中，强行奸淫其妻。毕师铎敢怒不敢言。吕用之愈加猖狂，与毕师铎约定，其妻每月至少要来自己家里七次，否则将抄毕师铎之家。毕师铎无可奈何，任由吕用之蹂躏。

"吃人魔王"秦宗权与朱温交战失利，计划南侵江淮，高骈便派遣毕师铎屯驻高邮。高骈另有子名叫高四十三郎，欲假手毕师铎除掉吕用之，便散布吕用之请高骈诛杀毕师铎的消息。吕用之侮辱自己的妻子，毕师铎能够忍受；吕用之要毕师铎的命，毕师铎不干。毕师铎决定讨伐吕用之，他约宣歙观察使秦彦助战，围攻扬州。二人都是黄巢军降将，一拍即合。

吕用之战败逃走，毕师铎、秦彦囚禁了高骈，占据了扬州。

吕用之诈称高骈之令，命庐州刺史杨行密征兵入援。

杨行密，庐州人，少时家里很穷，从小孤僻。成年后，他能手举三百斤，日行三百里。杨行密造反被捕，庐州刺史郑棨看他相貌奇特，将他释放。后来杨行密被庐州募为州兵，很快升为队长。都头王琎不喜欢他，派他去北方出戍。王琎假装关心，问他出行还缺什么。杨行密愤怒说："缺你的人头！"当即挥剑斩下王琎首级，起兵作乱，自称八营都知兵马使。郑棨已去唐朝廷担任国子监祭酒，杨行密就占据庐州。唐朝廷招抚杨行密，任他为庐州刺史。

吕用之欺骗杨行密："我有银子五万锭，就埋在我的府邸的地下，等到攻克扬州城时，我愿意把这些银子献给您，用做一醉之资。"

杨行密接到军令，心中志忑，幕僚袁袭劝道："高骈昏惑，吕用之奸邪，毕师铎悖逆，这次求兵于我们，是上天以淮南授杨公呢！"

杨行密听信袁袭之语，领兵五千，赴扬州解救高骈。杨行密包围扬州，连战连胜，毕师铎、秦彦连战连败。二人怀疑高骈暗中行使厌胜之术，便派部将刘匡时将高骈全家杀死。

高骈学习道术，却死在了这"道术"上。高骈号称"落雕侍御"，其结局却真成了一只"落雕"。高骈当年收留了黄巢军降将毕师铎、秦彦，未想到自己竟然死在了"二狼"嘴中。

扬州被围半年，城中粮尽，就连草根树皮也全都吃尽，百姓便用黏土做饼充饥。唐末大乱，百姓如陷地狱，从黄巢到秦宗权，都常以人肉为军粮。扬州守军掠人而卖，一个人只值五十铜钱。如今的扬州城内，吃人也是寻常之事。饥民互相残杀充饥，丈夫将妻子、父亲将儿子争相卖给屠宰场，被卖的人如同羊、猪一样被屠民宰杀。死者十有六七，侥幸活着的人也都鬼形鸟面，气息奄奄。

洪州人周迪与妻子一起去扬州做生意，碰上了毕师铎、秦彦之乱。困在城里的周迪已无余钱，饥肠辘辘，快要死去。周迪妻对着奄奄一息的周迪说："兵荒马乱，我们不能都死在这里，你的父母还在洪州等着你回家，你把我卖给屠民，换点钱吧！"

肝肠寸断的周迪卖掉妻子，拿着屠民给的钱，麻木地向城门口走去。他将一半钱交给了守城军士，请求开门放行。军士不相信周迪所说，押着他去屠民家查验。只见周迪妻子头颅已摆在案板上，满是血污。周迪看到后，全身发抖，痛哭惨叫，哆嗦着将妻子的头颅还有散落在地上、煮在汤锅里的骨骸，收拾在包袱里，跟跄着、哭喊着离开。守城军士也掉下了眼泪，不再拦阻。周迪回到了老家，但是已经疯了。

周迪夫妻惨景，是扬州军民的一个缩影。毕师铎、秦彦不能等死，出动扬州城中全部兵力一万二千人再战，结果又被杨行密打得大败，自此不敢再言"战"字。二人黯然相对，不知所措，问计于城中尼姑王奉仙，王奉仙说："走为上！"毕师铎、秦彦率军突围，投奔秦宗权的部将孙儒去了，结果被孙儒所杀。

杨行密率领各路人马，进入了扬州城。城中百姓仅存二百家，皆因饥饿而无人形，杨行密运来粮米赈济他们。

杨行密到了吕用之府上，找不到五万锭银子。杨行密对吕用之说："你当初和我说，你有银子五万锭，愿意把这些银子献给我，用做一醉之资。你说的这些银子在哪里呢？你怎么食言啊！"

吕用之满脸通红，杨行密把他拉下马，戴上刑具，令列校田頵审讯。

田頵，庐州人，性情儒雅，喜好读书，勇猛果敢，胸怀大志。他和同乡好友杨行密结为兄弟，一同应募为州兵。杨行密趁乱占据庐州后，田頵一直追随杨行密。

大刑之下，吕用之交代："五万锭银子是我编造的。"

田頵又问："谎言总有被揭穿的一天，你不怕我们杀你吗？"

吕用之笑笑说："我曾计划在道家中元日夜晚，邀请高骈前来，趁着他入定时把他勒死。然后对外声称高骈升天了，我在莫邪都拥立下成为淮南节度使，那样就有银子给你们了。想不到的是，高骈全家竟然被刘匡时给杀死了。"

田頵又到吕用之府上搜查，银子确实没有，居然搜得一个桐木做的人像，胸部写着高骈的姓名，手上戴着镣铐，身上钉着钉子，这是邪恶的蛊术。

对如此恶劣之人，哪能将他留在世上？杨行密当即下令，将吕用之、张守一斩杀，满门族灭。

高骈的仇已报，"人间无限伤心事，不得尊前折一枝。"高骈的这句名诗，暗示了他的凄惨结局，也预示了大唐的伤心末日。

5

887年冬，唐僖宗回返长安，经过凤翔府时，凤翔节度使李昌符领兵拦截。唐僖宗命李茂贞领兵攻打，李昌符败退而去。李茂贞一路急追，斩杀了李昌符。唐僖宗龙颜大悦，封李茂贞为凤翔节度使。

自此，李茂贞割据凤翔，威震西陲。

冬天的寒风就像一把把锋利的刀子在天空中飞舞，吹打着光秃秃的树枝，发出尖厉的叫声。888年二月，回到长安城不久的唐僖宗被寒风吹过后，突然患上了急病，医治无效，即将驾崩，众臣震骇惊愕。

大家不知道由谁继位。唐僖宗的弟兄中，群臣认为吉王李保最贤德，排行又在寿王李晔前面，应该由李保继位。大宦官、神策军中尉杨复恭不想循规蹈矩，倡议李晔监国。

三月六日，被十几年重重危机压得喘不过气来的唐僖宗离开了人世，终年二十七岁。

从唐僖宗继位开始，唐朝就进入了亡国的倒计时。唐僖宗的那次"击球赌三川"，更为大唐埋下了灭亡种子。唐僖宗执政十五年间，有八年时光都在逃跑中度过。唐僖宗治理的天下，天灾连年，百姓困苦，先是爆发了王仙芝、黄巢起义，接着是藩镇林立、互相打杀。大唐江山岌岌可危，唐僖宗走投无路。

三月八日，李晔在唐僖宗的灵柩前即皇帝位，这就是唐昭宗，时年二十二岁。

自此，杨复恭利用手中的权力，上胁天子，下凌大臣。为泛植党羽，杨复恭广收义子，到处安插亲信。杨复恭义子杨守立成为天威营军使，义子杨守信成为玉山营军使，义子杨守厚成为绵州刺史。

唐昭宗之舅王瓌忧心忡忡，秘密上奏唐昭宗："大唐朝一共五十个藩镇、三百六十个州，而杨复恭收了六百多名义子，将他们一一派到各个藩镇、各个州担任要职。这杨复恭在做什么呢？他是在图谋掌控各地军政大权呢！杨复恭这人不可不防呢！"

不用王瓌明说，唐昭宗也清楚杨复恭这是等同谋反。唐昭宗对杨复恭表面尊敬，暗里在想着如何铲除。杨复恭也在思谋着如何消灭王瓌，他用了一计，让王瓌出任黔南节度使。赴任途中，杨复恭指使堂弟杨复光的义子、山南西道节度使杨守亮凿沉王瓌所乘之船，王瓌一行都被淹死。

杨守亮，本名訾亮，曹州人，身材高大，面色如铁，村里人称他"南山一丈黑"。訾亮与其弟訾信追随王仙芝、黄巢起义。王仙芝、黄巢败亡后，訾亮投降大宦官杨复光，成为其义子，改姓名为杨守亮，而訾信则成为杨复恭义子，改姓名为杨守信。

唐昭宗得到了王瓌死讯，对杨复恭更是痛恨，决心将其除掉。君臣关系如同撑鼓的气球，表面平静，实则一擢就炸。

唐昭宗封郑棨为同平章事，但郑棨不想在夹缝中求生存，他也自知自己没有将相之才，便装起病来。唐昭宗只好同意他辞去相位。郑棨擅长写诗。

因为他写诗多用骈句，世人称为"郑五歇后体"。郑棨写有《题老僧》——

> 日照四山雪，老僧门未开。
>
> 冻瓶粘柱础，宿火限炉灰。
>
> 童子病归去，鹿麋寒入来。

6

郑棨回到了老家河阳三城。

河阳三城节度使诸葛爽去世，其部将刘经推举诸葛爽的幼子诸葛仲方为帅。

刘经，泽州人，曾是黄巢手下的战将，胸无大志，却对诸葛一家忠心耿耿。

刘经担心李罕之不好控制，就率兵袭击李罕之，结果却被李罕之击败。李罕之渡河，攻打河阳三城。刘经派泽州刺史张全义前去抵敌。

张全义，濮州人，曾做过小吏，多次受到县令的侮辱，于是就投奔了黄巢军。黄巢失败后，他投降了诸葛爽，屡立战功，升为泽州刺史。诸葛爽曾对他说："将来你的名位，一定会在我诸葛爽之上，努力吧！"

张全义厌恶刘经，就与李罕之结盟，调转矛头进攻刘经。这次，李罕之、张全义却被刘经击败。

幽州人周元豹少时为僧，游历四方十余年，学得唐朝术士袁天纲相术。

李罕之、张全义恰巧碰到和尚周元豹，请其算命。周元豹慢慢说："我看二位将军，李公如同一只山鹰，张公如同一只海龟。性格决定命运，大概二位将军一生运程，就如同山鹰和海龟吧。"

李罕之、张全义不明所以，给了周元豹一贯铜钱，率兵退到怀州自保，并向河东节度使李克用求援。

自上源驿之变后，李克用与李罕之结下了深厚友谊。自不必多说，李克用率领骑兵援助李罕之，攻下了河阳三城。诸葛仲方、刘经不知去向。李罕之成为新的河阳三城节度使，张全义成为河南尹。李罕之与张全义结义，刻臂为盟。

李罕之得到河阳三城藩镇后，出兵晋州。这晋州，归属河中藩镇。河中节度使王重荣性情暴虐，用法严酷，被部下袭杀。众将吏推举王重荣兄长王重盈为河中节度使。见李罕之来攻，王重盈率军抵抗。张全义给攻打晋州的李罕之送军粮，不能满足。李罕之苛刻，竟让手下鞭打张全义。王重盈暗中结交张全义。张全义忘记了"刻臂为盟"，夜里出兵袭击李罕之。李罕之毫无防备，只身逃脱。

李罕之跑了，其部下将吏要么溃散，要么被捉。有位名叫符存审的小校被俘，张全义下令斩杀。

符存审，陈州人，性格豪迈，足智多谋。

临刑之前，符存审指着一堵危墙，对行刑者说："兄弟，请您在那面墙下行刑吧！让倒塌之墙覆盖我的尸体，不至于无人埋葬。您行此善举，算是为我孤魂造福吧。"行刑者动了恻隐之心，将他移到墙下，只等午时三刻到来。

张全义正与歌妓郭女饮酒，想找人唱歌助兴。

郭女说："俘虏中有个叫符存审的，乃是小女旧识，让他击掌伴奏吧。"

符存审二十多岁，平日里对人友善，故得到这位郭女的钟爱，因此借机搭救他。张全义喝得醉醺醺了，立即命人释放符存审。

郭女先唱《六幺》，再唱《水调》，时不时地瞧向心上人符存审。符存审是聪明之人，明白眼前的美人救了一个落魄军士。他眼含泪水，拍掌和歌。

符存审逃脱一死，亡命太原，去寻找李罕之。到了太原，得知李罕之攻打张全义去了。李克用见符存审智勇双全，收为义子，留为己用。

888年三月，李克用派李存孝率鸦儿军三万，协助李罕之攻打河南尹张全义辖下的怀州、孟州。眼看城中粮尽，军备枯竭，张全义便派其子张继祚去朱温那里为质，向朱温求救。朱温不放弃这次争夺洛阳的机会，派丁会、葛从周率军一万前去救援。

丁会对葛从周说："李罕之有勇无谋，素来骄傲自大，必会认为我们不会渡过黄河。我军兵少且远道而来，他们就会轻视我们。出其不意，攻其不备，乃是取胜之道。"

丁会与葛从周商量妥当，率军渡河，大败李罕之。汴州军抢先扼守太行山险要，再次大败鸦儿军。李存孝虽骁勇绝伦，但是此次遭遇惨败，只得退兵。

张全义从此听命于朱温，朱温令他依旧担任河南尹。

李罕之屯守泽州，天天带兵抢掠怀州、孟州、晋州、绛州。数百里内，郡邑无官吏，乡间无居民，四野无粮，李罕之便以人为食。从那时开始，怀州、孟州等数州百姓，多被屠杀，到处荆棘蔽野，烟火断绝。活下来的百姓，集结驻扎在山寨中。蒲州、绛州之间有山，名叫摩云，乡人在山上立栅，以避寇乱。李罕之带领百余人攻下，从那以后，李罕之住在摩云山上，人称李罕之为"李摩云"。

在李克用要求下，唐僖宗任命其弟李克恭为潞州昭义军节度使。

888年五月，李克用到潞州境内三垂冈打猎。冈上有明皇庙，李克用在那儿饮酒，听伶人演唱魏晋乐府诗《百年歌》——

二十时，肤体彩泽人理成，美目淑貌灼有荣，被服冠带丽且清，光车骏马游都城，高谈雅步何盈盈，清酒将炙奈乐何，清酒将炙奈乐何。

三十时，行成名立有令闻，力可扛鼎志干云，食如漏卮气如熏，辞家观国综典文，高冠素带焕翩纷，清酒将炙奈乐何，清酒将炙奈乐何。

四十时，体力克壮志方刚，跨州越郡还帝乡，出入承明拥大珰，清酒将炙奈乐何，清酒将炙奈乐何。

清酒将炙奈乐何！《百年歌》声调凄苦，叙说着衰老的无奈。已经三十三岁的李克用听着听着，不觉落下泪来。

四岁儿子李存勖跟随前来，李克用抚摸着偎依在膝边的李存勖说："我不行了，壮志未酬。二十年后，此子必战于此。"

李克用为何伤感？

原来潞州被称天下之脊，自古为兵家必争之地。谁占据了潞州地利，谁就可以囊括河东，跃马幽冀，挥戈齐鲁，问鼎中原。李克用虽然骁勇异常，但在藩镇之间的斗计中，常常处于下风，被这些奸猾的大佬们玩弄。李存孝与汴州军的交战失败，更让还处在壮年的李克用感觉自己老了。上源驿之仇已经过去整整四年，而现在与朱温之间连个像样的胜仗都没有，更别说报仇了。相反，朱温这个仇人非但不能消灭，而且他的地盘越来越大，军势越来越强。伤心的李克用便把希望寄托在了儿子身上。

888年夏，魏博藩镇发生兵变。

魏博藩镇，治所魏州，也是"河朔三大藩镇"之一。

相比其他藩镇，魏博藩镇"老弱者在耕，精壮者从军"，最为桀骜不驯，其衙兵悍骄而不顾法令，常常杀帅夺印。四年前，节度使乐彦祯之子乐从训看上了诸道行营都统王铎的侍妾和钱财，伏杀王铎与三百随从。魏博百姓素知王铎名望，因此痛恨乐从训。乐彦祯放任乐从训胡作非为，也引起魏博老兵的怨恨。乐从训察觉后，感到不安，便逃离魏州，乐彦祯任他为相州刺史。乐从训时常来信索取军器和钱帛，越发激怒了魏博的老兵。

乐彦祯害怕老兵兵变而辞职，在龙兴寺出家为僧。

和尚周元豹预言罗弘信将为新的节度使，众将士便信其说，推举罗弘信上位。

罗弘信，魏州人，善骑射，一直在魏博藩镇效力。

乐从训得知父亲被迫隐退，便率军三万进军魏州。乐从训不得人心，很快被罗弘信打败。乐彦祯、乐从训父子都被处决，悬首魏博军营门前。王铎遇害一案，也算有了个了结。王铎资财已被乐从训耗尽，只是美姜还年轻，又被乱兵劫掠。

魏博藩镇夹在朱温汴州军和李克用鸦儿军之间，罗弘信想独善其身，谈何容易。朱温借道魏博藩镇攻打李克用，罗弘信拒绝，朱温就攻打罗弘信。朱温连续五次击败罗弘信，逼得罗弘信求和，拜在朱温麾下。

五月下旬，骄阳似火，烘烤着大地。黄灿灿的麦子，在阳光下闪着金光。888年初夏，汴州一带小麦丰收。有了军粮，就有了战力。历史将一项重任交给了朱温，那就是消灭吃人恶魔秦宗权。

888年夏，山南道归州刺史成汭攻取了秦宗权辖下的江陵府。

成汭，青州人，年轻时为无赖之徒，因醉酒杀人而亡命他乡，出家为僧。秦宗权起兵于蔡州时，他投奔其中。后来他被调去戍守江陵府，途中开小差，在火门山落草为寇，袭击归州，自称刺史。

唐昭宗接报后，封成汭为荆南节度使。成汭攻取的荆南屡遭兵灾，人口只剩下十七户。成汭以贤士贺隐为智囊，励精图治，召集流亡百姓，减免赋税，荆南人口很快恢复为三万户。

秦宗权掌控区域越来越小，到了决胜时刻了。888年秋，唐昭宗拜朱温为蔡州四面行营兵马都统，攻打秦宗权。朱温集中全部汴州军，围攻蔡州军，相继攻克黎阳、临河、李固三县，进逼蔡州城下。888 年冬，秦宗权部下申丛变节，打断了秦宗权的双腿，把他囚禁起来。朱温任申丛为淮西留后。不久，申丛被部将郭璠杀害。郭璠押解秦宗权献给了朱温。

第二任"大齐"皇帝秦宗权，已是蓬头垢面，衣衫褴褛，想自己站立已是不能。朱温瞧了瞧眼前狼狈窘迫的秦宗权，哈哈大笑起来。笑过之后，朱温戏谑秦宗权："你前天投降唐朝廷，昨天投降黄巢，请问你今天还能再投降我吗？"

"你如果不像我一样投降，你能有今天吗？"

秦宗权冷冷的一句回答，让朱温脸上红一阵白一阵。

889 年正月，朱温命侄子朱友宁押解秦宗权到了长安。

朱友宁，十岁出头，聪明懂诗礼，喜怒不形于色。

唐昭宗前往延喜楼受俘，随后命京兆尹孙揆将其斩首。

孙揆，博州人，进士及第，刚正不阿。

秦宗权在槛车里向孙揆辩解："孙公您看我秦宗权是造反的人吗？我对唐朝廷一片忠心，只是无处报效罢了。"围观百姓捧腹大笑。一脸严肃的孙揆也忍不住笑起来。

午时三刻，在独柳树刑场，秦宗权被斩首。

刚刚还是晴天，忽然间阴云密布，天昏地暗，一股旋风起，沙尘碎石卷成柱状，腾空数十米，然后抛下，砸向了行刑处，这似乎是被秦宗权吃掉的人来向他发泄怒火。秦宗权，原本是一个小小的藩镇将校，脸皮厚、心底黑，居然称霸于河南道、淮南道、山南道。在滚滚历史长河中，秦宗权留下了"吃人魔王"的恶名。

秦宗权人头落地，唐僖宗在皇宫中长舒了一口气，但他不知道的是，唐朝真正的掘墓人，是那个擒获秦宗权的朱温。在扫除秦宗权这个障碍以后，他将对摇摇欲坠的唐朝廷露出他的狰狞面目。

唐昭宗下诏，加封朱温为中书令、东平王，增加封邑一百户，赐给庄园和住宅各一处。对小小的朱友宁，唐昭宗也封为检校右散骑常侍、代理右监门卫将军。

汴州军大将朱珍常年在外征战，思念自己的妻子，就派人秘密回到汴州城将她接到军中。偏偏朱珍这事没有报告朱温，更糟糕的是让朱温知道了。大将出征，妻儿要留在城中，这是为了防止大将反叛。愤怒的朱温怀疑朱珍有异心，幕僚敬翔劝朱温："朱珍没有叛乱的迹象，大王多加留心就行了。"

敬翔，同州人，爱好读书，尤长刀笔，赶赴长安参加进士考试，未中。失落的敬翔来到汴州城，替百姓写写信札文牒度日，常有名言警句出现："尽心勤劳，昼夜不寐。""惟马上得休息。"这些名句在汴州军中传诵，朱温听见后，大喊道："奇人也。"

朱温找到敬翔，向他请教："西汉大儒董仲舒说：'《春秋》之道，大得之则以王，小得之则以霸。'我想跟随先生学习《春秋》，用来作战，以图大业，不知道先生意下如何？"

敬翔答："自古至今用兵之道，都在随机应变，出奇制胜。一味学习《春秋》，就是因循守旧，结果只能是徒有虚名而无实效，百战难以百胜。如此一来，大王的大业就很难有希望了。"

朱温大为赞赏，遗憾得到敬翔太晚，聘他为幕僚，专管檄文奏章。凡军机要事，敬翔参与其间。

朱温依据敬翔之谋，派人捎密信给朱珍副将李唐宾，让他留心观察朱珍。不出敬翔所料，朱珍果真没有背叛之意，一切照常。

李唐宾常常跟随朱珍攻掠四方，二人威名差不多。在骁勇方面，李唐宾超过朱珍。朱珍在作战中多次失利，李唐宾帮助他才取得大胜。自从朱珍受到怀疑、李唐宾获得秘密指令后，二人关系就有了微妙变化。朱珍说了李唐宾几句，李唐宾就不能忍耐，连夜走回汴州。朱珍单骑去追他，二人在朱温面前争辩。朱温珍惜他们二人的才干，让两人和解，返回军中。这对汴州军搭档继续保留了下来，但两人之间的关系再也回不到以前了，朱珍心中从此落下了一根刺。

889年夏，东平王朱温打算衣锦还乡，回萧县怀旧。朱珍和李唐宾就驻扎在萧县。接到命令后，朱珍不敢大意，立刻命令军中备好宿舍、马棚，恭候朱温前来。李唐宾部将严郊不按时安排马棚，军吏督促他，严郊报告给了李唐宾。

李唐宾和朱珍争论，朱珍大怒，拔剑指着李唐宾怒吼道："你以为有大王的密令就牛了吗？难道我不能杀你吗？"

李唐宾甩衣上前让他砍，朱珍新仇旧恨一齐涌上，挥剑斩了李唐宾。

朱珍十分懊悔，派遣霍存去汴州报告李唐宾造反。霍存早晨到了汴州，敬翔害怕朱温暴怒，发生不可预测之事，就把霍存藏起来，到夜间才让他去见朱温。朱温听霍存说完，吃惊不小。朱温明白，这分明是朱珍怒后滥杀大将。此时已经是夜间了，不能发兵，敬翔从容地帮助朱温策划。

次日凌晨，朱温假装听信李唐宾谋反，把他的妻儿关进监狱。朱温这才前往萧县。离萧县三十里，朱珍等将校前去迎接谒见。朱温命令武士将朱珍逮捕。

霍存等十多人叩头说情："朱珍自幼追随大王，摧坚陷阵，所向披靡，并且善于治军，创立军制，请大王放他一马，今后必定会为大王再立新功。"

朱温大怒，举起椅子甩向霍存等人，大声吼道："击败黄巢，攻破秦宗权，朱珍每战必在，勇冠诸将。但是有功绩，就可以为所欲为吗？朱珍杀李唐宾的时候，你们为什么不救他呢？"

朱珍被绞死。朱珍、李唐宾这对搭档联手攻敌，战无不克，但如今却落得个双双惨死。其实就因为那么一点点小事，世人不可不警醒。

五　十三太保

889 年秋的一天，一道道闪电划破天际，一声声炸雷响彻陈州城。

朱温的亲家，同平章事、许州忠武军节度使赵犨在陈州患病去世，终年六十六岁。赵犨以陈州咫尺之地，抗拒黄巢数十万之众，功成名就。唐朝廷追赠他为太尉。

889 年秋，又一位藩镇大帅去世，他是青州平卢军节度使王敬武。

青州平卢军藩镇拥戴王敬武之子王师范为青州平卢军留后。

王师范，年仅十六岁，为人文雅，有御众之术，颇受称颂。

王师范上位，有支持者，也有反对者，青州平卢军辖下棣州刺史张蟾对他强烈不满，上书唐朝廷，请求另派节度使。随波逐流、无所作为的太子少师崔安潜被唐昭宗派往青州，担任侍中、平卢军节度使。

张蟾迎接崔安潜进入棣州，一起讨伐王师范。崔安潜亲自登阵督战，以逆顺之理激励将士。前来攻打棣州的青州平卢军马步军都指挥使卢弘被策反，与张蟾勾结，打算假装凯旋回师，袭击王师范。

王师范获悉军情，派军校刘鄩告知卢弘："我为军府所推，年方幼少，未能干事。如果将军看在与先父友谊分上，让我卸下重担，去看守先父坟墓，我会唯命是从。"

刘鄩，密州人，心有大志，喜好钻研兵书、涉猎历史。

年纪轻轻的王师范言辞恳切，卢弘丧失了戒备，大摇大摆地回到青州。王师范迎接卢弘，设宴招待。刘鄩已接到王师范的密令，乘卢弘不备，在酒席上将其杀死。刘鄩率领青州平卢军迅速攻下了棣州，杀死了张蟾。崔安潜逃回了长安，不久卒于华州。

镇州成德军节度使王镕趁机上表，推荐王师范继任节度使。

王镕，回鹘族人，十岁时继位为节度使，现年十七岁。

唐朝廷无奈，拜王师范为青州平卢军节度使。王师范上表，推荐刘鄩，唐朝廷任命他为淄州刺史、行军司马。

1

可怜的唐朝廷，已是名存实亡。

大宦官田令孜逃奔西蜀去了，他的义子王建、晋晖失去了靠山，二人被撵离神策军，外放山南道。王建到利州担任刺史，晋晖到集州担任刺史。

金牛古道上，一位四十岁的人带领百名亲兵向西行去。这人眼神犀利，威武雄壮，凛然不可侵犯。这人就是王建。天上下着雨，湿漉漉的王建回想着自己的一生。年轻时，投身军旅，义无反顾地搏杀于乱世，希望打拼出属于自己的一方天地，但是已入中年，前途不明，因为大树倒了，自己随时被杀。更让王建忧伤的是，自己一个人苟活在人世间。过去的二十年里，自己娶过妻，生过子，可乱世中他们一个个离自己而去了。

王建到达利州后，山南西道节度使杨守亮召见王建。

杨守亮是大宦官杨复恭堂弟杨复光的义子，王建是大宦官田令孜的义子，杨复恭与田令孜是死对头，杨守亮召见王建，就是黄鼠狼给鸡拜年，不安好心。王建惧而不往。

龙州司仓参军周庠前来拜谒，王建素闻其名，高兴接见，与他饮酒畅谈。

周庠说："以将军之阅历和才华，为什么要偏居一隅，在此受困呢？"

王建起身施礼。周庠继续说："乱世之中，要用拳头说话。将军不妨攻取阆州，那个'南山一丈黑'杨守亮从此再也不能威胁将军您了。"

王建深以为是，当即招募八千军士，顺嘉陵江袭击阆州。攻下城池后，王建自称阆州防御使，继续招兵买马，聚草屯粮。王建与东川节度使顾彦朗结盟，西川节度使陈敬瑄非常忌惮，害怕他们二人图谋西川，问计于田令孜。

田令孜哈哈一笑说："王建是我的义子，我只要写一封信，就能把他叫来。"

陈敬瑄大喜，派人拿着田令孜的信札去召王建前来。

王建得信后，非常高兴，到梓州面见顾彦朗说："义父召我前去，我也想到成都，向他求取一个藩镇。"顾彦朗说："也别高兴太早，好事往往多磨。"

王建自率精兵二千西去成都。果如顾彦朗所说，王建刚到汉州的鹿头关，陈敬瑄就后悔了。他怕引狼入室，就命王建返回阆州。王建大怒，攻破鹿头关，打败汉州刺史张顼，又进军学射山，击败西川衙将句惟立，一举攻取了汉州。

陈敬瑄派人责问王建，王建道："义父召我前来，半路又命我回去，这是什么道理？我如果现在回去，东川节度使顾彦朗一定会怀疑我，我已经没有别的办法了。"

顾彦朗命其弟顾彦晖为汉州刺史，出兵帮助王建，围攻成都。顾彦晖围攻成都三日，无法破城，便返回了汉州。王建认为成都城固，也准备罢兵而回。

周庠献计说："将军应该攻取邛州，以为根本。"

王建听从，顺利拿下了邛州，又乘胜进攻，大掠西川十二州。

顾彦朗上书唐朝廷，要求另派大臣镇守西川，并为王建求取节度使旌节。

大宦官杨复恭把持朝政，正好借此机会打击大宦官田令孜和他的哥哥陈敬瑄，就请唐昭宗下诏，命同平章事韦昭度为西川节度使，取代陈敬瑄；命王建为邛州永平军节度使，将西川的邛州、蜀州、黎州、雅州划归永平军。

诏书下来，陈敬瑄当然不肯奉诏。唐昭宗便命韦昭度、顾彦朗、王建出兵讨伐。

889 年秋，王建大破眉州刺史山行章，虏获万人，又击败彭州威戎军节度使杨晟和山行章的五万援军。陈敬瑄发兵七万增援山行章，两军相持百余日。王建再败山行章。

890 年春，韦昭度、顾彦朗、王建围攻成都，晋晖亦率部到成都参战。简州、资州、嘉州、戎州、雅州、邛州、蜀州前后来降，但成都依旧难以攻破。为了筹集军费，西川节度使陈敬瑄大增税赋，残酷惩罚富人，百姓为之所苦。人们传说被赶到成都的原山南东道节度使刘巨容有炼金术，陈敬瑄就去索求，刘巨容不给。田令孜大怒，上书指责刘巨容当年玩寇自重、放走黄巢。陈敬瑄将其鸩杀，刘巨容遭到了灭族。当年，围剿黄巢的唐朝几大将领，如王铎、高骈、刘巨容等，均未得到善终。刘巨容被杀，搜出的钱财粮食甚多，成都可以多熬些时日了。

唐朝廷的一贯做法，是打赢了，封赏有功之臣；打不赢，就承认对手存在。韦昭度迟迟不能攻克成都，唐昭宗就决定停止西川战事。891 年三月，唐昭宗下诏恢复陈敬瑄官爵，令韦昭度、顾彦朗、王建罢兵，各自返回。

王建接到诏书，询问周庠。周庠郑重说："黎明前的时光，往往最黑暗。将军能不能建功立业，就看您此时的决定了。唐朝廷的诏令，看起来是坏事，实际上是好事。我们可以借此机会送走韦昭度，独占成都，然后统一两川。"一番话，让王建恍然大悟。他当即上表请求继续攻城。

王建劝韦昭度："您还是奉旨回朝做宰相吧，这里交给我就可以了。"

韦昭度犹豫不决。王建暗中派人擒获韦昭度的随从骆保，称其私盗军粮，切成肉块吃掉。王建威胁韦昭度："军士们饿了，要吃人肉！"韦昭度吓坏了，将旌节留给王建，命其为行营招讨使，自己当天就返回了。

韦昭度走后，王建派兵扼守剑门，切断了中原与两川的联系。

王建将成都团团围住，成都陷入了绝境。

陈敬瑄拿出自家钱财充当军费，招募壮士收割小麦。有百姓去王建的营垒购买食盐，不能禁止，陈敬瑄无奈说："百姓要活命，让他们求生去吧。"

慈不带兵，义不聚财。陈敬瑄继续率军抵抗，军士们已经不听从了。

891年八月，大宦官田令孜登上城头，对王建喊道："我与您这么好的关系，怎么到了这个地步？"

王建道："我和您的父子之恩，怎么能忘呢？但我是奉皇上之命，讨伐不听诏令的人！"

田令孜无奈，当夜进入王建军营，交出西川节度使旌节。次日，陈敬瑄开门投降。王建入城，自称西川留后。

王建攻打成都三年，常常对将士们说："成都城中，繁盛如花锦，哪天要是攻取了，金帛美女任你们抢，节度使让你们轮流做！"真到了陈敬瑄投降那天，王建又怕将士们胡来，就命部将张勍为马步军斩斫使，让他先入城执法。

王建对将士们说："我和你们三年百战，才得到成都。你们不用担心不会富贵，但千万别对街市烧杀抢掠，我已经派张勍去执法了。他要是抓住你们来禀告我，我还可以赦免你；他要是先斩杀你们再禀告我，我就不能救了！"

入城当天，张勍就抓了一百多个违纪军士，一一打死，尸体堆积于市，此后再也没有敢违纪的人了。

有个叫韩武的小校在节度使军府前公然上马，衙司予以制止，韩武吼道："王大帅已经允许我们轮流当节度使，还用这个规矩干吗？"王建听说后，就派人把韩武杀掉了。

王建占领成都，仍然像对待父亲一样对待田令孜，请田令孜担任监军。王建还任陈敬瑄之子陈陶为雅州刺史，将陈敬瑄也安置在那儿。

成都的夏天像孩子的脸，时而阳光灿烂，时而乌云密布。白天烈日，晚上无风，突然一个惊雷，把熟睡的王建叫醒了。室外是闪电、狂风、大雨。醒后的王建睡不着，他倒不是害怕惊雷，也不是担心陈敬瑄，而是害怕田令孜。王建心中暗语："这是个老狐狸，如果不除掉他，势必为其所害。"

等到天亮，王建就秘密上书唐朝廷，请求杀此二人。

唐朝廷不许，王建就诬告陈敬瑄、田令孜谋反。

其实，陈敬瑄早就怀疑王建要杀死他，这是军阀混战的规律。他预先在腰带里藏了毒药，准备在被处决前服毒自杀，以求全尸。但当他被捕时，却发现毒药丢失了。陈敬瑄对天狂笑道："我这个卖烧饼的，连给自己最后吃的芝麻粒都丢了！"陈敬瑄忽然想起王建也是卖烧饼出身，就愤愤骂道："卖烧饼的，夺了卖烧饼的地盘。"陈敬瑄、陈陶被斩首，田令孜在成都被缢杀。

田令孜临刑时，把丝绢撕成条，结成粗绳，交给刽子手。

田令孜拖着娘娘腔慢慢说："老奴曾经一人之下，万人之上。呵呵，杀我可以，得有一定规矩，有一定礼数，懂不懂？"

他拿起绳子说："来，我教你们怎么系绳子，怎么勒死我！"

田令孜面不改色，又说道："我教你们怎么为人，如果你忠心耿耿为朝廷谋划，请朝廷诛杀你；如果你一手拉扯义子，请义子吃了你。"

田令孜最终遗言，实是反话。田令孜去世那一刻，一定是无比心酸的。因为唐朝廷辜负了他，义子王建也恩将仇报。田令孜一生嚣张跋扈，唐僖宗称他为"阿父"，王建称他为义父。现今这些称号，让他心酸无比。田令孜虽然心酸，但世人却认为他傲慢无比！

891年十月，唐昭宗任命王建为西川节度使。王建既得西川，留心政事，容纳直言，好施乐士，谦恭简素，用人各尽其才。

王建攻陷成都一个月后，东川节度使顾彦朗病逝，其弟顾彦晖继任。唐昭宗命宦官宗道弼为使，赐顾彦晖旌节。山南西道节度使杨守亮获得消息，命绵州刺史杨守厚将宗道弼扣下，发兵攻打东川藩镇治所梓州。顾彦晖向王建求救，王建便派遣他的三位义子王宗涤、王宗侃、王宗弼率军救援顾彦晖。

王宗涤，本名华洪，许州人，勇猛善战，轻财好施，被王建收为义子。

王宗侃，本名程德怡，许州人，一直跟随王建，被收为义子。

王宗弼，本名魏弘夫，许州人，效力于王建，被收为义子。

七百年前占据蜀地的刘备收义子，是因为他年近四十却一直没有儿子，所以才收养了刘封。王建收义子，则是为了扩大自己的势力。王建对于手下的优秀将领，通常都收为义子。一个人如果想在王建麾下有个好前途，也只有认王建当义父这一种办法。

王建秘密对王宗涤等三位义子说："你们打败杨守厚，顾彦晖一定会来犒劳慰问，你们在大营摆设酒宴回报，趁机抓获顾彦晖，这样就可以兼并东川了。"

王宗涤、王宗侃、王宗弼点头应承，到了东川，勇往直前，大败杨守厚，解除了梓州之围，解救了宗道弼，夺回了旌节。顾彦晖备办礼物，犒劳西川军。王宗涤、王宗侃也按王建指令，备下酒席，宴请顾彦晖。义子应该忠于义父，谁料王宗弼竟然把王建的计谋告诉了顾彦晖。顾彦晖大惊，以有病为托词，拒绝前往。王建兼并东川的阴谋遂告破产。

两川从此交恶，王建却并未因此怪罪王宗弼。这是因为王宗弼巧言令色，擅长溜须拍马、阿谀奉承，王建太喜欢他了吧。

王宗涤、王宗侃、王宗弼率军离开后，顾彦晖宴请宗族和诸将，将随身所佩的宝剑"疥痨宾"交给义子顾瑶，命其佩戴，随侍左右。顾彦晖对宗族、诸将说："本帅与各位生死共之，如有违者，'疥痨宾'伺候！"

到了892年，王建出兵攻打顾彦晖。顾彦晖向杨守亮求救，两个藩镇联合，擒获王建义子王宗弼。顾彦晖对王宗弼说："王建为什么老想着霸占东川呢？你身为他的义子，为什么不劝阻他呢？"王宗弼惶恐谢罪。顾彦晖念及王宗弼此前泄谋之事，释放王宗弼，还收他为义子，改名顾琛。

山南西道节度使杨守亮联合彭州威戎军节度使杨晟对抗王建。

王建命王宗裕、王宗瑶围攻彭州，大败杨晟。

王宗裕，王建同族兄弟之子，生性谦谨，每当诸将争功，独王宗裕立于枯树下，不夸己功，时号"枯树太保"。

王宗瑶，本名姜志，许州人，善于骑射，被王建收为义子。

可惜好不长久，王宗裕患病去世。

王宗瑶担任茂州刺史，常常鞭打他的老年马夫。马夫不堪刑罚，向王宗瑶妻子姚氏乞求告老还乡。姚氏问老年马夫："你哪里人呢？"

"许州人。"

"还有什么骨肉？"

"黄巢之乱时，小人的老婆儿子被掠走，至今不知去处。"

姚氏又问孩子小名、年龄以及妻子姓氏、亲戚，马夫一一回答。

等到王宗瑶回家，姚氏将马夫所言所求一一叙述。王宗瑶大吃一惊，因为自己身世和马夫儿子身世极为相似。王宗瑶怀疑马夫就是他的父亲。

王宗瑶当夜问马夫："你儿子有何记验？"

"我儿脚心上有一黑痣，其他不记得了。"

王宗瑶大哭。王宗瑶万万没有想到，自己天天鞭打的马夫，竟然是自己失散十几年的父亲。

王宗瑶偷偷把自己父亲送到百里之外，再称自己父亲来了，然后大大方方地用马车把父亲迎回家中。关上房门，王宗瑶把鞭子交给父亲，让父亲惩罚自己。这位曾经的马夫痛哭流涕。

王宗瑶给茂州城寺庙和尚提供了一月斋饭，以示悔过。他从此再也不敢鞭打侍从了。

2

王宗瑶的老家是许州，那儿有一条美丽的河流：淮河。

银波泛泛，烟雾蒙蒙，秋风潇潇，落叶飘飘，淮河像一条翡翠缎带，在金黄色中原大地上飘过。

"吃人魔王"秦宗权化为尘土了，残余蔡州军在孙儒率领下渡过淮河，向南逃脱，进入了富庶的淮南道。跟在孙儒身后的，是他的三员大将：四十岁上下的刘建锋、张佶、马殷。

刘建锋，蔡州人，很早就在秦宗权帐下效力，担任龙骧指挥使。

张佶，长安府人，博通经史，科举及第，进入仕途，升至宣州从事。秦彦占据宣州时，张佶因秦彦凶暴多忌，担心为其所害，于是称病辞职。他本欲返回家乡长安，却在行至蔡州时被秦宗权留下，成为行军司马。

马殷，许州人，早年家中困苦，以木匠为业，后投入蔡州军，成为孙儒部下，以勇武闻名军中。

孙儒与刘建锋、张佶、马殷交好。张佶对他们说："如今天下大乱，英豪角逐，如果不早作图谋，我们都将无法幸存。"

孙儒深以为是，向三人说："大丈夫苦战万里，赏罚由己，奈何居人之下？生不能富贵，难道死会得庙食吗？"孙儒率领骑兵七千人南奔，号称"土团白条军"。这帮蔡州军渡过了淮河，夺取了淮南道的润州、常州。孙儒接受朱温的招降，被唐朝廷封为淮南节度使。

淮南还有个节度使，那就是杨行密。杨行密攻破扬州后，自称淮南节度使。一个淮南，两个节度使，自然会有恶仗等着他们。

自毕师铎、秦彦之乱后，扬州城内空虚。进入扬州城的杨行密心中凄凉，认为扬州不可再守，便想离开。

幕僚袁袭说："我们以新募集的将士守卫空城，而将领大多是高骈的部下，必须有厚恩信义和有力的统制才能使他们心服。现在孙儒'土团白条军'军势正盛，攻无不克，这是将领们持两端、选强弱、择向背的时候。庐州是我们的旧地，城池完好，粮草充实，可做以后图谋的基地。"

杨行密退到庐州，不知该往哪个方向发展，就请教袁袭："我想整装兼程而行，西取洪州，可以吗？"

洪州是江西藩镇治所。江西藩镇位于江南道，现任江西观察使是钟传。

钟传，洪州人，年少时英姿倜傥，不事农桑，以勇毅闻于乡里。一日，与亲属会饮，大醉而归，途经深谷，遇一猛虎。钟传酒力方盛，胆气弥张，持木棒对抗。猛虎左右跳跃，钟传来回迎击。猛虎又俯伏，钟传亦蹲守。反反复复，最后与猛虎缠在一起。猛虎的前足搭住钟传双肩，钟传则两手抱住猛虎的脖颈。很久，虎难以用其爪，钟传亦难以逞其勇，相持不下。家人见钟传日暮未归，出来相迎，挥剑刺虎，钟传才转危为安。由此，钟传闻名遐迩。他率乡民抵抗王仙芝草军，占据洪州，成为江西观察使。

袁袭回答杨行密："钟传得到江西，势头正盛，不可图谋，而秦彦占据扬州时，召池州刺史赵锽防守宣州。现在秦彦已死，赵锽失去依恃，守卫宣州非其本意，所以赵锽可以攻取。"

杨行密听从袁袭建议，率军攻打赵锽，两军战于曷山，大败赵锽，进而围困宣州。持续的围困下，宣州粮尽，城内开始人吃人。赵锽被列校周进思赶走，逃亡途中被杨行密俘虏。赵锽左右随从尽皆逃散，只有李德诚和韩球始终跟随在他的身边。

李德诚，扬州人，和尚周元豹曾给他批语："泰山之高，可比君福。不用寸功，日享千钟。"

赵锽派李德诚回到宣州劝降周进思。李德诚将要动身时，突发急病，赵锽只得改派韩球前去。韩球一进城，就被周进思斩杀，首级也被掷于城外。病重的李德诚当天竟然病愈了。宣州军心不稳，军士们活捉了周进思而降。

杨行密部下衙内右直都头徐温进入宣州城，煮粥赈济饥饿难民。

徐温，海州人，沉默寡言，不善交际，但却很有威严，人称"徐瞋"。徐温最初是个亦商亦盗的私盐贩子，后到庐州投奔杨行密，一步步升迁。他虽未有多大战功，但却颇有远略。

众将攻入宣州时，争相掠取财物，唯有徐温占据粮仓，施粥以济饥民。

人心慢慢归附到杨行密的旗帜下。杨行密攻取了宣州，被拜为宣歙观察使。杨行密杀死了赵锽，认为李德诚是忠义之人，将其收归帐下。李德诚娶杨行密宗女为妻，从此效力于杨行密。

袁袭患病，临终前向杨行密谆谆叮嘱："乱世是英雄的温床，但芸芸众生在乱世中却倍受煎熬。黄巢、蔡宗权那些魔头不是百姓想要的英雄，他们既不开疆拓土，也不保国安民，只是一味争权夺利、屠啖生灵。如今我要离开人世了，我想最后说的是：杨公是真豪杰，要让百姓脱离乱世的荼毒。"

杨行密大哭说："天不欲成我大功，为什么折杀我的股肱呢？"

另一位淮南节度使孙儒进入了扬州，也不能守。孙儒就焚毁城池，杀死老弱病残百姓充当军粮，驱赶部众，号称五十万"土团白条军"，渡江四掠。

一山不容二虎，淮南这片土地上，杨行密、孙儒两大军阀开始大战。

杨行密手下，战将如云——

安仁义，沙陀族，原是秦宗权手下，后来投降了杨行密。他典领骑兵，箭术高超，名冠军中。

刘威，庐州人，年轻时为小吏，入伍后豪爽勇武。

陶雅，庐州人，身材魁伟，相貌清秀。他本是儒家子弟，在唐末乱世中应募从军，跟随同乡杨行密四处征战。

李神福，洺州人，追随杨行密南征北战。

李遇，庐州人，杨行密的亲将。

杨行密派安仁义率军夺取了润州、常州，从血海尸山摸滚出来的"土团白条军"，很快将安仁义打败。杨行密并不认输，命刘威率兵三万来战。刘威在广德县迎战孙儒，夜袭孙儒军寨。马殷率军来攻，将刘威击败。杨行密大怒，将刘威下狱，亲自率军来夺。孙儒传檄远近，誓死夺取淮南。"土团白条军"旌旗延绵数百里，所过之处，焚烧庐舍，杀死老弱，以供军食。

杨行密自叹不敌，准备逃离，幕僚戴规劝阻："孙儒虽然来势凶猛，兵力众多，但时间久了将士就疲惫，士气必然受挫。狭路相逢勇者胜，勇者相逢智者胜，智者相逢仁者胜。孙儒所率'土团白条军'，实为蔡州军残余，已经数败，现今不顾一切，与我决死一战，可见其势已穷矣。谁能熬下去，谁就会胜利。"杨行密听信戴规所言，将刘威放出大狱，继续留在淮南。

杨行密、孙儒两大军阀都是拼尽了全力，谁松一口气，谁就败下阵来。

孙儒率领"土团白条军"包围宣州，扎营于陵阳。杨行密与之交战，多有不利。杨行密出兵被围，李遇率领敢死之士百人，一番苦战，才救出杨行密。

众将摆酒，为杨行密压惊。席中，刘威向杨行密献计："敌众我寡，我们不能硬碰硬。现在，孙儒已经粮尽，如果我们坚守不战，就会困死他们！"

李神福随声附和："刘威说得对，我们如果坚壁清野，就会饿死这些凶恶的狼。"

杨行密照办。刘威之计，果断有效。孙儒无粮，只好继续以活人为食，这导致军中瘟疫大发，孙儒也染上了疟疾。无奈之下，孙儒遣部将刘建锋、张佶、马殷等人四处搜集粮草。

"野战格斗死，败马号鸣向天悲。乌鸢啄人肠，衔飞上挂枯树枝。"唐朝诗人李白的《战城南》一诗，用在此时淮南战场，却是那样恰如其分。

杨行密探知孙儒兵少并且患病，认为时机来了，立即派遣安仁义、田頵、刘威、陶雅、李神福、李遇等众将对孙儒展开攻击，仅仅一天时间，连破五十寨，生擒孙儒。

天上乌云密布，"哇——哇——"的乌鸦嘶哑声从空中传来。孙儒对前来监斩的刘威说："将军您知道我没了粮食，找到了我的软肋，打败了我，我心服口服。唉！如果我有您一样的将领，能败吗？"

孙儒是人之将死，其言也善，其手下刘建锋、张佶、马殷个个骁勇善战，只是决定战场胜负的除了勇，还有谋，还有粮，还有德。

892年八月，杨行密再入扬州。海陵县离扬州一百二十里，杨行密下令海陵百姓全部迁入扬州城内，于是扬州城中又有了二万户百姓。胜者为王，败者为寇。唐朝廷下诏，正式封杨行密为淮南节度使。从此，杨行密站稳扬州。扬州城也慢慢恢复生气。

杨行密以安仁义为润州刺史，田頵为宣歙观察使，刘威为庐州刺史，陶雅为池州制置使，李神福为舒州刺史，李遇为常州刺史。杨行密继续用兵，攻下淮河以南、长江以东各个州县。

893年春，杨行密命田頵进攻歙州，歙州军民强力抵抗，田頵久攻不克。

各地常以武将担任刺史，大都贪婪残暴。陶雅是儒家子弟，宽厚仁慈。歙州军民说，如果陶雅主政歙州，就开城投降。杨行密遂命陶雅为歙州刺史，于是歙州城破。陶雅对前刺史裴枢以礼相待，将其送归长安。

裴枢，绛州人，出身世族大家，常以清流自居，到长安后担任京兆尹。

歙州以制墨著称，所产之墨号称歙墨，其中工匠李超所制之墨尤为出名。陶雅性沉静，好读书，非常喜欢歙墨。一段时间后，陶雅感觉歙墨越来越不如以前，就责问李超："你现在制造的墨，远不如我刚来歙州时的墨，这是怎么回事？"李超答："您刚来时用墨少，如今用墨多，我哪还有时间去精益求精呢？"陶雅哈哈大笑。

杨行密久仰河东节度使李克用大名，想见见李克用什么模样，就找了一个画师假扮商人，到太原府偷画李克用相貌。画师到了太原府，却被鸦儿军抓获。李克用持剑大怒说："如果你画我画得不好，我就杀死你！"画师开始绘画。正值盛夏，李克用手拿八角扇，画师就让扇角遮住了李克用失明的眼睛。李克用看了看说："你这是向我谄媚。"便让画师重画。画师又画李克用弯弓射箭，一只眼睛眯了起来，好像在瞄准目标。李克用大喜，重赏画师，礼送他回到淮南。

虎瘦威风犹在，大批蔡州军残余向杨行密投降，成为杨行密麾下新淮南军的主力。杨行密也学李克用鸦儿军，从新淮南军中挑选锐士五千，黑缯黑甲，号黑云都。黑云都统一配备长剑，故又称黑云长剑都。黑云都骁勇善战，以一当十。远近军阀和杨行密争斗，一听说黑云都来了，全都闻风丧胆，未战先惧。

这时的新淮南军，足以与北面朱温的汴州军抗衡。

杨行密消灭了孙儒，惹恼了东平王、汴州宣武军节度使朱温，因为孙儒已经投降了朱温。朱温便向杨行密用兵，意图吞下淮南这块富庶之地。朱温借道徐州，徐州感化军节度使时溥当即拒绝。时溥清楚：当年平定黄巢时，朱温、时溥就有矛盾，如今野心勃勃的朱温借道徐州，用的不就是假道伐虢之计吗？

朱温派长子朱友裕率领汴州军攻打徐州感化军。

893 年春，朱友裕包围了徐州，围而不战。

朱友恭，本名李彦威，因善体上意，被朱温收为义子。

朱友恭见朱友裕消极怠战，便上书朱温，说朱友裕年轻怯战，丧失战机，背叛了自己父亲。朱温大怒，命庞师古替代朱友裕，并捉拿朱友裕到汴州。

朱温的这道令牌，误送给了朱友裕。朱友裕大惊失色，急忙逃回朱温老家砀山县，藏身伯父朱全昱家。朱温夫人张氏闻听，就让朱友裕单骑到汴州面见朱温。

朱温一见朱友裕，立刻火冒三丈，喝令左右拖出去砍头。

张氏上去阻挡，她对朱友裕说："你舍弃兵众，单身来向父亲谢罪，哪会背叛呢？你只是年青无知罢了。"

朱温立刻明白，放了朱友裕，让他去镇守许州。

893年底，庞师古、霍存率军攻打徐州。自朱珍、李唐宾死去后，汴州军中，庞师古取代了朱珍，霍存取代了李唐宾。霍存战于石佛山下，大败徐州感化军，不幸中了流矢而卒。

霍存是汴州军中的神箭手。一次，蔡州兵站在城楼上骂朱温，朱温大怒，呼叫："霍存呢？"霍存立刻明白，张弓搭箭，一矢就将城楼上的敌兵射死。淹死会水的，打死犟嘴的，神箭手往往死在流矢上。

庞师古攻破徐州，时溥与妻小自焚而亡。至此，徐州感化军所辖徐州、泗州一带尽入朱温之手。

时溥一生，有心机，无大志；有运气，乏能力。时溥是杀害支详夺位，因此猜忌部下，导致内部不和，终被实力强悍的朱温消灭。

时溥携全家自焚，原尚让之妻蓝田刘氏幸运地逃过了一劫。

庞师古将蓝田刘氏送入汴州，被朱温搂入怀中。这朱温投奔黄巢时，曾经享受了许多民女，也生下了几个儿子，虽然有不少美貌的，但那些女子，出身寒门，小家碧玉，朱温感觉都上不了台面，即使遇到大家闺秀，朱温也感觉古板无趣。蓝田刘氏就不同了，不仅有官小姐的高贵，又有风流女子的情趣。多年战乱，辗转尚让、时溥多人，蓝田刘氏自会察言观色，风情万种。蓝田刘氏尽展风骚，朱温神魂颠倒。

朱温母王氏已病故，朱温失去了慈训。但朱温有夫人张氏，贤明遵礼，常常巧妙劝说朱温。朱温对张氏，不只宠爱，还有敬畏。在张氏面前，喜怒无常的朱温言听计从。古人谓以柔克刚，朱温妻张氏便得此秘诀。有了张氏，朱温就不敢纵情声色。

朱温这位枭雄，玩了一个月，却不敢把蓝田刘氏领回家，就把她送给了幕僚敬翔。

3

如果蚂蚁巢穴被捣毁，一会儿工夫，巢穴内的蚂蚁就会四处乱窜，见谁咬谁。

蚂蚁世界如此，乱军亦如此。昔日孙儒属下，外出觅粮的刘建锋、张佶、马殷，闻听孙儒战死，大哭不已。孙儒残部尚有七千余人，在刘建锋统领下，以马殷为前锋、张佶为谋主，南下劫掠洪州、虔州、吉州，很快发展到了十万兵力。

894 年春，刘建锋、张佶和马殷率军进入了湖南藩镇，驻扎醴陵。

湖南藩镇，治所潭州，是位于江南道的一处藩镇。"秋风万里芙蓉国，暮雨千家薜荔村。乡思不堪悲橘柚，旅游谁肯重王孙。渔人相见不相问，长笛一声归岛门。"唐末诗人谭用之的诗歌《秋宿湘江遇雨》，描写的就是湖南景色。

湖南观察使邓处讷防备刘建锋、张佶、马殷来袭，就派邵州刺史蒋勋驻守龙回关阻拦。马殷前往劝降蒋勋："刘建锋智勇过人，率有十万之众，精锐无敌，而蒋公以乡兵数千拒之，难啊。不如投降我们，取富贵，还乡里，不更好吗？"马殷随从姚彦章善观天象，附和说："刘建锋的到来是有星象预兆的，当兴于湖南，你们的兵马不足以抵抗的。"蒋勋深以为然，当即下马归降。

刘建锋、张佶、马殷穿上邵州军的衣甲，打着邵州军旗号，长驱奇袭湖南藩镇治所潭州。潭州守门军士以为是龙回关人马班师，开门接纳。刘建锋催马上前，突击军府。邓处讷正与部下置酒高会，毫无戒备，于席间被刘建锋擒杀。

刘建锋自称湖南留后。刘建锋胸无大志，常与部下酗酒为乐。刘建峰酒后起色，勾搭部下陈赡之妻。陈赡一怒之下，抡起铁锤砸死了刘建峰。众将杀死陈赡，推张佶为留后。

张佶本欲接任，不料骑马进入观察使军府时，马匹狂躁踢咬，将他摔落马下，伤及大腿。张佶倒在地上，良久不能起身。他认为这是上天示警，于是对众将说："马殷有勇有谋，为人宽厚，比我更适合当主帅。"

马殷正在攻打邵州，张佶便派姚彦章前去请马殷回来。

马殷不知张佶真意，犹疑不决。姚彦章劝道："您与刘建锋、张佶三人一体，如今，刘建锋被杀，张佶受伤，天命人望，皆归于您，您还犹豫什么？"

马殷这才拿定主意，命部将李琼继续攻打邵州，自己则星夜返回潭州。

马殷到潭州后，张佶将留后的位子让给马殷，自己率众将参拜，定下上下名分。马殷任命张佶为行军司马，代替自己攻打邵州。不久，邵州攻克。马殷不负众望，逐步统一湖南全境，征服各方势力。唐朝廷任其为湖南观察使。

木匠出身的马殷，先后跟着秦宗权、孙儒、刘建锋出来闯天下，到此实现了人生逆袭，成为割据一方的诸侯。后世史家以"龙骧前驱，司马推毂"来形容马殷建国是得到了上天眷顾。这"龙骧"指的是刘建锋，他曾担任龙骧指挥使；"司马"指的是张佶，他担任行军司马。史家认为刘建锋与张佶是马殷创建湖南基业的领路人和推动者。

湖南藩镇往东一千六百里，是福建藩镇。

闽山莽莽，越水汤汤。闽在山间，闽在大海。山海交融，山环水转，这就是福建藩镇的特色。

一位名叫王绪的寿州人和他的妹夫刘行全，领着一支队伍来到这儿。

王绪急于扩大队伍，广招壮士，光州固始县王潮、王审邽、王审知三兄弟加入其中。他们攻陷汀州、漳州，进兵泉州，队伍发展到了五万人。王绪领兵到了漳州，担心军旅累赘，借口路险粮少，下令全军："凡随军老人孩子，斩无赦！"王潮老母徐氏也不能免。王潮同他争辩，将士们也都为王潮求情，王绪这才免除王潮母亲一死。王绪出身屠户，才不及人，心胸狭隘，狐疑猜忌，部下将士只要勇谋才略超过自己或者身材魁梧、相貌非凡的，都被他借故杀掉，这搞得军中人人自危。王潮兄弟三人个个形体魁伟，才艺过人，看到王绪如此心狠手辣，时刻提心吊胆。

行军到南安县，王潮暗地劝刘行全："我们这些人背弃祖坟、妻儿来做盗贼，是被王绪胁迫的，难道是本心如此吗？如今王绪多疑，将吏中有才能的都惨遭杀害，我们这些人不在朝夕间自保，还想要成大事吗？"

刘行全深以为是。二人挑选几十名心腹勇士，隐蔽在茂密的竹林中，等到王绪骑马经过，众壮士突然跃出竹林，杀死王绪。刘行全说："让我活命的是王潮。"于是力推王潮为帅。王潮当了首领，整肃军纪，与百姓秋毫无犯，所到之处大受欢迎。

泉州刺史廖彦若横征暴敛，残忍无道，百姓不堪忍受。王潮经过泉州时，泉州军民派张彦鲁为代表，请求他驱逐廖彦若。当地百姓也来犒军，恳求王潮为他们除害。泉州是福建的一座大城，而且是良港，海上贸易发达，地方富庶。王潮顺应民意，领兵攻下泉州城，处死了廖彦若。福建观察使陈岩便任命王潮为泉州刺史。

王潮在泉州整饬部属，励精图治，召集流民，鼓励生产，减轻徭役，放宽赋税，兴办义学，颇得人心。陈岩临死之前，想让王潮代他主持福建军政，但被陈岩的妻弟范晖夺取权位。王潮不承认范晖，命王审知进兵讨伐。

王审知状貌雄伟，隆准方口，因常骑白马作战，军中美称为"白马三郎"。王审知围攻福州，伤亡很重，请求退兵，王潮不准。王审知又请求援兵，王潮回信："兵尽添兵，将尽添将，兵将俱尽，我当自来。"

王审知亲临前线，决一死战。福州城内粮草已尽，属将杀了范晖，开城投降。

福州被攻克后，王潮改迁官署至此，自称福建留后，又身着素服，安葬陈岩。王潮将女儿嫁给陈岩之子陈延晦为妻，厚待其家。王潮由此声威远播，汀州刺史钟全慕、建州刺史徐归范携带户丁田粮册籍，亲赴福州请归王潮节制，山岭海岛也有二十余股地方势力闻风来降。

自此之后，王潮据有福建五州之地，称雄一方。

894年十月，唐昭宗任命王潮为福建观察使。

4

长江以南乌云密布、电闪雷鸣；黄河以北昏天黑地，云迷雾锁。

河东节度使李克用横行北方。

其弟李克恭虽为潞州昭义军节度使，但管辖不了藩镇属地邢州、洺州、磁州三州。李克用派遣李存孝率领鸦儿军先是夺下了这三州，然后攻打吐谷浑都督、云州防御使赫连铎。幽州节度使李匡威出兵三万来救赫连铎，两下里在蔚州交战，鸦儿军大败逃走。

赫连铎与李匡威上表唐昭宗，说李克用不除终是国患，因此请唐朝廷下诏，各藩镇发兵，消灭李克用。东平王、汴州宣武军节度使朱温也趁李克用战败，上书请求讨伐。

唐昭宗接到了三个藩镇奏章，喜忧各半。喜的是，如果双方打起来，两败俱伤，那就再好不过了。忧的是，李克用在平定黄巢时为唐朝廷立下了赫赫战功，趁着李克用新败去讨伐，从情理上说不过去。更重要的是，朱温、李匡威、赫连铎能否打败李克用还是个疑问。如果李克用失败了还好说，万一他战胜了，唐昭宗会处于不利境地。

唐昭宗难以决断，便令朝廷众臣讨论此事，没想到除了几个大臣同意以外，大多数官员不同意讨伐李克用。

朱温暗中贿赂唐朝同平章事张濬，让他替自己说话。

张濬最初是依靠杨复恭发迹，转而讨好权宦田令孜，从此与杨复恭交恶。田令孜失势后，杨复恭接任神策军中尉，重新控制了内朝，张濬重又没落。杨复恭专擅朝政，引起了唐昭宗的不满，于是启用张濬为同平章事。张濬曾在延英殿与唐昭宗讨论前代治政得失，张濬说："陛下正当壮年，英明睿智，却受制于宦官、藩镇。臣每思及此，都痛心泣血。"唐昭宗问他治国理政以何事为最急，张濬道："最急莫过于强兵，兵强而天下服。"唐昭宗于是积极扩充军备，力图增强朝廷实力。

张濬得到朱温支持，就上奏说："沙陀部族曾逼先帝唐僖宗逃难至兴元府，罪该至死，应当讨伐。另外，现在这么多藩镇愿意讨伐他，实是个好机会。如果不借机除掉他们，就是错误，是应当决断而不决断。"

大宦官杨复恭反对说："先帝蒙受顶霜雪、冒风露之苦，流亡在外，七八年当中，不能安眠于枕席，虽然是由于贼臣在外面鼓动、破坏，也由于朝中失去了对天下的控制。这些事情都过去了，如今陛下继承了大统，人们欣喜拥戴，不应当轻易发动战争，为国家滋生事端。恳请陛下颁发优诏，委婉回复朱温等人，平息他们的怒气。"

唐昭宗同意杨复恭之见，但张濬倚仗朱温之势，连番论奏，最终使得唐昭宗同意出兵。

唐昭宗任命张濬为太原四面行营兵马都统，以汴州宣武军节度使朱温为太原东南面招讨使，以幽州节度使李匡威为太原北面招讨使、云州防御使赫连铎为太原北面副招讨使，前去讨伐李克用。唐朝廷担心兵力、财力不足，又以华州节度使韩建为北面行营招讨都虞候、供军使，以镇州成德军节度使王镕为太原东面招讨使，合力攻击河东藩镇。

唐昭宗亲自在延喜楼为张濬践行。张濬酒酣之际，哭着对唐昭宗说："陛下处处为贼臣掣肘，臣此次前去，誓死为陛下除掉这个贼人。"

张濬行至长乐坂，杨复恭等一众宦官又为张濬践行。

杨复恭举杯劝酒，张濬推辞："皇上刚刚赐酒，我已经喝醉了。"

杨复恭戏谑："张相握兵出征，独当一面，不肯给老奴这个面子吗？"

张濬笑着说："那就等本帅得胜归来，再给公公这个面子吧。"

屋漏偏逢连夜雨，船迟又遇打头风。李克用辖下潞州衙将冯霸杀死潞州昭义军节度使李克恭，向朱温投降。朱温意气风发，上奏唐朝廷，以京兆尹孙揆为潞州昭义军节度使。朱温不放心，命部将葛从周率领三千汴州军护送孙揆赴任，又命部将李谠攻打从属李克用的泽州，牵制李克用鸦儿军。

李克用怒火中烧，派骁将李存孝率领鸦儿军，在长子一带伏击孙揆，将其生擒，押往太原。

见到孙揆，李克用皱着眉头问："像孙公你这样的文人，好好待在庙堂中写写文章，发发议论，不好吗？为什么也学别人舞刀弄枪？你玩得转吗？"

孙揆闭嘴不说。李克用引诱孙揆："孙公如果能为我作证，向唐朝廷阐明我的冤屈，我马上保举您为潞州昭义军节度使！"

孙揆大声喊道："我是不会打仗，可我岂是软骨头？我战败受死，那是本分，岂能向你摇尾乞命？"

"匹夫不知好歹！来人，把他给我锯了！"李克用一声令下，行刑人把孙揆按倒，手持大铁锯行刑，不料孙揆的身体出于本能，不断扭动。孙揆忍痛奚落："你们这群白痴，锯人是要使用夹板的！"行刑人找来两块木板，把孙揆夹起来再锯，鲜血迸出。孙揆骂声不绝，一直到死。直到断气，孙揆没有喊过一声痛，没有求过一次饶。

乱世之中，命如草芥，世人难以左右自己的命运，朝秦暮楚者比比皆是。孙揆实属唐末少有的铮铮铁骨！

噩耗传到唐朝廷，唐昭宗追赠孙揆为左仆射。

李存孝率领鸦儿军驰援泽州。泽州城下，是李谠率领的汴州军；泽州城上，是李存孝、李罕之率领的鸦儿军。

李谠高声喊道："潞州已归唐朝廷，你们这些鸦儿军找不到巢穴躲藏了，抓紧投降吧！"

李存孝大声回道："我们找巢穴，是为了吃你们的肉，赶快找个胖的，来和我一战吧！"

汴州军衙将邓季筠率军出战，李存孝舞槊迎战，仅仅一个回合，就将邓季筠生擒。邓季筠被送往太原，李克用见了非常高兴，解开绳缚，待以宾礼，邓季筠就投降了李克用。

李存孝、李罕之出城决战，李谠大败而逃。李存孝一直追击到马牢关，而后回兵攻打潞州。葛从周弃城而走，鸦儿军得以复据潞州。

复夺潞州之战，李存孝功劳最大，但李克用却任命康君立为潞州昭义军留后，仅以李存孝为汾州刺史。

康君立，蔚州人，世代为边镇豪强。康君立曾经是云州防御使段文楚的麾下，云州之地闹饥荒，段文楚削减了军士的粮饷供给，于是军士怨声四起。康君立等人在夜间来到蔚州，拜见了刺史李克用，对他说："云州刚遇到一点饥荒，就削减粮饷，我等守边之人，岂能坐等受死！我们应当一起除掉暴虐的主帅！"李克用说："天子在上，举事应当有朝典，你们不要轻易议论。"康君立说："事机已经泄露，时间久了恐怕会生变故！"众人拥立李克用为主帅。这一"帅袍加身"事件，奠定了李克用的基业。李克用镇守太原后，授康君立为先锋军使。之后，和李克用一起转战各地，立下汗马功劳。

从康君立功绩来看，李克用任命并无过错。但李存孝心胸狭隘，气愤不满，一连数日，茶饭不思。

再说太原四面行营兵马都统张濬征讨鸦儿军。李克用命李存信率军抵御。

李存信，本名张污落，回鹘族人，早年为牧羊奴，聪慧机敏，通晓四夷语言，能识别六蕃书。李存信一直跟随李克用作战，被李克用收为义子。

李存信在阴地关，大败张濬，唐朝官军退保晋州。李存孝率部攻晋州。张濬遣军迎战，又被李存孝击败，从此紧守城池不敢再战。李存孝对义父李克用不满，就对部将说："唐朝廷宰相，我们不宜俘虏。"鸦儿军退兵五十里，晋州解围，任由张濬逃走。

韩建率领唐朝官军退守绛州，李存信追击，韩建开拔逃走。鸦儿军在晋州、绛州大肆掠夺，直到河中府。所到之处，满目疮痍、一片凄凉。

直到此时，幽州节度使李匡威、云州防御使赫连铎还未出兵。镇州依靠太原作为屏藩，如果太原被攻破，就会危及镇州，所以镇州成德军节度使王镕也不出兵。

张濬一败再败，消息传到长安，大宦官杨复恭向唐昭宗进谗言："张濬这人呢，性情洒脱，但却好说大话，因此颇受鄙弃。这次给陛下惹下大祸，不能不惩罚他。"

唐昭宗十分愤怒，将张濬贬为连州刺史。

面对咄咄逼人的河东藩镇，唐昭宗向李克用认错，下达诏书，加封李克用为中书令，一番好言安抚。

李克用乘胜攻打云州防御使赫连铎，围困云州一百天。

李克用义子符存审亲冒矢石，率军死战，以致血流盈袖。李克用亲自为他敷伤。

符存审就是那位被歌妓郭女搭救的青年。符存审倒也是性情中人，想方设法找到了郭女，娶她为妻，为他生下了几个儿子。

赫连铎放弃云州，逃入吐谷浑，不久被李克用攻杀。鸦儿军又夺取了怀州、孟州二地。

5

长安城中，唐昭宗与大宦官杨复恭的矛盾愈来愈深。

杨复恭控制着神策军，豢养了大批义子，从而专制朝政。唐昭宗无奈之下，便用起了离间计。

杨守立是杨复恭的义子，本名胡弘立，官至天威营军使。

唐昭宗赐名李顺节，提升杨守立为同平章事。杨守立中了计，与杨复恭分道扬镳，不断把他的所作所为报告给唐昭宗。

唐昭宗掌握了杨复恭的罪证，就解除了他的兵权，撵他到凤翔藩镇去做监军。杨复恭拒不就职，上书请求回家养病。唐昭宗顺水推舟，给他留一个上将军的空衔，让他告老回家。杨复恭愤怒不已，逃到商山隐居。如果一直隐居下去，就什么事也没有了，偏偏杨复恭迷恋大都城，又返回了长安，住进自己的昭化坊府邸。这里离玉山营很近，杨复恭的义子杨守信就任玉山营军使，经常到他府中探访，透露些讯息。杨复恭叛意愈来愈浓，给山南西道节度使杨守亮写信，诉说唐昭宗忘恩负义，打击扶他上位的老奴。杨复恭信末，指示杨守亮招兵买马，积草屯粮，抗衡唐朝廷。

杨复恭的阴谋，唐昭宗很快获悉。他当机立断，命杨守立率兵前去逮捕杨复恭。心腹张绾率众抵抗，战败被杀。杨守信也率部前来增援，无济于事。杨复恭与杨守信突围而去，逃向兴元府，投奔山南西道节度使杨守亮去了。

杨复恭是杨守亮的义叔，杨守信是杨守亮的亲弟。二人从长安城逃到兴元府，依附杨守亮。杨复恭以百倍的仇恨和疯狂，策划反叛。几个人商定，加上绵州刺史杨守厚，从金州奇袭长安，以求奇胜。但如同三国时期的魏延，有奇谋但无好运。金州防御使冯行袭有勇有谋，将他们击败。金州城下一战，还杀掉了杨守厚。

冯行袭，均州人，身材魁梧雄壮，脸上有青色胎记，时人称之"冯青面"。

杨守立小人得志，恃恩骄横，为神策军中尉刘景暄、西门君遂不满。二人禀告唐昭宗，说杨守立阴险狡诈，准备谋反。唐昭宗传诏，将杨守立杀掉了。杨守立只是唐昭宗的一个棋子，用完就扔了。

李茂贞盘踞凤翔藩镇后，开始四处用兵，拓展地盘，先后攻占了凤州、洋州，与山南西道节度使杨守亮也有冲突。今见杨守亮失算，李茂贞便与邠宁节度使王行瑜、华州节度使韩建联名上书，以杨守亮容匿杨复恭为罪名，请求朝廷出兵讨伐兴元府。

李茂贞最为迫切，上表说："杨复恭自称为隋朝皇室后裔，故名复恭，这是不忠于唐朝，请求削去杨守亮的官爵，授李茂贞为山南西道招讨使。"

唐昭宗知晓这些人并非真心拥护朝廷，而是各自打着心中的小算盘，便迟迟不作答复。

李茂贞不再等待唐朝廷下诏，就与王行瑜发兵攻打兴元府。唐昭宗势不得已，颁旨削掉杨守亮官爵，委任李茂贞为山南西道招讨使，命他与王行瑜讨伐杨守亮及杨复恭、杨守信。

杨守亮北面有李茂贞的威胁，南面与西川节度使王建对立，可谓两面受敌。杨守亮手下将士料定杨守亮必败，纷纷投奔了王建。兴元府很快落入李茂贞手中。杨守亮与杨复恭、杨守信逃亡阆州。

王建派部将王宗涤率兵万人出击阆州。杨守亮与杨复恭、杨守信只好向北逃窜，计划投奔李克用。他们三人一路风餐露宿，乞食为生。到了华州乾元县，遇到一场暴雨，三人便躲进一亭中。亭中刻有洛阳诗人聂夷中《游子行》一诗——

萱草生堂阶，游子行天涯。
慈亲倚门望，不见萱草花。

杨守信淋了雨，看了这首诗，立即生病了。一觉醒来后，他对他哥哥杨守亮说："兄长，你还记得我们住在曹州南山村吗？你叫訾亮，我叫訾信吗？"

杨守亮知道杨守信病糊涂了，赶紧抱紧了他，就像少年时哥哥抱着弟弟一样。

杨守信又说："你不记得了吗？村里人都叫你'南山一丈黑'。"

"记得，记得。"

杨守信断断续续说："我们兄弟离开曹州，在外拼拼杀杀二十整年了。我刚才做了一个梦，梦到我们老娘缺衣少穿，让我们兄弟回去。她说她想亮儿、信儿了。"

杨守亮号啕大哭道："老娘恐怕早已死去了，我们兄弟不是个孝子，至今不知道老娘坟头在哪。"

"我们为了追求荣华富贵，做了两个宦官的假子，把姓氏都改了。老娘和乡人即使听到杨守亮、杨守信的名号，也不知是我们兄弟俩，我现在后悔啊！"杨守信说完，便在哥哥怀中死去。

华州是韩建地盘，杨守亮、杨复恭为韩建手下巡逻军士捕获。

韩建指着杨复恭骂道："狗奴才，咬主人会得好死吗？"

杨复恭仰天大笑，对着苍天道："你韩建当初怎么发迹的？你不是老奴弟弟杨复光麾下'忠武八都头'吗？你小小韩建骂我杀我也就罢了，长安城中那个高贵的主儿，不也是老奴扶持上去的吗？如今要杀老奴的还有他。"

杨复恭自尊自大，到这一刻才知道自己原来就是个小丑。韩建恨恨地羞辱了杨复恭一番，将他装进一只粗布口袋，用大棒将他活活打死了。

韩建要杀杨守亮，杨守亮则请求韩建把他送到长安，以向唐昭宗陈述义父杨复光的功绩，求得生路。韩建口头同意，但却用绳子将他紧紧绑住，并在杨守亮嘴巴里塞球。等到杨守亮到了长安，唐昭宗在延喜楼上问其反状，杨守亮无法说话，只能点头。唐昭宗当做他已认罪，就派人把他押赴独柳树刑场，将他斩首示众。

平叛杨守亮、杨复恭有功，王行瑜获赐铁券，李茂贞被封陇西郡王。

"今古一丘之貉，不知谁凤谁枭。"王行瑜、李茂贞不是忠臣良将，甚至比杨复恭还要可恨！

王行瑜贪得无厌，求取尚书令之职。同平章事韦昭度向唐昭宗奏道："唐太宗曾任尚书令，此后臣子无人得授此职。郭子仪平定安史之乱，立有大功，尚且不能担任，何况王行瑜呢！"唐昭宗就只加封王行瑜为尚父。王行瑜大为不满，联合凤翔节度使李茂贞，多次上表，要求罢免韦昭度。唐昭宗只得令韦昭度致仕。

凤翔节度使李茂贞离长安近，有了谋反之意，开始染指朝政。朝中一些大臣认为他指手画脚，眼中没有君主，便对他加以斥责。李茂贞不肯服软，修书一封予以反击，言辞中多有不敬。

唐昭宗举目四望，看到的是群魔乱舞。唐昭宗一气之下，颁下诏书，调李茂贞为山南西道节度使，同平章事徐彦若任凤翔节度使。

李茂贞拒绝上任，上奏章说："臣怕将来军情有变，兵马难以控制，只会使百姓遭难。到那时，你这个皇帝要逃难，车驾要往哪里去呢？"

唐昭宗忍无可忍，与同平章事杜让能商议如何遏制李茂贞。

杜让能不愿意得罪李茂贞，对唐昭宗进言："现今国难未平，李茂贞近在国门，不宜与他构怨。万一不克，后悔难追。"

唐昭宗不以为然，对杜让能说："皇室日卑，号令不出长安，这正是志士愤起的时候，朕不能软弱到受藩镇欺凌而默不作声的境地！杜卿但为朕调兵输饷，朕自用兵，成败与卿无关。"

唐昭宗盛怒之下，讨伐李茂贞。可是此时的唐朝廷已经是一艘破船，如果驶入狂风暴雨中，随时会有倾覆的危险。唐朝廷直辖的神策军根本不是血战多年的李茂贞的敌手。李茂贞打败了前来问罪的神策军，一鼓作气反攻长安。

唐昭宗立马怂了，派徐彦若向李茂贞指天发誓："皇上是受蒙蔽的，你们退兵吧。"

"谁蒙蔽皇上呢？"

"杜让能。"

李茂贞不依不饶，陈兵临皋驿站，请求杀死杜让能。

杜让能倒也是条汉子，笑笑说："我早就料到会是这个结果。既然李茂贞非要我死，那我又何惜以死纾难呢？"

唐昭宗满面羞愧，一个劲儿地流泪。

唐昭宗将杜让能赐死，李茂贞这才罢兵。

朝廷众臣看不惯唐昭宗胡闹，更看不惯唐昭宗让别人替他背锅，人心更散了。此时的唐昭宗，渐渐成为孤家寡人。

6

长安东北一千六百里，是镇州成德军藩镇。

它是位于河北道的一处藩镇，"河朔三大藩镇"之一。镇州成德军藩镇保留了安禄山的骑兵战团，战斗力极为强悍。

河东节度使李克用对相距五百里的镇州成德军藩镇，早就虎视眈眈。如今，唐朝廷威信扫地，接连被藩镇痛打，李克用便决定吃下镇州成德军这块肥肉。他派李存孝为先锋，大举进攻镇州成德军，先是攻取临城，接着攻打元氏城。

镇州成德军节度使王镕不敢疏忽，紧急向幽州节度使李匡威求救。唇亡齿寒，李匡威非常明白，当即率兵救援王镕。李匡威兵到，鸦儿军撤走。王镕、李匡威合兵十万进攻李克用辖下尧山，李存孝和李存信一同迎击。

李存孝骁勇冠绝，军中皆对他退让，唯独李存信资历深厚，与他争功，因此二人互相厌恶，形同水火。李存孝、李存信互相猜疑忌恨，彼此逗留观望。李克用只好改派李嗣源。他率领鸦儿军大败镇州成德军、幽州军，斩杀三万人。

李存信回到太原，拜见李克用，进了谗言："李存孝有贰心，常避镇州成德军不击。"

其时，李存孝占据邢州、洺州、磁州三地。他明白李克用必会对其惩罚，便暗中联结朱温和王镕，并向唐朝廷上表："李存孝欲以邢州、洺州、磁州三州归顺朝廷，请赏给李存孝节度使旌节。如果朝廷恩准，李存孝将会同各道兵马讨伐李克用。"唐昭宗见了李存孝的上奏，非常兴奋，当即颁发诏书，任命李存孝为邢洺磁节度使。

李克用还不知晓李存孝已经叛变，他与定州义武军节度使王处存联合，攻打镇州成德军，很快攻克滹沱河东北的天长县。王镕在九门县与李克用、王处存展开激战，李克用万万没想到李存孝前来反攻，结果李克用、王处存大败，被杀三万余人。李克用率众退到栾城驻扎。

唐昭宗颁发诏书，劝李克用、王处存与王镕、李匡威、李存孝和解。

李克用哪会听从？他亲率大军讨伐李存孝。王镕派兵救援邢州，却被李克用打败。王镕临阵易帜，乞盟谈和，出兵助讨李存孝。李克用在栾城整训兵马，会合镇州成德军，总共三万人，在邢州东南任县驻扎。李存信则在邢州龙冈县琉璃坡驻扎。

李存孝夜犯李存信营，俘虏部将孙考老，李存信所率鸦儿军大乱。李克用亲自前往，掘沟堑围城。李存孝出兵冲击，鸦儿军无法筑堑。

鸦儿军列校袁奉韬对李存孝道："您所畏惧的只是李克用大帅。大帅待沟堑筑成，定会留兵围城，自己退去。他手下诸将都不是您的对手，筑好沟堑又有什么用？"李存孝被夸得晕晕乎乎，任由鸦儿军筑沟堑。

沟堑筑成后，深沟高垒，李存孝无法靠近，非常被动，很快城中粮尽。

李存孝走投无路，登上城楼，对城下的李克用哭诉："儿子承蒙大帅的恩德，担任大将，难道愿弃父子关系而投仇敌吗？这是李存信诬陷的缘故。希望能活着见大帅，说句话就死。"

李克用夫人云州刘氏，入城慰谕，将李存孝带出城。

李存孝见到李克用就叩头请罪："儿子有功而无过，之所以至此，是李存信的缘故！"

李克用呵斥："你给朱温、王镕写信，大肆毁谤我，这也是李存信逼你干的吗？"

李存孝无言对答。李克用教训李存孝："你知道当今天下第一条好汉是谁吗？他是一个文人，就是被你擒获的孙揆。他铁骨铮铮，我李克用锯刑处死他，他还教行刑人如何用锯，他死的是何等英勇悲壮！"

李存孝默然无语。李克用将他押回太原，施以五马车裂处死。五马向外拉扯时，李存孝的手腕脚腕竟然因先天反应，自然而然地生出力道，将五马活活地拉了回来。连接十数次，都是如此。李存孝想起了那个教行刑人如何用锯杀人的孙揆，就哭着说："把我手筋脚筋挑断就行了。"行刑人打碎他的膝盖肘骨，这才用五马将其车裂。

李存孝终年三十七岁。其死后，北方民间就开始流传李存孝的故事，他逐渐被演绎成攻无不克、战无不胜的唐末第一猛将。

李克用以为诸将会为李存孝求情，到时自己就可以顺坡下驴，免除李存孝一死。谁知诸将都妒忌李存孝的能力和功劳，没有一个人为他求情。李存孝死后，李克用深恨诸将，十多天不理政事，后来与诸将谈到李存孝，都会流泪不止。

康君立向来与李存信友好，厌恶李存孝，就劝李克用："大帅何苦为一个反叛之人不停掉泪呢？"这句话触怒了李克用，一杯毒酒将康君立送到西天。一句话不会激起杀心，让李克用痛下杀手的真正原因，是李克用任命康君立为潞州昭义军留后，而导致李存孝心生不满，生出叛意。

经此内讧，李克用兵势转弱。

幽州节度使李匡威从幽州出兵时，酒后乱性，竟将其弟李匡筹妻子张氏强奸了，李匡筹怀恨在心。李匡威回师幽州，李匡筹闭门不纳。李匡威只好前往镇州。镇州成德军节度使王镕感激李匡威出兵相助，将他迎入城中，居住梅子园。王镕像对待父亲一样，每日问候李匡威。

李匡威部将李正抱见王镕年少，缺少阅历，便与李匡威密谋夺取镇州。

李匡威宴请王镕，王镕只身进入梅子园。当王镕入座后，武士冲进来，劫持了王镕。李匡威逼迫他让位，王镕恭敬说："我的地盘遭受李克用侵略，全靠您的援助才得以保全，今日要让我让位于您，我心甘情愿，请您同我一起回军府，我向众将宣布让位于您。"

李匡威信以为真，押着王镕前往军府。途经大营时，镇州成德军将士们闭门高呼，恰在此时，电闪雷鸣，风雨交加。一位叫墨君和的屠夫冲上前去，迅速将王镕拉上马，飞奔而去。镇州成德军将士见大帅解脱，便一拥而上，将李匡威、李正抱杀死，李匡威的随从也全被消灭。

幽州节度使李匡筹有个大名鼎鼎的属下，那就是"刘窟头"刘仁恭。

刘仁恭为人豪爽放纵，说自己曾经做梦，梦见四十九岁时高贵无比。李匡威厌恶他，将他外放景城县令。瀛州发生暴乱，刘仁恭招募了壮士千余人予以平定。因此李匡威又让他带兵，戍守蔚州。蔚州兵想念家乡，发动兵变，推举刘仁恭为首领，进攻幽州，被李匡筹打败。

刘仁恭逃往太原，归附河东节度使李克用。李克用待之甚厚，赏赐田地豪宅，拜为寿阳镇将。

盖寓，蔚州人，担任河东藩镇都押衙。他通达黠慧，李克用对他言听计从。李克用治军严厉，部下稍有违逆，就被军法从事，只有盖寓能够婉言相劝。当李克用大发雷霆时，盖寓假装站在李克用这边斥责将吏，李克用消了气，就免除对部下的惩罚。内外将吏无不依附盖寓。唐朝廷、附近藩镇派人往来，也是先到李克用那里，再到盖寓府上。盖寓总领军中大权，名望盖过李克用。朱温派人离间，让人到处传言盖寓已经替代李克用。别人听到这一传言，都替盖寓捏着一把汗，而李克用却没有丝毫疑忌。

刘仁恭结交盖寓，请他劝说李克用攻击幽州军。李克用果真听信盖寓，派刘仁恭率兵攻打李匡筹。

刘仁恭此次出兵，竟然攻陷了幽州，李匡筹逃走。刘仁恭存封幽州府库，等待李克用前来。李克用见刘仁恭如此忠诚，非常高兴。李匡筹妻子张氏，因生产未能逃脱，刘仁恭俘虏后献给李克用。张氏不但姿色超群，而且懂得曲意奉承，得到了李克用的专宠。

李匡筹逃到了沧州。沧州横海军节度使卢彦威觊觎李匡筹所携辎重及妻妾，派兵袭击李匡筹，将其杀死。李匡筹妻妾、财产变为卢彦威所有，部众也被卢彦威兼并。

李匡筹夺取节度使时，李匡威曾说："兄失弟得，不出我家，没有什么可恨的，但惜李匡筹才短，不能守住幽州藩镇。他如果能守二年，我家就大幸了。"李匡筹自夺取幽州到被杀，不足两年，果然不出李匡威所料。张建章预言芦草长有三个竹节是说官位可以传递三人，果然如此。

895 年，李克用上表，唐朝廷应允所请，封刘仁恭为幽州节度使。

刘仁恭攻陷了沧州，卢彦威奔走。刘仁恭命长子刘守文为沧州横海军节度使。

895年，李嗣源二十九岁了，依旧孑然一身。李嗣源去镇州征战，路上遇到一对母子。母亲姓魏，嫁与镇州一位王姓寻常百姓家，丈夫已亡，与儿子相依为命。魏氏穿着简朴，但却仪态万方。儿子名王阿三，又黑又瘦，却是双目有神。李嗣源看到母子二人后，"吁"的一声，让马停住。李嗣源下马，凝视这对母子。

这对母子一见当兵人这样看他们，赶紧躲避。李嗣源上前拦住，施礼说："我是一位马背上的沙陀战士，一人生活，今天见到你们，感到投缘。"母子继续躲避，李嗣源手下军士将他俩拦住。

李嗣源结结巴巴说："我没有坏意，看你们样，像是一对孤苦伶仃的母子。如果孩子有父亲，我不拦你们。"

李嗣源手下军士见这位老大哥动了情，就在旁撮合："既然牛郎遇到了织女，就是天意，这位军爷可是至今未娶呀。他行事恭谨，是位厚道之人呢。"

另一位军士说："他可是节度使李克用的义子呢！"

魏氏见李嗣源厚道老实，不是个坏人，就停住不走了，低着头。

众军士笑嘻嘻地将魏氏母子推到李嗣源身旁，李嗣源将魏氏母子抱到马上，回返太原了。

李嗣源与寡妇魏氏，算是一见钟情。李嗣源将她纳为妻室。王阿三已经十一岁，李嗣源收为义子，改名李从珂。

7

895年，定州义武军节度使王处存去世，其弟弟王处直成为新的节度使。

王处直迷信巫术。有位道士名叫李应之，用旁门左道给王处直治病，有些效果。王处直便以为他是神人，用他为行军司马，军政大小事情都让他决断。李应之在陉邑收养了一个小孩,本名叫刘云郎,因为王处直没有儿子,李应之便把刘云郎给了王处直,说这个孩子生有异相,王处直收其为义子,改名王都。

李应之骄横不法,惹怒了义武军将士,包围了李应之府邸,擒杀了李应之,随后进见王处直,请求杀了王都,王处直不答应。

面对骄悍不法的将士,王处直不得不打起了太极,第二天论功行赏,王处直一一记下了众人的姓名。其后,队长以上将校都被王处直以各种罪名杀死,无一幸免。

895年,夏州节度使李思恭去世,他的弟弟李思谏成为新的夏州节度使。

夏州节度使后改称定难军节度使。定难军藩镇,治所夏州,下辖夏州、绥州、银州、宥州、静州五州。靠着李思恭打下的基业,党项人安居西北一隅。后来的西夏王朝就是在此基础上发展起来。

895年,河中节度使王重盈去世,王重荣的义子王珂成为河中留后。

王重盈亲子王珙上书唐朝廷,说王珂为王重荣义子,不该继承留后。

王珂上书唐朝廷,为自己辩护:"亡父王重荣平定黄巢之乱,立有大功。臣为留后,也是亡父之意啊。"

王珙又送信给朱温:"王珂不是我的亲兄弟,在我们家中没有地位可言。一个小虫儿,怎么能继承留后呢?"

王珂便向河东节度使李克用求援:"亡父王重荣曾经举荐大帅您,现在我的堂弟向汴州军求援,我不想看到河中军与汴州军结盟啊。"

王珂说到了李克用的要害,李克用一刻不耽误,当即上书唐朝廷,举荐王珂。

王珙不肯罢休,厚礼结交凤翔节度使李茂贞、邠宁节度使王行瑜、华州节度使韩建等关中军阀,用为自己的外援。三处藩镇当即上表唐朝廷,推荐王珙为河中留后。

唐昭宗下诏:"太原李克用与河中王重荣都有收复长安的再造之功,既然二人推举王珂,应以王珂为留后。"

李茂贞、王行瑜、韩建等人极为不满。896年五月，李茂贞、王行瑜、韩建三人率兵逼近长安，干涉唐朝廷。唐昭宗登上安福门，李茂贞、王行瑜、韩建三人拜伏于门下。

唐昭宗在城楼上质问："你们三人为何不奏请，就擅自率兵入京呢？"

李茂贞、王行瑜、韩建三人流汗不能言。唐昭宗召三人上楼，赐酒。李茂贞、王行瑜、韩建三人缓过神来，请求唐昭宗下诏，将王珂调往同州，任命王珙为河中节度使。唐昭宗不置可否。

王行瑜痛恨韦昭度阻挡自己担任尚书令，就向唐昭宗进谗："致仕的韦昭度，当年讨伐西川不利，必须诛杀。"

唐昭宗没有答复，王行瑜便将韦昭度杀死在都亭驿。

李克用闻听李茂贞、王行瑜、韩建三人兵谏，就上书唐朝廷："李茂贞、王行瑜、韩建三人兴兵犯上、杀害大臣，必须惩罚，臣请求兴兵讨伐三人。"还未等到答复，李克用又听到唐昭宗准备起用连州刺史张濬为同平章事。李克用愤愤说："张濬曾被朱温收买，讨伐我河东藩镇。"于是上表朝廷："如果陛下早上任命张濬为宰相，那么我晚上就带兵到朝廷来！"长安城中人心惶惶，唐昭宗终止了张濬的任命。

李茂贞、王行瑜、韩建三人听闻李克用起兵勤王，心中害怕，各自返回藩镇。王行瑜、李茂贞不死心，各留二千军士宿卫京师、监视唐昭宗，分由王行瑜弟弟王行约、李茂贞义子李继鹏率领。

896年六月，李克用率军南下，首先灭掉韩建同党晋州刺史王瑶。七月渡过黄河，兵围华州。

华州节度使韩建登城，请求李克用解围："我未尝失礼于李公，为何被您攻打？"

李克用回复："韩公身为人臣，逼天子，杀大臣，如何解释？韩公要是有礼，那么谁是无礼者呢？"

韩建笑笑说："杀大臣，是王行瑜所作。王行瑜和李茂贞都想劫持天子，各留了二千兵马在京师，我则是未留一兵一卒，李公还是去长安救天

117

子吧！"

李克用解除华州之围，在朝邑击败王行瑜弟弟王行约。

王行约逃到长安，在西市大肆抢掠，并散布谣言："李克用的十万鸦儿军杀来了！"王行约要挟持唐昭宗到邠州。

不只邠宁藩镇意图挟持天子，凤翔节度使李茂贞也有此意。李茂贞请枢密使骆全欢奏请唐昭宗前往凤翔府。唐昭宗不想受制于人，便向群臣说："凤翔和邠宁两个藩镇，朕哪儿都不去。"

骆全欢与李继鹏密谋，想将唐昭宗劫持到凤翔府。王行约获知消息，抢先下手，幸亏神策军都头孙德昭率兵救驾，唐昭宗这才暂时躲过一劫。

长安谣言又起，说是李茂贞、王行瑜已经率兵，前来长安劫持皇帝了。唐昭宗惶恐不安，夜里从长安出逃，在终南山石门寺里躲避。

过了数天，唐昭宗才知晓李茂贞、王行瑜并未出兵。唐昭宗想返回长安，但怕半路上被李茂贞、王行瑜劫持，便向李克用求救。李克用率兵来到终南山石门寺。

唐昭宗摆下酒宴，李克用带着他的儿子、义子们赴宴。

李克用先行跪拜之礼，然后他的儿子、义子们一一跪拜。

李克用一一向唐昭宗介绍。他指着相貌英武、沉寂寡言的李嗣源说："这是大太保李嗣源，精于骑射、作战勇猛，臣收为义子。"

李嗣源行事恭谨，起身又向唐昭宗叩拜。

听完李克用介绍，唐昭宗心头一震："太保"一职，与太师、太傅并列正一品，没想到沙陀族"独眼狼"李克用竟用来称呼他的一群儿子了。此时此刻，唐昭宗虽然心有不满，但也不敢发泄出来。

李克用似乎看出了唐昭宗的不满，就解释道："臣是沙陀族，没有什么文化，'太保'一职相当于中原的侍卫，臣今儿见到皇上高兴，就给这些儿子们排个顺序。"

唐昭宗无奈之下只好点点头。李克用又介绍李嗣源身后的李嗣昭："这是二太保，也是臣的义子，别看他身材矮小，但精悍有胆略。"

李嗣昭本姓韩，汾州人。李克用到汾州一带打猎，中途在一韩姓农家歇息。李克用见周围树林中郁郁有生气，便问有什么喜事，韩家主人称其家中刚生一子，李克用认为这个孩子有富贵气象，便用金帛将孩子换来，收为义子，起名李嗣昭。李嗣昭身材矮小，但却胆勇过人，深得李克用的喜爱，被任命为衙内指挥使。

唐昭宗猛然发现李嗣昭后面还有一位少年，就问李克用。

李克用笑着说："这是臣的亲儿李存勖，十一岁，也随军征战，自幼善于骑射，胆略过人，心性豁达，深得臣的宠爱。他爱读《春秋》，精擅音律，可谓文武双全。"

唐昭宗把他叫到跟前，轻抚其背，笑着说："你日后必定是栋梁之材，不要忘了对大唐尽忠啊！"

李存勖点头答应。唐昭宗又称赞李存勖："你可亚你父。"李存勖遂得名"李亚子"。

李克用高兴说："那李存勖就是三太保吧。"

李克用又接着介绍四太保李存信："李存信善于战事，懂得兵势，屡建功勋，被臣收为义子。"

"五太保李存进，臣的义子，聪明灵活。"

李存进虽然排名第五，但岁数不少了，四十岁了，现在是胡须飘飘。李存进，本名孙重进，代州人。代州胡汉杂居，民风剽悍，尚武成风。生于斯长于斯的李存进少年时便以勇武过人闻名。二十多岁时，跟着义父李克用走上了逐鹿中原的道路。

"六太保李嗣本，雁门人，本姓张，后为臣的义子。李嗣本性刚烈，有节义，喜欢舞刀弄枪，善战多谋。"

"七太保李嗣恩，本姓骆，吐谷浑人，因战功显赫被收为义子。"

"八太保李存璋，代州人，臣的义子，忠诚厚道。"

"九太保符存审，臣的义子，历经百战，少有败绩。"

"十太保李存贤，许州人，本姓王，臣的义子，李存贤力大，善角斗。"

唐昭宗见李克用十位儿子生龙活虎，不禁心惊胆战。

说到这儿，李克用记起了"上源驿事件"中保护自己突围而战死的史敬思，李克用掉下了眼泪，向唐昭宗说："臣想把十一太保留给骁勇善战的史敬思。"

李克用又想到了自己一气之下毒死的康君立，李克用觉得对不住他，就说："十二太保康君立，世为边豪。"

想到了康君立，就想到了李存孝，李克用依旧掉泪不止。李克用说："臣还有个义子李存孝，本名安敬思，沙陀人，骁勇绝人，与西楚霸王项羽齐名，被誉为'将不过李、王不过霸'。有人称李存孝恨天无把，恨地无环，如果天若有个把，他就能把天拉下来；如果地有个环，他就能把地提起来。只可惜，臣将他处死了。"

唐昭宗喃喃说："那他就是十三太保了。"

唐昭宗清楚，义父子关系，风靡一时，在义养关系的掩盖下，义父与义子各取所需，义父凭借义子的效忠和卖命，巩固和壮大自身实力；义子则以此种方式维系与义父的亲密关系，求取额外赏赐、优先升迁。李克用因为亲子年幼，所以借助这股收养义子之风，拉拢起一批强悍勇毅之徒，充实自己的力量。

第二天，李克用命部将史俨率五百骑兵，保护唐昭宗返回了长安。

李克用则率领鸦儿军，讨伐李茂贞、王行瑜。

李茂贞见李克用来者不善，便将劫持皇帝的罪名推到了义子李继鹏身上。李茂贞将李继鹏斩首，再上表唐昭宗请求恕罪，又遣使向李克用求和。唐昭宗赦免李茂贞罪责，下诏削去王行瑜官爵，任命李克用为邠宁四面行营都招讨使，又安排宦官张承业为河东监军，随李克用征讨王行瑜。

张承业，太原府人，原姓康，自幼净身入宫，被内常侍张泰收为义子，因此改姓为张。他执法严明，受到李克用器重。

896年九月，李克用进攻王行瑜下辖梨园。李茂贞应王行瑜求救，派兵万人驻扎邠州龙泉寨，自率兵三万屯咸阳。唐昭宗应李克用请求，诏令李茂贞返回藩镇。十月，王行瑜梨园守军在李克用部将李罕之、李存信急攻下战败，被杀万人，王行瑜之子王知进也被擒杀。王行瑜之弟王行约焚烧宁州营寨逃跑，也被部将斩杀。王行瑜领兵五千驻守邠州龙泉寨，十一月，李罕之攻克龙泉寨，王行瑜逃往邠州，向李克用请降被拒，又逃往庆州，被部将斩杀。

螳螂捕蝉，黄雀在后，李茂贞趁机抢占了邠宁藩镇，用其义子李继徽为邠宁节度使。李克用还军渭州北部，请求唐昭宗下诏，攻打李茂贞。唐昭宗不想多事，赦免了李茂贞，让李克用撤兵回去。李克用叹气说："不杀李茂贞，京师便无宁日！"

唐昭宗安慰李克用，封他为晋王，授其"忠正平难功臣"之荣。

从此，李克用以鸦儿军为骨干，招募汉人壮士，组成一支强大的晋军，起名为蕃汉马步军。

晋军在渭州北部，遇雨六十天。众将劝李克用进入长安，李克用没有下定决心。盖寓向李克用说："自皇上从石门寺回来，都不敢好好入睡，如果我们的蕃汉马步军渡过渭河，皇上岂不更会惶恐不安？既然我们前来勤王，为什么非要进长安呢？"李克用笑着说："盖寓都不信我，何况天下其他人呢？唉！我发兵诛贼，威震天下，如果挟天子据关中，请唐天子禅让，何人敢阻？唉！我不会这样去做。"于是收兵回归太原。

遭此一劫后，唐昭宗意识到禁军的重要。朝廷立即招募军士，充实神策军。果如李克用所料，"不杀李茂贞，京师便无宁日。"李茂贞认为唐昭宗是在防备自己，又领兵进逼长安。唐昭宗刚刚招募的军士还没见到凤翔兵，便作鸟兽散了。

唐昭宗又得出逃，本来唐昭宗想投奔河东节度使李克用，走到富平时，华州节度使韩建前来迎驾。

韩建光着脚叩头认罪，向唐昭宗哭诉："藩臣倔强，不服从朝廷，不只李茂贞一人。虽然太原李克用来救援皇上，还是不宜到太原去。臣所镇守的藩镇，控制、扼守着关内畿辅地区，兵力虽然微少，足以巩固自身。陛下如果远离京师，到极远的边塞地区去，离开了先帝的陵墓和宗庙，难道不痛心吗？决策如果不正确，后悔就来不及了。华州距长安不远，恳请陛下暂时留驻华州，以图兴复。"

唐昭宗流泪说："朕拿李茂贞没有办法，你的话是对的。"

897 年七月，唐昭宗驻跸华州，以军府为行宫。韩建则去龙兴寺办公。

凤翔节度使李茂贞进入了长安，纵兵大掠，宫殿付之一炬。在韩建的调停下，李茂贞不但没有被加罪，反而被封为岐王，拜尚书令。

王行瑜苦苦追求的尚书令一职，被李茂贞轻松获得了。

以凤翔衙兵为主的凤翔军，也被称为岐军。

唐昭宗恩准李克用请求，下诏以王珂为河中节度使。李克用为了拉拢王珂，将女儿许配给他。王珂亲自至太原迎娶。

二太保李嗣昭率领晋军，帮助王珂攻打王珙。王珙连连战败。

王珙为人，刻薄寡恩，骄傲暴虐，奢纵聚敛，民不堪命。凡是得罪王珙的人，王珙一定会斩下他的首级放在座位前。河中藩镇众将远远躲着他，见他大势已去，便斩杀王珙，投奔王珂。

同室操戈的人死了，王珂成为河中藩镇的主事人。王珂的春天来了吗？

8

"三万里河东入海，五千仞岳上摩天。"

辽阔浩瀚的黄河中下游地区血雨腥风、凄风苦雨。

处于黄河中下游的枭雄朱温忙什么去了？

郓州天平军节度使朱瑄、兖州泰宁军节度使朱瑾羡慕汴州军士勇敢强悍，便偷偷到曹州和濮州边界招诱他们，汴州军士多有离开。东平王、汴州宣武军节度使朱温获悉，传檄谴责朱瑄、朱瑾："我朱温在抵御秦宗权时，二位兄弟领兵前来救援。这份情，我朱温是记得的。秦宗权被击败后，我朱温也是厚礼相送。现在二位兄弟拆汴州军的墙角，这不是小人举动吗？"

车辚辚，马萧萧，朱温自汴州挥师向东，亲征郓州，大举进攻朱瑄。

朱温长子朱友裕为先锋，去战朱瑄。刚一交锋，朱友裕就大败而逃，朱瑄进占了朱友裕的汴州军营寨。朱温随后赶来，不知朱友裕已经抛弃营寨，兴冲冲地进营休息，结果被朱瑄的郓州天平军一阵乱杀，朱温侥幸逃得性命。

朱温亲率大军进攻郓州，屯驻于鱼山。朱瑄、朱瑾合兵，分成三路出击。双方即将开战，东南风大起，随即又转为西北风。朱温命军士顺风纵火，烟焰漫天，汴州军乘势发动攻击。郓州天平军、兖州泰宁军大败，被杀万人。朱温长出一口恶气，在鱼山下收聚敌尸，筑起高大京观，以记战功。

打完郓州，朱温再打兖州。朱瑾的堂兄、齐州刺史朱琼投降朱温。

兖州城下，朱温向朱瑾高喊："你的堂兄都投降了，你也抓紧投降吧。"

"投降可以，但要由朱琼来接掌兖州泰宁军节度使的旌节。"

朱琼不知是喜还是祸，在朱温的威逼下，进入了兖州城。哪里会是喜？等待他的只能是刀劈斧剁。汴州军士气受损，朱温无奈撤军。

朱温侄儿朱友宁攻打朱瑾辖下青州博昌县，一个多月仍未攻克。朱温盛怒之下，命朱友宁抓获十万民众背着石头木料，牵着牛驴，在城南筑土山攻城。情急之下，汴州军竟将人畜木石合在一起筑成攻城道路。惨叫之声，响彻几十里。不久，博昌县城攻陷，朱温下令屠城，尸首遍地，血流满街。

敌人的敌人一定是朋友，朱瑄、朱瑾深明此理，遣使求救于朱温仇敌李克用。晋王李克用果然出兵相救，但晋军要想救援朱瑄、朱瑾，必须经过中间的魏博藩镇。李克用得到魏博节度使罗弘信的许可，派遣部将何怀宝率领骑兵五千前去救援朱瑄、朱瑾。

朱温闻讯，连夜急驰一百里，天亮时到达巨野，与朱瑄部将贺瑰、李克用部将何怀宝交战，贺瑰、何怀宝大败。

贺瑰，濮州人，洒脱不羁，有英雄气概，遇上乱世而从军。

贺瑰窜到长满荆棘的高坟上面大叫："我是郓州贺瑰，愿降，请不要伤害我。"朱温奔马到高坟前，擒获了他。何怀宝等余众也都投降朱温。此时，突然狂风大作，沙尘弥天漫地。朱温杀性顿起，对众将说："这是因为杀人不够！"朱温下令，把何怀宝等战俘悉数杀死。朱温只留贺瑰一人不死，贺瑰感念朱温，发誓以身相报。

李克用又遣部将李承嗣、史俨率领沙陀骑兵一万，驰援郓州天平军、兖州泰宁军。

李承嗣，代州人，骁勇善战，常为前锋，因功授洺州刺史。

史俨，代州人，精通骑射，勇猛过人，因护卫唐昭宗回京有功，升为右散骑常侍。

李承嗣、史俨二人东去后，李克用担心兵力不足，又派四太保李存信借道魏州去救朱瑄、朱瑾。

如果魏博军发难，晋军就会被两面夹击。朱温看得非常清楚，他写信警告魏博节度使罗弘信："李克用志在吞并中原，一旦郓州天平军、兖州泰宁军战事结束，李存信将攻魏博军。"罗弘信是个骑墙派，打算两边都不得罪。然而李存信御下无方，晋军竟然在魏州一带大肆劫掠，这下惹恼了罗弘信，加上朱温一个劲地添油加醋，罗弘信愤而发兵三万，夜袭李存信所率晋军，迫其逃离。

李克用也不是好惹，率领晋军大举进攻魏博藩镇，杀死一万余名魏博兵，接着进逼魏州。

朱温忙派部将葛从周、张归霸援助罗弘信。

李克用长子李落落，率领晋军精锐铁林军进攻葛从周、张归霸，占了上风。李落落兴高采烈，带着铁林军一股脑地往前冲，不料被预先设下的壕沟绊倒，当场被擒。李克用眼看儿子被擒，也要玩命，结果他连人带马也冲进了壕沟里。一批汴州兵包围上来，李克用勇猛不减当年，使劲抽打马屁股，一下子跃出了壕沟，李克用逃出了生天。

李克用派遣都押衙盖寓，同朱温谈判，意欲赎回李落落。朱温不肯，立刻要杀掉李落落。

幕僚敬翔献计："三国时期，关羽被吴将吕蒙部下所杀，孙权却将关羽首级送给了曹操，这里面都是权术呀！大王要是将李落落交给罗弘信处置，那么大王就有了孙权之谋，还会得到罗弘信这个盟友。"

朱温顿悟，立即把李落落交给罗弘信，迫其杀死李落落。罗弘信彻底得罪了李克用，以后只能死心塌地地依附朱温了。

李克用继续攻打魏博藩镇。朱温不仅派兵救援，还要送他钱粮。罗弘信派儿子罗绍威回赠，朱温则对罗绍威异常恭敬，一定要罗绍威站在北面，自己再接受赠礼。朱温谦逊说："罗兄比我年长十六岁，我怎么能以一般的礼节对待罗兄赠礼呢？"罗弘信听到后很高兴，与朱温推心置腹。

李克用攻打魏州，征召幽州军。幽州节度使刘仁恭以防备契丹为由，并不出兵。李克用连续十五次遣使，刘仁恭始终不出兵。李克用亲自致书刘仁恭，刘仁恭直接告诉送信人："要兵是没有了，要钱也没有，以后晋王要想从我这儿调集兵马粮草，免谈！"刘仁恭还将在幽州的晋军将吏扣押，厚利引诱，晋军将吏转投刘仁恭。

李克用怒不可遏，派四太保李存信率领五万晋军征讨刘仁恭。两军在蔚州境内遭遇，李存信倨傲轻敌，刘仁恭手下衙将单可及的骑兵到了晋军营前，李存信还在饮酒。

哨探来报："敌人来了。"

李存信醉醺醺说："刘仁恭在哪里？"

哨探说："是单可及前来交战。"

李存信说："单可及算个什么！"

李存信令晋军出战，此时大雾弥漫，几步之内辨不清对面人是谁。刘仁恭手下衙将杨师侃趁机冲击晋军大营，与单可及两下夹击，结果晋兵伤亡大半。李存信还一直在醉中，酒醒后方知兵败。

李克用严词责备李存信，吓得李存信锐气全无，整天郁郁寡欢，不久去世。

刘仁恭摆脱了晋军控制，转而依附东平王朱温。朱温十分高兴，上表唐朝廷，加封刘仁恭为同平章事。

元气大伤的李克用，自此走上了下坡路。朱温、李克用双方的实力发生了明显改变。朱温的崛起，再也无人能挡。

晋军再也不能经过魏博藩镇辖区，去援助郓州天平军、兖州泰宁军了。郓州天平军、兖州泰宁军两大藩镇，又因连年兵灾，人口流失严重，府库日趋空竭。朱瑄、朱瑾再也无力对抗朱温。朱温讨伐朱瑄、朱瑾进入了转折点，他现在急着啃下这块硬骨头。

朱温亲率汴州军攻伐郓州。马步军都指挥使庞师古率领先锋，抢先渡过济水，呐喊声震撼郓州城。朱瑄被迫出逃。在中都县，汴州军大将葛从周抓住了朱瑄和他的妻女，全部诛杀。郓州到此平定。朱温任命朱友裕为郓州天平军留后。

朱温消灭了朱瑄后，将兵锋指向兖州泰宁军藩镇。葛从周带领汴州军袭击兖州。兖州泰宁军节度使朱瑾招募数百勇士，在额头刺双雁，号为"雁子都"。朱温针锋相对，也招募了一帮人，称之为"落雁都"。只是"落雁都"没遇上"雁子都"。朱瑾与李承嗣、史俨等人到徐州一带劫掠粮食去了。

兖州城内，只留下列校康怀英、阎宝据守。

康怀英，兖州人，以勇武闻名。

阎宝，郓州人，以骁勇出名。

葛从周派军士挖成堑壕，将兖州城死死围住。兖州城内守军不敢出战。葛从周心生一计，扬言说晋军前来援救兖州，便领兵奔向高吴，佯装迎战援军。到了半夜，葛从周偷偷潜回兖州营寨。城内守军果然上当，贸然出兵进攻城外战壕。葛从周率军突然出击，打败守军，乘势攻下了兖州。列校康怀英、阎宝投降，兖州平定。

朱温以葛从周为兖州泰宁军节度使，以康怀英、阎宝为军校。

外出抢粮的朱瑾与李承嗣、史俨等人，无奈之下渡过了淮河，投靠淮南节度使杨行密去了。

朱瑾与朱温常年混战，终以失败告终。唐末乱世，群雄并起，其中有朱温、朱瑾二人，俱出自宋州，二人同姓同乡，驰骋于戎马之中，然而命运迥然不同。朱温鞭笞群雄，称霸中原。朱瑾骁武有余，谋略不足，兵败众散，羁旅异乡。二人一生际遇，令人掩卷感慨。

朱瑾妻子齐氏，陷入朱温之手。朱温见她姿色可人，迫令侍寝，奸宿数宵，携归汴州。朱温夫人张氏听说，派人把齐氏叫到自己身边，好好安顿。

张氏对朱温说："当年，将军您与朱瑾、朱瑄结为兄弟，今天因为一点小事彼此攻打，致使朱夫人屈辱。说不定，哪天汴州城被攻陷，妾也会像朱夫人一样受辱。"

张氏一番话，让朱温不好意思纳齐氏为妾，便让她到洛阳修慈庵出家为尼，法名誓严。张氏没忘掉这个可怜的女人，常常派人给她送去衣食。

9

长安城的东北面战乱不休，西南面也是狂风暴雨。

897 年，西川节度使王建率兵攻打东川藩镇。吞并东川之心，王建已有六年之久。王建老相识晋晖率部助战，充任壕寨使。王建连取渝州、昌州、普州，逼近了东川藩镇治所梓州。王建在梓州城南修建营寨，大败东川节度使顾彦晖。王建调兵遣将，又拿下渝州和泸州，打通了川江水路，控制了巴蜀的东大门。接着，王建又夺取了剑门。

顾彦晖紧急向唐朝廷控诉，唐昭宗派谏议大夫李洵为两川宣谕使，调和两大藩镇关系，责令王建罢兵。跟随李洵前去的是诗人韦庄，他已经六十岁，刚刚得中进士，成为校书郎，韦庄开始了他的仕途生涯。

李洵、韦庄路经壁州，在一处府院住下。院中住着一位三十多岁的妇人，孤苦伶仃。李洵、韦庄上前问候，才知她是原同平章事、凤翔节度使郑畋的小女。极度忧郁的郑畋小女向二人讲述了自己家族乱世经历——

"幸蜀"的唐僖宗将郑畋召到成都，授以司空、门下侍郎、同平章事之职，然而郑畋与大宦官田令孜、西川节度使陈敬瑄不和。唐僖宗以郑畋之子郑凝绩为壁州刺史，让他在壁州服侍郑畋养病。不久，郑畋死去。郑畋小女嫁给了唐僖宗之弟吉王李保。李保虽然最贤，却被大宦官杨复恭排斥，忧郁而死。孤苦无依的郑畋小女辗转来到壁州，寻找他的哥哥郑凝绩，可是郑凝绩也在战乱中死去。如今，偌大的府院，只剩下郑畋小女一人了。

"人人尽说江南好，游人只合江南老。春水碧于天，画船听雨眠。垆边人似月，皓腕凝霜雪。未老莫还乡，还乡须断肠。"这是韦庄所作的《菩萨蛮·人人尽说江南好》，郑畋小女竟然流利背出。

韦庄十分感叹。李洵、韦庄离去时，郑畋小女倚门相送。韦庄很是伤感，写下《春愁》一诗——

> 自有春愁正断魂，不堪芳草思王孙。
> 落花寂寂黄昏雨，深院无人独倚门。

李洵、韦庄来到了东川，西川节度使王建不肯奉诏。

唐昭宗就贬王建为南州刺史，任命李茂贞为西川节度使。

凤翔节度使李茂贞自然不会掉这个坑，拒绝接受任命。王建怒气冲冲、气势汹汹，扬言要率军北上长安讨个公道。唐昭宗像霜打的茄子立刻蔫了，只得恢复王建官爵。

经过五十多场激战，西川军合围了梓州。

困守孤城的顾彦晖对王建恨之入骨，他派守城军士日夜喊叫"贼王八""偷驴贼"，以此羞辱王建。伶人嗓门大，王建部下找来一个伶人，让他对骂。这个伶人用手指指着城上人，抑扬顿挫回骂："我——偷你——屋里驴——耶！"城上守军一阵哄笑，王建也哭笑不得。

东川藩镇辖下遂州、合州又投降了王建。外围彻底扫清，王建攻打梓州益急。

897年十月，顾彦晖穷途末路，在城内摆设酒宴，召集宗族、诸将前来。众人知道大限将至，纷纷表示愿意同死。畅饮美酒后，顾彦晖扫视众人，见当初通风报信的王宗弼也在席中，便对他说："你非本帅旧人，你可自求生路。"顾彦晖指着一处颓坏城墙，让他逃生。

王宗弼逾城而出，重归王建麾下，王建待之如初。王宗弼朝秦暮楚，在两大仇敌王建、顾彦晖之间反反复复、来来回回，居然没被二人杀掉，反而倍受重用，这是因为王宗弼是个口蜜腹剑、两面三刀的小人。

梓州城中，美酒喝足了，顾彦晖命义子顾瑶速速动手，顾瑶抽出"疥痨宾"剑，将座中人逐一刺死，然后饮剑自尽。顾彦晖则亲手杀死妻儿后自刎。顾彦晖刚刚接任东川节度使时，曾经大会诸将，将随身所佩的宝剑"疥痨宾"交给顾瑶，然后向众人说："本帅与各位生死共之，如有违者，'疥痨宾'伺候！"没想到一语成谶。

顾彦晖自刎后，梓州守军投降。王建任命王宗涤为东川留后。

对于从长安前来的韦庄来说，此次入蜀，结识了王建。王建也久仰韦庄的大名。韦庄当年遇到黄巢进入长安，作诗《秦妇吟》，里有"内库烧为锦绣灰，天街踏尽公卿骨"，由此得罪了公卿，韦庄很是忌讳，但时人送了他一个"秦妇吟秀才"的绰号。韦庄比王建大十岁，二人都已步入老年了。王建请韦庄饮酒，也请他谈诗吟词。

韦庄这些年流离颠沛，多次客居江南，写下了许多怀念江南的优美诗词，一一朗诵给王建听——

红楼别夜堪惆怅，香灯半卷流苏帐。残月出门时，美人和泪辞。琵琶金翠羽，弦上黄莺语。劝我早归家，绿窗人似花。

劝君今夜须沉醉，樽前莫话明朝事。珍重主人心，酒深情亦深。须愁春漏短，莫诉金杯满。遇酒且呵呵，人生能几何？

千山红树万山红，把酒相看日又曛。一曲离歌两行泪，不知何地再逢君？

前年相送灞陵春，今日天涯各避秦。莫向樽前惜沉醉，与君俱是异乡人。

韦庄本是长安府人，从战火纷飞的关中一路颠沛流离，看够了满目疮痍与民间疾苦，所以江南这片风景独好的乐土简直就是天堂。韦庄还曾在衢州偶遇故友李秀才，他乡遇故知的悲凉更多过欣喜。两人坐在江边持酒对饮，远望万山红叶，唱离歌，流热泪，从白天坐到黄昏，不舍离别。韦庄诗词中描述的江南，仍是唐朝的江南，是故国的江南。那时的江南，还能找回一点点繁华热闹的大唐旧影。

王建不识几个字，见惯了刀光剑影，看烦了历史变换，如今听到韦庄的这些诗词，竟然觉得烟雨迷雾的江南如梦如幻。王建很希望韦庄留下来，可韦庄并没有立即答应，仍在静观时局的变化。

成都东南四千里，是福州。

897年冬，福建观察使王潮病重。尽管王潮有四个儿子，二弟王审邽也还在世，但他还是选择了最有才干的三弟王审知掌理军政事务，让他成为继承人。

王潮理政精明，深谋远虑，保全闽海这一隅，为王审知理政打下了好基础。

王审知喜爱读书，周礼之书无不皆览，韬略之术尤所精致。王潮曾请占卜者算命，得到的结论是"一人胜一人"。王审知当时就在王潮身边，闻言浑身大汗而退。

王潮病逝后，王审知声称要把位子让给二哥王审邦，请二哥继位，但暗中叫人散布童谣："潮水来，岩头没；潮水去，矢口出。"意思是：王潮来了，陈岩死了；王潮去世，王审知继位。"矢口"即"知"字。王审邦知道三弟权欲强，也认为王审知有功，就坚决推辞。王审知为人不错，对母亲徐氏十分孝顺，随同王审知三兄弟一起来到福建的族人乡亲，也都支持王审知。王审知顺利继位，自称福建留后，上表告知唐朝廷。

不久，唐朝廷下诏，册封王审知为福建观察使。王审知正式接替王潮，掌握福建藩镇军政大权。王审知继位后，妥善处理各种关系，对王潮诸子一一高官厚禄，团结家族、安抚人心。王审知饱读史书，常常说："大丈夫不能安民济物，那就是白活了！"王审知言行一致。闽西黄连洞饥民二万余人围长汀。王审知亲统大军到该地，摸清动乱原因后，安慰饥民们："吏实为虐，你们何辜？"王审知感之以恩，绥之以德，二万多饥民都回归了乡间。不折一兵一将，干戈息、民心定。王审知保境安民，招怀离散，强者抑而弱者抚，老者安而少者怀，开甘棠港，拓海上丝绸之路。福建藩镇吏民悦服，人心归向。

10

叶落辞柯，人生几何。

叶子辞别树枝，飘落大地；人生啊，有几个春秋。

这是逃难到福建的唐朝小吏徐寅创作的散文《人生几何赋》首句。

"叶落辞柯，人生几何。"唐昭宗久在华州，倍感苦闷，一心想着回到长安皇宫，但华州节度使韩建不让。

随驾而来的神策军，由唐昭宗的八位兄弟延王李戒丕、沂王李禋、覃王李嗣周、凉王李侹、郵王李偲、通王李滋、彭王李惕、丹王李允率领。韩建辖下列校张行思，告称八王意图谋杀韩建。韩建吓得不轻，立刻将张行思所告上书唐昭宗。

唐昭宗大惊，召韩建相见，韩建称病不入。

唐昭宗令八王造访韩建，解释清楚，韩建依然不见，上表称："八王忽然来访臣理事之所，不知意欲何为。臣仔细思考，不应与八王相见。"韩建又称："八王当自避嫌疑，不可轻易行动。陛下如果友爱包容，请依旧制，令八王归去，好好选师傅教以诗书，不令他们典兵预政。"

韩建请求解散神策军，他担心唐昭宗不从，便率麾下精兵包围行宫，连续上表："陛下选贤任能就足以平息祸乱了，何必另外设置神策军呢？神策军招募的都是市井无赖、奸猾之徒，平时就想着惹是生非，临难必不能用，却让他们张弓挟刃接近皇帝。臣私下感到寒心，乞求将他们全都罢去。"

唐昭宗不得已，当夜勒令八王回归各自府邸，神策军全被解散。神策军捧日都头李均不服，起来闹事，韩建派精兵逼杀了李均。太子詹事马道殷、太医许岩士说了句公道话，也被韩建诬杀。同平章事孙偓、朱朴与马道殷、许岩士有交往，韩建视为毒刺，上奏唐昭宗，予以罢免。韩建又上书，称方士们出入行宫，蛊惑圣听，应当禁入。唐昭宗都只能一一听从。

唐昭宗暗暗思量：这韩建打算做什么？

唐昭宗实在忍无可忍，暗中派出八王之一李戒丕出使河东藩镇，找晋王李克用搬救兵。李克用刚刚元气大伤，哪有心情去伺候夕阳西下的唐昭宗。

唐昭宗为求自保，万不得已，扔出"糖块"：封韩建为昌黎郡王，赐号"资忠靖国功臣"。韩建八次上表，得以辞封。

李戒丕心灰意冷，从河东藩镇返回了华州，嘴巴不严，泄露了内情。韩建获悉了唐昭宗、李戒丕的图谋，愤怒之下，开始剪除唐昭宗的羽翼。他上表称李戒丕等诸王谋反，请求杀之。唐昭宗不予回复。韩建便与大宦官、枢密使刘季述矫诏抓捕李戒丕等诸王，将他们驱赶到石堤谷，无论老少，通通杀死。

韩建依旧气愤不过，欲废掉唐昭宗，改立皇太子李裕。其父韩叔丰对他说："你只是许州的一介田夫，遭遇时局变乱，承蒙天子厚恩，才有了现在的地位。你想凭借华州、同州百里之地去行大事，会成功吗？我不忍见灭族之祸，不如先死！"韩叔丰说着说着，就哭了起来。韩建又闻听凤翔节度使李茂贞、汴州宣武军节度使朱温跃跃欲试，计划夺走唐昭宗，挟天子以令诸侯，便不由畏惧，于是作罢。

唐昭宗继续抛"糖块"：拜韩建为太傅，再次封韩建为颍川郡王。唐昭宗还是放心不下，又亲自为韩建画像，御笔"忠贞"二字。见韩建还有担心，唐昭宗又赐铁券，免韩建九死，就是韩建的子孙也免死二次。此时的唐昭宗，恨不得给韩建磕三个响头。

唐昭宗再派人去向晋王李克用求救，李克用也没答应。

上源驿大仇未报，却被仇敌朱温步步紧逼，李克用忧心忡忡。

对李克用来说，不只有外患，还有内忧。手下悍将李罕之自认为功多，私下拜会李克用最信任的幕僚盖寓，求他说情："我自从河阳三城失守，来依附晋王，时间很长，地位却没怎么提升。这些年以来，军旅劳顿，年纪也大了，没什么能做的了。希望晋王仁慈，盖公哀怜，给个小地方，休兵养病，一二年内就告老归田。对我来说，这就是幸事了。"盖寓将李罕之的请求转告李克用，李克用沉默不语。

看到李罕之私心重重，盖寓怕他另有所图，急着为他争取。李克用说出了心中所忧："对于李罕之，我怎么会在乎一个重镇呢？我有李罕之，犹如董卓有吕布，强大是强大了，然而鹰鸟的本性，饱则飞走。我实在是怕他反复无常、毒余深远。"盖寓便不再说话。

898年正月，潞州昭义军节度使薛志勤去世。

薛志勤在上源驿救过李克用之命，甚得李克用器重。薛志勤一生，每遇战事，先登陷阵，勇往直前。李克用闻听薛志勤去世，十分悲痛。李罕之乘薛志勤丧期，从泽州率军直入潞州，自称潞州昭义军留后。

潞州昭义军藩镇是李克用辖下的属镇。李罕之写信给李克用："我听到薛志勤去世，新的统帅还没来，怕潞州有危险，所以没等晋王的命令就到达，现在屯兵潞州了。"

李克用大怒，派遣二太保李嗣昭率军讨伐。李罕之派其子李颢为质，向东平王、汴州宣武军节度使朱温求援。朱温顺势而为，任命李罕之为潞州昭义军节度使。不久，李罕之暴病而亡，终年五十八岁。

李罕之是乱世中的"乞丐"、周元豹所说的"山鹰"，奸险狡诈，反复无常。他早年学文不成出家，出家乞食受挫，落草为寇。以后加入黄巢、高骈、诸葛爽、李克用、朱温等势力集团，讨口饭吃，成为他们手中的"山鹰"。李罕之袭取潞州昭义军藩镇，企图割据一方，但最终潞州昭义军藩镇还是被朱温吞并，结果竹篮打水一场空，改变不了李罕之的"乞讨"命运。

朱温以丁会为潞州昭义军节度使。

11

潞州昭义军藩镇的丢失，让汴州军与晋军的争战，到了白热化阶段。

东平王朱温辖下兖州泰宁军节度使葛从周，有一位爱妾张氏，非常漂亮，常常陪侍左右。葛从周手下有位列校，名叫李思安，正当壮年，没有娶妻。这个人生得伟俊，又善于骑马射箭。李思安前来晋见葛从周，无意中看到了葛从周的爱妾张氏。李思安两眼放亮，看了一眼又一眼，竟然忘了自己要禀奏何事。葛从周向他问话，问了好几遍，李思安也没有回过神儿。葛从周摔掉案几上的酒杯，李思安这才猛地清醒。李思安非常害怕，一连多日惴惴不安。葛从周见到李思安后，反而安慰了他几句。

898年四月，晋王李克用率领晋军到了邢州、洺州，开始争夺潞州昭义军藩镇。朱温派遣葛从周率领汴州军，到巨鹿与晋军交战。

两军对阵，忽然晋军中一员大将出阵，飞马归降汴州军。

这员大将是谁？

就是当年被李存孝生擒的邓季筠。

晋军立刻阵脚不稳。葛从周趁机擂鼓出兵，大获全胜，李克用逃走。葛从周军追击到青山口，五日之内，接连攻下邢州、洺州、磁州三州，杀死晋军两万人，俘虏将校一百五十人。五日之内，连下三州，世人惊叹。葛从周从此名扬天下，人们传称："山东一条葛，无事莫撩拨。"晋军将士还称葛从周为"分身将"，说他东西南北，忽焉如神。

晋军二太保李嗣昭出兵青山口，欲夺回邢州等三州。

葛从周率军迎战，缠斗多日，未见输赢，晋军骁勇如故。

到了傍晚，葛从周看见晋军士兵又饥又渴，非常疲惫，就想出战。葛从周把李思安叫过来，问他："你能做一名先锋，去攻陷敌阵吗？"

"能！"李思安率领一百名骑兵从队伍中冲出去，勇猛扑敌，杀死晋军无数。葛从周乘势大队跟进，晋军又是大败。

晋军大太保李嗣源率部赶至，他站在高处摆开阵势，大叫道："我只杀葛从周，其余军士都不要妄动。"李嗣源纵马驰入汴州军阵中，如入无人之境。李嗣昭随后进击，终于反败为胜，击退汴州军。此战，李嗣源身中四箭，奄奄一息。

葛从周喜爱读书，知晓战国时期楚庄王的绝缨会故事。葛从周想超越楚庄王气度，就对爱妾张氏说："李思安立了这样的大功，我应该重赏，就让你做他的妻子吧。"张氏流泪不答。

"你去给他做妻子，比做我的小妾强多了。"葛从周命人为张氏准备了嫁妆。

葛从周把李思安请来，对他说："你立下了战功，我知道你没成家，现在我把你喜欢的女子给你做妻子。"

李思安连称死罪，不敢答应。葛从周一定要坚持，李思安这才接受。葛从周郑重其事地把爱妾张氏嫁给了李思安，成就了一段美好姻缘。

李思安，勇武有力，身长七尺，善使飞槊，所向披靡。每次交战，李思安都是率所部百余人率先冲锋，左冲右突，无人能挡。李思安常常为踏白将，所谓踏白将，乃是先锋之中的先锋，负责搜索探路，防止敌人设伏。

太原府的旷野上，一位十四岁的少年正在捡拾马粪。

一位沙陀族百姓远远地向他喊叫："王阿三，快回家吧，你继父征战回来了，快要不行了。"

这位少年闻听，背起马粪，流着眼泪，飞奔回家。

这位少年就是李从珂，李嗣源的义子。

李嗣源视李从珂为亲儿，常常教李从珂如何行军打仗，还买来《兔园册》等识字教材，找私塾先生教授。李嗣源家穷，李从珂常捡马粪补贴家用。虽然家贫，但一家人其乐融融。

李嗣源身负重伤，回到家中休养。李从珂端茶送药，用心伺候。三十二岁的李嗣源渐渐康复。李从珂沉默少言，李嗣源也是沉厚寡言。父子朝夕相处，李嗣源不忘教导李从珂："你是汉人，而我是沙陀人，沙陀人是马背上的战斗者，用鞭子击打马屁股，然后伏在马背上，奋勇向前，生死由命了。我在你这个年龄，就已经是一名战士了。你多练习骑射，再反复读那本识字教材，然后跟为父去沙场征战。"

李嗣源生在沙陀族一个没有姓氏的部族，不但没有姓，而且也不识字。李嗣源十几年的征战生涯，让他越来越明白，善于骑射是一项生存技能，认得字、懂谋略，更是一项本领，所以李嗣源让李从珂读书识字。

魏氏心疼李嗣源，在旁说："夫君是晋王的义子，您为何不到义父那儿求个好官职，安安稳稳地在太原生活呢？"

李嗣源笑笑说："乱世之中，在哪儿能安安稳稳呢？"

李嗣源虽然不识字，但很懂得世间道理。他知道妻子是为了自己和这个家好，但李嗣源更明白，义子要使自己与义父的义养关系长期稳固，就必须保证自己有利用价值。如今，战争频繁，决定了藩镇大帅的义子必须是骁勇刚猛、擅长骑射的武夫悍卒。

太原东南六百里是魏州。

898年九月，魏博节度使罗弘信去世，终年六十三岁，唐朝廷追赠太师。魏博藩镇推罗弘信之子罗绍威担任节度使。

罗弘信是趁着魏博藩镇兵变上位，虽然拥有一支骄横的衙军，但只能在朱温与李克用两大枭雄间左右摇摆。这是因为罗弘信没有超人的胆识，更因为他中了朱温之计，死心塌地依附朱温，维持生存。

见罗弘信去世，幽州节度使刘仁恭率军十万，进犯魏州。

朱温辖下兖州泰宁军节度使葛从周奔赴魏州，与幽州军决战。葛从周率领五百骑兵出战，对守卫馆陶门的汴州军将士说："前有强敌，我们不会再活着回来了！"葛从周等五百壮士破釜沉舟，大败幽州军，活捉了都头薛突厥、王郐郎等人，刘仁恭逃奔沧州。

晋军与汴州军之间，有个镇州成德军藩镇。东平王、汴州宣武军节度使朱温派人劝说镇州成德军节度使王镕绝晋以归己，王镕犹豫不决。暗地里，王镕联络晋军以求自保。首鼠两端一时管用，总有被识破的时候。晋军二太保李嗣昭夺回洺州，朱温率军围困，李嗣昭弃城逃跑。朱温缴获李嗣昭大量物品，其中就有王镕给李嗣昭的信函。朱温看后，不由大怒，因为信函里全是谈论一起攻打汴州军。

朱温对葛从周说："黄河以北的藩镇中，流传这样一句话：'山东一条葛，无事莫撩拨。'今日，我就派你这位'山东一条葛'为先锋，进攻王镕的镇州成德军。"葛从周率军出战，不料中了流箭，身负重伤。朱温亲至傅城，焚其南关。

王镕很害怕，手下判官周式说："我们现在无力与汴州军争斗，只有以理来说服朱温。"周式与朱温有旧交，王镕就派他到汴州军中游说。

朱温见到周式，大骂他："我多次招王镕，但他不来。现在我亲自到此，你却来了，不过已经晚了。李克用是我的仇敌，王镕却归附了他。我知道李嗣昭一定在你们城中，你们把他交出来吧。"

朱温所说，周式不信。朱温就把缴获的信札给周式看。周式看了看，大笑说："大王是只想得到一个镇州成德军藩镇呢？还是想成就天下霸业呢？从古以来，称霸者只会因大义而责备别人，不会因私人恩怨而责难别人。如今，唐朝天子在上，各路诸侯又各守封地，和睦共处，所以战争才得停息，百姓才得以休养。昔时，曹操破袁绍，得到手下将吏给袁绍的信札，曹操全部焚烧了，这是英雄之举啊！如今大王知道举兵无名，却以李嗣昭为借口，这是不好的。王镕世代据有镇州成德军，这是'河朔三大藩镇'之一啊，难道这儿就没有敢死之士吗？"

朱温恍然大悟，拉着周式衣袖说："我只是在说笑而已！"

朱温把周式请入上座，同意和解。

王镕送牛、酒以及钱币去犒劳汴州军，并以其长子王昭祚以及镇州成德军藩镇马步军都指挥使李弘规长子李杏为人质。王镕与朱温结盟，朱温将女儿嫁给了王昭祚。

朱温虽然与镇州成德军握手言和，但依旧不能睡个安稳觉。汴州东南一千二百里是扬州，盘踞在扬州的淮南藩镇是汴州军的宿敌。

淮南节度使杨行密吸收了强悍的蔡州军，又建立了威震四方的黑云都，兵势极为强盛。但淮南军素习水战而不擅骑射，自得朱瑾、李承嗣、史俨以及数千沙陀骑兵后，淮南军骑战水平大大提升。杨行密对朱瑾、李承嗣、史俨等人推心置腹，个个重用。

晋王李克用听闻李承嗣、史俨南奔，犹如失去左右手，遣使者走小道去见杨行密，请他允许李承嗣、史俨北归。杨行密允诺，遣使与李克用结盟，共同对抗汴州宣武军节度使朱温。

朱温闻听杨行密与李克用勾结，便命徐州感化军节度使庞师古直奔清口，兖州泰宁军节度使葛从周进驻安丰，大举进攻淮南藩镇。

杨行密召集众将计议，欲先攻寿州，征战葛从周。

李承嗣、史俨并未北归。李承嗣建议先打清口，他说："只要击败庞师古，就能迫使葛从周不战自退。"杨行密听信李承嗣建议，与朱瑾、李承嗣等人率领三万大军进抵楚州，向清口推进。

庞师古自贫寒时跟随朱温，非常谨慎，即使当了大将率兵出征，也一定要朱温指示方略然后出发。军中除了朱温的命令，庞师古不肯轻举妄动。庞师古扎营清口，地势低下，部下李中建议在高处立栅："兵者凶器，战者危事，不可不慎。"庞师古认为不是朱温的指令，没有听从。庞师古恃众轻敌，平时以弈棋为乐，不作防备。

杨行密让朱瑾堵塞淮河上流，以淮水冲灌汴州军营寨。朱瑾又与偏将侯缵率领五千骑兵偷渡淮河，打着汴州军旗帜，自北向南直攻庞师古的中军大营。

"洪水马上就要到了！快跑吧！"

"这是十一月，何来洪水呢？"

对于李中的紧急禀告，庞师古根本不信，只说李中动摇军心，立即斩了。

很快水到，兵不能战，淮南军趁机攻袭。汴州军仓惶迎战，陷入混乱。

杨行密亲率大军渡淮来攻，与朱瑾两面夹击，大破汴州军，斩杀庞师古。

葛从周闻败，亦撤军而去。淮南军乘胜追击，在淠水大败葛从周。汴州军被杀溺殆尽，残部撤退途中，又有无数军士冻饿而死，最终撤回汴州的不足千人。朱温大哭。

自此，杨行密雄霸江淮，朱温无力南下相争。

冬日里的扬州，天空飘着雪花。杨行密置下庆功酒，大会诸将，席间盛赞李承嗣，赏其钱财万贯，表举其为检校太尉，不再放他返回太原。史俨亦被留在淮南，授为马军都指挥使，朱瑾被任命为东面诸道行营副都统。杨行密赏赐朱瑾、李承嗣、史俨豪宅、美妾。朱瑾娶陶雅之女为继妻。朱瑾、李承嗣、史俨三人本为落难将军，有路难归，既受杨行密如此厚爱，自然愿意尽忠淮南杨氏。

杨行密正值五十岁，人生就像开了挂，到达了巅峰。

晋王、河东节度使李克用，河中节度使王珂，定州义武军节度使王处直，联合上书唐朝廷："奸贼朱温四处抢掠，请求唐朝廷下诏，以淮南节度使杨行密为都统，联合天下藩镇讨伐朱温。"唐昭宗不敢招惹朱温，给予拒绝。

朱温听到了消息，自然予以回击。对于上书唐朝廷的三处藩镇，朱温先挑软柿子捏。朱温亲至定州城下，定州义武军节度使王处直登城向朱温说："我们对朝廷尽忠侍奉，也未尝侵犯您的领土，朱公为什么要来攻我？"

朱温回答："你为什么要依附于河东道的李克用呢？"

王处直回答："我的兄长王处存与晋王李克用同时为朝廷平定叛乱，立下功勋，分封的区域接近，所以相互之间修好往来是常理呀。如果朱公不嫌，我可以改为臣服于你。"

王处直做了棵墙头草，朱温见好就收，当即同意。王处直出绢十万匹犒劳汴州军。朱温上表唐朝廷，封王处直为太原郡王。

12

黄河以北寒风凛冽，长江以南风雨交加。

杭州刺史董昌与浙江东道观察使刘汉宏水火不容。

刘汉宏，就是当年弃守江陵之人。唐僖宗亡命蜀中，天下大乱，刘汉宏向蜀中进贡，唐僖宗大喜，特旨任刘汉宏为浙江东道观察使。浙江东道藩镇，治所越州，领越州、睦州、衢州、婺州、台州、明州、处州、温州。据有浙东八州之地的刘汉宏顾盼自雄，野心渐大，常常对人说："天下方乱，'卯金刀之运'不归我还能归谁呢？""卯金刀"指刘姓，"卯金刀之运"是指刘邦帝运。

刘汉宏军府中有巨树一株，树上许多乌鸦，一天到晚聒噪不休，刘汉宏让人把树都砍掉，旁人劝说："这些树有年头了，怕有仙气，砍不得。"刘汉宏听后大怒道："我祖先汉高祖刘邦能斩白蛇，到了我，竟然畏一木吗？"

刘汉宏不满杭州刺史董昌，率军攻击。董昌命钱镠率八都兵渡过钱塘江，偷袭刘汉宏，火烧其营寨。刘汉宏不甘失败，遣兵七万溯江而上，钱镠率兵夜渡钱塘江袭击，将其打得大败。刘汉宏率军屯于黄岭，征发洞獠蛮族再攻董昌，钱镠率军从富阳出击，蛮族多溃去。刘汉宏屡败于钱镠，既惭且怒，出动全部兵力五万，列阵于西陵，董昌又命钱镠前去迎战。刘汉宏再度大败，扮作一名屠夫逃回越州。钱镠率军出平水，开山路五百里，攻破越州。

刘汉宏败走台州。台州刺史杜雄生擒刘汉宏献于董昌。刘汉宏仍然嘴硬，大声说："自古岂有不败的？"董昌下令将他绑赴闹市斩首，刘汉宏大喊说："我是节度使，非庸人可杀。我曾梦到有个人手里持金杀我，这个人姓名中一定有个'金'字，应该是钱镠吧？"董昌听到这话，哭笑不得，只得让钱镠亲自动手，成全了刘汉宏的最后一个心愿。

董昌将刘汉宏罪状申奏唐朝廷，并列钱镠以下诸将功次。多事之秋，唐朝廷不暇究问，升董昌为浙江东道观察使，取代刘汉宏之位；钱镠为杭州刺史，取代董昌之位。

董昌是浙江的"土皇帝"。他心怀凌云壮志，渴望登基称帝。董昌故作清廉，利民安民，一段时间下来，浙地百姓纷纷对他爱戴与拥护。董昌还向日落西山的唐朝廷进贡纳税。见董昌如此忠心，唐朝廷感动得不得了，下诏褒奖，封其为陇西郡王。朝廷来宣旨时，董昌十分高兴，一个字一匹绢，赠予传旨宦官。

自此后，董昌大转弯，对两浙百姓不停压榨，每隔十天就要征收一次赋税。董昌更加膨胀，宣称自己是神灵转世，命人用昂贵的香木给自己雕刻坐像并建造生祠供奉。董昌命令军士日夜守候在自己的生祠旁边。董昌故作神秘地警告手下将吏："只要有人到我的生祠祭拜，我就能感应到，你们一定要恪尽职守。"蝗灾肆虐浙地，有几只蝗虫飞进了董昌的生祠之中，董昌让数百名军士抓捕蝗虫，然后将其淹死倒吊在生祠门前，以震慑宵小之徒。

境内百姓打官司，董昌从不以案情大小论罪，而是让对方和自己打赌，赢了就立马无罪释放，输了则无论罪名大小，一律推出去砍头了事。

董昌野心膨胀，很快就对自己的郡王身份不满，不断向朝廷上奏，请求加封自己为越王。唐昭宗自然不肯，特意命人劝告。董昌非常愤怒，认为朝廷有负于自己，不再进贡缴税，开始为称帝做准备。董昌找来一些百姓，威胁他们写请愿书来请求自己登基。董昌的门客也找来历史依据，说古书《越中秘记》中言："有罗平鸟，主管越地祸福。"董昌门客还说，看到罗平鸟在海边现身，长着四只眼睛三条腿，叫声听起来就像"罗平天册，董昌为帝"。当了多年土皇帝的董昌，无法淡定了，便以"圣人"自称，在越州自立为帝，建立大越罗平国。

董昌任命钱镠为两浙马步军都指挥使。钱镠致信劝谏："与其关起门来当皇帝，与九族、百姓同受涂炭，还不如当一个节度使，能得终身富贵！"董昌不听。钱镠率三千兵马前往越州，亲自面见董昌，再次劝说。董昌便向唐朝廷请罪，但不放弃帝号。唐昭宗哪肯饶恕？削除董昌官爵，封钱镠为浙江东道观察使、彭城郡王，令其讨伐董昌。

钱镠派武勇都指挥使顾全武率军讨伐。

顾全武，越州人，早年出家为僧，天下大乱，就连和尚都没法当了，他只能走出禅房，走向战场。顾全武得到钱镠赏识，成为武勇都指挥使，人称"顾和尚"。

武勇都是以孙儒的蔡州军降卒为基础组建。孙儒被杀后，其部将徐绾、许再思率一部分蔡州军到了两浙，被钱镠收编。蔡州兵勇悍，军纪败坏，掠夺成性。行军司马杜稜劝钱镠："蔡州兵狼子野心，他日必为祸。"钱镠不以为然。

顾全武率领武勇都很快包围越州。

董昌有子董真，骁勇善战，顾全武攻打了一年，都无法战胜。董真与其偏将刺羽有隙。刺羽对董昌说："董真想要弑父夺位。"董昌信以为真，居然将自己的儿子杀死。看到大势已去，董昌无奈之下撤去帝号，复称观察使。顾全武哪肯放过，挥军继续进攻，很快攻破越州城，走投无路的董昌只得投降。顾全武捉住了董昌及其家人三百多口，用船押送杭州，听凭钱镠处置。

行至途中，自诩"圣人"的董昌无比悲怆地说道："我与'钱婆留'自乡里起兵，我是大将军，他是小喽啰，我现在有何面目再去见他？"董昌掉了几滴泪，投水而死。钱镠乳名为"婆留"，乡中长辈多称他乳名。钱镠得知董昌已死，心中的一块石头落了地。他命令割下董昌首级，传首长安。钱镠夷灭了董昌全族，并掘开董昌祖坟，放上一把火，挫骨扬灰。一场称帝闹剧，就这样戛然而止了。当地百姓闻之，无不拍手称快。

董昌之祸，是咎由自取，却成就了钱镠不世之功。唐昭宗任命钱镠为两浙观察使，又加中书令，赐铁券，恕其九死。钱镠上奏唐朝廷，把军府设在杭州。从此，钱镠控制了两浙，成为一方割据势力。

钱镠骤然发迹，高兴得整晚都睡不着觉。他将平日所居军营，改名为衣锦城。钱镠的故乡是杭州属县临安，他将临安的石鉴山改名为衣锦山。钱镠还在故里建造豪宅，每次回乡结驷列骑，前呼后拥。其父钱宽很不满意，每次听闻他来，都有意避开。钱镠找到他父亲，询问原因。钱宽说："我家世代以田渔为生计，从未如此显贵过。你如今为两浙之主，心高气傲，铺张浪费，但你没看到周围都是敌对势力，内部也是险象丛生。我怕祸及我家，所以不忍见你。"钱镠哭着拜谢父亲，从此小心谨慎。

诗人罗隐一生郁郁不得志，晚年返回家乡杭州，作诗一首呈给钱镠："一个祢衡容不得，思量黄祖漫英雄。"罗隐以祢衡自比，想试探钱镠是不是不能容人的黄祖。钱镠久闻其名，当即回诗："仲宣远托刘荆州，盖因乱世；夫子乐为鲁司寇，只为故乡。"钱镠把罗隐比作王粲和孔子。罗隐喜出望外，受宠若惊。钱镠任罗隐为钱塘县令、给事中，人称罗给事。

钱镠喜欢吃鱼，曾命西湖渔民每日向王府缴纳数百斤鱼，名曰"使宅鱼"。罗隐知道后，借为钱镠的《蟠溪垂钓图》题诗的机会，作诗道——

　　吕望当年展庙谟，直钩钓国更谁如。

　　若教生在西湖上，也是须供使宅鱼。

　　罗隐是说如果姜太公来到西湖垂钓，也得每天给钱镠送鱼，这显然是在讽谏钱镠。钱镠不怒，下令取消了"使宅鱼"。

　　钱镠微服出行，到了城门已闭，方才回城。他在北城门外高喊开门，但守门小吏却毫不理睬，还说道："就算是大帅来，我也不会开启城门。"钱镠无奈，只得改由别的城门入城。次日，钱镠召见北门守吏，对他予以重赏。

　　杭州西南两千五百里是广州，广州是岭南藩镇治所。

　　岭南节度使刘崇龟去世，薛王李知柔前往广州赴任岭南节度使。李知柔行至湖南时，广州衙将卢琚、谭弘玘作乱。卢琚据守广州，谭弘玘固守端州，抗拒李知柔入境。

　　谭弘玘结交封州刺史刘隐，许诺把自己的女儿嫁给刘隐为妻。

　　刘隐，蔡州人，封州刺史刘谦长子。刘谦征讨黄巢军有功，拜封州刺史。他在封州用心经营，拥有将士一万、战船百艘，在南方沿海举足轻重。刘谦去世后，刘隐任封州刺史。

　　刘隐假装答应谭弘玘这桩婚事，把军士藏在船上，以婆亲为名，夜里进入端州，斩杀谭弘玘。继而乘胜袭击广州，斩杀卢琚。接着，刘隐整顿军容，迎接李知柔进入广州，主持节度使事务。

　　李知柔上表朝廷，任命刘隐为岭南藩镇行军司马。

　　其后，同平章事徐彦若代替李知柔担任岭南节度使。

　　徐彦若由长安前往岭南，途径江陵。盘踞江陵的是荆南节度使成汭。中原军阀混战，民不聊生，只有成汭和华州节度使韩建执行休养生息的政策，百姓安居乐业，时人称之为"北韩南成"。

成汭想合并朗州刺史雷彦威割据的澧州、朗州，但唐朝廷不同意。徐彦若途经江陵，成汭设宴招待。一杯酒下肚，成汭问徐彦若："本帅曾向唐朝廷请求合并雷彦威割据的澧州、朗州，徐公您当时身为宰相，为什么不答应本帅的请求呢？"

徐彦若笑笑说："成公贵为封疆大吏，治理荆南多年，政绩堪比春秋时期的齐桓公、晋文公。雷彦威只是偏远地区的一伙草贼而已，成公打不下他，还反倒埋怨唐朝廷吗？"

成汭羞愧难当，又喝了一杯酒，挖苦徐彦若："岭南有黄茅瘴，希望您去了后，保重身体啊！"

徐彦若回应："南海黄茅瘴，不死成和尚。"

成汭做过和尚，故现在被徐彦若讥讽。

徐彦若到了广州，上表唐朝廷，任命刘隐为岭南节度副使。徐彦若把军政之事委任给刘隐。徐彦若去世后，遗表荐举刘隐为岭南留后。刘隐派人重金贿赂东平王、汴州宣武军节度使朱温，进献助军钱二十万贯，龙脑、腰带、珍珠枕、玳瑁无计其数。有钱能使鬼推磨，朱温奏请唐朝廷，以刘隐为岭南节度使。

此时，唐朝廷权威更加衰微，天下新旧藩镇林立，争战不休。

唐朝廷名义统治地区，东平王、汴州宣武军节度使朱温控制五分之一，晋王、河东节度使李克用控制六分之一，淮南节度使杨行密控制六分之一。剩余地区，为凤翔节度使李茂贞、华州节度使韩建、河中节度使王珂、青州平卢军节度使王师范、定州义武军节度使王处直、镇州成德军节度使王镕、幽州节度使刘仁恭、魏博节度使罗绍威、西川节度使王建、福建观察使王审知、湖南观察使马殷、江西观察使钟传、荆南节度使成汭、朗州刺史雷彦威、山南东道节度使赵匡凝、两浙观察使钱镠、岭南节度使刘隐等控制。

行将就木的大唐王朝已经分崩离析，压死骆驼的最后一根稻草一旦降临，这个曾经辉煌一时的帝国，就会更朝换代。

朱温之滥：

后梁乱象丛生德义不存

登楼遥望秦宫殿，茫茫只见双飞燕。

渭水一条流，千山与万丘。

远烟笼碧树，陌上行人去。

安得有英雄，迎归大内中。

飘飘且在三峰下，秋风往往堪沾洒。

肠断忆仙宫，朦胧烟雾中。

思梦时时睡，不语长如醉。

早晚是归期，苍穹知不知。

唐昭宗在华州郁郁不乐，经常登上齐云楼远眺，写下了这首《菩萨蛮·登楼遥望秦宫殿》。

华州节度使韩建良心发现，不再拘禁唐昭宗了。

"朕东西所至，祸难随之，愿避贤者路。"长安城中，狂风暴雨、电闪雷鸣，大树被吹得东倒西歪。在这样的恶劣天气下，一行人狼狈回到了长安。为首的是当今皇帝、在华州被幽禁了将近三年的唐昭宗。时人称唐昭宗为"避贤招难存三奉五皇帝"。"三"指的是何皇后、柳昭仪、李昭仪。"五"指的是朱温、王行瑜、李克用、李茂贞、韩建。虽是戏称，但却道尽了唐昭宗的悲怆!

皇室衰微，大权旁落，同平章事崔胤为首的朝臣与神策军中尉刘季述为首的宦官互相争权，各树朋党。

崔胤，冀州人，外表老成持重，内心险恶无比。崔胤曾在河中节度使王重荣手下做从事，与朱温相识。现今，东平王、汴州宣武军节度使朱温独霸中原，崔胤便刻意结交，引为外援。崔胤在朝中几次被扳倒，都是朱温上表将其捞回。崔胤先后四次拜相，人称"崔四人"。

刘季述出身低微，凭借自己的殷勤和献媚，一步步熬到了宦官的顶位：神策军中尉。

崔胤上奏唐昭宗，意欲铲除恶宦，唐昭宗答应下来。刘季述闻听后，心中忐忑不安，有了更换皇帝的想法。

这时候，朱温使者李振来到了长安。

　　李振，祖居西域，是唐朝中兴功臣李抱真的曾孙。李振年轻时，聪明好学，但参加科举考试，次次名落孙山。他与黄巢一样，对科举腐败深恶痛绝。李振好不容易求得了一个台州刺史之职，谁知赴任时遇上董昌称帝，没法再去上任了。李振路过汴州，求见朱温。凭他的胆识和口才，赢得了朱温的器重，李振于是做了朱温的幕僚，常常为他四处奔波。

　　唐王朝日薄西山，无力制约各个藩镇。刘季述想换皇帝也罢，想战胜崔胤也罢，都必须取得藩镇大军阀的支持。刘季述暗派同党程岩和自己侄子刘希贞前去试探李振。

　　两杯酒下肚，程岩向李振小声说："皇上登基已经十二年了，性情急躁而且严厉。前几天喝醉了酒，竟然把一个宫女给杀了。朝中的大臣们都认为皇上应该退位了，李公您如何看待呢？"

　　李振沉思不语，他明白打算让唐昭宗退位的不是朝臣而应当是宦官，面前这个程岩就应该是大宦官刘季述派来试探汴州军口风的。唐昭宗尊礼朝臣，励精图治，希望恢弘旧业，先后扳倒了田令孜、杨复恭等一个个宦官。这些抑制宦官专权的举动，引起了刘季述的警觉，从而促使他下手换皇帝。

　　刘希贞见李振不说话，便插科打诨："哈哈，不如换个小皇帝呀，那样，凭借汴州军朱大帅的威望和兵力，就可以平定天下乱哄哄的局面了。"

　　见刘希贞如此说话，李振更清楚了：大宦官刘季述准备政变了，他为寻求支持，便将目光投向了势力最强的节度使朱温。李振把酒杯放下，厉声说："百岁之奴侍奉三岁皇帝，精明大臣辅佐愚蠢帝王，这都是天经地义的事。当今皇上喜书好文，雄俊神气，且正值壮年，有什么不好？你们如果要做这种祸乱社稷的不义之事，是要遭天谴的。废黜君主，是不祥之举，恕我不敢参与。"

　　程岩、刘希贞听了李振这一番训斥，哈哈笑道："喝酒！喝酒！"二人沮丧而去。

　　听完程岩、刘希贞的叙述，刘季述咬牙切齿说："这个李振一定是与'崔四人'结盟了。我们如果该出手时不出手，就会死在皇上和'崔四人'手中。况且李振不代表'朱阿三'。"

900 年十一月，连喝几场闷酒的唐昭宗一口气杀死了十名宦官和侍女，宫中陷入恐慌。刘季述率领神策军，软禁了唐昭宗。此时的唐昭宗回到长安没有多久，真乃前脚刚脱离虎穴，后脚又进入了狼窝。

刘季述以银挝画地，指责唐昭宗："陛下酒醉杀宫女，其罪一也；让大唐变得虚弱，使周围的藩镇大帅们时不时地凑到跟前踹上皇室一脚，其罪二也；田令孜、杨复恭等奴才们倾心侍候陛下，陛下直接、间接地杀了他们，其罪三也。陛下所作所为如此，岂可理天下？"

面对奴才的大声责骂，唐昭宗低头不语，如同孩童犯错，已经三十四岁的唐昭宗全然没有了刚当皇帝时的霸气。

刘季述将唐昭宗和何皇后、柳昭仪、李昭仪囚禁于少阳院，只许从小洞里送进食物。时值严冬，随从的宫人衣不能御寒，号哭之声传至院外。

刘季述假借何皇后传令："皇上听信谗言，肆意胡闹，随便杀人，是大逆不道，现传位皇太子李裕。"

李裕在刘季述护卫下，登基即位，尊唐昭宗为太上皇。

唐昭宗弟弟李倚不识时务，随意问了几句，竟被刘季述活活打死。唐昭宗平时宠幸的宫女、方士、僧道，也一律处死。刘季述以此来警诫百官，崔胤见此阵势，沉默不语。

一　灭唐三百年社稷

寒风凛冽，大雪飘飘。

李振离开了长安，刚走到河南道陕州，就听到了刘季述废黜唐昭宗、另立李裕的消息。李振不敢耽搁，日夜兼程，赶回了汴州去见朱温。

果如刘季述所料，李振不代表朱温。掌握二十万汴州军的朱温一时不知如何是好。

神策军中尉刘季述预感事情不妙，派义子刘希度紧急赶到汴州，游说朱温："大王，义父刘公公说，长安城上空星象暗淡，而汴州城上空星光闪亮。这些天象变幻，预示着将要改朝换代。义父刘公公特地让奴才来禀告大王，愿将唐朝江山社稷全部转交。"

刘希度所说星象变化，朱温第一次听说，是否真实，朱温不去探究。那个改朝换代的建议，让朱温心动了。

李振在旁，斥责刘希度："我在离开长安途中，听闻你们这些宦官发动变乱。你们哪是依天行事，实是为了保住你们的性命而已。今天你来到汴州胡说八道，是不是因为担心大王率领汴州大军去长安城中替天行道、铲除你们这些乱党呢？"

刘希度脸上红一道白一道，他拿出太上皇诏书呈给朱温，颤抖说道："大王，这是太上皇的旨意，并非奴才们私下谋划呢。"

太上皇的这份诏书，无非是传位于太子之类话语。朱温、李振一看，就知道是伪造的。下一步要怎样做，事关重大，要深思熟虑才能作出决定。朱温客气一番，礼貌送走了刘希度。

千里之外的长安城中，刘季述内心忐忑不安。他清楚，如果朱温出手，他就命悬一线。刘季述又派他的兄长刘重楚以及前同平章事张濬赶到汴州，继续游说朱温。

张濬嬉笑着说："刘季述这些宦官们如此心仪大王，大王起事定会成功的。天意如此，放心接受刘季述这些奴才们的侍奉吧。"

张濬曾被朱温收买，虽表面客气，但朱温内心实是厌恶这种势利小人的。

朱温更加犹豫，夜里单独招来李振商议。李振明白，此时的朱温已经有了废唐而代之的想法，狡猾的朱温害怕其他军阀联合讨伐、胜负难以预料，所以来向他请教。

李振劝道："刘季述接连派人来拉拢，是因为极度恐惧大王。他这种大逆不道之人，怎能结交呢？自古内廷发生变乱，都是成就霸业的良机。

师出有名，才可以服众；行正道，才可以立下大功勋！刘季述这些宦官幽禁侮辱天子，大王前去征讨，不就能够实现七百年前曹操的霸业、挟天子以令诸侯了吗？"

朱温幡然醒悟，长吁一口气说："你说得对呀，刘季述心中有鬼，所以一再解释。张濬来游说，无非是为了重新当宰相。他们现在心虚，不正是我出击的时刻吗！"

未等朱温出兵，唐朝廷发生了变故。

崔胤想扳倒刘季述、恢复唐昭宗帝位，既派人到汴州向朱温乞师，又暗中寻求力量。刘季述掌控神策军，手下有三大都头：孙德昭、孙承诲、董从实。三人屡遭排挤，愤恨宦官。崔胤亲信石戬与三人一起饮酒，孙德昭醉酒后哭泣。

石戬激他："自从刘季述废立天子，天下人都扼腕不平。如果将军能趁机诛杀奸贼，迎复天子，就会名垂青史。"

孙德昭愤愤说："我早有此意，再不行动，功劳就被别人抢去了！"

孙承诲、董从实二人顿受鼓舞，愿意一起诛杀刘季述。石戬请来崔胤，五人当即盟誓。

901年春节，天还没有亮，刘季述就要上朝。孙德昭在路旁埋伏军士，拦击他的车马。刘季述被乱棒击死，弃尸于市。孙承诲、董从实等人分别搜索刘季述的余党，尽情杀戮。

唐昭宗听见外面喧哗，心中恐惧。孙德昭驰马赶到，敲门说："刘季述被杀了，恭迎陛下复位！"唐昭宗哆嗦不能语，何皇后喊道："你可将逆贼的头扔过来！"孙德昭把刘季述的头扔进去。不久，孙承诲、董从实等人取来刘季述余党人头进献。唐昭宗方才相信。

孙德昭打破门锁，救出唐昭宗，登上丹凤楼复位。孙德昭、孙承诲、董从实三人都被拜为节度使、同平章事，号称"三使相"。唐昭宗论功行赏，要封崔胤为司徒，崔胤坚辞不就。唐昭宗便让他兼领度支、盐铁、户部三司诸使，执掌朝中大权。

再说开封城中，东平王朱温接到崔胤请求，当即率军出征。途中，听到长安城的消息，朱温思考半天，决定不再去长安。朱温找到一根绳子，交给汴州宣武军都虞侯张存敬、汴州宣武军马军指挥使侯言，对他们说："现今宫廷内乱已平，我们暂时不用去长安了。但大军出来，不能空手而归。河中节度使王珂是个驽材，依仗着太原李克用的庇护，骨肉相残，你们一定要为我擒住王珂。"

汴州军掉头攻击河中府。张存敬率兵三万，出其不意包围河中府。

侯言率军二万，攻打王珂辖下绛州、晋州。绛州刺史陶建钊、晋州刺史张汉瑜猝不及防，立刻投降。朱温令侯言驻守晋州，扼制李克用的晋军援助王珂之路。王珂遣使向太原告急。只是晋州、绛州已为朱温汴州军牢牢守住，李克用的晋军无法前进。

王珂之妻李氏，是李克用之女。她派人向太原送信给李克用："朱温汴州军逼迫我们甚急，说不定朝夕之间我们就成了他的俘虏，为朱温欺凌，父亲怎么忍心不救我们呢？"

李克用当然焦急，且不说朱温是宿仇，如果河中府被攻破，自己的女儿就会被凌辱，铁血性格的李克用哪能受得了？但前面横亘了一面"巨墙"，李克用跨不过去。李克用只好回信女儿："朱温阻挡了援军道路，我们救援不成。如果河中府不能自保，你可以与王珂一起归顺唐朝廷，等待父亲以后的救援。"

王珂无计可施，盘算着归顺长安，但王珂心有不甘，派人向岐王、凤翔节度使李茂贞求援："皇上刚刚复位，下诏藩镇之间不要相互攻杀，要共同辅佐皇室。汴州的朱温不顾皇帝诏令，攻打河中府甚急。朱温的狼子野心已经昭然若揭，如果我们河中府被他拿下，那么您管辖下的凤翔府不也是十分危险吗？到那时，天子的神器，一定会拱手送给朱温！李公您可以出动精兵固守潼关，声援我们河中藩镇。我自知敌不过朱温，如果城池被毁，请求您赐给我您的西部边陲之地，让我镇守。现在，关西的安危、国祚的长短，都在您手中了。"

李茂贞见信，没有回复王珂，因为他不敢得罪朱温。

王珂得不到援助，无奈渡河前往长安，河中军部众大都鸟兽散。

河桥已经坍塌，河流冰冻淤塞，舟船难以渡过。王珂下令属下连夜渡河，将士们默然无应。

半夜里，列校刘训求见王珂，王珂训斥他："你想要造反吗？"

刘训露出手臂说："大帅您如果怀疑我，我刘训请求自断手臂。"

王珂问："事情到了这个地步，你还有什么解救的办法吗？"

刘训答："如果夜里整顿舟楫渡河，军士们必然争夺船只。如果有军士哗变，那就严重了。不如等到明天早晨，大帅向将士们晓之以情，肯定会有半数以上的人跟从您。那样我们就可以顺利登舟渡河，前往长安了。大帅想过没？到了长安又能怎样呢？皇上能保护我们吗？现今末将还有一计，那就是假装与汴州军谈和，以此来拖延强敌进攻的脚步，慢慢图谋恢复，这才是上上之策。"

王珂恍然大悟，不再按李克用之计退往长安，而是投降朱温。

王珂登城，对张存敬说："我家和朱公是世代交情，你们应该退军。等到朱公到了之后，本帅自然会听从召唤。"

张存敬知晓王珂义父王重荣与朱温的关系，即日退军数里。

朱温从洛阳启程，率领大军来到河中府。

王珂见大势已去，在王重荣墓前哭泣，陈辞致祭，悲不自胜。河中府之人见状，流泪不止。

王珂想要牵羊肉袒，前去投降朱温。朱温派人说："当年，我和令尊王重荣有舅甥之亲，怎能忘记这段情谊呢？郎君如果以亡国之礼相见，黄泉之下，我怎么去见令尊？"

王珂出城，朱温于路上迎接，握手询问冷暖，相互牵马进入营帐。

过了半个月，朱温令张存敬驻守河中府，王珂举家迁徙汴州。自此，河中藩镇不再是一方割据势力，而是成为朱温的属地。

朱温回到汴州城中，突然接到李克用的重礼和结盟信。朱温哈哈一笑说："李克用傲慢无比，十七年来与我争斗不已，他哪会结盟呢？他分明是担心自己的女儿安危。如今的李克用，势已穷矣！"朱温豪气徒生，下令汴州军大举进攻晋军。

901年四月，汴州军五路大军从天井、新口、土门、飞狐、阴地进攻晋军。汴州军夺取了慈州、隰州等地。李克用手下辽州守将张鄂、汾州守将李瑭投降朱温。顷刻间，五路汴州军团团围住了太原府。

李克用困守太原城内。正值大雨连绵，城墙多有颓坏，太原危在旦夕。一时间，晋军人心惶惶。李克用极为恐慌，不仅是因为老了，更因为城中无兵。李克用打算逃往大漠，一时犹豫不决，忧虑不安。

李存勖已经十七岁，擅长骑马射箭，胆力过人。他劝慰父亲李克用："物不到极点不会反复，恶不到极点不会消亡。朱温觊觎帝位，陷害良善，会自取灭亡。我家尽忠皇室，如今虽因势穷力屈无法报效，但也无愧于心。父亲您应忍耐静观，积蓄力量，以待朱温衰弱之时再图复兴，怎能轻易就灰心丧气呢？"见年纪轻轻的李存勖都不惧怕，李克用还怕什么？他的心胸即刻释然。

五太保李存进说："汴州军之所以攻城不下，是因为他们认为太原空虚，可以轻易攻取，根本没想到会碰上硬钉子。一旦等汴州军喘过气儿，做好准备，一定会变本加厉地进攻太原，那时才是最危险的。"

李存进建议，众将出城迂回埋伏，这样进可以对汴州军形成夹击包围之势，退可以与太原互为犄角。如此，方能在敌强我弱的情况下立于不败之地。李克用不住点头，当即命众将出城迎敌。

大太保李嗣源与二太保李嗣昭分兵四出，不时突攻汴州军营垒。五太保李存进率领从雁门带来的晋军精锐悄悄出城，向洞涡驿一带搜索前进。李存进刚到洞涡驿，就遇到汴州军一部。狭路相逢勇者胜，李存进二话不说，率先发起攻击。这些久经沙场的雁门晋军，在李存进的带领下横挑强敌。汴州军根本想不到会在洞涡驿遭遇晋军突击。看着这些猛士气势汹汹地杀来，立刻慌了手脚。一个时辰功夫，遍地都是战死的汴州军士兵。

如同十七年前上源驿的那场大雨，太原地区连续天降大雨，汴州军将士纷纷患病。地面积水横流，无法排泄，倒灌入汴州军营中。汴州军士兵泡在水中，双脚肿胀疼痛，行走困难。加上山洪暴发，道路阻断，粮秣不继，汴州军怨声载道，士气低落。朱温见天意不灭李克用，无奈退兵而去。

901年五月，李存勖率领晋军攻夺汾州。

汾州农夫侯益率先攻上城墙，诛杀了李瑭。侯益凭借武技超群，投到李存勖帐下，成为列校。

六月，铁林军使周德威率领晋军夺取了慈州、隰州，收降慈州刺史张瑰、隰州刺史唐礼。

周德威，朔州人，身长面黑，凡对敌列阵，凛然有股肃杀之风。周德威观看远处烟尘，便能判断敌军数量，误差不超一百。

朱温恼怒李克用，把火气撒在了他女婿王珂身上。七月，朱温令王珂入觐唐昭宗，半路上将他全家杀掉了。

1

唐昭宗复位后，朝廷大事全部委任同平章事崔胤，神策军指挥权归于大宦官韩全诲。

韩全诲，曾为凤翔藩镇监军，与李茂贞相善，现回到长安担任神策军中尉。

韩全诲等宦官惧怕崔胤，事无大小，皆禀命而行。崔胤并不罢休，认为宦官不尽除，朝廷终不得安，必欲尽诛以绝后患。韩全诲闻听，涕泣哀求唐昭宗。唐昭宗一面答应韩全诲，一面嘱托崔胤遇事将奏疏密封，不可口奏，以免被宦官窃听。道高一尺，魔高一丈，韩全诲觅得几位识字宫女入侍唐昭宗，暗察崔胤密疏。韩全诲还不放心，秘密联络岐王、凤翔节度使李茂贞，与崔胤对抗。

不只朱温，李茂贞也有挟天子以令诸侯的野心。崔胤探知韩全诲联络李茂贞，担心被杀，便致书朱温，细说此事，请其出兵西上迎驾。识字宫女将崔胤的密谋悄悄告知韩全诲。他一不做二不休，率领神策军挟持唐昭宗，西走凤翔，依附李茂贞。

901年十月，朱温亲率七万汴州军，以勤王为名，进军长安。

通往长安的路上，秋雨绵绵，落叶飘飘。朱温自883年七月到汴州上任宣武军节度使，至今已经十八年。五十岁的朱温与三十二岁的朱温相比，地盘扩大了三十倍。吃人恶魔秦宗权死去十二年，朱温掌控的中原渐渐恢复了生气。现今的朱温已是兵多将广，天下少有人敢和他叫板了。

朱温前往长安，要经过华州藩镇。华州节度使韩建辖下同州留后司马邺率先投降。朱温派司马邺入华州，劝告韩建："如果不投降，就要兵戎相见。"韩建无奈，派节度副使李巨川献银三万两。朱温本想放过韩建，幕僚敬翔说："韩建是李茂贞同党，理应铲除。"

朱温便掉头攻打华州，韩建惊慌失措。朱温派汴州宣武军押衙马嗣勋入城劝降韩建。不用马嗣勋多说，韩建也明白，与朱温争斗如同鸡蛋碰石头。韩建单骑与马嗣勋出城，迎谒朱温。朱温面责韩建："韩公软禁皇上，杀死众多亲王，有多少颗头可以抵你的罪呢？"韩建额头冒汗，心想唐昭宗虽然赐铁券、免九死，但这些管什么用呢？韩建灵机一动，将责任全部推卸给李巨川。朱温知晓韩建伎俩，他杀鸡给猴看，斩了李巨川。

朱温对韩建说："韩公是许州人，可以衣锦还乡。"朱温命韩建为许州忠武军节度使。自此，韩建不再是一方割据诸侯，而是朱温辖下一名将吏。华州、同州成为了汴州军的属地。

朱温率军到达长安，此时唐昭宗已被劫走。

朱温以军校康怀英为先锋，挥军西上。康怀英在武功击败凤翔藩镇中军都指挥使符道昭，俘军士六千人、战马二千匹。朱温得到消息，异常激动，对身边人感叹说："这个地方叫作武功，现在我军在此首先击破敌军，真是应了武功之名呀。"

901年冬，朱温转攻李茂贞辖下邠宁藩镇。邠宁节度使李继徽出城投降。朱温命他继续为邠宁节度使，他的家族送往河中府，以为人质。

李继徽妻子管氏有姿色，朱温在河中府宠幸她。管氏坚贞刚烈，派人告诉李继徽："夫君为节度使，拥旄仗钺，却不能保护妻子。我现在已经成为朱温的女人啦，今生无面目见你了，我准备用刀绳自杀了。"夺妻之恨，不共戴天，李继徽气得牙齿痒痒，于是又归降李茂贞。

朱温转攻凤翔府，岐王李茂贞求救于晋王李克用。李克用南攻晋州、绛州，牵制朱温。朱温还军河中府，改去攻打李克用。

在凤翔府与河中府之间，有个奉天县，归属凤翔府藩镇。奉天县住着一户逃难人家。男主人名叫李羔，做过容州、管州经略判官，积攒了些钱财，到奉天县逃避战乱。李茂贞的岐军与朱温的汴州军来回拉锯，争夺奉天县城。李羔无奈带着一家人逃离。

"车辚辚，马萧萧，行人弓箭各在腰。耶娘妻子走相送，尘埃不见咸阳桥。牵衣顿足拦道哭，哭声直上干云霄"。路上都是逃难的人群，神色慌张，四处乱窜。李羔有个儿子，名叫李昊，刚刚十岁，还有个小儿子、小女儿，几岁大。眼看就快到邠州了，李昊的弟弟、妹妹饿了。李昊母亲翁氏让李昊端着饭碗，去远处农户家讨口饭吃。当他回来的时候，惨剧发生了。李昊父亲李羔以及弟弟、妹妹倒在血泊里，是刚刚被人刺死的。

李昊大哭，到处寻找他的母亲。一位逃难的人告诉李昊："你母亲漂亮，被两个乱兵看中了，于是杀死了你的全家，抢走了你的母亲和你家的钱财。"李昊眼泪哗啦啦淌了一脸。李昊掩埋了父亲和弟妹，此后，李昊在邠州乞讨寻母。

李克用的晋军与朱温的汴州军继续火拼。

朱温侄子朱友宁、后院马军都头氏叔琮，率领汴州军，在蒲县突袭李嗣昭、周德威率领的晋军，将其击败。汴州军乘胜攻下汾州、慈州、隰州三州，再次围住了太原府。

太原城中，守兵极少。氏叔琮率领汴州军日夜攻打，李克用昼夜守城，不得寝食。氏叔琮斩获晋军一万余众，夺马三百匹。朱温喜谓左右："杀蕃贼，破太原，非氏叔琮不可！"

敌众我寡，太原危急。李克用和诸将商议是否退守云州。

大太保李嗣源、二太保李嗣昭以及铁林军使周德威坚持死守太原。

四太保李存信则支持放弃太原、退守云州："如今，黄河中下游地区皆属于朱温，我兵寡地蹙，守此孤城，必会坐待困毙。今事势已急，不如北上，徐图进取。"

李克用不能决定，问计云州刘氏。云州刘氏说："李存信原是北方牧羊人，他怎么能考虑大王的成败荣辱呢？二十二年前，大王曾到塞外避难，差点遇害鞑靼。现在如果弃城北逃，难保有不测之事，无法保全自己，还谈什么大业！几年前，王行瑜不就是被大王您讨伐，兵败逃往，为其部下所杀吗！王行瑜的教训，大王不吸取吗？"

李克用恍然大悟，决定坚守太原。

李克用的晋军主力哪去了呢？

契丹族前来抢掠，晋军迎战去了。

契丹汉语之意为"镔铁"，是北方一支游牧民族名号。契丹族，发源于西拉木伦河和老哈河流域，经过数百年的发展，日益兴盛，渐渐向南发展。

唐朝末年，契丹族出现了一位英雄，名叫耶律阿保机。他自幼聪敏，才智过人。长大成人后，身体魁梧，胸怀大志。契丹部族，本无姓氏，各以所居地名呼之，耶律就是一个地名。耶律阿保机担任契丹族总知军国事后，率兵十万伐河东、雁门，攻下九县，获驼、马、牛、羊等牲口九万五千头。

李克用南北两面遇到强敌，人生到了低谷。好在天不绝李克用，契丹军大肆抢掠后，返回草原。迎战契丹军的各路晋军也渐渐回到太原，李克用可以集中兵力对付汴州军了。

大太保李嗣源亲率敢死之士，日夜出城突袭汴州军，擒获汴州军列校游昆仑。汴州军疲于应对，只好烧营而去，太原于是解围。

朱温旋军西上，复攻凤翔藩镇。

岐王李茂贞派符道昭率岐军防守虢县漠谷。漠谷地势险要，前面是一个巨大的深涧，后面则是起伏山岭。汴州军军校康怀英率五千骑兵到达漠谷附近，他先将四千人马埋伏起来，然后独自带着一千骑兵前往岐军营前挑战。符道昭一看才一千人，不由大笑起来。符道昭率领一万军士渡过深涧进击康怀英。康怀英且战且退，将符道昭引到设伏之地。早已埋伏在此的汴州军骑兵们纷纷出击，岐军猝不及防，顿时大败。岐军在深涧受阻，死伤无数，走投无路的符道昭带着剩余人马投降汴州军。

外围障碍清除，朱温率领大军包围了凤翔府。

岐王李茂贞气恼康怀英，夜里率领三万岐军出城，杀奔康怀英营地。康怀英手下只有两千人，他认为夜里不可以惊动其他各军，也不求援，就独自带着两千人去和李茂贞死拼。双方从半夜一直打到天亮，康怀英身受十多处创伤依然死战不退，李茂贞只好撤军回到凤翔城中。李茂贞始知汴州军厉害，此后坚守不出，以唐昭宗的名义勒令朱温回归藩镇，可是朱温怎么会当回事呢？

朱温派司马邺进入凤翔城，探望唐昭宗，奉上肉脯、粮秣、丝帛。处于软禁中的唐昭宗得到这么多救急用品，感慨不已，连连称赞朱温是忠臣。李茂贞也无法再以唐昭宗的诏令，勒令朱温回归藩镇了。

朱温连续攻城，也没能击破李茂贞的防守，又逢秋雨绵绵，汴州军士兵多有疫病，朱温准备撤围回师，以待将来。

汴州军列校高季兴劝道："天下英雄，尽窥此举；如果贸然退兵，则泄我军之气、长他人之威，不可取。末将认为，我们不应仓促撤兵，敌军和我们一样十分疲惫，城破就在旦夕之间。现今，正应该一鼓作气摧毁他们，为什么要退兵呢？"

高季兴，陕州人，本是汴州富豪李让的家奴。朱温占据汴州后，李让献出钱财资助朱温，被朱温收为义子。朱温见高季兴相貌英俊、气度不凡，便有意提携。李让说："《唐律》言'奴婢贱人，律比畜产。'家奴永远是家奴呀。"朱温笑笑说："我朱温一家在一富户家做佣，难道我一辈子就做佣吗？我现在不也是一方藩镇大帅吗？"李让不再争辩，高季兴就成为朱温的亲兵，后来成为朱温的亲信列校。

朱温听信高季兴所言，咬紧牙关，继续率军包围凤翔。

汴州军每日白天攻城，夜晚鼓角齐鸣。凤翔城中，地动房摇，人人惶恐不已。

高季兴向朱温献策，招募死士，诱骗李茂贞出凤翔城。朱温答应，派勇士马景装成逃亡者进入凤翔城，欺骗李茂贞："汴州军已逃，独留一些伤病军士守营，亦将离开，请大王速击他们。"李茂贞中计，率领精锐开城门偷袭城外汴州军营，结果被朱温击败。李茂贞急急回返凤翔城，又被五百汴州军骑兵阻隔于城门下。岐军进退失序，自相践踏，死伤无数。侥幸逃回城后，李茂贞杀掉马景泄愤。

凤翔城外，获胜的朱温大喜，提拔高季兴为宋州刺史。

凤翔城中，气急败坏的李茂贞迁怒大宦官韩全海，韩全海笑笑说："皇上在我们手中，怕什么呢？"韩全海矫诏四方藩镇，令他们出师讨伐朱温。

韩全海的矫诏到了扬州。淮南节度使杨行密不为所动。

杨行密忙什么？正在与两浙观察使钱镠交战。这些年，杨行密分派田頵等人四出攻掠，淮河以南、长江以东的各州都被攻下，钱镠辖下的苏州也被杨行密夺去。苏州是东南重镇，广有钱粮，也是各路军阀眼红的一块肥肉。钱镠自然不会妥协，命明州刺史顾全武率军去夺苏州城。

顾全武知道苏州城高池阔，强攻必然伤亡惨重，就围城迫降。城中粮绝，淮南守将台濛只得弃城逃跑。顾全武夺取苏州，兵锋指向苏州属县昆山。

昆山城是淮南的要隘，杨行密派出"打虎将"秦裴率兵三千防守。

秦裴，庐州人，骁勇善战，跟随杨行密转战江淮。秦裴非常喜欢鹰隼，常常说："这个世上，除了天上黄鹰、地上黄金，其余都不值一提。"秦裴目睹兵荒马乱、生灵涂炭后，突然大悟，喃喃说："人死了，尸体会被黄鹰吃掉，黄金也会被他人所有，我的两大追求有何意义呢？"秦裴观念变化，觉得人死了能够流传下去的就是人的崇高情操。秦裴担任扬子县令时，亲手猎杀一只在县城出没的老虎，有了"打虎将"美誉。杨行密为此褒赏秦裴，秦裴谦逊说："都是大家一起努力，才杀死这只老虎的，不是我一个人的功劳。"杨行密叹道："勇猛而又能够谦逊，他日必享富贵。"

顾全武亲率领一万两浙军猛攻昆山，但却久攻不下。秦裴迎战顾全武，让病弱者披甲执矛，强壮者使用弓弩，互相配合，交替进攻，每每杀退顾全武。时间一久，秦裴的兵力越来越少，城池陷落在即。顾全武爱惜秦裴的勇武，派人入城劝降。

秦裴送回一个匣子，顾全武以为是降书，打开一看，竟是一卷佛经。"顾和尚"顿时面红耳赤，这不是当着和尚骂秃驴吗！想着自己在寺中做和尚的旧事，顾全武勃然大怒，引水灌城，冲塌了昆山的城墙。秦裴无力再战，只得投降。

两浙观察使钱镠亲抵昆山城前受降，备下千人食物犒劳降兵。等秦裴出来，却发现守兵已不足百人。钱镠怒道："你到了这种地步，怎么还敢顽抗？"

秦裴答道："我秦裴不敢有负杨公，今日只是力竭而降，内心并不想归降。"

顾全武很深感动，不计前嫌，力劝钱镠宽恕秦裴，时人都赞顾全武为长者。

钱镠对秦裴说："你有藩侯之相，他日必回归你的主公杨行密，但现在需将你带回杭州。"

扬州城中的杨行密正在思量如何与钱镠交战，突然接到消息："钱镠为盗所杀。"杨行密信以为真，命舒州刺史李神福率领淮南军攻打杭州。

钱镠其实活得好好的，为盗所杀实是谣言。钱镠命武勇都指挥使顾全武在临安郊外排下八座营寨，与淮南军对峙。李神福假装夜晚撤军，命老弱残兵先行，暗中却命吕师造率领精兵在青山设伏。顾全武率兵追击，遭到李神福、吕师造前后夹击，两浙军大败，顾全武被俘。李神福乘胜直攻临安，无奈城池坚固，李神福撤军退走。

顾全武被带回扬州。他生性机警，颇有才略，与杨行密相见，相谈甚欢。顾全武说："淮南军与两浙军是南方两只劲旅，如果两虎相斗，必被北方的恶狼趁危而入。《战国策》中说，'鹬蚌相争，渔翁得利'，大概就是说的淮南军与两浙军相争这件事吧。"

杨行密深以为是，询问顾全武如何破局。顾全武说："大帅如果放我回去，我定会做两地友谊的使者。"杨行密好酒好菜招待顾全武。顾全武当年的慈悲心肠有了福报，杨行密和钱镠决定换俘休战。902 年初，杨行密用顾全武换回了秦裴。

902 年三月，韩全诲的第二份求救矫诏又到了扬州。

来到扬州的这份诏书，分量太重了。唐朝廷封淮南节度使杨行密为吴王、东面诸道行营都统、中书令。诏书同时命杨行密即日起兵勤王。

韩全诲心里清楚，南方能与朱温较量的最大藩镇节度使就是杨行密，不用重赏是不会引诱猛龙出海的。汴州军虽然强悍，但杨行密的淮南军也不差。

杨行密接受了诏书，召见众将说道："我杨行密本是穷苦人家，幼时丧父，依赖神灵，与各位兄弟一起打拼，占据了淮南。如今，皇上封我为吴王，实是出乎我的意料。在我与兄弟们最困难的时候，想到的是只要能活命，只要能有口饭吃就行了，想不到我杨行密也有称王的一天！"

众将纷纷祝贺。杨行密慢悠悠说："汴州的朱温野心勃勃，却被几只猛虎缠住。北方的李克用、李茂贞算得上是头猛虎，但他们有的被打掉牙齿，有的被打断脊梁。我杨行密是头东南虎，如今皇帝下诏，请我们勤王，我们淮南军还等什么？"

杨行密下令淮南军攻击朱温辖下的河南道宿州，牵制汴州军。

宿州刺史是袁象先，宋州人，朱温外甥，生性宽厚。少年时，袁象先射一水鸟不中，箭落水中，下贯双鲤，见者惊奇。

袁象先见淮南兵大至，心中不安。他登上城楼，也没想出办法，郁闷得睡了过去，却梦见一人，自称是修城的原宿州刺史陈璠——

陈璠向袁象先说："我当年帮助时溥夺得徐州感化军节度使旌节，不料时溥将我杀死。我因此阴魂不散，一直在宿州。我的旧第犹在，今为军舍。你只要为我立庙，我就帮你守城。"

第二日，淮南兵急攻宿州城，梯冲角进，州城几陷。忽然间，风雨大作，城楼上好像突然多了无数守兵，淮南军退去。袁象先方信鬼神之助，给陈璠立祠，从此陈璠成了宿州的城隍爷。

杨行密又下令淮南军攻击朱温辖下的河南道光州，牵制汴州军。

朱温接报，命鄂岳观察使杜洪出兵相救。

杜洪，鄂州人，伶人出身，早年以演戏为生。黄巢军攻入江南，鄂州组建土团军，杜洪加入，因功被授为列校。后来杜洪占据了岳州，自称岳州刺史。再后来占据鄂州，自称鄂岳观察使。乱世之中，杜洪投靠朱温，依为靠山。

　　杜洪也采取围魏救赵之计，袭击杨行密辖下的安州。

　　杨行密以李神福为鄂岳招讨使，率淮南军一万，讨伐杜洪，兵围鄂州。杜洪据城固守，向朱温求救。朱温调集五万汴州军，前去营救，却被杨行密击败。杜洪求助湖南观察使马殷，马殷不答。杜洪计穷，复求救于朱温。朱温又遣宣武军都虞侯曹延祚率兵一万救援杜洪。一时间，鄂州交战双方成胶着状态，互不能取胜。

　　朱温又派荆南节度使成汭攻打杨行密。成汭畏惧朱温的强盛，又垂涎江淮之地，便动员境内财力，建造巨船，起名"和州载"，又打造了"齐山""截海""劈浪"等战船二百艘。成汭率领二万之众，以救援杜洪为名，俟机夺取淮南土地。

　　荆南掌书记李珽劝告成汭："现在每船载军士一百人，稻米又多了一倍，一旦有变，不能轻易移动。淮南兵敏捷轻快，难与角逐。这些年来，我们不断扩张地盘，与朗州刺史雷彦威、湖南观察使马殷成为死敌。他们都对我们虎视眈眈，我们怎么能没有后顾之忧呢？我们不如派遣兵马驻守巴陵，与敌军隔岸相对，坚守壁垒不出战，不过一个来月，淮南兵食尽就会自己退走，鄂州就解围了。"

　　成汭自恃兵强，刚愎自用，听不进去。

　　成汭率军浩浩荡荡东下鄂州，还没到达，马殷就派衙将许德勋率水师一万人，雷彦威派列校欧阳思率水师三千人，在荆江口会合，乘虚突袭江陵，很快攻克，尽掠人口和货财而去。

　　成汭手下将士听说家破财空，军心涣散，立刻没了斗志。成汭仍然企图夺取淮南的地盘，挽回损失，但他碰到的是吴王杨行密手下第一名将李神福。李神福断定成汭战船虽多，但彼此不相连续，容易制伏，所以决定速战速决。李神福率领精兵在洞庭湖的君山迎击，趁风纵火。昆山降将秦裴知耻后勇，勇猛向前，把成汭打得大败，尽焚成汭的船只。荆南将士争相逃散，成汭走投无路，跳湖自杀。秦裴从另一个和尚成汭处找回了尊严。

　　如同秦裴的感悟，"人死了，黄金会被他人夺走。"成汭苦心经营的荆南地盘灰飞烟灭，江陵被雷彦威占领，夔州、施州、忠州、万州被西川节度使王建夺走。有术士说，成汭取名为"汭"，也就是"水内"，预言他将溺死水中。他的巨船叫"和州载"，结果整个一州都被强邻满载而归。成汭生性凶悍，晚年听信谗言，认为诸子不孝，全都亲手杀死，因此成汭死后绝嗣。

朗州刺史雷彦威虽然袭取江陵，也未守住。山南东道节度使赵匡凝遣其弟赵匡明率兵驱逐了雷彦威。朱温任命赵匡凝为荆襄节度使，以赵匡明为荆南留后。

晋王李克用遣使借道赵匡凝辖区，想接回投奔淮南节度使杨行密的李承嗣、史俨，结果这些李克用使者被汴州军截获，交代出了李克用与赵匡凝的秘密。朱温大怒，命后院马军都头氏叔琮、宿州刺史康怀英率军攻击赵匡凝。氏叔琮攻克泌州、随州，康怀英占领了邓州。赵匡凝大惧，献钱献粮，朱温这才罢手。

打江山易，守江山难。杨行密受封吴王后，自家后院起火。

杨行密辖下金陵刺史冯弘铎，自恃麾下兵多将广，准备袭取杨行密辖下的宣州。宣歙观察使田頵早有准备，亲率府师迎战，在葛山大败冯弘铎，乘胜夺取了金陵。

冯弘铎收拾残兵，欲沿江入海。杨行密亲自到东塘，派长子杨渥告诉冯弘铎："何苦跑到海岛上去呢？淮南节度使的府邸虽小，还可以容纳你。"冯弘铎感动哭泣。杨行密带领十余骑，奔到冯弘铎的军中，以其为节度副使，以李神福为金陵刺史。

田頵前往扬州，谒见杨行密。聊了几句闲话后，田頵向杨行密请求："宣歙观察使本来应该领宣州、歙州、池州三个州，而在下身为宣歙观察使，仅仅辖宣州一个州。在下和大王您同乡好友，兄弟相称。大王您做了吴王，我又刚刚替您平定了金陵。大王您能否看在我们这些昔日交情和今日功劳上，将歙州、池州纳入我辖下呢？"

"这是抢地盘呢！"杨行密心中暗语。他表面平静，笑笑说："现今是多事之秋，等以后再议吧。"

田頵怨恨杨行密能共患难而不能同富贵，心中有了造反念头。

扬州城中，众官多向田頵索贿，连狱吏也有所求。田頵疑邻偷斧，愤怒说："我出生入死，哪有什么钱财？想不到狱吏也索取，难道他知道我要下狱吗？"田頵紧急离开扬州，指着扬州城门说："我田頵再也不到这里来了。"

2

902 年四月，大宦官韩全诲的求救矫诏也到了杭州。

这份诏书，如同发往扬州的诏书一样分量极重：唐朝廷进封两浙观察使钱镠为越王。钱镠极为高兴，免不了又要衣锦还乡。等还乡后，再考虑是否北上救驾。不料，这时两浙发生了兵变。

武勇都自组建以来，屡立战功。自顾全武被俘后，徐绾任武勇都右指挥使，许再思任武勇都左指挥使。徐绾、许再思二人常常慨叹命运不公，闻听钱镠回到临安，便趁机起兵叛乱，焚烧房屋城郭，劫掠百姓，攻打杭州。

钱镠也是个不怕死的角色，偷偷潜入杭州，派众将分守各处城门。直到此时，钱镠才慨叹行军司马杜稜的先见之明。

钱镠命顾全武前往越州防备，阻断叛军占据越州。顾全武说："越州不足为虑，可虑者只有淮南杨行密，要是徐绾、许再思叛军平息不了，他们就会向淮南求援，杨行密必会趁机而至，这才是大王的心腹大患啊！然而杨行密也是个大丈夫，我们不如向他示好，权衡利弊之下，他必定会与我们友善的！"

"你说得对啊！"钱镠非常赞同。

顾全武又说道："如果只派一名普通人出使，诚意不足，事情就不会顺利，请大王从诸公子中选一贤者一同前往！"

钱镠说道："我早想为儿子元璙娶杨氏之女。"

钱镠第六子钱元璙跟随顾全武前往扬州，向吴王杨行密求婚。

徐绾屯兵灵隐山，果然向淮南藩镇辖下的宣歙观察使田頵求救。

田頵早有脱离杨行密之意，902 年九月，田頵领兵入浙，与徐绾等叛军一同围攻杭州。田頵命人通报钱镠："越王还是退到越州，把杭州让出来吧。"

钱镠答复："徐绾、许再思叛乱，无法无天。田公身为一方节帅，怎么反助逆贼呢？"

田頵不再回话，进抵杭州北门，趁夜发起了攻城。

钱镠早有准备，杭州城中矢石如雨，打退了田頵的进攻，迫使其拔营后撤。田頵又修筑营垒，切断杭州与城外的道路交通，还打算绕道西陵，南北火攻杭州，这都被钱镠挫败。

从杭州前往扬州，要经过润州。润州刺史安仁义和田頵性情相投，既为搭档也是密友，相互欣赏，共同作战，时称"江淮双壁"。顾全武带着钱元璙，经过润州，即被安仁义扣留。历经一番波折，二人才抵达扬州。顾全武游说杨行密："田頵若得杭州，必为大王心腹之患。大王若召回田頵，越王愿以儿子钱元璙为质，与大王您联姻。"杨行密高兴答应，将二女儿嫁给钱元璙。

以前，钱镠与杨行密屡动干戈，互相视为仇敌。杨行密让人用大索做成穿钱的绳子，称之为"穿钱眼"。钱镠也不甘示弱，每年都让人用大斧砍杨树，称之为"砍杨头"。直到钱杨联姻，穿眼砍头之举才被停止。

杨行密派人往召田頵："你若不回来，我便让人替你守宣州。"

田頵只得撤军。撤军前，田頵要狠狠捞一笔。他向钱镠索要了二百万贯犒军钱，并提出将钱镠的一个儿子留为人质。钱镠把儿子们都叫来，郑重问他们："谁能为我去宣州做人质？"儿子们默不作声。第七子钱元瓘年仅十六岁，上前施礼说："儿子听从父王吩咐。"田頵就带着钱元瓘以及徐绾、许再思退回宣州。

田頵对杨行密大为怨恨，致信杨行密："诸侯镇守一方，理应侍奉天子。假如百川不朝大海，即使狂奔泛滥，最终也会干涸。扬州是东南重镇，钱帛金玉堆积如山。您若能朝贡天子，我必紧随其后。"

杨行密答复："天子被朱温控制，我又岂能资敌？"

田頵的致信，并非真劝杨行密效忠唐朝廷，而是提醒杨行密："我田頵为你打江山，你为何如此待我呢？"田頵决定与杨行密决裂，在宣州大肆募兵。

李神福不断向杨行密进言，说田頵必反，劝他早日除掉田頵。杨行密叹口气说："田頵有大功，且反状未露，我若杀掉他，淮南众将必将人人自危。"

田頵与麾下都虞侯康儒，意见常有不合，杨行密故意任命康儒为庐州刺史，以此离间二人。田頵中计，以为康儒背叛自己，诛杀了康儒满门。康儒临死，长叹道："田頵杀了我，他也快败亡了。"

3

东南风雨交加，西北阴云密布。

扬州西北两千六百里，是凤翔府，它已被汴州军久久围困。

岐王、凤翔节度使李茂贞快要坚守不住了，遣使到成都，请王建出兵援助自己。

占据西川、东川两地的王建，被唐昭宗封为了西平王。

王建派人劝说李茂贞："凤翔府地形险要，城防坚固。在凤翔设置节度使以来，凤翔府从未被外敌攻克过。岐王一定要坚守城池，两川很快会出兵救援。"

王建不想援助李茂贞，去得罪朱温，他想趁机取利，于是虚晃一枪，名为援助李茂贞，实则攻打李茂贞辖下的山南西道藩镇。

王建义子王宗涤、王宗佶领兵五万北上，先取利州，再攻山南西道藩镇治所兴元府。山南西道节度使李继密是李茂贞义子，率兵迎敌，却被西川军击溃。王宗涤直抵兴元城下，一举破城。李继密投降，王宗涤、王宗佶得降卒三万人、战马五千匹。王建至此尽得三川。

唐朝廷任命王宗涤为山南西道节度使。

王建还是许州忠武军军士时，掠得王宗佶，收为义子。王宗佶嫉妒王宗涤功高，向王建构陷王宗涤，王建于是猜忌王宗涤。

王建在成都新修城楼，城门漆成红色。成都百姓称之为"画红楼"。王建因"画红"二字与王宗涤的本名"华洪"同音，对王宗涤更是猜疑。

902年八月，王建将王宗涤召回成都，欲向其问罪。

王宗涤愤然说："如今三川已定，大王可以信谗言而杀功臣了。"

王建斥责："此前，已有人举报你不轨，我念及你的功劳，一直隐忍。你现在还如此放肆，我又岂能容你？"

王宗涤径自起身离去。王建大怒，命人监视王宗涤回营，次日便削除其全部官爵，流放松州。王宗涤出发当夜，王建亲信唐道袭将其灌醉，缢死于城外。两川军士闻听，皆相对而哭。成都百姓也为之罢市，涕泣如丧亲戚，时人皆称其冤枉。

蜀地归于平静，两川北面的岐王、凤翔节度使李茂贞急得像热锅上的蚂蚁。

902年十一月，李茂贞堂弟、鄜州节度使李茂勋前来救援李茂贞，屯兵凤翔城北。鄜州军和凤翔守军烽火相应。对付李茂勋，对朱温来说再简单不过了。朱温一面调集汴州军抵挡李茂勋，一面派孔勍、李晖两位军校偷偷率兵袭击鄜州节度使辖地鄜州、坊州。

汴州军冒着鹅毛大雪疾进，先克坊州，然后连夜奔袭鄜州。天刚刚亮，鄜州城内毫无防备，孔勍、李晖突然发动攻击，汹涌入城。鄜州城中尚有守军八千，奋起抵抗。战至中午，鄜州兵纷纷投降，全城陷落，李茂勋之子李继璙也被汴州军擒获。

孔勍、李晖善待投降鄜州将士，保护城中的李茂勋家眷。见老巢被拿下，李茂勋顿时胆寒。他已顾不上城里的李茂贞，率军远逃。李茂勋向朱温请降，改名李周彝，和李茂贞断绝关系。朱温接受他的投降，任命他为汴州宣武军行军司马。

902年的冬天，凤翔地区持续大雪。汴州军长期围困凤翔，已致凤翔城中食尽，柴薪也用完，冻饿死者不可胜数。吃人的现象很普遍了，人肉每斤值百钱。唐昭宗的饮食也出现问题。唐昭宗在行宫中找了个小石磨，每天让宫女磨小麦，以此熬粥，勉强维持。就是小麦，也没有多少了。想起当初朱温送进城的肉脯、粮秣，唐昭宗流泪不止。

凤翔城下，冒着暴风雪的汴州军大骂城墙上的岐军："劫天子贼，你们快要饿死了，抓紧投降吧！"

城墙上，岐军反唇相讥："夺天子贼，你饿我们也就罢了，竟然把皇上逼得快饿死了！"

与城墙上岐军一样，岐王李茂贞心烦不已。苦苦支撑的李茂贞，已经到了山穷水尽的地步。听着一条条烦心的军报，李茂贞掉泪不止，独自酌酒解闷。恰在这时，大宦官韩全诲来到，他拖着娘娘腔说："大王呀，想不到你还有酒喝呀，我这个老奴快要饿死了。"

韩全诲的一句话，把李茂贞气得掀翻桌子。李茂贞大骂道："你这个死奴才，如果不是你把皇上引到凤翔来，我李茂贞不但有大酒大肉，而且还有山南道的美女唱歌跳舞，我的兄弟李茂勋也会继续做鄜州的藩帅。"

903年正月，李茂贞斩杀韩全诲等七十二名宦官。"三使相"中的孙承诲、董从实跟随唐昭宗来到凤翔，也被李茂贞所杀。李茂贞没有了之前的气焰，开始正视目前的颓势，与朱温议和。

李茂贞偷偷致书朱温："祸乱之所以兴起，皆是韩全诲等宦官引发，现已将他们全部处死。兄弟我迎圣驾至此，是防备其他藩镇乘虚作乱。朱兄您既然志在匡扶社稷，那就请扈迎圣驾还宫吧。"

朱温复书李茂贞："愚兄之所以举兵至此，正是想要奉迎皇上。贤弟您如果送皇上出城，正是愚兄所愿。"

李茂贞与朱温达成和解。李茂贞派人把唐昭宗送出凤翔城，"劫天子贼"

终于向"夺天子贼"低头认输。朱温退兵解围。

朱温见到唐昭宗，顿首流涕说："臣举兵围困凤翔，致使皇上陷入困地，这是死罪，请求皇上惩处。"

唐昭宗让翰林学士韩偓扶起朱温，他上前一步，安抚、宣慰朱温："宗庙社稷都是朱卿再造，朕与皇亲国戚都是朱卿再生，何罪之有？"

唐昭宗亲自解开身上的玉带赐给朱温。朱温骑着马，亲自当向导，带领唐昭宗车驾前行。朱温命侄子朱友伦率兵在皇帝左右扈从警卫。朱温焚烧了凤翔城外的营寨、工事，撤军回师。

忐忑不安的李茂贞一直在城楼上观察动静，至此才彻底放心，他不用再防备汴州军的偷袭了。

同平章事崔胤以及孙德昭一起在长安城外迎驾。见到孙德昭，唐昭宗思虑万千，当年的"三使相"，二人已经在凤翔伏诛，只有孙德昭一人独存。世事难料，风云变幻，君臣相对，恍若隔日，唏嘘、感慨、惆怅不已。

唐昭宗终于回到了长安，从此成为朱温的傀儡。凤翔之战，朱温实力得到壮大，李茂贞则元气大伤，再也无力争夺江山。李茂贞虽然失去了逐鹿中原的实力，但仍控制着凤翔藩镇大片疆域，依然是西北霸主。

凤翔之战，推动了唐朝走向灭亡。

崔胤坚持尽杀宦官，他向唐昭宗奏道："流水的太监，铁打的权宦。田令孜、杨复恭、刘季述、韩全海，挟制天子，全都该杀。大宦官如此，小宦官也没几个好东西。"唐昭宗从其议，命军士杀掉宦官七百名，只留下十多个小宦官，伺候皇帝起居。

唐朝廷又下旨，宦官出使在外监军者，由各个藩镇全部诛杀。唐朝的宦官遭到了灭顶之灾，各处藩镇纷纷执行，唯有两大藩镇将监军留了下来。

河东监军张承业，自幼净身入宫。此次各镇悉诛监军，张承业也在被杀之列。河东节度使李克用与张承业相善，将其藏在斛律寺中，另外杀死一名罪囚，应对朝廷诏令，张承业因此得以幸免。

幽州监军张居翰，为人低调，办事认真，与幽州节度使刘仁恭相处融洽。

刘仁恭接到唐朝廷诛杀宦官旨令后，将张居翰藏匿在幽州西北的大安山中，也是杀死一名罪囚上报，张居翰这才躲过了厄运。从此，张居翰在幽州隐姓埋名，住了下来。

宦官终结者唐昭宗、崔胤为唐朝除去一大祸患，可惜大唐沉疴日久，积重难返。唐朝廷面对的，除了叹息、鄙视、失望，还有朱温不怀好意的目光。唐昭宗全都明了，他唯一能做的就是安抚朱温。唐昭宗封朱温为太尉、中书令、诸道兵马元帅，二十个藩镇的节度使，晋爵为梁王，赐"回天再造竭忠守正功臣"头衔。

此时的唐昭宗，全然不是刚刚登基时的雄心勃勃的唐昭宗。他已失去信心，对朱温唯命是从。

朱温一时间从一个地方军阀，成为操控中央的权臣。一个乡里无赖、黄巢降将，经过二十年的苦心征战，走到了七百年前汉末曹操所能达到的位置。

朱温高高兴兴东归汴州，留下朱友伦为宿卫军都指挥使，率领二万汴州军宿卫长安。

4

汴州东北一千里是青州。

王师范担任青州平卢军节度使已经十几年。他喜欢儒学，聚书万卷，为政有威严又仁爱，素以忠义自许。王师范的舅舅喝醉了，将一位张氏女子杀死。张氏父亲张翁告状，王师范反复安慰张翁，希望多给他钱，来摆平这事。张翁说："死者是我的亲生骨肉，我怎能让她这样冤死呢？希望大帅明断。"王师范坚定回答："如果您死心要按法度办，我怎敢不遵守？"王师范就把他的舅舅处死。王师范母亲柴氏非常生气，三年不见他。尽管如此，王师范每天都到他母亲卧房，在室外向她下拜。

前同平章事张濬与梁王朱温翻脸，写信给王师范，说唐昭宗成为朱温的傀儡，期望青州平卢军藩镇起事，讨伐朱温。

王师范闻听，气愤说："我辈为天子藩篱，现今皇上有难，我们还不奋力勤王吗？我王师范不惜成败，即刻就去讨伐朱温！"

王师范明白汴州军势大，要用奇计才能取胜。王师范派遣都虞侯张居厚用壮士二百为轿夫，伏兵轿中，以献宝为名，向西去劫杀朱温。走到半路，汴州军列校娄敬思将一行人拦住。娄敬思怀疑有诈，打开轿门察看，发现了破绽。张居厚只得击杀娄敬思，无功而返。

王师范又遣青州平卢军各部乘虚袭取汴州军后方州县，约定同一天各自发兵。其他各部均未得逞，只有行军司马刘鄩顺利。刘鄩悄悄逼近兖州城，侦察到外城有一水洞可以进城，就半夜率军从水洞进入，一个晚上就平定了兖州城。兖州泰宁军节度使葛从周领兵在外，家属全在兖州城中。刘鄩友善安抚葛从周的家属，供给衣食，恭敬有礼。刘鄩还上堂拜见葛从周的母亲。

葛从周进攻兖州城，刘鄩用轿子抬着葛从周的母亲登上城墙。

葛母告诉葛从周："儿呀，刘将军待老妇非常周到，跟自己儿子没有两样。从儿媳以下，都不失身份地位。刘将军与你各为自己的主人卖命，你要体谅他。"

葛从周哀叹抽泣而退。

刘鄩将城中老弱病残以及妇女，全部放出城外，自己与将士们同甘共苦，抵抗葛从周大军。葛从周围城日久，刘鄩没有外援，军心逐渐松动。兖州节度副使王彦温翻越城墙逃跑，一些守城军士也跟着逃亡。刘鄩派人告诉王彦温："请副使少带人马出城，不是平素管辖的部众请不要带走。"刘鄩又对部众扬言："平素跟随节度副使的人要走都不禁止，其他擅自逃走的就要杀了他的全家。"众人听到都感到疑惑，想要逃亡的人都停了下来。城外葛从周大军听到，开始怀疑王彦温有诈，就把他杀死在城下，兖州城池更加稳固了。

朱温侄儿朱友宁率领五万汴州军，讨伐王师范。朱友宁初战获胜，夺马千匹，斩首三千级。青州平卢军不是汴州军的对手，王师范便向吴王杨行密求援。杨行密派马步军都指挥使王茂章率领七千淮南兵，北上支援王师范。

王茂章，庐州人，生性质朴，每次作战皆身先士卒，骁勇刚悍。

青州西有个石楼，王师范以麾下的登州、莱州兵分驻石楼两个营寨，防御汴州军。朱友宁气势很盛，趁夜猛攻登州寨。王茂章一直按兵不动，任由汴州军攻破。汴州军又转攻莱州寨，王师范请王茂章出战，王茂章仍然拒绝，继续按兵不动。等到天明，连续攻打多日的汴州军人困马乏，王茂章便和王师范突然反攻，将汴州军打退。朱友宁从险峻的山路上骑马奔跑，不小心从坐骑上摔下来，被青州平卢军斩杀。王茂章、王师范乘胜反攻，一直追杀至米河，俘斩汴州军二万人。

梁王朱温几乎打败天下无敌手，连彪悍的李克用、李茂贞都不是对手。这次出兵青州，本是十拿九稳的事情，想不到却遭此大败，而且死的是朱友宁。朱温大怒，903年七月，亲率十万大军，于青州城下大败王师范。王茂章装作畏敌怯战，一直闭营不出，待到汴州军士气松懈之时又是突然发动袭击。王茂章亲自上阵，驱驰冲杀，待到疲惫时退出战阵，安坐饮酒，继而上马再战。朱温在高处观战，不由大为赞赏："我若能得此人为将，何愁天下不定。"朱温向青州平卢军降卒打探，才知王茂章之名。

朱温辖下曹州刺史杨师厚统军攻打淮南军。

杨师厚，颍州人，敏捷干练，勇猛善射，原为李罕之部将，后来归顺朱温。

杨师厚麾下，有一支银枪效节都。这银枪效节都统一使用长枪，军士皆是军中骁勇，给赏优厚。杨师厚迎头冲杀，击败王茂章。

王茂章自知众寡悬殊，战败不可避免，便趁汴州军暂退，连夜率军退走，撤向淮南。杨师厚率部追击，在辅唐追上。王茂章与部将李虔裕率五百骑兵断后，李虔裕再三请求，王茂章才率主力先行离去。李虔裕力战而死，王茂章得以全军撤回淮南。

杨师厚转而进攻王师范，他虚晃一招，扬言要南取密州，故意将辎重留在后方临朐。王师范以为有机可乘，前去抢夺辎重。哪知这一去正中了杨师厚下怀，汴州军伏兵四起，王师范偷鸡不成反蚀把米，军士被杀万余人。青州平卢军辖下五千莱州兵救援青州，亦被杨师厚全歼。杨师厚屡败青州平卢军，进逼青州城下。

再说兖州城，葛从周用祸福道理晓谕刘鄩，劝他投降。刘鄩回话："如果节度使王师范归顺投降，我就把兖州城池献还。"王师范真的打算投降了，王师范虽然屡败，但仍有部众五万，朱温许其投降，命将王师范全家迁居洛阳，许其为河阳三城节度使。

李振前去接管青州，王师范将节度使旌节以及账簿交给李振。王师范怀疑朱温将他调到洛阳加害于他，哭着向李振请求饶恕。

李振推心置腹说："王公难道不知道三国时期张绣的事吗？汉末张绣屡次和曹操作对，曹操都没有加害于他。等到袁绍派使者来召他去，贾诩就劝他：'袁家父子之间都互不相容，又怎么能善待天下的英才？曹操现在挟天子以令诸侯，志向极大，又不以私怨与人为敌，你不应该怀疑他。'我今儿说起这个典故，是要告诉王公：你也不应该怀疑梁王呀，他怎么会因私怨而加害您这样的忠贤之人呢？"

王师范信以为真，第二天就带领全家人迁走了。

青州平卢军藩镇并入朱温辖下。

王师范到了汴州，拜见朱温，请求赦免刘鄩的罪过。王师范又派人告诉刘鄩，刘鄩这才打开兖州城门，听从发落。葛从周感恩刘鄩，备办行装衣服车马，送刘鄩前往汴州。刘鄩说："我还没有听到梁王赦免我的命令，现在乘肥马、穿皮衣，我不敢听从。"刘鄩穿着平常衣服，坐着驴子出发。

到了汴州，朱温给他冠服衣带，刘鄩说："我是被关押起来的囚犯，犯有罪行，请将我捆起。"朱温嘉奖刘鄩的节操风骨，慰问安抚多时，又与刘鄩饮酒。刘鄩告诉朱温自己酒量很小，朱温哈哈大笑说："你当初连兖州都吃了，现在跟我说你没酒量？"朱温旋即授予他都押衙一职。

刘鄩以一羁押降将身份，骤然居于朱温旧人之上，刘鄩身感不安，等到与各将领相见时，刘鄩对他们都行朝廷揖拜之礼。朱温更加欣赏，更加器重他。

宋州刺史高季兴随同汴州军扫荡青州，得胜后，高季兴迁任颍州防御使。

高季兴素身前往颍州，到达一处客栈时，天还没有亮。一位老妇人拿着蜡烛在门口迎接，对他十分恭敬。高季兴非常奇怪。

老妇人说："我刚才梦到有人敲门，对老妇说：'赶快起来，有裂土封王的人来了。'老妇起来洗刷完毕，刚刚开门，你就来了。这不就说明你是那个裂土封王的人吗？"

高季兴心中大喜，自言自语："要不是因为这个乱世，家奴永远是家奴。如果老妇人的梦能够成真，那么我高季兴就要感谢这个乱世成全我啦！"

5

王茂章率领淮南军北上，宣歙观察使田頵以为时机来了。

田頵向部下说："我夺取了金陵，吴王杨行密把金陵送给了李神福；我打败了反叛的冯弘铎，吴王让冯弘铎做了节度副使。我本是与吴王一同起事的人，但吴王对不住我。今天，我田頵反了，做个真实的田頵，与吴王平起平坐。"

田頵派遣从事杜荀鹤前往开封联络梁王朱温。

杜荀鹤出身寒微，早年科举落第。黄巢起义后，杜荀鹤归隐田园，"一入烟萝十五年"，过着"文章甘世薄，耕种喜山肥"的生活。杜荀鹤到了中年始中进士，田頵在宣州用他为从事。

"江湖苦吟士，天地最穷人。"杜荀鹤一生以诗为业，拜见朱温也是以诗为进门礼。"同是乾坤事不同，雨丝飞洒日轮中。若教阴朗都相似，争表梁王造化功。"这句奉承诗，大获朱温欢心。无奈，天不佑田頵，更不佑杜荀鹤，杜荀鹤还未传达田頵意图，竟然得了急病，躺在床上不能动弹。

杜荀鹤才华横溢，但仕途坎坷，终未酬志。杜荀鹤曾写《小松》诗一首——

自小刺头生草丛，而今渐觉出蓬蒿。

时人不识凌云木，直待凌云始道高。

903 年八月，田頵不再等待杜荀鹤消息，他联合润州刺史安仁义共同起事。杨行密克定江淮后，决定休养生息、保境安民，而田頵、安仁义却热衷于攻城略地，猛悍难制，因此常遭杨行密的压制。田頵和安仁义性情相投，时称"江淮双璧"，二人共同谋叛，似乎合情合理，但还有一人，也打算共同谋反，这人身份特殊。

他是寿州刺史朱延寿，庐州人，杨行密夫人朱氏之弟。朱延寿以好杀著称，扬州一带多有盗匪，杨行密想示以宽仁，每次抓到盗匪都会释放，还允许盗匪带走所窃财物。杨行密告诫放走的盗匪："千万不要让朱延寿知晓。"等盗匪叩头离开后，杨行密又告知朱延寿，让他将这些盗匪全部捕杀。朱延寿执法严厉，在战场上经常以寡斗众，如若不胜，就将败还者全部处死。

朱延寿虽是至亲，但常遭杨行密的利用和轻慢，因此对杨行密非常不满。朱延寿致信田頵："田公有所欲为，延寿愿为田公执鞭。"朱延寿信使前往宣州，在半路上被杨行密部将尚公乃截杀，信札呈给了杨行密。

杨行密看到了朱延寿给田頵的密信，内心中五味杂陈。杨行密细细思考自己的家庭：夫人朱氏不育；妾史氏，生子杨渥、杨隆演；妾王氏，生子杨濛、杨溥。杨行密心中自语："朱延寿毕竟是自己的妻弟呀！穷困潦倒之时，与朱延寿、田頵、李神福一帮人东征西讨，打下了淮南这片江山。田頵想反叛还能理解，朱延寿想反叛却是始料未及。朱延寿是立过大功的，在与孙儒的拉锯战中，多亏朱延寿这帮人的支持，最终才挺了过来，熬到了最后的胜利。"

杨行密辗转难眠，半夜里召见幕僚严可求。

严可求，同州人，随父在扬州安家定居。严可求机敏过人，很有心计，杨行密很器重他，常常说："你有胆有识，并且品行端正，我百年之后，请照顾一下我的子孙。"

俗话说，旁观者清。严可求对杨行密、朱延寿之间的关系早就看得清清楚楚。严可求给杨行密出了一条计策。送走严可求，杨行密酣然睡去。

第二天起床，杨行密竟然失明了！

"夫人！夫人！我看不清东西了！"

朱氏紧急走来，看到杨行密的眼角满是眼屎，走路摇摇晃晃，头被磕得青红一片。"怎么了？"朱氏上前搀扶，杨行密痛哭喊叫："我杨行密没有当王的福分呀！一朝当上吴王，老天爷竟让我眼瞎了！"叱咤江南的枭雄，沦落到瞎眼模样，让陪其征伐天下的众将吏黯然神伤。

过了几天，杨行密摸索着去大殿，竟然碰到柱子倒地。朱氏扶起他，杨行密哭着说："我瞎了眼，看来要不久离开人世了！淮南一切都依靠夫人您和弟弟延寿了。"

从这后，杨行密行走，都要侍女引导。朱氏前来看望，杨行密都不知晓，只听到脚步声，还以为是侍女进来了，大喊道："我的银杯哪去了？"

朱氏看到，杨行密喝水的银杯就在他的旁边。

一个月后，杨行密摸索着来到了朱氏寝室。朱氏惊吓不已，因为她正与侍卫交欢。杨行密真的看不见，神态平静，嘴里喊着："夫人在吗？"朱氏一声不吭，一颗心放了下来。她真认为杨行密失明了。光着身子的侍卫吓得浑身发抖。没见有人说话，杨行密摸索着离开了。

"大王刚才找妾了？"

"是呀！"

"我昨晚做了一个梦，梦见一个老人，自称是我爹。哎呀！我幼时丧父，都不知道父亲什么模样。"

"老人说什么了？"

"这个自称我爹的人，说我即将与他在一起了。"杨行密说完，掉了眼泪，哆哆嗦嗦说："我患病日益严重了，看来真的要离开夫人了。这么多年，委屈你了。"

朱氏潸然泪下。杨行密顿了顿说："唉！北面的朱温对淮南虎视眈眈，我的几个儿子都不足以成大事，我死了后，怕是淮南保不住。延寿如果能代我主持军政，我无忧矣。"

主持军政，就是掌控淮南。杨行密平时对朱延寿不搭理，这个时候怎么会想起妻弟呢？朱氏如果聪明，她就应该当场否定，但她信以为真。朱氏安慰一番杨行密后，派人快马通知寿州的朱延寿。

杨行密失明之事，朱延寿已经听说了。今接到亲姐的来信，朱延寿完全失去警惕。天上掉下大馅饼，已将朱延寿砸得晕乎乎的。朱延寿带着一小队亲兵，星夜赶往扬州。

吴王府中，朱延寿行下拜礼。此刻的杨行密不再眼瞎了。杨行密一声令下，伏兵将朱延寿乱刃分尸。朱延寿临死那一刻，才知道杨行密并未眼瞎，一代悍将就这样被轻易捕杀。人生如戏，全靠演技。杨行密不费一兵一卒，便除掉心腹大患，手段实在是高。

杨行密坐正了身躯，淡然地布置善后。朱延寿带来的亲兵纷纷投降。

杨行密又派人赶往寿州，诛杀朱延寿的家眷。

朱延寿之妻王氏，在朱延寿前去扬州时，就叮嘱他："如果真能得到军政大权，那就是我们朱家之福，但是吉凶难料。如果事情顺利，夫君就派亲信飞马告知咱家，免得挂念。"

王氏日夜担心，没见到传递吉讯的信使，却闻听丈夫已死、捕骑将至。王氏顿首上告："妾发誓，不以贞洁之躯，为仇者所辱。"王氏命家仆点起大火，烧掉府院，一家百口投火而死。

后人杨维桢作诗《朱延寿妻》，感叹王氏所为——

> 夜闻目眚子，肺腑变仇雠。
>
> 英英朱氏妇，烈气横斗牛。
>
> 百口同日死，一燎焚高楼。
>
> 伯姬录尔卒，谁执唐春秋。

扬州后宫中的朱氏，如同遭了雷击，面容憔悴，呆若木鸡。朱氏喃喃自语："我该死，是我背叛了自己的夫君，也害死了自己弟弟一家。"又一次出乎朱氏意料，杨行密没有杀死朱氏，只是派人将朱氏逐出，让朱氏自行改嫁。其实，杨行密是个心胸宽广之人。正因为此，杨行密身边才聚集起了一批猛将，依靠这批猛将，从虎口中夺下淮南大片江山。朱氏之弟虽然反叛，朱氏虽然在杨行密面前做出不该做的事，但杨行密一笑置之。杨行密的底线是性命和江山，只要不触及这个底线，杨行密就不会轻易举起屠刀。

杨行密召见众将。他在大堂中走了一圈，淡淡说："我前几天失明，是因为朱延寿反叛。如今逆贼已死，我又见到了光明。"

大堂内，鸦雀无声。众将屏住呼吸，细听如此韬光养晦、如此智勇双全的吴王杨行密的训话："田頵反了，安仁义反了，难道我杨行密是亏待兄弟的人吗？"杨行密下令，自鄂州前线调回李神福，让他率军讨伐田頵；

自青州返回的王茂章率军讨伐安仁义。

李神福由鄂州顺江而下，直攻宣州。

此时，田頵已袭破金陵，俘获了李神福的妻妾、子女，企图以此胁迫李神福从乱。李神福不为所动，郑重向部下说道："田頵老母尚在，竟然不管不顾，起兵反叛，三纲且不知，还怎么与田頵交流呢？"李神福斩杀使者，以示不降。麾下众将都为之感奋。

行到吉阳矶，田頵绑着李神福之子李承鼎招降李神福。

李神福呵斥李承鼎："你是你爹生的，你就让你爹杀死你吧。"李神福用箭射杀李承鼎。

李神福大破田頵于葛山，又招降其部将王坛。田頵留军校郭行琮率兵二万守宣州，自率兵来战。李神福说："贼弃城而来，这是天亡田頵。"李神福率军在岸边扎营紧守，另派人请求杨行密出兵，堵住田頵的归路。

杨行密对涟水制置使台濛说："兄弟们曾告诉我，田頵必反。如今，杨行密不忍负田頵，田頵果然负杨行密。我想，能够率军剿平田頵的，非台公莫可。"

台濛，庐州人，是与杨行密、田頵一起举事的兄弟。

台濛听令，率领骑兵二千渡江。李神福伺机袭击，田頵败逃。在黄池，田頵又与台濛对阵。台濛预先设伏，先战佯败，田頵来追，伏击败之。田頵退守宣州。

钱镠第七子钱元璙在宣州为质，娶田頵的女儿为妻。等到田頵叛乱，钱镠配合杨行密攻打田頵。田頵每次战败，都归罪于钱元璙。田頵母亲常常保护钱元璙。田頵出战淮南军，到了城门时说："今日不胜，必杀钱郎。"田頵母亲说了一句："鼠辈死不旋踵了。"

台濛兵围宣州，田頵出战，台濛佯退以示弱，然后回师反攻。台濛向宣州兵大喊道："吴王跟我说，'杨行密不忍负田頵，而田頵果负杨行密。'

183

你们是淮南军的好兄弟，为何要跟从叛逆田頵呢？"宣州将士下马投降。田頵军心顿挫，台濛迅即率兵猛攻，田頵全军崩溃。田頵撤退回城，却在入城时因桥梁断折而坠马，被追兵斩杀。田頵终年四十六岁。

田頵有五百亲兵，号为爪牙都，临阵所向无前。台濛率兵入城后，爪牙都犹自苦战，台濛以田頵首级示之，方才溃散。台濛攻克宣州。

杨行密以李神福为宣歙观察使，李神福以杜洪未平为由，坚持辞让。杨行密便以台濛为宣歙观察使。不久，台濛在宣州任上去世。

杨行密将钱元璙送回杭州。徐绾、许再思也被淮南军俘虏，被杨行密装入槛车，送交钱镠。钱镠将徐绾、许再思二人处死。

与田頵有"江淮双壁"之称的安仁义，盲从了田頵。安仁义发动叛乱，袭击常州。

常州刺史李遇出战，看见安仁义就骂："你这个沙陀牧马人，投降吴王，又背叛吴王。"

李遇这种揭老底骂人，不但没激怒安仁义，却让安仁义打了个冷战。安仁义对部下说："李遇这样辱骂我，肯定是有伏兵。"安仁义率军退却，李遇伏兵果然出击，追到了夹冈。安仁义对部下说："李遇来虚虚实实，我来实实虚虚。"安仁义插旗于地，解开盔甲吃饭，李遇兵马不敢追击。安仁义退守润州城。

润州行营招讨使王茂章与都押衙米志诚，率军围困安仁义。

米志诚，沙陀人，善于骑射，以骁勇闻名天下。

淮南军中，论个人英武，首推朱瑾，他擅长用槊；米志诚第二，擅长射箭。他们都为淮南将士中的佼佼者。不过，安仁义以射箭自负，常常说："米志诚十张弓不如朱瑾一支槊，朱瑾十支槊不如我安仁义一张弓，我才是淮南的第一神射手。"

安仁义确实箭术超绝，箭无虚发，百发百中。淮南军畏惧，不敢接近。

王茂章始终无法破城。吴王杨行密又命右衙指挥使徐温领兵增援。徐温将所率淮南军衣服、旗帜，与王茂章所率淮南军一致。安仁义不知淮南军增兵，再次出城交战。结果被徐温打得大败，被迫退守孤城。杨行密想招降，安仁义犹豫不决。

王茂章趁安仁义懈怠，命米志诚挖地道攻入润州城。

淮南军诸将每次与安仁义交战，都大肆谩骂，唯独军校李德诚静默不言。润州城破时，安仁义坐在城楼上，手持弓箭自守。诸将畏其箭术，皆不敢靠近。安仁义召李德诚登楼，对他道："只有你对我能以礼相待，我送你一个功劳。"他将爱妾徐氏赠给李德诚，然后扔掉弓箭，束手就缚。李德诚由此得到了擒获安仁义的大功。安仁义被送往扬州，杨行密将其处死。

乱世之中，武将多恃军功而反，沙陀名将安仁义也不例外。他盲从于田頵，兵败被杀，确实令人惋惜。安仁义与杨行密，相互信任并无多大过节，但安仁义重情重义，被田頵蒙骗，最终落了个身首异处的下场，第一神射手就这样消失在历史的尘埃之中。

李德诚因擒获安仁义有功，被杨行密任命为润州刺史。

扬州西去三千六百里，是成都。

903 年八月，王建被封为司徒，晋爵蜀王。

蜀地税负繁重，人多不敢言。婺州人、西川节度判官冯涓作《生日歌》——

百姓富，军食足；百姓足，军民欢。

争那生灵饥且寒，吾王有术应不难。

但令一斛徵一斛，自然百姓富于官。

冯涓是借诗歌上言百姓之苦，王建愧谢说："如君忠谏，功业何忧。"

诸将劝蜀王王建趁岐王李茂贞衰落时攻打他的大本营凤翔府，但冯涓意见不同，他上书道："朱温、李克用相争，胜败决出后，肯定向西攻蜀。凤翔藩镇作为蜀地藩篱，不如留着，作为抵挡北方强敌的屏障。我们的上策，是与凤翔藩镇和亲。"王建采纳，将长女嫁给李茂贞的侄子、秦州节度使李继崇。

6

长安城中，狂风肆虐，粗大的槐树竟然被大风掀倒了好几棵。

这是个极端恶劣天气。

唐朝同平章事崔胤坐在凉亭中，用身去感受这狂风。处在斗争漩涡中的崔胤正在思考千里之外的朱温。崔胤除掉了宦官势力，将朝政大权握在自己手中，现在能够让他忌惮的，就是朱温。

梁王朱温能在千里之外遥控朝廷，无非是手中掌握着强大的汴州军。崔胤想与朱温抗衡，那也得手中握有重兵。崔胤便想重建神策军，征得唐昭宗同意，给朱温写了一封长信："凤翔李茂贞近日又复故态，蠢蠢欲动；淮南杨行密也是屡屡燃起战火。长安不可不作守备。现今长安城中，除贤侄所领二万军士之外，神策军编制实无。朝议拟招募壮士，恢复神策军，使国家有根本之固。"

信写好后，怎样交给朱温呢？

朱温幕僚李振就在长安城中，崔胤便将其请至府中饮酒。

两杯酒下肚，崔胤笑嘻嘻说："李公祖上也是累世名臣，我们两家俱为唐室砥柱，我们当共保王室。"李振哈哈一笑，敷衍了事。崔胤将拟好的信给李振看过，然后封好，请李振转交朱温。

李振自从投靠朱温，早已丧失士大夫忠贞之气，只把朱温一个人看作主儿。没有朱温，哪有李振的今天！李振已经将自己绑在了朱温的战车上，不会改弦更张。现在，崔胤拉拢李振，则是烧香引出鬼来。李振密报朱温，劝其将计就计，暗令汴州军将士前去应募，坐实崔胤之谋。朱温听信李振，回函崔胤，赞扬他为国尽心，考虑周全。

崔胤大喜，唐昭宗也是求之不得，立即下诏书，在长安及周边张贴告示，招募神策军士兵。

虽然世人尽知大唐已经夕阳西下，但为了混口饭吃，还是纷纷报名应征。崔胤自兼神策军中尉，请长安尹郑元规予以训练。自唐王朝建立以来，神策军统帅都是宦官担任，现在宦官几乎被杀得干干净净，所以这次由宰相兼任，实现了崔胤的夙愿。

朱温之侄朱友伦为宿卫军都指挥使，驻守长安，不能参与新神策军之事，其属下两万汴州军也未纳入神策军序列。崔胤、郑元规招募新兵在城南操训，与朱友伦商洽营地换防，却被朱友伦一口拒绝。朱温发去密信，令朱友伦不露声色，暗地观察崔胤的举动。

上天不知是支持朱温，还是刺激朱温，一件意料不到的事发生了。

长安城马球游戏盛行不衰。903 年冬天，清思殿前的马球场上，朱友伦以及皇宫内园小儿二百人，陪唐昭宗打马球。天寒地冻，马失前蹄，朱友伦摔落在地，当场身亡。朱友伦是朱温二兄朱存之子，朱存当年和朱温一起投奔了黄巢，然而早死在岭南。朱温对这个侄儿十分宠爱，还有朱存就两个儿子，老大朱友宁刚刚被王师范斩杀，老二朱友伦又出了这个意外，朱温简直要疯了！打个马球，就能把朱友伦给摔死？朱温大怒，派长兄朱全昱之子朱友谅到长安，接替朱友伦之职。朱温随后从汴州起身，率领大军西进长安。

长安这边，并未意识到大灾来临。904 年元宵节，崔胤见新军建制粗备，心中高兴。崔胤进宫，与唐昭宗一边吃酒，一边纵谈国事。直至天黑，崔胤方才告退。唐昭宗正要进入寝宫，小宦官呈上一份密奏。唐昭宗打开一看，吓得目瞪口呆，原来是朱温弹劾崔胤："崔胤身兼将相数职，专权乱国，离间君臣，请陛下立即诛之。"唐昭宗天旋地转，颓然倒在地上。唐昭宗并不知晓朱温已经给朱友谅下达密令，也不知晓朱温已经抵达河中府，即将进入长安。

次日清晨，朱友谅到宫门前，等待皇上诛杀崔胤的诏令。到了下午还不见动静，便直接派兵围了崔胤、郑元规等人的府邸。

崔胤知道死期来了，但他不知错在何处，因为自己骨子里是对抗朱温的，但远没有公开对抗，甚至也没有这方面的谋划和行动。崔胤对待朱温一直是恭敬有加。

汴州军冲进府邸，崔胤一看，这些人中就有刚刚招募的神策军新兵。崔胤恍然大悟，自己早就输了。崔胤歇斯底里般狂笑起来。崔氏是唐代世族大家，一门数百人，同时被杀。郑元规一家也被杀。崔胤性格张狂，内心险恶，他的叔父崔安潜说："让我们崔家灭族的，一定是崔胤啊。"千里之外的晋王李克用听到崔胤的所作所为后，对幕僚说："帮助逆贼朱温施行虐政的人，就是他崔胤啊！国破家亡，一定出在这个人身上。"

崔胤既死，时人预料朱温将留在长安执政，但朱温突然返回汴州，原来朱温夫人张氏病倒了，势将不起。

汴州城上空，飘荡着像芦花一般的雪。张氏僵卧榻上，奄奄待毙。英雄气短，儿女情长，朱温忍不住掉了眼泪。张氏闻有泣声，睁开两眼，见朱温立在榻前，凄声说道："大王回来了？妾一病不起，怕是将永别大王了。"

朱温握住妻手，哽咽说："自从同州娶了夫人，至今已是二十二年了。家里家外，全是依赖夫人。现今大功即将告成，登上人间极位，与夫人同享尊荣，哪知夫人病成这样。"

张氏流泪说："人总有一死，死亦何恨？妾已经跟着大王享尽荣华，还想什么更大富贵！我们朱家备受唐室皇恩，当忠心辅佐皇上，不可再有非分之想。从古到今，有几个太平天子？"

朱温默然无语，对朱温来说，改朝换代早就可以办到了，只是有个忠于唐王朝的贤内助，这才安守汴州。张氏继续说："妾憋着一口气，是等着大王回来。妾有两件事，要叮嘱大王。一是大王英武过人，他事都可无虑，惟'戒杀远色'四字，乞求大王记住！二是朱家子侄一大堆，大王要管好带好。我们常说家教，实是父母言传身教。妾父亲是唐朝官吏，他教育子女忠君爱国，所以妾一再劝大王忠于唐朝廷。"

张氏喘了几口气，静了静，又慢慢说："长子朱友裕骁勇善战，宽厚待人，甚得军士之心，但相术大师周元豹说他的福气会被他的父亲夺去。次子朱友珪多智，但多智的另一层意思是狡猾。三子朱友贞是大王和妾的嫡子，已经十七岁了，容貌俊美，沉稳寡言，但妾担心他将来会吃亏。四子朱友徽、五子朱友璋、六子朱友雍、七子朱友孜，岁数尚小，妾就不再一一叙说了。大王还有侄子五位，二位侄子已经死去了，还有三位侄子，大王一定要善待。除了儿子、侄子外，大王还有几位义子，他们风姿绰约，灵活善谈，但依妾看来，都是些墙头草而已。"

张氏用尽力气，一一叮嘱。朱温感动得涕泗横流。朱温哭着说："没有夫人，就没有我朱温呀。二十七年前，我远远看到了夫人，所以想做东汉的刘秀，从而投军。二十二年前，我听了夫人的话，效忠唐室，所以成为一方诸侯。没有夫人，哪有我今天的朱温呀！"

张氏沉默好久，再用尽力气说："大王既有大志，想做东汉的刘秀，料妾亦不能挽回，但高处不胜寒，大王一定要沉下心来教育好几个儿子，妾死也瞑目了。"

说至此，张氏不觉气向上涌，痰喘交作，坚持了一夜，去世了。

朱温悲痛欲绝。汴州军将士亦多垂泪。原来朱温性残暴，每一拂性，杀人如拔草。部下将士，无人敢谏，唯独张氏能够出来解救，但用几句婉言，便能改变朱温决定，所以许多军士赖她存活着。张氏出身名门，知书达理，精明能干，朱温虽有虎狼之心，在张氏面前，也有几分畏惧。每每朱温商议大事，总要请她来指点一二，而张氏往往能抓住要害，料事如神，常为朱温所不及。史家称张氏以柔婉之德控制了豺虎之心。现今，管制豺虎之人离去了，那豺叫声、虎啸声岂不会响彻中原大地？

没有了张氏的管教，野心勃勃的朱温，想谋夺大唐江山了。

朱温问幕僚李振："现今中原各处藩镇，均在我汴州军的掌控中。仇敌李克用已经被我们打得两次想北投沙漠。强敌李茂贞，也被我们剪掉了虎爪。你说，我应该如何发展呢？"

李振熟读《三国》，明白朱温是想改朝换代了。李振想了想，慢慢说："大王应该知晓七百年前曹操的谋略，曹操将东汉迁都许昌，为的是什么？其首要目的就是要动摇东汉国基。一旦迁都，不只国基松了，而且民心也思变了。"

朱温恍然大悟，他决定将唐朝都城迁往洛阳。

春天的长安，天气寒冷，雪花飘飘。朱友谅接到了朱温的命令，屠杀唐朝廷一班不顺眼官僚。皇城使王建勋、飞龙使陈班、阁门使王建袭、客省使王建义、前同平章事张濬等，被汴州军挨家挨户揪了出来，悉数拉到大街上处死。

小吏叶彦事先得到消息，向张濬之子张格示警："张相公的祸事没办法免掉，您应该早做打算。"张格闻听，与父亲张濬号啕大哭。张濬对张格说："你逃走了，或许还有生的可能。你自己决定，别把我当成拖累，能为张家留下血脉就好。"张格拜辞而去，逃往蜀地。

朱温上表唐朝廷，请求迁都洛阳，唐昭宗哪能不从？满朝文武谁还敢提异议？长安宫室悉数拆倒，人口尽数迁往洛阳。看着昔日光辉无限的长安，在自己面前化成烟云灰烬，唐昭宗的心在滴血。唐昭宗身边，尚有小宦官十几人及打球的内园小儿二百多人。朱温命人灌醉后全部坑杀，为死去的朱友伦陪葬。朱友谅换上年貌、身高相当的二百人顶替，唐昭宗初不能辨，后才有所察觉。

唐昭宗长叹一声："朕已经成为真正的孤家寡人啦，随时会成为朱温的俎上之肉。"

唐昭宗不是个昏君，但命不好，生在了大唐崩塌的前夕。唐昭宗登基之后，一直想要奋发图强，但是屡次努力都终归失败，最终难以挽回大厦将倾。

朱温任命蒋玄晖为枢密使，劫持唐昭宗迁都洛阳。唐昭宗到了华州，百姓夹道，高呼万岁。曾经一腔雄心壮志的唐昭宗知道自己快要成了亡国之君，面对眼前的忠君百姓，涕泪纵横。唐昭宗告诉路边的百姓："不要叫朕万岁了，朕不再是你们的主子了。"

唐昭宗在华州住下后，对身边的光禄大夫胡清说："俗语云，'纥干山头冻杀雀，何不飞去生处乐？'朕今漂泊，不知竟落何所！"

唐昭宗想让自己的儿子去过寻常百姓生活，就对何皇后说："能够逃脱朱温魔爪的，可能就是新生的皇子了。不如将他乔装成平民百姓婴儿，隐藏于民间，让他自由自在地生活。"何皇后掉了泪。

唐昭宗将皇幼子托付给胡清："这个小孩，以后他随你姓。"唐昭宗已经自顾不暇了，与何皇后匆匆送走了出生不久的幼子，连个名字都没起，只有几样御衣、宝玩。天亮后，胡清乔装打扮，带着皇子去了江南。

洛阳的宫殿尚未建成，唐昭宗一行滞留在了陕州。

在这里，唐昭宗得到了一只猴。这只猴子，被训练得机敏通人性，且能执鞭驱策，戴帽穿靴，人模猴样地随班起居，取悦于百官。悲苦中的唐昭宗非常喜欢这只猴子，赐以绯袍，号"孙供奉"。唐朝的官服制度，五品以上官员可服绯，可见这只猴子不低于五品。

杭州城中的罗隐听说这只猴子官运亨通，心中酸溜溜的，写下《感弄猴人赐朱绂》一诗——

十二三年就试期，五湖烟月奈相违。

何如买取胡孙弄，一笑君王便著绯。

梁王朱温、许州忠武军节度使韩建前来陕州迎驾。唐昭宗举行夜宴。群臣退出后，唐昭宗独留朱温和韩建二人。

唐昭宗举杯，对二人说："社稷安危，系卿二人。"

唐昭宗如果是铁血男儿，此时下令武士挥刀砍向朱温，或许能挽救大唐危亡。朱温没意识到一点，韩建看得明明白白。韩建心里自言自语："错过今天这个机会，不是皇上杀朱温，而是朱温杀皇上了。"

昏暗烛光中，何皇后、柳昭仪举杯向朱温敬酒，李昭仪在唐昭宗身旁悄悄耳语。韩建突然觉得宴会氛围诡异，两侧的帷幕低垂，似乎内有持刀武士。韩建又自言自语："不只我想到了，恐怕皇上已经在行动了。"

韩建踩了朱温一脚。朱温立即醒悟，佯装喝醉退去。韩建跟着出去，对朱温说："天子和后妃窃窃私语，幕下有兵仗之声，我害怕大王您有大祸。"朱温非常感激。

唐昭宗或许没有杀机，韩建或许是疑邻盗斧。不过，韩建的这次提醒，得到了朱温的信任，保住了自己的荣华富贵，但却把正在迈向深渊的唐昭宗狠狠地向前推了一把。

904 年八月，唐昭宗、何皇后、柳昭仪、李昭仪刚刚入住洛阳皇宫。梁王朱温就下令同平章事蒋玄晖与左龙虎卫统军朱友恭、右龙虎卫统军氏叔琮率领五百武士，闯进来。

蒋玄晖问李昭仪："皇上在哪儿？"

李昭仪大声说："宁可杀了我们，也不能伤害皇上！"

唐昭宗喝了些酒，正在睡觉，听到有人入宫寻他，暗觉不妙，急忙起身，穿着单衣绕柱躲藏。蒋玄晖逼近，将唐昭宗杀害，终年三十八岁。柳昭仪、李昭仪伏在唐昭宗身上，也被杀害。

唐昭宗即位时，唐朝百弊丛生，积重难返，根本无药可救。唐昭宗在位期间，平定田令孜、杨复恭等众多乱子。他本想扶住即将倾倒的唐朝大厦，但事与愿违，坐大了朱温、王建、杨行密、王审知、钱镠、马殷、刘隐等割据势力。唐昭宗的努力，不但没有阻止，反而加速了帝国的分裂。

何皇后苦苦哀求，蒋玄晖便放下屠刀。

朱温假惺惺地驰至洛阳，匍匐唐昭宗柩前，放声大哭。朱温嫁祸于人："这些反贼，令我受恶名于万代！"朱温下令，将朱友恭、氏叔琮推出斩首。

朱温不杀首恶蒋玄晖，而杀从恶朱友恭、氏叔琮，是因为愤慨二人不出力。朱友恭是朱温义子，排斥朱温长子朱友裕，为朱温不满。朱友裕刚刚病死，朱温将气撒在了朱友恭身上。氏叔琮嗜好饮酒，军政不理，为朱温不满。氏叔琮临刑大呼："杀我塞天下谤，人可欺，鬼神可欺吗？"

蒋玄晖矫诏，称李昭仪弑逆，立唐昭宗第九子李柷为帝。李柷时年十三岁，史称唐哀帝。何氏被尊为皇太后。

唐哀帝进封朱温为相国、诸道兵马元帅、太尉、中书令以及汴州宣武军等二十个藩镇节度使，凡军国大事一以委之。朱温剑履上殿，赞拜不名。

905 年二月，朱温依据李振之计，设宴招待唐昭宗其他九子。哪会有什么好酒好菜？席宴间，朱温命武士将九位王爷全部缢杀，投尸于九曲池中。经历这场浩劫，李唐皇室成员几被清洗一空。

朱温占卜，得卦说屠杀可避天灾。同平章事柳璨趁机把排斥自己的裴枢等三十多位朝臣列成名单，献给朱温。朱温又将这三十多位公卿全部杀死于滑州白马驿。李振对朱温说："这些官僚自命不凡，说自己是什么清流，现在将他们投入黄河，让他们永远成为浊流。"朱温大笑，立即命人把这些尸体投入了滚滚黄河。史称这次事变为"白马驿之祸"。

经此一变，朝堂中的清流派为之一空。从此，世人称李振为"鸱枭"。"鸱枭"，就是猫头鹰。它总在夜晚出现，嗅觉灵敏，能够闻到病入膏肓的人的身上的气味，并且会发出笑声，人们因此称它为不祥之鸟。

7

梁王朱温遣使传示各个藩镇，表明自己代唐之意。

荆襄节度使赵匡凝、荆南留后赵匡明，愤愤不平。赵匡凝流泪道："我受唐恩深，不敢妄有他志。"

朱温大怒，派徐州感化军节度使杨师厚统军征伐。杨师厚攻下襄州、唐州、邓州、均州、复州、郢州、随州、房州八州。杨师厚在阴谷口作浮桥，领兵渡过汉水。赵匡凝领兵二万于汉水岸边迎战，被杨师厚击败。赵匡凝沿汉水投奔江陵，他藏书数千卷，被杨师厚献给朝廷。杨师厚又进拔江陵，逐走了赵匡凝、赵匡明。赵匡凝投奔吴王杨行密，赵匡明投奔蜀王王建，荆襄一带俱为朱温占有。

朱温任命高季兴为荆南留后。荆南藩镇辖下各州已被相邻藩镇分割殆尽，仅存江陵府一地。二十多年来，江陵府几遭战火，市井城邑破败。高季兴到任后，招聚流离失散的百姓回归故土，恢复旧业。高季兴渐渐地在荆南占住了脚跟。

赵匡凝为人忠义，杨行密对他很敬重。但赵匡凝自恃年高，对杨行密长子杨渥并不礼貌。杨渥举行宴会，喜欢吃青梅，赵匡凝对他说："勿多食，易发小儿热。"淮南诸将认为是对杨渥侮辱，杨渥大怒，将其迁往海陵杀掉。

杨行密令金陵刺史李神福率军攻鄂州。鄂州城池即将攻破，不料李神福得了重病，返回扬州。杨行密辖下舒州团练使刘存代替李神福为招讨使，继续攻城。鄂州城内黑烟迷漫，大火汹汹，城中一队兵马突围而出。刘存部下请求追击，刘存想了想说："我们一攻击，他们又会进入城内，那么城池就更坚固了，不如让他们离去，城池就可以轻松攻取了。"

鄂州城破，鄂岳观察使杜洪、汴州军将领曹延祚被俘获。二人被送往扬州。

杨行密责备杜洪："你等逆贼，与我为仇，今当如何？"

杜洪答："不忍负梁王。"

杨行密嘿嘿一笑说："那你先去阴间为你的梁王探路吧！"

杜洪头一摇，身一晃，连说几声："罢了！罢了！"

"你死前，还有什么要求？"

杜洪说："我是伶人出身，行刑前，就让我唱一唱《兰陵王入阵曲》吧。"

刑场上，架起了一个舞台。杜洪戴了一个丑恶面具走上舞台，他扮演的是北齐兰陵王高长恭。高长恭是一个美男子，勇猛善战，能与军士同甘共苦。由于他长相像女人，外貌不够威武，所以他征战时会戴上一个凶狠的假面具。

杜洪心跟神合，神跟貌合，貌跟形合，有板有眼唱道——

骝马新跨白玉鞍，战罢沙场月色寒。

城头铁鼓声犹振，匣里金刀血未干。

这是用《兰陵王入阵曲》调子唱唐代王昌龄名诗，也是杜洪对他戎马生涯的叙述。杜洪貌美，常常自比高长恭。杜洪一曲唱罢，向天说道："兰陵王，你始于颜值，陷于才华，我今天随你去啦！"

曹延祚与杜洪同时被斩。

李神福在扬州病逝，终年五十岁。

李神福是吴王杨行密麾下第一战将，虽然没有李存孝的天生神勇，却具有李存孝不具备的节操。在别人居功自傲时，他恪守臣节。面对叛将以家人相要挟时，他举箭直射，让对手无所凭恃。战阵之上，无论是虚张声势，还是结阵对攻，他都能指挥若定。

李神福去世后，杨行密一病不起。病中的杨行密命长子杨渥担任宣歙观察使，出镇宣州。

右衙指挥使徐温对杨渥道："大王如今正卧病在床，却命嫡嗣出藩，这必是奸臣的阴谋。他日若有什么命令不利于您，您一定要考虑周全。如果是我派遣的使者，召您回扬州，且持有大王令书，您可放心。"

杨渥非常感激徐温，哭着道谢，然后去宣州上任。

不服梁王朱温的，除了赵匡凝、赵匡明，还有杨行密。905 年十月，朱温率领汴州军大举进攻淮南藩镇，直抵淮南辖下光州。

光州刺史柴再用，蔡州人。他初名柴存，与一位小校结为生死之交，同在孙儒帐下效力。一次，有人报告小校造反，孙儒将小校斩杀，并将柴存抓来，亲自审问他造反原因。柴存不答，孙儒再问，柴存才说："我与他结为死友，造反便一起造反，您杀了我就是，何苦问这么多呢？"孙儒闻言，惊叹道："你没有造反，我再用你。"为他改名"再用"。柴再用骁勇善战，所向之处，无不克捷。柴再用为人沉毅，面色如铁，时人望而生畏，称他为"柴黑子"。柴再用后转入杨行密麾下，屡立战功。

朱温在城下向柴再用高喊："献城归降，任命你为蔡州刺史；如若不降，马上屠城。"

柴再用登城，见到朱温，拜伏在地，恭敬说道："光州城小兵弱，不值得折辱大王的威怒。大王如果先攻下寿州，我'柴黑子'岂敢不从命？"

朱温撤围，向寿州进发，不料中途迷失道路，又遇连日大雨。寿州方面亦坚壁清野、严阵以待。朱温无可奈何，渡淮北撤。

朱温经过光州，柴再用出师掩击汴州军后军，斩首三千，缴获辎重数万。"柴黑子"不只面黑，心也够黑的。

柴再用遣使向扬州报捷。扬州城中，吴王、淮南节度使杨行密病情越来越重。他自觉逃脱不了死亡这一关，便对判官周隐说："我原觉得还能活个三年五年，不料五十几岁就一病不起。请你速速通知杨渥，让他快快回来。"

周隐明白杨行密是想传位杨渥，他考虑了一会说："杨渥轻浮信谗，喜欢击球和饮酒，并非保家之主。大王您的其他儿子都年幼，不能驾驭诸将。庐州刺史刘威跟随大王您起于细微，必不负您。不如让他暂领军府，等诸子年长后再授之。"

杨行密问左衙指挥使张颢、右衙指挥使徐温，二人都支持杨渥继位："大王冒矢石，出万死，立下淮南这份基业，怎可传于外姓？"

杨行密铁下心来，让周隐发文牒，召回杨渥。过了很久，杨渥也没有回扬州。杨行密强撑病体，忍死等待。徐温感到事情不妙，便去拜访周隐。徐温在案几上看到了写好的文牒，方知周隐并未将文牒发出。徐温急忙取走文牒，派人紧急送往宣州。

宣州城的杨渥上午收到一份文牒，下午又收到一份文牒。上午的文牒是让他讨伐两浙，下午的文牒是让他速回扬州。杨渥正在纳闷，突然想到徐温的叮嘱，立刻赶往扬州。王茂章前来接任杨渥的宣歙观察使。杨渥打算带走宣州亲兵，王茂章依制拒绝，杨渥怀恨在心。赶回扬州后，病中的杨行密断断续续向杨渥说："我对王茂章亦有猜忌之心，可惜我不能为我儿除掉他了。"

905 年十一月，杨行密去世，终年五十四岁。

唐朝后期，藩镇割据，诸侯并起，杨行密在江淮举起割据大旗，强力遏止中原军阀朱温南进。经营多年的淮南，逐步由藩镇向王国转型。杨行密，也从一介平民草寇实现了称孤道寡的逆袭。

杨渥承袭杨行密吴王、淮南节度使、东面诸道行营都统等职。

杨渥继位后，命常州刺史李遇统兵袭击宣州。

王茂章自知难以抵抗，率部离开宣州。

宣州衙将刁彦能，事母笃孝。刁彦能不想跟随王茂章逃离，便使家人扶其母站立道旁，哭着禀告王茂章："彦能有老母在此，不能舍而跟从王公，彦能请死。"王茂章明白其意，淡淡对他说："你拿着孝来请求我，我怎敢不遵从呢？你是有良知、有主见的人，我们都好自为之吧。"刁彦能见宣州城中已乱，挥剑向乱民说："大军已近，你们不要妄动。"宣州城稍稍安定。

徐温闻听刁彦能孝母忠君，称赞有加，让其服侍其长子徐知训于扬州。

王茂章奔逃杭州，投靠割据两浙的钱镠。钱镠十分高兴，以王茂章为两浙行军司马。淮南军藩镇辖下歙州刺史陶雅，刚刚攻取钱镠治下的睦州，担心被王茂章阻断归路，便撤回歙州，睦州又被钱镠夺回。

杨渥骄横奢侈，对判官周隐说："您出卖我家基业，有什么脸面再见我？"杨渥杀了周隐。淮南众将个个不安。

8

淮河以南，冬雨连绵；黄河以北，大雪飘飘。

契丹军西进，袭击黑车子靺鞨。

黑车子鞑靼，以拥有大量黑车而得名，语言、习俗与契丹相近。

接到黑车子鞑靼的告急，幽州节度使刘仁恭派义子赵霸率兵三万，星夜驰援。

途中，赵霸遇上了黑车子鞑靼的使者颇翰。颇翰下马，双手高高举过头，然后把右手放在胸前，身体前倾，鞠躬说道："契丹军有变，请求赵将军率领幽州军与黑车子鞑靼会兵在桃山。"赵霸稀里糊涂，听信颇翰建议，下令大军改道。赵霸怎么也没想到，前面带路的这位黑车子鞑靼的使者颇翰，已被契丹总知军国事耶律阿保机策反。

赵霸带着三万幽州军踏向死亡之路。桃山下，寒风猎猎，荒草过膝。赵霸没有看见黑车子鞑靼一个人影子。正在疑惑之时，领路颇翰也不知藏到了哪里。赵霸大呼："中计了！"为时已晚，契丹军从山坡上冲下，借着坡地的冲劲，猛地冲杀到幽州军之中。顿时，幽州军被冲散开来，溃不成军。三万幽州军全部阵亡。

耶律阿保机率领着得胜的契丹军，迅速奔袭黑车子鞑靼部落。正在那儿等候幽州军的黑车子鞑靼部众，没等来援军，却等来了杀神。此战，耶律阿保机大破黑车子鞑靼，自此契丹部族扫平西进之路，迅速崛起。

905 年冬，耶律阿保机率领骑兵七万攻打晋王、河东节度使李克用辖下的云州。李克用率领晋军迎战。此时的李克用心情极为沮丧，不但与朱温的大仇未报，反而仇敌即将称帝。朱温已经够让李克用头痛了，不料北方又来了草原狼耶律阿保机。

两军对阵，南面的是李克用，北面的是耶律阿保机。李克用年长耶律阿保机十六岁，这是他俩第一次见面。

李克用望去，耶律阿保机髡发左衽，威武不凡。

髡发，是指契丹人剃掉颅顶上的头发，两侧各留一绺；左衽，是说契丹人的服装圆领、窄袖，前襟向左掩。与契丹人不同的是，华夏崇尚右，习惯上衣襟右掩。

耶律阿保机望去，李克用黑衣黑甲，分明是一尊黑煞将军。

相比十五年前横行河东的鼎盛时期，李克用晋军实力已是十不存二。此时的李克用，实在无心与耶律阿保机厮杀。

李克用对耶律阿保机高喊："总知军国事，我们都是草原上的狼，何苦在此互咬呢？听闻你凡事未卜先知，自称左右好像有神人护卫，难道你不知道吗？我们共同的敌人是刘仁恭。现在正是草长马肥之时，刘仁恭却派骑兵出去，到契丹部族的草场转悠着放火。兄弟，我们不要在此相斗了。我去对付中原的朱温，你去对付烧你草场的刘仁恭。必要时，我们联手作战。"

李克用是一代枭雄，居然夸赞前来挑衅的耶律阿保机，这是耶律阿保机未能想到的。

李克用提到的烧草场一事，确实是耶律阿保机的隐痛。刘仁恭这一招，对付草原部落，相当阴损。一百骑兵，悄悄出塞，扔上几个火把，火借风势，风助火威，瞬时就会烧掉大片的草场。没了草场，马、牛、羊吃什么？如此一来，牲畜过冬就成了问题。

李克用的话，句句击中耶律阿保机的心。李克用与耶律阿保机罢战言和，喝酒言欢。喝到高兴时，二人交换战袍与坐骑，相约为兄弟。沙陀英雄李克用不会受制于朱温，也不会受制于耶律阿保机。只是李克用以自己目前的实力难以同时抗衡两面的敌人，只好选择与耶律阿保机结盟，共同对付朱温与刘仁恭。

李克用对耶律阿保机一字一顿说："如今朱温挟天子以令诸侯，将唐朝廷迁到洛阳城，还弑杀了唐昭宗，另立一个傀儡皇帝。司马昭之心，路人皆知。"

耶律阿保机答："唐朝廷为贼所篡，可恨呢！弟虽然一时不能讨伐朱温，必先讨伐刘仁恭。"

耶律阿保机牵制住刘仁恭，那么李克用就能全力对付朱温，这正是李克用求之不得的事。分别时，李克用赠送耶律阿保机黄金与丝绸，耶律阿保机回赠了战马和牛羊。

耶律阿保机说话算数，直接进兵攻打刘仁恭，攻下了好几个州，把这些州里的百姓全部随军掠走。

这时，李克用的幕僚盖寓患病去世。正在云州的李克用悲呼着策马赶往太原。望着盖寓遗容，追忆起二十多年来盖寓对自己的辅佐，李克用泪如雨下。

9

梁王朱温篡唐之心更急。同平章事柳璨请旨，进朱温为总制百揆，进封魏王，加九锡。朱温怒而不受。朱温是用拳头说话，还要什么荣封？当下密嘱蒋玄晖，令与柳璨计议，指日迫使唐哀帝禅位。蒋玄晖与柳璨谋事迂腐，说必须封过大国，加过九锡，然后禅位，方合汉末以来的古制。

朱温勃然怒道："这等虚名，我有何用？但教把帝位交付与我，便好了事。"

孔循为宣徽使，他年少时，是一个孤儿，流落汴州街头。富人李让看他长得英俊，收为义子，李让又是朱温义子，故孔循得到朱温信任。

孔循与柳璨有隙，趁机到朱温处进谗："柳璨、蒋玄晖欲延唐祚，所以生出种种借口，他们是在静候时局变化罢了。"

朱温大怒，欲杀柳璨、蒋玄晖。二人闻信大惧，急忙奏请禅让。

何太后是个女流，没什么能力，此时如坐针毡，自料母子难保，惟以泪洗面。何太后派宫女告诉蒋玄晖："随时禅让，但乞求禅让后，放过他们母子。"

孔循闻听，又诬陷蒋玄晖私通何太后。朱温素性暴戾，管他什么真真假假，竟令孔循收捕蒋玄晖，索性把何太后一并弑杀。蒋玄晖枭首，焚骨扬灰。孔循又执柳璨到东门，赏他一刀。柳璨自呼："负国贼柳璨，该死！

该死！"暴风雨来了，唐哀帝被迫下诏，称母后之死系私通蒋玄晖事发自杀。

朱温即欲赶赴洛阳，把帝位篡夺了过来。偏偏这个时候，魏博节度使罗绍威密书来到了汴州。信中称，幽州节度使刘仁恭兴兵十万，攻打魏博藩镇。罗绍威不敌，遣使向朱温求救。朱温派葛从周前往救援，击败幽州军，斩杀五万人，活捉了马慎交等一百余人。葛从周又与魏博军一起攻下刘仁恭辖下的德州，再次击败幽州军。

罗绍威与朱温结为了儿女亲家，罗绍威进封邺王。

罗绍威招纳文人，聚书至万卷，常与宾佐赋咏，甚有情致。诗人罗隐到魏州见罗绍威，称罗绍威是自己侄子。邺王府官吏非常生气，说罗隐一介布衣，竟敢视大王为侄子，实在无礼。罗绍威却说："罗隐名满天下，素来瞧不起王公贵族，现在他能到我这里，让我做他的侄子，实是我的荣幸。"罗绍威设酒宴请罗隐，十分恭敬。罗绍威喜欢文学，但又十分挑剔，经常撕毁幕僚所作檄文，亲自来写。他读了罗隐的诗文后，大为倾慕。因罗隐是杭州人，故罗绍威将自己的诗集改称《偷江东》，以示对罗隐文才的崇拜。

罗绍威喜欢诗文，但缺乏治军魄力。身为节度使，竟然无力掌控手下的魏博衙军。

魏博衙兵势力庞大，骄横无比，罗绍威十分苦恼。魏博军列校李公佺预谋叛乱，被罗绍威察觉。李公佺焚毁府舍，大肆剽掠之后，逃往刘仁恭辖下沧州。罗绍威更加忧惧，派衙将史仁遇率领二万魏博军前去沧州攻打。罗绍威又派亲信杨利言向朱温求助，密谋诛除魏博军衙军。罗绍威割据黄河以北六州，实力雄厚，足以同朱温、李克用等军阀抗衡，但罗绍威此举，实是引狼入室，将地位和优势化为了乌有。

朱温雄视天下，不会放掉这块肥肉。恰在这时，罗绍威的儿媳、朱温的幼女病死，朱温便派部将马嗣勋率领千名精兵扮成奴仆，暗藏兵器，进入魏州。罗绍威与马嗣勋合谋，偷偷将魏博军械库中的弓箭折断、盔甲凿穿。

906年正月，罗绍威的亲军和马嗣勋的精兵突袭魏州衙兵。这些衙兵丝毫没有防范，纷纷被杀。从梦中惊醒的衙兵赤着身子从屋内跑出，打开军械库，发现库内的弓弦全被割断，刀斧尽数断了手柄。魏博衙兵只好赤膊上阵，渐渐逼近的厮杀声，成为催命的鼓弦。一夜之间，魏州城内的八千衙兵悉数被杀。罗绍威授意下，马嗣勋率军开始挨家挨户搜捕衙兵家眷，当场屠杀。魏州城内，八千户衙兵家族被灭。正在攻打沧州的两万魏博军，闻听城中巨变，当即拥立衙将史仁遇退保高唐。一时之间，魏博六州，尽皆反叛。

朱温率领汴州军，历时半年，方将魏博叛乱一一平定。魏博藩镇实力被大大削弱，罗绍威从此只能依附朱温。汴州军在魏博半年，罗绍威供给钱财千万、牛羊七十万只、粮草无数。罗绍威非常后悔，对人道："把魏博六州四十三县的铁聚集起来，也铸不成这么大的错啊！"成语"铸成大错"，即由此来。

906年九月，朱温率军攻打沧州，屯兵于长芦，命罗绍威负责十万汴州军的补给。刘仁恭亲自往救，屡战屡败。

刘仁恭下令境内："男子十五岁以上、七十岁以下，都要自备兵戈到行营报到，如军发之后，仍有一人在闾里，全部用刑，决不赦免。"什么刑呢？就是黥面，刺上"一心事主"。即使如此，仍然打不过汴州军。

刘仁恭只得派人向晋王李克用求救，前后派出百人。李克用恼怒刘仁恭的反复无常，不愿发兵援助。

李克用之子李存勖劝道："朱温占据天下二十个藩镇，魏博军、镇州成德军这类的大藩镇也归附于他。黄河以北能与之对抗的只剩下我们和刘仁恭了。有句成语，叫唇亡齿寒。如果我们不救刘仁恭，形势将会对我们更加不利。而若出兵援助，可使我们重振雄风，千万不能因旧怨而失此良机，争天下不能在乎小节，这是不容错失的机会呀！"

李克用认为在理，便施以围魏救赵之计，遣李嗣昭、周德威出兵潞州，以解沧州之围。李克用向刘仁恭征兵。刘仁恭重新起用监军张居翰，让他领兵前来潞州会合。

潞州昭义军节度使丁会是朱温辖下亲信战将。朱温失去爱妻张氏，逐渐猜忌多疑，嗜杀成性。丁会感到十分害怕，常常称病不出。晋军来攻，丁会力不能支，有了投降的打算。丁会玩起老本行，下令潞州昭义军全部缟素，为死去不久的唐昭宗发丧。什么老本行？原来丁会年轻时游手好闲，以替人哭丧为生。那时候他没有想过，在今后竟然会为皇帝哭丧。丁会哭声凄怆，哭完后举城投降晋军。

丁会向李克用道："在下并非不能坚守潞州，只是因为朱温僭越，图谋篡唐，他虽然对在下有知遇之恩，但在下决不能随他背叛大唐。在下现在就好比吐出盗贼的食物，来见大王。"

李克用厚赏丁会，让他去了太原。李克用命李嗣昭为潞州留后。李克用见宦官张居翰精明强干，便留而不遣，以张居翰为潞州监军。

朱温攻沧州不下，又闻潞州失守，无奈率兵退还魏州。朱温留在魏州休养，赖着不走。罗绍威害怕朱温吞并自己，便劝朱温："皇权式微，国祚震荡，战乱频繁，唐王朝的天空会有坍塌的一天，大王您还是趁早撑起这片天吧。"朱温大喜，返回汴州，准备篡位。因为魏博藩镇动荡，唐祚苟延了一年。

906年十月，岐王李茂贞命辖下邠宁节度使李继徽统率岐军六万讨伐朱温，屯兵美原。李继徽摆成十五个营寨，气势强盛。朱温命同州节度使刘知俊率兵抵御。

刘知俊，徐州人，姿貌雄杰，倜傥有大志，最早在徐州感化军节度使时溥手下当小校，因有勇力，甚为时溥器重，后因太有智谋而受到猜忌。刘知俊怕被时溥所杀，率所部二千人投奔朱温。刘知俊勇冠诸将，朱温任命他为左开道指挥使，时人谓之"刘开道"。

刘知俊率兵五千，与六万岐军硬撑。"刘开道"率先冲进敌阵，数量占优的岐军竟然瞬间闪崩。刘知俊大败李继徽，斩杀两万余人，获马三千余匹。刘知俊乘胜，连克鄜州等五州。

906年十二月，契丹可汗遥辇钦德去世，遗命推选耶律阿保机为新可汗。

梁王朱温闻听，称帝之心更急，便问幕僚李振："三十年前，我立下志愿，要做东汉的刘秀，你看我能实现吗？"

李振知晓朱温想称帝已是很久了，李振也明白在这个动荡不安的年代里，王侯将相、黎民百姓都希望有一个盖世英雄来拯救这即将坍塌的天空，朱温或许是目前最好的人选。李振顿了顿回答："黄巢起义，摧枯拉朽；藩镇割据，大唐朝廷名存实亡。当今天下，世人对唐王朝的认可越来越淡了。大王争霸二十余年，势力已是天下第一，剩下的强敌如李克用、李茂贞、刘仁恭等，已被打得奄奄一息，南方的强敌杨渥还年少。时势造英雄，要想取得人间极位，没有比现在还好的时机了。"

朱温狂喜。转眼到了907年，这个历经二百多年的大唐帝国终于走到了末路。

唐哀帝派遣御史大夫薛贻矩前往汴州慰劳朱温。薛贻矩与朱温相善，请求以臣子的礼仪相见："大王功德在人，天地民心都向着您。皇上正准备实行尧舜禅让，臣怎么敢违背？"薛贻矩向朱温行臣子之礼，朱温虽然侧身避开，却是心中高兴。

朱温盛称祥瑞，自言有庆云盖护梁王府，继而又说家庙中生出五色芝，显是代唐的预兆。

薛贻矩返回洛阳，请唐哀帝即日禅位。唐哀帝无可奈何，派遣张文蔚、杨涉、薛贻矩、苏循、赵光逢等一班大臣，捧着玉册、传国玉玺及诸司仪仗法驾，驰往汴州，举行禅让典礼。

四月十八日，朱温戴着通天冕，穿着衮龙袍，大摇大摆，从殿后出来。汴州军将士站立两旁，拱手伺候。张文蔚奉册以进，朗声读道——

天下兵马元帅、相国、梁王：朕每观上古之书，以尧舜为始者，盖以禅让之典，垂于无穷，故封泰山，禅梁父。则知天下至公，非一姓独有。

今上察天文，下观人愿，是土德终极之际，乃金行兆应之辰。今遣同平章事张文蔚等，奉皇帝宝绶，敬逊于位。

张文蔚读毕，将册文交朱温，再由杨涉、薛贻矩、苏循、赵光逢，依次递呈御宝，均由朱温接受。朱温俨然升座，张文蔚等一班大臣降至殿下，率百官称贺。

梁王朱温受唐哀帝李柷禅让，称帝建国。朱温改国号为"大梁"。为与南北朝时期的梁国相区别，人称后梁。

这就是《新五代史》所称"五代"的第一个中原王朝。

朱温即是后梁太祖，时年五十六岁。

朱温改名为朱晃，取日光普照之义。朱温跟七百年前曹操一样，生逢乱世，成长为一代枭雄。他一生改过三次名字，从父母取的朱温，到唐朝廷赐予的朱全忠，再到自取的朱晃，每一次改名都代表着他人生中的一次变色，他也因此被人称为变色龙。

朱温改汴州为开封府，为后梁都城。后梁朝以开封为中心，占据黄河中下游七十八个州。

朱温废唐哀帝李柷为济阴王。至此，唐朝正式覆灭，中国历史进入五代十国时期。

后梁太祖朱温在玄德殿设宴，宴请文武百官。朱温举杯说："朕能有今日，都是诸卿推举拥戴之力。"

百官大多惭愧恐惧，不能回答。苏循起身称赞："陛下功德浩大，顺天应人，唐朝廷应该早行此举。"

朱温授张文蔚为同平章事。张文蔚沉邃厚重，不久暴卒。

杨涉被授同平章事。杨涉世守礼法，性特谨厚，唐哀帝时拜相，与家人相对泣下，对其子杨凝式说："我不能脱此网罗，祸将至矣。"唐哀帝禅让时，杨凝式劝杨涉："父亲亲手把唐朝的传国玉玺献给别人，虽然自己是保住了富贵，但千年之后人们会怎么说您啊？儿子认为父亲应该马上辞官回家，免了这趟遗臭万年的差事。"杨涉脸色煞白，长叹一声说："儿啊，你这是要灭亡我们家族啊！"杨涉在后梁为相，提心吊胆，魂不守舍，惶惶不可终日。

薛贻矩被授同平章事。薛贻矩很受朱温器重，不久也染病去世。

苏循善于察言观色，阿谀奉承，官至唐末礼部尚书。苏循自以为有奉册之劳，旦夕望居宰辅，而敬翔鄙视苏循，劝告朱温："陛下您刚刚即位，应该任用那些行为端庄的人立于朝堂之上，以正风俗。像苏循这样的人，只会卖国取利，怎么能立于新朝呢？"苏循担心朱温治罪，偷偷离开开封了。

赵光逢被授同平章事。赵光逢爱读经典书籍，一举一动都很守规矩，世人说他像"玉界尺"那样正直温和。

敬翔被授枢密使。

李振被授殿中监。

朱温设建昌院，管领国家钱谷，命义子朱友文知院事。张归霸被授河阳三城节度使、同平章事。朱温昔日部下，各有封赏，不再一一叙述。只是谢瞳卒在滑州任上，追赠司徒。胡真卒于容州任上，追赠太傅。

唐祚已移，后梁朝廷传诏四方，各个藩镇多畏后梁势力，向其称臣，接受其册封——

两浙观察使钱镠受封吴越王；

岭南节度使刘隐受封大彭郡王；

湖南观察使马殷受封楚王；

福建观察使王审知受封琅琊郡王；

镇州成德军节度使王镕受封赵王；

魏博节度使罗绍威仍为邺王，加太傅、中书令；

高季兴受封荆南节度使。

太原晴空响起了霹雳。河东监军张承业向晋王、河东节度使李克用大哭道："朱温老贼，大逆不道，忘了唐室厚恩，竟敢夺权篡位，我老奴只要活着一天，就发誓灭掉朱梁！"李克用扶着张承业说："早在二十三年前，我就发誓灭掉朱温老贼，我与您同心同德，共谋恢复唐室社稷。"

除了河东藩镇外，还有四大藩镇未服，仍奉唐朝为正朔，移檄讨伐后梁。四大藩镇节度使是——

蜀王、西川节度使王建；

岐王、凤翔节度使李茂贞；

幽州节度使刘仁恭；

吴王、淮南节度使杨渥。

10

后梁太祖朱温称帝后，废除"跋队斩"，汴州军演变成庞大的后梁军。

朱温有七子：朱友裕、朱友珪、朱友贞、朱友徽、朱友璋、朱友雍、朱友孜。长子朱友裕已经患病去世。朱友孜尚幼，未得王爵。其他五子，个个封王。

朱友宁之妻安氏向朱温号哭："陛下化家为国，诸子人人得封，然而我的丈夫战死，为什么仇人还留在朝廷里？"朱温凄然说："朕怎么会忘记此贼呢？暗杀朕的是王师范，致死友宁的也是王师范。"朱温立即派遣同平章事杨涉到洛阳，灭王师范一族。

杨涉到达洛阳王师范府外，先在外面挖好坑，再进去告知。

王师范摆好酒席，与族人饮酒。他对杨涉说："死，人所不免，何况有罪呢？然而害怕长少失去顺序，有愧于先人。"

酒喝了一半，王师范向家族人说："朱温、李振不遵信诺，不得好死！"

王师范顿了顿又说："我常常读儒学。儒家弟子子路在卫国时，寡不

207

敌众，激战中被打断帽缨。子路见大势已去，自己难免一死，便放下武器，从容结缨正冠，被人杀害。现今，我的家族和子路处境一样，难逃一死。我们家族要死，也要死得体面尊严。"

王师范命令家族按尊卑次序，一一到坑旁被杀。王师范家族二百余口，无一幸免。

就这样，王师范的辉煌人生从一场宴席开始，以一场宴席结束。开始的那一场宴席，是年少王师范设宴招待并且席间斩杀卢弘，从此王师范坐稳了节度使这把金交椅。

王师范摆家宴，朱温也开家宴。朱温喝到酩酊大醉，满口脏话，依然是个砀山无赖。朱温长兄朱全昱，本无心富贵，居住砀山故里，携杖逍遥。此次闻朱温受禅，不得已来至开封，现在见朱温不成体统，便斜视朱温说："朱阿三，你本砀山小民，从黄巢为盗，目无法纪。一旦反正归唐，遭逢盛遇，天子用你为藩镇节度使，位极人臣，穷享富贵，也可谓不负你志。你为何起了歹心，竟灭唐家近三百年社稷！似此忘恩背义，恐怕鬼神未必佑你。我恐朱氏一族，将被你覆灭了！"朱温如何忍受，立即起座，要与朱全昱拼命。族属慌忙劝解，令朱全昱退出宫外，朱温尚恨恨不已，乱呼乱骂。大家劝他返寝，才算免事。朱全昱飘然自去，仍回砀山故里，芒鞋竹杖，安享清福去了。朱温次日起床，细思兄言，恰也有理，便搁过一边，不再提及。

朱温想起了原先的露水女子蓝田刘氏。朱温便叫来平阳郡侯、金銮殿大学士、枢密使敬翔饮酒。

两杯酒下肚，朱温问："刘氏还好吗？让她过来与朕叙叙旧吧。"

敬翔不敢阻拦。此后，蓝田刘氏常常出入朱温寝殿。百官背后指指点点，敬翔很是难堪。蓝田刘氏嬉笑说："妾本就是皇上的女人呀，你这个笔墨吏是占了皇上的便宜了。"敬翔立刻吓得不得了。

蓝田刘氏又责怪他："妾先是尚让之妻，他可是黄巢的宰相，后沦落为时溥的心上人，他可是藩镇的大帅，兵将众多。妾今天来到你的门第，真是羞辱我了。"敬翔连忙道歉。

有了朱温的撑腰，蓝田刘氏越加骄横，乘车穿衣骄奢无度，连她的侍女也是珠光宝气。权贵们争相攀附，以图私利。百官到敬翔家中，不找敬翔，只找蓝田刘氏。只要蓝田刘氏答应的事，没有办不到的。后梁朝官员看到蓝田刘氏如此风光，心中羡慕不已，主动送自家的老婆、小妾给朱温。朱温自然笑纳。只是，谁也比不上蓝田刘氏。

见到妻子如此不受管束，敬翔不但不气急，反而想开了，喃喃自语："刘氏的话很对，她本是朱温的女人，朱温不杀我反而器重我，我敬翔应该高兴才是。"

后梁太祖朱温临朝，让人把打扮一新的"孙供奉"牵到殿前来伺候。谁知，这只猴子却不领情。它扯掉帽子，撕烂官服，奋不顾身地扑向朱温。朱温恼羞成怒，将"孙供奉"杀死。

后梁太祖朱温派出大量爪牙监督朝臣，惊骇之下，杨凝式开启了乱世佯狂之旅，他作诗《题壁》一首——

院似禅心静，花如觉性圆。

自然知了义，争肯学神仙？

本希望在青史上博得赞誉的杨凝式，从此谨慎畏惧，热衷佛理，试图在乱世中寻求心灵的宁静与解脱。

二　至今人唱百年歌

杭州上空，依然日丽风清。

两浙观察使钱镠成为吴越王，两浙藩镇也被称为吴越藩镇，两浙兵也被称为吴越兵。钱塘县令罗隐劝说钱镠起兵讨伐后梁："大王乃是唐朝之臣，理应进兵北伐，纵然不能成功，也可退保两浙，自立为帝。绝不能向贼梁称臣，遗羞千古。"手下纷纷建议钱镠出兵讨伐朱温。钱镠摆了摆手，拒绝出兵，在将吏面前折箭为誓，保证世代归顺中原，让百姓免受战乱之苦。

投奔钱镠的王茂章，更名王景仁，以避朱温曾祖朱茂琳之讳。青州之战时，朱温赞赏王茂章："我如果能得此人为将，何愁天下不定。"现今钱镠向后梁称臣，朱温便召王景仁入朝。

王景仁由杭州前往开封，途经抚州。抚州刺史危全讽久知王景仁战名，与他饮酒。

危全讽，抚州人，黄巢起义时起兵，据有抚州全境。危全讽主政三十年，颇有政绩。危全讽发动军民，修筑城墙，还在抚州设立文庙，兴办儒学，招抚流民。危全讽实力逐渐增强，野心也大了起来，暗中有兼并之志。

危全讽问王景仁："我身边虎视眈眈的军阀众多，我觉得最大的敌人是淮南军，将军您觉得我与淮南军交战，能获胜吗？"

王景仁答："这要看看抚州军威。"

危全讽当即邀请王景仁阅军。看了半个时辰，王景仁对危全讽道："我久在淮南，对淮南军的战力非常了解。淮南军有三等，您的兵马只能对抗下等的淮南军，若要取胜，还要再增兵十万。"

危全讽笑了笑，慢慢说："你这王景仁呀！危言耸听。"

王景仁也笑了，向危全讽说："危言耸听的事，我还听说了一件，危公爱听吗？"

"你讲。"

"我离开杭州时，吴越王向我说，朱友宁之妻向当今新皇上朱温号哭：'我的丈夫战死，为什么仇人还留在朝廷里？'皇上闻听，当即派人杀死了朱友宁的仇人王师范，然而朱友宁还有个重要的仇人没死。"

"那个没死的仇人，大概就是王将军您了！"

"是的！"

危全讽问王景仁："将军为何还要坚持去呢？"

"生死由命，富贵在天。假若皇上要杀我，即使我不去，就能逃脱吗？况且皇上是爱惜人才的，我想皇上这次召我前去，就因为他觉得我是个人才吧。"

王景仁到了开封，果然后梁太祖朱温不但没有杀他，反而待以殊礼，赏赐优厚。朱温高兴说："等朕讨平太原贼寇李克用，便尽起大军，由你统兵南征。"

潞州被李克用的晋军盘踞，距离开封只隔着一条黄河，朱温感觉如同芒刺在背。907年五月，朱温派陕州节度使康怀英为潞州行营招讨使，率领后梁军八万攻伐潞州。

康怀英出征前，朱温说："康卿位居上将，勇冠三军，向来破敌摧锋，动无遗悔，至于高爵重禄，朕亦无负于卿。秦朝末年，韩信说：'汉王待我不薄，将他的座驾让我乘，将他的锦衣让我穿，将他的饭菜招待我。我听说，坐别人的车就要和他共患难，穿别人的衣服就要分担他的忧虑，别人帮你填饱肚子就要为他的事效死命，我又怎么可以见利忘义呢！'朕每思韩信此言，感觉真是忠烈丈夫！但是，丁会受朕厚遇，跟随朕二十多年，却是一朝反噬。如果有天道神明，安能容此！忘恩负义，忠良不为。朕现在把扫荡潞州重担交给康卿，康卿当竭尽全力。朕会置酒，期盼康卿高歌凯旋。"

驻守潞州的，是晋军二太保、潞州留后李嗣昭。康怀英率军日夕猛攻，竟不能克，于是四面筑垒，成蚰蜒堑，分兵屯守。李嗣昭向太原告急。晋王李克用派周德威为行营都指挥使，率领李嗣源等众将，往援潞州，晋军几乎倾巢而出。周德威进驻高河，命李嗣源等众将率小股骑兵破坏后梁军粮道，填平沟堑，每日进攻数十次，俘斩无数。康怀英机巧百变，却屡为周德威所破。康怀英不敢再战，向后梁朝廷请求添兵。

朱温恨康怀英无能，将其降为行营都虞侯，另授亳州刺史李思安为潞州行营都统。李思安率领十万兵马西行，至潞州城下，筑起一道小长城，内防攻击，外拒援兵，谓之夹寨。夹寨密密匝匝，重叠交错，风雨不透，水泄不通。李思安又调太行山以东百姓馈运军粮，俨然是垒高粮足、困死潞州城的打算。

周德威与李思安对峙，活捉后梁军骁将黄角鹰、方骨仑，却是始终不能解除潞州之围。后梁军也是日不得安，夜不得眠，坚壁不出，与晋军积久相持。李嗣昭、周德威常常一同率军征战，二人多有见解不同。李嗣昭见周德威不能撕开一个口子，与城中守军打通，心中怀疑周德威有私。

李克用为牵制后梁军，命八太保李存璋攻打晋州、洺州。后梁军往来援应，东西奔命。朱温下令，发河中、陕州等藩镇将士，驰赴潞州，厚添兵力。两下里旗鼓相当，誓决雌雄。

1

朱温、李克用两虎相斗，滋润了"贼王八"王建。

蜀王王建见朱温称帝，便给晋王李克用写信，邀请一起称帝。李克用想起张承业恢复唐室社稷志向，便回信道："此生誓不失节！"

毕竟称帝心热，王建又咨询幕僚周庠。周庠答道："只要有胆有识，天下无不可成之事。"王建不再犹豫。周庠等人开始造势："大王年轻时，曾经犯过徒刑，被杖打过，但背上一点疤痕没有，这分明是真龙下凡呢！"

判官冯涓反对王建称帝。王建开导冯涓："我听外面传言，说我年轻时受过徒刑，有这回事吗？"

"有。"冯涓答道。

王建把背部露出来，对冯涓说："你看看，有曾经被杖打过但背部如此完好的吗？"

冯涓故意曲解王建的本意，摸着王建背部说："太奇怪了，大王您是从哪里弄来这么好的膏药，将背部医得如此完好？"

王建哭笑不得，本想显摆自己不同凡人，没想到冯涓却做个迂腐之人。

冯涓写《自嘲绝句》——

取水郎中何日了，破柴员外几时休。
早知蜀地区娵与，悔不长安大比丘。

"区娵"，就是角落。冯涓五十年前就是唐朝进士，授京兆府参军。因为人浅薄，不被重用，流落到蜀中。冯涓虽然遭到唐朝官吏排挤，但对大唐有忠君情结，见王建称帝心热，便又写下："不随俗物皆成土，只待良时却补天"，"釜鱼化作池中物，木履浮为天际船"。冯涓尖钻，好在王建心胸宽广，并不在意这些讽刺诗句。

王建出身草莽，没啥文化，但他却很尊敬读书人，"蜀主虽目不知书，好与书生谈论，粗晓其理"。诗人韦庄来到蜀地避难，王建非常高兴，授他为掌书记。对于中原文人而言，蜀地则是避风港。王建对这些文人，都予以重用。

907 年九月，已经六十一岁的王建召集将吏，商议称帝之事。

王建说："朱温为东平王时，我为西平王，朱温为梁王时，我为蜀王，现今朱温称帝，我应该怎样呢？"

韦庄与诸位将领共同劝进："大王忠于唐室，但是大唐已经灭亡了啊！正所谓：天与不取，反受其咎。"

王建不再犹豫，率领将吏、百姓痛哭大唐灭亡三日，然后于九月二十五日登基称帝，国号"大蜀"。

这就是《新五代史》所称十国中的第一个割据政权：前蜀国。

成都平原地势平坦、河网纵横、物产丰富，是名副其实的鱼米之乡，被誉为天府之国。在它的东北部，有高耸的秦岭和难于上青天的蜀道，成为中原地区和北方势力入侵蜀地难以逾越的障碍。这障碍，就是王建称帝的底气。王建称帝时，已是六十岁高龄，是一从无赖打拼出来的枭雄。王建和朱温都是唐朝的掘墓人。假如当年唐僖宗不"击球赌三川"，另选高明忠诚之人镇守西川。一旦关内出事，唐朝皇帝又可以仿效唐玄宗和唐僖宗到蜀地避难，而后伺机光复大唐。然而，历史不可以假设。

王建册立次子王宗懿为皇太子，而后分封众官——

王宗佶为太师；

王宗瑶为中书令；

韦庄为同平章事；

唐道袭为枢密使；

周庠为成都尹、御史中丞。

王宗弼等众将吏则继续在前蜀军及各州中效力。

王建大赦境内，虽仍指王宗涤生前曾有不臣之心，但却追溯其功绩，予以洗雪，追还其生前官爵。

唐道袭最初是王建的舞童，眉清目秀，奸诈有心计，曾灌酒杀死王宗涤。唐道袭，小字辈儿，被太师王宗佶轻视。唐道袭成为枢密使后，王宗佶仍然直呼其名。唐道袭虽然怀恨在心，但是外奉王宗佶愈加谨慎。王建不满王宗佶直呼唐道袭其名，大怒说："只有朕有资格直呼枢密使姓名，王宗佶哪有资格直呼我枢密使姓名呢？这不是将要反吗？"

王宗佶谋求大司马之职，总领全军，开设元帅府。王建询问唐道袭，唐道袭故意激怒王建："王宗佶是功臣，其威望可以服人心，陛下宜授予他。"王建嘿嘿一笑，心中更是怀疑王宗佶。

王宗佶面见王建，一而再地请求："陛下已是老年，而太子还是年少。在我们北方，朱温、李茂贞常常与我们交战。为了蜀地安全，请陛下开设元帅府。"

王建大声责骂："我就是元帅，你也想当这个元帅吗？"

一群武士冲来，王宗佶被捕杀。

2

成都东北二千四百里，是开封；开封东北一千二百里，是幽州。

朱温、李克用两虎相斗，舒服了"刘窟头"刘仁恭。

幽州节度使刘仁恭据有幽州、沧州两个藩镇。刘仁恭倔强，不服这不服那，打打晋王李克用，打打魏博节度使罗绍威，打打后梁太祖朱温，还打打北面的契丹可汗耶律阿保机。

刘仁恭称雄一隅，志得意满，逐渐骄傲奢侈、荒淫无度起来。他在幽州的大安山上兴筑宫殿，富丽堂皇，遴选许多美女居住其中，又与道士炼丹药，以求长生不死。刘仁恭第一爱妾为罗氏，生得杏脸桃腮，千娇百媚。次子刘守光暗中艳羡，勾搭上手，竟代父临幸，与罗氏作云雨欢。刘仁恭知晓，立将刘守光笞责百下，逐出幽州。

刘守光不知廉耻，竟遣部将李小喜、元行钦率兵袭击大安山，把刘仁恭拘押。不论罗氏还是其他"小妈"，刘守光一概取回城中，轮流伴宿，日夕烝淫。大安山宫殿里的一切，全成了刘守光的财产。

刘仁恭长子刘守文担任沧州横海军节度使，闻父被囚，召集将吏，且泣且语："想不到我家生此枭獍，誓与诸君往讨此贼！"刘守文督众至幽州，与刘守光对阵。战了半日，互有杀伤，两下鸣金收军。次日，刘守文再战，反为刘守光所败，刘守文逃回沧州。

刘守光恐地位不保，差人到开封，上表乞降。后梁太祖朱温十分高兴，颁发诏命，授刘守光为幽州节度使。幽州藩镇，成为后梁的属镇了。

刘守文为讨伐刘守光，重贿向契丹借兵。契丹可汗耶律阿保机命弟弟耶律剌葛率兵万人，并吐谷浑部众五千，来援刘守文。刘守文尽发沧州兵二万五千人，与契丹、吐谷浑两军会合，聚众四万，进军幽州。刘守光率领全体幽州军，与刘守文对阵，一定要争个你死我活。

天空阴沉沉的。契丹、吐谷浑两路骑兵狂叫着冲向幽州军，锐气十足。幽州军见敌人来势凶猛，料知抵挡不住，便即倒退。刘守光无法禁止，只好随势退下。刘守文见契丹、吐谷浑两路骑兵得胜，也骤马出阵，且驰且呼："勿伤我弟！"正在喊着，忽听嗖的一声，一箭射来，不偏不倚射中马首。战马熬痛不住，将刘守文掀翻在地。刘守光部将元行钦冲过来，把他夹起，疾奔而去。

刘守光见擒住刘守文，胆气复起，麾兵杀回。沧州藩镇已失主帅，还有何心恋战，霎时大溃。契丹、吐谷浑两路人马，也被牵动，索性一哄而散。

刘守光督兵攻打沧州。沧州横海军节度判官吕兖、孙鹤推立刘守文之子刘延祚为帅，登城守御。刘守光连日猛攻，终不能下。刘守光堵住粮道，截住樵采，将沧州城围了个水泄不通。相持了百日，城中食尽。百姓食粘土，驴马互啖鬃尾。吕兖拣得羸弱男女，烹割充食。满城枯骨累累，惨无人烟。孙鹤不得已，拥刘延祚出降。刘守光入城，命将沧州将士家属悉数掳回幽州，连刘延祚亦带了回去。刘守光留子刘继威为沧州留守，派列校张万进为辅。幽州军鸣金奏凯，胜利班师。

刘守光遣使告捷后梁朝廷，后梁太祖朱温封刘守光为燕王。

沧州留守刘继威，凶虐类父，年青冲动，竟然淫乱张万进家。张万进气愤之下将其杀掉。张万进遣使奉表降于后梁，朱温授其为沧州横海军节度使。刘守光恼怒，将火气洒在刘守文、刘延祚父子身上，二人被害。刘守光又大杀沧州横海军将士，族灭吕兖全家，仅留孙鹤不杀。

吕兖之子吕琦，年十五岁，被牵到街口，即将处斩。忽然吕氏门客赵玉急至法场大呼："这是我弟赵琦，误投吕家，千万不要误杀。"监刑官乃命停刑。赵玉挈吕琦逃生。吕琦有腿疾不能行，赵玉背负逃窜，沿途乞食，辗转到了晋王李克用辖下代州。吕琦悲痛家门被灭，刻苦勤学。李克用闻吕琦之名，命他为代州判官，还嘉奖赵玉，赠他金帛。

3

英雄立马起沙陀，奈此朱温跋扈何。

只手难扶唐社稷，连城犹拥晋山河。

风云帐下奇儿在，鼓角灯前老泪多。

萧瑟三垂冈下路，至今人唱《百年歌》。

在后人严遂的诗词《三垂冈》中，晋王李克用被塑造成了一个维护大唐危亡社稷，与朱温相抗，苦苦支撑河东局面的忠臣形象。

朱温篡唐称帝后，李克用仍沿用唐朝年号，以复兴唐朝为名，与后梁对抗。李克用军务倥偬，忧劳交集，竟致疽发背中。908 年正月，李克用卧床数日，无药可疗，自知病将不起，就召集太原城中的弟弟李克宁、河东监军张承业、八太保李存璋、中门使吴珙等，托付后事。

李克用叮嘱李克宁、张承业等人："我把'李亚子'托付给你们了。此儿志气远大，必能成我遗志，愿你等善为教导，我死无恨了！"

"李亚子"就是李存勖，为李克用次妻曹氏所出。少年时随李克用晋见唐昭宗，得名"李亚子"。李克用召李存勖至卧榻前，千叮万嘱："你祖父、我、你，三代人过着刀口舔血的生活。有人说我们为了争地盘，其实我们是为了求生存，是为了争一口气。当前，李嗣昭守潞州，周德威去救援，与贼梁军相持不下，恨我不能亲身前往潞州了，恐怕与他们要长别了。李嗣昭忠孝，必不负我，但他现在被困潞州一年，好像和周德威关系不睦！你替我告诉周德威，如果不能解潞州之围，我死不瞑目。我死后，不要为我大办丧事，你速去救援潞州，勿让潞州陷没！"

李存勖含泪答应。李克用又断断续续说："为父性情耿直，不善权谋，被朱温、刘仁恭等人玩弄。也因为直来直去，让一些事情变坏。比如李罕之霸占潞州时，为父不应该派兵讨伐，这让他投向了仇敌朱温。为父如果懂些权术，就会让他做藩帅，然后寻机杀掉他。为父已经不行了，以后靠你了。"

李克用令侍从取过平时佩带的箭袋，拔出三矢，分交李存勖，并嘱数语："第一支箭，要你讨伐刘仁恭，你不攻下幽州，消除东北的强敌，就

217

无法进军黄河以南；第二支箭，要你打败契丹，我曾与耶律阿保机握手结盟，结为兄弟，那是万不得已。耶律阿保机掳走我的百姓，牵走我的牛羊，终是我们的敌人；第三支箭，要你消灭朱温，上源驿之仇，至今已经二十四年了，我一刻都没有忘记，只是为父将去矣，不能亲自报仇了，你要替为父报仇，我死而无憾了。"

李存勖涕泣受命。李克用又对身旁的李克宁说："此后，'李亚子'累你，你勿负我！"说到"我"字，已是忍不住痛苦，狂呼一声，随即毙命，终年五十三岁。

李克用一生能征善战，身边围绕着一大堆义子，但是缺乏策略，东一榔头西一棒子，徒耗实力，终不是朱温的对手。李克用留下的河东等数个藩镇也是些烂摊子。但他有个厉害的儿子李存勖，唐昭宗评价他"可亚其父"。

李存勖把三支箭供奉在宗庙里，号哭不已。张承业劝说李存勖："不使祖宗基业沦亡，便是大孝，多哭又有何用？"张承业将李存勖扶到大殿，接见将吏，让其袭任河东节度使、晋王。

李克用在时，义子甚多，礼秩与李存勖相等。李存勖继位，难免一些义子心怀不服，捏造谣言，意图作乱。李克宁久握兵权，也涉嫌疑。李存勖闻听军中私议纷纷，便邀李克宁入室，凄然说道："侄儿年轻，恐不足上承遗命，弹压众将。叔父德高望重，侄儿请叔父担任节度使、晋王。"

李克宁摇头说："你系亡兄家嗣，且有遗命，何人敢生异议？"

等到大堂议事，李克宁首先参拜，众将士亦不敢不从，相继下拜。

李克宁退归私第，饮酒解闷。忽然，李克用义子李存颢来访。李克用义子太滥，并不是个个义子都是大太保李嗣源之类精英。李存颢才德不佳，不受重用。李克用临终托孤，叫去了义子李存璋，未叫义子李存颢，让李存颢心中不满，有了叛心。李存颢用言挑拨李克宁："兄终弟及，古今常事，将军奈何以叔拜侄呢？"

李克宁正色道："我们李家，父慈子孝，才有了今天的基业。王兄安排好了，我岂能背叛兄命？我参拜侄儿，也是大义所在，怎能不如此呢？"

李克宁话未说完，其妻子孟氏从屏后出来说："叔可拜侄，将来侄要杀叔，也只好束手受刃了？"

"你为何也来胡说？"

孟氏继续说："上天给你的，你却不要，你以为'李亚子'是什么好人吗？"

李存颢又是一番竭力撺掇。李克宁有些心动，叹息说："侄儿名位已定，叫我如何是好？"

"这有何难？"李存颢与李克宁一番计议，决定以李克宁为河东节度使，绑住李存勖，将他与其母曹氏送交后梁。今后，河东一地归为后梁辖卜潘镇。

史敬镕，太原府人，晋王府纲纪，八面玲珑。

李克宁打算探知晋王府秘密，觉得史敬镕可靠，就把他招来，把密谋告诉他，许诺事成后重赏。史敬镕表面上答应，但一出门，就入见太夫人曹氏，将李克宁、李存颢阴谋夺权篡位、归附后梁等事，详细告知。

曹氏忙召见监军张承业，一五一十叙说，然后指着李存勖对他说："先王临终将这孩子托付给您，但现在却有人要背叛我们。我们母子只求能有一个安身之处，不要被送往开封，其他的不敢连累您。"

李存勖说："我们叔侄至亲，不能自相残杀。若能使叛乱不发，我宁愿让位给叔父。"

张承业愤然说："老奴受命先王，言犹在耳。李克宁、李存颢等欲举河东降贼，大王、太夫人从何路求生？如果不能大义灭亲，我们都会死无葬身之地！"

张承业一番话，让李存勖下定了诛杀李克宁、李存颢决心。

张承业秘密联络李存璋、吴珙等人，加强晋王府戒备。李存勖伏兵晋王府，请李克宁、李存颢等人入宴。才行就座，伏兵忽起，即将李克宁、李存颢拿下。

李存勖流涕斥责李克宁："侄儿先前曾让位叔父，叔父不取，现在叔父为何要阴谋叛乱呢？并且还要将我母子执送仇雠，你怎么忍心如此呢？"

李克宁惭愧不能应对。李存璋等齐呼速诛，李存勖乃取出祖父李国昌灵位，摆起香案，将李克宁枭首。李存颢等一并伏诛，李克宁之妻孟氏自尽。

史敬镕立下大功，后来做了金吾卫上将军。

晋王李克用去世消息传到后梁，太祖朱温不信，以为是李克用的诱敌之计。

908年初，后梁太祖朱温由开封迁都洛阳。二月，将唐哀帝杀害。三月，朱温亲自来到泽州，指挥后梁军从潞州撤军。朱温原以为晋军会来追击，孰料悄无声息。朱温派人打探，才确定李克用已死无诈。朱温暗骂自己："二十多年来，没怕仇敌。如今仇敌死了，竟把自己吓晕了。"朱温召回围攻潞州之后梁军，继续包围潞州。

驻守潞州的晋军将领，城内还是李嗣昭。

后梁军筑夹寨以围潞州，已有一年。李嗣昭全力固守，异常困窘，信心渐失。潞州观察支使任圜不停劝慰李嗣昭："大帅要坚守待援，不可有二心。"

任圜，磁州人，英俊潇洒，能言善辩，李克用以侄女嫁他。

李嗣昭听信任圜，坚守城池，安抚军民，整备军械，抗拒来敌。

朱温亲至潞州城下，对李嗣昭高呼："李公，朕是大梁天子，亲自前来招降你了。"

李嗣昭在城楼上大骂："你这个'朱阿三'，来这儿胡言乱语什么！"

朱温大怒，立刻呼叫："霍存呢！霍存呢！"

四周无人应答，朱温立时清醒，霍存早已去世了。朱温对身后诸将说：

"如果霍存还在，朕安有此劳苦呢？"朱温追赠霍存为太保。

朱温下令潞州行营都统李思安一定要攻破潞州，抓住李嗣昭这个可恶的小个子千刀万剐。可惜无论李思安如何攻城封锁，潞州城上始终飘扬着李家的大旗。这么长时间过去了，潞州除了日渐残破、血渍斑斑之外，没有任何改变。黔驴技穷的李思安除了围城还是围城，毫无办法。

朱温返回洛阳，给潞州监军张居翰写信，劝他投降，许诺如若来归，定不吝爵禄之赏。张居翰不为所动，焚其诏书，斩其使者，固守潞州。

潞州城中虽已匮乏，尚能支撑得住。后梁军又复猛扑，流矢射中李嗣昭右脚，李嗣昭暗自拔去，毫不动容，仍然督兵力拒。

援助潞州的晋军将领，城外还是周德威。周德威频频骚扰后梁军，引起他们恼恨。朱温传令军中："凡能生擒周德威者，封刺史。"后梁军骁将陈章，以善战著称，人称夜叉，作战时常常骑白马、披红甲。陈章扬言要在两军阵前生擒周德威。部将提醒周德威："陈'夜叉'想要当刺史，你在阵上如果看到骑白马穿红甲的人，一定要小心防备。"周德威毫不在意，反而对部下说："如果阵上见到那骑白马、穿红甲的陈章，你们只管假装逃走。"两军对阵，周德威部下见到陈章出来挑战，依计佯装败退。陈章持槊驱马急追。周德威已化装成士兵，夹杂在行伍之中，看到陈章靠前，从背后杀出，一锤便将陈章打于马下，将其生擒活捉。太原府中，晋王李存勖听闻周德威与李嗣昭不睦，未肯出力相援，还有人说周德威外握重兵，恐他谋变。李存勖心中忐忑，就将周德威召回太原。

天空阴沉沉的，后梁太祖朱温见潞州难下，再次起了撤师的心思，众臣纷纷说："李克用已死，周德威已归，潞州孤城无援，指日可下。请陛下暂留大军几月，定可破灭潞州城。"

潞州行营都统李思安久攻潞州，将校损失四十人、军士损失三万人。朱温气恼，将李思安革除官爵，另任命刘知俊为潞州行营招讨使、符道昭为潞州行营招讨副使，继续率军围攻潞州。

周德威由潞州返回太原，留兵城外，徒步入城，至李克用枢前，伏哭尽哀。周德威又去拜见晋王李存勖，谨执臣礼。李存勖非常感动，与周德威商及军情，并述先王遗命："先王临终时，对我说，'李嗣昭忠孝，必不负我，但他现在被困潞州一年，好像和周德威关系不睦！你替我告诉周德威，若不能解潞州之围，我死不瞑目。'"周德威感泣不已，向李存勖说："潞州解围，末将一定前去，一定会拼死力战。末将和李嗣昭没有过节，只是见解有些差异。李嗣昭被困城中一年多，消息不通，缺吃少药，对城外援军不满，是可以理解的。城外援军不是不尽力，而是围困潞州的夹寨和潞州城墙一样，都是坚不可摧，贼梁几乎精锐尽出。"

李存勖召集诸将计议："潞州为河东屏藩，若无潞州，便是无河东了。从前朱温所患，只一先王，今闻我青年继位，必以为未习戎事，不能出师。我如果简练兵甲，倍道兼行，出其不意，杀他无备，以愤卒击惰兵，何忧不胜？解围潞州，争霸中原，在此一举了！"

监军张承业大声响应："好！王言甚是，请即起师。"众将同声赞成。

李存勖大阅将士，率领丁会、周德威、李嗣本、安金全等人，前往潞州。

到了三垂冈下，距潞州只十余里，天色已黑，李嗣源前来迎接，李存勖命将士偃旗息鼓，衔枚埋伏。

回忆往事，李存勖忍不住感叹："此先王置酒处也！"

二十年前，李克用曾在此地打猎，在冈上的明皇庙摆下酒宴，听伶人鼓瑟叠唱《百年歌》。声调凄苦的《百年歌》，暗示岁月无情，人生易老。戎马生涯的李克用被乐曲旋律感染，抚摸着偎依在膝边的李存勖说："二十年后，此子必战于此。"

没想到，李克用随意说出的一句话，竟成了谶语。

丁会曾在潞州长期做节度使，熟悉地理，并且久在后梁军中，知晓后梁众将特点。周德威、李嗣源救援潞州，也有一年，深知后梁军厉害。李存勖将丁会、周德威、李嗣源招来商议。

周德威说："贼梁围困潞州的夹寨是块厚厚实实的铁板，非用钢矛利剑不可。"

李存勖豪气顿生，镇定说道："我就是钢矛，各位就是利剑。"

丁会说："贼梁招讨使刘知俊，绰号'刘开道'。美原之战，让刘知俊成为藩镇中口口相传的传奇名将。对付他，必须出其不意。"

李存勖望了望李嗣源，笑笑说："贼梁有'刘开道'，我有'李横冲'呀！"

晋军有支精英之师，为横冲都，有骑兵五百，以李嗣源为都头。横冲都一出战，往往都是奇迹般获胜，晋军上下皆称李嗣源为"李横冲"。

李嗣源冷笑说："贼梁军虚张声势、徒有虚表，他们都会命丧我下。"

李存勖拍着大腿大笑说："长兄未战，已经气吞贼梁军啦！"

李存勖与众将议定，明晨突袭夹寨后梁军。

第二天黎明，大雾漫天，咫尺不辨，李存勖驱军急进，直抵夹寨。

后梁军尚在梦中。招讨使刘知俊高卧未起，忽闻晋兵杀到，好似一声迅雷。他慌忙披衣趿履，整甲上马，出寨抵御，但为时已晚。

李嗣源率领横冲都，旋风般驰入后梁军阵地。晋兵砍掉后梁军鹿角，以柴草填平沟堑，攻入夹寨。黑色横冲都挥舞长槊，在白色后梁军中左冲右突，长槊过处，撩起的弧形血线在上空飘洒，一片血红。后梁军放起箭来，李嗣源并不理会。李存勖远远看去，李嗣源已是血染征袍，甲胄缝隙和黑色披风插满了箭杆，如同刺猬一般。

丁会、周德威、李嗣本、安金全等人率领各路晋军纷纷杀入夹寨。晋兵手中执着火把，连烧连杀，吓得后梁军东逃西窜，七歪八倒。潞州城中的李嗣昭、张居翰、任圜见救兵已到，抖擞精神自城中杀出。里应外合，内外夹击，后梁军大败。

后梁招讨使刘知俊料不能支，领了数百败兵，拨马先逃。后梁招讨副使符道昭情急狂奔，用鞭向马尾乱挥，马反惊倒，把符道昭掀落地上。周德威追到，手起刀落，将符道昭剁成两段。后梁军大溃，将士丧亡逾万，丢弃粮草兵械如同山积。

晋军至此解了长达一年多的潞州之围。

夹寨之战，李存勖俘获符道昭妻子侯氏。侯氏貌美出众、善解人意，而且通音律、擅歌舞，获得了李存勖的专宠，被称为"夹寨夫人"。此后，李存勖征战四方，侯氏常常跟随军中。后世所说的压寨夫人就是"夹寨夫人"的讹传。

洛阳城中，后梁太祖朱温听到夹寨被攻破，大惊失色，不由感叹："生子当如'李亚子'，李克用虽死犹生！朕的儿子与之相比，就像猪狗一样！"

纵横天下三十余年的枭雄朱温，被初出茅庐的后辈李存勖，一仗打服。

后人刘翰以"此先王置酒处也"为韵，写就《李克用置酒三垂冈赋》——

漳水风寒，潞城云紫；浩气横飞，雄狮直指。

与诸君痛饮，血战余生；命乐部长歌，心惊不已。

直到潞州解围，李嗣昭才听到李克用去世的消息。李嗣昭哀恸欲绝，几乎哭死过去。李嗣昭继续留守潞州，一面调养身体，一面治理潞州。经过一年多的围城，城中军民死伤过半，城乡百业萧条。李嗣昭保境安民，减轻租税，招徕流民，劝课农桑。不久，潞州城恢复了往日模样，军心稳定，士民归附。

李存勖返回太原，犒赏军士，授周德威为同平章事、蕃汉马步军大总管。其余有功将士，也是个个封赏。只是丁会回到太原后，患病去世。

李存勖开始整顿军纪、抚恤孤寡，任用贤才，惩治贪腐。河东境内大治，民俗大变，百姓归心，面貌焕然一新。夹寨一战，让晋军重新振作起来，从此后，晋军又可以与后梁军争锋了。

4

北方雷雨交加，南方则是风起云涌。

江西观察使钟传主政二十余年，佛教繁盛。钟传崇佛，凡出军攻城，必祷佛而行，不忍妄杀。抚州起乱，钟传兵围抚州，城内突起大火，诸将请求急攻，钟传说："乘人之险，不可！"乃祷告火神不要害民。抚州刺史危全讽听说，谢罪听命。钟传兵不血刃，收复抚州，传为佳话。钟传画《搏虎图》，以示子孙，并常常告诫几个儿子："你们处世要贵智谋，千万不要效仿为父与猛虎相搏。"

洪州有个上蓝和尚，精究术数，为钟传所崇。钟传临终时，请教上蓝和尚："老夫可能要远去了，法师能有一二言告诉老夫吗？"

上蓝和尚索笔，写一偈语："但看来年二三月，柳条堪作打钟槌。"

上蓝和尚写完这一偈语，就圆寂了。钟传虽然得到偈语，但并不明白其中寓意。这年冬天，钟传去世，终年七十岁。

钟传长子钟匡时成为江西观察使。"一山不容二虎"，钟传次子钟匡范是江州刺史，与兄长不睦，挈江州归附淮南藩镇。钟匡范向吴王、淮南节度使杨渥说其兄钟匡时欲攀结后梁太祖朱温图谋扬州。杨渥大怒，命金陵刺史秦裴为西南行营都招讨使，率军攻打钟匡时，兵围洪州。历时三个月，洪州城陷，淮南军大掠三日，江西藩镇为杨氏所有。杨渥派庐州刺史刘威担任江西观察使。至此，人们才明白上蓝和尚的偈语。"杨"和"柳"通用。上蓝和尚准确预言了钟氏基业为谁灭亡和具体灭亡时间。

908年夏，河阳三城节度使张归霸死在任上，后梁朝廷追赠为太傅。

张归霸有一女，才色俱优，嫁与朱温三子朱友贞。

朱友贞是朱温嫡子，容貌俊美，沉稳寡言，现为开封马步军都指挥使。

张归霸还有二子，分别是：张汉伦、张汉杰。张归霸重病时，教育二子："我跟着黄巢吃过人，当受伤时也差点被黄巢吃掉。对于生死，我前几年请教过一位和尚，他告诉我：《金刚经》有云：'一切有为法，如梦幻泡影，如露亦如电，应作如是观。'我是粗人，听不懂这句佛家偈语。这位和尚告诉我：'生，未尝可喜；死，也未尝可悲。'人无法预测自己的生命，更无法回避死神的到来。现在，为父要永远离开你们了，告诉你们几句话：既然诸行无常，那么我们就应该好好地爱惜当下，让这宝贵的生命，散发出真善美的光辉。"

张归霸一生在生与死之间转悠，临终所言可谓是大彻大悟，但张汉伦、张汉杰青春年少，哪能听得进去？

张汉伦说："人生在世，当追逐名利，为什么去追求这真善美呢？"

张汉杰说："父亲吃的苦太多了，我们要变苦为乐。"

张归霸长叹一声说："我的子女如果年轻病死，就算张家有福气了。"

夹寨一战，让后梁由盛转衰。如果说后梁是头雄狮，则这头雄狮被一狼一虎夹在中间。这西北狼是晋军，这东南虎是淮南军。朱温篡唐称帝，建立后梁，但河东、淮南等藩镇仍沿用唐朝年号，始终以唐朝藩镇自居。

曾经的吴王、淮南节度使杨行密是头猛虎，但他的儿子却未必勇猛。吴王、淮南节度使杨渥年少袭位，性好游饮，又善击球，常常单骑出外，连日忘归，帐前亲兵都不知他的去向。

左衙指挥使张颢、右衙指挥使徐温，统是杨行密旧臣，面受遗命，辅佐杨渥。张颢与徐温泣谏，杨渥怒斥："你们认为我没有才能，为什么不杀死我，自己当节度使？"

张颢、徐温失色而出，私下议论："自己讨杀，真是奇闻。"

张颢、徐温暗中谋划叛乱。杨渥父亲杨行密在世的时候，有三千名亲军驻扎在节度使所居衙城之内，杨渥把他们迁出城外，用腾出的空地作为骑射击球的场地，张颢、徐温更没有忌惮了。

杨渥不是没有警惕心，他担心张颢、徐温两人变乱，便召入心腹军校范遇，令掌东院马军，用以自卫。哪知张颢、徐温已窥透杨渥用意，亲率衙兵二百，手执刀剑直入庭中。

杨渥惊骇说道："你等真的要杀我吗？"

张颢、徐温齐声道："这却未敢，但大王左右，多年挟权乱政，必须诛死数人，方可安定。"

杨渥尚未说话，张颢、徐温立麾军士上前，把一旁范遇砍翻在地。张颢、徐温降阶认罪，说是兵谏遗风，非敢无礼。杨渥无可奈何，只好隐忍，豁免罪名。从此，淮南军政全归张颢、徐温两人掌握。

杨渥日夜思谋去掉张颢、徐温，但苦于没法。两人心亦不安，共谋弑杀杨渥，分据淮南土地。徐温不愿承担弑君之名，故意以统一号令为由，用自己的右衙兵单独行事。张颢中计，当即反对，徐温于是顺势提出单用张颢的左衙兵。

908年六月，张颢派纪祥等部下手持兵器夜入杨渥室中，杨渥尚未就寝，纪祥坦率说道："奉命来杀你！"

杨渥惊叫道："你等如果能反杀张颢、徐温，我当尽授你们刺史。"

众人听了都心动，只有纪祥不答应，举刀砍去，杨渥倒地。杨渥尚有余气未尽，又被纪祥用绳缢颈扼死。杨渥终年二十三岁。

张颢率兵驰入军府，召入徐温以及东面诸道行营副都统朱瑾、检校太尉李承嗣、马军都指挥使史俨等淮南将吏，厉声问："吴王杨渥暴毙，军府当归何人主持？"大家都不敢应答。张颢接连问了三次，仍无回音。张颢暴躁起来，欲自立为淮南留后，向后梁朝请降。

幕僚严可求缓步上前，低声与语："淮南地广，四境多虞，不您主持还能有谁能主持？但今日尚嫌太早。"

"为何这样说？"

严可求说："说今日尚早，是因为江西观察使刘威、歙州刺史陶雅、常州刺史李遇等人都是先王的旧将，现均在外。张公欲自立，他们会答应吗？会肯居张公之下吗？依我看，不如先立幼主，张公主持军政，时间一长，众将谁敢不从？"

张颢听了，默然无语。严可求料他气沮，便入旁室，不到半刻，回来大声说："太夫人有令，请诸君静听！"说着，从袖中取出一纸，宣读道："先王创业艰难，中道薨逝，嗣王杨渥又不幸早逝，次子杨隆演依次当立。诸将多是先王旧臣，应无负杨氏，善辅新王！"

众将齐说："既有太夫人诰令，应该遵从，快迎新王继位好了。"

张颢闻严可求所读诰令词旨明切，也不敢有异议，乃由他主持，迎入杨隆演，奉为吴王、淮南节度使。

太夫人史氏是杨渥、杨隆演之母，无甚才能。严可求乘乱行权，特从旁室中草草书就，诈称为史氏诰令。诸将都被瞒过，连张颢亦当是真，未敢作梗。杨氏一脉，因此不亡。

为何拥立杨隆演？原来严可求与徐温是好友。张颢与徐温原本约定事成后瓜分淮南藩镇，然后归顺后梁。徐温当夜梦见白龙绕柱，次日入宫时恰巧看到杨渥之弟杨隆演白衣倚殿柱而立。他认为梦兆应在杨隆演身上，于是有意拥立杨隆演，就将此事告诉了好友严可求。

严可求机智果敢，让骁勇善战的朱瑾也钦佩不已。朱瑾亲自来到严可求府上，对他说："我十六岁便纵马疆场，虽遇大敌但毫不畏惧。今天面对张颢竟吓出冷汗，但严公却能旁若无人，慷慨陈词，可见我只是匹夫之勇，比严公差远了。"

到了夜晚，张颢默思徐温本是同谋，但此次惊变，徐温不闻不问，令自己孤掌难鸣。此中有可疑之处，便计划调他出外就职。

次日，张颢先问徐温："以前被杨渥所逼，商量杀掉杨渥后，分据淮南土地，徐公觉得怎样？"

徐温点头答应。张颢入禀杨隆演，遣徐温为润州节度使。

严可求听说后，便劝徐温："徐公您舍弃右衙兵而出任外藩，张颢一定把杀死君王的罪名归在您身上。"

徐温惊问："既然这样，你说怎么办？"

严可求答："张颢刚愎自用，不明事理，请让我为您想办法。"

严可求前去见张颢说："张公您将徐温调到外地，众人就会说您要夺他的兵权并把他杀死。如果众人不服，胡乱说话，那是可怕的。"

张颢问："事情已经这样，怎么办？"

严可求说："人言原是可畏，但不是最大隐患。倘若徐温从此怀疑张公，号召外兵，入清君侧，张公将如何对待呢？"

张颢忽地站起，扶着严可求说："请您阻挡这事。"

严可求说："阻止他很容易。"

第二天，严可求邀张颢及李承嗣一同拜访徐温。严可求瞪着眼睛责问徐温："滴水之恩，当涌泉相报；一饭之恩，当千金奉还。知遇之恩，当铭记在心；提携之恩，当永世不忘。徐公您是杨氏的老将，现在幼主初立，正是多事的时候，您自己到外地去，这样合适吗？"

徐温谢罪说："如果您们宽容，徐温我哪里敢自己独断独行？"

张颢劝杨隆演任用徐温如旧。杨隆演也是个柔顺之人，一一依从。

张颢虽然不明事理，但李承嗣却看出严可求有依附徐温倾向，暗中告诉张颢。张颢夜遣刺客入严可求府上刺杀。严可求眼明手快，挡住刺客，询问来意。刺客说由张颢所遣，严可求神色不变，对刺客说："要死就死，但须我禀明新王，方可受刃。"刺客允诺，执刀旁立。严可求操笔为书，语辞激烈。刺客颇识文字，不禁心中惭愧，向严可求说："严公是长者，我不忍杀您，但须由您出些财帛，以便复命。"严可求任他自取，刺客掠得数物，去回复张颢，说严可求已闻风逃去，需要等待数日，张颢只好静等。

严可求担心张颢再行加害，忙向徐温告变，力请先发制人，并说左监门卫将军钟泰章可与共事。徐温派亲将翟虔邀钟泰章入室，共谋诛杀张颢。

钟泰章愿意一力承担，回去后与壮士三十人歃血为盟。次日早晨，装束停当，直入左衙都堂。正值张颢升堂视事，被钟泰章掷刀中脑，顿时倒毙。壮士一齐下手，杀死张颢左右数十人，此时距杨渥遇弑仅有九日。

徐温率右衙兵亲来接应，左衙兵惮不敢动，当由徐温宣布："张颢弑逆，按律当诛，今已诛死首恶，尚有余党未尽，无论左右衙兵，但能捕除逆党，一概行赏！"

左衙兵得此号令，踊跃而出，捕得纪祥等人到来，由徐温下令推出，处以极刑。

徐温入禀太夫人史氏。史氏惶恐失色，向徐温泣语："我儿年幼，不胜重任，今祸变至此，情愿自率家人，返归庐州原籍，请徐公放我一条生路，也是一种大德呢。"

徐温跪拜说："张颢大逆，不可不诛。徐温岂敢负先王厚恩，愿太夫人勿再疑徐温，尽可放心！"

徐温自此独专国政，以左右衙都指挥使，决断军府一切事务。

吴王杨隆演不过是一牌位，毫无主意。严可求升任扬州司马，佐徐温治理军旅，修明纪律。徐温常语严可求："大事已定，我与公等当力行善政，使人解衣安寝，方为尽职。否则与张颢一般，如何安民！"严可求当然赞成，将淮南所行弊政，尽行革除，立法度，禁强暴，通冤滞，省刑罚，军民大安。

李承嗣卒于楚州刺史任上，与他一起逃往淮南的史俨死在滁州刺史任上。观他们一生，辗转于河东、淮南两大藩镇，凭借果敢、机智、谨慎，周旋乱世，得享天年。随同李承嗣、史俨南下的数千沙陀骑兵，也在秀美江南扎下根来，逐渐成为江淮汉人。淮南藩镇四处征战，有他们的踪迹；淮南藩镇成就霸业，有他们的功劳。

909年三月，抚州刺史危全讽突然有了野心，趁吴王杨隆演刚刚继位，联络袁州刺史彭彦章、吉州刺史彭玕和信州刺史危仔倡，聚众十万，进攻淮南辖下的洪州。危全讽自称江西观察使，声称要为好友钟传收复江西藩镇。

洪州守兵仅千人，吏民甚惧。吴王杨隆演辖下江西观察使刘威颇有勇略，他一面遣使赴扬州告急，一面与僚佐登城宴饮，佯示从容。危全讽疑刘威有备，不敢轻进，屯兵象牙潭，派人至楚王、湖南观察使马殷处乞师。马殷派遣马步军都指挥使苑玫围高安，遥作声援。

扬州城内，左右衙都指挥使徐温问严可求："谁可去救洪州？"

严可求推荐步军都指挥使周本，徐温认可，便以周本为西南面行营招讨应援使，率兵七千往救。

周本，舒州人，自少孤贫，曾徒手格杀猛虎，闻名遐迩。杨行密爱慕周本勇武，收作麾下。杨行密成为淮南节度使后，升周本为淮南步军都指挥使。周本每战必前，常常伤痕累累。周本自烧烙铁，烫治创口，胆小之人心惊肉跳，周本却是谈笑自如。

周本向部下说："湖南兵只是声援危全讽，并非真要攻取高安，一旦击败危全讽，援兵必然撤走。"主意已定，周本便领兵急奔象牙潭。途径洪州，刘威想要设宴犒劳，周本不肯。他向刘威说："贼兵多于我军十倍，我军兄弟听说必将畏惧，不如利用现在士气高涨，迅速击溃危全讽。"

危全讽临溪建造营栅，绵亘数十里。周本隔溪布阵，令弱兵挑战，引诱危全讽出兵来追。危全讽寡谋轻进，想打他一个下马威，于是倾寨出追。等到危全讽半渡，周本带领锐卒前来截击。危全讽始知中计，慌忙对阵，无奈部众已无行列，东奔西散，只剩得亲兵数百，保住危全讽。危全讽好不容易冲开一条血路，奔回溪岸，不料刚刚登陆，竟被周本活捉而去。

周本乘胜攻克袁州，擒获刺史彭彦章。吉州刺史彭玕率众奔湖南，信州刺史危仔倡单骑奔吴越，饶州亦被淮南军攻取。湖南马步军都指挥使苑玫闻危全讽被擒，便撤去高安围军。不料淮南军行营都指挥使米志诚杀到，苑玫吃了一个败仗，抱头窜归。淮南军尽复江西之地。危全讽死于扬州，死前终于明白王景仁所说并非危言耸听。

左右衙都指挥使徐温嘉赏周本战功，任其为信州刺史。

楚王、湖南观察使马殷因张佶让位之德，对其甚为敬重，让其到桂州担任桂管经略使。909年夏，张佶病逝于任上，马殷追赠其为侍中。

徐温辅政淮南，权势日盛一日。江西观察使刘威、歙州刺史陶雅、常州刺史李遇，统是杨行密宿将，恃有旧勋，蔑视徐温。李遇性子较急，愤愤说："徐温是什么人？我都没见过，咋就主政了呢？"此话传到徐温耳朵里，徐温就派左龙武军统军柴再用以兵护送淮南节度副使王坛替代李遇，召李遇回扬州。李遇起疑心，不敢从命，柴再用以兵围困。

吴王杨隆演派客将何荛劝李遇归顺。何荛说："你如果想谋反，可以杀我何荛。如果本无反心，为什么不随我何荛出去呢？"李遇当然没有反心。李遇少子李铁为扬州列校，李遇非常喜爱。徐温执其子李铁来到宣州城下，李铁啼号求生。李遇不忍再战，随何荛出城。

徐温将李遇全家诛灭，用以杀鸡儆猴。从此，诸将畏惧徐温，不敢逆命。

徐温大治水师，用义子徐知诰为楼船副使。

徐知诰，徐州人，本名李昇，幼年父母双亡，浪迹濠州开元寺。杨行密攻濠州，见八岁孤儿李昇头角峥嵘，状貌不凡，收为义子。因其不为杨渥等诸子所容，就交给徐温抚养，改名徐知诰。徐知诰天资聪颖，侍奉徐温如父，徐温妻李氏因为同姓，对徐知诰照顾有加。徐温外出，因心情不佳而乱杖驱赶徐知诰，等到归家时，徐知诰拜迎于门口。徐温惊讶说："你怎么又回来了？"徐知诰回答："为人子，怎么能舍弃父母呢？"徐温十分感动，更加喜爱徐知诰。徐知诰长大后，身长七尺，方额隆准，喜好读书，善于骑射。杨行密常常称赞道："徐知诰是个俊杰，众将的儿子中，没人比得上他。"

徐知诰沉毅有谋，作《咏灯》一诗——

一点分明值万金，开时惟怕冷风侵。

主人若也勤挑拨，敢向尊前不尽心。

徐知诰的诗是写给义父徐温看的，借灯火向他表明心迹。徐知诰将自己比喻为有价值的弱小灯火，需要照拂才能生存，只要主人多关照，一定会竭诚报答。

徐温常语家人："此儿为人中俊杰，将来远胜过我亲儿。"

徐温益加宠爱，但徐知诰更加谨慎。

徐温平常喜穿白衣，每年生日，徐知诰都会给义父献上白袍。这年生日，柴再用讨好徐温："白袍还是不如黄袍好看。"在座的徐知诰马上站起身来对徐温说："父亲忠孝之名满朝皆知，大家非常敬仰。一旦这种谄媚之词传出去，一定会损害您的声誉，请父亲您不要被这些话蛊惑。"

黄袍意味着什么，徐温很清楚，自此更加器重徐知诰。徐知诰所请，徐温无不依从。徐知诰密陈江西观察使刘威专恣，不可不防，徐温便欲兴兵讨伐。

刘威有幕僚黄讷，向刘威献计："刘公虽遭谗谤，究竟未得确据。如果轻舟见徐温，自然嫌疑尽释了。"刘威采纳，乘坐一小舟，只带侍从二三人，径直奔往扬州。陶雅亦到，与徐温相见。徐温款待刘威、陶雅甚恭，以后进自居，且转达吴王杨隆演，优加二人官爵。刘威、陶雅很是悦服，一住一月，方才告别。徐温设盛筵饯行，席间备极殷勤，伴作恋恋不舍之态，引得刘威、陶雅两人更加死心塌地跟随徐温，誓不相负，这才洒泪还镇去了。刘威、陶雅病逝于任上。

徐温遣淮南节度副使陈章攻打湖南，取得岳州，擒归刺史苑玫，又在无锡击退吴越兵。润州与扬州仅一江之隔，徐温担心润州刺史李德诚生变，便将他由润州调往江州。李德诚主动把儿子李建勋派到徐温身边。李建勋好学，写《隔句韵诗》，赠送徐温——

> 不喜长亭柳，枝枝拟送君。
> 惟怜北窗树，树树解留人。
> 圆缺都如月，东西只似云。
> 愁看离席散，归盖动行尘。

这诗不仅消除徐温的疑心，高兴之下，徐温还将女儿嫁与李建勋。

徐知诰恪守子道，恭敬对待徐温，一点不露骄态。徐温对亲子们说："你等事我，能如徐知诰吗？"徐知训等徐温的亲儿子们忌恨徐知诰。面对徐知训等人的百般刁难，徐知诰从未向徐温告状。他只是将自己的委屈藏于心中，不停读书习武。

徐知训宴请徐知诰，计划用毒酒杀死他。徐知训麾下的刁彦能，如同当年王景仁所言，有良知有主见，想救徐知诰一命，便在倒酒之时用手语提示徐知诰。徐知诰异常机警，谎称自己要如厕，离开了宴席，悄悄跑掉了。徐知训命令刁彦能前去追杀，刁彦能做做样子，无功而返。

逃过这一劫的徐知诰自知羽翼未丰，斗不过徐知训，便想逃离。

徐知诰向徐温请求，到金陵去担任刺史，徐温答应。

上任后，徐知诰选用廉吏，修明政教，招揽四方人才。

洪州人宋齐邱写一手文章，擅长机变权诈之术，前来投奔，徐知诰用为推官。

扬州人周宗善辞令，遇事机警，被徐知诰任为都押衙，参与机密。

徐知诰隐然有笼络众心、缔造宏基之想。

面对淮南用兵，湖南与吴越两处藩镇先后诉于后梁朝。

后梁太祖朱温命检校太傅王景仁为淮南招讨使，率兵一万，进攻寿州。徐温率兵出御，在淮河北岸与王景仁展开遭遇战。徐温仅率四千人迎战，被后梁军打得大败。王景仁乘胜追击，眼见就要将淮南军逼入山谷。淮南衙将陈绍大呼："敌军已被诱至深处，可以反攻了！"他跃马转身，在后梁军中左右冲杀。淮南兵皆以为此前是诈败，顿时士气大振，随陈绍一起再战后梁军，硬是将他们击退。

淮南军撤回淮河南岸。王景仁亦率军自霍丘附近水浅处渡过淮河，为便于回返，后梁兵在浅水处设下标识。在霍丘，王景仁再次与淮南军交战，擒获淮南衙将袁丛、王彦威、王璠。淮南东面诸道行营副都统朱瑾率大军赶至，淮南兵力大增。

后梁军、淮南军对阵，徐温高叫："王茂章，你改名王景仁，难道就不是王茂章了吗？你在淮南是头虎，因为有家乡百姓跟随你。如今你到了淮北，还能是头虎吗？"

王景仁心中惭愧，料想不敌，撤军而走。他亲率数骑断后，使得淮南军皆不敢逼近。前面后梁兵依照以前在浅水处设下的标识渡河，不料此前设下的标识已被淮南霍丘守将朱景移至深水处，结果后梁过半军士溺水而死。

徐温纵马淮河边，高兴大笑，在霍丘将后梁兵尸体筑作京观，炫耀武功。

王景仁路过独山，在杨行密庙祠前祭拜，痛哭一番后，方才离去。

徐温担任淮南马步诸军都指挥使、侍中，晋爵齐国公。其后，徐温出任两浙都招讨使，出镇润州，统辖金陵、润州、常州、宣州、歙州、池州。其子徐知训留在扬州，担任内外都军使，辅理朝政。自此，小事悉由徐知训裁决，大事遥与徐温商议。淮南藩镇只知有徐氏父子，不知有吴王杨隆演了。

果如杨行密、钱镠预言，"打虎将"秦裴有藩侯相，被杨隆演封为鄂岳观察使。秦裴锦衣回乡，始终谦逊，以平民之礼拜谒乡老、乡吏，不以藩侯身份自傲。秦裴前往扬州晋见杨隆演，不料途中病逝。秦裴有一后人，名叫秦观，作了《千秋岁·水边沙外》一词——

水边沙外，城郭春寒退。花影乱，莺声碎。飘零疏酒盏，离别宽衣带。人不见，碧云暮合空相对。

忆昔西池会，鹓鹭同飞盖。携手处，今谁在。日边清梦断，镜里朱颜改。春去也，飞红万点愁如海。

秦观的这首词，似乎是说他的祖先秦裴面对淮南杨氏消退、徐氏骄横，能做到的就是："春去也，飞红万点愁如海。"

5

淮南向南一千八百里，是福建藩镇。

909 年，后梁太祖朱温封福建观察使王审知为闽王。

235

　　王审知一直尊奉中原王朝为正朔，称臣纳贡，未曾称帝。即使杨行密父子占据江淮地区，阻挡进贡通道，他也让人由海路到后梁国都，没有间断。王审知统治福建，自奉俭约，为政以德，与民休息，劝课农桑，轻徭薄赋，修筑道路，访求民隐，兴利除弊，奖励通商，深得民心。因此中原各地战乱频仍，残破不堪，而东南之隅平静繁荣。

　　王审知设立招贤院，吸引中原人才，传播儒学文化，使福建成为乱世中的一方净土，逃难的中原人相继迁入福建。唐朝翰林学士韩偓从长安辗转淮南，来到福建。一路上，韩偓目击乱离，写下了充满悲愤之情的《村落皆空因有一绝》一诗——

　　　　　　水自潺湲日自斜，尽无鸡犬有鸣鸦。

　　　　　　千村万落如寒食，不见人烟空见花。

　　韩偓在福建南安县定居，写就《江岸闲步》一诗——

　　　　　　一手携书一杖筇，出门何处觅情通。

　　　　　　立谈禅客传心印，坐睡渔师著背蓬。

　　　　　　青布旗夸千日酒，白头浪吼半江风。

　　　　　　淮阴市里人相见，尽道途穷未必穷。

　　韩偓在南安县安然去世。家人处理后事，发现了一个密封的箱子。打开一看，里面都是烧残的蜡烛，蜡烛上有唐皇室专用的龙凤图案。家里的老仆说，韩偓任翰林学士时常常处理公事到深夜，每晚持龙凤烛回到住处。这些蜡烛头就是那时留下的。韩偓家无余财，家人只好烧这些龙凤烛头，祭念韩偓。

　　"春蚕到死丝方尽，蜡炬成灰泪始干。"这是韩偓姨父李商隐的名句，韩偓似乎就是一支龙凤烛头。据说，李商隐看到十岁韩偓文思敏捷，曾为他写下了一首诗——

> 十岁裁诗走马成，冷灰残烛动离情。
>
> 桐花万里丹山路，雏凤清于老凤声。

李商隐似乎一眼看穿了韩偓一生。

福建西北三千里，是魏博藩镇。

909 年，邺王、魏博节度使罗绍威病倒了。

罗绍威知道自己命不久矣，而他的儿子只有十来岁。他担心自己死后，孩子会被手下将吏杀掉，于是主动上表："魏博从前是大镇，多受外敌侵扰，请陛下派一位有功大臣镇守，我愿意告老还乡。"后梁太祖朱温派人告诉罗绍威："一定要养好身体，如果有什么意外，朕一定会保你子孙世代富贵。"魏博衙兵的可怕，让罗绍威刻骨铭心，罗绍威带着深深的担忧去世了，终年三十四岁。朱温得知后，辍朝三天，追赠其为尚书令。

朱温登基已是数年，亡妻"戒杀"叮嘱忘得一干二净，残暴本性暴露无遗。

朱温和自己幕僚坐在大柳树下，朱温自言自语："这棵树应该做车毂。"大家都不作声，有几个幕僚起身应和："应该做车毂。"朱温勃然大怒说："书生们喜欢玩弄别人，你们都是这一类的人！车毂必须用榆木制作，柳木岂能做？"朱温对左右武士说："还等什么！"武士当即拉出那几位幕僚，活活打死。

检校右仆射李谠因为久而无功，也被朱温处死。

像李谠之类随意被杀的不在少数。

颍州人王重师沉稳大度，剑槊之妙，冠绝一时。他跟随朱温多年，效力立功，超群出众。他枕戈披甲，经历百余战。朱温进攻濮州，濮州人囤积火堆堵塞在被毁坏的城墙处，烟火连天，没有人敢越过。王重师正卧病

237

军中，闻听军情，一跃而起，命壮士全部取来军中毡毯投入水中浸湿，丢到火堆上。王重师率领精锐军士，持短刀突入敌城，濮州得以攻陷。王重师被长槊刺击，身受重伤，奄奄一息。朱温难过说："虽然攻下濮州，却将失去重师，怎么办？"立即命人用奇药给他医治，一个多月才痊愈。王重师出任雍州节度使，安心抚民，很有威望。

左龙虎统军刘捍至雍州，王重师接待不周，刘捍即诬告王重师暗通岐王李茂贞，朱温就召还王重师，将其杀死，并且族灭。

后梁大臣上朝前，往往要与家人"道别"，这个"道别"是生死道别。

后梁名将刘知俊率军夺取鄜州、坊州、丹州等地，因功被封为大彭郡王。朱温让他乘胜再攻邠州，被他以"军食不给"而推辞。朱温召刘知俊入朝，拟任他为行营都统。刘知俊之弟刘知浣正在朝中，秘密遣人告诉刘知俊："王重师是个功臣，轻易就被冤杀，所以兄长切勿入朝，入朝必死。"

刘知俊正欲赴洛阳，闻听王重师身诛族灭，大吃一惊道："王重师为朱温鞍前马后，最终却落得个如此下场！"这令刘知俊唏嘘，也令刘知俊心寒。"飞鸟尽，良弓藏；狡兔死，走狗烹"。此时的刘知俊，越想越恐惧，便观望不前。刘知浣找朱温请求，迎其兄还朝。朱温不明就里，当即允准。刘知浣竟挈弟领侄，同至刘知俊行营啦。

刘知俊喜家属生全，便占据了同州，降了岐王李茂贞。

朱温派遣宦官诸原到同州，责问刘知俊："朕待卿甚厚，为何相负？"

刘知俊答复："王重师未曾有负于皇上，却遭族灭！臣非背德，但畏死耳！"

刘知俊派兵扼守潼关，阻止后梁军西进，接着攻取华州，又出兵袭长安。刘知俊暗中以重金买通长安诸将，拘捕了防守长安的刘捍，将其送往凤翔处死。李茂贞趁机出兵，接管了长安。

朱温下诏，削去刘知俊一切官爵，派山南东道节度使杨师厚、马步军都指挥使刘鄩往讨刘知俊。

杨师厚来到长安，领奇兵靠着南山急行，从西门攻入，李茂贞麾下将士十分惊愕，不知怎么应付，即刻出降。

刘鄩至潼关东，得获刘知俊伏兵，令为前导，乘夜叩关。关吏未曾辨明，立即开门。刘鄩兵一拥而入，害得刘知俊措手不及，只得弃关西走，挈族奔往凤翔去了。

岐王、凤翔节度使李茂贞实力最强时，一度控制关内、山南、陇右、剑南四道四十五州，但如今在后梁、前蜀抢夺下，已成为一只瘦弱的骆驼了。李茂贞由于凤翔地盘太小，不敢称帝，只能开岐王府，署天官。不过，李茂贞还是想当皇帝的，他册封妻子刘氏为皇后，同时鸣鞘掌扇，出行使用皇帝仪仗，李茂贞只能靠这种方式来过皇帝瘾了。

李茂贞正欲发兵援应刘知俊，不料刘知俊仓促前来。李茂贞好言抚慰，命他率领岐军前往袭取灵州。刘知俊率领岐兵五千，奔至灵州城下，把灵州城围困起来。后梁灵州朔方节度使韩逊，飞使告急。后梁太祖朱温立遣华州节度使康怀英、徐州感化军节度使寇彦卿率兵往援。康怀英等人星夜前进，连下李茂贞辖下宁州、邠州。刘知俊解围还援，攻打邠州。

邠州城里有个青年，他就是十年前父亲与弟妹被杀，逃难到邠州寻找母亲的李昊。十年里，李昊没有寻到母亲，却被一个大户人家收养，陪其家的儿子读书。结果大户人家的儿子没读好，却让李昊练就了一手好字，写就了一手好文章。相貌堂堂、英俊潇洒的李昊见岐军围城，就越城出逃，结果被岐军擒获。

李昊面带笑容，拜见刘知俊。刘知俊仔细看了看李昊，便问他："看你样子，有二十岁啦，为何不从军呢？"

李昊答："写写字，教教书，不好吗？"

刘知俊拿出笔墨，让李昊写写看看。李昊随手写了唐朝诗人杜甫的诗歌："破的由来事，先锋孰敢争。思飘云物外，律中鬼神惊。"刘知俊看了非常高兴，原来刘知俊绰号"刘开道"。李昊写的这句"先锋孰敢争"让刘知俊心里热乎乎的。刘知俊非常赏识李昊，将李昊置于门下，又将女儿嫁他为妻。

刘知俊夺下了宁州、邠州，康怀英等亦退兵三水，偏刘知俊已绕其前面，据险截击，把康怀英麾下兵马冲作数段。康怀英仓皇失措，不知所为，亏得后梁左龙骧军使王彦章持着两大杆铁枪，当先开路，左挑右拨，搠死岐兵数百，吓退了岐军。

王彦章，郓州人，膂力超人，惯用铁枪，人称"王铁枪"。三国时，关羽使用一把青龙偃月刀，八十二斤。"王铁枪"使用两杆铁枪，每杆就有一百五十斤。

岐军留出一条生路，放过后梁军。康怀英狼狈奔至升平，蓦有大山挡道，两面峭壁，只有一狭径可通人马。康怀英正在担忧，猛闻一声哨声，那岐兵从谷中出来，堵住山口，为首者正是刘知俊。康怀英吓得手足冰冷，望着王彦章说："这将奈何？"王彦章说："大帅只随我前进，怕他什么！"王彦章舞动两枪，杀入山口。刘知俊招架不住，慌忙勒马退开。王彦章勇往向前，康怀英紧紧随后，费了若干气力，才得杀出山谷，挥鞭逃去。手下后梁军士，多被岐兵截住，不是杀死，就是受擒。

寇彦卿与康怀英分途进兵，闻康怀英败还，也急急收军回归。

刘知俊向岐王李茂贞献捷，李茂贞授刘知俊为泾原节度使。

后梁太祖朱温大怒，下诏斥责刘知俊叛梁降岐之举，并发下赏格："生擒刘知俊者，赏钱百万，授节度使，首级次之。"

前蜀开国皇帝王建曾将爱女嫁给岐王李茂贞侄子、秦州节度使李继崇。李茂贞因姻亲关系，屡遣人至前蜀国求财求物，王建无不照给。李茂贞又求巴州、剑州二州，王建大怒道："我待李茂贞也算情义兼尽，奈何求货不足，又来求地？我若割地给他，便是弃民。宁可多给货物，也不能割地。"王建发丝茶布帛，交来使带还。李茂贞因求地不得，便说些气愤话。李继崇嗜酒使气，伉俪间常有违言，导致反目。王建女儿暗遣宦官宋光嗣用绢书禀报王建："李继崇骄矜嗜酒，女儿请求回成都去。"王建便假托皇后周氏去世，让女儿回成都奔丧。回到成都后，便留住不返了。

李茂贞大怒，即与前蜀国绝好，遣兵攻打前蜀国兴元府，被前蜀国枢密使唐道袭击退。

李茂贞派泾原节度使刘知俊、秦州节度使李继崇，发兵八万进攻前蜀国。

王建义子王宗侃主动请缨，王建任其为北路行营都统，率军十二万，出兵搦战。青泥岭一战，刘知俊、李继崇完胜前蜀军。刘知俊乘胜追击，攻取兴州、凤州，并将败逃的前蜀军围困在兴元府。

王建被迫御驾亲征，召见并责难王宗侃："你狂率致败，难道不怕赫雷刀吗？"赫雷刀是王建的佩刀。王宗侃十分害怕，此后消声隐迹。王建手持赫雷刀，指挥前蜀军，大破岐兵。刘知俊等岐兵岐将狼狈走还。

后梁太祖朱温闻此消息，派遣光禄卿卢玭出使前蜀，意欲拉拢王建，打击李茂贞。朱温与王建同为唐朝勋旧，出身和地位相当，故朱温在致王建书中称其为兄，朱温说："闻皇帝八兄据有西陲，尽得三蜀，别尊位号，复统高深。愿两国通于情好，征曹、刘之往制，各有君臣；追汉、楚之前踪，常分疆宇。"朱温此书，等于承认前蜀和后梁地位平等。

前蜀国同平章事韦庄看了看后梁国书，笑着说："这是唐高祖李渊骄李密之意，当年，李密见李渊对自己十分尊敬，便投降了李渊，不料以后为李渊所杀。"

王建当即大悟。

在前蜀国都成都与后梁国都洛阳中间的重地，是金州。曾经的金州防御使冯行袭归顺后梁朝后，驻节许州。910 年，长乐郡王、许州忠武军节度使冯行袭病重。

许州有衙兵二千人，都是吃人恶魔秦宗权的余党，朱温深为忧虑。朱温命崇政院直学士李珽驰往许州见冯行袭，对这些人说："皇上有百万大军，离许州很近，冯公忠诚纯正，不要使皇上有所怀疑。你们赤胆忠心，报效国家，何愁没有荣华富贵！"冯行袭不能起床，想要派人代受诏书，李珽说："头朝东穿上朝服，就是受诏的礼仪了。"李珽就在卧房内宣布诏书，对冯行袭说："好好保养，不要办理公务，这是您子孙的福分啊。"冯行袭哭泣谢恩，交出旌节，让李珽代管军府。朱温听到这个消息说："冯行袭一族不会灭亡了。"

许州东南一千六百里是杭州。

910 年，诗人罗隐在杭州去世。罗隐著有诗集《甲乙集》，多用口语，颇有讽刺现实之作，在民间流传颇广。"今朝有酒今朝醉，明日愁来明日愁。""采得百花成蜜后，为谁辛苦为谁甜？"这些名句，都出自罗隐笔下，成为当下芸芸众生的两种生活态度。

罗隐到处云游时，曾两度见一云英姑娘。她关切中带着一丝调皮的语气说："罗秀才犹未脱白矣。"白，是指白丁，只有当官才能穿大红大绿衣服。罗隐羞愧，尴尬中吟诗："我未成名卿未嫁，可能俱是不如人。"罗隐仕途不如意，但却留下了"国计已推肝胆许，家财不为子孙谋"，"若教解语应倾国，任是无情亦动人"的不朽诗句。后人袁牧对他评价甚高："三生金榜无名字，一卷唐诗殿本朝。"

罗隐去世前，吴越王钱镠前往病榻前探视，掉泪说："黄河信有澄清日，后代应难继此才。"民间将这诗转变成谚语："黄河尚有澄清日，岂可人无得运时？"说的也是罗隐。

杭州向西三千六百里，是成都。

910 年，诗人韦庄在成都去世。韦庄的一生又何其坎坷，在时代的洪流里，韦庄就像一粒沙子一样，被裹挟而不能自己，家国破碎，流离出走，他身不由己。可另一方面，韦庄也有"由己"的一面，韦庄随遇而安，写下了一首又一首令人回味无穷的诗词。韦庄长诗《秦妇吟》与《孔雀东南飞》《木兰诗》并称"乐府三绝"。

成都东南三千里，是岭南藩镇。

岭南节度使刘隐网罗中原南逃士人，凿禺山扩建广州，一跃成为岭南强藩。但是山外有山，楚王、湖南观察使马殷派遣步军都指挥使吕师周率军进攻岭南，与刘隐交战十余次，夺取岭南的昭州、贺州、梧州、蒙州、龚州、富州六州。刘隐上诉后梁朝廷，后梁太祖朱温无能为力，只是任命刘隐兼任安南都护。

容州宁远军节度使庞巨昭、高州防御使刘昌鲁都是前唐官员。当年黄巢进攻岭南的时候，庞巨昭、刘昌鲁率群蛮据险抵抗，黄巢不敢进入其境。刘隐占岭南时，容州、高州两个州没有归队。

刘隐进攻容州，没有攻克。刘隐派遣其弟刘龑攻打高州，被刘昌鲁打得大败。

刘龑出生之时，其父刘谦的正妻韦氏嫉妒刘谦对刘龑生母段氏的宠爱，准备将刘龑一剑刺死。当她看到刘龑后，吓得剑都掉到了地上，愣了半天才说道："这个孩子并非常人啊。"三天之后，韦氏杀掉了段氏，将刘龑亲自收养。刘龑长大之后，擅长骑射，身高七尺，垂手过膝，气质与众不同。

庞巨昭、刘昌鲁自知不是刘隐的敌手，便写信给楚王马殷，表示愿意归附。马殷大喜，派横州刺史姚彦章率兵前去迎接。姚彦章派军护送庞巨昭、刘昌鲁亲族迁到长沙。姚彦章留下，主持容州、高州事务。

911年正月，后梁太祖朱温进封刘隐为南海王。三月，刘隐去世，终年三十八岁。其弟刘龑，继任其位。

三 第一支箭

岭南藩镇往北三千里，是后梁国都洛阳。

洛阳东北一千里，是镇州成德军藩镇。

镇州成德军虽然向后梁称臣，但却貌合神离。

赵王、镇州成德军节度使王镕上报后梁朝廷，说是祖母寿终。

后梁太祖朱温派遣供奉官杜廷隐吊问。杜廷隐回来，说晋王李存勖亦派使凭吊。

朱温大起疑心，便欲吞并镇州成德军藩镇。此时，质押给朱温的王镕长子王昭祚、李弘规长子李杏已回到镇州。朱温布下一盘大棋，遣杜廷隐为镇州成德军监军，并发魏博衙兵五千，分屯深州、冀州二州，托词帮助镇州成德军守御，实是准备袭击镇州。

深州刺史石公立急忙遣人禀告王镕，拟拒绝后梁，偏偏王镕不肯听从，反召石公立归镇州。石公立出门，指城哭道："朱氏灭唐社稷，就是三尺童子，犹知他居心叵测，我赵王反恃为姻好，令他屯兵，这叫做开门揖盗，眼见得全城为虏了！"等到石公立已去，后梁杜廷隐率领魏博衙兵入城。深州百姓，大为惊骇，奔匿城外。杜廷隐将城门关住，尽杀镇州成德军戍卒。还是如此这般，杜廷隐又袭取冀州。

深州、冀州失守消息，报入镇州，王镕这才焦急，急令石公立再攻深州、冀州。杜廷隐等人已经严密拒守，严兵以待，那里还能攻入？镇州成德军的管辖地，只有镇州、赵州、深州、冀州四州，此时失去一半，教王镕如何不慌？

王镕四出求援，派义子张文礼到燕王刘守光处告急。

张文礼，幽州人，性格凶险，颇多奸谋，曾是刘守文的偏将，后来投奔王镕。他百般奉迎，说自己有将才，连孙武、吴起、韩信都不如自己。王镕竟然相信，收他为义子，改名王德明。

刘守光昏庸愚昧，骄奢残暴。他命人制作铁笼、铁刷，令犯错之人坐到笼中，令吏卒在外面用火燎、用铁刷抓。犯错之人疼得大喊大叫，最后痛苦死去。幽州将士见刘守光无道，为了避祸，纷纷远去。刘守光身穿赭黄衣袍，对将吏说："我穿此衣面南而坐，可以称帝吗？"都押衙孙鹤力谏："这万万不可，会招来灾祸的。"

张文礼前来求救，孙鹤向刘守光说："现在镇州成德军没有过错，朱梁朝廷无端讨伐，最先去救镇州成德军的必然会称霸。在下想，恐怕不等我军出动，晋王李存勖就已攻破朱梁大军了。我们不要错失机会，请大王快速出兵！"

刘守光说："哈，哈，你知道有个'卞庄子刺虎'的典故吗？卞庄子想要去刺杀老虎，童仆制止他：'两只老虎正在吃一头牛，吃完后必定会争斗，其结局是大虎受伤、小虎死亡。到那时候，你再朝着受伤的大虎刺去，就能有杀死两只老虎的收获。'卞庄子认为童仆的话有理，就站着等待它们相斗。果然如童仆所料，卞庄子轻而易举刺杀两只老虎。现在，朱温和王镕是二虎相斗，我们也应当做卞庄子！"

见刘守光不肯出兵，镇州成德军使者张文礼又到了太原。

晋王李存勖毫不迟疑，当即答应出援。晋军诸将多是谏阻："王镕臣事朱温，已有数年，岁输重赂，并结婚姻，此次向我求救，必有诈谋，愿大王不要轻易答应！"李存勖摇头说："你等只知其一，不知其二。试想王镕在唐尚且叛服无常，怎肯长为朱温臣属？今朱温出兵掩袭，王镕自顾不暇，还顾及什么姻好？我若不救，只会坐大仇敌朱温。所以我们应急速发兵，会同镇州成德军，共破朱温，免得他踏平黄河以北，侵及河东！"

话未说完，定州义武军节度使王处直亦派庶子王郁到来，愿联合王镕，共推李存勖为盟主，合兵攻打后梁。李存勖允诺，即命周德威率兵万人，往屯赵州，帮助王镕防守。

后梁太祖朱温闻听晋军、定州义武军援助王镕，便以王景仁为北面行营都招讨使，韩勍为北面行营副都招讨使，李思安为前锋，统领七万精兵，攻打镇州成德军藩镇。后梁军进驻柏乡。王镕大惧，再向太原乞师。李存勖亲自出马，率领晋军主力东下。

朱温善用怀柔政策，册封王处直为北平王，意图拉拢定州义武军，半独立的北平政权从而建立。不过，王处直并未建国称帝，因此《新五代史》也未将其计入十国之列，只认为其是一方割据势力。

镇州、定州唇齿相依，王处直担心自己被后梁兼并，不为朱温拉拢所动，背弃后梁，亲率五千精兵帮助王镕。

李存勖至赵州，与周德威合军，进营野河，与柏乡只隔五里。

后梁兵坚壁不出，李存勖命周德威率兵挑战，仍没有一人出来接仗。周德威令游骑进逼后梁军营，痛骂后梁军，发矢射入营寨。这下恼了后梁北面行营都招讨副使韩勍，出兵三万，开营出战。周德威即麾军退回，韩勍哪里肯舍，分三万人为三队，追击晋军。

晋军见后梁军盔甲鲜明，光耀夺目，不禁心摇气馁，各有惧容。周德威笑着说：“贼梁军士远看人模狗样，近看髡发黥面，他们多是屠沽商贩出身，虽衣铠鲜美，但是徒有虚表，他们十个人也不如我军一个人。”

周德威说的倒也是实情，朱温在称帝前，推行“跋队斩”和黥面刺青，后梁军士因此面容丑陋。周德威的一番话，立刻提振晋军士气。周德威亲率晋军精骑攻击后梁军两翼，在阵内来回冲杀四次，俘获百余人。后梁军退回营中。

李存勖出兵接应，与周德威一同谋议破敌之策。李存勖认为晋军远来救难，应速战速决。周德威反驳：“敌军善于守城，却不善野战。我军多是骑兵，不利攻城，所以说，我军应该按兵不动，待敌军士气衰退时伺机出击。”

李存勖认为周德威畏惧后梁军，便不听他的建议，径自回帐安歇。

周德威告诉河东监军张承业：“我军与敌军仅一水之隔，倘若敌军造桥渡河作战，我军将被全歼。如果我军退守鄗邑，引诱敌军离开营垒，敌出我归，敌归我出，用轻骑抢掠敌军的粮草军需，不出一个月，必能击破敌军。”

张承业点首，入帐禀告李存勖：“现在还不是大王歇息的时候，周德威乃是老将，洞察军事，所言不可忽视。”李存勖幡然醒悟，当夜便按周德威建议，撤军退守鄗邑。

晋军俘获后梁侦骑，得知王景仁果然饬兵编筏，多造浮桥，拟袭击晋军。

李存勖始称周德威有先见，奖劳有加。

911 年春，天空阴沉沉的，偶尔飘起几个雪花。

李存勖与晋军将领们来到高冈上，俯视后梁军营，李存勖意欲同后梁军决战。周德威率领三百精骑，来到后梁大营前辱骂。韩勍再次忍耐不住，率军出战。王景仁不得已集结全军，列阵出击。周德威且战且退，将后梁军引向鄗邑以南旷野地带。如此一来，王景仁、韩勍便中了周德威的诱敌之计。

晋军是草原上的狼，最适宜在平原展开骑兵战。但三百骑兵太少，远远望去，那白色的后梁军数十倍于黑色晋军。

李存勖欲开战，派人告诉周德威。周德威说："敌军轻装，远来决战，即使携带干粮，也难在战斗中进食。不到傍晚，他们便会人饥马乏，士气衰落。而那时，我们埋伏在高冈后的晋兵吃饱肚子，趁势攻击，必获全胜。"

李存勖认为有理，便按兵不动。两军对阵到傍晚时分，后梁兵饥饿难耐，王景仁忽然想起自己已经一天没有吃饭了，便下令撤退。王景仁没有想到的是，他这个命令竟然导致了后梁军的崩溃。韩勍、李思安都是朱温嫡系将领，根本不服王景仁这个客将。等王景仁下令撤退，韩勍、李思安等人立刻开溜了，队伍有些混乱。王景仁、韩勍、李思安饿昏了头，只看到前面周德威三百骑兵，未想到晋军大批伏兵已经等候多时。

周德威见时机已到，立即以三百骑兵发起猛攻，一股黑色旋风迅即冲进了白色的混乱的阵地。周德威冲到前面大喊："韩勍、李思安都跑路了，你们不走，在等着送死吗？"这话一出，饥饿已久的后梁军士立刻崩溃了，纷纷向后逃。

李存勖指着远处的"黑白交战图"，对李嗣源说："你看到白色的敌军了吗？数十倍于我们黑色的晋军，真是令人胆战心惊。尤其前面的敌军，那是精锐白马都。"

李嗣源大笑说："敌军虚有其表。"

李存勖高兴说："敌军有白马都，我有横冲都，给大太保上酒。"

李嗣源饮掉一杯酒，挺身上马，率领已经饱食的横冲都直冲后梁军白马都。片刻间，李嗣源生擒后梁两员骑校。

李存勖率领晋军，趁机冲击，各路晋军奋勇向前。这幅"黑白交战图"，开始是"黑点"在里，"白圈"在外，现在是"黑点"向外扩充，"白圈"被一条条"黑线"硬硬地撕破。"黑""白"交织，"白色"越来越少，"黑色"越来越浓，晋军大破后梁军。

柏乡之战，共俘获后梁军将校二百八十五人，斩首二万级。后梁军伏尸数十里，龙骧、神威、神捷等后梁精锐全军覆没。王景仁、韩勍、李思安仅率数十骑连夜逃归，抛弃的军资器械不计其数。

镇州成德军、定州义武军也来助战，从此彻底倒向晋王李存勖。李存勖趁势掠夺邢州、洺州二州，屯兵黎阳县城。

柏乡之败，是朱温与李克用争霸以来鲜未遇到的惨败。后梁军从此转成弱势，主动权转移到晋军。

朱温震怒，将王景仁拘禁于家中，只因王景仁是钱镠所推荐，并未严惩。朱温对王景仁说："朕知道你之所以失败，是因为韩勍、李思安轻视你为客将，不愿听你节度。"过了几个月，朱温恢复了王景仁的自由，此后再也没有重用王景仁。王景仁在淮南时，是中流砥柱、数一数二的名将。到了后梁后，没有了以往的气势，连战连败，这是水土不服。王景仁不久因疽病而死，后梁朝廷追赠为太尉。

韩勍，被贬为左龙虎卫军统军。

韩勍是朱温同乡，宋州人。

朱温之子朱友珪担任左右控鹤都指挥使，专司皇宫警卫，常与韩勍一起饮酒，结为莫逆之交。

李思安也被贬，出任相州刺史。

朱温改宋州为宣武军治所，任命朱友谅为宣武军节度使。朱友谅进献瑞麦一茎三穗，朱温大怒说："今年宋州大水灾，你搞这些干什么？"朱温罢免朱友谅的官职，叫他闲住在京城。

1

二虎相斗，并未"一死一伤"。

燕王刘守光还想做卞庄子，就打算刺激二虎继续相斗。

刘守光派判官齐涉去镇州、定州，分别对赵王王镕、北平王王处直说："二位大王归附晋王，应该与晋王一起继续讨伐朱氏梁朝。燕王有精兵三十万，到时可以助你们一臂之力。"

王镕、王处直各派人去拜见李存勖，叙说此事。

河东监军张承业笑了笑，对李存勖说："以前，吴王夫差在黄池之会上当了盟主，而越王勾践却乘此机会灭吴。项羽讨伐齐国，背后的汉王刘邦趁机打败了楚国。现在，刘守光喉焦唇干，通过王镕、王处直来劝说我们，让我们远行千里去讨伐朱贼，这是什么用意呢？刘守光在后方，才是心腹之患啊。"

李存勖立刻大悟。李存勖想起先王李克用的临终交代：夺取幽州之地，杀死刘仁恭、刘守光父子。李存勖求教张承业。

张承业说："刘守光玩弄黄雀在后之计，被我们识破。我们反过来，对他施以骄兵之计，看看他如何处理。要让其毁灭，必先使其膨胀。这骄兵之计，就是联合镇州成德军、定州义武军，遣使奉册，共尊刘守光为尚父，滋长其野心，将他推向风口浪尖。"

李存勖高兴答应。刘守光见三处军阀前来拥护自己，便以为李存勖、王镕、王处直畏惧幽州兵威，更是骄狂。刘守光上表后梁朝廷，请授自己为黄河以北兵马都统，以便讨伐晋军和镇州成德军、定州义武军。后梁太祖朱温欣然答应，派阁门使王瞳前往幽州，授予刘守光为黄河以北采访使。

刘守光对王瞳说："你前来幽州，正好代表朝廷见证我担任尚父之典。"

刘守光想改元、祭天，王瞳说："尚父受册，只能采用朝廷册封太尉的礼仪。"

刘守光不解问："尚父之典为什么不能祭天、改元？"

王瞳答："祭天、改远，是天子之礼。尚父虽然尊重，但还是臣子。"

刘守光发怒说："我当尚父，谁当皇帝呢？现在天下四分五裂，大者称帝，小者称王，我有土地二千里，难道不能称帝一方吗？"

刘守光下令把王瞳押进监狱，准备施以铁笼、铁刷之刑。王瞳好汉不吃眼前亏，见刘守光已经疯狂，就改变说辞："论燕王之功，尚父之位太低，何不称尊九五呢？"刘守光异常高兴，立刻释放王瞳，以贵宾之礼相待。

刘守光着手准备称帝，下令说："有胆敢提出异议者必死！"

孙鹤谏阻："沧州失败，在下感谢大王不杀大恩，可是现在大王打算称帝的事，在下不能不谏。"

刘守光发怒，令武士将孙鹤推进铁笼，用铁刷刮他的肉吃。

孙鹤大叫："不出百日，河东晋军一定会到！"

刘守光令武士塞住他的口，将其剁成肉酱。

911年八月，刘守光在幽州悍然称帝，国号"大燕"，定都幽州。

因刘守光残暴不仁，史称"桀燕"。

刘守光任用王瞳、齐涉为左右丞相。

刘守光迎来了自己的人生巅峰，可他不知道"被捧杀"意味着什么。自刘守光坐上龙椅的那一刻起，桀燕灭亡就开始倒计时了。

李存勖派太原少尹李承勋出使幽州，刘守光竟然逼迫李承勋称臣，李承勋不肯，仅用列国交聘之礼入见。刘守光大怒，将李承勋杀死。这下惹恼了李存勖，他亲率晋军前去讨伐。

刘守光不敌李存勖，问计王瞳、齐涉。

王瞳说："当前只有求救南方的朱氏梁朝，方可退敌。"

齐涉常常出使，但此次不敢前去后梁。他心中明白，刘守光称帝，必会惹恼后梁太祖朱温，谁去出使谁就会性命难保。齐涉灵机一动，向刘守光建议："王瞳是朱氏梁朝宠臣，此去洛阳，必会如愿以偿。"刘守光情急之中，不假思索，当即答应。

王瞳回到洛阳，替刘守光代乞援师。后梁太祖朱温大怒道："你已臣事刘守光，还敢来见朕吗？"

王瞳伏奏："臣怎敢负恩事燕？只因刘守光中了河东之计，背叛陛下，所以臣暂时居燕，力劝刘守光勿负陛下。现今，河东晋军来攻打幽州，幽州危急万分。若陛下坐视不救，恐怕黄河以北终非陛下所有了！"

这一番花言巧语，竟然把朱温的怒气平息了下去。王瞳呈上刘守光表文，其中多有悔过乞怜等语，这下惹动朱温雄心，答应出兵救援。

朱温深知幽燕之地一旦落入李存勖手中，后果不堪设想。为报柏乡之仇，912年二月，朱温亲率十万后梁军从洛阳出发，围赵救燕，攻打王镕，声援刘守光。

朱温北征，路过怀州，刺史段凝献馈甚丰，朱温大悦。

段凝，汴州人，少颖悟，多智数，投靠朱温，逐渐得到器重。段凝将妹妹献给朱温，成为心腹，被授为怀州刺史。

朱温经过相州，刺史李思安献馈如常礼，相比段凝较薄。

李思安被贬后，自认不得志，无心理政。朱温见相州境内壁垒荒芜，帑廪空竭，不由大怒，将其赐死。

李思安生性勇猛，原是踏白将、将士中的佼佼者，但李思安智谋稍逊，每次作战，不是大胜，就是大败。李思安是乱世中的一杆"飞槊"，用时被高举，废时就被弃用。

朱温迁段凝为郑州刺史，使其监兵于黄河。

李振识得段凝为小人，急请罢免段凝，朱温说："段凝未有罪。"李振答："待其有罪，则社稷亡矣！"朱温笑笑了之。

朱温率领大军到达魏州，华州防御使邓季筠也领兵到达魏州。

邓季筠，朱温同乡，少入黄巢军，隶于朱温麾下。当年横枪跃马，与李存孝交战，现今年老了，消极平淡。朱温见华州战马瘦骨嶙峋，大为恼怒，下令将邓季筠斩杀。

朱温命滑州义成军节度使杨师厚为都招讨使、行军司马李茂勋为副都招讨使，兵围枣强，衙将贺德伦兵围蓨县。

两路兵马，同时发出，朱温安居中军大帐，专候捷音。

突有哨兵踉跄奔入，大声奏报："沙陀鸦兵来了！"

朱温大吃一惊，仓皇失措，出帐骑马，只带亲兵数百，奔往杨师厚军去。

晋军有否到来？没有。

依附晋军的镇州成德军马步军都指挥使符习引数百骑兵巡逻到此，被后梁兵误作晋军。"初生牛犊不怕虎，长出角来反怕狼。"庄子的这句话，说的就是此时的朱温。朱温老了，已是贪生怕死，不再是年轻时的勇猛战将。

杨师厚到了枣强，督兵急攻。枣强城小而坚，镇州成德军精兵守住，很是坚忍，任他如何攻扑，死战不退。一攻数日，城墙屡坏屡修，内外死伤，约以万计。等到城中矢石将竭，共议出降，忽有一名叫歇二的小卒奋然说道："贼自柏乡战败，恨我咬牙切齿，今天如果往降，只是白白送死。我愿独入虎口，杀他一二员大将，或使他解围，也未可知。"当夜缒城而下，直奔后梁军营中诈降。

副都招讨使李茂勋召他入帐，问及城中情形，歇二答道："城中粮械尚多，足有半月可持，但将军既收录小人我，肯请给我一剑，效死先登，去取守城将首。"李茂勋谨慎，不肯给剑。歇二觑得间隙，竟举木棒猛击李茂勋。李茂勋呼痛倒地。左右急救李茂勋，立将歇二砍死。

朱温闻报大怒，限令三日取城。杨师厚亲冒矢石，昼夜猛攻。二日后，枣强城失陷。后梁军进入城中，不问老幼，一概杀戮。可怜这小小枣强城，竟成了一座血污城。

蓨县还未取下。朱温与杨师厚前去支援贺德伦，驻扎在蓨县以东。

蓨县为赵州属地，相距赵州不远。晋军主力都在幽州激战，只有蕃汉马步军副总管符存审率领三千骑兵屯守赵州。与符存审一起的，还有代州人史建瑭。他是十一太保史敬思之子，沙陀族名将。符存审与史建瑭相商，认定朱温已是惊弓之鸟、病弱之躯，最有效的制服之策就是虚张声势，刺激朱温。

史建瑭分其部下五百骑为五队，一队向衡水，一队向南宫，一队向信都，一队向阜城，一队向韩城，约定各俘虏后梁放牧者十人到下博桥会合。下博桥由符存审控制。到了黄昏，五队俘虏五十人，杀掉四十五人，将剩下五人断去一臂，放他们回去，并告诉他们："晋王大军快到了。"次日，史建瑭率领百骑打着后梁旗帜，于黄昏时进攻后梁营寨，纵火大喊，斩杀数百人。后梁放牧逃归者都说晋王大军快到了。朱温惊慌失措，连夜拔营而去，丢弃辎重铠甲不计其数。

朱温情急之中，迷失方向，错走了一百五十多里。朱温又遇到一群农夫袭击，士气大丧。好不容易，朱温到达了贝州，暗思颓势已成，性格更加暴躁，当即患上了重病。

史建瑭与符存审的"烟雾"计，竟然吓退了十万后梁兵。

贺德伦也即退军，再遣侦骑察看，才知晋军主力并未来到。贺德伦听着听着，面露惭色，心想自己行军打仗这么多年，竟然让一团"烟雾"将自己吓得不轻，不由忧愤交加。贺德伦也患了重病，养疾贝州。

朱温患病数旬，好不容易有了起色，便自贝州至魏州。朱温义子朱友文前来迎驾，朱温启程南归。朱温年老体弱，加上患病在身，以至于不能乘轿。一路歇歇停停，五月六日才返回洛阳。五月十五日，朱温病情越发沉重，十分悲伤说道："朕经营天下三十年，想不到太原余孽竟能死灰复燃，并且如此猖狂！我看他李存勖的志向不小，上天却又欲夺我余年，几个儿子皆非其敌手，朕将死无葬身之地了。"朱温哭泣失声，昏死过去。御医火速来到，急忙诊脉用药，病情这才稍稍缓解。

朱温长兄朱全昱前来探视，兄弟两人相对恸哭。

朱温是个天不怕、地不怕的狠角色，一生孝敬两个人：母亲王氏、刘崇母；一生敬畏两个人，贤妻张氏、大哥朱全昱。四个人从骨子里关心朱温，也敢指责朱温。如今，三人已去，只有朱全昱了。朱全昱为人忠厚，一句"我在此侍奉母亲，二位弟弟尽管前去"，让朱温心无牵挂，在外冲杀。朱全昱离开时，留下一句话："好好养病。"

河南尹张全义府邸，就在洛阳。朱温闻听他家花园美丽，适合养病，就带领侍从竟往张全义府邸，留在他家避暑。

张全义担任河南尹已久，积资巨万，特在府邸中筑造会节园，枕山引水，备极雅致，是一个府内小桃源。朱温到他家避暑，张全义自然格外巴结，殷勤侍奉，凡家中妻妾妇女，概令叩见。朱温一住数日，病竟好了一大半，食欲大开，色欲复炽，默想张全义家眷，多半姿色可人，便仗着皇帝威风，召她们几个进来。第一次召入张全义爱妾两人，迫她同寝；第二次改召张全义女儿；第三次是轮到张全义儿媳。朱温简直是猪狗不如，张家妇女们惮他淫威，不敢抗命。

张全义之子张继祚，羞愤交并，取了一把快刀，夜间奔入会节园中，往杀朱温。被张全义看见，硬行扯回。张全义小声说道："我从前在河阳，为李罕之所围，啖木屑为食，命在须臾，朝不保暮。亏得皇上派军到来，救我全家性命。此恩此德，如何忘怀？你休得妄动，否则我先杀你！"

相当年，张全义受到县令羞辱，一怒之下投奔黄巢而去。如今的张全义老了，无情世道让他几乎没了底线。张全义开始做忍者神龟，连自家的妻女被人逐个污辱，都不反抗了。

要说张全义报恩精神，确实是有的。张全义的发迹，是因为河阳三城节度使诸葛爽的提携。张全义日益富贵后，追思当年没有报答的恩情，便画诸葛爽的画像，挂在自己的府邸，每天焚香供养，从未懈怠。

张全义之妻储氏也来劝张继祚："当今乱臣贼子横行，能在这险恶岁月中苟活，实属不易，你就听你父亲的。"

朱温似乎听到了会节园的动静，次日传见张全义。张全义担心张继祚事发，吓得乱抖。储氏从旁笑道："如此胆怯，还算什么男子汉？我随同入见，包管无事！"储氏与张全义同入，见朱温面带怒容，竖起柳眉，厉声问道："张全义是一个种田老头，守护河南三十年，开荒掘土，敛财聚赋，助力陛下创业。现今，他年纪大了，能奉献陛下的全部奉献了，陛下还要怎样对他呢？"朱温被她一驳，满脸羞色，假作笑容，劝慰储氏："朕无恶意，不要多言！"张全义、储氏夫妇，谢恩退出。

朱温经储氏一激，觉得有亏张全义，即令侍从起驾，返回洛阳皇宫居住。

朱温流氓出身，性情暴躁残忍，在没了亡妻张氏的"戒色"管教后，邪恶纵欲。荒淫的是，朱温对自己的儿媳也不放过，无论是义子或是亲子之媳，逐一召见侍寝，做个扒灰老。他的那些儿子为了争宠，甘愿献出自己妻子，毫无羞耻之心。他们利用自己妻子入宫侍寝的机会，打听消息，争夺储位。

朱温义子朱友文多才多艺，深得朱温喜爱，现为开封尹。其妻王氏，貌美灵巧，深得朱温宠爱，爱屋及乌，朱温对朱友文也非常宠爱，竟然超过了自己的亲子。王氏借着侍疾为名，进入皇宫，留陪枕席，曲意奉承，只有一种交换条件，迫令朱温答应，就是后梁江山将来须传位朱友文。朱温自然应允。偏偏暗中有一反对的人儿，与王氏势不两立，这人就是朱友珪妻室张氏。张氏姿色，恰也妖艳，但略逊王氏一筹。二人都曾应召，只是朱温一大半情意在王氏身上，渐把张氏冷淡下去。张氏含酸吃醋，很是不平，因此买通宫女，留心王氏隐情。

从称帝以来，朱温未立太子。此时，他明白自己命不久矣，几个亲子不堪重用，仅仅义子朱友文尚可成气，讨自己喜欢，因而决定传位于他。朱温屏去左右，召王氏入室，与她秘语："朕病已深，恐终不起，明日你往开封，召朱友文来，朕当嘱咐后事，免得延误。"朱温将传国玉玺交给王氏，让她去召回朱友文。

王氏大喜，当即出整行装，准备登程。这个消息，竟有人密报张氏，张氏即转告朱友珪，且语且泣："陛下将传国玉玺付与王氏，令她前往开封，等到他们夫妇得志，我们夫妻统要就死了！"

朱友珪闻言，也惊得目瞪口呆，瞧见爱妻哭泣不止，也不由地泪下两行。朱友珪虽是朱温的亲子，但由于其母只是一个营妓，故不为朱温所喜。近朱者赤，近墨者黑，朱温不"朱"反而心黑手辣，离他最近的儿子们也变黑了，手也变狠了。

朱友珪正在彷徨之际，一人插话："欲要求生，须早用计，只是流泪有什么用？"朱友珪愕然回顾，乃是马夫冯廷谔。二人呆视片刻，便一起到了秘室，细细商量。

皇宫中，朱温对平阳郡侯、金銮殿大学士、枢密使敬翔说："朱友珪可以给他一郡，催他去上任。"朱友珪正与冯廷谔商议时，朝中传来诏书，令他为莱州刺史。

冯廷谔说："皇上性格刚烈残暴，病中喜怒无常，凡是降职的人往往会接着得到下一份诏书，那就是处死。"朱友珪更加害怕，但被逼到绝处，反而镇定下来。朱友珪再商冯廷谔，冯廷谔说："这分明是传位朱友文，担心您惹事，把您支走。能否保住性命，那就不得知了。事已万急，不行大事，死在目前了！"

朱友珪非常明白，自己起身赴命那刻，不仅从此与皇帝宝座无缘，而且还会面临杀身之祸。现在干脆一不做二不休，按冯廷谔所言，"行大事"了。

朱友珪是左右控鹤都指挥使，负责皇宫警卫。朱友珪易服微行，潜至左龙虎卫军营，与统军韩勍密商。韩勍见功臣宿将，莫名诛死，心中早已惴惴不安。韩勍见朱友珪有意"行大事"，便火上添薪："您是当前首选继承者，陛下奈何反欲传与义子？陛下老悖淫昏，被王氏左右，才有此妄想，您诚宜早图为是！"

912年六月二十二日，韩勍带领亲兵五百人，换上控鹤都军士服装，跟随朱友珪混入皇宫中隐蔽，至半夜，砍断万春门的门闩，涌入朱温寝殿。宫人恐惧，呼号奔走逃逸。朱温从床上惊醒，坐起问道："造反的人是谁？"

朱友珪走入回答："不是别人，是我！"

朱温对着朱友珪说："我早怀疑你这个逆贼，愤恨没有杀你。你如此悖逆，是想杀父篡位吗？老天爷会放过你吗？"

朱友珪对冯廷谔说："将老贼万段。"

冯廷谔提刀追砍，朱温奋起，绕着柱子躲避。冯廷谔挥刀三次，都劈到了柱子上。最后，朱温力乏，倒于床榻，冯廷谔向朱温腹部刺了一刀，刀刃从后背穿透出来。朱温一声狂叫，随即毙命，终年六十一岁。

朱温狡诈机智，用人不拘一格，纵横天下三十余年，青云直上。朱温政绩是革除了一些唐朝积弊，奖励农耕，减轻租赋，统一了黄河中下游地区。其缺点是残忍好杀、荒淫乱伦，最后竟死在这一弱点上。

朱友珪使人将寝宫地砖扒开，挖出一个坑，用蚊帐包裹其尸，埋入寝宫地下。

朱友珪随即派供奉官丁昭溥策马飞奔开封，假托朱温之名，令开封马步军都指挥使朱友贞速诛开封尹朱友文。朱友贞不知是假，诱入朱友文，把他杀死。朱友文之妻王氏未曾登途，被朱友珪派人捕戮。

翌日清晨，朱友珪召集文武百官，宣读伪造的朱温诏书："朕艰难创业，逾三十年；登基为帝，忽焉六载。朱友文谋图造反，幸赖朱友珪的忠孝，保全了朕的性命。朕病已深，恐终不起，故以朱友珪监国，主持军国大事。"

六月二十六日，朱友珪公开了朱温驾崩的消息。朱友珪加冕登基，宣布即位，这就是后梁朝第二任皇帝。

后梁朝中，人人都清楚朱友珪弑父篡位，大都不愿辅佐他，因此君臣离心离德。朱友珪继位后，大量赏赐将士，以图收买人心，然而老臣颇为不平，平阳郡侯、金銮殿大学士、枢密使敬翔称病不出。许州忠武军节度使韩建晚年苛刻，被部属张厚杀害，朱友珪借机升韩勍为许州忠武军节度使。

2

前蜀开国皇帝王建派将作监李纮前来洛阳吊唁朱温死去。

前蜀国印文，上刻"大蜀入梁之印"。

一年前，朱温派光禄卿卢玭出使前蜀国，落款印文是"大梁入蜀之印"。

前蜀国同平章事张格，就是唐朝同平章事张濬之子。他解释道："在唐朝的时候，朝廷遣使出使四夷时，用的就是'大唐入某国之印'。如今朱氏梁朝用'大梁入蜀之印'，是将我们当做夷狄对待。"王建大怒，欲杀卢玭。张格劝道："这只是朱氏梁朝官员的失误，不要因为这个坏了两国之间的交情。"王建这才作罢。

前蜀国的印信有蔑视后梁之意，无奈后梁朝中人心惶惶，缺少饱学之士，文人墨客远远逊于前蜀，竟然无人识破。

前蜀国太子王宗懿已经二十一岁，多才艺，且能射铜钱中孔。虽然王宗懿长得不好看，咧嘴巴，大龅牙，斜眼睛，但是颇受王建器重。

王宗懿荒淫好色，常常与乐工群小嬉戏无度。王建汲取后梁朝教训，作《诫子王宗懿文》，以教育太子——

我提三尺剑，化家为国。恭俭畏慎，勤劳慈惠。无一事纵情，无一言伤物。故百官吏民，爱我如父母，敬我如天地。你是襁褓富贵，不知创业之艰难。望你勿骄勿矜，勿盈勿忌，惟敬惟诚，惟谦惟和，内睦九族，外安百姓，赤心待群臣，恩信爱军士，绝畋游之娱，察声色之祸。我恐你遗忘，当置于几案，出入观省。

王建煞费苦心，但收效了了。王宗懿生性轻狂，结怨颇多，与王建义子王宗翰、枢密使唐道袭等人不睦。王宗懿在府上召集前蜀国众臣饮酒，王宗翰等人没来。王宗懿愤愤说："这一定是受了乱臣贼子的挑拨。"唐道袭前来赴宴，闻听王宗懿所说，心中发虚。唐道袭素与王宗懿有隙，便向王建秘密奏道："太子召集众臣饮酒，有失礼度，臣恐太子阴谋作乱。"唐道袭借口保卫皇帝，召集营兵宿卫皇宫，内外戒严，风声鹤唳，人心惶惶。王宗懿听闻唐道袭"囚禁"父皇王建，未加明辨，立派徐瑶、常谦率兵攻打唐道袭。唐道袭率兵抵抗，中矢受伤，徐瑶斩杀唐道袭。

王建在皇宫中听到消息，以为太子造反，十分惊慌。

侍中潘炕奏道："太子与唐道袭争权，没有其他意思，陛下宜晓谕众臣，以安社稷。"

王建发兵讨伐徐瑶、常谦等人。徐瑶战败身死，常谦与王宗懿逃到龙跃池，藏身小舟中。王宗懿出舟乞食，舟人上告王建。王建派义子王宗翰前去慰抚王宗懿，不料王宗翰率人赶到龙跃池，上去一阵乱刀，杀死了王宗懿、常谦等人。王建闻听，大恸不已。王宗翰上表求为太子，王建大怒，杀掉了王宗翰，给太子王宗懿报了仇。

潘炕有妾何氏，有绝色，善于编曲弹唱。王建常到潘炕府邸相见，实为见何氏。王建对潘炕说："我宫中无此人。"

潘炕明白王建意思是想占为己有，但依旧作答："此臣下贱人，不敢尘至尊。"

潘炕弟潘峭劝说潘炕："西晋时，绿珠妩媚动人，善解人意，恍若天仙下凡，得到富翁石崇的宠爱。奸人孙秀暗慕绿珠，明目张胆地派人索取。石崇不给，于是遭到杀害。兄长小心，千万不要步了石崇因绿珠而引来杀身之祸的后尘。"

潘炕淡淡说："人生贵在适意，岂能因贪生怕死而没有操守？"

3

成都东北二千二百里是洛阳。洛阳上空阴云密布。

朱友珪弑父篡位，引起了朱温诸子的气愤与不满。

朱温义子朱友谦，少时为大盗，后来归附朱温，现镇守河中府。他闻洛阳告哀，已知有异，泣对群下说："先帝勤苦数十年，得此基业，前日变起宫掖，传闻甚恶，我位于藩镇，未能入扫逆贼，岂不是一大恨事！"

朱友谦话未说完，有洛阳宦官诸原到来，加他为侍中，并征他入朝。

朱友谦对诸原说："先帝晏驾,现在何人嗣立?我正要前去问罪,还待征召吗?"

诸原返报朱友珪,朱友珪即遣韩勍、康怀英率军五万讨伐朱友谦。

朱友谦举河中藩镇投降晋王李存勖,乞求增援。

李存勖统兵赴急,在解县遇到韩勍、康怀英军,把他们打得大败,一直追到白径岭。晋军七太保李嗣恩与后梁军力战,射杀多人,自己被槊击中嘴巴。李嗣恩吐出一口鲜血,继续作战。李存勖亲自查看李嗣恩伤情,一番慰问勉励。到了夜间,晋军点着火把进攻后梁军,韩勍、康怀英又败。李存勖大破后梁军,韩勍战死,康怀英改任长安永兴军节度使。

晋军与后梁军激战,朱友谦却醉卧晋王帐中。李存勖看着他,对左右的人说:"友谦地位虽然显贵,可惜他的手臂太短了。"李存勖是在嘲笑朱友谦不能上阵杀敌。

魏博军衙内都指挥使潘晏与列校臧延范、赵训图谋变乱。滑州义成军节度使杨师厚依旧屯兵魏州,派出军士,杀死了他们。过了两天,魏博军列校赵宾领兵作乱。杨师厚领兵捕捉,追到肥乡,抓获赵宾乱党一百多人,全部斩首。杨师厚趁机占据魏博藩镇。朱友珪不敢得罪,只好承认既成事实,任命其为魏博节度使、检校侍中。

晋王李存勖领兵冒犯魏州界,杨师厚到达唐店,将晋军打败,斩首五千级。

这时的杨师厚,手握重兵,威高震主。

朱友珪以他为患,诏令杨师厚入朝商议军情,想借机铲除,以绝后患。

杨师厚率领精兵万人进入洛阳,在都城外严阵以待,自己带着十多人入城谒见,朱友珪见状,哪里还敢动手,只得厚赐遣送归镇。朱友珪非但没有得利,反倒示弱于人。杨师厚更加骄横,对朱温诸子视若草芥。

朱温第三子朱友贞也想夺取皇位,朱友珪命他杀害朱友文,他也不敢违抗,只得奉命办事。朱友珪即位后,任命他为开封留后、检校司徒。

朱温女婿、赵犨次子、驸马都尉赵岩,任大内皇墙使。他喜绘画,重金收购名画五千余幅，还善画人马，俊挺有气格。朱温有七子，加上赵岩为"八达"，赵岩据此创作了《八达春游图》。画作上，八个达人头戴官帽，身穿红、紫、绿色官服，骑着骏马在苑林中春游。他们有的顾盼召唤，马上谈笑；有的挥鞭督行，相互追赶。八人衣冠端庄，悠然自如。苑林中垂柳依依，草木新绿旺盛。

如今，"八达"中，有的已死，剩下的几个开始争夺皇位了。

赵岩奉旨到开封，朱友贞与赵岩私宴，秘语赵岩："君与我系郎舅至亲，不妨直告，先帝升天，外间颇多传言，君在内廷供职，见闻确切，究竟实情如何？"

赵岩流涕说："您不问，我也应当直陈。首恶实新皇一人，内臣无力讨罪，全仗外镇来除恶了。"

朱友贞说："新皇通过弑父而登位，有亏忠孝，不会得到功臣宿将的拥戴，姐夫您看我该怎么办？"

赵岩答："成败全在杨师厚一人。杨师厚位高权重，禁军将士多为其部下，又占据魏博重镇，精兵猛将多在其掌握之中。如果能得到他的支持，晓谕内外军士，事可立办了。"

赵岩返回洛阳后，便把与朱友贞商议内容告知朱温外甥、侍卫马步军都指挥使袁象先。袁象先又推荐一人，他是右监门卫上将军霍彦威。

霍彦威十四岁时在村落间被霍存掠得，收为义子，后被朱温招致左右，屡立战功。霍彦威曾经被流箭射中，瞎了一只眼。

赵岩、袁象先、霍彦威三人结成盟友，密谋政变，推翻后梁朝第二任皇帝朱友珪。

朱友贞派都押衙马慎交前往魏州见杨师厚，答应事成之后，赐给劳军钱五十万贯，并许愿杨师厚可以再兼领一个藩镇。杨师厚犹豫不决，问马慎交："我与朱友珪君臣之分已定，今无故另改天子，别人会怎么议论我？"

马慎交劝喻说："朱友珪以子弑父，天下人皆知，朱友贞是太祖至亲之子，仗义讨贼，名正言顺。如果一旦事成，大帅名垂青史。如果大帅不应和，朱友贞若一朝消灭反贼，那时你怎么办呢？"

杨师厚立即醒悟，决意支持朱友贞。

朱友贞放心大胆行动起来。913年二月，朱友贞派马慎交到洛阳催促赵岩、袁象先、霍彦威起事。二月十七日晨，袁象先首先发难，率领侍卫马步军三千人杀入宫中。朱友珪仓促闻变，慌忙挈妻张氏及冯廷谔共奔北垣楼下，企图越城逃生。后面追兵大至，喧呼杀贼，朱友珪自知不能脱走，乃令冯廷谔先杀妻，后杀自己。冯廷谔亦自刭。洛阳城中大乱，骚扰了一日余，才渐渐安定下来。

赵岩携带传国玉玺前往开封，请朱友贞赴洛阳即位，但朱友贞坚持要在开封称帝。这月，朱友贞即皇帝位，这就是后梁末帝，时年二十六岁。

朱友贞掌控的后梁朝外有强敌窥伺，内有强藩跋扈，形势严峻。朱友贞废朱友珪为庶人，然后封赏有功之臣——

魏博节度使杨师厚加检校太师、中书令，封邺王；
袁象先为同平章事、开国公、宋州宣武军节度使；
赵岩为租庸使、户部尚书；
霍彦威为洺州刺史。

朱友贞遣赵岩赴河中府招抚朱友谦，朱友谦又归附后梁朝。

当年黄巢军败兵华温琪自杀不成，投奔朱温，成为开道指挥使，后梁朝建立后，升为晋州节度使。华温琪失政，掠夺部民之妻，其夫诉至开封，朱友贞大怒，贬华温琪为金吾卫上将军。华温琪到了开封谒见朱友贞，朱友贞责备他："如果行法典，你说朕不念功勋；如果全废法典，百姓谓我不安黎庶。为人君者，不亦难乎？"

4

开封西北一千里是太原。太原城中，春意盎然，生机勃勃。

晋王李存勖见后梁内乱，认为完成先王李克用遗嘱，向桀燕刘仁恭、刘守光父子报仇的时刻到了。

李存勖以少牢祭于宗庙，请出第一支箭，命令蕃汉马步军大总管周德威背在肩上，率领三万晋军，会合镇州成德军、定州义武军，攻打桀燕。大军从祈沟关进入燕境，澶州、涿州、武州、顺州各州闻风而降。桀燕都城幽州，城大且固，兵不敷用，周德威向太原请求济师。李存勖调九太保符存审援应，带领吐谷浑、契丹两部蕃兵，往会周德威。

周德威得到增兵，四面筑垒，围攻幽州。刘守光益惧。刘守光手下骁将单廷珪自恃骁勇，独请出战。刘守光乃拨精兵万人，令他开城迎战。单廷珪披甲上马，扬鞭出城，一声狂呼，万人随进，左冲右突，甚是威猛。晋军拦阻不住，退至龙头冈。周德威倚冈立寨，据险自固，猛见单廷珪跃马前来，势甚凶猛，即令部将排定阵势，自己登冈指挥，准备对敌。单廷珪遥见周德威，便顾左右道："今日必擒周德威以献！"说毕，持着一枝长枪，当先突阵，枪锋所至，无人不靡。周德威究是老将，没甚慌忙，佯作胆怯状，回马急走，跑上峰峦。单廷珪单马追击周德威，所持长枪几乎刺到其脊背。周德威侧身避开，随即挥棒反击，将单廷珪打落马下，将其活捉。诈败诱敌是周德威的惯用伎俩，在此之前，也曾用这招活捉后梁骁将陈章。现在，周德威故技重施，活捉了这位桀燕的骁将单廷珪。幽州兵因主将被擒，溃败而逃。周德威趁机率兵追杀，斩首三千级，俘获李山海等幽州将校五十二人。幽州军士气大挫，余众逃入城中，全城泄气。

刘守光慌急异常，接连派人赴后梁告急。后梁内乱，哪还顾得上桀燕。刘守光没法，便命都虞侯元行钦四处募兵，又以高行珪为武州刺史，形成掎角之势牵制晋军。

高行珪与堂弟高行周出身军伍世家，二人效力幽州军已有十余年。

李存勖遣大太保、代州刺史李嗣源往攻武州，高行珪出战失利，投降李嗣源。

元行钦闻武州失守，急忙率兵攻高行珪。高行珪令弟高行周向李嗣源求助。李嗣源挥军前来，在幽州之西，与元行钦交战。

李嗣源发七箭，全部射中元行钦。元行钦毫不退缩，"嗖"地射来一箭，正中李嗣源大腿。李嗣源很随意地将箭拔去，继续战斗。李嗣源八战八胜，元行钦穷蹙，知道打不过这个人，就自己捆了自己，向李嗣源投降。

李嗣源亲自斟酒递给元行钦，抚其背说："孩子，壮士也！"李嗣源收为义子，起名李绍荣。

李存勖令元行钦为散员都部署。高行周留事李嗣源，常与李嗣源义子李从珂分领军士，四处转战。李从珂端谨稳重，勇猛刚毅，深受李嗣源喜爱，常跟随李嗣源征战四方。李存勖常常呼他："阿三与我同年，勇敢与我相似，是个不凡子。"

李从珂母亲魏氏已亡，李嗣源又娶妻夏氏，生三子：李从审、李从荣、李从厚。

元行钦英勇无畏，骨子里带着一种对李嗣源的不服。高行珪知晓元行钦凶狠性格，劝李嗣源不要认元行钦为义子，恐对子女不祥。李嗣源哈哈一笑说："我善心对他，都不能改变他，那就随他去吧。我不识字，不懂得什么大道理，我只管做我的。"

刘守光被围一年，屡战屡败，派客将王遵化送信给周德威："我得罪晋王，迷不知返，现在患病，请替我向晋王解释一下。"

周德威对王遵化说："桀燕皇帝还没有到南郊祭天，怎么到了哀求这个地步？我受命讨伐僭乱的人，其他事不管。"

刘守光更加胆虚，献出绢千匹、银千两、锦百段，派都押衙周遵业拜见周德威。

周遵业说："我王刘守光说，富贵成败，人之常理，记住别人的功劳，宽恕别人的过错，是称霸者的胸襟。我王去年狂妄，妄自称天子，本意是不愿在朱温之下而已，哪里料到晋王大军前来包围一年。如今，我王知道自己的过错，不敢再称天子，请求晋王能够宽免。"

周德威依旧不许。刘守光无奈之下，登城对周德威喊道："你是贤士，难道不能想到别人的危难吗？"

河东监军张承业前来慰军，与周德威商议军情。刘守光侦悉后，致书张承业，举城乞降。张承业知他狡猾，不予理睬。急得刘守光派参军韩延徽前往契丹，请求援兵。

韩延徽，幽州人，才德出众。

韩延徽面见契丹可汗耶律阿保机，不行跪拜之礼。耶律阿保机怒起，将他扣留下来，让他到野外去牧马。

耶律阿保机之妻，名为述律平。她的母亲耶律撒葛是耶律阿保机的姑姑。述律平十四岁的时候嫁给了二十岁的表哥耶律阿保机。耶律阿保机东征西讨，果敢多权变的述律平紧随丈夫身后，为他出谋划策，和他一起四处征战。

述律平看到韩延徽，便劝耶律阿保机："此人自持操守，不屈不挠，是个贤士，为什么要让他去放马，让他受窘迫和侮辱呢？应该礼遇于他啊！"

耶律阿保机听信妻子所言，召入韩延徽，令他旁坐，与语军国大事，应对如流。耶律阿保机大喜，待若上宾，用为幕僚。韩延徽感怀知遇，竭力赞襄，教他战阵。

耶律阿保机恼恨刘守光烧他的草原，不肯出援。刘守光急上加急，除出降外再无别法，刘守光复登城向周德威喊道："我已力屈计穷，只求将军宽容，待晋王亲至，我便开门投降，俯首听命！"

周德威托河东监军张承业返报李存勖。李存勖亲到幽州，单骑抵至城下，呼唤刘守光："朱温篡逆，我本欲会合黄河以北各藩镇兵马，兴复大唐，刘公不肯与我同心，效尤叛逆朱温，僭号称帝，激起大众愤怒，才有今日。成败亦丈夫常事，你必须自择所向，敢问刘公何从？"

刘守光流涕说："我今已为釜中鱼、瓮中鳖了，惟王所命！"

李存勖也觉动怜，即折断弓矢，向他设誓："但出来相见，保无他虞。"

刘守光以为他仁柔易欺，含糊答应："再等他日！"

李存勖且笑且愤，返入周德威营中，决定明日督军猛攻，誓入此城。

这晚，幽州军校李小喜缒城来降，报称城中力竭。李小喜是何等人物？

他本是晋军的小校，逃到燕地，刘守光把他当作爱将。攻打大安山、囚禁刘仁恭就是李小喜所为。刘守光的罪大恶极，也有李小喜的促成。他本是刘守光宠将，教刘守光切勿投降晋王。今见刘守光意欲投降，李小喜便先走一步，提前奔投李存勖献功。

李存勖即命五更造饭，令军士饱餐一顿，待至黎明，一声鼓角，全营涌出。李存勖亲披甲胄，督令进攻，这边竖梯，那边攀爬，四面八方，同时动手。幽州军已经力尽，哪里还能支持？就是有心拒守，也是防不胜防。

列校侯益又是率先登上城墙，晋兵一个接着一个跟上来，霎时间城池失陷，幽州兵纷纷乱窜。晋军攻入城中，往捉刘守光。刘守光已经挈妻带子，逃出城外，南走沧州。只有其父刘仁恭，还幽住别室，被晋军擒住。此外，有家族三百口，逃奔不及，一齐作了俘囚。

李存勖进入幽州城，禁杀安民，授周德威为幽州节度使，再遣将士追捕刘守光。刘守光逃到燕乐县境内，一连几日，都不得饭食。刘守光派妻子祝氏乞食农家，农家见她衣服华丽，并没有乞饭人形象，就向她盘问。祝氏直言不讳，大概想用皇后威势去吓吓平民。农家假意留她食宿，暗中飞报晋军。晋军疾趋而至，将刘守光一家一并捉住。

李存勖正在犒赏将士，见擒到刘守光，便笑语："刘公是幽州城主人，奈何出城避客？"刘守光匍匐阶下，叩首乞命。

李存勖命与刘仁恭同押一起，给予酒食。刘守光父母对着刘守光，且唾且骂："逆贼破灭我家，竟到这般！"刘守光俯首无言，只顾吃喝。

数日后，李存勖下令班师，令刘守光父子随行。路过赵州，赵王王镕迎犒晋军。王镕请李存勖上坐，举杯畅饮。李存勖因王镕是父亲的朋友，尊敬礼待，饮酒尽兴后又为王镕唱歌。李存勖有个女儿才两岁，王镕有个小儿王昭诲才四岁。李存勖拔出佩刀割断衣襟发誓，把小女嫁给王镕少子王昭诲。喝到半醉，王镕起请："愿见桀燕皇帝刘守光一面。"李存勖哈哈大笑，命将吏牵入刘仁恭父子，脱去桎梏，让其就席与饮。刘仁恭父子拜王镕，王镕亦答拜。刘守光饮食自如，毫无惭色。

914年夏，李存勖返至太原，即将刘仁恭父子牵入宗庙。

刘守光知道自己将死了，哭着说："我的荒谬行为，是李小喜蛊惑的缘故，如果他这罪人不死，我一定到九泉之下申诉。"

李存勖派人召李小喜，让他辩解。李小喜瞪着眼睛斥责刘守光："你囚父杀兄，奸淫'小妈'，也是李小喜叫你做的吗？"

李存勖恼怒李小喜无上无下，命令先斩李小喜。

刘守光仍存生的希望，大叫道："我精于骑马，晋王要恢复唐室，成就霸业，为什么不赦免我，让我为您效劳呢？"

祝氏在旁骂刘守光："事已至此,活着还有什么意思？我们愿意先死！"

祝氏等人，尽行处死。刘守光临刑，仍哀求不已，直至刀起首落，方才寂然。

刘守光虽然也建国称帝，但残暴不可一世，在第二年，李存勖就兴兵攻打幽州，刘守光最终被俘，这个还没有来得及得瑟的桀燕就这样灭亡了，故《新五代史》并未将其计入十国之列。唐末乱世,满是地痞、流氓、糊涂蛋，刘守光则是其中数一数二的恶棍。

李存勖派节度副使卢汝弼与弟弟李存霸，押送刘仁恭至李克用墓前，破腹取心，祭奠李克用。刘仁恭终年四十九岁。他曾经做梦，梦见四十九岁时高贵无比，不料竟是死亡。

李存勖平定桀燕，威震天下。赵王、镇州成德军节度使王镕，北平王、定州义武军节度使王处直，相继遣使至太原，共推李存勖为尚书令。李存勖依礼三辞，而后接受尚书令之职。李存勖在太原建立行台，以尚书令之职代唐朝皇帝任命天下官吏。

914年的冬天，黄河以北干旱，滹沱河的河床都裂出了一道道大口子。

后梁朝报复李存勖建立行台，邺王、魏博节度使杨师厚率领大军，踏过干枯的滹沱河，直抵镇州城下。杨师厚辖下银枪效节都威猛无比，镇州成德军节度使王镕不敢出战。杨师厚又移军掠劫稿城、束鹿二县，直到深州才归。

四　她是我的亲娘呀

914年的冬天，不止干旱，还特别冷。

黄河南岸的开封城里，树木光秃，大地僵硬，人人冻得发抖。

后梁末帝朱友贞躲在宫殿里，不只身子在哆嗦，心也在颤抖。这倒不是死敌晋军或者是投靠晋军的镇州成德军让他不安，而是后梁朝辖下的邺王、中书令、魏博节度使杨师厚让他内心焦虑。

自唐末以来，就有"长安天子，魏府衙军"之说，说的是长安的天子最厉害，魏州的衙兵最骄横。杨师厚接管魏博藩镇后，将魏府衙军精锐改编成银枪效节都，这让衙兵制度登峰造极。杨师厚倚仗拥立朱友贞之功以及手下强兵，骄矜不法，目无君主。朱友贞惧怕其反叛，朝中事务皆先咨询杨师厚然后再施行，杨师厚俨然成了后梁朝的太上皇。朱友贞心存忌惮，每次下诏都不敢直呼其名，而是以官爵相称。

好在杨师厚年纪已高，915年三月，杨师厚去世。

后来的民间小说《杨家将》，把杨师厚看成是"杨家将"的始祖。

杨师厚死讯传入开封，朱友贞下令辍朝三日，以示哀悼，同时追赠其为太师。

春寒料峭，乍暖还寒。在朝堂之上一脸愁容的朱友贞一回到后宫，立刻喜笑颜开，招来租庸使赵岩等人摆酒庆贺。压在朱友贞心头的巨石总算去掉了，能不高兴吗？

饮了一杯酒后，赵岩说："魏博衙兵，骄横难制。不如趁其军中无主，将魏博藩镇一分为二，削弱其强势。"

朱友贞两眼放亮，当即听从其计，下诏将魏博藩镇分为魏州、相州两个藩镇，其府库将士对半而分。

魏博藩镇将士不愿背井离乡，聚众哗变，劫持了新任节度使贺德伦，请降于晋王李存勖。毋庸置疑，魏博藩镇是天上掉下的馅饼，李存勖喜不自禁，亲率晋军到达魏州，接收军政大权。杨师厚所置银枪效节都，天下闻名，李存勖将其改编为帐前银枪都，兵员八千，以自己义兄李建及为帐前银枪都都头。

魏州城风声鹤唳，杀气腾腾。跟随李存勖前来魏州的五太保李存进劝说李存勖："大王，魏博兵是事急来降，并未真心皈依。还有，魏博军士一贯嚣张，随意变乱法度。如果听之任之，一定不能长久为晋军所用。"

"如何处置呢？"

"魏博军桀骜不驯，要想收为己用，必须在魏博藩镇中申明法纪，严惩强盗和宵小。"

李存勖当即同意，任命李存进为魏博都巡按使，巡察魏州城。

乱世用重典，李存进查访魏博将士的罪过，对作奸犯科者一一究办。对于贼众，枭其首级，陈尸于市。酷刑之下，魏博衙兵再也不敢轻易冒犯军法了。

1

魏博兵变的消息传到了开封城，弄巧成拙的后梁末帝朱友贞心急如焚，忙派开封尹刘鄩率领六万大军前去收复。

刘鄩到达魏州城南，安营扎寨。

晋王李存勖素好冒险，只率百余骑往探刘鄩军营。

刘鄩多谋善断，用兵诡诈，号称"一步百计"，一点不假。他在芦苇荡中埋伏精兵，不为别的，只为守株待兔。李存勖一到，后梁兵大喊向前，层层包围李存勖。李存勖跃马冲突，所向披靡，无奈后梁兵越聚越多，足足杀来了一万人。

李存勖一百余骑中，有员猛将，名叫夏鲁奇，青州人，原为后梁军校，后来归附晋军，担任护卫指挥使。

夏鲁奇挥舞长枪，掩护李存勖突围，自午时战斗到申时，独自格杀上百人。李存勖方得跃出，夺路驰回。后梁军尚不肯舍，在后急追，夏鲁奇请李存勖先行，自率数十骑断后，又杀后梁兵数十人，身上亦遍受创伤。

正危急间，救星来到，晋军大太保李嗣源部将石敬瑭率领横冲都驰入敌阵，东挡西杀。李存勖、夏鲁奇这才得以突围。

李存勖检点从骑，虽多受伤，但阵亡只有七人。

李存勖嘴角一咧，尴尬笑道："差点被贼梁取笑。"

李存勖因夏鲁奇英勇无畏，抚赏有加，赐姓名为李绍奇。

自此，夏鲁奇的勇武和忠诚名震天下。自古以来，上阵杀敌的将士非常之多，但能一次斩杀百人的却没有几个。截至此时，历史上只有项羽、夏鲁奇等寥寥数人成为"百人斩"。

李存勖称赞石敬瑭勇猛威武，抚摩着他的后背说："强将手下无弱兵，一点不假啊。"

后梁开封尹刘鄩驰入魏县城中，数日不出，杳无声迹。

李存勖心中怀疑，对众将说："这个刘鄩，号称'一步百计'，怪谋很多，现在不见他，他又在下什么棋呢？"李存勖急命侦骑往探后梁军，返报城中并无烟火，只有旗帜竖着，很是整齐。"这必是有阴谋呀！"李存勖派人再探，始得确报，刘鄩扎茅草为人，将旗帜缚在茅草人身上，用驴子载着茅草人，顺着矮城墙行走。

李存勖笑着说："他以为我军尽在魏州，必是乘虚袭我太原啦。刘鄩的长处在于袭人，短处在于决战。我料他前行不远，速往追击，必能取胜。"

李存勖急发骑兵万人，倍道追赶，果然刘鄩潜逾黄泽岭，欲袭太原。天不佑后梁，刘鄩率军行到乐平，遇上连绵大雨，整整十几天，后梁军不能前进。太原城内，已接得军报，勒兵戒严。刘鄩见粮食且尽，又闻太原有备、后面还有追兵，不由长叹一声："谋事在人，成事在天呢！"后梁军进退两难，惊慌交迫，势将溃散。刘鄩悲愤说道："我等去家千里，深入敌境，现在前后皆有敌兵，你们去将何往？只有力战，尚可取胜，否则我们以一死报答朝廷便是了。"部众感他忠诚，才免异图。

晋军幽州节度使周德威闻听刘鄩西袭太原，急引千骑往援。此时，刘鄩欲攻临清，断绝晋军粮道。周德威到了南宫，捕得后梁侦骑数人，将他们断腕放还，让他们还报："晋军大将周德威已到临清了！"刘鄩大惊失色。智者千虑，也有一失。诡计多端的刘鄩居然中了周德威的真真假假、虚虚实实之计。直至次日凌晨，周德威才率军略过刘鄩军营，驰入临清城。

刘鄩气恼不已，便在莘县驻军。后梁军修补城墙，疏浚城池，并从莘县到黄河筑起了一道长长的甬道，用来运输粮饷。李存勖出屯莘县西偏，烟火相望，一日数战，不分胜负。李存勖派兵攻打后梁甬道，大刀阔斧砍伐栅木。刘鄩督兵坚拒，随坏随修。后梁军与晋军，在莘县僵持起来。

黄河以北各州，一旦沦陷，后梁朝也就丢了半条命。为此，后梁末帝朱友贞焦急万分，忙给刘鄩下诏："如果退守黄河，我们喘息就会困难。现在，开封以东的藩镇送上奏章，都说府藏已竭，无钱无粮供应征战大军了。

朕日夜操心，忧虑满怀。将军与国家同命运，当考虑良策，及时消灭敌人。朝廷以外之事，全都托付给将军。将军如能打退敌人，朕就不会辱没先人名誉了。"

刘鄩上奏："臣蒙受国家深恩，岂敢不枕戈待旦、尽节效忠？日前正要向西夺取晋军老窝太原，动其根本，切其归路，然后向东收取镇州、冀州。哪想到才出兵，就遇上十几天大雨，军资粮食耗尽，军士死伤不少。臣痛感苍天不与臣同谋。臣又想占领临清，切断晋军粮道，然而晋军突然增兵，骑军驰突，变化如神。臣只好率领大军固守莘县，深沟高垒，日夜戒严，伺机进取。臣侦察敌军营垒，将士极多，沙陀人擅长骑马射箭，未可轻易图谋。臣若能找到机会，怎敢坐视国家患难？臣心明鉴于天！"

刘鄩所奏，有情有理，朱友贞也体会出了刘鄩的忠心和苦心。只是朱友贞无法心静，便派宠妃张氏兄弟、枢密副使张汉伦去莘县询问刘鄩决胜策略。刘鄩答："我无奇术，只要每人供给十斛粮食，就能攻破敌人。"刘鄩要"每人供给十斛粮食"，是储备粮食、等待决战时机，可是张汉伦不懂，青年皇帝朱友贞更是理解不透。听完张汉伦回报，朱友贞大怒，下诏责备刘鄩："将军积蓄粮食，是为了吃得胖胖的，还是为了打败敌人呢？"朱友贞派张汉伦再去督战。

刘鄩心情沉闷，召集各位将校说："皇上深居宫禁之中，不懂用兵谋略。与白面书生共谋，终将坏我大事。大将出征，君主之命可以不接受。随机应变，岂可预先谋划？现在将诸君请来，是一起揣摩敌情，看看下步如何打算。"

诸将都想出战，刘鄩默然不语。他让众将坐在中军大堂前，给每人准备一罐黄河水，请他们喝下。众人不理解他的意思，有的喝了，有的不喝。刘鄩说："一罐水尚且如此为难，面对滔滔黄河，哪能喝得完？"众人始知他借水喻意，是说晋军强大，后梁军不可轻举妄动。众将于是莫敢发言。

偏偏张汉伦总是促战。刘鄩无奈，自领精兵一万，逼近镇州、定州，杀死俘获晋军很多。晋军大将符存审、李建及率领晋军来援，冲击后梁军。

帐前银枪都勇悍无敌，后梁兵人人畏惧。刘鄩慌忙收兵奔还，决计坚守，不再出兵。

刘鄩委托张汉伦返回开封，详细奏报后梁朝廷，请勿催促。后梁末帝朱友贞疑信参半，连日不安。此时让朱友贞焦虑的，除了晋梁争锋危险重重，并且掏空了后梁国库，还有朱友贞宠妃张氏忽然患起病来。

张氏是张归霸之女、张汉伦之姐，朱友贞即位后就想册立为皇后，张氏请求祭天之后再行册礼。因为连年战争，朱友贞始终没有能够祭天，她也因此一直未有封号。现在张氏重病，朱友贞等不及了，急忙册立她为皇后，白天行礼，夜半张氏就去世了。朱友贞动了感情，掉下了眼泪。一连数日，朱友贞都是忧伤，形神俱惫。

到了夜间，朱友贞梦寐中，闻听有人行刺。朱友贞开匣取剑，披衣急起。就在这时，寝门忽启，有一人持刀直入，竟来行凶。朱友贞持剑以待，抢上一步，将他刺倒，结果性命。朱友贞急呼卫士入室，令他们验视尸骸。有人识得刺客是朱友贞七弟朱友孜的门客。朱友贞大怒，即令卫士往捕朱友孜。朱友孜正待刺客返报，一闻叩门，亲来启视，被卫士顺手牵来，押入内廷。朱友贞亲自审讯，朱友孜无可抵赖，俯首无语，朱友贞喝令将其处斩。原来朱友孜双目有重瞳，相术认为是帝王象征，朱友孜因而想弑兄自立，结果弄巧成拙，竟至丧命。

次日，朱友贞视朝，对租庸使赵岩、枢密副使张汉伦、控鹤指挥使张汉杰说道："差点与众卿不能相见了！"三人免不了一番安慰，也少不了一番夸赞。朱友贞心情渐渐平静，但自此疏忌宗室，专用赵岩及张汉伦、张汉杰兄弟。三人依势弄权，飞扬跋扈。敬翔、李振等一班勋臣，名为公卿，所言皆不见用。大家心灰意冷，眼睁睁地看着后梁七十八州要陆续被晋军占去了。

开封府西去一千五百里是凤翔府。

岐王、凤翔节度使李茂贞坐拥凤翔、邠宁、秦州、泾原等藩镇，已经接近三十年了。诸侯中的强者先后称帝，唯独李茂贞没有，只称岐王。晋

273

梁争锋，无暇顾及凤翔，李茂贞得以风平浪静近十年。

"无平不陂，无往不复。"李茂贞的麻烦事来了。

李茂贞有个亲信，名叫石简颙，忌恨李茂贞辖下泾原节度使刘知俊才能，诬陷他谋反。李茂贞听信石简颙所说，夺了刘知俊的军权。秦州节度使李继崇到凤翔府，劝说李茂贞："刘知俊途穷至此，不宜以谗嫉见疑。"李茂贞恍然大悟，诛杀石简颙，安抚刘知俊。刘知俊携族人迁居秦州。

李茂贞义子、邠宁节度使李继徽被其子李彦鲁毒死，915年四月，李继徽义子李保衡又杀李彦鲁。李保衡自觉李茂贞会来平乱，便以邠宁藩镇投降后梁朝。后梁末帝朱友贞大喜，以霍彦威为邠宁节度使，前往接收邠宁藩镇。李茂贞当然不会善罢甘休，派刘知俊领兵来袭邠州。霍彦威据城固守，刘知俊不能攻破。

就在此时，前蜀国遣兵攻打秦州，李继崇抵挡不过，被迫投降。

李继崇乃是前蜀开国皇帝王建女婿，以前常常对王建女儿无礼，现在到了成都，不得不忍受前妻的侮辱了。

刘知俊留在秦州的家眷也被迁到了成都。刘知俊心神不宁，思来想去，撤除邠州之围，率领亲信百余人斩关出逃，投奔前蜀。前蜀国皇帝王建非常高兴，立授刘知俊为遂州武信军节度使。

天下将星闪耀，前蜀国有个刘知俊，后梁朝有个葛从周。"山东一条葛，无事莫撩拨"。只不过是葛从周老了，915年秋，葛从周在家中去世，终年五十七岁。后梁朝追赠为太尉。

葛从周有个义子，名为谢彦章，现为河阳三城节度使。

谢彦章幼孤，常常跟随葛从周征战。葛从周见他聪明伶俐，收为义子，传授兵法，谢彦章尽得其妙。

义父葛从周去世后，谢彦章亲自操办丧事。他衣冠整洁，彬彬有礼，时人称他忠义。

葛从周在战场上惺惺相惜的知音，是后梁朝开封尹刘鄩。转眼间到了

916 年，刘鄩仍坚守莘县，闭城不出，伺机而动。晋军屡次挑战，终无人出来接应。莘县守卫甚固，无隙可乘。

晋王李存勖苦思冥想，甩出了一条烟雾计：留下九太保符存审守魏州，自率大军前往贝州。刘鄩闻听，以为久等的战机来临，便奏请后梁朝廷：袭击魏州。后梁末帝朱友贞欣然答书："朕举全国兵赋，托付将军，您尽管前往。社稷存亡，在于此举，愿将军勉力！"

916 年三月，刘鄩令澶州刺史杨延直率兵万人，往袭魏州。杨延直夜半至城南，总以为城中未加防备，于是慢慢儿扎营。不料营未立定，突然来了一彪人马，全是精壮将士。夜深天黑，杨延直不知有多少敌军，只好急急走开。其实晋军仅仅出动五百壮士，潜出劫寨，却吓退了后梁军一万人。次日凌晨，刘鄩率领六万后梁军至城东，与杨延直相会。

刘鄩正拟督兵攻城，忽听远处鼓声大震，河谷树林中窜出一彪人马，约五千骑兵，刘鄩认得为首大将是晋军大太保李嗣源。

李嗣源也看到了刘鄩，高声喊道："刘鄩，听说你心有大志，喜好钻研，难道没听说聪明反被聪明误吗？"

刘鄩也高喊："邈佶烈，你大字不识一个，居然也向我传授道理！"

李嗣源笑道："我只是担心你不能善终，到头来一切家财，甚至女人，都归了他人。"

刘鄩不再搭话，双方展开一场厮杀。正杀得难解难分时，突见去往贝州路上，也有一军杀到，当先一员统帅，服色不同寻常，面貌很是英伟，似疾风般驱来。刘鄩惊语："这不是晋王吗？莫非又被晋军骗了？"果如刘鄩所言，李存勖率领三万晋军来战。李存勖向部将说："刘鄩学《六韬》，喜以机变用兵，长于袭人，但短于决战，今天我们就要避其长，战其短。"刘鄩不得不分兵迎战李存勖。正在酣战时，喊声又起，符存审从魏州城中驱军杀来，害得刘鄩三面受敌。

刘鄩想走脱，已经脱离不开了。三股晋军与后梁军展开了大战。

远远望去，三股黑色大军与一股白色大军酣战不停。穿黑衣的是晋军，穿白衣的是后梁军。黑军越来越猛，白军越来越弱。三股黑军如同三股旋风，不停包围穿插白军。白色的后梁军渐渐不支，纷纷溃散。刘鄩见败局已定，急引数十骑突围而出。七万后梁兵，被杀死了一大半，余众侥幸逃脱，又被晋军追至黄河边，杀溺几尽。

刘鄩收拾残兵数千人，从黎阳县渡过黄河，退保滑州。

后梁末帝朱友贞闻听败报，忍不住长叹一声："大势去了！"乃召刘鄩入朝。刘鄩恐战败受诛，托言晋军未退，不便离开滑州。朱友贞担心刘鄩背叛，权授刘鄩为滑州义成军节度使，令其死守黄河防线，驻守黄河北岸的黎阳县城。

晋军喜笑颜开，乘胜进攻后梁朝黄河以北各州。李存勖率军攻卫州，招降卫州刺史米昭；争夺磁州，斩杀磁州刺史靳绍；接着占领洺州、柏州。

攻取洺州时，晋军军使侯益被后梁军发射的机石打伤了脚，李存勖亲自为他上药包扎。伤好之后，侯益改任护卫指挥使。后梁骁将李立、李健骁勇异常，晋军众将无人能敌。侯益挺身上阵，生擒两将，侯益当即升为马前直指挥使。

晋军一鼓作气，包围了邢州。后梁邢州节度使阎宝孤立无援，投降了晋军。

李存勖以礼相待，遇事就与阎宝商议。晋军大太保李嗣源升为邢州节度使。

李存勖派九太保符存审往攻贝州，刺史张源德固守，屡攻不下。城中食尽，军士将张源德杀死投降。贝州军士担心久守被诛，请求披甲执刃出城投降。符存审佯为应允，抚慰一番，令降众释甲。降众不知是计，各将盔甲卸掉。一声号令响起，贝州军士四面被围，晋军把三千降众杀得干干净净。

916年十月，符存审兵临沧州。后梁沧州横海军节度使戴思远逃走，衙将毛璋献城投降。李存勖便任符存审为沧州横海军节度使，毛璋为贝州刺史。

自此，黄河以北基本为晋王李存勖统一，只有黎阳县城尚由后梁滑州义成军节度使刘鄩守住。

晋军攻打黎阳县城不克，忽接太原急报：后梁军来袭。李存勖不敢疏忽，急急班师而回。

2

后梁朝将星闪耀，一个刘鄩就将晋军挡在黄河以北一年。

后梁朝还有员名将，其韬略不亚于刘鄩。

他叫王檀，长安府人，好读兵书，洞晓韬略，现为许州忠武军节度使。王檀年轻时在朱温手下担任踏白将，潜贼寨，射贼将，冲锋陷阵，屡建奇功。后梁朝建立后，王檀被封为琅琊郡王。

王檀密奏后梁朝廷，请求发兵偷袭晋军大本营太原。后梁朝廷以为奇计，即令照行。王檀率兵三万，出阴地关，偷偷来到太原城下。果然太原城中未及提防，王檀昼夜猛攻，差点儿就攻入城中。

被劫持到太原的后梁朝原魏博节度使贺德伦还留住太原，其随从多缒城逃出，往投后梁军。太原城中的河东监军张承业恐他内应，果断斩掉贺德伦。

太原城中并无多少兵丁，张承业异常慌急，急忙调发全城男丁登城拒守。老将安金全骁勇果毅，擅长骑射，因病退居太原。他入见张承业说："太原一旦失守，大事去了！老夫虽退居抱病，但忧思家国。请以盾甲授我，为公拒敌。"张承业易忧为喜，立即将库中甲械，发给安金全。安金全披甲跨马，召率子弟数百人，夜出北门，袭击后梁兵。王檀惊溃退却，太原危情稍稍缓和。

张承业派人，紧急调遣附近晋军。潞州昭义军节度使李嗣昭派出衙将石君立，引五百骑兵来援。石君立朝发潞州，夕至太原，冲过汾河桥，击败后梁兵，直抵太原城下。石君立绕城大呼道："潞州昭义军都来了！"太原城中，军民信心倍增；太原城外，后梁兵泄了气。

八太保、晋军汾州刺史李存璋亦率汾州兵驰援。张承业大喜，开城一一迎入。

李存璋、石君立、安金全等众将，夜出城门，分劫后梁军营。后梁兵屡有死伤。

后梁许州忠武军节度使王檀料不能克，又恐晋军援军四集被其围歼，便大掠而还。王檀没有返回许州，而是改任郓州天平军节度使。王檀在郓州招诱群盗，选其强悍者置于帐下。王檀万万没有想到，这群盗贼匪性难改，竟然夜入王檀府邸抢劫，将王檀杀害。

晋王李存勖急急回返，途中得知太原解围。如果不是老将安金全拼命，太原城非常危险。李存勖个性矜伐，凡将吏立功，不时行赏，唯独这次把安金全立功之事忘记了。还亏张承业抚慰有方，大众始无怨言。

太原城中，卢质、冯道等一批文人前来，投到李存勖门下。

卢质，洛阳人，在李存勖幕府时，嗜酒轻傲，常蔑称李存勖的兄弟李存霸、李存渥等人为猪狗。李存勖对此很是恼火。张承业担心卢质吃亏，便寻机对李存勖道："卢质总是无理取闹，臣建议大王把他杀掉。"李存勖连忙说："我现在正招贤纳士，开创霸业，七哥怎么这么说呢？"张承业正色道："大王果然如此的话，还怕得不到天下吗？"李存勖于是包容心更强。卢质虽然有时放肆，但李存勖总是能容得下他，没有借故加害他。

冯道，瀛洲人，出身于耕读之家，品行淳厚，勤奋好学，善写文章，平时除奉养双亲外，只以读书为乐事，即使大雪拥户、尘垢满席，也能安然如故。后来，冯道与韩延徽同为幽州节度使刘仁恭的参军。刘守光兵败后，冯道又投靠了张承业。在张承业的推荐下，冯道成为翰林学士。文人出身的冯道不仅学问渊博深厚，而且特别会奉承主子，迎合上意，因此博得了李存勖的欢心。

相术大师周元豹到了太原，对张承业道："我观冯道，如同墙头草，油滑灵活，您不可过于信任他。"卢质却对张承业道："我曾见过唐朝名相杜黄裳的画像，冯道长得与他非常相似。冯道将来必能充当大任，周元豹的话不值得相信。"张承业笑笑了之。

张承业对周元豹相术十分好奇，一次寻开心，他将李嗣源换衣列于诸校之下，以他人冒充李嗣源，请周元豹看相。

周元豹指着假李嗣源说："此人骨法，非大太保呢！"

张承业笑了笑，将真李嗣源请出，问周元豹关于李嗣源之福禄，周元豹摇头不说。李嗣源夫人夏氏闻听后害怕，以为李嗣源短寿，会死于非命，便将周元豹请到家中叙说祸福，周元豹依旧不说。

夏氏请周元豹为自己看相，周元豹爽快说："当生贵子。"

李存勖颇孝，对生母曹氏异常尊敬。李存勖父亲李克用正室，本是云州刘氏。李克用起兵塞北，转战中原，都是云州刘氏偕行。云州刘氏颇习兵机，又善骑射，曾组成宫女一队，教以武技，随从军中。李克用所向披靡，半出内助。只是云州刘氏无子，与李克用妾曹氏相处甚欢，每与李克用言及曹氏当生贵子，后来果生李存勖。李存勖继位为晋王后，母以子贵，曹氏地位高于云州刘氏。云州刘氏毫不妒忌，欢爱如旧。李存勖回来拜见曹氏，曹氏必令问候云州刘氏，不缺礼仪。

李存勖攻打后梁连连获胜，心情兴奋，便与张承业在太原饮酒取乐。元行钦、阎宝等一干将领陪酒。酒酣之际，李存勖让长子李继岌为张承业起舞助兴。

李继岌系宠妃魏州刘氏所生，常随李存勖出征。

魏州刘氏家世本微，父亲通医卜术，一脸黄须。李存勖攻魏州时，偏将袁建丰掠得刘女，聪明伶俐，李存勖爱她秀慧，挈入太原，令侍太夫人曹氏。太夫人教她吹笙，一学即会，再教以歌舞诸技，无不心领神会。转瞬间长大成人，千娇百媚，妖娆多姿。李存勖随时省母，常听刘女吹笙。刘女楚楚动人，笙声悠扬宛转，李存勖越觉可爱。太夫人曹氏懂得李存勖心思，便把刘女赐与为妾。魏州刘氏生子李继岌，常随父亲，甚得李存勖欢心，魏州刘氏更加受宠。

李存勖开口说："七哥，我想要几个铜钱，与继岌游玩，唱唱戏，听听曲。"

张承业立刻将自己的玉带、马匹赠给李继岌。

李存勖已经醉酒，指着装满铜钱的府库，对张承业道："继岌没有钱花，七哥就从府库中拿一点吧。"

张承业正色道："郎君为我歌舞，老奴便拿自己的宝物回报。大王所指的府库之钱，是支援大军所用，老奴不敢将公物当作私礼送人。"

李存勖很不高兴，借醉指责张承业："难道府库的钱不是我的吗？"

张承业道："当然是大王的。但老奴是个宦官，没有子孙后代，省钱并不是为我的子孙谋财，都是为了大王的基业。大王如果将府库钱财赏赐人，对老奴也没什么，不过将来财尽就会兵散，那就一事无成了。"

李存勖大怒，让元行钦取剑，要杀张承业。张承业拉着李存勖的衣袍哭道："老奴受先王遗命，誓要为唐朝诛杀汴州朱贼。老奴若是为了大王看住府库钱财而被杀，死也无愧于先王。"

阎宝刚刚投降晋军，不知张承业之地位和人品，便上前将张承业拉开，让他退下。张承业挥拳殴击阎宝，向他骂道："你原是汴州朱贼的同党，如今归降了大王，不去尽心效忠，竟然敢阿谀谄媚。"张承业对阎宝的恼怒，实是对李存勖的指责。

太夫人曹氏听说李存勖酒后失态，连忙派人召他回去。李存勖素来孝母，听闻太夫人召见，立刻酒醒，当即向张承业叩头道歉，诚恳说道："我今日多喝了几杯酒，冒犯七哥，太夫人一定会责怪我。还请七哥喝两杯酒，消消气。"他连饮四杯，又向张承业劝酒。张承业却不肯饮酒。

李存勖回府后，太夫人曹氏当即拿起身边的鸡毛掸子猛抽李存勖，然后派人转告张承业："存勖小儿冒犯您，我已经责打过他了，您先回府吧。"

第二天早晨，太夫人曹氏与李存勖亲自到张承业府中慰劳。

3

太原东北二千里，幽州东北一千五百里，有西楼，坐落于狼河与潢水之间，隐藏于群山之内。

这"西楼"名字，在契丹语中是冬草场、冬窝子之意。

契丹可汗耶律阿保机不断扩大地盘，东到大海，南及白檀，西越松漠，北抵潢水，均归入契丹版图。耶律阿保机认为西楼负山环水，天险足以为固，另外水草丰足，便于放牧，土地肥沃，利于耕种，适合建都。还有一点，这里是耶律阿保机家族的发祥地，数代祖先都出生和安葬于此。

耶律阿保机对群臣宣布：他要骑着战马，在奔驰中射出一箭，箭落之地便是建都之地。

耶律阿保机飞身上马，狂奔而出，文武群臣骑马紧随其后。在距离西楼不远处，耶律阿保机举起大铁弓，搭上金镞箭，奋力射出。箭落之地，正是耶律阿保机要建都的西楼最佳处。耶律阿保机下令，以落箭之地为中心，开始修建都城。

《辽史》这样评价耶律阿保机此举："金镞一箭，二百年基业，壮矣！"

被扣留的幽州参军韩延徽，辅佐耶律阿保机，掳得中原百姓，在西楼辟土垦田，大兴稼穑。不久，西楼禾麦丰收，人口旺盛。耶律阿保机仿幽州制度，置州县，立城郭，定赋税，置官吏。中原百姓安居此地，不复思归。由于中原长期战乱，幽州、涿州等地很多汉人纷纷"闯契丹"去寻活路。自此始，长城以北的草原上出现了农田、村落、城郭、矿冶、作坊。

耶律阿保机得知中原君主向来世袭，未尝交替，心中有了改变契丹老例、子孙世袭的想法。契丹习惯，可汗实行的是家族世选制，即可汗之位转入耶律氏后，可汗就要由这个家族成年人轮流选举担任。如果耶律阿保机不让位，其他人便没了机会。

耶律阿保机不交大权，他的兄弟们便起来反对他。其弟弟耶律剌葛、耶律迭剌、耶律寅底石、耶律安端策划谋反，耶律安端的妻子粘睦姑报告给了耶律阿保机。耶律阿保机不忍心杀掉这些兄弟，就和他们登山杀牲，对天盟誓，然后赦免了他们的罪过。

过了不久，耶律阿保机兄弟又起反心。耶律剌葛领兵攻打平州，胜利后领兵围住耶律阿保机，强迫他进行可汗改选。耶律阿保机虚与委蛇，领兵南下，按照契丹习俗举行了燔柴礼，再次任可汗。当兄弟们赶到时，耶律阿保机已经合法连任。众兄弟见大局已定，前来请罪。耶律阿保机也不追究，只让他们悔过自新。

毕竟可汗宝座的诱惑力大，耶律阿保机兄弟仍旧不甘心。按照顺序，耶律剌葛当为新可汗。耶律剌葛就派耶律迭剌和耶律安端率领一千骑兵，前去朝见耶律阿保机，伺机将他劫持，强迫改选。

草原上风沙弥漫，大雁"咕咕嘎嘎"地叫着，往南飞去。

耶律阿保机见到耶律迭剌和耶律安端前来，便觉不妙。

二位兄弟施礼后，向耶律阿保机禀道："大汗，二兄长耶律剌葛请您前去饮酒，特派我们兄弟二人前来陪同。"

耶律阿保机冷冷道："耶律剌葛好大的面子，居然让你们二人心甘情愿地受他使唤。"

耶律迭剌和耶律安端顿时神色失常。耶律阿保机问二人："请我饮酒是为了什么？不会是为了可汗改选吧？"

耶律迭剌以为耶律阿保机发觉了他们的阴谋，就不再客气，直接进入主题："大兄长，祖宗之法不可变，今天您不去也得去。"

耶律安端见窗户纸捅开，迅即出去召唤一千骑兵，可是耶律阿保机的亲兵已经将这一千人层层包围。耶律安端返回耶律阿保机大殿内，看到耶律迭剌已经被捆绑。耶律安端想退出，却被耶律阿保机亲兵围住。

耶律阿保机呵斥耶律安端："你的妻子粘睦姑维护契丹大局，保护耶律氏家族繁盛，却被你无情杀掉，你难道以为我不知道吗？我一再忍让，你就一反再反，你以为我没有底线吗？"

耶律阿保机又向耶律迭剌说道："大雁声声揪人心，你没见南飞的大雁在蓝天下排成整齐的人字形吗？你的反叛，让契丹这支雁阵出了乱。我今天如果不清除害群之雁，我怎么对得起祖宗？"

耶律阿保机下令，杖刑耶律迭剌和耶律安端，收编了他们的一千骑兵，然后亲率契丹大军追剿耶律剌葛。

耶律剌葛已得消息，急派耶律寅底石攻打耶律阿保机的行宫，焚毁了辎重、庐帐，还夺走了可汗旗鼓和祖先神帐。耶律阿保机妻子述律平领兵抵抗，仅仅追回了可汗旗鼓。耶律阿保机怒火冲天，率军北上，将耶律剌葛打败。耶律寅底石夺去的神帐，丢在了路上。耶律阿保机没有再追，淡淡说道："耶律剌葛的部下不久便会思念家乡，当他们士气低落、无心恋战时，我们再出兵，就会不战而胜。"两月后，耶律阿保机领兵进击，轻松擒获耶律剌葛、耶律寅底石。

契丹人传说，他们的祖先是来自天上的天女和仙人。因为天女久居天宫，感到烦闷，就下凡转转。她驾着青牛车沿着潢水而行，遇到了一位仙人。这位仙人骑着天上的宝马，脚不沾地，行走在草尖河水之上。两人一见钟情，斥走青牛和宝马，走到了一起。后来两人生下了八个孩子，这八个孩子繁衍生息，形成了契丹八大部，分别为：悉万丹部、黎部、日连部、何大何部、羽陵部、伏弗郁部、匹絜部、吐六於部。

八大部酋长联合发动兵谏，强迫耶律阿保机退让可汗之位。

耶律阿保机无奈，只好交出可汗旗鼓，答应退位。他对众人说："我在可汗之位已经九年了，下属有很多汉人，我想领着他们治理西楼，可以吗？"众人都同意。

耶律阿保机率领汉人耕种，西楼有盐铁，商贸很发达。耶律阿保机采纳了妻子述律平之计，派人转告诸部酋长："我有盐铁，经常供给各部，但大家只知道吃盐方便、用铁不缺，却不知盐铁也有主人，你们应该来犒劳我。"

八大部酋长带着牛和酒来了，没想到中了耶律阿保机和述律平的诡计。等大家喝到烂醉时，耶律阿保机布下的伏兵冲进来，将八大部酋长全部杀死。

耶律阿保机率兵往征八大部。八大部已失去了主子，哪还敢来抵挡？只好俯首听命，拥戴耶律阿保机为可汗。耶律阿保机又得以统率契丹了。自此，契丹部落世选制废除，可汗之位开始世袭。

916年冬天，落雪纷飞，白了屋顶，白了街道，白了草原，白了山野。耶律阿保机宣布建立契丹国，在西楼设坛祭天，开始称帝。西楼，亦称汉城，亦称上京。契丹自此，从一个游牧民族，转变为国家。

耶律阿保机立述律平为皇后，立十八岁的儿子耶律倍为皇太子。

耶律倍聪明好学，熟悉中原文化。耶律阿保机称帝后，询问众人："受命之君，应该侍奉上天，敬仰神灵。我想祭祀有大功、大德之人，你们看应该把谁排在前面呢？"众人都说应该让佛排在最前面，唯独耶律倍看法不同："孔子是万世尊崇的大圣人，应该排在最先。"耶律阿保机闻言大喜，立即下诏建孔庙，让耶律倍在每年春、秋两季率领百官祭奠孔子。

草原上的游牧族不习惯耕种，投奔的汉人又不擅长牧马。据此，耶律阿保机设置了"胡汉分治"的南北两院制。北面官，用契丹国制度；南面官，仿中原制度。一个皇权，两套官制，并行不悖。

耶律阿保机身为契丹人，对中原的汉文化非常推崇。耶律阿保机自幼饱读中原诗书，命人借用三百多个汉字作拼音，创造出了契丹文字。耶律阿保机对汉高祖刘邦极为崇拜，所以为自己预选了一个高贵的汉姓——刘氏，并追尊商代刘姓豕韦氏为其祖先。熟知汉史的耶律阿保机明白，刘邦之所以能有天下，与汉丞相萧何默默付出分不开的。他既然自比汉之刘邦，当然得有忠诚辅佐"刘氏天下"的萧何。故此，耶律阿保机将契丹部落中的乙室和拨里氏这两个有功于国的大族赐姓为"萧"。耶律兼称刘氏，以乙室、拨里氏比萧相国，遂为萧氏。

韩延徽担任政事令，负责制定契丹法律，颁定官爵位次。他思念故乡亲人，偷偷回到了幽州，探视家属。探亲完毕，韩延徽又来到了太原，入见晋王李存勖。李存勖留韩延徽居幕府，命为掌书记。太原城中，有个叫王缄的人，与韩延徽是旧识且有隙。他偷偷禀告李存勖："韩延徽反复无常，不宜信任。"李存勖动了疑，冷落了韩延徽。

韩延徽心中不安，便向李存勖请求到幽州探望母亲。得到允许后，韩延徽到了镇州，躲到旧交张文礼的家中。

张文礼问韩延徽准备到哪儿去，韩延徽说："黄河以北都是晋王的天下了，所以我想再跑到契丹去。"

张文礼认为不妥。韩延徽笑着说："契丹国皇帝耶律阿保机失去了我，就好比失去了左右手。我如果回去，他见到我一定会很高兴的。"

此话不假，耶律阿保机突然失去韩延徽，心中闷闷不乐，如掉左右手。当初，韩延徽南奔时，耶律阿保机梦见一只白鹤从帐中飞出。过了些日子，耶律阿保机又梦见白鹤飞入帐中。耶律阿保机想了想，高兴说："韩延徽应该回来了。"

第二日，韩延徽果真回来了。耶律阿保机大喜过望，拍着韩延徽的后背说："这段时间，您到哪里去了？"

"臣思念母亲，想回乡探母，怕皇上您不允许，臣就自己偷偷地跑回去了。"

"您为何又回来了呢？"

"忘弃父母称为不孝，背弃君王乃是不忠。臣尽管斗胆逃走，但臣的心却是在皇上这里，所以臣又回来了。"

"哈，哈。"耶律阿保机异常兴奋，当下加封韩延徽为崇文馆大学士，内外大事均让他参与决断。

韩延徽致书李存勖："不是我不留恋旧主，不是我不思念故乡，我之所以不留在家乡，是因为害怕王缄陷害我。幽州尚有老母，望大王开恩，誓不忘德。" 李存勖长叹一口气，令幽州藩镇定时问候韩延徽之母，不令乏食。

917年初，晋王李存勖弟弟、新州防御使李存矩惹出祸事。他骄傲自大、不恤军民，强令百姓交纳战马，百姓卖牛十头才能换马一匹，人心怨愤。李存矩到了祁沟关，愤怒的百姓将他杀死。众人拥戴蔚州刺史卢文进主持新州军务。

卢文进，幽州人，年轻时在幽州节度使刘守光麾下为骑将。他身长七尺，食量过人，姿貌伟异。后来，卢文进率先投降晋军，被李存勖调到其弟李存矩麾下。

卢文进自感留在新州，会难逃一死，便逃奔契丹，引来契丹军进犯新州。

李存勖得到警报，急调幽州节度使周德威发兵三万，往拒契丹。契丹国皇帝耶律阿保机得讯，率兵三十万，前来援应卢文进。晋军六太保李嗣本率兵往拒，寡不敌众，被擒后绝食而死。周德威见契丹军来势汹汹，料知不能抵敌，率兵退还。行至半途，闻听后面喊声大震，原来契丹兵杀来了。

契丹骑兵漫山遍野，踊跃奔来。周德威急忙下令布阵，迎战契丹。契丹骑兵凭着一股锐气，突入阵中，周德威招架不住，麾军再走。契丹人多势众，驰骋甚速，刹那间又将晋军包围。

周德威勇猛，一番死战，才率数千人逃出，狼狈奔回幽州。

契丹兵紧紧跟来，将幽州城围了个水泄不通。契丹骏马毡车，弥漫山泽。契丹兵还沿途俘获众多中原百姓，统用长绳捆住，让他们在幽州城外挖地道、筑土山。等地道挖好，土山筑成，卢文进领着一帮幽州亡命徒，开始攻打幽州城。契丹兵则跟在后面，伺机而动。周德威毕竟是老将，经验丰富，见招拆招，一一化解。

周德威一面固守，一面向晋王李存勖乞援。晋军大将李嗣源、阎宝、符存审紧急率领步骑七万，进援幽州。

李嗣源对阎宝、符存审说："敌利野战，我利据险。我们不如自山中潜行，奔往幽州。如果遇敌，亦可依险自固。"二人听从，晋军便翻越大防岭，沿山涧东进。契丹军冲来，符存审设下鹿角阵，阻挡契丹骑兵的冲击。阎宝率兵，万箭齐发，重创契丹前锋。李嗣源率领三千骑兵，拼死血战，击退契丹军堵截，进抵幽州城外六十里。

万名契丹骑兵杀奔李嗣源，李嗣源扬起马鞭，用契丹语厉声斥责："你等无故犯我疆界，今天我奉晋王之命，率百万之众前来，必将直抵你们都城西楼，灭掉你们契丹种族。"李嗣源毫不畏惧，纵马冲入敌阵，舞槌奋击。

契丹兵虽然三十万，也难抵七万晋军。契丹国皇帝耶律阿保机开始后悔，他感觉卢文进把自己带到了一个深不见底的坑里。等到了夏季，天气炎热，耶律阿保机便率领契丹主力北去，只留下总揽军国事务的耶律曷鲁和卢文进继续攻城。

李嗣源、阎宝、符存审见契丹军主力撤离，便命步兵伏住阵后，令老弱之军曳柴燃草，鼓噪前进。忽然烟尘蔽天，弄得契丹兵莫名其妙，耶律曷鲁和卢文进出阵迎战。二人未曾想，阵后埋伏晋兵，趁着烟雾迷离，发起冲锋。耶律曷鲁和卢文进大惧，率领契丹兵仓促撤退。晋军从后追击，俘斩一万。李嗣源、阎宝、符存审收军进入幽州。周德威接见诸将，握手流涕。

卢文进大败，自觉性命难保，谁料耶律阿保机胸怀宽广。他不但不怪罪卢文进，还把女儿下嫁给他，任命他为平州刺史，戍守平州。

卢文进以平州为据点，常常指挥契丹兵抢夺幽州藩镇的粮食。晋王辖下各州县，也都因为与契丹交战，而致土地荆棘丛生。晋军即使有精兵强将，也常常自顾不暇。契丹兵还常常俘虏中原百姓，让他们在契丹境内耕种，契丹人也学会了中原纺织。中原人专有的技能，契丹人一样一样学会了。《旧五代史》说："契丹所以强盛者，得卢文进之故也。"

4

幽州往南四千二百里，是岭南藩镇。

南海王、岭南节度使刘䶮一直奉后梁为正朔，并暗中扩展疆界。

经过六年的努力，刘䶮在岭南消灭了各个割据势力，独霸一方了。他见晋梁争锋、诸雄称帝，便不甘落后，刘䶮对他的臣僚说："如今中原大乱，谁为天子？我们何必长途跋涉，历经艰辛，去侍奉那个伪朝廷呢？"

二十九岁的刘䶮和后梁断绝君臣关系，于917年夏称帝，国号"大越"，后改为"大汉"。为与七百年前的汉朝相区别，人们称之为南汉。

这就是《新五代史》所称十国中的第二个割据政权：南汉国。

岭南由藩镇转变为王国。南汉开国皇帝刘䶮将广州作为国都，册封楚王马殷之女马氏为皇后，追尊其父刘谦为圣武皇帝，其兄刘隐为襄皇帝。此时，后梁朝自顾不暇，无力对南汉国兴师问罪。南汉国共辖六十州、二百四十个县。南汉国参照唐制，建三省六部等中央机构。

杨洞潜为兵部侍郎、同平章事。杨洞潜一直为刘隐、刘䶮运筹帷幄，出谋献策。刘隐去世后，杨洞潜对刘䶮说："刺史这一职，不宜用武人担任，而应选中原志士仁人出任，这样就可以宣扬政教，让百姓得益。"刘䶮采纳建议。岭南一时间社会贤达毕集，百姓安居乐业。

倪曙为工部侍郎、尚书左丞。倪曙早在唐僖宗时，就进士及第，为太学博士。倪曙文字俊雅，为唐僖宗所赞赏。黄巢起义时，避归故乡，未几，出游岭南，刘隐以礼相待，留置幕府。

赵光裔为兵部尚书、同平章事。赵光裔是唐朝进士，后事后梁。赵光裔曾代表后梁朝册封刘隐为南海王，被留在了岭南。赵光裔不愿意为刘䶮效力，常常怏怏不快，希望早日回到中原。刘䶮欣赏其才，伪造赵光裔的手书，遣人走小路送到了洛阳，召其家人到了岭南。赵光裔既惊喜又无奈，从此尽心效忠刘䶮。

南汉国还有位贤士，名叫王定保。他是唐朝进士，早年曾与写下"凭君莫话封侯事，一将功成万骨枯"诗句的曹松隐居庐山，后来避中原之乱来到了广州，在刘隐处为幕僚。王定保将唐朝科举遗闻佚事写成《唐摭言》十五卷，流传于世。刘䶮想要僭越称帝，担心清高的王定保反对，就派遣他出使荆南藩镇。王定保返回岭南后，刘䶮派倪曙慰劳，将他建国称帝的事情相告。王定保淡定说："既然都建国了，为什么岭南的匾额还挂在城门上？这样恐怕会遭到四方的取笑吧。"刘䶮听完倪曙回报，笑了笑说："我们立国匆忙，忘记了把城门上的'岭南'大字换掉，怪不得他会嘲笑啊。"

刘䶮生性苛酷，亲自炮制了肢解、刳剔、刀锯等刑罚。每次观看杀人，他都喜不自胜，像享受美食那样口水都流了下来。南汉人纷纷说他是蛟蜃。刘䶮好奢侈，将南海的珍宝搜刮来，建成了玉堂珠殿。南汉百姓心中有怨言，多亏了杨洞潜、赵光裔等贤臣辅佐，南汉国才平安无事。

广州西北三千里是前蜀国。

917年秋，前蜀开国皇帝王建命遂州武信军节度使刘知俊为西北面都招讨，与东北面都招讨王宗侃一同进兵，攻伐前蜀国的宿敌：北面的岐王、凤翔节度使李茂贞。刘知俊麾下，皆是前蜀国功臣旧将，大都不肯遵其号令，刘知俊无功而返。刘知俊与前蜀国将吏矛盾重重，前蜀国人不喜欢刘知俊，故意编造童谣诋毁他："黑牛出圈棕绳断。""黑牛无系绊，棕绳一时断。"刘知俊属牛，又长得黑，王建不能不联想到"黑牛"就是他刘知俊。巧的是，王建的儿子是"宗"字辈，"棕绳断"，岂不是说王建的子孙都为"黑牛"所害？这两句谶语，让王建心中不安。王建面上优待刘知俊，实则暗藏杀机。

王建忧心忡忡地对王宗辂、王宗杰等几个儿子说："我渐渐衰老，想想身后，刘知俊非你辈所能驾驭，不如早早处理。"

宦官唐文扆懂得主子的心理，趁机诬陷刘知俊谋叛。917年腊月，王建遣唐文扆逮捕刘知俊，将其押往刑场。刘知俊惶恐乞命："我刘知俊勇略过人，必能为皇上镇守蜀地，你们为什么要杀我呢？"

唐文扆讥笑道："你刘知俊是四姓叛将，皇上就是忌惮你，才杀你的。"

刘知俊长吁一口气，午时被斩于成都炭市。

刘知俊骁武有余，奔亡不暇，六合虽大，无处容身。从时溥到朱温，从李茂贞到王建，刘知俊经历了四个主人。每到一处，都因为能力太强而遭人嫉妒，最终因此送了命。这是"刘开道"本人的悲哀，也是乱世中英雄的无奈。

918年初，王建病了，闭上眼就会看到刘知俊向他索命。为了治病，王建连刘知俊的尸体也不放过，粉碎骨头，投入蜀江，但王建依旧不愈。王建长叹一口气，清楚自己即将告别波澜壮阔的一生了。

王建当前最重要的事情便是选立太子。

王建共有十一个儿子。长子王宗仁，幼年患病成为废人，无法成为太子。次子王宗懿曾被立为太子，宠臣唐道袭与其不和，向王建诬称太子谋反。王宗懿属下惊惧，发动兵变，杀死唐道袭。王建派兵镇压，王宗懿被杀。剩下的九个儿子中，四子王宗辂的相貌类似自己，七子王宗杰是王建诸子中最有才能者，王建因此想在这两人中选择一人为太子。

不料窜出一匹黑马来，徐贤妃貌美，深受王建的宠爱，她力荐自己的儿子王衍做太子。

王衍在王建诸子中排行最小，长得方面大嘴，垂手超过膝盖，侧目能看到耳朵，颇有学问，能写诗辞。

徐贤妃让宦官唐文扆唆使同平章事张格上表请立王衍，张格联络王宗侃等群臣署名上表，称王衍："才器英武，实堪社稷之托。"王建犹豫不定，让人给诸子看相。术士何奎已被收买，说王衍相最贵。王建虽深知王衍幼懦，不堪担当大任，但见群臣联名，又听何奎所说，便以为王衍是众望所归、天命所向，于是册立王衍为太子。

王衍性好靡丽，酷爱享乐，不合人主身份。既得立太子，便开府置官，任用一班淫朋狎客，充作僚属。他整日斗鸡击球，寻欢玩乐。王建路过东宫，闻听里面喧呼，便问明底细，乃知是太子淫乐。

王建不禁长叹："我百战经营，才立下蜀地基业，此辈能够守住吗？"

王宗杰有才，屡陈时政，王建萌生易储之意，不料王宗杰猝死。

王建怀疑徐贤妃下毒致死，但因年老体衰，顽疾不愈，就无力查办。王建宠臣唐文扆自知摆脱不了干系，就与徐贤妃、张格密谋，在进献给王建的鸡烧饼中下毒。

王建中毒，弥留之际，将义子王宗弼从防岐前线召回成都，任命为马步军都指挥使。

王建面嘱王宗弼："我认为你沉稳多谋，可以托以后事，所以将你招来。如果太子确实不堪当皇帝，就置于别宫，另行选立贤者，但不要害其性命。我子尚多，应当择贤继立。徐贤妃兄弟，只可优给禄位，不可使他们掌兵预政，以全其宗族。"

王建觉得王宗弼等将相多是许州故旧，幼主王衍不一定能控制，就以宦官宋光嗣为枢密使，掌握军权，让宋光嗣与王宗弼等重臣一同辅佐太子王衍。

918年六月初一日，病危中的王建又看到刘知俊找他索命。王建大叫一声，旋即驾崩，终年七十二岁。

王建由一介"贼王八"跻身开国皇帝之列，身登大宝十一年，可以说是人生大赢家。王建虽目不知书，却好与书生谈论，粗晓其理。王建主政蜀地时，唐朝衣冠之族多避乱在蜀，王建礼而用之，所以前蜀国典章文物有唐朝之遗风。

与王建一起外出闯荡的晋晖帮助王建争夺西川、东川，辅佐王建建立了前蜀国，可谓是勋臣元老。他闻听王建去世，痛哭流涕说："先帝比我小二岁，却先我而去了，难过呀！"晋晖早已致仕，常常说："我生逢乱世，年轻时投身行伍，沙场搏命，不过为了求个温饱罢了。如今位至将相，还有何求？"

太子王衍继位，时年二十岁，这就是前蜀末代皇帝。

王衍尊其生母徐贤妃为皇太后、徐贤妃妹妹徐淑妃为皇太妃。

王衍按照唐朝建制，设置六军。何谓六军？左右龙武军、左右神武军、左右神策军。六军，即是禁军。

而后，王衍分封众官——

枢密使宋光嗣判六军诸卫事，掌控禁军；

宋光嗣堂弟、宦官宋光葆被任命为东川节度使；

宦官王承休善于戏谑、狎玩，为宣徽使；

长安府人韩昭善窥人意，为礼部尚书、成都尹；

潘炕之子潘在迎擅长阿谀奉承，飞歌唱和，为内皇城使；

狎客严旭略懂音乐，恬不知耻，为教坊使。

王衍下诏，夺去唐文扆官爵，赐他自尽；又贬同平章事张格为潍州司户。

王衍将政事托付给宦官宋光嗣、宋光葆、王承休等人，自己尽情享乐。他起造宣华苑，内有重光殿、延昌殿、太清殿、会真殿，有清和宫、迎仙宫，有降真亭、丹霞亭、蓬莱亭，有飞鸾阁、瑞兽门。韩昭与潘在迎、严旭等狎客日夜侍王衍酣饮，男女杂坐，亵慢无所不至。

王衍在宣华苑大摆宴席九天，王建义子王宗寿以社稷大事上言，边说边哭泣。韩昭等人说："宗寿不过酒后难过罢了！哪里是为社稷着想？"众狎客一起戏弄嘲讽王宗寿。

宋光嗣、宋光葆、王承休等宦官干预政事，骄纵贪暴，老臣周庠为此切谏，王衍不听。王建前半生如同一只没有目标的狼，遇到周庠后才成为一头虎，最终成为一条龙。王衍也知晓周庠功劳，进周庠为司徒、同平章事，领朗州武平军节度使。周庠不忍心看着前蜀国一步步衰退下去，便告老还乡。回归乡间田野后，周庠写下了《寄禅月大师》一诗——

昨日尘游到几家，就中偏省近宣麻。

水田铺座时移画，金地谭空说尽沙。

傍竹欲添犀浦石，栽松更碾味江茶。

有时捻得休公卷，倚柱闲吟见落霞。

刘知俊被昭雪，其女婿李昊被起用，成为翰林学士。

翰林院有位小吏名叫张金，与李昊闲聊时说："在下去年路过奉天县，饥肠辘辘之时，向附近一户人家讨口饭吃。这户人家只有一位中年妇人。她给在下做了一碗热气腾腾的臊子面，吃起来真香呀！在下给她二十铜钱，她不要。她说她丈夫、小儿、小女战乱中都死了，还有一个大儿名叫李昊，不知下落。她说如果在下见到一个名叫李昊、年龄接近三十岁的人时，问问他是不是在奉天县住过，父亲是不是叫李羔。"

张金一味介绍奉天经历，却没注意到李昊已是眼眶噙满泪水。

"这位中年妇人姓什么？"

"翁氏。"

"天哪！她是我的亲娘呀！"

李昊在邠州苦苦寻娘十年，却没想到他母亲已回到他们居住的奉天县苦苦等候他的大儿李昊。

李昊当即遣张金再去奉天县，将他母亲接到蜀地。李昊亲自到前蜀边界青泥岭迎接。李昊母亲见到失散十九年的儿子，摸着他的头号哭不已，见者无不悲伤。

回成都的路上，李昊母亲翁氏向李昊叙说了分散后的经历——

被乱兵抢走不假，当天夜晚，翁氏持刀捅进想要非礼的兵痞胸膛里。那时是寒冷的冬天，翁氏露着脚趾，穿着扯出灰棉絮的破袄冲出来，发疯似地奔向丈夫孩子落难处。那儿刚刚又经历一场激烈战事，尸横遍野。翁氏找了十几天，也找不到死去的丈夫、孩子遗体，也找不到生死不明的大儿，也打探不到任何有用的消息。坚强的翁氏到了奉天县，在亲友的帮助下顽强地生存下来。她只为等待她的大儿回来。十几年来，成群的乱兵一批批走过，幸运的是翁氏平安活了下来。

5

成都东北两千五百里，是后梁朝都城开封。

寒风呼啸、大雪纷飞的寒冬里，梅花傲然挺立着。

后梁朝滑州义成军节度使刘鄩应召，到了开封。

后梁朝廷责备他失守黄河以北土地，将他贬为了亳州团练使。

后梁朝北面行营排阵使安彦之接替刘鄩，成为后梁对晋作战的主帅。黄河以南有杨刘城，是魏州通向郓州的重要渡口。安彦之率领大军屯守杨刘城，沿河列栅数十里。

918年夏，晋王李存勖率领晋军来到黄河边，准备攻陷杨刘城，杀向开封。

后梁军营中，一名将校手挥大旗，左右舞动。每动一次，其军必欢欣鼓舞，喊声如雷。李存勖指着这名挥舞大旗者道："让旗帜飘扬于大军前，真勇士也！"晋军帐前亲卫兼步军都指挥使苌从简听了，心中不服，当即禀报李存勖："大王，此人扰乱我军士气，我愿意夺其手中大旗，以敬大王。"李存勖怕他有去无回，便未应允。

苌从简，陈州人，其家世代以屠羊为业。这种与生俱来的凶狠，让他可以力敌数人，还能全身而退。晋军每次攻城，都会招募梯头。梯头者，率军士登云梯攻城的领头人。他们最早面对敌人的箭镞、石头和刀枪，往往十有九死。甘愿成为梯头者，必有一股不畏死的勇气和凶猛果断的杀伐之气。苌从简这人，每战必应招而上。他的剽悍，赢得了李存勖的赏识。

苌从简心意已定，偷偷带了十几名骑兵，挺槊杀入后梁军中。万人瞩目之下，苌从简冲到持旗者前，一槊将其击倒，夺下了大旗。霎时间，晋军士气大振，万众欢呼。李存勖立刻麾军突进，毁去后梁军各栅，直抵杨刘城下。晋军步兵各负芦苇，填塞城壕，四面攻扑，即日登上杨刘城。

安彦之仓皇逃离，沿着黄河又筑起四个营寨。安彦之心狠手辣，决开黄河堤坝，放水阻挡晋军。

黄河水冲上陆地，奔腾汹涌，洸洋自恣。李存勖泛舟测水，观察敌情。他见水势弥漫数十里，暗暗吃惊。郁闷中的李存勖，突然看出了水势的变化。他对诸将说："我细细察看，这水势再衰退。贼梁意欲决水拦截我军，使我等不能前进，但我们岂能被他狠计挡住？"次日凌晨，李存勖调集大军攻敌。正巧水势亦落，深才及膝，晋军将士欢跃向前。

安彦之率众，临水拒战，晋军冲突数次，统被击退。李存勖意欲杀个回马枪，便挥军后退。后梁兵中计，吆喝着追来。李存勖大喊道："我的帐前银枪都呢？掉转方向，杀回去！"帐前银枪都都头李建及当即挥身杀回。帐前银枪都向来勇悍，以一当十。安彦之不防这招，竟被帐前银枪都冲散了队伍。后梁军奔还岸上，已是不能成列。李存勖驱军杀来，毙敌一万。河水为赤，安彦之被擒，晋军攻陷了滨河四寨。

后梁朝兖州泰宁军节度使张万进望风股栗，遣使乞降。

后梁末帝朱友贞削其官爵，遣亳州团练使刘鄩讨伐。张万进麾下列校邢师遇为刘鄩内应，开门接纳。刘鄩进入城中，将张万进族诛。刘鄩改任兖州泰宁军节度使。

晋军乘胜前进，攻陷了濮州、郓州。朱友贞闻报，惊慌失措。正在惶惶不安时，闻听李存勖回到了魏州，朱友贞这才略略放心。

平阳郡侯、金銮殿大学士敬翔上疏朱友贞："国家连年丧师，疆宇日蹙，陛下居深宫中，惟与左右近臣商议军务，所见怎能及远？试想'李亚子'继位以来，攻城野战，无不身先士卒，亲冒矢石。近闻'李亚子'攻下杨刘城，毁我藩篱，还夺去了濮州、郓州。面对这些危情，陛下只是令后进将士攘逐寇仇，恐非良策。为今日计，速宜咨询黎老，别求善谋，否则后患远不止这些呢！"

朱友贞览奏，与赵岩、张汉伦、张汉杰等近臣商议。这些近臣气愤敬翔贬低他们，就反说敬翔自恃元老，口出怨言，竟请朱友贞下诏谴责他不知礼仪。朱友贞也不是完全糊涂，长叹一声，将敬翔奏疏搁起了事。

晋王李存勖回到魏州，是为了休整兵马，积蓄力量。他调发辖下河东、魏博、幽州等各处藩镇兵马，准备一举消灭后梁朝。周德威、符存审、李嗣源、阎宝、李嗣昭等晋军将领齐集魏州。李存勖慷慨誓师，众将领齐声应诺，声震全城。李存勖一声号令，晋军开出魏州城，这气势仿佛海啸山崩一般。晋军沿黄河东进，进踞濮州麻家渡。

后梁末帝朱友贞闻报，急令滑州义成军节度使贺瑰为北面行营招讨使，河阳三城节度使谢彦章为北面行营排阵使，率军十万，进驻濮州以北行台寨，与晋军对垒。

麻家渡的晋兵远望后梁兵，见他们行阵整肃，就纷纷说："一定是谢彦章在这里。"原来谢彦章向义父葛从周学得军法，所率兵马出没进退有序，从而威名远播天下。谢彦章常常穿着儒服领军，与众不同。后梁北面招讨使贺瑰屡欲出战，均被谢彦章阻住，贺瑰便心生嫉恨。

后梁军悄然不动，惹得李存勖性起，他自引轻骑数百，至后梁军营前，端坐辱骂。后梁兵忍受不下去，出营追赶，险些儿刺及李存勖，幸亏元行钦力战得免。赵王王镕闻听，致信李存勖："大唐命脉，系晋王身上，奈何自轻若此！"

李存勖看信笑语："自古至今，平定天下，多由百战得来。我怎能深居帷房，将自己养得肥肥胖胖呢！"

李存勖又出营上马，亲往挑战。符存审泣谏："大王当为天下自重。冲锋陷阵，乃是符存审等人职责，并非大王所应为！"李存勖尚不肯止。符存审揽住马缰，李存勖方下马还营。李存勖趁符存审不注意，又策马跑出军营，高兴说道："这老头子妨碍我玩耍，令人厌烦！"

李存勖到了后梁军营，跃马登上营外长堤。想不到的是，堤下伏有后梁兵，一声呼啸，将李存勖团团围住。李存勖身边仅仅十余人，拼命力战，也冲突不出。幸亏后面的晋兵陆续登堤，这才杀开一条血路，保护李存勖逃出包围。符存审领兵来援，方将后梁兵杀退。李存勖握着符存审的手，感激不尽。

后梁军中，贺瑰善将步兵，谢彦章善用骑兵，人称"双绝"。一日，贺瑰和谢彦章阅兵营外，贺瑰指着一处地方对谢彦章说："这里山丘隆起，中间平坦，很适合作营地。"谢彦章不答。第二天，晋军距后梁军营十里下寨，竖栅处竟然是贺瑰所指高地。其实，贺瑰所见，本是用兵常识，但贺瑰却怀疑谢彦章通敌卖国，于是密报后梁末帝朱友贞，诬称谢彦章阻挠军谋，私通敌军。

晋军与后梁军相持，已经百日。贺瑰想要速战速决，但谢彦章反对，认为晋军远来，士气正盛，应该严守以防敌。贺瑰愈发怀疑谢彦章。恰好北面行营都虞候朱珪诬陷谢彦章，贺瑰干脆一不做二不休，与朱珪通谋，在酒宴上杀死了谢彦章。贺瑰急奏朱友贞，说谢彦章谋叛，已与朱珪定计，将他诛死。朱友贞不辨真假，竟升朱珪为青州平卢军节度使、北面副招讨使。朱友贞恐贺瑰不敌，又调郑州防御使王彦章为北面行营马军都指挥使，前来协助贺瑰。

李存勖闻听谢彦章被杀，高兴向诸将说道："儒将谢彦章为我军忌惮，没想到竟遭嫉杀。'双绝'失去了'一绝'，谁来阻挡我？贼梁将帅不和，自相鱼肉，离灭亡没有多少时日了，现在应该是我晋军出击的时候了！"

周德威谏阻："贼梁虽屠上将，但兵甲尚是完全，若冒险轻行，恐难得利。"

李存勖不听，下令军中老弱都回魏州，所有精兵猛将毁掉营寨，由麻家渡出发，甩开行台寨后梁军，直扑后梁都城开封。

此时是918年腊月，天气寒冷，滴水成冰，冷飕飕的北风呼呼地刮着，大地都冻裂了缝。二日后，晋军冒着严寒进抵胡柳坡。晋军侦骑来报："贺瑰率领大兵追赶来了。"

李存勖在凛冽寒风中喊道："我正好与他一战。"

周德威又谏："大王，此处距离开封只有两三日路程，敌军家属皆在城中。他们必会牵挂家人，死战以保家园。我军深入敌境，如不用计，很难取胜。我们当下，应该按兵不动，利用营栅以逸待劳。末将率领骑兵骚扰敌军，使其难以安营，不得休息。等到他们疲惫不堪时，我军再发动进攻，就能一举歼灭他们。"

李存勖答道："我们在麻家渡终日挑战，始终不能如愿。今日敌人来了，我们为什么要避而不战呢？"

李存勖下令，符存审押运粮秣先行，自与众将率晋军与后梁军交战。后梁军主力全至，横亘数十里。李存勖率领帐前银枪都陷入后梁军阵，横冲直撞，十荡十决。大名鼎鼎的"王铁枪"、后梁北面行营马军都指挥使王彦章也抵挡不住，率众西走。王彦章开溜，倒不是真打不过，而是气愤谢彦章被贺瑰清洗，没了斗气。巧的是，王彦章一撤，正遇符存审率领的晋军辎重兵。这些人以运粮为业，战力不强，顿时惊溃。王彦章挥军大杀。

周德威闻听符存审不敌，慌忙率兵抵御，但已是猛虎难抵群狼。一场蹂躏，可怜有勇、有谋、有胆、有识的周德威竟然战死于胡柳坡。

李存勖勇则有余，慎则不足。李存勖与帐前银枪都虽然勇悍，但保家心切的后梁兵越围越多，一群恶狼硬是困住了雄狮。晋军损失军士已达三分之二。符存审拼死力战，才保护李存勖冲到了一座土坡上。

李存勖喘了口气，收集散兵，闻听周德威阵亡，大恸道："丧失良将，都是我的罪责，后悔不及了！"

后梁兵四面会合，贺瑰亦占据了对面的土山。李存勖突然心生怯意，想要退回黄河以北，郓州天平军节度使阎宝进言："大王深入敌境，遇到小小挫折，不可心灰意冷。劲敌是王彦章，他率骑兵已经远去。对面敌军只有步兵陈列，天色将晚，敌人都有了归意。我们发动全部精锐攻打，他们一定会败退逃跑。如果现在率兵后退，一定会被敌军追击。我军士气不振，就会溃败。所以我们只能向前进，不能向后退。大王，现在形势和敌情都已经明了，成败就在此一战。如果这场战斗不能取胜，黄河以北的地区就不归大王所有了！"

李存勖听了，心头一震，无限感慨地说："如果没有您这番话，我几乎酿成大错。"

李存勖恢复斗志，气昂昂地说："今日得此山者胜，我同你们一起夺取它。"

李存勖与李从珂、李建及率领帐前银枪都抢占土山险要，击敌立足未稳。后梁军被迫于土山西侧列阵自固。傍晚，晋军诸将多主张休战，李存勖也准备明晨再战。李嗣昭挺身而出，厉声劝谏："敌军人多势众，一旦得到休整复出，我们怎么抵挡他们？现在应该以精骑突进，趁敌军劳乏，一定可以取胜。"

一语点醒梦中人。李存勖纳其建议，下令从正面出击，并令李嗣昭率骑兵迂回北侧，向后梁军突起进攻。

后梁兵正在吃饭，不防晋军盛怒前来。大刀长槊，搅入阵中，刀过处头颅乱滚，槊到时血肉横飞。后梁兵逃命要紧，立时溃散。

后梁军被李存勖打了个大败，死亡三万人。

后梁北面行营招讨使贺瑰冲出重围，向后方逃跑。晋军紧追不舍。快要逃到濮州时，贺瑰的随从全都跑光了，只剩下从事和凝一人紧跟不舍。

和凝，郓州人，自幼聪颖，秀丽清奇。和凝在十七岁时进京，夜里梦见有人给他一束五色笔，对他说："你有如此的才华，为什么不参加进士考试呢？"和凝便去考试，如愿以偿。考中进士后，贺瑰聘他为从事。

惶惶不安的贺瑰看见和凝跟在后面，就让他快逃，和凝哭着说："我受到大师您知遇之恩，怎能不思回报而自己一个人去逃生呢？"一名晋兵追来，和凝拉弓将其射死。贺瑰十分感动，将女儿嫁给了他。

胡柳坡之战，苌从简臂中箭伤，箭镞入骨极深。医师为其取箭，接连拔了几下都没能拔下来，只得以刀凿骨，以撼动箭镞。医师怕苌从简痛不能忍，一直未敢用劲。苌从简瞋目大喊："您是在挠痒痒吗？何不使些力气，用刀凿得深一些。"当箭镞取出时，苌从简已是血流满臂，左右无不为之侧目。苌从简神色自若，仿佛没事似的。

李嗣源与后梁军交战，中了埋伏。危急时刻，部将石敬瑭拼死掩护，李嗣源才得以突出重围。李嗣源渡过黄河北去，闻听李存勖得胜，又南渡黄河，进谒李存勖。李嗣源冷笑说："你应当为我拼死战斗，仓促北渡，意欲何为？"李嗣源顿首谢罪。因为李嗣源义子李从珂作战有功，李存勖怨怒才消。李存勖罚李嗣源饮酒一杯，过往不咎。

胡柳坡一战，后梁军先胜后败，伤亡惨重。晋军也元气大伤，无力进攻后梁，只得撤归黄河以北。晋军和后梁军，实力相当，一时难以了结这场旷日持久的晋梁争锋。

孟知祥，邢州人，是李存勖麾下中门使。他作战勇猛，屡立战功，很得已经死去的晋王李克用赏识，将女儿嫁给了他。

李存勖与姐夫孟知祥饮酒。二人关系比较复杂，孟知祥胞妹嫁给了李存勖之叔李克宁，李克宁被杀后，孟氏被遣回孟知祥处。二人聊起后梁，越聊越恨，越恨越喝，不知不觉酩酊大醉。李存勖有个侍妾李氏，太原府人，明辨知礼。她看到二人喝醉，便过来服侍。李存勖醉眼蒙眬，看到李氏前去搀扶孟知祥，便糊里糊涂说道："你对知祥这样好，那我就把你赐给我姐夫了。"

孟知祥已经四十岁，获赐李存勖侍妾太原李氏，一时不知道该怎么处理才好。孟知祥担心夫人沙陀李氏吃醋，就让太原李氏去给沙陀李氏当了一名婢女。沙陀李氏为人宽厚，对太原李氏很是照顾。

一天晚上，太原李氏梦到一颗硕大星星堕入怀中，第二天就告诉了沙陀李氏。沙陀李氏笑呵呵说："你有福相，当生贵子。"沙陀李氏便让太原李氏去服侍孟知祥。到了冬天，太原李氏在太原生下一名男婴，取名孟昶。

孟昶是孟知祥的第三个儿子。相术大师周元豹看过襁褓中的孟昶后，对孟知祥说："此儿骨骼惊奇，宜爱之，将来可为四十年偏安主。"

孟知详深信不疑，孟昶的继承人身份在他心里扎根了。

五　高唱还乡歌

太原东南二千里，是扬州。

晋王李存勖遣使至淮南藩镇，约吴王、淮南节度使杨隆演南北夹攻后梁。

晋军的仇敌是后梁，淮南军的仇敌也是后梁。晋军、淮南军都是沿用唐朝年号。接到李存勖约定，吴王杨隆演当即答应，以兴复唐室为名，令内外都军使徐知训为淮北行营都招讨使，与诸道副都统朱瑾领兵奔宋州、亳州，进围颖州。

后梁朝廷急令宋州宣武军节度使袁象先出兵救颖州。淮南军不战即退。

为何如此怯弱呢？

原来徐知训骄倨淫暴，导致淮南将无战心、兵无斗志。徐知训亦乐得退军，好回到扬州，沉溺淫乐。

徐知训凭借其父淮南执政徐温之威，自在逍遥，放任不羁。徐知训遇有姿色的妇女，设法获取。李德诚改任抚州刺史，有家妓数十人，为徐知训所闻，即致信李德诚，向他分肥。李德诚回信："寒家虽有数妓，俱系老丑，不足侍贵人，当为公别求佳丽，稍后送您。"徐知训得书大怒道："他连家妓也不肯给我，我当杀死李德诚，连他妻室一并取了回来！看他能逃离我手掌吗？"李德诚闻听大恐，急忙买了几个佳丽，献与徐知训，这才平息此事。

徐温常年在润州，徐知训则在扬州辅理朝政。徐知训骄横，常常侮辱吴王杨隆演。一日，徐知训喝醉了，竟逼杨隆演和他一起演戏，他扮演参军，命杨隆演跟在他身后扮演僮仆。杨隆演不敢拒绝，只得照办。又一日，杨隆演和徐知训泛舟巡游。小舟靠岸后，杨隆演先登岸了，徐知训认为这是对他不敬，竟用弹子抛击杨隆演。亏得卫兵挡住，杨隆演才未被击伤。到禅智寺赏花时，徐知训还怒气未消，辱骂杨隆演。侍从们实在看不下去，便趁徐知训不注意，偷偷扶着杨隆演走开，上船离去。徐知训更加恼怒，乘上快舟追赶，用铁锤砸死一个侍从，方才罢休。

徐知训有位手下，名叫刁彦能，常常劝说徐知训毋要狂妄，但徐知训不听。淮南衙将马谦看不下去，挟持杨隆演登楼，发动衙兵诛杀徐知训。徐知训与之交战，频频退却。徐知训大惧，打算逃走。扬州司马严可求劝止："扬州有变，公若弃众自去，众将何所依从？"诸道副都统朱瑾单骑前往察看阵势，自信说："此不足以成事。"朱瑾回头一挥，外面军士争相涌进，杀死马谦，乱兵溃散。

徐知训向朱瑾学习兵法，得其悉心教授。一日，徐知训向朱瑾索求名马，被朱瑾婉言拒绝。徐知训心胸狭窄，竟然派遣数名刺客前去刺杀。朱瑾武艺高强，几名刺客奈何不了他，竟被朱瑾全部反杀，掩埋于后院。朱瑾隐忍不发。徐知训不知深浅，又看上了朱瑾的小妾索氏。他心里奇痒难耐，趁朱瑾外出，侮辱了索氏。朱瑾大怒，心中暗道："不报此仇，誓不为人！"徐知训忌惮朱瑾，外放朱瑾到泗州。朱瑾更是愤恨，决心诛杀徐知训。

朱瑾设宴款待徐知训，席间让小妾索氏频频劝酒，还答应将他此前索要的那匹名马相赠。徐知训甚喜。朱瑾将徐知训请进内室，唤妻子陶氏出来相见。朱瑾庭院内拴了两匹烈马，仆人解开马绳，让两马互相踢咬、嘶鸣。室内，徐知训正与陶氏见礼，朱瑾从背后抽出铁锤猛击，砸死了徐知训。外面两马嘶鸣，室内的惨叫声被掩盖了。

徐知训带有随从数百人，皆在室外，对其被杀丝毫不知。朱瑾枭下徐知训首级，持出大厅。徐知训从人，立即骇散。

朱瑾驰入吴王府，向杨隆演奏道："臣已为大王除了一害！"边说边将血淋淋的头颅举示杨隆演。

杨隆演吓得魂不附体，掩面避入内室，边走边说："此事是您一人所为，我什么都不知道。"

朱瑾不禁忿怒冲天，大声呼道："竖子无知，不足以成大事！"

朱瑾将徐知训的首级狠狠地掷向吴王府的木柱，转身提剑而出。内城使翟虔是徐温的亲信，关闭府门，领兵围捕朱瑾。朱瑾跳墙而出，摔折了脚。他自知无法脱身，便大声喊道："我以自己一死，为万人除害，死有所值了。"言毕，朱瑾自刎而死，时年五十二岁。

扬州上空，乌云密布，雷声轰鸣，大地被震得颤抖，吴王府前的一棵古槐树竟被雷电劈开。朱瑾死后，淮南百姓怀念他，说他成了雷神。

徐温向居润州，遥决军国大政，未知子恶，闻听徐知训被杀，愤怒得不得了，即日率兵渡江，来到扬州，令军士搜捕朱瑾之家。朱瑾妻陶氏以下，一并拘至，推出斩首。陶氏临刑泣下，朱瑾小妾索氏淡然说道："何必多哭？我们姐妹很快就会见到朱公了！"陶氏闻言，立刻收泪，伸颈就刑。

朱瑾小名愍哥，一生坎坷，如同此名，悲怆悯人。朱瑾"始以窃发有土，终以窃发亡身。""君以此始，心以此终。"放眼这个乱世，朱瑾遭遇只是世间一个缩影罢了。

洛阳修慈庵里，一场大风雨将树枝折断了不少。已经五十岁的尼姑誓严远离尘世，在门闩紧闭的庵中苦读经文。声声木鱼，啾啾人心。她是曾经的兖州泰宁军节度使齐克让之女、朱瑾的原配夫人、后梁太祖朱温的小妾。朱瑾自杀不久，尼姑誓严圆寂。

朱瑾善用马槊，米志诚善射，二人号称"淮南双绝"。朱瑾杀徐知训时，米志诚带领十余骑至天舆门，问朱瑾去向。闻朱瑾已死，乃回归府上。徐温怀疑米志诚帮助朱瑾，便伏下甲兵擒杀了米志诚。

徐温准备大行诛戮。义子徐知诰、亲信严可求俱述徐知训罪恶，徐温方幡然醒悟，喃喃说道："孽子死已迟了！"徐温斥责徐知训将吏，不能匡正扶救，一律落职，独刁彦能屡有诤言，对他特别加赏。刁彦能警敏，知道淮南人望在徐知诰，便去跟从了他。

朱瑾横尸于扬州北门，徐温将之曝晒，竟没有一只苍蝇敢去骚扰。一些路人偷偷将他掩埋。当时，疟疾流行，一些百姓称取朱瑾墓上的土服下，病立刻就好了。扬州百姓便对死去的朱瑾顶礼膜拜，天天到他坟前祭奠。徐温闻听后大怒，派人将朱瑾的尸体挖出，扔进了一个池塘中，让他死无葬身之地。这个池塘恰好叫雷公塘。从这之后，徐温生病了，奄奄一息。重病中的徐温做了一个梦，梦中披头散发的朱瑾挽弓向他射箭，吓得他魂不附体。徐温大骇，连忙吩咐人把朱瑾的尸体捞起，埋葬于雷公塘旁，他的病这才好转。

徐温因亲生诸子皆幼弱，乃以义子徐知诰接替徐知训统领朝政。徐温进徐知诰为淮南节度副使、内外马步军副都指挥使。徐温移镇金陵，总领军国大纲，具体政务则交由徐知诰决断。

1

扬州西南二千里是虔州。

虔州防御使谭全播已经八十岁。黄巢起义时，谭全播揭竿而起，占据虔州。后梁建立后，江南、岭南的土地都被淮南藩镇和南汉国瓜分，只有谭全播以虔州归附后梁。

执掌淮南藩镇的权臣徐温以王祺为虔州行营都指挥使，让其率领洪州、袁州、抚州、吉州四州兵马进攻虔州。

江西观察使刘信出身盗贼，镇守洪州。刘信为治苛猛，常有流言称其将反，背叛淮南藩镇。王祺前来，刘信误以为是徐温派来攻打自己，便亲赴王祺军前请罪。王祺哈哈一笑，对刘信说："我此次前来，是奉命讨伐谭全播，刘公放心，请您驻守吉州，震慑湖南藩镇，让我无后顾之忧。"

王祺兵临虔州城下，虔州防御使谭全播死守城池。王祺攻之不克，心急上火，竟然染疫而死。徐温乃以刘信为行营招讨使，继续围攻虔州。谭全播被逼无奈，求救于吴越藩镇。吴越王钱镠以统军使钱元球为西南面行营应援使，统兵两万进攻淮南藩镇下辖的信州，声援谭全播。

信州只有八百守军，刺史周本唱起了"空城计"。他打开城门，与官吏登上城楼，开宴奏乐。吴越军向城楼上射箭，飞箭如雨一般密集，周本安坐不动。吴越军胆小怕事，怀疑信州城中有伏兵，半夜撤围而去。周本一曲"空城计"，竟然吓退了二十多倍兵力于己的敌军，信州保全。

谭全播又使一计，贿赂刘信，然后讲和。刘信接受和解，自虔州撤军。徐温得报，大怒道："刘信以十倍之众，不能破小小虔州一城，怎么说得过去？这也就罢了，刘信无故讲和撤军，又是何道理？"刘信长子刘彦英在扬州，徐温拨给他三千军士，向他道："你父亲居上游，统雄兵，却不能破敌，这明显是要谋反啊。你可以带着这些军士去帮助你父亲。"刘信大为恐惧，回师再攻虔州。虔州早已无力抵御，刘信前锋刚至虔州，守军便已大溃，刘信追擒谭全播于鄂都。谭全播年事已高，受不了被俘的屈辱，在扬州病死。

刘信亲自到金陵，去拜见徐温。徐温与刘信掷骰取乐。刘信拿起骰子，祈祷道："刘信若有背叛之心，骰子掷为恶彩；若无二心，骰子掷为浑花。"六个骰子掷下，全都是红面，一个妥妥的浑花。徐温大惭，亲自给刘信斟酒，赔礼道歉。

扬州城中，徐温义子、淮南节度副使、内外马步军副都指挥使徐知诰统领朝政。徐知诰一改徐知训所为，恭敬对待吴王杨隆演，谦虚对待士大夫，宽厚对待众将士。他求贤才，杜请托，除奸猾，士民翕然归心，就是悍夫宿将，亦无一不悦服。

幕僚宋齐邱劝徐知诰兴农薄赋，徐知诰欣然采纳。淮南方无旷土，桑柘满野，禾黍盈郊，藩镇得以富强。徐知诰欲重用宋齐邱，偏是徐温不愿，只令为殿直军判官。宋齐邱每晚与徐知诰密谋，二人恐隔壁有耳，只用手指画水为字，随书随干。两人秘计，无人得闻。

扬州司马严可求料徐知诰有大志，常常去信劝徐温："郎君知诰与徐家并无血亲，如今他推贤礼士，笼络人心，定有大志。若不早除，必为后患！"徐温不肯从，严可求又去信劝徐温令次子徐知询代掌内政，徐温亦不许。

徐知诰听到风声，便外放严可求为楚州刺史。

严可求并未去楚州，而是直接到了金陵。

严可求对徐温说："唐朝灭亡已经有十二年了，但我们仍然没有改年号，可以说没有背叛唐朝。我们征讨四方，创建基业，也是以兴复唐室之名进行。但现在梁晋争战，贼梁屡次失利。朱氏日衰，李氏日盛。一旦李存勖据有天下，那我们能面北向他称臣吗？蜀地的王建称帝了，岭南的刘龑也称帝了，我们现在不建国，还要等到何时？"

徐温动了心思，将严可求留在身边，任门下侍郎，不让他去楚州。

徐温上奏吴王杨隆演，说杨隆演权重位卑，以淮南节度使之职难以节制辖下各个节度使、观察使，请杨隆演建国称帝。杨隆演胆小怕事，拒绝称帝。徐温再邀集淮南大佬，一再上表。

919 年四月初一日，杨隆演不再推辞，将所辖地区称作吴国。因地处南方，人称南吴，或称杨吴。

这就是《新五代史》所称十国中的第三个割据政权：南吴国。

徐温进奉玉册、宝绶，杨隆演晋升吴国王，与早已灭亡的唐朝断绝法统。

南吴国为南方最强大的割据政权，据有东南富庶之地，其统治范围北起海州，南到虔州，东起常州，西达鄂州。杨隆演建宗庙社稷，设立百官，行止皆用天子之礼，惟不称帝号。杨隆演拜徐温为大丞相、水陆马步诸军都指挥使，都督中外军事，封东海郡王。授徐知诰为左仆射、参知政事兼知内外诸军事。淮南正式由藩镇转为王国。南吴国"祭则杨氏，政由徐氏"，淮南军演变成南吴军，徐温继续"总领军国大纲"。

杨隆演才二十三岁，个性稳重恭顺，明知徐温父子专权，也不显露半点不平之色。但杨隆演心中并不快乐，常常放纵自己，以致疾病缠身，无法视朝。

2

扬州西北一千二百里，是开封。

开封城中，后梁末帝朱友贞闻听杨隆演建国，当即大怒，颁诏吴越王钱镠，令其讨伐南吴国。吴越藩镇本与南吴国不和，故而被后梁朝利用。朱友贞授钱镠为天下兵马元帅，令其牵制南吴国。钱镠于是设立元帅府，建置官属，雄踞东南。钱镠派遣第七子钱元瓘率领战船五百艘，自东州攻击南吴国。

警报雪片般到达扬州。南吴国王杨隆演病中不愿闻事，一切调兵遣将，皆委任大丞相、水陆马步诸军都指挥使徐温。

徐温急调舒州刺史彭彦章及偏将陈汾，率领四百艘战船，往拒吴越军。南吴水师顺流而下，到了狼山，正与吴越军相遇，可巧一帆风顺，不及停留，继续冲向前去了。那吴越战船，避让两旁，由他驶过。如此一来，两军倒了个风向，原本南吴军在上风，现在成了下风。吴越人聪明得很，当即从船中抛出石灰，乘风洒入南吴战船，迷住南吴军士双眼。吴越兵又将豆子、沙石散掷过来。南吴军士已是头眼昏花，又遇上脚下的豆、沙翻滚，立脚不稳，狼狈不堪。吴越兵靠前，乱劈乱刺，杀得南吴兵鲜血淋漓。吴越军钱元瓘下令军士纵火，焚烧南吴战船。南吴兵心惊胆破，四散奔逃。南吴军彭彦章还想力战，无奈身上已是数十创伤，力竭而死。南吴军陈汾已先逃回，坐视彭彦章战死，并不来救。一个时辰功夫，四百艘南吴战船多成灰烬，将校被掳七十人，军士死伤三千人。

徐温闻报，立诛陈汾，籍没家产，半给彭彦章妻儿。

徐温出屯无锡，截住吴越军。两军对阵，忽然吴越军中一将奔向南吴军，这人名叫曹筠。

这个曹筠，本是南吴一名列校，常有谋略说于徐温听，但未被采纳，一次交战中叛逃吴越军。徐温派人捎信给曹筠："你的家小不用挂念，会过得好好的。你离开我是因为我愚笨，而使你郁郁不得志。"

徐温拉着回归的曹筠，深深自责，绝口不提曹筠叛变，恢复了他的原职。

敌军当前，曹筠又提一计：两岸间芦苇已枯，而吴越兵被枯草包围，现在西北风起，正好乘势放火。

徐温采纳，令军士四散纵火，火随风猛，风引火腾，吴越军立时惊溃。徐温驱兵追击，斩首万计，生俘千人。钱元璙率领残兵逃去，走至香山，又被南吴国右雄武统军陈璋截住去路。钱元璙好不容易夺路逃回，但十成水师，已失去七八成了。

俘获吴越千人中，有一位南吴叛将，他就是陈绍。当年，徐温仅率四千人迎战王景仁，眼看就要被后梁军歼灭，是陈绍大呼："敌军已被诱至深处，可以反攻了！"从而让淮南士气重振，反身击退后梁军。后来，陈绍犯错，逃奔吴越。现如今，陈绍被俘。对于陈绍，徐温很是大度，握着他的手对他说："我一直记得你的智勇双全，与王景仁那场战斗，你简直就是我的救命恩人。"徐温没有处罚陈绍，反而升他为和州刺史。

宰相肚里能撑船，大丞相徐温可谓名副其实。

左仆射徐知诰前来劳军，向徐温请求："父亲，我们现在可以派兵二千，假借吴越旗帜，前去袭击吴越辖下的苏州。"

徐温想了想，长叹道："你策原是甚妙，但我只求息民。敌已远逃，何必多结仇怨！"

诸将又齐请道："吴越所恃，全在舟楫。现在天旱水涸，舟楫不便行驶，这正是天亡吴越的机会，何不乘胜进兵，扫灭了他们？"

徐温又叹道："天下离乱，已是多年，百姓困苦极了，况且吴越王钱镠不可轻视。我们的大敌，是北方的朱梁。如果我们与吴越战火不断，就会让朱梁乘危南侵。现在我们既然得胜，彼已惧我，我们敛兵示恩，令两地百姓各安生息不好吗？多杀何益呢？"

南吴国派遣殿直军判官宋齐邱出使吴越藩镇，愿归无锡俘囚。吴越王钱镠亦答书求和，愿释狼山抓获七十人。两下释怨，休兵息民，彼此和好度日，以后二十年不起烽烟。

吴越藩镇东面是大海，西面是南吴国。如果与南吴国和平共处，那么吴越王钱镠就可以高枕无忧了。其时，前蜀、南汉、南吴先后建国，吴越藩镇众将也都劝钱镠称帝。钱镠笑道："这些称帝的人是坐在炉炭中，你们别拉我到火上烤。"钱镠拒绝。

后梁朝拉拢钱镠，颁赐殊礼，钱镠可"诏书不名"。不只后梁朝优待，前蜀、南汉、南吴等国也像对待父兄一样对待钱镠。钱镠心满意足，回到家乡临安祭扫先祖坟墓，宴请乡中故老。八十岁以上者用金杯，百岁以上者用玉杯。钱镠亲自为故老倒酒，然后共同干杯。饮酒到兴奋时，钱镠高唱《还乡歌》——

三节还乡兮挂锦衣，碧天朗朗兮爱日晖。

功成道上兮列旌旗，父老远来兮相追随。

家山乡眷兮会时稀，今朝设宴兮觥散飞。

斗牛无孛兮民无欺，吴越一王兮驷马归。

3

吴越藩镇往西三千六百里，便是前蜀国。

前蜀国第二任皇帝王衍整日里醉酒唱歌，贪财好色。

教坊使严旭知晓王衍喜好，强搜民家，见有姿色女子，无论他家愿与不愿，硬要将女子献入宫中。惟该家厚给金帛，才得免选。民间怨声载道，王衍却是喜笑颜开，称赞严旭办事有能力，擢升他为蓬州刺史。

徐太后、徐太妃最喜游玩，常至亲贵私第，酣饮达旦，或出游近郡名山，安逸享乐。有时，王衍亦与偕行，耗费不可胜计。一次，王衍陪两位徐氏游青城山，宫女衣着都画上了云霞，三人夹在中间，飘飘然好似神仙。

王衍来了兴致，夹着檀板哼哼唱唱——

> 这边走，那边走，只是寻花柳；
> 那边走，这边走，莫厌金杯酒。

　　前蜀国是王氏基业，王衍做起了这份基业的蛀虫。王衍开始卖官。阆中人何奎通数术，能预言未来，与许多公卿贵族都有密切往来。他暮年时忽然想当官，向王衍行贿，获得了兴元府少尹高官。太后、太妃两位徐氏也不甘寂寞，公开卖官鬻爵，按官职高低估价出售。权臣们也不愿落伍。王宗弼被拜为中书令，进封齐王。他总揽大权，纳贿营私，擅作威福。礼部尚书、成都尹韩昭主持考试，选拔人才，公然收贿舞弊。他还向王衍要求把巴州、渠州、集州的刺史官职给他，由他售卖，所得钱财用以营建自己的宅第，王衍竟然批准。

　　王宗瑶，前蜀国第一位皇帝王建的义子，前蜀元老，受命辅政，论功封为临淄王。他斗不过王宗弼，看不惯韩昭的嘴脸，就为自己建造了一座高大坟墓，有空就在其中喝酒高歌。没病没灾的王宗瑶竟然死在了墓里。

　　王衍在成都附近玩够了，便到蜀北巡视。他身披金甲，头戴珠帽，手执弓箭，威风凛凛，随从车驾连接起来有百里之长。礼部尚书、成都尹韩昭日夜陪侍王衍醑饮，亵慢无所不至。韩昭粗通文章，写诗一首谄媚王衍——

> 吾王巡狩为安边，此去秦亭尚数千。
> 夜照路岐山店火，晓通消息戍瓶烟。
> 为云巫峡虽神女，跨凤秦楼是谪仙。
> 八骏似龙人似虎，何愁飞过大漫天。

　　王衍更是飘飘然。阆州团练使林思谔请求王衍巡视阆州，王衍答应，于是顺江而下。沿江州县强迫民众在两岸张灯结彩，百姓不停抱怨。王衍到达阆州，见何姓女子美丽过人，即命侍从抢来。何女已经许人，出嫁有日。王衍问明底细，乃送帛百匹，给他夫家，饬令别娶。该未婚夫闻这急变，竟然一恸而亡。王衍无心再游，搂着何女，回到了成都。王衍与何女缱绻月余，又觉得味同嚼蜡。

王衍陪徐太后往省母家，瞥见一个绝代佳人，玉骨仙姿，不同凡艳。王衍问明徐太后，知是自己表妹，当下召见，携带进宫。徐女不但美艳，而且曲尽柔媚，极善奉承，引得这位前蜀国年轻皇帝异常喜爱。王衍避讳娶亲母族，托言是韦昭度孙女，将她封为韦元妃。

五月初六是王衍生日，成都得贤门搭建彩棚庆贺。突然间，暴风雨来临，将彩棚摧毁于地。接着电闪雷鸣，击倒彩棚两柱。太常寺少卿杨玢上言："陛下生日这天，天象示警。事情发生在得贤门，示意陛下所用之人非贤人也。两柱震摧，示意陛下所用将吏非柱材也。"王衍并不在意。

春秋时期，周灵王之子姬晋天资聪颖，温良博学。这位一千五百年前的姬晋竟然与前蜀国发生了联系。姬晋之子宗敬改为王姓，王衍便以姬晋为王氏始祖，加尊号"圣祖至道玉宸皇帝"。王衍下令建造上清宫，塑姬晋像，还为父亲王建和自己塑像，侍立于姬晋左右。

潞州麻衣寺有一位和尚，常年不着僧衣，胡乱拼凑麻布遮体，人称麻衣道者、麻衣和尚。异人有异相，长年不洗脸的麻衣道者不似鸠形鹄面的乞丐，而是面色绯红如若童子，双目粲然犹如深潭。麻衣道者精通《周易》，擅长相术。他路过成都，看到王衍给自己立了塑像，与父亲王建分立姬晋左右，便不由说道："看来这位年轻皇帝不想再让他的子孙做皇帝了！"

存勖之猛：

后唐虎头蛇尾遗憾连连

一叶落，搴珠箔。

此时景物正萧索。

画楼月影寒，西风吹罗幕。

吹罗幕，往事思量着。

晋王李存勖为灭后梁，常驻魏州。夜晚，他踏着满地金黄的落叶，沐浴着清爽的风，回想起"可亚其父""终应父言""朱温之叹""晋王三矢"等一件件往事，心有灵感，写下了《一叶落》这首词。

前蜀国第二任皇帝王衍派遣太常寺少卿杨玢到魏州，请李存勖称尊。

李存勖语重心长说道："昔日，王衍之父王建也曾劝先王各帝一方。先王对我说：'昔日，唐天子幸石门寺，我曾发兵诛贼，一举威震天下。当时，我若挟天子据关中，请唐天子禅让，何人敢阻？但我家世代忠良，不忍心这样去做。我们当振兴唐室，保全唐祚，千万不要像他们那样另立江山社稷！'先王的话，还在我耳中回荡，我怎好背弃父训呢？"

919年夏，李存勖任符存审为蕃汉马步军大总管。符存审进踞德胜城，这是魏州通向后梁开封的重要渡口。晋军夹河修筑南北两城，称其德胜城。后梁朝北面行营招讨使贺瑰率军围攻德胜南城，以铁索连战船横列河面，将晋军援军阻挡在黄河北岸。

李存勖来到德胜北城，在军营前堆放金银绸缎，招募进攻后梁船阵之人。帐前银枪都都头李建及身披重甲、手执长矛叫道："末将不才，现在就去攻破他。"李建及用小船堆积柴火，从上游放火焚烧后梁战船。等大火熄灭，李建及率三百军士乘船冲入敌阵，用巨斧砍断铁索，后梁船阵被破。

晋军渡过黄河，援救德胜南城。后梁贺瑰率兵往争，大小百余战，不分胜负。

贺瑰心火上攻，一口气没上来，竟然死在了阵前，时年六十二岁。

原沧州横海军节度使戴思远接替贺瑰，出任后梁北面行营招讨使。

920年春，后梁太祖朱温义子、后梁河中节度使朱友谦占领了同州，以他儿子朱令德为同州留后。朱友谦上表，请求后梁朝廷赐予朱令德旌节。

后梁末帝朱友贞不准。朱友谦一气之下，竟举河中藩镇投降了晋军。朱友贞大怒，命兖州泰宁军节度使刘鄩为河东道招讨使，与郑州刺史段凝一起，攻打朱友谦。

刘鄩与朱友谦是姻亲，到达陕州时，刘鄩派人带着檄文送与朱友谦，晓以祸福利害，劝他回归后梁。朱友谦不答，向晋王李存勖处告急。李存勖遣符存审率军往援。刘鄩停留了一个月，开始进逼同州。此时，符存审亦率军驰至。两下交战，刘鄩败走。

段凝平素妒忌刘鄩，秘密上报后梁朝廷，说刘鄩拖延时机，养寇成患，让朱友谦等来援兵。刘鄩的死期到了，河南尹张全义按照后梁朝廷密旨，逼迫刘鄩饮下了毒酒。刘鄩终年六十四岁，一代智将就这么一命归西。

刘鄩一生屡立战功，威名显赫。可惜天不佑刘鄩，更不佑后梁，让后梁自己砍倒了擎天一柱。

开封城阴云密布，一千二百里外的扬州城雷电交加。

南吴国王杨隆演抑郁成疾，病情越来越重。

大丞相、水陆马步诸军都指挥使徐温自金陵入朝，议立嗣君。右仆射严可求劝徐温自立，徐温道："我若有此意，早在当初诛杀张颢之时就做了，何必要等到今日？就算杨氏没有男丁，有女亦当立之。"

920年五月，杨隆演去世，终年二十四岁。

杨行密三子杨濛依次当立。杨濛性格刚强，对徐温专权不满，他曾感慨："我国家竟为他人所有乎！"徐温非常厌恶。

徐温刚强，越次立老四杨溥继任吴国王。

杨溥时年二十一岁，一继位，就致书晋王李存勖，劝他称帝。

恰在此时，魏州和尚传真向李存勖献上了传国玉玺。黄巢之乱时，传国玉玺流入民间，辗转落到传真手中，秘藏已经四十年。现今，传国玉玺给了李存勖，意味深长。本来无心称帝的李存勖也以为天命所归，于是改变了心思，雄心勃勃地想做起皇帝来。李嗣源、李嗣昭、符存审、阎宝、李存璋、李存进等众将吏适时而动，联合上表劝进，请李存勖称帝。

独有一个唐朝遗臣，闻听消息，要去谏阻。

这人是谁？就是河东监军张承业。

李存勖一直与后梁军鏖战，太原军政全部委托给张承业。张承业征兵买马支援前线，招抚流民生产务农，成为李存勖坚定的后勤保障。张承业治理河东非常严格，有个侄子张厚杀死贩牛人，被他立刻处死。李存勖派人前去解救，为时已晚。李存勖任命张承业的另一个侄子张瑾为麟州刺史，张承业叮嘱道："你本是一名普通百姓，以前与刘知俊一同做贼，一贯不守法度，现在若还不改悔，不知哪天你就会被杀死。"从此，张瑾不管到何处为官，都不敢贪暴。云州刘氏、曹氏两位太夫人，非常尊重张承业。张承业忤李存勖意，两位太夫人必定痛责李存勖，令谢张承业。李存勖加授张承业为左卫上将军、燕国公，张承业坚辞不受，只以河东监军这个唐官终身。

张承业已经年老患病，卧床不起，听闻李存勖准备称帝，就命人将他从太原抬到魏州。张承业劝谏李存勖："大王父子与朱梁国贼已经血战三十多年，目的就是要为大唐报仇，恢复唐室社稷。如今朱梁国贼未灭，大王便要称帝，恐怕会令天下人失望。大王应先诛除朱梁国贼，为先王报仇，然后拥立唐室后人，匡扶唐朝。唐室后人若在，谁敢反叛？唐室若无后人，天下谁能与大王相争？臣只是唐室一老奴，希望能在成功后退隐田里，路人指着老奴感叹一句'这是唐朝敕使、河东监军'，便是臣无上之荣。"

李存勖沉默一会，慢慢回答："七哥，我也不愿称帝，只是被众将逼迫，无可奈何。"

张承业知不可止，忍不住恸哭道："晋军浴血奋战，本为恢复唐朝，现在大王却自取帝位，欺骗老奴啊。"

李存勖想起两位太夫人的教导，连忙起身致歉。张承业哭着说："老奴本是唐室的一名宦官，派到太原来做河东监军。长安城中下达诏令，遍杀各地宦官监军，承蒙先王厚恩，不但不杀我，而且依旧让我做河东监军。老奴为此感激不尽。老奴父母早亡，又没子女，是世间一个孤零零的人。

老奴如果活着，就两件事：一是上报先王大恩，二是延续唐朝命脉。第一件事是因为先王救下老奴，重用老奴；第二件事是因为唐朝要杀老奴，而老奴不忘唐朝啊。"

李存勖感动得流泪不止，称帝想法搁置。张承业辞归太原，病情愈来愈重。

帐前银枪都是李存勖手下一支亲军劲旅，与后梁作战中，得其死力，功勋卓著。帐前银枪都都头李建及有勇有胆，慷慨不群，所得赏赐，皆分给部下。宦官韦令图监军，常向李存勖进言："李建及收买军心，恐他有野心，不能让他继续掌管帐前银枪都了。"李存勖听信其说，就任命李建及为代州刺史。

李建及快快不乐，忧郁而死，终年五十七岁。

帐前银枪都也从此退出了历史舞台。

一　五龙过河

太原往东五百里，便是镇州。

赵王、镇州成德军节度使王镕霸占镇州已经快四十年了。

他十岁继位，如今年龄接近五十。王镕无政治远见，溺于享乐，骄于富贵，纳姬妾数百人，又好左道，炼制丹药，妄想长生不死。王镕常与宦官石希蒙一起出游。石希蒙擅长拍马，甚得王镕欢心，两人往往同榻而眠。

920年腊月，王镕又外出狩猎，到了春节也不回，在鹊营庄度过。

马步军都指挥使李弘规劝谏王镕："当今，晋王李存勖不惧刀枪箭雨，亲自领兵作战，而大王您却安逸享乐，出游狩猎。大王长期出游在外，如果藩镇出现闪失，那该怎么办呢？"

王镕感到恐惧，便准备回城。石希蒙反对，向王镕败坏李弘规："他总是在大王面前作威作福，一定怀有异心，大王不可不防。"

石希蒙劝阻王镕回府，王镕听信石希蒙，继续待在鹊营庄。

李弘规很是愤怒，领着衙将苏汉衡来到王镕面前。

苏汉衡首先开口劝说："大王，军士们都很疲惫，春节都没能回家，现在人人思家心切，希望现在能跟随大王一道回到镇州城中。"

李弘规接着进言："迷惑大王的是石希蒙，请大王斩了他。"

王镕不肯，苏汉衡气愤不过，挥剑杀掉了石希蒙，将他的人头扔到王镕面前。

王镕老奸巨猾，不敢立刻发火。他压住心中怒气，马上归府。一回到镇州，王镕立刻派长子王昭祚领兵包围了李弘规府邸。李弘规流泪对儿子李杏说："我们父子太忠于王镕父子了，我为了王氏基业，杀死了那个祸害王镕的宦官石希蒙，而你以前冒死去陪王镕儿子王昭祚当人质。我们的愚忠，换来了灭族之祸。"不只李弘规，苏汉衡等数十名将史因鹘营庄兵谏而被满门抄斩。

镇州城笼罩在恐怖气氛中，成德军中流言极多，都说接下来王镕要彻查兵谏，穷搜同党，不知还要砍掉多少颗脑袋！成德军将士人心惶惶，就连王镕义子张文礼都起了反心。

李弘规掌权管事，张文礼有些畏惧。现今李弘规被杀，张文礼野心立起。他趁机挑拨李弘规部属："大王打算诛杀你们，你们如果愿意甘心被杀，就准备后事吧。"一千多人立刻被点燃了怒火，他们翻墙进入王镕府邸。此时，王镕正与道士焚香祷告，可这又有何用？乱兵杀死王镕，焚烧府邸。王镕妻妾数百人或投井而死，或被活活烧死。

王镕终年四十九岁，综观王镕一生，年幼继任，目光短浅，贪图享乐，如同风雨中的小舟左右摇摆，最后不得善终。

王镕虽然受封赵王，在镇州建立赵王府，但并未宣布建国称帝，所以《新五代史》并未将其计入十国之列。镇州成德军藩镇只是个半独立政权。

乱兵拥戴张文礼，张文礼也不谦让，率领他们捕杀王镕长子王昭祚，诛灭王氏子孙。张文礼是人都杀，唯独不杀王昭祚之妻。不是张文礼手软，而是因为她是后梁太祖朱温之女。王镕少子王昭海，十岁出头，被藏在洞穴中，幸免不死。湖南人李震剃去他的头发，给他披上僧衣，藏在茶笼中，载到湖南去。王昭诲在南岳寺出家，法号崇隐。

镇州成德军藩镇长期依附晋王李存勖。张文礼派人报告，说王镕被李弘规手下乱兵杀害，目前自己已将乱兵平定。李存勖即欲领兵前往镇州，查明实情。众将劝阻，说现今晋军正与后梁争锋，不宜再树一敌。李存勖也知如何权变，就任命张文礼为镇州成德军留后。

张文礼到处寻找王昭诲不得，便以为他死在大火中。

张文礼暗思王昭诲是李存勖未过门的小女婿，一旦李存勖知道了实情，定会杀掉自己，于是暗通后梁朝。张文礼密表后梁末帝朱友贞，称王镕一族为乱兵所屠，朱温之女无恙，请后梁朝廷发出精兵，往攻李存勖。届时，张文礼不但会发出成德军相助，而且还会乞求北方的契丹国出兵，从此就可以扫灭晋军了。

朱友贞览表未决，询问众臣。平阳郡侯、金銮殿大学士敬翔认为这是收复黄河以北土地的契机，主张出兵援助张文礼。赵岩、张汉伦、张汉杰等宠臣谓张文礼首鼠两端，万万不可相信其说。朱友贞犹豫不决，便按兵不发。

张文礼一再驰书，催促后梁朝廷，多被晋军中途搜获。

镇州成德军马步军都指挥使符习，赵州人，此时率兵一万跟随李存勖驻扎德胜城。张文礼计划反叛晋军，便上书李存勖，请求符习回归镇州。符习向李存勖号哭道："末将一直跟随王镕，受赵王之恩，情同骨肉。今闻赵王遇祸，实是张文礼所为。末将想以剑自裁，但念死了无益，便苟活于世。现在恳请大王派末将往讨逆贼，以报赵王之仇。"

李存勖怒气冲冲地说："我曾与赵王王镕同盟讨贼，不料赵王竟为逆贼张文礼所害，我心非常悲痛。现在张文礼勾结梁贼，意欲与我为敌，可恨呀！你若不忘故主，为他复仇，我愿助你！"

符习与部将三十余人跪伏在地，且泣且语："大王记念末将故主，许令复仇，符习等人虽死亦无恨了！"

921 年八月，李存勖免除张文礼一切官职，命符习为镇州成德军留后，领本部兵先行出发。李存勖再遣晋军马军前锋都指挥使史建瑭为后应，先抵赵州。赵州刺史王铤自知不抵，开城投降。李存勖仍令王铤为赵州刺史，令其率军攻打镇州。

符习、史建瑭、王铤率军来到镇州城下，突然间，镇州城上矢石雨下，史建瑭躲避不及，为流矢所中，医治无效，卒于军中，时年四十六岁。

李存勖改命郓州天平军节度使阎宝率兵，与符习、王铤一起围攻镇州。

1

滹沱河在镇州城旁静静流淌。

它河道宽广，水流缓慢。一群白天鹅飞抵滹沱河，让平静的河面骚动起来。它们时而追逐嬉戏，在水中泛起层层水花；时而钻入水中觅食，萌态十足；时而两两依偎，温情感人；时而引颈高歌，响彻滹沱河两岸。

921 年九月，一群人在渡滹沱河。

为首的三十多岁，英姿飒爽，这是晋王李存勖。

跟在后面的人，五十岁出头，老成持重，这是晋军大太保、邢州节度使李嗣源。

再后面的人，三十多岁，虎视眈眈，这是李嗣源义子李从珂，现为晋军横冲都的都头。他随从李嗣源转战四方，战功赫赫。

李从珂后面的青年将军，二十多岁，相貌英俊，这是沙陀人石敬瑭。他在太原出生，从小性格内向，喜读兵书，偶像是战国时期的赵国将军李牧和西汉时期的将军周亚夫。石敬瑭是李嗣源的女婿，作战勇敢，行事果断，得署左射军使。

最后面的青年，名叫刘知远，沙陀人，太原出生，二十多岁。刘知远累世贫寒，自幼就是奴隶，实在是过不下去了，便投军做了一名马卒。沙陀人擅长骑射，可是刘知远体弱多病，只负责喂养马匹。不过，刘知远不畏死，虽然丑陋但是相貌威严。

溏沱河的上空，突然乌云密布，一道道闪电划过，"轰隆隆"的雷声不绝于耳，黄豆大的雨点零零散散地落下。一位和尚站在溏沱河岸边，他是潞州麻衣寺那位精通相术的麻衣道者。时暗时亮中，麻衣道者看见了渡河上岸的李存勖等五人。麻衣道者不由惊叫："五龙过河呢！"

前面四人位高权重，后面的刘知远还是个无足轻重的小人物，他前些日子还干了一件偷抢媳妇的事情——

刘知远牧马时，遇到了一位李姓民女，刘知远为之神魂颠倒。刘知远已经二十多岁，由于家境贫寒、相貌丑陋，一直没有婚娶。刘知远的父亲是刘琠，为李克用的列校，早亡，母亲安氏改嫁。刘知远自思无法明媒正娶，就来暗的。刘知远夜里闯入李家，把心上人抢走，当晚成亲。生米已经煮成熟饭，李家在唉声叹气中，接受了这场婚姻。他们根本不会想到，这位一无是处的青年竟然在未来登上皇位，而看似吃了亏的女儿最后成为母仪天下的皇后。

李存勖一行渡河，去干何事？进击镇州。

张文礼原本生有疽疮，闻听晋王李存勖亲率晋军来攻，惊吓而死。其子张处瑾、张处球秘不发丧，军府内外，皆不知之。张处瑾、张处球闭城坚守。镇州成德军是"河朔三大藩镇"之一，战斗力极强。李存勖与众将云集，硬是一时半刻攻不下来。

李存勖正在烦恼中，忽又接到驻守德胜城的晋军蕃汉马步军大总管符存审急报，说是后梁北面行营招讨使戴思远乘虚来袭德胜城。李存勖寻思，镇州是癣疥之疾，而后梁则是腹心之患，便留下阎宝、符习继续围困镇州，自率李嗣源、李从珂、石敬瑭等人急匆匆奔往德胜城。

晋军用羸骑往诱后梁兵。待他们前来，鼓起截杀。

李嗣源先出接仗，率领横冲都将后梁兵冲乱。符存审又从德胜城中杀出。李存勖自率铁骑三千，迎头痛击。此战，斩获后梁兵二万余人。

刘知远不顾自己生死安危，救护石敬瑭脱难。石敬瑭感而爱之，以其护援有功，将刘知远留在自己帐下，做了一名列校。

击退戴思远，李存勖拟再往镇州，忽接到北平王、定州义武军节度使王处直来书，劝阻李存勖围攻镇州。原来，李存勖派兵讨伐张文礼，王处直心中惴惴不安。他与将领们商议说："镇州成德军与定州义武军互为唇齿，镇州是定州的屏障，镇州亡，定州不能独存。张文礼虽然有罪，但镇州被吞并，定州就不能长存了。"因此，王处直请求李存勖不要发兵。

李存勖掷剑于地，愤然说道："张文礼背叛了我，岂能退兵？"

李存勖严词拒绝，害得王处直日夕担忧。

新州防御使王郁是王处直庶子，他素来无宠，投奔太原，当时活着的李克用妻以爱女。王处直担心定州安危，就偷偷派人告诉王郁，令他重赂契丹国，乞师南下，牵制围攻镇州的晋军。王郁求为继嗣，方才听命，王处直不得已许诺。

王郁成为嗣子，心中大喜，带着全家去了契丹国都城西楼。

王郁拜见契丹国皇帝耶律阿保机，献上湖南茶叶、南吴丝绸、蜀地药材、岭南象牙和波斯珠宝。

耶律阿保机高兴说："这些都是我的喜好呀！可惜我们在寒冷的北方草原，远离这些宝物。"

王郁趁机说："镇州美女如云，金帛如山，请皇上即速往取，可以尽得，否则将为晋王李存勖所有了。"

耶律阿保机询问契丹国政事令韩延徽，是否可以救援镇州。韩延徽与张文礼相交甚厚，自然支持契丹军救援，但晋王李存勖又派人照顾他在幽州城中的母亲，韩延徽不能不领这份情谊。他考虑了一下，回禀耶律阿保机："皇上，阻挡我们契丹大军南下的是晋军，而如果能够保住抗衡晋军的镇州成德军，那么契丹国南下的阻力就减轻很多了。"

耶律阿保机即欲出兵南下，但皇后述律平不同意。她劝阻耶律阿保机："我们在西楼有羊马之富，何必舍近求远去镇州？我听说晋兵能征善战，非常强悍，是个强有力的对手。战场上有胜有负，胜利还好，如果失败了怎么办？"

耶律阿保机已经被王郁描绘的金山银山和美女如云吸引住，不顾述律平劝阻，决心出兵南下。他对述律平说："镇州有金玉百万，等我攻下镇州后，皇后南下，我们夫妻共取。"

耶律阿保机调集十万契丹兵，大举南下。

定州城中的王处直在碑楼见到一条黄蛇，以为是有龙降世，便将黄蛇养起来祭拜。王处直看见了数百只野鹊在麦田中筑巢，便以为是万物朝拜，祥瑞显现。王处直自我感觉良好，但定州百姓却说不吉祥："蛇本来应该在山泽之间生存，现在却被供到了人的居室；野鹊本来应该在林中筑巢，现在到了田间建窝。这两件事，是预示小人窃取高位，由此看，我们的北平王不应该自喜呀！"

王处直义子王都听到这些议论，立即起了叛心。

王都向为王处直所爱，有嗣立之意，现在闻听王郁得为继嗣，心中非常不甘。幕僚和昭劝王都先行发难，王都听从，率军士五百人闯入王处直府邸，挟刃大噪："大王误信孽子，私召契丹外寇，众人无一赞成。现今大王昏谬，不能再理政事，请大王退居西宅，尽享天年！"

王处直正要面驳，哪知军士一哄而上，把他拥出府外，竟往西宅，又逼着王处直妻妾同至西宅中，一并锢住。所有王氏子孙及王处直心腹将士，全都杀戮无遗。

定州义武军藩镇半独立，附属于晋王李存勖。王都派遣和昭报告李存勖。李存勖非常高兴，巴不得王处直被幽禁，免为晋军之患。李存勖即刻以王都为定州义武军留后，代掌军权。

王都得到李存勖信任，就到西宅见王处直。

王处直一肚子窝火，心想二十年前，手下将士擒杀了李应之，请求一并杀掉王都，自己当时心善，硬是没杀。万万没想到，自己留下的这个王都并且还是自己的义子竟然囚禁了自己。王处直见到王都，投袂奋起，捶胸大呼："逆贼！我哪里负你了？"王处直四顾无械，竟扯住王都衣袂，张口噬鼻。王都慌忙躲闪，掣袖外走。

王处直活活气死，终年六十一岁。

定州义武军藩镇，也就是北平政权，辖有易州、定州、祁州三州，王处直称雄二十二年之久，现在定州义武军藩镇交到了王都手上。

2

晋王李存勖正想再去围攻镇州，忽得辖下幽州藩镇急报："契丹皇帝耶律阿保机率兵大举南下，涿州被陷，幽州亦被围住了。"就在当天，定州义武军藩镇亦来告急："契丹前锋已入境内。"四下里起火，李存勖非常懊恼，愤愤说道："晋梁争锋、围困镇州，已经够让我头痛了，现在的契丹国又来捅刀子。"

李存勖忽然记起先王李克用的遗嘱："耶律阿保机杀我的兄弟，掳走我的百姓，牵走我的牛羊，终是我们的敌人，你必须要讨伐他。"李存勖掉泪说："我差点儿忘记了父王交给我的使命了。"

922年正月，李存勖命礼官以少牢祭于宗庙，请出第二支箭，背在身上，出击契丹。

十万契丹兵如同十万条草原狼，十分凶猛。李存勖行至新城，闻听契丹兵已过了沙河。由于晋军四处征战，李存勖所率晋军兵少，仅仅五千。将士非常恐慌，纷纷请求退还魏州。李存勖犹豫不定，召集帐下诸将李嗣昭、孟知祥、郭崇韬商议。

李嗣昭是十三太保中的二太保、李存勖的义兄，现在担任潞州昭义军节度使。孟知祥是李存勖的姐夫，现为马步军都虞候。郭崇韬是何人？

他是代州人，干练清廉，遇事机警，现为中门副使。"中门使"一职，类似唐朝廷的枢密使，参决机要，调兵遣将。前任中门使吴珙忠心耿耿、立有大功，却遭惩罚。中门使孟知祥惧怕步其后尘，请求外任。孟知祥派妻子沙陀李氏去哭请恩准。李存勖问孟知祥："何人可替代你呢？"孟知祥推荐了郭崇韬。李存勖便改任孟知祥为马步军都虞候，郭崇韬为中门副使。郭崇韬成为李存勖的亲随，从此干劲十足，风生水起。

面对军情，郭崇韬向前一步，对李存勖说："耶律阿保机这次领兵南下，并非为了救镇州，而是冲着中原的钱财宝物而来。如果前锋被打败，他肯定会退兵的。我们晋军刚刚战胜朱梁贼人，威震北方。如果趁此良机驱逐契丹兵，必会取得大捷！"

李嗣昭接话说："强兵在前，有进无退，怎可退还魏州摇惑人心？"

李存勖挺身起座说："我意亦是如此！"

李存勖出营上马，亲率铁骑五千，奋勇前进，诸将不敢不从。至新城北，前面一带统是桑林。晋军从林中穿行，逐队驰至。可巧契丹兵骤马前来，见桑林中尘埃蔽天，不知有多少兵马，当即回马返奔。

滚滚尘土，为我鼓舞！

潇潇寒风，吹洒热血！

黑黑健儿，不畏刀枪！

浩浩苍穹，任我驰骋！

晋军将士高歌李存勖所创《滚滚尘土》军曲，奋勇前冲。契丹兵大败，横渡沙河时，多半溺死。

契丹皇帝耶律阿保机之子耶律牙里果拼命渡过了沙河，忽然间冲出一队晋军来，为首的是晋军护卫指挥使侯益。侯益大喊一声，耶律牙里果竟然跌落马下，立被侯益擒获。契丹兵更乱，耶律阿保机只好退保望都。

　　李存勖收兵入定州，定州义武军留后王都到李存勖马前亲自奉迎。李存勖亲临王都的府邸，王都奉上美酒佳宴，还找来一帮伶人唱戏跳舞。"美人舞如莲花旋，世人有眼应未见。高堂满地红氍毹，试舞一曲天下无。"李存勖大为高兴。

　　王都有一个爱女，芳龄十二岁，李存勖见后与王都约为姻亲，许诺长子李继岌娶王都之女为妻。

　　从此，王都特受恩宠，所有请求，李存勖无一不从。

　　李存勖在定州城中休息一宿，便率兵奔向望都。契丹骑兵前来拦截，李存勖兵少，被蕃骑困在了中间。李存勖麾军力战，不能解围。危急之中，潞州昭义军节度使李嗣昭率领三百骑兵，前来相救，李存勖才得突围而出。李存勖奋起还击，打败了契丹兵，俘斩数千，缴获毡裘、羊马不可胜数。耶律阿保机立足不住望都，北奔易州。

　　天降大雪，定州、易州间成了一个白茫茫的世界。

　　契丹行军，准备不足，军士多被冻死、饿死。耶律阿保机呼出一口白气，长叹一声："王郁画了个饼，我竟然稀里糊涂地奔着这个饼就来了。我后悔没听皇后述律平的劝告啊。"

　　政事令韩延徽跟随耶律阿保机南征，他感激李存勖照顾其母，便趁机劝说耶律阿保机："皇上，此行我们遇到困难，照目前情况来看，我们很难取胜，还是返回西楼吧。臣与晋王李存勖相识，臣会写信请他善待皇子耶律牙里果。"

　　耶律阿保机听从韩延徽劝说，率领契丹兵懊怅而还。

　　李存勖转奔幽州，契丹兵解围逃去。面对契丹大军的突然撤走，李存勖喜出望外。他观看契丹军营故址，见他们进退有序、井井有条，不禁长叹："契丹用法严明，非我晋军所能及，后患不浅呢！"李存勖忽然接到韩延徽来信，才知契丹撤军是得到了他的帮助，心中一热，便决定不杀耶律牙里果。

　　李存勖率领五千骑兵，打退了十万契丹军，还俘虏了契丹皇子耶律牙里果，可以说是完成了先父李克用的报契丹之仇的交代。李存勖将第二支箭交回宗庙，在其父李克用灵牌前默默述说："父王，您交代的第二项报仇之事，儿子只能完成这样了。契丹族已经建国，并且越来越强，我们不但消灭不了他们，而且他们以后还将是中原的大患。儿子今后要做的，是灭掉朱梁，为父王报第三项大仇。"

李存勖与众将饮酒。喝醉了后，李存勖哭着说："黄河以北百姓，十几年来供应我们军粮，伸长脖子盼望着我们杀进开封，灭掉朱梁。可是，我们到今天灭掉朱梁了吗？我们辜负了父老的厚望，有愧百姓啊。"

潞州昭义军节度使李嗣昭不饮酒，闻言亦是悲伤说道："末将身居要职，每当想到这里，睡觉也不安宁。请大王持重谨慎，惠养士民。末将回到本藩，整顿兵赋，只等大王一声号令，便带众人前来。"

众将领中，鲜有不饮酒者，李嗣昭就是其中之一。

其实，李嗣昭年轻时非常喜欢喝酒，遭到已经去世的李克用的告诫后，便一改旧习，从此终身不饮。李嗣昭能够做到克制，所以得到李克用、李存勖父子俩的重用，出镇潞州重藩。

忽然云州来报：八太保、云州节度使李存璋病死于云州任上。

李存勖大哭。李存璋辅佐李克用、李存勖父子两代，几十年间兢兢业业、任劳任怨，用忠诚和行动写就了一篇乱世华章。

李存勖辖下卫州刺史李存儒，本是一位优伶，天天就知道搜刮民脂民膏，导致军民交怨。后梁朝郑州刺史段凝看出破绽，趁着夜色渡过黄河袭击卫州，不费吹灰之力便攻陷了卫州城，生擒李存儒。

段凝一鼓作气，又与后梁朝北面行营招讨使戴思远攻陷了淇门、共城、新乡三县，于是澶州以西，相州以南，复为后梁朝所有。

李存勖又要出征了！

后梁朝戴思远、段凝见李存勖率领晋军主力前来，烧营逃去。

3

晋王李存勖驻扎魏州。

围攻镇州的任务，交给了晋军郓州天平军节度使阎宝、镇州成德军留后符习。

他们筑起长垒，断绝了滹沱河水。到了922年三月，镇州城中，食尽水绝。一日深夜，镇州城悄悄放出五百人，出来抢水觅食。阎宝见他们兵少，并不放在心上，拟伏兵掩捕，一鼓尽歼。谁知镇州城中又放出五千人，各用大刀阔斧，来攻阎宝中军。阎宝抵挡不住，弃营窜去，晋军储粮统被镇州守兵搬去。

阎宝退守赵州，以为耻辱，背上毒疮发作而死，时年六十岁。

晋王李存勖改派二太保、潞州昭义军节度使李嗣昭围攻镇州。

镇州城中，张处瑾派出一千军士，前往九门接运粮草。李嗣昭设伏于阎宝旧营，将一千镇州兵全歼，但三个人没死，藏在断壁残垣间。李嗣昭驱马射敌，未料到破墙处还有三个敌兵。一箭射来，正中李嗣昭头部。李嗣昭强忍疼痛，拔下箭矢，反射敌兵。身后的随从一拥而上，将三人砍死。李嗣昭头部血流不止，当夜死在了营中。

李嗣昭精明强悍，沉毅不群，是沙陀猛士中的精英。

凶信传到魏州，李存勖悲悼大呼道："一个小小张处瑾，竟然害死了我史建瑭、阎宝、李嗣昭三员大将。"李存勖好几日不食酒肉。

李存勖调五太保、魏博马步军都指挥使李存进攻打镇州，又授任圜为潞州昭义军判官，协助李存进征战。

李存进驻守东垣渡口，这儿土质松软，无法筑垒，只能伐木为栅。李存进命骑兵向镇州出发，自己与十几个卫兵守营。张处瑾侦知李存进无备，立命其弟张处球率军七千前往袭击。晋军骑兵正向镇州出发，双方异道而过，未能相遇。张处球直接杀到东垣渡口，李存进仓促之下，率领十余人出营格斗。晋军骑兵闻讯返回，包围镇州兵。张处球只身逃走，所率七千人马全军覆没。

李存进战死于桥上，终年六十七岁。消息传到魏州，李存勖悲愤说："又害死我一员大将！"

李存勖调九太保、晋军蕃汉马步军大总管符存审征讨镇州。

其时，镇州守兵已是十分疲弱，符存审与任圜、符习率领晋军打得张处瑾只能闭城坚守，不敢再出城交战。

任圜散布招降令，镇州军民更是无心再战。

张处球急了，站在镇州城楼向任圜呼喊："城中兵马和粮食都没有多少了，我们现在想以泥涂面，出城投降，但我们久抗王师，任公能给我们一条活路吗？"

任圜答道："你的父亲实在是罪孽难赎，然而罪不及后人，你们是可以从轻发落的。只是你顽抗王师有一年之久，又伤害了晋王殿下四员大将，两位是晋王的结义兄弟。如今一朝困竭，才想到要纳款投降，这样的话，恐怕也难免一死了！但是，话说回来，如果你依旧坐而待毙，还不如向晋王伏地叩首，恳求饶命，那样或许还有一线生机呢！"

张处球流泪说："任公之言，至诚之理！"

张处瑾、张处球正准备投降，但城中守将李再丰已秘密联系昔日同僚符习，愿为内应。李再丰趁着夜色，投绳招引晋兵进城。晋军缘绳而上，打开城门。到了黎明，晋军全军进入魏州城中，擒住张处瑾、张处球。镇州军民气愤难耐，将二人剁成了肉酱。晋军又将张文礼的尸体挖出，处以磔刑。

王镕、张文礼的镇州成德军藩镇割据政权，到此结束。

李存勖授符习为镇州成德军节度使，符习泣辞："故使王镕全家被杀，已经无后，符习应当自残为其送葬，哪还能做成德军节度使呢？"

王镕少子王昭诲正在湖南南岳寺为僧，只是符习不知。李存勖、符习都以为王昭诲已被乱兵杀害了。李存勖悲伤说："我曾经许诺将小女嫁给王镕少子王昭诲，唉！他们爷俩都死去了，难过呀！"

李存勖自领镇州成德军节度使，任符习为郓州天平军节度使。

922年五月，魏州等地一直不雨，到了九月，林木皆枯，千里赤地。庄稼无收，赋税短缺，李存勖责问魏州司录参军赵季良："我正要率大军进取黄河以南，灭掉仇敌朱梁，可你却不能提供军饷，供应军粮，让我如何是好？"

赵季良，曹州人，性情宽厚，喜怒不形于色。

赵季良没有正面回答，而是反问李存勖："大王何时才能攻灭后梁、平定黄河以南呢？"

李存勖恼怒说："你有什么资格来反问我？你的职责是督办军饷、军粮，为何还要干预军事？"

赵季良正色道："如果竭泽捕鱼，逃亡百姓就会越来越多。一旦百姓离心，大王恐怕连黄河以北之地都无法保有，还说什么进取黄河以南呢！"

李存勖顿悟，道歉说："若不是您这一番话，我险些误了大事。"

李存勖从此器重赵季良，让其参与军政大事。

李存勖令李嗣昭之子李继俦、李继韬、李继达、李继远护送李嗣昭棺椁回太原安葬。谁知四兄弟一商议，竟然带着棺椁回到父亲生前任职的昭义军藩镇驻地潞州。四兄弟此次不遵李存勖诏令，乃是别有用意。李存勖急派五弟李存渥前去劝说他们回归太原。四兄弟意志坚决，要不是李存渥跑得快，还差点被杀。李继俦秉性懦弱，不敢对抗李存勖，而李继韬胆大，竟然将兄长幽禁，召集父亲衙兵数千自立。李存勖用兵方殷，无暇过问昭义军藩镇事务，只好任命李继韬为潞州昭义军留后。

李继韬散财募士，一位不起眼的寒门子弟前来投军。

他叫郭威，邢州人，父亲郭简曾担任晋王李克用辖下的顺州刺史，后被幽州节度使刘仁恭所杀。郭威当时仅几岁，随母亲王氏前往潞州，途中王氏不幸辞世。郭威依靠姨母韩氏抚育，始得成人。

郭威年方十八，好酒喜斗，爱打抱不平。一天，郭威到街上闲逛，有一个屠户欺行霸市，非常跋扈，大家都很怕他。喝了点酒的郭威不服气，到了这个屠户跟前，让他割肉，然后找茬骂他，屠户也知道郭威不好惹，但最后忍不住了，就扯开衣服用手指着胸膛说：“你这个大头兵，有胆量就朝这儿捅一刀！”郭威被激，抄起刀子就捅去。屠户一命呜呼，郭威也被抓进了监狱。李继韬佩服他的勇气，将他放了。

郭威手刃恶霸屠夫的经历，被后人施耐庵搬到了鲁智深头上，成为《水浒传》中脍炙人口的“鲁提辖拳打镇关西”故事。

郭威碰见友人李琼，得到《春秋》一书。

李琼说：“如果你想出人头地，就读这本《春秋》。这里面记载了许多存亡治乱、贤愚成败的事例，浓缩成八个字，就是：以正治国，以奇用兵。”

郭威深深记住了这八个字，从此晚上睡前必读《春秋》。

潞州昭义军留后李继韬虽然窃位，心中始终不安。

衙将申蒙劝说李继韬：“李存渥被逐，终将是个祸患。当今天下，朱氏建立的梁朝是正宗王朝，不如归梁保全自己。”李继韬犹豫不定。宦官张居翰时为潞州昭义军监军，被李存勖召到魏州，潞州昭义军判官任圜亦奉诏前往魏州。申蒙又对李继韬说：“晋王急召此二人，情可知矣。”

李继远年方十五岁，亦劝李继韬：“二兄长应当早作打算，莫要受人所制。”

“继远以为何如？”

“申蒙之言是也。黄河以北的李氏战不胜黄河以南的朱氏，我们不如与朱氏梁朝通盟。”

“晋王讨伐我们怎么办？”

“现在晋军四处树敌，怎能讨我？”

“也是。”李继韬定下主意，派李继远上表后梁朝廷。

后梁末帝朱友贞大喜，立授李继韬为同平章事、潞州昭义军节度使。

李继韬虽投降后梁，但潞州昭义军藩镇下辖各州并非个个愿意跟从。

衙将裴约戍守泽州，涕泣誓众："我跟随大帅李嗣昭打拼已经二十多年，常见他分财享士，志灭仇敌，但大帅不幸早亡。现今棺椁尚未安葬，他的郎君竟然背叛晋王，甘心降贼，这怎能让我们接受呢？我宁死不肯相从呢！"

众皆感泣。裴约据城自守。后梁朝派遣董璋率军往攻，久久不能攻克。

董璋何人？他年幼时和高季兴、孔循一样，都是汴州富豪李让的家奴。董璋长大后，颇有勇力，在后梁军中效力，成为一名都头。

裴约紧急派人向晋王李存勖乞援。偏偏李存勖外有契丹兵患，内有称帝要事，一时顾不上泽州安危。

4

923 年初，契丹国兵马大元帅耶律德光率领契丹军南征，攻下了晋王李存勖辖下的平州，俘获了平州刺史赵思温。

耶律德光是谁？

他是契丹国皇帝耶律阿保机的次子。

耶律阿保机生有四子——

长子耶律倍是皇后述律平所生，已被立为皇太子。

三子耶律李胡也是述律平所生，勇武强悍，力大无比，深受母后的钟爱。

四子耶律牙里果是宫人萧氏所生，随军出征，被晋军俘获，现住在太原。

耶律阿保机与述律平还生有一子，就是次子耶律德光。他相貌端庄，秉性宽厚。相传述律平曾梦见一个神人，戴着金冠，穿着素服，执着兵仗，身后还跟着十二只异兽。梦中的述律平恍惚中，十二只异兽中的黑兔跳到了她的怀里。当晚，述律平怀孕，后来生下了耶律德光。耶律德光二十岁时，被耶律阿保机任命为契丹国兵马大元帅。

耶律阿保机曾经以采薪为题，考察儿子们的才智。耶律倍选择干柴，捆绑整齐，第二个回来；耶律德光不论干湿，划拉一捆柴禾，第一个回来；三子耶律李胡、四子耶律牙里果只拾了很少的柴禾，最后回来。耶律阿保机评价说："长巧，次成，少不及矣。"

耶律德光平州获胜、回军途中，又击破了箭笴山胡逊奚，诸部全部归降了契丹国。

面对契丹国南侵，晋王李存勖听从中门使郭崇韬建议，命令蕃汉马步军大总管符存审为幽州节度使，前去防御契丹兵。符存审卧病在床，上表李存勖："老将效忠大王，不敢推诿，但现在疾病缠身，只恐不能担此重任。"李存勖安慰一番，仍旧让他前去镇守幽州。

李存勖北面有契丹国兵患，南面有后梁朝对抗，夹在中间的他却一门心思想做起皇帝来。

河东监军张承业患病一年，逝于太原，终年七十七岁。

张承业是名宦官，竭尽忠诚侍奉两代晋王。世人都看到了李克用、李存勖光辉璀璨，却不知背后有个张承业在运筹帷幄。张承业对唐朝也是忠心耿耿，自始至终都以唐朝河东监军自居。后人曾说："张承业不完人也，然而完人矣。"李存勖早有称帝想法，只因张承业力谏才延宕。

李存勖到张承业棺前掉泪说："七哥，我本是坚守先王的原则，谨遵您的教诲，但将领、幕僚们想称王、为相，所以他们一再掇掇我称帝。我称帝后，国号仍旧为'大唐'，就是为了延续李氏唐朝国祚。"

923 年四月，李存勖带领百官从太原迁至魏州，筑坛称帝。

李存勖祭告天神地祇，沿用"唐"为国号。为与刚刚灭亡的唐朝相区别，人称之为后唐。

李存勖就是后唐庄宗，时年三十九岁。

李存勖改元同光，追赠父祖三代为皇帝，与唐朝的唐高祖、唐太宗、唐懿宗、唐昭宗并列为七庙，以示自己是唐朝的继承人。

后唐，就是《新五代史》所称"五代"中的第二个中原王朝，只是此时还未消灭后梁朝。此时，后唐辖有河东、河中、幽州、魏博军、镇州成德军、定州义武军、沧州横海军、云州、雁门等十三处藩镇、五十个州。晋军演变成后唐军。

后唐庄宗李存勖尊生母曹氏为皇太后，嫡母云州刘氏为皇太妃。云州刘氏原是李克用正妻，她毫不介意，依着故例，向太后曹氏称谢。曹氏面有惭色，离座起迎，局促不安。云州刘氏微笑说："愿我们儿孙享国无穷，使我得终天年，随先君于地下，已是万幸！我还计较什么？"曹氏唏嘘不已。想想扬州杨行密的正妻朱氏与云州刘氏一样无子，但智慧德行比起云州刘氏来，却差了一大截。

李存勖宣布大赦，而后开始封官——

郭崇韬、张居翰为枢密使；

卢质、冯道为翰林学士；

孟知祥为太原留守；

任圜为镇州副留守；

毛璋为华州节度使。

符存审、李嗣源等一班功臣，统统加官进秩，担任节度使如旧。

还有两位官吏被升职：宦官李绍宏为宣徽使，王正言为魏州留守。

李绍宏，当初与孟知祥同为中门使，郭崇韬在李绍宏之下，现今郭崇韬为枢密使，李绍宏失望，嫉恨郭崇韬后来居上。

王正言，早年丧父，出家为僧，密州刺史贺德伦看中了他，让他还俗。

贺德伦移镇魏博后，王正言任判官。李存勖平定魏博藩镇后，王正言依旧谨慎，与物无竞。

李存勖求相，卢质举荐原潞州昭义军判官豆卢革，李存勖授为同平章事。

宋州人萧希甫成为魏州推官。

他为人机敏，性格偏激，年少考中进士。后梁朝宣武军节度使袁象先镇守宋州，以萧希甫为巡官。萧希甫不满意这个职位，离母别妻，改名换姓，投奔赵王王镕。王镕以萧希甫为参军，萧希甫仍不满意，逃到了易州，削发为僧。李存勖称帝魏州，置百官，求天下隐逸之士，李绍宏推荐他成为魏州推官。

李存勖命萧希甫设定宫中宴会规矩，萧希甫说枢密使不能坐。枢密使张居翰生气说："老奴见过宫内宴席几百次了，哪来的枢密使不能坐？你本是田舍儿，怎么知道宫禁之事？"说得萧希甫无言以对。豆卢革将他改任驾部郎中，萧希甫快快不乐。

魏州、开封东南一千七百里，是吴越藩镇。

因为晋梁争锋，吴越藩镇偏安东南，但吴越始终尊奉中原为正朔。如今，李存勖称帝，后梁朝更感窘迫。923年夏，后梁朝册封钱镠为吴越国王，意欲拉拢吴越藩镇。吴越国由此建立。

这就是《新五代史》所称十国中的第四个割据政权。

吴越由藩镇转为王国。钱镠改军府为朝廷，设置丞相、侍郎等百官，一切礼制皆按照皇帝规格。

钱镠即吴越国太祖，时年七十二岁。杜甫有诗："酒债寻常行处有，人生七十古来稀。"此时的钱镠，已是古稀之年、耄耋之年。钱镠时时保持警惕，夜里睡觉，用一段滚圆的木头做枕头，倦了就斜靠着它休息；如果睡熟了，头从枕上滑下，人也就惊醒了。钱镠还常向宫墙之外发射弹丸，以防侍卫夜间贪睡，让他们提高警惕。钱镠睡圆木枕的事情，不断流传，竟演化为钱镠整宿不睡觉，钱镠因此得了个"不睡龙"的绰号。

山外有山，楼外有楼，杭州城中，俊秀的江南风光与优美的唐式建筑完美融合。当天下战火连天时，吴越军民却远离战乱，富庶安定。

钱镠君臣行走在杭州城中，百姓们纷纷上前招呼。

众臣盛赞杭州繁华、安定、美丽，全都是钱镠数十年精心治理的功劳。

钱镠清醒说道："千百年后，知我者以此城，罪我者亦以此城。如果对百姓有益，我无愧于心啦！"

钱镠常常对众臣说："民为社稷之本。民为贵，社稷次之，免动干戈即所以爱民也。"

二　破家风云绕铁枪

> 明月黄河夜，寒沙似战场。
> 奔流聒地响，平野到天荒。
> 吴会书难达，燕台路正长。
> 男儿少为客，不辨是他乡。

后人李流芳的这首诗，描绘出了后唐与后梁以黄河为界展开殊死争斗的场面。后唐步步得胜，袭占杨刘，大战胡柳坡，又赢得了德胜渡口争夺战。两军各投入兵力十万，反复拉锯，争夺这些黄河沿岸要地，一直持续了两年。

后梁郓州衙将卢顺犯了军法，投奔后唐。

卢顺向后唐庄宗李存勖透露了郓州的虚实："郓州守军多随北面招讨使戴思远屯驻黄河前线，郓州防守空虚，军士不到一千人，可以派兵袭取。"

李存勖以为有利可取，便召集群臣计议。

郭崇韬奏道："贼梁防守松懈，我们正可以趁机袭占郓州，动摇其军心。

337

但虽然如此，如果我们现在孤军深入，胜利的把握不大。"

群臣见解，大都与郭崇韬相同，但李存勖舍不得扔掉这块肥肉，独召李嗣源入商。李嗣源常自悔胡柳坡渡河，致遭谴罚，现在欲立功补过，即慨然进言："我们连年用兵，生民疲敝，若非出奇取胜，大功何日得成？臣愿独当此任，全力效命！"

李存勖极为兴奋，当即派李嗣源率领精兵五千从德胜出发，沿黄河北岸向东急行至杨刘城黄河之滨。

天色昏暮，夜雨沉阴，军士多不欲前行。前锋高行周宣言："这是天助我成功呢！郓人今日，必不防备，我们正好出其不意，进取此城。"士气于是恢复。李嗣源率领五千骑兵，在雨夜的掩护下秘密渡过黄河，直抵郓州城下。

李从珂缘梯先登，军士踊跃随上，守卒至此始觉，哪里还及抵敌，徒落得身首分离，做了数百个刀头鬼。李从珂开城迎入李嗣源，再攻衙城，一鼓即下。石敬瑭率领五十骑兵跟随李嗣源进到了城内，郓州兵前来阻击，一不小心，石敬瑭被刀刺中，鲜血直流。石敬瑭忍痛保护李嗣源继续前冲。后续骑兵接连不断地涌来，迅速攻取了整个郓州城。

帐前黄甲二十指挥步军都虞候、魏博三城巡检使张廷蕴，跟随李嗣源攻战郓州。他是个武人，认得的不过几个字，平生看重文人。这次跟随李嗣源攻破郓州，抓获判官赵凤，张廷蕴对他说："我看你的样子必定是个儒生，不必隐瞒了。"赵凤如实回答，张廷蕴急忙把他推荐给李嗣源。

赵凤，幽州人，少为儒生。当年，刘守光将辖内壮丁征为军伍，黥其面。赵凤为了逃避，出家为僧，后为辗转到郓州为判官。

李嗣源将赵凤推荐给李存勖。李存勖得之甚喜，以赵凤为护銮学士。
李嗣源立下战功，李存勖授其为郓州天平军节度使。
又一奇功奔向李嗣源。

康延孝，粟特族，在后梁朝郑州刺史段凝麾下担任右先锋指挥使。他早年在晋军当兵，后来因为犯罪逃亡到后梁。康延孝见后梁朝皇帝昏庸、奸臣当道，预知后梁必亡，于是偷偷致意李嗣源，意欲投降。

李嗣源派掌书记范延光上报李存勖，李存勖听了极为兴奋。

范延光，河阳三城人，草根子弟，平平淡淡。

范延光返回郓州，半夜走在黄河边上，被后梁军士抓获，投入开封监牢。监头看范延光文质彬彬、两眼有神，知其是晋军将吏，于是棒打几百，用刀威胁他交代军情。范延光咬牙忍痛，始终不说康延孝之事。

郓州失陷，后梁腹心暴露无遗，都城开封已无天险屏障可守，后梁朝摇摇欲坠，后梁末帝朱友贞惊慌得不得了。

后梁朝平阳郡侯、金銮殿大学士敬翔自知后梁将危，即入见朱友贞："臣随先帝取天下，先帝录臣菲才，言无不用，今敌势益强，陛下乃弃忽臣言，臣尸位素餐，生亦何用，不如就此请死吧！"敬翔从靴中取出一绳，套入颈中，作自尽状。朱友贞急命左右救解，问所欲言。敬翔道："大局日危，事机益急，非用王彦章为大将，万难支持了！"

朱友贞点首，即擢王彦章为北面招讨使，段凝为副招讨使，命二人领军前去拦截后唐军。王彦章入见朱友贞，朱友贞问他破敌的期限，王彦章答以三日，左右都不禁失笑。

王彦章退出，即向滑州进发，两日即至滑州。此时，大雨如注，天空仿佛破了一个大洞，雨水倾泻而下。雨柱漫天飞舞，像成千上万支利箭射下来，黄河水面上激起一朵朵水花，诉说着战乱的哀愁和悲伤。王彦章引精兵三千，直奔德胜南城。

把守德胜南城的是后唐军蕃汉马步军都虞侯朱守殷。

他早年在李存勖手下为奴，为人阴险有计谋，也有勇力，因此受到宠爱，李存勖的奴仆编为长直军，便以朱守殷为长直军使，但并未上阵征战。朱守殷喜欢探查他人隐私，李存勖认为是忠心，提升为蕃汉马步军都虞侯。

李存勖命朱守殷率兵守卫德胜，对他说："后梁大将当数'王铁枪'，他勇决过人，必来攻打德胜城，你要严密防备。"可朱守殷没有听从。王彦章以精兵数千乘雨夜突袭德胜南城，守军无备，被王彦章一鼓而克，死者数千人。身在北城的朱守殷急命军士乘小舟渡河增援，已来不及了。李存勖闻讯大骂朱守殷："死奴才，果误大事！"李嗣源请求将朱守殷斩首以正军法，李存勖不肯。

李嗣源着便衣，观察后梁军杨村寨，不料后梁军前来掩袭。兵刃将要刺到李嗣源背部时，石敬瑭持戟冲上前，将后梁兵刺下马。后梁兵越聚越多，李嗣源岌岌可危。高行周率领骑兵驰援，横击后梁军，这才将李嗣源救出。

后梁王彦章又进拔潘张、麻家口、景店诸寨，军势大振。李存勖闻报，命朱守殷弃守德胜北城，撤屋为筏，载着兵械，俱到杨刘城。王彦章亦撤南城屋材，浮河而下。两路大军各行一边，每遇河道弯曲，便即交斗，飞矢雨集，一日百战，各有损伤。

防守杨刘城的是后唐匡霸都指挥使李周。

李周年轻时以豪侠仗义自诩。当时河朔群盗充斥，南北交战，来往旅客不敢外出郡府州邑。有位名叫卢岳的士人带着妻子儿女住在客栈，因为进退没有保障，便暗暗流泪。李周怜悯他，送他们回去。行经西山，强盗夜晚射击卢岳。李周大吼道："你们是谁呢？"强盗听出了他的声音，相互说："李周到这里了。"马上散开逃走。卢岳安全抵达家中。李周辞别卢岳，卢岳对李周说："我明了相术，善于卜卦，你有奇特的仪表，方脸高鼻，眉眼明朗，这是将相之相。河东李氏将要拥有天下，你应该去投奔他，求取功名富贵。"李周听信卢岳的话，投奔晋军，一步步提升为匡霸军都指挥使。李周擅长防守，与军士同甘共苦。

后梁王彦章、段凝率众十万进攻杨刘城，好几次冲毁城墙，赖李周悉力堵御，始得保全。李周日夜登城，亲身抵挡飞箭流石，派人禀告后唐庄宗李存勖，请求百里兼程，以解危难。李存勖说："李周在城中，朕担心什么！"李存勖每天只走六十里，路上不忘田猎。到达杨刘的时候，城中断粮三天了。

李存勖望见后梁兵堑垒复叠，无路可通，不禁忧急起来。

郭崇韬安慰李存勖："贼梁攻打杨刘，阻断了我们的通道，目的是为了取得郓州。如果我们再不突围南下去救李嗣源，那胜负就很难预料了。臣请求领兵去南岸建立一个渡口，用来通兵，以救郓州。但是，王彦章得知后肯定会来阻止我们建立渡口，所以请陛下招募敢死队，每日去挑战牵制敌人。如果三四天不受干扰，则新垒必成，到那时再两面夹击，就可胜利在望了。"

李存勖当即答应，命郭崇韬率兵万人，连夜赶往博州，至麻家口渡河筑城，昼夜不息。郭崇韬亲临指挥，不知疲劳，一夜在床上打盹时忽然觉得裤子里凉，亲兵一看，竟是一条蛇。

李存勖在杨刘城下，与王彦章日夕苦战，杀伤相当。过了六日，王彦章得知郭崇韬筑城，便统兵往攻。李存勖率兵南下，后唐散员都部署元行钦先驰至后梁军营，纵火焚烧后梁兵船，段凝怯退，王彦章亦退至杨村。后唐军奋力追击，斩获后梁兵万人。

杨刘之围解开，守兵欢呼喜庆。李存勖对李周说："如果没有你阻击贼梁的功劳，恐怕各位都被贼梁俘虏了。"

麻家口渡河城方筑就，沙土疏恶，不甚坚固。郭崇韬鼓励部众，四面拒战。王彦章所率后梁兵约有二万，且用巨船十艘，横亘河流，断绝援路，气势甚张。犹幸郭崇韬身先士卒，死战不退，尚自支持得住。郭崇韬急请李存勖救援，李存勖自杨刘驰援，后梁军这才退走。

李从珂竟领十几名骑兵混在后梁兵当中，和他们一起后退，等到抵达后梁营寨大门时，李从珂大喊一声，杀死几个敌兵，然后用斧头砍下敌人

341

的瞭望杆，从容回到自己营寨。

李存勖见状，大叫："壮哉，阿三！"立即让人拿酒来，亲手赐给他一大杯。

郭崇韬厌烦军中吃饭冗员过多，请求裁减闲散者。

李存勖大怒道："我连为效命者设食的自由都没有吗？那还是让你另择主帅，朕返回太原好了。"

李存勖当即命冯道起草文书，宣示后唐军。

冯道犹豫良久，不肯下笔，李存勖在旁催促，冯道徐徐进言："如今大王屡建大功，正待平定南寇。郭崇韬所言并不过分，顶多不听便是，何必大动肝火？如让敌军知道，认为我们君臣不和，必会对我们大为不利。"

李存勖醒悟，不再冲动。

"君子和而不同，小人同而不和。"后唐内部有纷争，最后归于统一。

后梁内部也有纷争，但是小人作乱。

王彦章为人正直，深恨赵岩、张汉杰等乱政，常语左右："待我成功还朝，当尽诛奸臣以谢天下。"这话传到赵岩、张汉杰耳朵里，二人商量："我等宁受死李存勖这个沙陀狼，也不为王彦章所杀！"赵岩、张汉杰秘遣心腹臣僚诬陷王彦章。段凝依附赵岩、张汉杰，素与王彦章不睦。每有捷奏，赵岩、张汉杰等即归功段凝；等到败书报入，乃归咎王彦章。段凝又诬陷王彦章饮酒轻敌，后梁末帝朱友贞高居深宫，怎知外事，当即将王彦章召还开封，把军事悉付段凝。自是将士灰心，后梁离覆灭不远了。

李存勖还军魏州，泽州守将裴约连章告急。

李存勖气愤李继韬投降后梁，高兴裴约独守一隅，对众将说："我对李继韬何薄？我对裴约何厚？我兄李嗣昭不幸，生了枭獍李继韬！裴约能知顺逆，不可使裴约陷没敌中。"李存勖对幽州节度使符存审说："我不疼惜泽州被后梁掠夺，一州易得，裴约难得。你识机便，为朕救裴约来。"

符存审以五千轻骑驰至泽州，但为时已晚。董璋率领后梁兵攻破泽州，裴约战死，董璋因功授泽州刺史。

符存审返报，李存勖嗟叹不已。后世感叹裴约忠烈，为他建立了祠堂。

1

923年八月，黄河水变得浑黄起来，犹如千万条张牙舞爪的黄磷巨龙，一路挟雷裹电，咆哮而来。

后梁北面招讨使段凝率领五万军士，在黄河高陵津边的王村扎营，与后唐军隔河对峙。段凝从酸枣决河，东注曹州、濮州及郓州，隔绝后唐军。

后唐庄宗李存勖闻听，冷笑道："决水成渠，徒害民田，难道朕不能飞渡吗？"

后梁右先锋指挥使康延孝率百余骑，如约投奔李存勖。李存勖喜不自胜，脱下御衣金带赐给康延孝，任命他为南面招讨指挥使、检校司空、博州刺史。

李存勖屏退部下，温颜问及后梁之事。

康延孝答道："朱梁地域并不狭窄，兵力也不算少，但是皇帝朱友贞懦弱无能，致使吏治腐败，贿赂成风，选才用将不以才德与战功为标准。赵岩、张汉杰等奸臣仗势弄权，卖官枉法，离间将相，赏罚不明，致使忠臣退避，上下离心，前线将领自相残杀，屡遭大败。段凝本无智勇，徒知克剥军饷，私奉权贵。王彦章、霍彦威等众将，名闻遐迩，反出段凝之下。朱梁皇帝不善择帅，并且用人不专，每一发兵，便令宦官监视，主帅无法独自调兵遣将。因此说，朱氏梁朝的败局已定。"

李存勖十分高兴，又询问后梁朝军机，康延孝答："近闻朱氏梁朝欲令泽州刺史董璋率兵奔往太原，陕州留后霍彦威袭击镇州、定州，刚刚卸下北面招讨使重任的王彦章攻取郓州，定期十月。当前，接替北面招讨使的段凝率军在黄河抵挡陛下。"

李存勖心中惊恐，立即问："怎样对付他们呢？"

康延孝答："聚则势众，分则势薄。陛下现在应该养精蓄锐，等其分兵之后，选择良机率领精锐骑兵五千从郓州直奔开封，活捉朱友贞，十天或者半月，天下可大定矣！"

李存勖立刻豪气倍增。果如康延孝所说，不到数日，王彦章进攻郓州。

原来王彦章应召还归，入见后梁末帝朱友贞，用笏画地，历陈胜败形迹，赵岩等劾他不恭，勒归私第。旋拟分道进兵，乃再命王彦章为东北招讨使，进攻郓州，仅给开封将士五百骑及新募兵丁三千人，归他统领，另使张汉杰监军，王彦章快快东行。朱友贞又令段凝带着大兵，牵制李存勖。段凝屡遣游骑至澶州、相州间，抄掠不休。泽州、潞州二州为后梁援应。契丹因前次败还，日思报复，传闻待草枯冰合，深入侵袭。

李存勖闻听这些军情，很是忧虑，如果契丹、后梁达成默契，大规模联合进攻，那是要把后唐打残的。

李存勖召集众将商议对策。

宣徽使李绍宏说："我们得到了郓州，前面却横亘着一条大河，因此很难防守，不如放弃郓州，和贼梁讲和，交换贼梁占据的卫州、黎阳，然后以黄河为界，与贼梁罢兵，不要再互相攻击了，等到以后准备充分了再作宏图！"

李存勖勃然变色道："如果如你所言，贼梁便喘过气来。敌人喘过气来，我等无葬身之地了！"

李存勖斥退李绍宏等人，另召郭崇韬入议。

郭崇韬进言："陛下不栉沐，不解甲，已经十五年，无非欲剿灭贼梁，雪我仇耻。今已正尊号，黄河以北的民众没有一人不伸长了脖子盼着陛下大功告成，给大家一个太平盛世的。如今得到一个郓州，就惨叫着不能坚守而要丢弃，那要得到整个中原大地，谁还肯为陛下守土呢？我们没有丢失德胜城的时候，四方的商贾都乖乖听话，无论是征召民夫还是输送粮草，都奉命云集，薪柴、耕牛、粮草、辎重都堆积如山，自从南城失守，大军退保杨刘，一路上物资跟随大军迁移，耗损过半，而魏、博等五州秋收不行，民力枯竭，不能支撑数月，如此来看怎么再打一场旷日持久之战呢？当前，从降将康延孝那里，尽得贼梁虚实，陛下千万不要泄气，如今正是天亡贼梁之时了，请陛下分兵守住魏州大本营，然后固守杨刘前线，再从郓州长驱直入，捣其巢穴，不出半个月，天下就能平定！贼梁悉举精兵授段凝，据我南鄙，又决河自固，谓我不能飞渡，可以无患。彼却使王彦章侵逼郓州，两路下手，摇动我军，计非不妙。但段凝本非将才，临机未能决策。王彦章统兵不多，又为贼梁君臣所忌，亦难成事。陛下若自率精兵，长驱杀入开封，开封城中既已空虚，势必望风瓦解。愿陛下奋志独断，勿惑众议！帝王应运，必有天命，为什么畏首畏尾呢？"

李存勖眉飞色舞，大喜道："这才是大丈夫该做的事！"

李存勖找来司天监王著占卜吉凶，王著答道："今岁不利于用兵！"

郭崇韬冷笑道："古时受命于天的上将，都是破凶门而出兵，何况如今成算已决，司天监王著所言不过是老生常谈，不足为信也！"

李存勖热血沸腾，高兴说："呜呼，天下恶梁久矣！卿言正合朕意，大丈夫成即为王，败即为虏，朕决计进行了！"

其时，李存勖到了人生抉择路口，他必须赌一把。

连年大战，使得后唐的物资非常匮乏，各级官吏竭泽捕鱼，逃亡百姓越来越多。李存勖现在拖不起，他与后梁再拖下去，便始终在后梁、契丹的阴影下存在，任何一个闪失，都有可能让后唐突然崩溃。后梁皇帝昏乱，小人赵岩、张汉杰等用事，大臣宿将多被谗间，加上康延孝投降，让李存勖更清楚地看到了后梁的众多软肋。李存勖想抓住这些软肋，孤注一掷，去赌一场输赢。

后梁东北招讨使王彦章率军渡过汶水，拟进攻郓州。

在递坊村，被李嗣源所率后唐军袭击。王彦章兵少战败，撤退至中都县。

李存勖获得李嗣源捷报，对郭崇韬道："郓州告捷，足壮我气，就此进兵，不必迟疑！"李存勖命李绍宏、张居翰、豆卢革、王正言等人留守魏州，又命将士遣还家属，尽入魏州。

李存勖将宠妃魏州刘氏及皇子李继岌，也遣归魏州。

李存勖送至离亭，唏嘘分别道："社稷成败，在此一举，事若不济，当就魏宫中聚我家属，全部尽焚，毋污敌手！"

魏州刘氏悠然说："陛下此去，必得成功，不会生出意外的。"

十五年前，李克用留给儿子李存勖三支箭，此时只剩下最后一支。这一支，也是最为重要的一支。

923年秋，李存勖命礼官以少牢祭于宗庙，请出第三支箭。

李存勖自率大军由杨刘渡河，直至郓州，与李嗣源会师。

李存勖命李嗣源为前锋，乘夜进军，三鼓越汶河，逼近后梁中都县。中都县素无守备，虽由王彦章屯扎，怎奈兵不满万，且多是新来募兵，将卒不相习，行阵不相谙，任你百战不殆的王彦章也是有力难使，孤掌难鸣。

王彦章闻李存勖亲自到来，忙选前锋三千人，出城十里，前往堵截，后唐军一扫，剩得几个败卒，逃回中都县。王彦章焦急异常，正拟弃城奔回，城外已鼓角齐鸣，炮声大震。后唐军三万人，乘胜杀到。王彦章登城遥望，但见戈铤耀日，旌旗蔽空，一班如狼似虎的将士，拥着后唐天子李存勖，踊跃前来。

王彦章仰天叹道："如此强敌，叫我如何对付呢？豹死留皮，人死留名。唉，唉，罢了！"

后梁兵望见后唐军，统已魂驰魄散，意变神摇。后唐军的强弓硬箭，接连射上，飞集城头，守兵多中箭而亡，余卒哗走城下。王彦章料不可支，没奈何开城突围，仗着两杆铁枪，挑开血路，破了一重，又有一重，破了两重，又有两重。等到重重解脱，向前急奔，身上已遍受重创，手下已不过数十骑，只因逃命要紧，不得不勉力前行。

忽然后面有人叫道："王铁枪！王铁枪！"

王彦章不知为谁，回马相顾。那来人手起枪落，刺伤王彦章马头。马即倒地，王彦章当然跌下，时已重伤，无力逃奔，即被捉去。

何人捉住王彦章？

后唐名将夏鲁奇。

夏鲁奇原为后梁军校，与王彦章相识。夏鲁奇在万马军中生擒勇将"王铁枪"，一战封神。

李存勖麾动军士，围捕后梁将吏，擒住监军张汉杰等二百余人，几乎全部斩首。

王彦章曾经说："'李亚子'系斗鸡小儿，怕他做甚？"至是被夏鲁奇缚送帐下，李存勖笑问："你曾说小儿，今日肯服我吗？"王彦章不答。

李存勖又问："你系名将，奈何不守兖州，独退处危城？"

王彦章正色道："天命已去，尚复何言？"

李存勖惜王彦章才勇，谕令投降，且赐药敷他创痕。

王彦章长叹："我本一匹夫，蒙朝廷厚恩，位至上将，今兵败力竭，不死何为！即使陛下放了我，我有何面目见天下士人？豹死留皮，人死留名。我岂可朝为梁将暮作唐臣呢？"

王彦章是在嘲笑擒他的夏鲁奇。

李存勖令居别室，再遣李嗣源往劝。

李嗣源领着李从珂、石敬瑭、刘知远去见王彦章。

王彦章倨卧自若，毅然说："你不是邈佶烈吗？休来诱我！"

李嗣源原名邈佶烈，知王彦章志不可夺，黯然归去。

途中，李嗣源对李从珂、石敬瑭、刘知远三人说："王彦章常常说一句俚语'豹死留皮，人死留名'，值得我们学习呀；他坚贞不屈，誓不投降，值得我们敬仰呀！"

李嗣源回禀李存勖："陛下还记得王彦章置家属不顾，杀毙我军使者之事吗？"

李存勖突然想起，当年晋军袭击后梁朝澶州城，城内的王彦章家属被晋军俘获。李存勖派人招降王彦章，不料王彦章绝不投降，招致王彦章家属杀戮无遗。

李存勖喃喃说："这个王彦章是不会投降的。"

李存勖大开盛筵，宴集将吏。

李存勖命李嗣源列坐首席，举酒说道："今日战功，公为首，次为郭崇韬。如果当初听了李绍宏等人的话，大事去了。"

李存勖语诸将："从前所患，只一王彦章，今已就擒，是天意已欲灭贼梁了。但段凝尚在河上，究竟我军所向，如何为善？"

诸将议论不一，独康延孝请急取开封。

李嗣源起座道："兵贵神速，今王彦章就擒，段凝尚未及知，就使有人传报，他必半信半疑。如果知我所向，即发救兵，亦应由白马南渡，舟楫何能猝办？我军前往开封，路程不远，又无山险梗阻，可以方阵横行，昼夜兼程，二日可至，窃料段凝未离河上，朱友贞已为我所擒了！陛下尽可依康延孝言，率大军徐进，臣愿带领千骑，为陛下前驱！"

李存勖遂令撤宴，当晚遣李嗣源先行。

翌日清晨，李存勖率大军继进，令王彦章随行。

途中，李存勖问王彦章："朕此行能保必胜否？"

王彦章道："段凝有精兵六万，岂肯骤然倒戈，此行恐未必取胜呢！"

李存勖斥道："你敢摇我军心吗？"

李存勖令左右推出斩首，王彦章慨然就刑，颜色不变，终年六十一岁。

一代名将王彦章忠勇可嘉，但却屡受猜忌，最终身首异处，后梁再无可用之人。王彦章，一武人，不知书，常用俚语谓人："豹死留皮，人死留名。"这句俚语也是他一生的写照。王彦章是神一般存在的武将，可惜一生未遇名主，只留下激烈又悲催的一生。王彦章死后，多地立庙。后世著作《射雕英雄传》写到了一个嘉兴府铁枪庙，那里祀奉的就是名将王彦章。后人郝经在中都王彦章庙前，题诗赞美——

不许乾坤属李唐，孤军直与决存亡。

千年豹死留皮在，破冢风云绕铁枪。

民间还有"五龙困彦章"传说，"五龙"就是指李存勖、李嗣源、李从珂、石敬瑭、刘知远。五人做过三个朝代的皇帝，李存勖、李嗣源、李从珂是一个朝代，实际是三个姓氏。当前，只有李存勖做了皇帝。

2

后梁末帝朱友贞得到王彦章的死讯，慌得手足无措，急忙召集满朝文武大臣，商议应对之策。

众文武心里都明白，王彦章死后，后梁朝失去了擎天白玉柱，亡国是早晚的事，可是这话谁敢当面说呢？众人垂头丧气，支支吾吾，没人敢发言。朱友贞大怒说："你们吃国家俸禄，当报君恩。如今国家生死存亡之际，却连一句整话都没有，养你们何用？"众人面面相觑，不发一言。

朱友贞泣语敬翔："朕自悔不用卿言！今事已万急，幸勿怨朕，为朕设一良谋！"

敬翔哭道："臣受先帝厚恩，已有三十余年，名为朝廷宰相，实乃朱家老奴，侍奉陛下如同少主人。臣前后数次进言，无一不是忠心耿耿。如今李存勖就要攻到开封，段凝却被隔在黄河以北，不能赶来援救。臣若请陛下逃奔北狄以避祸，陛下必然不会听从；若请陛下出奇兵与李存勖交战，陛下又必定不能果决。现在这种局势，即使张良、陈平再世，也无能为力了。臣只希望陛下能先赐死老臣，不要让臣看到国家灭亡。"

朱友贞无词可答，只得相向恸哭。抹干眼泪，朱友贞令张汉伦驰骑北去，追还段凝军。张汉伦到了滑州，坠马伤足。张汉伦勉强上马，继续前行。不料，黄河决堤，洪水冲毁了房屋，淹没了稻田，拔倒了大树，卷走了人畜。张汉伦无法前进，没能调来勤王兵马。

后梁都城开封待援不至，越加慌急。城中只有禁军数千，崇政使朱珪请令出战，朱友贞不从，但召开封尹王瓒嘱托守城："王卿，朕全靠您了。"王瓒无兵可调，不得已驱迫百姓，登城为备。此时的开封已无险可守，后唐军尚未围城，城内已一日数惊，朝不保夕了。朱全昱之子朱友诲为陕州节度使，颇得人心，赵岩说他聚众谋乱，朱友贞便将他召还开封，与朱友诲兄朱友谅、朱友能幽禁。等到后唐军将至，朱友贞恐他乘危起事，一并赐死，并将皇弟朱友雍、朱友徽勒令自尽。

朱友贞自登建国楼，唏嘘北望。朱友贞问："还能再派人召回段凝吗？"

禁军都指挥使皇甫麟道："段凝本非将才，能指望他临机制胜，转败为胜吗？且段凝闻王彦章军败，心胆已寒，恐未必能为陛下尽节呢！"

朱友贞又问："我们能西奔洛阳吗？"

租庸使、户部尚书赵岩从旁接口："事势至此，一下此楼，谁心可保？"

朱友贞召同平章事郑珏等问计，郑珏答道："愿请将陛下所传国宝，送往唐军营，为缓兵计，徐待外援。"

朱友贞道："事到如今，朕不是舍不得玉玺，只是你这计策能成功吗？"

郑珏俯首良久，出言道："恐怕不行。"

左右皆哂笑不已。

朱友贞接到急报，后唐军将至城下。朱友贞召最信任的赵岩，可是他不别而逃，秘奔许州。不只赵岩，朱友贞的臣子纷纷逃离，连传国玉玺也被偷走给李嗣源当了见面礼。朱友贞众叛亲离，束手无策，急得日夜哭泣。

面对如潮水一般涌来的后唐军，朱友贞自知无路可逃。他对身旁的都指挥使皇甫麟说："姓李的是我们朱氏梁朝的世仇，朕不能投降他们，与其等着让他们来杀，还不如由你先将朕杀了吧。"

皇甫麟忙说："臣下只能替皇上效命，怎么能动手伤害皇上呢！"

朱友贞说："你不肯杀朕，难道是准备将朕出卖给姓李的吗？"

皇甫麟拔出佩剑，想自杀以明心迹。

朱友贞说："朕和你一起死。"

朱友贞说着，握住皇甫麟手中的剑柄，横剑往自己颈项一挥，血流如注，倒地死去。皇甫麟也哭着自刎而死。

这一天，是 923 年十一月十九日。

后梁末帝朱友贞在位十年，终年三十六岁。

《新五代史》所称"五代"的第一个中原王朝：后梁，到此结束。

朱友贞在位末期，因许州向朝廷进献象征祥瑞的绿毛龟，便在宫中修造堂室以养龟，命名为"龟堂"。他还曾到市场上购买珍珠，当珍珠的数量足够时说道："珠数足矣。"而这些都被时人认为不详。前者暗喻国家政权由梁"归唐"，后者暗喻朱家的运数已到尽头。朱友贞晚年改名为朱瑱，而"瑱"字可拆分为"一十一、十月一八"。他最终果然在称帝的第十一个年份的十月九日死亡。

后梁朝自907年至923年，共十六年，疆域是五代中最小的，北部约以黄河为界，东至大海，南抵秦岭淮河，西至关中，但疆界不稳，战乱频繁。后梁共有三位皇帝，分别是后梁太祖朱温、朱友珪、后梁末帝朱友贞。三位皇帝都靠篡位上台，无一人能得以善终。

五代十国里面的第一个中原王朝灰飞烟灭，曾经不可一世的朱家化作烟尘。正如朱温病中所言，他的儿子不是其死敌李克用之子李存勖的对手，朱温在乱世中好不容易打拼的那一点家当，被不争气的儿子给葬送了。李存勖终于完成了父亲李克用临终交给自己的三个任务，成为后唐皇帝的李存勖志得意满，唯一的遗憾大概就是李克用的敌手朱温已经不在人世，李存勖没有能够亲手杀死朱温。从884年上源驿之变算起，长达四十年的朱李家族争霸终于结束。

3

过了一日，后唐军前锋李嗣源到了开封城下，后梁朝开封尹王瓒开城投降。

后唐庄宗李存勖进入开封城，听闻朱友贞自尽，怅然而叹道："古人有言，敌惠敌怨，不在后嗣。朕与朱友贞十年对垒，只可惜未能在他活着时见其一面。今已身死，遗骸应令收葬，惟首级当放置太庙，涂漆收藏。"

开封狱中有一个人喜不自胜，那就是后唐朝的掌书记范延光。狱吏除掉了他的枷锁，拜揖道歉后，放了他。李存勖闻听范延光坚贞不屈，十分高兴，任命他为检校工部尚书。

赵岩专权，后梁集贤殿大学士李振不受重用。后唐军攻下开封后，李振去找后梁金銮殿大学士敬翔，对他说："现在去朝见新君吧。"敬翔说："新君如果问起来，我们怎么回答？"李振哑口无言。离开敬翔后，就去朝拜李存勖了。敬翔慨然长叹："李振枉为大丈夫！黄河南北敌对交战这么多年，纵使新君赦免其罪，他又有何脸面再入建国门！"敬翔自尽身亡。敬翔誓死不降，也算慷慨激昂。

敬翔之妻蓝田刘氏，早被敬翔休掉，幸运地躲过了后梁灭国之祸。

蓝田刘氏一生四任丈夫，尚让被刺，时溥自焚，朱温被弑，敬翔自杀，各个死于非命，这就是所谓的红颜祸水啊。蓝田刘氏一生趟过数条男人的河，游刃有余，岂是一般的魅惑术？

李振拜见李存勖，数说自己的罪过，屈膝低头，没有了当初被视为鸱枭时的威风和骨气。郭崇韬在旁，感慨道："人们都说李振是一代奇才，我今天看他也不过是一个普通人而已！"

李存勖听从李嗣源建议，派遣李从珂出师封丘，招降段凝。段凝正拟率兵回援，辉州刺史王晏球为其先锋。到封丘时，李从珂告知后梁末帝朱友贞已自杀身亡。王晏球当即解甲归降后唐，李存勖仍任王晏球为辉州刺史，赐其姓名李绍虔。段凝率众五万，随即投降后唐，李存勖好言抚慰，以段凝为滑州留后，赐姓名李绍钦。

欣然加入后唐的段凝扬扬自得，面无愧色，气得后梁旧臣咬牙切齿，恨不得对他食肉寝皮。要不是段凝乱来，后梁能亡？段凝心中也是明白，于是暗地进谗，排斥异己。后唐朝贬翰林学士刘岳为均州司马、任赞为房州司马，同日黜逐的后梁亡臣共计十一人。

刘岳，洛阳人，他的儿子名叫刘温叟，为人厚重方正，举动遵循礼法，七岁时就能写文章。刘岳对家人说："我的儿子风骨秀异，不能预知的只是寿命长短罢了，当今世道混乱，我儿能够与我都成为温洛老叟则足矣。"于是给他取名为刘温叟。古代传说王者如有盛德，则洛水先温，故称"温洛"。"温洛"就是指洛阳。

任赞，魏州人，父亲任批担任县令。任赞开始读书时，穿的是青布衣衫，每到吃饭时任批自己吃肉，却另外拿素菜淡饭让任赞在饭桌旁边吃。任批对任赞说："肉，是皇上给我的俸禄，你如果想吃，就勤奋学习挣得俸禄，我吃的肉不是你能吃的。"任赞努力学习，考中进士。翰林学士任赞居职数年，犹着朱绶，于案上题诗："数年叨内署，衫色俨然倾。任赞字希度，知君是火精。"后梁末帝朱友贞闻听，命赐紫袍金章。

段凝意尚未足，再与王晏球联名上书，说后梁要人李振、赵岩、朱珪、张汉伦等人窃弄威福，残害群生，不可不诛。李存勖再下诏令，李振党同朱氏，共倾唐祚，一并诛夷。朱珪、张汉伦助虐害良，荼毒生灵，一应骈戮。赵岩在逃，严加擒捕，归案正法。这诏一下，李振、朱珪、张汉伦等人均被缚至汴桥下，尽行处斩。所有妻儿人等，亦被收戮。

李振是后梁的开国谋主，曾经警告朝廷段凝不可用，段凝也算是报了私仇了。

赵岩逃往许州，他自我感觉与许州忠武军节度使温韬交好。

温韬，耀州人，少时为盗，后事李茂贞。李茂贞任温韬为耀州刺史。朱温围困李茂贞于凤翔时，温韬以耀州投降后梁，不久复归李茂贞，成为耀州节度使。后梁末帝时期，温韬复叛李茂贞投降后梁。温韬在耀州七年，常常说："我们岐王夜夜搂着皇后睡，我难道不能挖以前皇帝的坟吗？"唐朝诸陵在其境内，悉数发掘，取其所藏金宝。温韬和黄巢一样发动数万人马在光天化日之下挖掘乾陵，不料三次上山，均遭风雨大作，人马一撤，天气立即转晴。温韬不解其中缘由，心有余悸，就此绝了念头，乾陵逃过第二劫。温韬用重金厚结赵岩，迁徙许州，改任许州忠武军节度使。

　　温韬闻听赵岩前来，毫不犹豫将其杀掉，献首后唐朝廷。温韬送予赵岩财宝，又归温韬。

　　与后梁要人李振、赵岩等一起被杀的，还有个契丹人。

　　他就是耶律剌葛，契丹国皇帝耶律阿保机亲弟弟，三次"诸弟之乱"的发动者。

　　耶律剌葛投奔李存勖，被收为义子；胡柳坡之战后，又投奔后梁。李存勖灭了后梁，抓获了耶律剌葛，恼恨其叛兄弃母、负义背国，将其全族处决。

　　河南尹张全义从洛阳赶来，泥首待罪，献马千匹。

　　李存勖十分兴奋，安慰赞许张全义。

　　张全义跪在地上，感激涕零。

　　李存勖命皇子李继岌以兄长之礼对待张全义，扶着他上殿，把酒言欢。

　　李存勖下令，拆毁后梁宗庙，追废朱温、朱友贞为庶人。

　　李存勖欲发朱温墓，砍棺焚尸。张全义面陈己见："朱温虽陛下世仇，但死已多年，刑无可加，乞免焚砍，借示圣恩！"

　　李存勖乃止，只令铲除阙室，削去封树，便算了事。

　　李存勖颁诏大赦，凡后梁文武官员将校，一概不问。

　　原后梁朝开封尹王瓒见李振、赵岩、朱珪、张汉伦等人法办，忧悸失次，每出便与妻子诀别。王瓒见到李存勖，伏地请死，李存勖扶起说："朕与卿家世婚姻，然人臣各为主耳，又有何罪呢？"原来王瓒是已故河中节度使王重盈之子，王瓒之义兄王珂曾娶李存勖之妹。朱温平定河中藩镇后，杀掉王珂，追念王重荣旧恩，启用王瓒。李存勖继续以王瓒为开封尹，王瓒忧疑成疾，不久去世。

　　李存勖千里奔袭开封，只用了八天时间，就活活逼死了后梁皇帝，灭掉了宿仇后梁，这简直是历史上的奇迹！

　　李存勖高兴得手舞足蹈，对诸将论功行赏时，指着郭崇韬说："你一番豪言，激得朕热血沸腾，迅速出兵，平定天下。你是第一功臣！"当场赐铁券，恕十死，进封郭崇韬为赵郡公，食邑二千户，拜为侍中、镇州成德军节度使，兼任枢密使，掌管了朝野内外、军国上下一切大权。郭崇韬可谓权倾朝野，风光无人能及。

李存勖又对李嗣源说："朕能有天下，是你们父子血战的结果。朕当与你们父子共享。"李嗣源升任蕃汉马步军大总管，李从珂被任命为卫州刺史。

石敬瑭担任都校，他与李从珂功劳都是很大，但石敬瑭官位不显赫。

李嗣源心里明白，这是因为石敬瑭不喜欢自我夸赞。

高行周随李嗣源袭破汴州，灭亡后梁，积功升任检校太保，遥领端州刺史。

李存勖命肃清宫掖，捕戮朱氏族属。所有后梁皇帝妃嫔，多半怕死，统是匍匐乞哀，涕乞求免，独朱友雍妃石氏，兀立不拜，面色凛然。李存勖见她体态端庄，不禁爱慕起来，便令入侍。石氏怒说："我乃堂堂王妃，岂肯侍你胡狗。头可斩，身不可辱！"李存勖怒起，即令斩首。

李存勖又见后梁末帝妃郭氏，缟裳素袂，泪眼愁眉，仿佛似带雨梨花，娇姿欲滴，便和颜问她数语，释令还宫。此外一班妃姜，或留或遣，多半免刑。这晚召郭氏侍寝，郭氏贪生畏死，没奈何解带宽衣，一任李存勖戏弄。朱温荒淫，好奸人妻，结果死于乱伦，他的儿子亡国后，儿媳也被侮辱。真是输赢无定，报应分明。

后梁宫女继续留在后唐皇宫中。一位甄姓宫女十九岁了，长得亭亭玉立，如果在民间，早已出嫁了。她也想被皇帝宠幸，可是死去的后梁末帝朱友贞瞧都没瞧过她。现如今，她只能像其他宫女一样，在宫中一天一天地熬，熬到何时算是个头呢？

稍稍安静，李存勖宠妃魏州刘氏及皇子李继岌便自魏州至开封。

刘叟闻女已贵显，到魏州皇宫中入谒，自称为魏州刘氏父。李存勖令袁建丰审视，袁建丰谓得魏州刘氏时，曾见过这位黄须老人，偏魏州刘氏不肯承认，大怒说："妾离乡时，尚略能记忆，妾父已死乱兵中，曾由妾

恸哭告别,何来这田舍翁,敢冒称妻父呢?"魏州刘氏命人在宫门鞭打刘
叟百下。可怜刘叟老迈龙钟,那里禁受得起?昏晕了好几次,方得苏转,
号哭而去。

郭崇韬闻听,心中暗语:"不认自己父亲,又怎能认自己夫君?"

魏州刘氏闻听李存勖召幸后梁妃郭氏,自然生了醋意,便提出一番正
语,与李存勖交涉。李存勖也自觉不合,便将郭氏送出为尼。这位郭氏,
被李存勖占宿数宵,仍然不得享受荣华,只好洒泪别去。李存勖慨赠金帛,
作为恩典。魏州刘氏恐他藕断丝连,定要李存勖遣发远方。李存勖命人送
往洛阳修慈庵为尼,法名誓正。

内外共知魏州刘氏权重,相率献谀。朱温外甥、原后梁朝宋州宣武军
节度使袁象先率先跑到洛阳入觐,带着盘踞宋州十多年积攒的数十万赃银,
重赂魏州刘氏,投降了李存勖。李存勖厚待袁象先,赐姓名为李绍安。李
存勖改原来的宣武军为归德军,李存勖对袁象先说:"归德之名,为卿设也。"

河中节度使朱友谦前来朝贺,加封太师、尚书令,赐铁券恕死罪。朱
友谦的儿子朱令德为同州节度使,诸子及其部下将校担任刺史的有十几人,
恩宠之盛,无人能相比。

后梁重臣霍彦威、戴思远等人亦纳贿宫中,阴结内援,得蒙李存勖恩赐。
霍彦威被授华州留后,戴思远被授徐州感化军留后。段凝通过伶人景进献
宝入宫,魏州刘氏替他宣扬,竟升任兖州泰宁军节度使。博州刺史康延孝
入朝进贡,升任陕州节度使。泽州刺史董璋厚结郭崇韬,升任邠宁节度使。

许州忠武军节度使温韬,因献赵岩首级,仍居许州藩镇,闻袁象先等
俱受宠荣,也携金入都,用从唐朝皇陵中挖掘的宝物贿赂魏州刘氏。在皇
后的枕边风下,温韬这个墙头草、盗墓贼不仅没被李存勖收拾,反而被李
存勖再三慰劳,赐姓名李绍冲。郭崇韬对李存勖奏道:"这个人甘冒天下
之大不韪,公然盗墓,今日姓温,明日姓李,狡诈善变,谁的势力强大一
些就依靠谁,毫无人品和操守,留他做什么?"李存勖想想也是,但因为
魏州刘氏喜欢,便哼哈说道:"在这个动荡的年代,他所作所为是不得已

的生存之道。死节之士，历代都层出不穷，只是温韬不肯做罢了。"

李存勖宴请段凝、袁象先、霍彦威、温韬等后梁降将。

酒酣耳热之际，李存勖举酒，向蕃汉马步军大总管李嗣源说："此席上的宴客，都是朕以前的劲敌，现在与朕欢宴，是由于你任前锋的功劳。"

霍彦威等闻言惊恐，出席谢罪，李存勖说："朕与大总管说笑而已，你们不用害怕。"

李存勖赐给他们御衣、器币压惊，尽欢而罢，不久放他们归藩。

这年夏，袁象先以疾卒于宋州治所，终年六十一岁。

袁象先去世后，他的昔日部下、驾部郎中萧希甫受后唐朝廷派遣，到宋州慰问。

萧希甫此次回到宋州，已是离开十二年。萧希甫去找他的家，才知道他母亲已死，妻子袁氏也改嫁。萧希甫放声大哭，穿孝致哀。时人引用西汉李陵的《答苏武书》中的"老母终堂，生妻去帷"来讥笑他。

4

前时，后梁末帝朱友贞至洛阳将行郊礼，被后唐军一鼓吓回。剩下仪仗法物，俱未取归。此时江山易姓，河南尹张全义乐得巴结新皇。张全义上表，奏请后唐庄宗李存勖驾幸洛阳郊天。

李存勖大喜，加拜张全义太师、尚书令、齐王，择期由开封赴洛阳。

张全义竭诚迎接，匍匐道旁，怎奈年力衰迈，一经跪下，两足已觉酸痛。李存勖谕令平身，他欲伸足起来，偏偏一个脚软，复又跌倒。李存勖急命左右扶持，方得勉强起身，进入洛阳。

当下检验仪物，准备南郊祭天，独随行魏州刘氏别具私心，但言仪物未齐，不足示尊，须再加制造，方可大祀。李存勖听信魏州刘氏所言，嘱张全义增办仪物，改期行郊祀礼。

李存勖见洛阳宫阙较开封更为华丽，索性就此定都，不回开封。

潞州昭义军节度使李继韬前已叛变后唐投降后梁。后梁亡后，欲北走契丹。后唐庄宗李存勖招他归复，他踌躇不前。李继韬生母杨氏，素善蓄财，积资百万，以为钱可通灵，不妨入朝，便率子偕行。一入洛阳，遍赂李从袭等宦官，且由杨氏入宫，厚赠李存勖宠妃魏州刘氏金宝，乞求解免。魏州刘氏代白李存勖，极言李嗣昭功臣宜加恩典，李从袭等宦官亦替李继韬说情，说他本无邪意，但为奸人所惑。

李存勖召入李继韬。李继韬叩头谢罪，泣言知悔。李存勖慨谕赦免，屡命一起打猎，渐渐地宠幸起来。那个差点被他杀掉的李存渥一见到他就给他脸色看，指责他，吓得他不敢在洛阳，再次贿赂李从袭，乞请还镇。李存勖不放心，不肯放他走。李继韬密给弟弟李继远写信，令嘱军士纵火，在潞州制造混乱，他趁机请求李存勖让他回去安抚众人，可惜事情败露，李继韬立遭枭首，李继远亦受捕伏诛。

其兄李继俦前为李继韬所囚，至此受命袭职。李继俦出来报怨，悉取李继韬产物，并将他妻妾一并夺去，恣意淫污。

弟弟李继达大怒说："我们家一夕之间就死了父子兄弟四人，而你却在这里贪财好色，我真的丢不起这个人！生不如死！此等人面兽心，尚堪与同处吗？"

李继达身穿丧服，带着部下入杀李继俦。

节度副使李继珂带人平叛，李继达不敌，尽杀妻子，投奔契丹，半路上部下逃亡殆尽，于是他挥剑自杀。李存勖闻报，即命李继珂知潞州事，便算了案。

可叹呀！李嗣昭本是韩姓农家的新生儿，被李克用鬼使神差地收养，后成长为晋军的主将，但其战死后，其子贪恋权力财富，最后个个不得善终。《旧五代史》这样评价精悍勤劳的李嗣昭："如果能以清白留给子孙，安有斯祸哉！"

李继韬被李存勖所灭，手下衙兵郭威被收编进后唐庄宗李存勖的亲军从马直。

郭威在从马直与都头冯晖交厚。

冯晖，魏州人，大郭威十岁，最初投身魏博军，因拳勇过人、擅长骑射，被同僚忌惮。魏博军哗变后，归属晋军。冯晖参与梁晋争锋，因为晋军犒赏不足，借机重归后梁，投身王彦章麾下。李存勖奇袭灭梁，冯晖自首认罪，获得赦免，在从马直担任都头。

郭威与冯晖交好，二人做尽偷鸡摸狗之事。

一日遇到相术大师周元豹，郭威、冯晖询问前程。

周元豹心中暗叫："我学得袁天纲真传，《推背图》上说'汉水竭，雀高飞'的主角不就在眼前吗？"周元豹压抑心中激动，向二人说："我状人形貌，比诸龟鱼禽兽，目视臆断，再说其理。今天遇到二位军爷，为你们黥文刺字如何？"

二人已醉酒，爽快答道："那就请先生给雕刺吧。"

周元豹为他们雕刺，在郭威脖颈右侧刺雀、左侧刺谷，郭威由此有了一个诨名"郭雀儿"。周元豹在冯晖肚脐附近刺一瓮坛，坛中再刺几只雁。周元豹告诫二人："你们要注意自己的项脐，等到你的雀衔谷，你的雁飞出瓮，就是亨通显达的时候。"

冯晖已经成家，这年寒食节，他的妻子伍氏缝制几双麻鞋，准备卖了，拿来过节。不料，这些麻鞋被冯晖发现了，在赌博中输光，又大醉卧倒在家门外。

妻子伍氏掉泪说："寒食节就要到了，家里一分钱没有，这要怎么办啊？"

冯晖摸摸肚子说："休说办不办，且看瓮里飞出雁。"

冯晖所说的"休说办不办，且看瓮里飞出雁"，竟被当作一首杂言诗《答妻》，收进了《全唐诗》。

蕃汉马步军大总管李嗣源生性谦和，每有战功，从不在众人面前夸耀。

他曾与诸将聚会，听着诸将争功，从容说道："你们都是用嘴来击贼，而我是用手来击贼的。"诸将皆惭愧不已。李嗣源又向诸将说："我听说蜀地有个'枯树太保'王宗裕，生性谦谨，从不争功，这都是你我学习的榜样。"李嗣源虽不夸功，但其战功却是有目共睹。后唐庄宗李存勖迁都洛阳后，赐李嗣源免死铁券，升任李嗣源为中书令，继续兼任蕃汉马步军大总管。

幽州城中，阴雨连绵。前任蕃汉马步军大总管、幽州节度使符存审，未能参与收复中原战争，郁郁不欢。

符存审闻听昔日仇敌河南尹张全义不但官场不倒，还被封为齐王，心情更加沉闷。

虽然过去四十年，但自己险遭杀害、妻子郭氏被张全义玩弄的仇恨，依旧难忘。符存审思来想去，以致旧病复发。

符存审请求前往洛阳，朝觐皇帝李存勖。符存审知晓枢密使郭崇韬掌控大权，便写信给他，请求美言。郭崇韬虽位高权重，但功绩威望皆在符存审之下。郭崇韬嫉妒符存审，便暗中阻挠，不让符存审回朝。符存审老妻郭氏拜见郭崇韬，哭着说："我丈夫为国效力，现在重病在身，您忍心让他死在北地边荒吗？"郭崇韬惭愧不已。

洛阳稍稍安定后，后唐庄宗李存勖遣皇弟李存渥、皇子李继岌同往太原，迎太后曹氏、太妃云州刘氏到洛阳定居。云州刘氏说："陵庙在此，若同往洛阳，岁时何人奉祀呢？"云州刘氏留居太原，与太后曹氏饯行，涕泣而别。

太后曹氏前来洛阳，李存勖迎居长寿宫，还有李存勖正妃韩氏、次妃伊氏，也随同到洛，分居宫中，母子团圆，妻妾欢聚。李存勖开筵接风，畅饮通宵，自不消说。貌美心凶的魏州刘氏，外面装作欢容，暗中非常焦灼。她本想册为皇后，一意蛊惑李存勖，求达奢愿。李存勖颇有允意，只因韩、伊两夫人，位次在魏州刘氏上，究不便越次册立，所以随时迁延，怀意未发。魏州刘氏屡次设谋，未见成效，前此拟行郊祀，从旁力阻，也是她借端设梗，欲令李存勖立她为后，然后再行郊礼。李存勖虽改定郊期，终究未定后位。

此次韩、伊两妃到来，眼见得正宫位置，要被她两人夺去，当下情急智生，秘嘱李从袭等宦官，在朝臣中运作。同平章事豆卢革实属庸才，政事多有错乱，自然乐允。

郭崇韬位兼将相，权位压得满朝文武不敢仰视，他也更以天下为己任，在李存勖面前遇事无所回避，知无不言，言无不尽，而宫中的奄宦、伶官却因受到皇帝的宠信，很不满郭崇韬的威焰。郭崇韬对儿子们说："我辅佐陛下，得罪了许多人，常为他们所诬陷，我想避开，去地方做官，免得以后大祸临头。"

郭崇韬三子郭廷说却反对他这么做："父亲功名到现在这个地步，一旦无权，就等于是神龙离开了水，必为蝼蚁所制，父亲还是考虑其他办法吧。"

郭廷说献计："现在您功高盖世，虽然有小人陷害，也不能离间您和陛下的关系。为今之计，应该力辞官职，陛下肯定不许，这样便会堵住小人之口，不会再说您贪图权势。然后，再趁现在皇后未立之机，上奏立刘氏为后，迎合陛下之心，到时不但陛下高兴，刘氏也会感激你的，内宫有刘氏撑腰，外有陛下为您做主，虽有千百谗人，也无从撼动了。"

郭廷说所献计策，临时看有益郭崇韬，但长远看，害了郭崇韬，也害了郭廷说兄弟们，更害了后唐国家和百姓。因为魏州刘氏不认自己父亲，心中没有情义，怎能母仪天下呢？聪明的郭崇韬竟然忽视此事了。

郭崇韬听信郭廷说，照计行事。他三次上奏折坚决要求辞去枢密使的职务，让位李绍宏。后唐庄宗李存勖每次都安慰他，没有同意。郭崇韬又进行第二步，与豆卢革等人联名上书，请立魏州刘氏为皇后。

过了数日，李存勖即册魏州刘氏为皇后，封皇子李继岌为魏王。

郭崇韬素来清廉，灭梁初期，郭崇韬稍微收取了一些财物，亲友有的提醒他，郭崇韬则说："我职务显要，俸禄和赏赐巨万，这点东西根本没放在眼里，但是前朝却是贿赂成风，现在前朝已亡，旧将刚刚投奔过来，如果坚决拒绝，那他们心里就会不安，我本无私心，东西放在我这里，就等于公库，用时我会献出来的。"李存勖准备在洛阳南郊祭天，郭崇韬将所藏资财全部都献了出来，这把铁血男儿李存勖感动得泪水都在眼眶打转。

洛阳已建太庙，魏州刘氏也受册宝。

李存勖与魏州刘氏遂乘重翟车，卤簿鼓吹，行庙见礼。魏州刘氏本是个脂粉班头，更兼那珠冠玉佩，象服翚衣，愈显出万种妖娆，千般婀娜。洛阳士女，夹道聚观，啧啧称美。魏州刘氏回宫后相率朝贺，只韩氏、伊氏两妃，很是不平，未肯往朝。李存勖不得已封韩氏为淑妃、伊氏为德妃。魏州刘氏成为皇后，更多选用伶人宦官，宫廷竟从此多事了。

后唐军如风卷残云般统一了后梁朝全境，原先的皇亲、国戚、信臣一个个纳贿投降，这让李存勖飘飘然起来。他失去了父亲李克用"三大恨"的激励、催逼、奋勇，失去了杀伐四方激荡风云的志气、锐气、豪气，开始马放南山，享乐优游，做起快活天子来了。宦官张承业已经死去了，没人限制李存勖花钱、游乐了。魏州刘氏善歌舞，李存勖欲取悦魏州刘氏，赏赐大笔钱，让她招徕伶人。李存勖亦常常自涂粉墨，与伶人共戏庭中。

薄罗衫子金泥凤，困纤腰怯铢衣重。
笑迎移步小兰丛，鲜金翘玉凤。
娇多情脉脉，羞把同心捻弄。
楚天云雨却相和，又入阳台梦。

李存勖、魏州刘氏与伶人一起演唱李存勖所作《阳台梦·薄罗衫子金泥凤》。情到深处，李存勖、魏州刘氏竟然泪流满面。

李存勖喜欢伶人，伶人们则是自由进出宫中。伶人呼为"李天下"。李存勖亦以"李天下"自称。李存勖大声喊"'李天下''李天下'，在哪里？""李天下"正是他为自己起的艺名，他这样呼喊，别人都不敢说。伶人敬新磨跑到他面前，用手打李存勖耳光。李存勖脸色大变，侍从和伶人们都紧张起来，一起把敬新磨捉住，责问他："你为什么打皇上的耳光呢？"敬新磨说："理天下的只有皇帝一个人呢，陛下还呼喊谁呢？"伶人们尽皆失笑。李存勖非但不怒，还重赏了敬新磨。

敬新磨在宫中奏事，离开的时候，有只狗起来追他。敬新磨躲在一根柱子边，向李存勖大声喊："陛下，请不要放纵你的儿女们来咬人！"李存勖是北方沙陀族，忌讳"狗"字，敬新磨以此来讥讽，惹恼了李存勖，于是张弓搭箭，准备射他。这下敬新磨急了，连忙说道："陛下不要杀我啊，我与你是一体的，杀了不吉祥！"李存勖吃惊问："这话怎么讲？"敬新磨回答："唐太宗李世民说过：'以铜为镜，可以正衣冠；以史为镜，可以知兴替；以人为镜，可以明得失。'我就是专门磨镜的，把我杀了，还怎么正衣冠、知兴替、明得失？另外，陛下开国，改元同光，天下皆谓陛下同光帝。同，铜也，若杀敬新磨，则铜无光矣。"李存勖听了哈哈大笑，就把他放了。

李存勖到中牟县打猎，践害民禾，中牟县令伍第叩马前谏道："陛下为民父母，奈何损民稼穑呢！"李存勖恨他多言，意欲置他死刑，敬新磨追还该令，牵至马前，假意责骂："你为县令，独不知我天子好猎吗？奈何纵民耕种，妨碍皇上驰骋呢！你罪当死！"李存勖哑然失笑，乃赦该令罪，仍使还宰中牟。

魏州刘氏爱看戏剧，诸伶人出入宫掖，侮弄官吏。群臣侧目，莫敢发言，或反相依附，取媚深宫。最有权势的是伶人景进，平时常常采访民间琐事，奏闻李存勖。李存勖亦欲探悉外情，遂恃景进为耳目，景进乘间行谗，蠹民害政，连将相都怕他凶威。

李从袭等宦官常在李存勖身边奉承献媚，劝李存勖用各地的贡物作为内库，珍宝堆积如山，而国库却经常不足。枢密使郭崇韬奏请出内库财物贴补国库，李存勖沉吟半天还是舍不得。

洛阳内的宫殿建筑颇多，有谣言说宫中夜里见到了鬼魂。李存勖就害怕了，问李从袭怎么办，李从袭对李存勖说："原来的长安城中三宫六院嫔妃和宫人侍从们将近万人，宫殿和房舍里都住着人，而现在宫室之中大半空着，鬼神喜欢幽静的地方，这很正常，没什么奇怪的。"李存勖赶紧让李从袭四处选招宫人，连优劣也不看，就将他们招进了宫中。

郭崇韬兼任镇州成德军节度使，任命任圜为镇州成德军行军司马兼领镇州刺史。任圜本与郭崇韬交好，因此郭崇韬以镇州之事托之。任圜麾下有一名推官名叫张彭，奸险贪婪，背着任圜做了许多贪财等不法之事。李存勖派宦官来镇州选取以前赵王王镕府上的年轻貌美宫女百人入宫，有一个许姓宫女长得尤为娇美，被张彭带回家藏匿，据为己有。后来事情败露，张彭被捉到京师洛阳待罪，张彭害怕被诛，就将之前贪污的账册全栽赃于任圜，交给了郭崇韬。郭崇韬保下了张彭性命，却从此与任圜产生了嫌隙。

李存勖本是英武过人，不料灭了后梁以后，既奢侈起来，又糊涂起来。

其实，新建立的后唐朝外忧内患不断。天下有四个《新五代史》所称的国：前蜀、南汉、南吴、吴越，另外还有岐王李茂贞、闽王王审知、荆南节度使高季兴等地方割据军阀。原后梁军将领虽然归附后唐，但并不见得个个服服帖帖。北部的契丹随时还会南下抢掠。

李存勖本应战战兢兢，悉心治理天下，但他似乎中了邪，瞬间成为另外一个人。

三 几曾欢笑几潸然

洛阳东南一千五百里，是金陵府。

金陵北风呼啸，虽处南方，竟然下起了大雪。

城中，南吴国大丞相、水陆马步诸军都指挥使徐温闻听后唐代替了后梁，怅然若失。

原来，后唐征战后梁，相约南吴一起用兵。徐温把握不准，认为后唐、后梁势力相当，难决胜负，便想坐山观虎斗。不料，后梁瞬间瓦解。

徐温问计右仆射严可求："现在如何是好？"

严可求说："我听说李存勖得到中原，志满意得，骄横不已。以他这种性格，不出几年，他们肯定内乱。现在，我们只需恭敬相待，送以厚礼，然后固守等待时机就行了。"

徐温点头，派遣司农卿卢苹到后唐进贡称贺。

后唐庄宗李存勗见了卢苹问道："江南名将怎样了？"

卢苹问："陛下是指哪几位呢？"

李存勗说："唱空城计的周本还活着吗？他是三国名将周瑜的后代，其风雅远逊其祖，但智略却不亚周郎，象牙潭半渡破敌，信州城谈笑退兵，无不显示出大智大勇。"

"确如陛下所说，他现在还是信州刺史。不过，周本相比于陛下，就是小巫见大巫了。"

李存勗哈哈大笑，人人都喜欢赞美，李存勗盛宴款待卢苹。

徐温闻听卢苹的返报，特招周本入朝为雄武军统军，不久改为庐州德胜军节度使，加安西大将军、太尉，进封西平王。周本为人纯朴，礼敬儒士，到处都有良好声誉。

后唐朝派遣谏议大夫薛昭文前去福建藩镇，联络闽王王审知。

薛昭文路过南吴国辖下江西藩镇，江西观察使刘信设宴慰劳。

刘信问薛昭文："听说皇帝李存勗询问周本，请问皇帝知道我刘信这号人吗？"

"不知道。"

"汉朝有个韩信，现今有个刘信，时代虽有不同，但是同一类人。将来我们两国或许会在淮河边上比箭。"刘信显然有些生气啦。

薛昭文饮了一杯酒，就满脸通红，不再喝了。刘信指着百步之外的军旗，对薛昭文道："我若能一箭射中旗杆顶上的鎚首，您就再喝一杯酒。"刘信拉弓射箭，一箭正中鎚首。

闽王王审知宽刑薄赋，公私富实，福建藩镇相对安定。薛昭文前来宣知：后唐攻灭后梁。王审知非常灵活，当即向薛昭文说："今后就向你们朝贡啦。"

许多人劝王审知称帝，他力排众议，坚定说："我宁为开门节度使，也不做闭门天子。"王审知始终没有割据称霸的野心。

洛阳东南二千里，是杭州。

吴越国太祖钱镠遣使向后唐朝廷进贡，求取玉册。

后唐枢密使郭崇韬极力反对，认为只有皇帝才可以使用玉册。

后唐庄宗李存勖见钱眼开，收了钱镠厚礼，最终赐予钱镠玉册。

洛阳向南三千里，是广州。

南汉开国皇帝刘龑畏惧中原，派宫苑使何词出使后唐，窥探虚实。

到了后唐，何词称"大汉国主致书大唐皇帝"。后唐刚刚消灭后梁，一切乱糟糟，无人去与何词理论。何词草草完成使命，返回南汉。

何词向刘龑说："李存勖骄淫无政，必生内乱，不足畏也。"

刘龑大喜，他性好夸大，岭北商贾到南汉的大都召见，让其进入南汉宫殿，示以珠玉之富。刘龑自称"家本咸秦，耻王蛮夷"，还称后唐皇帝李存勖为"洛阳刺史"。

洛阳向南一千一百里，是江陵府。

荆南节度使高季兴闻听后唐已灭后梁，颇加畏惮，打算亲自入朝。

幕僚梁震劝阻："大帅不可入朝。朱梁、李唐之间有几十年的世仇，大帅是前朝旧臣，手握强兵，占据重镇，如果亲自入朝，恐怕有去无回。"

梁震是邛州人，唐朝进士，官至工部侍郎。后梁代唐后，梁震不愿为后梁效力，回归家乡，途经江陵时，荆南节度使高季兴爱其才华，强行把他留下，拟任他为节度判官。因高季兴曾经为奴，梁震不愿意作他的下属，极力推辞："梁震平素不愿为官，如果大帅您不讨厌梁震愚蠢，则梁震就以布衣来参议，何必非要官职呢？"高季兴同意。梁震留了下来，自称前进士。高季兴对他非常器重，称他为前辈。荆南藩镇的所有要务，大都是出于梁震之手。

器重归器重，这次高季兴没有听从梁震劝说，率领卫士三百人，竟去后唐。

后唐庄宗李存勖优礼相待，并赐盛宴。趁着酒兴，李存勖笑问高季兴："朕仗着十指，得取天下，现在各个藩镇多已称臣，只有寥寥几个地方未肯归命。朕欲统一天下，打算渡过淮河，征伐淮南杨吴，你认为如何？"

高季兴暗思蜀道艰险，未易进攻，便故意答道："淮南卑下，不如蜀土富饶，况且蜀地皇帝荒淫日甚，民多怨言，若王师进攻，无患不胜。待全蜀扫平，顺流东下，取淮南易如反掌呢。"

李存勖本就意欲先灭前蜀，听闻高季兴的话，十分高兴。二人频频举杯，尽欢而散。

李存勖果然有意扣留高季兴，郭崇韬进谏："陛下得到大卜，各地诸侯都只是派人进贡，只有高季兴亲自前来，陛下应该褒赏他以为表率。若是把他扣留，怎么能使天下诸侯归心呢？"

李存勖想想也是，就让高季兴返回江陵。

高季兴急忙离去，行至许州，忠武军节度使孔勍招待高季兴。酒到酣畅时，高季兴感慨道："我这一趟，有二错：我去朝拜是一错，他们放回我是二错。"

孔勍答："你怎么知道朝廷不反悔呢？"

"会的。"高季兴放下酒杯，急切返回江陵。行李丢弃，他都不顾。等他过了襄州之境，李存勖果然后悔纵其归去，命山南东道节度使刘训拦阻，但是已经来不及了。

高季兴驰回江陵，握着梁震的手道："不听前辈之言，差点回不来了。"

众人问及后唐朝中的形势，高季兴道："李克用、李存勖率同众将领，历经百战，方才平定朱氏梁朝，但皇上李存勖竟然竖着手指夸耀自己是'仗着十指，得取天下'。要知道，灭亡朱氏梁朝岂是他一个人的功劳？皇上如此骄傲，功臣定会寒心。其实，皇上不只高傲，而且荒于酒色，我估计他当皇上当不了多久了，我没什么可担心的了。"

高季兴在江陵府修缮城池，储备粮食，并招纳后梁朝散兵，以备将来。李存勖藐视高季兴，使他幸脱，也不甚注意他的动向。

924 年初，后唐朝封高季兴为南平王。

已经六十七岁的高季兴就此宣布建立南平国，以江陵府为都城。

这就是《新五代史》所称十国中的第五个割据政权：南平国。

荆南由藩镇转为王国。说起来也是可怜，堂堂一个南平国，仅仅辖江陵府一州之地。

南平开国国君高季兴任命长子高从诲为马步军都指挥使、行军司马、同平章事。

高从诲母亲张氏漂亮机灵，年轻时甚得高季兴宠爱。高季兴每次出征，都把她带在身边。一次兵败，高季兴带着张氏夺路而逃，夜中误入深涧。张氏有孕在身，行动迟缓。高季兴怕张氏连累自己，就趁她熟睡时，想撬动石块把她压死。正在行动时，张氏突然惊起，对高季兴说："我刚才梦到大山崩塌，压在我的身上，有位金光闪闪的神人托着巨石，我才没有被压死。"高季兴听了，立即放弃甩掉张氏的想法。他认为张氏怀的孩子肯定不是寻常人，便带着她一起逃生。其实，高季兴撬动石块时，张氏惊醒。她有心计，编出了一个谎言让自己和肚里的孩子转危为安。后来，张氏生下了高从诲。

洛阳向西一千里，是凤翔府。

戎马一生的岐王李茂贞杀人无数，现在一心礼佛。他修寺庙、建法舍、铸铜炉、造佛塔，还对法门寺进行了修复，重现了寺院昔日的繁华。李茂贞长子李继曥受父命，出使后唐，后唐庄宗李存勖封李继曥为中书令。李继曥回到凤翔后，力主向后唐称藩。李茂贞于是决心归附后唐，但是在924 年五月，李茂贞病死，终年六十九岁。

对于风雨飘摇的唐朝，李茂贞立过功，也出过错。得意时，他对唐朝皇帝指手画脚，对宰相说杀就杀；失意时，他立场坚定，死不降后梁。他虽然对天下无功，但却保住了一方平安。当各路军阀纷纷称帝时，他却是忍而不发。最终，他回到了后唐的怀抱，与其子孙共得善终。

李茂贞虽是岐王，却并未宣布建国称帝，故《新五代史》认为岐地依然是中原王朝的藩镇，并不计入十国之列。

李存勖拜李继曮为凤翔节度使，赐名李从曮。

1

洛阳东北一千六百里，是幽州。

防御契丹的幽州节度使符存审病重，再次上奏后唐朝廷，请求入觐，但仍被驳回。符存审伏枕长叹："老夫为了皇上家族，征战近四十年。而今天下一家，四方蛮夷乃至昔日敌人都可入朝觐见，唯独我被排除在外，岂非命运弄人？"

符存审知道自己不久于人世，便对符彦超、符彦饶等诸子道："为父出身贫寒，自幼便携剑在外闯荡，历经无数危难，入万死而无一生，才有了现在这个地位。我一身伤痕累累，光从身上取出的箭头就有一百多个。"

他将这些保存的箭头拿出来给儿子们看，符存审最后说："我要让你们知道家业得来不易。"

924年六月，符存审病逝，终年六十三岁。

后唐庄宗李存勖闻讯，悔疚不已，辍朝三日，追赠他为尚书令，擢升符存审长子符彦超为汾州刺史，以示抚恤。

符存审位列十三太保第九，英勇无敌，身经百战，几乎无一败绩。在一系列争霸战争中，屡次以少胜多，大破敌军，为李克用、李存勖父子立下了赫赫战功。后来，符存审被追封为秦王，与李嗣昭、周德威一同配享太庙。

七太保李嗣恩早已去世。李存勖感叹："十三太保，零落殆尽。北面防御契丹之事，托付何人呢？"十三太保中的十太保李存贤长期在外任蔚州刺史，现今回到了洛阳。李存勖看着李存贤说："这项重任托付给将军您了。"李存勖授李存贤为幽州节度使。

李存贤到了幽州，正值契丹犯边，城门之外，烽火连天，一日数战。李存贤昼夜戒严，不顾寝食，以至忧劳成疾，不久卒于幽州，终年六十五岁。

李存勖又授赵德钧为幽州节度使。

赵德钧，幽州人，曾在刘守光手下当差，后来投奔枭雄李存勖，屡建战功。

赵德钧在幽州，招募契丹投降将士三千，设置了银鞍契丹直。

契丹来势汹汹，接到赵德钧求援后，李存勖授蕃汉马步军大总管李嗣源为北面招讨使，霍彦威为北面招讨副使，王晏球为齐州防御使、北面行营马军都指挥使，率军援救幽州，抵御契丹入侵。众人北征，在涿州大败契丹。李存勖十分高兴，特赐霍彦威姓名为李绍真。霍彦威善于言谈，颇通交际，深受李嗣源器重。

涿州来了一伙强盗，为首者叫孙居道。他们来到一家张姓富户，洗劫财物一空，无论男女老少，见人就杀。张家有一个十七岁青年叫张藏英，因为外出逃过一劫。血海深仇，深深埋在他的心中。张藏英时时刻刻都想着手刃孙居道，为家人报仇。终于有一天，张藏英在幽州街头发现了孙居道，他大吼一声，直奔过去，拔出腰间佩刀就砍。孙居道鲜血直流，忍着巨痛逃脱。

张藏英光天化日之下抽刀砍人，这犯了王法，被军士抓了起来。幽州节度使赵德钧也是一个乱世枭雄，闻知自己地界有此等血性人物，便亲自审问。张藏英的豪气打动了赵德钧，他不但没有治张藏英的罪，还把他留在身边，担任亲兵。

后唐庄宗李存勖下诏，以潞州兵三万人戍守涿州。

潞州衙将杨立怀念李继韬，思谋叛乱，他向众将校说："我辈跟随故使李继韬，衣食丰足，未曾征发边塞。今朝廷驱我辈前往边塞，暴骨沙场。与其死在边疆，不如据城自守，事成富贵，不成则为群盗。"杨立聚徒反叛，城中大乱，节度副使李继珂出逃。杨立自称留后，上表请求旌节。

李存勖大怒，以蕃汉马步军大总管李嗣源为招讨使，帐前都指挥使张廷蕴为前锋，讨伐杨立。

张廷蕴到达潞州，已经夜黑。他见机行事，率领一百军士越过城壕登上城墙，守城军士不能抵抗，于是潞州攻破，杨立被杀。次日天亮，李嗣源才到潞州。因为无功，李嗣源对张廷蕴不满。

925 年初，李存勖令李嗣源出任镇州成德军节度使。

李嗣源因家在太原，上表请授义子李从珂为太原内衙指挥使，照顾家眷。

李存勖恨他想家，竟贬李从珂为突骑指挥使。

李嗣源慨然长叹，心中疑上加疑、忧上加忧了。他暗暗自语："古人说'飞鸟尽，良弓藏；狡兔死，走狗烹；敌国灭，谋臣亡。'这历史上的魔咒，是否会在自己身上应验呢？"

外忧内乱消停，李存勖便纵情声色。他常常与魏州刘氏私幸大臣私第，酣饮达旦，最常去的就是河南尹张全义府上。

张全义将数十年珍藏，一半献出。魏州刘氏很是满意，自念母家微贱，未免为众妃所嫌，不如拜张全义为义父，得借余光。魏州刘氏面奏李存勖，自言幼失父爱，愿父事张全义。李存勖慨然允诺。魏州刘氏便乘夜宴时，请张全义上坐，行父女礼。张全义怎敢接受？魏州刘氏令李从袭等宦官硬拉他入座，魏州刘氏款款下拜，弄得张全义大汗淋漓，急欲走避，无奈又被诸宦官堵住，没奈何受了全礼。李存勖在旁坐着，喜笑颜开，叫张全义不必辞让，并亲酌一杯，为张全义敬酒。张全义谢恩饮毕，再搬出许多珍宝，赠献魏州刘氏，这算是妆嫁。

次日，魏州刘氏命翰林学士赵凤草书谢张全义。

赵凤摇头道："国母拜人臣为父，从古未闻，臣不敢起草！"

李存勖微笑说："卿不愧直言，但皇后之意如此，且与国体亦没什么大损，你就不要辞让了！"

赵凤无可奈何，只好承旨草书，交上了事。

张全义府上红灯高挂，接了皇后"谢父"教令，可谓荣幸之至。

这日，一位古稀老人前来拜访，他是赵光逢。后梁朝时，赵光逢任同平章事，以太子太保身份致仕。赵光逢清净寡欲，品行端正。有位女道士在他家里寄放二十两黄金，碰上乱兵，女道士死在他处。二十年后，金子不知还给谁。赵光逢觉得自己岁月不多，便将黄金交给张全义，请转送给道观。张全义一看，这金子上的旧封条还在。

赵光逢在唐朝、后梁两个朝代任官，遵行伦常，官员绅士都敬仰他，把他当作君子典范。几日后，赵光逢死在洛阳。李存勖下诏，追赠太傅。

皇宫中来了一位杞姓女子，天姿国色，为李存勖所爱，一年后生子。魏州刘氏心怀妒意，常想将杞氏赶走。可巧，元行钦丧妻，李存勖召他入宫，赐宴解闷。

李存勖对元行钦说："卿当复娶，朕愿助你娶一美妇。"

魏州刘氏在旁，当即招来李存勖所爱杞氏，对李存勖道："陛下怜爱元行钦，何不将此女赐给他？"

李存勖不愿得罪皇后，假装允许。不料魏州刘氏即促元行钦拜谢，当即嘱令宫女扶着杞氏出宫，送入元行钦府邸去了。

李存勖闷闷不乐，好几日称病不食。

魏州刘氏信佛，自思贵为国母，无非佛力保护。魏州刘氏劝李存勖信奉佛教。李存勖问宦官李从袭："和尚这么多，哪位法力最强？"

李从袭答道："奴才听说，五台山上有位和尚，法号诚惠，能降伏天龙，呼风唤雨。诚惠曾经到过镇州，王镕不加礼待，诚惠愤然道：'贫僧调动海中龙王，恐怕镇州民众皆成鱼鳖了！'一月后，镇州大水，百姓想起诚惠所言，都说他是神僧。"

李存勖闻听诚惠神奇，将他召入宫中，自率后妃下拜。诚惠居然高坐，安身不动。诚惠闲暇之时，昂然出游，百官道旁相遇，莫敢不拜。只有郭崇韬不肯从众，相见不过拱手。

说来也巧，洛阳大旱，两月不雨。郭崇韬奏明李存勖，请诚惠祈雨。

诚惠无可推辞，便令筑坛，每日登坛诵咒。偏偏龙神不来听令，赤日尽管高升，雨水迟迟不至。郭崇韬说他祷雨无验，便在坛下积薪，拟将他焚死。诚惠闻知，吓得面如土色，乘夜逃去，回到五台山没几日，忧病而死。李存勖及魏州刘氏自言信佛不诚，不能留住高僧，常常悔恨。

许州忠武军节度使温韬闻魏州刘氏拜佛，上表情愿改私第为佛寺，替魏州刘氏祈福。奏疏一上，得旨嘉奖。魏州刘氏教令亦联翩下去，优加褒奖。

925年初夏，太妃云州刘氏得病太原，太后曹氏亲拟往省，为李存勖谏止。又闻云州刘氏病逝，又欲自往送葬，再经李存勖泣谏，与群臣交章请留，太后曹氏这才未曾启行。太后曹氏哀痛异常，过了一月，也魂归地下，去寻那位云州刘氏，再续生前友谊去了。

925年初夏，洛阳一带大雨滂沱，连续七十五日，百川泛滥，渍潦横流。皇宫本在高地，亦是又湿又热。李存勖欲登高避暑，却无合适高楼，于是闷闷不乐。宦官李从袭进言："奴才见长安全盛时，宫中楼阁，不下百数，现在陛下居洛阳，却无一避暑高楼，也太不合适了。"

李存勖道："朕富有天下，难道不能修筑一楼？"

李从袭又道："郭崇韬常常眉头不展，屡与租庸使孔谦谈及国用不足，陛下虽想修建，恐怕不能呢。"

李存勖变色道："朕自用内府钱，何关国库？"

李存勖命宫苑使王允平赶造清暑楼。

朝会之上，李存勖问众臣："朕昔日在黄河边上，与朱氏梁军对垒，虽行营暑湿，未觉不适。今居深宫，反而不堪苦热，不知是何原因？"

郭崇韬奏道："陛下前在黄河边上，强敌未灭，深念仇耻，虽遇盛暑，亦不在意。今外患已除，海内咸服，虽居高楼，尚患暑热，这是时势不同！如果陛下能居安思危，今日暑湿就会变为清凉了！"

廉洁与贪财相对立，能干与平庸相对应，廉洁能干的郭崇韬自然不被贪财平庸的李从袭相容。李从袭又向李存勖进谗："郭崇韬自己的宅第，和皇宫没什么两样，他哪里知道陛下的冷热。"李存勖心生怨恨起来。

郭崇韬闻听王允平建楼，日役千人，费资数万，故而进谏："今河南水旱，军食不足，愿息役以待丰年！"李存勖哪会听从？

河南县令罗贯性情刚直，系由郭崇韬荐拔。罗贯奉法刚正，不受任何权贵的请托和摆布，宦官、伶人找他办事，他一律不答复，拜帖请柬在他书桌上堆得像小山一样高，全都拿去给郭崇韬看。郭崇韬多次为罗贯说话，宦官、伶人对郭崇韬、罗贯二人切齿痛恨。

河南尹张全义亦恨罗贯，密诉魏州刘氏，魏州刘氏诬陷罗贯不法，李存勖含怒未发。事情巧了，安葬太后曹氏，李存勖亲自前往，道路泥泞，桥梁亦坏，李存勖问明宦官李从袭，系河南县境。李存勖再也忍耐不住，下令拘押罗贯，问明罪状，迅即诛杀。

郭崇韬闻知消息，急忙进谏："罗贯之过，乃是道路失修，罪不至死。"

李存勖怒道："太后灵驾出发，天子朝夕往来，桥路不修，还能说他没有死罪吗？"

郭崇韬又谏道："陛下贵为天子，罗贯只是一县令，如有过错，罪在臣等！莫使天下说陛下用法不公。"

李存勖拂袖说道："卿既爱罗贯，任你裁决！"

郭崇韬还欲辩论，李存勖再也不听。

罗贯被杀，百姓共呼冤枉，但伶人、宦官互相道贺。

定州义武军节度使王都前来洛阳，参加太后曹氏葬礼，并朝觐李存勖。李存勖十分高兴，升他为太尉、侍中。王都洋洋得意，骑着大马在洛阳街头晃来晃去。相术大师周元豹瞧见，心中说道："王都模样，看起来如同一条鲤鱼，他将来一定免不了刀刃之祸。"

2

洛阳西南二千二百里，是成都。

前蜀国宣徽使王承休是一名宦官，容貌俊秀，善于戏谑，得到前蜀国第二任皇帝王衍宠爱。王承休娶有妻室严氏，具有绝色，王衍屡召入宫，与她同梦。王承休与严氏本是一对假夫妇，乐得借妻求宠，仰沐恩荣。果然夫因妻贵，王承休升任龙武军都指挥使。

云州人安重霸，年轻时与李嗣源一同为李存勖效力，因为犯罪，逃到后梁，后又投奔前蜀。王衍年幼不谙政事，大权旁落于宦官王承休之手。王承休为了独揽朝纲，与礼部尚书、成都尹韩昭外勾内连，大量采择奇花异草，献于王衍，使其无意过问朝政。前蜀文臣武将对王承休、韩昭二人专权无不切齿，只有安重霸曲意逢迎，得到王承休的信任。后梁朝即将灭亡之时，前蜀国乘虚而入，派兵攻下秦州、成州、阶州三州。安重霸鼓动王承休在秦州设藩镇，得到王衍同意。安重霸狡佞善媚，劝王承休入求秦州节度使，王承休即入见王衍道："秦州多美妇人，愿为陛下采献。"王衍大悦，即授王承休为秦州节度使、鲁国公，安重霸为秦州节度副使。

失去的后梁朝三州，后唐朝也想夺回。

后唐庄宗李存勖遣客省使李严出使前蜀，以探前蜀虚实。

李严，幽州人，聪明善辩，多才多艺，初事刘守光，后事李存勖。

前蜀国皇帝王衍日渐荒淫，每天与狎客、美人纵情游乐。到了得意忘情的时候，男女杂坐，脱冠露髻，恣意喧闹，毫无禁忌。王衍喜欢包裹尖巾，其状像个锥子。后宫嫔妃都戴金莲花冠，穿道士服，酒醉后摘掉帽子，发髻散向两边，再在脸上涂上红色的脂粉，称之"醉妆"。不只皇宫，前蜀国上上下下都争相效仿。

王衍作《甘州曲·画罗裙》——

画罗裙，能解束，称腰身。

柳眉桃脸不胜春。

薄媚足精神，可惜沦落在风尘。

王衍常常歌唱，宫人依声属和，娇喉清脆，嘀嘀可听。

侍中王宗俦认为王衍荒淫无度，终会倾覆宗社，便劝中书令王宗弼依照先帝王建遗嘱，效仿历史上伊尹、霍光所行废帝之事，另立贤明之君。王宗俦还让王宗弼除掉王衍身边小人。王宗弼犹豫不决，王宗俦为此忧愤而死。

王宗俦去世后，王宗弼对宋光嗣等宦官道："王宗俦曾让我杀了你们这些人，现在他已经死了，你们不用担忧了。"宋光嗣等宦官都对王宗弼感激涕零。王宗弼的儿子王承班觉得父亲有失正直，忧愤说："我家恐怕难以免祸了。"

后唐李严前来，王衍与他在上清宫会见。成都的士庶男女，成群结队，夹道欢迎。李严看到前蜀人富物丰，便心生羡慕；又看到王衍骄奢淫逸，便知前蜀可取。

王衍以及前蜀中书令王宗弼、枢密使宋光嗣等，设宴招待李严，从容谈论天下之事。

李严说："前年皇上在魏州称帝，从郓州到汴州，不到十天就安定天下，朱氏梁朝的降兵就达三十万人。四方万里，没有不称臣的。淮南杨氏承累世之强，凤翔李公恃先朝之旧，都稽首称藩。至于吴越、湖南、南平，进贡赋，比珍奇，如同我朝列郡。我家皇上怀之以德，震之以威，天下之势，必然一统啊！"

宋光嗣也是思维清晰，当即回道："吴越、湖南、南平的事情，我不清楚，但凤翔藩镇是我们蜀国的姻亲，他们反复无常，能相信吗？又听说契丹日益强盛，贵国能无后顾之忧吗？"

李严说："契丹的强盛，能超过已经灭亡的朱氏梁朝吗？"

王衍说："比朱氏梁朝差啊！"

"我们灭亡朱氏梁朝如同摧枯拉朽，何况契丹比朱氏梁朝还差不少呢！我们大军布满天下，发一藩镇之兵，可灭契丹。然而天生四夷，不在九州之内，所以我们就不去和契丹计较啦。"

前蜀君臣见李严明敏多能、知书善辩，不由惊奇佩服。

李严与前蜀君臣虚与委蛇，相约两国交好。

王衍以为与后唐修好，可以无虞，便撤出边疆兵戍，安享太平。

前蜀国政治黑暗，依靠天险自寻安乐。李严回到洛阳，向后唐庄宗李存勖一一详述前蜀可图之状。李严奏道："王衍、王宗弼、宋光嗣等君臣无能腐败，已有亡国之象。"李严极力主张攻伐前蜀，自信说："以臣料之，大兵一临，蜀地就会望风瓦解。"

李存勖曾令李严购买前蜀国中珍玩，但前蜀法度严禁奇货出剑门，其粗劣一般之物，方许输往中原，谓之"入草物"。李严不获珍货，便如实奏报李存勖。李存勖大怒说："物归中原，命之为'入草'，王衍难免成为入草之人了！"

后唐庄宗李存勖召集群臣，商议攻伐前蜀事宜。

宣徽使李绍宏保荐兖州泰宁军节度使段凝为帅，说他有盖世奇才，虽孙武、吴起不如，可以担当大任。

枢密使郭崇韬愤然道："段凝系亡国旧将，只知谀谄，有何才略？"

群臣举荐蕃汉马步军大总管、镇州成德军节度使李嗣源。郭崇韬认为平定前蜀是个立下大功机会，不可以让给李嗣源等他人，于是向李存勖奏道："契丹经常侵犯我国边界，全仗大总管李嗣源来抵挡。"

李存勖乃问郭崇韬："郭卿意欲何人率军？"

郭崇韬道："魏王李继岌地位相当储君，但未立殊功，请授他为统帅，蓄养威望。"

李存勖对自己的儿子李继岌很是宠爱，但还是推让一番："小儿年幼，怎么能独自领兵呢？郭卿选择一个副将辅佐他吧。"

郭崇韬一直没有提供人选，他的目的是让李存勖选自己，那样他就可以去征讨蜀地，立下盖世之功了。

李存勖中了套，对郭崇韬说："副将还是郭卿担当最好。"

李存勖当即下诏：任命魏王李继岌为西南面行营都统，枢密使郭崇韬为都招讨使，同州节度使朱令德为行营副招讨使，陕州节度使康延孝为西南行营马步军先锋使、排阵斩斫使，华州节度使毛璋为左厢马步军都虞侯，邠宁节度使董璋为右厢马步军都虞侯，长安尹张筠为剑南两川安抚使，凤翔节度使李继曮为供军转运应接使，客省使李严为三川招讨使，工部尚书任圜参军事，翰林学士李愚为都统判官，率领后唐大军征讨前蜀国。

李继岌虽为都统，但军政号令悉付郭崇韬。

临出兵时，郭崇韬向李存勖推荐以后蜀中统帅："臣本无才，勉强当此重任，凭陛下在四海的威望和众将士的舍死苦战，这次肯定会得胜还师。如果以后选人治理蜀中，那就用太原留守孟知祥吧。他忠信而且有谋略，朝中如果缺人辅佐，张宪、李琪都可以为相。"

郭崇韬推荐孟知祥，乃是回报当年孟知祥推荐自己之恩。其实，孟知祥是李存勖的姐夫，李存勖的侍妾太原李氏还送给了孟知祥，两人关系本就非同一般。郭崇韬推荐的张宪、李琪也是得到李存勖的赏识。

张宪，太原府人，自幼喜爱读书，其文辞得到李存勖的赏识，现为魏州副留守，精于吏事，甚有才干。

李琪，沙州人，少举进士，博学宏辞。唐朝同平章事王铎曾以《汉祖得三杰赋》为题测试少年李琪，李琪执笔立刻写成，结尾说："得到贤士就昌盛，非贤固共，项羽的败亡是很自然的，连一个范增都不能使用。"王铎看后啧啧称赞："这孩子将来会成大器的。"李存勖灭掉后梁后，委以礼部尚书。

对于郭崇韬所说，李存勖当即点头答应，设宴为众将送行。

车辚辚，马萧萧，925年九月，李继岌、郭崇韬率领六万后唐大军浩浩荡荡出征。

郭崇韬位极人臣，百官争相攀附，说他是唐朝中兴名将郭子仪之后。郭崇韬也乐得高攀名门，厚着脸皮说："天下屡经战乱，先人曾说过我家乃郭老令公子孙也！"郭崇韬这次带兵伐蜀，途经咸阳郭子仪墓，竟下马痛哭祭拜而去。

蜀道险阻，不应长驱直入，众将认为只能缓慢进军，待其内乱。李愚说："蜀主王衍荒淫无道，政局不稳，仓促之间难于组织防御，急速进军才是上策。"郭崇韬采纳其言。

李愚说得对，前蜀国皇帝王衍虽然危若累卵，但是仍不自知。

秦州节度使王承休挈妻严氏，到达秦州后，强取民间女子，教导歌舞，并将歌女绘成图像，送给礼部尚书、成都尹韩昭，托他上交王衍，并代奏秦州山水风光之美，人文荟萃之盛，请前蜀国皇帝王衍来巡。

王衍既记念严氏欲续旧欢，又惦记秦州歌女美艳，决定前往秦州。王宗弼上表力谏，反被王衍掷弃地上。太后徐氏涕泣劝止，亦不见效。秦州节度判官蒲禹卿恰在成都，慷慨直言，上奏说："奸佞满朝，贪淫如市。以是求治，是谓倒行。"蒲禹卿上表谏止，共二千言。韩昭大为恼火，对蒲禹卿道："我收你表，等皇上西归，当使狱吏一个字一个字问你！"

王衍颁诏，前往秦州，令军士五万护卫。沿途旌旗招展，百里不绝。王衍身披金甲，执弓挟矢。百姓远远望去，纷纷说："皇上分明是灌口二郎神呀！"王衍每到一地，地方官吏都是盛宴款待，所费财物不计其数，百姓不堪其扰。

王衍行至汉州，凤州节度使王承捷报称后唐军西来。王衍不信，以为是在谎报军情，大声驳斥："我正欲耀武，怕他什么？"王衍不加理会，继续向秦州进发。走到梓潼，狂风刮翻屋瓦，拔起树木，随行太常寺少卿杨玢进言："这是贪狼风，肯定有敌军要杀来。"王衍仍不在意，进抵利州城，忽见威武城溃军奔来，说是威武守将唐景思已降后唐西南行营马步军先锋

379

使、排阵斩斫使康延孝了，凤州、兴州、文州、扶州四州，已由凤州节度使王承捷一并献给后唐了。

王衍这才相信"狼"真的来了。

随行枢密使宋光嗣禀报王衍："东川、山南兵力尚完，陛下但以大军扼利州，那李存勖的唐军安敢孤军深入？"随行中书令王宗弼亦同意宋光嗣之见。王衍决定固守利州，并令随驾清道指挥使王宗勋、王宗俨及待中王宗昱并为招讨使，率兵三万往拒后唐军。

后唐军倍道前进，势如破竹。

先锋康延孝又拔下绍州、成州。到了三泉，康延孝与前蜀国王宗勋、王宗俨、王宗昱这三位招讨使相遇，凭着一股锐气，横冲直撞，杀将过去。前蜀兵连年不战，怎能挡住后唐百战雄师。前蜀兵顿时你惊我惧，彼逃此散。三位招讨使本非将才，统统吓得魂魄飞散，抱头鼠窜。

王衍闻听三泉战败，忙自利州逃向成都，命王宗弼留守利州，并斩王宗勋、王宗俨、王宗昱三位招讨使，以振军心。

前蜀东川节度使宋光葆致书郭崇韬，请后唐军不入辖境，当举所辖州县投降，否则当背城决战。郭崇韬覆书如约。宋光葆遂举梓州、绵州、剑州、龙州、普州五州投降后唐。洋州武定军节度使王承肇、山南西道节度使王宗威、阶州刺史王宗岳也闻风生畏，各遣使至后唐营中，奉土投诚。一班降将军，争送前蜀土。

王宗弼正在惊慌，忽接到郭崇韬招降书。王宗弼怦然心动，无意守城，放弃利州，领兵西走。王宗勋、王宗俨、王宗昱三位招讨使亦率败兵西逃，在白芀追上王宗弼。

王宗弼拿出了王衍要处死三位招讨使的诏书。三人抱头痛哭，王宗勋等流涕道："国危至此，统由陛下一人荒淫所致，您今日依诏，杀我三人，他日必轮及您身上了！"

王宗弼道："我与你意见一致，所以出示诏书，同谋良策。"

三人齐声说："投降罢。"

王宗弼坚定说："那我们就奔往成都，准备一份大礼送给李存勖的兵马吧。"

先锋康延孝骁勇雄健，奋不顾身，所过城邑，不战自破。前蜀兵切断吉柏津浮桥，阻止后唐军。康延孝又造浮桥渡河，收取绵州。前蜀军又弄断江上浮桥而去。

水深没有船渡河，康延孝对三川招讨使李严说："我孤军深入敌境，应用急兵才能获胜。汉州离成都仅仅百里，汉州在，蜀在；汉州失，蜀亡。乘王衍破胆之时，只要用一百骑兵冲过汉州的鹿头关，他们就得赶紧投降。如果等到修好桥梁，拖延十几天，胜负就不可知了，我们应该赶快渡江。"

康延孝、李严乘马浮过嘉陵江，跟着过江的只有一千人。

康延孝率领这一千人，长驱直入鹿头关，进据汉州。

返回成都的王衍，与群臣相对哭泣，束手无策。王宗弼回到成都，在太玄门严兵自卫。王衍与太后徐氏亲自前去慰劳。此时的王宗弼态度傲慢，对王衍已无君臣之礼。

"汉州被攻下了，陛下知道吗？汉州是成都的大门，大门都被人撞开了，还拿什么防守？"

王宗弼的话，让王衍内心立即崩溃。投降后唐，已是当前无奈的选择。王宗弼将王衍、太后及后妃、诸王软禁于西宫，并没收皇帝玺绶。随后，王宗弼自称西川留后，以王衍名义到汉州邀请李严先入成都，商谈投降事宜。

康延孝等众人以为攻伐前蜀的计谋是李严先提出，王衍怨恨李严极深，不应该去。李严笑了笑，立即骑马进入成都。王衍见了李严，声泪俱下，哀求后唐朝宽容。李严抚慰前蜀君臣、百姓，并命王宗弼撤去成都的守备。

王宗弼称自己和王衍早有降唐之意，但被宋光嗣等宦官所阻挠，于是将他们全部处死，随后又杀礼部尚书、成都尹韩昭。平素与其关系不睦的官员皆被罗织罪名杀害。太师徐延琼、内皇城使潘在迎及一众贵戚倾尽家财贿赂王宗弼，方才得免一死。

王衍令翰林学士李昊起草降表，很快写成——

臣先人受钺坤维，作藩唐室，一开土宇，垂四十年。属梁孽挺灾，皇纲解组，不能助逆，遂至从权。勉徇舆情，止王三蜀。固非获已，未有所归。逮臣纂绍，罔敢怠遑。自保土疆，以安生聚。陛下嗣唐虞之业，兴汤武之师。臣方议改图，便期纳款。遽闻致讨，实抱惊危。今则委千里封疆，尽为王土。冀万家臣妾，皆沐皇恩。舆榇有归，负荆俟罪。望回日月之照，特宽斧钺之诛。容仁德音，以安反侧。傥坟莹而获祀，实存没以知归。臣无任望恩虔祷之至。

王衍遣兵部侍郎欧阳彬跟着李严，去迎后唐军。

后唐统帅李继岌、郭崇韬闻听前蜀已经愿降，便兼程赶往成都，令李严再行入城，引前蜀君臣出降马前。

925年十一月二十七日，二十七岁的前蜀国末代皇帝王衍白衣首绖，衔璧牵羊，用车子拉着空棺投降。李继岌接受了王衍的玉璧，郭崇韬解开了王衍脖子上的草绳，并把空棺烧掉，承制赦免前蜀国君之罪。王衍率百官向东北拜谢，引导后唐军进入成都。

《新五代史》所称十国中的第一个割据政权：前蜀国，到此灭亡。

由王建历尽千辛万苦创建的基业，仅传了一世，便覆灭了。

前蜀拥有沃地千里、丰饶五谷的成都平原，又因长年没有战争，因此经济、文化迅速发展，成为强国。王建死后，继承人王衍奢侈无度，贪玩昏庸，过了七年，就丢掉了父亲辛苦建立起来的江山，正所谓创业难守业更难。前蜀国存续，一共十八年。

后唐军进入成都。郭崇韬禁止军士抢掠，街市上照常贸易往来。从后唐出兵到攻克前蜀国，共用了七十天。除三泉一战外，再也没有发生大的战事，可谓神速。后唐取得前蜀六十四个州、二百四十九个县，俘获铠仗、钱粮、金银、缯帛数以千万计。

前蜀的灭亡在于君主的昏庸和朝政的腐败，否则后唐绝不可能如此轻易地取得川蜀之地。历史竟如此相似，三国时期蜀国也是被北方的魏国灭亡，现在率领后唐军的是魏王李继岌。

王衍在位时，前蜀国境内有一首童谣流传："我有一帖药，其名为阿魏，卖与十八子。""阿魏"暗指本姓魏氏的王宗弼；"十八子"即"李"字，暗指国姓为李的后唐。童谣寓意姓魏者卖国于姓李者，后来王宗弼果然卖国降唐，童谣应验。王建在世时，前蜀国流行几句歌谣："黑牛出圈棕绳断。""黑牛无系绊，棕绳一时断。"这是说的前蜀国在二世时被后唐所灭。因为后唐军是鸦儿军出身，着黑衣，王衍是"宗"字辈。

3

前蜀国蓬州刺史严旭投降后唐军，魏王李继岌问他："你岁数不小了，却像个奶油小生，你是靠什么当上刺史的？"

严旭毫不避讳，随口说道："启禀大王，罪臣是靠唱歌当上刺史的。"

"唱上几句。"

严旭当场引吭高歌——

嘉眉邛蜀，侍郎骨肉。

导江青城，侍郎情亲。

果阆二州，侍郎自留。

巴蓬集壁，侍郎不识。

"嘉眉邛蜀，侍郎骨肉"两句，是说嘉州、眉州、邛州、蜀州这些环境优美、物产富庶的地方，都是韩昭骨肉之亲任职。"导江青城，侍郎情亲"两句，是说导江青城这些临近成都地方，都是委任韩昭的亲戚朋友去任职。"果阆二州，侍郎自留"两句，是说果州和阆州这些好地方，韩昭自己留了下来。后两句"巴蓬集壁，侍郎不识"，是写偏僻落远的地方巴州、蓬州、集州、壁州，韩昭不赏识。韩昭受贿徇私、任人唯亲的丑行，是前蜀国灭亡的因素之一。

李继岌从小就跟着他母亲魏州刘氏唱戏，对唱曲情有独钟。李继岌不知严旭所唱之曲，乃是蜀人嘲笑韩昭之歌。李继岌心中高兴，引严旭为知己，继续用他为蓬州刺史。

前蜀国秦州节度使王承休得知后唐大兵压境，惊恐万状，赶忙求计于安重霸。

安重霸回答："您有什么担心的？蜀地有不下十万的精兵，地势险要，哪有不取胜的？纵然中原兵马如狼虎般勇猛，怎么能进入剑门？然而国家有难，您受皇上特别的知遇之恩，不应该不去救援，这里安置已定，不用操心，我愿随您去朝廷。"

王承休认为安重霸言之有理，故而依从，将龙武都及新召集的万名军士归于安重霸麾下。王承休业上马开拔之时，安重霸却突然变卦，向王承休说道："秦州丢失怎么办？我还是留下来看守吧。"安重霸拒绝跟随王承休同往。

事已至此，王承休只得率军上路。途中，王承休得知前蜀国已经灭亡，他便到成都进谒李继岌。

李继岌问他："你居大镇，拥有强兵，为何兵刃不举呢？"

王承休回答："害怕大王的神明和威武。"

郭崇韬气愤他是名宦官，数落其罪状，将其枭首悬挂军辕。

才智过人、说话鲠直的郭崇韬最恨宦官，他对李继岌说："王承休是个宦官，灭亡了自己国家。蜀地平定之后，大王就是太子了，等到将来登基后，最好全部除去宦官，优遇士族，不单单是罢黜宦官，就连骗过的马也不要骑。"此话一出，跟随李继岌前来蜀地的李从袭等宦官们顿时如五雷轰顶，对郭崇韬咬牙切齿。就算张承业那样忠贞为国的宦官活着，恐怕也不会原谅郭崇韬这种充满攻击性和侮辱性的话。

左厢马步军都虞侯毛璋、右厢马步军都虞侯董璋按照军礼，都应当听从西南行营马步军先锋使、排阵斩斫使康延孝指挥。郭崇韬偏爱董璋，凡有军机，必定召董璋商决，引起康延孝不满。

康延孝酒喝多了，就对董璋说："我有平蜀之功，你们像仆人一样相从。但你在郭崇韬门下两头取巧，谋划陷害。我是先锋使，你是都虞侯，你信不信我能杀了你。"

董璋十分惶恐，谢罪而退。董璋秘密告诉郭崇韬，郭崇韬心里愤恨，偏偏承制任命董璋为东川节度使。

康延孝大怒，对毛璋说："我冒着刀锋，冲破险阻，平定两川，董璋有什么功劳，竟然得到那块地方！"二人进见郭崇韬，故意说："东川是重要地方，应该选择良帅，工部尚书任圜文武双全，很合大家心意，请任命他为东川节度使。"郭崇韬发怒道："康延孝你要谋反吗？居然敢违抗我的调遣！"康延孝惶恐而退。

郭崇韬在成都，一直住在王宗弼府中。

王宗弼也是个钻营的小人，多次贿赂郭崇韬，将王衍的妃嫔、珍宝献给郭崇韬，求他推荐自己为西川节度使。郭崇韬为了安抚降将，当面应允，却是没有付诸行动。西川节度使一职，郭崇韬早已留给了太原留守孟知祥。

王宗弼又联合他人写了请愿书，呈给李继岌，请求郭崇韬为西川节度使。

李继岌看后，对郭崇韬说："皇上最器重您了，怎么会让元老功臣留在边远之地呢？况且我也没有权力做主。"

郭崇韬立即恼恨王宗弼。郭崇韬向王宗弼索要五万贯犒军钱，王宗弼吝啬，不肯出钱，结果导致军士怨怒，险些引起哗变。原前蜀东川节度使宋光葆是宋光嗣堂弟，此时来到成都，揭发王宗弼诬杀宋光嗣。郭崇韬当即缉拿王宗弼。

郭崇韬对王宗弼说："你本姓魏，又改姓王，再改姓顾，还想改姓郭吗？"

郭崇韬为自证清白，将王宗弼及其全家诛杀。

王宗弼先是胁迫王衍投降，后又大献金钱美女谋求留任，但依然没有保住自己性命。王宗弼之子王承班先前曾对人说："我家恐怕难以免祸了。"竟然一语成谶。蜀人愤恨王宗弼卖国，争食其肉。王宗勋、王宗俨、王宗昱三人亦同时被诛，家产全部抄没。

攻破前蜀后，前蜀降臣争相以宝货妓乐供奉郭崇韬，而魏王李继岌所得仅仅是匹马、束帛而已。郭崇韬日决军事，将吏宾客趋走盈庭，而李继岌的都统府只有后唐几员将吏晨谒，门前冷落。宦官李从袭不胜其愤，向李继岌挑拨："郭公在收蜀地旧将的人心，图谋不轨，大王要时刻防备才是。"

李继岌也认为郭崇韬其志难测，起了猜忌之心。

后唐庄宗李存勖遣宦官向延嗣促令大军还朝。向延嗣到了成都，郭崇韬未能郊迎，向延嗣好生不乐。

郭崇韬有五子：郭廷信、郭廷诲、郭廷说、郭廷让、郭廷议。其中郭廷信、郭廷诲随父亲一起出征前蜀。郭崇韬权势熏天，前蜀降臣纷纷阿谀郭氏父子，贿送珍宝。长子郭廷信劝说郭崇韬："自古云：'太平本是将军定，不许将军见太平。'历代战争元勋，大多落得兔死狗烹的可悲下场。父亲，我们还是功成身退吧。"

郭崇韬想了想说："我也有此意，只是身在此境，求退不得，我们学着刀架上跳舞吧。"

郭廷信如其父，洁身自好，但其二弟郭廷诲却招摇过市。

宦官李从袭趁机对李继岌说："魏王相当于储君，但郭公却独掌大权，不把您放在眼里。他的儿子郭廷诲更是拥众来往，狂妄至极，穿戴像王爷一样，和蜀中的豪富奸人们狎妓作乐，不分昼夜。诸将都是郭氏羽党，一朝有变，不但我等死无葬地，恐魏王亦难免了！"

向延嗣在旁，向李继岌说道："待老奴归报宫廷，必有后命。"次日，向延嗣就匆匆回返洛阳。

黄河南北，屡遭水患，百姓流徙，饿殍盈途。后唐财赋减收，军食不足，后唐庄宗李存勖依旧与魏州刘氏外出打猎，卫士万骑，责民供给。可怜百姓已卖妻鬻子，啼饥号寒，哪还有什么钱财上应征求？辇驾所经，百姓逃避一空。卫兵愤无所泄，便毁庐舍坏什器，比强盗还要逞凶。地方官吏，也是亡窜山谷。

925 年腊月二十四，寒风凛凛，大雪飘飘，李存勖和魏州刘氏回到洛阳。

军士饿腹，各起怨声。租庸使孔谦因仓储将罄，克扣军粮，各营流言愈甚。李存勖亦有所闻，反下一诏书，预借明年夏秋租税。今年租赋，百姓尚无从缴纳，那里缴得出来年的租税呢？

向延嗣一见到魏州刘氏，就急急禀报蜀地军情，一番添油加醋，吓得魏州刘氏哭着去请求李存勖保全儿子李继岌。李存勖口说没事，信手翻了翻蜀地战报，忽然不满道："人们都说蜀地珠宝不计其数，怎么蜀地进奉的金银这么少？"

向延嗣趁机说："臣问过很多蜀人，都说蜀地的珍宝都进了郭崇韬的府内，还说郭崇韬捞到黄金一万两，白银四十万两，名马一千匹，还有王衍的美姬六十人、乐工一百人、犀玉宝带一百条。他的儿子郭廷诲也有金银十万两之多，绝色的艺妓七十人。郭崇韬父子如此之多，而魏王府却只得到几匹马。"

李存勖立刻怒容满面，马上命宦官马彦珪火速赶往蜀地，去督促郭崇韬班师，如果班师则罢了，假如有意推迟逗留，就和李继岌除掉他。

恰在这时，接到西川节度使任命的孟知祥，赶往洛阳辞行。

李存勖设宴款待，与孟知祥语及平生，言谈甚欢。

李存勖说："朕听说郭崇韬有异心，你到成都后，将他给杀了。"

孟知祥道："郭崇韬是国家有功之臣，不应该杀他。等臣到成都后观察一下，如果他没有异心，便将其送回。"

马彦珪到魏州刘氏那里辞行，悄悄问魏州刘氏："祸乱如果发生，就在瞬间，不会有时间去数千里之外请求皇上降旨。"

魏州刘氏一听就慌了，立刻去找李存勖说起此虑。李存勖还没有昏庸到透顶，况且已经听了孟知祥的见解，就说道："还没有了解事情的真相，怎么能下重要的旨令呢？"

误国的魏州刘氏见李存勖不肯下旨杀郭崇韬，便自己写了一道教令，让马彦珪交给李继岌，让他先动手杀掉郭崇韬。

成都城中，郭崇韬忙得不亦乐乎，正与李继岌约期返回洛阳。郭崇韬班师稍微迟了一些，并不是因为他有异心，而是蜀地刚刚平定，山林之中盗贼很多，况且孟知祥又没有到任，郭崇韬便派遣将领分路去招抚。郭崇韬担心一旦班师，蜀地会发生混乱，所以迟迟没走，没想到这给马彦珪当成了借口。

马彦珪到了成都，把魏州刘氏教令出示李继岌。李继岌说："大军将发，郭公又没有什么过错，我怎么能做这种负心之事？你不要再说了！"

宦官李从袭等人痛哭流涕说道："皇后有教令，万一中途机密泄露，我们就没命了，还请魏王当机立断。"

李继岌说："皇上没有正式诏书，单凭皇后的教令，怎么能杀朝廷大臣呢？"

李从袭等宦官相向环泣，捕风捉影，说出许多利害关系，用来恐吓李继岌，这令李继岌不敢不从。李继岌最后下定决心，命李从袭召郭崇韬议事，李继岌登楼回避，嘱使心腹武士李环，藏着铁锤，等立阶下。

郭崇韬昂然进入都统府，下马升阶，那李环急步随上，出椎猛击，正中郭崇韬头颅，霎时间脑浆迸裂，倒毙阶前。郭崇韬终年六十二岁。

郭崇韬对于李克用、李存勖父子，忠贞无二，屡建奇功，除李嗣源外，几乎无人能比，西平蜀地更是功高盖世。虽然"赐铁券，恕十死"，但后唐开国功臣还是落了个死不明了。将士们不免要问：后唐的信用在哪呢？

李继岌在楼上瞧着，见李环已经得手，急忙下楼宣示皇后教令，收诛郭崇韬之子郭廷信、郭廷诲。郭崇韬左右，统皆窜避，唯独掌书记张砺抚着郭崇韬尸体恸哭失声。

张砺，磁州人，刚强正直，颇有文采。张砺得中进士后，被任命为左拾遗，恰好遇上郭崇韬带兵伐蜀，便在军中做了掌书记。

死去的郭廷诲，留下了一部奇书《广陵妖乱志》，里面记载了唐朝末年扬州一带的奇闻怪谈，其中就有《周迪妻》一篇。《周迪妻》讲述了毕师铎、秦彦作乱时，周迪的妻子主动被屠场宰杀，来换得丈夫的生路。乱世人，不如太平犬。百姓身处战乱是痛苦，位极人臣的郭崇韬和他的儿子们也是凄惨。

郭崇韬之死就是一个导火索，让李存勖、魏州刘氏引火烧身。

深州人李崧，自幼聪敏，擅写文章，与张砺一样担任掌书记。

李崧见杀死郭崇韬父子导致军心不稳，便对李继岌道："魏王为何做出这种危险之事？就算容不下郭崇韬，等回到洛阳再杀也不晚。如今孤军深入五千里，没有诏令便擅杀重臣，岂非不智？"

李继岌哀叹道："唉，我也后悔呀！"

李崧招来书吏三四人，登楼去梯，取黄纸伪造诏书，并倒盖都统印章，以此昭告后唐军，但言罪止及郭崇韬父子，不及他人，于是军心才逐渐安定。

李继岌令任圜总掌军政，又遣马彦珪还报朝廷。

李存勖还不知郭崇韬已死，再令李继岌还都。

李存勖还令王衍入觐，赐他诏书："朕一定分封土地给你，不会薄待于你，日月星辰在上，可以作证。一言既出，决不骗人！"

王衍大喜，对母亲徐氏及妻姜说："还好，我可以做个安乐公了！"

李继岌正要动身，凑巧西川节度使孟知祥亦至。

孟知祥快要到达成都时，夜宿于郊外。见一老人状貌清瘦，推车走过，所载无多。孟知祥就问他："能载几何？"老人答："尽力不过两袋。"孟知祥并不经意。孟知祥抵达成都时，郭崇韬已经被冤杀。孟知祥后悔途中走得太慢。孟知祥住进了前蜀国太师徐延琼府邸。

徐延琼是王衍之舅，造第新成，王衍驾幸，见其华丽，就于厅壁上大书一"孟"字。孟,长也。徐延琼特用红绸裱字,以示宠异。

孟知祥见到"孟"字,不禁感叹说:"这不是王衍邀请我来成都吗!"

马彦珪从成都回到洛阳,报告郭崇韬被杀。李存勖闻听,叹息不已。他斟酌再三,决定附和魏州刘氏所为,公开声讨郭崇韬之罪,派人杀郭崇韬其余三子郭廷说于洛阳、郭廷让于魏州、郭廷议于太原,没收郭崇韬家产。朝廷内外惊骇惋惜,议论纷纷。李存勖心中忐忑,暗遣宦官阴察外议如何,而宦官欲尽诛郭崇韬亲党以绝后患,于是捏造是非:"李存乂对着诸位将领捋衣出臂,痛哭流涕,为郭崇韬申冤,他对朝廷非常不满。"李存勖大怒,发兵包围李存乂府邸。

李存乂是李存勖六弟,娶郭崇韬之女为妻。李存勖不顾亲情,悉加诛戮。

伶人景进专权,曾向河中节度使朱友谦索贿,朱友谦不给,得罪了景进。后唐伐前蜀,朱友谦之子朱令德统兵从军。等到郭崇韬被杀,伶人景进趁机造谣:"河中有人告变,说郭崇韬死后,朱友谦与郭崇韬女婿李存乂共谋,为郭崇韬报仇。"

朱友谦非常害怕,准备入朝去解释清楚,将吏们都劝他不要去。朱友谦说:"郭公有大功于国,因谗言而死。我自己不去说明,谁为我说话?我获赐铁券、恕死罪,你们不要为我担心。"

朱友谦也是糊涂,郭崇韬获赐铁券,"恕十死",结局怎样呢?

朱友谦单骑入朝。李存勖疑惑,也不问个清楚,就派蕃汉马步军使朱守殷率兵杀掉朱友谦。

朱友谦有二子,长子朱令德伐蜀后,改为遂州武信军节度使;次子朱令锡为许州忠武军节度使。李存勖下诏令魏王李继岌诛朱令德于遂州,郑州刺史王思同诛朱令锡于许州。

李存勖又派河阳三城节度使夏鲁奇到河中府诛杀朱友谦全家。

夏鲁奇到了朱友谦府上,朱友谦妻张氏率宗族二百余人出见。张氏对夏鲁奇说:"朱氏宗族当死,希望不要滥杀他人。"张氏把婢仆百人分出来,让他们快快离开。张氏又从房里取出免死铁券，问夏鲁奇："这是皇帝赐的，不知上面写的是什么。"

作为食言皇帝的刽子手，夏鲁奇十分羞惭。夏鲁奇虽是武将，也明白张氏是指责后唐庄宗李存勖欠缺道义。是啊，如果李存勖有道义，还能如此对待郭崇韬吗？夏鲁奇心中道："道义是刻在心中的，在有道义的人面前，这是免死铁券；在无道义的人面前，这是一块烂铁。"

朱友谦旧将史武等七人，时为刺史，皆坐族诛。天下人都感到很冤枉。后人李新感慨这段遭遇，写下《题朱令德祠》诗一首——

全家领项付吴钩，香骨当年谁共收。

鼎镬九泉留景进，旌幢知骑忆同州。

唐人铁券惊何语，蜀国壶浆笑旧游。

古柏参天僧社冷，暮烟风雨使人愁。

成都城中，魏王李继岌留马步军都指挥使李仁罕、马军都指挥使潘仁嗣、左厢都指挥使赵廷隐、右厢都指挥使张业辅佐西川节度使孟知祥守卫成都。

李仁罕，开封府人，历仕后梁、后唐两朝。

潘仁嗣，开封府人，多次担任监军，累立战功。

赵廷隐，开封府人，年轻时通晓兵法，崇尚义气，很早便在汴州宣武军效力。朱友伦在长安击鞠比赛中意外堕马而死，朱温严加追查。赵廷隐等一众十数人皆被押回汴州，最后被朱温释放。在梁晋对垒期间，他累立战功，却遭到监军使刘重霸的嫉妒。刘重霸诬称赵廷隐欲降李存勖，朱友贞虽知赵廷隐无罪，但又不愿气逆刘重霸，于是将赵廷隐贬职，没过多久又将他升职，让其在王彦章军中为偏将。他原本与监军张汉杰等一同被处死，因夏鲁奇称其才可用，便被李存勖释放，从此效力于后唐。

张业，开封府人，李仁罕的外甥，在后唐灭前蜀之战中随军进入西川。

魏王李继岌自率大军东撤回朝。原前蜀国皇帝王衍高高兴兴地跟随李继岌上路，王衍的宗族以及右仆射张格、翰林学士李昊等昔日臣僚，共一千余人，一起前往。跟随李继岌的，还有王衍一生所积宝物、骏马、歌妓。

李继岌令康延孝率一万二千人殿后。

康延孝见李继岌派董璋去杀朱令德，就开始怀疑后唐不信任自己了。董璋带兵到遂州，经过康延孝率领的后军时，并不拜见。康延孝非常愤怒，对各位军校说："南边平定开封，西边平定巴蜀，策划谋略是郭崇韬做出的，力摧强敌是我汗马之劳。如以背弃前朝归顺国家、辅佐而成霸业来论，就数朱友谦的功劳第一。郭崇韬、朱友谦都以无罪而被灭族，下一个就该轮到我了。冤哉，冤哉！奈何，奈何？"

康延孝部下多是河中等地的后梁旧将，他们在军门痛哭说："朱友谦无罪，家中一百人被杀，河中旧将，没有不受牵连的，我们必死无疑。"

魏王李继岌已经到了泥溪，康延孝向李继岌报告："河中军士号哭，将要作乱。"李继岌年少，不知加以安抚，反而斥责康延孝治军不力。康延孝把心一横，反了！康延孝带领众兵往回走，自称西川节度使、三川制置使，用檄文向蜀人招兵，三天之内，人数达到了五万。

李继岌到达了利州，这夜，吉柏津使陈案向李继岌密告："康延孝发来密信，令断吉柏浮桥。"李继岌十分害怕，便令都指挥使梁汉颙带兵控制吉柏津。康延孝已带众兵赶往西川，李继岌派人送信晓谕。半夜，又令任圜为副招讨使，让他率领七千骑兵，讨伐康延孝。

任圜到达汉州，康延孝前来迎战。任圜令董璋用东川投降过来的懦弱军士抵挡其前锋，而把精兵埋伏在后面。康延孝击退东川之兵后急忙追杀，任圜伏兵突起，将康延孝打败。康延孝逃回汉州，闭关不出。西川节度使孟知祥也带二万兵前来，与任圜联合攻打。康延孝在汉州四面树起竹木做栅栏，任圜率各军呼喊着前进，四面放火，烈焰腾空。康延孝十分危急，带骑兵出战，再次失败。康延孝逃奔绵州，半途被抓住。

孟知祥与任圜、董璋设宴相聚，引康延孝槛车至座中。

孟知祥问康延孝："您一再立下大功，回归朝廷后，将授爵获封，谁能与您竞争？可惜您急躁怨愤，自己毁了前途，进了这辆槛车，成为三国时邓艾那样的人。我深深为您感到痛惜，你这样，谁能怜悯您！"

康延孝说："我知道再大的富贵我也难以消受，现在的官职已经满足，但郭崇韬是佐命元勋，辅助皇帝成就大业，不动干戈收获两川，自古以来哪人的功业能比上郭崇韬呢？他并没犯下什么罪行，却全家被杀，我这类人还怎么能保住头颅？想到这些，我就不敢回朝廷去。天道不助我，一旦到这个地步，也是命该如此，还有什么话说呢！"

后唐前锋都指挥使宋彦筠也接到回师诏令。

宋彦筠，开封府人，弱冠从军，一步步干起。

宋彦筠攻下绵州等多城，以功授为渝州刺史。

前蜀渝州刺史卞衮阵亡，妻子严氏貌美，并且家财万贯。宋彦筠搬进渝州刺史府中，心中窃喜。他对严氏连哄带吓："某无正室，今纳夫人为之。"严氏被吓住，与宋彦筠做了一对露水夫妻，日与同食，夜以同眠，恩爱异常。宋彦筠又瞧上了前渝州刺史卞衮的一个个姬妾，渐渐对正妻严氏心生厌倦。宋彦筠班师之时，将正妻严氏灌醉杀害，埋于渝州刺史官衙地下。宋彦筠押着一群美女，携带无数财宝，得意扬扬，乘舟而去。

到了傍晚，宋彦筠见一小舟逆流而上，中有一妇人。宋彦筠逼近观看，乃渝州所杀严氏。只见她浓妆鲜衣，指手谩骂："你虏我全家，夺我金帛，既纳我为妻，为何要冤杀我？我已上诉，终还我命。"声音凄厉，船上人都听得清清楚楚。一会儿，小舟不见了。宋彦筠吓得魂飞魄散，望空叩头如捣蒜。

宋彦筠上岸第一件事，就是到寺院施财，许愿岁岁年年，营造功德，词甚恳切。此后，宋彦筠一边征战杀人，一边搜刮钱财，一边诵经礼佛。家中婢妾数十人，皆令削发披缁，以侍左右。

再说李继岌，担心王衍在途脱逃，特令凤翔节度使李继曮率领凤翔军一起，送王衍入洛阳。行至一山间狭路处，一行人顿感阴气逼人，忽见石壁处，题有洛阳诗人聂夷中的《劝酒》诗——

> 君看终南山，万古青峨峨。
>
> 灞上送行客，听唱行客歌。
>
> 适来桥下水，已作渭川波。
>
> 人间荣乐少，四海别离多。
>
> 但恐别离泪，自成苦水河。
>
> 劝尔一杯酒，所赠无余多。

李继岌、王衍都看到了这首诗。正在思索时，忽然山中传来歌声："人间荣乐少，四海别离多。但恐别离泪，自成苦水河。劝尔一杯酒，所赠无余多。"

李继岌暗语："这山径小路处，为何要'劝尔一杯酒，所赠无余多'呢？现今我立下灭蜀大功，自当前程似锦。"

王衍心中自语："李存勖诏书上写得很清楚，'朕一定分封土地给你，不会薄待于你，日月星辰在上，可以作证。一言既出，决不骗人！'我不会'所赠无余多'。"

李继岌、王衍一行人到了长安，忽接后唐庄宗李存勖诏书，止令入都。

为何止令入都？

事出有因，魏州作乱，洛阳亦未免惊慌，恐王衍入都为变，所以将他截留长安，督令长安留守张篯把他看管。

前蜀诗人牛希济，累官翰林学士、御史中丞，随王衍降后唐，写下《赋蜀主降唐》——

满城文武欲朝天，不觉邻师犯塞烟。

唐主再悬新日月，蜀王难保旧山川。

非干将相扶持拙，自是君臣数尽年。

古往今来亦如此，几曾欢笑几潸然。

四　愿天早生圣人

后唐庄宗李存勖称帝后，乱象丛生。

宦官势力死灰复燃。一些宦官成为监军，牵制后唐军中将领。李存勖听信宦官谗言，猜忌将领，弄得众将人人自危。李存勖亲小人远贤臣。租庸使孔谦横征暴敛，百姓怨声载道，李存勖不但不惩治孔谦，反而认为孔谦理财有功，赐誉"丰财赡国功臣"。李存勖听信宦官之言，设立内府和外府，内府山积，而外府虚竭。

根上生病，枝叶就会腐烂。魏博马步军都指挥使杨仁晸率兵戍瓦桥关，期限已到，准备回归魏州。李存勖因魏州空虚，恐还兵生变，便紧急下旨："所有戍卒停止前进，留在贝州当地屯田！"魏博戍卒郁闷、愤怒，碍于皇命难违，也只能眼巴巴地望着故乡而不敢回。既然无法回家，戍卒们便开始赌博，消磨时光。

戍卒中有一个人，名为皇甫晖，魏州人，勇猛而且无赖。

皇甫晖赌输了，没有钱了，就和同伙策谋叛乱。李存勖已经失政，天下人心散乱，一经鼓动，魏州军士群起响应。926年二月，皇甫晖率领上千魏博戍卒入劫杨仁晸。皇甫晖对杨仁晸说："李氏唐朝之所以能够灭掉朱氏梁朝，拥有天下，是因为先得到魏州。魏州兵甲不离身、马不解鞍已十多年了，现在天下已经平定，天子却不顾念魏兵长期戍守边关之苦。我们离家已经很近了，却不能回去。现在将士们思归心切，将军应当和我们

395

一道回去。如果天子发怒，干脆就占据一州，足以起事。"

杨仁晸答道："你们错了，现在明主在上，天下一统，精兵锐甲，不下二十万。你们各有家属，怎么会说这样不吉利的话呢？"

皇甫晖厉色道："杨公如果不允，祸乱就在眼前！"

杨仁晸还欲呵斥，已被皇甫晖指挥徒众乱刀砍死。

皇甫晖深知自己资历太低，难以镇住众将，更无法号召更多戍卒聚拢，便欲劫一将领为帅。皇甫晖正在思索时，看到效节指挥使赵在礼爬墙逃窜，便被皇甫晖截住。

赵在礼，涿州人，初事刘仁恭，后投李存勖，为效节指挥使。

皇甫晖把刀架到赵在礼脖子上，把杨仁晸的首级给他看。赵在礼恐遭毒手，便答应下来。赵在礼既然上了"贼船"，就只能一条道走到黑。赵在礼率领叛军火烧贝州，大肆劫掠，随即举兵前往魏州。

魏州留守王正言，年老怕事。监军史彦琼本由伶人得宠，在魏州专恣，藐视将吏。钱物出纳，兵马设置，都由史彦琼决定，将吏都由他任意指使，王正言不能管制他。

贝州之人来到魏州，说乱兵即将前来侵犯，都巡检使孙铎急禀史彦琼："贼兵将要来了，请发给铠甲兵器，登城拒守。"

史彦琼说："如果真有乱子，贼兵要六天才能到这里，防备来得及。"

孙铎急吼吼说："贼寇前来侵犯，必然会加速行军，一旦失去军机，后悔都来不及啦！请监军率领众军登上城墙，我率领劲兵千人埋伏在王莽河迎击他们，贼兵被挫败之后，必然会溃逃，然后可以全部消灭啦。如果等到他们气势汹汹地逼到城下，就会有奸人做内应，那么事情就不可预料了。"

"只需命令军士守城，何必立即交战。"史彦琼怀疑孙铎有其他图谋，所以拒绝。

这夜三更时分，赵在礼、皇甫晖叛军已到城下，迅即进攻北门。史彦琼仓促召兵，登北门楼拒守。不曾想城内有贼众打开城门，叛军一拥而入。史彦琼单骑奔逃洛阳。赵在礼入魏州，孙铎与他们巷战不赢，带着他母亲从水门出城，逃难去了。

皇甫晖率领百骑人马在城中大肆抢掠，到一百姓家中，问姓什么，百姓说姓国，皇甫晖说："我就是要破国。"立即杀尽这家百姓。皇甫晖又到一百姓家中，问姓什么，百姓说姓万，皇甫晖说："我只杀一万家就够了。"皇甫晖又杀光其全家。

王正言还不知魏州已破，坐在案前叫书吏写奏章，竟无一人至。王正言莫明其妙，拍案大呼，家人来告："贼兵已杀人放火，城池已被攻陷，吏皆逃散，你还呼谁呢？"

王正言惊起说："有这等事吗？"

王正言急命家人索马，四觅无着，踌躇良久，不得已步出府门，谒见赵在礼，头不敢抬，叩首请罪。

赵在礼说："留守大人您德高望重，不要太卑屈了，我受国恩，与您共事，只不过是思乡的众兵逼迫罢了。"

王正言涕泣求归，赵在礼便送他出城。

皇甫晖推举赵在礼为魏博留后，赵在礼任命皇甫晖为都虞侯。

赵在礼出榜安民，原魏州副留守张宪家人还住魏州，赵在礼派人慰问。

郭崇韬讨伐前蜀时，推荐张宪为相。宫中宦官、伶人既忌恨郭崇韬为人正直，又惧怕张宪精于吏治，于是从中作梗，劝谏李存勖："张宪其才可用，但不是宰相之才，不如任以一方。"张宪最终委以太原留守。

赵在礼致书张宪，诱使入党。张宪得书，并不启封，直接将原书奏闻后唐庄宗李存勖。

魏州沦陷的消息传至洛阳，整天喝酒、唱戏和吹牛的李存勖大惊失色。

李存勖正欲派将往剿，正巧史彦琼奔还洛阳。李存勖令他择将，史彦琼便推荐李绍宏，李绍宏转荐段凝，独皇后魏州刘氏说："这点小事，派元行钦往办就行了。"

李存勖乃派宋州归德军节度使元行钦到魏州招抚，以史彦琼为监军。

元行钦率兵至魏州，驻扎南门，先遣人入城，持旨抚谕。

赵在礼用羊酒犒师，在城上道："将士思家擅归，劳烦元公代为奏明，如得免死，敢不自新？"

史彦琼指手大骂："一群死贼！城破万段！"

皇甫晖见史彦琼情状，便对众人说："史监军这般说法，不会得到恩赦了！"

赵在礼、皇甫晖叛军坚定守城，元行钦攻城失利，退至澶州，召集兵马，再行进攻。偏将杨重霸率数百人，奋勇登城，后面无人继上，徒落得身首分离，无一生还。

李存勖闻报，欲亲征魏州，恰好手下亲兵王温等人擅杀军使，闯乱洛阳。李存勖下令捕诛所有与王温亲近军士。虽然即日平息，终究是惊疑不安。皇帝亲军生变，心腹已溃，教李存勖如何放心亲征？

忽然，邢州传来兵变。邢州兵赵太结党四百人，杀官据城，自称留后。李存勖下诏，命北面招讨副使霍彦威往讨赵太。魏州日久未下，群臣交章推荐蕃汉马步军大总管、镇州成德军节度使李嗣源为帅，替代元行钦。李绍宏从旁力请，河南尹张全义亦乞命李嗣源出师。自符存审、周德威、李嗣昭等老将死后，李嗣源成为首屈一指的大将。群臣心中，再无更好的领兵将帅。

李存勖灭掉后梁后，猜忌功臣，此时迫不得已，诏令李嗣源入朝。李存勖疑李嗣源有异心，密令蕃汉马步军使朱守殷伺察动静。不料，朱守殷深夜拜见李嗣源，与其秘语："德业振主者身危，功盖天下者不赏，大总管您已经到了这个地步了。"

李嗣源淡淡说："我是来到洛阳城的一介匹夫，能干什么事呢？"

朱守殷说："大总管是一个有担当、有勇气、有能力的藩帅，您已经走向了乱世争锋的前台，众将都看得很清楚，皇上能看不清楚吗？"

李嗣源心中立刻冰冰凉。洛阳城中，流言四起，纷纷毁谤李嗣源，幸有李绍宏为其开脱，这才免遭杀害。

1

926年二月，蕃汉马步军大总管李嗣源率军讨伐魏州兵变。

李嗣源来到魏州城西南，正值霍彦威荡平邢州，擒住赵太等叛徒，亦来魏州会师。李嗣源与霍彦威相见，即令霍彦威推出赵太等人，至城下斩首，给魏州杀鸡儆猴。

李嗣源下令军中，立营休息，等待攻城。到了夜半，军士张破败纠众大哗，杀都头，焚营舍，直逼中军。李嗣源率亲军出营，大声呵斥："你等意欲何为？"

乱众哗声："将士们跟从皇上十余年，百战得天下，今贝州戍卒思归，皇上不赦，亲军数卒喧闹，便悉众诛夷。我等本无叛志，今为时势所逼，不得不死中求生。现经大众定议，与城中合势同心，请皇上称帝黄河以南，大总管称帝黄河以北。"

李嗣源不禁失色，涕泣劝导，终不见从。李嗣源无奈说道："你等不听我言，任你所为，我自归洛阳。"

乱众又道："大总管去将何往？若不见机行事，将蹈不测了！"

众人推拥李嗣源入城，李嗣源初尚不肯，无奈军士抽戈露刃，一再胁迫。亲信侍从安重诲踩着李嗣源的脚，让他暂且应诺。

安重诲，应州人，沙陀族，年轻时就跟随李嗣源。因骁勇善战，才识过人而逐渐得到李嗣源的赏识。漫长的军旅生涯中，李嗣源引安重诲为心腹，安重诲视李嗣源为知己，二人结成莫逆。

李嗣源见安重诲提醒，只好率部进入魏州。城中不受外兵，皇甫晖出战，阵斩张破败，乱众尽溃，只剩李嗣源、霍彦威进退无路。恰巧赵在礼出迎，率将校罗拜李嗣源。

赵在礼流泪说："将士等负大总管，在礼愿从公命！"

李嗣源、霍彦威无可奈何，赵在礼设宴相待，酒酣登南楼，阅视天下形势。

李嗣源不想反叛，便诈说道："此城险固，可作根据，但必须借助外兵，由我出招各军，才好举事。"李嗣源与霍彦威逃出魏州城，抵达魏县。

李嗣源命衙将张虔钊前往元行钦营中，召其前来一同平乱。

元行钦疑其有诈，率一万步骑退至卫州，诬奏李嗣源与叛军合谋叛乱。

元行钦是李嗣源的义子。当年，征讨燕王刘守光时，李嗣源七次射中元行钦，元行钦最终不支，自缚请降。李嗣源对元行钦十分器重，将其索至麾下，收为义子。元行钦虽然与李嗣源有父子关系，但与后唐庄宗李存勖更有深切交集。李存勖闻元行钦骁勇，用为亲身侍卫。李存勖曾被后梁兵数百围困，元行钦力搏，后梁兵解围而去。李存勖对元行钦说："富贵与卿共之！"元行钦由是宠绝诸将。不只如此，李存勖的爱妃也送给了元行钦。情势变迁，如今的元行钦已经不认义父李嗣源而认皇帝李存勖了。

李嗣源部下不满百人，镇州成德军五千前来，军势稍微恢复。李嗣源欲返回镇州成德军藩镇，等待李存勖降罪。霍彦威、安重诲皆反对，建议他返回朝廷，向皇帝当面自辩。李嗣源遂率军南归，数次上表申诉，向李存勖表明心迹，皆被元行钦阻遏，未能上达。

李嗣源想只身去向李存勖言明真情，左射军使石敬瑭认为不明智，便极力反对："岂有在外领兵，军队发生兵变，其主将却没事的道理？凡事成于果决，而败于犹豫，我们不如趁势迅速南下。我愿领骑兵三百先去攻下开封，这是得天下的要害之处，得之则大事可成。"

李嗣源身后，是突骑指挥使康义诚，他向李嗣源说："皇上不虑社稷濒危，不思战士劳苦，沉溺于畋猎、酒色、享乐，已致众叛亲离。大总管如今只能顺从军心，如果您一味坚守臣节，就只能等着被皇上杀死了。"

康义诚，沙陀人，少年时即以善骑而闻名，一直追随李存勖。

康义诚是李存勖亲兵，现在却在李嗣源面前指责李存勖的过失，劝他起兵。李嗣源想了多时，流泪向众人说："我从未想到过反叛，可我为了我和众将士的生路，不得不这样了。"

李嗣源功绩丰、名望高，原本身边廖廖几人，很快就到了三万人。

李嗣源令安重诲移檄会兵，决计向开封进发。

李存勖先得元行钦奏报，即遣李嗣源长子李从审往谕李嗣源。行至卫州，为元行钦所阻，欲杀李从审。李从审道："元公既然不谅我父，我亦不能直往父所，我愿复回洛阳宿卫。"元行钦乃释李从审。李从审返见李存勖，泣诉元行钦阻挠，李存勖恰也矜怜，待他如子。

926年三月，客星犯天库，史官观测星象后，向李存勖奏道："御前有乱兵，应该散财来消灾。"众臣请求尽出钱财犒赏军士，李存勖意欲准奏，偏是魏州刘氏不肯，愤语李存勖："我夫妇君临天下，虽借武功，亦由天命，命既在天，人不足畏了！"众臣又在延英殿讨论，魏州刘氏在屏风后听见了，就取出妆奁，领着幼子满喜来到李存勖面前，慢慢说："各地进贡的财物，已经赏赐光了，宫中只有这些了，请拿去供应军需吧！"又说："不如你们把皇子卖了换钱吧！"李存勖不禁色变，众臣瞠目结舌，陆续退去。

李嗣源举事，警报频传，河南尹张全义因推荐李嗣源领兵，恐受连坐，忧惧不食，死于洛阳家中，终年七十五岁。

张全义一生经历大风大浪，堪称相术大师周元豹所说的"海龟"。张全义任河南尹四十年，生性勤俭，善抚军民，政绩卓著，沦为废墟的洛阳重建为一片乐土。张全义被誉为"再造都畿"。

唐朝同平章事杨涉之子杨凝式，曾经作诗一首，歌颂张全义的功德——

洛阳风景实堪哀，昔日曾为瓦子堆；

不是我公重葺修，至今犹是一堆灰。

李存勖令从马直指挥使白从晖扼守洛阳桥，且出内府金帛，给赐诸军，军士边拿边骂说："我老婆孩子已经饿死，拿这些有什么用呢？"李存勖闻言，悔已无及，飞诏元行钦回洛阳。元行钦至鹊店，由李存勖亲出慰劳。

元行钦面奏："魏州乱兵，欲渡河袭取郓州、开封，愿陛下紧急招抚各军，免为所诱。"

李存勖点首，返入洛阳，调集军士，准备出发。伶人景进入奏李存勖："西南未安，王衍族党不少，闻车驾东征，未免谋变，不如早除为妥。"李存勖已忘却以前承诺，急遣宦官向延嗣携带诏书西行，诏中写道："王衍一行，并宜杀戮。"宦官张居翰为枢密使，复查诏书，认为王衍既已投降，现在又出尔反尔把他斩首，实在太不合天理人情，便将诏书贴在柱子上，将"行"字涂掉，改为"家"字。擅改诏书是要杀头的，所幸的是，向延嗣根本没有想到张居翰会偷改诏书。

向延嗣到了长安，长安留守张篯接诏，即至秦川驿，收捕王衍及家眷。

"尽是一场傀儡"，这是王衍写的最后的诗词。

王衍母亲徐氏临刑时大呼："我儿子以一个国家迎降，反而被杀戮，你们信义都被抛弃，我感到你们的祸患不久就会来了！"徐氏既死，王衍妻妾金氏、韦氏、钱氏等，一并斩首。王衍幼姜刘氏，发似乌云，脸若朝霞，监刑官瞧着，暗生艳羡，指令停刑。刘氏慨然道："家丧国亡，宁死不能遭受污辱！"于是从容就死。王衍及家眷尽被处斩，王衍终年二十八岁。

前蜀开国皇帝王建初立，有一和尚常持大扫帚，不论官府、寺观，遇到则洒扫。这位扫地僧常写六字："水行仙，怕秦川。"后来王衍在秦川驿被杀，人们方才领悟"水行仙"即"衍"字。

右仆射张格以及李昊、牛希济等前蜀官员及王衍的仆役，悉数获免，不下千人，都是张居翰功劳。

史官评价张居翰："更一字以活千人，不失为正人君子。"张居翰、张承业都是唐朝末年宦官，都去藩镇做监军，都被唐朝廷下旨斩杀，都被藩镇节度使以一死囚顶替了下来，都在青史留名，为后人称道。

秦州节度判官蒲禹卿见王衍被诛，题诗于驿门——

我王衔璧远称臣，何事全家并杀身。

汉舍子婴名尚在，魏封刘禅事独新。

非干大国浑无识，都是中原未有人。

独向长安尽惆怅，力微何路报君亲。

向延嗣杀害了王衍一家，下一个就杀康延孝。

任圜想放过康延孝，张砺对任圜说："此贼构乱，导致班师延迟，任公您血战擒贼，怎能违诏养祸，这是破槛放虎，自取其咎啊。任公若不下决心，我亲自杀此贼。"

任圜不得已，在凤翔诛杀康延孝。

康延孝投降李存勖之后，献上奇袭消灭后梁之策，李存勖采用后，由郓州直扑开封，只用八天就灭了后梁。郭崇韬率军伐蜀，康延孝率领前锋连攻数城，大败前蜀军，又以精兵突进，得灭蜀首功。回顾康延孝一生，主要关口就是叛变和投降。这哪怪康延孝个性呢？只怨乱世逼迫。

向延嗣携带王衍一生所积宝物、骏马、歌妓回返洛阳。

再说洛阳城中的李存勖，先遣元行钦带着骑兵，沿着黄河先行，自率军士徐进。

行到汜水，凡与李嗣源亲党相关，多半逃亡。

李嗣源之子李从审忠厚，一直跟随。李存勖命他再谕李嗣源，他终不肯应命，情愿请死。李存勖慰谕再三，强使召父，不得已奉旨登程。李从审路遇元行钦，竟被杀死。

还有李嗣源家属，留居镇州，都虞侯王建立为了保护李嗣源家属，杀毙监军。

王建立,潞州人,曾是李嗣源手下军校,驻扎在代州。后唐庄宗李存勖派人前来代州祭祀祖陵,这伙人骄纵不法,抢掠百姓财物。王建立不畏皇家权势,秉公执法,对作恶多端的这伙人予以严惩。此事触怒了李存勖,下令拘捕王建立。经李嗣源的一再劝谏,才了结此案。

李嗣源义子、突骑指挥使李从珂自横水率军到来,与王建立会合,紧急追从李嗣源。

李嗣源见众人前来,不由大喜,当即分兵三百骑,归石敬瑭统带,令为前驱,李从珂为后应,向开封进发。

李嗣源举兵反叛,给了李存勖本就岌岌可危的统治以致命一击,早就对李存勖心生不满的各地将领纷纷举兵响应李嗣源。兖州泰宁军节度使段凝、齐州防御使王晏球,全都投奔到李嗣源麾下。

符习已由郓州天平军节度使改任青州平卢军节度使。赵在礼作乱,后唐朝廷遣符习率兵讨贼。符习未至魏州,而李嗣源已经兵变,符习不敢前进。李嗣源遣霍彦威往招。符习以为李嗣源举兵不顺,去意未决,霍彦威对符习说:"众臣多半被诛,符公还犹豫什么?听说皇上列了个杀十人的名单,您排在第四个!"符习吓出一身冷汗,当即跟从李嗣源。

青州平卢军监军杨希望闻听符习为李嗣源所召,便以兵包围符习府邸,将杀符习家人。马步军指挥使王公俨向杨希望说:"监军您尽忠朝廷,诛杀反者家族,谁敢不效命?但现在宜分兵守城,以防外变,符习家人不足虑也。"杨希望信之,分兵守城。王公俨有了喘息机会,率兵擒杀杨希望,符习家属得以平安。

镇州右厢马军都指挥使安审通也率兵驰至,李嗣源军势大振。

安审通,老将安金全之侄,当初安金全率族人出战,保住了太原,但没受到李存勖一点赏赐，因此安审通怀恨在心。

开封尹孔循判断不出李存勖、李嗣源成败胜负，便首鼠两端，派人在北城门迎接李嗣源，在西城门迎接李存勖。孔循明确告诉手下："李存勖和李嗣源谁先到，就拜谁。"

曹州刺史西方邺恰巧在开封城中，他谴责孔循："您是前朝开国皇帝朱温的宠臣，现在皇上消灭朱氏梁朝而得到您，对您有不杀之恩，将您放在重要位置上，奈何您欲纳大总管而负皇上？"孔循不答。石敬瑭之妻是李嗣源之女，时在开封，西方邺欲杀，以坚人心。孔循知其谋，便将石敬瑭之妻李氏藏于其家，西方邺寻找不得。

李嗣源前锋石敬瑭星夜抵达开封，突入封丘门，占据开封。

李嗣源从滑州急行，连夜赶入开封城。

此时，李存勖方至荥泽，命龙骧指挥使姚彦温率三千骑兵为前军。李存勖面谕："你等俱系开封府人，朕入开封之境，不想使他军为前驱，担心扰乱你等家室，你等宜善体朕意！"姚彦温应声即发，行抵开封，见李嗣源已经据守，便释甲入见，向李嗣源进言："京师洛阳危迫，皇上为元行钦所惑，已经折腾不了几天了。"李嗣源冷笑说："你自己不忠，还在这里妄毁！"李嗣源夺他军印，收三千骑为己属。

李存勖亲率二万五千人到达万胜驿，这儿离开封仅仅五里路。李存勖接得各方军报，不由神色沮丧。他登高唏嘘："朕不能成就大事了！"李存勖下令旋师，还至汜水，军士已逃去半数，李存勖留下秦州都指挥使张唐驻守汜水关。

西方邺率领五百骑前来汜水迎接李存勖，呜咽泣下，李存勖亦为之唏嘘。

李存勖率余军西归，道过罂子谷，山路险窄，见从官执仗护卫，便用好话慰劳："刚才接战报说魏王李继岌已平定蜀地，得到蜀地金银五十万，准备赏给你们。"军士回答："陛下赏赐太晚，得者也不感恩。"

李存勖流泪，就向内库使张容哥要袍带来赏赐，张容哥回答："已经没有了。"军士斥骂张容哥："害得皇帝到了这个地步，都是你们造成的！"说着抽出刀来驱赶，左右救护得免。张容哥说："皇后吝财，不肯赏赐军士，却归罪于我。若有不测之事，我身首万段啊！"张容哥投河自尽。

李存勖西行至石桥，在野外置酒，对元行钦道："你跟随朕这么久，共经患难，如今情势危急，朕要单马去见李嗣源，你们认为怎么样？"

元行钦哭道："臣原本只是一个小人，幸亏遇到陛下，才坐到将相之位。如今危难之时，却不能报国，就是死了也无法推脱自己的责任。"

元行钦和众将一百多人，断发自誓，以死报主，君臣相望痛哭。

李存勖驰入洛阳皇宫休息。他决定前往汜水关，与李继岌会合，联兵进剿李嗣源。李继岌早已率征蜀大军班师，只是途中平定康延孝叛乱，耽误了归程。

926年四月初一，太阳如平常升起，只是显得有些暗淡。宫门外，后唐扈从军士列队，等候李存勖出征。宫殿中，伶人唱起李存勖创作的《歌头》——

赏芳春，暖风飘箔。

莺啼绿树，轻烟笼晚阁。

杏桃红，开繁萼。

灵和殿，禁柳千行斜，金丝络。

夏云多，奇峰如削。

纨扇动微凉，轻绡薄，梅雨霁，火云烁。

临水槛，永日逃繁暑，泛觥酌。

露华浓，冷高梧，凋万叶。

一霎晚风，蝉声新雨歇。

惜惜此光阴，如流水。

东篱菊残时，叹萧索。

繁阴积，岁时暮，景难留。

不觉朱颜失却，好容光。

且且须呼宾友，西园长宵。

宴云谣，歌皓齿，且行乐。

其词唯美凄婉，其调苍老凄苦。时空变换，美景难得而转瞬调零，难以驻留，颇有抒情未尽，壮志难酬之意。

李存勖、魏州刘氏正在早餐，忽闻兴教门口喊声大震。李存勖料知有变，慌忙放下碗箸，召集近卫骑兵，亲督出御。到了中左门，见乱兵已突入门内，声势汹汹，乱首乃是亲军指挥使郭从谦。

郭从谦，伶人起家。李存勖喜欢伶人，重用伶人为官，占据了许多出生入死的将士们都得不到的要职。郭从谦与郭崇韬同籍，平时视郭崇韬为叔父，又是李存义的义子，郭崇韬和李存义先后被李存勖冤杀，郭从谦大恨，准备复仇。

李嗣源大军已经到达汜水关，已经毫无斗志的洛阳守军怎么还有心思与李嗣源作战呢？郭从谦看出李存勖大势已去，果断反了。

李存勖躁怒异常，麾动军士，迎头痛击。郭从谦抵敌不住，率乱军退出门外。李存勖急急将城门关住，再遣人至宣仁门外，速召蕃汉马步军使朱守殷入剿乱党。哪知朱守殷按军不动，李存勖只好与手下百余人抗击。

护卫指挥使侯益突然来到，李存勖惊讶说："你不是跟从李嗣源征战去了吗？"

侯益掉泪说："众将拥戴李嗣源起兵时，我不愿背叛陛下，于是悄悄脱身回归。"

李存勖抚着侯益的背，掉泪说："你本是农家子弟，屡屡为我李存勖立下战功。如今墙倒众人推，破鼓万人捶，树倒猢狲散，而你却不忘我李存勖。我李存勖想好好重用你，怕是不行了。罢，罢，你追随大太保、反叛朕的义兄去吧。"

郭从谦再纠集多人，焚烧兴教门，且有许多乱兵攀城而入。李存勖再欲抵御，四顾近臣亲将，多半逃匿。此时的李存勖已经众叛亲离，附近的兵马虽强大，可是李存勖已无法调动。这位曾经叱咤风云的英雄，如今没几个人帮他。

散员指挥使符彦卿，宿卫军校何福进、王全斌等十余人奋力作战。突有一箭飞来，正中李存勖面颊，李存勖痛不可忍，几乎晕倒。伶人善友扶着李存勖从门楼上走下来，到了绛霄殿的屋檐下，拔去箭镞，流血盈身。李存勖感觉到了一阵天旋地转的眩晕。李存勖口渴求饮，皇后魏州刘氏只派宦官奉进酪浆，一杯才下，骤然殒命，终年四十二岁。

李存勖将王衍一家杀害于途中，王衍的母亲徐氏临死前大呼："我儿举国投降，反而被杀戮，你们信义都被抛弃了，你们的祸患不久就会来了！"李存勖命运，果如徐氏所料。

符彦卿、何福进、王全斌等人恸哭一阵，逃离洛阳。

符彦卿，陈州人，为符存审第四子，军中称其为"符第四"。符彦卿因谨慎诚实而受到李存勖亲信，得以出入其内室。

何福进，太原府人，自少入伍，以骁勇善战知名。

王全斌，太原府人，自幼就胆识过人。他的父亲王庄为后唐岢岚军使，私下畜养一百多名勇士，李存勖怀疑他心存异志，下书召见，王庄害怕不敢去。当时王全斌十二岁，对他父亲说："这是因为怀疑父亲有别的图谋才召见您，您让我去作人质，一定会消去怀疑。"王庄照计行事，果然得以保全。自此之后，李存勖把王全斌收在军中。

这场以伶人为主的宫廷政变，史称"兴教门之变"。

"时来天地皆同力，运去英雄不自由。"这是诗人罗隐的名句，说的也是李存勖的英雄人生。

李存勖先时承父遗志，灭桀燕，扫残梁，走契丹，三矢报恨，还告太庙，及家仇既雪，国祚中兴，几与东汉光武帝相似。偏后来妇宦擅权，伶人乱政，戮功臣，忌族戚，不恤军民，酿成祸患。李存勖，成也是箭，败也是箭。他用十五年时间叱咤风云扫平北方，可仅仅三年时间就众叛亲离、身死国灭。李存勖如同一颗耀眼的流星，划过那个动乱的时代，迅速放光又瞬间滑落。他的强势崛起和他的快速滑落，都让人叹息不已。

李存勖宠信伶人，最终死于伶人之手。一世英名，尽毁伶人之手。在一些旧戏班里，一直保留着李存勖的木雕神像，将他奉为优伶祖师，这是后人对李存勖为戏剧所做贡献的最高奖赏。

荒淫的帝王，通常有两大爱好：一是好诗词，二是好女色。好诗词，可以纵情；好女色，可以纵欲。而这两大爱好，管控不当，则足以亡国。相隔十几天死去的王衍和李存勖就是典型。尤其李存勖夫妇，一个戏痴，一个财迷，活生生玩死。

《新五代史》这样评价李存勖："祸患常积于忽微，而智勇多困于所溺"，"方其盛也，举天下之豪杰，莫能与之争，及其衰也，数十伶人困之，而身死国灭，为天下笑"，"忧劳可以兴国，逸豫可以亡身，自然之理也"，可谓所言极是。

2

曾宴桃源深洞，一曲清歌舞凤。
长记欲别时，和泪出门相送。
如梦！如梦！
残月落花烟重。

伶人善友在后唐庄宗李存勖遗体旁哭唱李存勖所作《如梦令·曾宴桃

源深洞》。唱罢，善友敛乐器覆尸，放起一把无名火，将乐器及李存勖遗骸，俱付灰烬，免得乱兵蹂躏。

魏州刘氏最得恩宠，闻听李存勖已亡，并不出视，急忙与李存渥、元行钦等人，收拾金宝，贮入行囊，匆匆出宫，与七百骑出狮子门，向西逃去啦。宫中大乱，纷纷避匿。

朱守殷移兵至北邙山下，坐观成败，听到李存勖被杀，才驰入皇宫。

朱守殷并不设法平乱，先选得宫人三十余名，各令自取乐器珍玩，带回私第，去做那李存勖第二，寻欢取乐去了。

李嗣源已至罂子谷，闻李存勖凶耗，泣语诸将："皇上素得士心，只为群小所惑，惨遭此变，我今将何归呢？"

次日，朱守殷派人到李嗣源军中，请他速入京城洛阳，安定局面。

李存勖的死来得真是时候，李嗣源避免了与故主的尴尬见面。李嗣源率军进入洛阳，暂居私第，禁止将士焚掠。朱守殷进见，李嗣源面语："将军巡查洛阳，静待魏王到来。淑妃、德妃在宫，供给尤应丰备！我待山林葬毕，社稷有主，仍当归藩尽职，为国家抵御北方契丹！"

李嗣源命朱守殷往收李存勖遗骨，在灰烬中拾出，妥加棺殓，留殡西宫。

同平章事豆卢革即率百官奉笺劝进，李嗣源面谕："我奉诏讨贼，不幸部曲叛散，意欲入朝自诉，偏为元行钦所阻，疯狂至此。我本无他意，今为诸君所推，才得如此，幸勿复言！"

元行钦自洛阳奔出，撇去魏州刘氏，行至平陆，为乡野百姓擒获，送往虢州。刺史石潭击断元行钦足骨，置入槛车，解至洛阳。

李嗣源忍住怒火，训斥元行钦："你是我义子，我教你最后一课。我虽然大字不识一个，但我听过'燃尾之鱼'的典故。黄河中的鲤鱼想跃过孟津处的龙门，就使出浑身力气，向上跳跃。可跳起几米高后，就掉了下来。这些从空中摔下的鲤鱼，额头上落下了黑疤。虽然伤痕累累，可还是有鲤鱼继续尝试。某一天，一团天火落下，烧掉了向上跳跃的鲤鱼的尾巴。它忍着疼痛，继续向上飞跃，终于跃过了龙门，变成了一条龙。是什么让黄河的鲤鱼成为龙？答案是要有一团天火。你对我的中伤、打击，就是这团天火。你是来渡我的、是来成全我的。"

元行钦默不作声，以为李嗣源要饶恕他。李嗣源静了静说："还有个典故叫'大义灭亲'，我如果不灭掉你，我儿李从审如何原谅我？律法何存？公理何在？"元行钦当即被推出，在闹市斩首。

李嗣源下令，百官各安其职，等待李继岌回京继位。同平章事豆卢革与枢密使李绍宏、张居翰率百官再次劝进，皆被拒绝。众官改请李嗣源监国，李嗣源遂入居兴圣宫，以监国名义接受百官朝拜。

李嗣源下令，查访后唐庄宗李存勖的兄弟和儿子，众人心领神会，一个个死亡的消息传到了李嗣源耳中。

李存勖弟弟李存确、李存纪逃匿民间。安重诲查有着落，问霍彦威："李存确、李存纪逃难，我们应该怎么办呢？"霍彦威说："监国仁慈，不可闻奏，应该秘密处理。"霍彦威当即前去杀死二人。事后，李嗣源方才闻知，切责安重诲、霍彦威，但已不能重生，只好付诸一叹罢了。

李存勖之弟李存霸本是河中节度使。兴教门之变前，李存勖迁李存霸为太原留守，还未成行，李存勖已亡。李存霸奔至太原，拟害死太原留守张宪，占据太原。汾州刺史符彦超已改任太原巡检，统领太原防务。他得知消息，便劝张宪先发制人。

张宪说："我受先帝厚恩，不忍下手，我明白要尽义就不免招致杀身之祸，这都是天意啊。"

太原推官张昭也向张宪进言："难道你不知道逐走李存霸方是自保的良策吗？"

张昭的祖父遭遇黄巢之乱不知所终，父亲张直苦寻十年不得，后来在青州居住，受到当地名儒王师范聘请。唐朝灭亡之后，王师范投靠后梁，张直不屑一顾，带年幼的张昭来到黄河以北教授《周易》《春秋》，吸引了很多读书人前来。在父亲的影响下，张昭十岁就开始博览群书，长大之后气度从容，后来又在名师的教导下通晓史书。后唐建立之后，张昭拜见张宪。张宪精通《左传》，两人一见，大有相见恨晚之意，将张昭任命为推官。

张宪听完张昭所劝，想了想说："我本是一介儒生，幸而得到先帝赏识，才能像现在这样位居太原留守，成为布衣人臣之极。那我又怎可以为了苟且厚颜求生，而除掉先帝之弟呢？"

张昭无奈说："这是古人之志，当今乱世唯有你能成此壮烈之举。"

符彦超见他迂腐，便自行命令军士擒住李存霸。李存霸拜谒符彦超，声泪涕下说："愿为山僧，望符公庇护。"符彦超欲留，偏部众不肯，将他砍死。

张昭又劝张宪上书李嗣源，张宪慨然道："我一书生，自布衣至服金紫，均出先帝厚恩，怎可偷生怕死，背主求荣呢？"

张昭感泣道："公能如此，忠义不朽了！"

张宪出奔忻州，符彦超暂理太原军政。张宪逃走，有人想杀张昭，便把他绑起来，符彦超说："张昭是个正人君子，不可滥加陷害。"符彦超请张昭撰写榜文，安抚太原民心。

后唐庄宗李存勖之弟李存渥与魏州刘氏奔往太原，途中昼行夜宿，备历艰辛。魏州刘氏因元行钦他去，只恐李存渥也即分离，索性相依为命，献身报德。李存渥见嫂子多姿，虽已三十余龄，风韵不减往昔，乐得将错便错，与魏州刘氏结成露水缘。等到了太原，符彦超不纳李存渥、魏州刘氏。李存渥走至风谷，被部下所杀。

魏州刘氏无处存身，没奈何削发为尼。李嗣源不肯饶恕，遣宦官张居翰至太原，对魏州刘氏说："先帝李存勖决战朱氏梁朝时，担心不能战胜，向娘娘交代，社稷成败，在此一举，事若不济，当聚集家属，全部尽焚！先帝的话，娘娘还记得吗？如果不记得，娘娘就现在去问先帝吧。"

魏州刘氏哭泣求饶，张居翰又说："先帝对你恩爱有加，你却在途中与李存渥通奸。枢密使郭崇韬推荐你为皇后，你却毫不迟疑地下教令诛杀他。你父亲来认亲，你却狠心在宫门鞭打刘叟。百姓流亡，将士饿昏，你却每天打猎巡游为乐。你如此无情无义，还活在世上做什么？"

张居翰命人刺死魏州刘氏。魏州刘氏任性恣睢，敛财一生，最终还是落了个空！

李嗣源任命石敬瑭为陕州留后，防备魏王李继岌及征蜀大军。

李继岌因蜀乱始至兴平，得悉洛阳变乱，恐李嗣源不能相容，就率兵西行，谋保凤翔。李继岌行至武功，宦官李从袭又劝李继岌驰赴京师洛阳，往定内难。李继岌又复东行，到了渭河。长安留守张篯折断咸阳浮桥，不令东渡。李继岌只好沿河东奔，途中随兵，陆续奔散。

行至渭南，李从袭又语李继岌："大势已去，福不可再，请魏王早自为计。"

李继岌彷徨泣下，心中自语："虽然生在帝王之家，但是苦命之人，少时患病，不能生育，如同一个宦官，如果父皇死了，自己活着还有什么意思？"

李继岌对李环道："我已道尽途穷，你可杀我。"

李环迟疑多时，对李继岌乳母说："我不忍见魏王死，魏王若无路求生，当卧榻朝里，方可下手。"

乳母泣语李继岌，李继岌便面榻偃卧，李环遂取帛套颈，把他缢死。

李继岌临死一刻，突然想到：这个李环就是当初派去杀郭崇韬的人啊！

一位十三岁的少年号啕大哭，声泪俱下。

这位少年，名叫王彦超，出生于魏州，温和恭谨，器宇不凡。十二岁时，随魏王李继岌西征前蜀。

等到李继岌成了无家可回的流亡者，他的亲信皆置主帅于不顾而四散逃命，只有王彦超始终紧跟不离，直至李继岌遇害。王彦超到凤翔府重云山拜晖道人为师，出家修行去了。

李继岌所率征蜀大军，被任圜收集，得二万人，返归洛阳。李嗣源命石敬瑭慰抚，军士皆无异言，各退还原营。

李继岌在蜀中所得金宝妓乐，被李从袭带走，行至半途，被长安留守张筕截获一半。

长安尹张筠随魏王李继岌伐蜀时，弟弟张筕为长安留守。

张筠、张筕，亲兄弟俩，海州人，世代商贾。张筕年轻时，因春景舒和，出游近郊，憩于大坟之上，忽有黄雀衔一铜钱置于张筕面前而去。未几天，张筕在院中见二燕相斗，各衔一钱落于张筕面前，前后共获三钱。张筕感到惊奇，藏于木匣，知道的人以为这是张筕大富之兆。长安永兴军节度使康怀英死去，长安尹张筠即掠其家资。张筠又在唐朝故宫掘地，多得金玉。偏将侯莫威曾与温韬发掘唐陵，分得宝货，张筠因事杀掉侯莫威，又取其不义之财。

张筠弟弟张筕的意外之财，远非截获的李继岌的一半财产。宦官向延嗣恶贯满盈，李嗣源派人诛杀。向延嗣携带王衍一生所积宝物、骏马、歌妓，正在回返洛阳途中。闻听这个消息，向延嗣暗逃。王衍一生所积宝物、骏马、歌妓，俱为张筕所有。张筕成为巨富，积白银万镒，藏于窟室。各类宝物不计其数，王衍骏马一百五十匹，李继岌打球马七十匹。张筕家虽厚积，性实鄙吝，贩卖马匹惹出个乱子，愤惜成疾而卒。张筕所积财富多被其兄张筠所得。张筠虽然贪财，却从不从百姓身上榨取。相反，他从那些贪官身上得到钱财之后，毫不吝啬地施舍给百姓。张筠好施舍，故无大患。《旧五代史》说："张筠未尝聚敛，遂致百姓不挠，十年小康。"张筠的一生，富贵从未离身，美女常常相伴，樽中之酒常满，座上之客盈门，可谓享尽了人生之福，时人谓之"地仙"。

李从袭携带李继岌的另一半财产前往华州，被华州节度使毛璋杀掉。李继岌伐蜀余资，被毛璋所获。

毛璋富而骄，服黄袍，饮美酒，观王衍宫中之戏。李嗣源闻听后恼怒，召为金吾卫上将军。董璋举报毛璋阴谋叛乱，李嗣源将毛璋赐死。

后唐庄宗李存勖还有个弟弟李存礼，与李存勖之子李继潼、李继嵩、李继憺、李继峣等，俱不知所终。

洛阳城中，百官因李继岌已死，仍累表劝进。李嗣源始有动意，大行赏罚，先责租庸使孔谦奸佞苛刻，将他处斩。废去租庸使名目，悉除苛政。又罢诸道监军，历数宦官劣迹，令所在地一概加诛。

霍彦威的权势达到顶峰，旬日之间，内外机事，皆决于霍彦威。

大权在握的霍彦威擅自逮捕段凝、温韬下狱，准备按律将其治罪。

安重诲对霍彦威说："段凝、温韬二人罪大恶极，这是天下人都知道的。现在监国平定内乱，希望安定大下，难道是您报仇的时机吗？"

霍彦威这才停止，乃禀明李嗣源，将他们放归田里。

温韬盗陵的臭名、善变的性格，为李嗣源不喜。在李嗣源的眼里，温韬是一个生有反骨的人，今天你能够反了后梁，明天就能反后唐。今天你能盗唐朝的陵，明天就有可能盗后唐的陵，这样的人，是一定不能让他生存下去的。李嗣源下令将其满门抄斩，子孙后代也都尽数杀死。就这样，一代盗墓贼最后落得个断子绝孙的下场。

李嗣源将段凝流放辽州，与温韬同时赐死。

李嗣源将同平章事豆卢革改为山陵使，负责安葬后唐庄宗李存勖。

豆卢革心急火燎，上朝求见李嗣源。安重诲当众侮辱他："山陵使的官衔还在，你去履职了吗？你现在进入朝廷，以为我们可以欺骗吗？"

萧希甫升任谏议大夫，上疏弹劾豆卢革苟且自容，致使皇上狼狈而死，自从当上宰相以后，不以推举贤才、劝勉能人为要务，只求修炼，求长生之术，曾经服用丹砂，呕了几天的血，差点儿死了。萧希甫恼恨豆卢革，不只因为他使自己受贬，更因为自己当谏议大夫前，豆卢革千方百计进行阻挠，萧希甫知道检举这些罪行不能致死豆卢革，又诬奏说："豆卢革放纵庄客杀了人。"

李嗣源大怒，贬豆卢革为辰州刺史，接着赐他自尽。

李嗣源召孔循为枢密使。孔循与霍彦威皆入禀监国李嗣源，请改建国号。

李嗣源道："我十三岁时，就跟随李国昌、李克用父子，后又在李存勖下为臣。他们基业就是我的基业，先帝天下就是我的天下，那有同家异国的道理？"

礼部尚书李琪承旨入对："若改国号，是先帝成为路人，梓宫何所依托？不但殿下不忘三世旧君，就是我辈人臣，问心也自觉不安！前代以旁支入继，不一而足，请用枢前即位礼，才算得情义两全了。"

李琪就是郭崇韬伐蜀前推荐的人才。洛阳洪水，国库空虚，后唐庄宗李存勖让官员们上书，陈述治国策略。李琪上书说："臣闻王者富有兆民，深居九重，所重患者，百姓凋耗而不知，四海困穷而莫救，下情不得上达，群臣不敢指言。今陛下以水潦之灾、军食乏阙而焦劳罪己。陛下如果寻访士人来求策，则何思而不获，何议而不明？"李存勖深有感触，拟任命他为宰相，却因内乱而作罢。

926年四月二十日，一切尘埃落定。李嗣源在李存勖灵柩前即位，这就是后唐明宗，时年六十岁。

李克用、李存勖努力半天，最后天下归到了李克用义子李嗣源手里。李嗣源讲义气，没有恢复从前的姓氏，否则后唐帝国到此就算灭亡了。李存勖灭掉后梁时，曾对李嗣源说："朕能有天下，是你们父子血战的结果。朕当与你们父子共享。"没想到一语成谶。李嗣源虽然大字不识，观察人心却是洞若观火。

登基后的李嗣源向众臣感叹："或许先帝李存勖的军事才能太强悍了，上天不得不降低他的吏治智慧，让他沉湎于声色，用人无方，纵容皇后干政，重用伶人、宦官，疏忌杀戮功臣，横征暴敛，吝惜钱财，以致百姓困苦、藩镇怨愤、军士离心，最后死于兴教门之变。"

李嗣源还说："先帝李存勖是传奇式的人物，在前半生，他用热血与勇气打造了一个国家；后半生，他用乐器和吝啬摧毁了一个王朝。如果没有李存勖的昏招频出，皇帝这个宝座也轮不到我李嗣源啊。"

李存勖的死亡，是"十三太保"的终结。

造就"十三太保"的李克用，亲子遭受屠戮，嫡系血脉无存。

李存勖夫妇及儿子李继岌冤杀郭崇韬、朱从谦，使得大臣和将领们人人自危，等到魏州发动兵变，李嗣源意外得到皇位，而李存勖却死于乱军之中，魏州刘氏也没有逃脱制裁，魏王李继岌也受到连累。冤杀郭崇韬、朱从谦的责任，到头来还是李存勖夫妇和其子李继岌承担了。李嗣源归葬郭崇韬，赐还朱友谦官爵。

一切就绪，李嗣源接受百官朝贺，颁诏大赦，封赏皇族。

曹氏为皇后，魏氏、夏氏已亡，李嗣源分别追封为宣宪皇后、昭懿皇后。

魏氏就是李从珂之母，当年在路上遇到李嗣源，被逼之下，改嫁给这位穷苦的大头兵，未想到自己死后却被追封为皇后。

李嗣源而后分封众官——

霍彦威为侍中、郓州天平军节度使；

安重诲为左领卫大将军、枢密使，兼领山南东道节度使；

石敬瑭为检校司徒、陕州节度使，赐号"竭忠建策兴复功臣"；

任圜为同平章事；

康义诚为捧圣指挥使，领汾州刺史；

张虔钊为护驾亲军都指挥使；

朱守殷为开封宣武军节度使、同平章事；

王建立为镇州成德军节度使；

安审通为检校太傅、沧州横海军节度使。

护卫指挥使侯益自缚请罪，李嗣源道："你尽忠节，有什么罪呢！"改封他为本直左厢都指挥使。

西方邺前来请死，李嗣源感慨道："你是忠臣呢！"李嗣源放过西方邺，让其任襄州刺史。

李绍宏年老致仕，作为李嗣源的救命恩人，得以善终。

高行周是李嗣源旧将，改任复州刺史。以前，李存勖欲向李嗣源索要高行周，但又担心李嗣源不悦，便让人暗中引诱高行周，被高行周拒绝，高行周因此深受李嗣源宠信。

前蜀国秦州节度副使安重霸听闻后唐李嗣源起兵，立即将秦州、成州、阶州三州献于后唐并称臣。李嗣源任安重霸为左卫大将军。安重霸善于揣摩李嗣源的心思，投其所好，故得李嗣源的赏识宠信。李嗣源对众臣说："安重霸是我的故人，献秦州归回国家，功劳不小，以左卫大将军做报酬，恐怕不合招抚怀柔之道，应该让他做藩镇的节度使。"宣徽使范延光说："追随陛下的故人，许许多多，但很多人没能做上大将军。现在如果授给安重霸一处藩镇，恐怕被人暗地议论。"李嗣源不听，授安重霸为同州节度使。

魏州守将赵在礼，请李嗣源驾临魏州。李嗣源颇加怀疑，迁赵在礼为滑州义成军节度使。赵在礼不肯离开魏州，李嗣源就拜其为魏州留守。皇甫晖迁任陈州刺史。

王镕之小儿王昭诲已经年满十六岁，长大成人，想起当年李存勖与王镕娃娃亲婚约，便来到洛阳。可是到来时，李存勖已经家破人亡。一位将军骑着大马从街上驶过，王昭诲认得是昔日父亲手下大将符习，便上前招呼。符习以为王昭诲已死，今日意外见到这位青年，不由百感交集。符习向朝廷上表："已故赵王王镕小儿王昭诲，十多岁时遭祸，被人藏起免难，现在是和尚，法名叫崇隐，谨请到宫里朝见。"李嗣源赐给王昭诲衣服一套，令脱去僧服，并封王昭诲为司农少卿。李存勖少女已经找不到了，符习将自己女儿嫁给他。王镕在天有灵，会感到欣慰了。

李嗣源欲设置铜匦让世人写信告密，任命谏议大夫萧希甫担任专使。

萧希甫劝谏："战乱相继，王纲大坏，侵欺凌夺，有力者胜，至于抢掠百姓妻女，强占民户田宅，赃官奸吏，刑狱原案，怎能一一记载？然而铜匣告密诏令一出，投诉必然很多，甚至功臣皇亲国戚都有可能不得不绳之以法。"

李嗣源觉得有理，乃下诏：自926年四月二十八日天黑以前，死刑以下，统统赦免，然后设置铜匣，宣示民众告密。

供奉官丁延徽谄事权贵，因监仓自盗而下狱。侍卫使张从宾等朝中权贵多为他求情，皆被李嗣源拒绝。李嗣源对张从宾道："丁延徽拿着朕的俸禄，反而偷盗朕的仓储财物，论罪当死！别说是你，就算是苏秦复生，也不能说服朕给他减刑了！"丁延徽被处死。

李嗣源发布诏命：诸道防御使、团练使、刺史、行军司马、节度副使等职务皆由朝廷命授，不允许诸道自行奏荐。李嗣源对魏博藩镇进行整顿，长期桀骜不驯的魏博骄兵基本铲除。

李嗣源深知"马上得天下，不能马上治天下"，将朝政托付给枢密使安重诲、同平章事任圜。任圜又兼任度支、盐铁、户部三司使。他选拔贤俊，杜绝私门，忧国如家，执政一年便使得府库充实，军民皆足，朝纲粗立。

李嗣源并不识字，四方奏事，统令安重诲旁读。安重诲亦不能尽通，因奏请选用文士，上供应对，乃命翰林学士冯道、赵凤俱任端明殿学士。

临河县得到一个玉环，玲珑剔透，十分精致，上边还刻着"传国宝万岁杯"六个字。他们把玉环献给了李嗣源。李嗣源如获至宝，爱不释手，还不时地拿出来与众臣赏玩。冯道不以为然，故作深沉地说："这算什么，不过是前世留下来的有形之物。陛下身上有无形之宝，才是举世罕见。"

李嗣源不解，问冯道："何为无形之物？"

冯道回答："仁义者，帝王之宝也，所以孔子说：'圣人之大宝曰位，何以守位曰仁。'"

李嗣源虽贵为皇帝，毕竟是行伍出身，学问浅薄，之乎者也的东西不是一时半会儿就能弄明白，正当李嗣源一时迷惑不解再要询问之时，冯道已飘然离去。李嗣源只得向他的侍臣询问，当李嗣源弄明白后，心里美滋滋的。一个行伍出身的皇帝，被文臣夸成仁义者，心里的高兴劲儿可想而知。

安重诲深得李嗣源信任，他自己也以佐命功臣自居。朝中之事，无论大小，事必躬亲，李嗣源也怕他几分。李嗣源虽宽厚温和，但仍带有沙陀人之遗风，杀人轻率不顾后果。马牧军使田令方所养之马瘦弱且死亡多，论罪应处斩。安重诲劝李嗣源："使天下闻以马故，杀一军使，是谓贵畜而贱人。"李嗣源认为言之有理，便将田令方赦免。

李嗣源登上帝位，突然想起一个神秘之人。他对翰林学士赵凤说："相术大师周元豹以前曾给朕相过面，比较灵验，可招来任职。"

赵凤奏道："和尚周元豹擅长相术，以陛下贵不可言，今既验矣，其他之事没有可问的。如果招来担任重臣，则奔竞之徒，争问吉凶，恐近于妖惑。"

李嗣源只好以金帛厚赐之，授光禄卿致仕。周元豹卒于太原，年八十余。

和凝被调入朝廷任职，任知贡举，主持科举考试。此前，春闱开科取士放榜时，设荆棘于贡院大门，以防有人落榜闹事。和凝则反其道而行之，撤除荆棘，开启院门，反而无人闹事，这是因为他主持的科举考试公平公正，令人心服。和凝录取了范质等许多人才，时人誉为"得人"。

李存勖在位时，豢养大量嫔妃、伶人、宦官、宫女，耗费巨额资财。李嗣源即位后，大量裁减各类人员。宦官只留三十人，其余全部裁撤，劣迹者全部处死。数百名宦官或逃窜山林，或削发为僧。罪恶深重的伶人一一受到惩罚。郭从谦被李嗣源任命为景州刺史，但到任没多久便被朝廷下令捕杀。

宫女只留年老一百人，年轻美貌的宫女全部放走。那位甄姓宫女二十二岁了，属于留下的百名宫女之一。孤寂的夜晚，甄姓宫女常常思索人生：苦点、累点没什么，年老了怎么办？甄姓宫女原本识一些字，寂寞时便读读书。

李嗣源对李存勖的嫔妃们没有兴趣，就让这些女子们各自回家。

李存勖妃子柴氏出了囚笼，自是欣喜，跟随父母回家。因黄河泛滥，柴氏滞留于黄河渡口，住在一处旅馆。柴氏猛见一条大蟒蛇盘曲于一个柱子下，昂首吐舌，吓了她一大跳。惊魂未定的她揉揉眼睛，仔细一瞧，乃是一位衣衫褴褛大汉蜷曲于柱下睡觉。柴氏仔细端详，见他虽然穿着破烂、衣饰邋遢，但身材魁梧、器宇轩昂。刚刚走出皇宫的柴氏，怦然心动。

有人告诉柴氏，这位青年是军士郭威，好酒使气，因斗殴伤人潜逃，栖身于这座旅馆里，年龄二十三岁。柴氏过去和郭威交谈。这柴氏本选美入宫，才貌自是不凡，郭威从没见过这样漂亮的女人。两个打开话匣，竟是无所不谈。时而窃笑，时而交头接耳。在这大雨阻隔的日子，两个人都有了欢颜，竟恋恋不舍了。

柴氏认定这个男人非同凡响，便打算以身相许。她告诉了父母，父母悲愤道："你过去好歹也是皇帝的女人，回家后得嫁个节度使才门当户对，奈何要嫁这个人？"柴氏道："这是一个贵人啊，不可失掉他啊！我囊中有宫中所得的钱财，给你们二老留一半，我要剩下一半。"父母知道改变不了她的主意，便张罗二人的婚礼。

柴氏剩下的那一半钱财，不是个小数目，用来资助郭威。这郭威本不名一文，饱一顿、饿一顿，连栖身的地方都没有，如今白捡了一个如花似玉、家资丰厚的老婆，自此换了人间，人生走上坦途。郭威重新入伍，担任了一名小校。在柴氏的劝导之下，郭威改正了身上的毛病。郭威广结天下豪杰，略通文字，成为侍卫马步军都虞侯刘知远的心腹。

3

洛阳往西六百里，就是长安。

长安城中，乌鸦啼叫，落木潇潇。大唐王朝灭亡已经二十年了。

长安城中，一处小小院落里，住着一位唐朝曾经的宦官，他就是张居翰。张居翰谒见后唐明宗李嗣源，请求放归民间，得到了批准。从此，张居翰便归隐长安。

这日中午，长安城街口，一位官员模样的诗人正在向百姓吟诗唱词——

春山烟欲收，天淡星稀小。
残月脸边明，别泪临清晓。
语已多，情未了，回首犹重道：
记得绿罗裙，处处怜芳草。

这位诗人是牛希济，已经灭亡的前蜀国的翰林学士、御史中丞，也是被张居翰救下的那一千余人中的一位。

一位中年人向牛希济施礼说："牛中丞，恭喜您前去雍州赴任节度副使呀。"

牛希济笑笑说："雍州荒凉，比不上长安，也比不上成都呀！因此，希济不才，在这儿赋诗感怀。其实，希济也可以上马杀敌，也可以在长安城中打一场马球，只是清思殿前的马球场找不到了，长安城中原先的唐朝皇宫败落不堪。"

一位老年人佝偻着身子，从牛希济身旁经过。这位老年人刚刚就去败落的唐朝皇宫中打扫。曾经的唐朝皇宫，金碧辉煌，现如今却是杂草丛生。牛希济眼尖，看这位老年人没长胡子，就知道他是唐朝遗留下来的宦官。牛希济笑嘻嘻地问这位老年人："这位公公，你听过牛希济大名吗？希济刚才吟唱的《春山烟欲收》，你觉得怎样？"

牛希济是想听一番赞美，不料这位宦官年老痴呆，不予回答。牛希济不由骂道："你这半个女人，当年，朱温与崔胤大杀宦官，为什么没把你杀掉呢？对了，你是新皇赶走的宦官吧？"牛希济不知道这位宦官是张居翰，曾经官居枢密使，要比节度副使这个官职大多了。牛希济骂他为什么没被朱温与崔胤杀掉，确实不假，但牛希济不知道自己曾经被李存勖下诏斩杀，是张居翰改了一个字而救下了他和另外一千多人。

张居翰在长安寿终正寝，终年七十二岁。

与牛希济一同来到长安城的，还有前蜀国右仆射张格。

他来寻访救命恩人叶彦的，但长安城几经战火，百姓不死便逃，张格已经无法查找恩人了。张格与牛希济一样，都不知二人还有个恩人叫张居翰，他就在二人的眼前。

洛阳东北一千四百里，是青州。

青州平卢军马步军指挥使王公俨乘乱杀死监军杨希望，掌握青州，不肯接纳节度使符习。后唐明宗李嗣源授王公俨为登州刺史，又派霍彦威任青州平卢军节度使。霍彦威心向符习，抵达淄州后，聚集兵力，逼迫王公俨赴任。王公俨行至北海县，霍彦威将其斩杀。同时被斩的，还有青州平卢军节度副使韩光嗣。

韩光嗣之子韩熙载刚刚中了后唐的进士，不得不逃离中原。

韩熙载伪装成商贾，经正阳渡过淮河，逃入南吴国境内。途中，韩熙载拜访好友李谷。

李谷，颍州人，身高八尺，身材壮实，擅长骑射，崇尚侠义。因受乡人所困，他转而发奋读书。李谷天资聪慧，读书只需浏览一遍，便深记在心。他与韩熙载年龄相仿，在洛阳结识。两人生逢乱世，都是有志青年，大有惺惺相惜之意。

正是八月桂花飘香，淮河滚滚，经行大地；白云悠悠，变幻长天。北方的征伐喧嚣、刀光血影，被渐起的秋风慢慢地抚平。两杯浊酒下肚，两人脑子也热起来，舌头也乱起来。

韩熙载胸怀远大的抱负，结结巴巴说：“兄弟啊，别看今天我落难了，但是此番南下，如果南吴国任命我当宰相，我肯定能挥兵北上，踏平中原。”

李谷也有几分醉意，哈哈一笑说：“韩兄好志气！此后如果中原任用我为宰相，我夺取江南，就像探囊取物一般。”“探囊取物”的成语即来在此处。

到了南吴国都扬州，意气风发的韩熙载给吴国王杨溥上了《行止状》——

熙载本贯齐州，隐居嵩岳。虽叨科第，且晦姓名。今则慕义来朝，假身为价。既及疆境，合贡行藏集。闻钓巨鳌者不投取鱼之饵，断长鲸者非用杀鸡之刀。是故有经邦治乱之才，可以践股肱辅弼之位，得之则佐时。成绩救万姓之焦熬，失之则遁世藏名，卧一山之苍翠……

这篇《行止状》，气势恢宏，文采斐然。虽然是请求对方能够接纳自己，却丝毫没有露出乞求之意。文章气势如虹，畅述平生之志。但南吴国臣僚视韩熙载为狂妄不羁之徒，对他非议颇多。中原之士南迁，大都得到擢用，唯独韩熙载没有被重用，只给他安排了一个校书郎之职。好在韩熙载并不以为意，怡然自得，正好游山玩水，吟风弄月。

南吴国大丞相、水陆马步诸军都指挥使徐温派内城使翟虔，监视杨溥的起居。翟虔也太听话，限制杨溥自由。杨溥见到徐温说："我写'雨'字时，总要改为'水'字。"

徐温请杨溥解释，杨溥说："'雨'是翟虔父亲的名字，我害怕翟虔，所以避讳这个'雨'字。"

徐温脸上泛红，杨溥接着说："你对我的忠诚，我是很了解的，然而翟虔也太无礼。"

徐温低头认罪，请求把翟虔斩了，杨溥说："杀他太过份了，把他迁徙到抚州就可以了。"

青州平卢军节度使霍彦威不通治道，但随他出生入死的智囊淳于晏颇懂理政，故而霍彦威对淳于晏言听计从，在青州少有过失。

霍彦威还是列校时，士人淳于晏便成为他的门客。一次，霍彦威兵败，只身逃脱，左右亲随无人跟从，唯有淳于晏仗剑护卫，徒步奔走于草莽之间。

自此之后，霍彦威感恩淳于晏的义气，二人亲密无间，相得甚欢。

无论公务私事，事无巨细，霍彦威皆取决于淳于晏。各藩镇节度使招用门客，往往加以效仿，时称"效淳"。

霍彦威病死于任上，终年五十七岁。

讣讯传至朝中时，后唐明宗李嗣源正在近郊，掩泣归宫，辍朝三日。

霍彦威为两朝重臣，效力后梁朝时，反后梁第二任皇帝朱友珪，迎后梁末帝朱友贞；归降后唐后，反后唐庄宗李存勖，迎后唐明宗李嗣源。霍彦威瞎了一只眼，姓过霍，姓过李，但其原始姓名却不为后人所知了。

霍彦威，或许是唐朝灭亡后无数武将的一个缩影。

4

洛阳东北三千里，是契丹国都西楼。

从西楼往东二千里，是渤海国都龙泉府。

渤海国素有"海东盛国"之称，因边民纠纷，杀死了契丹国的辽州刺史张秀实，并掠夺州民。契丹国皇帝耶律阿保机以皇次子耶律德光为元帅，镇守西楼，自己则与皇太子耶律倍一起，率兵攻打渤海国。

契丹国汉军都团练使赵思温奋力作战，攻下了扶余城。赵思温多处受伤，耶律阿保机亲自为他调药。扶余城是渤海国西部重镇，耶律阿保机想先清点城中的户籍和人口，耶律倍劝说："如今刚刚得到扶余城就清点户籍，百姓必定不会安分。如果现在乘着我军破竹之势，直接攻向渤海国的首都龙泉府，则一定会攻克它。"耶律阿保机听从了耶律倍的建议，让他和赵思温担任前锋，围攻龙泉府。渤海国见大势已去，只好投降。

耶律阿保机统一渤海国，将其改名东丹国，意即东契丹国。耶律阿保机让皇太子耶律倍任东丹王，管理东丹事务。

耶律阿保机采用"天、地、人"之典故，册封皇太子耶律倍为"人皇王"，赐予其天子的冠冕。耶律阿保机自己称"天皇帝",皇后述律平是"地皇后"。

李嗣源称帝后,派遣供奉官姚坤至契丹国。

耶律阿保机尚未返还皇都西楼,途中见到姚坤。他听说后唐庄宗李存勖为乱兵所杀,放声大哭。他问姚坤:"你们新即位的皇帝得知洛阳发生兵变,为什么不率兵救援?"

姚坤回答:"皇上当时在开封,赶到洛阳救援时,已经晚了。"

耶律阿保机请姚坤旁坐,徐语姚坤:"我闻你们先帝李存勖有宫婢二千人,乐官千人,放鹰走狗,嗜酒好色,任用不肖,不惜百姓,应该遭祸致败。我得知洛阳消息,当即举家断酒,放走鹰犬,罢散乐官。我如果效仿李存勖所为,亦将同归覆没了!"

姚坤答道:"现今,新天子圣明英武,剔清宿弊,庶政一新,即位才经旬月,海内归附。'天皇帝'诚有心修好,令南北人民,共享太平,岂不善哉!"

耶律阿保机自恃国力强大,一直想向南扩大自己的势力范围。攻灭渤海国后,他想乘中原内乱之机出兵南下,于是对姚坤说:"你们先帝虽然同我是世交,却多次与我争战。现在的皇帝与我没有怨恨,完全可以与我友好相处。如果你们能把黄河以北的地方划给我,我就不会派兵南下了。"

姚坤回答:"'天皇帝'所说的,可不是我这个使臣有权答复的。"

耶律阿保机碰了一个软钉子,大为恼火,当即下令将姚坤囚禁,企图逼他屈服。过了十几天后,耶律阿保机又令人把姚坤带来,对他说:"如果你们把黄河以北划给我们有困难,把镇州、定州、幽州三个藩镇划给我们也可以。"说着,耶律阿保机拿出纸笔,要姚坤写下书状立据。姚坤宁死不屈,断然拒绝耶律阿保机递来的纸笔。耶律阿保机勃然大怒,声言要把姚坤杀死。政事令韩延徽一番劝解,姚坤才幸免于难。

926年秋,耶律阿保机回返,行至扶余城,耶律阿保机得病去世了,终年五十五岁。

耶律阿保机去世时,扶余城有黄龙出现,故将扶余城更名为黄龙府。

三年前，耶律阿保机曾召集皇后、皇太子及众臣说："朕上承天命，下统群生，升降有期。三年之后，时值初秋，必有归处。"耶律阿保机居然准确预言了自己的死亡时间。

耶律阿保机勇谋兼备，善于治军用兵，以卓越的军事才干，统一了草原各族，使契丹"变家为国"。耶律阿保机采用蕃汉分治的做法，体现出聪慧的治理契丹头脑。

皇后述律平总摄朝政，护丧返回西楼。

皇太子耶律倍还没有来得及享受胜利喜悦，亦紧急奔丧归来。

述律平召集部酋，商议继统问题。

耶律倍是皇太子、"人皇王"，本是合法继承人，但耶律德光是元帅太子、天下兵马大元帅，势力不可小瞧。另外，若论战功，耶律德光则胜耶律倍一筹。耶律德光统辖兵权，受到诸部青睐。耶律倍尊孔尚儒，主张契丹全盘汉化，表面宽容，内心凶狠，为部酋厌恶。

述律平命耶律倍、耶律德光一起乘马在宫帐前，命契丹诸酋长拥立新帝。

述律平道："我的两个儿子都很优秀，也都适合做皇帝，我不能决定由谁做皇帝，现在把选皇帝的权力交给你们，你们认为谁适合做皇帝就执谁的鞍辔。"

述律平素爱耶律德光，说至此，述律平以目斜视耶律德光。

诸酋长素来忌惮述律平，瞧着述律平形状，都知道述律平的意图，并且心里明白，耶律倍本不需要推举，现在来个推举，就是想让耶律德光上位。诸酋长争先恐后抢着执耶律德光的鞍辔，大声欢呼："愿事元帅耶律德光。"

耶律倍无奈之下，率领群臣向述律平请命："耶律德光，宜主社稷。"

述律平喜道："众志所向，我怎敢违背？"

述律平立耶律德光为契丹国皇帝，行柴册礼。

耶律德光尊母亲述律平为应天皇太后，然后大赦天下。

述律平令耶律倍仍归东丹，释放后唐来使姚坤，令他归国报丧。

耶律德光送耶律阿保机归葬木叶山。各酋长夫妻，前来参加葬礼。临葬时，太后述律平问诸酋长："你等思念先帝吗？"

诸酋长自然同声道："我等受先帝恩，怎能不思？"

太后述律平微笑道："你等既思先帝，我当令你等相见地下。"

述律平指令左右，引诸酋长至墓前，杀死殉葬。各酋长妻皆失色大恸，太后述律平又传谕道："你等不得多哭，我今寡居，你等岂可不效我吗？"各酋长妻无法违拗，只好退去。

前后被杀，不下百数。最后轮到赵思温，赵思温不甘受死，把心一横，坚决不肯上路。述律平问："你与先帝如此亲近，怎么不肯去呢？"

赵思温坦然答道："要说亲近，谁也没有太后亲近，太后若能先去，臣一定跟着去。"

述律平被将了一军，忽然抽出腰刀，砍下了自己的左手，放进耶律阿保机棺内。述律平为自己开脱说："我并非不想追从先帝于地下，只因新皇幼弱，国家无主，所以不便往殉呢。"

述律平疼痛难忍，于是停止了杀戮，赵思温也幸免于难。赵思温成为契丹国"断腕太后"的缔造者。

太后述律平临朝谕政，大小国事，均由她裁决。契丹皇帝耶律德光纳述律平侄女为妻。耶律德光性颇孝谨，每遇太后有恙，忧急异常，甚至不进饮食，太后疾愈，才复常态。

契丹国平州刺史卢文进骚扰中原十余年，后唐明宗李嗣源派遣翰林学士冯道前去游说。冯道对卢文进说："新朝已经推翻了前朝，过去的事既往不咎，无复嫌怨，卢公本是汉人，何不现在归朝？"

卢文进手下的汉族军士都想回归中原了，卢文进心中自语："自己如果不体察军心，就可能成为下一个李存矩。"卢文进把心一横，向冯道说道："契丹国的驸马爷、平州刺史统统不做了。"

卢文进把戍守平州的契丹人都杀了，率所部十五万、车帐八千乘，回归后唐。

卢文进带回后唐的家畜和人口，前后绵延七十里。

后唐明宗李嗣源拜他为滑州义成军节度使、同平章事。

5

后唐朝政，悉令同平章事任圜主持。

任圜与朝中重臣安重诲、孔循等人奉诏议定新宰相人选。

任圜想立礼部尚书李琪为相，而孔循却不想让李琪上位，他对安重诲说道："李琪虽然有才，但不清廉！宰相为百官之首，应该是端方有器度者才足以胜任，我认为太常卿崔协可以担当！"

安重诲也深以为然。几日之后，后唐明宗李嗣源问安重诲谁可为相，安重诲就按孔循之言上奏。

任圜听罢，上前力争道："安重诲虽然跟随陛下多年，然而却不熟悉朝廷的人事，他这是被人蒙蔽了，天下之人都知道崔协连字都不识，只是虚有一副儒雅的外表，被世人戏称为无字碑，陛下若误用此人为相，也必定会让天下人取笑的！"

李嗣源也不识文字，听了任圜的话，心里已不高兴，就慢慢说道："宰相重位，众卿再好好商议一下。翰林学士冯道能言善辩，刚刚立下大功，可以做宰相吧？"

安重诲少年时就跟随李嗣源，是李嗣源最为信任的心腹大臣。退朝后，安重诲走到中兴殿外的长廊下，孔循居然不向他行礼作揖，还边走边骂道："让你推荐一个宰相都办不到，还自称是皇上身边最亲信之人，天下事这也要听任圜的，那也要听任圜的，任圜又是何人？"

任圜则对安重诲说："安公不要多虑，李琪的才能比时下朝中百人还要强，如今这些小人谗言受阻，只会嫉贤妒能，如果舍李琪而使崔协为相，就像丢掉苏合之香丸，而拾取堆粪之屎壳郎一般！"

孔循每天都说李琪的短处、崔协的长处，安重诲竟然顺从了孔循的意见，将崔协推荐给了李嗣源。

李琪虽然知识渊博，才华横溢，但不善于韬光养晦，从而引起众人嫉妒，一有人相动议就被排斥。李琪最后以太子太傅致仕，六十岁时去世。

一个月之后，李嗣源将崔协和冯道都立为同平章事。粗人崔协为相后，所有庙堂文章，都是他人代笔。

李嗣源问冯道："翰林学士卢质近日嗜酒吗？"

冯道答："卢质曾到臣居，亦饮数杯，臣劝不令过度，事亦如酒，过则有害。"

崔协在座，回答道："如果酒极好，足以安心神。"

李嗣源哭笑不得。崔协命不该为相，驾车外出，中风暴卒。

冯道世本田家，状貌质野，朝士多笑其陋。任赞、刘岳已回京师担任兵部侍郎、工部侍郎。任赞看到冯道走路都喜欢回头张望，便问刘岳这是为什么，刘岳笑着说："冯道是捡书，他如果走得急了，准会从他身上掉下一本《兔园册》来。"《兔园册》是私塾教授学童的课本，内容浅显。刘岳显然是在讥讽冯道的学识浅薄。冯道得知后大怒，把刘岳贬为了秘书监。

冯道召任赞前来，对他道："《兔园册》是由唐朝时礼部侍郎杜嗣先编撰，引经史为训注，并非浅薄之作。现在的读书人只知欣赏科举俏丽词句，用以窃取功名利禄，那才是真正的浅薄！"任赞大愧，诚恳认错。

洛阳四季分明，春季干旱，夏热多雨，秋季温和，冬季寒冷。

成都早春、夏热、秋凉、冬暖，云多雨多，故民间有谚语："蜀狗对着太阳叫。"

洛阳城中的后唐明宗李嗣源即位半年，无暇对成都城中的西川节度使孟知祥进行钳制。孟知祥逐渐萌生了据蜀自立之意。他大肆扩充兵力，马步水三军膨胀到了七万八千人，分别由李仁罕及张业、赵廷隐等统领。

李仁罕与张业邀孟知祥赴宴。军校都延昌、王行本向孟知祥告变，称李仁罕与张业这对舅甥欲在宴上谋害于他。孟知祥查无实据，算定是都延昌、王行本所造谣言，便将都延昌、王行本二人腰斩。他随后不带护卫，独自到李仁罕府上赴宴。李仁罕感其信任，向孟知祥叩拜，哭着称只能尽死以报德。

西川诸将也都因此而亲附于孟知祥。

魏王李继岌班师时，孟知祥曾征收六百万贯犒军钱，但只用了四百万贯，还剩二百万贯。任圜当时正在西川任职，对此非常清楚。926年秋，孟知祥加拜侍中。任圜遂以太仆卿赵季良为三川制置使，让他到成都册拜孟知祥为侍中，制置两川赋税，同时催促孟知祥上缴剩余的二百万贯犒军钱。

孟知祥不肯奉诏，只同意输送府库中的财物，拒绝输送赋税。

孟知祥与赵季良素有交情，将他扣留在成都。孟知祥对赵季良非常信任，事无大小都要与其商议。赵季良亦倾心效力于孟知祥，为其心腹。二人终日宴饮叙谈，相处极为融洽。赵季良如果入见稍迟，孟知祥都要问左右："季良今日怎么来得这么迟？"

孟知祥妻沙陀李氏，系李存勖之姐，后唐朝廷颇加疑忌。枢密使安重诲觉察到了孟知祥的割据意图，认为董璋性忠义，可特宠任，使之防备孟知祥。董璋之子董光业这时为宫苑使，拉拢朝臣，赞美董璋，而董璋也逐渐骄横。

客省使李严向安重诲说："在下去做西川监军，必能牵制孟知祥。"

安重诲点头，上奏后唐明宗李嗣源。李嗣源徐徐说道："朝议已经罢除诸道监军，再派李严前去，好吗？"

安重诲说："此一时彼一时也。"

李嗣源于是任命李严为西川监军。

此前，李严出使前蜀，回朝后献了灭蜀之策，深为蜀地百姓所痛恨。李严母亲为此担忧，便问李严："你倡谋伐蜀，侥幸成功，今日还好再往吗？"李严答："母亲，食君禄，当尽君事。"李严执意前往。

李严与孟知祥是旧识，二人曾经同在李存勖门下，孟知祥为中门使，李严犯了过错，李存勖非常恼怒，下令斩首，孟知祥叫行刑的人稍缓，进去劝李存勖："李严是小过错，不能因喜怒杀人，恐失掉士大夫的心。"李存勖怒气稍消，命人督打二十杖，就将李严放了。

闻听李严前来，孟知祥怒火中烧。

孟知祥对众将吏说："我对李严有旧恩，而他却来恩将仇报。"

927年正月，李严抵达成都。孟知祥设宴招待，从容问他："朝廷要你来的？还是你自愿来的？"

李严违心答道："君命呀！"

孟知祥发怒说："天下藩镇都没有监军，为什么只安排你到我这里？这是你欺骗朝廷、意图再立新功吧？"

李严正欲答辩，孟知祥手下客将王彦铢拿下李严。李严惶恐乞哀，孟知祥道："蜀人都想杀李公，并非出自我意，李公也知众怒难违吗？"不由分说，王彦铢将他推至阶下，一刀两断。

孟知祥上表后唐朝廷，诬陷李严激起民愤，被乱寇杀死。后唐明宗李嗣源无从查起，现在更不能追究此事。李嗣源老成持重，为了稳住孟知祥，派客省使李仁矩将孟知祥留在凤翔府的妻妾沙陀李氏、太原李氏及孟知祥之子孟昶送到成都，以示恩德。

孟知祥心中惭愧，厚待李仁矩，送归洛阳，上表称谢。

孟知祥奏请后唐朝廷以赵季良为西川节度副使，李嗣源并不顺从，任赵季良为果州团练使，又以何瓒为西川行军司马，孙铎为西川马步军都指挥使。

何瓒，福州人，唐末进士及第，为人明敏，通于吏事，外若疏简，而内颇周密，担任谏议大夫。

孙铎，贝州乱兵哗变，进攻魏州时，孙铎是都巡检使，危机来临还能尽忠职守。

孟知祥深深体会出李嗣源软刀子杀人的毒辣，他再次上表，请求让赵季良留任，又派都押衙雷廷鲁前往洛阳论请。李嗣源最终答应。

李嗣源又派朱弘昭前往东川，担任节度副使、监军。

朱弘昭，太原府人，年少时就跟随李嗣源，现担任文思使。因与安重诲不合，这才被派到东川这个"砧板"。

天下藩镇皆罢监军，尤其西川节度使孟知祥杀了监军李严，朱弘昭大惧，求还京师洛阳，董璋不许。朱弘昭如同热锅上的蚂蚁。思来想去，朱弘昭对董璋开诚布公道："我来这儿担任副使，实是安重诲排斥异己，董公对朝廷忠心耿耿，我对董公也是坦诚无二。"董璋非常敬重朱弘昭。

之后，董璋派朱弘昭入朝，押送东川赋税。朱弘昭这才得以脱身，改任左卫大将军、宣徽使。

6

同平章事任圜与枢密使安重诲，政见多有不合。

安重诲想到天下战乱久矣，民生凋零，朝廷应该节省支出，就奏请使臣外出四方，由皇家府库承担出使费用，惹得朝臣们为之讪笑哗然。后唐明宗李嗣源问是何故，任圜出班答道："前唐旧例，使臣外出，皆由户部给予食券，以此报销旅费，哪有公干而由皇帝拿私房钱替朝廷命官埋单的？这也太失圣朝体统了！"李嗣源觉得安重诲节省开支的做法好，气得任圜在皇帝面前与安重诲争吵，大殿之上的金瓦都被震得嗡嗡作响。

李嗣源也看不过去，怏怏入内，爱妃花见羞迎接。

花见羞出自邠州王姓卖饼之家，为后梁刘鄩买下。她长有一副绝色，眉如远山，目如秋水，鼻似琼瑶，齿似瓠犀，时号"花见羞"。刘鄩兵败饮鸩而亡后，此女无家可归，流寓开封。李嗣源次妻夏氏去世，安重诲便将花见羞介绍给李嗣源。花见羞带得刘鄩遗金数万，至此连人带财全都归了李嗣源。李嗣源当年对刘郭说："我只是担心你不能善终，到头来一切家财、女人都归了他人。"居然一语成谶。花见羞性情和婉，应酬周到，每当李嗣源早起，统由她在旁侍奉。后宫中，曹氏虽总掌内权，如同虚设，一切处置多出花见羞主张。花见羞既已得志，倒也顾念恩人，如遇安重诲请托，无不代为周旋。

花见羞问李嗣源："陛下与何人议事，声彻内廷？"

李嗣源说是宰相任圜，花见羞道："宰相奏事竟敢如此放肆，莫非轻视陛下不成？"李嗣源被花见羞挑拨，更加不满任圜。

任圜也隐隐感到危机，为缓和关系，请安重诲到家中赴宴。任圜将家中最娇美的歌妓放出来，表演歌舞，安重诲被迷得云里雾里，当着任圜面索取此女。任圜当然不肯相赠，结果弄巧成拙，两人的怨恨更深。

任圜自知被安重诲不容，上表请求辞官。李嗣源免他相职，令为太子少保。任圜心中不安，更请致仕，也由李嗣源允准，告老还乡，回到老家磁州。

李嗣源出巡开封，民间讹言纷起，都说开封宣武军节度使朱守殷将被调迁。朱守殷颇怀疑惧，开封宣武军节度判官孙晟劝朱守殷先发制人。朱守殷遂召开封宣武军马步军都指挥使马彦超，与其谋叛。马彦超不从，朱守殷便砍死马彦超，登城拒守。

李嗣源行至荥阳，听闻朱守殷反叛，便与随行宣徽使范延光商议。

范延光奏道："如不即刻进攻叛贼，贼寇就牢固了，请给五百骑兵，我先奔赴那里，他们必然人心惊骇。那样的话，叛乱就会轻松平定。"

李嗣源准允。范延光便与本直左厢都指挥使侯益、御营使石敬瑭率领骑兵五百，驰骋二百多里，杀到开封城下。

此时，天尚未明，守城军吏见是皇上御驾，便争着打开城门。范延光、侯益、石敬瑭进入城内，与城中叛军展开巷战，喊声动地，全歼了叛军党羽。朱守殷从睡梦中惊醒，见大势已去，拔刀自刎，血溅身亡。

朱守殷从党一百多人被绑，将要被处死。石敬瑭负责执刑，见到一干人中，有一个三十多岁壮年汉子浓眉大眼，皮肤黝黑，肩膀宽阔，双眼放寒光，便多看了一眼。这个壮年汉子大声说："将军不需要一个为您硬弓开路的人吗？"

石敬瑭非常惊奇，便将他秘密放出，收归自己帐下。

这名壮年汉子名叫景延广，陕州人。父亲景建，精于箭术，常对儿子说："如果射箭不能射进铁中，那就不如不射。"在父亲的言传身教之下，景延广的箭术非常出众，而且臂力过人，用的都是硬弓。景延广后来投军，跟随陕州节度使朱友诲。朱友诲谋反，景延广躲避灾难逃走了。景延广跟从王彦章，在后梁和后唐激战中，身上几处负伤，逃回了开封。后梁灭亡后，景延广被后唐收编，成为朱守殷的属下。景延广可谓命运多舛。

开封宣武军节度判官孙晟亡命天涯。

孙晟，密州人，喜好读书，善写文章。他说话口吃，平时不善与人寒暄交流，但一旦坐定深谈便会滔滔不绝，而且话锋生动，能使听者忘倦。孙晟在后梁年间考中进士，因不能适应当时进士"修边幅，尚名检"的习气，于是舍弃功名而去。他南游庐山，在简寂观出家为道士。孙晟崇拜和尚出身的诗人贾岛，将其画像挂在墙上早晚礼拜，引起了道士们的不满，将其驱逐。他于是重新穿上儒服，被开封宣武军节度使朱守殷聘为节度判官。朱守殷在孙晟的鼓动下叛乱，很快被杀。

孙晟抛弃妻儿老小，亡命于陈州、宋州。

枢密使安重诲厌恶孙晟，画影图形，四处通缉。孙晟逃至正阳县，打算渡过淮河逃入南吴国，遇到了边界巡逻骑兵。孙晟毫不在意，坐在淮河岸边，脱下身上的破衣服捉虱子吃。巡逻骑兵不再理会，任由他渡过淮河。安重诲抓不到孙晟，便杀了他的全家。

枢密使安重诲尚恨任圜，诬称任圜与朱守殷通谋，密遣供奉官王镐赴磁州，矫诏赐任圜自尽。任圜接旨，毫无惧意，聚全族之人酣饮一番，欣然赴死。任圜终年五十七岁。

见到任圜如此气概和风度，王镐为之动容。

任圜素有政声，相业卓著，不幸遭谗，无辜毙命。后人说，任圜因为炫耀家中歌妓，招来安重诲嫉恨，这有些牵强附会，但任圜万事算尽，终却美梦成空，一生犹如雷电朝露，不免泡影结局。

翰林学士赵凤说话直、性格强，素来和任圜相处很好。赵凤哭着对安重诲说："任圜，义士也，肯造逆谋以仇君父吗？如此滥刑，怎么向天下交代？"

安重诲笑而不责。赵凤多次向安重诲推荐昔日恩人张廷蕴，安重诲也多次为他说话，后唐明宗李嗣源因对张廷蕴攻破潞州不满，始终忌恨他，最终没有让他执掌一方藩镇。

夏州节度使李仁福知道李嗣源喜好鹰鹞，派人送来一只白鹰。洛阳城内，安重诲拒绝接受，向李嗣源奏道："天子怎能沉溺于斗鹰走狗的奢靡生活呢？"

"是啊！"李嗣源嘴上支持安重诲，但心里还是惦记那只白鹰。等安重诲一走开，李嗣源就急忙派人将白鹰带到宫中后苑饲养。阳光明媚之时，李嗣源偷偷带着白鹰去京郊嬉戏。李嗣源不忘提醒随从："这事儿可别叫安重诲知道啊！"

安重诲有数女，经花见羞说媒，欲嫁与皇子李从厚，后唐明宗李嗣源也是乐意，不料安重诲入朝坚辞。安重诲并非不愿，却是受了枢密使、同平章事孔循的愚弄。孔循狡猾，他跟安重诲是多年旧交。涉及个人利益时，孔循玩了一招，骗过了安重诲。孔循也有一女，正运作嫁与李从厚，一闻安重诲抢了先，不禁着急起来。他刁猾绝顶，找到安重诲，语重心长说："安公是皇上的近臣，这么亲密，不应该再将女儿嫁与皇子。真成了婚，再说话，可就没有这么硬气啦！"安重诲想想也是，就傻乎乎地答应了他，辞掉了这门皇亲。

皇宫中的宦官头头，是宣徽使孟汉琼。

他本是王镕手下小竖，秉性通黠，善于交游，后侍李嗣源，得到重用。

孔循暗托宦官孟汉琼入禀花见羞，愿纳女为皇子妃。花见羞正气恼安重诲辜负盛情，此时由孟汉琼入请，乐得以李代桃，乘间转告李嗣源，玉成好事。安重诲渐有所闻，才觉受骗，不由大怒，即奏调孔循出外，任许州忠武军节度使，李嗣源勉从所请。

这件错事刚过去，安重诲又一件错事来临了。

秦州节度使华温琪入朝，愿留京城洛阳。李嗣源喜他恭顺，授为左骁卫上将军，厚给廪禄。过了多日，李嗣源对安重诲说道："华温琪系是旧人，应择一重镇，让他为帅。"

安重诲答道："现时并无要缺，待日后再议。"

过了月余，李嗣源又问安重诲，安重诲勃然说道："臣奏言近日无缺，若陛下定要改任，只有枢密使可代了。"

李嗣源忍耐不住，生气道："难道华温琪不能做枢密使吗？"

安重诲顿觉说错，无词可对。

华温琪得知此事，暗生恐惧，托疾不出，后以太子太保致仕，七十五岁时去世。他就是黄巢兵败后两次自杀不成的那位乱兵。

王建立担任镇州成德军节度使，对所辖州县执法残酷，有恶劣行径的人，必定满门抄斩，时人称他为"王剁剁"，意即杀戮过多。王建立引起了安重诲的不满，指责王建立滥杀。王建立亦上奏安重诲专权，愿入朝面对。李嗣源即召令王建立前来洛阳。王建立驰入朝堂，极言安重诲植党营私，说枢密副使张延朗以女嫁安重诲之子，得相援引，互作威福。李嗣源已经怀疑安重诲，又听得王建立一番奏语，当然不乐，便召安重诲入殿。

安重诲也含怒进来，惹得李嗣源愈加懊恼，对安重诲说："朕拟让安卿外任节度使，令王建立代卿任枢密使，你看怎样？"

不待李嗣源说毕，安重海厉声道："臣披荆斩棘，跟随陛下数十年，现在天下无事，陛下将臣摈弃，移徙外镇，请问臣罪在何处？"

李嗣源愈怒，拂袖起身，退入内宫。李嗣源心中怒道："你安重海有功劳，王建立就没有功劳了吗？朕在危难之时，是王建立保全了朕的家人。"

宣徽使朱弘昭入侍，婉言奏道："陛下平日待安重海如左右手，奈何因一点小忿，就加排斥？臣见安重海语多狂妄，但心无他，还求陛下三思！"

李嗣源怒气渐消，次日召入安重海，温言抚慰。

王建立请求回归镇州，李嗣源说道："卿既然前来，奈何辞去？"

王建立道："臣若在朝，反累陛下动怒，不如告辞！"

"你不必回去。"李嗣源命王建立为右仆射、同平章事。

后唐明宗李嗣源励精图治，不事畋游，不耽货利，不任宦官，不喜兵革，志在与民更始，共享太平，所以四方无事，百谷丰收。朝廷无事，李嗣源与众臣从容坐论，谈及乐事，面上有三分喜色。

冯道在旁劝谏："臣以前在太原时，曾奉命前往中山，路过地势险要的井陉关，臣担心马匹失足，都会谨慎地抓住缰绳。但是等到平坦大路，不再小心抓牢缰绳，却被马匹颠倒在地。臣所说虽是小事，但也能说明大道理。陛下不要因为清闲丰收，便放纵享乐，应该兢兢业业，更加小心谨慎。"

李嗣源深以为然。李嗣源又问冯道："如今天下丰收，百姓是否富足？"

冯道答道："谷贵饿农，谷贱伤农，这是常理。臣记得洛阳有个叫聂夷中的诗人写有《咏田家》：'二月卖新丝，五月粜新谷。医得眼前疮，剜却心头肉。我愿君王心，化作光明烛。不照绮罗筵，只照逃亡屋。'"

李嗣源甚喜，命左右录聂夷中诗，时常诵读，当作座右铭。

"花树出墙头，花里谁家楼。一行书不读，身封万户侯。"李嗣源听闻聂夷中的这首《公子行》，心中无限感慨。李嗣源年逾花甲，常常思索人生，他自言自语道："自黄巢动乱以来，杀戮成风，子杀父，臣弑君，常常发生。社会混乱，伦理失常，饥饿时甚至以人为食。为了拉拢人心，维护自己势力，李克用、李存勖等众多军阀，将一些异性将领，收为义子、改为己姓，但即使这样，也不能阻止他们的反叛。元行钦是自己的义子，也曾经将他改名李绍荣，但他还将自己的亲子杀掉，并逼迫自己起事。唉！怎样才能拯救这个乱糟糟的社会呢？"

李嗣源对天仰叹："我李嗣源本是胡人，大字不识几个，没有能力转化天下太平，也找不出维护纲常伦理的方法，上天啊，让这个社会重回尧舜时期吧。"一生经历无数恶战的李嗣源不忍心再看到中原连绵不已的战乱苦难，就每晚在宫中烧香祈祷："我为众所推，权居此位，自惭不德，未足安民，愿上天早日降下圣人，拨乱为正，拯救苍生。"

李嗣源一片诚心，感动上苍。927年二月十六日，洛阳的夹马营内，生下一个香孩儿。小儿初生时，赤光绕空，并有一股异香，围裹儿体，经久不散。

这香孩儿什么姓名？赵匡胤。

他祖籍涿州，父亲赵弘殷出身官宦世家，骁勇善战，擅长骑射。赵弘殷娶妻杜氏，生下赵匡胤。杜氏治家严毅，颇有礼法。

7

洛阳往南一千里，是南平国都城江陵府。

南平开国国君高季兴与后唐朝阳奉阴违。

当年，后唐庄宗李存勖询问高季兴先伐前蜀还是先伐南吴时，高季兴回答是前蜀。后唐果然伐前蜀，高季兴高兴道："我是骗李存勖的，他竟然真的信了。"后唐朝征伐前蜀，命高季兴为西川东南面行营招讨使。高季兴请求自取前蜀夔州、忠州、万州、归州、峡州。高季兴是虚与委蛇，他才不出兵呢！前蜀国被灭的消息传来时，高季兴正在吃饭，他失手将筷子掉在地上，感叹道："老夫失策了！失策了！老夫把剑柄给别人，自己反受其害。"幕僚梁震劝慰高季兴："李存勖得蜀后，势必益骄，骄必速亡。

如此说来，这岂不是我们的福分吗？"高季兴这才稍稍安定。

高季兴家奴出身，要实惠，不要面子。南平国虽然面积狭小，但地处水陆要冲，蜀地的一些财物要经南平国运送到中原。高季兴垂涎这些财物，就干起了拦路抢劫的营生。遇有后唐差吏押解蜀物，送往洛阳，高季兴就派人中途邀劫，夺得蜀货若干。后唐官吏反抗，高季兴就动刀动枪，后唐押衙韩珙等十余人被杀死。正值后唐大乱，无暇过问。后唐明宗李嗣源即位后，遣人诘问高季兴。高季兴满口抵赖，只说是韩珙等人覆溺，要问当去问水神。李嗣源未免气愤，只因即位不久，不便劳师进讨。哪知高季兴得寸进尺，袭踞夔州、忠州、万州、归州、峡州。李嗣源再也忍耐不住，命山南东道节度使刘训进攻南平国，又命西川节度使孟知祥出兵三峡，配合刘训讨伐。孟知祥便命衙将毛重威率领三千兵马，屯戍夔州。

老天似乎暗助高季兴，连日霪雨，不肯放晴。刘训之军，多半病疫，且因粮运不继，没奈何率兵退还。孟知祥要求撤回夔州守军，未获批准。毛重威鼓动军士哗变，自行溃散而回。

后唐朝夔州刺史西方邺趁着高季兴暗自兴奋，突出奇兵，把夔州、忠州、万州三州夺还。李嗣源闻报，感慨道："西方邺当年支持李存勖，反对我李嗣源，还打算杀死朕的女儿，朕放过了他，他现在回报朕了！"

李嗣源以夔州为宁江军，拜西方邺为夔州宁江军节度使。

西方邺欲入攻南平国。高季兴大为害怕，竟举江陵府、归州、峡州三州，向南吴国称臣去了。

南平国都城江陵东北一千六百里，是南吴国都城扬州。

南吴国左仆射徐知诰长年在朝辅政，声望日渐攀升。

大丞相、水陆马步诸军都指挥使徐温虽遥秉大政，而南吴国人心都已归属徐知诰。严可求多次劝徐温以亲子徐知询代徐知诰执政，徐知询亦有取代徐知诰之意，徐温因徐知诰素来孝谨，一直犹豫不决。到了927年，徐温下定决心，派次子徐知询到扬州，代替徐知诰执掌朝政。

临行时，徐温告诉徐知询："如有必要，杀死徐知诰。"

上天似乎眷顾徐知诰，徐知询还未到扬州，徐温却已病死于金陵，终年六十六岁。

唐末以来，有两个"温"神令人难忘，一个是"处四战之地，与曹操略同，而狡猾过之"的朱温，一个则是"虽奸诈多疑，而善用将吏"的徐温。其实，徐温是南吴版曹操。徐温架空了杨渥、杨隆演、杨溥三代国主，控制淮南二十年。他奉行休兵息民国策，主动结束南吴国与吴越国之间的战争，对内力行善政，使得南吴国平安稳定，百姓安居乐业。终其一生，徐温都没有篡位称帝，而是如同七百年前曹操为曹丕扫清障碍一般，默默为儿子做嫁衣。

徐知诰获悉徐知询前来，大为惶恐。此时，江西观察使刘信因病去世。徐知诰乞罢政事，求镇江西。就在他上表的前一夜，传来了徐温病逝的消息，徐知询半途折返金陵，主持徐温的后事。徐知诰这才得以继续执政。

徐知诰以杨溥的名义追封徐温为齐王，赐谥号忠武。

现在的徐知询不仅没法将徐知诰杀死，就是自己的生死都成问题了。

徐知诰诱骗徐知询入朝，留任左统军。此前，徐知询担任金陵节度使、诸道副都统。现在，不只徐知询的兵权被夺，连徐温生前的兵力也尽归徐知诰手中。南吴国中，已无人可以撼动徐知诰。

徐知诰用了当年徐知训之法，请徐知询前来喝酒。徐知诰用金杯斟酒，寄给徐知询，客气说道："希望弟弟能活一千岁。"

言语锋利，笑里藏刀，徐知询突有感悟，心中暗语："这酒恐怕有毒吧。"徐知询脑子转了一转，从桌子上拿起另一个金杯，倒出一半，递给徐知诰，笑着道："我愿意和哥哥各享五百岁。"

慢条斯理，不失礼仪，徐知诰大惊失色，一时语塞。

你推我让，两人僵持不下。伶人申渐高走到他们面前说："二位主子深受上天庇护，我只是低贱的人，没能得到上天庇佑，不如将这千岁酒送给小人我吧。"申渐高夺过两杯酒，倒在一起喝下去，然后怀揣金杯退出，在别室毒发身亡。

此后，徐知诰再没设局谋害徐知询。徐知询自此事后，时刻注意自己的言行，兄弟俩客客气气，互不干扰。徐知询失去金陵后，遣散了幕僚，沉迷宴饮，消除徐知诰的顾忌。徐温死后不久，严可求也去世了。徐知询失去了一位有力谋士，不久也病死。

927 年十一月，吴国王杨溥僭号称帝。

杨溥任徐知诰为太尉、中书令、都督中外诸军事，封豫章公。

南吴国歙州，有一大户人家。

院外粉墙环护，绿柳周垂。院中甬路相衔，山石点缀。整个院落富丽堂皇，雍容华贵，花园锦簇，剔透玲珑。院中正房中堂，挂着一副对联——

只解劈牛兼劈树，不能诛恶与诛凶。

如果做过唐朝的重臣，就会知晓这副对联的作者乃是唐昭宗。

这家主人，就是二十三年前秘密离开唐昭宗的光禄大夫胡清。

胡清带着婴儿秘密出逃，在歙州偏僻山坞里隐居下来。

胡清改皇子李姓为胡姓，取名昌翼。

胡昌翼二十四岁时，胡清自感在世时日不多，就告知胡昌翼真实身世，出示当年从宫中带出的御衣和宝玩。胡昌翼得知自己的身世后，失声痛哭。

胡昌翼感念胡清的抚育教养之恩，称义祖，戒令后人不得改姓。

面对乱世，胡昌翼拒绝入仕，在乡间钻研经学，讲学授道。胡昌翼终身居于歙州，没有报复，没有仇恨，超脱不俗，自在快意。唐昭宗如果地下有灵，应该非常欣慰了。

8

扬州西南二千里，洛阳正南一千六百里，是湖南藩镇治所潭州。

湖南判官高郁劝楚王、湖南观察使马殷对后唐修藩镇之礼，训卒厉兵，以图霸业；又建议向中原售茶，得十倍之利；还使民用帛输税，以发展蚕桑。马殷辖地由此富强。

马殷派儿子、衙内马步军都指挥使马希范向后唐朝廷进贡，后唐明宗李嗣源十分高兴，封马殷为尚书令。李嗣源故意对马希范说："朕听说湖南主政的，名义是马殷，实是高郁，是这样吗？马殷有你这样聪敏的儿子，高郁怎能得逞？"马希范回湖南后，向马殷叙述，马殷并不在意。

927 年，李嗣源命尚书右丞李序为册礼使，持节册封马殷为楚国王。

马殷宣布建立楚国，改潭州为长沙府，作为国都，还在长沙城内修宫殿，置百官，建立起一个名副其实的独立王国。

这就是《新五代史》所称十国中的第六个割据政权：南楚国。

湖南由藩镇转为王国。马殷早年做木匠的时候，不会想到自己有朝一日会在湖南称国王。马殷建国后，称自己是东汉伏波将军马援的后人，命儿子马希声知政事，总领内外诸军事，先行后闻。

南楚国都长沙府往北五百里，是南平国都江陵府。

南平开国国君高季兴派都押衙刘知谦送信马希声，想和高郁认为兄弟。马希声生疑，问刘知谦："南平王身为一国之主，为何与我国一位幕僚叙兄弟之谊呢？"

刘知谦悄声说："实不相瞒，我家大王是陕州人，高郁是扬州人，两人虽然都姓高，但不是兄弟。我家大王之所以结交高郁，是认为灭亡马氏的一定是高郁。"

马希声心生恐惧，开始对高郁百般提防。行军司马杨昭是马希声妻族，有取代高郁的野心，经常对马希声说一些高郁的坏话。马希声于是弹劾高郁奢侈僭越，结交他邦，请求诛杀。马殷拒绝。马希声坚请罢其兵权，于是马殷贬高郁为行军司马，杨昭改为判官。

高郁不悦，对众人说："马家崽子长大了，能咬人了。我要在西山建屋，田园归老了。"

高郁性贪而且奢侈，他认为自己喝水的井不干净，就用银叶护之，名为"拓里"。辰州百姓向氏烧制出一条龙，起了一把大火，风雷急雨都不能扑灭，龙很快就烧成灰烬，但龙角没有烧化，晶莹如白玉。向氏把龙角当作宝贝收藏起来，高郁得知后，强行买走。

杨昭向马希声诬陷高郁："他强抢龙角为了什么？不会是想当国王吧？"

马希声大怒，没有奏请马殷，就直接杀了高郁及其族党。

高郁被杀之日，大雾四塞。马殷深居简出，尚未知高郁死耗。他瞧着大雾，对左右说道："我昔日跟从孙儒渡淮，每杀无辜，必遭天变，难道今日也有冤死的人吗？"

到了第二天，马殷才闻听高郁死讯。他大恸道："我已老耄，政非己出，使我勋旧横罹冤酷，可悲可痛！看来，我亦不能长久了。"

未几日，马殷病死，终年七十九岁。

南楚开国国君马殷，上奉天子，下奉士民，不兴兵戈，保境安民，奖励农桑，重视贸易，湖南得以繁荣。马殷，从小木匠到楚国王，写下了人生传奇。他从不害上司，上司们却纷纷为他腾位置。马殷十分精明，没有将弱小的南平国灭掉，是为了让其充当中原王朝与湖南之间的缓冲。

马殷有儿子三十多人，突出的有五人：马希声、马希范、马希萼、马希广、马希崇。马殷临终遗命："兄终弟继。"

马希声向后唐朝廷上表，请求归附。后唐明宗李嗣源十分高兴，任命马希声为长沙武安军节度使、桂州静江军节度使、中书令。马希声就是南楚国第二任国君。

马殷去世不久，南平开国国君高季兴也因病去世，终年七十一岁。

高季兴本是一个小小家奴，却能裂土封王，实是历史中的奇迹。不得不说，成全他的是乱世。高季兴深深懂得纵横之术，以一小小南平之地，或和或战，戏中原于股掌之上。

高季兴长子高从诲继位，这就是南平第二任国君。

高季兴在位末期曾与后唐决裂，并向南吴称臣。后唐强南吴弱，后唐近南吴远。高从诲继位后，自称前荆南行军司马、归州刺史，派都押衙刘知谦上表请求归附后唐，并进献赎罪银三千两。后唐明宗李嗣源允许归附，任命高从诲为荆南节度使。

高从诲又派刘知谦来到南吴国，言高氏祖坟在北方，害怕遭后唐朝廷讨伐，那时南吴军会来不及援助，因此离开南吴国。南吴国十分气愤，派兵进攻南平国，无功而返。

高从诲性情通达，亲和礼敬贤士，幕僚梁震常常称呼高从诲为郎君。

"十五年来锦岸游，未曾行处不风流，好花长与万金酬。满眼利名浑信运，一生狂荡恐难休，且陪烟月醉红楼。"陵州农家子孙光宪年少轻狂，在成都浪荡，写下这首《浣溪沙》。等到前蜀国的历史走到尽头，孙光宪作为一个落魄的前蜀旧吏，避难到江陵，得到梁震推荐，在南平国担任掌书记。

这日朝会，梁震说起南楚国事情："第二任国君马希声一到阴晦天，就会看到高郁鬼魂作祟。马希声惊吓过度，得病去世，马希范继位，但他奢侈无度，搞得国家民穷财尽。"

高从诲喃喃说："马希范想怎样享受就怎样享受，可以称得上是大丈夫了。"

孙光宪回答："天子和诸侯，礼节上是有差别的。他一个乳臭未干的小儿，骄纵奢侈，取得快意于一时，而不去作长远的思虑，不知哪天便要危亡，有什么可以羡慕的啊？"

高从诲愣怔之后而觉悟，红脸说："先生的话是对的。"

高从诲对梁震说："我感到平生所受的奉养，已经过份了。"

高从诲舍弃玩乐，阅读经史，省简刑罚，减轻赋税。南平国境之内，得以安定。

梁震说："先王高季兴待我如同布衣之交一样，把郎君高从诲托付给我。现在郎君能够自立，可以不使先王遗业坠落。我已年老，不再能侍奉郎君了。"梁震请求告退家居。高从诲留不住他，便为他在土洲建筑房舍。

梁震披着鹤氅，自称荆台隐士。他到南平王府去谒见，往往骑着黄牛直到议事大厅。高从诲时常到梁震家里去看望，一年四季赏赐丰厚。

梁震赋诗《荆台道院》一首——

桑田一变赋归来，爵禄焉能浼我哉。

黄犊依然花竹外，清风万古凛荆台。

9

江陵往北一千里，是洛阳。洛阳东北一千里，是定州。

定州义武军节度使王都曾与后唐庄宗李存勖结为姻亲，将爱女嫁与李继岌。令王都想不到的是，李继岌少时病奄，不能生育。更想不到的是，李存勖被杀、李继岌自杀。王都心中窝火。后唐明宗李嗣源即位，加封王都为中书令，表面拉拢，实则内心忌惮。

契丹国犯边，后唐朝廷忙调宋州归德军节度使王晏球为北面行营副招讨使，兵驻满城，防御契丹。大军供给，需要定州提供，王都不愿输运。幕僚和昭劝王都反叛："大帅，当今皇上是夺了您家女婿的天下，您能不反吗？大帅不反，皇上能容得下您吗？"

928年四月，王都决计反于定州。他约王晏球一同反叛，王晏球不从，将王都反叛之事上奏朝廷。李嗣源乃命王晏球为北面行营招讨使，发兵征讨王都。

王都势成骑虎，不能再下，只好纠众拒守。

不反，王都能死吗？

王都不死，怎能泄义父王处直遗恨？

王都施以重赂，向契丹求救。契丹大惕隐司托诺率三千骑兵驰援王都。

王晏球闻讯，留宣徽使张延朗屯兵新乐，自己率军往望都，以堵截契丹援军。但托诺从北路突入定州，与王都突袭新乐，大败张延朗。王晏球与张延朗会合，退保曲阳。王都、托诺乘胜追击，在嘉山与王晏球遭遇。

王晏球督励众军短兵出击，严令众人："敢回首者死！"部众皆奋勇向前。

王晏球辖下，有两员大将。一是符彦卿，兴教门之变后，符彦卿离开洛阳，李嗣源感其忠勇，收其为吉州刺史、北面行营诸道左厢马军都指挥使。二是高行周，时任禁军右龙武统军。符彦卿率军攻王都军左翼；高行周率军攻王都军右翼；王晏球自率中军，抱着马颈冲入敌阵。后唐军三路进击，大败王都、托诺联军，斩获三千人。自曲阳追击至定州城下，王都、托诺一路败逃，横尸弃甲六十余里，不敢出城再战。

王晏球知道定州防守坚固，不能急攻。他手下还有两员大将：宣徽使朱弘昭、护驾亲军都指挥使张虔钊。二人到处宣扬王晏球不敢攻城。李嗣源听说后，促令王晏球加紧攻城。王晏球只得急攻定州，但无功而返。王晏球上奏说："敌营坚固，一时难以攻克。只要有附近二州的租税供应，抚恤黎民，爱护军士，敌军定当不攻自破。"李嗣源于是不再促战。

定州城中粮尽草乏，王都几次突围都未成功。后唐庄宗李存勖攻掠定州时，曾收养了一个小孩在宫中，等到他长大后，赐姓名为李继陶。后唐明宗李嗣源即位后，把李继陶放回定州。王都想出一个怪办法，找来了李继陶，让他穿上黄袍，坐在定州城上的矮墙中，对前来征讨的王晏球说："这是先帝李存勖的儿子，已即皇帝位。你蒙受先朝厚恩，难道不怀念先朝吗？"

王晏球说："你搞这些小招数，对自己有什么好处呢？我现在教给你两个办法，要么率领全军出来决战，要么束手投降。除此之外，没有什么活路。"

王晏球对部下说："王都很快就会灭亡了，居然连这种小儿聪明都施展出来了。"

果不其然，929年二月，定州内乱，王都部下都指挥使马让能开门出降，王都见大势已去，与其亲族自焚而死。王处直所创建的北平政权也随之灭亡。北平政权弱小，先后依附于晋军、后梁，后又绝梁附晋，北平政权因此长期得以保全。

王都好聚书，不惜资财，不择贵贱，购书多至三万卷，名画、乐器各数百。

王都自焚，书画也烧了个干干净净。

王晏球有将帅之略，能与将士同甘共苦，所获的俸禄、赏赐，都分享给军士。他待军士，也是彬彬有礼，军中对其无不敬服。定州平王都之役，自初战到陷城，王晏球不斩一兵一卒，众人为之欢悦。

契丹大惕隐司托诺及契丹余众二千人亦被擒获，押往洛阳。

王晏球亲自前往洛阳报功，行至一处土坡，见里面掩埋着累累白骨，不由掉泪说："我年少时遭遇唐末战乱，被蔡州乱军所掠，这里面说不定有我的父母尸骨。"

手下将校跟着掉泪，王晏球感慨道："我们这些当兵的，生死由不得自己，有时稀里糊涂就送死了。当年朱氏梁朝禁军都头李霸乘夜作乱，率所部千人入城，火烧建国门。我不等命令，就带五百禁军出击，奋力血战，尽戮乱军。都头造反该杀，而手下的一千人并不想造反，只是稀里糊涂跟着都头送死罢了。"

王晏球老了，感慨乱世身不由己。

入朝受赏时，后唐明宗李嗣源对王晏球大加称赞："朕登基以来，未有立功如卿者。"王晏球并不自炫其功，仅是逊谢自己久耗朝廷馈运。

李嗣源褒劳有加，拜王晏球为郓州天平军节度使、中书令。

朱弘昭因功授凤翔节度使，张虔钊因功授沧州横海军节度使，符彦卿因功授耀州团练使，高行周因功授颍州团练使。

10

洛阳城中，有两股势力互争上下。

一是后唐明宗李嗣源义子李从珂，他跟随李嗣源征战四方，屡立战功。

二是枢密使安重诲，他骁勇善战，才能过人，长期跟随李嗣源，拥戴其即位。

李从珂与安重诲两股势力，不相上下。

一日，安重诲、李从珂宴饮，彼此争夸功绩。究竟李从珂是武夫，数语不合，即起座用武，欲殴打安重诲。安重诲自知不敌，急忙走匿，方免挨打。第二天，李从珂酒醒，亦自悔鲁莽，便到安重诲处谢过。安重诲虽然接待，不免怀恨在心。

李嗣源斟酌一番，将李从珂外放河中节度使。

安重诲心想：李从珂非李嗣源亲生，素日手握重兵，野心勃勃，日后必为国家隐患。安重诲意欲加害，矫传密旨，令河中衙内指挥使杨彦温驱逐李从珂。李从珂性好游猎，出入无常。等到李从珂出城，杨彦温即勒兵闭门，不容李从珂入内。

李从珂叩门呼问："我待你甚厚，奈何拒我？"

杨彦温从城上应声："杨彦温未敢负恩，但受枢密使密令，请公入朝，不必还城！"

李从珂没法，只好退驻虞乡，上表朝廷。李嗣源毫不知情，自然召问安重诲。

安重诲不便实陈，诈称由奸人妄言，应速加讨。李嗣源欲诱来杨彦温，面讯虚实，乃授杨彦温为绛州刺史，促令入朝。矫诏害人的安重诲怎会令杨彦温入朝面证？当下一再请讨，李嗣源便命太原留守索自通、侍卫步军都虞侯药彦稠率兵往讨杨彦温。

李嗣源面嘱药彦稠："杨彦温拒绝李从珂，想是有人主使，你至河中，须生擒杨彦温回来，朕当面问清底细。"药彦稠应命而去。

驰抵河中府，杨彦温未悉情由，出城相迎药彦稠。不料药彦稠已得安重诲所托，杀了杨彦温以灭活口。

李嗣源怒斥药彦稠违命，下旨严责。安重诲为其解免，竟不加罪。

李从珂知为安重诲陷害，前去洛阳自陈。李嗣源老成持重，不令详辩，责其归府。

安重诲心中忐忑，暗托冯道、赵凤弹劾李从珂失守河中，应加罪谴。

李嗣源道："朕儿为奸党所倾，未明曲直，你们为什么也说这样的话呢？

难道必欲置朕儿于死地吗？朕料众卿受托而来，未必出自本意。"

冯道、赵凤满脸通红，无言而退。

翌日，安重诲独自进见，仍劾李从珂罪状，请求依法从重处置。李嗣源愤懑已极，向其怒吼道："朕昔日为小校时，家况贫苦，赖此儿负石灰，收马粪，得钱养活。朕今日贵为天子，难道不能庇护一儿吗？安卿想如何处置他呢？"

安重诲道："臣何敢言！惟陛下裁断！"

李嗣源道："令他闲居私第，也算是重处了，此外何必多言！"

安重诲奏保索自通为河中节度使，得到允准。索自通到了河中府，秉承安重诲之意，检点军府甲仗，列籍上陈，指为李从珂私造。幸赖花见羞从中保护，李从珂才被免罪。

花见羞已进位淑妃，取外库美锦，制作地毯。安重诲上书切谏，引魏州刘氏事为戒。这下惹起美人嗔怒，始与安重诲两不相容。安重诲欲害李从珂，花见羞偏护李从珂。究竟枢密使权威，不及帷房气焰。

11

连绵不断的雨下了一场又一场，此时的洛阳，潮湿阴郁。

洛阳皇宫中，有一株芙蓉，是从成都移植过来的。雨打芙蓉泪不干，李嗣源看着芙蓉树，心中惦记着蜀地安危。

刚刚，枢密使安重诲奏请调任西川马步军都指挥使孙铎为金州防御使，李嗣源无奈答应。李嗣源明白，这肯定是孙铎感受到了西川节度使孟知祥咄咄逼人的割据念头，为保自安，贿赂安重诲，离开成都这块是非之地。

对于以前的孟知祥，李嗣源能够优容姑息。他当时把主要精力用在征讨开封宣武军节度使朱守殷、定州义武军节度使王都上面。现在，后顾之忧消除了，李嗣源可以把目光投向蜀地了。

成都城中，淅沥的小雨也是下了多日，蜀地的一切都被绵绵的雨帘遮掩着。

孟知祥内心也是七上八下。他清楚李嗣源除掉朱守殷、王都意味着什么，这只是李嗣源清除异己的一两项小举动，更大的举动恐怕是对准了自己。

孟知祥心中自语："王都是李存勖嫡子李继岌的岳父，朱守殷是李存勖的亲吏，和元行钦并为李存勖耳目心腹。朱守殷、王都死了，元行钦也死了。还有个任圜，他是李存勖的堂姐夫，立下大功，终究归于了尘土。自己和李存勖有郎舅之亲，会不会落得个朱守殷、王都、元行钦、任圜之类的下场呢？"

孟知祥忐忑不安之时，后唐客省使李仁矩入蜀来了。孟知祥设宴招待。李仁矩笑哈哈说："中原五谷丰登，皇上决定明年二月行南郊祀天礼。我来呢，就是筹措费用。"

孟知祥尴尬说："中原丰收，但蜀中正闹饥荒呢，一斗米要用钱四百文。"

李仁矩绷紧脸说："皇帝祭天，藩臣哪能不表示呢？实不相瞒，朝廷已经定了礼额。西川进奉助礼钱一百万贯，东川进奉助礼钱五十万贯。"

孟知祥心中暗道："李嗣源这是打劫呀。"孟知祥以兵赋不足为由，只给五十万贯。

李仁矩又到了东川。东川节度使董璋更为过分，只给了十万贯。

董璋于衙署设宴，招待李仁矩。到了中午，人也没来，董璋派人查看，见李仁矩正与娼妇酣饮于驿亭。董璋大怒，率领数百人，骤入驿中，大骂李仁矩："西川能斩客省使李严，难道我东川不能杀你吗？"董璋命左右牵出斩之。李仁矩涕泣拜伏谢罪，董璋乃止。

次日，董璋置酒召见李仁矩，厚礼谢罪。李仁矩狼狈不堪，返回洛阳。

李仁矩素为安重诲亲信，回朝后，极言董璋不法情事。

李嗣源见两川抵触，便决定制裁东川、西川两处藩镇。李嗣源在阆州设置保宁军，以内客省使李仁矩为保宁军节度使；在遂州设置武信军，以许州忠武军节度使夏鲁奇为武信军节度使；在利州设置昭武军，以镇州成德军节度副使李彦琦为昭武军节度使。

三人前去藩镇任职，各自携带一至三千兵马。

上任后，三处藩镇整修战备，准备攻取东西两川。

绵州刺史武虔裕系安重诲表兄，安重诲密令留心孟知祥、董璋。

后唐朝廷屡得武虔裕密报，说孟知祥、董璋铁了心要跟朝廷顶到底。

930年初，李嗣源祭天完毕后，下诏裁减东西两川兵马。

董璋闻诏大怒，突然发兵，生擒绵州刺史武虔裕，囚于军府。东川阴雨连绵，董璋如同这天气，惊慌不安。董璋与孟知祥素有宿嫌，此时大难临头，不得不通好西川，愿与孟知祥联姻。忧惧的不只董璋，还有孟知祥。他认为朝廷将要讨伐两川。正在无计可施时，董璋向孟知祥求亲，希望结成两川联盟。孟知祥问众将，节度副使赵季良答："西川和东川互为唇齿，若董璋为朝廷武力消灭，那么朝廷下一个目标必然是西川。"赵季良劝说孟知祥合纵以抗拒朝廷。孟知祥于是抛弃旧怨。

930年秋，赵季良代表孟知祥前往梓州与董璋缔结盟约。

董璋说："蜀地本来只有东川和西川两个大藩镇，先帝李存勖安排孟公为西川节度使，坐镇成都；安排我为东川节度使，坐镇梓州。然而现在的朝廷在阆州设置保宁军，安排节度使李仁矩；在遂州设置武信军，安排节度使夏鲁奇；在利州设置昭武军，安排节度使李彦琦，这都是插在东川和西川身边的刀子，随时对我们动手。"

赵季良答："虚与委蛇，暗中角力，就是指朝廷与我们东西两川的关系。"

宴饮中，董璋粗俗。赵季良细细品味，觉得董璋胆子大，不怕死，心中自语道："董璋呀董璋，豺狼虎豹环绕，你只有谨慎加智慧才能生存呢！"

赵季良回到成都，禀告孟知祥："董璋家奴出身，改不掉贫贱的习气。他贪婪好胜，志大谋短，将来必为患西川，不可不防！"

孟知祥始欲悔婚，但一时不好毁盟，暂且与董璋周旋，约他联名上表："朝廷在阆州、遂州、利州设立藩镇，增添兵力，这样做只会扰乱蜀地平静，有害而无利，请朝廷收回成命。"东西两川已经不在乎撕破脸。董璋发兵至剑门，筑起七寨，布列烽火，另外募民入伍，剪发黥面，驱往遂州、阆州，对抗夏鲁奇、李仁矩。孟知祥上表，请求将云安盐监等十三处盐监，隶属西川。

两难并发，令后唐朝廷大费踌躇。后唐明宗李嗣源因董璋已露叛迹，不若孟知祥尚隐逆萌，乃许孟知祥所请，以稳住孟知祥。李嗣源另派衙将姚洪率兵千人，跟从阆州保宁军节度使李仁矩戍守阆州。

董璋闻阆州又增兵戍，忍无可忍。他本有子董光业，在洛阳为宫苑使。董璋致书其子董光业："朝廷割我州郡，分建节镇，又拨兵戍守，这是明明欲杀我了。你为我转告枢密院，若朝廷再发一骑入斜谷，我不得不反，当与你永诀啦。"

董光业得书，取示枢密承旨李虔徽。李虔徽转告枢密使安重诲。

安重诲怒道："他敢阻我增兵吗？我偏要增兵，看他如何处置！"

安重诲随即派衙将荀咸再率千人西行。

董光业闻知，急语李虔徽："此兵西去，我父必反，我不敢自爱，恐烦朝廷调发，糜饷劳师，不若速止此兵，可保我父不反。"

李虔徽又转白安重诲，安重诲哪里肯依。

果然荀咸未到阆州，董璋就已造反了。阆州保宁军节度使李仁矩、遂州武信军节度使夏鲁奇与利州昭武军节度使李彦琦飞表奏闻。李嗣源急召群臣商议军事。

安重诲进言："臣早料两川必反，但陛下一再姑息，导致如此！"

李嗣源道："人既负朕，朕不能不讨了。"

930年秋，安重诲的一再驱使下，李嗣源决定出兵讨伐。李嗣源下诏，令阆州保宁军、遂州武信军与利州昭武军联兵进讨。不料三处藩镇尚未出师，两川先已入犯。三处藩镇自顾不暇，立刻乱了阵脚。

两川兵马，如何这般迅速？原来后唐朝廷商议发兵时，西川进奏官苏愿恰好在洛阳，他得知消息，立遣随从驰报孟知祥。孟知祥与赵季良计议，赵季良道："为今日计，莫若令东川先取阆州、遂州、利州，然后我们拨

453

兵相助，并守剑门。彼时大军虽至，我已无内顾之忧了！"孟知祥依议而行，向众人说："我想做个安稳的富家翁，但安重诲起疑，逼着我等反了。"

孟知祥遣使约董璋起兵。董璋回信，愿意率兵先击阆州，再击利州，请孟知祥攻遂州。孟知祥答应，遣步军指挥使李仁罕为行营都部署、汉州刺史赵廷隐为副部署、简州刺史张业为先锋，率兵三万，往攻遂州。孟知祥担心董璋兵力不足，再派衙内指挥使侯宏实领兵四千，助董璋攻阆州。

阆州保宁军节度使李仁矩本来是个糊涂虫，一闻两川兵马到来，便欲出城搦战。部将皆劝阻："董璋久蓄反谋，来势必不可挡，不如固垒拒守，挫他锐气，等大军到来，反贼自然走了。"

李仁矩怒道："蜀兵懦弱，怎能抵挡我精兵呢？"

李仁矩不从众言，居然出战。诸将因良谋不纳，各无斗志，未曾交锋，便即溃退，李仁矩亦策马逃回城中。董璋乘势追击，险些儿攻入城中，幸经衙将姚洪断后，抵敌一阵，才暂时保住阆州城。

姚洪曾经隶属董璋，东川军便用密书招降姚洪，诱令内应，姚洪将招降书投到厕中。董璋昼夜攻城。城中除姚洪外，众人都不肯为李仁矩效力。守城乏人，不几天，阆州城陷没，李仁矩立被杀毙。

姚洪力尽被执，董璋向他面责："我待你不薄，你为何辜负我呢？"

姚洪怒目道："老贼！你昔为汴州富豪李让家奴，扫除马粪为生，靠点残羹长大成人。今天子用你为节度使，有何负你，你竟然造反呢？你是叛贼，我受你何恩，你来说我相负？我宁为天子死，不愿与人奴并生！"

董璋大怒，令壮士将姚洪投入大鼎烹食，姚洪至死骂不绝声。

后唐明宗李嗣源下诏，削夺董璋所有官爵，董璋之子宫苑使董光业也被斩于洛阳。李嗣源以石敬瑭权知东川事、东川行营招讨使，遂州武信军节度使夏鲁奇为副招讨使，右武卫上将军王思同为先锋指挥使，征伐董璋。李嗣源又施出攻心计，命西川节度使孟知祥为西南面供顿使，意欲笼络孟知祥，破坏东西两川联盟。

董璋也不傻，向众人说道："孟知祥已然发兵攻打遂州，并派兵协同自己作战，那就是上了自己的战车，这时候朝廷再来离间岂非可笑？"

孟知祥肯定不受后唐朝廷摆弄，兵围遂州，并促董璋速攻利州。

董璋向利州进发，途中遇雨，粮饷不继，便退还阆州。

孟知祥闻报大惊说："阆州已破，正好乘势进取利州，我闻昭武军节度使李彦琦无甚勇略，他必望风逃去。若得他仓廪，据险拒守，朝廷兵马怎能西救遂州？"

孟知祥担心剑门失守，遣人驰告董璋，愿发兵三千人，助守剑门。董璋答言剑门有备，不劳遣师。未几天，董璋派人到成都告急："朝廷派来的石敬瑭进入散关，阶州刺史王弘贽、泸州刺史冯晖与先锋指挥使王思同带领兵马出人头山之后，绕至剑门之南，回过头来袭击剑门，杀死东川兵三千人，擒获都指挥使齐彦温，占据了剑门险隘。王弘贽等攻破剑州，而主力未能跟着上来，便烧了剑州守军的房舍，掠取了物资粮食，回军保卫剑门。"

孟知祥大为恐惧，顿足道："董璋误我了！"

孟知祥急派衙内马步军都指挥使李肇领兵五千去救援，并告诫他："你加倍赶路，先去占据剑州，那样朝廷大军就没有办法了。"

李肇，颍州人，少年从军，经历唐朝、后梁、后唐三朝，后唐灭前蜀之战后随康延孝叛乱，被西川节度使孟知祥收编，授为衙内马步军都指挥使。

李肇领兵急去。孟知祥又派使者到遂州，命令赵廷隐带领万人会师剑州。西川诸将，多系郭崇韬留成，郭崇韬冤死，诸将多归咎朝廷，故愿为孟知祥效力。时适隆冬，天寒道滑，军士恐惧，观望不肯前进，赵廷隐流着眼泪劝告大家："现在朝廷大军气势强盛，你们如不竭尽全力去抵挡，那样老婆孩子就都要为别人所有了！"于是众志始奋，急向剑州进发。

西川衙内指挥使庞福诚、金州防御使谢锽率军屯来苏村，闻剑门失守，互相告语："若朝廷大军更得剑州，两川恐难保了。"于是引步兵千余人，从间道奔赴剑州。石敬瑭先锋指挥使王思同与阶州刺史王弘贽、泸州刺史冯晖也从此山驰下。远远望去，不下万余人。庞福诚对谢锽说："我军只有千余名，来军总在万人以上，即使以一敌十，尚虑不足。今已天暮，待至明晨，更加困难了。"

谢锽道："不若乘着今夜，先去劫营，杀他一个下马威，免他轻视。"

庞福诚道："我意也是如此！但敌众我寡，只好用着疑兵计，前后夹攻，令他惊退，便好保住剑州了。"

谢锽愤然道："我挡敌前，君挡敌后，可好吗？"

庞福诚大喜，便与谢锽分路潜进。

这夜，后唐军已越北山，就在山下扎营，约至黎明进攻剑州。夜色将阑，忽闻营外喊声骤起，急忙出兵对敌，不意来兵甚猛，所持皆系利刃，乱冲乱砍，好似生龙活虎一般。时当黑夜，也不知来兵若干，情急心虚，已觉遮拦不住，又听得山上吹角鸣鼓，响彻行营，不由惊上加惊，立即弃营逃去，还保剑门，十多日不敢出军。

庞福诚、谢锽二将已将后唐军吓退，返回剑州。赵廷隐、李肇两军亦陆续到来，剑州已保无虞，再加董璋派遣集州刺史王晖也来助守，兵厚势盛，足敌后唐大军。

石敬瑭到了剑门，才奏称孟知祥拒命。后唐明宗李嗣源对孟知祥不抱任何期待，下诏削夺孟知祥所有官爵，催促石敬瑭立即进讨。

孟知祥闻剑州已固，高兴说道："开始我以为李弘贽等攻下剑门，直取剑州，坚守其城，或者率兵直向梓州，董璋必定舍弃阆州跑回去。我军失去援兵，也就需要解除对遂州的围困。如果这样，就要内外受敌，两川震动，形势可谓忧患危急。现在，他们东归剑门，屯扎兵马不再前进，我的事情就好办了。"

恰好赵季良过来，孟知祥藏起战报，故意对赵季良道："朝廷大军快要打进西川了，这可如何是好？"

赵季良道："肯定打不进来，不久就会撤军。"

孟知祥问其原因，赵季良答道："我军以逸待劳，而朝廷大军孤军深入千里，一旦粮草耗尽，怎能不撤？"

孟知祥开怀大笑。

石敬瑭经过二十多天行军，于十二月初三抵达剑门关。

休整三天后，石敬瑭于初六日率大军进屯剑州北山和两川兵马对峙。

赵廷隐列阵于剑州衙城后的山上，李肇、王晖则率部扼守石桥，两相呼应。

石敬瑭先命步兵进击赵廷隐，赵廷隐以擅射军士五百人迂回埋伏于石敬瑭后路，待两军短兵相接时突然杀出，鼓噪进击后唐军阵后，后唐军败退，西川军俘斩后唐军百人。

石敬瑭重整兵力后，再命骑兵进攻守备石桥的西川军，李肇指挥部下以强弩射杀敌骑，阻止了后唐军骑兵的攻击。战至日暮，后唐军退去。此时，赵廷隐与伏于后路的五百军士一道追击，再次击败后唐军。

石敬瑭眼见交战失利，撤回剑门关休整。

石敬瑭当下飞使至洛阳，极言蜀道险阻未易进兵，百姓窜匿山谷，聚为盗贼，情势可忧。后唐明宗李嗣源接得军报，愀然语左右："何人能办得了蜀事？看来朕当自行呢。"

安重诲在旁进言："军威不振，由臣负责，臣愿自往督战！"

李嗣源道："卿愿西行，那是太好啦！"

安重诲拜命即行，日驰数百里。安重诲为枢密使，秉政数年，权倾天下。各处藩镇不敢再懈怠，催发州县丁壮馈运军资送纳利州，途中随处可见倒毙的牲畜和丁夫。

凤翔节度使朱弘昭闻安重诲过境，迎拜马前，请于家中，恭敬异常，连妻妾也出来拜谒。安重诲酒饮到兴头，哭泣说："我承蒙天子的厚恩，忠心为国，却遭到谗言离间。"安重诲还道他是义重情深，与语朝事，无非说是谗言可畏，此行誓为国家效力，阻塞谗口。朱弘昭曾因安重诲署任自己为东川节度副使，几致性命之危，自然对其怀恨在心。等到安重诲离去，他即上书奏陈，说是安重诲有怨恨之心，不可令至前线。朱弘昭又致书石敬瑭，劝他阻止安重诲，免夺兵权。

石敬瑭与赵廷隐等交战数次，未见得胜，心下很是焦烦，得到朱弘昭来书，连忙上表后唐朝廷，言安重诲远来，转惑军心，乞即征还。安重诲当国以来大权在握，树敌无数，如今被迫离开朝廷督军，朝廷中枢就出现了权力真空，各路政敌一拥而上，上表言及安重诲不轨之状，进谗于后唐明宗李嗣源。本来安重诲就有顶撞李嗣源的前科，李嗣源对他已经颇多不满和不悦，遇到有人进谗，更是对安重诲多生猜忌了。宣徽使孟汉琼言两川变乱，统由安重诲一人所致。李嗣源决定召还安重诲，此时安重诲才行至三泉县，尚未至剑门前线。

蜀地战火愈燃愈烈，西川节度使孟知祥命李仁罕、张业、赵廷隐率三万兵马围攻遂州。

夏鲁奇到了遂州，修城池，缮甲兵，组织军民取外壕之土筑城墙，围绕城墙挖掘守城河。修缮一新的遂州城雄伟壮观，地势南北长、东西窄，形状如酒器：斗，于是人们称遂州为斗城。西川大军来攻，夏鲁奇登城固守，命部将康文通迎战西川军。康文通听闻阆州陷落，竟率部投降李仁罕去了，李仁罕攻破遂州。

夏鲁奇是赵廷隐的救命恩人，赵廷隐率先进入遂州城，欲救夏鲁奇。

夏鲁奇见到赵廷隐，怒目无语，自刎而死，终年四十九岁。

让人想不到的是，夏鲁奇在戏曲、鼓词、评书、小说中华丽变身，成为"金枪老祖"夏书棋。一个乱世英雄，生前壮烈，死后传奇，诚然不朽也！

孟知祥命持夏鲁奇首级宣示后唐军。夏鲁奇有二子随军，共向石敬瑭泣陈，愿取父首。石敬瑭道："孟知祥是长者，必葬你父，较诸身首异处，不更好吗？"

第二天，果由孟知祥传命，收还首级，备棺殓葬。

遂州陷落，再打下去其实也是徒耗钱粮，想到这些，石敬瑭即毁去营寨，班师北归。两川兵从后追击，直至利州。利州昭武军节度使李彦琦弃城逃走，两天后两川兵占领利州，由金牛道入蜀的道路彻底为孟知祥所控制。自此，利州、遂州、阆州三处藩镇，尽归西川、东川。孟知祥又遣李仁罕攻夺忠州、万州、夔州，声势大振。

石敬瑭撤军而回，后唐明宗李嗣源并不加谴，但欲以离间孟知祥、董璋等人之罪问责安重诲。

安重诲回经凤翔府，再想与朱弘昭谈心，朱弘昭已经变脸，闭门不纳。安重诲怅然回返，途中奉诏，命为河中节度使，不必入朝。安重诲上表乞休，朝廷下诏，以太子太师致仕。李嗣源另命皇侄李从璋为河中节度使，并遣侍卫步军都虞侯药彦稠率兵同行，以防安重诲变乱。

安重诲有二子：安崇绪、安崇赞，宿卫京师，一闻变故，当即私奔至河中府，看望父亲安重诲。安重诲问："你们来此，有无朝廷之命？"

"没有。"

安重诲大惊道："未奉圣旨，怎敢擅来？"

安重诲不禁顿足，半晌才慢慢说道："我知道了，有人诱骗你们，陷我重罪，我以死报国罢了！"

安重诲将二子械送朝廷。行至陕州，有圣旨传到，令将安崇绪、安崇赞就地下狱。

李从璋、药彦稠到来，与安重诲相见，并无恶意。安重诲内心稍安，不防又来了皇城使翟光邺。翟光邺离开洛阳时，后唐明宗李嗣源密嘱："安重诲果有异志，可与李从璋密商。"翟光邺素恨安重诲，来到河中府即授意李从璋处死安重诲。

李从璋当即带兵包围安重诲府邸。李从璋进了庭院，见了安重诲当即下拜，安重诲降阶答礼。李从璋从袖中掏出一锤，趁着安重诲俯首时，猛击过去，砰然一声，流血满庭。安重诲之妻张氏慌里慌张走了出来，抱住安重诲大呼："你们何必这般毒手！"李从璋又用锤击张氏之首，可怜一对夫妇，就此毙命，同归地下。安重诲二子也一并被诛，只有家族得免连坐。

安重诲终年六十一岁，他是李嗣源的股肱重臣，懂得济世安邦之经略，但他一旦得势，就不能礼贤下士，回避权宠，刚愎自用，最终以悲剧告终。

12

后唐明宗李嗣源无力征讨西川节度使孟知祥，为了体面休战，将讨伐两川的罪责全部推到安重诲头上，称其离间了两川和朝廷的关系。李嗣源为了体现自己罢兵言和的诚意，将在洛阳的西川进奏官苏愿放还。苏愿回到成都，告知了孟知祥其在洛阳的家眷均安然无恙。孟知祥决定借驴下坡，上表谢罪，重新称臣。

孟知祥邀请董璋一起向朝廷谢罪。董璋大发雷霆道："孟公的家属安然无恙，而我的子孙却被杀害，我为什么要谢罪？"

孟知祥再三往说董璋："朝廷既加礼两川，若不上表谢罪，恐再招来讨伐。我曲彼直，反会致败，不如早日归朝，得免后祸。"董璋始终不从。

西川节度副使赵季良前来蜀地时，检校兵部郎中李昊随同。李嗣源命李昊到西川任职，孟知祥一直没有授官，他假意向孟知祥请辞，要返回洛阳，这才被孟知祥用为西川观察推官。李昊文章写得好，很快被提拔为掌书记。自此，孟知祥的一应表奏书檄，皆由李昊负责草拟。

李昊劝谏孟知祥："您不与东川商议，便自己遣使入朝，那么他日背盟的责任就全在我方了。"孟知祥命李昊出使梓州，再去劝说。

李昊到了梓州，极陈利害，董璋不但不允，反将孟知祥诟骂一番："本帅如果娶了皇帝的姐姐，又占了皇帝的妃子，就同意和解。"孟知祥的妻子沙陀李氏是后唐庄宗李存勖的姐姐，姜太原李氏原为李存勖的妃子，被赐给孟知祥。

李昊被撵出梓州，快快而回。他告知孟知祥："董璋不通谋议，看他嚣张气势，势将入窥西川，大帅当作防备。"孟知祥增戍设防，按兵以待。

董璋与诸将谋袭成都，诸将统皆赞成。集州刺史王晖道："蜀地万里，成都为大，时方盛夏，师出无名，看来未必成功呢。"

董璋不肯依言，率兵入境，攻破白杨林镇，把守将武弘礼擒去。

孟知祥急集众将商议。

西川节度副使赵季良道："董璋为人勇而无恩，得不到军士的拥护，外出征战必将失败。他每次用兵，精锐都在前锋。您可以用羸兵引诱他，然后用劲兵对付他，起初虽有小败，但最终必然大捷。"

"何人可为统帅？"

赵季良道："董璋素有威名，今举兵突至，摇动人心，大帅当自出抵御，振作士气。"

赵廷隐插话说："董璋有勇无谋，举兵必败，赵廷隐当为公往擒此贼！"

孟知祥大喜，即命赵廷隐为行营马步军都部署，率兵三万出拒董璋。

赵廷隐刚要离开成都，忽接到董璋信札，赵廷隐不敢拆看，当即送呈孟知祥。孟知祥阅毕，交给赵廷隐，赵廷隐举书掷地道："何必污目！想是行反间计呢。"

孟知祥点头道："你说得对，这信除了指斥我孟知祥，还说与你已订密约，让你里应外合。"

"这是要借大帅之手杀我呢！"

"何止离间你我，董璋还给赵季良、李肇信札，文中语气相同呢。"

赵廷隐刚刚离开成都，孟知祥又接汉州败报，守将潘仁嗣与董璋交战赤水，大败被擒。孟知祥不敢怠慢，当即亲率八千人趋汉州，行至弥牟，与赵廷隐会师。

次日，董璋兵至。孟知祥自感胜负难料，便想写信劝和董璋。心中忐忑之际，孟知祥误把"董"写成了"重"。李昊在旁，向孟知祥贺喜。孟知祥道："有什么好喜的？"李昊道："'董'字是草字头下一个'重'，如今大王把草字头去掉，只写一个'重'，这是表示'董'字无头，这是我军必胜的预兆。"孟知祥顿时有了信心。

董璋接到孟知祥的劝和信，扔到一边说："已到了这个地步，还谈什么结盟呢？"

董璋望见西川兵盛，与孟知祥一样也有惧意。退驻武侯庙前，董璋下马休息，帐下骁卒忽大喊道："日已中午，还等什么？何不速战？"

董璋被激起，当即上马，挥军出战，结果两军刚刚交战，偏将张守进便投降西川军。孟知祥召问军情，张守进道："董璋之兵尽在这儿，无复后继，请急击勿失。"

孟知祥乃麾军迎击，两下里一场鏖斗，东川兵也很厉害，赵廷隐部下指挥使毛重威、李瑭相继阵亡，惹得赵廷隐性起，拼死力战，三进三却，总敌不住东川兵。赵廷隐无奈后撤。正在高处督战的孟知祥见状，也准备撤军，乃以马鞭指后阵。西川诸军都知兵马使张公铎以为孟知祥是在下令冲锋，便挥军直进，所部军士皆以一当百。赵廷隐也趁机整军复战。东川军阵势大乱，顿时溃不成军，死者数千人。此战，西川军擒获元瓒、董光演等东川军将领八十余人，夺马五百余匹，收降军士七千，潘仁嗣也得逃还。

董璋想让儿子董光嗣杀死自己，投降孟知祥，以保全家族。董光嗣哭道："自古以来哪有杀死父亲来求活路的，我宁愿与您一起死。"父子一同逃走。孟知祥率兵穷追，至五侯津又收降东川都指挥使元瑰，长驱直入汉州城。西川兵见城中有粮草甲械，遗积甚多，大众相率搬取，无心去追董璋，董璋因而得脱。

赵廷隐带着亲兵，追至赤水，复得收降东川散卒三千人。孟知祥命李昊草牓，慰谕东川吏民，另命赵廷隐率军进攻梓州。

董璋奔回梓州城。

集州刺史王晖迎问道："大军出征，今随还不及十人，究属何因？"

董璋无言可答，只向他流涕下泪。王晖冷笑而退。

董璋刚刚就食，不意外面突起喧闹声，慌忙投箸出窥，略略一瞧，乱兵不下数百，为首有两员统领，一个正是王晖，一个乃是侄子董延浩。董璋急从后门逃出，登城呼指挥使潘稠，令讨乱兵。不料潘稠引十卒登城，竟把董璋之首取去，献与王晖。董璋之妻及子董光嗣，统统被杀。

汴州富豪李让有三位家奴：高季兴、孔循、董璋。三位家奴抓住乱世机遇，个个成了枭雄。高季兴成为南平开国国君，孔循出任沧州横海军节度使，董璋出任东川节度使。高季兴、孔循皆已病终，只有董璋死于非命。

西川军赵廷隐驰抵城下，王晖即开城迎降。赵廷隐进入梓州，检封府库，等候孟知祥前来发落。

李仁罕一直镇守遂州，并未参与孟知祥吞并东川之战。今见赵廷隐立下大功，李仁罕便担心东川节度使被其抢去，于是急急前来梓州。赵廷隐亲自出迎，李仁罕不称其功，反而对他轻谩侮辱，这激怒了赵廷隐。孟知祥亲临梓州，召见李仁罕与赵廷隐，问二人谁可担任东川节度使。

李仁罕道："大帅就算让我再去当蜀州刺史，我也接受。"

孟知祥望了望赵廷隐，赵廷隐则沉默不语。

孟知祥愕然，次日启程回归成都，想和副使赵季良商讨，再决定东川节度使人选。

李仁罕连续七次上书孟知祥，皆称："您应该自领东川，不然诸将不服。"

赵廷隐则上书称："我本不敢承担东川重镇，只因李仁罕不让，故而相争。"

孟知祥决定自领东川，以绝李仁罕之望。他为了安抚赵廷隐，以赵廷隐为阆州保宁军留后。赵廷隐仍愤愤不平，要求和李仁罕决斗，以胜者镇东川，在李昊极力劝解下，方才罢休。

阴雨绵绵，洛阳已经好长时间没有见到太阳了。

董璋败死、孟知祥并有两川的消息传来，后唐明宗李嗣源心情沮丧，询问众臣。

枢密使范延光道："孟知祥势力太强，陛下如果不屈意招抚，他恐怕也不会归顺。"

李嗣源道："孟知祥是我的旧友，因为被人离间才到如今这个地步，朕为什么要屈意呢？"

李嗣源遣供奉官李存瑰赴蜀，宣慰孟知祥。

成都城中，孟知祥跪接诏书，拜泣受命。

李存瑰将诏书递交孟知祥，然后再与孟知祥行甥舅礼。

原来李存瑰系李克宁之子，李克宁妻孟氏，即孟知祥胞妹。李克宁为李存勖所杀，但子孙免罪。

孟知祥见到甥儿无恙，也很欣慰。留住数日，便遣李存瑰东归，上表谢罪。因孟知祥妻沙陀李氏已经病逝，讣告丧期，又表称赵季良五人，平定东川有功，乞授旌节。

李嗣源再命李存瑰西行，赠绢三千匹，授孟知祥为中书令、东西两川节度使，统押近界诸蛮，兼西山八国云南安抚制置使。所有赵季良等五人，由孟知祥择地委任。孟知祥乞许权行墨制，李嗣源一一允许。

孟知祥于是用墨制授官——

赵季良为黔州武泰军节度使；

李肇为利州昭武军节度使；

李仁罕为遂州武信军节度使；

赵廷隐为阆州保宁军节度使；

张业为夔州宁江军节度使。

一月后，李嗣源以御史中丞卢文纪为使，册封东西两川节度使孟知祥为蜀王。

卢文纪，长安府人，举进士后，在后梁担任刑部侍郎、集贤殿学士，在后唐担任为御史中丞。

卢文纪经过凤翔府，拜见李从珂。

此时李从珂已经晋升为太尉，改授凤翔节度使，加封为潞王。

李从珂盛情接待卢文纪。"仁君御宇，寰海谧清。运符武德，道协文明。九成式叙，百度惟成。金门积庆，玉叶传荣。"卢文纪一首《乐舞辞》，让李从珂异常高兴。

与卢文纪一起前往成都的，是礼部郎中吕琦。

吕琦就是被刘守光族灭的沧州横海军节度判官吕兖之子。他俊美丰仪，知恩必报，赵玉后来官至职方员外郎，吕琦待他如父，赵玉生病了，他亲自尝药服侍。赵玉去世，吕琦为其主办丧葬。吕琦把赵玉儿子赵文度当儿子一样教习，得中进士。

13

成都往东三千六百里，是杭州。

吴越国检校太保顾全武突发疾病，不治而亡，终年六十五岁。

吴越国太祖钱镠伤心说："顾全武离开了，我也要快走了。顾全武全心全意辅佐我，营造出乱世中的一隅桃源。如果没有顾全武，我钱镠也可能不会成为一方诸侯，也可能面临内忧外患，遭遇灭顶之灾。顾全武是我钱镠一生的恩人。"

乱世之中，钱镠是个思考最多的人，他对众臣说："唐宣宗大中六年，诞生了四个人：朱温、杨行密、马殷和我钱镠。四位枭雄，生于盛世，崛起于乱世，都在践行着陈胜那句名言'王侯将相宁有种乎'。朱温先我二十年离世了，杨行密先我二十七年离世了，马殷先我二年离世了。长寿则多辱，多子则多惧。我不庆幸自己多活了几年，我担心的是我的子孙不和睦、不平安。"

钱镠已经老病，卧床多日。他自知病必不起，召众臣入寝室，流涕与语："我的儿子们大多愚蠢懦弱，只怕难以担当大任。我死后，请你们从中择贤而立。"

众臣号哭道："大王第七子钱元瓘，素从征伐，仁孝有功，大众俱愿拥戴，请为继嗣！"

钱镠召入钱元瓘，将印钥相授道："将士推你，你好自为之，不辱此生！"

钱元瓘拜受印钥，起侍寝侧，成为吴越国第二任国君，时年四十六岁。

钱镠对钱元瓘郑重说道："有些统治者给老百姓造成了巨大的灾难，但有些统治者却在乱世中为很多人撑起了一把保护伞。今后，钱家世世子孙善事中原，要度德量力而识时务，如遇真主，宜速归附。"

"我今日可以放心睡觉了，人人都想称王称后，其实，当王不知会有多累，外防强敌，内防叛贼。历史车轮滚滚，有多少皇室贵胄早已零落成泥碾作尘。枭雄朱温比我艰难多了，他是四面受敌，而我们只和淮南斗。朱温防了外敌，防了内贼，却没防住自己的儿子，终被自己儿子所害。富贵传家，不过三代。道德传家，十代以上。我们钱家，要制定《钱氏家训》，教给子孙修身处世智慧。"

《钱氏家训》头三条是——

你们要心存忠孝，爱兵恤民。

凡中国之君，虽易异姓，宜善事之。

要度德量力而识时务，如遇真君主，宜速归附。圣人云顺天者存，又云民为贵、社稷次之。免动干戈，即所以爱民。如违我语，立见消亡。依我训言，世代可受光荣。

932 年五月，钱镠去世，终年八十一岁。

钱镠在乱世中创造了一个奇迹：中原地区群雄纷争，百姓处于水深火热之中，吴越国却迎来了和平美好，辖内百姓安居乐业，几乎不受战争影响。后人常说"上有天堂，下有苏杭"，都要归功于钱镠。统一两浙以后，钱镠下令修筑捍海石塘，使杭州不再受潮水危害。钱镠还派了八千名军士治理太湖，大旱时命军士们引水灌田，水涝时则排水入湖。钱镠扩建杭州城，治理西湖，让杭州成为一个繁荣美丽的大都市。

吴越国第二任国君钱元瓘遵从父亲遗命，免除民田荒芜无收者的租税。钱元瓘友于兄弟，慎择贤能，吴越国安然如旧。

钱镠第六子钱元璙曾到扬州为质，娶了杨行密女儿。夫妻回到杭州后，钱元璙为邵州刺史，后担任苏州团练使、同平章事。钱元瓘即位后，与钱元璙饮酒。钱元瓘说："这是六哥的位置，小弟坐上是兄长所赐。"钱元璙俯伏感泣，在苏州安心养老。钱元瓘兄弟和睦，依赖于钱氏家训。

内衙指挥使刘仁杞和陆仁章长时间当权，陆仁章性刚直，刘仁杞则喜欢贬低人，二人都被众人所厌恶。诸将一起来请求钱元瓘除掉他们。钱元瓘就命他的侄子钱仁俊宣告众人："这二位将军侍奉先王很久了，我正要表彰他们的功劳，你们竟然要为私人嫌怨而诛杀他们，怎么可以呢？我现在是你们的王，你们应当听从我的命令；如若不然，我就应当归返临安以避让贤路！"众人惶惧而退去。钱元瓘体察众人之意，让陆仁章为衢州刺史，刘仁杞为湖州刺史。内外有上书进行攻讦的，钱元瓘都搁置不理，因此将吏和睦。

杭州西北二千里，是洛阳。

洛阳城中，突然来了东丹王耶律倍。

原来，契丹国皇帝耶律德光对哥哥耶律倍并不放心，想方设法削弱他的东丹国实力，兄弟之间关系恶化。后唐明宗李嗣源知晓耶律倍处境后，派人持书密诏耶律倍，耶律倍便投奔后唐。

耶律倍上船时，面对故国，悲愤满腔，便在海边立了一块小木牌，上刻自己写的《海上诗》——

小山压大山，大山全无力。

羞见故乡人，从此投外国。

这诗不怎么押韵,但是质朴无华,情真意切。耶律倍把"大山"比作自己,"小山"比作二弟,寥寥几笔,勾勒出契丹皇室的纷争。

耶律倍到达洛阳,李嗣源以天子礼仪迎接,赐姓名为李赞华,移住滑州,遥领虔州节度使。

李嗣源将后唐庄宗李存勖的嫔妃夏氏嫁给耶律倍。耶律倍性急好杀,嗜饮人血,常常在自己姬妾臂上刺洞吸血。奴婢侍妾稍犯小错,就用火烫她们,甚至挖出她们的眼睛。夏氏恐惧这种恶行,削发为尼。

从前在定州被俘的契丹大惕隐司托诺,李嗣源让他遥领高州刺史,赐姓名为狄怀忠。

契丹国皇帝耶律德光闻听耶律倍投奔后唐,便遣使特哩衮,前来洛阳拜见李嗣源,索还耶律倍。

李嗣源哈哈一笑说:"朕有个李赞华,哪还有个耶律倍?"

特哩衮不知道耶律倍已改名李赞华,听到李嗣源的话,如坠云里雾里。

特哩衮又请求后唐朝放还俘虏的托诺等契丹将领。

李嗣源说:"托诺已经归顺中原了,改名狄怀忠了。"

李嗣源意欲契丹交好,便拟将托诺放还契丹。

此时,冀州刺史杨光远前来洛阳。

杨光远,沙陀族人,与契丹交战,被打断一只手臂。他虽不识字,然有口辩,通于吏理。

李嗣源问杨光远归还契丹俘虏一事,杨光远说:"托诺等人是契丹善战之将,契丹失去如丧手足。他们在中原多年,谙知中原之事,如果放还不是良策。"

李嗣源叹口气说:"契丹重盟誓,既已通好,必不相负。"

杨光远接着说:"臣恐陛下后悔不及。"

李嗣源遂止,深深嘉许杨光远正直敢言。

特哩衮临归，问李嗣源："吴越国的钱镠怎样了，还是整宿不睡吗？"

他见李嗣源不解，便解释道："我路上听说'浙中不睡龙，今已归矣！'我就想确证一下。"

李嗣源意味深长说："钱镠确实已经归天了。虽然说生死由命，富贵由天，但钱镠的警惕忧患意识值得我们学习呀！"

14

后唐明宗李嗣源分封自己亲子——

二子李从荣为秦王、同平章事、河南尹、判六军诸卫事；
三子李从厚为宋王、同平章事、魏博节度使。

李从荣、李从厚两人为一母所生，性情却绝不相同。李从厚谨慎小心，老成持重，而李从荣躁率轻夸，专喜与浮薄子弟赋诗饮酒，自命不凡。李嗣源屡遣人规劝，终不肯改。

太原推官张昭来到洛阳，担任左补阙。张昭见李嗣源的几个皇子奢侈浪费，就上疏李嗣源，说及训练储君之法："陛下的几个皇子应该各自安排一位师傅，让他们降低辈分来尊敬师长。命令他们每一天记载一件事，一年下来就可以累积很多件事。每个月终了，让他们的师傅将这种记事禀奏陛下。待皇子晋见时，陛下当面提出问题。假如十题之中能回答五题，就算得上能够明了安危的原因，体会成败的道理。"

李嗣源忙于政务，竟将张昭上疏忽视了，以致后来酿成大错。

李从荣开府置属，召集淫朋为僚佐，日夕酣歌，豪纵无度，一日进入皇宫，李嗣源问道："你在军政余暇，所习何事？"

李从荣答："暇时读书，与诸儒讲论经义。"

李嗣源道："朕虽不识字，但喜闻经义，经义所陈，无非父子君臣的大道，足以益人智思，此外皆不足学。朕见庄宗李存勖好作歌诗，毫无益处，你系将家之子，文章本非素习，必不能专，传诸人口，徒滋笑谤，愿你勿效此浮华！"

李从荣勉强答应，心中却不以为然。

契丹国索要耶律倍、托诺不成，便屡次入寇中原。

李从荣上奏："北方契丹犯边，急需一名大将坐镇太原，统帅边军。"

此时枢密使除了范延光外，还有赵延寿。赵延寿是谁？

赵延寿是幽州节度使赵德钧义子，本姓刘，年少时，刘守文攻破莜县，其父死于战乱，他与母亲种氏落入刘守文部下赵德钧手中，他的母亲有些姿色，被赵德钧纳为妾。赵延寿聪明伶俐，颇讨人喜欢，得到赵德钧的赏识，收他为义子。

赵延寿跟随义父赵德钧长大，相貌俊伟，曾写《塞上》诗——

黄沙风卷半空抛，云重阴山雪满郊。
探水人回移帐就，射雕箭落著弓抄。
鸟逢霜果饥还啄，马渡冰河渴自跑。
占得高原肥草地，夜深生火折林梢。

李嗣源看上了赵延寿，将自己的女儿嫁给了他，从此，赵延寿便开始飞黄腾达起来，官职一级级地向上跃升。花见羞、孟汉琼居中用事，授赵延寿为枢密使，兼任徐州感化军节度使。

至于哪位大将统帅边军？枢密使范延光、赵延寿久久不能决断。李嗣源非常生气，责备二人。

赵延寿慌急之下，欲推荐山南东道节度使康义诚。

李崧进言："太原乃国家北门，应选重臣为主帅，非石敬瑭不可。"

石敬瑭自西蜀还朝，受任六军诸卫副使，在李从荣手下当差。他本娶李嗣源女石家李氏为妻，石家李氏与李从荣异母，素相憎嫉，石敬瑭恐因妻得祸，不愿与李从荣共事，屡思出补外任，免惹是非。李从荣残暴擅杀，不得人心，就是范延光、赵延寿，也与石敬瑭同一思想，巴不得离开朝廷，省却无数恶气，只恨无隙可请，没奈何低首当差，虚与周旋。石敬瑭欲借机避祸，向李崧等人请求前往太原。

有了李崧之言，赵延寿便推荐连襟石敬瑭。

李嗣源当即同意，命石敬瑭为侍中、河东节度使、蕃汉马步军总管，赐"竭忠匡运宁国功臣"名号。石敬瑭从此掌握了河东这块后唐起源地的军政大权。

石敬瑭私下向李崧致谢："为浮图者，必合其尖。"

浮图，佛塔；合尖，造好塔尖。石敬瑭希望李崧以后能够继续帮助自己。后人便用"浮图七级，重在合尖"比喻办成事情的关键在最后。

离开洛阳前，李嗣源、石敬瑭君臣在中兴殿宴饮。

石敬瑭捧杯为李嗣源祝寿，趁便上奏："我虽微小怯懦，想到边陲大事，岂能不竭力尽忠，只是我远离京都，长久见不到皇上，不能随时申报。"

石敬瑭再拜告辞，李嗣源流泪打湿了衣襟，左右近臣奇怪李嗣源为何过度悲伤，后来竟与石敬瑭永诀，没能再度相见了。

石敬瑭到了太原，用部将刘知远、周瓌为都押衙，军事委刘知远，财赋委周瓌。石敬瑭静听内外消息，相机行事。

李嗣源刚得一小儿，起名李从益。其乳母王氏，本宫中司衣，见秦王李从荣势盛，便常去秦王府串门。司衣王氏见了李从荣，殷勤献媚。李从荣最喜奉承，又见司衣王氏有三分姿色，乐得移篙近舵，索性与司衣王氏演了一出鸳鸯梦。待到云收雨散，再订后期，且嘱司衣王氏伺察宫中动静。自此，司衣王氏常常出入秦王府，传递消息，所有宫中情事，李从荣无不与闻。

太仆少卿何泽趁机希宠，上表请立李从荣为皇太子。李嗣源览表泣下，私语左右道："何泽请立太子，朕当归老太原旧第了！"

李从荣闻信，入见李嗣源道："近闻有奸人请立太子，儿臣年纪尚幼，愿学治军民，不愿当此名位呢。"

"这是大臣的意思，朕尚未决定。"

李从荣对范延光、赵延寿道："有人欲立我为太子，是欲夺人兵权，幽入东宫呢。"

范延光惧怕李从荣，奏请李嗣源，授李从荣为天下兵马大元帅，位列宰相之上。李嗣源下诏准奏，于是李从荣总揽兵权，得用禁军为亲兵。每次出入，侍卫满街，就是入朝时候，从骑也必数百，张弓挟矢，驰骋皇衢，现在的李从荣可谓八面威风。

后唐朝廷众臣见李从荣擅权，多恐惹祸，其中最着急的乃是枢密使范延光、赵延寿。二人屡次辞职，俱不得李嗣源允许。

李嗣源有疾，好几日不能视朝，李从荣私语亲吏："我一旦面南背北，定当族诛权幸，廓清宫廷！"范延光、赵延寿得闻此语，越加慌急，再次上表乞请外调。

李嗣源正日夕忧病，见了此表，掷于地上，愤愤说："要去便去！"

范延光、赵延寿急得没法。

赵延寿是后唐驸马，有赵家李氏可通内宫。赵家李氏入宫陈情，说是赵延寿多病，不堪枢密使重任，李嗣源还未准允。赵延寿又入内自陈："臣非敢闲逸，如果新进不能称职，仍可召臣，臣奉诏即至。"李嗣源乃令赵延寿为开封宣武军节度使，赵延寿欢跃而去。

枢密使一缺，召朱弘昭继任。朱弘昭入朝推辞："我只有做奴仆的本事，不足以担任这样的重任。"

李嗣源呵斥他："你们都不想在朕跟前吗？朕养你们有什么用？"

朱弘昭始不敢再言，惊慌受命。

李嗣源年事已高，并且患病，心情有些悲凉。他招来范延光闲聊。

李嗣源问："全国战马有多少匹？"

范延光回答："骑兵三万五千人，对应着战马三万五千匹。"

李嗣源说："朕从戎四十年，在太原时，马匹数量不超过七千。现在有战马三万五千匹，却不能统一天下。朕老了，马匹再多，又能怎么样呢？"

范延光说："臣曾经计算过，一匹马的耗费，可以养活步兵五人。三万五千匹马的消耗，相当于十八万步兵的消耗。"

李嗣源感叹说："战马要肥，军士也要吃饱肚子。战马瘦，则无法驰骋疆场。使战马肥，而让军士瘦，这也是朕感到惭愧的！"

"我一旦面南背北，定当族诛权幸，廓清宫廷！"范延光一想起李从荣的这话，就感到脊背发凉。范延光恨无玉叶金枝，只好把囊中积蓄取了出来，送奉宣徽使孟汉琼，托他恳求花见羞，代为请求，希望外调。毕竟钱可通灵，一道诏下，范延光成为镇州成德军节度使。

范延光如脱重囚，即日辞行，向镇州赴任去了。

太原府人冯赟聪慧机敏，受到李嗣源的喜爱，担任度支、盐铁、户部三司使。范延光离去后，冯赟调补枢密使。

众臣惧怕祸患，多半求去。有蒙允准的，有不蒙允准的，允准的统是高兴，不允准的统是忧愁。只有一个人不想离开洛阳，这人是康义诚。他倾心与李从荣结纳，其子康代还成了李从荣亲兵。李从荣常常说："将校之中，唯康义诚可行。"

李嗣源以为康义诚朴实忠诚，命其为亲军都指挥使、同平章事。

大理少卿康澄，目击安危得失，治乱兴亡，作"五不足惧六可畏"一疏——

阴阳不调不足惧，三辰失行不足惧，小人讹言不足惧，山崩川涸不足惧，蝗贼伤稼不足惧，此不足惧者五也。

贤人藏匿深可畏，四民迁业深可畏，上下相徇深可畏，廉耻道消深可畏，毁誉乱真深可畏，直言蔑闻深可畏，此深可畏者六也。

愿陛下加以崇三纲五常之教，敷六府三事之歌，则鸿基与五岳争高，盛业共磐石永固矣。

后唐明宗李嗣源听完上疏，优诏褒答。

虽然次子李从荣骄纵不法，以致朝政混乱，但后唐明宗李嗣源是唐末以来一个少有的开明皇帝。他见群臣多要求离开朝廷，就知道无非是避祸而已。

李嗣源想到了铁券，就问赵凤："帝王赏赐给将吏铁券，这是为了什么？"

赵凤回答："与他们立下誓言，让他们的子孙们世世代代享受爵禄。"

李嗣源说："先前接受这种赐物的只有三个人：朕、郭崇韬、朱友谦，可是郭崇韬、朱友谦不久就被满家抄斩，朕也差一点被杀。唉，对于皇帝来说，铁券的作用不外乎是笼络、收买、离间、麻痹功臣或叛臣而已。"

李嗣源说完，叹息了很长时间。

赵凤说："帝王的心中存有大的信义，本来就不必刻在金石上。"

李嗣源觉得应该重启社会信用。《论语》有云："人而无信，不知其可也。大车无，小车无，其何以行之哉？"李嗣源便对中书侍郎、同平章事李愚说："在混乱时代，道德沦丧、人性扭曲，少有人讲忠孝仁义，多数人没有了羞耻之心。教导之本，经籍为宗，要将儒家经典书籍刻印出版。"

李愚雇召雕字匠人，刻印经典，广颁天下，刻印的书籍都装订成卷成轴，一卷筒就是一卷书。李愚首倡雕版印刷儒家群经，一共九本，分别是：《易》《书》《诗》《左传》《礼记》《周礼》《孝经》《论语》《孟子》。这九本书合称《九经》，这是中国历史上第一次大规模使用雕版印刷术刻印。谁能想到，一个不识字的李嗣源开创了中国雕版印刷术新纪元。

李嗣源说：学《九经》要做好九项事：修养自身，尊重贤人，爱护亲族，敬重大臣，体恤众臣，爱护百姓，劝勉各种工匠，优待远方来的客人，安抚诸侯。

"君君，臣臣，父父，子子。"

"君使臣以礼，臣事君以忠。"

"爱之者，人也。"

"克己复礼，为仁。"

李嗣源想让这些经典名句教化世人，可惜乱世之中，《九经》推广不力。天下的"脓毒"还没完全挤出，乱世还要持续。

李愚不治产业，清廉自守，患病后，李嗣源派宦官探视，只见家徒四壁，病榻之上只有旧毡破席。李嗣源闻听，感叹不已，赐以钱粮之物。

15

洛阳东南三千里，是福州。

闽王王审知六十四岁时病故，长子王延翰继位。

王延翰身材高大，美晳如玉，但骄淫残暴。王延翰之妻崔氏貌甚丑陋，却异常妒悍，王延翰广选良女，充当姬妾，都被崔氏接连加害，一年中毙八十人。崔氏为冤鬼附体，也致暴亡。王延翰欣喜异常，自此淫纵暴虐，为所欲为。王审知次子王延钧上书劝谏，被黜为泉州刺史。王延钧很是不平，与王审知义子王延禀私下设谋，欲杀王延翰。

王延禀本名周彦琛，任建州刺史，素与王延翰有隙。此次与王延钧合兵，进袭福州。王延禀先至，攀城而入。王延翰沉迷女色，未曾事先知道。王延禀突入宫门，王延翰惊走床后。王延禀早已瞧着，令军士牵出门外，面数罪状，将他杀死。

王延禀开城迎纳王延钧，王延钧继位后，后唐朝廷拜为福建观察使，封闽王。

王延禀回返建州，王延钧到郊外饯行，王延禀对王延钧说："好好继承先人之志，不要麻烦我老兄再来！"王延钧道谢，但面色大变。

王延钧崇信鬼神，痴迷道家学说，为追求长生不死、修道成仙，网罗了一大批道士，其中最得宠的莫过于陈守元。其实陈守元并没有多少道行，只因为善于揣摩人心而得到器重，被尊为国师。王延钧对陈守元膜拜至极，对他说过的每句话都会遵照不误。甚至更换将相、施行刑罚、选贤举能这样的事情，都同陈守元商议。陈守元接受贿赂、请托，有求必应，门庭若市。

某日，王延钧向陈守元请教长生之术，并向他问询自己到底能做多久的闽王。陈守元向王延钧讲："只要大王肯暂时退位、专心修道，那么以后便可以做六十年的天子。"王延钧信以为真，便命其子王继鹏摄理国政，自己则关起门来修道求仙。

仅仅两个多月，王延钧便难耐修道的清苦寂寞，宣布复位。

王延钧迫不及待地向陈守元询问六十年天子做满后，自己的前途将如何。陈守元告诉王延钧："六十年后，大王将会成为大罗仙人。"王延钧听后喜不自胜。

王延钧上书后唐朝廷："楚国王马殷、吴越国王钱镠都是尚书令，请也封臣为尚书令。"后唐朝廷没有应允，王延钧便拒绝向后唐朝贡。

933 年二月，王延钧宣布断绝对后唐的臣属关系，在福州称帝，定国号为"大闽"。

王延钧立五庙，置百官，以福州为都，改名长乐府。

这就是《新五代史》所称十国中的第七个割据政权：闽国。

福建由藩镇转为王国。

王延钧坚信自己真的可以做六十年皇帝，比之前更加狂妄骄纵。闽国国地狭小，国用不足。国计使薛文杰无奈，经常查访民间隐情，找富人的罪过，没收其财产以资国用，闽人怨声载道。

薛文杰与枢密使吴英不和，便想除掉他。吴英患病请假，薛文杰对吴英说："皇上让吴公担任枢密使，但吴公屡次告病，皇上想罢免吴公。"

吴英问："怎么办呢？"

薛文杰哄骗吴英："如果皇上派人来探病，就说头痛而已，没有别的病，这样就可以了。"

王延钧叫巫医褚崇查看吴英的病情，巫医褚崇返报说："进入北庙，我就看见吴英被升天的闽王王审知审讯，先王责问他为何谋反，还用金槌敲他的头。"王延钧不得其解，便问薛文杰，薛文杰说："不能轻信，应该去问一下他的病情。"

王延钧亲自问吴英何病，吴英说："头痛。"

王延钧确信了巫医褚崇所言，把吴英抓进监狱，命薛文杰审讯。吴英屈打成招，而后被杀。吴英曾主管闽军，深得军心，军士们听说吴英被杀，个个愤怒不已。

南吴国进攻闽国建州。建州刺史王延禀急忙向福州求救。闽国皇帝王延钧派衙将王延宗援救，军士们不肯前去，纷纷说："把薛文杰交出来就进军。"

王延钧不愿交出，其子王继鹏请求交出薛文杰以解燃眉之急，王延钧便用槛车装着薛文杰送到军中。薛文杰曾为王延钧设计制造新型槛车，上下贯通，铁芒相对。等到槛车做成，第一个尝试滋味的就是薛文杰。薛文杰为自己占卜，得卦言："三天过后就不用担心了。"押送者听见后，日夜兼程，只用两天就到达军中。军士们群情激愤，在闹市上把薛文杰碎尸，闽人争相用瓦石砸他。等到第二天，王继鹏来赦免他，已经晚了一天了。

南吴国退兵后，建州刺史王延禀有了反心。他见新皇帝王延钧不得民心，认为有机可乘，于是任命次子王继升为建州留后，自己率兵攻打王延钧。王延禀攻击福州西门，让其长子王继雄从海路攻击南门。王延钧派义子王仁达抵抗。王仁达在船上埋伏精兵，树起白旗假装投降。王继雄信以为真，迅即登船。不料王仁达伏兵齐发，杀掉王继雄，割下首级挂在西门。

王延禀见到自己儿子的人头，大哭不止，军心动摇。王仁达趁机出击，王延禀大败被俘。

王延钧讽刺王延禀："我没有继承先人之志，果然麻烦老兄又来一趟！"

王延禀低头不语，一会被杀。王延禀次子王继升镇守建州，听说父亲战败，就逃奔到吴越国。

王仁达因为平定王延禀之乱，晋升为亲从都指挥使，掌握卫兵。王仁达生性慷慨，说话毫无避忌，引起王延钧不满。王延钧问王仁达："秦朝时，赵高指鹿为马，愚弄秦二世，真有这样的事吗？"

王仁达说："秦二世糊涂，所以赵高指鹿为马，并非赵高能愚弄二世。现在陛下圣明，朝廷官员不满一百，起居动静，陛下都知道，有人胆敢欺君妄上，灭其九族就是了。"

王延钧惭愧，赐给金帛安抚。王延钧悄悄对王继鹏说："王仁达有智有略，我在世时可以用他，但非少主之臣，我不能给后世留下遗患。"王延钧诬称王仁达谋反，将他和族人全部诛杀。

王延钧封长子王继鹏为福王，任宝皇宫使，尊生母黄氏为太后，册妃陈氏为皇后。

陈氏是何等人物？她本是王延钧父王审知侍女，小名金凤。

金凤父亲侯伦，俊美丰姿，曾事福建观察使陈岩。陈岩性格扭曲，与侯伦常同卧起，视若男妾。陈岩妾陆氏也心爱侯伦，眉来眼去，竟与侯伦结下不解缘，只瞒了一个陈岩。后来，陈岩死，陈岩妻弟范晖自称留后。陆氏托身范晖，产下一女，便是金凤。此女系侯伦所生，由范晖留养。王审知攻杀范晖，金凤母女，乘乱走脱，流落民间，幸由陈匡胜收养，得以生存。王审知据闽，选良家女充入后宫，金凤入选，年方十七。金凤容貌一般，但却聪明乖巧。王审知喜她灵敏，用作贴身侍女。王延钧出入问安，金凤曲意奉迎，引得王延钧心痒难熬。只因老父尚在，不便勾搭，等到王审知去世，王延钧继位，还有什么顾忌，当即召来金凤，把酒言欢。郎有心，妾有意，彼此不必言传，等到酒酣兴至，自然拥抱入床，同作巫山好梦。王延钧已娶过两妻，从没有这般滋味，不禁喜出望外，格外关心。王延钧僭号称帝，闽后的位置，当然属金凤了。

王延钧广采民女，罗列宫中。每当宫中夜宴，宫女点燃金龙烛数百枝，环绕左右，光明如昼。饮到醉意醺醺，王延钧与金凤便将衣服尽行脱去，裸着身体，上床交欢。诸宫人裸体伴寝，互为笑谑。

王延钧既贪女色，也爱男僮。小吏归守明，面似冠玉，肤似凝酥，他即引入宫中，与他交戏，号为归郎。水性杨花的金凤，也为归郎颠倒梦想。归郎乐得奉承，成了好事，不意归郎竟似侯伦。金凤、归郎起初尚避王延钧，后来王延钧得了疯瘫症，二人便无所忌惮，差不多夜夜同床。

宫女甚多，有几个狡黠的也去亲近归郎，害得归郎无分身法，就想出一条妙计，招入百工院使李可殷与金凤通奸。金凤多多益善，况且李可殷是个伟岸男子，仿佛是战国时候的嫪毐，独得秘技，更令金凤惬意。归郎稍稍得暇，好去应酬宫人，金凤也不去过问。只是李可殷不在时，仍令归郎当差。

王延钧曾命锦工作九龙帐，掩蔽大床，闽人获悉宫中情形，作一歌词道："谁谓九龙帐，只贮一归郎！"王延钧哪里得知，就是有些知觉，也因疾病在身，振作不起。

闽国皇后金凤外，又出一个春燕。

春燕本是一宫女，姿态比金凤尤艳。自王延钧骤得疯瘫，春燕未免惆怅。王延钧长子王继鹏见了春燕两眼放亮，与她私下订约，愿作夫妻。王继鹏请金凤转告王延钧，愿与春燕得为配偶。王延钧本来不愿，经金凤巧言代请，方将春燕赐给王继鹏。

王延钧患病，一切政事，统归王继鹏处置。

春燕是李家百姓之女，皇城使李仿冒认兄妹，与王继鹏作郎舅亲，作威作福。

李可殷心怀不平，密与殿使陈匡胜勾结，诋毁李仿及王继鹏。王继鹏弟王继韬与王继鹏不睦，与李可殷密图杀兄。王继鹏已有所闻，常常与李仿密商，设法除患。

王延钧病情加剧，王继鹏及李仿放胆横行，竟使壮士持梃，闯入李可殷宅中。正值李可殷出来，当头猛击，脑裂而死。李可殷是皇后情夫，骤遭惨毙，教金凤情何以堪？金凤慌忙转禀王延钧，不意王延钧昏卧床上，满口胡言乱语，不是说王延禀索命，就是说王仁达呼冤。金凤无从进言，只好暗暗垂泪，暂且忍耐。

到了次日，王延钧已经清醒，即由金凤入诉，激起王延钧暴怒。王延钧呼入李仿，诘问李可殷何罪？李仿含糊对付，但言当查明复旨。跟跄趋出，急与王继鹏定计，一不做，二不休，召唤皇城卫士，鼓噪入宫。

王延钧正高卧九龙帐中，突闻哗声大至，急欲起身，怎奈手足疲软，无力支撑。那卫士一拥而入，就在帐外用槊乱刺，把王延钧攒了好几个窟窿。王延钧没死，宫女不忍看他受苦，将其勒死。金凤不及奔避，也被刺死。归郎躲入门后，由卫士一把抓住，砍断头颅。王继韬闻变欲逃，奔至城门，恰与李仿相撞。王继韬向脖上拔刀一挥，旋即毙命。

王延钧哪能做六十年皇帝？短短时间就一命呜呼了，终年四十二岁。

王继鹏弑父杀弟，并将仇人一并处死，喜欢得了不得。王继鹏登上了帝位，这就是闽国第二任皇帝。闽国中，没一人敢生异议。

王继鹏改名为王昶，册封春燕为贤妃，命李仿判六军诸卫事。

李仿，弑君首恶，担心复仇，多养死士，作为护卫。王继鹏恐他复蓄异谋，密与指挥使林延皓计议，托名犒军，暗中伏兵，专候李仿进来。李仿昂然直入，来到内殿，猝遇伏甲突出，将他拿下，立即枭首。李仿部众不服，攻打应天门，未能得手，转焚启圣门。林延皓率兵拒守，也不得逞。乱兵奔逃吴越国去了。

王继鹏心下大悦，命弟王继严判六军诸卫事。

春燕好淫善媚，王继鹏非常宠爱。坐必同席，行必同舆，别造紫微宫，专供春燕游幸，繁华奢丽，无与伦比。春燕所言，王继鹏无不允从。

王继鹏越来越傲慢骄纵，一天，王继鹏忽然看见内宣徽使叶翘穿着道士服走出。王继鹏忽然醒悟，对叶翘说："我知道了，您是嫌我没能与众臣商议军国之事，这是我的过错。"

叶翘顿首回答："陛下即位以来，臣无任何成就可称道，臣请求致仕。"

王继鹏说："如果我的决策不正确，叶公应该公开说出，你为何要弃我而去！"

王继鹏厚赐叶翘金帛。

王继鹏进册春燕为皇后。王继鹏本有妻李氏，是王继鹏姑姑的女儿，自得了春燕，将妾作妻，正室反贬入冷宫。

叶翘劝谏王继鹏："李夫人应当以礼相待，为何因为新爱而抛弃她！"

王继鹏不高兴，从此疏远了叶翘。叶翘再次上书言事，王继鹏在他奏章上批写道——

春色曾看紫陌头，乱红飞尽不禁愁；

人情自厌芳华歇，一叶随风落御沟。

叶翘回到故乡，得以寿终。

16

福州西北三千里，是洛阳。

秦王李从荣拥兵自重，知制诰张昭说应该请一位师傅来帮助引导他。朝臣们害怕秦王，就请李从荣自己选择，李从荣就请了任赞，任命他为秘书监，担任李从荣的师傅。

任赞流泪说："祸患就要来了！"

李从荣王府官属十几人，大都是些轻浮阴险狡诈之人，每天都阿谀奉承，使得李从荣日益骄横起来，只有任赞一直不停劝谏。李从荣曾经让宾客一起入座写文章，任赞认为自己是秦王师傅，耻于和这些小人物为伍，一脸不高兴。李从荣讨厌任赞，告诉身边的侍从："任赞来时不要通报。"

任赞也不主动前往，每月只去秦王府一次而已，回到家里就闭门不出，不与人交往。

933 年十一月，后唐明宗李嗣源出宫赏雪，受了风寒，回宫以后，当夜病起，急召太医诊视，说是伤寒所致，投药一剂，未得康复。次日热不可耐，竟至昏昏沉沉，不省人事。李从荣与枢密使朱弘昭、冯赟，入问起居，三呼不应。

花见羞侍坐榻旁，代为传语："李从荣在此。"

李嗣源不答。花见羞再说道："朱弘昭等亦在此。"

李嗣源仍然不答。李从荣等无言可说，只好退出。到了门外，忽闻宫中有哭泣声，疑是李嗣源已崩。

李从荣回到府中，夜晚不寐，专等宫中宦官前来。哪知候到黎明，一点动静没有。李从荣倦极，便在卧房中躺下，呼呼睡去。等到醒来，已是中午，起问仆从，并没有宫廷消息，不由惊惧交并。李从荣喃喃说："难道宫中封锁消息，专等三弟李从厚前来？"

李从荣掌管兵权，又是事实上的长子，但始终未被确立为储君，常常心有不安。李从厚是李从荣的同母弟，在朝野颇有人望，爱读《春秋》，略通大义，并且相貌酷似李嗣源，深受皇上宠爱。而李从荣残暴擅杀，与诸臣不和。李从荣猜忌李从厚，自感素无人望，打算密谋称帝。

李从荣派遣押衙马处钧，往告朱弘昭、冯赟："秦王欲带兵入宫，既便侍疾，且备非常，当就何处居住？"

朱弘昭、冯赟慌恐答道："宫中随便可居，惟王自择。"

朱弘昭、冯赟又小声对马处钧道："皇上万福，秦王应该竭力忠孝，不可妄信浮言。"

马处钧回告李从荣，李从荣又遣马处钧对朱弘昭、冯赟道："你等独不念家族吗？怎敢拒我？"

朱弘昭、冯赟二人大惧，入告宣徽使孟汉琼。孟汉琼转告花见羞，花见羞道："皇上当可无虞，李从荣奈何敢蓄异图？"

孟汉琼道："此事需要预防，一经秦王入宫，必有巨变！看来只有让亲军都指挥使康义诚调兵入卫，方免他虑。"花见羞点首，孟汉琼自去。

去找康义诚的，还有李从荣派出的马处钧。康义诚阴险邪恶，当即赞成。

李嗣源昏睡了一昼夜，到了次日夜半，出了一身微汗，便觉热退神清，蹶然坐起。四顾寝殿，只有一个守漏宫女。李嗣源问道："夜漏几何？"

宫女答道："已是四更了。"

李嗣源又问："后妃在哪？"

宫女道："想是各往寝室，待去通报便了。"

后宫闻信，陆续趋集，相率请安，并问李嗣源腹可饥否？李嗣源进粥一碗，仍然安睡。到了天明，神色更好了许多。

李从荣尚未得知，仍疑是宫中秘丧，将迎立他人，不得不先行下手。

孟汉琼去见康义诚。康义诚已向马处钧许诺，并且自己的儿子康代就在李从荣身边，康义诚爱子情深，投鼠忌器，嗫嚅回答孟汉琼："我系将校，不敢乱来，凡事须由宰相处置！"孟汉琼见康义诚首鼠两端，忙去转告朱弘昭。朱弘昭大惊，夜邀康义诚入私室，一再详问，康义诚仍说前言，一会辞去。

这晚，李从荣召集河南府衙兵千人，列阵天津桥，待至黎明，即遣马处钧到冯赟府邸，叩门传语道："秦王决计入侍，当居兴圣宫，公等各有宗族，办事应该周全，祸福就在瞬间，幸勿自误！"冯赟未及答，马处钧已去，转告康义诚，康义诚道："秦王欲入宫，义诚自当奉迎。"

冯赟、康义诚各怀私意，全部驰入右掖门。

朱弘昭相继驰至，孟汉琼自内趋出，与朱弘昭等共至中兴殿门外，聚议要事。冯赟述说马处钧传语，对康义诚说："秦王心迹可知，康公不要因为儿子在秦王府就左右顾望，须知皇上禄养我辈，正为今日，如果使秦王兵得入此门，将置皇上于何地？我辈还有遗种吗？"

康义诚尚未回答，门吏仓皇奔入，大声呼道："秦王已率兵至端门外了。"

孟汉琼闻报，急促说道："今日仓促生变，危及君父，难道还能观望吗？

483

我辈贱命，有何足惜？自当率兵拒击！"

孟汉琼入禀李嗣源："李从荣造反，已率兵攻端门，如果纵他入宫，便成大乱了！"

宫人听了此言，相向号哭，李嗣源惊问道："李从荣何苦这样？"

李嗣源问随来的朱弘昭、冯赟："究竟有无此事？"

两人齐声道："确有此事，现已令门吏闭门了。"

李嗣源指天泣下，对一起进来的康义诚道："烦卿处置，勿惊百姓！"

潞王、凤翔节度使李从珂的儿子李重吉为禁军指挥使，正好在侧。李嗣源向李重吉说道："朕与你父亲冒矢石，定天下，李从荣有何功劳？今乃为人所教，敢行悖逆！朕原知此等竖子不足托付大事，当呼你父来朝，授他兵权。你速为朕闭守宫门！"李重吉应命，即召集禁军，把宫门堵住。

孟汉琼披甲上马，召入马军都指挥使朱弘实，令率五百骑讨伐李从荣。

李从荣扼住天津桥，端坐椅上，令亲兵康代召唤他父康义诚。

康义诚既答应了李从荣，又听命于李嗣源，阴持两端，干脆躲得远远的。

康代行至端门，见门已紧闭，转叩左掖门，亦没人答应，便从门隙中瞧将进去，遥见朱弘实引着骑兵，奔将而来。康代慌忙禀告李从荣。李从荣惊慌失措，起座弯弓执矢。

一会，骑兵大至，冒矢直进，朱弘实遥呼道："来军何故从逆，快快回营，免得连坐！"李从荣部下衙兵，节节败退，逃归河南府。

李从荣麾下，有一武士，名叫李筠。

他是太原府人，自幼善于骑射，能开百斤硬弓，连发连中，应募入伍后，隶属李从荣。

李筠在天津桥上射杀十数人，弃马逃去。

李从荣狼狈奔回，走入府邸，四顾无人，只有妻室刘氏，在寝室中抖做一团。听得人声鼎沸，刘氏先钻入床下，李从荣急不可择，也匍匐进去，与刘氏一同避匿。

皇城使安从益率三百骑兵，驱入秦王府，带兵搜寻，见床下伏着两人，便即顺手拽出，一刀一个，结果性命。再从床后搜寻，还躲着小儿一人，也即杀死。

李嗣源听闻李从荣已死，悲咽几堕于榻。李嗣源悲哭道："朕长子李从审为元行钦所杀，次子李从荣现又被杀，现在只剩下三子李从厚和幼儿李从益了。不知道朕死后，他们会否平安呢？"

李从荣尚有一子，留养宫中，诸将请一并诛杀，李嗣源泣语道："此儿何罪？"

孟汉琼入奏："李从荣为逆，应坐妻儿，望陛下割恩正法！"

李嗣源不肯应允，将吏哗声顿起，无可禁止。李嗣源无奈，只得命孟汉琼取出幼儿，毙命刀下，追废李从荣为庶人。做内应的司衣王氏也被赐死。诸将方才散归。

冯道率百官入宫问安。李嗣源泪下如雨，呜咽与语："朕家不幸，竟致如此，愧见众卿！"冯道等亦泣下沾襟，用婉言劝慰，然后退出。

行至朝堂，朱弘昭等正在聚议，欲尽诛秦府官属。

冯道反对道："判官任赞与李从荣一向不和，在职不超过一个月，詹事王居敏也因为正直被李从荣讨厌，河南府判官司徒诩告病在家很久了，这些人应该都没有参与李从荣的阴谋。押衙马处钧和李从荣关系最好，按律应当处斩，其他人可按实情减刑。"

朱弘昭说："大家不知道李从荣的意图，假使李从荣当了国君，会怎样对待任赞这些人呢？我辈还有家室族人吗？况且法律分首犯和从犯，如今李从荣夫妇儿女都死了，那么只杀任赞等人，就算是他们的幸运了！"

冯赟坚持冯道意见，争论说不能杀他们，任赞等人这才免去一死。于是马处钧被杀，而任赞等十七人被流放。

任赞听说李从荣兵败，穿上白衣骑着驴等候处死，有人告诉他只是免去官职，任赞说："哪有谋反臣子官僚仅仅被免官的道理？我不死就算是幸运了啊！"

李嗣源异常悲骇，病情加剧，立派孟汉琼到魏州召宋王、同平章事、魏博节度使李从厚回京。

933年十一月二十六日，李嗣源驾崩于雍和殿，终年六十七岁。

后唐明宗李嗣源是一个目不识丁的沙场英雄，本来没心做帝王，但历史潮流将他推上了皇帝宝座。总计李嗣源在位，共得八年。国家吏治清明，百姓休养生息。《资治通鉴》称他：性不猜忌，与物无竞，即位后年谷屡丰，兵革罕用，算是乱世明君。

五 天下本无事

933年十二月初一日，宋王、同平章事、魏博节度使李从厚赶至洛阳，为后唐明宗李嗣源发丧，并于枢前即位，这就是后唐闵帝。

来年正月，后唐闵帝李从厚大赦天下，尊曹氏为太后，花见羞为太妃，然后加官封爵——

冯道为司空；

李愚为右仆射；

康义诚为检校太尉、侍中，判六军诸卫事；

朱弘实为检校太保、侍卫马军都指挥使；

冯赟兼侍中，封邠国公。

内外百官，俱一一进阶。

三公之职多为大臣加衔，很少实职。冯道拜司空，朝廷却不知该如何安排职事，太常卿卢文纪让冯道掌管祭祀扫除。冯道平时无事可做，因此众人都担心他不肯答应。冯道笑道："我有什么不肯的？"

涿州人刘昫被拜为吏部尚书、门下侍郎，负责监修国史。刘昫率领众人将唐代实录、国史、诏令、行状汇编。刘昫与冯道是姻亲。李愚刚直不阿，疾恶如仇，向来嫌恶冯道的为人，每当稽查出冯道的过失差错，就在刘昫面前讥笑冯道："这是您亲家翁干的好事。"后来，"亲家"称呼通行到了民间，一直沿用到今天。刘昫怨李愚的话太尖刻，每次说话必相互为难。

李从厚加封蜀王、东西两川节度使孟知祥为检校太师。后唐宣徽使孟汉琼到了成都，孟知祥却不愿受命，遣归孟汉琼。

934年春节，西川有黄龙、白鹊、白龟等祥瑞出现。赵季良乃率文武百官劝进。孟知祥道："我德薄，会辱天命，终老蜀王就足矣。"

赵季良道："将士大夫尽节效忠于大王，都是希望能攀鳞附翼。大王不登帝位，有负军民推戴之心。"

孟知祥无奈说："先帝李嗣源清除异己，王都、朱守殷、元行钦、任圜等人归于尘土。我孟知祥和李存勖有郎舅之亲，又如何为朝廷信赖？我孟知祥又岂能无动于衷？成都平原地势平坦、河网纵横、物产丰富，是名副其实的鱼米之乡、天府之国。在天府之国的周边，有高耸的秦岭和难于上青天的蜀道，这是中原入蜀难以逾越的障碍。现在年轻的李从厚称帝，那么我孟知祥就顺从众位将吏之意吧！"

934年正月，孟知祥在成都称帝，国号"蜀"。

这就是《新五代史》所称十国中的第八个割据政权：后蜀国。

这时，离前蜀国灭亡已经九年。蜀地两川再次由藩镇转为王国。后蜀国共辖五十个州、二百三十个县。

后蜀开国皇帝孟知祥已经六十一岁，他衮冕登坛，追册沙陀李氏为皇后，册立太原李氏为贵妃，然后分封众官——

赵季良为同平章事；

李仁罕为卫圣诸军马步军指挥使；

赵廷隐为左匡圣步军都指挥使；

张业为右匡圣步军都指挥使；

张公铎为捧圣控鹤都指挥使；

李肇为奉銮肃卫都指挥使；

侯宏实为奉銮肃卫指挥副使；

李昊为翰林学士。

孟知祥大宴众臣，高兴说道："假使前蜀末代皇帝王衍不荒于政，有贤臣辅佐，李继岌这小子又岂能建此灭国大功？"

赵季良说道："这要感谢王衍荒政呀，他把天命交给了陛下您，这也是天时啊。不有所废，陛下何以兴？"

孟知祥罢除何瓒行军司马之职。何瓒走不得、留不得，饮恨而卒。

1

闻听孟知祥称帝，后唐闵帝李从厚对潞王、凤翔节度使李从珂倍加猜忌。

李从厚先是解除了他儿子李重吉的禁军之权，改任亳州刺史，调离京师，然后又召他出家为尼的女儿惠明进宫。李从珂听到儿子被外黜，女儿被内召，知道新主对他产生了猜忌，终日惶惶不安。

李从珂本为李嗣源所爱，屡立战功，李嗣源病剧，李从珂只遣夫人刘氏入省，自在凤翔观望。等到李嗣源去世，李从珂亦称病不来奔丧。李从厚信谗见猜，屡遣人侦察李从珂。朱弘昭、冯赟自恃有拥立之功，专擅朝政。李从厚虽然不悦，却也无可奈何。朱弘昭、冯赟捕风捉影，专喜生事。李从厚听信二人谗言，用互换藩镇来消除李从珂等藩帅势力——

凤翔节度使李从珂改为河东节度使；

河东节度使石敬瑭改为镇州成德军节度使；

镇州成德军节度使范延光改为魏博节度使；

魏博节度使安彦威改为河中节度使；

河中节度使李从璋改为凤翔节度使。

天下本无事，庸人自扰之。李从厚不知利害，遣使前往五处藩镇，分头传命。《周易》中说："德薄而位尊，知小而谋大，力少而任重，鲜不及矣。"李从厚才是个二十岁的无德无谋无功毛孩子，本应如履薄冰，却敢想敢做，于是大祸酿成了。

潞王李从珂镇守凤翔，距洛阳最近，第一个接到旨令，满肚狐疑。两天后，又闻李从璋前来接替，更觉不安。李从璋为李嗣源之侄，前时手杀安重诲。这次调至凤翔，李从珂也恐他来下毒手。

李从珂想要抗命，又觉得自己兵弱粮少，于是在夜晚和五位部下商议。这五位部下是——

节度判官韩昭胤，凤翔府人，李从珂倚为亲信。

掌书记李专美，长安府人，从小爱好读书，耿直重视名节。李从珂见李专美敦厚文雅，用为掌书记。李从珂曾在衙门大摆筵席，众将吏参加。李从珂说："夜里梦到皇上召我而去，这预示什么？"将吏们都不能回答。等众人走后，李专美对李从珂说："大帅将来一定会继位为君。"李从珂从此更加器重李专美。

衙将宋审虔，太原府人，深受李从珂信任。

客将房暠，长安府人，老成持重，李从珂引为知己。

孔目官刘延朗，宋州人，李从珂视为心腹。

时值初春，天上飘着雪花，六人围炉夜话。

李从珂直言不讳，韩昭胤等人随声附和，都劝李从珂造反。韩昭胤等五人说："新皇年少，朝政都把握在朱弘昭、冯赟两人手里，主上功高盖主，如果离开凤翔，一定凶多吉少。"

听了五位部下的话，李从珂内心很矛盾，作为李嗣源义子，如果反了就会落下不仁不义的名声，但如果不反，他就如同众将领所说凶险万分。李从珂又问其他将吏，大都支持，只有观察判官马胤孙谏阻："《论语》说，'君命召，不俟驾行矣。'意思是国君召唤，孔子不等车辆驾好马，立即先步行。现今听到诸君所议，恐非良图。"大众闻言，统哑然失笑，视为迂谈。

凤翔有一老头，人称何叟，年逾七十，去年冬天无疾猝死。冥中见了阎王，告诉何叟："为我告诉潞王，来年三月，当为天子。"何叟闻听此语，竟然还阳。何叟自思阴官所言，不便转告，便不当回事。逾月又死，复见阎王，向他怒斥："怎敢违我命令，不去转达！今再放你还阳，速即传报！"何叟再苏，不敢隐匿，转告李从珂孔目官刘延朗，刘延朗转告李从珂。李从珂召何叟入问，何叟答道："请待至来年三月，必有验证，否则戮我未迟。"李从珂厚给金帛，叮嘱他不再泄漏。

房暠喜鬼神占卜之说，有盲人张蒙擅长预测，所言吉凶无有不中。房暠引张蒙见李从珂，张蒙闻听李从珂说话声，惊叫道："此非人臣也！"李从珂即以张蒙为馆驿巡官。李从珂少兵缺粮，问张蒙。张蒙先是呆若木鸡，而后还阳说："神语，王当有天下，可无忧！"

潞王李从珂下定决心，命掌书记李专美起草檄文，散发到各地，以清君侧除奸臣为名，请求各藩镇共同出兵攻打京师，杀掉朱弘昭、冯赟等人。

各处藩镇接到李从珂檄文，或反对，或中立，只有陇州防御使相里金有心依附，即遣判官薛文遇往来议事。

薛文遇，陇州人，进士出身，聪颖好学，通读《九经》。

李从珂因长安留守王思同挡住进路，不得不先与联络，特派推官郝诩到达长安，说以利害。郝诩对王思同说："奸臣朱弘昭、冯赟乘先帝病重杀秦王而立幼主，欺凌宗室，动摇藩镇，潞王起兵只为清君侧。"与郝诩随行伶人安十十弹奏五弦，想乘王思同高兴来说服。

王思同，幽州人，原幽州节度使刘仁恭外孙。王思同个性疏俊，粗有文采，曾写诗："料伊直拟冲霄汉，赖有青天压著头。"王思同深受李嗣源器重，先后担任右武卫上将军、伐蜀先锋指挥使、长安留守。

面对凤翔来使，王思同慨然说道："我位至节镇，如果与凤翔同反，就使成事，也不足为荣。一旦失败，身名两丧，反致遗臭万年，这事岂可行得！"王思同捉住郝诩和安十十，押送京城洛阳，详报后唐朝廷。

后唐闵帝李从厚接报，吃惊不小，当即命王思同为西面行营马步军都部署，华州节度使药彦稠为西面行营马步军副都部署，汝州刺史苌从简为马步军都虞侯，严卫步军左厢指挥使尹晖、羽林指挥使杨思权等为偏将，率军五万，往讨李从珂。李从厚又命山南西道节度使张虔钊、洋州武定军节度使孙汉韶为西面行营马步军副都部署，河中节度使安彦威为西面行营都监，率领各藩镇兵马夹攻凤翔。

李从厚命羽林都指挥使侯益为行营马步都虞侯，往攻凤翔。侯益知晓军情将变，称疾不行。李从厚大怒，降侯益为商州刺史。

话说王思同等会同各藩镇兵马共至凤翔城下，鼙鼓喧天，兵戈耀日，当即传令攻城。山南西道节度使张虔钊、洋州武定军节度使孙汉韶主攻城西，因为督战太急，军士太苦，反过来攻打张虔钊、孙汉韶。二人心怀不安，私下一合计，竟然连带辖区土地归顺了后蜀国。

走了两处兵马并不要紧。王思同兵马和李从珂兵马相比，仍然占了很大优势。在朝廷重兵的攻击下，凤翔城东、城西的小城先后失守。再打下去，凤翔主城难保。李从珂站在城头上，焦急万分，恨自己没有早点防备，以致将要落个身首异处。情急之下，李从珂将上身的衣服脱掉，露出身上的一个个伤疤，站到了城墙上，大哭着说："我自小就跟随先帝出生入死，身经百战，满身创伤，才有了今天的江山社稷。你们跟着我，这些事都看在眼里。现在，朝廷宠信佞臣，猜忌自家骨肉，我究竟有什么罪要受此惩罚呢？"

李从珂说至此，在城上大哭起来。

李从珂一把鼻涕一把泪，不但让手下的将士满怀激愤，就连攻城的后唐军也潸然泪下。毕竟人心是肉长的，众人对李从珂难免会抱有几分同情。更何况，攻城后唐军中有不少人曾是李从珂昔日的部属，跟着李从珂出生入死多年，焉能对他的哭诉无动于衷？内外军士，相率泣下。

羽林指挥使杨思权趁机大喊："潞王，是我们之主啊！"杨思权率兵从西门入城投降李从珂。杨思权拜见李从珂说："愿授臣节度使。"

李从珂当即答："邠宁节度使。"

杨思权手舞称谢，登城招诱严卫步军左厢指挥使尹晖。尹晖遍呼各军："城西军入城受赏了，何必再打呢？"军士闻听，立即解甲弃杖，声闻数里。各藩镇之兵，纷纷溃散。王思同顿时仓皇失措，与安彦威等节度使统统离去。

凤翔城下，忽然风清日朗，雾扫云开。李从珂转惊为喜，将城中财帛，犒赏将士，甚至鼎釜等器亦估值作赏，众将士欢声如雷。

后唐闵帝李从厚闻听败报，惊慌得不得了，急召朱弘昭、冯赟、康义诚等人入议。李从厚凄然说道："朕年轻即位，天下事都是诸位决定的，事情到了这种地步，用什么办法消除灾祸呢？朕是不是应当率领大家去迎接李从珂我兄，让位给他呢？"

朱弘昭、冯赟面面相觑，不发一言。康义诚眉头一皱，计上心来，便说道："西面惊溃，统由主将失策，今侍卫诸军很多，臣请自往抵敌，扼住要冲，召集离散将士，想不致再蹈前辙，愿陛下勿忧！"

李从厚道："康卿如果前往督军，当有把握，但恐敌势方盛，一人不足济事，派人去召石敬瑭，一同进兵，可好吗？"

康义诚答道："石敬瑭也是迁移节度使，恐怕他也是心情沮丧，如果有异心，就是火上浇油了，不如由臣自行，免受牵制！"

李从厚点头答应，按康义诚所求，打开国库，赏给出征将士每人绢帛二十匹、铜钱五千。军士们得到赏赐并不甘心，纷纷说："到凤翔再拿一份。"人心乱了，可惜李从厚太年轻，觉察不到。

朱弘实知晓康义诚是个首尾两端之人，不久前抵抗秦王李从荣就是如此，如今率军西征，难免有二心。朱弘实对康义诚说："现在西征小有失败，然而没有一骑东回，人心可知。不如以兵守京城，对方虽胜，还有诸镇之兵挡道，他们敢来进攻吗？"

康义诚大怒说："如此说，朱弘实反了！"

朱弘实大声说："你看谁想反呀？贼喊捉贼吧！"

二人争讼殿前，朱弘实仍盛怒相向，康义诚佯作低声，两下各执一词。康义诚向李从厚说："朱弘实目无君上，在御座前，还敢这般放肆，如今叛兵将至，朱弘实不发兵拦阻，却在此惊动宗社，这不是反了吗？"李从厚不禁点首，康义诚又逼紧一层："朝廷出此奸臣，怪不得凤翔一乱，各军惊溃，今欲整军耀武，必须将此等国蠹，先正典刑，然后将士奋振，足以平寇！"

李从厚太年轻，分不清忠奸，听信康义诚所言，斩杀朱弘实，以康义诚为凤翔行营都招讨使，率领全部禁军西征。禁军见朱弘实冤死，无不惊叹。康义诚得泄余恨，带着禁军，一溜烟西去了。

李从厚见康义诚慷慨激昂，还以为长城可靠，索性派遣殿直使楚匡祚前去亳州，杀死已经禁锢起来的李从珂之子李重吉，并勒令李重吉之妹惠明自尽。李从厚在皇宫中，眼巴巴地等候捷音。

哪有捷音可候？李从珂率领大军即将出征了。

凤翔吏民拦马遮道，对李从珂说："大王此去，肯定登上九五之尊，请以李继曮再镇凤翔。"李从珂当即应允。原来，李继曮少敏悟，善笔札，性柔和，其父李茂贞在乱世纷争之中，保得凤翔一方平安，故凤翔吏民对李继曮有感情，请求郓州天平军节度使李继曮回镇凤翔。

王思同逃到长安，副留守刘遂雍闭门不纳。

刘遂雍为刘鄩之子，因花见羞关系，刘遂雍极深恩宠。

493

刘遂雍悉封府库，以待李从珂。李从珂见到刘遂雍，握手流涕。

王思同逃往潼关，被李从珂前军追至，活擒而去。李从珂当面质问王思同："我起兵凤翔，只是为了诛杀一二贼臣。你为何多方误我，你能逃脱罪过吗？"

王思同答："我是从军之人，受先帝李嗣源重任，秉旄仗钺，得历重藩，终无功绩以答殊遇。我不是不知攀龙附凤则福多、扶衰救弱则祸速，但恐瞑目之后，无脸面见先帝李嗣源呢。"

李从珂自觉惭愧，为之动容，起身谢道："我也不能忘了先帝对我的厚恩呀！你且歇息。"

杨思权、尹晖二人羞与相见，尤其尹晖，刚刚抢了王思同家财及诸女，便屡劝李从珂孔目官刘延朗杀毙王思同。刘延朗乘李从珂酒醉，擅杀王思同，托言王思同谋变。李从珂醒后，付诸一叹罢了。

李从珂再进军华州，前驱捉住节度使药彦稠，将其杀掉。

李从珂继续前行，途中各州无一拒守，如入无人之境。汝州刺史苌从简不只勇猛彪悍，而且刻薄寡恩，暴虐多疑。他对待下属，毫无怜悯爱惜之意，稍有怠慢或者违其心意，既加鞭笞，或者处斩。苌从简心思变幻莫测，手下将吏见了他就像老鼠见了猫，无不战战兢兢侧目而行。苌从简奉命征伐，不料将士哗变，转投李从珂。

苌从简无奈，一人悄悄东归。路上遇到张廷蕴，为张廷蕴所执，送于李从珂。

李从珂数落他："人皆归我，你为何背我而去呢？"

苌从简答："事主不敢二心，今日生死全在潞王手中，任潞王随意处置。"

李从珂念起忠义，不但未加怪罪，反而将他释放。

河中节度使安彦威、同州节度使安重霸望风投降，唯独陕州节度使康思立闭门登城，拟待康义诚到来，共同守御。

康思立忠勇兼备，面对后唐朝廷李家兄弟的相互残杀，无所适从。李从珂前驱至城下，向城上仰呼："城中将吏听着！天下各军已奉迎新帝，你等数人还为谁守？快快打开城门，免得连累一城百姓肝脑涂地，岂不可惜？"陕州城中，仅有五百军士。城中守兵大惧，争相出城迎接李从珂。康思立不能禁止，只得也出城相迎。

李从珂入城安民，与众将再商行止。刘遂雍献议："现今大王将到京师，料都城中人必丧胆，不如移书洛阳，慰谕文武士庶趋吉避凶，定可和平解决了。"李从珂依言，派人驰书洛阳，略言大兵入都，除朱弘昭、冯赟两族不赦外，此外各安旧职，不必忧虑。

侍卫马军都指挥使、京城巡检安从进，以勇力著称，一得此书，当即暗布心腹，专待李从珂军到，迅速出城投降。

后唐闵帝李从厚还是睡在梦中，诏促康义诚进兵。

康义诚军至新安，部下将士争弃甲兵，赴陕州投降，十成中走去了九成半，只剩得寥寥数十人。康义诚心本叵测，此次自请出兵，意欲尽举卫卒投降李从珂，作为首功。不料将士已抢先投降，顿失所望。康义诚途中遇着刘遂雍，即与他相见，自解所佩弓剑，作为信物，请求投降。

警报飞达京师，后唐闵帝李从厚急得不知所措，忙遣宣徽使孟汉琼宣召朱弘昭。

朱弘昭对他的门客穆延晖说："皇上召见我非常紧急，将要加罪于我。我的儿媳妇，是您的女儿，把她领回去，不要让她受连累。"交代完后，朱弘昭拔剑想要自杀，亏得家人将他制止。孟汉琼催促朱弘昭入见，朱弘昭大呼："没想到我一生努力，竟然困窘到了这种地步了！"朱弘昭投井而死。

安从进闻朱弘昭已死，率兵进入朱弘昭府邸，枭了他的首级，然后奔往冯赟府邸，把冯赟及冯家男女老幼尽行屠戮。安从进将朱弘昭、冯赟两颗头颅，送入陕州。

李从厚始知自己危在旦夕，不得不避难出奔。正巧碰上宣徽使孟汉琼归来，便令他整备行辕，以便出幸。孟汉琼假装应命，却是扬鞭西驰，逃命去了。李从厚召诸妃诀别，欲手刃之，众知其心，全都藏窜。

李从厚自率五十骑至玄武门，对禁军指挥使慕容进道："朕徐图兴复，你可率禁军从行！"慕容进系李从厚爱将，随即应声说道："生死当从陛下！请陛下先行一步，待臣召集部众，出卫皇上！"李从厚驰出玄武门。可是一出门外，门便关住。何人所关？正是慕容进。

同平章事冯道、李愚等人朝，到了端门，始知朱弘昭、冯赟皆死，李从厚出走。冯道怅然欲归，李愚道："天子出走，我们并未参与谋划。如今太后曹氏还在宫中，我们应到中书省，让小宦官去探取太后曹氏意见，然后再回自己宅第，这是人臣大义！"

冯道说："皇上失守社稷，国家已无君主。我们作为人臣，只能侍奉君主，没有君主便入宫城，恐怕不合适。再说，潞王已经到处张贴榜文，大事如何，尚不可知，我等不如回去听候命令。"

李从珂尚留陕州，康义诚前往待罪，李从珂面责道："我弟弟有今天，都是你们无能造成的！"康义诚大惧，叩头请死。李从珂饶恕了他，冷笑道："你且等着，再听后命！"康义诚不得已留住行黄。李从珂由陕州出发，东趋洛阳。

李从珂到了渑池，遇到宣徽使孟汉琼。当年，李从珂失守于河中，勒归于清化里第。花见羞让孟汉琼去见李从珂，李从珂与孟汉琼倾心相交。因为这段交情，孟汉琼单骑至渑池谒见李从珂。孟汉琼伏地大哭，欲有所陈。李从珂说道："诸事不言可知！"孟汉琼自感失落，自杀而死。

冯道已生变志，前往天宫寺。安从进派人告知冯道："潞王已急速而来，马上就要到了，冯公应率百官前去迎接。"冯道便在天宫寺停下，就地召集百官。

中书舍人卢导来到，冯道让他起草劝进文牒。卢导道："潞王入朝，百官列班迎接便可。就算有废立之举，也应听太后曹氏诰令，怎可由我等仓促劝进。"

冯道淡淡说道："识时务者为俊杰。"

卢导反驳道："现在皇上蒙尘在外，大臣哪能对他人劝进？如果潞王不想做天子，以君臣大义责备我们，我等何言以对？"

冯道未及回答，安从进又派人前来催促，他便连忙出城迎接。

李从珂尚未来到，冯道便与同平章事刘昫、李愚在上阳门外歇息。

卢导从他们面前经过，冯道再次提及劝进之事，卢导对答如初。

李愚叹道："卢舍人说得很对，我们这些人的罪过，擢发难数。"

李从珂率兵至蒋桥，冯道、安从进等已排班恭迎。冯道等众臣上笺劝进，李从珂并不审视，但令左右收下，竟尔昂然入都。李从珂先进谒太后曹氏、太妃花见羞，再走到西宫，拜伏李嗣源枢前，泣诉前来洛阳的缘由。冯道等众臣跟了进来，待李从珂起身，列班拜谒。太后曹氏下诏，废李从厚为鄂王，立李从珂为帝。

李从珂不再推辞，在后唐明宗李嗣源灵枢前行即位礼，受百官朝贺。

这一天，是934年四月六日。

李从珂即后唐末帝，时年五十岁。

李从珂对房暠说："张蒙神言，岂不验哉！"

后唐闵帝李从厚自玄武门奔出，随身只五十骑兵，见慕容进变卦，不由自嗟自怨，踟蹰前行。到了卫州东境，忽见有一簇人马拥着一位金盔铁甲的大员吆喝而来。到了面前，那大员滚鞍下马，倒身下拜。李从厚仔细瞧着，乃是河东节度使石敬瑭。李从厚传谕免礼，令他起谈。石敬瑭起问："陛下为什么到此？"

李从厚道："潞王发难，气焰甚盛，京都恐不能保守，朕所以匆匆出幸，拟号召各镇，再图兴复，石公来正好助我！"

"闻康义诚出军西讨，胜负如何？"

"还要说他什么，他已叛变了！"

石敬瑭俯首无言，只是长叹。

李从厚道："石公系国亲皇戚，事至如今，全仗石公扶持！"

石敬瑭道："臣奉命换镇，所以入朝，麾下不过一二百人，如何御敌？

卫州刺史王弘贽练达老成，愿与他共谋国事！"

石敬瑭驰入卫州，王弘贽出来迎见，两下叙谈。石敬瑭问："皇上危迫，我是戚属也，怎么办呢？"

"天子避狄，自古有之，然而将相大臣有跟从的吗？"

"没有。"

"国宝、乘舆、法物有吗？"

"没有。"

王弘贽叹道："所谓大木将颠，非一绳所维。今万乘之主，以数十骑出奔，而将相大臣无一人从者，则人心已去就可知啦。虽欲兴复，怎么能办到呢？"

石敬瑭以王弘贽所语告白李从厚。

李从厚已住卫州驿舍中，弓箭库使沙守荣、奔弘进对石敬瑭说："皇上，先帝爱子；石公，先帝爱婿。石公于此时不能报国，而反问大臣、国宝所在，石公想助叛贼造反吗？"

沙守荣拔出佩刀，欲刺石敬瑭。石敬瑭连忙倒退，部将陈晖上前救护石敬瑭，拔剑与沙守荣交斗。石敬瑭手下都押衙刘知远率兵进入，接应陈晖。陈晖胆力愈奋，格去沙守荣手中刀，把他一剑劈死。奔弘进料不能支，也即自刎。刘知远见两人已死，索性指挥军士，将李从厚随骑数十人，杀得一个不留。李从厚吓做一团，不敢发声。刘知远麾兵出驿，簇拥着石敬瑭，驰往洛阳去了。

李从厚形单影只，举目无亲，进不得进，退不得退，只好流落驿舍中，任人发落。

王弘贽令市中酒家献酒，李从厚大惊，王弘贽说："这是酒家献酒呢，不要多虑。"李从厚于是心安，自此日饮一杯。李从厚一住数日，无人问候。忽然洛阳遣来一使，入见王弘贽。这人非外人，而是王弘贽之子王峦，担任殿前宿卫。王弘贽问他来意，他即与王弘贽附耳数语。王弘贽频频点首，便备了鸩酒，引王峦往见李从厚。王弘贽说是酒家献酒，李从厚饮而不疑，旋即驾崩。

后唐闵帝李从厚在位仅三个多月，年仅二十一岁。

李从厚继位后，学习《贞观政要》和《太宗实录》。他虽欲励精图治，但却不懂治国之道，处事优柔寡断，且无识人之明，于是在乱世中如同一颗流星一闪而过。

李从厚之妃孔氏，即孔循女，尚居宫中，生子四人。后唐末帝李从珂遣人告诉孔妃："李重吉何在？你等尚想全生吗？"孔妃看着四子，只是悲号。片刻工夫，有人持刃进来，随手乱砍，可怜孔妃与四子，一同毙命。

磁州刺史宋令询知书乐善，动皆由礼，李从厚做节度使时，宋令询为都押衙，参辅军政，甚有政绩。等到李从厚即位，朱弘昭、冯赟辅政，宋令询出任磁州刺史。宋令询闻故主遇害，恸哭半日，自缢而亡。假使李从厚用宋令询为相，或许就不会有今日之惨局了。

李嗣源的亲子李从厚为李嗣源的义子李从珂所灭，李从珂与自己的义父如出一辙，靠着兵变即位，也都是间接杀害了义父的亲子。"成也义子，亡也义子。"自此后，权贵豢养义儿越来越少，盛极一时的义儿之风渐趋式微。

李从珂痛恨康义诚反复无常，背主求荣，因此命人将他斩于兴教门外，同时全族诛灭。李从珂诏告天下："康义诚和朱弘昭、冯赟力不能卫社稷，谋不能安国家，都是离间兄弟、败坏国家的一丘之貉。"

康义诚终年五十四岁，他为人奸邪，没有节操，最终身败名裂。康义诚是唐末乱世中的小人典型，虽然一时得势、屡次得势，但上天会给他一个公正交待。

殿直使楚匡祚曾经奉李从厚之命，杀死了李从珂之子李重吉。李从珂要杀了楚匡祚全族，亲信韩昭胤劝谏："陛下是天下人之父，天下人都是陛下之子，用法应按至公办理。楚匡祚遵守李从厚的诏命，不得不为。现在要族灭楚匡祚，对死者无益，却不能顺服众心。"李从珂叹了一口气，把楚匡祚流放到登州。

李从珂大赦天下，追尊生母魏氏为太后，册封夫人刘氏为皇后，授次子李重美为右卫上将军、河南尹、判六军诸卫事，加封雍王，继而分封众官——

冯道为检校太尉；

韩昭胤为枢密使；

刘延朗为枢密副使；

房暠为宣徽使；

宋审虔为皇城使；

马胤孙为翰林学士；

李专美、薛文遇、吕琦为枢密直学士；

李崧为端明殿学士；

安从进为山南东道节度使；

康思立为邢州节度使；

杨思权为邠宁节度使；

尹晖为齐州防御使；

相里金为陕州节度使；

刘遂雍为淄州刺史；

郓州天平军节度使李继曮回镇凤翔，加封西平王。

后唐末帝李从珂选择宰相，问及亲信，俱说太常卿卢文纪、秘书监崔居俭均具相才，可以择用，必将使国家太平。李从珂比较二人的文才德行，不知如何是好。李从珂迷信，将二人姓名写在纸条上，投进琉璃瓶中，在月夜焚香，向上天祷告祈求，第二天一早用筷子挟纸团，一下就挟到了写有卢文纪名字的纸团。李从珂早希望如此，欣然任命卢文纪为同平章事。

一切就绪，李从珂下诏犒军，但府库已经空虚。李从珂令度支、盐铁、户部三司遍括民财，敲剥了好几日，也只得二万贯。李从珂大怒，硬行摊派，如果不缴立即抓捕入狱。很快，狱囚累累。禁军将士游行街市，飞扬跋扈。百姓从旁非议："你等但知为主立功，反令我等鞭胸杖背，出财为赏，自问良心，能无愧天地吗？"将士闻言，横加殴打，血肉纷飞。犒军费还是不足，再搜括内藏旧物及诸道贡献，太后太妃亦取出金银充作犒赏，还是不过二十万贯。李从珂出发凤翔时，曾许诺进入洛阳后重赏，非五十万贯不可，偏仅得二十万贯，不及半数。

枢密直学士李专美夜值禁中，李从珂问他："卿素有才名，不能为朕谋划，筹足军赏吗？"

李专美道："臣本驽劣，材不称职，但军赏不足，与臣无咎。近些年来，屡屡行赏，反养成一班骄卒。财帛有限，欲望无穷，陛下适乘此隙，故能得国。但国家存亡之道，不在施行赏赐，应当使刑法公正、政令畅通，有功劳应当赏赐，有罪责应到惩罚，这才是治国之道啊。如果陛下不吸取失败的教训，使百姓陷于困境，国家的存亡就不可知了。如今应该用现有财赋来奖赏他们，不一定要履行之前说过的话来暂且取悦他们。"

李从珂没法，只得下诏：凡在凤翔归命，如杨思权、尹晖等将领，各赐二马一驼和钱七十贯，普通军士赏钱二十贯，在京军士各十贯。军士们贪得无厌，编造歌谣说："除去菩萨，扶立生铁。"意思是李从厚仁慈软弱如菩萨，而李从珂严厉坚强如生铁。现在的众臣心里都有一点后悔，心中暗暗道："原主子好好的，何苦换个新主子李从珂呢？"

李从珂嗅出了群臣散发的不满味道，他开始监视意图造反的人。

国子监祭酒索自通失于周旋，得罪了李从珂。等到李从珂即位，索自通忧悸难释，决意求死，跳入洛水，自溺而亡。

洛阳城中，如同热锅上的蚂蚁的是石敬瑭。

李从珂已经将石敬瑭当成最大的威胁。李从珂和石敬瑭在后唐明宗李嗣源在位时就不和，石敬瑭在洛阳朝见李从珂，李从珂爱理不理。张延朗、刘延朗等众臣劝说李从珂把他羁留洛阳。石敬瑭参加完李嗣源的葬礼后，不敢离开洛阳，就是担心李从珂起疑心。石敬瑭整天愁眉不展，以致患病，瘦成皮包骨头，不像个人样。

枢密使韩昭胤劝李从珂："石敬瑭与赵延寿都是先帝李嗣源的女婿，赵延寿现为开封宣武军节度使，他的义父赵德钧是幽州节度使。如果软禁石敬瑭，就会引起赵氏父子的警惕。"

枢密直学士李专美附和："为了避免赵德钧、赵延寿的疑惧，不应猜忌石敬瑭。"

石敬瑭夫人石家李氏急忙向母亲太后曹氏求情，让李从珂将石敬瑭外放。李从珂虽然不是太后曹氏的亲生儿子，但曹氏待他如同亲生一样。李从珂见曹氏说情，又见石敬瑭病成这样，估计难以构成什么威胁，就顺水推舟做个人情。

石敬瑭前去拜谢李从珂，颤巍巍问道："臣奉命换镇，所以入朝，现今皇上让臣去河东呢？还是去镇州呢？"

"永镇河东吧！契丹是大敌，你要与他们好好相处！"

石敬瑭得诏即行，好似那凤出笼中，龙游海外，摆尾摇首，扬长而去。李从珂没想到，这次竟是纵虎归山，后唐亡于他手。

安重霸调任长安留守。当地摆设酒食，收买人心，俗称"捣蒜"。安重霸狡诈阴险，镇守长安时，也这样做，当地人把他看作"捣蒜佬"。

有一位年轻的油商，名为邓三，善于下棋。安重霸把他找来一起下棋，但只让他站着下棋，不许他坐下。邓三每布下一子后，安重霸立即使他退到西北窗下站在那里，等待自己盘算好棋路，才布子。一整天也就只布下十几个子。邓油商又累又饿，不能承受其苦。第二天，安重霸又派人召见邓三下棋。有人劝告邓三："这个留守喜爱受贿，他找你本来不是为了弈棋啊！你怎么不向他献上贿赂而求得脱身呢？"邓三认为有理，就献给安重霸金子十锭，这才得以免去站着弈棋之苦。

符彦超改任安州节度使，其手下役卒王佛留略懂会计，处理账目，日久账目无端耗失甚多，符彦超对他有所微言。到了934年，王佛留恐惧恶行被揭，趁符彦超走出厅堂时将其杀害。安州节度使改由卢文进担任。他擒拿奸人，体察民情，礼贤下士，受到时人称誉。

中书舍人卢导儒雅、美词、善谈，但是愚直，官职最高侍郎，七十六岁时去世。

2

洛阳西南二千里，是成都。

原后唐山南西道节度使张虔钊、洋州武定军节度使孙汉韶携地投降后蜀。后蜀开国皇帝孟知祥欣喜若狂，认为得此二人是"若生两翼"，将他们的来投与"陈平归汉""许攸投曹"相提并论。

934年七月，孟知祥设宴慰劳张虔钊、孙汉韶。

孙汉韶是李存进之子，恢复祖上孙姓。孙汉韶与孟知祥有旧，尤得善待，孟知祥把孙汉韶比作汉高祖刘邦的丰沛故人。他们谈起太原旧事，提及兴教门之变，不禁相对感泣。孟知祥感伤说道："丰沛故人，相遇于此，有什么比这还高兴呢！"张虔钊举杯祝寿，孟知祥正欲举杯，不意手臂竟然酸痛起来。张虔钊、孙汉韶谢宴退出，孟知祥强起入内，患上了疯瘫症。

孟知祥自知将要离开人间，便立孟昶为皇太子。

孟知祥弥留之际，召见赵季良、李仁罕、赵廷隐、张公铎、侯宏实，让五人共同辅政。交代完毕，孟知祥于夜里病逝，终年六十一岁，当上皇帝还不到七个月。

孟知祥据蜀称尊，有一和尚，手携一灯，随走随呼："不得灯，得灯便倒！"蜀人都说和尚傻痴，等到孟知祥去世，才知灯字是映登基。

孟知祥出身河东集团，有着超凡的吏治手腕和独特的领袖魅力，带着寥寥几人入主成都，竟然把李仁罕、赵廷隐、李肇、侯宏实这些兵阀治得服服帖帖。在一个翻脸无情、残酷好杀的时代，孟知祥却是一个极少杀戮的宽和长者。即使是身处对立阵营的石敬瑭，也将孟知祥评价为"长者"。

七月二十七日，赵季良宣读遗诏，孟昶在孟知祥枢前即位，这就是后蜀末代皇帝，时年十六岁。

孟昶尊立母亲太原李氏为太后。当年的微贱侍妾一飞冲天，成了天子之母。

后蜀国将相都是孟知祥时的故人，孟知祥宽厚、优待、纵容，他们对待孟昶骄横不驯，大造房宅，夺人良田，挖人坟墓，其中李仁罕最为跋扈。

李仁罕想娶前蜀国韦元妃，只因畏惧孟知祥而未敢实施，此时见皇帝年少，便强抢了前蜀国韦元妃。李仁罕自恃宿将有功，要求总判六军。李仁罕是个急性子，几天不见下诏，竟然亲自到学士院探听是否起草诏书。孟昶很不情愿，加授李仁罕为中书令、判六军诸卫事。年少孟昶并不放心，任命赵廷隐为六军诸卫副使，掣肘李仁罕。赵廷隐自克东川与李仁罕争功，怨隙极深。李仁罕不觉，继续冥顽凶悖。赵廷隐一一详报孟昶，劝他除掉李仁罕。孟昶虽然年轻，但行事果决，趁李仁罕入朝，命武士将其逮捕处死，族灭其家。

张业是李仁罕的外甥，同样骄纵不法，因正执掌禁军，并未受到牵连。孟昶授其同平章事、遂州武信军节度使，以作安抚。

利州昭武军节度使李肇入朝，途中行程迟缓，行及汉州时，还与亲朋宴饮十余日。孟昶即位后，这是李肇初次入朝。他自称患有足疾，违礼挂拐入殿，见到孟昶也不行跪拜之礼。在殿中，闻听李仁罕被杀，立刻态度大变，扔掉了拐杖，对孟昶下跪行礼。左右侍臣讥笑李肇前倨后恭，称李肇傲横无礼，请求处死李肇。孟昶亦对李肇大为不满，勒令他以太子少傅之职致仕，流放邛州。

孟昶一心想当唐太宗，撰写了《官箴》九十六字——

朕念赤子，旰食宵衣。托之令长，抚养安绥。

政在三异，道在七丝。驱鸡为理，留犊为规。

宽猛所得，风俗可移。毋令侵削，毋使疮痍。

下民易虐，上天难欺。赋舆是切，军国是资。

朕之爵赏，固不逾时。尔俸尔禄，民膏民脂。

为人父母，罔不仁慈。特为尔戒，体朕深思。

《官箴》大意是：官员们所领的俸禄，都是老百姓的血汗。百姓们虽然好欺负，天理却难以容忍。这一碑文被颁发到各州县，刻成石碑，叫做"戒石"，立于官署衙门的大堂上，警示官员们务必清正廉洁，克己爱民。

孟昶又将《孝经》《论语》等十种经典刻成上千块石碑，立在太学里供学子们抄录。后来想出更便捷的方法，把那些经典著作刻成木版，印刷成书册，开创了木版印书的先河。

金州地处后蜀与后唐的边防前线，看到中原帝争的孟昶认为有机可乘，发兵进犯金州。

金州防御使是马全节，魏州人，赵在礼割据魏州时，马全节为魏州马步军都指挥使，后为金州防御使。

此时，州兵仅有一千人，兵马都监陈知隐很害怕，借口出城布防，带领二百人顺流而逃。金州城内，更加畏惧沮丧。马全节拿出所有家财赏给军士，拼死奋战。金州守军虽然人少，但占尽天时地利人和。蜀军虽众，却碍于地势，难以发挥兵力优势，反而伤亡惨重。由于久战不利，蜀军最后怏怏而退。金州之战，虽然歼敌不多，却让马全节声名鹊起。

后唐末帝李从珂非常满意，特召马全节赴京领赏。

马全节到了洛阳，枢密副使刘延朗向马全节索取贿赂。马全节的家财已经散给了金州将士，现在正是拮据时刻，哪有钱财贿赂刘延朗？马全节好话说个不停，刘延朗还是恼羞成怒说："绛州缺人，请你准备前去担任刺史吧。"

马全节拼着性命打了个大胜仗，不但未得到升赏，反而被降为刺史，这不是埋没功臣吗？马全节不高兴，将其事告诉了同僚，众人大声喧闹，认为不合理。皇子李重美任河南尹，听到此事，立即上奏父皇李从珂，为马全节说话。

李从珂召见马全节，看着眼前这个四十出头的汉子，李从珂仿佛又看到了自己当年的风采。李从珂对他说："沧州缺乏主帅，打算命你管辖此地。"第二天，朝廷下诏，授马全节为沧州横海军留后。

3

935 年秋，后唐太保赵凤重病在家，他用蓍草占卜，得卦大吉。

赵凤扔下蓍草，叹息说："我家世代贫穷低贱，没有活过五十岁的人。如今，我年过五十，且为将相，还再奢求什么长寿呢！"

赵凤生性豁达，轻财重义，士人听闻赵凤去世，多掉眼泪。

后唐末帝李从珂兵变即位后，面前是个烂摊子。朝廷内部人心涣散，互相猜忌，各种矛盾和弊端积重难返。李从珂时时感到忧虑，很想有所作为，但又觉得没有人能替他分忧。李从珂抱怨同平章事卢文纪从没有提出对军国大事有益的建议。

卢文纪上疏辩解："我们每隔五天进宫问候陛下起居平安，跟文武两班官员列队觐见，时间短暂，虽有例行的对话，但满眼都是侍卫，即使有一点浅见，慑于陛下的威势，也不敢当众提出。请陛下恢复前代皇帝延英殿奏事制度，只允许宰相和负责机要的臣属在旁侍候，这样才能畅所欲言。"

李从珂觉得卢文纪说得过分了，就下诏说："旧制五天进宫一次，文武百官退出后，宰相可以独留，如果是一般的事务，不妨当众奏报。如果事属机密，当天不合适时，那就不管哪一天，都可以先到宫门呈报，朕当然会把左右侍从全部遣开，在便殿接待，何必一定要沿用过去的延英殿奏事的方式呢。"

卢文纪没有真知灼见，倒是一些下级官员颇有见识。

太常丞史在德，性情疏狂直率，上书对朝廷及地方文武官员抨击："朝廷用人，差不多都是滥竽充数。号称'将领'的人，没有军事常识，虽然身穿戎装，手拿武器，可是这些人一旦到了战时却丢盔卸甲，失败时则背弃部属，先行逃走；号称'文官'的人，更是很少有真正本领，反而品德恶劣，当询问他意见时，他们一无所知，目瞪口呆，说不出话，就是写篇文章，也不得不请人代笔。这正是所谓虚设官职，浪费国家财力。现在，陛下维新，欲图大事，正是改革弊政的时机。臣建议，所有的武将，逐个考验武艺、考问兵法。居低位而有将才的，就擢升他为将领；居高位而没有将才的，就贬作低级校尉。至于文职官吏，则由皇上亲自出题，命中书令或宰相对他们当面考试。居下位而有大才，就擢升他任高官；居上位而没有大才，就贬作低级差吏。"

史在德的这封奏章，一石激起千层浪，惹恼了众官员。卢文纪怒不可遏，要求对史在德严厉惩罚。

后唐末帝李从珂对翰林学士马胤孙说："朕刚刚登基治理国家，言论应该开放，如果官员中因为提意见而被定罪，以后还有谁再敢说话？你替朕起草一份诏书，使大家了解朕的意思。"马胤孙很快起草了诏书，里面说："过去，魏徵请求唐太宗奖赏敢于犯颜直谏且矛头直指皇帝的中牟县丞皇甫德参。现在，卢文纪却要朕处罚史在德。这两件事没有什么不同，建议却不一样，为什么会这样呢？史在德只是想为国尽忠，怎么可以责罚他呢？"

936年正月，李从珂诞辰，宫中号为千春节。李从珂置酒内宫，宴请文武百官。

石家李氏自太原前来祝寿，李从珂笑问石家李氏："石郎近日何为？"

石家李氏答道："石敬瑭多病，连政务都不愿亲理，每日只能卧床调养，需人侍奉。"

李从珂道："公主既已至京，且在宫中宽留数日。"

石家李氏着急道："石敬瑭侍奉需人，所以今日入祝，明日即拟辞归。"

李从珂已经喝醉，不等石家李氏说完，便醉语道："才行到京，便想西归，莫非想与石郎谋反吗？"

石家李氏慌忙跪下说："皇上，皇妹我哪敢呀？石郎病得很重了，所以我才请求回去。"

李从珂次日醒来，皇后刘氏入谏李从珂，说他酒后失言。李从珂即位后，刘氏强悍，颇为李从珂所畏。她闻李从珂醉语，一时不便进劝，待至次日清晨，方才入谏。李从珂已经忘记，至由刘氏述及，才模模糊糊地回忆起来，心中亦觉失言。当下召入石家李氏，好言抚慰，并说昨日酒醉，语不加检，千万不要介意。石家李氏自然谦逊，一住数日，方敢告辞。

夫妇情深，远过兄妹，石家李氏还归太原，即将李从珂醉语报告石敬瑭。石敬瑭益加疑惧，嘱令家人将洛阳存积的私财，悉数搬到太原，托言军需不足，取此接济。石敬瑭又以契丹侵扰边境为名，向李从珂索要大批军粮，说是囤积以防敌入侵。李从珂被他蒙在鼓里，屡次上当。石敬瑭的部下却看了出来，在朝廷派人慰劳将士时，有的人高呼万岁，想拥立石敬瑭称帝以功邀赏。

石敬瑭担忧，节度判官赵莹进言："将在外，君命有所不受。今军士不由将令，预先传呼万岁，是目中已无主帅了，他日如何使用？请查出首倡，明正军法！"

石敬瑭命刘知远查究，得三十六人，推出处斩。

赵莹，华州人，进士出身，风仪秀美，举止大方，为石敬瑭喜爱。

李从珂闻此消息，越生疑忌，即派云州节度使张敬达为北面兵马副总管，屯兵于代州，名目上是防御契丹，实际上是制约石敬瑭。李从珂另派羽林将军杨彦珣为太原副留守，监视石敬瑭。

张敬达，代州人，出身将门，善于骑射。

杨彦珣，河中府人，年轻时投奔青州王师范门下，帮他掌管书籍。朱温杀王师范后，杨彦珣到魏博节度使杨师厚帐下为客将。魏博藩镇归附李存勖后，杨彦珣转而随之。

石敬瑭也不愚蠢，猜透李从珂用意，格外加防。

石敬瑭长子石重英留仕洛阳城中，任右卫上将军，义子石重胤为皇城副使。二人皆受石敬瑭密嘱，侦探内事。两人贿托太后曹氏左右，每有所闻，即行传报。李崧、李专美、薛文遇、吕琦等人轮番入值中兴殿，以备后唐末帝李从珂问询，他们日夕密谈，石敬瑭无不探悉。

洛阳城中起了谣言，日甚一日，都说河东藩镇将反。端明殿学士李崧私语同僚吕琦："我等受恩深厚，怎能袖手旁观？吕公智虑过人，有无良策？"

吕琦答道："当前有一大内忧和一大外患，内忧是河东节度使石敬瑭，手握重兵，渐渐滋生不臣之心，与朝廷貌合神离，只差最后一层窗户纸没捅破。石敬瑭还在其次，更让朝廷寝食不安的是外患契丹，皇帝耶律德光是一代枭雄，野心勃勃，他眼看中原动荡，也想染指内地，从中分一杯羹。单纯一个石敬瑭或者契丹，我朝都能对付。如果石敬瑭与契丹联手，实力倍增，我朝就会面临灭顶之灾。对我们来说，要先下手为强，抢先动手与契丹结盟。契丹多次向我们示好，提出和亲，娶一位公主，我们应该答应和亲，稳住契丹，切断石敬瑭的外援。到时再收拾石敬瑭，就是瓮中捉鳖了。只要石敬瑭被灭掉，契丹人失去内应，即使日后两家翻脸，我们也只需对付契丹一家，凭我朝实力足以进退自如。"

李崧赞道："河东藩镇若有异谋，必结契丹为援。我们应该送回契丹皇帝耶律德光的哥哥耶律倍，再行和亲，并岁给契丹礼币十万贯，以此换得契丹不支持石敬瑭。看来这是目前最好计策了，惟钱谷皆出度支、盐铁、户部三司，须先与张延朗协商，方可奏闻。"

李崧即邀吕琦同往张延朗府邸，张延朗现为度支、盐铁、户部三司使，吏部尚书，同平章事。张延朗闻李崧、吕琦二人进谒，当即出迎。李崧代述吕琦之计，张延朗道："如吕学士言，不但足制河东，并可节省边费。如果皇上真行此计，国家自可安定，应纳契丹礼币，老夫定可筹措，请两公速即奏陈。"

二人大喜，次日进入皇宫密奏，李从珂颇以为然，令二人密草国书。

李从珂又与枢密直学士薛文遇，商量此事。

薛文遇道："以天子的尊崇，屈身来侍奉夷狄野人，不是太耻辱了吗？况且虏性无厌，他日再求公主，如何拒绝？汉元帝献昭君出塞，遗憾无穷。唐代戎昱作诗《和番》：'汉家青史上，计拙是和亲。社稷依明主，安危托妇人。'这事岂可行得？"

李从珂不禁失声道："非卿言，几乎误事！"

李从珂急召李崧、吕琦入见，二人总以为索阅国书，怀稿入见。不料李从珂在座，满面怒容，待二人行过了礼，斥责道："朕待二卿不薄，二卿为何出和亲下策！朕只有一女，年尚乳臭，众卿欲弃她到沙漠吗？还有契丹并未索币，你们想以养士财帛输送契丹，试问二卿究怀何意？"

李崧、吕琦惶恐不安，跪地谢罪："臣等竭愚报国，愿陛下详察！"

吕琦因腿疾，拜了几下就起身。李从珂说："吕琦还把朕当主人吗？"

吕琦急忙说："臣自小腿就有病，等臣歇一会儿再跪拜谢罪吧。"吕琦喘息几下，定了定神又说："陛下以为臣等说的不对，判罪就可以了，让臣跪拜又有什么益处？"

"勿拜。"李从珂让二人退下，数天后，降吕琦为御史中丞，数月后又升为端明殿学士。

上天给了李从珂一个机遇，李从珂没把握住；上天又给了李从珂一个考验，看看李从珂这步棋如何下。

河东藩镇呈上奏章，说是节度使石敬瑭患疾已久，乞解兵权，或者迁徙其他藩镇。李从珂览奏，明知非石敬瑭真意，但事出彼请，乐得依从，便拟将石敬瑭移镇郓州。

李崧、吕琦又上书谏阻，还有枢密使房暠亦说不可，只有薛文遇奋然说道："俗谚说，'作舍道旁，三年不成。'是因为指指点点的人多了，建房者不知如何去盖。国家之事只能由陛下决断，不要让众臣说三道四。依臣看来，河东藩镇的事，石敬瑭移镇也反，不移也要反，只是时间早晚问题。不如走在前头，先把他解决了。"

李从珂大喜道："朕渴盼得到贤人辅佐，提出奇谋，安定天下。朕今天相信，贤人就是薛卿呀！不论成功还是失败，朕决心让石敬瑭迁徙。"

936 年夏，李从珂下诏——

石敬瑭为郓州天平军节度使，进封赵国公，赐"扶天启运中正功臣"；
张敬达为云州等藩镇蕃汉马步军都部署；
宋审虔为河东节度使。

石敬瑭上表请求移镇，明明是有意尝试，哪知弄假成真，李从珂竟颁下这道诏命。石敬瑭慌忙召集将吏，私下与商："我再次来河东时，皇上曾许我'永镇河东'，现在又让我去郓州。千春节时，皇上向公主所言，已是忌我。我难道等死吗？各位说说看。"

节度判官赵莹劝石敬瑭暂且忍耐，不妨前往郓州。

都押衙刘知远说道："不可不可！大帅在此，兵强马壮，传檄起兵，帝业可成。奈何以一纸诏书，甘投虎口呢？"

掌书记桑维翰接话道："大帅在河东，是蛟龙入深渊，是天意相助，非人谋所能违。况且李从珂以义子入继，名不正，言不顺，而大帅系先帝李嗣源爱婿，反招现在皇上疑忌，若不早图，后悔无及了！"

桑维翰，洛阳人，参加科举考试，考官认为"桑"与"丧"字同音，便将他落榜。有人劝他不要参加考试了，可以从其他途径入仕，桑维翰说："等铁砚被磨破后，再从其他途径入仕。"百折不挠的桑维翰最终进士及第，这就是"磨穿铁砚"的典故由来。桑维翰天资聪颖，擅长词赋，但长相丑陋，身短面广。桑维翰常常临镜自叹："我七尺之身，竟然比不上一尺之面！因为我丑陋，所以我立志做宰辅。"

石敬瑭沉默了一会儿，向刘知远、桑维翰二人拱手说道："二公所言甚明，但恐河东一镇之兵，未能抵制朝廷大军。"

桑维翰又道："大帅如果能够推诚屈节，服侍契丹，万一有急，朝呼夕至，何患不成？"

石敬瑭立刻心中有底了，于是决意向朝廷发难，特令桑维翰草起表文，请后唐末帝李从珂让位——

古者帝王之治天下也，立储以长，传位以嫡，为古今不易之良法。晋献公以骊姬之故，废太子，立奚齐，晋之乱者数十年。秦始皇不早立储君，杀扶苏，立胡亥，卒至自亡其国。现今天下，李嗣源之天下也。陛下乃以义子入攘大统，天下忠义之士，皆为扼腕。区区臣愚，欲望陛下退处藩邸，传位李从益，有以对明宗皇帝在天之灵，有以服天下忠臣义士之心。不然，同兴问罪之师，稍正篡位之罪，徒使流血污庭，生灵涂炭，彼时悔之，亦噬脐矣！

石敬瑭此表到京，一入李从珂目中，立即火冒三丈。李从珂将表撕碎，抛掷地上，下诏斥责。

太原城中，石敬瑭已经紧锣密鼓，筹备反叛。刘知远对石敬瑭说："先发制人，后发为人制。今日已成骑虎，不能再下，请即传檄四方，且求救契丹，即日举义，当无不克！"石敬瑭依计而行。

石敬瑭征求太原副留守杨彦珣意见，杨彦珣反问石敬瑭："河东有多少兵甲粮草，能与朝廷抗衡？请三思而后行。"军校景延广要杀杨彦珣，石敬瑭不同意，淡淡说："杨彦珣没错，或许皇上李从珂错了，也或许我错了。"

石敬瑭起兵于太原，暗招巡边指挥使安重荣。

安重荣，朔州人，颇有膂力，善于骑射。

安重荣见后唐朝廷腐朽虚弱，尽失人心，败亡已成定局，以巡边千骑赴太原，投于石敬瑭麾下。石敬瑭欣然接纳。

李从珂听闻石敬瑭起兵，下诏罢免石敬瑭所有官职，命云州等藩镇蕃汉马步军都部署张敬达为太原四面都招讨使、知太原行府事，检校太傅杨光远为太原四面副都招讨使，潞州昭义军节度使高行周为太原四面招抚排阵使，陕州节度使相里金为步军都指挥使，耀州团练使符彦卿为都虞侯，带领各藩镇马步兵，杀奔太原，围剿石敬瑭。

李从珂还调邢州节度使安审琦为马军都指挥使，跟随张敬达征战。

安审琦，沙陀族，安金全之子。安审琦生性骁勇果敢，擅长骑射。李嗣源派兵入蜀攻讨两川叛军，安审琦也参与此役，充任行营马军都指挥使。

石敬瑭长子石重英、义子石重胤，听说石敬瑭举事，藏在洛阳一民家井中。李从珂抓到他们，将二人诛杀。石敬瑭亲弟石敬德、从弟石敬殷，亦被诛杀。

这些凶耗，传到太原，险些儿将石敬瑭痛死，半晌才哭出声来。

石敬瑭且哭且语："我受先帝李嗣源厚恩，出力报国，今使子弟冤死，含恨九泉！如果不举兵杀向李从珂，恐怕天下无人看得起我了！我非敢负先帝李嗣源，实是朝廷激我至此，不得不然。皇天后土，实闻此言！"

众将吏从旁劝慰，石敬瑭说道："我现在什么也顾不上了，只想杀掉李从珂！我们争取契丹来助罢！"

高兴宇 ◎ 著

五代十国

下

中国书籍出版社
China Book Press

图书在版编目（CIP）数据

五代十国. 下册 / 高兴宇著. —— 北京：中国书籍
出版社，2024.4
ISBN 978-7-5068-9747-1

Ⅰ.①五… Ⅱ.①高… Ⅲ.①长篇历史小说—中国—
当代 Ⅳ.①I247.5

中国国家版本馆CIP数据核字(2024)第012910号

五代十国. 下册

高兴宇　著

图书策划	孟怡平
责任编辑	王　淼
责任印制	孙马飞　马　芝
封面设计	程　跃
出版发行	中国书籍出版社
地　　址	北京市丰台区三路居路 97 号（邮编：100073）
电　　话	（010）52257143（总编室）　　　　（010）52257140（发行部）
电子邮箱	eo@chinabp.com.cn
经　　销	全国新华书店
印　　厂	三河市富华印刷包装有限公司
开　　本	787毫米×1092毫米　1/16
字　　数	857千字
印　　张	57.75
版　　次	2024 年 4 月第 1 版　　2024 年 4 月第 1 次印刷
书　　号	ISBN 978-7-5068-9747-1
定　　价	196.00 元（全二册）

目录

敬瑭之耻：

后晋引狼入室遗祸百年

王喜城边古废丘，金波泉涌夹城流。

时危异姓能安汉，事去诸刘独拜侯。

鞞鼓几遭豺虎急，山川曾入犬羊羞。

石郎可是无长虑，直割幽云十六州。

后人尹耕的一首咏古诗，斥责了石敬瑭为了得到契丹人的支持，不惜割地求荣。

后唐明宗李嗣源女婿石敬瑭也想代替李嗣源的义子称帝，但因手中兵少而烦恼，他最终决定卖国求兵。石敬瑭急命桑维翰草表，向契丹称臣："以儿国自称，每年进贡布帛三十万匹，并割让幽云十六州为酬谢。"

哪十六州？幽州、云州、蓟州、瀛州、莫州、涿州、檀州、顺州、新州、妫州、儒州、武州、应州、寰州、朔州、蔚州。

幽云十六州犹如一条巨龙，绵延数百里。这条分水岭是游牧族与农耕族的界限，一旦游牧族得到了这一地带，就可以长驱直入中原。

都押衙刘知远闻听，立刻反对："称臣已足，何必称子？厚许金币就行，何必割舍土地？况且幽云地区是蕃、汉之限，贯穿十六州的险峻山脉是抵御游牧族入侵的天然屏障，一夫当关，万夫莫前。今日因急相许，他日中原都暴露在契丹铁蹄之下，悔无及矣！"

石敬瑭一意孤行，愤愤说道："且管眼前要紧，顾不得日后了。"立令桑维翰持表赴契丹。

随桑维翰出行的是王彦超。他出家修行后，晖道人觉得王彦超并非凡夫俗子，就对王彦超说："你是富贵之人，怎么能屈居于此呢？"于是赠送银两衣帛劝王彦超还俗离山。王彦超深感晖道人的真心善意，当即还俗。河东节度使石敬瑭将其招至帐下，委以心腹之任。

过了数日，张敬达率军大至，来攻太原。石敬瑭授刘知远为马步军都指挥使，所有安重荣诸降将，悉归节制。刘知远用法无私，不分新旧，因此士心归附，俱乐为用。石敬瑭身披重甲，亲自登城，任他城下各军飞矢投石，没有畏缩。

刘知远在旁进言："观张敬达之流，并无奇策，不过深沟高垒，为持久计，愿大帅分道遣使，招抚军民，免得与我为难。如果守城还算容易，刘知远一人已足担当，请大帅勿忧！"

石敬瑭抚背说道："有知远在此，我自无忧了。"

石敬瑭下城自去办事，一切守城谋划，都委刘知远。

刘知远日夕不懈，小心拒守，张敬达屡攻不下。那催督攻城的朝廷来使一拨又一拨，后唐末帝李从珂还令枢密直学士吕琦前来犒师。杨光远对吕琦道："请上奏皇上，宽以时日，如贼无援，旦夕当平，就是契丹兵到来，亦可一战破敌呢！"

吕琦返报李从珂，李从珂很是欣慰。过了十日，未见捷报，免不得再下诏谕，令诸军速攻太原。张敬达恰也心焦，四面围攻。适值秋雨连绵，营垒多被冲坏，长围竟不能合。太原城中，粮储渐少，也不免焦急起来，专望契丹入援。

太原东北二千二百里，是契丹国都西楼。

西楼城中，契丹皇帝耶律德光接见桑维翰、王彦超，得知石敬瑭割土求援，不由喜出望外。耶律德光哈哈大笑说："我称帝已经十年了，也该大展身手了，我正愁没机会南下，现在机会来了！"

936年九月，耶律德光领兵五万，南下雁门关，进军太原，来救石敬瑭。

契丹有员勇将，名叫高模翰，本是渤海国人。契丹灭了渤海国之后，他逃到高丽国，还娶了高丽国公主为妻，后因犯罪逃到契丹，为耶律德光重用。

契丹国高模翰一到达太原虎北口，就同后唐高行周、符彦卿打了起来。石敬瑭遥闻鼓角齐鸣，喊声大震，料知两边已经交锋，忙令军校景延广带着精兵，出城助战。后唐张敬达、杨光远、安审琦用步兵列阵在太原城西北山下，看到契丹兵单薄，争相驱赶，来到了汾水之曲，契丹兵涉水而去。

后唐兵沿着河岸向北进取，哪知芦苇中尽是契丹伏兵，几声胡哨，一齐拥出，将后唐兵冲做数截。北面的后唐步兵多被契丹所杀。太原之围遂解。

当天夜里，石敬瑭出城拜见契丹皇帝耶律德光，相约为父子。

石敬瑭整备羊酒，犒赏契丹将士，耶律德光召高模翰等契丹将士共饮。耶律德光对石敬瑭说："会面很迟，今日是君臣父子，幸得相会，也算是盛遇了！"

石敬瑭拜谢，认虏为父已是不对，况且石敬瑭年龄要比耶律德光大十岁。

石敬瑭起身复问："父皇远来，士马疲倦，骤然交战，竟得大胜，这是何因？"

耶律德光大笑道："闻你带兵多年，难道不知兵法吗？"

石敬瑭惭愧，侧身恭听，耶律德光答道："我出兵南来，但恐雁门诸路为李从珂诸军所阻，扼守险要，使我不得进兵。继而使人侦视，并无一卒，我知李从珂无能，事必有成，所以长驱深入，直压张敬达军营。我气正锐，彼气正沮，若非乘势急击，坐误事机，胜负转未可知了。这是临机应变，不能一般评论呢。"

次日，高模翰率军再与后唐军交战，又将张敬达打得大败。

张敬达收拢残兵，在太原城南晋安村筑构寨栅，契丹兵随即包围了晋安寨。此时，张敬达尚有兵力五万，战马一万匹，和契丹一决雌雄，胜负未可知也，但张敬达误将五万契丹兵当成了三十万，从而死守晋安寨。后唐晋安寨被围得水泄不通，时间一长，粮食就吃光了。张敬达一刻不敢停，紧急派人向后唐末帝李从珂报信求救去了。

李从珂当然慌急，急命魏博节度使范延光、幽州节度使赵德钧去救晋安寨。李从珂还不放心，下诏亲征，次子李重美入奏："父皇不宜远涉风沙，臣儿虽然幼弱，愿代父皇北行！"李从珂即欲依议。同平章事张延朗、宣徽使刘延朗等入谏："河东联络契丹，气焰正盛，陛下如果不去亲征，恐怕军士失望，误了大事，还请陛下三思！"

李从珂不得已，自洛阳出发，卢文纪随从，李从珂对他说："朕听说君主忧虑是臣子的耻辱，朕从凤翔到京即位，首先任您做宰相。听别人议论，说您将使国家太平，现在贼寇纷扰，让朕以皇上的身份亲自出征与贼寇作战，你内心也安宁吗？"卢文纪无言可答，只是惶恐请罪。

卢文纪智识短浅，身处国家中枢，却不能治国安邦，每天在朝堂上谈论政敌过失，纠查官员小事，令李从珂失望。李从珂没能及时撤换卢文纪，以至于朝政日非，越来越不成样子。

李从珂已经失去了昔日锐气，声称援救晋安寨，却是厌倦出征。到达河阳三城时，李从珂召来同平章事卢文纪、张延朗等人商议。

卢文纪说："契丹骑兵忽来忽往，无利可图就会离开，我军大营牢固，足以抗衡契丹。御驾不妨暂时停在河阳三城，详观形势变化。可派重臣前去督战，这儿处在交通要道，如果前线吃紧，离开此地再去亲征也不晚。"

张延朗亦插话："卢文纪所言甚是，请陛下准议就行了。"

张延朗曾劝驾亲征，为什么到了中途，骤然变计？原来，许州忠武军节度使赵延寿随驾北行，兼掌枢务，大权为他所握，自己未免失势。现闻卢文纪请遣重臣前往督战，正好派赵延寿前往，免得争权，因此竭力赞成。

李从珂频频点首，待张延朗说毕，便问何人可去督战，张延朗开口道："赵延寿之父赵德钧率幽州兵已经前去，陛下何不再遣赵延寿前往？"

李从珂迟疑未答，翰林学士和凝一同怂恿，李从珂便定下主意，命赵延寿为河东道南面行营招讨使，率兵二万，前去救援晋安寨。

李从珂心情焦虑，自思留在河阳三城不行，便继续前行。

吏部侍郎龙敏献议："河东叛命，全仗契丹帮助，契丹皇帝倾国入寇，国内必然空虚，臣意请立耶律倍为契丹皇帝，派魏博、幽州二处藩镇派兵护送，直奔西楼，令他自乱。契丹皇帝耶律德光哪还有心思帮助石敬瑭？一定回兵应变。我朝行营将士，简选精锐，从后追击，不但晋安寨可以解围，就是太原叛贼亦不难扫灭，这乃是出奇捣虚的上计。"

卢文纪立即反驳："契丹太后述律平素善用兵，国内不致无备，反多使二镇将士送命沙场。另外，耶律倍能听我们的话吗？近期，耶律倍派人秘密联络耶律德光，希望利用内乱，攻打我朝。"

这样一来，弄得李从珂毫无主张。

李从珂抵达怀州后，驻军不前，天天躲在御帐中借酒浇愁。昔日的"战神"如今被叛军的气焰吓破胆，李从珂当着众臣的面说道："诸位卿家，莫再提石郎的名字，他让我心肝坠地！"

幽州节度使赵德钧上表，说各处兵马太乱，无法统一指挥。李从珂慨叹说："还是赵德钧忠心为国呀！"当即任命他为诸道行营都统。赵德钧、赵延寿父子在潞州相见，赵延寿将所部二万人，尽付赵德钧。魏博节度使范延光屯辽州，赵德钧欲合并魏博军，范延光不从。赵德钧上表朝廷申诉，李从珂不应。赵德钧生气，逗留潞州，拖延不进。李从珂一再敦促，也不管用。李从珂派遣枢密直学士吕琦前往督战，金帛犒师，赵德钧这才率军至团柏谷，又是观望不前。

契丹皇帝耶律德光进兵榆林，所有辎重老弱，留住虎北口。赵延寿探知消息，拟出兵掩击，入禀赵德钧。赵德钧笑道："我已经为你上表，请授你为镇州成德军节度使，若得旨允准，我们父子姑且效忠朝廷。如果朝廷不支持我们，我们何苦进攻契丹呢？石氏欲图黄河以南，你图就图呗，竟然拿着我们幽州藩镇的辖地去讨好契丹！这个石敬瑭可恨呀！"

赵德钧的奏章，到了怀州，李从珂看完，大怒道："赵德钧父子俩不思报国，反而在国难当头心怀叵测，真是可恨！如果赵德钧父子能退契丹，即使要代替朕，朕也甘心。如果是养寇自重，要挟君主，请他好自为之。"

赵德钧闻报，愤愤骂道："何苦去受李从珂责骂呢？石敬瑭献幽云十六州给契丹，来换取自己在中原称帝。那样的话，我这个幽州节度使该归属哪里呢？既然李从珂不知收服人心，石敬瑭卖国无耻，我赵德钧还不如同耶律德光去谈判，册立我当中原皇帝呢。"

赵德钧主意已定，就秘密派遣都押衙贾武去和契丹谈判。

贾武向契丹皇帝耶律德光进言："皇帝率兵远来，非欲得中原土地，不过为石敬瑭报怨。石敬瑭兵马，不及幽州，幽州节度使赵德钧愿至皇帝前请命。如果皇帝肯立赵德钧为南方之帝，赵德钧兵力足以平定洛阳。到时，与贵国约为兄弟，永不毁盟。石敬瑭那里，可以仍令镇守河东。皇帝不必久劳军士，尽可整甲回国，待赵德钧事成，定当厚礼相报。"

这番言语，让耶律德光激动起来，他暗暗思考：自己深入后唐境内，晋安寨未下，赵德钧尚强，范延光屯辽州，倘若归路被截，反致腹背受敌，陷入危境，不如姑允所请，几全其美。自己取了金帛，安然归国，也可谓不虚此行了。

耶律德光越想越高兴，留住贾武，慢慢商议。

石敬瑭闻讯，大为惊惧，忙令桑维翰谒见耶律德光。

桑维翰跪告耶律德光："皇帝亲提义师，来救孤危，张敬达退守孤寨，食尽力穷，转眼间即可扫灭。赵氏父子，不忠不信，素蓄异图，皇帝怎可信他诡言？贪取微利，就会坐失大功。如果石氏得天下，将尽中原财力奉献大国，岂小利所能比呢！"

耶律德光半晌答道："你曾见捕鼠吗？不自防备，必致啮伤，何况大敌呢！"

桑维翰又道："今大国已扼彼喉，怎能啮人？"

耶律德光道："我非背盟，不过兵家权谋，知难乃退。况且石郎仍得永镇河东，我也算是保全他了。"

桑维翰急答道："皇帝顾全信义，救人急难，四海百姓俱系耳目，如果一旦变约，反使大义不终，臣私下以为陛下不可取呢。"

耶律德光尚未肯允。桑维翰跪在帐前，自旦至暮，涕泣固争，说得耶律德光无词可驳，只好相从。

耶律德光召出赵德钧派来贾武，指着帐外大石说道："我为石郎前来，石烂乃改此心。你去回报赵将军，他若晓事，退兵自守，将来不失功名利禄，否则尽可来战！"贾武料知不便再说，只好辞归。

后唐晋安寨中，等不到援军的太原四面都招讨使张敬达陷入绝境。

吏部侍郎龙敏孤身一人来到了晋安寨，对张敬达说："魏博、幽州、许州忠武军三处藩镇兵马都在附近，皇上也来到了怀州。"

"那为何迟迟不来救援呢？"

龙敏静了静，无奈说："我是幽州人，深知赵德钧为人，他胆小谋拙，擅长守城寨、修壕堑，但遇到大敌必然不能奋不顾身摧坚陷阵，何况他正在用奸计为自身谋划。赵延寿是赵德钧的义子，自然会听他义父的话。范延光正在和赵德钧争夺兵权，心不在晋安寨。"

"那皇上呢？"

龙敏不语。张敬达心都凉了。其实龙敏心里很清楚，皇帝不用上计，不用良人，不解问题，到头来他就会自食恶果。

晋安寨已被围数月，待援不至。后唐太原四面招抚兼排阵使高行周、都虞侯符彦卿屡出突围，均被契丹兵杀回，寨中粮草俱尽，张敬达决志死守，毫无叛意。

太原四面副都招讨使杨光远、马军都指挥使安审琦入劝张敬达，说不如投降契丹，可保全全军性命。张敬达说："我受皇上的厚恩，当了元帅而打败仗，罪过已经很大，何况向敌人投降呢！现在援兵已在附近，暂且等待吧。如果一旦力尽势穷，那就请诸位将军斩了我的头，拿着去投降，来保全自己吧。"

杨光远向安审琦使眼色，要杀掉张敬达，安审琦不忍下手。

高行周闻听杨光远要暗算张敬达，便带领精壮骑兵护卫张敬达。张敬达不知其中缘故，对别人说："行周常常跟在我的脚后，是什么用意？"高行周这才不敢尾随。

杨光远觑得此隙，屡召诸将密议，诸将各有怨言。杨光远说："契丹围困晋安寨已经很久，粮食吃光了，就杀马吃肉，马也快杀光了。我们再这样下去，就是死。如果选择死，还不如选择杀死张敬达，出来投降。"众将不再言语。

次日早晨，张敬达升帐，杨光远佯称启事，走到案前。杨光远是独臂残疾，张敬达并不提防，谁料杨光远拔出佩刀，瞬间将张敬达刺死。众人无奈，开寨出降契丹。

契丹皇帝耶律德光收纳降众，不忘奚落他们："你们这些人啊，真是凶恶无赖的汉子。"

杨光远等人跪下答道："请皇帝训示。"

耶律德光说："不用食盐乳酪，吃掉几千匹战马，难道不是凶恶的汉子吗？"

杨光远等人非常惭愧，趴在地上，不敢说话。

耶律德光问他们："害怕吗？"

杨光远等人说："很害怕。"

耶律德光又问："害怕什么？"

杨光远等人回答："害怕皇帝把我们带回契丹国。"

耶律德光说："我们契丹国没有田地官职授给你们，你们尽力为石郎办事吧！"

耶律德光进入晋安寨检查，尚存马五千匹，铠仗五万件，悉数搬归，交与石敬瑭。契丹并将降将降卒，尽归石敬瑭约束。耶律德光面谕众降将："勉事你主！"

耶律德光对张敬达深表哀悼，派人收葬了他的尸体，并告诫自己的部曲和后唐军的降将："为臣当如此人！"石敬瑭答："儿臣定会善待他的家人。"

这时，有一彪后唐兵马前来，为首者乃是康思立。

后唐末帝李从珂对康思立非常反感，把他调任邢州节度使，最后以年老为由将他罢为右神武统军。尽管康思立受到冷落，但他效忠后唐之心犹在。危难之时，李从珂起用老将康思立，任他为北面行营马军都指挥使，命他率骑兵救援张敬达。康思立援兵来至，张敬达已被杨光远杀害。

康思立得此消息，又急又气，致使旧疾复发，猝死于军中，终年六十三岁。

一　可耻的儿皇帝

北风呼啸，大雪飘飘。

后唐晋安寨投降，预示石敬瑭帝业将成。

契丹皇帝耶律德光对石敬瑭说道："我千里来援，总要成功才去。观你气貌识量，可为中原之主，我今便立你为天子，可好吗？"

石敬瑭心中欣喜万分，却故意推辞道："石敬瑭受先帝李嗣源厚恩，怎能忘记？今因李从珂篡国，恃强欺人，致烦皇帝远来，救危纾难。如果自立为帝，非但无颜面对先帝，而且无以面对大国！此事未敢从命！"

耶律德光道："立你为帝，是为了中原有主，你何必辞让！"

石敬瑭含糊答应，既返本营，诸将吏已知消息，当然一致劝进。

其实在这个乱世，一切僭越乱伦皆已司空见惯，石敬瑭身为沙陀人，所侍奉过的后唐三姓四任皇帝中，就两次出现兄弟间反目成仇、兴兵夺位之情，所以于石敬瑭而言，没什么不能接受的。

936 年十一月，石敬瑭在太原城南，筑起坛位，先受契丹皇帝册封，为晋王，然后登坛行即位礼。契丹皇帝耶律德光亲自登坛，宣读册文——

我待你犹子，你待我犹父。李从珂窃据宝图，弃义忘恩，逆天暴物，诛翦骨肉，离间忠良，听任矫诈，威虐黎献，华夷震悚，内外崩离。知你无辜，为他致害。我闻听后，深感震惊，乃命兴师，为你除患，亲提万旅，还殄群凶，但赴急难，罔辞艰险。果见神祇助顺，卿士协谋，旗一麾而弃甲平山，鼓三作而僵尸遍野。虽以遂我本志，快彼群心。今中原无主，四海未宁，茫茫生民，若坠涂炭，况万几不可以暂废，大宝不可以久虚，拯溺救焚，当在此日。你有庇民之德，你有戡难之勋，你有无私之行，你有不言之信。天之历数在你身，当践皇极，宜以国号曰晋，永与你为父子之邦，保山河之誓。行此盛典，成千载之大义。

石敬瑭拜受册文，建立晋朝。为与五百多年前的西晋、东晋相区别，人称后晋。

这就是《新五代史》所称"五代"的第三个中原王朝。

石敬瑭即后晋高祖，时年四十五岁。

册礼完成，耶律德光宴请石敬瑭及蕃汉百官。

耶律德光用手指着高模翰，向石敬瑭等众人说："这位是我契丹国的勇将，我自从起兵以来，高模翰身经百余战，他的功劳排在第一位，即使古代的那些名将，也没有人能超过他。"耶律德光授高模翰为上将军。

高模翰等契丹众臣，趾高气扬，后晋君臣见了契丹臣僚，也都需以隆重的礼节来跪拜。高模翰指着石敬瑭的鼻子，骂他不过一小人，石敬瑭不敢有丝毫不悦。

石敬瑭请耶律德光会师南下。石敬瑭欲留一子守河东，亦向耶律德光询明。耶律德光令尽出诸子，以便审择。石敬瑭当然遵命，令诸子进谒耶律德光。

耶律德光仔细端详，见有一人双目炯炯有神，貌似石敬瑭，即指着他道："此儿目大，可任留守。"

石敬瑭答道："这是臣义子石重贵。"

耶律德光点首，乃令石重贵为河东节度使，留守太原。

石重贵是石敬瑭兄石敬儒之子，石敬儒早卒，石敬瑭便将他收为义子。石重贵少时谨言慎行，质朴敦厚，深得石敬瑭喜爱，到各地镇守都让他跟随前行，曾把诸多事情委托给他办理。石重贵爱好骑马射箭，颇有沙陀祖辈之风。石敬瑭镇守太原时，让琅琊人王震教石重贵《礼记》，石重贵不能领悟其中的意义，对王震说："这不是我家干的事。"石重贵终归是一介武夫，后来狼狈不堪时竟然后悔当初不学。

太原后方安排妥当，耶律德光下令，以高谟翰为先锋，迤逦进兵。

后晋高祖石敬瑭与契丹联合进攻团柏谷，幽州节度使赵德钧竟然不战而逃。军士们见状，纷纷溃逃，结果相互之间践踏拥挤，死者多达万人。金州防御使符彦饶、宣徽使刘延朗各率一支兵马前来救应幽州兵，亦相继溃散。契丹兵从后尾击，杀得后唐军尸横遍野，血流成渠。

后唐末帝李从珂还在怀州，未得各军消息。等到刘延朗狼狈奔还，李从珂方知这一个个惊天消息：晋安寨失守，团柏谷又溃，石敬瑭已称帝，杨光远等统皆叛去……每一条败报都能让李从珂晕过去。他神色仓皇，不知所措。

后唐同平章事马胤孙，时人称为"三不开"——口不开、印不开、门不开也。当前，君臣计无所出，恰巧马胤孙款款来到，众臣说："马相此来，必有安危之策。"马胤孙无计可献，只是献绫三百匹。

端明殿学士李崧足智多谋，李从珂乃召李崧入议。枢密直学士薛文遇未知情由，亦跟在后面入见。李从珂勃然变色。李崧急踩薛文遇靴尖，薛文遇会意，慌忙退出。

李从珂对李崧说道："朕看见这东西，肉就发颤，刚才几乎要拔刀刺他。"

李崧答道："薛文遇小人，浅谋误国，何劳陛下亲自动手！"

李从珂怒意少解，始与李崧商议。

李崧说："范延光亦未必可恃，不如南还洛阳。"

李从珂依议，下令起程还都。

洛阳百姓闻北军败溃，车驾逃还，顿时谣言四起，争出逃生。门吏禀请河南尹李重美禁止，李重美道："国家多难，未能保护百姓，倘再绝他生路，愈增恶名，不如听他自便罢！"

见皇帝返还，魏博节度使范延光自辽州返回魏州，幽州节度使赵德钧、许州忠武军节度使赵延寿前往潞州，拜见刚刚来此的耶律德光。

耶律德光问赵德钧："你在幽州时，所置银鞍契丹直何在？"

赵德钧答："正好带来潞州。"

耶律德光"嘿、嘿"一笑，下令将银鞍契丹直全杀于潞州西郊。契丹人眼里，这些银鞍契丹直军士都是叛徒。

耶律德光下令，将赵德钧、赵延寿父子送解西楼。

潞州东北二千五百里，才是西楼。

数九寒天，冰封千里，山冷得颤抖，河冻得僵硬。一路上险恶无比，赵德钧父子终于到了西楼。

赵德钧拜见契丹太后述律平，把所带丝绸、象牙、珠宝及田宅册籍进献。

述律平说："我儿将行，我曾诫我儿，赵德钧若伺我空虚，北向攻打西楼，你急宜回归，自顾要紧！没想到你欲乘乱得利，既不思报主，又不能击敌，反而想成为中原的天子。你本为人臣，不忠不义，还有什么面目来此求生呢？"

赵德钧吓得两腿乱抖，叩首哀求："在下知罪，现将从幽州带来的淮南丝绸、岭南象牙和波斯珠宝献上，请太后息怒。"

述律平又问："我看到了，除了这些宝物外，还有田宅册籍，这些田宅何在？"

"在幽州。"

"幽州今属何人？"

"现属太后。"

述律平道："既然你在幽州的财产已经属于我了，还需要你献给我吗？"

赵德钧更加惭愧，只恨地上无隙，不能钻入，从此连饭都吃不下了，不久客死西楼，终年五十七岁。这位曾经的守边大佬可以说是咎由自取，怨不得谁。

赵延寿在契丹国受到重用，后任政事令、幽州节度使。

赵德钧有名手下，是招讨判官张砺。

耶律德光见张砺颇有文采，用为翰林学士。张砺遇事总是有言必发，无所回避，耶律德光更加重用他。张砺计划逃回幽州，为骑兵追获。耶律德光责备他："你为什么要逃走？"

"我不习惯契丹的风俗、饮食，心里郁郁不乐，因此想逃走。"

耶律德光回头，对通事高彦英说："我曾经告诫你要好好待他，为什么还是让他因不得其所而逃走？张砺要是走了，你能再找回一个张砺来吗？"

耶律德光杖击高彦英，然后向张砺致歉。

后唐镇州成德军节度使董温琪见契丹军来势汹汹，也与赵德钧一样，投降了事。董温琪杀人越货，贪婪残暴，收刮了一笔富可敌国的财产，常常在秘琼等心腹面前炫耀。

秘琼，镇州人，受到董温琪的赏识，成为衙内都虞候。

不义之财，人人可兼而有之，秘琼心中暗暗动了邪念。见董温琪被送往西楼，秘琼穷凶极恶，把董温琪的妻小全杀，埋在一个坑里，把他的家财全都夺取。秘琼自称镇州成德军留后，上表奏称董温琪投敌。

世上没有不透风的墙，秘琼杀人夺宝之事传了出去，许多人盯上了这些财宝。秘琼贪婪无度的"邪念"，激活了血腥财富的"魔咒"。董温琪的这笔赃物，将在今后葬送一批人的性命。

1

后晋高祖石敬瑭率军向南挺进。

契丹皇帝耶律德光意欲北归，向石敬瑭说："幸蒙天佑，大事已成，我若南向，未免惊扰中原，你可自引汉兵南下，免得人心震动。我令先锋高谟翰率五千骑护送。我候你佳音，万一有急，可飞使报我，我当南来救你！"

石敬瑭很是感激，与耶律德光握手，依依不舍，泣下沾襟。耶律德光亦不禁泪下，自脱白貂裘，披住石敬瑭身上。耶律德光又赠石敬瑭良马二十四，战马一千匹，并与订约道："世世子孙，幸勿相忘！"耶律德光又说："刘知远、赵莹、桑维翰，统是你创业功臣，若无大故，不得相弃！"

石敬瑭唯唯遵教，拜别耶律德光，与契丹上将军高谟翰，进逼河阳三城。

河阳三城中，有位大人物，他是后唐末帝李从珂，刚从怀州撤向洛阳，途经河阳三城。后唐金州防御使符彦饶自团柏谷败回，劝告李从珂："陛下，黄河结冰，人心已离，此处断不能固守，需尽快退归洛阳。"

李从珂长叹一声，命河阳三城节度使苌从简防守河阳南城，自断浮桥回归洛阳。哪知石敬瑭一到河阳三城，苌从简竟忘记了"不事二主"之说，直接渡河投降了。石敬瑭顺利渡过黄河，向洛阳进发。

李从珂急命侍卫马军都指挥使宋审虔率千骑至白马阪，准备驻守。还未扎营，后晋军五千骑奔来。宋审虔手下将吏相顾惊愕，共语宋审虔："哪里不可以交战，何必要在这里？"这些将吏一哄而散。宋审虔明白军心已失，调转马头回洛阳复命。

刘延朗与房暠并掌朝廷机密，刘延朗专任，诸将升迁，不以功绩而以纳赂多少，人人皆怨。房暠心厌，不能与争，每日饱食高枕而已。每当刘延朗议事，房暠垂头装睡不醒。如今，石敬瑭所率后晋兵即将杀入，刘延朗骑马过其家门，指家叹道："我积钱三十万于此，不知何人取之！"半日后，刘延朗为追兵所杀。

警报如雪片般传来，不是说敌到某处，就是说某将逃散，后唐末帝李从珂仰天长叹："这是绝我生机了！"

李从珂返入宫中，往见太后曹氏、太妃花见羞，潸然泪下。

花见羞已知不佳，对太后曹氏道："事已万急，不如暂且躲避！石郎是太后您的亲姑爷，等他来吧！"

太后曹氏道："我家到了这种地步，我不忍心一个人活着，你自己保重吧。"

花见羞抢步奔出，带了许王李从益，逃命去了。

后唐亡国就在眼前，此时此刻，李从珂已无力回天。他万念俱灰，走投无路，跌跌撞撞地来到太庙。太庙里悬挂着他的义父、后唐明宗李嗣源的画像。李从珂跪在李嗣源的画像前，伏案痛哭："父皇，你的女婿将近，社稷就要覆灭了。我没有守住父皇辛辛苦苦创下的基业，实在是不孝之至！我无颜再活在世上啦，我愿到九泉之下去向父皇请罪！"

李从珂恼恨契丹出兵，再加上卢文纪说耶律倍秘密联络耶律德光，便召耶律倍一起自焚。耶律倍不从，武士李彦绅将其杀掉。耶律倍终年三十八岁。洛阳一和尚把耶律倍的尸体收敛，埋在一个荒山坡上。

耶律倍自幼聪敏好学，是文武全才，不但善于骑射和谋略，而且推崇中原汉族的儒家文化。耶律倍擅长绘画，作为北方草原民族的画家，他擅画水草放牧或游骑射猎的场景，他的传世名作有：《射鹿图》《蕃骑图》《骑射图》等。

洛阳城中，李从珂垂泣不止，洛阳父老劝他："唐朝时，中原有难，帝王幸蜀，再图进取。现在，陛下为何不入西川呢？"

李从珂痛哭说："唐朝时，两川节度使皆用文臣，所以唐玄宗、唐僖宗避寇幸蜀。现今孟氏已在蜀称尊，朕如何能去蜀地呢？"

亡国皇帝的命运大都很悲惨，即使能逃过一死，余生也会在窝囊屈辱中度过。性格刚强的皇帝，则不愿乞怜求生，李从珂就是这样的皇帝。摆在他面前的，只能是以身殉国，轰轰烈烈地结束自己的生命。

936年十一月二十六日，后唐末帝李从珂带上传国玉玺，与太后曹氏、皇后刘氏以及次子李重美等人登上玄武楼。皇后刘氏回顾宫室，对李从珂道："我等将葬身火窟，还留宫室何用？不如一同毁去，免入敌手！"李重美在旁谏阻："新天子入都，怎肯露居！他日重劳民力，死且遗怨，何苦出此毒手呢！"李从珂下令纵火。一道烟焰，直冲云霄，霎时间火烈楼崩，所有在楼诸人的灵魂，统随了祝融氏去了。侍卫马步军都指挥使宋审虔两眼流泪，跳进了火海。传国玉玺此时遗失，不知所踪。

后唐末帝李从珂在位共二年，终年五十二岁。

《旧五代史》评价李从珂："末帝负神武之才，有人君之量，政经未失，属天命不祐。出没如神，何其勇也！涕泪沾襟，何其怯也！是知时之来也，雕虎可以生风；运之去也，应龙不免为醢。则项籍悲歌于帐下，信不虚矣！"

《新五代史》所称"五代"的第二个中原王朝：后唐，到此结束。

后唐共历时一十三年，是由沙陀族建立的封建王朝，共四位皇帝：李存勖、李嗣源、李从厚、李从珂。他们是三种不同血统、两个不同民族。后唐是五代十国时期统治疆域最广的朝代，极盛时期的疆域，东接海滨，西括陇右，北带长城，南至岭南。

《旧五代史》记载薛文遇有两句话，一句是首唐诗，阻止了后唐与契丹和亲；一句是建议向石敬瑭出手。后人这样评价薛文遇："一语丧邦，再语亡国。"

2

后唐末帝李从珂一死，都城洛阳各将吏，开城迎降，解甲待罪。

后晋高祖石敬瑭率兵入都，暂居旧第，命刘知远巡视京城，扑灭玄武楼余火，禁止抢掠，使各军一律还营。所有契丹将卒留住天宫寺中，全城肃然，莫敢犯令。窜匿之人，数日皆还，悉复旧业。后晋军不淫不抢，百官维持原职，京城洛阳秩序井然。

一切就绪，石敬瑭移入皇宫，御文明殿，受群臣朝贺。

石敬瑭为太后曹氏举哀，辍朝三日，拾骨安埋。

石敬瑭册立石家李氏为皇后。石敬瑭觅得花见羞及许王李从益，迎还宫中。花见羞自请为尼，石敬瑭不许，引居至德宫，令皇后石家李氏随时省问，事妃若母。石敬瑭废李从珂为庶人。

后唐宫女除了烧死、杀死者，其余继续留在皇宫中。那位甄姓宫女三十二岁了，成熟、端庄、秀雅。十几年间，后唐的李存勖、李嗣源、李从厚、李从珂四位皇帝都没有宠幸她。她早已过了出嫁年龄，这次改朝换代，她可以离开皇宫了，但却无家可归，便只好继续留在皇宫中，做一名勤杂宫女。

后晋高祖石敬瑭分封众官——

桑维翰为同平章事、枢密使；

赵莹为同平章事；

刘知远为检校司空、侍卫马步军都指挥使、点检随驾六军诸卫事；

景延广为侍卫马步军都指挥使；

周瑰为度支、盐铁、户部三司使；

苌从简为许州忠武军节度使；

安重荣为镇州成德军节度使；

杨彦珣为宣徽使。

石敬瑭进入洛阳后，后唐众臣归顺，也一一安排。冯道为同平章事；符彦饶为滑州义成军节度使；安审琦为同平章事、郓州天平军节度使。

后唐端明殿学士李崧、枢密直学士吕琦逃到伊阙，藏匿在百姓家中。石敬瑭赦罪召还，授李崧为兵部侍郎，吕琦为秘书监。因为"浮图七级，重在合尖"典故，不久李崧拜相，担任中书侍郎、同平章事、枢密使。石敬瑭也准备让吕琦担任宰相，他却突发疾病去世。

石敬瑭授杨光远为开封宣武军节度使。杨光远进京晋见，愁闷不安，石敬瑭问："杨卿是不满现职吗？"杨光远回答："臣对于富贵没有不满足，只是不能像张敬达那样死得有意义，这使臣常常感到惭愧啊！"石敬瑭很感动，对他更加亲近。

石敬瑭罢免了卢文纪相位，让他出任吏部尚书。卢文纪一生，积累财富千万，他死后，被他儿子卢龟龄挥霍殆尽。

后唐枢密使房暠明哲保身，每有大事，便于众臣中低首而睡。石敬瑭感慨哀叹房暠，免其一死。后唐同平章事马胤孙处世小心，"居家门不开、见客口不开、入朝印不开"，石敬瑭免除罪责。后唐枢密使韩昭胤、枢密直学士李专美等，曾为石敬瑭说过善话，免除罪行。

李从珂旧臣张延朗等人，罪在不赦，皆被处斩。

石敬瑭说话算数，向契丹国割让幽云十六州。

契丹皇帝耶律德光见中原诸事皆成，北归西楼，路过云州。

云州便是幽云十六州之一。云州判官吴峦对城中将吏说："我等皆属礼仪之人，怎能向夷狄称臣！"将吏便推其主州事。虽然石敬瑭已将云州割与契丹，但吴峦仍率将吏闭城拒寇。耶律德光自至城下，仰呼吴峦："云州已让归契丹，奈何拒命？"话未说完，一箭射下，险些儿命中脖颈。耶律德光幸亏闪避得快，才将来箭撇过一旁。

耶律德光大怒，立命部众攻城。城上矢石如雨，反击伤许多蕃兵。契丹围攻七日，却不能下。石敬瑭致书耶律德光，先是道歉，然后保证将云州划归契丹，耶律德光这才解围而去。石敬瑭召吴峦回京，授他为谏议大夫、复州防御使，云州得以划归契丹。

应州人郭崇威，为人宽厚，寡言少语，颇有谋略，现为应州骑军都头。

石敬瑭将幽云十六州割让给契丹，这其中便包括应州。郭崇威耻于为契丹臣子，弃官南归。

皇甫晖在陈州刺史任上待了十年，石敬瑭将他召入洛阳担任卫将军。已改任宋州归德军节度使的赵在礼也来到京城，候补新职。赵在礼历任魏州、宋州等多处藩镇，积财数百万，他所到过的藩镇，宅第店铺罗列成行。皇甫晖前去拜访昔日的老上司，对他说："我们当年共同起事，最终成就大业，但事情是由我先发起的，你今天的富贵，能让我分享一点吗？否则，你将大难临头！"

赵在礼听了十分害怕，便送给皇甫晖五千贯钱，还设酒款待他。喝酒之时，皇甫晖镇定自若，不谢而去。

赵在礼在宋州所为不法，百姓厌恶。闻听赵在礼将要调离宋州，众人高兴说："眼中钉拔除啦，岂不快哉！"这就是"眼中钉"的来历。

赵在礼听说之后，非常恼怒，欲报被称"眼中钉"之仇，就上表朝廷，请求在宋州多留一年。朝廷姑息迁就，就准许了他的请求。于是赵在礼命令小吏搜检户口，每年交纳一千钱，这个钱就叫"拔钉钱"。宋州公开督促交纳，有不交纳的，就鞭打。

突厥人张彦泽，为阴山府偏将，为人骁悍残忍，很有勇力。他眼睛赤黄，在夜晚时发光，如同猛兽，人人见而畏之。

张彦泽与石敬瑭结为姻亲，被提升为护圣右厢都指挥使、华州节度使。

张彦泽性情粗暴，为政暴虐，常怒其子柔弱，屡次鞭笞，其子逃至齐州，被州吏捕送洛阳，石敬瑭把他交还给张彦泽，张彦泽欲杀之，掌书记张式劝阻，这下触怒了张彦泽，操起弓箭就要射死张式。张式见他如此喜怒无常，借口生病，带着妻子逃走了。张彦泽命指挥使李兴率领骑兵二十人追杀。张式逃到邠州，邠宁节度使李周奏报朝廷，石敬瑭下诏把张式贬到商州。张彦泽并不就此罢休，派行军司马郑元昭到朝廷去索要张式。郑元昭警告石敬瑭："张彦泽如果要不到张式，恐怕会有难以预测的后果。"石敬瑭不得已，下诏交出张式。张式被押送回华州，张彦泽将其剖心、决口、砍足，然后斩首。张彦泽听说张式的妻子很美，就把她据为己有。

张式之父张铎进京，为儿子申冤。朝中有人历数张彦泽横行不法、惨无人道事，说华州因害怕他的暴政而背井离乡的就达五千多户。石敬瑭倒不在乎与张彦泽是姻亲，而在乎张彦泽与开封宣武军节度使杨光远是亲戚，怕处置了张彦泽，会引起杨光远不满，所以不闻不问。

谏议大夫郑受益上奏说："张彦泽如此凶狠残暴，陛下连一句责备的话都没有，这是善恶不分、赏罚不明。外面都传说陛下收了张彦泽一百匹马的贿赂，臣为陛下因张彦泽而得此恶名而感到惋惜。"石敬瑭仍然若无其事，不置可否。郑受益几十日都没得到回复，就以病为由，请求致仕，回到了长安。

刑部郎中李涛对石敬瑭的态度很是不满，坚决要求把张彦泽治罪。

李涛，长安府人，唐敬宗李湛之后。

石敬瑭召见李涛，对他说："朕想宽恕他的死罪。"

李涛厉声说："虎毒尚不食子，张彦泽比豺狼还要凶狠，这种人怎能宽恕呢？"

石敬瑭哑口无言，拂袖而起。李涛跟着他，不停进谏。石敬瑭不得已，颁下诏书将张彦泽官爵降一级。为了平息事端，又将张式的父亲张铎任命为官。李涛认为对张彦泽的处罚太轻，又去见石敬瑭，要求把张彦泽依法治罪。石敬瑭开始怪他不该揪住不放，再也不理李涛。李涛怏怏不乐，写下诗句："一言寤主宁复听，三谏不从归去来。"

过了些日子，石敬瑭又封张彦泽为左龙武大将军。

石敬瑭新得中原，处事缺少公正，理政废弛法度，各处藩镇未尽归服，即使上表称贺，也未免辗转不安。另外，战乱频繁，疮痍未复，公私两困，国库空虚，契丹国贪得无厌，今日索币，明日索金，供不胜供。枢密使桑维翰劝石敬瑭推诚弃怨，厚抚藩镇，卑辞厚礼，敬事契丹，训卒缮兵，勤修武备，劝农课桑，填实仓廪，通商惠工，积累财货，后晋国内才稍稍安定。

桑维翰是一饭之恩、睚眦之怨必报。桑维翰进士登第时，共有四人。有位小吏陈保极对同僚戏称："三个半人及第。"这是因为桑维翰身材矮小，所以叫他"半人"。等到后晋建立，桑维翰权倾一时，时任曹郎的陈保极担心自己被报复，主动请辞。桑维翰并未放过他，对石敬瑭说陈保极可能逃到南方，于是陈保极被召还，桑维翰还准备罗织狱事迫害陈保极，所幸同僚李崧极力劝解，因此只是将陈保极贬官，陈保极由此郁愤而死。

崔棁权知贡举，有一个贡士叫孔英，无才无德，桑维翰对他深恶痛绝。崔棁在锁院前依例拜谒权臣，桑维翰性严语简，对他说："孔英来也。"崔棁不明就里，也没细问，只是记住了这人名字。孔英宣称自己是孔子的后裔，崔棁想到桑维翰的嘱咐，就放孔英登第。放榜时，桑维翰后悔莫及，屡次掴住自己的嘴巴，长叹道："我呀，要么不说，要么说透，说了一半，让人误解啦！"

3

雾一般的小雨，小雨一般的雾，丝丝缕缕，缠绵不断。

后晋安州节度使卢文进，如同这阴雨天气，忧郁不安。

卢文进自思为契丹叛将，契丹国难免向后晋朝索捕，银鞍契丹直被歼就是个例子。卢文进长叹一声："当年，我投降晋军时，李存勖授我一个遥远的寿州刺史，这寿州在淮南，看来我应该投奔淮南了。"卢文进杀死行军司马冯知兆、节度副使杜重贵，率部众逃奔南吴国。

安州屯防指挥使王辉屯兵安陆县，前来拦截卢文进。卢文进向王辉拱手说道："王将军，我只是乱世之中的一只麻雀，保全自己性命而已。"乱世之中，守将们与卢文进是同样的遭遇，王辉深感理解，不加拦阻。

南吴国掌权者是徐知诰，他为尚父、太师、大丞相、大元帅、齐王，金陵、润州等十州之地划为自己辖下。徐知诰派遣都虞侯祖全恩领兵两千，到安陆迎接卢文进。徐知诰对他很是礼待，让他为侍中、润州节度使。

润州集市大火，卢文进派马步军救火，火更大了，卢文进急了，亲自出府门要斩不用力者，火竟然随声而灭。

卢文进虽然一叛再叛，但在南吴国得以善终。

中原多有名士拔身南来，徐知诰使人招迎淮上，厚币相赠。徐知诰还经常派人到民间了解疾苦，遇有婚丧匮乏的，予以周济。徐知诰盛暑不张盖操扇，常语左右："士众辛苦，我何忍用此！"士民为所笼络，相率归心。

徐知诰日思篡位南吴，常常对人说："小时家门前有棵梨树，结一个硕梨，有一赤蛇从梨中出，窜入母亲刘氏榻下，就此得孕，满月而产。"徐知诰又说："拜徐温为义父后，徐温又梦得一黄龙，所以格外垂爱。"

徐知诰沿用当年徐温做法，请求归老金陵，留长子徐景通为司徒、同平章事、知中外左右诸军事，在扬州辅佐南吴国皇帝杨溥。

徐知诰想采用七百年前曹操以及后梁太祖朱温的谋略，通过迁都来动摇国基，便暗中嘱使左仆射宋齐邱劝说杨溥迁都金陵。

吴人多不愿迁都，杨溥更无心迁徙，便遣宋齐邱往谕徐知诰，罢迁都议。

徐知诰心有不甘，他已经快要五十岁，临镜理白发，向都押衙周宗叹息："不知不觉我已经老啦，人生无可奈何！"

周宗便请徐知诰到扬州称帝，逼杨溥禅让。

徐知诰便令周宗前往扬州，与宋齐邱商议。

宋齐邱嫉妒周宗，明里与其饮酒嬉戏，暗里却遣快骑持宋齐邱手疏劝谏徐知诰不可行，并请斩周宗以谢吴人。徐知诰后悔，罢黜周宗到池州任职。金陵节度副使李建勋、行军司马徐玠劝说徐知诰，应早从民望，徐知诰乃复召周宗为都押衙。

杨行密三子杨濛任中书令、临川王、抚州节度使，和杨行密女婿蒋延徽关系亲密。蒋延徽围攻闽国建州，徐知诰明白，一旦蒋延徽成功破城，会以此为基拥立杨濛，便下令蒋延徽撤军。徐知诰诬告杨濛藏匿亡命之徒、私造兵器，降为历阳郡公，囚于和州，由控鹤军使王宏率二百军士监管。

南吴国设立庐州节度使，老将柴再用担任。柴再用到了晚年，好读《春秋》，有儒者风度。僚属向他奏疏，如果不合心意，也只是面壁假寐而已。柴再用虽位居节度使，却崇尚朴素，出行时所带侍卫不过十人。南吴史官王振向柴再用征求战功，柴再用不仅不自矜夸耀，反倒说："鹰犬小功，都是仰仗社稷之灵，我有什么功劳？"

柴再用在厅堂倚案独坐，突然有一只老鼠爬到庭下，向他拱手站立，好似拜揖。柴再用起身追逐老鼠，直至厅堂外。就在此时，厅堂的房梁断折，柴再用刚刚依靠的案几被压碎。

王振说："这是柴再用行善积德的回报呀。"

柴再用少年时，遭遇王仙芝、黄巢起义，柴氏举族逃难，他的祖父因年迈多病无法成行，只有柴再用留下照顾祖父。草军到来后，感于他的至孝，并未伤害他们。自此之后，柴再用名闻乡间。柴再用对王振说："老鼠何苦救我？我已是老朽了，年轻时杀人无数，也该给那些无辜被杀的百姓偿命了。"

柴再用因病去世，终年七十二岁。

柴再用去世后，庐州节度使改由老将周本担任。

周本为人纯朴，目不知书，但礼敬儒士，不干扰僚佐处理政务，所以所到之处均有良好的声绩。周本晚年喜欢饮酒，乐善好施，有人劝他说："您年事已高，应留些财产给子孙后代。"

周本回答："我当年穿着草鞋，跟随先王杨行密征战，后来官至将相，是谁赐给我的呢？儿孙自有儿孙福，莫为儿孙做马牛。"

徐玠、周宗劝周本率群臣劝谏杨溥禅位徐知诰，周本私下说："我受到杨吴厚恩已经很久了，还能推戴异姓徐知诰吗？"其子周弘祚担忧大祸将至，说周本年迈昏聩，擅自以父亲的名义署名劝进表中。

南吴国诸将中，李德诚战绩并不突出，只因与杨氏、徐氏的姻亲关系得享尊荣。现在已是事杨氏最久的开国老将，官至江西观察使、太尉、中书令，与周本皆是位高权重。李德诚年轻时，和尚周元豹给他批语："泰山之高，可比君福。不用寸功，日享千钟。"而他一生确实堪称福将。

麻衣道者来到江西，人们传言他一眼就能分辨世人贵贱。李德诚宴请麻衣道者，席间，找来几名女妓，让她们和自己的妻子杨氏以同样的妆容、同样的服饰站在前庭，请麻衣道者去分辨谁贵谁贱。

麻衣道者走近，俯身轻声说："夫人头顶会有黄云。"

话才说完，一众女妓都不自觉地抬头去看杨氏的头顶，麻衣道者于是指道："这就是夫人。"

李德诚大悦，又问及天下大势，麻衣道者回答："天命在徐氏矣。"

徐知诰正在密谋取代南吴国，希望得到周本、李德诚的拥戴。李德诚在儿子李建勋的谋划下，于936年十二月赶赴扬州，率诸将上表，陈述徐知诰功德，并请杨溥禅位，随后又前往徐知诰所在的金陵，请求他接受杨溥禅位。

937 年八月，被囚于和州的南吴历阳公杨濛知道南吴将亡，破壁杀死王宏逃走。王宏之子王蒙勒兵攻打他，他又用箭射杀王蒙。杨濛带领两骑，前往庐州投靠周本。

周本听说杨濛前来，准备接见，周弘祚极力劝阻，周本大怒说："我家郎君杨濛来了，为什么不让我见他？"

周弘祚闭门阻挡，将杨濛执住，解送金陵，中途杀于采石矶。

闽国、南汉国遣使者前来，劝徐知诰称帝。

月圆夜里，金陵和尚文益突然敲响大钟，满城皆惊。徐知诰大怒，天明后令人抓来和尚，将要斩之。文益不慌不忙辩白："夜来偶得《月》诗：'徐徐东海出，渐渐上天衢。此夜一轮满，清光何处无。'"徐知诰听出和尚文益是在变相吹捧自己将成功禅代南吴，私喜而释之。

江南童谣有云："东海鲤鱼飞上天。"鲤者，李也；东海，徐之望也。盖言李氏起自徐氏而为君也。

杨溥已成赘瘤，乐得推位让国。937 年八月，杨溥下诏禅位，把其父杨行密传下的土地百姓，悉数交给徐知诰。江夏王杨璘奉册宝至金陵，禅位齐王。徐知诰这条"东海鲤鱼"，终于羽化成龙。

《新五代史》所称十国中的第三个割据政权：南吴国到此灭亡。

从 919 年杨隆演称吴国王，到 937 年杨溥被迫禅位于徐知诰，南吴国祚十八年。当年，杨行密病危时，周隐建议让刘威暂领淮南军府，等杨行密诸子年长再交授。如果历史像周隐那样设计，南吴就不会这么早灭亡了。但历史不能假设，况且如果当初传给了刘威，刘威不一定会还政杨家。英雄盖世杨行密，生子如猪狗，最后给他人做了嫁衣。

937 年十月，徐知诰在金陵受禅称帝，国号"大齐"。

徐温处心积虑，独揽吴国大权，最后江山却落到了自己义子徐知诰身上。

在一片恭贺声中，徐知诰分封众官——

宋齐邱为司徒；

徐玠为丞相；

周宗、周廷玉为枢密使；

李德诚为太师、南平王。

徐知诰尊杨溥为高尚思玄弘古让皇帝，上册自称受禅老臣。徐知诰将杨溥迁居润州，修建丹阳宫让他居住。杨溥从此身穿道服，学炼辟谷食气方术，时年三十八岁，不久抑郁成疾，死于丹阳宫。

939 年，徐知诰改国号为"唐"。为与三十多年前灭亡的唐朝相区别，人称南唐。

这就是《新五代史》所称十国中的第九个割据政权：南唐国。

徐知诰时年五十一岁，他恢复姓名李昪，自称是唐宪宗之子建王李恪的四世孙。史称李昪为南唐先主、南唐烈祖。

从流浪儿到扫地僧，再到开国皇帝，南唐先主李昪走出了一条逆袭之路。杨行密如果泉下有知，一定后悔当年收养了一个名叫李昪的小孩。

中书令周本因不能阻止权臣徐知诰篡位，愤恨成疾，忧郁而终，年七十七岁。

李昪在金陵时，曾娶刺史王戎之女为妻。王氏体弱多病，无儿无女，不久撒手人寰。李昪又娶了王氏的陪嫁丫头宋氏。宋氏精明强干、见识深远，将家事治理得井井有条。升级为主母的宋氏日渐端正自己的言行，平时从不随便说笑，深受李昪的敬重。李昪建立南唐后，立宋氏为皇后。当年的陪嫁丫头一飞冲天，成了内宫之主，人生堪称传奇。

宋氏为李昪生下四个儿子——

长子徐景通，改名李璟，秉性庸懦，爱好文学，喜欢阿谀奉承。

二子李景迁，从小警敏，读书过目不忘。长大后，姿仪俊美，风度和雅，娶南吴皇帝杨溥之女为妻，为驸马都尉。他崇尚简朴，不喜奢侈，术士皆说李景迁贵不可言，且为诸子中最长寿，不料李昪即位前，李景迁患病去世，李昪这时候才知道术士说的都是假话。

三子李景遂，性情纯厚，有君子之风。

四子李景达出生时，遇久旱逢甘霖，李昪极为喜欢。

谁为太子？李昪举棋不定。李璟是长子，按说应该由他来继承皇位，但李昪却不喜欢他，最钟爱的第二子李景迁却又病亡。李昪想立第四子李景达，但因为次序遇到阻力，最后只好立李璟为太子。

李德诚晚年劝进有功，其女又嫁李景达，在南唐被视为佐命功臣，因而"富贵寿考，世罕及者"，但他为人谦恭沉厚，始终如一。

翰林学士殷文圭晚年贪财，一日草诏以李德诚为司空，但因李德诚一直没有送来润笔费，便作诗《贻李南平》——

紫殿西头月欲斜，曾草临淮上将麻；
润笔已曾经奏谢，更将章句问张华。

李德诚七十八岁时去世。

救过李昪的刁彦能，被授抚州节度使，六十八岁时去世。刁彦能之子刁衎以父荫入仕南唐国秘书郎，曾作诗《题华林书院》——

孝悌家风贵，儿孙学业优。
精溢千钟禄，荣过万户侯。

刁衎是在借诗，彰扬其父刁彦能的品行和伟绩。

南唐立国后，李昪以保境安民为基本国策，休兵罢战，敦睦邻国，结好契丹以牵制后晋朝。同时，轻徭薄赋，劝课农桑，鼓励商业。商人以茶、丝与中原交换羊、马，又经海上与契丹贸易。南唐的纺织业、印染业、矿冶业、制茶、造纸、晒盐、造船、陶瓷、文具，均得到发展。李昪在秦淮河畔设国子监，兴办太学、小学，还在庐山白鹿洞建置学馆。息兵安民，造就了江淮地区的和平安定，促进了南唐经济文化繁荣。安定、富强的南唐，成为饱经战乱沧桑的文人士大夫理想栖身之所。

李昪经常与周宗、宋齐邱一起饮酒，叙旧为乐。李昪对待周宗尤其亲厚，周宗淡然自处，畏远权势，居家节俭。宋齐邱依旧嫉妒周宗，常常暗地里向李昪说周宗的坏话。谎话说了千遍就是真理，李昪贬周宗为江州节度使。

周宗简朴，骑驴去江州赴任，途中遇到穿着官服、骑着大马的江州巡检俞文贞。李昪担任金陵刺史时，周宗、俞文贞都在其手下任职，算是老相识。俞文贞消息闭塞，不知道周宗已经担任枢密使，外放江州节度使，就问周宗："周押衙还好吗？"

周宗下驴说："还好，还好，请多关照。"

俞文贞看着身边的同伴，偷笑着走开，途中对同伴说："这个周宗，听说得罪了宋齐邱，被罢黜了都押衙一职，到池州任小吏去了。"

周宗到了节度使衙门，开署办事。俞文贞在大堂下，腿直打哆嗦。议事完后，周宗请俞文贞喝酒，俞文贞低下头请罪："下官是低劣小民，大帅您是知道的。"周宗怡然不动，其宽厚如此。

南唐国的西边，是南楚国。后晋朝廷任命南楚国第三任国君马希范为江南诸道都统、天策上将军。马希声去世，因楚国王马殷兄终弟及遗命，马希范才继承君位。

马殷儿子众多，马希范与马希声是同日所生，马希声的母亲是袁德妃，马希范的母亲为陈氏。马希范怨恨马希声先立为王而不辞让，等到马希范继位后，对袁德妃很不礼貌。马希声的同母弟马希旺担任亲从都指挥使，马希范常常谴责他。袁德妃请求免去马希旺的官职，让他去做道士，马希范不答应，解除马希旺的军职，让他居住在竹屋草门之中，不得参与兄弟间的饮宴聚会。袁德妃死后，马希旺也忧愤而死。

桂州静江军节度使马希杲是马希范异母弟，政声优良，监军裴仁煦诽谤马希杲，说他收买人心。马希范对他产生怀疑，带领骑兵五千前赴桂州。

马希杲母亲华氏到全义岭远迎马希范，谢罪说："马希杲治理政事不得法，烦劳国君亲自跋涉险阻之地，都是我的罪过。我们愿意削去封邑，去当洒扫庭院的人，用来赎偿马希杲的罪过。"

马希范说："我很久没有见到马希杲，听说他治理成绩优异，所以来看看，没有别的意思。"

马希杲还是害怕，称病要求辞职。马希范不准许，派医察看疾病，借机毒杀了马希杲。

土家人、溪州刺史彭士愁率领奖州、锦州土家军万人，袭扰马希范辖下辰州、澧州。马希范令左静江指挥使刘勍、决胜指挥使廖匡齐，率领衡山兵五千人进攻溪州。土家军战败，彭士愁放弃州城，退守保山寨。四面绝壁，刘勍、廖匡齐攀梯登栈而上，进攻土家军。不料，廖匡齐战死。刘勍稍事休息，借着大风，用火焚烧彭士愁的山寨，彭士愁被迫逃入奖州、锦州深山。

彭士愁在土家族中威望颇高，马希范一时无可奈何，便与他相约议和。

双方缔结盟约，铸铜柱于溪州会溪坪。铜柱用铜五千斤，为六角形，上刻二千一百一十八字的铭文，大意是：南楚国军民不能随意进入溪州；彭士愁属下的部落酋长如有冒犯南楚国，只能由彭士愁惩处，南楚国不能发军讨伐；南楚国不能在彭士愁辖区内征兵；彭士愁辖区官吏由彭士愁任免。溪州铜柱的铸立，开创了土司制度。

盟约缔成后，彭士愁之子彭师暠率领诸土酋长，向南楚国投降。彭士愁仍为溪州刺史，刘勍为锦州刺史。

自此，土家二十余州并入南楚国版图。

4

长沙往北一千六百里，是洛阳。

后晋高祖石敬瑭对契丹国极其恭顺、谨慎，每次信札皆用"表"以示君臣有别。石敬瑭称耶律德光为"父皇帝"，自称"臣"，为"儿皇帝"。每当契丹使臣至，石敬瑭便拜受诏命。除岁输三十万布帛外，每逢吉凶庆吊之事，石敬瑭便不时赠送贵重礼物，以致赠送珍玩宝物的车队络绎不绝。石敬瑭百般"跪舔"，耶律德光依然对后晋大加勒索、欺凌，派往中原的契丹使者亦是趾高气扬、傲慢无礼，令石敬瑭羞愤至极。

石敬瑭安排宣徽使李崧前往契丹国，这可是项困难任务，随时有可能招来杀身之祸。

李崧回家后，唉声叹气。李崧妻子是后梁朝河南尹张全义之女，张氏小心问他出了什么事。李崧一边掉眼泪，一边说："出使契丹，只是儿女还小，这可怎么办？"

张氏正色道："又不是明摆着送死，何苦像小孩子那样哭哭啼啼呢？"

李崧擦干脸，张氏出主意："契丹人贪婪成性，我们家珍宝无数，全部给你。你拿出一部分献给契丹皇帝耶律德光，一部分贿赂他左右的大臣，一定能讨得他们的欢心，顺利送你回来。"

李崧起程，一路晓行夜宿，到处都是肃杀之气。

到了契丹国，李崧赶紧按张氏所说行事，契丹人不仅殷勤招待他，而且在他返回时送给他名马一百匹。

李崧一到洛阳，立即把契丹礼物上交朝廷。等待他的自然又是朝廷的加官晋爵，石敬瑭封他为左骁卫上将军。

魏州勇士赵思绾求见李崧，李崧谢绝不纳。张氏问："为何不纳赵思绾呢？"

李崧慨然道："这人目乱语诞，他日必为叛贼！"

张氏道："妾意亦然，但夫君今日拒绝，他必挟恨无穷，一旦逞志，必遭报复。不如厚赠金帛，让他另图生路。"

李崧听从，召入赵思绾，馈赠百两银子，赵思绾拜谢而去。

后来，赵思绾前去投靠河中节度使赵赞，自此发迹。

后晋朝出使契丹国，是一帮接着一帮。虽然李肃平安归来，但是群臣还是不敢前往。冯道在纸上写下"道去"二字，命书吏草拟奏章。书吏闻之变色，双手颤抖，泪流不止。冯道也不回家，只命人代他向妻子告别，当晚便住在驿馆中，准备出使。

石敬瑭担心他的安危，问冯道："你官高德重，不宜深入契丹。"

冯道说："陛下受契丹的恩惠，臣受陛下的恩惠，臣去有何不可。"

冯道到达契丹后，契丹皇帝耶律德光欲到郊外迎接，以示尊敬。契丹群臣谏道："自古没有天子迎接宰相的礼节。"耶律德光这才作罢。

耶律德光赏赐冯道牙笏、牛头，这在契丹是一种特别的礼遇。冯道为此赋诗纪念："牛头偏得赐，象笏更容持。"耶律德光有意将冯道留在契丹，冯道说："我朝与契丹是父子之国，我在两国都是臣子，在哪都一样。"

后晋高祖石敬瑭将齐州防御使尹晖召回朝廷，任为右卫大将军。尹晖经过魏州，魏博节度使范延光认为尹晖在后晋不得志，与其畅饮，约定一起叛乱。范延光为何要反叛？只因其女为后唐末帝李从珂之子李重美妻。等到尹晖回到京师洛阳，范延光又派人携带蜡书以厚利引诱。尹晖十分害怕，密谋逃亡，投奔南唐，谁知他竟然被人杀死了。

范延光派遣衙将范邺持书结交镇州成德军留后秘琼，秘琼领书不答。范邺回来，详细禀报，范延光深深气愤。范邺悄悄说："董温琪在任贪暴，积财数百万，俱被秘琼夺取，这不义之财，人人可以得之。"

"那怎么得到呢？"

"秘琼改为齐州防御使，要路过大帅辖地。"

"嘿，嘿。"

秘琼过境，范延光密使范邺率精骑杀秘琼于夏津，一行金宝侍妓，皆为范延光所有。范延光随即聚卒缮兵，意图作乱。

桑维翰请石敬瑭迁都开封："开封北控燕赵，南通江淮，是一个水陆都会，资用很是富足。今范延光反形已露，正好乘时迁都。开封距魏州不过十驿，彼若有变，即可发兵往讨，迅雷不及掩耳，定可制彼死命！"石敬瑭深以为是，托词东巡，出发洛阳。石敬瑭留前灵州朔方节度使张从宾为洛阳巡检使，辅皇子石重乂留守洛阳，自挈后妃安安稳稳到了开封。

石敬瑭加封范延光为临清王，以此安抚。范延光得了王爵，也把反意一半打消。

左都押衙孙锐与澶州刺史冯晖合谋，屡劝范延光发难。范延光尚是踌躇，孙锐竟然擅上表章，斥责朝廷。等到范延光得知，使者已经出发，不能追回。范延光召孙锐面询，孙锐伸述范延光梦兆，催他趁机发难，必得成功。

什么梦呢？原来范延光的门下有个叫张生的术士，自称精通术数，当范延光卑微时，预言将来必定成为将相。范延光显贵之后，非常相信他的话，历任数镇，都把他带着，安置在上等馆舍中。范延光对他说："我梦见一条大蛇，从肚脐眼进入腹中，进到一半后又把它拉出丢开，这是什么预兆？"张生说："蛇这东西，属于龙类，进入腹中显然是帝王君主的预兆。"范延光从此萌生非分窃位之想。

范延光听了孙锐的话，又觉心热，便依了孙锐，遣兵渡河，焚杀抢劫。

滑州义成军节度使符彦饶据实奏闻后晋朝廷。石敬瑭调动兵马，命洛阳巡检使张从宾为魏府西南面都部署，开封宣武军节度使杨光远率步骑万人屯滑州。

石敬瑭想想这样还不行，再令侍卫马军都指挥使白奉进率骑兵三千屯滑州开元寺，护圣都指挥使杜重威率步骑五千屯卫州。

白奉进，云州人，有女嫁皇子石重信，故石敬瑭尤所倚重。

杜重威，出身雁门将门世家，娶石敬瑭之妹为妻。

西南面都部署张从宾，出兵讨伐魏州，范延光致书张从宾："王侯将相宁有种乎？我们世代在皇帝脚下为臣为民，为何在'儿皇帝'面前跪拜呢？现今，我与张公扬眉吐气，驱逐胡人，共分天下。"张从宾反为范延光诱惑，一同造起反来。

后晋高祖石敬瑭急调杜重威移师往讨。杜重威未及移兵，张从宾已攻陷河阳三城，杀死河阳三城节度使、皇子石重信；再入洛阳，杀死皇子石重义。石重信为石敬瑭次子，敏悟、多智、好礼，年仅二十岁。石重义为石敬瑭三子，为人好学，颇知兵法，年仅十九岁。石敬瑭闻听，大哭不止。

张从宾进兵汜水关，逼近开封。开封城里，烽火惊心，百官无不惊惧。独桑维翰部署军事，从容不迫，神色自如。石敬瑭身穿戎服，密议奔往太原。自唐末以来，不论李存勖还是李从珂、石敬瑭，夺位时非常踊跃，即位后非常胆怯，这都为富贵所误。桑维翰叩头苦谏："贼锋虽盛，势不能久，请少待数日，不可轻动！一旦离开开封，大势就去矣！"

石敬瑭又向刘知远问计。刘知远道："陛下前在太原，粮不能支五日，尚成大业。今中原已定，内拥劲兵，外结强邻，难道还怕这些鼠辈吗？愿下抚将相以恩，臣等驭军士以威，恩威并举，京师自安，本根深固，枝叶自不会伤残本根了！"

石敬瑭转忧为喜，命刘知远整顿禁军，又召奉国都指挥使侯益道："国家危急，卿能为朕去死战吗？"

侯益道："臣率领五千精锐军士，一定能大破敌军。"

石敬瑭命侯益为西面行营都督，带兵出征。侯益率兵五千驻扎虎牢，张从宾率万众夹汜水列阵。侯益率众击杀，张从宾军大败，伏尸河中无数，汜水几为断流，张从宾乘马过河也落水而亡。

石敬瑭闻报大喜，拜侯益为河阳三城节度使。

已故河南尹张全义之子张继祚，是张从宾的同党。石敬瑭要把张全义子孙灭族。李涛上疏说："张全义很有功劳。在黄巢、秦宗权之乱时，洛阳成为废墟，张全义披荆斩棘，恢复昔日繁华。四十年间，洛阳百姓都依赖于他。看在张全义的面子上，仅仅惩罚张继祚就行了。"石敬瑭听从，没有杀戮太多。

白奉进屯住滑州开元寺，与滑州义成军节度使符彦饶分营驻扎。军士乘夜掠夺，白奉进遣兵出捕，共得五人，三人系白奉进部下，二人系符彦饶部下，白奉进尽令斩首，然后通知符彦饶。符彦饶以白奉进不先告知，很觉不平。白奉进乃率数骑至符彦饶营，婉言谢过。

符彦饶道："军中法令，各有隶属。白公为何取滑州军士，擅加诛戮？难道不分隶属吗？"

白奉进乃是皇亲，岂会忍受符彦饶的指责，拍案怒起，勃然答道："军士犯法，例当受诛，我与公同为大臣，何分彼此！何况我已引咎谢公，符公尚不肯解怒，莫非欲与范延光同反吗？"白奉进拂衣竟去。符彦饶并不挽留，由他自去。

偏偏符彦饶帐下军士大噪，持刀突出，竟杀白奉进。白奉进从骑，仓皇逃脱，且走且呼。

右厢都指挥使卢顺密闻听，率兵出营，告诉左厢都指挥使马万："符彦饶擅杀白公，必与魏州通谋，我等家属，尽在开封，奈何不思报国，反欲助乱，自求灭族呢？今日应当共擒符彦饶送天子，立大功，军士从命有赏，违命即诛，何必再疑？"

马万亦依了卢顺密，与都虞侯方太等人，共攻内城，一鼓即拔，擒住符彦饶，令方太解送开封。石敬瑭闻听白奉进仓促遇祸，久久叹惜，杀符彦饶于赤冈南路旁。

听闻兄长符彦饶叛乱被杀，同州节度使符彦卿心中五味杂陈。他心中自语："当年父亲临终时，遗镞诫子，长兄符彦超、二兄符彦饶都在，可他们没有领悟到父亲的良苦用意，二人都没善终。"符存审虽然"人万死而无一生"，但寿终正寝。符彦卿又思索：乱世呀，怎样才能像自己父亲那样，即使历经重重危难，也能安然无恙呢？想到这些，符彦卿突然开悟，当下不敢歇息，立即上表待罪，请求辞职归乡。奏章到了朝廷，石敬瑭并未加以责罚。

开封宣武军节度使杨光远听闻滑州变乱，急急赶至滑州城，军士欲推杨光远为帝。杨光远斥道："自古有折臂天子吗？天子岂你等说立就立！

晋安寨乞降，乃是出自穷蹙，今天如果想当天子，乃真是反贼了！"军士不敢再言。等到了滑州城，已是风平浪静，重见太平。杨光远上奏石敬瑭滑州平乱情形，归功卢顺密。

石敬瑭命卢顺密为潞州昭义军留后，调高行周为河南尹、洛阳留守，再诏令杨光远、杜重威进军讨伐范延光。

范延光知事不济，归罪孙锐，把他族诛，然后致信杨光远，乞他代奏朝廷，请求姑息宽容。石敬瑭得杨光远奏报，不予答应，仍派杨光远进攻魏州。

杨光远意存观望，遇有军事调度，便与朝廷龃龉。

石敬瑭刻意拉拢，将女儿长安公主嫁与杨光远长子杨承祚。杨光远于是整军徐进。到了魏州城下，虚张声势，迁延时日。自秋季进兵，直至次年秋季，不损魏州一砖一瓦。澶州刺史冯晖惧怕被杀，投降杨光远。石敬瑭特提冯晖为滑州义成军节度使，借此引诱魏州将士。

冯晖突然记起十五年前相术大师周元豹的雕刺和话语，就让妻子伍氏看其肚脐。奇怪的是，"瓮"不见了，只剩下一只只雁累累而出，这正应验了当初周元豹所言。冯晖向伍氏说："还记得我当年说的'休说办不办，且看瓮里飞出雁'吗？"

伍氏撇嘴说："记得，看来周元豹所言不假。"

冯晖说："休说假不假，这是误打正着。我这儿受过刀伤，是刀伤和岁月让'瓮'消失了。"

冯晖顿了顿又说："我是一个朝秦暮楚的人，为了生存，今天投南山大王，明天奔北山二爷，一点没有大雁的团结协作、忠贞不渝品性。我现在成为藩镇大帅了，不知道我的兄弟郭威怎样了？"

郭威还在刘知远麾下当差。刘知远很喜欢这员干将，视为心腹，不管刘知远到哪里任职都把他带在身边，让他督率亲军。郭威好饮酒、喜赌博，柴氏对他规劝很多。

柴氏有个侄子，名叫柴荣，器貌英奇，擅长骑射。

柴荣出身邢州望族，父亲柴守礼是当地有名的富豪，因家道中落，少年柴荣前去投奔姑母柴氏。柴荣生性谨厚，深受郭威喜爱，而柴氏无子，郭威夫妻俩便收为义子。柴氏曾攒下资财，柴荣便外出做茶货生意，往返江陵等地。

度支、盐铁、户部三司使周瑰改授安州节度使。周瑰临民有惠，御军甚严，一境安之。安州屯防指挥使王晖屯兵安陆，听闻范延光反叛，竟然杀害周瑰，响应范延光。石敬瑭急命右卫上将军李金全率骑兵千人讨伐。

李金全，吐谷浑人，早年为李嗣源的奴仆，骁勇善骑射，经常跟随李嗣源征战，因功升为泾原节度使。在泾州期间，李金全贪暴，搜刮金银财宝，民心怨怒，因此被罢归。李金全献马数十匹，没几天又献马数十匹。李嗣源说："卿哪来这么多马呀？卿在泾州治理如何，难道天天以马为事吗？"李金全惭愧不能对。

石敬瑭向李金全交待：如果王晖投降就赦免其罪，任为唐州刺史，又许诺城破不杀一人，并且告诫李金全："毋失我信。"李金全未至安州，山南东道节度使安从进料定王晖必定投奔南唐，于是以精兵截其归路。王晖闻李金全前来，果然逃向南唐，为安从进伏兵所杀。

李金全进了安州城，命军士大掠三日。李金全贪婪，想侵没王晖余党财产，便杀武克和等十余人。武克和临死前大叫："王晖首乱，犹以信誓。我等何罪，反而被杀呢？李将军这样做，何以彰示朝廷信用？"石敬瑭闻听，虽有不满，也不愿生事，命李金全接任安州节度使。

李金全为人昏庸，政事全部交给都押衙明汉荣，明汉荣残暴，百姓不安，石敬瑭便命廉吏贾仁沼前往代替明汉荣。

李金全想留下明汉荣，幕僚庞令图反对说："贾仁沼昔事王晏球，王晏球攻打王都，王都遣神射手登城射王晏球，贾仁沼从后射王都神射手，一发而毙。王晏球求其人，欲厚赏之，贾仁沼退而不言，此天下之忠臣也。王都战败，王晏球派遣贾仁沼献捷朝廷，所赐甚厚，全部分给贫穷者，此天下之廉士也。贾仁沼为人如此，是求之不得。"

李金全犹豫不决。明汉荣听说后，命人趁夜给贾仁沼下毒，贾仁沼舌坏而死。

石敬瑭大怒。命马全节代替李金全为安州节度使。贾仁沼的两个儿子到京师开封诉冤，明汉荣大惧，对李金全说："天子召明汉荣，李公违诏而不遣。贾仁沼之死，其二子诉于朝。今以马全节代李公，是将逮捕李公呢。"

李金全索性降了南唐，南唐派出鄂州屯营使李承裕率兵接应李金全。李承裕进入安州后，让李金全先行南撤。李承裕则放纵军士在安州城内抢劫。李金全行至泌川，引颈北望，涕泣而去。

马全节率军三万讨伐李承裕，战于安州城南。那些抢得盆满钵满的南唐军，哪有心思与来势汹汹的后晋军恶战？李承裕弃城逃跑，后晋军追至云梦，再次击败南唐军，生擒李承裕及其手下二千余人。当着安州百姓之面，马全节下令将这些俘虏斩杀，以平民愤，只将李承裕等少数几人送到京城开封请功。

李承裕有恃无恐，对马全节说："抢掠安州是有罪，可是我抢的东西现在都成了你的战利品，这些东西在哪儿呢，怎么不见你送往京城？你如果敢把我送到开封请罪，老子见了你家皇帝，一定和他控诉此事！"

李承裕这么一说，倒是提醒了马全节。马全节也不和李承裕说那废话，干脆一刀将其结果了事。

5

开封东北四百里，是魏州。

魏州坚守如故，杨光远旷日无功。

魏州被围一年多，城里已是饥寒交迫。

开封城内，后晋高祖石敬瑭也因后晋军疲惫，百姓劳苦，准备化解这场战役。石敬瑭派内职朱宪往谕范延光："你已经十分危急了，攻破城池是早晚的事，如能改弦更辙，洗心革面归顺朝廷，朝廷当用大藩来安置你。你若投降，决不杀你。皇上如食言，不得享国！苍天在上，可为这话作证。"

范延光对魏博节度副使李式说："皇上敦信明义，从不食言，答应不处死我，我就一定不会被处死。"范延光撤除守备，厚待朱宪，令其归报。

朱宪复命后，后晋朝廷好几日不得范延光降表。石敬瑭再遣宣徽使刘处让往谕，申说再三。范延光便令二子入质，奉表待罪。

石敬瑭颁赐赦书，范延光素服出迎，顿首受诏。

朝廷恩诏连下，改封范延光为高平郡王，调任郓州天平军节度使，赐免死铁券。所有范延光将吏李式等人，各授防御使、团练使、刺史。就是张从宾、符彦饶余党，一并赦罪，不再株连。

魏州步军都监使李彦珣，登城拒守后晋大军。李彦珣有母在邢州，为杨光远军捕取，推至城下，招降李彦珣。李彦珣拈弓搭箭，竟将老母射死。

等到范延光投降，李彦珣成为坊州刺史。宣徽使刘处让说李彦珣杀母，恶逆已甚，不宜轻赦。石敬瑭道："赦令已行，如何再改呢？"

石敬瑭授杨光远为魏博节度使，加官检校太师、中书令。

杨光远恃宠生骄，与宣徽使刘处让叙谈，多有不平之语。刘处让说："朝廷处置，均由李崧、桑维翰二位同平章事、枢密使主议。"

杨光远动怒道："李崧、桑维翰二人独断独行，皇上尚肯优容，我杨光远却忍耐不下呢！"

刘处让归朝，杨光远即托呈密奏，极言李崧、桑维翰执政过失。石敬瑭明知他有意刁难，但为稳定天下，不得已曲从所请，撤去二人枢密使之职，以桑维翰为兵部尚书，李崧为工部尚书。

杨光远益加专恣，随时上表，指斥宰辅不力。石敬瑭见他跋扈，恐将来势大难制，密与桑维翰商议。桑维翰献议："魏博藩镇屡生叛乱，应拆土分众，减灭势力。杨光远可使守洛阳，调虎离山，免为后患。"

石敬瑭依议，加杨光远为太尉，命任洛阳留守、河阳三城节度使。魏州设置留守，命高行周调任。升相州为彰德军，以澶州、卫州二州为属郡，置节度使，由贝州防御使王延胤升任。升贝州为永清军，以博州、冀州二州为属郡，也置节度使，由亳州防御使王令温升任。自高行周以下，俱奉命莅镇，毫无异言。

杨光远怏怏失望，勉强移镇，秘密致书契丹，诋毁后晋君臣；又自养壮士千余人，作为爪牙；既而诬劾桑维翰执政不公，与民争利。

石敬瑭不得已外调桑维翰为相州彰德军节度使，王延胤改为定州义武军节度使，另用刘知远、杜重威为同平章事。

杜重威怎能与刘知远相比？只不过得列外戚，也居然与揽朝纲。刘知远羞与为伍，闭门托疾，不受朝命。石敬瑭不觉怒起，问同平章事赵莹："刘知远不恭，朕想削夺他的权力，你看怎样？"

赵莹答道："陛下前在太原，兵力不过五千，为前朝皇帝李从珂十万大兵所攻，危如累卵，若非刘知远同心协力，怎能成此大业？奈何因区区小过，便欲弃他呢！"

石敬瑭怒火平息，命翰林学士和凝到刘知远府上慰谕。刘知远起床拜受。

赵莹入阁为相，接替刘昫监修国史。唐代历史残缺，赵莹想方设法，撰修《旧唐书》二百卷。

范延光自郓州入朝，面请致仕，石敬瑭乃命以太子太师致仕，留居开封。范延光又请归河阳三城私第，颐养天年。石敬瑭答应，范延光携妻带子，重载而行，居于河阳三城。范延光本是一个贪婪的主，聚敛了无数的财富，再加上从秘琼那里抢来的董温琪的资产，真是财产无数。

不怕贼偷，就怕贼惦记，洛阳留守兼河阳三城节度使杨光远贪图范延光的钱财妓妾，上奏道："范延光不居开封，出舍外藩，一定是想向北逃往契丹，或向南奔往淮南，宜早除之。"石敬瑭以许之不死，铁券在焉，持疑未允。

毕竟钱财诱惑力太强，杨光远乃遣其子杨承勋以军士围其第，逼令范延光自裁。范延光说："圣明天子在上，赏赐我铁券，准我不死，你们父子怎能如此威胁？"杨成勋看到了铁券，也不好直接下手，就将范延光绑在马上，撵到浮桥，连人带马推下浮桥，让其淹毙水中。

杨光远上奏朝廷："范延光投河自尽了。"

范延光载归宝货，统为杨承勋所劫，一股脑儿搬回自家。这一次，杨光远发了大财，他得到了董温琪、秘琼、范延光三人累积的财富。

石敬瑭闻讯，辍朝二日，追赠范延光为太师。范延光是有不臣之心，但是却没有称帝之能，拥兵自重终遭反噬。范延光杀人越货，得到不义之财，最终因此而死。

石敬瑭也识破阴谋，但畏杨光远强盛，不敢诘责，只征令杨光远入朝。杨光远还算听命，入朝面觐。石敬瑭与语："围魏一役，杨卿左右各立功劳，未授重赏，今当让他们各领一州，遍给恩荣，免得失望。"杨光远代为谢恩，石敬瑭于是选择杨光远亲将数人，分授各州刺史。

等到杨光远出发，石敬瑭下了一道诏书，迁杨光远为青州平卢军节度使，晋爵东平王。

杨光远才识中计，怏怏出都，驰赴青州。杨光远姬妾随从，绵延几十里。

麻衣道者看到此景，喃喃说："《周易》说，'日中则昃，月盈则食。'俗语说，'水满则溢，人满则损。'杨光远的架势，分明是将要杀头的呢！"

后唐遗臣韩昭胤被罢除官职后，清贫困迫，石敬瑭闻听后，觉得惩罚房暠、马胤孙、李专美、韩昭胤过于严厉，便重新任用李专美为赞善大夫，韩昭胤为兵部尚书，马胤孙为太子宾客，房暠为右骁卫大将军。韩昭胤、李专美、房暠、马胤孙赴任途中，朝廷使臣又来到，命他们致仕。韩昭胤等人明白，这是新皇石敬瑭让他们领取养老俸禄，免得冻死而已。

天降大雪，穿着破衣、戴着旧帽的韩昭胤、李专美、房暠瑟瑟发抖。

他们想起了先帝李从珂与五人雪夜围炉共商大计情景，想起了五人中的刘延朗为追兵所杀，宋审虔跳入火海追随李从珂……不禁老泪纵横。

享受漫天大雪的，还有一个人，那就是冯道。

冯道在契丹两年，他将获得的赏赐都用来购买薪炭，还扬言道："北地苦寒，我年老不堪忍受，所以早做准备。"好像是要永远留在契丹。

契丹国政事令韩延徽与冯道曾为幽州同事，为冯道说情，于是获准归国。

冯道三次上表，表示愿意留下，被拒绝后又磨蹭了一个月，方才启行南下。

冯道走后，每到驿站都要停留，用了两个月才走出契丹国境。

随从问道："别人能从契丹生还，都恨不能肋生双翼，您为什么还要住宿停留呢？"

冯道说："纵使急速返回，若契丹人真要追赶，也终究逃不掉。慢慢走反倒安全。"

回到后晋后，石敬瑭将政务都委托给冯道，加授他为司徒、侍中，进封鲁国公。冯道上表，请求退隐。石敬瑭也不看表，便让义子石重贵前去探视。石重贵对他道："您明日若不上朝，皇上就亲自来请。"冯道无奈，只得继续任职。

石敬瑭对冯道的恩宠礼遇，满朝无人能及。

二　驴脸上写着冯道

后晋高祖石敬瑭依靠契丹取得天下，名不正言不顺，各藩镇常常瞧不起，甚至有些人想走石敬瑭的老路，起兵造反。

镇州成德军节度使安重荣精明干练，处事决断，每遇诉讼案件，便亲临大堂明辨曲直，依法裁决。至于百姓徭役、课税等大事，他也是事必躬亲。同僚及衙役们不敢贪赃枉法，胡作非为，镇州一带得以保境息民。

安重荣常常说："天子宁有种乎？兵强马壮者为之！"

安重荣虽然身为开国元勋、封疆大吏，但出于自尊和血性，既见不得石敬瑭对契丹人卑躬屈膝，又不忍看到沦陷区的百姓陷入水深火热之中。安重荣将侍奉契丹视为奇耻大辱，为此曾多次上书，要求断绝跟契丹的"父子"关系，并派兵收复失地，言辞甚是激烈："此万世之耻也！""唐高祖李渊在太原起兵时，也曾经遣使向突厥求援并表示臣服，不过等到天下到手，便立刻断绝跟突厥的关系，后世史家亦未因此而对他进行批评。"石敬瑭固执己见，不听劝谏。

每遇契丹使节过境镇州，安重荣必会对他们羞辱、痛骂，或者将他们捕杀，以泄心头的愤怒。

契丹皇帝耶律德光闻安重荣如此对待契丹，遣人驰责后晋朝廷。石敬瑭惧怕耶律德光问罪，就遣邢州节度使杨彦珣出使契丹求情。

耶律德光盛怒相见，杨彦珣却从容说道："这就像家里出了个坏儿子，父母管束不住，能把他怎么样呢？"耶律德光这才消了气。

安重荣上表后晋朝廷："契丹对境内北边诸族横征暴敛，北方部族不愿为契丹效力，吐谷浑等部落首领希望我朝联合诸部落，共同抵抗契丹。幽云十六州的汉族百姓思归中原之心更为迫切。陛下臣事北虏，甘心为子，竭中原脂膏，供外夷欲壑，薄海臣民，无不惭愤。陛下如果奋然变计，誓师北讨，必能胜券稳操，大获全胜，上可洗国耻，下可慰人望。"

石敬瑭览奏，也有些心动，便召群臣计议。

同平章事刘知远劝石敬瑭毋信安重荣，石敬瑭想想也是，便命刘知远为太原留守，隐防安重荣造反。

桑维翰调往兖州任泰宁军节度使，闻知消息，亦密疏谏阻："陛下得免太原之难，而有天下，皆契丹之功，不可负也。今安重荣恃勇轻敌，吐谷浑假手报仇，皆非国家之利，不可听也。臣观契丹数年以来，兵强马壮，吞噬四邻，战必胜，攻必取。割中原之土地，收中原之器械，其君智勇过人，其臣上下和睦，牛马蕃息，国无天灾，此未可与为敌也。当前中原初定，

557

士气沮丧，无法对抗契丹，其势相去甚远。如果和亲既绝，则当发兵守塞。"

石敬瑭看到此疏，欣然说道："朕近日心绪未宁，烦懑不决，得桑卿奏，似醉初醒了。"

石敬瑭督促刘知远速赴太原，兼任河东节度使。

石敬瑭又诏谕安重荣："你身为大臣，家有老母，忿不思难，弃君与亲。朕因契丹得天下，你因朕致富贵。朕不敢忘德，你却忘啦。为什么这样呢？现今朕以天下臣之，你欲以一藩镇抗之，不亦难乎！宜审思之，毋取后悔！"

安重荣得诏，不知思过，反更骄慢。马军指挥使贾章一再劝谏，反诬以他罪，推出斩首。贾章家中只剩一女，年仅五岁，因此得释。该女童慨然道："我家三十口，俱遭兵燹，独我与父还在。现今父亲无罪被杀，我何忍独生！愿随父俱死。"安重荣也将女童处斩。

镇州西南一千六百里，是襄州。

山南东道节度使安从进也有异志，恃江为险，大量招募亡命之徒。南方贡输经过襄州者，多被截留；过往的商旅，都被黥字充军。

石敬瑭既虑安重荣，又防安从进，乃下诏书，告诉安从进："潞州昭义军节度使王建立上书朝廷，愿归乡里，朕已允准。特虚潞州待卿，卿若乐行，朕即下旨。"

王建立晚年，离开朝廷，来到潞州。他开始信奉佛教，皈依禅宗，不再滥施刑罚，残害无辜，或许这是他对自己平生战伐杀戮的忏悔自赎。老病残年之时，王建立非常怀念自己的故乡，顿萌落叶归根的念头，于是上书朝廷："老家桑梓存焉，桑以养生，梓以送死。"

安从进接到朝廷诏书，向前来宣旨宦官王钰答道："移潞州至汉江南，臣即赴任。"

石敬瑭闻他出言不逊，颇有怒意，但恐两难并发，招架不住，姑暂且容忍。

安从进与安重荣同姓，恃江为险，隐蓄异谋。安重荣秘密联络安从进，狼狈为奸。安从进之子安弘超为宫苑副使，留居京师开封，安从进请求遣子归省，石敬瑭也依言遣归。安从进手下衙将王令谦，知他谋反一定会失败，急切劝阻。安从进默不作声，让安弘超和王令谦一起到南山游玩，尽情喝酒。当酩酊大醉后，安弘超命人把王令谦推到山崖下摔死。

安从进与南平第二任国君高从诲联系，相约谋反。

恰在这时，后晋朝翰林学士陶谷，出使南平国。

陶谷，邠州人，本姓唐，因避后晋高祖石敬瑭的名讳，改姓为陶。陶谷善写文章，向同平章事李崧上书自荐，得到李崧的赏识，被举荐为著作佐郎、集贤校理，现为翰林学士。

高从诲宴请陶谷于望沙楼，大陈战船于楼下。高从诲对陶谷说："一些藩镇，比如安从进，拒绝臣服朝廷，为我不耻。我愿修武备，习水战，以待朝廷大军的到来。"

陶谷高兴，举杯致谢。陶谷回去禀报，石敬瑭大喜，再次遣使，赐高从诲甲马百匹。

1

941年，开封城中，金吾卫上将军苌从简去世，终年六十五岁。

苌从简生性刻薄而又猜忌多疑，所任之州，设立棘刺在署衙两侧，仅仅能通过一个人。他的心意深不可测，手下官吏全都小心翼翼地走路。他的暴虐，为武臣之最。一个是刮骨疗毒，一个是凿骨拔箭，世人只记得关云长，而不记得苌从简，原因是关羽有一个"义"字，而苌从简勇则勇矣，却无仁恕之心。像他这等骁将，只是沧海一粟。

苌从简去世同时，镇州成德军节度使安重荣执杀契丹使者，准备造反。

后晋高祖石敬瑭见安重荣反形已露，准备亲往魏州劝谕，便以义子石重贵留守开封。和凝已升任同平章事，看到山南东道节度使安从进也有反叛之心，便问临行的石敬瑭："安从进一定会反叛，而陛下将要北巡，拿什么制服他呢？"

"和卿的意思是什么？"

和凝说："兵法有云，'先人者夺人'。请陛下制作空着名字的诏书十几份，留在京城，当危急发生时，就在空白诏书上填字，派将领前去讨伐他。"石敬瑭依言而行，留给义子石重贵数十道空白旨令，如果安从进一旦反叛，就马上填写，以便迅速平叛。

石敬瑭连下十道诏书劝谕安重荣，又派遣杜重威为郓州天平军节度使，马全节为邢州节度使，调军储械，防备安重荣。

安重荣见石敬瑭如此，便决心反叛。安重荣向众将说："石敬瑭饮鸩止渴，认贼作父，对契丹称臣、割地、纳帛，无所不至，使中原百姓陷于水火之中。现在，我安重荣要站起来，拒绝向契丹奴颜婢膝，我要以我的力量来保护中原民众。"

开封空虚，安重荣致书山南东道节度使安从进，约他起兵造反，形成南北夹击之势。

941 年十一月，安从进起兵反叛，进攻邓州。

安从进求援于南平国，南平第二任国君高从诲拒绝。

高从诲采纳了行军司马王保义的建议，向开封上奏安从进叛乱。

开封留守石重贵闻报，就以空旨填名，命宣徽使张从恩、武德使焦继勋、护圣都指挥使郭金海等人率军从开封直奔叶县，从南面向襄州进击。

张从恩，太原府人，石重贵娶张从恩女，张从恩从而因外戚擢为金吾卫上将军、宣徽使。

焦继勋，许州人，石敬瑭担任河东节度使时，焦继勋身着儒服谒见。石敬瑭与焦继勋言语投机，颇为喜悦，将其留在帐下供职。

郭金海，突厥族人，少年时为孤儿，流离失所，乞讨度日，不知名姓。潞州昭义军节度使李嗣昭收为家奴，起名郭金海。从此他常跟从李嗣昭东征西讨，伐掠各地，立功无数。

安从进攻击邓州，颇不顺利。邓州节度使安审晖奋力抗击，安从进未能攻克。

安从进转兵向东，突然遭遇了张从恩所率大军。安从进惊诧道："皇上未归，何人调兵派将，来得这般迅速呢？"

安从进驻扎花山，列营待战。张从恩挥兵向前，一股儿冲入安从进阵内。安从进不防他这般勇猛，吓得步步倒退。安从进又被野火所烧，于是大败。焦继勋等人抵达唐州以南，遭遇安从进部一万余人。众人都要等后边主力上来后再行商议，而郭金海竟然胆子大到根本不待后继，仅以所率两千人强行发动攻击。后晋军大胜，擒获山南东道衙将安洪义、鲍洪等五十余人，还得到安从进山南东道节度使印绶。安从进只与数十骑逃还襄州，闭城自守。

石敬瑭在魏州接报，便以大将高行周为南面军前都部署、知襄州行府事，以张从恩为行营兵马都监，郭金海为先锋使，征讨安从进。石敬瑭同时命南平国与南楚国出兵共讨襄州。

南平第二任国君高从诲派遣都指挥使李端率水师三千至南津应援，南楚国第三任国君马希范亦遣天策都军使张少敌率战船一百五十艘入汉水东下襄州，协助高行周。

后晋军、南平军、南楚军将襄州四面围住。

再说镇州。安从进一起兵，安重荣立即率部响应。这一年，旱灾、蝗灾严重，百姓困顿不堪，安重荣以抗击契丹相号召，很快聚集起饥民数万人，扑向石敬瑭驻跸的魏州，声言要觐见石敬瑭。

安重荣行至宗城，与前来镇压的杜重威军遭遇。双方交战之紧要关头，素与安重荣有隙的赵彦之突然倒戈，奔降后晋军。后晋军见他铠甲鞍辔，俱用银饰，不由起了贪心，况且也无暇问及来由，即把他乱刀分尸，掷首与敌。所有铠甲鞍辔等财物，当即分散。阵脚大乱，安重荣大败而逃，所率二万余人马，一半被杀，一半逃散。安重荣仅率十余骑，奔还镇州。杜重威率大军重重包围镇州，安重荣奋力死战，拒不投降。

这年冬天异常寒冷，镇州城成了一个冰窖，烧开的水洒在地上，就结成了冰。凛冽的寒风，无情地吹向镇州城。城中缺衣少食，被冻死者近一万人。942年正月，冻昏的镇州城西水碾门守军投降，后晋军入城，杀死镇州二万余人。

安重荣被后晋兵俘获，石敬瑭下令将安重荣斩首，将他的首级装在一个匣子里，献给"父皇"耶律德光，奴才嘴脸显露无余。石敬瑭用杜重威为镇州成德军节度使。

安重荣首级送至契丹国都西楼，后晋朝廷以为大功一件，哪知契丹派遣回图使乔荣前来魏州诘责，问后晋何故招纳吐谷浑？原来石敬瑭将幽云十六州割属契丹，游牧在雁门关以北的吐谷浑人因此役属于契丹。由于不堪奴役，酋长白承福率领族众逃奔太原，归顺了河东节度使刘知远。

乔荣向石敬瑭说："契丹皇帝索要白承福头颅。"

"请转告父皇帝，我石敬瑭立刻下旨办理。"

出于对契丹的恐惧，石敬瑭下令刘知远，要他将寄居在河东境内的吐谷浑部众赶往雁门以北。刘知远对石敬瑭的旨令阳奉阴违，拖延不理。石敬瑭既不敢得罪手握重兵的刘知远，更不敢得罪"父皇帝"。仰契丹人鼻息而喘气的石敬瑭急火攻心，忧郁盈胸，竟然生起重病来了。

再说襄州。后晋军、南平军、南楚军围困襄州数月。安从进之弟安从贵率军一千余人，援救其均州刺史蔡行遇。后晋焦继勋奋战破敌，杀敌七百，生擒安从贵等百余人。焦继勋将安从贵断腕后放回襄州城，安从进自此兵势大衰。等到襄州城中粮尽，高行周挥军破城，安从进举族自焚。

安从进叛乱被迅速平息，时人评论是和凝之力也。

后晋大军捕获安从进的儿子安弘受以及校尉四十三人，送到魏州。石敬瑭登上城楼接受战俘，将他们在街市上示众后杀掉。石敬瑭追赠王令谦为忠州刺史。

石敬瑭得到皇位有违理义，常常因此觉得惭愧。各处藩镇索取也好，枉法也罢，石敬瑭能姑息就迁就。有些藩镇心里羡慕石敬瑭所做之事，认为只要起兵就能当皇帝。石敬瑭在位七年，就出现了范延光、张从宾、李金全、安重荣、安从进等反叛者。百姓的怨恨、藩帅的反对、契丹无休止的勒索和羞辱，令石敬瑭忧心忡忡、寝食难安。他丝毫体会不到做皇帝的快乐。

恍恍惚惚中，石敬瑭回忆起了自己的一生：因为善射而被李嗣源倚为心腹，收作女婿。为一己之私，以割地、称臣、当儿为条件，请求契丹出兵相助，让中原生灵涂炭！石敬瑭想：如果重新选择人生，他就安心做一名沉默寡言、喜欢读书的牧马人！

942年六月，后晋高祖石敬瑭在屈辱中死去，终年五十一岁。

为了取得契丹的支持，石敬瑭让中国有了"儿皇帝"这一可耻的称呼。石敬瑭割让幽云十六州，对后世影响深远，导致黄河以北、以东地区几乎无险可守，袒露于北方游牧族的威胁之下。

石敬瑭生有七子，长子石重英被李从珂所杀，次子石重信、三子石重义被张从宾所杀，另有三个儿子早殁，只剩下五岁幼子石重睿。

石敬瑭临终前，冯道入见。石敬瑭呼出石重睿，向冯道下拜，且令内侍抱往冯道怀中。石敬瑭虽不言，但众人都明白是向冯道托孤寄命。石敬瑭也是一时糊涂，冯道是官场不倒翁、墙头草，怎么会是一个值得托付的人呢？

冯道出宫，碰到了侍卫马步军都指挥使景延广，便与他商议。景延广是石敬瑭的心腹大将，在石敬瑭主政的时候，景延广没有干预过政事，而是一心辅佐石敬瑭，做事也很谨慎，但石敬瑭一死，他就从幕后走了出来。其实，景延广曾经暗中许立石重贵为帝。景延广向冯道说："国家多难，应立长君。"

其实，大多数后晋臣僚都支持"立长君"。毕竟当前内忧外患不止，一个小毛孩子当上皇帝，肯定会被杀掉，更无法控制天下。冯道、景延广倡议，其他人也不反对，于是众臣拥立石重贵。

开封留守石重贵接到消息，星夜赴魏州，哭临保昌殿，就在石敬瑭枢前即位，这就是后晋出帝，时年二十七岁。

石重贵册封群臣——

石重睿为检校太保、开封尹；

景延广为同平章事、侍卫马步军都指挥使；

高行周为宋州归德军节度使、检校太尉；

和凝为右仆射、鲁国公；

河东节度使刘知远加封北平王、检校太师、中书令；

冯道等其他众臣官职如旧。

同平章事、侍卫马步军都指挥使景延广成为后晋朝廷中的实权人物，石重贵对景延广言听计从。景延广开始傲视群臣，为石敬瑭发丧，文武百官还没有到宫门，景延广就都让下马，步行进去。

后晋出帝石重贵也得瑟起来。石敬瑭大丧之时，他毫不在意，去勾搭一位寡居娇娘，竟得称心如愿，即时行起乐来。

这位寡妇为谁？原来是石重贵叔母冯氏。石敬瑭之弟石敬胤去世后，冯氏寡居。

石重贵早已生心，只因叔侄关系，尊卑须辨，更因石敬瑭在世，石重贵不敢胡行。

等到魏州继位，大权在手，就可以为所欲为了。

石家李氏、石重贵生母安氏、冯氏都在梓宫前，素服举哀。

石重贵瞧将过去，但见冯氏缟衣素袂，越觉苗条。青溜溜的一簇乌云，碧澄澄的一双凤目，红隐隐的一张白脸，娇怯怯的一条柔身，真是无形不俏，无态不妍。石重贵呆立一旁，不知如何才好。冯氏也是偷眼觑看，水汪汪的眼波与石重贵打个交集，更把那石重贵的神魂摄了过去。

到了夜里，石重贵行至冯氏房间。冯氏起身相迎，石重贵便说道："我的姊娘，朕特来问安！"

"不敢不敢！陛下既承大统，妾正当拜贺，那里当得起'问安'二字！"冯氏即向石重贵敛衽，石重贵忙欲搀扶，冯氏偏停住不拜，故意说道："妾弄错了！朝贺须在正殿呢。"

石重贵笑道："正是，此处只可行家人礼，且坐下叙谈。"

冯氏乃与石重贵对坐。石重贵令侍女回避，便对冯氏道："朕特来与姊娘密商，朕已正位，万事俱备，可惜没有皇后！"

"怎么会呢？"

"后房虽多，都不配为后，奈何？"

冯氏嫣然道："陛下身为天子，才貌佳人，尽可采选，中原甚大，难道无一人中意吗？"

石重贵道："意中却有一人，但不知她乐意吗？"

冯氏道："天威咫尺，怎敢不依？"

石重贵欣然起立，凑近冯氏身旁，附耳说出一语，乃是看中了姊娘。冯氏又惊又喜，偏低声答道："这可使不得，妾是残花败柳，怎能侍奉陛下！"

"我的娘！你已说过依我，今日就要依我了。"石重贵即用双手去搂冯氏。冯氏假意推开，起身趋入卧房，欲将寝门掩住。石重贵抢步赶入，关住了门，轻轻将冯氏举起，搂入罗帏。冯氏半推半就，与石重贵成就了好事。

欢恋数宵，大众俱已闻知。石重贵也不避嫌疑，先尊石家李氏为太后、生母安氏为太妃，然后册立冯氏为后。

石家李氏来到封禅寺，馈赠寺庙千金，虔诚拜佛。

石家李氏默默祈祷："自我记事以来，朝代更变不休，后宫就没有安静过。乞求万能的佛保佑，让我安度余年。我一定多多贡佛。"

2

草木枯黄，河流干涸，田地裂开了无数条缝隙。

大旱之年，草木枯萎，往往会接着发生蝗灾。

941 年开始的旱灾、蝗灾一直延续到了 942 年。

942 年夏，华州等地发生蝗、旱灾，百姓大饥。华州节度使杨彦珣开仓贷赈，百姓因而生还者甚多。杨彦珣患上风湿麻痹病，死于任上，终年七十四岁。

杨彦珣经历唐、后梁、后唐、后晋四朝，跟从王师范、杨师厚等多个军阀，多次遇到杀身危险，因谨慎、忠厚而得以善终。

942 年七月，开封城中即位不久的后晋出帝石重贵正在用膳，天突然一下子变黑了。石重贵急忙走出殿外，他惊奇地发现，开封上空竟然被黑压压的蝗虫给罩了个严严实实。石重贵立刻明白：大蝗灾来了！蝗祸所过，寸草不生，它们会吃掉所有禾苗、树叶。开封上空的太阳，被蝗虫整整遮住了半天，大地一片黑暗。石重贵抓了几只蝗虫骂道："人以粮为命，你们吃了粮就是害了人的命，今天朕把你给吃了！"说完就把几只蝗虫吞到肚里。

礼部尚书杨凝式从开封回洛阳，遮天蔽日的蝗虫正好也同时到达了洛阳。他将一首诗交给了洛阳留守张从恩："押引蝗虫到洛京，合消郡守远相迎。"张从恩见诗笑了，身为皇帝岳父，张从恩看到蝗灾严重，心中十分苦涩。

后晋高祖石敬瑭去世，后晋重臣冯道、景延广拟向契丹告哀，草表时互有争议。景延广说："称孙已足，不必称臣。"左仆射李崧从旁力诤："屈身事契丹，无非为社稷计，今日若不称臣，他日必启战端，到时后悔无及了！"景延广犹辩驳不休，石重贵正倚重景延广，便依他计议，上表契丹告哀。

石重贵的登场，意味着后晋大政改变。虽有景延广等人的挑拨，但这是外因，内因是石重贵有着坚韧不拔的意志以及不愿屈于人下的斗志。

契丹皇帝览表大怒，遣契丹回图使乔荣至开封，问何故称孙不称臣？且责石重贵不先禀命，便即帝位，亦属不对。

景延广怒目道："先帝为契丹所立，所以奉表称臣。现今皇上乃中原所立，不过为先帝盟约，卑躬称孙，这已是格外逊顺，有什么称臣的道理？国不可一日无君，若先帝晏驾，必须禀命契丹，然后立主，恐国中已启乱端，试问契丹能负此责任吗？"

契丹回图使乔荣倔强不服，怀忿北归，详报契丹皇帝。

契丹皇帝耶律德光已是怒上加怒，政事令、幽州节度使赵延寿从旁挑拨，这好似火上添油。耶律德光愤不能平，便欲兴兵问罪，入捣中原了。政事令韩延徽劝谏耶律德光："不要着急出兵，可再遣使责问。如果石重贵能够知错改错，我们就不用出兵了。"

契丹回图使乔荣再来后晋朝开封。乔荣本是河阳三城衙将，跟从赵延寿降了契丹国。景延广见乔荣再来，喜事生风，说乔荣为虎作伥，力劝后晋出帝石重贵捕住乔荣，拘系狱中。石重贵不管好歹，唯言是从。景延广既将乔荣下狱，再命境内所有契丹商人一律捕诛，没货充公。李崧等大臣担心激怒契丹，上言契丹有大功，不应辜负。石重贵难违众议，释放乔荣出狱，厚礼遣归。

乔荣过辞景延广，景延广瞪大眼睛道："先帝是契丹所立，现今皇上则是自己册立，为邻邦为晚辈则可，决无为臣之理。契丹想打就早点来，我朝有十万横磨剑，你们打输了被天下耻笑可别后悔！"

乔荣闻景延广大言，便对景延广说："我记性不好，恐怕到了契丹会忘了你说的话，请你在纸上写一下吧。"景延广没有想到乔荣的诡计，就将刚才的话写在纸上交给了他。景延广毕竟是个武将，勇多而谋少，这一张纸把自己命也搭进去了。

乔荣别去，归至西楼，即将景延广所书之纸呈上。契丹皇帝耶律德光不瞧犹可，瞧着此纸，勃然大怒。乔荣向耶律德光添油加醋，汇报了他到后晋的遭遇，转述了景延广的骄横。耶律德光命将后晋的所有使者全都关押起来，一面集兵五万，指日南侵。

桑维翰已人为侍中，力请卑辞谢契丹，免起兵戈。景延广以为无恐，再次阻挠。后晋出帝石重贵始终倚任景延广，言听计从。桑维翰都言不见用，还有何人再来多嘴。

后晋高祖石敬瑭曾借给青州平卢军节度使杨光远良马三百匹，景延广特传诏命，发使索还。杨光远不得已缴还三百匹马，秘语亲吏："这些马是先帝赏赐给我的，为什么要回去，这是怀疑我反叛！"杨光远派人至单州，召子杨承祚回归。杨承祚本为单州刺史，闻召后，即托词母病，夜奔青州。后晋朝廷颁赐杨光远金帛及玉带御马，用以安抚。

943年夏，后晋朝再次遇到旱灾、蝗灾。密密麻麻的蝗虫如乌云一般盘旋在关内道、河南道、河东道、河北道，天下饿死者十万人。杨光远视恩若仇，竟密遣心腹至契丹，报称后晋出帝石重贵负德背盟，境内饥荒严重，公私困敝，乘此进攻，一举可灭。

契丹皇帝耶律德光跃跃欲动，赵延寿从旁怂恿。耶律德光便对赵延寿说："我已召集幽州兵五万人，令你为将。你此去经略中原，如果得手，当立你为帝！"耶律德光还让他穿上象征皇帝的黄袍，检阅了一番汉人兵马。当着这些汉人面，耶律德光说："这就是你们未来的皇帝。"赵延寿喜欢得不得了，连忙伏地叩谢。

赵延寿统兵起程，驱军南下，直逼贝州。

石重贵方接到贝州警报，忙召群臣计议，群臣多说道："贝州系水陆要冲，关系甚大，城中粮草充足，大约可支持十年！"

石重贵道："慢慢儿遣将援他便了！"

过了数日，又有警信到来，乃是贝州失守，吴峦死节。后晋朝廷君臣，才觉着忙。

吴峦在云州时，守城半年，尚不为动，此次何故速败，与城俱亡？

原来贝州升为永清军，节度使为王令温。王令温因军校邵珂凶悖不法，将他斥责。邵珂阴怀怨恨，暗结契丹军。吴峦接替王令温，刚刚到任，契丹兵大至。吴峦推诚抚士，誓众守城，将士颇为感奋，愿效死力。赵延寿麾众猛扑，吴峦登城督守，契丹人束手无策。居心叵测的邵珂在吴峦前自告奋勇，情愿独当一面。吴峦不知有诈，令他率兵守南门。契丹皇帝耶律德光亲率大军至贝州城下，再行进攻。吴峦毫不胆怯，面督将吏死守。不料邵珂竟大开南门，迎纳契丹兵。契丹军一拥而入，全城大乱。吴峦懊悔不及，率领将吏巷战，等到支持不住，自赴井中投水殉难。贝州遂陷，被杀万人。

后晋朝廷闻报，急命宋州归德军节度使高行周为北面行营都部署，河阳三城节度使符彦卿为马军排阵使，陕州节度使王周为步军排阵使，率兵三万，往御契丹兵。

后晋朝廷并不放心青州平卢军节度使杨光远。镇州成德军节度使杜重威派遣幕僚曹光裔至青州，为杨光远陈说祸福。杨光远奸诈，即令曹光裔入奏，诡言自己忠心不二，召子杨承祚回归，实为省视母病。后晋出帝石重贵信以为真，其实杨光远只是为了缓兵，虚与委蛇。

石重贵以为东顾无忧，下诏亲征，授景延广为御营使，一切方略号令，悉归景延广主裁。途中，石重贵连续接到各方警报，河东藩镇奏称契丹兵进入雁门关；镇州、邢州、沧州三处藩镇，俱报契丹进入境内；滑州飞奏耶律德光来到黎阳县。石重贵急命河东节度使刘知远为幽州行营招讨使，镇州成德军节度使杜重威为副招讨使，抵御契丹兵。石重贵再派右武卫上将军张彦泽赴黎阳县驻防。刘知远在秀容打败契丹耶律安端，斩首三千级，余众逃去。

虽有小胜，但契丹兵势强盛，石重贵派译官孟守忠致书耶律德光，乞修旧好。耶律德光回复："事势已成，不可复改了！"石重贵未免心焦，硬着头皮，行至澶州，整日里军务繁多，应接不暇。

郓州从事窦仪驰报：博州刺史周儒举城降契丹，并与杨光远通使往来。

窦仪，蓟州人，谏议大夫窦禹钧长子，十五岁就能写文章，后晋朝进士。

窦仪向石重贵奏道："如果不派良将控制博州渡口，恐怕周儒一定会引契丹兵渡到东岸，与杨光远会师，那样黄河以南就危险了。"

石重贵深以为然，即派滑州义成军节度使、侍卫马军都指挥使李守贞，右神武统军皇甫遇，陈州防御使梁汉璋，统兵万人，沿河防御。

李守贞，河阳三城人，年少时凶暴奸猾，漂泊无依，后来跟随石敬瑭，逐步发迹。

皇甫遇，冀州人，年少时勇武，在后唐、后晋屡立战功。他横征暴敛，执法残暴，弄得民怨沸腾。

梁汉璋，应州人，凭勇力在后唐、后晋效力。

李守贞三人率军水陆并进，固守汶阳，占据要害。周儒果然引导契丹兵渡过黄河，李守贞等人把他们打得大败，契丹撤军。

高行周、符彦卿在戚城和契丹交战，请求景延广支援，景延广按兵不动，不知当初那十万口横磨剑哪里去了。

石重贵接报，大惊道："这是正军，怎能不救！"

景延广道："各军已皆派往别处，现在只有陛下亲军，难道也派往不成？"

石重贵愤然道："朕自统军赴援，有何不可！"

石重贵召集亲军，整辔前行，将至戚城附近，遥闻鼓角喧天，料知两军开战，当下麾军急进。石重贵遥见敌骑甚众，纵横满野，一少年骁将，白袍白马，跟在行营都部署高行周身后，冲突出围。敌骑四面追来，被少将张弓连射，左射左倒，右射右倒，敌皆披靡。石重贵乘势杀上，高行周见御驾亲援，也翻身再战，救出左厢排阵使符彦卿，杀毙契丹兵甚多。契丹兵逃去。

石重贵登上戚城古台，慰劳高行周、符彦卿。二将齐声道："臣等早已告急，待援不至，幸蒙陛下亲临，始得重生。"石重贵不禁失声道："这皆为景延广所误！景延广迟报数日，所以朕来得太迟了。"二人凄然道："景延广与臣等何仇，不肯遣兵救急？"说至此，相对泣下。石重贵好言抚慰，始各收泪。

石重贵问少年骁将为谁？高行周道："是臣儿高怀德。"

石重贵立即召见高怀德，赐给弓马，高怀德拜谢。

石重贵是个声色犬马之徒，回到澶州，每天听乐不止。亲征以来，不忘奏三弦胡琴，和以羌笛，击节鸣鼓，更舞送歌，以为娱乐。石重贵常给侍臣们抱怨："此非音乐也。"冯道投其所好，奏请举乐。石重贵还算清醒了一点，没有允许。

李守贞率军至马家口，正值契丹兵筑垒，步兵为役，骑兵为卫。李守贞大喊一声，率军冲杀过去，契丹骑兵退走。后晋军乘胜攻垒，应手即下，契丹兵大溃，乘马赴河，溺死数千人，战死亦数千人，还有驻扎河西的契丹兵，见河东失败，也痛哭退还，契丹人始不敢乱动了。李守贞生擒敌将七十八人及部众五百人，解送澶州。石重贵将这些俘虏一概杀掉。

好消息又传来。夏州节度使李彝殷奏称率领蕃汉兵四万，从麟州渡河，攻入契丹境，牵制敌军。石重贵极为高兴，命刘知远带领部众自土门出镇州，会同杜重威各军，掩击契丹兵。刘知远半推半就，移屯乐平，逗留不进。

契丹皇帝耶律德光闻各路失利，已萌退志，但是心有不甘。他想出一计，声言北归，暗在古顿、邱城旁埋伏精骑，等候袭击后晋军。

魏州留守张从恩奏称契丹已逃去，后晋军意欲追击，为连日大雨所阻，方才停止。契丹兵埋伏十天，并不见后晋军追来，反弄得人马饥疲。耶律德光恼恨计不得逞，唏嘘不已。赵延寿献策道："中原汉军畏我势盛，必不敢前，不如进击澶州，四面合攻，如果占有该城，便可长驱中原了！"

耶律德光依议，自督兵十万，进攻澶州。自城北列阵，横亘至东西两隅，金戈挥日，铁骑成云。

契丹兵不见景延广，大叫道："景延广呢？他要我们来开战厮杀，为什么不出来啦？"

景延广听得清清楚楚，他稳坐不语，任凭契丹叫骂也不领兵迎战。等契丹军退去时，他还以为是在设计诱他上当，更是不敢出营。一些随军的文臣私下议论景延广："昔日与契丹绝交，是何等的英勇无畏。现在契丹人来了，怎么又这么怯懦气短！"

高行周等自戚城进援，前锋与契丹兵交战。耶律德光自领精骑，前来接应。后晋出帝石重贵亦出阵观看。耶律德光望见后晋军强盛，顾语左右："杨光远说中原遭遇饥荒，兵多饿死，为何还这般强盛呢？"

后晋千牛卫上将军药元福率领二百名骑兵冲进契丹阵中，他舞动手中铁锤，连毙敌军数人，左冲右突，所向披靡。契丹兵遭到迎头痛击，被打得溃不成军。

药元福，太原府人，生于唐朝末年，胆量过人，善于骑马射箭，现今已经六十岁了。

石重贵看到药元福挺身力战，对他说："你这样奋不顾身，就是古代那些忠烈将士也比不上你。"药元福骑马中了三箭，石重贵挑了一匹名马赐给他。石重贵要封药元福为郑州刺史，景延广阻拦："郑州是个要地，怎么能交给这位老家伙？"石重贵只好改封药元福为原州刺史。

第二天，耶律德光将精骑分为两队，左右夹击后晋军。后晋军屹立不动。等到契丹兵趋近，却发出一声梆响，接连是万弩齐发，飞矢蔽空。契丹兵前队，多半中箭，自然退却。耶律德光又攻后晋军东偏，两下里苦战至暮，互有杀伤。耶律德光知不能胜，率兵自去。右神武统军皇甫遇乘胜追击，大败契丹兵，溺死契丹数千人。皇甫遇以功升滑州义成军节度使。

耶律德光见败局已定，留赵延寿守贝州，自收兵北归，所过之处，焚掠一空。

3

后晋出帝石重贵留高行周镇守澶州，自率亲军返归开封。

景延广已经惹起众怒，侍中桑维翰弹劾景延广不救高行周、符彦卿，专权自恣。左仆射李崧亦攻击景延广："父母如果去世，为官者就要暂时辞去官职，回家守孝，孝期满了再请求复职或改任。景延广的母亲病故不去奔丧，还主持军事，违背了伦理道德。"右仆射和凝也揭景延广的老底："他曾诬陷过和他有矛盾的大臣王绪通敌，用酷刑迫使其招认。别人劝解也不行，结果还是将王绪杀死了。"

在众人的一片反对声中，石重贵只好调景延广为洛阳留守。

景延广到了洛阳，开始悲观失望起来，全然没有了往日的骄横与威风，和先前的气势判若两人。桑维瀚比景延广要强得多，在逆境当中，桑维瀚没有丧失信心，而是寻找时机再起，而景延广就不同了，官运亨通的时候骄横看不起别人，时运不济的时候就像霜打了的茄子立刻蔫蔫了。

景延广整日整夜地喝酒浇愁，只知修造豪华住宅，住在里面沉迷于歌舞之中。洛阳征集民财供给军用，河南府要出二十万贯钱，但景延广却想借机图点私利，要把二十万贯改为三十七万贯，他的属下判官卢亿劝止说："景公位兼将相，富贵已极，今国家不幸，府库空虚，不得已取诸百姓，景公奈何额外求利，徒为子孙增累呢！"景延广惭愧，将手缩了回去。

后晋各州县横敛民财，锁械刀杖，备极苛酷，百姓求生不得，求死不能。再加朝旨驱民为兵，得七万余人，每七户迫出兵械，供给一卒，可怜百姓无从呼吁，统害得卖妻鬻子，倾家荡产。后晋出帝石重贵战胜契丹，连日庆贺，朝欢暮乐，哪晓得什么民间痛苦。

魏州留守张从恩上言：契丹赵延寿虽据贝州，但部众统统思归，正好乘隙进击。石重贵便命张从恩为贝州行营都部署，收复贝州。张从恩麾兵往攻，抵达贝州城下，赵延寿弃城逃去。城中烟焰迷蒙，余火未熄。张从恩入城扑救，盘查府库，已无一钱，民居亦被劫无遗，只剩得一座空城了。

未几天，滑州黄河决口，开封、曹州、单州、濮州、郓州遭受水灾，朝廷命发各地丁夫，堵塞决口，好不容易才得堵住。

石重贵欲刻碑记事，中书舍人杨昭俭进谏："刻石纪功，不如降哀痛之诏，染翰颂美，不如颁罪己之文。"石重贵方将原议搁起。

多难之秋，侍中桑维翰在石重贵面前离间冯道："冯道只能做和平时期的宰相，不能靠他度过艰难时期，就像参禅的和尚用不上鹰犬一样！"石重贵便授冯道为华州节度使。

到了华州，冯道日子也不好过。冯道对节度副使胡饶稍有慢待，胡饶就趁醉在军府门外辱骂冯道。冯道每次都会将胡饶召入府中，备办酒食招待，毫无愠色。

书吏李导不解问："副使骂大帅您，您为何还将副使请来喝酒呢？"

冯道笑笑说："胡饶为人不善，以后自有报应，我有什么可怒的。"

胡饶派人牵驴入市，驴脸挂着一个牌子，上写"冯道"二字。李导紧急禀报冯道，冯道毫不动怒，淡淡说道："天下同名同姓的人很多，这可能是有人在为驴找寻失主，有什么奇怪的？"

李导瞧不起冯道，不屑说："大帅您是个没有风骨的人。"

冯道问李导："老夫名字为'道'，已经多少年了，况且久为宰相，你不可能不知道。但你也叫'导'，与我的名字同音，这合乎礼法吗？"

李导辩解："大帅您是没有寸字底的'道'，而我是寸字底的'导'，同音不同字，有何不可？"

冯道大笑道："我不但名字没有'寸'，而且做什么都没有'寸'。"

果如冯道所料，胡饶此后竟被乱兵所杀。

开封城中，桑维翰改为中书令、枢密使。桑维翰再秉国政，尽心办事，颇有转机。桑维翰感慨："凡居宰相职后，有似着新鞋袜，外望虽好，其中甚不快活。"

石重贵授刘知远为北面行营都统，杜重威为招讨使，督率十三藩镇，防御契丹。桑维翰在内指挥，自行营都统以下，无敢违命，时人多服他胆略。桑维翰恩怨太明，睚眦必报。僚属进见，仰视声威，无不失色。

青州平卢军节度使杨光远素为桑维翰所嫉，桑维翰扬言于众："杨光远欲谋大事，我不信呢。光远素患秃疮，其妻又跛，自古岂有秃头天子、跛脚皇后呢？"众人皆笑，人心顿安。桑维翰必欲除去杨光远，遂奏请石重贵，以兖州泰宁军节度使李守贞为青州行营都部署，率步骑二万，进讨青州。

杨光远突闻李守贞兵到，慌忙领兵守城，并遣使求救契丹。李守贞奋力督攻，四面包围，困得水泄不通。杨光远日望契丹兵来援，哪知契丹兵只来得千余人，被齐州防御使薛可言中途击退。

从夏天到冬天，青州城中的人因饥饿而吃人，以至于几乎将人都吃光了。

杨光远望着北方的契丹，跪拜行礼呼唤耶律德光："皇帝皇帝，误我杨光远了！"

杨光远子杨承勋、杨承信、杨承祚劝杨光远出降，杨光远摇首道："我在雁门的时候，曾用纸钱祭祀天池，投进水里就沉下去了，人们说我应该当皇帝，应当再等待一些时候，不要轻易议论投降的事。"

杨承勋怏怏退下，想想青州平卢军谋叛头头，乃是判官邱涛数人。杨承勋竟号召徒众，杀死邱涛等人，再幽禁杨光远，然后开城投降，并派即墨县令王德柔上表谢罪。

后晋出帝石重贵踌躇未决，召桑维翰问道："杨光远罪大宜诛，但他的儿子投降，可否为子免父？"

桑维翰说道："岂有逆状滔天尚可轻赦之理？望陛下速正明刑。"

石重贵并未听信桑维翰，传命李守贞，见机行事，不用上奏自行处置。

李守贞怎么会留下杨光远，他派遣客省副使何延祚到杨光远家中，杨光远正在马厩里查看马匹，何延祚进去说："我准备回京答复皇帝，只是没有什么凭据在手里。"

"说这话是什么意思？"

"是想得您的人头！"

杨光远气愤说："我有什么罪？过去我率晋安寨守军投降契丹，使石家世世代代当皇帝，这有错吗？我也指望一辈子富贵，可石家却违背良心，忘记恩德！"

说再多的话又有何用？杨光远当即被杀死。李守贞奏报朝廷，说他病死。

钱财越多，越"臭"，招来的苍蝇也是越多。杨光远手下孔目官宋颜秘禀李守贞："杨光远一生积累财富甚多，尤其他得到了董温琪、秘琼、范延光三人财富。"李守贞也是一只"苍蝇"，对这些财宝非常眼馋，就全部藏在自己帐下，派亲信长途跋涉，搬回自己家中。

对于行营将士的赏赐，李守贞全用发霉变质的茶叶和药材之类充数，军士大怒，用布包着这些茶叶和药材，做成人头形状，悬挂在树上，诅咒李守贞。

宋颜被桑维翰抓获杀掉，李守贞因此怨恨桑维翰。

李守贞回师后，后晋朝廷加封他为同平章事，杨承勋成为汝州防御使。

战胜外患，消除内忧，后晋出帝石重贵认为天下太平、相安无事了，开始骄纵奢侈起来。各地进贡献上的奇珍异宝，全部归入了皇宫。他命人扩建宫室，装饰后宫，还毫无节制地赏赐伶人。虽有大臣不断劝谏石重贵，但他根本听不进去。后晋朝在石重贵统治下，一日日衰亡下去。

三　乱哄哄的南方

开封东南一千七百里，是吴越国都杭州。

吴越国王宫，莫名其妙起了一把大火。

五百里外的南唐国秘书郎冯延巳，闻听吴越国发生大火，宫室铠甲几乎烧尽，便劝南唐先主李昪趁机出兵攻灭吴越国。李昪拒绝，认为国内百姓需要休养生息，不应与邻国轻开战端。他还派使者携带礼物，去慰问吴越君臣百姓。气得冯延巳讥刺李昪是一位只知固守南吴国旧地、无意开疆拓土的"田舍翁"。

吴越国第二任国君钱元瓘因王宫着火，惊惧得病，医治无效。内都监章德安为人忠厚，能够决断大事，钱元瓘便把身后的事情托付给他："钱佐年纪小，应当选择宗室中的年长者立为君主。"

章德安说："钱佐虽然年轻，但是众臣佩服他的英明敏捷，请您不要为这个忧虑！"

"你能好好辅助他，我就没有忧虑了。"

当晚，钱元瓘去世，终年五十五岁。

内衙指挥使戴恽掌控杭州防卫，钱元瓘义子钱弘侑的乳母是戴恽妻子亲戚，戴恽蓄谋拥立钱弘侑。章德安封锁钱元瓘去世消息，同诸将密谋，埋伏甲兵。戴恽进入王府，甲兵将其抓住杀死，章德安废掉钱弘侑为平民。

钱佐继位，成为吴越国王、两浙观察使，这是吴越国第三任国君。

钱佐继位时年仅十四岁，丞相曹仲达摄掌政务。

曹仲达年幼时，其父曹圭对他管教甚严，常节其饮用，膳食与仆人同，虽严冬也令其不得着冬衣。曹仲达年龄稍长，日令劳作。这样一来，曹仲达塑造成仁厚好施、食不嫌味的品行。曹仲达途经杭州，钱镠非常欣赏，以妹许配曹仲达。曹仲达治政、治军有方，内外咸服。

钱佐性格温和谦恭，喜好读书，礼贤下士，勤理政务。有百姓献嘉禾，钱佐问曹仲达："现在粮食蓄积有多少？"

曹仲达回答："能用十年。"

"军粮是足够，可以对我的民众宽松一些。"钱佐命令曹仲达，境内三年不纳税。

杭州西南二千五百里，是南汉国都广州。

南汉开国皇帝刘䶮励精图治，接纳士人，开疆拓土，睦邻友好，岭南这片人烟荒芜土地竟被他治理得晏然小安。光阴似箭，时光如梭，刘䶮做上皇帝已经二十多年了。到了晚年，刘䶮变了，开始亲近宦官，喜欢杀人。

刘䶮创设灌鼻、割舌、肢解、剐剔、炮炙、烹蒸诸刑。还发明一种水刑，把毒蛇放入水里，再把犯人推下水，看着他们活生生被咬死。还有一种酷刑，把犯人扔到锅里煮，煮到半死不活时再捞出来，放到烈日下暴晒，再在犯人身上撒盐，那犯人疼得嗷嗷大叫，却要等到很久以后才能咽气。暴君商纣王创立的炮烙刑、剖心刑，与刘䶮的酷刑相比，简直是小巫见大巫。刘䶮有种嗜好，每次行刑时要亲自观摩，将吏背地里都叫他"真蛟蜃"，以为他是活生生一个恶魔。

左仆射王翻以圣人典故劝谏刘䶮，刘䶮笑道："我成不了尧舜禹汤。"

刘䶮又患上了骄奢淫逸症，尽聚南海珍宝，建起玉堂璇宫，还筑起一座南薰殿，镂金饰玉，暗置香炉，朝夕燃香，穷奢极欲。

刘䶮忽然染了一场重病，医治无效，当下召入左仆射王翻，与他秘语："我生有十九个儿子，至今还没有立太子。他们看起来都不中用，洪度、洪熙年纪虽居长，但都不能承继我的帝业。弘昌像我，我欲立为太子，苦不能决，其他诸子也差不多如此。唉，我的子孙没一个能成事的！"

王翻劝慰："陛下既属意弘昌，须赶紧筹备，将洪度、洪熙调守他州，方可无虞。"

刘䶮拟徙刘弘度守邕州，刘弘熙守容州。崇文使萧益入问起居，刘䶮又述明己意，萧益极力劝谏："废长立少，必启争端，此事还望三思！"

萧益这么一说，害得刘䶮没了主意，蹉跎了好几日，竟然一命呜呼，终年五十四岁。

刘弘度依次当立，即南汉皇帝位，更名为刘玢，这就是南汉国第二任皇帝。

刘弘度比其父更加骄横奢侈，还不喜过问政事。刘䶮殡丧期间，刘弘度大作声乐，夜间鬼混妓娼，让男子和女子脱光衣服观赏取乐。左右稍稍谏阻，立被杀死。弟弟刘弘昌及内常侍吴怀恩屡次进谏，言不见从，还算是顾全脸面，不加杀戮。

刘宏度对其弟严加防范，每有集会宴乐，令宦官守门，群臣宗室皆露体搜身而入。

刘弘熙起了歹心，计划谋取帝位，便用盛装打扮声妓，博取刘弘度的高兴。刘弘度喜爱手搏，刘弘熙便命指挥使陈道庠引领力壮的武士刘思潮、谭令禋、林少强、林少良、何昌廷五人在刘弘熙府中习练手搏，刘弘度听说后很是高兴。943年七月，刘弘度与弟弟刘弘熙、刘弘昌、刘弘杲们在皇宫宴饮，观赏手搏，直到夜晚才停止酒宴。刘弘度已经大醉，刘弘熙命陈道庠、刘思潮等人拖拽刘弘度，将其拉杀而死，终年二十四岁。

所有宫内侍从，全都杀得一个不留。百官乘势逃出，不敢人视。待至翌晨，刘弘昌带领刘弘杲以及百官哭临寝殿，迎接刘弘熙继位。刘弘熙易名为刘晟，这就是南汉国第三任皇帝。

刘弘熙命弟刘弘昌为太尉、中书令、诸道兵马都元帅、知政事。陈道庠及刘思潮等有功将吏皆赏赐有加。南汉吏民虽不敢公然讨逆，但宫中篡弑情形已是无人不晓。

刘弘杲请斩刘思潮等人，以警内外。刘思潮等人闻听刘弘杲所言，反诬称刘弘杲谋反。刘弘熙嘱咐刘思潮暗伺行踪。一日，刘弘杲宴客，刘思潮诬告其谋反，即纠集谭令禋等人持械突入。刘弘杲不及趋避，立被刺死。刘弘熙闻报，很是欣慰，大出金帛，厚赏刘思潮、谭令禋等人。

刘弘熙严刑峻法，威吓臣下，猜忌骨肉，比前益甚。刘弘熙派刘弘昌到沿海祭祀，暗中杀死刘弘昌。刘龑的儿子一个不留，尽行加害，这便是南汉皇帝刘龑好杀的惨报呢。

1

广州东北一千七百里，是闽国都城福州。

闽国第二任皇帝王继鹏置国事不理，与宠后春燕及六宫嫔妃彻夜宴饮，淫乱不休。道士陈守元以房术得幸，王继鹏赐给陈守元天师称号。王继鹏非常倚重陈守元，更换将相、施行刑罚、选贤举能，都同他商议。陈守元接受贿赂、请托，有求必应，门庭若市。王继鹏依据陈守元所说，在宫中建造三清殿，用黄金数千斤铸造元始天尊、灵宝天尊、太上老君三像。昼夜奏乐，焚香祷告，乞求神丹。

陈守元有个徒弟名叫林业，闽国政事不论大小，都由林兴传达元始天尊、灵宝天尊、太上老君三位尊神的神命来决定。林兴与王继鹏叔父王延武、王延望有怨，假托神语，谓二人将生内变。王继鹏不察虚实，即令林兴率壮士夜杀二人及其家族。

陈守元哄骗王继鹏："有条白龙夜间出现在螺峰。"王继鹏便下令修建白龙寺。各种劳役接连不断，国库无法满足。王继鹏对吏部侍郎蔡守蒙说："听说委任官员都接受贿赂，有这样的事吗？"

蔡守蒙回答："流言蜚语不足为信。"

王继鹏说："我知道此事已经很久了，现在把授官任职的事情，委托给你办理，要选择授给贤能的人，不称职和假冒顶替的人也不要拒绝，只要让他们纳贿，就立籍造册加以举荐。"

蔡守蒙素称廉洁，认为不应该这样做。王继鹏发怒，蔡守蒙害怕被杀，便依从了王继鹏。从此，任用官员就凭纳钱多少来分差等。

王继鹏又让医工陈究用空白不填名姓的委任文牒在外面售官，搜刮民财。

王继鹏贪得无厌，没有满足，下诏民间如有隐瞒年龄者处以鞭打之刑，隐瞒人口者处死，逃亡者诛杀全族。就连种植水果蔬菜、养殖牲畜，王继鹏都要征收重税。

谏议大夫黄讽认为王继鹏暴虐，便和妻子诀别后入朝进谏，王继鹏要用廷杖责打他，黄讽说："我若是迷乱国家而不忠，即使死了也没有怨言；若是因为直言进谏而被杖罚，我不能接受。"王继鹏发怒，将他罢黜为民。

闽国本已设立为拱宸、控鹤二都，负责都城警卫。王继鹏继位后，又募集壮士二千作为腹心侍卫，号称宸卫都，俸禄和赏赐都比拱宸都、控鹤都高。王继鹏闻听拱宸都、控鹤都有怨气，将要作乱，便想把拱宸都、控鹤都分别隶属于漳州、泉州，拱宸都、控鹤都更加愤怒。拱宸军使朱文进、控鹤军使连重遇心中，异常怨恨王继鹏。

王继鹏喜欢长夜宴饮，强制群臣喝酒，喝醉了便让左右之人找他的过失。王继鹏的堂弟王继隆醉后失礼，王继鹏把他斩了。王继鹏的叔父、同平章事王延羲装傻卖呆，躲避祸端，王继鹏赐给王延羲道士服装，把他安置在武夷山中，不久又把他召回，幽禁起来。

北宫失火，纵火之人没有寻获。王继鹏令控鹤军使连重遇带领军士扫除灰烬，每天役使上万人，军士非常劳苦。王继鹏怀疑连重遇知道纵火之人，想把他杀了，内廷学士陈郯偷偷告诉连重遇。连重遇决心造反，率领拱宸都、控鹤都军士焚烧皇宫，袭击王继鹏。王继鹏逃走，奔向宸卫都。

连重遇从皇宫瓦砾中找到王延羲，拥立他为帝。王延羲易名为王曦，成为闽国第三任皇帝。

朱文进、连重遇率领拱宸都、控鹤都，攻打宸卫都。宸卫都战败，王继鹏和皇后春燕逃到梧桐岭。

王延羲派侄子王继业带兵追赶，王继鹏擅长射箭，拉弓射杀数人。不多时，追兵云集，王继鹏自知不能逃脱，便丢下弓箭对王继业说："你的臣节到哪里去了！"

王继业说："君既然没有君德，臣还有什么臣节？新君是我的叔父，旧君是我的兄弟，分得清谁亲谁远吗？"

王继鹏不再说话，跟随王继业到达陀庄。王继鹏喝醉，王继业把他勒死。皇后春燕及王继鹏的几个儿子，也都被杀。

王继鹏和春燕埋在一处墓里，墓上长出一棵树，生出一种少见的花，如同鸳鸯交颈，人们称之为鸳鸯树。

闽国讣闻邻国，反说是宸卫都弑君，另向后晋朝上表称藩。后晋朝遣使至闽，授王延羲为中书令、福建观察使、闽国王。王延羲虽受后晋之命，但一切礼仪仍如帝制。

王延羲下令，诛死陈守元、林兴，用致仕太子太傅李真为同平章事，闽中稍稍安定。王延羲娶李真之女，册封为皇后。王延羲性嗜酒，皇后性亦嗜酒，一对夫妇，统视杯中物为性命，终日痛饮，不醉不休。

王延羲宴集群臣，侄子王继柔在侧不能饮，偏偏王延羲下令不得少饮。王继柔实饮不下去，乘王延羲旁顾，倾酒壶中，不意被王延羲瞧着，怒他违令，竟命推出斩首。群臣相顾惊愕，不知所措，勉强饮了数杯，偷看王延羲亦有醉容，便陆续逃席，退出殿外。翰林学士周维岳尚在席中，王延羲醉眼模糊问道："下面坐着，系是何人？"

"周维岳。"

王延羲微笑道："维岳身子矮小，为何独能容酒？"

"酒有别肠，不在身高。"

王延羲变色道："酒果有别肠吗？可扭他下殿，剖腹验肠。"

此语说出，吓得周维岳魂不附体，面无人色。

皇后李氏劝说王延羲："陛下如杀维岳，何人侍陛下畅饮？"

王延羲乃免杀周维岳，斥令退去。周维岳连忙叩头谢恩，急奔而出，三脚两步逃回私第。

王延羲淫侈无度，国库接济不上，于是就同国计使陈匡范商讨办法。

陈匡范已经喝酒，结结巴巴说："臣每天贡进万金。"

王延羲高兴，加封陈匡范为礼部侍郎。陈匡范酒醒后，懊悔不已，但话已出口，不得不想办法。陈匡范无奈，向商贾收费增算数倍。

王延羲宴会群臣，举酒对陈匡范说："明珠美玉，求之可以得到，像匡范这样的能臣是人中之宝，不可得啊！"

没过多久，商贾的增收之数也不能凑足日进之额，陈匡范就借用各衙门经费来补足，又怕被发觉，陈匡范最终忧惧而死，王延羲对他祭奠赠赐丰厚。

各衙门把陈匡范挪代经费数目上奏，王延羲大怒，劈开陈匡范的棺材，斩断他的尸身，抛掷到河中。

王延羲另任用黄绍颇代做国计使，黄绍颇建议："那些要做官的人，只要交钱就授给他官职，从百贯直到千贯，钱数有别，官职也有别。"王延羲高兴采纳。

"国君无德，我冒死进谏。"校书郎陈光逸上书谏说王延羲大恶五十条。王延羲发怒，命令武士鞭打他一百下，没有死，又用绳子绑住他的脖子悬挂在树上，过了半天，陈光逸才断气。

王延羲嫁女，发现朝臣十二人没来贺喜。王延羲恼怒，将这十二人都在朝堂上廷杖。御史中丞刘赞没有揭发弹劾这十二人，也要杖责。刘赞不甘受辱，准备自杀，幸被他人制止。

谏议大夫郑元弼劝谏王延羲："古时候刑不上大夫，中丞是掌握百官刑罚的人，怎能对他打板子？"

王延羲严厉说："你想效仿魏徵吗？"

郑元弼说："臣把陛下当作唐太宗，所以才敢效仿魏徵。"

一月后，刘赞忧虑而死。

王延羲纳金吾使尚保殷之女为贤妃，尚贤妃生有殊色，甚得宠幸。尚贤妃心肠毒辣，每当王延羲酣醉时，她欲杀即杀，欲宽即宽，朝臣时有不测。

王延羲的弟弟、建州刺史王延政多次上书劝谏王延羲，戒骄奢淫逸，戒酷苛暴虐。王延羲发怒，复书责骂王延政。王延羲不放心王延政，派遣亲信业翘担任建州监军，杜汉崇担任南镇监军。这两个人争着搜集王延政的阴私，向王延羲报告，弄得兄弟二人相互猜忌、互相怨恨。一天，业翘与王延政议事不和，业翘呵斥王延政："你要造反吗？"王延政大怒，要杀业翘。业翘奔向南镇，王延政发兵到南镇，业翘、杜汉崇奔向福州。

王延羲派遣统军使潘师逵、吴行真，率兵四万，攻打王延政。潘师逵屯军在建州城西，吴行真屯军在建州城南，隔水设营。城外庐舍，悉数被焚。

王延政登城四顾，未免惊心，立即派人向吴越国求援。吴越国同平章事仰仁诠、都监使薛万忠，领兵来救建州。

吴越兵尚未至，王延政就已开战啦。

潘师逵在营，轻率寡谋，被王延政探悉。王延政先遣衙将林汉徽出兵挑战，诱至茶山，再由城中出军接应，两路夹攻，斩首千余级。第二天，王延政募集敢死军士千人，夜间渡水，潜伏进潘师逵营垒，顺风纵火，城上擂鼓呐喊用来响应，战棹都头陈诲杀死潘师逵。待至黎明，王延政进攻吴行真营寨。建州兵尚未过来，吴行真就弃营逃走。建州兵追杀一阵，灭掉万余人。王延政乘胜攻取永平、顺昌二城。从此以后，建州军开始强盛起来。

等到吴越兵至，王延政出酒犒师，请他们回去。仰仁诠不肯空回，竟至城西北隅下营，想与建州为难。王延政不得已，写了一封急书，向闽国第三任皇帝王延羲求救。王延羲本与王延政为敌，得了来书，怎肯答应？但书中说得异常恳切，引用阋墙御侮的大义来劝勉。王延羲思前想后，便令泉州刺史王继业为行营都统，率兵二万驰援，并遣轻兵绝吴越粮道。吴越军食尽欲归，王延政麾兵出击，俘斩一万，仰仁诠仓皇逃窜。

王延政遣衙将林汉徽带上誓书，到福州参拜王延羲。王延羲与林汉徽同至王审知墓前，歃血为盟，罢战息争。

王延羲怀疑汀州刺史王延喜与王延政通谋，发兵捕归，又闻王延政与王继业往来书信，即召王继业前来福州，赐死郊外。王延羲授王继严为泉州刺史，很快又怀疑王继严，将其赐死。王延羲猜忌宗室，导致与王延政再次失和。王延政自称富沙王、闽国兵马大元帅。王氏兄弟互相征伐，连年用兵，闽国大乱。

943年，王延政在建州公然称帝，国号"殷"。殷国国小民弱，实际国土仅建州、镛州、镡州三州，共辖边乐、昭武、建安、建阳、浦城五县，故王延政被时人讥为"五县天子"。

王延羲在福州修建城郭，用来防御建州军。福州民众为了逃避赋税，一月内一万一千人出家为僧。

南唐先主李昪致信王延羲、王延政，责备他们不该兄弟阋墙、兴动干戈。

王延羲复信说："昔日周公诛除管叔、蔡叔，汉景帝夷七国，唐太宗杀李建成、李元吉，难道他们都错了吗？"

2

福州向北一千七百里，是南唐国金陵府。

943 年秋，南唐先主李昪服用丹药中毒，导致背上生疮，突然死去，终年五十六岁。

李昪在位七年，兵不妄动，境内赖以休息。他性节俭，常蹑蒲履，用铁盆盎。他仁厚恭俭，务在养民，有古贤主之风。李昪挟"莒人火郑"之谋，创化家为国之事，托名徐氏，霸占江南。李昪依靠人心，终于"东海鲤鱼羽化成龙"。

李昪长子李璟不愿意做皇帝，欲以皇位让给三弟李景遂，被大臣阻止。

中书侍郎孙晟担心李璟的亲信魏岑、冯延巳将会把持朝政，打算起草遗诏，由李昪皇后宋氏临朝称制。翰林学士李贻业称："后宫预政乃致乱之源，要号召百官抵制乱命。"孙晟因而未敢坚持己见。

孙晟，就是以前亡命天涯的开封宣武军节度判官。他渡过淮河，逃到金陵，受到器重。

李璟在李昪灵柩前继位，这就是南唐国第二任皇帝，史称南唐中主。

李璟尊奉其母宋氏为皇太后，册封钟氏为皇后，立李景遂为皇太弟，然后分封众官——

陈觉为枢密使；

魏岑、查文徽为枢密副使；

冯延鲁为中书舍人；

冯延巳为翰林学士。

陈觉依附于中书令宋齐邱，魏岑、查文徽、冯延鲁、冯延巳四人或依附于宋齐邱，或依附于陈觉。陈觉五人互相勾结，败坏政事，南唐人把他们称为"五鬼"。宋齐邱与"五鬼"结为一党。李璟好读书，多才艺，常与"五鬼"饮宴赋诗。

陈觉，泰州人，得到宋齐邱的推荐，迅速升官。

魏岑，郓州人，笃学强识，对天下山川名胜、风土人情，了如指掌。

查文徽，歙州人，勤奋好学，任气好侠，闻人困乏，即使不识，也必救济。其家本富，以致穷空，查文徽并不后悔。一天晚上，盗入其家，尽取家财，查文徽淡淡一笑，从不向他人说起此事。

冯延鲁，扬州人，博学多才、雄辞闳辩、宅心仁厚，得到李璟的赏识，冯延鲁从礼部员外郎升迁为中书舍人，韩熙载叹息说："国家所以能驱动驾驭群臣，就在于掌握着任免官爵的权利。如果一句话说中了主上的心意，就急促地把他提拔到通达显要的地位，那么以后再有立功的人，拿什么来赏赐呢？"

冯延巳，冯延鲁异母兄，才华横溢，被南唐先主李昪看中，任为秘书郎。

常梦锡也成为翰林学士。

常梦锡，长安府人，当年岐王李茂贞不推重读书人，唯独文人常梦锡官至宝鸡县令。后来，常梦锡被诬陷，于是投奔南吴。

常梦锡持重敦厚，品格方正，屡次上言"五鬼"不能用，李璟不采纳。常梦锡就心情郁闷，放纵饮酒。

李璟下令：内外庶政委托给皇太弟李景遂决断，只有陈觉、查文徽得以奏事，群臣不被召见，不得入内。

侍卫军都虞候贾崇求见李璟，战战兢兢说："臣侍奉先帝三十年，知道先帝所以成就功业的原因在于采纳群贤的谋议，现在陛下刚刚即位，亲近的都是什么人呢？为什么要与众臣隔绝呢？那些老将临死，也不能见到陛下一面，他们心不凉吗？"贾崇泪下，李璟为之感动，与他同坐，赐饭安慰。李璟觉得贾崇所言有理，便收回成命。

李璟刚刚继位，辖下虔州就发生妖贼事件。

博罗县一阎姓百姓突然神神叨叨，自称被神仙附体，能替人预言祸福。百姓询问，每说都对。博罗县小吏张遇贤向阎姓百姓祈祷，阎姓百姓说："张遇贤是罗汉，可以留下来侍奉我。"

岭南盗贼起事，有众千余人，没有统帅，便询问阎姓百姓："谁应为主？"

阎姓百姓说："张遇贤可以。"众人于是共推张遇贤为统帅。

张遇贤自号中天八国王，设置官属，部众都穿大红色衣服。张遇贤计划各处抢略，就询问阎姓百姓："应向何方？"

阎姓百姓说："应当过岭攻取虔州。"

乱民于是攻袭南康，虔州节度使贾浩不能抵御。张遇贤占据白云洞，营造宫室，有众十余万，接连攻陷附近各县。

李璟派洪州通事舍人边镐率军进攻。

边镐，金陵人，通达明敏，南唐诸将皆争功，唯边镐不发一言，得到南唐朝廷信任。边镐为人宽厚，御下无法，时人称之为"边菩萨"。

张遇贤询问阎姓百姓对策，阎姓百姓不再说话，部众都很害怕。很快，张遇贤被擒获并斩杀，虔州妖贼事件被平息。

孙晟被排挤出朝廷，到舒州担任节度使。李璟在宫中建造高楼，召集侍臣观看。萧俨道："只可惜楼下没有再修一口井,比不上陈后主的景阳楼。"李璟大怒,将萧俨贬到舒州。孙晟派兵监视萧俨。萧俨讥讽道："我是因为直言进谏而得罪,不是有什么异志。你在先帝驾崩后,想让后宫预政,险些危及社稷。你的罪过比我严重多了,今天还这样来对付我!"

舒州两名军士不满孙晟治军严明,白天持刀由西门冲入军府,欲杀孙晟。孙晟恰在东门,闻乱逃出军府,径奔桐城。两名军士找不到孙晟,就刺死了都押衙李建崇,然后逃逸。

李璟并未因此怪罪孙晟,反而擢升其为右仆射。

3

金陵向南一千七百里,是闽国都城福州。

拱宸军使朱文进、控鹤军使连重遇自从杀了闽国第二任皇帝王继鹏后,一直担心被人所害,而闽国第三任皇帝王延羲个性暴虐,二人常常为此心忧。

王延羲醉酒后,杀死控鹤指挥使魏从朗,这个被杀的人是朱文进、连重遇的党羽。王延羲乘着酒兴,吟诵白居易的诗:"唯有人心相对时,咫尺之间不能料。"王延羲边诵边看着朱文进、连重遇。二人起立,流涕说:"臣子侍奉君父,哪能有二心!"

皇后李氏妒忌尚贤妃受到王延羲的宠爱,想改立她的儿子王亚澄为帝。皇后李氏派人告诉朱文进、连重遇:"皇上对待你们二位很不公平,怎么办?"二人心领神会。李真生病,王延羲到李真府邸问候。朱文进、连重遇立即指使拱宸马步使钱达将王延羲杀害。

朱文进、连重遇召集百官,向大家宣告:"王氏子孙淫乱暴虐,招致上天厌弃,我们应该选择有德的人为大闽皇帝。"众人不敢说话,连重遇便把朱文进推上龙椅,笑嘻嘻说:"能在上面坐的,只有您啦!"朱文进穿上帝王衣冠,自称闽主,连重遇率领群臣跪拜称臣。

皇后李氏愚笨可恨,招来家族灾祸。朱文进、连重遇开始对王氏家族大清洗，凡留在福州的王氏，无论老幼尽皆屠杀殆尽。

朱文进向后晋朝称臣，944年腊月，后晋朝册封朱文进为闽国王。

南唐中主李璟乘乱，派查文徽为安抚使，率兵攻打闽国。

殷国皇帝王延政听说南唐要入侵，便欺骗福州守将：南唐军来帮助殷国征讨逆贼啦。

王延政及王氏族人联兵反击朱文进，泉州守将留从效亦不服从朱文进，夹击福州。泉州、漳州、汀州相继投靠王延政。连重遇见势不妙，杀死朱文进，归降王延政。接着，连重遇亦被部下杀死。王延政收复全部闽国故土。

945年正月，王延政恢复国号"闽"，仍都建州。王延政即闽国第四任皇帝。

殷国，位于闽北，延续两年。因为殷国是闽国分裂出的一个割据政权，并且不久恢复国号"闽"，所以《新五代史》并未将其列入十国。

王延政派侄子王继昌镇守福州。经多次内战，闽国实力严重削弱，虽恢复旧地，却已成强弩之末，不堪一击。

南唐安抚使查文徽已到闽国境内，请求增兵攻打闽国。南唐中主李璟派何敬洙为建州行营招讨使，祖全恩为应援使，姚凤为都监，率兵五千攻建州，由崇安进屯赤岭。

闽国皇帝王延政派遣仆射杨思恭、统军使陈望率兵万人，前往抵御。陈望列栅建溪南，旬余不战，南唐人也不敢进逼。杨思恭传王延政之命，督促陈望出击。

陈望答道："江淮兵精将悍，不可轻敌，我国安危，系此一举，须谋出万全，然后可动！"

杨思恭变色道："江淮兵深入，皇上寝不交睫，委命将军出征。今江淮军不过数千，将军拥众万余，不急督兵出击，徒然劳师糜饷，试问将军如何对得住皇上呢？"

陈望不得已率军涉水，与南唐交战。

南唐祖全恩见闽兵到来，只用千人对阵，佯作失败，引诱陈望穷追。

陈望猛力追去，蓦听得后队大噪，急忙回顾，才发现闽军已被南唐兵截作数段。陈望顿时手忙脚乱，不及施救。南唐将姚凤突入中军，先将帅旗砍翻，祖全恩又自前杀入。两位唐将一起攻向陈望，陈望心胆愈裂，偶然失防，身已中槊，一个倒栽葱，跌落马下，立刻送命。

杨思恭并不援应，一闻陈望阵亡，即慌忙逃回。王延政大惧，闭城自守，且向泉州调衙将董思安率本州兵五千，协防建州要害。偏偏这个时候，建州未能退兵，福州又复生变。

这个主角是李仁达，光州人，担任元从都指挥使，十五年间未得升迁。李仁达叛王延羲奔建州，王延政用以为将。没多久，李仁达又背叛王延政，逃回福州。著作郎陈继珣亦叛王延政入福州。

王延政侄子王继昌派往福州镇守，李仁达、陈继珣担心难以免罪，意欲先发制人。王继昌暗弱嗜酒，不恤将士，部下多生怨谤，王延政意识到这一点，派遣指挥使黄仁讽为镇遏使，保护王继昌。王继昌瞧不起黄仁讽，黄仁讽亦不免寒心。李仁达、陈继珣乘间劝说黄仁讽："今江淮兵乘胜南下，建州孤危，王延政不能保有建州，怎能顾及福州？昔王潮兄弟皆是布衣，取福建尚如反掌，况我等乘此机会自图富贵，难道不如王潮兄弟吗？"黄仁讽也不多说，只是点头。李仁达、陈继珣退出，秘召党羽，乘夜突入，杀死王继昌。

李仁达初欲自立，恐众心未服，特迎雪峰寺僧卓岩明为国主，托言此僧两目重瞳，手垂过膝，真天子相。党徒同声附和，便将秃奴拥入，代解衲衣，被服衮冕，就在南面高坐起来。李仁达率将吏向北参拜，并遣使至开封，上表后晋称藩。

王延政闻报，族灭黄仁讽全家，另派统军使张汉真带领水师五千，会漳州、泉州兵往讨卓岩明。

到了福州东关，船刚停稳，福州城内，黄仁讽领数千弓弩手奔出，飞射来船。黄仁讽因家族夷灭，怒不可止，勇往直前。张汉真不及防备，所带战船，均被射得帆折樯摧。当下舣船欲逃，不防江中驶出许多小舟，舟中载着水兵，七铛八叉，来捉张汉真。张汉真措手不迭，被他叉落水中，活擒而去，黄仁讽立将张汉真砍为两段。

那半僧半帝的卓岩明，毫无他能，只在殿上喃喃诵经。卓岩明太无自知之明，见取了一个小胜仗，就派人至莆田迎入其父，尊为太上皇。

李仁达自判六军诸卫事，使黄仁讽守西门，陈继珣守北门。

黄仁讽事后追思，忽觉惭愧。黄仁讽泪如雨下，语陈继珣："人生世上，贵有忠信仁义，我曾服侍王延政，中道背叛，忠在哪里？王延政以侄子托我，我反帮乱党，将他杀毙，信在哪里？近日与建州兵交战，所杀多是乡曲故人，仁在哪里？抛撇妻子，令为鱼肉，受人屠戮，义在哪里？身负数恶，死有余愧了！"

陈继珣劝慰道："大丈夫建功立名，顾不到什么妻子，放下此事，勿自取祸！"

两人密谈心事，偏为外人所闻，往报李仁达。

李仁达竟诬称两人谋反，急忙遣军士捕至，枭首示众。

既而大集将士，请卓岩明亲临校阅。卓岩明昂然到来，还未坐定，军士竟登阶刺杀卓岩明。李仁达佯作惊慌，仓皇欲走，当被大众拥住，接受参拜。李仁达令杀伪太上皇，自称福建留后，向南唐称臣，又遣人入贡后晋朝廷。

飞来横福，南唐国喜不自禁，命李仁达为福州节度使。李仁达派福州兵援助查文徽攻打建州。

建州城中，闽国第四任皇帝王延政因国势日危，遣使至吴越国乞援，愿为附庸。吴越国尚未发兵，建州城已是朝不保夕。

城外，有福州援兵攻打建州；城内，也有前期福州援兵坚守建州。杨思恭察觉城内福州援兵有谋叛情状，便告诉城内福州援兵，将他们遣归福州。城内福州援兵收还甲仗，准备回归，不料杨思恭暗中出兵，突起围住，杀得城内福州援兵一个不留，共得八千余尸骸，洒盐为脯，充作兵粮。杨思恭残食同类，因此人人痛怨，建州城立刻瓦解土崩。

泉州衙将董思安还在建州城中，有人劝他早择去就，董思安慨然道："我世事王氏，见危即叛，天下还有人容我吗？"

南唐先锋使王建封攻城数日，侦得守兵已无斗志，于是缘梯先登。南唐兵随上，守卒尽逃。

945 年夏，闽国皇帝王延政无可奈何，只好自缚请降。汀州、泉州、漳州相继投降南唐。南唐中主李璟迁王延政全家到金陵。

《新五代史》所称十国中的第七个割据政权：闽国，到此结束。

自 933 年王延钧称帝，至 945 年王延政投降南唐，闽国国祚十二年。

王审知的子孙在祖宗的功劳簿上醉生梦死，骨肉相残，导致朝野上下怨声载道，离心离德。在大争乱世，弱肉必为强食。闽国其兴也勃焉，其亡也忽焉，他们在实践着一个朴素又隽永的道理：得道者多助，失道者寡助。王潮在马年官拜泉州刺史，开始确立对福建的统治，经六十年被南唐灭亡，因此福建民间流传着王氏"骑马来，骑马去"的谶语。

南唐虽灭闽国，但并未完全统治闽地，残余势力仍在。李璟想撤兵，而查文徽、陈觉等都说："李仁达等余孽还在，不如乘胜全部攻取。"

陈觉说可以不用一兵一卒就能招降李仁达等人。李璟便以陈觉为宣谕使，召李仁达到金陵朝见，李仁达不从命。

陈觉很惭愧，回到建州，假托李璟之命发汀州、建州、信州、抚州兵进攻李仁达。魏岑正在安抚漳州、泉州，听说陈觉起兵，也擅自发兵会合陈觉。李璟闻报大怒，冯延巳劝谏："大军已经行动，不能阻止。"李璟便以王崇文为招讨使、王建封为副使，增兵会合陈觉、魏岑，并以冯延鲁、魏岑、陈觉为监军使。

李仁达送钱送物，求援吴越国。吴越国以兵三万响应李仁达。

李仁达得到吴越国援军，便开始与南唐兵对峙。

四 两个空头皇帝

金陵西北一千二百里，是后晋朝国都开封。

南唐中主李璟正因陈觉等疲兵东南，无暇北顾。

就在这段时间里，契丹兵大举北下，进攻后晋朝。

镇州成德军节度使杜重威飞章告急。后晋出帝石重贵调张从恩为郓州天平军节度使、马全节为魏州留守，会同河中节度使安审琦、滑州义成军节度使皇甫遇，共御契丹兵。契丹皇帝耶律德光亲率大兵前来，声势浩大。后晋各军已有惧意，未战先却，沿途抛弃甲仗，匆匆南奔。契丹兵大掠邢州、洺州、磁州三州，进逼魏州境。张从恩、马全节、安审琦、皇甫遇四军同时会集，列阵相州安阳水南，截击契丹军。

滑州义成军节度使皇甫遇率棣州刺史慕容彦超往探敌踪。

吐谷浑人慕容彦超与刘知远是同母异父弟弟，阎宝义子，因体黑又麻脸，人称"阎昆仑"，凭借战功，升至棣州刺史。

皇甫遇、慕容彦超率兵千人行至邺县漳水旁，正值契丹兵三万，骑马前来。皇甫遇且战且退，到了榆林店，对慕容彦超道："彼众我寡，走无生路，不如血战。"慕容彦超亦以为然，乃布一方阵，露刃相向。契丹兵四面冲突，皇甫遇督军力战，有百余合，杀伤甚众。

皇甫遇坐骑中箭而毙，纪纲杜知敏让马给皇甫遇。皇甫遇一跃上马，再行冲锋，奋斗多时，才见契丹兵稍稍退却。旁觅杜知敏，已经失去，料知为敌所擒。皇甫遇大呼慕容彦超："知敏义士，怎可轻弃！"慕容彦超闻言，怒马突入契丹阵，皇甫遇亦随往，从枪林箭雨中，救出顾知敏，跃马而还。

时已傍晚，契丹兵又调出生力军前来围击，皇甫遇对慕容彦超说："我等万不可走，只得以死报国了！"皇甫遇布阵死战，形势危急。

天色将晚，安审琦已至安阳河，对首将张从恩说："皇甫遇等未至，必为敌骑所围，若不急救，则被擒矣。"话未说完，果然有一骑前来禀告皇甫遇等被围榆林店。

安阳大营诸将闻讯，都不敢救援，唯独安审琦调集骑兵，准备出援。首将张从恩劝道："此言不足信，如果契丹大军前来，即使倾尽我全军之力，恐怕也不能抵挡，安公前往又有什么用处？"

安审琦答道："成败，命也。假若救援不成，则与之俱死。如果失去皇甫遇、慕容彦超等人，我等有什么脸面去见天子？"

安审琦率铁骑北渡安阳河，契丹军望见沙尘突起，即刻撤军。皇甫遇等人赖以生还，返回相州。后晋军中，人人叹服："安审琦、皇甫遇、慕容彦超三人，都是猛将啊！"

张从恩向众将道："耶律德光倾国南来，来势汹涌，我兵不多，城中粮也不多，倘有奸人告我虚实，契丹全部来围，我等死无葬身之地了。不若率兵屯黎阳县，倚河为拒，尚保万全。"

安审琦等尚未从议，张从恩麾军先走。各军不能坚持，相率南奔。

张从恩只留步卒五百名，看守安阳桥，其时夜已四鼓。

符彦卿之弟、知相州事符彦伦闻各军退去，惊语将吏："区区五百步卒，怎能守桥？快召他们入城，登城守御。"

符彦伦遥望安阳水北，已是敌骑纵横。符彦伦尽遣军士上城，扬旗鼓噪。契丹兵不知底细，总道是兵防严密，不敢轻易前进。契丹兵心想，这后晋朝大军弃桥不守，放我们渡河，里面必有埋伏吧？契丹兵列阵，做攻城状，试探后晋军虚实。符彦伦看到说："这可骗不了我，契丹兵故意列阵试探我们，心里就是生疑了，只要再诈他一下，必然退兵。"符彦伦索性开了城门，叫五百兵出了城北，拉弓待之。契丹军更不敢攻了，到了中午，契丹军退去。摆了个疑兵计，符彦伦战退数万契丹军。

马全节奏称契丹北还，宜乘势大举，出袭幽州。后晋出帝石重贵复起雄心，自率亲军前往滑州。河东节度使刘知远得知消息，叹息道："中原疲敝，自守尚恐不足，现在横挑契丹，侥幸获胜也会有后患，何况未必能胜呢！"

耶律德光尚未得知石重贵亲出，取道镇州，向北回师。前驱用羸兵带着牛羊，经过祁州城下，刺史沈斌望见契丹兵羸弱，以为可取，派兵出击。不料兵已出发，那后队的契丹兵，突然杀来，竟将州兵隔断，趁势急攻。沈斌登城督守，赵延寿在城下仰首呼唤沈斌："沈将军，你我本系故交，想区区孤城，如何得保！不如趋利避害，速即出降。"

沈斌正色道："赵公父子陷于腥膻，以犬羊之众，残害父母之邦，我沈斌为国尽忠，不会效仿赵公所为！"

赵延寿恼羞成怒，急急攻城，两下相持一昼夜，待至次日凌晨，城被攻破，沈斌自杀。赵延寿掳掠一遍，出城北归。

1

契丹军北撤，后晋出帝石重贵不再亲征，以镇州成德军节度使杜重威为都招讨使，会同许州忠武军节度使符彦卿、郓州天平军节度使李守贞进军幽州。契丹军闻讯，卷土重来，后晋军不得已退至阳城。

契丹骑兵来势汹涌，符彦卿派人将一辆辆牛车用绳索连接起来，保护后晋军。契丹骑兵驰来时，后晋步兵开始射杀契丹骑兵。等到契丹军混乱时，符彦卿率领后晋骑兵冲击契丹军，逐赶十几里，迫使契丹兵撤过白沟。

945年五月十一日，后晋军扎营白团卫村，不料契丹兵反扑而来，将后晋军重重包围。傍晚时，东北风大起，粗大树干都被刮断了。军士们渴得要命，就在营中挖井取水，每次要出水时井却塌了。军士们只好用绸布包上泥土，然后绞出水来喝，但仍解不了渴。天亮的时候，东北风更大了。

契丹皇帝耶律德光看到后晋军的窘状，对众臣说："敌军就这么多了，要全部歼灭他们，然后就可以直捣开封了。"前面的契丹兵冲入后晋军大营，后面的契丹兵顺风放火，助其声势。

敌势凶猛，杜重威一点动静没有。后晋将士都很气愤，大声喊道："都招讨使为什么还不下令反击？这样待下去，岂不是让我们束手待毙吗？"

众将都要求出战，杜重威却说："等风势稍微缓和一点，我们再看情况决定。"

李守贞反对说："现在敌众我寡，但在风沙弥漫当中，敌人无法了解我们的兵力虚实，只要勇猛冲杀就可以战胜敌人，这场大风沙就是来帮助我们的啊！如果等到风沙停止了，我们就已经被敌人全歼了。"

右厢副排阵使药元福说："现在我军已经极度饥渴，如果再等到风停，那我们恐怕就成为契丹的俘虏了。契丹人以为我们不能顶风作战，所以更应该出其不意攻击敌人，这就是兵家之术啊。"

符彦卿也说："与其束手就擒，不如以身殉国！"

见杜重威仍然犹豫不决，李守贞便对众将士大声喊道："我们大家一起出战杀敌！"然后他又对杜重威说："杜公您善于防御，守贞就率领主力和敌人决战了！"

大家齐心合力一起出击，迫使契丹兵后退数百步。符彦卿等人问李守贞："现在我们是往来迷惑敌人呢？还是继续攻击敌人直到取得最后胜利呢？"

李守贞说："形势到了这种地步，怎么能再回转马头呢？要勇敢向前取得全胜啊！"

李守贞、符彦卿等将领纵马飞驰而去，这时风沙更大了，天昏地暗。后晋军万余骑兵向着契丹横扫而去，喊杀声惊天动地。后晋军出其不意，全力反击，立将契丹的攻势摧垮。耶律德光大败而逃，势如土崩，丢弃的马匹铠仗遍野。

李守贞看李守贞、符彦卿等人取得胜利，命令步骑兵一起进击契丹军，一直向北追击了二十里。因为后晋军突然反击，加上风沙袭击，契丹兵来不及上马迎战，丢在战场上的战马和器仗遍地都是。这一仗，后晋军大获全胜。契丹军退到阳城东南的河边，才稍微喘口气。

杜重威恢复信心，高兴说："契丹人已经被我们打得吓破胆了，不能让他们重新聚集列阵！"后晋精锐骑兵又前去攻击，契丹兵纷纷渡河而去。

耶律德光北逃，非常狼狈，原来乘马车跑，看到后晋兵追得急，就赶忙换了一匹骆驼骑上，挥鞭急奔。

众将要求继续追杀敌人，杜重威这时却胆怯起来。他想了想说："碰上了强盗，幸好保命不死，还去追他什么！"

李守贞这时也和杜重威一样，但他的借口看起来还合理一些，他慢慢说："这两日来，我们人马都渴得要命，现在刚刚喝饱了水，行动缓慢，很难追上拼命逃跑的契丹人啦，不如就这样全胜而回。"

契丹兵损失惨重，气得耶律德光把许多将领打了几百杖。

阳城一战，后晋军获胜。符彦卿勇而有谋，善于用兵，依据阳城等战术，写下了《五行阵图》等兵书。契丹人在阳城战败后，十分畏惧符彦卿，甚至在战马生病不吃食物时，也唾骂道："难道符彦卿来了吗？"

一两次胜利并不能使后晋的整个形势好转，这次胜利竟是后晋的一次回光返照。

镇州成德军节度使杜重威自恃贵戚，贪纵无度，托词备边，敛取吏民钱帛，入充私囊。富室藏有珍货、美人、骏马，必设法夺取，甚且诬以他罪，横加杀戮。杜重威获胜后，自思境内残敝，正当敌冲，便想改调他处藩镇。后晋出帝石重贵不许，他竟不受朝命，自己前来开封。

枢密使桑维翰闻报，入奏石重贵："边疆多事，杜重威擅离职守，藐视朝廷。乘他入朝，降旨黜逐，方免后患！"

石重贵默然不答，面上露出怒意。桑维翰又道："陛下若顾全亲谊，不忍加罪，可以授他近京小镇，不要安排雄藩。"

石重贵答道："杜重威与朕至亲，必无异志，愿卿勿疑！"

桑维翰快快退出，不愿再言国事，托词足疾，上表乞休。石重贵慰留。

杜重威挈妻同至开封。杜重威妻系石重贵之姑，入宫替杜重威面请，求改魏州。石重贵立即应诺，命杜重威为魏博节度使。杜重威欣然辞行，偕妻前往。

魏州留守马全节改为镇州成德军节度使。马全节曾纳一歌妓，误信人言，错杀了她。马全节卸任魏州留守，突然患病，梦到这名歌妓，撵之不走。这歌妓款款而言："我已得请，要公俱行！"马全节醒后，告诉家人："我要走了。"数日后，马全节去世，终年五十五岁。

契丹皇帝耶律德光连年入寇，中原被他蹂躏，受害不堪。就是契丹国，也是穷兵黩武，怨声不止。太后述律平对耶律德光说："今欲令汉人为契丹皇帝，你以为可行吗？"

"不可。"

"你不想汉人主契丹，奈何你欲主中原？"

耶律德光答道："石氏负我太甚，情不可容！"

述律平道："你今日虽得汉土，亦不能久居，万一出错，后悔难追！"述律平又对群臣道："自古但闻汉和蕃，不闻蕃和汉，如果中原能够回心转意，我们就同他们修和。"

消息传入开封，桑维翰忍不住，再劝后晋出帝石重贵向契丹修和，纾解国患。石重贵听信，派遣供奉官张晖奉表称臣，前往契丹谢过。

耶律德光道："如果景延广前来，再割镇州、定州两处藩镇与我，方可言和。"

张晖不敢多辩，归报石重贵。石重贵谓契丹无和意，不再遣使。

契丹军两次来侵，均被击退。这意外的胜利，让石重贵有点忘乎所以。他自认为自己英明神武，战无不胜，更觉得后晋天下太平，河清海晏，于是疏于国事，大兴土木、沉湎游猎，后晋国势颓废，日甚一日。石重贵如同昔日李存勖，喜欢上了伶人，一旦高兴，厚加赏赐。

桑维翰进谏："强邻在侧，未可偷安！昔日陛下亲御胡寇，遇有战士重伤，赏帛数尺。今伶人一谈一笑，动辄赐帛万贯，并给锦袍银带。这些珍宝，战士见无所见！将士如果知道陛下待遇伶人远过战将，势必灰心懈体，谁肯奋身效力？谁为陛下保卫社稷呢？"石重贵不从，照旧行事。

枢密使冯玉，是皇后冯氏之弟，专事逢迎，甚得主欢，竟然兼任同平章事。

冯玉曾有微疾，休假在家，石重贵对群臣道："刺史以上任免，等冯玉病愈视事，方可办理。"此后，内外官吏，多巴结冯玉，门庭如市。乱世之中，鸡鸣狗盗之辈或者贩夫走卒，风云际会，趁时而起。宣徽使李彦韬巴结冯玉，得任侍卫马军都指挥使、检校太保。

李彦韬，太原府人，原是邢州节度使阎宝手下的奴仆，后被石敬瑭收于帐下。

李彦韬成为石重贵心腹，谗佞专权、欺上压下。李彦韬总是这样对人说："我不晓得朝廷设立'文官'，还能派上啥用场？待我有机会，慢慢地把他们一个个撵出去！"

高行周改授侍卫马步军都指挥使，侍卫马军都指挥使李彦韬倚恃皇帝宠信，在侍卫司内大权独揽，架空高行周。高行周门庭冷落，但却淡然处之，有朋友来往，也只是满杯畅饮而已。

石重贵有疾，恰巧桑维翰派遣妻子尹氏入宫朝见太后，尹氏闲聊，问皇弟石重睿曾否读书。石重贵闻听，未免狐疑。石重贵与冯玉谈及，冯玉就说桑维翰有意废立，更加触动石重贵疑心。李彦韬厌恶文臣，与冯玉联合，排斥桑维翰，向石重贵上奏："契丹南侵，就是桑维翰之过呢！"郓州天平军节度使李守贞亦与桑维翰有隙，内外构陷。石重贵立将桑维翰撵去，罢为开封尹。

石重贵授同平章事赵莹为中书令，左仆射李崧为枢密使，刘昫任度支、盐铁、户部三司使。

桑维翰见权力被夺，屡称足疾，谢绝宾客，不常朝谒。

李崧对冯玉道："桑公系是元老，即使撤除枢务，亦当委任重藩，奈何令为开封尹，治理些琐碎事务呢？"

冯玉半晌才道："恐他造反呢！"

李崧又道："他是儒生，怎能造反？"

冯玉复道："自己不能造反，难道不能教人造反吗？"

朝臣以为冯玉党同伐异，颇有不满。冯玉依恃贵戚，胡作非为，要把那石氏帝业轻轻送与他人了。

2

后晋出帝石重贵担心吐谷浑被契丹引诱，便召白承福入朝，赏赐甚厚。

白承福部众仍住太原，择地畜牧。蕃众不知法律，常犯河东禁令，河东节度使刘知远依法惩办，不肯放任。吐谷浑头目白可久渐生怨望，率所部逃归契丹。

刘知远得报，密与亲信郭威商议："今天下多事，吐谷浑出没太原，实是腹心大患，现在白可久已先叛去，能保吐谷浑今后无事吗？"

郭威答道："白可久奔契丹，契丹授他云州防御使，如果被白承福闻知，必定羡慕，阴生异图。'擒贼先擒王'，白承福一除，吐谷浑自衰，河东就无内患了。并且白承福拥资甚厚，饲马尝用银槽，我们如果得到，用来饷军，雄踞河东，即使中原生变，也可独霸一方。天下事安危难测，愿大帅早下决心！"

刘知远点头，密奏吐谷浑反复无常，请迁居内地。石重贵允准，将吐谷浑部族分置诸州。刘知远料白承福势孤，即遣郭威诱来白承福。等他进入太原城，便用兵围住，诬他谋叛，把白承福亲族四百余口，杀得精光。所有白承福遗资，一并籍没，事后奏达后晋朝廷，仍然将"谋叛"二字，作为原由。

吐谷浑从此衰微，河东藩镇域内不复看见。吐谷浑人是沙陀族逐鹿中原的重要力量，李金全、李嗣恩、慕容彦超即是他们的代表。

契丹云州防御使白可久率领契丹兵三万，报复河东。刘知远命郭威率军出拒阳武谷，击破契丹兵，斩首七千级。桑维翰鼎盛时，推荐张彦泽做了定州义武军节度使。张彦泽向朝廷报称，在定州连败契丹人，俘虏二千名。后晋朝廷不免得意扬扬，还道是契丹衰落，容易剿灭。

王令温代替冯晖，成为灵州朔方节度使，他用中原法度管理党项部族，导致水土不服，诸胡颇为怨恨，谋划叛乱。党项酋长拓跋彦超率军进攻灵州，朝廷获悉，急令冯晖、药元福前去平息叛乱。

冯晖、药元福二人出了威州，遇到拓跋彦超所部七千余人。药元福率部转战五十多里，斩首敌军千余首级，生擒三十多人。冯晖、药元福继续向灵州进发，沿途无水草，到了耀德的时候，粮食吃没了。又走了四十里，被拓跋彦超率军拦住。其部数万人，列成三个大阵，扼住要路，占据了水泉，等待冯晖、药元福的到来。

后晋军见此情形，非常惊恐。冯晖派人送去金银财物，请求和解，拓跋彦超同意，但到中午还没有谈好，党项兵仍然列队以待。

药元福看出不对，向冯晖说："他们知道我军又渴又饿，便把我们围困在险地，虽然答应我们和谈，却是拖延不决。他们这样做，我们怎么能相信？他这是想困死咱们。再拖延半天，我军又累又渴，没有了战斗力，大家就只能被人家生擒了。"

冯晖惊问："那怎么办？"

药元福说："他们虽然人多，但真正精锐的军士少，除了依西山列阵的是精锐，其他都不足为患。我率领骑兵先击溃西山敌军，您严阵不动，等到西山敌军被我杀的稍稍后退的时候，咱们以举黄旗为号，黄旗一举，就合围进击，敌军必败。"

冯晖同意，药元福就率部出击，党项军果然被击溃。药元福举起黄旗，冯晖率军跟进，拓拔彦超大败，党项族尸横遍野。

3

946 年四月，后晋朝又发生了旱灾、蝗灾。

这是要灭亡后晋朝呀！后晋立国才十年，旱灾、蝗灾就四年。

后晋朝饿死者多达百万，仅仅河北道就达十万人。百姓大饥，饿殍载道，兖州、郓州、沧州、贝州一带盗贼蜂起，吏不能禁。

定州西北有狼山，土人入山筑堡，意在避寇。堡中有寺庙，由尼姑孙深意住持。孙深意妖言惑众，远近奉若神明。孙方谏、孙行友兄弟俩是孙深意之族侄，行侠仗义，崇信佛教，便拜孙深意为师。孙深意坐化后，肉身不腐，孙方谏兄弟传承她的衣钵，广收门徒，把孙深意的神通传得更加神乎其神，方圆百里的信徒纷纷前来。北方赋役繁重，强盗充斥。孙方谏兄弟自言有天神相助，可庇苍生。百姓奔趋如鹜，求他保护。

契丹兵入寇，孙方谏督众截击，夺得兵甲牛马无数，分给徒众，众皆欢跃。乡民闻风往依，携老挈幼，络绎不绝。孙方谏投靠后晋朝廷，被封为东北招收指挥使。孙方谏常常进入契丹境抄掠，很有收获，渐渐骄恣起来。后晋朝廷想管制他，他却不听，降了契丹，引契丹入寇。契丹皇帝耶律德光百折不挠，有孙方谏为向导，便打算再度兴兵南下。耶律德光想玩玩中原，使出一计，指使契丹国幽州节度使赵延寿向后晋诈降，引诱后晋出兵接应。

枢密使李崧、冯玉信以为真，派使往幽州，与赵延寿约定归期。赵延寿暗地里报知契丹皇帝耶律德光。耶律德光再来一计，密嘱瀛州刺史刘延祚致信后晋朝乐寿监军王峦，佯言举城投降，并说城中契丹兵不满千人，朝廷若发兵来袭，城可立下。王峦得书，飞使奏闻朝廷，李崧、冯玉欢喜得不得了，拟发大军，往迎赵延寿与刘延祚。杜重威亦上言瀛州可取，深州刺史慕容迁还献来了瀛州地图。

李崧、冯玉上奏后晋出帝石重贵，请用杜重威、李守贞为帅，招降赵延寿、刘延祚。中书令赵莹隐隐感觉不妥，私语李崧、冯玉："赵延寿已经死心塌地跟从契丹，怎么会突然投降呢？刘延祚怎么这么巧，与赵延寿同一时间投降？"

"如果不是投降，那二人何苦呢？"

赵莹再说："杜重威是皇室至亲，心中常常不快，阳城一战，可见端倪，怎么可以再给予兵权呢？如果边陲有战事，只有李守贞可以担任大帅。"

李崧、冯玉不以为然。

很快朝廷下诏，杜重威为北面行营招讨使，李守贞为兵马都监，皇甫遇、张彦泽、梁汉璋为马军都排阵使，宋彦筠为步军都指挥使，率领各路大军北征。石重贵下旨：先收瀛莫，安定关南，次复幽燕，荡平塞北。有能擒获契丹皇帝者，封节度使，赏钱万贯，绢万匹，银万两。

各军陆续出发，偏偏天公不作美，大旱之后来了大雨，整整下了三个月。

望着连日大雨，杜重威心中不停盘算：赵延寿真心投降吗？会不会诈骗后晋军前去迎接，然后契丹伏兵四起，关门活捉呢？

杜重威最后把心一横，喃喃说："不论赵延寿是否投降，我多带兵马就是啦！"

杜重威于是上奏朝廷：此次出战，深入敌境，兵力不足，粮草不济。石重贵只好给他增兵添粮，禁军大都划归其麾下，开封空虚。李守贞为二号统帅，来到了魏州，与杜重威会师。杜重威厚加赠馈，曲意逢迎，李守贞非常高兴，极力夸耀杜重威。李守贞此时与朝廷不和，侍卫马军都指挥使李彦韬党附冯玉，掌握军权，常常牵制李守贞。李守贞表面敬奉，暗中怨恨不平。杜重威虽是皇戚，但他有个成长梦想，就是想效仿大舅哥石敬瑭。

终于迎来了晴天，积水退去。946年十一月，杜重威带领全军，直往瀛州。遥见城门大开，寂静无人，杜重威不由暗暗惊疑，当下驻营城外，分遣侦骑四往探听。一会儿接到侦报：契丹上将军高模翰率三百兵逃出，刺史刘延祚不知去向。

杜重威乃令马军都排阵使梁汉璋，率二千骑兵往追契丹兵。契丹高模翰对左右说："用兵之法在得体而不在于多，以多欺少，不义之师再多也是一败，这不正是说的杜重威吗？"高模翰率麾下三百精兵迎战，斩杀了梁汉璋，其余后晋兵马败走。杜重威素来胆小，接到败报，星夜南奔，与张彦泽合兵返镇州，进至滹沱河。

契丹皇帝耶律德光本来出了一个计策，想诱骗后晋军万儿八千人来瀛州或幽州，自率五万契丹大军围猎这万儿八千人。耶律德光万万没有想到自己竟然弄巧成拙，诱来了十万后晋大军。耶律德光暗暗叫苦：自己这五万人如何抵挡得了十万人？

耶律德光也来到了滹沱河，高模翰建言："如果我们守住滹沱河上的要点中渡桥，则中原军必会生变。"耶律德光应诺。后晋张彦泽率骑兵来争中渡桥，高模翰将他击败。契丹兵焚桥，两军夹河对阵。

耶律德光对高模瀚说："我登高观看两军形势，看到你英勇无敌，好比雄鹰追逐野兔。我应该在麟阁中为你画像，赐爵使你子孙世代沿袭。"

杜重威、李守贞俱怀鬼胎，便令后晋军沿河筑寨，逗留不前。其他各节度使无一奋进，置酒作乐，空谈军事。颍州人李谷考中进士后，渐获迁升，此时担任磁州刺史。李谷献策道："今大军与镇州相距，不过咫尺，烽火相望。若多用三股木置水中，就木上积薪布土，桥可立成，再密约城中举火相应，夜募壮士，杀入虏营，表里合势，契丹兵自会惊溃了！"李谷主意，确是退敌之策，诸将皆以为然，独杜重威不从，只遣李谷南至怀孟，督运军粮。

耶律德光见杜重威久不出兵，料知胆怯无能，遂用大兵潜压后晋营，暗遣国舅萧翰迂回后晋军之后，抢占栾城，扼住后晋军粮道及退路。

契丹兵途中遇着后晋军樵采，便即掠去。有几个脚跑得快的，逃回营中，慌里慌张，叙说有无数契丹兵截住归路。营中得此消息，立即忧惧。萧翰驰至栾城，如入无人之境，城中戍兵千余，猝不及防，狼狈乞降。萧翰俘得后晋军民，黥面为文，写下"奉敕不杀"四字，纵使南走。运粮诸役夫从道旁遇着，总道是契丹兵深入，赶紧逃生，把粮车弃去，四处奔逃。一时风声鹤唳，传遍四处。

李谷在怀孟闻警，连忙撰写奏疏，密陈大军危急，请后晋出帝石重贵速幸澶州，并召高行周、符彦卿护卫，发兵守澶州、河阳三城，防备契丹。后晋朝廷接到李谷上疏，十分惊慌。

杜重威又奏请增兵，禁军基本遣发军前，只剩得宫禁守兵数百名，又一齐调赴，另命发滑州、孟州、泽州、潞州存粮五十万担，输送军前，追呼严急，民怨鼎沸。杜重威再派列校张祚告急，后晋朝廷无从派兵，但遣张祚归报行营，令杜重威严守。张祚返归途中，竟被契丹兵掳去，于是消息隔绝，两不相通。

开封尹桑维翰称有足疾，很少朝见，现今目击危状，心中焦急，求见后晋出帝石重贵，拟进陈守御计划。石重贵正在苑中调鹰，只图快乐，不欲桑维翰入见，遣内侍拒绝。

桑维翰不得已来到枢密院，与李崧、冯玉谈及国事。话不投机半句多，任你桑维翰滔滔不绝，议论确当，那李崧、冯玉只是摇首闭目，不答一词。

桑维翰怅然退出，对随从道："我或许就是战国时的屈原了！"

过了两三天，军报益急，石重贵便想亲自出征，侍卫马军都指挥使李彦韬谏阻："陛下亲征，谁守宗社？臣闻千金之子，坐不垂堂，何况陛下尊为天子，难道可屡冒矢石吗？"石重贵乃命侍卫马步军都指挥使高行周为北面都部署，许州忠武军节度使符彦卿为副都部署，共戍澶州，并遣洛阳留守景延广出屯河阳三城。

杜重威手握十余万重兵，这在当时可谓巨多了，契丹军真正能战的，也就只有十万。石重贵可以说是将国内所能调之兵力，全部集结，交给了杜重威。石重贵想得很美，在京师开封坐等杜重威得胜归来。按道理，杜重威是足以战胜契丹的，但是杜重威却将人性的邪恶演绎得淋漓尽致。

杜重威在滹沱河中渡桥，与契丹兵相持，不战不和，惹恼了溪州刺史王清。他入帐见杜重威道："我军暴露河滨，无城为障，营孤食尽，势且自溃。王清愿率步兵二千为先锋，夺桥开道，杜公率诸军继进，得入镇州，守御有资，始可无恐了！"

杜重威踌躇半晌，方派步军都指挥使宋彦筠领兵千人，与王清俱往。

王清挺身直前，逾河进战，杀毙契丹兵百余人。宋彦筠胆小如鼠，一遇契丹兵接仗，不到半刻，便即退缩。契丹兵从后追杀，宋彦筠凫水逃回。王清带着孤军猛力奋斗，互有杀伤。一再遣使至大营，催促杜重威进兵。杜重威安坐大帐，不派一人一骑，往救王清。

王清力战至暮，顾语部众："上将握兵，坐视我等围困，不肯来援，想必另有异谋。我等食君禄，当尽君事。我们迟早总是一死，不如以死报国罢！"部众都为感动，死战不退。既而天色渐昏，契丹皇帝耶律德光腾出新军，来围王清。可怜王清势孤力竭，与众尽死。

契丹军将王清等人二千尸骸堆积，做成京观，震慑后晋兵。

杜重威不闻不问，每日置酒作乐，不议军事，早晨醒来，就知一味地向后晋朝廷要兵要粮。后晋兵多将广，实力强于契丹，由于主帅不作为，反被契丹军截断粮道。

使后晋军处于危险境地，正是杜重威想要的。杜重威虽是后晋出帝石重贵的姑父，也想拥兵自重当皇帝。杜重威与李守贞饮酒相商，当即一拍即合。李守贞当即前去契丹大营，向耶律德光投降。后晋军人多势众，耶律德光想获全胜，已是奢望，当他得知杜重威意欲率军投降，大喜过望，马上许愿事成后立他为中原皇帝。

杜重威下令全体军士出营列阵，军士踊跃奔出，摩拳擦掌，等待厮杀。此时，天上乌云密布，地上寒风劲吹，杜重威出帐，向众将士大声说道："皇上失德，信用奸邪，猜忌我军，我等进退无路，不如投顺契丹，别求富贵。"

李守贞即命军士释甲投戈。

后晋军众将士惊出意外，禁不住号哭起来，声震四野。

耶律德光听到了哭声，知道事已成功。他对赵延寿说："汉兵都归你统领，你亲自去安抚他们吧！"耶律德光由于早已许立赵延寿为帝，就让赵延寿穿上黄袍前去后晋大营，抚慰军士。见到穿着黄袍前来的赵延寿，杜重威、李守贞等降将纷纷跪拜行礼。

赵延寿命随行契丹兵递上黄袍，交与杜重威。杜重威欣然披服，向北下拜。杜重威起身向众，居然趾高气扬，隐隐以中原皇帝自命。就这样，杜重威率十余万后晋军投降了耶律德光，这几乎是后晋的所有人马。十万后晋军本来是来接受赵延寿投降，没想到结局却是赵延寿接受后晋军投降，真是造化弄人。将士们还有赵延寿、杜重威此时都在想：二人都穿黄袍，到底谁会为中原皇帝呢？

其实，这是耶律德光玩弄两个卖国贼，他根本无意让他们中的任何一人当皇帝。这一回，耶律德光本人要过过中原皇帝的瘾。

赵延寿即引杜重威等降将往谒契丹皇帝耶律德光。

耶律德光对杜重威道："你果立功中原，我当不负前言！"

杜重威率众将叩头谢恩。耶律德光面授杜重威为太傅，李守贞为司徒。

杜重威愿为前驱，引耶律德光至镇州城下，招降镇州成德军节度使王周。王周不愿投降，准备拔刀自刎，部下发现制止。王周打开城门向契丹投降。耶律德光率大军入城，派兵往袭代州，刺史王诔亦举城投降。

耶律德光再遣通事耿崇美招降易州。易州刺史郭璘耿直忠诚，每当契丹兵过境，必登城拒守，无懈可击。耶律德光恐他截断归路，屡有戒心，每过城下，必指城叹息道："我欲吞并中原，恨此城为此人所守，迟早总要除掉他。"现在命耿崇美往抚易州，易州兵吏闻风生畏，争先出降。郭璘不能禁阻，只是痛骂耿崇美。耿崇美怒起，拔剑杀掉郭璘。

定州投降契丹，耶律德光命孙方谏为定州义武军节度使，另派客省副使马崇祚权知镇州事。

部署完毕，耶律德光率兵自邢州、相州南行，杜重威率降众随从。

马军都排阵使皇甫遇不欲投降契丹，偏耶律德光召他入帐，令他先入开封。皇甫遇坚辞而出，泣谓左右："我身受国恩，位兼将相，既不能死于军阵，何颜去见旧主！"这夜，皇甫遇引从骑数人，行至赵郡，皇甫遇下马慢慢说："我已数日不食了，主辱臣死，不再南行了！"皇甫遇心中悲愤，割喉自杀。

后晋猛将皇甫遇，是位了不起的英雄。他没有像杜重威那样反叛朝廷，也没有像赵延寿那样卖国求荣，他有的只是一个作为臣子的死节精神。他的忠勇、刚烈、侠义，感动了世人。

五　宛若过街老鼠

耶律德光命张彦泽与傅住儿率二千骑兵为前锋，先入京师开封。

张彦泽倍道疾驱，中夜时分已从封丘门斩关而入，后晋宫中顿时大乱。

后晋出帝石重贵已是面如土色，他万万没想到，昨天还是晴天，到处充满着后晋必胜气息，今天不知为何，契丹兵竟然杀到门口了！石重贵急召李崧、冯玉、李彦韬三人入内议事。三人面面相觑，最后李崧开口道："禁军统已外出，急切无兵可调，看来只有飞诏河东藩镇，令刘知远发兵入卫啦！"石重贵忙命李崧草诏，遣使西往。

不一会，张彦泽领着蕃骑抵达明德门了！石重贵急令李彦韬搜集禁兵，往阻张彦泽。不意李彦韬竟然投奔契丹去了，宫中益乱，有两三处纵起火来。石重贵自知大厦将倾，便携剑巡宫，驱后妃以下十余人一同赴火。亲军将薛超从后赶上，抱住石重贵，恳求道："契丹人会好好对待陛下的，不要去求死。"

一会儿，张彦泽递入契丹皇帝耶律德光国书，语颇和平。石重贵乃令亲兵扑灭烟火，召入翰林学士范质，含泪与语："杜重威背朕投降契丹，太觉相负，从前先帝起兵太原时，欲择一子为留守，商诸契丹皇帝，契丹皇帝谓我可当此任，卿今替朕起草一降表，具述前事，我母子可以平安了。"

范质，魏州人，出生那天傍晚，他的母亲梦见神仙送给她一支五色笔。范质自幼好学，博学多闻，考中进士。范质爱好读书，常常手不释卷，有人觉得这很辛苦，范质说："如果不学习，用什么本事来在世上混呢？"

范质依言起草，援笔写就——

　　孙男臣石重贵言：中原失驭，数穷否极，天缺地倾。先人有田一成，有众一旅，兵连祸结，力屈势孤。翁皇帝救患摧刚，兴利除害，躬擐甲胄，深入寇场。犯露蒙霜，度雁门之险；驰风击电，行中冀之诛。黄钺一麾，天下大定，势凌宇宙，义感神明，功成不居，遂兴晋祚，则翁皇帝有大造于石氏也。旋属天降鞠凶，先君即世，臣遵承遗旨，纂绍前基。谅暗之初，荒迷失次，凡有军国重事，皆委将相大臣。至于擅继宗祧，既非禀命；轻发文字，辄敢抗尊。自启衅端，果贻赫怒，祸至神惑，运尽天亡。十万师徒，望风束手；亿兆黎庶，延颈归心。臣负义包羞，贪生忍耻，自贻颠覆，上累祖宗，偷度朝昏，苟存视息。翁皇帝若惠顾畴昔，稍霁雷霆，未赐灵诛，不绝先祀，则百口荷更生之德，一门无报之恩，虽所愿焉，非敢望也。臣与太后、妻冯氏于郊野面缚俟命。

　　表文草就，呈示后晋出帝石重贵。正在瞧着，太后石家李氏跟跄进来，责问石重贵："你究竟怎么办？"石重贵答不出一句话儿，只好将降表奉阅，石家李氏约略一瞧，恸哭起来。石重贵召入儿子石延煦、石延宝，令他们带上降表，往谒契丹皇帝。

　　开封城中，张彦泽开始索捕仇人了。稍有嫌隙，无不处死。张彦泽军旗上书"赤心为主"，纵兵大掠，掳得珍宝，多为己有。贫民亦乘势闯入富家，杀人掠货。军士查获行人，张彦泽酒醉不能问，以目示意，并伸三指，军士即将此人腰斩。宣徽使孟承诲匿避私第，被张彦泽捕至，结果性命。阖门使高勋外出未归，张彦泽乘醉入高勋家，高勋有叔母及弟，出来酬应，片语未合，俱被杀死，陈尸门前。张彦泽好似豺虎入境，开封百姓寝食不安。少年李处耘生性勇武，尤善射箭，看见开封城中契丹军士抢掠，就一个人保卫里门，射杀十几个军士。

　　手下人劝开封尹桑维翰外出避难，桑维翰镇静说："国家到了这一步，我作为大臣，又能逃到哪儿去呢？"桑维翰端坐府中不动，其实桑维翰心里有数，凭他与契丹的关系，耶律德光一定会厚待他的，因此他并不害怕契丹。就是悍将张彦泽，也是桑维翰推荐提拔上去的，桑维翰心里有底气，所以不慌不忙。可是桑维翰万万没有想到，张彦泽早就把他的提携之恩抛到九霄云外去了。张彦泽念念不忘的是桑维翰的万贯财产。张彦泽直奔桑维翰府上，桑维翰还以为是来拜见他。没想到张彦泽阴沉着脸，一句话没说，就令军士把他勒死了，还伪装成上吊自杀的样子。张彦泽把他家里的财宝抢劫一空。

桑维翰终年四十九岁。桑维翰为官，威严自持，能够镇抚众将吏，就连豺狼一般的张彦泽谒见他时也是战战兢兢。桑维翰为官不廉，大肆收受贿赂，其中就有张彦泽的纳贿。桑维翰积攒了万贯家财，令他没有想到的是，最终死在了这些财宝手里。

张彦泽谎报耶律德光，称桑维翰自缢身亡。耶律德光吃了一惊，有点不相信，喃喃说："桑维翰和我关系很好，他为什么要自杀呢？"耶律德光派人去查验桑维翰尸体，回报说确实是自杀，丝绸还在他脖子上系着呢。耶律德光仍然半信半疑，叹息良久，下令将其厚葬，并优待他的家属。

中书舍人李涛曾上疏请诛张彦泽，他得知桑维翰遇难，深知自己今日必遭张彦泽毒手。李涛不甘心引颈就戮，自语道："我与其等死，还不如前去找他试试锋芒。"

李涛自写门状："上疏请杀将军人李涛，谨随状纳命。"

张彦泽欣然降阶迎之。李涛仍是不安，问张彦泽："将军真的宽恕我吗？"

张彦泽答道："看到您的门状，见到'纳命'二字，让人怒气顿消，又有什么好担心的！"

李涛微微一笑，用一句伶人词说："将军既相恕，何不将压惊绢来。"

张彦泽笑语道："你今日知道害怕了吗？"

李涛答道："我今日惧您，仿佛您前日惧李涛。如果朝廷早用李涛言，何致有今日事！"

张彦泽益发狂笑，与李涛酌酒畅饮。李涛从容自去，旁若无人。

　　翰林学士张昭闻听桑维翰与李涛遭遇，感慨说："胸怀大志者，不一定非得以不苟言笑的刻板形象示人，滑稽诙谐也是一种智慧。见惯了慷慨激昂的勇士，冷不丁看到李涛这样鲜活有趣、进退自如的智者，更令人眼前一亮！"

　　张彦泽胁迫后晋出帝石重贵与太后石家李氏、皇后冯氏，至开封府署。张彦泽眼尖，看见石重贵一行携有金珠，使人前语："契丹皇帝就要来京，库物不应携带。"石重贵没法，悉数缴出金银珠宝。张彦泽择取奇玩，余物仍还封库中，留待耶律德光。石重贵进入开封府署，张彦泽便派控鹤指挥使李筠率兵监守，李筠就是昔日李从荣麾下武士。

　　石重贵欲取内库布帛数匹，库吏不肯，厉声道："这还是你所有吗？"

　　石重贵又向李崧求酒，李崧语使人道："陛下饮酒后，更致忧躁，别生不测，所以不敢奉进。"

　　石重贵闷闷不乐。忽然，张彦泽差来悍吏，硬索皇妃丁氏。丁氏系石延煦母，年逾三十，美色不衰，为张彦泽垂涎。石重贵不欲使往，怎奈张彦泽一再强迫，丁氏身不由己被他抢去。

1

　　高行周、符彦卿自澶州南下，投降契丹。

　　契丹皇帝耶律德光问道："符彦卿！你可记得阳城战事吗？"

　　符彦卿答道："臣当日出战，各为其主，不暇他想，今日特来请罪，我的生死就在您手中！"

　　耶律德光哈哈大笑道："我赦你前罪罢了！"

　　符彦卿拜谢，与高行周一同退出。

　　石延煦、石延宝奉表入帐，呈上皇帝玉玺，耶律德光览过表文，也不多言，接受玉玺时，却是细细观看。耶律德光问石延煦："这印可真吗？"

　　石延煦答："是真的。"

耶律德光沉吟道："恐怕未必！"

耶律德光对石延煦道："你去告诉石重贵，既然诚心归降，速将真印送来！"

石延煦急急来到开封府衙，石重贵说道："我家只有此宝，奈何说是假的！"忽又猛然省悟道："先帝入洛阳时，李从珂自焚，传国玉玺不知何去了，想必与之俱烬。先帝受命，刻制此宝！"

石延煦再报耶律德光，玉玺便不再怀疑。

耶律德光渡过黄河，前来开封，石重贵欲与太后石家李氏前往奉迎。赵延寿对耶律德光道："石重贵既已乞降，当使衔璧牵羊，大臣舆榇，恭迎郊外。"耶律德光摇首道："我遣奇兵直取开封，并非前往受降，何必用这般古礼！"

耶律德光传令后晋大臣，一切如故，朝廷制度，仍用汉仪。耶律德光说："入城前，一定要找到景延广，他是契丹与中原友谊的破坏者。"契丹三千人马赶到洛阳，去抓那个挑起事端的景延广。景延广无处可逃，只能前往开封向耶律德光投降。耶律德光怒责道："你尚敢来见我吗？十万横磨剑今日何在？"

景延广极口抵赖。耶律德光召乔荣入证，那景延广尚不肯承认。乔荣取出一纸，就是当日笔录，字迹分明。景延广浑身发抖，伏地请死。耶律德光喝令锁着。景延广夜宿陈桥，趁守卫之人不注意，扼喉自杀，终年五十六岁。

景延广特别仇恨契丹人，口头上气壮如牛，可当契丹大军打过来的时候，他却变得畏敌如虎了，景延广的强硬全在嘴上。

947年春节，耶律德光以中原皇帝仪仗进入开封。

百官改服素衣纱帽，出迎耶律德光。契丹兵整队前来，前步后骑，雄赳赳，声跶跶，当中拥着一位契丹皇帝，貂帽貂裘，裹着铁甲，高坐逍遥马上，英气逼人。后晋众臣眼花缭乱，慌忙匍匐道旁，叩头请罪。耶律德光笑盈盈地俯视后晋众臣，徐令亲军传谕，叫后晋大臣一律起身，仍易常服。

后晋大臣三呼万岁，响彻云霄。

后晋大臣引导耶律德光进入封丘门。后晋出帝石重贵偕太后石家李氏等一齐出城，来迎耶律德光。耶律德光拒不令见，但使往寓封禅寺中，自率大军直入。耶律德光上登城楼，宣谕道："我也是人，你们不要害怕，我会让你休养生息。我本无心南来，是你们引导我来这里的！"后晋众臣抬不起头来。

后晋阁门使高勋上诉耶律德光，说张彦泽妄杀家人。百姓亦争投文牒，详列张彦泽罪状。耶律德光大怒，询问百官和众民："张彦泽当诛吗？"百官统言应斩。耶律德光道："张彦泽应加死刑，傅住儿亦不为无罪，索性叫他们同死罢了。"二人同时被斩。张彦泽前时所杀士大夫的子孙，纷纷来观，且哭且骂。众人将张彦泽尸骸断腕剖心，祭奠枉死诸人。

连日雨雪，封禅寺内，石重贵等人冻馁不堪。太后石家李氏使人对寺僧道："我曾经施舍贵寺万金，你们并不记得吗？"寺僧说契丹难测，不敢进献，石家李氏哭泣不止。石重贵密求守兵，讨得几碗烂饭，勉强充饥。过了数日，耶律德光颁下诏书，废石重贵为负义侯。

《新五代史》所称"五代"的第三个中原王朝：后晋，到此结束。

后晋从 936 年石敬瑭接受契丹册封为帝始，到 947 年契丹灭后晋，一共经历了两帝，历时十一年。石敬瑭才华无双，最后成了一个软骨头；他的后人石重贵才能平庸，却去演绎了一曲悲壮的亡国之歌。后晋，成也契丹，败也契丹。其实，正如契丹人所说："夷狄之人岂能胜中国？然晋所以败者，主暗而臣不忠。"后晋向契丹割让幽云十六州，相当于向北方的游牧民族割让了中原最重要的战略屏障，遗祸中原数百年。

开封城太庙中，有后唐明宗李嗣源画像。耶律德光敬慕李嗣源，在李嗣源画像前焚香跪拜。花见羞在旁，耶律德光对花见羞道："明宗义父李克用与我父耶律阿保机相约为兄弟，如此说来，你便是我的嫂嫂啦。""不，按照契丹习俗，你是我的妻子啦。"耶律德光又改口。

耶律德光兴奋地去拉花见羞的手，急得花见羞跪拜说："开封是中原之地呢，这儿都是汉人，汉人有汉人的风俗。如果皇上您瞧得起明宗李嗣源，就让我和他的小儿李从益去洛阳给明宗守墓去吧。"

耶律德光想了想说："我敬佩明宗，那就遵从中原风俗吧。"

花见羞谢过，立即奔向洛阳去了。

2

耶律德光在崇元殿接受百官朝贺，分封众官——

张砺为右仆射、同平章事；

李崧为枢密使；

和凝为同平章事；

赵莹为太子太保；

刘昫为太保；

冯玉为太子少保；

高模翰为特进检校太师、开国公；

萧翰为开封宣武军节度使。

后晋河中节度使侯益到开封拜见契丹皇帝耶律德光，当面陈说自己没有反对契丹，耶律德光感其忠义，授侯益为凤翔节度使。

后晋华州节度使冯道镇定自若，从容来到开封，拜见耶律德光。

耶律德光指着冯道问道："你为什么来朝见我？"

冯道答道："我没有地盘，没有兵马，怎敢不来。"

耶律德光嘲笑道："你是个什么老头？"

冯道道："我是个无才无德的痴顽老头子。"

耶律德光哈哈一笑，继续问："你看这天下百姓，如何可救？"

"就算是佛陀再世也救不了百姓，但是陛下您能耐比佛陀大，只有您才能救得了百姓。"

耶律德光立刻大喜，封冯道为太傅。

二月初一，耶律德光下诏，将国号"契丹"改为"大辽"，辽国得以建立。

耶律德光即辽太宗，耶律阿保机即辽太祖。

契丹兵演变成辽兵，开始为患中原数百年。

为虎作伥的赵延寿怏怏不乐。原来耶律德光允诺灭后晋之后，以赵延寿为中原皇帝，所以赵延寿摧坚垒，破强敌，身先士卒。此时耶律德光似乎忘了这事，一场梦幻眼看成了泡影。赵延寿左思右想，有了一策，进谒辽太宗耶律德光，乞为皇太子，耶律德光大怒道："我对你没什么舍不得的，就是割我的皮肉都行，但这太子只有皇帝的儿子当得，你怎么能做太子呢？"赵延寿连磕数头，哑巴吃黄连，有苦说不出。

耶律德光徐徐说道："我封你为燕王，你知足吗？"

赵延寿不好多嘴，称谢而出。

与赵延寿一样失望的，还有杜重威。开封百姓对杜重威恨之入骨，只要他在城中露面，必定会群起诟骂他。杜重威自知理亏，每当外出，低着头快走，宛若过街老鼠一般。

杜重威降辽后，十万降卒屯驻陈桥。耶律德光恐他兵众生变，令缴出铠仗数百万，搬贮镇州；战马数万，驱归契丹。陈桥戍卒供给不时，昼饿夜冻，怒骂杜重威。其实更危险的事是耶律德光欲尽诛后晋兵。

耶律德光召赵延寿入议，赵延寿良心未泯，反问道："陛下百战之后才得到中原土地，不知您是自己统辖呢，还是让它将来被别人夺走？"

耶律德光生气说："朕因为石重贵忘恩负义才发兵征讨，前后五年的厮杀，几乎耗尽国力，刚得到中原，怎么不想自己统辖？你有什么话就直说吧！"

赵延寿说："南有吴，西有蜀，边境长达几千里，谁去为陛下守边呢？"

"我还没有想到这些，你说该怎么办？"

"臣知道辽国兵马善战，但不习惯南方的暑热气候，所以不能让他们去驻守西边和南边。我看不如把降卒全部改编,派他们到这些地区守卫。"

耶律德光犹豫半天说:"如果不杀投降军士,留下大患,怎么办?"

赵延寿见耶律德光不听,赶忙说出了具体办法:"可以将他们连同家属迁往北方的灵州、云州、镇州、定州,然后每年轮流戍守南方,这样便可免除后患了。"

耶律德光同意了,十万降卒得以活命。

密州刺史皇甫晖不愿臣服辽国,率领家人、亲信逃奔南唐国。南唐中主李璟器重皇甫晖,任用他为歙州刺史。

知远之命：后汉运交华盖坐享其成

太平天子，等闲游戏，疏河千里。

柳如丝，偎倚绿波春水，长淮风不起。

如花殿脚三千女，争云雨，何处留人住？

锦帆风，烟际红，烧空，魂迷大业中。

南平国御史中丞孙光宪素好写词，一首《河传》，描绘出了帝王、嫔妃、宫女独特现象。

后晋皇宫中，数百名宫女被遣返回乡，其中就有那位甄姓宫女。二十多年的宫中岁月，甄姓宫女已经看尽了起起伏伏，见惯了生生死死。岁月不饶人，她已经四十三岁了，依然处女身。她早已没有了嫁作他人妇的想法，她想的只是安度余生。

甄姓宫女背着包袱走出皇宫，一位辽国贵族看到了她，不由两眼放亮。这位辽国贵族是耶律阮，他随叔父耶律德光灭掉了后晋，来到了开封。

耶律阮，辽太祖耶律阿保机长孙、东丹王耶律倍长子、辽太宗耶律德光之侄。耶律阮仪表堂堂，善骑射，乐施予，有众望。耶律德光建立辽国后，耶律阮获封永康王。

甄姓宫女风韵犹存、端庄秀雅，再加上性格柔顺、知书识礼，立刻让耶律阮痴迷不已，惊为天仙。虽然甄姓宫女比耶律阮大十二岁，但耶律阮依然纳为姜室。

耶律阮领着甄氏，去洛阳荒山寻找父亲耶律倍尸骸。茫茫荒山，杂草丛生，到处埋葬着乱军野民尸骨，哪处坟坑埋葬着耶律倍呢？好在洛阳那位和尚记性好，用了两天时间，竟然给找到了。

石重贵在位时间，前后不过五年。五年中，乱世的浪涛既把他涌上了顶峰，也把他无情地摔到了谷底。辽太宗耶律德光下令负义侯石重贵去黄龙府安置。石重贵不敢不行，又不想立即出行，耽误了好几日。耶律德光派骑士三百，迫令北迁。石重贵没奈何挈眷起行。昔日太后石家李氏、生母安氏，昔日皇后冯氏，弟弟石重睿，儿子石延煦、石延宝，一起随往，还有宫嫔五十人、内官三十人、东西班五十人、医官一人、御厨七人、茶酒三人、仪銮司三人、禁军官四人、亲军二十人，一同从行。

石重贵沿途所经州郡，长吏不敢迎奉。就使有人供馈，也被辽骑掠去。可怜石重贵以下诸人得了早餐，没有晚餐；得了晚餐，又没有第二天早餐。更何且山川艰险，风雨凄凉，触目皆愁，入耳皆怨。石重贵回忆在开封皇宫时，与皇后冯氏等调情作乐，谑浪笑傲，相比现在，那是天堂与地狱之别。

进入磁州境内，刺史李谷迎谒路隅，相对泣下。李谷且泣且语："臣实无能，负陛下恩！"石重贵流涕不止。吃了口热饭后，石重贵问李谷："我败在哪里？"

李谷答："《礼记》有云，'傲不可长，欲不可从，志不可满，乐不可极。'皇上输就输在这里吧！"

石重贵长叹说："当年，琅琊人王震教我《礼记》，我说这不是我家的事，现在后悔呀，如果当时认真学，就不会这样了。"

李谷倾囊献上，石重贵说了句"与卿长别"，继续上路。

石重贵行至滹沱河中渡桥，见杜重威寨址，慨然愤叹："我是做了什么事对不起杜家，让杜重威这样报复！天理何在呢？天理何在呢？"说至此，石重贵不禁大恸。

到了幽州，全城百姓统来迎观。父老牵羊持酒，都为卫兵斥去，不令与石重贵相见。石重贵当然悲惨，百姓亦无不唏嘘。等到石重贵入城，驻留数日，赵延寿母送来饮食，石重贵及从行诸人才算饱食几天。

既而自幽州启行，过蓟州、平州，榛莽塞路，尘沙蔽天，途中毫无供给，大众统统饿得饥肠辘辘，困顿异常。夜间住宿，也没有馆驿，往往在山麓林间瞌睡了事。还好野蔬到处都有，宫女从官，自往采食，石重贵得以苟延残命。

到了偏岭，辽国人告诉石重贵一行人，这是辞乡岭，中原人过了这里，就别想回家了，让他们向南号哭跪拜。辽国人又说，洛阳诗人聂夷中，曾作诗《行路难》——

> 莫言行路难，夷狄如中国。
>
> 谓言骨肉亲，中门如异域。
>
> 出处全在人，路亦无通塞。
>
> 门前两条辙，何处去不得。

石重贵无限感慨，一位不知名的辽国人，竟然说出中原的诗歌，而他这位中原的皇帝却是闻所未闻，也该亡国呀。

又行七八日至锦州，州署中悬有耶律阿保机画像，辽兵迫令石重贵等人下拜。石重贵受不了屈辱，大声骂道："当初薛超误我，他说辽国人会好好招降我，所以我才没有一心求死，也没有处死后宫佳人，哪知道现在成为塞外野鬼，生不如死啊。"

再走了五六日，过海北州，继而渡辽水抵达铁州，迤逦至黄龙府，说不尽的苦楚，话不完的劳乏。石家李氏、安氏两人年龄已高，难受得了不得。安氏本有目疾，由于连日流泪，竟至失明。就是冯氏以下诸妃嫔均累得花容憔悴，玉骨销磨，这可谓物极必反，数极必倾，前半生享尽荣华，免不得有此结果呢！

再说辽太宗耶律德光据有中原，号令四方，整日里纵酒作乐，不顾兵民。赵延寿请给辽兵饷粮，耶律德光笑道："我国向无此例，如各兵乏食，令他打草谷罢了。"

所谓"打草谷"，就是四出掠取。耶律德光有此旨令，蕃骑四出剽掠，开封府及郑州、滑州、曹州、濮州数百里间，财畜俱尽，村落一空。

耶律德光又对度支、盐铁、户部三司使刘昫道："辽兵应有犒赏，速宜筹办！"

刘昫道："府库空虚，看来只有向富民借钱了！"

耶律德光允诺。刘昫就先向各地士民，借钱借帛，民不应命，即加苛罚。

621

百姓痛苦异常，不得已倾产输纳。哪知耶律德光并未取作犒赏，一股脑儿贮入内库，于是内外怨愤，连辽兵亦都不满了。

汝州防御使杨承勋劫父致死，耶律德光召令入都，杨承勋不敢不至。到了开封，耶律德光当面呵斥，命人碎割并吃掉他的肉。耶律德光用杨承勋弟杨承信为青州平卢军节度使，使承杨氏宗祀。杨承信在青州为其父杨光远立石碑，石碑刚刚树立起来，天上雷电轰鸣，居然把碑石击断了。

华州节度使刘继勋一直跟随石敬瑭、石重贵父子，算是嫡系心腹人，等到朝见耶律德光，被耶律德光指责离间南北。刘继勋忽然看见冯道，就指着冯道说："冯道为相，知事最多。罪臣位卑，未曾片言，今请问冯道。"

耶律德光说："这个老头不是多事的人，你不要乱指！都是你们的事。"

耶律德光命将刘继勋锁住，解送黄龙府。

宋州归德军节度使赵在礼闻辽将耶律述轧、拽剌等入据洛阳，急自宋州奔往洛阳，进谒二人。耶律述轧、拽剌端坐堂上，绝不答礼，反勒令献出财帛。赵在礼很是愤懑，托言入朝开封，侥幸脱身，接得刘继勋被拘消息，非常震惊。他害怕自己也被辽国人拘捕，便用衣带系在马棚栏杆上上吊自杀，终年六十六岁。

赵在礼历仕三朝，担任多个藩镇节度使，每到一处，重征暴敛、强行搜刮、民不堪命，被百姓称之为"眼中钉"。赵在礼积财巨万，却舍不得分给耶律述轧、拽剌，结果一死了之。

耶律德光闻赵在礼死讯，便将刘继勋释出。刘继勋惊慌成疾，未几毙命。

为此种种情事，各处藩镇纷纷担忧，人人考虑拥戴一位中原大帝，驱逐蕃兵。

一 魂兮魂兮归来兮

河东节度使刘知远见天下大乱，便着力经营太原。

辽军攻打后晋时，刘知远既不出兵救援，也不抗击辽国。他选择的是冷眼旁观、静观其变。等到耶律德光进入开封，刘知远派兵分守四境，防备不虞。

刘知远忧虑辽兵强盛，特遣客省使王峻驰往开封，观察虚实。

王峻，相州人，聪明伶俐，并且嗓音非常好听。后梁时期，潞州昭义军节度使张筠欣赏王峻，将他留在身边。一次，张筠设宴招待权臣赵岩，席间让王峻出来唱歌助兴。见赵岩喜欢，张筠就将他送给了赵岩。后梁灭后，赵岩被杀。王峻投靠了后唐度支、盐铁、户部三司使张延朗。等后唐亡了，张延朗被杀，王峻和张延朗的财产全归刘知远所有。没想到因祸得福，王峻从此柳暗花明，命运有了个大转折。王峻做事非常卖力，深得刘知远的喜爱，把他当做心腹。

王峻到了开封，奉上三表：一表贺辽太宗耶律德光入主中原；二表说河东境内夷汉杂居，随在须防，所以刘知远未便离镇入朝；三表因辽将刘九一驻守南川，有碍贡道，请将刘九一军调开，以便入贡。

耶律德光看完奏表，很是喜欢，便令左右拟诏褒奖。诏书草定，耶律德光特提起笔来，将"刘知远"三字上加一"儿"字。又取出木拐一支，作为赐物，命王峻持诏及木拐，回报刘知远。

耶律德光赏赐大臣，以木拐为最贵，辽臣中只有皇叔耶律安端才得此物。王峻负拐西行，辽兵望见，纷纷避让路边。

王峻回到太原，向刘知远呈上耶律德光诏书及所赐木拐。刘知远略略一瞧，并没有什么稀罕。刘知远问及开封情形，王峻答道："辽主贪婪，上下离心，必不能久据中原，大帅若举兵倡义，兴复华夏，海内定然响应，辽人虽欲久居，也不可得了！"

刘知远道："我递去三表，原是缓兵计策，并不是甘心臣辽。但是，用兵当审察机宜，不可妄动。现今辽兵新据中原，未有他变，怎可轻与争锋？好在他专嗜财货，欲壑已盈，必将北去。况且冰雪已消，南方湿热，辽人断不便久留。我乘他北走，进取中原，就可保万全了。"

刘知远按兵不发，继续静观天下动静，再定进止。张砺之子张彦威担任行军司马，劝说刘知远："中原无主，惟大帅威望日隆，理应乘此正位，号召四方，共逐胡虏。"刘知远笑道："这却未便，我究竟是个藩帅，怎可背主称尊？况且皇上石重贵北迁，我若可半道截回，迎入太原，再谋恢复，那样就名正言顺，容易成功了。"

刘知远仅仅是说，但并不派人去迎石重贵。隔了几日，行军司马张彦威又劝，刘知远乃召众将吏入商。

右都押衙杨邠进言："天与不取，反受其咎，大帅若再谦让不居，恐人心一移，反致生变了！"

杨邠，魏州人，历任孟州、华州、郓州三州粮料使。

孔目官郭威接话："杨押衙所言甚是，愿大帅勿疑！"

河东马步军都指挥使刘旻说："汉朝时，天下就是刘家的，我们刘家不取天下，让谁家去取呢？"

刘旻，刘知远的亲弟，年轻时嗜好赌博，地道无赖，从军后跟随兄长刘知远征战。刘旻这里所说的汉朝刘家是汉族，而刘知远、刘旻的刘家是沙陀族，此刘家非彼刘家。

刘知远早就想当皇帝，他顺水推舟，向众将吏说："我本无大志，苟且偷安于世，既然国家所需、众将所请，那我也就当当皇帝吧。"

947 年二月十五日，刘知远在太原称帝。他身着衮冕，接受朝贺，太原众将吏三呼万岁。刘知远从一个奴隶，一跃成为皇帝，造就了一个人间的奇迹。

刘知远下诏，仍称晋朝，传谕诸道，禁止为辽国搜刮钱帛，凡在诸道的辽人一律处死。后晋朝旧臣纷纷归附。刘知远分兵戍守，拟敛取民财，犒赏将士。

刘知远妻子李氏自被刘知远抢亲后，不得脱身，没奈何从了刘知远，成为夫妇，不意遇难成祥，转祸为福。刘知远升大官，握兵权，刘家李氏随夫显贵，农家女得此厚福！看到刘知远意欲敛取民财，刘家李氏乘隙进言："国家创业，虽由天意，但亦须与民同治。陛下即位，不闻惠民，先欲剥民，这岂是新天子救民的本意？妾请陛下毋取民财！"

刘知远皱眉道："府库不足，如何是好？"

刘家李氏答道："后宫颇有积蓄，何妨悉数取出，赏劳各军！就使不能厚赏，想各军亦当原谅，不生怨言。"

刘知远不禁改容道："敬当从命！"

刘知远检出内库金帛，尽行颁赏，军士格外感激，愈加欢跃。

代州刺史王诛反叛，投降了辽国，刘知远派雷州刺史史弘肇征讨。

史弘肇，郑州人，年轻时不喜欢下地干活，只知道整天游来荡去，耍弄拳棒。史弘肇能日行二百里，赶得上骑马奔驰。后梁末年，朝廷下诏，每七户人家出一个人当兵，史弘肇就此入伍。由于他武艺超群，被选入了禁军。刘知远被调到太原，将他招到自己手下，提升为都头，遥领雷州刺史。

代州刺史王诛总道是高枕无忧，忽闻太原兵到，慌忙调兵守城。无奈兵难猝集，敌已先登。史弘肇拿下代州，杀掉王诛。刘知远任史弘肇为许州忠武军节度使、侍卫马步军都指挥使。

1

辽太宗耶律德光闻听刘知远称帝河东，勃然大怒，立夺刘知远官爵，以耿崇美为潞州昭义军节度使，高彦英为相州彰德军节度使，崔廷勋为河阳三城节度使，扼守要害之地。哪知各处百姓，苦辽贪虐，又经游兵辗转招诱，相聚为盗，到处揭竿。

磁州盗寇梁晖侦知相州空虚，高彦英尚未到来，急率壮士数百名，乘夜潜行，直抵相州城下。城上毫无守备，梁晖悄悄地架起云梯，带领几十个健儿陆续登城启关，众人一哄儿杀将进去。守城将吏，才得惊醒，急切如何抵御，只好夺路飞跑。梁晖入据相州，自称留后，报捷太原。辽将高彦英前来相州，也被梁晖所杀。

潞州城中，有位将门之子，名叫王守恩。

他是致仕青州平卢军节度使王建立之子，靠父荫官运亨通，担任过怀州、卫州刺史。耶律德光带兵南下时，后晋朝石重贵岳父、潞州昭义军节度使张从恩意欲投降辽国，从事高防说："张公乃是皇室至亲，宜尽臣节。"张从恩不听。王守恩母亲去世，王守恩正服丧在家，张从恩便将后事委托给王守恩后逃走。

王守恩与高防合谋，杀掉辽人，献城归顺刘知远。刘知远即令王守恩为潞州昭义军节度使。

辽军派大将刘愿为陕州节度使，烧杀抢掠，滥行暴虐，百姓不堪其苦。陕州城中，有三位将领坐在一起议论纷纷。这三位将领是——

奉国军指挥使赵晖，澶州人，号勇果敢，应募入伍后参与大小战役一百余场。

陕州内外马步军都指挥使侯章，太原府人，健壮勇悍。

奉国军都头王晏，徐州人，出身农家，自少为盗，常率乡邻伙伴打劫殷富人家，在方圆百十里很有名气。

王晏对赵晖、侯章二人说："如今辽人乱华，天下动荡，这正是我们奋发有为的时候。听说太原刘知远有威德，很受民众拥戴。如果我们杀掉刘愿，举陕州投靠刘知远，为天下人反辽国开个好头，那么取功名富贵也就易如反掌了。"赵晖、侯章二人觉得有理。王晏率领几个敢死军士深夜潜入陕城，直奔府衙，斩杀了刘愿及辽人。

王晏派儿子王汉伦前往太原，归顺刘知远。刘知远十分高兴，当即授赵晖为陕州节度使，侯章为华州节度使，王晏为绛州防御使。刘知远得知杀刘愿是王晏的主意，又升他为晋州节度使。

刘知远部吏张晏洪、辛处明招谕晋州。晋州权知州事骆从朗拘住张晏洪、辛处明，置于狱中。可巧辽吏赵熙奉命驰至，搜刮民财。骆从朗格外巴结，相助为虐，民不聊生。衙将药可俦打抱不平，闻听河东势盛，有意归向，乃纠众攻杀骆从朗，并戮赵熙，还在狱中释出张晏洪、辛处明二人。药可俦被刘知远拜为华州节度使。

澶州节度使朗五是位辽人，性情贪婪暴虐，官吏百姓深受其害。王琼是澶州水运什长，勾结夏津贼寇首领张乙，集众一千多人，沿着黄河而上，半夜偷偷发难，攻进北城，朗五据守衙城抵御。几天后，辽国救兵赶到，王琼战败而死。

辽太宗耶律德光听到这些变乱，害怕极了，由此无意在黄河以南久留，乃遣魏博节度使杜重威、徐州感化军节度使符彦卿等各归原镇，用汉官治汉人。不久，宋州、亳州、密州各地俱有警报，并称为盗所陷。耶律德光长叹道："中原人如此难制，非我所料！"

耶律德光即拟北返，加上天气渐暖，春光将老，耶律德光越不耐烦，召众臣入谕："暑天即将到来，我难久留，意欲北归西楼，省问太后。开封当留一亲将，令为节度使，料亦不至生变。"

众臣齐声道："皇帝怎可北去？如因省亲不便，何妨派使奉迎。"

耶律德光道："太后族大，好似古柏蟠根，不便移动。我意已定，不要多议了！"

耶律德光留萧干留守开封，自己带着后晋降官数十人，宫女、宦官数百人以及后晋国库所有财物北行。耶律德光见沿途一带，村落皆空，不免唏嘘，立命将吏发榜数百纸，揭示百姓，招抚流亡。辽骑性喜剽掠，遇有百姓聚集之地，仍往劫夺，耶律德光也未曾禁止。昼行夜宿，到了白马津，率众渡河，耶律德光顾语宣徽使高勋："我在西楼，每日射猎，很觉适意。自入中原后，居于宫廷，毫无乐趣，今得生还，虽死无遗恨了！"

路过相州，辽军攻破州城，杀死守将梁晖及城中十余万人口。城中活下的人口男男女女共七百人。

耶律德光闻听磁州刺史李谷密通太原，派兵拘至，亲加质讯。李谷诘问证据，反使耶律德光语塞。李谷为辽兵拷问六次，皆不屈不挠。耶律德光竟被瞒过，将其释归。

耶律德光所过城邑，满目萧条，白骨露于野，千里无鸡鸣。耶律德光把这惨局甩锅给赵延寿："都是你要当中原皇帝，害得中原成了这个样子！"又对张砺道："你也算一个！"张砺俯首怀惭，无言可答，闷闷向北随行。

辽军都虞侯武行德率领数十艘船，载着开封的武库兵仗北上。

武行德，太原府人，自幼家贫，以樵采为生。武行德身长九尺，相貌奇伟，力大过人，被乡人称为"一谷柴"。石敬瑭任河东节度使时，到郊外游玩，见到武行德路旁卖柴，惊异其相貌，又见他担的柴特别重，于是将武行德留在帐下。辽国南侵，武行德只得诈降，换取信任，以求脱身。

船抵河阳三城，武行德对部将说："我等受制于辽国，与其背井离乡，做异域的鬼，不如和诸位驱逐辽人，占据河阳三城，观察天命的归属，建立功业，勘定祸乱，以求取富贵，这可行吗？"

众人素来钦佩其威名，都答道："听您调遣，不敢珍惜此命。"

武行德当即杀死船中辽人，把军械铠甲分授众人，上岸进攻河阳三城。

辽国河阳三城节度使崔廷勋出兵抗拒，武行德率军迎击，自清晨激战至午时，大破辽军，崔廷勋弃城逃走。武行德进据河阳三城，打开府库，分赏将士。众人推举他权知州事。武行德勤练军士，修缮军备，占据上游有利地形。河阳三城士气振奋，人心归附。

辽兵围攻潞州。潞州昭义军节度使王守恩向太原告急，刘知远命史弘肇率兵援助潞州。史弘肇星夜进兵，驰至潞州城下，寂静无声，并不见有辽兵，史弘肇大起疑心。等到王守恩出城相迎，两下会谈，才知辽兵闻有援师，已经退去。史弘肇愤然道："辽人闻听我军到来，便即退兵，这就是人们所说的强弩之末呢。我当前往追击，杀敌报功！"史弘肇麾兵追击辽军。途中遇着辽兵，大呼上前，好似秋风扫落叶一般，不到一个时辰，已枭得辽首千余级，余众逃去。

辽将耿崇美退保怀州，崔廷勋亦狼狈奔至，就是洛阳辽将拽剌等亦闻风胆落，奔至怀州。拽剌与耿崇美、崔廷勋等相见，相对嗟叹。耶律德光得报，大为失意，自叹道："我有三失，搜刮百姓钱财，是第一失；让辽国军士打草谷扰民，是第二失；没有早点遣返节度使去治理各藩镇，是第三失。如今，追悔无及了！"

辽太宗耶律德光心情郁闷，947年四月，身染急病，高烧不退，周身堆满冰块也无法降温。耶律德光走到栾城过世，终年四十六岁。他死后，栾城被称为"杀胡林"。

耶律德光死时这天，十余人骑马在辽都西楼之西五十里的大山中狩猎，看见耶律德光骑着白马，独自追猎白狐，一箭将其射死。忽然间，耶律德光消失了，只留下所擒获的白狐和他的弓矢。

史家评价辽太宗耶律德光是辽国最杰出的皇帝，他最突出的业绩是引进汉法，改革吏治，全面推行因俗而治，确立了辽国南北兼制。

辽人恐尸身腐臭，便把耶律德光的肚子剖开，去掉肠胃，用盐填满，确保尸体不腐，运往北方，中原人称之为"帝羓"。

自946年四月至947年四月，天、地、人演绎了一处跌宕起伏大戏：先是大旱，后是大涝，后晋出帝石重贵、辽太宗耶律德光、后晋魏博节度使杜重威、辽国幽州节度使赵延寿，各自做了一出大梦，梦醒时却是物是人非。与此同时，坐在板凳上观看世间风云变幻的刘知远意外地当上了皇帝。这一年间感叹人生如戏的，远远不止这五个人，还有桑维翰、甄氏，等等。

西楼城中，太后述律平得知耶律德光的死讯，神色平静，没有半点悲伤之色。她淡淡说："等到辽国平静之后，我再为皇帝举行葬礼。"她似乎看到了即将到来的狂风暴雨。

辽太宗耶律德光去世，辽国高官贵族们个个心怀恐惧，他们联想起当年述律平安葬辽太祖耶律阿保机的往事：一百多名酋长、贵族陪葬。他们既恐惧述律平向他们发泄丧子之痛，让他们陪葬，更恐惧她把她偏爱的杀人狂耶律李胡推上辽国皇帝之位，滥杀无辜。不甘坐以待毙的他们决定另奉新主，求个生路。

奉谁为新任辽国皇帝呢？所有的人不约而同地选中了一个人：永康王耶律阮。

镇州城中，辽国众臣商议。南院大王耶律吼说："如果去请示太后述律平，必定会让耶律李胡即位，而耶律李胡性情暴虐，不得人心。"

耶律安端说："耶律阮聪明宽容，应当当机立断，以免丧失时机。"

北院大王耶律洼便捏造先帝遗制："永康王耶律阮为耶律阿保机嫡孙，耶律倍长子，太后钟爱，群臣共推，可就镇州即皇帝位。"

耶律阮在镇州耶律德光灵柩前，即辽国皇帝之位，这就是辽世宗。

耶律阮册立甄氏为皇后，她是辽国唯一的汉族皇后，比耶律阮大整整十二岁。

2

镇州城中，还有赵延寿、张砺、和凝、冯道、李崧等汉人官僚。众人心情沮丧，但相互取乐。

和凝问冯道："你新买的靴子多少钱？"

冯道抬起左脚道："八百文。"

和凝回头便训斥小吏："我的靴子为什么花了一千六百文？"

冯道又慢慢抬起右脚道："这只也是八百。"

和凝哭笑不得。

眼见辽太宗耶律德光病死，燕王赵延寿恨主背约，首先发难，且语左右："我不愿再入辽京西楼了！"赵延寿自称受耶律德光遗诏，权知南朝军国事，拟于五月初一，受文武官员谒贺。李崧入语："辽人其意难测，事情难料，愿赵公暂缓此议。"赵延寿乃止。耶律阮闻赵延寿将行谒贺礼，即与各辽将商定，到时掩击。因赵延寿罢议，不得不另想别法。

耶律阮邀请赵延寿及张砺、和凝、冯道、李崧等，共至行宫饮酒。

赵延寿如约到来，就是张砺以下，皆应召而至。耶律阮欢颜迎入，请赵延寿入坐首席，大众依次列坐。彼此饮了几杯，谈了许多客套话，耶律阮方语赵延寿："你妹已至，燕王欲相见吗？"

赵延寿道："我妹果来此，怎得不见？"

赵延寿起身离座，与耶律阮欣然入内，去了多时，未见出来，李崧颇为担忧。

和凝、冯道悄悄问张砺："燕王有妹嫁与耶律阮了吗？"

张砺摇首道："并非燕王亲妹，耶律阮娶太后述律平的侄女萧撒葛只为妻，她与燕王结为异姓兄妹，所以有此称呼。"

"汉人甄氏被立为皇后，萧撒葛只并未立为皇后，因此辽国群臣不满。"众人正在议论着，耶律阮已由内出外，独不见赵延寿出来。李崧正要启问，耶律阮笑语道："燕王谋反，我已将他锁住了！"这语说出，吓得众人面面相觑，不发一言。

耶律阮又道："先帝归途猝崩，并无遗诏。燕王怎敢擅自主张，伪称先帝遗命，罪止燕王一人，诸公勿虑，请再饮数杯！"

和凝、冯道等唯唯听命，勉强饮毕，告谢而出。

赵延寿为耶律阮所拘，带归北方草原，不同的是上次他和他义父，这次是他一个人。赵德钧咎由自取，客死他乡，赵延寿最后也死在了草原。

耶律阮命辽国邢州节度使麻答守镇州，张砺患病死去，和凝、冯道、李崧等汉人留在镇州。

辽世宗耶律阮即皇帝位的消息，传到了太后述律平耳中，一心想要宝贝儿子耶律李胡当皇帝的述律平勃然大怒，当即发兵讨伐耶律阮。

耶律阮到了石桥，正遇述律平派来的兵马，为首者乃是降将李彦韬。

李彦韬北去，进谒太后述律平。见他相貌魁梧、语言伶俐，述律平即将他置于麾下。

耶律阮前锋耶律安端大呼道："来将莫非李彦韬吗？须知新皇是太祖嫡孙，理应继位。你由何人差遣，前来抗拒？若下马迎降，不失富贵。否则刀下无情，来做杀头鬼。"

李彦韬见来军势盛，本已带着惧意，一闻耶律安端招降，乐得滚鞍下马，迎拜道旁。李彦韬部众，亦抛戈释甲，情愿归降。两军一合，倍道急进西楼。

述律平又派辽国天下兵马大元帅耶律李胡率兵讨逆。述律平忘了自己这个宝贝儿子不但不得人心而且还毫无本事，耶律李胡很快就被打得大败而归。

述律平怒火更盛，亲自整顿兵马，和耶律李胡一起来到西楼城外的横河岸边，准备和耶律阮决战。一生随心所欲的述律平，好运走到了头。不但耶律阮营中的将领没有一个肯临阵倒戈，就连西楼城里的官员们也没有全数站在述律平和耶律李胡一边。述律平所掌握的兵马只有区区几千人。

心有不甘的述律平质问与自己对峙的萧翰："你是我的弟弟，你为什么背叛我？"

萧翰理直气壮地反驳："太后滥杀，弟恐惧太后很久了！"

何止一个萧翰，持相似理由的文武官员不在少数。

述律平没料到自己横行一世，临到老来居然会落得如此被臣下和孙辈秋后算账的地步，垂头丧气之下恶从胆边生，将跟随耶律阮的贵族及将士家眷们全部抓了起来，意欲决一死战。这个节骨眼上，出身至戚贵族的耶律屋质挺身而出，劝述律平与耶律阮讲和。

耶律屋质是辽国贵族中的顶尖人物，被封为"北院大王"，称"于越"。

耶律屋质对述律平说："耶律李胡和耶律阮都是太祖与太后您的子孙，国家并没有落入外人之手，立耶律阮为帝有什么不可以呢？太后应该考虑国家的长远利益，与耶律阮讲和。我愿意代表太后前往议和。"

耶律屋质来到耶律阮营中，劝说耶律阮："一旦兴兵，即使陛下您打赢了，也难免骨肉相残，何况如今胜负还未定。就算您胜了，被太后和耶律李胡扣押的人质岂不是先要送命？还是请您和太后讲和吧。"

耶律阮左右，知道家眷尽数成了述律平的人质，个个大惊失色，纷纷附议。

耶律阮和述律平见面了。一见面，祖孙俩就大吵起来，彼此都没有一句好话。眼看情形僵持不下，述律平对耶律屋质说："你来为我主持公道。"

耶律屋质说："你们二人彼此释怨，臣才敢开口。"

"你尽管说。"

耶律屋质向述律平发问："当初耶律倍为太子，为什么太后却要改立耶律德光呢？"

述律平回答："改立耶律德光为皇储，这是先帝的遗旨。"

耶律屋质转而发问耶律阮："陛下你为何擅自即位，不先征得尊长的同意？"

耶律阮怒气冲冲地说："我父亲耶律倍当初本应立为皇帝，却因为太后不得立，所以我如今不愿禀报太后。"

耶律屋质听了祖孙双方的言辞，正色道："耶律倍舍父母之邦投奔他国，世上有这样做儿子的吗？陛下见到太后，对此没有一些愧意，反倒满怀怨气，这样对吗？至于太后，你为了自己的私心偏爱，就假托先帝遗命，妄授神器，还至今不肯承认，人们看不明白吗？你们这样还想讲和？赶紧开战吧！"

这是述律平第一次听见别人明明白白地指责自己的过失，眼看着四面楚歌，她虽然凶残，却也不禁又急又愧。述律平流着眼泪说："当初先帝遭诸弟之乱，天下荼毒，疮痍未复，我怎敢因为自家争夺帝位而使国家再遭兵乱呢？"

眼看太后态度软了下来，耶律阮也表态道："我父亲以太子身份而失去皇帝地位，尚且不曾兴兵征战，如今我怎么能做他不肯做的事情！"

迫在眉睫的一场内战，总算在剑拔弩张的关头平息了。

虽然放弃了兵戎相见，述律平仍然不甘心将帝位传给长孙。回到自己的营帐后，她又对耶律屋质说："如今讲和已毕，我们再来考虑一下帝位究竟应该传给谁吧。"

耶律屋质的态度非常明确："帝位授给耶律阮，则能顺天意、得人心，太后你又有什么疑虑？"

述律平身边的耶律李胡一听立即变了脸色，厉声喝道："有我在，耶律阮休想称帝！"

耶律屋质平静回答："按照礼法，传嫡不传弟。当年耶律德光取代耶律阮称帝，尽管他文武兼备，人们仍然纷纷非议。您暴戾残忍，不得人心，强求帝位的话，人们何止是怨言呢！如今众望所归，都愿意拥立耶律阮，已是定局，不可扭转了。"

述律平权衡利弊，不得不面对现实，她对耶律李胡叹息道："不是我不想立你，实在是你自己缺乏才能民望，太不争气啦。"

述律平、耶律阮双方罢兵，达成和议，同意立耶律阮为帝，史称此事件为"横渡之约"。

耶律阮为先帝耶律德光安葬，仍至木叶山。耶律阮遣人至镇州，召冯道、和凝等人会葬，巧的是镇州发生军乱啦。

镇州守将麻答贪婪、狡猾、残忍，民间有珍货、美女，必夺取之。麻答又捕村民，诬以为盗，披面，抉目，断腕。麻答寝处前后，悬人肝、挂人胆，饮食起居于其间，谈笑自如，百姓不胜荼毒。麻答常疑汉兵，以为无用，损其食以饲辽兵，众心怨愤。

镇州城中，除了和凝、冯道、李崧等汉臣，还有左骁卫大将军何福进。后唐明宗李嗣源嘉赏何福进护主行为，提拔他任捧圣军校，由颍州团练使入朝拜左骁卫大将军。耶律德光携后晋文武臣僚数十人北归，何福进也在其中。

何福进登上城楼，私下盘算谋划："从前班超在西陲戍守，不敢擅自回去，是因为接受皇上诏谕的缘故。我现在打算入关回去，决断在于自己，怎么能在这种不测之地停留呢！"何福进召集手下汉人，对他们说："我困陷在这里，喝奶酪、穿裘皮，活着时不能与亲人故旧相见，死了则变成穷野荒漠的孤魂野鬼。南望家乡山山水水，过一天就像过一年一样漫长，你们不这样想吗？难道不思念家乡吗？"

汉人将吏泪流湿衣，纷纷说："何公打算率领部下全部南归，好的确是好，只是镇州城中，有众多的辽国人，怎么办？"

何福进说："我们寻找机会吧。"

何福进与护圣左厢指挥使白再荣、控鹤指挥使李筠密谋驱逐麻答。

辽兵在镇州城中势力很强，何福进犹豫不决。等到辽军大部前往各地，留在城中的仅有八百人时，白再荣、何福进、李筠定计起事，以击佛寺钟为号起兵，白再荣、何福进攻击守门辽军，李筠占领武库，将其中的兵甲分发给汉军及百姓，诸将纷纷前来助阵。麻答并非无用之辈，率领八百辽兵杀死汉兵、百姓两千余人。危急之中，李谷请冯道等亲临劳军，汉兵士气大振。日暮后，数千村民在镇州城外喧哗，企图夺取辽军钱财。辽兵大惊，麻答撤军北逃，镇州被收复。

麻答逃入定州，接着焚烧定州北逃，为耶律阮㬵杀。

白再荣被推为镇州留后。白再荣贪财好利，办事不果敢，行动多猜疑，为政贪婪苛暴，被人呼为"白麻答"。白再荣贪图前宰相李崧、和凝的家财，派军士包围二人宅第，索求赏赐。李崧、和凝各自把家财赠给白再荣，白再荣反要杀二人灭口。李谷闻讯后，即刻找到白再荣，责备他："现今国亡主辱，你们手握精兵，不能援救以尽死节。现在仅仅驱逐了辽国的一个将军，城中就有二千人战死，此战难道是你一个人的功劳吗？我等才刚刚免于死亡，你马上就想杀了宰相，新天子刘知远如果以擅自杀戮的罪名责备你，你将如何应对？"白再荣大为惊恐，不敢动手，李崧、和凝免遭一死。白再荣又想夺民财赐给汉军，李谷极力劝阻，他才停止。

和凝、冯道、李崧等人乘隙南归，免为异域鬼魂。李彦韬等降将，则客死草原。

辽太宗耶律德光北归时，胁迫中书舍人陶谷同行。陶谷躲进寺院，改穿褐衣，扮作行者，被辽军识破，持刀威逼，只得随行。入夜，陶谷找准机会逃出，投奔在太原称帝的刘知远，被授为给事中。

陶谷精通天象，对同僚道："孛星光芒指向北方。从此辽国会自相残杀，不能扰乱中原了。"

3

李筠在镇州取胜后，率部投奔刘知远，被拜为博州刺史。

武行德派其弟武行友自小路抵达太原，刘知远拜武行德为河阳三城节度使。

刘知远召集将吏，商议进取，诸将哗声道："欲取黄河以南，应先定黄河以北。为今日计，不如出师井陉，攻取镇州、魏州二州。二处藩镇得下，黄河以南就会拱手臣服了。"

刘知远沉吟道："此议未免迂远，朕意从潞州进行。"

节度判官苏逢吉谏阻："两议皆未可行。耶律德光虽死，党众尚盛，各据坚城。我们攻取镇州、魏州，兵少路迁，旁无应援，倘若辽兵合势共击，截我前锋，断我后路，我不能进，又不能退，援绝粮尽，如何支持？这是万不可行的。若从潞州进兵，山路险窄，粮少兵残，未能供给大军，亦非良策。臣意应从陕州、晋州进发，饷通路便，万无一失，不出半月，洛阳、开封可平定了。"

三议相较，自以此议为好。刘知远点首道："卿言甚善，朕当照行。"

"史弘肇一路进兵，辽兵相继逃去，各地将领纷纷献城投降，现在我们已经占领了通往洛阳的一些咽喉要道，现在我们应该出师，进逼开封。"刘知远深以为然。出征前，分封众官——

皇弟刘旻为河东节度使；

皇子刘承训、刘承祐为将军；

杨邠为枢密使；

张彦威为同州节度使；

苏逢吉为同平章事。

刘知远还封王章为度支、盐铁、户部三司使。王章，何许人？

他是魏州人，白文珂女婿。范延光征讨魏州时，白文珂托人把王章藏起来，装在袋子里，放在骆驼背上，运到洛阳，王章才活命。

947 年五月十二日，刘知远挈领全眷及部下将士三万人，自太原启程。

刘知远对能否取得天下，心中不踏实，意欲召还史弘肇，一同征战。

苏逢吉、杨邠谏阻："如果召还史弘肇，军心动摇，大事就将去矣。"

刘知远致书史弘肇，咨询看法。史弘肇回奏："请陛下宽心，大兵南向，势若破竹，不日既可下泽潞，我军行此，可进而不可退。进则成大事，退则死路一条。"刘知远这才放心。

史弘肇见打不下泽州，就派马步军都指挥使李万超入城劝降泽州刺史翟令奇。翟令奇初不从，李万超再劝："耶律德光已死，辽人北逃，请问翟公为谁守城？现今天下纷乱，四海无主。观天下各处藩镇，能成大事的，除了太原刘公，无人矣。降者富贵拒者死，翟公好好想想吧。"

翟令奇迟疑未答，李万超又道："翟公为汉人，奈何为辽人守节？况且城池一破，玉石不分，翟公甘为辽人死，难道百姓亦愿为辽人死吗？"

翟令奇终于开悟，开门迎纳史弘肇。史弘肇闻报，驰入泽州，留李万超权知州事，自回潞州镇守。

辽将崔廷勋、耿崇美进逼河阳三城，河阳三城节度使武行德与战失利，即向潞州求援。史弘肇率众南下，进入孟州境内，崔廷勋等人北逃，经过卫州，大掠而去。武行德出迎史弘肇，两下联合，分略黄河以南。

史弘肇少言寡语，治军相当严厉，凡是他手下的将士，不管是谁，只要违犯军纪，绝不宽恕姑息。指挥使王玖不肯听从史弘肇的调遣，被史弘肇当场乱棍打死，将士们见状吓得腿直发抖。有了严明的军纪，史弘肇领兵打仗一直顺利。军士所至，秋毫无犯，因此士皆用命，民亦归心。刘知远从容南下，兵不血刃，半因史弘肇作战得力，先锋立功。

辽将萧干留守开封，闻刘知远拥兵南来，崔廷勋、耿崇美诸将统已逃北，便知大势已去，不如北归。筹划了好几日，又恐中原无主，必将大乱，归途亦不免受祸。萧干从无策中想出一策，令后唐明宗李嗣源少子李从益知南朝军国事。

花见羞明白，李从益知南朝军国事，是屎壳郎爬鞭梢，明着是腾云驾雾，实际是死在眼前。花见羞忙挈李从益逃匿到李嗣源陵城中。辽兵找寻，竟被觅着，强迫李从益母子出奔开封。

萧干用兵拥护李从益，即日御崇元殿。李从益年才十七，胆气尚小，几乎吓下座来。花见羞明知不妙，自在殿后立着。原后晋众臣联袂入谒，花见羞忙说道："休拜！休拜！"原后晋众臣只管屈膝，黑压压地跪下一地。花见羞连语："快，快，请起来！"等到大众尽起，不禁哭着说："我家母子，孤弱得很，乃为诸公推戴，明明非福，眼见得是祸患了！奈何！奈何！"

大众支吾一番，尽行告退。萧干留部将刘祚带兵千人，护卫李从益，自率蕃众北去。

花见羞昼夜不安，屡派人侦探河东军，当下有人入报："刘知远已入绛州，收降州刺史李从朗，留偏将薛琼为防御使，自率大军东来了。"不一会儿又有人来报："刘知远已抵陕州。"一会儿，又得刘知远檄文，是从洛阳传到，宣慰开封官民：凡经大辽皇帝补署诸吏，概置勿问。原后晋众臣接读来檄，私自聚谋，欲迎新主，免不得伺隙偷出，奔洛阳投效，也想做个佐命功臣。

花见羞焦急万分，与群臣计议数次，欲召河阳三城节度使武行德共商拒守事宜。使命连发，并不见到。花见羞对群臣道："我母子为萧干所逼，应该灭亡，诸公无罪，可早迎新主，自求多福，勿以我母子为念！"说至此，脸上已掉落无数泪珠。

花见羞与群臣议定，遣使奉表洛阳，迎接刘知远。表文首署名衔，乃是臣知南朝军国事李从益。李从益出居私第，专候刘知远到来。

郑州防御使郭从义领兵数千，先入开封清理皇宫。

郭从义，沙陀人，早年被后唐庄宗李存勖养于宫中，结识了后唐明宗李嗣源。李嗣源即位后，他开始步入仕途，担任内园使。后为母亲服丧而返回北方，自此定居太原。

临行时，刘知远密谕郭从义："李从益母子，并非真心迎朕，朕闻他曾召武行德，武行德不肯应召。你入开封，可先除此二人！"

郭从义奉命即行，到了开封，率兵围住李从益私第，传刘知远命，迫令李从益母子自杀。花见羞临死大呼："我家母子何罪之有？为何不留我儿子一命，使他每年祭祀明宗？"无人回应。听到花见羞悲怆抗议的百姓，不免潸然泪下。

李从益死时十七岁，花见羞四十六岁。

花见羞是位传奇色彩的美女，性情温顺，心地善良。她向往平淡如水的生活，只因天生红颜，身不由己地卷入了充满血腥杀戮的权力漩涡，最终死于非命。宽厚仁慈的花见羞，号称五代第一美女，如同皎洁的月光，映照着那个冷血的时代。

刘知远启行，刑部尚书窦贞固率百官到荥阳迎驾。辽将刘祚无法归国，亦只好随同。开封东南繁台屯有幽州兵一千五百人。刘知远到达开封，有人报告繁台幽州兵将发生变乱。刘知远下令，将幽州兵屠尽。刘知远御殿受贺，下诏大赦。凡辽国皇帝所授官吏，各安本职，不复变更。

947 年六月，刘知远建都开封，改国号为"汉"。为与七百多年前的汉朝相区别，人称后汉。

这就是《新五代史》所称"五代"的第四个中原王朝。

刘知远改名为刘暠，即后汉高祖，时年五十三岁。

刘知远也是沙陀人，这是沙陀人建立的第三个政权。在短短数十年的时间里，沙陀族完全融入中华民族，与之相应的沙陀骑兵也就不复存在了。沙陀骑兵是唐末以来最强的军事力量，他们是李克用父子争霸天下的最大资本，也是沙陀三王朝开国的根本所在。他们的战术灵活多变，经常能以弱胜强，扭转战局。随着无休止的内斗和汉化的加深，沙陀族消失在历史的长河中。

辽军南下，灭掉后晋，而辽太宗耶律德光龙椅还没坐热，就在北撤的途中暴毙，使得中原群龙无首。后晋和辽国闹了半天，被刘知远摘了桃子。

刘知远登基称帝，刘家李氏成为皇后。人生如梦，看着身旁一身龙服衮袍的刘知远，刘家李氏感慨万千。昔日的农户女，竟然一转身，变成了皇后。

郭威是后汉开国功臣，被授为枢密副使，时年四十四岁。

郭威义子柴荣弃商，跟随郭威从戎，被任命为左监门卫大将军，时年二十七岁。

同母异父弟弟慕容彦超投奔刘知远，被拜为澶州节度使。

947 年夏，王清之子王守钧上诉后汉朝廷，位于滹沱河岸边的京观终被平掉。时过一年，京观上长满了荒草。刘知远追赠王清为太傅，尸骸重被安葬，王守钧在义化里举行了一场法事，为父亲及两千忠魂招魂。

魂兮魂兮，归来兮！化为朱鸟兮，其味焉食！

二　南雨北风

天空依旧蔚蓝，开封城里换了新主人。

后汉高祖刘知远轻松得到后晋版图，天下又将是一番新朝气象了。

开封西南一千二百里，是南平国江陵府。

南平第二任国君高从海向辽国进贡，辽国回赠马匹。刘知远平定开封后，高从海请刘知远将郢州划归自己管辖。刘知远淡淡说："这个高从海真是独到精明、见缝插针呀。"刘知远不予答复。

开封东南一千二百里，是南唐国金陵府。

韩熙载在江南闲居已经二十一年，此时仅仅在南唐史馆担任修撰。韩熙载上疏南唐中主李璟："陛下欲图中原，正在今日。"李璟颇欲出师，怎奈被南方战事拖累，感慨国威已挫，哪里还能窥取中原？

福州李仁达得到吴越援军，与南唐兵相持，两下里攻守逾年，未判成败。吴越国再令水师统帅余安领着战船千艘，续援福州，行抵白虾浦。海岸到处都是泥淖，须先布上竹簀，方可登岸。南唐兵在城南瞧着，弯弓竞射。余安等候多时，等到箭声停止，带领军士全部登岸。吴越兵大呼向前，锐不可当。南唐冯延鲁抵挡不住，弃师先走，死了许多人。南唐留从效、王建封亦相继披靡，城中兵又出来夹攻，大破南唐兵，尸横遍野。幸亏南唐王崇文，率领军士三百，断住后路，且战且行，才得保全残众，逃归淮南。

这番南唐兵败，丧师二万余人，丢弃军资器械无数，兵威大损。南唐中主李璟大怒，因陈觉矫诏、冯延鲁失策，拟将二人正法，余皆赦免。

御史江文蔚本系中原文士，与韩熙载同具盛名，亦投奔南唐。

江文蔚气和神正，擅长词赋，曾有《蟹赋》闻名于世："外视多足，中无寸肠。""口里雌黄，每失途于相沫；胸中戈甲，尝聚众以横行。"江南人称快，皆称江文蔚高才。

江文蔚见李璟只罪陈觉、冯延鲁，心中大为不平，于是上书千言——

赏罚者，帝王所重。赏以进君子，不自私恩；罚以退小人，不自私怒。陛下践阼以来，所信重者冯延巳、冯延鲁、魏岑、陈觉四人，皆擢自下僚，骤升高位，未尝进一贤臣，成国家之美。阴狡弄权，引用群小，在外者握兵，居中者当国。师克在和，而四凶邀利，迭为前却，使精锐者奔北，馈运者死亡，谷帛戈甲，委而资寇，取弱邻邦，贻讥海内。今陈觉、冯延鲁虽已伏辜，而冯延巳、魏岑犹在，本根未殄，枝干复生。冯延巳善柔其色，才业无闻，凭恃旧恩，遂阶任用。蔽惑天聪，敛怨归上，以致纲纪大坏，刑赏失中。风雨由是不时，阴阳以之失序。伤风败俗，蠹政害人，蚀日月之明，累乾坤之德。天生魏岑，朋合冯延巳，蛇豕成性，专利无厌。逋逃归国，鼠奸狐媚，谗疾君子，交结小人，善事冯延巳，遂当枢要，面欺人主，孩视亲王，侍燕喧哗，远近惊骇，进俳优以取容，作淫巧以求宠，视国用如私财，夺君恩为己惠，上下相蒙，道路以目。征讨之柄，在魏岑折简，帑藏取与，系魏岑一言。已诛二罪，未塞群情，尽去四凶，方祛众怒。今民多饥馑，政未和平。东有伺隙之邻，北有霸强之国。市里讹言，遐迩危惧。陛下宜轸虑殷忧，诛锄虺蜮。冯延巳谋国不忠，在法难原。魏岑同罪异诛，观听疑惑。请行典法，以谢四方！

江文蔚上疏，是想请李璟不只铲除陈觉、冯延鲁，还要除掉魏岑、冯延巳。江文蔚也知言辞太激烈，恐触主怒，先在江中备着小舟，载送老母。果然李璟下旨，责他诽谤大臣，降为江州司士参军。江文蔚奉母奔赴江州。江文蔚留下诗句："屈原若遇交堂在，终不怀沙吊汨罗。"江文蔚撰文，被广泛传抄，一时洛阳纸贵。

江文蔚不禁没有多除两人，反而已经降罪的二人也被解救。中书令宋齐邱自负是有功旧臣，不能低三下四，上表请求归隐九华山，李璟挽留，赐号九华先生，封青阳县公，拜为太师。宋齐邱竭力营救，竟得准请，李璟赦免陈觉、冯延鲁死罪，流放陈觉至蕲州，冯延鲁至舒州。韩熙载亦忍耐不住，上书弹劾宋齐邱并魏岑、冯延巳二人。李璟贬魏岑为太子洗马，降冯延巳为少傅，宋齐邱宠任如故。韩熙载又屡言"五鬼"必为南唐祸乱，宋齐邱反咬韩熙载，弹劾他嗜酒猖狂，韩熙载被罢为和州司士参军。

南唐国虽然灭了闽国，但并未完全统治闽地，仅仅汀州和建州划入了南唐国。李璟以留从效为泉州清源军节度使。留从效虽然向南唐称臣，但驱逐南唐在泉州、漳州驻军，占据该地。这样一来，清源军就成为一方割据政权。

李仁达以福州附属吴越国。吴越国第三任国君钱佐另派东南安抚使鲍修让助戍福州。

947 年六月，钱佐病亡，年仅二十岁。

钱佐之弟钱倧时年十九岁，继承两浙观察使、吴越国王，成为吴越国第四任国君。

李仁达让其弟李通主持福州留后，自己到杭州拜见钱倧。钱倧加封李仁达为侍中。李仁达担心被扣留在杭州，用二十株金笋贿赂右统军使胡进思，请求回归福州。

胡进思，湖州人，以前屠牛为业，钱元瓘质于宣州田頵处时，胡进思亲随左右。钱元瓘继位后，任命胡进思为右统军使。

胡进思替李仁达请求，钱倧便同意李仁达回归福州。

李仁达返回福州，与鲍修让两不相让，屡有龃龉。李仁达计划袭杀鲍修让，再以福州投降南唐，偏偏被鲍修让察觉。鲍修让率兵攻入李仁达府邸，杀死李仁达和李通，族灭其家。鲍修让传首杭州，报明情状。

乱世之时，不论帝王还是军阀，最反感的就是部属叛变。南北朝时期冠军将军刘袭说："不能做的事情就是反叛，如果一个人一生当中三次反叛，怎么能够立足于天地之间呢？"李仁达不知是否听过刘袭之语，他把叛变当儿戏，结果卒殒其身。

吴越国第四任国君钱倧派丞相吴程，出任福建观察使。自此，福州归吴越国。

钱倧生性聪明机敏，严厉刚毅，经常愤恨其兄钱佐容忍宠养众将，政令不出于自己。钱倧在碧波亭检阅水师，赏赐比过去多一倍，胡进思极力劝谏减少赏赐，钱倧动怒，把笔投到水里说："我将钱财分赏给军士，还有限制吗？"胡进思大为恐惧。

胡进思干预政事，钱倧很厌恶，想让他去管辖一个州，胡进思不愿意。他有时陈述自己的谋略，钱倧就当面羞辱。官吏收购水牛，一头牛一千斤。钱倧问胡进思："牛大的有多少斤？"

"不过三百斤。"

"官吏是有私心。"钱倧命人查办收购水牛官吏的罪。

胡进思称赞钱倧明察秋毫。钱倧笑笑说："您怎么能知道得这么详细？"

胡进思恭敬答道："臣过去没从军时，以屠牛为业。"胡进思认为钱倧是嘲笑他，揭他的旧疤，更加愤恨恼怒。胡进思回到家，设置一个钱佐牌位，披散头发痛哭。

钱倧和内衙指挥使何承训谋划诛杀胡进思，并和内都监使水丘昭券商议。水丘昭券认为胡进思党羽众多难以制服，不如宽容他，钱倧犹豫不决。何承训怕事情泄露，胡进思反杀自己，就把密谋主动告诉了胡进思。

947年除夕夜，钱倧宴请众将吏，画师献上《钟馗击鬼图》，钱倧亲自画上题诗——

终南进士发指冠，岂肯放过鬼与妖；

爆竹声中一岁除，明日春光照万里。

所谓"疑心生暗鬼"，胡进思见诗，知晓钱倧要杀害自己。当夜，胡进思率领亲兵一百人，身着戎装、手持武器，冲进宫内，在天策堂逼问钱倧："老臣没有罪，大王为什么要谋害我？"

钱倧呵斥胡进思，胡进思并不退下。钱倧突然看到，跟随胡进思前来的一百人个个手执兵器，怒目圆睁。钱倧异常惊愕，跑进义和院。胡进思锁上院门，假传钱倧的命令，宣告朝廷内外：钱倧因突然中风，传位给其弟钱俶。钱俶闻听，严肃说："能保全我哥哥，我才敢接受此命，否则我当避路让贤。"胡进思答应钱俶。

钱俶继位，成为吴越国第五任国君，时年十九岁。

钱俶将钱倧及其妻儿迁居到越州，赐予丰厚的财物，并派匡武都头薛温带领亲兵护卫钱倧。钱俶悄悄诫薛温等人："你们要小心护卫我的兄长，如果有非常之事，一定要拼死抵抗。"

何承训请钱俶速诛胡进思。钱俶恨他反复无常，猝命左右拿下何承训，推出斩首。胡进思闻何承训卖己，也说是该杀。胡进思日虑钱倧报复，便请求钱俶诛杀钱倧，钱俶不同意。胡进思假称钱俶命令，令薛温毒死钱倧。薛温说："我受命之日，不曾听到此话，决不敢妄自行动。"胡进思派出两名刺客，爬墙跳入庭院，刺杀钱倧。钱倧见是刺客高声呼救，薛温带兵进来，诛杀两名刺客，钱倧得以幸免于难。胡进思无从下手，忧惧日积，猝然间疽发背上，呼号而死。

钱俶继承了吴越国太祖钱镠留下的繁荣，也继承了吴越国太祖钱镠留下的遗训，对中原王朝贡奉殷勤。钱俶奉后汉朝为正朔，奏达钱倧传位情形。后汉朝廷授钱俶为东南面兵马都元帅、吴越国王。

钱倧得钱俶优待，移居越州，优哉游哉，安然告终。

1

杭州正北四千里，是辽国黄龙府。

负义侯石重贵徙居黄龙府后半年，辽世宗耶律阮下旨，将其改迁怀密州。石重贵不敢逗留，带领家眷，千里跋涉前往怀密州。石重贵一再受辱，常常说："我当时如果选择自杀，哪有今天的屈辱啊？"

故后冯氏不堪艰苦，密嘱内侍王恩搜求毒药，意与石重贵同饮，做一对地下鸳鸯。

内侍王恩千方百计打听，才知晓附近有个严姓大夫，是中原来的药铺掌柜。冯氏面无表情，向严姓大夫索求毒药。严姓大夫身子佝偻、面黄肌瘦、花白胡子，如同一个乞丐，哆哆嗦嗦向冯氏说："人身难得，生命可贵呀！看您面相，是位贵夫人，何必要自寻短见呢？"

冯氏说："我有风光之时，也有现今屈辱之日，我现在就想做块被枯草掩埋的黄土。"

严姓大夫说："这就不对了，你看我这个糟老头子，曾经是长安城中白兰堂药铺的掌柜。那个时候，长安城中的达官贵人排队向我求药呢！可战乱连连，我被契丹人抢到了塞外，我就一直坚强地活着。"

冯氏求不到毒药，叹息着离开，严姓大夫劝她："支撑我活下去的是一首诗，当与您共勉。'人生无根蒂，飘如陌上尘。分散逐风转，此已非常身。落地为兄弟，何必骨肉亲！得欢当作乐，斗酒聚比邻。盛年不重来，一日难再晨。及时当勉励，岁月不待人。'"

冯氏读书不多，不知道这是魏晋诗人陶渊明的一首杂诗。

冯氏、石重贵生命未绝，不得不前往怀密州。走了二百里，到了辽阳府。

辽阳府就是以前的渤海国都城龙泉府。忽然，辽世宗耶律阮颁下旨令，命石重贵等人居住辽阳。石重贵等人甚感高兴，免除旅途艰辛了。耶律阮巡幸辽阳，石重贵穿上白衣和纱帽，带着冯氏和母亲石家李氏前去拜见。见了耶律阮，石重贵泪如雨下，伏地痛斥自己的不是。耶律阮看了心软，让人将他扶起，和自己一起饮酒作乐。

耶律阮身边的女乐和宫人不少来自后晋宫廷，她们看到故主的惨状纷纷掉泪。石重贵做后晋皇帝时，皇宫中有一位四十出头的老宫女，就是那位甄姓宫女，如今贵为辽国皇后了。甄氏这次跟随耶律阮一起前来。故后冯氏匍匐在辽皇后甄氏面前，泪流不止。天气忽冷忽热，人生也是祸福无常。故太后石家李氏、故后冯氏在后晋皇宫作威作福时，那个甄姓老宫女只是个干杂役的低等下人。现在天地反转，昔日的奴才变皇后、昔日的皇后变奴才。辽国皇后甄氏要踩死原先的太后、皇后，就如同踩死两只蚂蚁。

辽皇后甄氏将故后冯氏扶起说："娘娘请起，您还认得我吗？"

故后冯氏早已听说甄氏草鸡变凤凰，连连叩头请罪："娘娘折杀奴才了，请娘娘饶恕昔日不恭。"

甄氏起了恻隐之心，拿出钱帛、衣食和药物赠予石重贵一家人。石重贵、冯氏且感且泣，自思被掳至此，终于苦尽甘来，冯氏也不愿服药自杀了。

福无双至，祸不单行。耶律阮居住辽阳十日，因天气已近盛夏，拟北去避暑，竟向石重贵索取内官十五人及东西班十五人，还要石重贵之子石延煦随他同行。石重贵不敢不依，心中很是伤感，最苦恼的还有后面，耶律阮妻兄禅奴见石重贵身旁有一幼女，双髻绰约，娇小动人，便欲娶为小妾。面向石重贵请求，石重贵以年幼为辞。禅奴转白耶律阮，耶律阮竟遣一蕃骑，硬向石重贵索去，赐给禅奴。父女惨别，怎得不悲！

石重贵忆念石延煦，探得耶律阮到了霸州，即求故太后石家李氏往谒耶律阮，乘便顾视。石家李氏驰至霸州，与耶律阮相见，石延煦在耶律阮帐后，来见祖母，老少重逢，悲喜交集。

耶律阮对石家李氏道："我无心害你子孙，你可不必担心！"

石家李氏拜谢道："蒙皇帝特恩，我们安居辽阳。但在此坐食，徒劳上国供给，自问亦未免怀惭，可否赐一隙地，让我们耕种为生？如承俯允，感德更无穷了！"

耶律阮温颜道："我令你满意便了。"耶律阮又对石延煦道："你可跟从你祖母南徙大定府。"石延煦遂与石家李氏一同拜辞。

石重贵一家启行，自辽阳至大定府又千余里，途中登山越岭，备极艰辛。石重贵生母安氏目早失明，禁不起此次困苦，卧在车中，饮食不进，奄奄将尽。当下与石家李氏等人诀别，且嘱石重贵："我死后当焚骨成灰，南向飞扬，令我遗魂得返中原，不为异地鬼了！"说着，痰喘交作，须臾即逝。石重贵遵她遗命，偏偏道旁不生草木，只有一带砂碛，左右想出一法，折毁车轮，作为火种，向南焚尸扬灰。

大定府东二百里，得地五千余顷，可耕可牧。石重睿已经病死，石重贵随从尚有数百人，尽往种作，五谷蔬菜，按时收成，供养石重贵母子。石重贵逍遥自在，安享天年，随身除冯氏外，尚有宠姬数人，陪伴寂寥，随时消遣。

一日正与妻妾闲谈，忽来了蕃骑数名，硬索赵氏、聂氏二美妇。这二美妇是石重贵宠姬，怎肯无端割舍！偏蕃骑不肯容情，硬扯二人上车，向北驰去。

石重贵伏案悲号，冯氏拔去眼中钉，想是暗地喜欢。大家哽咽多时，想不出什么法儿，只好撒手了事。石家李氏睹此惨剧，长恨无穷，蹉跎过了一年，也患重疾，无药可医。石家李氏仰天号泣，用手指南，呼杜重威、李守贞等姓名，流泪骂道："我死无知倒也罢了，如果有知，地下相逢，断不饶你等奸贼！"

石家李氏见石重贵在侧，呜咽与语："从前你生母安氏病终，曾教你焚骨扬灰，我死后，你也可照办，我也不愿作异地鬼呢！"

"快马健儿，是何意态！平沙落日，无限悲凉。"石重贵在无限怅惘痛苦中度过了最后时光。石重贵虽然缺乏为帝的才能，但坚定对抗辽人，并且也曾经打出过威风。可惜，时也命也，他终究不是天命之人。在他的墓志铭上有这样几句话："惨苍云烟，萧瑟封树。逝水无回，长夜不寐。"寥寥数语，让人黯然神伤。

2

辽国大定府西南三千八百里，是南楚国长沙府。

南楚国第三任国君马希范生平豪侈，挥金如土，筑九龙殿，用沉香雕成八龙，外饰金宝，抱柱相向，自言己身亦是一龙，故称九龙。辽国灭掉后晋，消息传到湖南，衙将丁思觐就劝马希范抓住时机，北伐中原，一战定天下。丁思觐说："我国土地数千里，养兵十万人，此时正是成就齐桓晋文大业之时。"可惜马希范的志向只是寻欢作乐，气得丁思觐大骂："孺子不可教也！"

马希范昼聚狎客，饮博欢呼；夜罗美女，荒淫狎亵。后宫多至数百人，尚嫌不足，暗搜良家女子，闻有容色，强迫入宫。一商人妇甚美，为马希范所闻，胁令该夫送入。该夫不愿，立被杀毙。该美妇颜如桃李，肤若冰霜，誓志不辱，投绳自尽。马希范毫不知悔，淫荡如故，对左右说："我听说黄帝御五百妇女，乃得升天，我不能成为轩辕氏吗？"马希范真的要升天了，他贪欢成痨，一病不起。

马希范召入学士拓跋恒，令他辅立一母同胞之弟马希广。马希广个性谨慎温顺，胞兄马希范疼爱有加。拓跋恒有敢谏之名，素被马希范躲避，到了现在，却是嘱以后事。

马希广有兄马希萼，为朗州武平军节度使。马希范舍长立少，违背楚国王马殷兄终弟及遗命，显然不妥。拓跋恒虑有后患，劝马希广以位让兄。长直都指挥使刘彦瑫、天策学士李弘皋，坚持遵守马希范遗命，于是马希广继位，成为南楚国第四任国君。

马希广派人前往开封，报称兄终弟及，乞请册封。后汉高祖刘知远乃封马希广为检校太尉、中书令、楚王，行天策上将军事，镇守湖南。

3

开封天空依旧蔚蓝。

刘知远轻松摘了桃子，各处藩镇能够怎样呢？

魏博节度使杜重威、郓州天平军节度使李守贞，自思斗不过刘知远，便上表后汉高祖刘知远，归顺后汉朝。呈上归顺表章的还有河中节度使赵赞，赵赞是谁？

他是赵德钧之孙、赵延寿之子。赵赞自幼聪慧，被后唐明宗李嗣源特赐童子科及第。辽国任命他为河中节度使。

赵延寿死于北方，刘知远采纳郭威之策，遣使向赵赞吊祭。另外，刘知远调换四大藩帅——

赵赞为长安永兴军节度使；

高行周为魏博节度使；

杜重威为宋州归德军节度使；

李守贞为河中节度使。

迁调节度使，无非是防微杜渐，免得深根固蒂，跋扈一方。

赵赞、高行周、李守贞奉命迁徙，独有反复无常的杜重威竟然抗不受命。杜重威派遣长子杜弘璲向辽国求援，辽国派幽州指挥使张琏率兵五千，赴魏州支援杜重威。后汉高祖刘知远闻报，下诏削去杜重威一切官爵，命高行周为招讨使、慕容彦超为副招讨使，起兵讨伐杜重威。

高行周与慕容彦超同至魏州城下，慕容彦超自恃骁勇，督兵攻城。

高行周道："魏州重镇，容易固守，况且杜重威屯戍日久，兵甲坚利，怎能一鼓即下呢？"

慕容彦超道："行军全靠锐气，今乘锐而来，尚不速攻，将待何时？"

高行周道："兵贵持重，现在不应急攻，等待城内有变，进攻未迟！"

慕容彦超又道："此时不攻，留屯城下，我气日衰，彼气益盛，另外辽兵将至，来援杜重威，他日内外夹攻，敢问主帅如何对付？"

高行周道："我为统帅，进退自有主张，休得争执！"

慕容彦超冷笑道："大丈夫当为国忘家，为公忘私，奈何顾及儿女亲家，甘误国事！"

高行周闻言，越觉动恼，正要发言诘责，慕容彦超又冷笑数声，疾趋而出。原来高行周有女，嫁与杜重威长子杜弘璲，所以慕容彦超疑他营私，且扬言军前，谓高行周爱女及贼，因此不攻。高行周有口难辩，不得已上表后汉朝廷。

刘知远虑有他变，召入同平章事苏逢吉，商议亲征："高行周、慕容彦超都是久经沙场的悍将，可以轻松拿下一个杜重威，准知两个月过去了，魏州城依然是杜重威作主。"

苏逢吉说："魏州是重镇，城池高大坚固，易守难攻，所以主帅高行周主张围困魏州，减少损失，而副帅慕容彦超主张速战速决，反对拖延围困，战事就这样耽搁下来了。"

刘知远转询同平章事窦贞固，窦贞固赞成亲征："魏州对我们来说就是个毒瘤，如不尽快根除，就会发生病毒扩散，对朝廷是致命的。"

中书舍人李涛密上一疏，促御驾即日征魏州，毋误时机。

刘知远决定御驾亲征，下诏出巡澶州、魏州，慰劳大军。

刘知远命皇子刘承训为开封尹，留守开封。凑巧李崧、冯道、和凝等十几位降臣自镇州来归。刘知远非常高兴，面授李崧为太子太傅，冯道为太师，和凝为太子少保，令佐刘承训驻京。

号炮一振，銮驾出征，前后拥卫将吏不下万人。到了魏州行营，高行周首先迎谒，泣诉军情。慕容彦超数次侮辱高行周，刘知远命慕容彦超道歉。

给事中陈观往谕杜重威，劝他速降。杜重威闭城谢客，不肯放入。陈观复命，触动刘知远怒意，便命攻城。慕容彦超踊跃直前，领兵先进。高行周不敢怠慢，也驱军接应。

刘知远登高遥望，但见城上的矢石好似雨点一般，飞向城下。城下各军冒险进攻，个个争先，人人努力。怎奈矢石无情，不容各军前进。从早晨攻到中午，军士死伤无数，也没攻下来。后汉军鸣金收兵，检点军士，万余人受伤，千余人丧命。刘知远这才佩服高行周的先见之明，就是好勇多疑的慕容彦超至此也是哑口无言。

高行周入帐献议："臣来此已久，城中闻将食尽，但兵心未变，更有辽国幽州指挥使张琏助守，所以攻城不下。请陛下招谕张琏，张琏若肯降，杜重威也无能为力了。"

刘知远依议，招降张琏，许他不死。偏偏张琏不肯从，一再往劝，始终无效。张琏为何不肯降？原来开封繁台幽州兵几乎被屠尽，剩下几个逃出，告知张琏。张琏在城墙上高叫："繁台的诛杀，幽州兵有什么罪？既然没有生的希望，我们就只有以死相拼啦。"张琏与杜重威固守城池，毫无投降之意。刘知远后悔错杀幽州兵，多次晓谕魏州守城将帅，答应不杀他们。

魏州城中，幽州兵骄横凶悍，欺凌官吏百姓。城中粮草将尽，幽州兵便公然强取豪夺，对女子金钱布帛，也不放过。魏州难以支撑了，杜重威无奈，只好请降。杜重威派自己妻子、石敬瑭之妹石氏去见刘知远，只要答应放其一家生路，就开城门投降。

刘知远道："朕信重威，重威尚不信朕吗？况且朕已一再招降，奈何拒命！"

石氏道："重威非敢抗陛下，实由辽将张琏挟制重威，不使迎降。"

刘知远道："张琏独不怕死吗？"

石氏道："正为怕死，所以阻挠。"

刘知远微笑说："朕一视同仁，既赦重威，同赦张琏，烦你入城回报，如果真心出降，不问华夷，一体赦免！"

石氏起身拜谢，辞别回城。杜重威得石氏话，转告张琏。张琏道："你们可全生，张琏难幸免，愿守此城，以死为期！"

杜重威道："粮食早尽，兵皆饿腹，看来是不能不降了，刘知远谓一体赦免，谅不欺人，请将军勿虑！"

"恐怕未必。"

"我再遣次子杜弘琏前去请求，能得一朝廷赦书，大家就好安心出降了。"

杜弘琏即往后汉大营，过了半日，持到刘知远手谕，杜弘琏归城。杜重威乃复遣判官王敏先送降表，旋即素服出降，拜谒刘知远。

张琏等人请后汉朝信守誓言，刘知远答应，让张琏等人回到辽国。

大军随刘知远入城，城内已饿殍载道，满目萧条。刘知远越看越怒，召来张琏，怒声道："全城兵民，为你一人，害得这般凄惨，你可知罪吗？"张琏不意有此一诘，一时无词可答。刘知远下令将张琏推出斩首，又下令斩杀辽将数十位。什长以下的军士放回幽州，这些人走到后汉边界，抢劫一番而去。

枢密副使郭威入帐，与刘知远附耳数语，刘知远即令他会同度支、盐铁、户部三司使王章，将杜重威部下诸将一并拿下，悉数处斩，又将杜重威私资及僚属家产抄没充公，犒赏前线将士。杜重威似刀剜肉，无从呼吁，只好与妻儿相对，暗地流涕。杜重威大半辈子处心积虑搜刮来的钱财瞬间打了水漂，这相当于要了他半条命。

刘知远留高行周为魏博节度使，高行周坚辞，刘知远对苏逢吉说："想是为了慕容彦超了，朕当命慕容彦超徙镇兖州泰宁军，卿可传达。"苏逢吉转谕高行周，高行周乃受命留镇魏州，刘知远加封高行周为临清王。

刘知远回到开封，加封杜重威为楚国公。杜重威返回开封，昔日的威风荡然无存，成为人人喊打的过街老鼠，人人追着他叫骂。坏事干的多了，也就麻木了，杜重威也不在乎，一副泰然自若的样子。

命运的神奇在于不可预知，刘知远辛苦半生，艰苦创业，方才建国称帝，但他家中突生变故。948 年正月，刘知远的长子刘承训突然患病，来势汹汹。刘知远因刘承训孝友忠厚，明达政事，格外留心看护，多方医治。怎奈什么药物也不能挽回性命，刘承训年止二十六岁。刘知远哭得涕泗滂沱，几致晕去。

此后，刘知远面带悲容，少乐多忧，他的身体江河日下，一代枭雄，又将谢世了。

刘知远的同母异父弟弟慕容彦超到了兖州，上任泰宁军节度使。

兖州有一个骗子，冒充富商随从，骑驴到一家绸缎店要了十余匹丝绸。

骗子带店主到城中一处府邸取钱。府邸大家气派，看上去非富即贵。到了门口，骗子让店主将货物卸在了门房。他将自己的驴交给店主牵着，告诉店主自己进去禀告家主，给他拿钱。店主见买卖已成，满脸堆笑地应和。店主等了半天也不见人出来，推门进去，发现是所空宅，放在门房的丝绸已经不翼而飞。

店主报官，慕容彦超听了，有了破案之计。慕容彦超吩咐手下不要给驴喂食。一天后，慕容彦超让手下把驴放了，叮嘱手下说："这是骗子的驴，饿了一天了，会很快回家。你悄悄地跟在后面，就能抓到骗子。"

慕容彦超的手下就跟着驴七转八绕，到了一所屋子门前。门口的小孩见了，大喊道："驴回来了！驴回来了！"骗子听了，急忙出来观看，结果被抓。

慕容彦超为人多智诈而好聚敛。他开了一家典当行，有一个人拿着自制的铁胎银到当铺来，骗过了精明的掌柜。所谓铁胎银，就是在铁疙瘩外包上一层银子来冒充银锭。慕容彦超想找这个制作铁胎银的人，就在典当行墙上凿了一个大洞，然后贴出一个告示："当铺被盗，不亏客户，抵押之物，一律赔偿！"那个制作铁胎银的人经不住诱惑，前来当铺，慕容彦超的人逮了个正着。只可惜，慕容彦超也没走上正道。他收罗这个制作铁胎银的人，让他带着几个人日夜为他制作铁胎银。

4

后汉国都开封府西南二千五百里，是后蜀国成都府。

后蜀末代皇帝孟昶继位后，后蜀国十年不见烽火，不闻干戈，仕女不辨菽麦，士民买笑寻乐，宫廷之中更是日日笙歌，夜夜美酒，一幅升平和乐的景象。

同平章事赵季良病逝，终年六十四岁。

武信军节度使张业由遂州入朝，接任同平章事。

张业担任宰相期间，其子张继昭亦官至左仆射。他们父子专权跋扈，政出私门，还招聚亡命，甚至在府中私设监狱以关押负债者，甚至有人被关押许久而身死其家中。蜀地百姓大为怨愤，朝中官员也多有不满。张继昭喜爱剑术，四处寻访剑士。左匡圣都指挥使孙汉韶密告孟昶，称张业父子谋反。

948年，孟昶与李昊合谋，击杀张业父子，籍没其家产。

夔州宁江军节度使张公铎、黔州武泰军节度使侯宏实俱已病故，孟知祥的故将旧臣，至此仅剩中书令赵廷隐。茶酒使安思谦欲取代赵廷隐，诬称赵廷隐谋反，并发兵包围其府邸。山南西道节度使李廷珪恰于此时入朝，在孟昶面前力保赵廷隐无罪，赵廷隐得免。赵廷隐最终选择了"隐"，称病请辞军职。孟昶以赵廷隐为太傅，赐爵宋王。不久，赵廷隐去世，终年六十六岁。

赵廷隐一生坎坷，好几次差点被杀，每当遇难时往往有贵人出现，前来救他，这或许与他的崇尚义气相关吧。

李昊升任同平章事。孟昶因李昊主持修撰的《实录》完成，欲取来观看，却被李昊以"帝王不阅史"为由拒绝。悲欢离合总无情，李昊母亲翁氏八十岁去世。李昊因母丧离职，仅过百日便被重新起用，因修史之功，被封赵国公。

孟昶虚怀若谷，从谏如流。有人上书说，朝廷官员应当选用清流。孟昶感叹道："为什么不提出具体人选呢？"左右的人想兴风作浪，请求责问上书者。孟昶说："唐太宗即位之初，狱吏孙伏伽上书言事，得到褒奖和采纳，你们干吗要劝我拒谏呢？"

一心想当唐太宗的孟昶，一举打破唐太宗执政记录。后蜀国境内五谷丰登，斗米三钱，米价比唐朝贞观年间还要便宜。全国上下歌舞升平，成都城内更是繁花似锦。这一时期的后蜀国，史称"广政之治"。在孟昶支持下，后蜀开国功臣赵廷隐之子赵崇祚编集《花间集》，自此蜀中文学复盛。《花间集》是晚唐至五代词总集，选录了韦庄等十八家词作共五百首。花间派词人语言优美，接近民歌风格。

秦州节度使何重建举秦、成、阶三州降后蜀。孟昶意欲吞并关中，派遣山南西道节度使孙汉韶攻下凤州。

长安永兴军节度使赵赞因为自己一家曾经仕于辽国，心怀忧惧，见杜重威被抄没家产，担心自己亦未必保全，索性向后蜀国投降。赵赞秘密派亲信赵仙联络后蜀，请求后蜀派兵援助长安，兼略凤翔藩镇。

孟昶十分高兴，即命中书令张虔钊为北面行营招讨安抚使，率兵五万，出散关，又命秦州节度使何重建统兵二万出子午谷。凤翔节度使侯益接到侦报，惊慌得不得了。忽然，后蜀国发来招降书，书中大意是：侯益接受过辽国任命，刘知远定会怪罪，不如归降后蜀。侯益分析利害，决定归降后蜀。

侯益致书赵赞，约为犄角，互相帮扶。偏偏赵赞又改变了主意。长安永兴军节度判官李恕劝说赵赞："昔日入辽，并非情愿。只要此时束手入朝，必能保全富贵。不如先派在下入朝，试探朝廷态度。"

赵赞觉得有理，便遣李恕入朝谢罪，情愿面觐刘知远，接受处分。

到了开封，刘知远问李恕："赵赞何故附蜀？"

李恕答道："赵赞因为先辈曾降辽国，担心陛下不肯原谅，所以附蜀求生。臣一再谏诤，说国家必会存抚，赵赞亦自知悔悟，所以遣臣来祈谅！"

刘知远道："赵赞父子，本是朕的故交，朕何忍加害赵赞呢？你可返报赵赞，不必多疑，尽可来朝！"

侯益闻听赵赞变卦，也慌忙上表，与赵赞一般见解，谢罪请朝。

刘知远此时已经重病，深深忧虑赵赞、侯益，立召客省使王景崇到自己的寝宫。

王景崇，邢州人，明敏巧辩，常常自叹才非所用。

刘知远密谕王景崇："赵赞、侯益表面上顺从朝廷，实则早有二心。你去西部召他们入朝，如果他们顺从，不再过问；如果迟疑不决，即可便宜行事。"

王景崇应声遵旨，率禁军五千，日夜兼程，西赴长安。

赵赞担心后蜀兵驰至，难以脱身，不待李恕返报，便离长安，奔入开封。途中与李恕相遇，得知刘知远之意，更放心前行。再与王景崇晤谈，王景崇亦让他前去。

王景崇到了长安后，赵赞招引的后蜀兵已占据子午谷。长安衙将赵思绾率领五百军士留守长安，王景崇命赵思绾率兵一起西进。王景崇担心长安军士叛亡，便欲黥面，使不得逞。王景崇与列校齐藏珍商议，齐藏珍不甚赞成。不想赵思绾入请黥面，王景崇当然心喜。齐藏珍待赵思绾退出，秘语王景崇："赵思绾面带杀气，恐非良将，况且黥面命令尚未发出，他即先来面请，越是诣谀，越是狡诈，此人万万不可依恃，速除为宜！"

王景崇摇首道："无罪杀人，如何服众？"

王景崇不从齐藏珍计议，自督兵往堵后蜀军。

后蜀国秦州节度使何重建自子午谷出师，探得赵赞入朝音信，便欲回归。不意王景崇突至，险些儿措手不及，仓促对敌，被王景崇冲破中坚，奔回至十里外，才免追袭。手下军士，伤亡了数千名，何重建懊丧而去。

侯益闻王景崇得胜、何重建败还，自然顺风使帆，决计拒后蜀。

后蜀北面行营招讨安抚使张虔钊行至凤翔，得悉侯益反复情形，便与诸将会商。有主进，有主退，弄得张虔钊手足无措，只好按兵暂住。忽闻后汉王景崇召集凤翔、陇州、邠州、泾州、鄜州、坊州各军前来对敌。张虔钊立即吓得魂不附体，急忙率兵夜逃。等到王景崇追到散关，后蜀兵已奔入关里，只剩得后队四百人，被王景崇一鼓掳归。张虔钊行至兴州，感愤而卒。

王景崇两次告捷，后汉朝廷大喜，命王景崇兼凤翔巡检使。王景崇率兵至凤翔，侯益开城迎入，与王景崇商谈入朝之事，语带支吾。王景崇未免动疑，即派禁军分守诸门，观察侯益行止。

齐藏珍担任朝廷内职，颇为干练，然而阴险邪恶，没有品行。他曾奉命到华州巡视保护黄河堤岸，因为松懈轻慢而使黄河决口，被发配到沙门岛。

这次齐藏珍重被起用，贪心顿起，抢占民财，王景崇阻止，齐藏珍说："沙门岛已有几间房屋，不妨再去一次。"几日后，齐藏珍被人刺死。有人怀疑是赵思绾所为，也有人怀疑是侯益所为。弄得王景崇提心吊胆，派人四处监视。

5

948年正月，后汉高祖刘知远已是百病缠身。

刘知远派同平章事苏逢吉"静狱"以求福，苏逢吉进入狱中，不管犯人所犯之罪轻重，统统杀掉，然后报告说："狱静了。"

刘知远长叹一声，自知死期已近，来日无多，乃召同平章事苏逢吉，枢密使杨邠，度支、盐铁、户部三司使王章，侍卫马步军都指挥使史弘肇等重臣入宫，交代后事："朕气息微弱，不能多说，只有一事，刘承祐年轻，一切后事拜托众卿了！"刘知远静了静，又说："你们还要严加防范杜重威。"

当天，后汉高祖刘知远就在万岁殿去世了，终年五十四岁。

刘知远乘虚而取神器，因乱而有帝国。称帝期间，各地割据成势，朝廷难控；手下贪婪之辈，日益形成弊政。无论是《旧五代史》，还是《资治通鉴》，都对刘知远评价不高，认为刘知远获得帝位是运交华盖。刘知远能在乱世中审时度势，终成大业，堪称是乘时应运的英雄人物。

后宫哭声一片，苏逢吉对杨邠、王章、史弘肇及后宫皇亲道："且慢举哀！皇帝有要旨传下，'谨防杜重威'，须立刻办了，方可发表。"

苏逢吉拟好遗诏，即带领禁军，往拿杜重威及其子杜弘璲、杜弘琏。

杜重威正在家里安然坐着，毫不预防，忽见禁军冲到家里来，就知事情不妙。禁军不由分说，将他连同两个儿子一同捆绑起来押送市曹，已有监斩官在那里等候，刚被押到，就有刽子手上前举刀就砍，转眼间，几颗血淋淋的人头掉落在地上。

城中百姓对这个祸国殃民的奸贼恨之入骨。杜重威父子遗骸摆放街边，开封百姓在旁聚观，统激起一腔义愤，或诟骂，或蹴击，连军吏都禁遏不住，霎时间成为肉泥，几乎无从辨认了。

刘承祐继位，这就是后汉隐帝，时年十八岁。

半个月前，刘承祐绝没想到自己会做皇帝，因为太子刘承训年长而贤明，甚得刘知远喜爱。一切事情来得太突然，十几天时间内，刘承训、刘知远先后离世，从天而降的皇冠砸在刘承祐头上。刘承祐好像做梦一样，稀里糊涂地做上了后汉朝第二任皇帝。

刘承祐尊母亲刘家李氏为皇太后，颁诏大赦。

刘知远做皇帝时间太短，入主开封才半年多一点，还未理顺朝政，就把沉重的担子交给年青的儿子了。好在刘知远临死之时给他留下几位托孤重臣可以倚靠，他们是苏逢吉、杨邠、王章、史弘肇。这几位大臣对先帝刘知远忠心耿耿，出于对先帝的忠诚竭力扶持幼主。刘承祐也很谦虚，凡事全由众臣酌定，军政大权旁落于老臣之手。

开封府西南一千二百里，是南平国都江陵府。

659

南平第二任国君高从诲听说刘知远去世，就出动水师三千人袭击襄州。山南东道节度使安审琦将他击退。高从诲又侵犯郢州，被郢州刺史尹实打得大败。高从诲断绝与后汉朝的关系，依附于南唐、后蜀。

南平国地域狭窄，兵力薄弱，但是位处交通要道。各地向中原政权的进贡，只要经过南平，高从诲就学习其父高季兴做法，截留使者，掠夺财物。等到对方加以谴责或者派兵讨伐，他们就将财物送还，一点儿也不感到羞愧。高从诲还贪图各国的赏赐，四处称臣。各国都鄙视他，称他为"高赖子"。

南平国与后汉断绝关系，北方商旅不至，导致境内物资贫乏。术士看夜空，说星象暗淡，不利南平国。高从诲就脱去罗纨华饰，穿上朴素粗衣，节俭饮食，以禳除灾祸。高从诲请托安审琦，请求归顺后汉朝廷，听任处置，后汉朝廷便对高从诲网开一面。

三 郭威平三叛

开封天空依旧蔚蓝，但西去八百里的河中府却是乌云翻滚。

河中节度使李守贞见杜重威被诛，难免兔死狐悲。

李守贞召集将吏，饮酒作乐。李守贞起取出一弓，遥指远处树上一鸥鹑说："我将来若得大福，当射中此鸟。"说着，即张弓搭箭，向鸟射去，嗖的一声，正中鸥鹑。将吏同声喝彩，离座拜贺。李守贞益觉自豪，与将吏入席再饮，自鸣得意。

李守贞有异志，常觅术士卜问前程。游僧总伦入谒李守贞，托言望气前来，口称李守贞为真主。李守贞大喜，尊为国师。还有一术士名叫王格，能听声推数，判断吉凶。李守贞召出全眷，各令出声。术士王格听一个，评一个，统是寻常套话。等到李守贞之子李崇训妻符氏发声，不禁叹道："后当大贵，必母仪天下！"

符氏是谁？符彦卿的女儿。

李守贞闻言，自夸道："我儿媳且为天下母，我取天下，当然成功，何必再加疑虑呢！"李守贞密谋叛变，潜纳亡命，暗养死士，治城堑，缮甲兵，昼夜不息。

河中府西去七百里，是凤翔府。

王景崇打算诛杀凤翔节度使侯益，忽闻后汉高祖刘知远驾崩。王景崇担心继位的刘承祐不晓得刘知远诛杀侯益的密旨，一时犹豫不决。

侯益派从事程渥，去游说王景崇。程渥是王景崇同乡，见面之后说："您已经官至高位，应该知足了，何必怀害人之心，做过分之事？何况侯益亲戚爪牙十分众多，若是闹出事情，你的灾祸也不远了。"

王景崇闻言大怒道："你赶快滚开，别为侯益游说，再说连你全家也杀掉。"

笨嘴的程渥惹下大乱来。侯益听说王景崇根本不听程渥的游说，心中甚为恐惧，当日即率数十骑奔向开封。后汉隐帝刘承祐询问侯益暗中联结后蜀之事，侯益道："臣是想诱后蜀军出关，然后掩杀之。"刘承祐付之一笑。

侯益厚赂史弘肇等当朝权贵，诉说王景崇横行霸道。有史弘肇等权贵大力包庇，侯益不但未被问罪，还被授予中书令、鲁国公。

王景崇闻听，请求朝廷授其为凤翔节度使，刘承祐与群臣商议，都说是王景崇不够格。朝廷拟调同平章事王守恩为长安永兴军节度使，陕州节度使赵晖为凤翔节度使，王景崇为邠州留后。王景崇怒极而反，尽杀侯益家属七十余人。侯益之子侯仁矩在外得免，侯仁矩之子侯延广尚在襁褓，乳母刘氏易以己子，抱着他潜逃，一路乞食，来到了开封。

赵赞入京朝觐，却被罢去长安永兴军节度使之职。刘承祐又命赵思绾入朝，赵思绾很是不安。赵思绾走到半路，对同党常彦卿道："赵赞已落人手，我等若去开封，岂不是自投死路？奈何！奈何！"

常彦卿道："临机应变，您不用再说了！"

赵思绾当即返回长安城，入见长安永兴军节度副使安友规、巡检使乔守温，撒谎说："将士家属，多在城中，他们想暂时入城，挈眷出宿城东。"

安友规不知是计，且见赵思绾并无铠仗，乐得做个人情，应允下去。

赵思绾率领部下，来到城中，驰入军府，劈开武库，取出甲仗，分给部众，分兵把守各门。安友规闻变，惊慌失措，逃命而去。乔守温也逃之夭夭，不知去向。赵思绾据住长安城，募集城中男子，得四千兵力。他们修城池，缮甲兵，严密防守长安城。

王景崇已在凤翔叛变，与赵思绾遥相呼应，共推河中节度使李守贞为盟主。赵思绾还献上御衣，光辉灿烂。李守贞到了此时，以为天时、人事与自己相合，欢喜极了。李守贞任命王景崇为凤翔节度使，赵思绾为长安永兴军节度使。

948年四月，河中、凤翔、长安永兴军三处藩镇同时反叛，李守贞发兵占据潼关。

刘承祐接报，急得不得了，朝廷计议一番，当即派出三路后汉大军讨伐三处叛乱。

第一路后汉大军，由陕州节度使白文珂与潞州昭义军节度使常思、阆州防御使刘词率领，讨伐李守贞。

白文珂，太原府人，历仕后唐、后晋、后汉。

常思，太原府人，郭威年幼时，曾衣食于常思家，呼常思为叔，时人谓郭威为常氏子。

刘词，魏州人，早年跟从后梁名将杨师厚，以勇悍闻名。

白文珂、常思、刘词率军击败李守贞，夺回潼关，四下里围住河中府。

第二路后汉大军，由澶州节度使郭从义与客省使王峻指挥，讨伐赵思绾。

郭从义派遣夔州指挥使尚洪迁为前锋，进攻长安城。赵思绾正养足锐气，专待后汉军对阵，遥望尚洪迁前来，立即麾众杀出。尚洪迁尚未列阵，赵思绾已经杀到。尚洪迁虽然骁悍过人，至此亦旗靡辙乱，军士多伤。尚洪迁拼死力斗，才把赵思绾击退。尚洪迁身上，已受了数十创伤，回至大营呕血不止，过了一宵便即捐生。郭从义、王峻畏缩不进，你推我诿。

第三路后汉大军，由凤翔节度使赵晖率领，讨伐王景崇。

王景崇坚守凤翔，又西招后蜀军为助。赵晖屡用羸兵诱战，不见王景崇出师。赵晖别设一计，暗令千余人绕出南山，伪效后蜀军，张着后蜀旗，从南山奔下，又命围城军士佯作慌张，哗称后蜀兵大至。王景崇一闻后蜀兵到来，还辨什么真假，即派兵三千往迎。出城未及里许，蓦闻号炮声响，赵晖率领后汉军四面杀出，把三千凤翔兵围住。凤翔兵进退无路，统被后汉军杀尽。王景崇闻报，垂头丧气，懊悔不及，自是不敢轻出。

白文珂、常思等人围困河中府，从春天一直围到夏天，也没有攻破。李守贞兵多粮广，玩命死撑。他撑来撑去，竟把他的老熟人郭威给撑来了。

郭威已为枢密使，后汉隐帝刘承祐派郭威为西面军前招谕安抚使，节制所有河中、凤翔、长安诸军。郭威出征之前，向枢密院小吏魏仁浦请教良策。

魏仁浦，卫州人，生在一个贫民家庭。他机敏聪慧，早幼丧父，生活的重担落到了母亲的肩上。在这样的环境中长大，他也格外懂事。魏仁浦有感于母亲的辛劳，发奋读书。一次，他的母亲四处奔走，借到了一块粗布，给他赶制衣服。魏仁浦感叹道："慈母求贷以衣我，我怎能心安啊！"说着说着，眼泪竟流了下来。从此，他读书更加用功。完成学业后，魏仁浦挥泪告别了母亲，独自踏上了求仕之路。他来到了济河边，济河的风浪很大，他还是上了船，船驶到河中央时，魏仁浦脱下上衣，把它扔到了河中说："今生若不能显达，从此不再过此河。"历经后唐、后晋、后汉，魏仁浦还是枢密院小吏。虽是小吏，但魏仁浦精细敏捷，深得郭威的好感。

魏仁浦向郭威说："李守贞自认为是老将，军士之心都归附于他。望您不要吝惜官家的财物，多多赏赐军士，这样就夺去李守贞所倚仗的优势了。"

　　郭威听从劝告，率部众出发。一路上，郭威与军士同甘共苦，小功必赏，微过不责，军士有疾，亲自抚视。属吏无论贤愚，有所陈请，郭威均和颜悦色，虚心听从。因此人人喜悦，个个欢腾。

　　李守贞初闻郭威统兵，毫不在意，等到李守贞登城，看到后汉兵扬旗擂鼓，耀武扬威，当下已有三分惧色。城下有认识军将，李守贞便呼与叙旧。只听得一片哗声，统叫自己为叛贼。李守贞无地自容，转思木已成舟，悔恨无益，只得提起精神，督众拒守。

　　郭威竖栅城西，白文珂竖栅河西，常思竖栅城南。诸将竞请急攻，郭威摇首道："李守贞系前朝宿将，健斗好施，屡立战功，况城临大河，楼墙完固，万难急拔。从来勇有盛衰，攻有缓急，时有可否，事有后先。不如设下长围，以守为战。我洗兵牧马，坐食转饷，温饱有余，而城中乏食，公私皆竭，然后且攻且抚，我料城中将士志在逃生，父子且不相保，况且乌合之众呢！"

　　"长安、凤翔与李守贞联结，必来相救，倘若内外夹攻，如何是好？"

　　郭威微笑道："尽可放心，赵思绾、王景崇徒凭血气，不识军谋，况有郭从义在长安，赵晖往凤翔，已足牵制两人，不必再虑了！"

　　郭威发诸州民夫二万余人，使白文珂督领，四面掘长壕，筑连垒，列队伍，环城围住。过了数日，见城上守兵尚无变志，郭威又对诸将道："李守贞见我辈崛起，事功未建，有轻我心，故敢造反。我正宜守静示弱，慢慢制伏呢。"

　　郭威命将吏偃旗息鼓，闭垒不出，命军士更番巡守，又遣水师巡逻河滨，日夕防备，水陆扼住，遇有间谍，无不捕获，于是李守贞计无所出，只有驱兵突围一法。郭威早已料着，但遇守兵出来，便命各军截击，不使一人一骑，突过长围。李守贞军士，屡出屡败，屡败屡还。

　　李守贞麾下有名武士，名叫马全义，幽州人，擅长击剑，熟悉骑射。

马全义常常率领敢死队，在夜间出城攻袭后汉营垒，杀伤很多。李守贞贪婪无谋，并且忌妒刻薄，马全义屡次立功，都不得重用。

1

948 年夏，一人前来郭威处投军。

这人是香孩儿赵匡胤，时年二十二岁。

成长为青年的赵匡胤容貌雄伟，性情豪爽。

其父赵弘殷，历后唐、后晋二朝，未曾失职。赵匡胤出入营中，喜欢骑马，擅长射箭。母亲杜氏劝他读书，赵匡胤愤然道："治世用文，乱世用武，现在世事扰乱，兵戈未靖，儿愿惜习武事，留待后用，他日有机可乘，就能安邦定国，出人头地，不至虚过一生呢。"

杜氏笑道："但愿儿能自食其力，平安一生，便算幸事，还想什么大功名呢！"

赵匡胤道："唐太宗李世民也不过一将门之子，为什么能够化家为国，成就帝业？儿虽不才，想与他相似，轰轰烈烈做个大丈夫，母亲以为可好吗？"

杜氏说道："你不要信口胡说！世上说大话的人往往后来没用，我不愿听你瞎闹，你还是读书去吧！"

赵匡胤莫逆之交，乃是韩令坤与慕容延钊。

韩令坤，磁州人；慕容延钊，太原府人。二人都是少年勇敢，倜傥不群，与赵匡胤一见倾心，似旧相识。

"少时三伙伴"往来无间，除研究武备外，时或一起出游。某日，赵匡胤与韩令坤至土屋中玩乐。正在高兴时，突闻外面鸟雀声喧，很是嘈杂，都不禁惊讶起来。赵匡胤道："说不定有毒虫猛兽，经过此间，所以惊起鸟雀。好在我等各带着弓箭，尽可出外一观，射死几个毒虫、几个猛兽，不但为鸟雀除害，并也为百姓免患，韩兄以为何如？"

韩令坤大喜道："你言正合我意。"

二人当下挟了弓矢，一同出室，四处探望，并没有毒虫猛兽，只有一群鸟雀互相搏斗，因此噪声盈耳。

两人正在奇怪时，忽然听得一声巨响，仿佛与地震相似，急忙返身后顾，那土屋无缘无故坍塌下来。韩令坤惊讶道："幸亏我们出外观雀，否则就会压死屋中！"

赵匡胤喃喃说："这真是奇极了！想是你我命不该死，鸟雀叫我们出来。"

赵匡胤娶了贺女，在家闲着。乱世之秋，中原一带民不聊生，赵匡胤未免忧叹，恨不得立刻从军，平定天下。赵匡胤一腔壮志，欲辞母西行。母亲杜氏不肯照允，他竟偷偷外出，直往襄州，在途寄信回家，劝慰母亲和妻子。二人得知，已无法挽留，只好任他前去。

赵匡胤本拟向西从父，不意走错了路，等到发现有误，索性将错便错，顺道行去。赵匡胤来到复州，投靠复州防御使王彦超。

王彦超与赵弘殷是同僚好友，然而却没有收留赵匡胤，只是给了他十贯钱，打发他离开。王彦超做梦也没有想到，自己当作叫花子打发的赵匡胤，在十几年后会成为能够主宰他生死的天下第一人。

赵匡胤又到了随州。

随州刺史是董宗本，涿州人，善骑射，识大体，早年一直在赵延寿麾下为将校。赵延寿降了辽国后，董宗本不愿意在辽国人手下为官，便寻了一个机会，率家族南归，得到后汉高祖刘知远的赏识，被任为随州刺史。

董宗本与赵弘殷也是熟悉，便收留了赵匡胤。

　　董宗本之子董遵诲为人豁达，没有城府，是一个性情中人，虽然没读过书，行军打仗颇有方略。赵匡胤天生有一种魅力，令人刮目相看。以前围着董遵诲转的人，都开始与赵匡胤交往，也就疏远冷漠了董遵诲，让他十分不满。董遵诲拦住赵匡胤说："我曾经看见城上紫云如盖，又梦见登上高台，遇一黑蛇，长约百尺，飞腾上天，化龙而去，这是何故？"赵匡胤笑了笑，没有回答他。没几日，赵匡胤与董遵诲谈论兵法，董遵诲说不过赵匡胤，愤怒地甩袖而去。董遵诲欲与赵匡胤角力，逼着赵匡胤离开了这随州。

　　关山失路，日暮途穷，赵匡胤进退维谷。

　　慧和尚在道旁种了一点蔬菜，自给自足。这天中午，他梦见一条黄龙吃了他种的萝卜。慧和尚从梦中惊醒，到菜地张望，竟看见一男子在拔萝卜吃，这人正是赵匡胤。慧和尚仔细瞧赵匡胤，见他虽然饥饿贪吃，却神态凛然。慧和尚急忙掸掸衣服，恭敬地将赵匡胤请到庙中，为他奉上食物。

　　吃过之后，赵匡胤告别。慧和尚嘱咐赵匡胤："您将来若得富贵，请别忘了老僧。"

　　"好的。"赵匡胤信口答道。

　　慧和尚又提出："您将来得志，请为老僧建一座大寺。"赵匡胤记清了。

　　赵匡胤一路向北，渡过了黄河，来到了河中府。见一座大营，依险驻扎，大旗上绣着一个"郭"字，当即自言自语："看来这是郭威大帅军营了。"

　　这座大营，就是郭威中军大营，凑巧赵匡胤遇着，便来投效。郭威召入，见他面方耳大，状貌魁梧，已是器重三分。当下问明详情，郭威道："你父现正在凤翔，你为何不随父前去，反而到我处投效呢？"

　　赵匡胤述及一路情形，郭威哈哈一笑说："虎父无犬子，暂且留我帐下，待立有功绩，为你保荐便了。"

　　赵匡胤拜谢，留住郭威大营，披坚执锐。

2

开封城中，一位老臣死期到了。

这位老臣是太子太傅李崧。

后汉朝建立后，将李崧的宅第赐予苏逢吉，那时李崧还在辽国。李崧埋在宅中的金宝器物都被苏逢吉挖出来，成为个人所得。李崧回到开封，虽受命为太子太傅，仍不得给还家产。自知形迹孤危，不敢生怨，又因房契尚存，便出献苏逢吉。不料马屁拍错了，苏逢吉不好面斥，强颜接受，入语家人："此宅出自特赐，何用李崧给房契？难道还想卖个人情吗？"

李崧有个弟弟，名叫李屿，常与苏逢吉子弟往来，酒后忘情，竟然怨恨苏逢吉夺他府邸。苏逢吉闻言，更加不悦。李崧忧惧不已，在家称病不出。族侄李昉前来探望，李崧问："现在朝廷上对我有什么看法？"

"陶谷经常在大众场合诋毁您。"

"当初陶谷不入流，是我把他一步步提拔起来。唉！我有什么地方对不住他姓陶的？"

李屿因家仆葛延遇藏匿钱财，对他加以笞责，并进行追讨。葛延遇怀怨，夜宿苏逢吉部曲李澄家中，与李澄一同谋划，诬告李崧、李屿谋反。苏逢吉命将李崧、李屿抓到开封狱中。

李屿在狱中屈招："我与兄长李崧以及家仆二十人，打算纵火焚烧京城。我们还曾派人带蜡丸密书到河中府，勾结李守贞，并招引辽兵。"

苏逢吉嫌情节太轻，改"二十人"为"五十人"，上报朝廷。于是，李崧及李屿被族灭，暴尸街头，而葛延遇、李澄则被重赏，时人无不为李崧呼冤。

李崧遇害后，李昉见到陶谷，陶谷问："你认识李崧吗？"

李昉道："他是我远房族叔。"

陶谷恬不知耻说道："李崧遇害，我为他说过好话，出过力。"

李昉不禁汗出。李昉擅写文章，浅近易晓，有白居易文风，后来主编《太平御览》一千卷。

开封往西八百里，是河中府。

河中节度使李守贞被困城里，万般无奈，遣人分头求救，南求南唐，西求后蜀，北求辽国，均被后汉巡逻军士捉拿而去。河中城中粮草早尽，杀人为食，李守贞日蹙愁眉，窘急万分。

李守贞叫来游僧总伦，询问凶吉，总伦竟说："大王自有天分，别人不能夺去。然而与此地相应的天上星宿有灾变，等城中磨难将尽，大王就会时来运转。"李守贞还是坚信这个游僧总伦，河中军发炮石的竿子找不到了，恰好上游漂来一捆木头，那木头全可用作炮竿，李守贞更以为有神相助。

李守贞派客将朱元求援南唐，他扮作平民，好不容易混出重围，奔至金陵，吁请救急。

南唐中主李璟犹豫未决，谏议大夫查文徽、兵部侍郎魏岑怂恿李璟出师。李璟便以润州节度使李金全为北面行营招抚使，寿州清淮军节度使刘彦贞为副招抚使，查文徽为监军使，魏岑为沿淮巡检使，出兵沂州，以救河中。

李金全令部众暂憩，遣探骑侦察后汉军营，再定行止。探骑午时回来，入帐通报："距此地十数里外，有一长涧，涧北有敌兵驻守，不过数百人，且甚羸弱，请急击勿失！"李金全不待说毕，厉声斥退，诸将莫名其妙，都至李金全面前，请即出战。李金全厉声道："敢言出战者斩！"诸将默然退出，免不得交头接耳，私谤李金全。

待至夕阳西下，李金全下令道："营内队伍，须要整齐，各军器械，不得抛离，大家守住营门，不得妄动，违令立斩！"诸将越加疑心，但军令如山，不敢不遵，只好依言备办。

不多时，远处鼓声大震，四面八方，后汉兵杀来，统到营门前呐喊，不知有多少人马。李金全营内，无人出战，只是守住营垒。后汉兵喧嚷多时，不见南唐兵出战，四散而去。

李金全问诸将："你们想一想，午后可出战吗？"

诸将齐声道："大帅料敌如神，幸免危祸，但究竟从何料着？"

李金全微笑道："兵法有言，知己知彼，百战不殆。难道我军远来，郭威不能侦悉吗？涧北设置弱兵，明明是诱我过涧，堕他埋伏。我军至暮不出，伏兵无用，当然前来鼓噪，乱我军心。他们见我壁垒森严，无隙可乘，不得已知难而退，明眼人一下就会看明白的！"

李金全一驻数日，探明后汉营垒严密，料知河中必危。李金全对诸将道："郭威为帅，李守贞断难幸免，我等进援，有损无益，不如退师为是。"查文徽、魏岑前时乘兴而来，至此也兴尽欲返，南唐兵当即拔营退驻海州。

李金全上表南唐中主李璟，详陈一切情形。李璟致书后汉，婉谢前失，请求仍通商旅，并乞赦免李守贞。后汉朝廷不答，忽闻赵晖情急，下令郭威设法往援。

郭威吓退了南唐兵，亲自督兵往援赵晖。临行前，郭威告诫白文珂、刘词："贼不能突围，迟早难逃我手，若彼突出，我等且功败垂成，成败关键，全在此举，我看贼中骁锐，尽在城西，我去必来突围。你等须要严防！"白文珂、刘词两人依着郭威言，日夕注意，守兵也不敢出来。

河中城中探悉郭威前去凤翔，遣人夜缒而出，沽酒村墅，任人赊欠。后汉巡逻军士多半嗜酒，见了这杯中物，不禁垂涎，况且又不需要现钱，乐得畅饮数杯。你也饮，我也饮，众人酩酊大醉，统向营中睡熟，从而无人巡逻。

到了深夜，刘词觉有倦意，和衣假寐，正要蒙胧睡去，忽闻栅外有鼓噪声，猛然惊起，向外一望，已是火势炎炎，光明如昼。后汉兵东张西望，不知所为。原来，李守贞派遣敢死之士三千，夜袭后汉营。刘词神气自若，下令军中："此小盗耳，不足惊也。"刘词短兵以击，河中军大败而退。

郭威行至华州，接赵晖来文，说后蜀兵旋即退去，如同南唐兵。郭威随即折回，主攻河中李守贞。

河中府被围逾年，城中粮食已尽，十死五六。李守贞眼见把守不住，左思右想，除了突围别无他策，于是再派敢死之士五千人，分作五路，突攻西北隅。

后汉军立刻出兵截击，把河中兵扫将过去，五路纷纷败走，多半伤亡。过了数日，又有守兵出来突围，陷入埋伏，河中军校魏延朗、郑宾都为后汉兵所擒。郭威不加杀戮，好言抚慰，魏延朗、郑宾二人大喜投诚。郭威即令他作书，射入城中，招谕河中节度副使周光逊。周光逊知不可守，亦率千余人出降。继而城中将士陆续出来，统向后汉营投降。

郭威下令各军，分道进攻，各军闻命，踊跃争先，巴不得一鼓就下。怎奈城高堑阔，一时攻杀不进。

河中府离长安城不到四百里。郭从义、王峻围困长安也是一年多，长安城中粮尽。赵思绾杀人而食，每次犒宴军士，杀人数百。赵思绾生性残暴，取活人之胆以酒吞之，对部下说："食胆至千，则勇无敌矣！"

赵思绾以前恩人李肃闲居长安，赵思绾前往谒见，拜伏如故。李肃惊起躲避，赵思绾将李肃捺入座中，尊呼李肃为恩公。李肃勉强敷衍，心中委实难过。等到赵思绾退出，入语夫人张氏："我说此人必叛，今果闯乱，今来见我，我且受污，怎么办？"

张氏道："何不劝他回归朝廷？"

李肃说："他已势成骑虎，怎肯听从？我若劝他，反惹他疑心，自招屠戮了。"

赵思绾屡遣人送奉珍馐，加以裘帛，李肃不好拒绝，又不便接受，异常为难。李肃自思将来多凶少吉，不如图个自尽，免致株连，他觅得毒药，即欲服下，亏得张氏预先觉察，将药夺去，才得免死。等到长安开始食人肉，张氏对李肃说："今日可劝降了，不要再延！"

李肃往见赵思绾，赵思绾倒履相迎，推李肃上坐，开口问道："恩公前来，想是怜念赵思绾，设法解围，愿乞明教！"

李肃答道："将军本与朝廷无嫌，因惧罪起见，据城固守，现今朝廷用兵，未能成功。将军若乘此时变计，幡然归顺，老叟我料定朝廷必然喜悦，保您富贵，这比坐而待毙要好很多吧？"

赵思绾沉吟片刻，慢慢道："如果朝廷不容我归顺，岂不是欲巧反拙？"

李肃又道："这可无虑，包管在我手中。我虽致仕，朝廷未尝不知。如果将军表明诚意，再附我一疏，为将军洗释前错，当无有不允了！"

赵思绾尚未能决，判官程让能劝道："您本与朝廷无仇，只是害怕被害才做了这种事。现在朝廷在河中、凤翔、长安三处用兵，一城未能攻下，如果我们能归顺朝廷，首先投降，以功补过，不但可免祸患，还能获封呢。如果坐守穷城，安然等死，那又有何益呢？"

郭从义明白赵思绾已经技穷，把招降信札系在箭上，射入城中。

赵思绾见到了招降信，不再犹豫，即令程让能起草，撰成二表，一表是由李肃署名，一表是赵思绾署名，投降朝廷。不久，朝廷下诏，授赵思绾为华州留后、检校太保，以常彦卿为虢州刺史。

赵思绾、常彦卿接受任命，迟迟不肯动身赴任。

郭从义对王峻说："赵思绾狼子野心，终不可能为朝廷所用，留下他必会贻害无穷！"郭从义、王峻骑马缓缓进城，排列步兵骑兵直到军府。

郭从义向赵思绾喊道："太保要上路赴任了，我们没时间送行，对饮一杯，就此送别。"赵思绾一到，就被抓起来，处死在街上，并族灭他家。

长安城的再次浩劫终于结束，赵思绾刚进长安城时，城中有人口十多万，到开城投降时，仅剩下一万人，被饿死、吃掉的有多少人就可想而知了。长安百姓们争着用瓦石击打赵思绾及其家人，军士们制止不住。同日，常彦卿等五百余人也全部被杀。赵思绾的家财共有二十多万贯，全部归入了国库。

郭从义请李肃主持赈务，李肃自然出办。他与张夫人这对老夫妻，可以高枕无忧、白头偕老了。

一年多前，巡检使乔守温逃走，他的小妾们全都归属赵思绾，等到赵思绾被杀后，又归属郭从义。乔守温回城后，向郭从义索求自己的爱妾。郭从义表面上答应，心中却是愤恨乔守温。郭从义上表，揭发乔守温弃城逃走，很快朝廷下旨将乔守温定罪处死。

3

赵思绾伏法时，李守贞到了人生悬崖边上。

李守贞知己必死，便在军府中多积柴薪，准备自焚。

人都有求生的希望，况且游僧总伦等人还预言李守贞定会时来运转。

闻听守将开城迎降，李守贞彻底死心了，连忙纵火焚薪，举家投入火中。

后汉军驰入军府，扑灭大火。李守贞与妻妾已经焚死，尚有数子触烟倒地，未曾毙命。后汉兵检出尸骸，枭李守贞首，并绑将死未死的子女，献至郭威马前。后汉兵入军府搜拿余党，但见积尸累累，忽见堂上坐着一少妇，丰采自若，并不慌张。军士疑是木偶，走近细看，忽听少妇说道："休来！休来！郭公与我父旧交，你等怎敢犯我？"

军士不敢乱来，报知郭威。郭威也感到惊诧，下马入府，亲自来见。那少妇见郭威进来，下堂相迎，款款下拜。郭威略有三分认识，又一时记忆不清，当即问明姓氏。该妇从容说出，郭威且惊且喜道："你是我侄女，我当送你回娘家。"

少妇是谁？她就是术士王格所说的"后当大贵，必母仪天下"的李崇训之妻符氏，兖州泰宁军节度使、魏国公符彦卿的女儿。城破后，李崇训欲手刃符氏，符氏走匿隐处，用帏自蔽，李崇训无从寻觅。李崇训惶恐自杀，符氏乃得脱身。

符氏向郭威拜谢，辞归娘家，郭威拨兵护送至兖州。符彦卿写信，感谢郭威，因郭威有再生恩，愿令女拜郭威为义父，郭威也不推辞。符氏母亲说她夫家灭亡，孑身仅存，不如削发为尼，符氏独摇首道："死生乃是天命，无故毁形剃发，那是何苦呢！"

郭威攻克河中府，检阅李守贞往来信札，或与朝臣勾结，或与藩镇交往，彼此统统指斥朝廷，语多悖逆。郭威欲一并奏闻，秘书郎王溥劝道："鬼魅这些东西，夜黑而出，一旦遇到光明，就会自动消失。如果把这些信札呈给朝廷，不只一批人被杀，而且还会有另一批藩镇造反。请把这些信札烧掉，那些犹犹豫豫想造反的人就不会反叛了。"郭威照办，将河中所留文牍尽行焚去。

王溥，并州人，甲科进士第一名，担任秘书郎。

李守贞积财甚巨，包括董温琪、秘琼、范延光、杨光远的血腥财富。这些血腥财富，就像着了"魔咒"，谁沾染上，谁就倒霉，无一例外。短短十三年不到，董温琪、秘琼、范延光、杨光远、李守贞皆是家破人亡。这笔财富，转了一大圈，最后落到了郭威的手里。不过，郭威并不贪恋钱财，血腥财富"魔咒"到此失效，那些不义钱财被郭威用作军资了。

王景崇困守凤翔城，已是智穷力竭，食尽势孤。谋士周璨劝说王景崇："大帅能守此城，是因为有河中、长安作倚靠。现在二处藩镇都战败啦，我们还能依靠什么？不如投降朝廷吧。"

王景崇道："我一时失策，累及各位，虽悔难追！你劝我出降，道理正确，但城破必死，出降亦未必不死，你不闻赵思绾下场吗？"

王景崇登城四望，见赵晖跨马往来，亲冒矢石，所有将士，无不效命，不由仰天长啸："我只能去做李守贞啦。"王景崇下城，对周璨、公孙辇、张思练等将吏道："我看赵晖精兵，多在城北，明日清晨，你们诈意示降，吸引住城北众敌。我自己带领精兵，冲出南门，前往蜀地。"

众将吏唯唯听命，王景崇心中暗语："这都是好兄弟，我不能连累他们啦。"

城楼谯鼓，已打五更，王景崇在军府纵起火来，霎时火焰冲天。将吏百姓来救，已经晚了，王景崇全家全部随着祝融氏去了。

周璨、公孙辇、张思练已经出城，闻听王景崇自焚，掉下了眼泪。众将吏没法，只好弄假成真，出降赵晖。赵晖率兵入城，检出王景崇烬骨，晓谕大众，禁止侵掠。

949 年腊月，三叛俱亡，风雨飘摇的后汉朝廷转危为安了。

郭威等人凯旋回朝，途经洛阳。

同平章事、永兴军节度使王守恩改为洛阳留守。王守恩贪得无厌，无孔不入，榨取民脂民膏，不择手段。上厕所，上街行乞，都要交税，甚至连死人的灵柩，如不交钱，也不准出城埋葬。王守恩还放纵军士强抢或偷盗百姓钱财，百姓极度困苦，卖儿贴妇都不能度日。

王守恩自恃位尊，乘轿出迎，郭威大怒，即拟堂帖，命白文珂接替王守恩，担任洛阳留守。朝廷得知后，下旨任命白文珂为侍中、洛阳留守、河南尹。

和尚总伦、李守贞子女，被押往开封。后汉隐帝刘承祐，前往明德楼受俘，命将他们全部诛于西市。

郭威朝见刘承祐。新皇面加慰劳，亲酌御酒，郭威跪饮，叩首谢恩。刘承祐又命左右取出金帛衣服玉带鞍马等赏物，郭威拜辞道："臣受命期年，只克一城，何功足录！且臣统兵在外，凡拨运粮草，统由诸大臣居中调度，使臣得以灭叛诛凶，臣怎敢独享此赐？请分赏众臣及征战将吏。"

刘承祐道："朕亦知诸大臣功勋，此物只赏郭卿，卿毋坚辞！"

刘承祐拟使郭威兼领藩镇，郭威又拜辞道："杨邠位在臣上，未受茅土，臣何敢当此！史弘肇为开国功臣，所以兼领藩镇，臣万不敢受！"

刘承祐只好加封郭威为检校太师、侍中。郭威一再叩谢道："运筹谋划，出自庙堂；发兵馈粮，出自藩镇；冲杀战斗，出自将士。现今功独归臣，再三加赏，反会使臣折福。愿余生为陛下效力，再有他功，再当领赏便了！"

刘承祐钦佩郭威，然后封赏有功将士——

刘词为河阳三城节度使；

常思兼侍中；

郭从义为河中节度使、同平章事；

王峻为检校太傅、宣徽使；

赵晖兼侍中。

其他有功将士以及朝臣、藩镇节度使也各有封赏。

四　众驹争槽

开封西南一千二百里，是南平国都江陵府。

南平第二任国君高从诲卧床病重，命其子节度副使高保融兼领内外兵事务。

高从诲为人明敏，多权计。后唐、后晋、辽国、后汉先后据有中原，南汉、闽国、南吴、南唐、后蜀皆称帝，高从诲为求赏赐，都向他们称臣。时人见他东奔西走，南投北降，见利即趋，见害即避，纷纷讥笑高从诲为"高赖子"。

高从诲一笑了事，淡淡说："大国发展靠实力，小国生存拼智力。有时候，为了生存的需要，就应该把面子搁置在一边。"

高从诲去世，终年五十八岁，后汉朝廷追赠其为尚书令。

高保融继位，后汉朝廷授其为荆南节度使、同平章事，这是南平第三任国君。

开封向南一千六百里，是南楚国都长沙府。

南楚国第四任国君马希广，进授太尉。

马希萼为兄，马希广为弟，弟承王位，兄独向隅，势不免同室操戈。

马希广庶弟马希崇心怀鬼胎，以马希广继位违反父亲兄终弟及遗命为由，致书朗州武平军节度使马希萼，挑拨马希萼造反。马希萼得书，心生怒意，遂借奔丧为名，入探虚实。长直都指挥使刘彦瑫闻知，请马希广遣都指挥使周廷诲带着水师，往迎马希萼。两下相遇，周廷诲逼他释甲，然后导入。马希萼见周廷诲军容，不敢不屈意相从，卸甲改装，随周廷诲入

676

长沙。

丧葬礼毕，马希萼求还。周廷诲入禀马希广："大王若能让位与兄，不必说了，否则为国割爱，毋使生还！"

马希广道："我何忍杀兄，宁可分土与治。"

马希广厚赠马希萼，遣归朗州。马希萼回归朗州，即上诉后汉朝廷，谓马希广越次擅立，愿与马希广各修朝贡，置邸称藩。后汉朝廷以马希广已受册封、未便再封马希萼为由，不允所请，但谕兄弟一体，不得失和。

后汉朝廷又赐马希广诏书，劝他友爱，弭衅息争。

马希萼偏不肯从，募乡兵，造战船，将与马希广争个你死我活。

1

长沙往南一千二百里，是南汉国都广州。

南汉国第三任皇帝刘弘熙派遣工部郎中钟允章赴南楚求婚。马希广不许，谢绝钟允章。钟允章还报，刘弘熙愤愤道："马氏还能经略南土吗？"

钟允章道："马氏方启内争，怎能害我？"

刘弘熙又道："果如你所言，我正好乘隙进取了。"

刘弘熙派遣指挥使吴珣、内侍吴怀恩率兵攻打南楚国贺州。

南楚国第四任国君马希广忙派指挥使徐知新、任廷晖，统兵往救。

南汉吴珣、吴怀恩已经攻下贺州，在城外凿一大阱，上覆竹箔，附以土泥，专待南楚军来攻。南楚国徐知新、任廷晖到了贺州城下，见城上遍竖南汉军旗，惹起众愤，立刻攻城。鼓声一起，各队竞进，忽听得几声怪响，地忽裂开，前驱军士统统坠入地下去了。徐知新、任廷晖忙令收军，但伤亡已经近半。徐知新、任廷晖担心南汉兵出击，星夜奔回，乞请济师。马希广责他们不肯尽力，立将徐知新、任廷晖二将处斩。

南汉兵一鼓作气，转攻南楚国昭州、桂州、连州、宜州、严州、梧州、蒙州，多半攻陷，大掠而去。

马希广遇到危机，马希萼则乘势发兵，督领战船七百艘，将攻长沙。马希萼妻苑氏劝阻："兄弟相攻，无论胜负，俱为人笑，不如不行！"马希萼不听，率兵直奔长沙。

马希广闻变，召入刘彦瑫等人，慨然与语："朗州是我兄镇治，不可与争，我情愿举国让兄。"刘彦瑫固言不可，天策学士李弘皋亦同声谏阻，马希广乃命岳州刺史王赟为战棹指挥使，刘彦瑫为监军，出拒马希萼。

王赟、刘彦瑫驶舟至仆射洲，巧值朗州战船逆风前来。王赟据住上风，麾众截击，大破朗州兵，缴获战船三百艘。王赟顺风追赶，将近马希萼坐船，忽后面有差船到来，传马希广之命："勿伤我兄！"王赟返还，马希萼得从赤沙湖逃去。

桂管经略使马希瞻闻听两兄交争，作书劝和，各不见从，得病而亡。

马希萼因败益愤，招诱梅山蛮，共击马希广。梅山蛮长年居住山林，勇猛顽强，既不害怕猛兽的凶狠，也不惧怕军阀的残暴。梅山蛮破迪田，杀死守将张延嗣。马希广命指挥使黄处超赴剿，也致败亡。马希萼连得胜仗，再向后汉朝廷上表，请求旌节。后汉隐帝刘承祐不许，劝他兄弟修和。

马希萼改道求援，臣事南唐。南唐国令楚州刺史何敬洙率兵往助马希萼，共攻马希广。马希广到了此时，哪能不焦灼万分？马希广慌忙遣使至后汉朝，请求发兵澧州，扼住南唐要路。后汉朝廷不听，急得马希广寝食不安。

刘彦瑫入见马希广，向其建议："朗州兵不满万，马不盈千，何足深惧！愿给臣兵万余，战船百五十艘，直入朗州，缚取马希萼，为国解忧。"

马希广大悦，即授刘彦瑫为战棹指挥使兼朗州行营都统，亲出都门饯行。

刘彦瑫入朗州境，父老各献牛酒犒军。刘彦瑫总道是民心归附，可以进取，战船既过，即用竹木自断后路，以示决心。行到湄州，望见朗州战船百余艘，装载州兵、蛮兵各数千，即乘风纵击，抛掷火具，焚烧敌船。忽然风势倒吹，火及刘彦瑫战船，反致自焚。刘彦瑫慌忙后退，无奈后路已断，追兵又至，军士战死溺死不下数千，刘彦瑫单舸走免。

败报传入长沙，马希广忧泣终日，不知如何是好。有人劝马希广发钱犒师，鼓励将士，再行拒敌。马希广虽然素来吝啬，但现在没办法只好颁发钱币，取悦士心。有人说马希崇流言惑众，反状已明，请速诛以绝内应。马希广又是不忍，潸然流涕道："我杀我弟，如何见先王于地下。"

马军指挥使张辉从间道击朗州，闻刘彦瑫败还，退屯益阳。继而朗州军校朱进忠来攻，张辉诡词欺骗部下："我率一军绕出贼后，你等可留城中待我，首尾夹击，不患不胜。"张辉引部众出城，竟然逃归长沙。朱进忠闻城中无主，驱兵急攻，遂陷益阳，守兵九千余人尽被杀死。

马希广见张辉逃归，急上加急，不得已派遣都押衙孟骈赴朗州求和。

马希萼令孟骈还报："大义已绝，不到地下，不便相见了！"

马希萼知马希广势孤，急率兵进攻岳州，刺史王赟登城坚拒，无懈可击。

马希萼在城下大呼王赟："这是我们马氏地盘，你不事我，你打算事谁吗？"

王赟从容答道："如果你们兄弟罢兵，王赟愿尽死事马氏兄弟！"

马希萼闻言，十分惭愧，率兵转奔长沙。军校朱进忠与马希萼会师，屯兵湘西。马希广令刘彦瑫召集水师，与水师指挥使许可琼率战船五百艘，守北津，马希崇为监军；又遣马军指挥使李彦温领骑兵屯驼口，扼住湘阴路；再派步军指挥使韩礼率步兵屯杨柳桥，扼住栅路。长沙南楚军与马希萼相持数日，胜负未决。

强弩指挥使彭师暠登城西望，然后入禀马希广："朗州兵骤胜致骄，行列未整，更有蛮兵夹入，更见喧嚣。若给臣步卒三千，从巴陵渡江，绕出湘西，攻敌后面，再令许可琼带领战船，攻敌前面，背腹夹攻，不怕敌人不走。"

马希广召许可琼入议，哪知许可琼已有叛心，他与马希萼密约，分治湖南，现在闻听彭师暠计议，瞠目结舌道："这是危道，决不可从，况彭师暠出身南蛮，能保他不生异心吗？"

马希广乃止，命诸将尽受许可琼节制。许可琼时常闭垒，不使军士知朗州军进退，有时诈称巡江，与马希萼密会，愿为内应。

彭师暠闻许可琼通敌，入谏马希广："许可琼将叛，国人尽知，请速加诛，毋留后患！"

马希广斥道："许可琼忠诚，岂有此事！"

彭师暠退出，怅然长叹："国君仁柔寡断，败亡立即来了！"

时值寒冬，长沙下雪了，纷纷扬扬的雪花从天空中飘落下来，盖满了屋顶，压断了树枝，平地积雪四尺，两军苦寒不得战。马希广迷信巫术，捏土作鬼神形，举手指江，谓可退却朗州兵，又命令众僧日夜诵经，向佛祷告，声彻户外。

朗州步军指挥使何敬真乘雪消融，即率蛮兵三千，迫近韩礼营。朗州小校雷晖冒充长沙军士，混入韩礼寨，用剑击韩礼。韩礼骇走狂呼，一军惊扰。何敬真乘乱掩入，立将韩礼营捣破。韩礼军大溃，韩礼受创奔回，次日毙命。

朗州兵水陆齐进，急攻长沙。长沙指挥使吴宏与小门使杨涤相商："我等此时不效死报国，还待何时？"二人各率兵出战，吴宏出清泰门，杨涤出长乐门，以一当十，奋斗至三四时，朗州兵退却。可恨刘彦瑶与许可琼袖手旁观，并不出援。

吴宏军士饥疲，先退入城，杨涤亦回军就食。朗州兵复扑进城，彭师暠挺槊而出，与朗州兵交战，未分胜负。朗州军校朱进忠带领蛮兵至城东纵起火来，城上守兵，为烟雾所迷，不免惊慌，忙招许可琼军救城，许可琼竟举军投降了马希萼。守兵见许可琼降敌，当即惊乱。朗州兵一拥登城，长沙遂陷。

进了长沙城，朗州兵及梅山蛮杀官民，焚庐舍，彻夜不休。自马殷立国，所积珍宝尽被夺散，宫殿屋宇统成灰烬。长沙城中，人声鼎沸，烟火迷离。

李彦温屯兵驼口，望见城中火起，急率兵还援，至清泰门，朗州兵已据城拒战，矢石交下。李彦温正拟冒险进攻，忽有千余人绕城而来，个个神色仓皇，极为狼狈。为首的凄声呼道："李将军快寻生路罢！"李彦温瞧着，正是刘彦瑶，便问马希广如何。刘彦瑶道："不知下落。我从旁门逃出，幸与将军相遇，正好结伴同奔，朗州兵利害得很，若不急走，一经追上，必无生路了！"李彦温被他一吓，也觉惊慌，遂与刘彦瑶等人同奔袁州，转降南唐。

马希萼入城后，即与马希崇相见。马希崇率将吏进谒，上书劝进。吴宏战血满袖，怒视马希萼道："我不幸为许可琼所误，今日虽死，地下也好对先王了！"

彭师暠投槊地下，大呼道："师暠不降，情愿请死！"马希萼叹道："这可谓铁石心肠了！"纵令彭师暠自便，并不加诛。

马希广带领妻儿，走匿民间。马希萼满城搜捕，将马希广夫妇及天策学士李弘皋、小门吏杨涤等人先后拘至，尽作俘囚。马希萼问马希广："你我承父兄余业，难道不分长幼吗？"

马希广流涕道："将吏推我，所以权受，并非出自本心。"

马希萼环顾左右被俘将吏道："这是懦夫，徒受群小欺蒙，以致如此。"

李弘皋、杨涤等人全说是先王遗命，不肯伏罪，惹得马希萼怒起，命将李弘皋、杨涤等人绑出街口，凌迟处死。

马希萼自称楚王，这就是南楚国第五任国君。

马希萼授马希崇节度副使。其余要职，悉用朗州人充任。

马希萼对将吏道："马希广懦夫，受制左右，我欲使他不死，你等以为可以吗？"诸将皆不敢答，独朱进忠曾被马希广所笞，乘此报怨，奋然进言道："大王血战三年，始得长沙，一国不容二主，今日不除，他日悔无及了！"

马希萼命将马希广勒死。马希广临刑，尚诵佛书，至死才绝口。马希广之妻捶毙杖下。彭师暠不忘故主，收殓马希广尸体，埋于浏阳门外。

马希萼命子马光赞为朗州武平军留后，遣何敬真为朗州都指挥使，统兵戍守。因致仕学士拓拔恒曾劝马希广让国，召令复职。拓拔恒称疾不起，马希萼亦无可奈何。

马希萼令掌书记刘光辅入贡南唐，南唐中主李璟册封马希萼为楚王。

马希萼又令刘光辅报谢，李璟厚待刘光辅，并问湖南情形。

刘光辅密奏道："湖南民疲主骄，陛下若发兵往取，易如反掌呢。"

李璟乃命都虞侯边镐为信州刺史，屯兵袁州，谋吞湖南。

950 年，吴越国所属福州造谣说："吴越守军叛乱逃走了。"福州派人请南唐国所属建州节度使查文徽前来接管。查文徽与剑州刺史陈诲坐船，从闽江前往福州。福州以兵出迎，陈诲说："福州人多诈难信，应该驻兵江岸慢慢图谋。"

查文徽说："时间久了就会发生变故，乘他们尚未安定，赶快攻取。"

查文徽留陈诲驻屯江口，自己进到西门。突然，伏兵四起，查文徽被擒。

陈诲与福州兵作战，大败他们，俘获福州衙将马先进。

李璟送还马先进给吴越国，吴越国也归还查文徽。

查文徽临行前，吴越国王钱俶设宴为他饯行，酒过三巡，尽欢而散。

查文徽回到金陵后不久，就病倒了。李璟派太医王增前去诊治，王增一看查文徽病情，立刻脸色大变。"这是中毒症状呀。"王增以珠置查文徽口中，一会儿工夫，珠色变黑，果然是中毒！众人大惊失色，王增慢慢说："这是慢性毒药，无药可解，不过查公还能活十年。"

2

长沙多雨。

南楚国第五任国君马希萼纵酒荒淫。

长沙军府政事，悉委马希崇。

小门使谢彦颙系家僮出身，面目清扬，姣如处女，马希萼很是宠爱，常令与妃嫔杂坐，视同男妾。谢彦颙恃宠生骄，凌蔑大臣，就是手握大权的马希崇，他亦未加尊敬，拊肩搭背，戏狎靡常，马希崇引为恨事。楚王府开宴，小门使只能伺候门外，马希萼独使谢彦颙就座，甚至列诸将之上，诸将亦愤愤不平。

战火烧毁了楚王府，马希萼命朗州指挥使王逵、朗州指挥副使周行逢率部曲千余人修葺府署。

王逵、周行逢，都是朗州人，出身农家，早年投靠南楚国王马希萼。二人与朗州人何敬真、张仿、蒲公益、朱全琇、宇文琼、彭万和、潘叔嗣、张文表结为"朗州十兄弟"。十人中，周行逢最有计谋。

王逵、周行逢修复楚王府，十分劳苦，又无赏赐，军士统有怨言，王逵与周行逢秘语："众怒已深，不早为计，祸将及我两人了！"二人商量一番，索性率众逃归朗州。

马希萼醉酒未醒，左右不敢禀告，第二天始报知马希萼。马希萼大怒，立遣指挥使唐师翥领兵往追，直抵朗州城下。王逵伏兵截击，大胜唐师翥，只有他子身逃归。

王逵进入朗州城，逐去留后马光赞，奉马希萼之侄马光惠知朗州事。马光惠愚懦嗜酒，不能服众。王逵与周行逢便废去马光惠，推立辰州刺史刘言为朗州武平军留后，王逵自为朗州武平军节度副使。

刘言，吉州人，骁勇善战，素得当地人心。

马希萼本与许可琼密约，分治湖南，等到攻入长沙，背约食言，且恐许可琼怨恨，暗通朗州，外放他为蒙州刺史。马希萼另派马步指挥使徐威，左右军马步使陈敬迁，水师指挥使鲁公绾，衙内侍卫指挥使陆孟俊，率兵出城西北隅，立营置栅，防备朗州兵。

徐威等人辛苦异常，马希萼并未抚问，免不得怨声又起。马希崇已知众怒，未曾进谏。一日马希萼置酒端阳门，宴请将吏，徐威等不得赴宴，马希崇亦称疾不至。

徐威叛乱，使人驱赶烈马数十匹，闯入军府。徐威率领徒众持械相随，托言絷马，一哄而入，纵横击人。马希萼骇奔，逾墙欲逃，被徐威等人逮住，缚置槛车。徐威手执小门使谢彦颙，从城上摔下，锉成肉粉。

徐威等人推马希崇为长沙武安军留后，这就是南楚国第六任国君。

马希崇欲借刀杀人，特令彭师暠押住马希萼，解往衡山县锢禁。

马希崇并非平安无事，朗州武平军留后刘言遣军至益阳，将逼长沙。马希崇顿时仓皇失措，急发兵二千往御，且遣辰溪县令李翊赴朗州求和，愿为邻藩。刘言颇费踌躇，掌书记李观象劝说："马希萼旧将尚在长沙，必不欲与我们为邻，刘公您不如先让马希崇取马希萼旧将首级来献，然后可和。马希崇若从此议，取湖南易如反掌了。"

刘言依议而行，即令辰溪县令李翊返报。马希崇愚蠢，杀死马希萼旧臣杨仲敏、魏光辅、魏师进、黄勋等十余人，函首送到朗州，并再派辰溪县令李翊为使。

送至朗州首级，统已血肉模糊，不可辨认。刘言、王逵遂说以伪冒真，呵斥李翊。李翊且愤且惧，撞死阶下。刘言也为心动，暂许马希崇和议，调回益阳朗州军。

马希崇闻朗州军调回，便纵情酒色，终日寻欢。不料彭师暠押送马希萼到了衡山，竟与衡山指挥使廖偃，共立马希萼为衡山王，改县为府，断江立栅，编竹成船，与马希崇为敌。廖偃与彭师暠招募徒众，十日内得万余人。彭师暠遣判官刘虚向南唐国乞援。

马希崇得悉此变，也遣使奉表南唐国，请兵抗拒马希萼。

湖南两君并立，互相攻杀，不约而同求救于世敌南唐国，结果引狼入室。

南唐中主李璟嘿嘿笑道："众驹争槽，我有机可乘啦。"

李璟派遣信州刺史边镐率兵进入湖南，西奔长沙。南楚马步指挥使徐威欲杀马希崇，被马希崇先期察觉。马希崇左思右想，无计可施，只好迎接边镐。边镐军已至醴陵，马希崇急发库款犒军。

边镐告诉马希崇："此来是平定湖南内乱，如欲自保，速即投降。"

马希崇听了，半晌无言，不觉泪下，投降南唐已成了马希崇无奈的选择。

边镐率兵抵达长沙，与马希崇同入城中，寓居浏阳门楼。湖南将吏，相率趋贺。边镐即发湖南仓库，取出金帛给将吏，取出粟米赈饥民，全城大悦。

南唐鄂岳观察使刘仁赡乘势取岳州，安抚吏民。

刘仁赡，徐州人，略通儒术，好读兵书，在江南颇有声望。

捷报驰入金陵，南唐中主李璟喜出望外，下令马氏全族入朝。

马希崇不欲东行，聚族相泣，重赂边镐，令他代为奏请，仍准留居长沙。

边镐微笑道："我国与你家世为仇敌，一直未能大举入境，灭掉你家。现今你们兄弟阋墙，众驹争槽，穷蹙乞降，这是天意欲归我国。你若再图反复，恐人肯恕你，天也未肯恕你了！"

马希崇无词可答，只得挈领宗族及将吏千余人，号哭登舟，共赴金陵。

马希萼据住衡山，还想经略岭南，特命龙峒戍将彭彦晖移屯桂州。桂州节度副使马希隐系是马殷少子，不愿彭彦晖前来，急邀蒙州刺史许可琼同拒彭彦晖。许可琼率兵奔桂州，与马希隐合兵，杀退彭彦晖。彭彦晖奔回衡山，马希萼大惊。

南唐军校李承戬奉边镐命，率兵三千至衡山，促马希萼入朝金陵，逼得马希萼忧上加忧。就是廖偃、彭师暠也想不出救急方法，索性投顺南唐，乃是无策中的一策。廖偃、彭师暠与马希萼沿江东下，往朝南唐国。

马希隐闻听二兄投降南唐，还想据守岭南，负嵎自固，偏偏南汉国第三任皇帝刘弘熙派遣内侍吴怀恩入境，乘虚袭入蒙州，继而乘胜进逼桂州。马希隐与许可琼保守不住，乘夜斩关，带领遗众，向全州逃去。吴怀恩得了蒙州、桂州，然后攻陷连州、梧州、严州、富州、昭州、流州、象州、龚州，于是南岭以北属南唐，南岭以南属南汉。

朗州一隅，尚为刘言所据，但亦不属马氏。

自马殷被封楚国王，至马希崇降唐，共历二十四年。《新五代史》所称十国中的第六个割据政权：南楚国，到此灭亡。

南楚国最辉煌时，辖二十九个州。南楚在建国之初就奉行"上奉天子"的政策，除马希萼向南唐称臣外，其余都承认中原王朝为宗主国。

原容州宁远军节度使庞巨昭擅长星纬之学，投奔长沙后，有人问他南楚与南吴的国祚长短。庞巨昭道："我来长沙时，听到有童谣在唱：'三羊五马，马自离群，羊子无舍。'也就是说，马氏自马殷以后，还有五位君主，杨氏自杨行密后还有三位君主。"果如其言，马殷死后，南楚国历经马希声、马希范、马希广、马希萼、马希崇五位君主，被南唐边镐所灭。而吴国自杨行密死后，历经杨渥、杨隆演、杨溥三位君主，被权臣徐知诰篡夺。

南唐中主李璟将马氏家族全部迁到金陵，以马希萼为江西观察使，以马希崇为舒州节度使，以边镐为湖南观察使。因廖偃、彭师暠二人忠事故主，特授廖偃为左殿直军使兼莱州刺史、彭师暠为殿直都虞侯。

五　稀里糊涂的皇帝

金陵西北一千二百里，是后汉朝开封府。

后汉隐帝刘承祐继位，已经二年，起初是任用勋旧，命杨邠掌机要，郭威主征伐，史弘肇典宿卫，王章总财赋，四大臣同心协力，国内安静。同平章事、户部尚书李涛请调杨邠、郭威二位枢密使出任重镇，控御外侮，内政可委同平章事苏逢吉办理。这明明是防患未然、调停将相的意思，不料杨邠、郭威二人误会李涛之意，疑他联络苏逢吉从旁倾轧，竟入宫泣诉太后刘家李氏。

刘家李氏面责刘承祐喜新厌旧，刘承祐述及李涛之意，刘家李氏更怒，立命刘承祐罢除李涛政柄，勒归私第。

686

李涛年轻时，常常往来于长安、开封之间。汜水关有一座不动尊院寺，寺中有位和尚，十多年不曾跨出院门，李涛每次路过此寺休息时，都会前往问候此僧。后来，这座寺庙被大火焚毁，和尚们都迁居他处。李涛被贬官，再次经过此地，看到不动尊院寺只剩下了残存的门扇，心中感慨，在门上题诗——

走却坐禅客，移将不动尊。

世间颠倒事，八万四千门。

李涛离去了，杨邠更加重武轻文，文吏升迁，多方抑制；史弘肇更加怙权专杀，吏民犯禁，横加诛夷；王章加税增赋，聚敛苛急，不顾民生；郭威谨小慎微，唯恐功高震主；苏逢吉更加失落，愈抱不平。刘承祐年已长大，除视朝听政外，常与近侍戏狎宫中，飞龙使後匡赞、茶酒使郭允明最善谄媚，大得主宠，乱糟糟地聚做一堆，互相笑谑。

刘家李氏颇有所闻，常召刘承祐入宫，严词督责。刘承祐初尚遵礼，不敢发言，后来听得厌烦，竟反唇相讥道："国事由朝廷作主，太后妇人，管什么朝事！"说至此，便抢步奔出，徒惹起太后一场烦恼，他却依旧寻乐去了。太常卿张昭得知此事，上疏切谏，大意在远小人、亲君子。刘承祐怎肯听受，置之不理。

950年夏，开封狂风暴雨，到了夜晚，大地震动，房屋倒塌，被压死者七人。到了天亮，边塞传来急讯：辽兵入寇，横行黄河以北。刘承祐紧急召集大臣，共商军国大事。商议结果，枢密使郭威出镇魏州，督率各藩镇抵抗辽兵。

郭威外放，枢密使一职是否兼任呢？

史弘肇认为郭威继续担任枢密使，而苏逢吉则不同意。史弘肇与苏逢吉争辩："枢密使可以便宜行事，使诸军畏服。你等文臣，怎晓得疆场机变呢？"

苏逢吉畏他凶威，不敢争论，退朝后悄悄说："用内制外，方得平安。今反用外制内，祸变不远了！"

第二日，后汉朝廷下诏，郭威为魏博节度使，仍兼枢密使，凡黄河以北兵甲钱谷，见郭威文牒，不得违误。平定三叛仅仅过去半年，郭威又要出征了。

同平章事窦贞固出面设宴，为郭威饯行，文武大臣们都来了。

苏逢吉举起酒杯向郭威说："朝议，朝议，不论议朝东还是议朝西，郭公都不要往心里去！"

史弘肇觉得窝火，大声说："安朝廷，定祸乱，有长枪大剑就足够了，至于什么毛笔又有什么用！"

度支、盐铁、户部三司使王章听了很不高兴，反驳说："光有长枪大剑，没有毛笔，那兵马的物资给养从何而出呢？史公亦未免欺人了！"

史弘肇方才无言。少顷席散，众人怏怏归第。

郭威入朝辞行。后汉隐帝刘承祐对郭威说："朕夜里梦见你变成了驴，驮着朕升了天，等朕下来后，你又变成了龙，离开朕向南去了。"

郭威伏地奏道："微臣只是刘氏江山的一头驴，拼命拉磨而已。微臣即将前去戍边，有忠言向皇上禀告。太后随先帝多年，见识不凡，陛下春秋正盛，有事须禀训才行。陛下还宜亲近忠直，屏逐奸邪，善善恶恶，最宜明辨。苏逢吉、杨邠、王章、史弘肇，皆先帝旧臣，尽忠殉国，愿陛下推心委任，遇事咨询，当无过错。至于疆场之事，微臣愿意竭尽愚诚，不负信任，请陛下勿忧！"

刘承祐笑容称谢，待郭威北去，仍然置诸脑后，不复记忆。

1

皇帝年少愚笨，大臣会怎样呢？

枢密使杨邠，度支、盐铁、户部三司使王章，侍卫马步军都指挥使、同平章事史弘肇，个个蛮横无知、贪暴残酷、专恣弄权。

朝堂上，刘承祐说："施政要顾及百姓，千万不要让他们有怨言。"

杨邠听到这句话，竟然不顾君臣体统，张口就对刘承祐嚷道："陛下不要说了，有微臣在，这些事绝对能办好。"

此言一出，满朝文武全都大惊失色，刘承祐恨不得把杨邠撕成碎片。

太后刘家李氏幼弟李业，担任武德使。李业年纪跟刘承祐相仿，加上性格、爱好相投，一来二去便成了外甥皇帝身边的宠臣。

不怕没好事，就怕没好人。李业想出任宣徽使，杨邠不同意。他劝谏刘承祐要远离小人，这让刘承祐很是不高兴。此后，李业对杨邠恨之入骨，不断鼓动外甥杀死此人。

度支、盐铁、户部三司使王章负责理财，只知暴征，百姓因此而破产者比比皆是。旧制征粮时，每一斛加收二升，称之为"鼠雀耗"，而王章命令加收二斗，相当于以往的十倍。旧制官库出纳钱物，每贯只给八百文，百姓交税也是如此，每百文只交八十文，称之为"短陌钱"，而王章规定官库给钱每百文只给七十七文，但百姓交税每百文仍交八十文。后汉还规定私贩盐、矾、酒者，不论数量多少，统统处以死罪。

史弘肇更是残暴。他掌握禁军，警卫都邑，只要稍有违犯法纪，不问罪之轻重，都处以极刑。有人私观天象，被认定有反叛之心，腰斩处死。有个百姓喝多了酒，和一个军士发生口角，也被处死，暴尸街头。至于断舌、决口、抽筋、折足等酷刑，则是每日不断。

前宰相李崧被苏逢吉冤杀，史弘肇不但没有制止，反而在李崧被杀后将他的小女儿收做自己的奴婢。

一个幽州人名叫和福殷，用十四万贯钱买了一个玉枕，派家仆卖到淮南，再换成茶叶回来。家仆贪财，将价值十万贯的玉枕藏了起来。和福殷训斥家仆，让他偿还，家仆不肯，和福殷就用棍子打他。这个家仆就去向史弘肇诬告和福殷，说辽兵当年进入开封时，赵延寿让和福殷带着玉枕秘密联络南唐国，夹攻后汉。史弘肇不问青红皂白，马上派解晖去审问，解晖善于用刑，结果和福殷被屈打成招，其家人也被处死。和福殷的妻子女儿被史弘肇手下霸占，财物也被没收。

一个在贡院吵闹的人，被苏逢吉扭送到史弘肇那里，请他从重处罚。史弘肇儿子史玭听说后劝说父亲："书生无礼，自有府县御史台管辖，不应该用军法处置。他们把书生送到您这里来，是想让父亲负担过失。"史弘肇觉得有理，就把那个书生放了。

众臣去王章府上饮酒，大家喝得差不多了，就行起酒令来。史弘肇不大懂，侍卫马军都指挥使阎晋卿就教他。苏逢吉说起了风凉话，逗史弘肇："旁边有姓阎的人，就不用怕罚酒了。"这一句话立刻惹恼了史弘肇，因为他的妻子也姓阎，而且原来是个酒妓。史弘肇以为苏逢吉是在讽刺他，就用脏话骂苏逢吉。苏逢吉万万没有想到一句玩笑话会惹怒史弘肇，他也不示弱。史弘肇更恼火了，挥拳就要打苏逢吉，吓得苏逢吉赶忙溜走。

史弘肇跳起来找剑，要去追杀苏逢吉。杨邠拉住他说："苏公是宰相，您如果杀了他，那皇帝的尊严又置于何地呢？史公三思为上。"史弘肇没有说话，骑马而去。杨邠担心再出什么意外，也紧跟着他，一直送到他的府邸才回去。

史弘肇虽然没有杀苏逢吉，但将相之间的矛盾更加激化了，关系形同水火。后汉隐帝刘承祐为化解他们的矛盾，让宣徽使王峻设宴调解，竟也没能说服他俩。

史弘肇做事有时虽然很对，但做法却让人觉得粗暴蛮横，对待皇帝也是如此。刘承祐以为国家太平了，于是对母亲家族的亲属们大加重用，史弘肇非常反感。太后有故人请求补任军职，史弘肇不但没有答应，反而将此人斩首了。于是，李业在刘承祐面前经常说史弘肇这样专横大臣的坏话。刘承祐喜欢听歌舞音乐，高兴了就赐给教坊使玉带，给伶官们锦袍，史弘肇则没收了他们所有赏赐的东西，还给了官府，又斥责他们说："将士们为国守卫边疆，冒酷暑，忍严寒，也没有皇帝的一星半点的赏赐，你们这些人有什么功劳，敢冒领赏赐！"刘承祐对史弘肇非常恼怒。

刘承祐刚刚成人，也想自己主政，摆脱史弘肇这样的大臣的控制，李业就投其所好，说史弘肇这种人如果听任他们专权，时间长了就会不把皇帝放在眼里，说不定什么时候心生异志，就会加害皇帝了。这使刘承祐异常恐慌，对舅舅李业的话深信不疑。

史弘肇不喜欢和文人来往，经常说："这些文人让我无法忍受，他们总是轻视我们这些武将，说我们是小卒子，真是可恨！真是可恨！"史弘肇对武将出身的郭威极力拉拢，对文臣苏逢吉就极力排斥。苏逢吉深知李业等权贵讨厌史弘肇，于是每次见到李业，都想方设法往李业对史弘肇的怒火上浇一瓢油。

刘承祐夜晚，听到皇宫作坊里有锻造铁器声，就怀疑外面有乱兵来了。刘承祐说与李业听，李业则说："能乱皇宫的，除了史弘肇还能有谁呢？"从此，刘承祐和李业密谋诛杀史弘肇等人。商议好了之后，刘承祐偷偷地去告诉太后："史弘肇这些武夫悍将，个个专横跋扈，议论朝政时吵吵嚷嚷，根本不把皇帝放在眼里。这些人只知舞枪弄刀，根本不懂安邦定国的道理。史弘肇争吵起来，甚至拔刀动剑，几乎闹出人命。当今要务，就是除掉他们。"

刘家李氏说："此事怎么能这么草率呢！要和其他宰相商量一下。"

刘承祐生气说："国家大事，你们这些妇人知道什么！"

李业与侍卫马军都指挥使阎晋卿相善，秘将此事告知。

阎晋卿是史弘肇下属，恐谋事不成，反致招祸，就冒着杀头危险去告诉史弘肇。可恨史弘肇死期已到，史弘肇误以有阎晋卿有事求他，避而不见。大难临头的时候，史弘肇把阎晋卿一番苦心拒之门外。

刘承祐伏兵殿侧，不只要诛杀史弘肇，还准备同时诛杀杨邠、王章。刘承祐稀里糊涂地当上了皇帝，如今才两年，就要做出一系列稀里糊涂的事情来。

清晨，杨邠、王章、史弘肇入朝。行至广政殿东侧，忽有军士数十人驰出，拔出腰刀,向史弘肇砍去。史弘肇猝不及防,竟被砍倒。杨邠、王章惊骇欲奔,也被众多军士砍翻。三道冤魂,同往冥府去了。

殿外官吏,不知何因,个个惊慌得不得了。枢密承旨聂文进走来,宣读诏书:"杨邠、王章、史弘肇,同谋叛逆,欲危宗社,故并处斩,与众卿同庆。"

杨邠、王章、史弘肇三家,尽被屠戮,家产亦全部籍没。

刘承祐重用一名酷吏,让他收捕余党。

这人,名叫刘铢,陕州人,历仕后梁、后唐、后晋。后汉建立后,任青州平卢军节度使。刘铢生性残忍,执法残酷。老百姓有罪的,问他年龄大小,回答说多少岁,就按照岁数棒打多少次,叫做"随年杖"。每次棒打一人,必定用两根棍子同时打,叫做"合欢杖"。刘铢增加百姓的租赋,每亩出钱三十作为公用,老百姓不堪其苦。后汉朝廷气愤刘铢残暴,召他回京,担任开封尹。

刘铢与李业合谋,收捕杨邠、王章、史弘肇戚党、仆从,随到随杀。大众都恐连坐,待至日暮无事,才得安心。

后汉高祖刘知远去世时,留下了四位托孤重臣,如今杨邠、王章、史弘肇三人已去,唯独苏逢吉幸免于难。原来苏逢吉治国理政腹中空空,溜须拍马却是得心应手。苏逢吉为了对史弘肇下手,抱上了权贵李业的大腿,离开了托孤重臣圈,因此侥幸逃过此劫。

刘承祐夜晚入睡,突然又想起三人,放心不下。这另外三人,是哪三人?

枢密使、魏博节度使郭威,宣徽使、魏博监军王峻,侍卫步军都指挥使王殷。

这三人都在外带兵,都是杨邠、王章、史弘肇三人的亲友、故旧。

王殷是谁?他早年跟随范延光征战,冒着矢石,首先登上城墙,因功授予祁州刺史。王殷谦恭好礼，以孝顺母亲闻名。王殷政事不佳，他母亲就要责问他，甚至用棍子打他。王殷讨伐杜重威时，被箭射中了头部，很久才从口中取出箭头，因此升任侍卫步军都指挥使。王殷向与史弘肇友善。辽兵侵犯边境，王殷领兵屯守澶州。

年轻人想干就干，刘承祐密令澶州节度使李洪义杀王殷，魏州行营马军都指挥使郭崇威、魏州行营步军都指挥使曹威杀魏博节度使郭威及监军王峻。

郭崇威，应州人，后唐时为应州骑军都头。割让幽云十六州后，郭崇耻于为辽国臣子，弃官南归。郭崇威随郭威平乱，立下功勋，升任果州防御使、护圣右厢都指挥使。郭威出镇魏州，郭崇威改为魏州行营马军都指挥使。

曹威，冀州人，性情沉厚，谦恭有礼，历仕后唐、后晋、后汉三朝，屡有战功。

刘承祐也是心急，郭威未死，竟然下诏，让刘铢把郭威在京的家属全部杀死，包括郭威尚在襁褓中的儿子。郭威先后娶过三位妻子：柴氏、杨氏、张氏。赵王王镕死于宫廷政变后，他的妃子杨氏流落民间，嫁给了一位普通百姓石光辅。石光辅死后，杨氏再度守寡。郭威原配柴氏去世后，郭威前去求婚，却被杨氏的父亲拒绝。在友人的撮合之下，郭威才娶到杨氏。不料杨氏也患病去世，郭威又娶了一个寡妇张氏。郭威与柴氏、杨氏、张氏生的两儿两女以及张氏，全被刘铢所杀。

郭威只有一个女儿，因为外嫁张永德而活了下来。

张永德，太原府人，现任供奉官押班。

此时，张永德被朝廷派去潞州，赐给潞州昭义军节度使常思生辰礼物。

张永德听闻有密诏授予常思，细细一打听，知晓刘承祐正在屠杀郭威的亲属，这密诏就是让常思杀张永德。"时人谓郭威为常氏子"，张永德想了想，觉得可以说服常思，就对常思说："大帅您是要杀我吗？我虽死无怨，唯恐连累了您的宗族。"

"何出此言？"

"当今奸佞之人当政，郭威一定会为国除奸。如果郭威成功了，您就有功德；如果不成，那时我再死也不晚。"

常思深以为然，让军士守卫张永德，以礼相待。

常思悄悄问张永德："您看您丈人的大事，有几分胜算？"

张永德回答："几乎是必成。"

王峻在京城的家属，也被刘铢一律捕戮，老少无遗。

王殷在澶州，尚未知悉，忽然澶州节度使李洪义入帐，递交密诏，令王殷自阅。王殷览毕大惊问："从何处得来？"

李洪义道："朝廷遣使到此，嘱洪义依着密旨，加害将军，洪义与将军交好，怎忍下此毒手？"

王殷慌忙下拜道："王殷余生，尽出公赐！"

王殷满怀愤懑。李洪义立派澶州节度副使陈光穗转报魏州。

2

这年的冬天来得特别早。

大瓣的雪花在魏州上空中旋转着、翻动着。

枢密使、魏博节度使郭威正与宣徽使、监军王峻坐论边事，忽澶州节度副使陈光穗急急前来，呈上密书。郭威看完，额头冒汗。

王峻未知底细，便问郭威。郭威答："朝廷要杀我们二人。"

王峻不信，陈光穗掉泪说："不但要杀二位将军，二位将军的家属已被杀光了！"

郭威惊闻噩耗，大吼一声，直接昏了过去。

辛辛苦苦奋斗三十年，郭威又变成了一条无牵无挂的光棍，一如他十八岁，在街上拿着刀子捅屠夫那样。只不过此时，他手里握着的不是刀子，而是十万雄兵，要捅的不是屠夫，而是刘承祐、李业还有刽子手刘铢。

王峻目瞪口呆，而后放声大哭，同样的遭遇使王峻和郭威走到了一起。

郭威召入郭崇威、曹威及几位心腹，当面宣言："我与诸公拔除荆棘，跟从先帝取得天下。先帝升天，与杨邠、王章、史弘肇诸公废寝忘食，用心经营，才令国家无事。现今，杨邠、王章、史弘肇诸公无故遭戮，又有密诏到来，要取我及监军首级。我想故人皆死，我亦不愿独生。你等可奉行诏书，断我首以报天子，不至于连累你们！"

郭崇威、曹威刚刚接得密诏，正在惊恐之中，就被郭威招来。二人立刻明白，涕泣答言："我们二人都是在大帅手下混饭吃的人，怎会做出对不起大帅的事情呢？天子年少，此事必非圣意，定是左右小人阴谋作乱。假使此辈得志，国家还能安全吗？末将愿从大帅入朝，当面洗雪，荡涤鼠辈，廓清朝廷！"

枢密院小吏魏仁浦说："大帅您是国家的大臣，功名一向清白，且为世人称颂，现在又握有重兵，据守着重镇。一旦被小人诬陷，灾祸来临是很难排解的。事态已发展到这一步，您可不能坐着等死呀！"

郭威说："想当年，我和杨邠、史弘肇等人披荆斩棘，跟随先帝夺取天下，竭尽全力保卫国家。如今他们已经死了，我还有什么心思独自活着！不如死了算了。"

"您白白送死有什么好处？不如顺应众人之心，领兵南行，这是天赐的良机呀！"翰林天文赵修己从旁接话："大帅徒死无益，不若顺从众请，驱兵南向，天意授公，违天是不祥呢！"

郭威静了静，无奈说："我本无反叛之心，可是现在让我不得不举兵，去清除诛杀杨邠、王章、史弘肇的小人。"

一向厚道、与世无争的郭威，就这样被时代的浪潮打上了帝王之路。郭威心中暗暗说道："我不能坐以待毙，对不起了刘知远，不是郭威负你，而是你的儿子太狂妄了，小毛孩皇帝逼着我反呀！"郭威依照心腹魏仁浦的计策，把诏书稍加改动，称天子命郭威诛杀诸将，于是群情激昂，愤怒的将士簇拥着郭威走上反叛的道路。

郭威留义子柴荣镇守魏州，命魏州行营马军都指挥使郭崇威、先锋指挥使李筠为前驱，以"清君侧"为名，向南进发。郭威、王峻许诺，攻下开封，大军抢掠十天。

经过澶州，李洪义、王殷举兵追随。

950 年十一月十四日，郭威率兵渡过黄河。

途中获得一谍，审讯姓名，叫作鸒脱，是后汉宫中的小竖，受后汉隐帝刘承祐之命，来探魏州军进止。郭威喜道："正好让鸒脱送信给朝廷。"郭威上疏道——

臣发迹寒贱，遭际圣明，既富且贵，实过平生之望，唯思报国，不敢有他图！今奉诏命，忽令郭崇威等杀臣，即时俟死，而诸军不肯行刑，逼臣赴阙，令臣请罪廷前，且言致有此事，必是陛下左右谮臣耳！今鸒脱至此，天假其便，得伸臣心，三五日当及阙朝。陛下若以臣有欺天之罪，臣岂敢惜死。若实有谮臣者，乞陛下缚送军前，以快三军之意，则臣虽死无恨矣！

郭威率军再进，行至滑州。

滑州义成军节度使宋偓，是后唐庄宗李存勖的外孙、后汉高祖刘知远的女婿。

宋偓自思力不能敌，开城迎纳郭威。郭威与宋偓同出滑州，直奔开封。开封城中，一片混乱，后汉隐帝刘承祐急忙与众臣计议。

中书令侯益向刘承祐献计："郭威所率将士家属都在京城，不如闭关坚守，以挫敌锋，然后令各家属发书招人，可不战而定。"

皇叔、兖州泰宁军节度使慕容彦超正巧在开封，他当即反驳："侯益上了年纪，胆子小了，所献为怯懦之计，不可行。"

刘承祐道："慎重亦是好处，众卿同行便了！"

刘承祐令侯益与慕容彦超率禁军奔澶州迎敌。大兵未出，郭威已至滑州。这时，鹥脱回朝，取出郭威上疏，呈上御览。刘承祐且阅且惧，且惧且悔，忙召众臣入商。

同平章事窦贞固首先开口："日前急变，臣等实未与闻。既得幸除三逆，为何还连及外藩？"

刘承祐叹息："前事太草草，今已至此，说亦无益了。"

李业在旁，大声说道："前事休提！今叛兵前来，总宜截击，请倾库赐军，重赏之下必有勇夫，何足深虑！"

刘承祐下旨开库取钱，分赐禁军，每人二十贯。所有魏州兵家属，仍加抚恤，使通家信招降。

郭威大军很快到了封丘，封丘距开封不过百里。宫廷内外，异常震骇。

太后刘家李氏掉泪说："前不用李涛言，悔也迟了！"

慕容彦超还未出城，他自恃骁勇，向刘承祐奏道："郭威之军如同蟆蟥，臣当为陛下生擒贼首，愿陛下勿忧！"刘承祐即令慕容彦超、侯益出拒郭威。

慕容彦超领军至留子坡驻营，掘堑自守，侯益驻扎赤冈。两军待了半日，未见魏州军到来。不一会儿，天色已暮，慕容彦超、侯益退守开封。翌日清晨复出，至留子坡，与魏州军相遇，彼此下营，按兵不战。

刘承祐欲出城迎战，禀白太后。刘家李氏道："郭威是我家故旧，不是生死之事，何至如此！你们守住都城，飞诏慰谕。郭威必有说辞，可从即从，不可从再与理论。那时君臣名分，尚可保全，千万不要轻出临兵！"

刘承祐不从，带着几位臣僚侍从，竟出都门。

刘家李氏又遣内侍告诫随行的聂文进："贼军不可小瞧，你们千万留意！"

聂文进答道："请宫中勿忧，就使有一百个郭威，也可全部擒归！太后何必多心！"

刘承祐至留子坡，慰劳慕容彦超，留营多时。一天又要过去，两军仍然不动，刘承祐还宫。慕容彦超送刘承祐出营，振振有词："陛下宫中无事，请明日再莅臣营，看臣破贼！臣实不必与战，一加呵斥，贼众自然散归了。"

刘承祐很是欣慰，回宫酣睡。次日早起，用过早膳，又欲出城观战。太后刘家李氏忙来劝阻，禁不住少年豪兴，定要自去督军，究竟慈母无威，只好眼睁睁地由他自去。刘承祐出城，忽然御马无故失足，险些儿将乘舆掀翻。亏得扈从人多，忙将马缰勒住，方得前进。既至留子坡，立马高阜，观看交战。

双方出营列阵，郭威下令道："我们此来，是清君侧，非敢与天子为仇。如果开封禁军未曾来攻，你等休得轻动！"

郭威话刚落，开封禁军阵内，鼓声一震，慕容彦超引着轻骑，跃马前来。

魏州军中，郭崇威、李筠也领骑兵出战。

两下相交，喊声震天。郭威遣曹州防御使何福进、复州防御使王彦超领劲骑出阵，横冲开封禁军。慕容彦超未及防备，骤被冲入，禁军立即人仰马翻。慕容彦超仗着勇力，上前拦阻，怎奈坐骑立被射倒。魏州军一齐上前，来捉慕容彦超。慕容彦超跃起得快，改乘别马，逃离战场。这位兖州泰宁军节度使慕容彦超，知道开封不保，就撇下亲侄子刘承祐，自率数十骑回归兖州去了。

开封禁军全仗着这位皇叔慕容彦超，见他逃走，众皆夺气，纷纷投降魏州军。侯益也向郭威投降。

郭威对宋偓说："皇上刘承祐危险了，您是皇室近亲，应该赶快前往护卫，不要惊扰了陛下。"宋偓急速寻找刘承祐，无奈开封禁军已经大乱，宋偓只得半途折还。

后汉隐帝刘承祐与同平章事苏逢吉、枢密承旨聂文进、茶酒使郭允明数十人没有回到开封城内，落荒而逃，夜晚留宿七里寨。

刘承祐心情沮丧，而聂文进、郭允明却是举杯痛饮，歌笑自若。

苏逢吉当晚做了一个梦：苏逢吉正在逃走，偏偏前面有一人挡路。这人浑身血污，状甚恐怖。仔细辨认，乃是已故太子太傅李崧。苏逢吉立刻惊醒，不由心胆俱碎，自言自语："见到自己冤杀的死人，不是好事啊！"苏逢吉索刀自杀，被左右阻止。苏逢吉与李崧有冤，与史弘肇不睦，还与郭威不和。当年，苏逢吉陪同刘知远视察军营，趁着酒兴羞辱郭威。郭威胸怀大志，一再隐忍避让，但内心的仇恨种子早就埋下了，苏逢吉越想越怕。

到了天明，刘承祐起视，蓦然发现七里寨只剩得一座空营。他慌忙登高北望，见郭威军营高悬旗帜，烨烨生光。将士出入营门，甚是雄壮。刘承祐魂飞天外，当即策马奔向开封城。行至玄化门，门已紧闭，城上立着开封尹刘铢，厉声问刘承祐："陛下回来，为何没有兵马！"

刘承祐无词可对，回顾身后侍卫，拟令他代答刘铢。忽然弓弦声响，那侍卫应声倒地，吓得刘承祐胆裂，回辔乱跑，向西北驰去。苏逢吉、聂文进、郭允明等人跟在后面，一口气跑到赵村。

后面尘土飞扬，人声马声，杂沓而来。刘承祐料有追兵，慌忙下马，打算进入民家暂避。郭允明以为后面追兵是魏州将士，就想弑主报功，他抽出刀来，猛地向刘承祐背后刺去。刘承祐下意识回头一看，与郭允明四目相对，羞得郭允明抽刀扭头离去。刘承祐一声狂号，倒地而亡，年仅二十岁。

刘承祐万万没想到，自己竟然死在了身边小跟班手里。二年前，刘承祐当皇帝时稀里糊涂，死时还是稀里糊涂，他不知道郭允明杀他也是稀里糊涂。

等到追兵近前，郭允明仔细一望，乃是刘承祐的亲兵前来护卫，并非魏州兵。郭允明才知弄错，心中一急，便把弑主的刀儿，向自己脖颈上一横，也即倒毙，去与刘承祐同至阎王殿对簿受罪去了。

苏逢吉见状，在民舍自杀。后来，他的头被悬挂在树杆上，就在当年李崧受刑地方。

聂文进逃了一程，被追兵赶上，乱刀砍死。

武德使李业、飞龙使後匡赞尚在城中，闻禁军兵败，便从宫中攫取金宝藏入怀中，混出城外，李业奔陕州，後匡赞奔兖州。

侍卫马军都指挥使阎晋卿思谋自己与李业同党，定会受到牵涉，心中一乱，在家自尽了。

开封城中大乱。

3

郭威得知刘承祐被弑，放声恸哭。

将吏入帐劝慰，郭威且哭且语："我早晨出营巡视，尚望见天子车驾，停在高坡，正思下马往迎天子，偏车驾已经南去，我总料是回都休息，不意为奸竖所弑，怎得不悲？细想起来，实是我的罪孽。"

950 年十一月二十二日，郭威大军进入开封。

郭威来到了自己私第，只见门庭无恙，人物一空，回首前时府中欢声笑语，郭威忍不住放声大哭起来。

郭威遵守承诺，允许大军抢掠十天。众军士放开手脚，抢银子，抢布帛，抢女人。开封立时满城烟火，号哭震天。郭威恨极了刘承祐，恨透了那些不救自己家人的臣僚。家人们都死了，自己成了真正的孤家寡人，郭威哪还顾那么多？

前滑州义成军节度使白再荣闲居私第，被乱兵闯将进去，把他缚住，尽情劫掠。乱兵将财物取尽，又对白再荣说道："我等以前在您麾下东奔西走，现今无礼至此，无脸见白公，白公不如再慷慨送小人们一个礼物。"

"什么礼物？"

"头颅罢！"乱兵拔刀剁下白再荣之首，扬长而去。

吏部侍郎张允积资巨万，性最吝啬，即使妻儿，也不使妄支一钱。所有钱财放在一木箱中，锁钥悬挂张允衣间，好似妇人家环佩，震震有响，嘎嘎动听。见乱兵进来，张允急忙躲进重檐下面的夹板间，蹲伏似鼠。乱兵到他家中拷逼妻儿，迫令说明去向，然后到处寻觅，未见踪迹。忽听重檐下有异响，便从夹板中窥视，果然有人伏着，当即用手牵扯，张允尚不肯出来，拼死相拒，一边躲，一边扯，两下里用力过猛，那夹板却不甚坚固，竟尔连人带板坠将下来。乱兵如虎似狼，揪住张允，把他衣服剥下，连锁钥一并取去。张允已跌得鼻青脸肿、不省人事，渐渐地苏醒还阳，见自己只剩得一个光身，又痛又冷，这倒其次，要命的是锁钥不见了。正在悲惨的时候，家人来到。一问妻子，得知历年家蓄尽被抢完，哇的一声，张允狂血直喷，不到半日，呜呼哀哉。

乱兵大肆劫掠，夜以继日，居然杀到皇宫。郭崇威、王殷劝谏郭威："如果不阻止剽掠，今夜只剩下一座空城了。"郭威这才下令，严禁劫掠，违令立斩。大军只抢了三天，军士尚恃有原约，未肯罢手，等到见有数人悬首市曹，这才敛迹归营。

郭威偕同王峻入宫，向太后刘家李氏问安，太后早已泣涕涟涟。

太后刘家李氏目睹了刘承祐兵败身死的全程，丧子令她痛苦至极。刘家李氏也瞧见了乱兵的汹涌，自己贵为太后，无力阻止。刘家李氏还得活命，还要收拾残局。郭威面请刘家李氏，此后军国重事，须太后诰令，然后施行。刘家李氏也不多言，只命郭威为刘承祐发丧，另择嗣君。

太师冯道老成持重，率百官入见郭威。郭威下阶拜冯道，冯道居然受拜，仍如前日。冯道徐徐道："国家不可无君，当尽快择选嗣君。"

众官商议，乃推徐州感化军节度使刘赟为帝。

刘赟，后汉高祖刘知远的过继子，其生父是刘知远之弟、河东节度使刘旻。刘知远娶了刘家李氏后，数年无子，所以刘赟自幼被过继给刘知远。刘赟招弟，来到刘知远家里后，刘家李氏接连生下了刘承训、刘承祐。

时已隆冬,风雪漫天。郭威思绪万千,他心里想:后汉高祖刘知远之弟、河东节度使刘崇在太原,以备辽为名,拥有强兵。刘崇之子刘赟为徐州感化军节度使。如果父子俩联兵,以复兴后汉朝为号召,郭威想取胜也有困难。郭威反复思量,定下一计:尊重群臣选择,迎接刘赟为帝。等到刘赟远离徐州,然后逐一消除。

4

太后刘家李氏颁下诰令——

太师冯道、秘书监赵上交同赴徐州,迎刘赟入朝为帝。

冯道得诰,心中忐忑。他沉思良久,往见郭威,徐徐说道:"我已年老,为何还使往徐州?"

郭威微笑道:"太师勋望,与众不同,此次出迎嗣君,若非太师前去,何人胜任?"

冯道问:"此举是真心吗?"

郭威指天盟誓。冯道说:"老夫老了,不再说假话,您可不要让我说假话啊!"

冯道乃与赵上交出都南下。冯道面无表情,途中对赵上交道:"我们又要接受生死考验了。"

郭威上禀太后,言嗣君前来开封,尚须时日,请太后临朝听政。太后刘家李氏不敢不听从。依郭威所言,太后用诰令分封众官——

王峻为枢密使、右神武统军;

王殷为侍卫马步军都指挥使;

郭崇威为侍卫马军都指挥使;

曹威为侍卫步军都指挥使；

李谷为度支、盐铁、户部三司使。

　　郭威以前在外，接到朝廷诏书，都觉得用词符合机宜。郭威问是谁起草的，答称是范质，郭威叹道："范质真是宰相之材啊！"京城纷乱，范质藏匿民间，郭威千方百计找到。此时正下大雪，郭威解下自己的袍衣给范质穿。郭威禀明太后，用范质为兵部侍郎、枢密副使。

　　郭威写信安慰侍中、兖州泰宁军节度使慕容彦超，呼其为弟。

　　慕容彦超十分恐惧，心里想：自己与刘知远是同母异父兄弟，并且在开封抵抗郭威大军，势必为郭威不容。如果起兵抵抗，只能是失败。慕容彦超拿不定主意，暂且静观其变，先依从郭威，慕容彦超拿住前飞龙使后匡赞，押送开封。

　　李业尚在逃未获，朝廷移文陕州，勒令节度使李洪信，速拿李业，并案正法。

　　李业前时奔赴陕州，李洪信不敢容纳。李业西奔太原，遇到强盗被杀。李洪信恐被连坐，急忙派人捕捉李业，查知为盗所杀，于是上奏朝廷。

　　还有开封尹刘铢，亦属从犯。

　　刘铢对他的妻子说："我就要死了，你应作别人的婢女。"

　　妻泣答道："妾为君罹罪，恐为婢不足，还要一同枭首。"

　　刘铢默然无言。刘铢妻赤身露体用席子遮盖自己，和刘铢一起都被抓获。

　　郭威斥责刘铢："我和你一同跟随先帝，难道就没有老朋友的交情吗？我家被你屠杀灭族，即使有君主的命令，你做得那样狠毒，忍心吗？你也有妻子儿女，你想过他们吗？"

　　刘铢说："我只是服从君主命令，哪管别的。今日但凭郭公处分，还有何言！"

　　郭威正想收揽人心，于是和群臣商议："我想上奏太后，宽免他的家属，怎么样？"群臣都认为好。于是只杀刘铢，赦免了他的妻子儿女。後匡赞同日处斩。

河东节度使刘旻为刘赟生父，初闻故主遇害，拟发兵南向，继得刘赟即将继位消息，欣然说道："我儿为帝，还有何求？"于是按兵不进，派遣节度判官郑珙至郭威处，探明虚实。

郭威少时微贱，颈上黥一飞雀，时人号为郭雀儿。

面对河东来使郑珙，郭威道："郭雀儿要做天子，也不待今日了！"郭威自指颈上飞雀，对郑珙道："世上岂有雕青天子？请转告刘公，不必多疑。"

郑珙当即辞行，返报刘旻，刘旻更加心慰。

太原少尹李骧对刘旻道："郭威举兵造反，已经不能再为汉臣了，他肯定不会立刘氏后人为帝。您应起兵南下太行，控制孟津，以观望形势。如果郭威真立刘赟为帝，您罢兵回镇就是。"

刘旻大骂道："你这个腐儒，想要离间我父子之间的关系吗？"

刘旻命将李骧拉出斩首。李骧临刑，长叹道："我为一个傻子出谋划策，死也活该。我妻子有病，我死了她也活不下去，让她和我一起死吧。"

刘旻便将李骧的妻子一并处死，并将李骧的事上报朝廷，以表明心迹。

潞州昭义军节度使常思放归张永德，恭贺郭威之功，他向张永德歉然道："老夫差一点就坏大事了。"

郭威之虑：

后周枯木逢春天不济人

竹里风生月上门，理秦筝，对云屏。

轻拨朱弦，恐乱马嘶声。

含恨含娇独自语：今夜约，太迟生！

斗转星移玉漏频，已三更，对栖莺。

历历花间，似有马蹄声。

含笑整衣开绣户，斜敛手，下阶迎。

历仕五朝的官场不倒翁和凝任太子太傅,退居闲职,写下了《江城子·竹里风生月上门》。和凝擅长短歌艳曲,在洛阳、开封一带广为流传。

950 年冬,辽世宗耶律阮率领辽兵入寇,攻破内邱、饶阳两城。

接到镇州、邢州急报,枢密使郭威入禀太后刘家李氏,统师北征。

腊月初一,郭威领大军出发。刚出都城,郭威接到灵州朔方节度使冯晖来书,书上只有三字:"雀衔谷。"郭威立刻记起年轻时与冯晖一同找相术大师周元豹算命之事来。周元豹说"雀衔谷"就是亨通显达的时候。郭威找出铜镜察看,见脖颈上的雀和谷已经非常接近了,这是岁月的力量。郭威同部下们说起此事,部下们高呼:"天意为帝啊! 天意为帝啊!"

郭威行至滑州,徐州判官董裔奉刘赟之命,前来慰劳诸将。

郭威脸色,微露不平。诸将面面相觑,不肯拜命。

魏仁浦大声说:"我等屠陷京师,自知不法,若刘氏复立,我等还有遗种吗?"

郭威闻言,似作惊愕之状,遣还徐州判官董裔,立麾军士前往澶州。

冬日寒风萧萧,平地积雪四尺。

魏仁浦又说:"郭威马前,有紫气拥护而行。"

郭威佯若不闻,渡过了黄河之后,住在澶州驿馆。早晨起床,将要出发时,突然有将士数千人大声喧哗,他们翻越墙头,登上了房顶说:"天子必须由将军来做,我们已与刘氏结下仇,不可再立刘氏为君了。"

郭威的手下将士将营中黄旗撕裂,披在郭威身上,权作天子之服的黄袍,共拥郭威上马,将士环跪,山呼"万岁",于是郭威被"逼"上了皇位。将士们改变方向,簇拥着郭威向南行进。

郭威道:"你等休得喧哗,欲我还朝,须禀明太后,并且不准骚扰百姓！从我乃归，不从我宁死！"

"愿从命令！"

跟着呼喊的，有一位二十四岁的青年，他就是赵匡胤。郭威仓促起兵，黄袍加身，让赵匡胤记在心上。作为一名旁观者，他将一切看得清清楚楚。当然，他不会预料在九年之后，同样的事情会重演，而他却由旁观者变成了主角。

郭威率众南还，沿途禁止喧扰。王峻、王殷闻听兵变，出城迎接郭威。

郭威下马相见，寒暄数语。同平章事窦贞固捧呈一篇劝进文，所有朝内百官，一并署名。郭威喜上眉梢，口中很是谦逊，说是未奉太后诰令，不敢擅专。这晚，窦贞固报明太后刘家李氏，不知如何胁迫，取了一道诰令，到了郭威大营，当面宣读——

枢密使郭威，以英武之才，兼内外之任，翦除祸乱，宏济艰难，功业格天，人望冠世。今则军民爱戴，朝野推崇，宜总万机，以允群议，可监国。中外庶事，并取监国处分。

郭威拜受诰令，便称孤道寡起来。

徐州感化军节度使刘赟尚未得悉，派押衙巩廷美居守徐州，自与冯道等人前往开封。在途仪仗，很是威风，差不多似天子出巡，左右皆呼万岁。刘赟得意扬扬，昂然前进，到了宋州，入宿府署。

翌晨起床，忽闻门外有人马声，不知是何变故，急忙登楼俯瞰，见有许多军士来势汹汹，环集门外。为首的将官扬鞭仰望，英气逼人。刘赟惊问道："来将何人？为何在此喧哗！"

来将应声答道："侍卫马军都指挥使郭崇威在此，澶州军变，朝廷派我前来保卫。"

刘赟正要呵斥郭崇威无礼，徐州判官董裔在旁劝说刘赟："看郭崇威的气势，不像是来侍卫陛下的。我在滑州时，就见他们有了反意。昨天道途传说郭威已经称帝了，陛下再前行，祸灾不小。请马上召见侍卫统领张令超，让他连夜杀掉郭崇威，明日寻找机会北走太原！"

"好的，好的。"刘赟慌里慌张答应。

谁知张令超借着"杀掉郭崇威"名义，竟然带领部下全部归顺了郭崇威。

不等刘赟回过神来，郭威召冯道西去的信札到达。

冯道临行，刘赟对他说："我这次西来开封，所相信、所依靠的，是冯公二十年为相的信义，所以不作任何准备就匆匆上路。现在郭崇威夺了我的侍卫之兵，事情已经危急到了极点，冯公怎么解救我？"

冯道除了黯然相对，别无他法。

刘赟左右要杀冯道，刘赟拦住他们说："你们不可草率，这不干冯公之事。"

冯道走了以后，郭崇威杀了刘赟的左右心腹，让刘赟住到民舍中，严密看守。

一　刘氏江山的一头驴

951年正月初五日，郭威正式称帝，定都开封。

郭威说自己是周朝虢叔的后代，定国号"大周"。为与一千二百年前的周朝相区别，人称后周。

这就是《新五代史》所称"五代"的第五个中原王朝。

郭威即后周太祖，时年四十八岁。郭威娶柴氏时，二十三岁，还是个街头混混。二十五年过去，郭威开创了后周朝，送走了后唐、后晋、后汉三朝。

《新五代史》所称"五代"的第四个中原王朝：后汉，到此灭亡。

从建立到灭亡，后汉朝仅存四年，历刘知远、刘承祐二帝。后汉灭亡，直接原因是后汉隐帝刘承祐猜忌郭威，欲杀之，郭威不得已反叛。"反者一起，兵未血刃，众即溃，君即死，国即亡，易如风吹草灰"，说的就是后汉王朝。究表面原因，是刘承祐年轻，不懂驾驭朝政，还有深层原因，就是郭威深得人心。

923 年，沙陀人李存勖建立后唐；936 年，沙陀人石敬瑭建立后晋；947 年，沙陀人刘知远建立后汉。李存勖、石敬瑭、刘知远都是沙陀人，故史称后唐、后晋、后汉三朝为"沙陀三王朝"。沙陀族是个人口十万人的小部落，却在三十年的时间里，留下了浓墨重彩的一笔。

后周太祖郭威戴着通天冕，穿着衮龙袍，御崇元殿，受文武百官朝贺。

同平章事窦贞固以下，联翩入朝，山呼万岁。历朝元老冯道，自宋州驰归，也入殿称臣，跟着下跪。

郭威对群臣说："朕本是刘氏江山的一头驴，因为小人要卸磨杀驴，所以逼着朕成了一条龙。"

第二天，郭威再行视朝，追封亡妻柴氏为圣穆皇后，亡妻杨氏为杨淑妃，亡妻张氏为张贵妃，封董氏为董德妃。

董氏，镇州人，曾嫁后晋内廷职使刘进超。辽兵进犯开封，刘进超殉难，董氏嫠居洛阳。郭威闻董氏有德有艺，娶为继室。

郭威大赦天下，大封有功将士——

王峻为右仆射、枢密使、同平章事；
王殷为魏博节度使、同平章事，典掌禁军；
何福进为镇州成德军节度使；
王彦超为徐州感化军节度使；
李筠为潞州昭义军节度使；
郭崇威为洋州武定军节度使、检校太保；
曹威为荆南节度使、检校太傅；
李洪义为宋州归德军节度使、同平章事。

郭威再封朝臣、藩帅，安定人心——

　　高行周为尚书令、齐王；

　　安审琦封南阳王；

　　符彦卿封淮阳王；

　　冯晖封陈留郡王；

　　窦贞固为侍中；

　　冯道为中书令、弘文馆大学士、司徒、同平章事；

　　李谷为同平章事，度支、盐铁、户部三司使。

　　还有两个人，也被加封，向训为皇城使，郑仁诲为检校太保、枢密使。向训、郑仁诲是何人？

　　向训是怀州人，年轻时前去投靠河东节度使刘知远，途中遭遇盗贼。向训杀驴买酒，向当地豪杰求助，得以平安到达太原。向训献策于刘知远，未获采纳，只好依附于郭威，成为其心腹。

　　郑仁诲是太原府人，年轻时曾在后唐任小吏，后来退归乡里，不问政事。刘知远镇守太原时，郭威经常到郑仁诲家中与他长谈。郭威任枢密使时，召郑仁诲来为幕僚。

　　皇义子柴荣被封为澶州节度使、检校太保、太原郡侯，时年三十一岁。

　　潞州昭义军节度使常思，无誉可称，只喜敛财。虽无善可道，但曾接济郭威于微时，并曾不杀郭威女婿张永德。等郭威即位，加兼侍中。

　　开封下了一场铺天盖地的大雪，百姓们喜盼丰收，也期盼着后周朝能给他们带来和平而富庶的生活。

　　后周太祖郭威却也不孚众望，显示出一代名君的气魄。

　　郭威崇尚节俭，仁爱百姓，对枢密使、同平章事王峻说："朕出身寒微，尝尽人间疾苦，也经历了国与家的灾难，如今当了皇帝，怎么能养尊处优，拖累天下百姓呢？"郭威下令，将宫中的珠宝玉器、金饰床凳、银做碗具，一共几十件，当众打碎在殿堂之上。郭威对侍臣说："真正帝王，怎么能用这种东西！"郭威大幅裁减宫中用度，衣食住行尽量做到节俭、朴素。

郭威深知民间疾苦，废除前朝实施的各种苛捐杂税、严刑峻法，听任农夫耕垦无主荒地，放宽盐、酒、皮革禁令，废除无名额的僧尼寺院，大规模治理河患。与此同时，整顿吏治，严禁官员盘剥敲诈百姓。

经过郭威的悉心治理，历经战争摧残的中原走向安定，吏治日趋清明，百姓开始过上温饱的生活，国力得到恢复。时人赞扬郭威："对沙陀人的野蛮统治开始变革了，使呻吟在战乱和暴政下的百姓感到有些希望了。"

武行德改任河南尹、洛阳留守。

后周朝廷实施盐法，规定能查得私盐一斤以上的定加重赏，一些为非作歹的人常常诬陷他人贩卖私盐。有一个村童背菜进城，路上遇到一位尼姑。快到城时，尼姑先走了进去。守门军士搜查村童的菜篮，查获了数斤私盐，便把村童捉了起来。

武行德取过盐查看，见外面裹着白纱手帕，还有一股龙麝香气，便说道："我看村童破衣烂衫，甚为穷困，怎么会有薰香手帕呢？一定是奸人所做的勾当。"

武行德问村童："你离家以后，曾与何人同路而行？"村童如实回答。武行德说："我知道是怎么回事了，这一定是尼姑与守门军士企图谋求赏金啊。"

武德派人去捕获尼姑并审问，果然牵涉到守门军士。从此，官吏们对武行德深感畏服，不敢欺蒙，洛阳为之肃然。

刘温叟改任礼部侍郎、知贡举，录取进士十六名。有人向郭威诬陷刘温叟，郭威发怒，扬除其中十二人，把刘温叟贬为太子詹事。刘温叟实际并无私心，相反以清廉著称。刘温叟为人厚重方正，举动遵循礼法。刘温叟孝顺继母闻名，即使是大热天不戴帽不穿衣不敢相见。唐末以来，社会动荡，伦理失常，鲜有遵从礼法者，但也有，楷模就是刘温叟。

魏仁浦任枢密承旨。有位叫贾延徽的人，是后汉隐帝刘承祐的作坊使。

他常常诬告贤良，就连办事谨慎、小心翼翼的魏仁浦也受其害。贾延徽认为魏仁浦的房地风水好，便想吞为己有，多次向刘承祐诉说魏仁浦的坏话，差点儿给魏仁浦招来杀身之祸。

后汉亡后，有人抓获了贾延徽，交给魏仁浦处罚。

魏仁浦淡淡说："在乱世报私怨，我是不会做的！放了他吧！"

众人都称赞魏仁浦的大度。魏仁浦办事效率高，素有浩气在身，时人评论他："一点浩然气，千里快哉风。"

二　螳螂捕蝉黄雀在后

开封西北一千里，是太原。

河东节度使刘旻为刘赟生父，见刘赟被废，禁锢宋州，便派遣徐州押衙巩廷美前往朝廷，为刘赟求得生路。后周太祖郭威踌躇一会，想出数语："刘赟即将赴京，当封王爵。铁券丹书，必无爱惜！"

巩廷美并不相信，返回太原，转达刘旻："郭威多诈，不可不防。在下愿意固守徐州，静待后命。"巩廷美回到徐州，就发动叛乱。徐州感化军节度使王彦超率兵平叛，不费吹灰之力，攻克徐州，杀掉巩廷美。

河东节度使刘旻决心抵抗后周，951年初，在太原称帝，国号仍为"汉"。为了与七百多年前的汉朝以及刘知远的后汉相区别，人们称之为北汉。

这就是《新五代史》所称十国中的第十个割据政权：北汉国。

北汉初代皇帝刘旻时年五十七岁，据有并州、汾州、忻州、代州、岚州、宪州、隆州、蔚州、沁州、辽州、麟州、石州十二州。

刘旻分封众官——

节度判官郑珙、观察判官赵华为同平章事；

皇子刘钧为侍卫马步军都指挥使、太原尹；

李克宁之子李存瑰为代州防御使；

偏将张元徽为马步军都指挥使。

群臣请立宗庙，刘旻无奈道："我不忍高祖社稷沦丧，于道义而言又不能屈服于郭威，这才不得已称帝一方，只希望能与你们勉力共报家国之仇，我算是什么天子？"刘旻不设宗庙，只用家人之礼祭祀。

北汉国地窄民贫，岁入无多，百官俸给，不得不格外减省，宰相俸钱月只百贯，节度使月只三十贯。

刘旻称帝这一日，就是刘赟毙命之时。宋州归德军节度使李洪义讣报后周朝廷：刘赟暴亡。

刘旻闻听噩耗，向南大恸道："我悔不用忠臣言，致伤儿命！"

刘旻为李骧设立庙祠，然后整兵缮甲，锐意复仇。可巧辽世宗耶律阮贻书刘旻，通问国情。刘旻当即复书，略说本朝沦亡，因袭帝位，欲循后晋故事，求援辽国。辽世宗耶律阮欣然允诺，发兵屯驻阴地、黄泽、团柏，遥作声援。

西楼城中，太皇太后述律平不甘心耶律阮把皇帝一直当下去，就想发动一场政变，谁知消息泄露了。数骑入宫，拥出太皇太后述律平，迫往木叶山。

山谷间泉水潺潺，忽然刮来一股寒风，夏天居然下起了飘飘大雪。

述律平心情异常难过，她被迫至此，在辽太祖耶律阿保机墓旁矮屋栖身，昼听猿啼，夜闻鬼哭，任她铁石心肠，也是忍受不住。

述律平在大白天做了一个梦，梦见了自己丈夫耶律阿保机，他向她说："你来啦，你的一只手已经陪伴我二十一年啦。"

梦醒时，一人推门进来，这人是耶律安端。他向述律平行礼后说道："嫂子，太祖是否召唤您呢？被你杀掉埋进地下的群臣是否同你交流呢？"

述律平愤怒说："别说了，我真后悔当年没把你埋进这木叶山里。"

当年，"诸弟之乱"，四位弟弟南逃一个，早死一个，暗杀一个，现只留下一个耶律安端，前来取笑述律平。耶律安端笑了笑，离开了。

到了夜里，述律平梦见前杀酋长骂她打她。述律平醒后，异常沮丧，心中不停说："报应啊，报应啊。"述律平在寒风中死去。

北汉初代皇帝刘旻得到辽国支持，即命皇子刘钧为招讨使，白从晖为副招讨使，统兵万人，分作五路，进攻晋州。

白从晖，吐谷浑人，勇敢多谋。后唐时，任从马直指挥使；后晋时，为冀州刺史，败辽国兵于衡水；北汉建立后，听命于刘旻。

晋州节度使王晏闭门不出，城上旗帜兵仗亦散乱不整。刘钧以为城中人怯阵，放松了戒备，命令军士蚁附登城。不料一声鼓响，那城墙内伏兵，霎时齐起，挟着硬弓毒矢，接连射下，还有长枪大戟、巨斧利矛，钩的钩，砍的砍，把北汉兵杀伤无数。刘钧连忙鸣金收军，退出濠外。

王晏驱兵杀出，追击北汉军。刘钧哪里还敢恋战，麾兵急奔，跑了十多里，不见有追兵，才择地下寨，招集散卒，死伤已经千余人。

刘钧且惭且愤，移攻隰州。行至长寿村，突遇隰州步军指挥使孙继业从斜刺里杀将出来，刘钧又是大吃一惊。北汉前锋程筠，不管好歹，挺枪跃马，出战孙继业。约有一二十合，孙继业大喝一声，把程筠刺落马下。隰州兵捉住程筠，立刻斩首，枭示军前。

刘钧大怒，麾兵前来，要与孙继业拼命。偏偏孙继业狡猾得很，率军急退，竟回入城中去了。刘钧追至城下，城上早已准备，隰州刺史许迁亲自督守，再加孙继业相助，北汉兵毫无便宜，反伤亡了许多人马，只好再次退去。

北汉初代皇帝刘旻遣通事舍人李鏻赴辽，催促辽国出兵。

辽世宗耶律阮左右其手，要完刘旻后，接着派蕃将朱宪奉书到后周，祝贺后周太祖郭威称帝，后周朝廷亦遣尚书左丞田敏回访。

田敏出使辽国，在幽州遇到辽国太子太保、原后晋中书令赵莹。

赵莹见到田敏悲叹惆怅。田敏向赵莹叙说中原之事——

后汉高祖刘知远把入辽将相的宅第全部赏赐给太原而来的大臣，赵莹宅第给了后周太祖郭威。郭威当时担任枢密副使，对赵莹之子赵易则说："所赏赐的宅第，除去属于国家部分，如果另有房契证明是你们自己置办的，就归还你们置办费用。"郭威把一千多贯钱交给了赵易则。赵易则惶恐谦让，郭威坚持给他。

赵莹向南叩头，涕泣横流，对田敏徐徐说道："老朽飘零异乡，寄居在这里，所幸孩儿无恙，幸蒙朝廷皇帝倍加抚恤存爱，开封旧宅本来属于公家，皇上优待恩宠，给钱收购，老夫至死无以报答。"

赵莹思念故国，向辽世宗耶律阮请求死后归葬故里，得到同意。

赵莹去世后，灵柩南归，安葬在华州故里。后周太祖郭威追赠他为太傅，赏赐赵易则五百匹丝绢，以办理丧事。

二十四史之一《旧唐书》的修撰，署名是刘昫，实为赵莹主持编修。

北汉通事舍人李鏻到辽，耶律阮不肯发兵，只遣使臣拽剌梅里到达北汉，谎称后周来使田敏约定每年输贡十万贯。

北汉初代皇帝刘旻情急，忙派同平章事郑珙带着金帛，与拽剌梅里同往西楼。刘旻学习石敬瑭，向辽国称侄，请求册封。辽世宗耶律阮厚待郑珙，哪料郑珙感受风寒，竟在西楼暴亡。耶律阮心受触动，派遣燕王耶律述轧至北汉册封刘旻，又召集诸部酋长，拟即日大举入侵后周，援助北汉。

诸部酋长多不愿南行。辽皇后甄氏也劝谏耶律阮："刘旻已是夕日余晖，现在诸部酋长反对，皇帝为何还要南下呢？"耶律阮不听，强行率兵南下，甄氏随行。

951年九月，耶律阮驻宿火神淀，在行宫摆宴，祭奠生父耶律倍亡灵。

夜间，忽遭兵变，耶律述轧杀死了耶律阮和皇后甄氏。耶律述轧自立为帝，偏各部酋长不乐拥戴，将其杀死。

辽太宗耶律德光长子耶律璟跟随耶律阮南下，各部酋长共推耶律璟。耶律璟便自火神淀入幽州称帝，这就是辽穆宗，时年二十岁。

耶律璟召高模翰入辽阳府，担任中台省右相。

辽阳府就是辽国灭亡的渤海国故土，高模翰本是渤海国人，到达辽阳的时候，父老都来欢迎，纷纷说："您靠打仗起家，挣得一身富贵，实在是乡中的荣耀。"

北汉初代皇帝刘旻派枢密直学士王得中祝贺耶律璟即位，请兵攻后周。

耶律璟素好游猎，不亲政事，每夜酣饮，清晨睡觉，日中方起，国人号为"睡王"。北汉乞援再三，耶律璟方遣辽将萧禹厥统兵五万，与北汉会师，自阴地关进攻晋州。

晋州节度使王晏与徐州感化军节度使王彦超对调。王晏已离镇，王彦超未至。龙捷都指挥使史彦超领兵拒守。

史彦超，云州人，勇悍骁捷。郭威起兵时，史彦超带兵跟从。

辽兵五万人，北汉兵二万人，共至晋州城北，三面树营，日夜攻扑。史彦超多方抵御，飞使至开封求援。后周太祖郭威命枢密使、同平章事王峻为行营都部署，陈州防御使药元福为西北面都排阵使，发诸道兵援救晋州。

王峻到了陕州，停留不前。郭威闻报，坐不住了，急派供奉官翟守素乘马到陕州，催王峻进兵，以解晋州之围，否则郭威就要亲征了。

王峻对翟守素说："你回去转告陛下，就说晋州城墙坚固，不容易攻下，刘旻兵势正强，不能和他硬拼。我之所以驻兵不进，是要等他士气衰落时再攻击，并非畏怯惧敌。陛下刚继位，不宜轻举妄动。现在朝中听命的大臣只有李谷和范质几个人，陛下如果亲征，那慕容彦超便会乘虚攻进开封，到时候大事去矣。"

翟守素回去，上奏郭威，郭威猛醒，揪着自己耳朵说："差一点坏了大事。"

951年秋，王晏上任徐州感化军节度使。

徐州是王晏家乡，到任后，王晏将少年时一同玩耍、为盗的乡人招来，赠给金银财物，并设宴款待。在酒席上，王晏厉声说："我们这里素来以多盗出名，过去我和你们也干过这种事，料想后来的强盗没有胜过诸位的。我想请你们替我告诉后来的那些强盗，令他们今后不许胡来，如若不改，我一定会灭他全族。"从此，徐州盗贼绝迹，境内十分太平。乡民们感激王晏，为其立衣锦碑。

王晏与王兴交好，二人的妻子也以妯娌相称。王晏显贵后，却薄待王兴，王兴心中愤懑不平。一次，王晏的妻子患病，王兴对人说："我能治好她的病。"王晏听说后，马上去拜访王兴，向他求教。王兴答道："我并非能治此病，只是认为您以前只有一房妻室，如今却有众多姬妾，莫非是因为薄待了糟糠之妻才致使夫人快快成疾呢？如果您能够赶走姬妾，夫人的病立刻就能痊愈。"王晏强忍怒火，几日后找了个罪名诬陷王兴夫妇，将他们杀死。

951年腊月，寒风潇潇，雨雪霏霏。

枢密使王峻认为时机成熟，下令各军，速即进发，到了绛州也无暇休息。王峻对药元福道："晋州南有蒙坑，地最险恶，若为敌兵所据，阻我前进，却很费事。你引军士三千，赶紧前行，如果能越过蒙坑，便可无忧了！"

药元福应命，冒雪急进，到了蒙坑相近，见地势果然险恶，幸无敌兵把守，便纵马飞越，出了蒙坑，方才扎营。王峻闻听，高兴道："我事得成了！"随即麾军继进，过了蒙坑险路，与药元福相会，向晋州进兵。

北汉初代皇帝刘旻及辽将萧禹厥，正虑攻城不下，粮食将尽，更兼大雪漫天，野无所掠，日思退归。忽接哨骑探报，王峻已逾蒙坑，不由心惊胆战，连夜烧了营寨逃去。

药元福计划率兵追击，王峻说是穷寇勿追。药元福长叹数声："刘旻召辽国人来扰乱边境，是想疲惫我们。我们应该深入追击，以挫败他们的气势。"

后周太祖郭威闻听，喃喃说："如果听从药元福的话，就没有边患了。"

辽兵回到太原，人马十丧三四，萧禹厥自耻无功，委罪一部酋，钉死市中。刘旻亦丧兵无数，还因辽兵归去，赔送钱财无数，害得府库空虚，人财两失。刘旻只好付诸一叹，缓图报怨罢了。

1

晋州大雪漫天，千里之外的兖州也是大雪飘飘。

兖州泰宁军节度使慕容彦超心常疑惧，昼夜不安。

后周太祖郭威加授慕容彦超为中书令，以示抚慰。慕容彦超依旧担心，索性修城池，募壮士，蓄粮草，购战马，打算谋反。慕容彦超派人通书北汉，却被后周关吏查获。郭威继续安抚，派遣中书舍人郑好谦前往兖州，与慕容彦超订立誓约。

慕容彦超始终未信，上表朝廷，捏造郓州天平军节度使高行周约他造反。

郭威微微一笑道："鬼蜮伎俩，怎能欺人！"郭威将慕容彦超上表颁示高行周。高行周果然奏辩，上书谢恩。郭威派遣阁门使张凝领兵赴郓州，协助高行周防守。

慕容彦超聪明狡黠，上表请求入朝，以示自己忠诚，郭威允准。慕容彦超哪敢来开封，又上奏朝廷，称境内多盗，不便离镇。郭威付诸一笑，但待他发难，兴师问罪便了。

郭威没有姑息养奸，到了952年，命沂州、密州脱离兖州泰宁军藩镇。

慕容彦超怎肯失去二州？决计抗命。

判官崔周度劝阻："大帅对朝廷并无过错，何必自疑？皇上再三谕慰，大帅若能撤备归诚，定可长享富贵，安如泰山。大帅如果错走了路，岂不闻杜重威、李守贞故事？何必自取灭亡呢？"

慕容彦超不从，派人联络南唐中主李璟。

李璟触动雄心，出兵五千人，令指挥使燕敬权率领，往援慕容彦超。

郭威见慕容彦超已反，乃命荆南节度使曹威为兖州行营都部署，齐州防御使史彦韬为副都部署，皇城使向训为兵马都监，陈州防御使药元福为行营马步军都虞侯，东讨慕容彦超。

药元福来到京城，郭威赐他袍带、鞍马和各种器杖，一再褒奖。郭威对他说："慕容彦超凶残狡猾，所以请您出征。虽然您的职位在曹威、史彦韬之下，但朕已经下令，曹威、史彦韬不能用军中体系管束你。"

药元福老泪纵横。到达兖州，曹威、史彦韬都以礼相待，尊崇为宿将。

南唐燕敬权率军北上，屯驻沭阳。不料徐州巡检使张令彬率师袭击，捣破南唐大营，将燕敬权活捉了去，送至开封。

郭威欲借此笼络南唐，命将燕敬权释缚，赐他衣服金帛，放归本土。燕敬权感泣谢罪，郭威面谕道："奖顺除逆，各国相同，难道江南独异吗？我国贼臣，据城谋逆，殃及万民，你国却出助凶逆，令人不解。现在你归报你家主子，勿再失算！"

燕敬权应命辞行，返报南唐中主李璟。李璟心受触动，不再援助慕容彦超。

曹威率后周军到了兖州城下，猛攻不克，便筑垒围城。枢密使王峻也率军赶来。慕容彦超很是心慌，屡率壮士出城突围，统为药元福所败，只好闭城固守。药元福又挖地道，堆土山，用多种方法攻城。兖州水泄不通，自春至夏，守兵疲敝不堪。

慕容彦超对守城军士高喊："我库中有的是银子，只要保住这座城，我全都赏给你们！"军士们都知道慕容彦超的黑心肠，窃窃私语："那些银子都是铁疙瘩，拿来有什么用？"慕容彦超这么一喊，适得其反，没有几个人愿意替他打仗了。

铁胎银没人要，慕容彦超只好大刮民财，犒赏守兵。

前陕州司马阎弘鲁倾资出献，慕容彦超还说有私藏，命崔周度至阎弘鲁家进行搜刮。到处搜遍，毫无所得，崔周度返报慕容彦超。慕容彦超斥责崔周度包庇阎弘鲁，俱令下狱。阎弘鲁家有乳母，从泥土中拾得金缠臂，献与慕容彦超，欲赎阎弘鲁。慕容彦超更恨阎弘鲁藏金，派遣军士逼问阎弘鲁夫妇，硬要他们献出私藏。可怜阎弘鲁夫妇无从取献，同毙杖下，崔周度连坐处斩。崔周度坐罪，不是全因阎弘鲁，大半由前日忠劝，触怒慕容彦超，所以遭此奇祸。

兖州久攻未下，后周太祖郭威下诏亲征。车辚辚，马萧萧，不几日，郭威来到兖州，亲至城下，督军猛攻。眼见得保守不住，慕容彦超无法可施，竟至镇星祠禳灾祈福。

这镇星祠乃是供奉何神？原来慕容彦超将反，有术士占验天文，谓镇星行至兖州角亢，有神来祐。慕容彦超信为真言，特设一祠，遍立黄幡，每日一祭。此时穷蹙无计，慕容彦超不得不来镇星祠。只可惜镇星祠救不了慕容彦超。

药元福所部最先攻入城中，后周大军随后而进。慕容彦超蓦闻城池被摧，急忙出祠督战。后周大军似潮水般冲入，慕容彦超怎能招架得住？巷战良久，手下兵个个溃散。慕容彦超再奔至镇星祠，放起一把大火，将祠毁去，然后驰入军府，挈妻投井，顷刻溺毙。所有家族之人，悉数诛夷。

兖州平定，郭威留端明殿学士颜衎，权知兖州军府事。

郭威向众臣说："朕年轻时，读过友人送的《春秋》，深深记住了书中的八字精华：以正治国，以奇用兵。《春秋》为孔子所编，兖州离曲阜近，朕应去拜谒他。"

郭威到了曲阜，去拜谒孔庙、孔子墓。左右劝谏："孔子乃是陪臣，不应受天子拜！"

郭威道："孔子为百世帝王师，难道不可礼敬吗？"

郭威下令修缮孔庙，禁止在孔林打柴毁林。郭威说："要尊崇圣人，以儒教治天下。"

郭威重视有才德的文臣，常常说："朕生长于军旅之中，不懂得学问，也不精通治国安邦的大计，文武官员如有利国利民良策，就直接上书言事，千万不要只写一些粉饰太平的无用话。"

952 年八月，郓州天平军节度使高行周病逝于任所，终年六十八岁。

高行周历仕后唐、后晋、后汉、后周四朝，累朝荣宠。郭威辍朝三日，追赠他为尚书令、秦王。

2

开封向南一千六百里，是长沙。

南唐国湖南观察使边镐，将长沙治理得井井有条，百姓称他为"边菩萨"，诚心悦服。后来，边镐筑寺置观，所入赋税，除贡献金陵外，尽充佛事，于是湖南人失望。南汉国内侍省丞潘崇彻趁机攻下郴州。边镐出兵与争，大败而还。

南唐国户部郎中杨继勋征取湖南租税，十分苛刻，行营粮料使王绍颜秉承杨继勋意旨，克减军粮，激起众怒。南唐衙将孙朗、曹进投袂奋起，率部众入攻王绍颜，王绍颜走匿，悄无声息。大众四觅无着，转奔军府，向边镐要求，请斩王绍颜。边镐含糊答应，待孙朗、曹进退归营中，并不将王绍颜拿获。孙朗、曹进两人一怒再怒，谋杀边镐，夜率部众焚烧府门，适值下雨，屡燃屡灭。

边镐出兵格斗，孙朗、曹进等人不敌，斩关逃走，星夜奔向朗州。走了两三日，方到朗州城外，求见刘言。

刘言召他入府，问明原委。王逵在旁，询问孙朗："我欲再取湖南，但恐南唐兵来援，多一阻碍，怎么办呢？"

孙朗答道："我臣南唐数年，备知底细，现在朝无贤臣，军无良将，忠佞无别，赏罚不当。他们能保守淮南之地，已是幸事，还有何暇兼顾湖南？我愿为公前驱，取湖南如砍柴呢！"

王逵心中狂喜，厚待孙朗、曹进，整兵治船，预谋征战湖南。

朗州东北一千八百里，是金陵。

南唐右仆射孙晟被加授同平章事。朝中党争严重，中书令宋齐邱与"五鬼"为一党，孙晟则与韩熙载、常梦锡、江文蔚为一党。

左仆射冯延巳也被加授同平章事，他与孙晟常常针锋相对。

冯延巳嘲笑孙晟："您有什么本事，能担任同平章事之职？"

孙晟道："我孙晟不过密州一儒生，作文章不如冯公您，谈吐诙谐不如冯公您，谄媚狡诈更是不如冯公您。但陛下让您位列重臣，是想让您以仁义之道去辅佐，可不是让您去声色犬马。我确实没有什么本事，但像冯公您这样的本事只能祸害国家。"

冯延巳哑口无言。孙晟常道："金杯玉碗，怎能用来盛狗屎？""屎"与"巳"方言相近，冯延巳恨孙晟益深。

南唐中主李璟派遣衙将李建期出屯益阳，使图朗州；又命知全州事张峦兼桂州招讨使，使图桂州。两军出驻多日，未闻报功。

李璟与冯延巳、孙晟相商："楚人归我多时，但我未能抚息疮痍，反而劳民费财。我意将益阳、桂州两处戍军全部调回。另外拉拢刘言，授其旌节，让湖南全境息兵，另外放弃桂州，交给南汉，众卿以为如何？"

孙晟道："陛下此举，不但安湖南，而且安淮南。"

冯延巳勃然道："臣意以为非是，以前派出一个边镐出兵湖南，远近震惊，收功甚巨，现在为何要低三下四呢？桂州本属于湖南，为何不争一争呢？请委任边将窥察形势，可进即进，可退乃退。"

李璟想想也是，当即派遣统军使侯训率兵五千，与张峦合兵，共攻桂州。

南唐兵将到桂州城下，却被南汉兵内外夹击，杀得大败而退。侯训战死，张峦收拾残兵败将，奔回全州。

败报到了南唐朝廷，李璟决定召回李建期，授刘言为朗州武平军节度使。

冯延巳又出来反对，谓宜召刘言入朝，察他举止，再决定是否授他为节度使。

李璟派人至朗州，召刘言入朝。刘言与王逵密商行止，王逵答道："我们背江面湖，带甲十万，怎甘拱手让人？况且边镐领军无方，士民不附，可一战成功，怕他什么？"

刘言尚在沉吟，王逵又道："行军贵速，一旦迟延，反令边镐有所准备，不易进攻了。"

刘言便佯约入朝，暗中部署攻打边镐。

刘言命王逵为统军元帅，周行逢为行军司马，孙朗、曹进为先锋，何敬真、张仿、蒲公益、朱全琇、宇文琼、彭万和、潘叔嗣、张文表等为指挥使，发兵长沙。

孙朗、曹进直抵沅江，擒住南唐都监刘承遇，收降南唐军校李师德，乘胜进逼益阳。南唐守将李建期还在益阳，朗州武平军用着大刀阔斧，砍入李建期寨内。李建期慌忙抵敌，被孙朗、曹进二将绕住厮杀。张文表、潘叔嗣持槊助战，任你李建期如何力大，也被他们七手八脚活捉了去。所有戍兵二千人，尽行杀掉，一个不留。

朗州武平军水陆并进，势如破竹，破桥口，入湘阴，直逼长沙。

这位大慈大悲的"边菩萨"，变做无人无势的"边和尚"，自知不能敌朗州兵，慌忙派人向金陵乞援。怎奈远水难救近火，南唐兵不能速到，朗州兵已是登城。边镐弃城夜走，吏民俱溃。人多马杂，把醴陵桥踏断，溺死压死，共约一万余人。

王逵进入长沙，权知军府事，派遣何敬真率兵追边镐。边镐已狂窜回去，朗州兵追赶不及，仅杀死溃卒五百名。王逵又令蒲公益率兵进攻岳州，南唐岳州刺史宋德权及监军任镐不战即溃。湖南各州县南唐官吏，闻风震慄，相继逃去。

南唐中主李璟因败惩罪，削边镐官爵，流戍饶州；斩宋德权、任镐；罢冯延巳、孙晟同平章事，改为左右仆射。李璟自悔前失，休兵息民。

从前马氏南楚在南岭以北的故地，一股脑儿归入刘言。

桂州、郴州等地原为湖南所有，现为南汉占有。王逵自督诸军及梅山蛮，共约五万人，攻下桂州，再将郴州围住。

南汉国潘崇彻率兵救援。潘崇彻登高远望，见湖南兵马部署零乱，便说道："疲惫而不整齐，可以击败。"潘崇彻纵兵出击，大败王逵，伏尸八十里。

湖南渐渐安顿下来，刘言清楚，没完没了的战乱，已使长沙成了一片废墟，百姓非死即逃，只剩空城。刘言上表后周朝廷，报捷称臣，且称："长沙兵戈之后，焚烧殆尽，乞移军府于朗州。"

后周太祖郭威与群臣商议，大都主张招抚。郭威便升朗州为湖南首府，命刘言为朗州武平军节度使、朗州大都督。自此，武平军取代了马氏南楚国在湖南的地位。刘言节制长沙武安军、桂州静江军，在湖南地区形成了事实上的割据政权，后世称之为武平政权。刘言是武平政权的第一位统治者。

后周朝廷又封——

王逵为长沙武安军节度使；

周行逢为长沙武安军行军司马、集州刺史；

何敬真为桂州静江军节度使；

朱全琇为桂州静江军节度副使；

张仿为朗州武平军节度副使。

3

动物世界里，狼群倾巢而出，配合默契，展示出神级捕猎技巧。而一旦获得一头猎物，众狼们内部又是一番抢夺。

狼群如此，湖南的刘言、王逵等人亦是如此。

长沙武安军节度使王逵自恃有功，不肯屈居刘言之下，平时与刘言通信，词多傲慢。刘言不肯容忍，积成嫌隙，暗中欲图王逵。王逵为此，时常戒惧。

长沙武安军行军司马周行逢对王逵道："刘言与我们不和，将来必会向我们发难，大帅将如何处置？"

"王逵早已加忧，苦无良策！"

周行逢与王逵附耳数语，王逵大喜道："与您除掉凶党，同治长沙、朗州，还有何忧？"

周行逢忧虑的不止朗州武平军，还有桂州静江军，长沙武安军一旦起事，将同时对付刘言、张仿、何敬真、朱全琇等人。周行逢想织一张大网，将"飞禽走兽"一一捕获。

周行逢到了朗州，拜谒刘言。

刘言问他来意，周行逢道："南汉国已兴兵入寇，长沙武安军辖下全州、道州、永州三州，统已吃紧，周行逢特来请援！"

"王逵为何不出御？"

周行逢回答刘言："南汉势大，非长沙兵力所能抵御，须联合朗州武平军、桂州静江军，方能御寇。"

刘言踌躇半晌，徐徐答道："朗州武平军兵马不多，不便远离，看来只好调桂州静江军与长沙武安军共同御敌啦！"

"如此甚妙，请大都督照行！"

刘言立即下令：何敬真为南面行营招讨使，朱全琇为先锋使，赴长沙会师，共御南汉。

周行逢辞别刘言，回归长沙，与王逵静待何敬真、朱全琇到来。

不几天，何敬真、朱全琇前来，王逵、周行逢出郊迎接，相见甚欢。

何敬真、朱全琇问及敌情，王逵答道："我已拨兵往堵，寇势不会蔓延，二位将军远来，且入城休息，过几日往剿便是了！"

何敬真、朱全琇不曾多想，入城歇息。王逵摆酒接风，召入美妓陪酒，弄得两人眼花缭乱，情志昏迷。酒不醉人人自醉，色不迷人人自迷。何敬真、朱全琇，一住数日，几与各妓结下不解之缘，朝朝暮暮，卿卿我我，哪还记得什么军事。

何敬真整日昏醉，忽来了朗州使人，传大都督刘言之命：何敬真贪酒贪色，疏于御敌，把他缚住，送入长沙狱中。

何敬真醉眼蒙眬，怎知真伪？其实朗州使人，是由长沙吏卒假扮，就是南汉入寇，也由周行逢捏造出来。

朱全琇闻变急逃，由王逵派兵追捕，也即拿还。当下从狱中牵出何敬真，与朱全琇同斩市曹。

周行逢提醒王逵："朗州武平军节度副使张仿系何敬真妹夫，他若不除，将为何敬真复仇。"

王逵即转达刘言，请遣张仿会同御寇。

刘言又一次中计，再遣张仿至长沙。王逵又殷勤迎入，一进入军府，伏兵杀出，将张仿剁成肉泥。

王逵将何敬真、朱全琇、张仿所率兵众收为己属，留周行逢守长沙，自率轻骑，往袭朗州。

朗州毫不防备，被王逵杀入，直奔军府。指挥使郑玟出来拦阻，未曾开口，项下已着了一刀，倒地而死。刘言闻变，尚不知为何因，冒冒失失地走将出来，兜头碰着王逵。王逵麾动徒众，将刘言拥至一室，拘禁起来。朗州军士仓皇欲逃，王逵下令城中，说刘言投降南唐，故来问罪，此外概不株连。众军士未沐刘言之恩，哪个肯来助刘言？况且朗州本由王逵夺取，刘言不过坐享成功，各军又多王逵故部，乐得依从王逵，得过且过。

王逵安然占据朗州，奉表至后周朝廷，也说刘言欲降南唐，还说刘言欲攻长沙，部众不从，将他幽禁。

后周太祖郭威虽然明睿，究竟相隔太远，无从辨别虚实。只要湖南称臣纳贡，不妨顺其自然。郭威派遣通事舍人翟光裔宣抚王逵，授王逵为朗州武平军节度使、侍中、中书令。

王逵成为武平政权的第二位统治者。

南唐灭南楚后，曾有谶语："南楚气色甚佳，将有王氏起焉。"南唐中主李璟认为是指永州刺史王温将据楚而立，于是授其为征南将军，赐以印绶巾带。头巾里暗置毒药，王温戴上后，毒发而死。等到现在，王逵收复南楚旧地，取代刘言，成为湖南之主，人们才知道王氏指的是王逵。

王逵派遣潘叔嗣往杀刘言。刘言坐镇朗州三年，人称"刘咬牙"。有童谣说："马去不用鞭，咬牙过今年。"鞭边音通，边镐俘马氏，刘言逐边镐，王逵杀刘言，童谣应验了，这正应了成语："螳螂捕蝉，黄雀在后。"

三　亲儿子都死去了

后周太祖郭威生于乱世，长于军伍，勇武有力，豪爽霸气，建立起一支精锐的禁军。

953年夏，外面下着大雨。禁军十位志趣相投的兄弟在殿前司散员都指挥使李继勋家里喝酒。这十位是谁呢？

李继勋，魏州人，三十八岁，任殿前司散员都指挥使。

石守信，开封府人，二十六岁，任禁军亲卫都虞侯。

王审琦，洛阳人，二十九岁，任殿前司铁骑指挥使。

韩重赟，磁州人，二十八岁，任左班殿直副都知。

刘廷让，涿州人，二十五岁，任侍卫司龙捷右厢都指挥使。

还有赵匡胤，已经二十七岁了，任禁军东西班行首。

另有四人：刘守忠、王政忠、杨光义、刘庆义，都是禁军小校。

李继勋举起一杯酒，正要说话，突然外面响起一个惊雷，桌上的酒杯都跟着乱颤。李继勋静了静神说："一声响雷，把我们兄弟十人的心连在一起了。"

赵匡胤说："在家靠父母，出门靠朋友。我们十人不妨结为兄弟，同生共死、祸福与共、肝胆相照、情比金坚。"

刘廷让说："三国时有个'桃园三结义'，我们兄弟结拜，也要取个名字。"

十人中大都不识字，赵匡胤读过几年书，他想了想说："义无反顾、义不容辞、义结金兰、义山恩海，'桃园三结义'里的关羽一生，就贯穿一个'义'字，我们就叫'义社十兄弟'吧。"

众人纷纷说好。李继勋、石守信、王审琦、韩重赟、刘廷让、赵匡胤、刘守忠、王政忠、杨光义、刘庆义十人便歃血为盟，结为兄弟。

开封东北三百里，是澶州。

澶州节度使柴荣为政清肃，盗不犯境，深受官民倚信。柴荣用王朴为掌书记，辅导有方。

王朴，郓州人，自幼聪慧警敏、好学擅文。后汉时期，王朴中状元，担任校书郎，在枢密使杨邠手下当差。王朴看到后汉隐帝刘承祐与杨邠等重臣关系恶劣，便预感内乱即将发生，于是离开后汉朝廷，东归故乡。后来杨邠与王章、史弘肇都被杀害，三家的属僚也大多被杀，王朴因早已离开而得以幸免。

柴荣妻刘氏，前时留居开封，为刘铢所屠。柴荣断弦待续，闻听符彦卿之女智足保身，孀居母家，特请示义父郭荣，愿纳为继室。后周太祖郭威本认符氏为义女，乐得为义子玉成，立即致书符彦卿，求为义儿媳。符彦卿自然遵命，当将孀女送至澶州，与柴荣结为夫妇。

柴荣镇守澶州二年，屡请入朝，但后周枢密使、同平章事王峻忌嫉柴荣英明，从旁阻止。

王峻对后周的建国立下了头功，成为后周首屈一指的重臣。王峻辅佐郭威，办事认真，任劳任怨，日夜加班。如同四季变换，由春到夏，再由夏到秋，王峻渐渐地骄横起来，竟连郭威也不尊重了。他本来就性情急躁，做事草率，以天下为己任，不管什么事都要按照他的意思办，否则就不高兴。郭威尽管是君主，但在王峻的面前却经常迁就他。王峻不知好歹，仍然是随心所欲地做事。如果郭威顺着他，他就高兴地走了；如果不答应，他立刻怒容满面。王峻论年龄比郭威大两岁，郭威非常敬重他，经常以兄相称，王峻却是得寸进尺，更加肆无忌惮。

一个是第一权臣，一个是皇帝义子，难免互不相让，针锋相对。

黄河决口，王峻奉命出外巡视。柴荣觑隙入朝。没有了王峻的阻挡，郭威授柴荣为开封尹，加封晋王。

王峻得知消息，返回开封，固请辞职，郭威不许。王峻再乞外调，复经郭威慰留，且命兼领青州平卢军节度使。王峻连章求解相职，并辞枢密使，好几日不出视事。郭威令宦官征召，仍然托疾不朝。枢密直学士陈同与王峻相善，郭威遣他传示谕旨，说王峻再不出来，皇帝当亲临视疾。王峻不得已上朝，郭威温颜劝勉，心下已存芥蒂。

王峻在枢密院建了一处大殿，装饰极其华丽，落成时还请郭威来看，郭威没说什么，赏赐了他不少钱财。不久，郭威在宫内也建了一处小殿。王峻见了，严肃谏道："宫室已经很多了，建这个有何用？"

郭威不紧不慢地说："枢密院的房子也不少了，你为什么还要造那个大殿呢？"

王峻面红耳赤，灰溜溜地走了。

礼部侍郎赵上交负责科举考试，他去找王峻议事，王峻就请他照顾一个人，赵上交没有给他办，结果那人名落孙山，王峻就怀恨在心。等赵上交领着新进士们前来拜见时，王峻竟高声喊道："今年选士不公，必须复试。"大家都来劝阻，王峻更加恼怒，大声斥责赵上交。不久，他找了个茬，意将赵上交贬为商州司马。由于众人反对，暂时搁置一边。

寒食节，郭威未曾视朝，王峻趋入内殿，称有密事面陈。郭威还以为有特别大事，立即召见。王峻行礼完毕，面请道："臣看李谷、范质两相实不称职，不若改用他人。"

郭威问："何人可代两相？"

王峻答道："端明殿学士颜衎、秘书监陈观，材可大用，陛下何不重任？"

郭威怏怏道："进退宰相，不宜仓促。"

王峻絮叨不休，硬要郭威答应。

郭威忍住了气，含糊说道："待寒食节后，当为卿改任二人便了。"

郭威越想越恨。第二天上朝，召见百官。王峻昂然直入，被郭威斥令左右，将其拿下，拘住别室。郭威对众臣道："王峻欺凌朕也太过分了，他是要除尽朕的左右臣僚，去掉朕的羽翼。朕的儿子在外，他总是阻挠不让进京，暂时来一次他也怨恨不已。他既任枢密使，又兼同平章事，还领节度使，他还不满足。如此目无君主的人，你们说谁能忍受？"

中书令冯道劝解。郭威释放王峻，降为商州司马，勒令即日上任。

王峻本来要贬赵上交为商州司马，结果自己被贬为了商州司马。王峻虽然功高盖世，但却居功自傲，排斥异己，连皇帝也不放在眼里，终于咎由自取，落得个贬官的下场。

颜衎、陈观，受王峻牵涉，同时贬官。

王峻形神沮丧，狼狈出都，前往商州。

商州归属山南道，三十年前混战时，商州曾经归属前蜀国。丹江驿站里，刻着前蜀国同平章事韦庄的《金陵图》一诗。王峻越看越伤心，掉泪说："我本是一名歌者，我就尽情演唱《金陵图》吧。"

谁谓伤心画不成？画人心逐世人情。

君看六幅南朝事，老木寒云满故城。

王峻唱《金陵图》，其声远，其调悲，旁人闻之，个个潸然泪下。

王峻到了商州，当即忧郁成疾。郭威听说后，难过说："王峻把我当兄弟，所以日益骄纵，他去了商州，朕感到对不住他。"

郭威让王峻妻子崔氏去探望他。不久，王峻病死在了商州。

王殷为魏博节度使、同平章事，依旧典掌禁军，凡黄河以北后周大军都受王殷节制。王殷千方百计搜刮财富，郭威非常厌恶，派人告诉王殷："朕离开魏州时，仓库储存了不少财物，您与国家同为一体，随您要多少都给您，何必担心缺少钱财呢。"

王殷与王峻同佐郭威，俱立大功。王峻既获罪，王殷亦不安。

953年九月，王殷上表，请求入朝，郭威不准。到了冬季，郊祭来临之时，王殷竟然擅自入都。王殷出发时，魏州寺庙悬挂着的钟掉了下来，又有无名火烧着了幡旗。王殷启程上马，居然踩空了马镫，摔倒在地。众人惊愕，以为不吉。

到了开封，郭威令他依旧负责朝廷内外巡逻警卫。王殷进进出出，随从军士不下数百。他仪态威武，看见的人无不惧怕。

郊祭马上来临，郭威却突然患上风痹，走路都很艰难。一日，王殷带兵匆匆入宫，宫中异常惊诧，怀疑王殷威胁皇上。郭威见此，心中五味杂陈，说王殷反，没有其他佐证；说王殷不反，哪个臣子敢如此乱来？

郭威竭力来到滋德殿，问王殷："你带兵前来，所为何事？"

王殷上奏："郊祭时，军民大量聚集，带兵是以防不测。"

郭威尴尬一笑，命侍卫拿下王殷，斥责他擅离职守，罪在不赦。王殷生平官爵，尽行削夺，流放登州。

王殷东去，朝廷又派兵追上，说他有意谋叛，就地正法。王殷无从辩白，伸颈就戮。一道冤魂，投入冥府，与前时病死的王峻，再做阴间朋友去了。

冯道闻听，扼腕长叹："功臣之不得其死，半由主忌，半由自取。"

郭威令枢密使郑仁诲赶赴魏州，处理善后。王殷之子王承诲是衙内指挥使，不出来迎候，郑仁诲诛杀了他，另把王殷的家属迁往登州。

郭威随后调整吏事——

晋王柴荣为检校太尉、侍中，判内外兵马事；

符彦卿为魏博节度使，封卫王；

曹威为镇州成德军节度使；

郭崇威为澶州节度使；

何福进为郓州天平军节度使、同平章事。

何福进尚未就任，便在开封的府邸中去世，终年六十六岁。

郊祭来临，郭威病体却是未愈。郭威勉强支持，亲飨太庙。近臣扶掖升阶，半途痰喘交作，不能行礼。只得命晋王柴荣恭代，自己仍退居内宫。夜间痰喘愈甚，险些儿谢世归天，幸经良医调治，始得重生。

这个时候，洛阳城中，有个人与郭威同时患病，他就是后唐时期"三不开"宰相马胤孙。

马胤孙临去世时，看到自家院子里的槐树郁郁苍苍，枝枝叶叶却被槐树上的尺蠖吞食。马胤孙还注意到一种刺毛虫，不只食叶，还会蜇人。秋风萧瑟，槐树上的一只小啾啾在鸣叫，马胤孙突然看到一只白蚬爬上树来，快速吃掉这只忘情的啾啾。马胤孙突发灵感，作下《槐虫赋》一文，大意是——

官府是一棵槐树，庸吏是尺蠖，消耗国家和百姓资财；恶霸是刺毛虫，贪财害民；狂妄君臣则是啾啾，会被毒蛇吃掉。马胤孙想到自己在朝廷里是什么？大概是一只隐形蝶吧，不曾做过什么，但是我来过。马胤孙感叹道：对人来说，乱世之中，灾祸临身，难道不是多嘴招致的吗？对国家来说，本来平静，突燃战火，难道不是多疑招来的吗？世人说我马胤孙是位呆子宰相，不开口不开印也不开门，可他们能悟出《槐虫赋》吗？

同一时间，同在洛阳，一位八十岁的老人以左仆射致仕。他就是唐朝同平章事杨涉之子杨凝式。他历仕后梁、后唐、后晋、后汉、后周五代，多次因心疾而授闲散官职。因其性情狂傲纵诞，经常做出癫狂举动，故有"杨疯子"之号。

杨凝式以"疯"而出名，一次杨凝式乘车回府，说车马走得太慢，干脆下车，自己拄着手杖步行。路边的行人都指着他窃笑，但杨凝式毫不在意。

杨凝式并不是疯了，而是装疯避祸。"院似禅心静，花如觉性圆"，杨凝式的这诗被传为佳句，这实是杨凝式在乱世中的保身哲理。

杨凝式富有文藻，善书法，尤工行草。其书法初学颜真卿，后又学习王羲之，用笔奔放奇逸，自成风格。后人将其与颜真卿，并称为"颜杨"。

953年冬，魏仁浦的母亲病逝，自幼和母亲相依为命的他悲痛万分。"慈母求贷以衣我，我怎能心安啊！"伟大的母爱，成就了魏仁浦的孝顺谨慎。魏仁浦的清静俭朴、宽容大度、与人为善、左右逢源，甚至博闻强记、殚精竭虑，都是与他母亲息息相关的。

郭威病情越来越重，而柴荣在外忙于政务。这个时候来了一个人，他的一语惊醒梦中人。

郭威在魏州时，特别喜爱小吏曹翰，让他在柴荣手下做事。柴荣镇守澶州时，让曹翰做衙将。现在柴荣没有召唤曹翰，曹翰却从澶州不请而至。柴荣很奇怪，曹翰对他说："晋王您实是国家的储君，现在皇上生病，您应该亲自进入宫内侍奉，照顾皇上啊！"

柴荣是聪明人，一下子就明白了曹翰这番话的玄机：军国政令出自郭威，万一皇上驾崩，越是靠近郭威越是占得先机。此外，能够入宫侍奉的不只他一个人，还有皇上的外甥李重进、女婿张永德。李重进，凭借姻亲之故，拜殿前都指挥使。张永德是驸马都尉，战功比他大，军中影响也比他大，人望更比他高。万一皇上驾崩，万事不可预料啊。

柴荣当晚就入住皇宫，亲自侍奉义父郭威。

后周太祖郭威自己知道难以康复，便嘱咐柴荣："朕不行了，你赶快替朕修建陵墓，不要让灵柩留在宫中太久。陵墓务必从简，别去惊动扰害百姓，不要用许多工匠，不要派宫人守陵，也用不着在陵墓前立上石人石兽，只要用纸衣装殓、用瓦棺作椁就可以了。安葬后，可以招募陵墓附近的百姓三十户，免除他们的徭役，让他们守护陵墓。陵墓前替朕立一块石碑，上面刻几句话，就说朕平生习惯节俭，遗诏令用纸衣瓦棺。"

柴荣有些不解，郭威解释："朕从前西征时，见到唐朝帝王的十八座陵寝统统被人发掘、盗窃，这都是因为陵墓里藏着金银财宝。与此对比，汉文帝因为一贯节俭，简单安葬在霸陵原上，陵墓至今完好无损。每年寒食节，你可以派人来扫朕的墓，如果不派人来，在京城里遥祭也可以。"

柴荣掉泪了。郭威继续唠叨："朱温原为黄巢乱军，后归附唐朝廷。因镇压黄巢军有功，这位'全不忠'的朱温被唐僖宗赐名朱全忠。二十五年后，朱温灭了唐朝，自己称帝，也够讽刺的。后来，朱温被儿子朱友珪所杀，朱友珪后来又被弟弟朱友贞所杀，而朱友贞在被李存勖灭国之前，命亲信杀了自己。种种事情，都是因果报应。"

"李存勖自认为唐朝正统，沿用'唐'为国号。可惜李存勖不但没能重现大唐盛世，还因兵马哗变死于流矢。明宗李嗣源病中听到了次子李从荣发动兵变，受惊崩逝。闵帝李从厚被父亲李嗣源的义子李从珂所杀，而末帝李从珂自焚于洛阳。

"石敬瑭自称'儿皇帝'，丢尽了汉人的脸。石敬瑭称帝后，既不敢得罪手握重兵的河东节度使刘知远，更不敢得罪'父皇帝'辽国，忧郁成疾，在憋屈中病逝。出帝石重贵，国破后被俘，送往辽国，受尽屈辱。

"刘承祐最惨，兵败后带了几个手下逃跑。途见后面尘埃大起，手下以为是追兵，就杀了刘承祐，想作为投降的见面礼。谁知道来的并不是追兵，而是刘承祐的亲兵赶来护驾。

"唐朝灭亡后，中原难得有个寿终正寝的皇帝。"郭威眼角流泪，柴荣更是涕泗滂沱。这夜，大雪飘飘。郭威感慨万千：自己征战一生，到头来亲儿子都死去了。郭威扪胸自问："人活着为了什么？"

郭威召李重进入内，令其向柴荣下拜，示定君臣名分，李重进遵旨照办。

这晚，郭威病逝于滋德殿，终年五十一岁。

郭威生于乱世，长于军伍，勇武有力，豪爽霸气，略通兵法，善抚将士，以军功累迁至枢密使高位，终以军事实力为后盾，取后汉而代之。在提倡节俭、严惩贪官、严禁扰民等方面，郭威推行了一些有益的措施，使唐末以来极为混乱的社会开始走上安定的道路。郭威一生娶了四个寡妇，四十七岁起兵称帝，最后没有亲儿子继承皇位。

柴荣谨遵义父郭威的遗训，将他薄葬在嵩陵。陵墓内没有陪葬金银财宝，只是埋入一副剑甲、一件通天冠绛纱袍、一件平天冠衮龙袍。正是由于嵩陵极其简陋，里面也没有值钱的陪葬品，所以能免于盗墓贼的破坏，直到今天依然保存完好，不得不说郭威很有先见之明。

954年二月二十六日，柴荣即皇帝位，这就是后周世宗，时年三十四岁。

这年自正月初一起，开封天色屡昏，日月多晕，等到柴荣即位，忽然晴朗，天日为开，百姓啧啧称奇。

后周世宗柴荣大赦天下，然后分封众官——

李重进为侍卫马步军都虞侯；

张永德为殿前都指挥使；

冯道加太师；

范质加左仆射；

李谷加右仆射，升端明殿学士；

王溥为同平章事；

魏仁浦为枢密副使；

曹翰为枢密承旨；

窦贞固封沂国公。

四　南征北战

大雪纷飞，山川林木都被覆盖。

954年二月，北汉初代皇帝刘旻趁后周国丧之际，亲率北汉兵马三万，以白从晖为行军都部署、张元徽为前锋都指挥使，杀奔后周边城潞州。

辽穆宗耶律璟派辽将杨衮率领铁骑一万，会合北汉南下。

杨衮，麟州人，曾向神枪手夏鲁奇学枪，练就一身武艺，名震北方。

后周潞州昭义军节度使李筠派部将穆令均率领步骑两千迎战，自率主力在太平驿接应。两军相遇，北汉先锋张元徽佯败，穆令均不知是计，紧追不舍，被北汉伏兵围攻，穆令均战死，后周军士被杀过千。李筠不敢再战，急忙撤兵返回潞州，据城坚守。

后周世宗柴荣接得潞州急报，召集群臣计议，决心亲征。

太师冯道以为不可："陛下初承大统，人心未定，先帝山陵方才启工，不应轻率出征。刘旻上次自晋州奔还，势弱气夺，未必能够再振。如果刘旻入寇，我朝大将出御，便足制敌。"

柴荣摇首道："刘旻幸我大丧，闻我新立，自谓良好机会，可以入伺中原。朕应亲自出征，先声夺人，免让刘旻轻觑！"

冯道竭力劝阻，柴荣又道："从前唐太宗创业，就是屡次亲征。朕年纪轻轻，难道怕河东刘旻吗？"

冯道答道："陛下不能和唐太宗相比。"

柴荣愤然道："刘旻众至数万，统是乌合。王师前去，好似泰山压卵，必胜无疑。"

冯道说："陛下平心自问，能作泰山吗？"

冯道历事四朝，在乱世中左右逢源，没几把刷子是做不到的。冯道的第一把刷子是见风使舵，毫无气节；第二把刷子是溜须拍马、阿谀奉承。今天，冯道吃错了药，既不见风使舵，又不阿谀奉承。柴荣虽然年轻，但却是难得一见的贤主。他不满冯道的老道保守，于是罢免了这个善于溜须拍马的老头的太师之职，令他担任山陵使，主持后周太祖郭威丧事。一向稳如泰山的冯道，在年轻的柴荣手里栽了跟头。

后周世宗柴荣亲率后周大军一路北上，954年三月十九日，到达了高平。

北汉兵一遇后周军，就开始后退。柴荣命令全速追击，后周人马全线压上，一路狂追，到达巴公原。突然间，后周人马傻眼了，对面漫山遍野都是敌人，分成三个方队：东面是北汉先锋猛将张无徽；西边是辽国铁骑，统兵的是杨衮；刘旻与白从晖率领主力居中。

柴荣面无惧色，沉着下令：滑州义成军节度使白重赞、侍卫马步军都虞侯李重进率军居西，对阵杨衮统领的辽骑；侍卫马军都指挥使樊爱能、侍卫步军都指挥使何徽率军在东，攻击北汉先锋张元徽；郑州防御使史彦超、宣徽使向训率领精骑列阵中央，殿前都指挥使张永德率侍卫亲军护卫自己督战。

北汉初代皇帝刘旻来到阵前，他远远望去，见后周大军人数并不多，军容也不整齐，就悔召辽兵。他对众将道："我观敌阵，与我本部兵相差不多，早知如此，何必借援外人？"

杨衮策马阵前，观察了一番，来到刘旻面前告诫说："此乃劲敌也，未可轻敌冒进！"

刘旻不以为然，捋了捋胡须答道："两军胜败之势已见，时不可失，杨公不必再言，请驻马登高，看我横扫破敌！替我儿报仇。"

忽然东北风大起，吹得两军毛发竖立，个个惊慄，少顷转做南风，风力转弱。北汉国枢密副使王延嗣及司天监李义对刘旻道："风势已小，正可出战。"刘旻便下令进兵。

枢密直学士王得中急急谏阻："风势逆吹，于我不利，不应进军！"

刘旻怒斥道："我意已决，老书生休得妄言！如再多嘴，我先斩你！"

北汉张元徽率千骑进击后周右军。张元徽身先士卒，凶猛无比。后周樊爱能、何徽被张元徽的一顿猛冲烂打吓蒙了，立刻乱了阵脚。樊爱能、何徽一时糊涂，竟然投降了北汉军。后周军心动摇，大批军士开始向后跑。刘旻望见张元徽先胜，亲督诸军继进。矢如飞蝗，石如雨点，后周大军不免惊乱。

看到北汉兵大至，势如潮涌，后周世宗柴荣麾兵向前，白重赞、李重进、史彦超、向训各自率军向前冲杀，人人勇壮，个个威风。

刘旻远远望见柴荣，便令数百弓弩手，一齐对着柴荣射箭。柴荣麾下亲兵，用盾四蔽。

战马来回奔踏，卷起漫天尘土，到处都是战马的凄厉嘶鸣声和军士的喊杀声。一位年轻将领目不转睛地看着战场的形势，这是赵匡胤。他对张永德喊道："敌军意气骄纵，只要奋力反击，完全可以击败。请指挥使率兵发箭阻击敌军，我从右边包抄攻击，胜败在此一役！"张永德和赵匡胤各率两千殿前司精兵对张元徽形成了左右夹击。

赵匡胤手执一条通天棍，捣入敌阵。"主忧臣辱，主危臣死，我等难道作壁上观吗？"手下将士闻听赵匡胤之语，亦不甘退后，一拥齐出，任他箭如飞蝗，只是寻隙杀入。俗语道："一夫拼命，万夫莫挡。"况有两千锐卒一齐杀出，北汉兵立即搅乱，纷纷倒退。柴荣见战局逆转，更率军士奋勇追赶。北汉兵越逃越乱，刘旻亲自挥旗收兵，也制止不住溃势，直到傍晚才收集万余溃兵，临河布防。

柴荣也择地安营。翌日，驱兵来到河边交战，北汉军矢石如雨。赵匡胤身先士卒，北汉兵越觉惊慌，所有箭镞一齐射向赵匡胤。后周军另有一员勇将，那就是内殿直马仁瑀。他高呼道："使国家受敌，何用我辈！"马仁瑀跃马直出，引弓迭射，连毙数十人，北汉弓箭手才退。

后周军中还有一员猛将，他是殿前右番行首马全义。

马全义就是昔日李守贞麾下武士，柴荣镇守澶州时，马全义前往投奔。郭威对部下高兴说："这个人不但忠诚，而且勇猛。以前在河中时，屡次挫败我军。你们这些人，都应该学习他。"

马全义到柴荣面前请求："贼已披靡，将为我擒，愿陛下按兵不动，观看臣等破贼！"说着，即引数百骑过河进攻敌阵，可巧碰着张元徽出来拦阻。马全义拨马舞刀，与张元徽大战。马仁瑀暗助马全义，瞄准张元徽马首，一箭射去，正中马眼。马负痛乱跃，立将张元徽掀落地上。马全义趁势一刀，把张元徽挥作两段。张元徽为北汉骁将，骤被杀死，北汉兵士气大跌。天空中的南风，越吹越猛，后周大军顺风冲杀，其势益盛。刘旻慌忙鸣金收军。

辽将杨衮因刘旻不听自己的告诫，始终按兵不动，坐视北汉军溃败。

杨衮在此后于史料中消失了。他后来成为民间小说《杨家将》中的人物。

1

北汉大败，后周大胜。

樊爱能、何徽脑子清醒起来，不再投降北汉，领着残众擅自南归。这帮人非常饥饿，沿途遇着粮车，硬行剽掠。运夫仓促骇走，伤亡甚多。后周世宗柴荣派遣军校去追，樊爱能、何徽竟然杀死军校，纵辔奔驰。

路上遇着河阳三城节度使刘词，樊爱能忙摇手道："辽兵大至，我军已败，不用再前进了。"

刘词问："天子安否？"

何徽答道："我辈幸亏速奔，还保生命，皇上尚不肯退归，大约已奔入泽州了。"

刘词怒道："主辱臣死，奈何不救？"刘词疾驰北上，驰至战场。

北汉残兵万余人，还在河边休整。天色将暮，南风劲吹，刘词带着这支生力军，越河冲杀。北汉兵已经怯馁，还有何心对阵？死的死，逃的逃。刘词麾众追去。附近休息的后周大军遥见刘词军得胜，也跃河齐进，与刘词军并力追击。可怜北汉兵没处逃生，或死或降。刘词临阵斩杀北汉国枢密副使王延嗣。刘词追至高平，方才回军，但见僵尸满野，血流成渠，所弃辎重器械，不可胜计。柴荣对刘词颇为嘉赏，命他为随驾都部署。

北汉初代皇帝刘旻已成惊弓之鸟，被褐戴笠，乘着辽国所赠的黄骝马，由雕窠岭逃归。入夜迷路，强迫村民引导，村民误引至晋州。行百余里，才知错误，乃杀死村民，昼夜北走，逃回了太原。

刘旻昏聩，竟然封黄骝马为自在将军，为它建造了一个用金银装饰的马舍。北汉将士心中凄凉。

后周世宗柴荣进了潞州，忽报樊爱能、何徽二人前来请罪。柴荣冷笑道："他们还敢来见朕吗？"柴荣下令，将二人拘住，听候发落。

柴荣晚上卧于帐中，暗思樊爱能、何徽是否可以饶其不死。柴荣踌躇不定，问张永德。张永德答道："陛下如果只愿固守边疆，如此处置则可，如果是想开疆扩土、威加四海，理应重重惩戒那些将领的过失，以整肃军纪。"

柴荣恍然大悟，下令诛杀樊爱能、何徽二将，军威大振。柴荣按功行赏——

白重赞加校检太尉；

李重进为许州忠武军节度使；

史彦超为华州节度使；

向训为滑州义成军节度使；

张永德为遂州武信军节度使；

刘词兼侍中。

张永德保荐赵匡胤，说他智勇双全，柴荣授他为殿前都虞侯、严州刺史。马全义因功升散员指挥使，马仁瑀也得升迁。

犒赏大军后，柴荣一鼓作气，命魏博节度使符彦卿为河东行营都部署，知太原行府事，领兵二万，讨伐北汉国；河东节度使王彦超率兵入阴地关，与符彦卿合军西进。

后周大军进击汾州，锐不可当，北汉守军皆已惧怕，无心恋战。眼看城池攻破在即，王彦超却下令停攻。部将不解，都来劝导，王彦超道："敌城孤立无援，破城只是朝夕之间的事。我军军士精锐，如若遣军强攻，死伤必多，应该稍待，等其归降。"众人听后，心悦诚服。

王彦超收兵入营，派人入城投信，勒令速降。北汉汾州防御使董希颜果然从命，开城相迎。

王彦超入城安民，与符彦卿进逼太原。

北汉初代皇帝刘旻，收散卒，缮甲兵，完城堑，抗击后周大军。

刘旻固守太原，无暇顾及属地。辽州刺史张汉超、沁州刺史李廷海，先后投降后周。石州刺史安彦进，为王彦超所擒，解送潞州。宪州刺史韩光愿、岚州刺史郭言，亦举城归顺。

后周世宗柴荣十分喜慰，亲征太原。河东父老，箪食壶浆，争迎王师。柴荣本无意吞并北汉，不过欲耀武扬威，使刘旻不敢轻视，今见北汉百姓夹道相迎，始欲一劳永逸，兼并北汉。柴荣与诸将商议，诸将多虑粮草未足，请且班师，再图后举。柴荣已经出发，怎肯退回？麾军急进，直抵太原城下。

符彦卿、王彦超已在太原城外安营，闻御驾亲临，出营迎谒。

柴荣入符彦卿营，与符彦卿谈及军事，符彦卿密奏道："太原城固，未易猝拔，我军远来，师劳饷匮，恐一时未能取胜，况辽兵有来援消息，还望陛下三思，慎重进止！"

北汉枢密直学士王得中向辽国求援，返回时被后周大军隔断，不能回入太原，留在北汉代州。代州都头桑珪不满北汉，杀死代州防御使郑处谦，投降后周。柴荣授桑珪为代州刺史。

桑珪将王得中拘住，送入后周大营。柴荣令松绑，赐予酒食，和颜问王得中："你往辽求援，辽兵何时到来？"

王得中答："我没有去求援兵。"

柴荣不信，嘱将校再加盘诘。将校对王得中道："我主优容，待公不薄，若非据实陈明，一旦辽兵猝至，你还有活路吗？"

王得中叹息道："我食刘氏禄，应为刘氏尽忠！况有老母在围城中，若以实告，不但害我老母，恐且误我君上，国亡家亦亡，我何忍独生？宁可杀身取义，保我国家，我虽死亦瞑目了！"

这时，辽国幽州留守萧思温率领辽兵五千前来援助北汉。柴荣大怒，下令将王得中缢死。

柴荣对符彦卿道："卿可移军往攻忻州，此处由朕督领，定要扫灭刘旻，方无后虑。"

柴荣自率大军，团团围住太原。旌旗蔽天，刀戈耀日。

柴荣令同平章事李谷调度粮草，令发泽州、潞州、晋州、隰州、慈州、终州民夫，运粮馈军。后周行营军士差不多有十万，所至粮草随到随尽，军士不免剽掠，遂致百姓失望，窜入山谷，避死求生。

北汉忻州监军李勍杀死刺史赵皋，举城请降。柴荣授李勍为忻州刺史，令符彦卿速奔忻州。柴荣再遣潞州昭义军节度使李筠、遂州武信军节度使张永德、华州节度使史彦超领兵三千，往援符彦卿。

符彦卿等行至忻州，代州刺史桑珪迎谒，符彦卿加意戒备。等到李筠、张永德、史彦超赴援，兵力较厚，稍觉安心。此时，辽兵时来城下，游弋不休，符彦卿决计出击，与诸将开城列阵，静待敌兵厮杀。

一会工夫，辽骑驰至，三三五五，好似散沙一般，史彦超自恃骁勇，怒马突出，杀奔前去，从骑只二十余人。辽骑略略招架，就四散奔走。史彦超驱马急赶，东挑西拨，越觉得兴高采烈，不肯回头。

符彦卿担心史彦超有失，急命李筠率兵接应。李筠走得慢，史彦超走得快，两下里无从望见。

李筠行了一程，见前面统是山谷，林草丛杂，崖壑阴沉，四面探望，并不见有史彦超，也不见有辽兵。自知凶多吉少，只好仔细窥探，再行前进。猛听得几声胡哨，深谷中涌出许多辽兵，当先一员大将，生得眼似铜铃，面似锅底，手执一柄大杆刀。这名辽将，乃是幽州留守萧思温。他高声喝道："杀不尽的南蛮子，快来受死！"李筠心下一慌，不去管史彦超生死，自己火速收军，回马急奔。辽兵冲来，杀得后周军七零八落。

李筠一口气跑回大营。萧思温哪里肯舍，骤马追来，幸亏符彦卿出兵抵住，与萧思温大战一场，杀伤相当。日将西下，萧思温收兵回去，符彦卿亦敛兵回城。清点人数，才知道这一次开仗，丧失了一员大将史彦超。史彦超带去二十余骑，一个也没有逃回。就是李筠麾下，亦十死七八。符彦卿长叹道："我原说不如回军，偏偏皇上不允，害得丧兵折将，如何是好！"

符彦卿写好奏疏，报明败状，自请处分。后周世宗柴荣接阅奏章，忍不住悲咽道："可惜可惜！丧我猛将，罪在朕躬！"

晋州节度使药元福任太原四面壕砦都部署，负责攻城。攻城器具都已准备齐全，北汉太原城岌岌可危，但是连下大雨，粮草接济不上，柴荣只能下令班师。药元福奏道："进军容易退军难，陛下须慎重！"柴荣把殿后的任务交给了他。药元福部署兵马，步步为营，让各军先行。众将士匆匆上路，巴不得立刻回到后周。

北汉初代皇帝刘旻出兵追击，药元福断后，严行戒备，列成方阵。北汉兵将近，药元福屹立不动，镇定如山。北汉兵冲击数次，好似遇到铜墙铁壁，无隙可钻。北汉兵渐渐地神颓气沮，这时，药元福阵内发出一声梆响，方阵立刻变为长蛇阵，来击北汉兵。北汉兵顿时骇退，反被药元福驱杀数里，斩首千余级。

药元福此时已经七十余岁，身体很好，如果有人说他气度风貌越来越好，他必定异常高兴，热情款待。药元福此次立下大功，柴荣加药元福为检校太尉。

柴荣回到潞州，休息数日，启行至新郑县郭店村。这里是嵩陵所在处，嵩陵即后周太祖郭威墓。

山陵使冯道监工，等到嵩陵完成，冯道亦病死，终年七十三岁。

冯道先后在后唐庄宗李存勖、后唐明宗李嗣源、后唐闵帝李从厚、后唐末帝李从珂、后晋高祖石敬瑭、后晋出帝石重贵、辽太宗耶律德光、后汉高祖刘知远、后汉隐帝刘承祐、后周太祖郭威、后周世宗柴荣等十一位皇帝手下为相。后梁时期，冯道还效力于燕王刘守光。可以说，冯道简直是一官场不倒翁。中国古代文人，大多是读死书，认死理，不懂得变通，像冯道这样能够灵活多变的不多。正是识时务者为俊杰，气节不能当饭吃，更不能用来保命，尤其是生逢乱世。

冯道逢迎为悦，阿谀取容，对丧君亡国毫不在意，晚年自号"长乐老"，著《长乐老自叙》，自述历朝荣遇，内有一首诗《舌》——

口是祸之门，舌是斩身刀。

闭口深藏舌，安身处处牢。

冯道遗诗《偶作》，道出了官场不倒翁的秘诀——

莫为危时便怆神，前程往往有期因。

须知海岳归明主，未必乾坤陷吉人。

道德几时曾去世，舟车何处不通津。

但教方寸无诸恶，狼虎丛中也立身。

冯道的《天道》，道出了他的人生观——

穷达皆由命，何劳发叹声。

但知行好事，莫要问前程。

冬去冰须泮，春来草自生。

请君观此理，天道甚分明。

不论称赞冯道也罢，辱骂冯道也罢，都不得不承认冯道是位能在乱世中游刃有余的人。他不只是善于见风使舵、溜须拍马，更主要的是他有超强的应对和变通能力，尤其是对时事的判断和人物性格、心理的揣测。

冯道还对五代乱世之源作了提炼——

"礼、义、廉、耻，国之四维。四维不张，国乃灭亡。"

后周世宗柴荣追封冯道为瀛王，赐谥文懿。

柴荣拜谒嵩陵，望陵号恸，俯伏哀泣，至祭奠礼毕，才收泪而退。

2

高平一战，堪称后周立国之战。

后周世宗柴荣趁势杀到太原城下耀武，使北汉数年不敢南犯。

同样亦是这一战，赵匡胤崭露头角，立下殊功，得到柴荣倚重。

柴荣回归开封，立符氏为皇后。果然，符氏是皇后之命。只不过她是在改嫁之后才成为皇后的，和李守贞没有任何关系。

柴荣然后分封众官——

符彦卿为太傅，封魏王；

王彦超为许州忠武军节度使；

李筠兼侍中；

李重进为同平章事、侍卫马步军都指挥使；

张永德为检校太傅、滑州义成军节度使；

药元福为陕州节度使。

柴荣还师，前时所得北汉州县又归入北汉。代州刺史桑珪闭城自守，终被北汉兵攻破，桑珪逃去。柴荣耗去了无数军饷，结果是不得一城。

身处乱世，柴荣所面对的不只有帝王的尊荣，还有迫在眉睫的内忧外患。唐朝灭亡已将近五十年，中原经历了后梁、后唐、后晋、后汉四个短命朝代。现在到了后周，柴荣要站稳脚跟，夯实国基，就必须整顿禁军，解决后周大军将不用命、士不能战的问题。柴荣为此下诏："兵在精不在众，宜一一点选。精锐者为上军，怯懦者任从安便。"柴荣命赵匡胤广募天下壮士，柴荣试阅，选武艺超绝者，分列殿前诸班。后周禁军迅速成为一支精锐之师，征伐四方，所向皆捷。

太原一带下起了大雪。北汉初代皇帝刘旻闻听后周军越来越强大，忧愤成疾。他自感时日不多，就乘坐马车前去祭拜先祖。

一座杂草丛生的陵墓里，埋葬着章懿皇后安氏。

安氏先嫁沙陀人刘琠，生下了两个儿子：后汉高祖刘知远，北汉初代皇帝刘旻。安氏后嫁给一名吐谷浑人，生下了"阎昆仑"慕容彦超。这名穷苦女人临终时，还为几个丑儿子没有娶上媳妇而忧愁。想不到在她去世三十年后，她的儿子刘知远追封她为章懿皇后。

陵墓前，刘旻痛哭流涕。他心中感慨沙陀刘氏家族的兴衰。954年十一月，刘旻去世，终年六十岁。

辽穆宗耶律璟册封刘旻之子刘钧为北汉国主，这就是北汉国第二任皇帝。

刘钧知不能胜后周，便罢兵息民，礼贤下士，境内稍安。

后周也得到喘息机会，后周世宗柴荣意欲整治天下。

连年征战，土地荒芜，水利失修，以至于中原人烟断绝，荆榛蔽野，许多百姓遁入空门，不事稼穑的佛门子弟越来越多。柴荣意图扭转，便昭告天下："非旨赐寺庙，皆废之。"当年，废弃寺庙三万三百三十六所，一时之间，天下佛像几灭。

官员议论纷纷，柴荣说："你们不要对朕毁去佛像这件事有疑虑。佛啊，是以善道度化世人的，如果有心向善，就是供奉佛了，那铜像岂是所谓的佛呢？而且朕听说过，佛为了利益他人，就算是头颅、眼睛都可以布施给别人。如果朕的身体可用来救济民众，朕也在所不惜啊。"

赵匡胤目睹柴荣疯狂灭佛，悄悄拜访麻衣道者，向他请教："今上毁佛法，大非社稷灵长之福。"

麻衣道者告诉他："'三武'所以无令终也。"

赵匡胤明白"三武"是指：北魏太武帝拓跋焘拆除寺庙，焚烧佛经，捣毁佛像，坑杀僧尼，七年后被宦官宗爱谋杀，父子惨死；北周武帝宇文邕焚毁佛寺经籍，强迫僧尼还俗，不久身患恶疾，全身糜烂，三十六岁死，不到三年国亡；唐武宗李炎大毁天下寺庙，当年服食丹药过量，三十二岁中毒而亡。

赵匡胤又问天下何时可定，麻衣道者没有给他说破，只是说："赤气已兆，当有真主出。"

后周世宗柴荣重视农产，让工匠用木头雕刻出耕夫、织妇、蚕女，放在宫中，以使自己不忘劝课农桑。户部尚书张昭是德高望重的老臣，柴荣对他颇为器重。张昭请求致仕，柴荣优诏不许。柴荣请张昭举荐贤才，张昭便推荐李涛。

李涛，就是那位诙谐幽默的文臣。张昭劝柴荣："李涛具有远见卓识。张彦泽虐杀无辜，李涛多次上疏请求诛之，以为不杀必为国患；李涛也曾上疏请朝廷解除先帝郭威兵权。皇上您别看他成天嬉皮笑脸，国家的安危尚在萌芽状态时，他便能见微知著，力谏君王防微杜渐，此真宰相器也！"

柴荣素来鄙视李涛轻薄，无大臣威严，但还是接受李涛重入朝廷。李涛成为户部尚书，张昭改任兵部尚书。

夏州节度使李彝兴，盘踞西北，渐成气候。他不奉朝命，拒绝后周之使。

柴荣与群臣商议，群臣多说道："夏州地处偏隅，朝廷素来优待，此次不通周使，也是一时糊涂。臣等以为夏州偏小，无足重轻，不如抚谕李彝兴，善全大体。"

柴荣愤然道："夏州只产羊马，贸易百货，悉仰中原，我们若与他断绝往来，他便穷蹙，有何能为呢？"

柴荣遣李涛驰诣夏州，持诏诘责，果然李彝兴惶恐谢罪，不敢抗违。

后周的头号对手，自然是辽国。

柴荣现在想见一个人，那就是"报仇张孝子"。

"报仇张孝子"，就是那个被盗贼孙居道灭门的张藏英。他在幽州节度使赵德钧麾下屡建战功，升为衙将。张藏英没有忘记仇人孙居道，他打听到孙居道避祸迁居到关南，便向赵德钧申请去关南任职，赵德钧任他为关南都巡检使。到任后，张藏英探察到孙居道的住所，便换上便装，手持铁鞭，潜伏于孙居道住所附近。孙居道从家中出来，孙藏英一跃而起，挥铁鞭把他打倒，又咬下他的耳朵吃掉，然后押着他回来。张藏英为父母设了灵堂，摆上祭品，让孙居道跪在灵位前，把他打得皮开肉绽，随之一刀一刀把孙居道剐了。最后把他的心剜出来，祭奠父母与张家所有死难的家人。一时间，张藏英成为幽州一带的英雄，人们叫他"报仇张孝子"。

幽云十六州划归辽国后，张藏英成为辽国卢台军使兼榷盐制置使，兼任坊州刺史。

张藏英不满辽人统治，率领自己的亲属及部下一千多人以及煮盐老少七千多人，撵着上万牛马，乘坐几百艘船，渡海归附后周。到沧州后，刺史李晖报告朝廷。后周朝廷半信半疑，把他安排住在封禅寺，赐钱十万、绢百匹。几个月后，任命他为德州刺史。

张藏英这个老头在辽国生活多年，对辽国的一切太熟了。战胜辽兵，是柴荣的心愿，因此柴荣把张藏英请来。

柴荣开门见山问张藏英："辽兵屡犯我境，朕当如何？"

张藏英不紧不慢地说："以长城拒辽骑可也！"

幽云十六州已经归了辽国人，何来长城？柴荣一听，就有点不高兴。出于礼貌，柴荣说："长城已入敌手，怎么办？"

张藏英回答："沿边可以修'水长城'。"

"水长城？"柴荣一下来了精神，咨询备边之策。张藏英分析道："过去防御游牧的骑兵依托长城，如今幽云十六州割给了辽国，仅剩下横流深州与冀州之间连绵数百里的胡卢河。只是深、冀两州间横亘数百里的胡卢河堤堰不够高陡，难以阻挡辽国骑兵的长驱直入。我们完全可以利用水系，在深州李晏口建寨，将其拓宽挖深，沿着胡卢河设置一道水长城，那样就可有效遏制辽国铁骑！"

柴荣完全同意，当即任命张藏英为缘边招收都指挥使，让张藏英全权负责此事。

955 年正月，张藏英走马上任，来到李晏口，招募民工，建筑城堡，疏通河道。张藏英夜宿古寺，昼斩荆棘，辛苦倍至。

955年夏，辽国鲁国公韩延徽去世，终年七十八岁。

中原战乱不停，很多汉人看到辽国地广人稀，纷纷"闯北"去寻活路。但汉人、辽国生活习俗不同，于是韩延徽提出了"胡汉分治"：游牧系统一套，农耕系统一套。辽国接受他的意见，设置为南北两院，北面官，用游牧民族制度；南面官，仿中原制度。南面官的推行，渐渐让汉人的文官制度进入草原地区。耶律阿保机之所以发展壮大，依靠两名得力助手，一个是其夫人述律平，另一个则是韩延徽。

辽穆宗耶律璟闻听韩延徽去世，震惊悲痛，追赠其为尚书令。

耶律璟闻听后周大军在深州李晏口一带拓河道、修堤坝、建城堡，便派辽国悍将高勋率领三千精锐骑兵前来袭扰。

张藏英在辽为官多年，对这些辽将十分熟悉。他利用胡卢河北岸的地形，借助沼泽泥洼，带着刚刚训练一个月的新兵，捕杀辽国骑兵。到了夜晚，辽兵逃去。张藏英小试牛刀，完胜辽兵。

许州忠武军节度使王彦超前来巡视河道疏通，在半路被高勋率领的辽国骑兵围困。正在危急时刻，张藏英率领人马赶到，奋勇力战，杀毙辽兵无数。剩得几个脚长的，抱头鼠窜，不知去向。

张藏英率领一千军士巡视河道。辽国关西巡检姚内斌侦知张藏英要到乐寿，便率两千骑兵列阵于乐寿县北。张藏英毫不畏惧，率领麾下军士力战。姚内斌见占不到便宜，退兵而走。后周世宗柴荣得报，下诏褒奖张藏英。

柴荣此时，突然想起了李崧，问众臣："都说李崧曾以蜡丸密书勾结辽国及叛军，是真的吗？"

同平章事王溥答道："李崧若有蜡丸密书，会给别人看吗？这都是苏逢吉等人陷害他的。"

柴荣于是诛杀诬告李崧的葛延遇、李澄。

3

开封皇宫大殿，巍峨壮观，气势磅礴。

后周世宗柴荣召入同平章事范质、王溥、李谷及枢密使郑仁诲，向四人开口说道："巍巍盛唐维持了近三百年的统治后，油尽灯枯，在黄巢起义和军阀混战中轰然倒塌。所谓天下大势，合久必分，分久必合。各路豪强乘势而起，拥兵自重，割据一方，人人都想野心勃勃称王称帝。短命王朝多，大小战事连绵不断。天下黎民百姓陷入痛苦深渊，饱受战火摧残之苦。朕欲求治平，实非容易。朕日夜苦思，苦乏良策，你们为朕出出主意，应该怎么办呢？"

范质说："众臣之中，不乏明哲之人，宜令他们各试论策，畅陈经略，如可采择，再予施行。"

柴荣高兴答应，选取二十名文学之士出谋划策。

柴荣命每人撰写一篇《为君难为臣不易论》和《平边策》。二十人得了题目，各去撰著。有的是攒眉蹙额，煞费苦心；有的是下笔成文，很是敏捷。半天时间，二十人先后交卷。

大多数策论都以"修文德、招远人"为主题，只有陶谷与窦仪、杨昭俭、王朴四人提出了攻取江淮的策略。

兵部郎中王朴大作《平边策》——

后唐君主无道，从而失去了江淮、川蜀等地。后晋君主无道，从而失去了幽云十六州。因观其失道缘由，从而得出应对之策。当其失道之时，君主昏庸乱政，将士骄纵不法，而民众困苦不堪。奸臣在朝，叛将在外，其初虽是小恶而加以姑息，不加裁制，以致局面一发不可收拾，最终个个裂土僭越。天下人心四散，不附于朝廷。四方贼寇趁乱僭称伪帝，或据州府以求自固，不奉朝命。而应对之策，便是与后唐、后晋反其道行之而已。必先引入贤士执政，黜退无能者以正时局。用贤能替换无能来认清其才能，以恩义及信用来获取天下人心，赏罚分明令民众各尽其力，俭约用度以丰国库，薄征税赋以令民富。待我国库充盈，军备有余，人心向附时则可举兵出征。敌国民众，若知道我朝政治清明，上下同心，国力强盛，人民安乐，且有必取敌国之势的话，则熟悉敌国国情之人，会为我朝充当间谍；熟悉敌国山川地形之人，便会成为我方进攻敌国的向导。若敌国之民与我朝之民心意相通，则是天意即是如此。若是天意如此，则没有不成功的道理了。

凡攻取之道，从易者始。如今唯有南唐方便攻取。东起黄海，南至长江。我朝可攻略的与南唐间的国境线长达二千余里。先从他们守备薄弱的地方进行攻击，若他们防备东边我们则攻击他们西侧国境，若他们防备西边则袭击他们东边国境。南唐必定奔走两端以救急。

当敌军奔走之时，可以得知他们的虚实，并攻其弱势，则我军就所向无前了。攻其弱势之法，则在于不必大张旗鼓，只以少数精锐对其进行袭扰，打完就撤。南唐若知我朝进攻，必定会举倾国之力来救援。就这样，经过数次袭扰，敌方接二连三地倾国来援，其国内必定民生凋敝。只要有一次他们不是举众来救，我方则趁机掠取。等待南唐国势衰竭，则江北诸州尽归我朝所有。如得江北之地，则直接拥此地民众，扬我朝兵威，江南之地就不难平定了，这样便是事半功倍。倘若能攻下南唐之地，则桂、广两州便与我朝接壤，兵威之下顺理成章使其成为附属。而川蜀之地则可旦夕征召入朝，如果他们胆敢违命，则我朝将四方并进，合围席卷蜀地，顷刻即平。南唐、后蜀两地一旦平定，则幽州将望风归附。只有北汉是我朝死敌，不可以恩信招诱，必须以大军攻击他。但是自高平之战以后，北汉已经被我们打得心惊胆寒，气力衰竭，不足为患，可将此事暂时搁起，以后再慢慢收拾他们。

现在我朝兵精粮足，军械完备，群臣守法，诸将效忠，一年之后，便可平边。

王朴的"攻取之道，从易者始"的建议和"先南后北"的战略，后周

世宗柴荣大加称赏。柴荣自从击败北汉，便经常练兵讲武，意欲统一天下。他看到王朴等人的策略后，欣然采纳，平定南方的想法越发坚决。

柴荣授王朴为谏议大夫，常与他商议天下大事，不久又命知开封府事。陶谷与窦仪、杨昭俭也得升官。陶谷任兵部侍郎，窦仪为礼部侍郎，杨昭俭为御史中丞。

按王朴的《平边策》，后周君臣将眼光瞄准了南方。

后蜀国末代皇帝孟昶在位，已经二十一年。中原地区历经了后唐、后晋、后汉、后周朝代更迭，战火不断，战乱不止。而后蜀却基本是太平无事，少有战事。百姓安康，不愁温饱。从这一点看，孟昶颇能励精图治。孟昶身体逐渐发胖，他外出时不能骑马，而是乘坐步辇，垂以重帘，环结香囊，香闻数里，人不能识其面。由于蜀中久安，宗室贵戚、达官子弟，宴乐成风，有人长到三十岁，竟不识稻麦之苗。后蜀官吏徇私枉法，贪赃受贿之事层出不穷，科举考试也不能免除贿赂，所谓贿重者登高科，主考官以贿赂多少，确定是否中选，而面无愧色。刑部官员指着狱门说："这就是我家的钱炉。"对于这种种弊端、歪风，孟昶皆不能纠正，故史书批评他："励精图治仅限于自己一人，仁厚却容忍了奸恶，这些只不过是匹夫小节而已。"

955 年夏，后周世宗柴荣下诏，命凤翔节度使王景、宣徽使向训为征伐后蜀正副招讨使，西攻后蜀国。

后蜀国青城山有一女子，秀外慧中，擅长文墨，做了孟昶的贵妃，因其"花不足以拟其色，蕊差堪状其容"，被称为花蕊夫人。

花蕊夫人爱赏牡丹芙蓉，所以后蜀中有牡丹苑，有芙蓉锦城。牡丹苑中，罗列各种，无色不备。孟昶命人在成都外圈土墙上遍种芙蓉树，多年后长成气候，到了深秋时节傲然怒放，如同红锦，芙蓉城的名字就此传下来了。

除花蕊夫人外，孟昶又广选良家女子，充入后宫，各赐位号，有昭仪、昭容、昭华、保芳、保香、保衣、安宸、安跸、安情、修容、修媛、修娟等名目，秩比公卿大夫。

孟昶最是怕热，每遇炎暑天气，便觉喘息不定，难于就枕，于是在摩诃池上，建筑水晶宫殿，作为避暑的地方。其中三间大殿都用楠木为柱，沉香作栋，珊瑚嵌窗，碧玉为户，四周墙壁，不用砖石，尽用数丈开阔的琉璃镶嵌，内外通明，毫无隔阂。四周更是青翠飘扬，红桥隐隐。从此，盛夏夜晚，水晶宫里，绡帐、玉枕、冰簟、罗衾目睹孟昶与花蕊夫人夜夜在此逍遥。

孟昶喝醉了，伏在花蕊夫人香肩上小憩。凉风吹来，那岸旁的柳丝花影映在摩诃池中，被水波荡着，忽而横斜，忽而摇曳。孟昶回头看花蕊夫人，见穿着一件淡青色蝉翼纱衫，里面隐约乳峰突起，冰肌玉肤，粉面樱唇，格外娇艳动人。

孟昶立即诗兴大发，取过纸笔，写下诗词《木兰花》——

冰肌玉骨清无汗，水殿风来暗香满。

绣帘一点月窥人，欹枕钗横云鬓乱。

起来琼户启无声，时见疏星渡河汉。

屈指西风几时来，只恐流年暗中换。

再拟写一首，突有紧急边报到来，乃是后周攻打后蜀国秦州了。

孟昶不禁掷笔道："可恨强寇，败我诗兴！"

孟昶忙遣客省使赵季札为秦州监军使。赵季礼行军到德阳，听说后周已经连拔八个营寨，心生恐惧，不敢前进，单人匹马撤回成都。后蜀民众以为他是打败回来的，非常震惊。孟昶问赵季札前线事宜，赵季札什么也答不出来。孟昶非常生气，把赵季礼斩首在崇礼门外。

孟昶派遣护圣控鹤都指挥使李廷珪为北路行营都统，救援秦州，出拒后周大军。

李廷珪，太原府人，七岁时就在孟知祥帐下。

成都城中，有位数一数二的权威人物，她就是孟昶生母太原李氏。此刻的太原李氏心中五味杂陈：我和柴氏都曾经为后唐庄宗李存勖的妃子，各自改嫁，各自辅佐出一位开国帝王孟知祥、郭威，人家郭威、柴氏有个满腹韬略的义子柴荣，我和孟知祥有个儿子孟昶，这孟昶能打得过人家柴荣吗？

后蜀北路行营都统李廷珪率兵至威武城，正值后周濮州刺史、排阵使胡立带领百余骑，前来巡逻。李廷珪麾军杀上，把胡立困在中间，胡立兵少势孤，冲突不出，被后蜀军士射落马下，活擒而去。胡立部下多为所获，只剩十数骑逃归后周大营。

李廷珪得了小胜，报称大捷，并命军衣上绣一斧头，号为破柴都。

孟昶接着捷报，很是喜慰。偏是得意事少、失意事多，捷报才到，败报又来。李廷珪前军为后周军打败，掳去将士三百人。孟昶派遣知枢密院事伊审征抚勉行营，再行督战。

伊审征，太原府人，母亲是孟知祥之女。

伊审征与李廷珪商定军谋，派遣先锋李进据马岭寨，截住后周大军来路；再派游击队旁出斜谷，进屯白涧，作为偏师；又令染院使王峦率兵出凤州北境，至堂仓及黄花谷，绝后周粮道。三路同时出师，伊审征、李廷珪择地扎营，专待消息，准备接应。

王峦率兵三千，直奔堂仓，先令侦骑至黄花谷中，探明敌踪，回报谷外有后周大军往来，统是输运辎重，接济后周军营，并没有大将弹压。王峦大喜道："我去把他辎重军一齐夺来，让敌军粮食中断，逼着他们溃走了。"王峦驱军前进，驰入黄花谷。谷长路窄，军士不能并行，只好鱼贯而入，慢慢儿地蛇行过去。哪知后周大军伏在谷口，见后蜀兵前来，立即杀出，打倒一个捉一个，打倒两个捉一双。王峦押着后队，尚未得知，只管催军速进，待至前队已擒去千人，方悉谷外警报，慌忙传令退还。怎奈后面的

755

谷口，也有后周大军出现。王峦拼命杀出，手下只剩百余骑，紧紧随着。其他后蜀兵，统统陷入谷中，被后周大军前后搜捕，一股脑儿捉去。

王峦逃出，急急如漏网鱼，累累如丧家犬，恨不得三脚两步即抵大营。等到了堂仓附近，见前面摆着后周一彪人马，很是雄壮，为首的戴着兜鍪，穿着铁甲，立马横枪，朗声呼道："我乃张建雄也！来将快下马受缚，免我动手。"王峦叫苦不迭，自思进退无路，只好硬着头皮纵马来战。两下交锋，一个是胆壮气雄，一个是心惊力怯，才及四五合，王峦招架不住，即被张建雄擒去。后蜀兵只有百余骑，怎能夺回主将，并且无路脱奔，只好哀求乞降。

黄花谷内，已将后蜀兵捉得精光，仔细检点，正好捉了三千人，一个也不少，一个也不多，更奇的是一个不死。张建雄统统带去，回营报功。原来，后周王景、向训早已防着后蜀兵劫粮，因此伏兵黄花谷口，恰巧王峦中计，遂致全军覆没。

李进在马岭寨中，得知此信，吓得战战兢兢，还道后周大军具有神力，能使后蜀兵片甲不留。要保性命，走为上策，便弃了马岭寨，奔回大营。白涧屯兵，也闻声奔溃。李廷珪、伊审征的规划，一并失败。二人自知立脚不住，不如见机早退，弃营返奔，直至青泥岭下，依险扎住。

李廷珪、伊审征救援不利，可苦了秦州城中的后蜀将吏。

秦州观察判官是赵玭，澶州人，家里富有钱财，因为交纳粮食资助边防，补为小史。

赵玭召集秦州官吏，对他们说："如今中原大军无敌于天下，用兵西征，几乎战无不胜。我们蜀地的将领都是勇武的人，军士都是骁勇的人，然而除了被杀戮就是逃跑，我们这些人怎么忍心坐着等死呢？避离危险以求安全，应当在今天。"众人俯首听命。赵玭于是献城，归附后周，被授郢州刺史。

后周王景、向训分兵攻打成州、阶州、凤州。成州、阶州闻秦州失守，当即投降，独凤州坚守不下。

后蜀末代皇帝孟昶又派遣典军卫王环往援凤州。

王环，镇州人，一直担任孟昶的侍卫。

曹州节度使韩通奉后周世宗柴荣之命，来助王景。

韩通，太原府人，历仕后晋、后汉、后周三朝。韩通跟随郭威冲锋陷阵，身被六创，是郭威的心腹。

王景令韩通前往城固，堵住后蜀援军。

凤州城中，饷竭援穷，渐渐支撑不住，每夜都有兵将缒城出降。王景乘危督攻，一鼓登城。王环率众巷战，怎奈士无斗志，陆续逃散，只剩王环无路可奔，被后周兵擒住，拘押狱中。柴荣释其罪，授为右骁卫将军。

秦州、凤州、成州、阶州四州，俱为后周所有。

同平章事李谷对柴荣说："王景等人征讨蜀地已久，粮草运输接济不上，不如就此罢兵。"

柴荣同意，下诏任命王景为秦州节度使，兼任西面沿边都部署，防御后蜀。后周军回师，柴荣赐宴于金祥殿，赏向训金带、银器、缯帛。

投降的后蜀军数千，柴荣感念他们想念故土，全部放回后蜀国。

后蜀兵败地削，上下震惊，李廷珪、伊审征上表请罪，孟昶概置不问。

后蜀降兵回国，孟昶感激柴荣，亦放还后周濮州刺史胡立等八十余人，并嘱胡立带信给柴荣，希望求和，互通友好，但柴荣没有回信。

孟昶愤怒柴荣没有礼节，向东指手吼道："我郊祀天地、即位称帝时，你还在鼠窃狗盗，现今竟然觑我至此！"

4

开封西南一千六百里，是朗州。

朗州武平军节度使王逵占据湖南，已经三年了。

后周朝廷下旨，令王逵攻打南唐国。

王逵发兵出境。途中，岳州团练使潘叔嗣接待王逵甚谨。王逵左右皆是贪夫，屡向潘叔嗣索赂，潘叔嗣不肯多给，遂向王逵诬指潘叔嗣有叛变之意。王逵不免误信，遂将潘叔嗣诘责一番。

两下里争论起来，惹得王逵性起，当面呵斥道："待我夺得鄂州，再来问你。"

潘叔嗣大为恐惧，告诉他的部下："王逵战胜而回，我就死无葬身之地了。"

王逵进入鄂州境内，忽有蜜蜂数万，齐聚王逵身边，驱不胜驱，王逵大惊。左右统统谀媚，向王逵称贺，说是封王预兆。王逵转惊为喜。进攻长山寨，王逵一战得胜，冲入寨中，擒住南唐将陈泽。王逵正拟乘势再进，忽接朗州警报：潘叔嗣挟恨怀仇，率兵掩袭朗州。

王逵惊愕道："朗州是我根本地，怎可令潘叔嗣夺去？"

王逵仓猝还援，自乘轻舟急返，行至朗州附近，先遣哨卒往探，返报全城无恙，城外亦没有乱兵。王逵似信非信，命舟船急驶数里，抵达朗州。遥见城上甲兵整列，城下却也平静。王逵也不细问，立即登岸。两边草木丛生，瞧不出什么埋伏。谁知走了数步，树丛中一声暗号，跑出许多步卒，来捉王逵。王逵随兵不过数十人，如何抵敌，当即窜去。王逵亦抢步欲逃，偏被伏兵抓住，牵至树下。有一大将跨马立着，不是别人，正是岳州团练使潘叔嗣。

潘叔嗣斥骂数语，拔刀砍死王逵。"檐前滴水毫无错，报应昭昭自古今。"王逵曾派潘叔嗣杀刘言，如今潘叔嗣杀王逵。

潘叔嗣自量不能服众，便遣朗州将吏到长沙迎请周行逢，自己则返回了岳州。

周行逢到达朗州，接管了武平军，自称留后。

潘叔嗣本以为周行逢会让自己接掌长沙，但最终却仅被授为行军司马。他大为不满，称病不肯赴职。

周行逢向众将道："潘叔嗣杀害主帅本是死罪，但我没有杀他。若再授其长沙，那我不就成了他的同谋了吗？他不愿做行军司马，是想杀了我做我的位子吗？"周行逢对潘叔嗣起了杀心，假意要授潘叔嗣为长沙武安军节度使，但要其来朗州接受任命。

潘叔嗣欣然应召，周行逢传令入见，自坐堂上，使潘叔嗣立庭下，厉声斥责："你前为小校，未得大功，王逵用你为团练使，待你不薄，今反杀死主帅，你可知罪吗？"周行逢喝令左右，拿下潘叔嗣，推出斩首。

周行逢遣使告于后周，陈述详状。

后周世宗柴荣授他为朗州大都督、朗州武平军节度使，节制长沙武安军、桂州静江军，加检校太尉，兼侍中。后周朝廷这道旨令，承认了周行逢对湖南的割据。

周行逢成为武平政权第三位统治者，据有朗州、长沙、衡州、澧州、岳州、道州、永州、邵州、辰州、全州十州四十县。

周行逢治楚，总结马氏灭亡的教训，矫前人之弊，励精图治。周行逢向属下说："马氏南楚灭亡的首要原因是不恤百姓。"因此，周行逢格外重视民间疾苦，湖南大饥之时，主动开仓赈灾，使得无数百姓得以存活。周行逢又向属下说："马氏南楚灭亡的另一重要原因是穷奢极靡。"因而周行逢自身生活朴素，平日简衣粝食，倡行俭约。属下官吏如掌书记李观象，争相俭约。李观象清苦自励，以求知遇，帐帏、寝衣都用纸来制作。周行逢颇为信任，军府之政全由他决定。周行逢还向属下说："马氏南楚灭亡的第三个重要原因是吏治腐败。"因此周行逢极为重视吏治，将贪吏猾民皆去之，择廉吏为刺史、县令。周行逢公正无私、不徇私情。他的女婿唐德求补吏职，周行逢道："你实无才，怎堪作吏？我今日给你一官，反是害了你。你不如回乡为农，还可保全身家呢。"

周行逢少年犯法，受过黥刑，脸上被刺字。他主政湖南后，部下劝他用药水消去黥文，以免被朝廷使者耻笑。周行逢不以为然，朗声道："汉朝时的英布也受过黥刑，还被称为黥布，他在世人眼中照样是一个英雄，我又何必在乎这个呢。"

周行逢秉性勇敢，不轻恕人，遇有骄惰将士，立惩无贷。民有过失，无论大小，多加死刑。周行逢防范谋叛，诛戮异己。原"朗州十兄弟"另外八人，除张文表外，几乎全被周行逢诛杀。即使是张文表，他也是常常欲诛，只因为未得时机，故隐忍不发。

周行逢妻子严氏劝谏其不要滥杀。

周行逢怒道："此为外政，不是你内宅妇人所能干预。"

严氏很不高兴，对他说："我们家乡中的佃户，因你显贵，现在都不专心于农事，我要回去督导一番。"她回到乡中，就此长居不归，只在上缴岁租的时候才和佃户一同入城，还说道："赋税是官府财物，如果主帅免除自家的赋税，何以对下做表率？"

周行逢去乡下见严氏，劝她不必如此自苦。严氏说道："你现在显贵了，就忘记以前受过的苦了吗？"

周行逢强行将严氏带回了府中，但严氏仍执意要走，她说道："我就直说了吧，你用法太过严酷，将来必失人心。一旦祸起，我在乡间也容易逃生。"

周行逢这才有所收敛，不再滥杀。

周行逢治楚期间，西南溪峒诸蛮多次犯边侵扰，周行逢采取羁縻政策，对蛮族酋长多授以太保、司空等官职。周行逢滥授官爵，以致朗州的村落街市之中，豪强之辈自称司空、太保者无数。

周行逢过生日，四邻来贺。周行逢问节度判官徐仲雅："我据有湖南，兵强民富，四邻都畏惧我吗？"

徐仲雅讥讽道："大都督辖内，弥天太保，遍地司空，谁敢不惧？"

5

955年冬，后周长安永兴军节度使刘词因病去世，终年六十五岁。

刘词在唐末出生，身经后梁、后唐、后晋、后汉、后周五个朝代。后周世宗柴荣向众臣说："刘词虽为武将，但从不以苛政扰民。朕听说，刘词在地方闲暇时，常常被甲枕戈入睡。旁人问他为何这么做，刘词回答：'我凭借作战勇敢而取得富贵，不可有一日忘本。一旦安于温饱，就会疲懈筋力，将来国家有难，我何以为报！'上天夺去屡战有功的刘词，朕痛心呀！"

同平章事李谷奏道："陛下是英武皇帝，一定会有更多的刘词出现的。"

柴荣对李谷说："朕听说你年轻时与南唐国的韩熙载说中原若能用你为相，取江南如囊中探物。现今，你为相已经多年，灭南唐的事，就交给你了。"

李谷回答："确实有这一经历，韩熙载说江南如果用他为相，他一定能长驱直入，平定中原。可是韩熙载至今未能为相，这可能是天命要灭南唐吧。"

955年冬，后周世宗柴荣任命李谷为淮南道行营前军都部署，兼知庐州、寿州等州行府事，许州忠武军节度使王彦超任副手，统领侍卫亲军马军都指挥使韩令坤等十二位将军出兵，征伐南唐国。

柴荣先颁《征淮南敕》，晓谕南唐州县——

朕自继承帝位，驾御寰宇，正应恭敬治理朝政，大修文德，哪愿兴兵动众，炫耀武力？只是看到昏惑叛乱的淮南伪邦，必须高扬伐罪义举。

区区淮甸敢于抗拒大国，趁唐朝王室的衰微，继黄巢贼寇的纷乱，飞扬跋扈近六十年，盗占盘踞一方，僭称南吴国、南唐国伪号。以中原数朝多事为幸，与北部外敌勾通，大动杀伐之心，诱使北蕃为我边患。

后晋、后汉两代，海内不宁，而你们招降纳叛，佐助元凶，李金全占据安陆，李守贞在河中府反叛，你们大兴军士，前来接应他们，杀掠官吏百姓，强夺闽国、吴越的土地，蹂躏南楚百姓。淮扬一带，连年饥荒，我朝怜悯你们的灾荒，卖给你们许多的粮食。前后俘虏你们的将士，都被放回。我们一向禁止边防军士侵扰你们。我们没有对不起你们的地方，实在是你们过于奸邪，以我们为仇敌，罪恶难以言状，人神共同愤怒。现在我们驱车命将，鸣鼓出兵，东西合势，水陆齐攻。

三国时期，吴国孙皓走投无路时，自动投降归顺；陈朝后主气数完尽时，何处容他生存！凡淮南将士军民，久违大朝，未闻声德教化，虽然一时顺从伪国，但应亲近中原正统，须善于选择安危，早定去向。如能放下武器表示归顺，全郡投降，准备牛酒以犒劳我将士，交出符印而听从我命令，那么车服玉帛奖赏你们决不吝惜，土地山河封给你们决不小气。奖惩之令，信如丹青。如果执迷不悟，就不免将要后悔。

王师所至，军纪严明，秋毫无犯。百姓父老，务请放心安居。抢掠焚烧之类，必使禁止不生。自此两地，永为一家。

这道谕旨，传入南唐，江淮一带当然震动。

每到淮河在冬季冻结时，南唐便发兵戍守，自霍丘以上，西至光州境内，称之为"把浅"，意为把守浅涸河道，以防敌人渡河袭击。寿州监军周廷构认为边境安宁，此举空耗粮饷，于是停止派兵。刘仁赡被改授为寿州清淮军节度使，奉命镇守淮西重地寿州。自古有"守江必守淮"的说法，寿州就是南唐淮河防线上最重要的一环。失去寿州，淮河防线就会彻底崩溃，北边来的敌人就会兵临长江边上的金陵。后周要灭南唐，刘仁赡防守的寿州首当其冲，是后周必须要拔掉的钉子。刘仁赡向南唐朝廷上表争执，坚持"把浅"，还是未能说服。

955年十一月，正是天寒水涸，后周淮南道行营前军都部署李谷率军南下，因无"把浅"，顺利渡淮，攻取南唐淮北各州。南唐诸将闻讯震恐。李谷率军直抵寿州城下，不能攻克。

南唐中主李璟急命神武统军刘彦贞为北面行营都部署，率兵二万奔寿州。

李谷听闻刘彦贞率军救援，驰书后周朝廷，报明情实，后周世宗柴荣即拟亲征。这个时候，后周枢密使郑仁诲病危。后周世宗柴荣到他府上慰问，异常悲伤，唏嘘不已。柴荣北征时，郑仁诲负责后勤，工作相当出色，调拨军需物品非常及时，从未出现短缺。郑仁诲去世后，柴荣又亲自去吊唁。

宦官王继恩启奏："时运非便，不宜临丧。"

柴荣摇首道："君臣义重，哪顾得上时运。"

柴荣哀哭数次，诏赠郑仁诲为中书令，追封韩国公，又命陶谷撰写神道碑文，将其画像列宫中功臣阁。郑仁诲为人端厚谨慎，言谈举止必遵于礼。任枢务时，他虽然权重位高，但却能平易近人，没有一点自以为是的神气，所以去世之后，满朝文武都为之惋惜。

柴荣决计亲征南唐，派侍卫马步军都指挥使李重进为先锋，前往正阳县。南唐刘彦贞率兵援寿州，率领战船数百艘，驶往正阳县，欲毁后周浮梁。

李谷探知敌谋，召集将吏集议："我军不能水战，如果正阳浮梁为贼所毁，势必腹背受敌，退无所归，不如往保正阳，等候皇上到来，听旨定夺。"

李谷一面报明柴荣，一面焚去粮草，拔营齐退。柴荣行至圉镇，接到李谷奏报，不以为然，派人驰往李谷营，令其停止退兵。

李谷已到正阳，复奏道："贼将刘彦贞来救寿州，臣却不惧，只虑贼船顺流掩击，断我浮梁，截我后路，所以不得已退守正阳。今贼船日进，淮水日涨，若车驾亲临，万一粮道断绝，危且不测，愿陛下驻跸陈颍，等臣审度可否，再行进取未迟！"

柴荣恼恨李谷撤退，闻听大军撤退时秩序混乱，竞相掠夺，数百名淮北役夫都被留在寿州，不由大怒，降李谷判寿州行府，改派李重进主持南征。

南唐刘彦贞到了寿州，见后周大军退去，便欲追击。

刘仁赡劝阻："敌军畏刘公声威，故即逃去，但能固我边防，何用速战？倘若追击失利，大事反去了。"

刘彦贞道："兵来将挡，水来土掩。敌已怯退，正好乘此进击，为何不行？"

池州刺史张全约力为谏止，怎奈刘彦贞坚执不从，驱军急进。

刘仁赡长叹道："如果遇到中原大军，必败无疑！看来寿州是难保了，我当为国效死，城存与存，城亡与亡。"

这位不识进退的刘彦贞，是名将刘信之子，生于富贵，不练兵事。他靠着刻薄百姓的手段，日积月累，积财巨万，一半儿充入私囊，一半儿取赂权要。冯延巳、陈觉、魏岑等南唐官员争相标榜，誉他用兵，犹如汉朝时名将韩信、彭越。南唐中主李璟信以为真，把兵权交付与他。他亦直受不辞，贸然行事。

刘彦贞进兵，直抵正阳，旌旗辎重，绵延数百里。

后周李重进望见南唐兵到来，便渡淮东进，身先士卒，冲入南唐军。南唐偏将咸师朗左肩上着了一箭，忍痛不住，掉落马下，被李重进捉住。刘彦贞立刻手忙脚乱，设置利刃以拒马，用铁索系住；又雕刻树木为兽，号"捷马牌"；以皮囊布铁散于地，作为障碍物。后周李重进看到这些，笑笑说："对方害怕了，我们要一鼓作气打败他们。"李重进再次杀入南唐战阵，凭着一把大刀，左劈右砍，挥死多人。

刘彦贞统兵虽众，全是酒囊饭袋。李重进一支人马，似虎入羊群，南唐兵望风奔避。后周韩令坤等人相继杀来，哪里还敢抵敌？霎时间，南唐兵狂奔乱窜，四散逃生。单剩刘彦贞亲军数百人，如何支持？拥着刘彦贞，落荒西走。李重进怎肯饶他，紧紧追赶。前面有一小坡，地势不高，很是险峻。刘彦贞跃马上坡，不料马失前蹄倒退下来，刘彦贞滚坠坡下。李重进追到，顺手一刀，把刘彦贞劈做两段！四窜的南唐兵被后周大军分头赶杀，斩首万余级，伏尸三十里，军资器械，遍地抛弃。

滁州刺史王绍颜，闻听刘彦贞战败，弃城逃去。南唐池州刺史张全约运粮进饷前军，途中见败卒逃归，急将粮车折回寿州，所有刘彦贞残众也都逃入寿州城内。刘仁赡表举张全约为马步左厢都指挥使，同守寿州城。

后周世宗柴荣自督大军进攻寿州，在淝水南下营，调发宋州、亳州、陈州、颍州、许州、徐州、宿州、蔡州等州丁壮数十万，四面围攻寿州，昼夜不息。刘仁赡已备足守具，发矢掷石，鸣炮扬灰，使后周大军不能近城。

柴亲自来到城下劝降，刘仁赡逊词以谢，柴荣亦无可奈何。

南唐守将刘仁赡死守寿州，柴荣围攻三月不下，又碰上淫雨连绵，粮草不济。后周侍卫步军都指挥使李继勋领兵驻屯寿州城南，建造洞屋、云梯，用来攻城。李继勋守御懈怠，被南唐军打败，阵亡一万人，云梯、洞屋都被焚烧。后周大军见困难重重，立刻没了斗志，开始议论班师。

956年初，南唐致仕司徒周宗病卒，终年八十岁。

太傅宋齐邱前往吊孝，摸着他的棺椁哭着说："你太狡猾啦，来的正是时候，去的也是时候啊。"

周宗生有两个女儿，相差十二岁，貌美多艺。大女儿刚刚嫁给南唐中主李璟第六子李煜。

6

"义社十兄弟"老大李继勋兵败被贬时，赵匡胤开始大放异彩。

南唐兵马都监何延锡率领战船百余艘，驻营涂山，支援寿州。

后周世宗柴荣招来殿前都虞侯赵匡胤，对他道："何延锡来援寿州，但在涂山下立营，不敢到此，想亦没有什么能力。只是寿州城内的守兵，得此声援，却不易摇动军心，你可率兵前去，破灭此营。"

赵匡胤领命，率兵五千，奔往涂山，遥见南唐兵营，便对部下道："我军是陆兵，敌军是水师。主客殊形，如何破敌？我们只有用计才能除他。"赵匡胤选老弱兵百余骑，授他密语，往诱敌营，自引精骑埋伏涡口。

何延锡正在营中坐着，自思寿州孤危，不好不救，又不能急切去救，心下好同辘轳一般。突有军吏入报："后周大军来了！"何延锡忙即上马，召集水师，出营角斗。营外只有百余骑后周兵，老少不齐，高矮不一。何延锡不禁大笑道："我道后周大军如何利害，怎知是这等人物！也想来踹

765

我营吗？"

何延锡麾兵杀上，后周兵并未对阵，立即返奔。何延锡追了一程，也欲回军，但听得敌骑笑骂道："料你这等没用的贼奴，不敢追来，我有大军在涡口，你等如再追我，管教你人人掉头，个个丧生！"何延锡被他一激，不肯罢休，索性再赶，且嘱令战船五十艘，驶至涡口，如遇不测，也可下船急走。于是，后周兵前奔，南唐兵后追，不多时已至涡口，只见前面统是芦苇，并没有后周大军驻扎。

何延锡胆愈放大，跟着后周骑兵窜进芦苇中，不意两旁伏着绊马索，竟将马足绊住，马忽坠倒，何延锡也做了一个倒栽葱。何延锡慌忙爬起，突来了一位面红大将军，乃是赵匡胤，他兜头一棍，击破何延锡脑袋。

赵匡胤指挥伏兵，驱杀南唐军，有几个跑得快的，远远逃向驶来的五十艘战船，正好被赵匡胤夺走，乘船至御营报功，柴荣自然嘉奖。

南唐大震，忙遣奉化节度使、同平章事皇甫晖，常州团练使姚凤等领兵十余万，前来拦阻。两人闻后周兵势强盛，不敢前进，只驻守着清流关，拥众自固。

清流关在滁州西南，倚山负水，势颇雄峻，更有十几万南唐兵把守，不易攻入。侦骑报入后周大营，柴荣未免沉吟。

赵匡胤挺身前奏道："臣愿得二万人，去夺此关。"

柴荣道："赵卿虽忠勇，但闻关城坚固，皇甫晖、姚凤也是南唐健将，恐一时攻不下呢。"

赵匡胤答："皇甫晖、姚凤如果勇悍，理应开关出战。今乃逗留关内，明明畏怯不前。如果我兵骤进，出其不意，一鼓便可夺关。乘势掩入，生擒二将，也是容易。臣虽不才，愿当此任！"

柴荣道："要夺此关，除非掩袭一法，不能成功。朕闻卿言，已知赵卿定能胜任，明日命赵卿往攻便了。"

赵匡胤道："事不宜迟，就在今日。"

柴荣大喜，即拨兵二万，令赵匡胤带领前去。

赵匡胤星夜前进，路上偃旗息鼓，寂无声响，只命各队鱼贯进行。等到距关十里，天色将晓，急命军士疾进，到关已是黎明了。关上守兵全然未知，尚是睡着，至鸡声催过数次，旭日已出东方，乃命侦骑出关，探察敌情。不意关门一开，即来了一员大将，乃是赵匡胤，手起刀落，连毙侦骑数人。守卒知是不妙，急欲关住关门，偏偏五指已被剁落，晕倒地上。那后周兵一哄而入，大刀阔斧，杀将进去。

皇甫晖、姚凤两人方在起床，骤闻后周兵入关，吓得手足无措，还是皇甫晖稍有主意，飞走出室，跨马东奔。姚凤也顾命要紧，随着后尘，飞马窜去。可怜这十多万南唐兵，只恨爹娘生得脚短，一时不及逃走，被后周兵杀死无数。有一半侥幸逃生，都向滁州奔去。

皇甫晖、姚凤一口气跑至滁州，回头一望，但见尘土滚滚，旗帜连连，那后周兵已似旋风一般追杀过来。他俩不觉连声叫苦，两下计议，只有把城外吊桥赶紧拆毁，还可阻住敌兵。当下传令拆桥，桥板撤去，总道濠渠宽广，急切不能飞越，谁知后周兵追到濠边，一声呐喊，都投入水中，凫水而至。最奇怪的是统帅赵匡胤勒马一跃，竟跳过七八丈的阔渠，并不沾泥带水，安安稳稳地立住了。

赵匡胤集众猛攻，四面架起云梯，忽然城上有声传下："请周将答话！"

赵匡胤应声道："有话快说！"

城上传话的人，就是南唐奉化节度使、同平章事皇甫晖。他向赵匡胤拱手道："莫非你是赵将军？听我道来！我与你没甚大仇，不过各为其主，因此相争。你既袭据我清流关，还要追到此地，未免逼人太甚！大丈夫明战明胜，休要这般急促。现在我与你约，请暂行停攻，容我成列出战，与你决一胜负。如果我再行战败，愿把此城奉献。"

赵匡胤大笑道："你无非是个缓兵计，我也不怕你使刁，限你半日，整军出来，我与你厮杀一场，赌个你死我活，教你死而无怨。"

赵匡胤暂令停攻，列阵待着。约过半日，果然城门开处，拥出许多南唐兵，皇甫晖、姚凤并辔出城，正要上前搦战，忽然赵匡胤抱着马脖子径直冲来，一棍打倒皇甫晖，将他活捉。南唐军大败，姚凤也被生擒，滁州被攻下。

经此一战，赵匡胤名震天下，天下皆知香孩儿的大名。

赵匡胤威名日盛，以后每次出战，必定用华丽的璎珞装饰战马，且铠甲鲜亮，引人注目。无论走到哪里，赵匡胤身后都有一对仪仗兵，手举大旗，旗上大书一个"赵"字。部将很担忧："将军这么做，会不会太张扬？万一被敌军盯上就不好了。"赵匡胤哈哈一笑说："我正是想让敌军都认识我赵匡胤呢！"

赵匡胤把皇甫晖与姚凤送到寿州，后周世宗柴荣审问他们。

皇甫晖见了柴荣说："我累了，坐一会儿。"坐下之后又说："我躺一会儿。"不等柴荣同意，就躺下了，皇甫晖神色自若地对柴荣说："不是我不为国事尽力，实在是南北双方士气差距太大。我曾与辽国人交战，他们也不如你们雄壮。昨天我退保滁州城，没想到你们如飞一般，我心力交瘁，所以被生擒了。"柴荣看皇甫晖浑身负伤，很是怜悯，下诏赐给他金带、鞍马。皇甫晖伤势恶化，不肯医治，他慢慢说："当年，我发动叛乱，硬把李嗣源推上皇位。现在李璟对我不错，我不能不尽忠了。"过了几天，皇甫晖不治而死。

此时距离皇甫晖在贝州发动兵变，正好三十年。

礼部侍郎窦仪到滁州登记库藏，赵匡胤想取库中绢匹，窦仪出阻道："将军刚刚攻下此城，即使把库藏全部分给军士，谁敢议论呢？现在既然库藏已经登记，就是国家财产了，没有诏令，不能强取。"

赵匡胤闻言，毫无怒意，和言谢道："侍郎说得对，我知错了！"

过了一天，军事判官赵普到来，与赵匡胤相见。

赵普，幽州人，迁居洛阳。他为人淳厚，沉默寡言，娶了豪门大户魏家女儿。赵普少年时也曾读书，但无甚学识，科举之途无望，遂去做小吏。他被永兴军节度使刘词征为从事，与楚昭辅是同僚。刘词去世后，赵普在滁州以教蒙童为生。赵匡胤攻下滁州后，范质奏请柴荣任命赵普为军事判官。

楚昭辅，宋州人，以才干著称。

赵普与赵匡胤两下叙谈，甚是投机。

赵匡胤部下受命清乡，捕得乡民百余名，统被指为匪盗，按律弃市，赵普独抗议道："未曾审问明白，便将他一律杀死，如果有诬良为盗，难道不是误伤人命？"

赵匡胤笑道："书生所见，未免太迂，须知此地百姓，本是俘虏，我将他一律赦罪，已是法外施仁，今再去做盗匪，若非立正典刑，如何服众？"

赵普道："南唐虽系敌国，百姓究属何辜？况且将军素负大志，为何心胸不再宽广一些呢？王道不外行仁，还请将军三思！"

赵匡胤道："你若不怕劳苦，烦你去审讯便了。"

赵普即去，一一问明，多无佐证，遂禀白赵匡胤，除犯赃定罪外，一律释放。乡民大悦，争颂赵匡胤慈明。赵匡胤更信赵普先见，凡有疑议，尽与相商。赵普亦格外效忠，知无不言。

柴荣命马军副指挥使赵弘殷东取扬州，道过滁城，已是黑夜。赵弘殷为赵匡胤之父，拟入城休息，即至城下叩门。赵匡胤问明来意，便向其父说道："父子虽系至亲，但城门乃是王事，深夜不便开城，请父亲权宿城外，等待明早出迎便了！"赵弘殷只好依言，在城外留宿一宵。次日天明，才由赵匡胤出谒，导父入城。

父子相聚，当然欣慰。不料隔了数日，赵弘殷竟生起病来，赵匡胤日夕侍奉，自不消说。谁料扬州警报突然前来，柴荣也有诏书颁达，命赵匡胤速奔六合，援助扬州。

原来后周闻知南唐扬州守备空虚，于是派侍卫马步军都虞候韩令坤率军袭取。黎明时分，后周军突入城中，扬州军民均未发觉。扬州副留守冯延鲁一时逃避不及，削发披缁，匿居僧寺。偏偏有人认识，报知后周大军，似僧非僧的冯延鲁被后周大军寻着，把他牵出，当作猪奴一般，捆缚了去。韩令坤擒获冯延鲁，安抚百姓，禁止杀掠。柴荣命韩令坤知扬州事。

南唐偏将陆孟俊从泰州杀到。韩令坤誓师道："今日敌兵到来，我当与他决一死战，生与你等同生，死与你等同死。如有临阵退缩，立杀无赦，莫谓我不预言！"

韩令坤开城，一马当先，跃出城外。各军陆续随上，统是努力向前，拼命杀敌。南唐陆孟俊麾军对阵，不防后周兵盛气前来，都似生龙活虎一般，见人便杀，逢马便砍，没一个拦阻得住，霎时间阵势散乱。陆孟俊知不可敌，回马就逃，南唐兵也各寻生路，随处乱窜。韩令坤认着陆孟俊，紧紧追去。大约相距百步，韩令坤取箭在手，搭住弓上，嗖的一声，将陆孟俊射落马下。后周兵争先赶上，立将陆孟俊捆绑过来。

韩令坤命将陆孟俊执入槛车，派员押解。这时，帐后闪出一妇人，哭着道："请将军为妾作主，杀掉此贼，为妾报仇。"

这妇人，乃是韩令坤新纳妾室杨氏，韩令坤问道："你与他有什么大仇？"

杨氏道："妾以前居住长沙，陆孟俊杀我家二百余口，惟妾一人为马希崇所抢，才得免死。今仇人当前，如何不报？"

原来，杨氏是前舒州刺史杨昭恽之女。杨昭恽丢官经商，到了长沙。众驹争槽时，陆孟俊杀掉了杨昭恽全家，劫走了全部财物。杨氏有姿色，被马希崇掳取为妾。马希崇投降南唐，名为舒州节度使，但是虚设，实在扬州居住。韩令坤攻克扬州，马希崇没有财宝可送，就把心爱的杨氏送给韩令坤。韩令坤纳为偏房，宠爱有加。

韩令坤审讯陆孟俊。陆孟俊也不抵赖，只求速死。

韩令坤便设起香案，上供杨氏父母牌位，命杨氏先行拜告，然后将陆孟俊洗剥停当，推至案前，由自己拔出腰刀，刺胸挖心，祭祀杨氏父母。

扬州被后周攻下，南唐大震。南唐中主李璟派遣文理院学士李德明乞和，愿割地罢兵，柴荣不许。李璟无奈，挑选精锐军士六万人，命弟齐王李景达向江北进发，直抵扬州。

李璟继位后，封李景达为齐王、诸道兵马元帅、中书令。李景达有次与李璟游后苑，泛舟池中，李璟乘坐的小舟翻了，李景达跃入水中，将李璟背出。李景达生性刚直。李璟常和宗室近臣饮酒，陈觉、魏岑、冯延己、冯延鲁等人竭尽谄媚。李景达多次大声斥责，反复劝谏李璟不应亲近这些奸佞之臣。

韩令坤闻听南唐兵大至，担心寡不敌众，飞向滁州求援。柴荣又敦促赵匡胤出师，赵匡胤内奉君命，外迫友情，怎敢坐视不发？但是父病未愈，一时又不忍远离。

赵匡胤与赵普相商，赵普答道："君命不可违，请将军即日前行。如果为令尊担忧，赵普愿意代劳。"

"这事何敢烦君？"

赵普道："将军姓赵，赵普亦姓赵，彼此本属同宗。如果不以名位为嫌，公父即我父，一切视寒问暖，以及进奉药食等事，统由赵普一人负责，请将军尽管放心！"

赵匡胤拜谢道："既蒙顾全宗谊，此后当视同手足，誓不相负。"

赵普慌忙答礼道："赵普何人呢？敢当重礼！"

赵匡胤留赵普居守，把公私各事都托付与他，自选精锐二千，即日东行。

到了六合，赵匡胤便与南唐齐王、诸道兵马元帅李景达对阵。赵匡胤按兵不动，两下相持，约有数天。

赵普有位昔日同僚楚昭辅，前来辅佐赵匡胤。

楚昭辅向瞎子刘悟占卦。刘悟说："你将遇到贵人，见到仪表非凡且下颌丰满的，就是你的主子啊，应该小心侍奉他，你将要显贵了。"楚昭

771

辅看望赵普，见到赵匡胤，发现他的相貌像刘悟所说的那样，就归附赵匡胤麾下。

楚昭辅入帐，问赵匡胤："扬州大捷，南唐元帅必然丧胆，我军若乘势往击，定可得胜。"

赵匡胤道："你有所未知，我兵只有二千，若前去击他，他见我兵寥寥，反而胆壮起来。不如待他来战，我以逸待劳，不患不胜。"

又数日，果有侦骑来报：南唐李景达发兵前来了。

赵匡胤整军出城，摆好阵势，专待南唐兵到来。

不一会，南唐兵摇旗呐喊，蜂拥而至。赵匡胤即指挥将士，上前交战。两下战鼓齐鸣，喧声震地，这一边是誓扫淮南，那一边是志在保邦。一时间，不分胜负。两军都有饥色，赵匡胤即鸣金收军，李景达也不相逼，退回大寨去了。

后周兵回到六合，赵匡胤仔细检点，伤亡不过数十名。赵匡胤令将士各呈皮笠，由赵匡胤亲自检阅。忽然，赵匡胤令数将士上前，怒目斥责："你等为何不肯尽力？难道待敌人自毙吗？"

赵匡胤喝令亲兵，把数将士缚住，推出斩首。

众军校茫然不解，因念同袍旧谊，不忍见诛，上前求情。

赵匡胤道："众位道我冤诬他吗？今日临阵，各戴皮笠，为何这数人笠上，留有剑痕？"

众军校愈觉不解。赵匡胤详语道："彼众我寡，全仗人人效力，方可杀敌致功。我督战时，见他们退缩不前，特用剑砍他皮笠，作为标记。若非将他正法，以后如何用兵？"

众军校吓得面面相觑，伸舌而退。

次日黎明，赵匡胤升帐，召集将士，当面训令："若要退敌，就在今日，你等须各自为战，不得后顾！果能人人奋勇，哪怕他兵多将广，管教他一败涂地。"

赵匡胤令将士饱食一餐，传令出兵。将士踊跃出城，争先突阵，不管什么刀枪剑戟，越是敌兵多处，越要向前杀入。南唐兵招架不住，只得倒退。后周兵持着长矛，竟将李景达马前的大旗钩倒。李景达大惊，忙勒马退后。那后周兵一哄向前，来取李景达首级。幸亏李景达麾下拼命拦截，李景达才逃了性命。南唐兵见大旗已倒，主师惊逃，还有何心恋战？顿时大溃，沿途弃甲抛戈，不计其数。

赵匡胤下令，不准拾取军械，只准向前追敌。众将士不敢违慢，策马疾追。李景达等人拼命乱跑，看看到了江边，拟乘船飞渡，得脱虎口。突闻号炮一响，鼓角齐鸣，斜刺里闪出一支生力军，原来是后周扬州守将韩令坤前来助战。李景达不知所措，险些儿跌下马来。

李景达跑到江滨，觅得一只小舟，乱流径渡。

南唐兵尚有万人，急切寻不到大船，如何渡得过去？等到后周兵追至，好似砍瓜切菜，一点儿不肯留情，眼见得尸横遍野，血流成渠。有几个会水的解甲投江，凫水逃生，有几个不会水的，也想凫水逃命，怎奈身入水中，手足不能自主，漩涡一绕，沉入江心。

南唐经过这次败仗，精锐略尽，全国夺气。

后周赵匡胤又立下大功，但越优秀，越厉害，往往就越会遭受别人的妒忌。

赵匡胤喜爱读书，常常手不释卷。有人向后周世宗柴荣告密，说赵匡胤用几辆车运载自己的私物，其中都是财宝。柴荣派人去检查，乃是几千卷书籍。

赵匡胤并不计较这些闲言碎语，率军回到滁州，入城省父。

赵弘殷病已痊愈，向赵匡胤说："全赖赵普一人日夕侍奉，才得渐愈。"

赵匡胤再次拜谢赵普，然后一同赶到寿州，朝见柴荣。

柴荣问赵匡胤："你是武将，要书有什么用？"

赵匡胤回答："臣没有好的计谋贡献给陛下，只能多读些书以增加自己的见识。"

柴荣慰劳有加，对赵匡胤说："朕亲征南唐，历数诸将，功劳无出卿右，就是卿父赵弘殷，功劳也不小，朕当封赏你们父子。"

赵匡胤叩首道："此皆陛下恩威、诸将戮力，臣实无功，不敢邀赏。"

柴荣道："赏功乃国家大典，卿勿过谦！"

柴荣即命赵弘殷为检校司徒，封天水县男；赵匡胤为殿前都指挥使。

自此，赵弘殷与儿子赵匡胤一起执掌禁军，时人以为荣耀。

7

南唐中主李璟屡接败报，很是慌急，特遣泗州衙将王知朗奉书柴荣，情愿求和。李璟愿兄事柴荣，岁输货财，补助军需。柴荣得书不答，斥归王知朗。

李璟更加害怕，再派翰林学士钟谟、文理院学士李德明向柴荣奉表称臣，进献牛五百头、酒二千石、金银罗绮数千，犒赏后周大军。南唐愿意割让寿州、濠州、泗州、楚州、光州、海州，换取后周撤兵。

柴荣对南唐钟谟、李德明道："你主自谓唐室苗裔，应知礼义。我太祖郭威据有中原，及朕继位，已经六年有余。你国只隔一水，未曾派一使修好。你们两人来此，欲说我罢兵？朕非愚主，岂你三寸舌所能说动？今可归语你主，急来见朕，再拜谢过。朕或鉴你主诚意，许令罢兵。不然，直往金陵，借你们府库之银犒赏我们大军！"

钟谟与李德明素有口才，但此时一语不敢出口，唯有叩头听命。

柴荣命韩令坤转取泰州。

泰州为杨氏遗族所居，杨溥让位李昪，病死丹阳宫，子孙徙居泰州。南吴杨氏皇族被幽禁十余年，无法与外界通婚，青年男女竟置人伦于不顾，自相婚配起来。南唐中主李璟闻听后周来攻，忙遣园苑使尹延范前往泰州，将南吴杨氏皇族迁居润州。尹延范因为道路艰难，恐怕杨氏家族变乱，便将其中男子六十人全部杀死。李璟大怒，腰斩尹延范。李璟泣语左右："我非不知他效忠，因恐国人不服，没奈何处他死刑啦！"

韩令坤进攻泰州，刺史方讷逃奔金陵。天长制置使耿谦举城降后周。光州刺史张翰亦降后周，舒州也被后周大军陷没，刺史周宏祚投水自尽。接着，蕲州衙将李福杀死刺史王承儁，举州投降后周。吴越国王钱俶奉后周之命，攻打南唐常州、宣州，南唐静海制置使姚彦洪率兵万人投奔吴越国。

南唐国土丢失消息，接二连三传来，李璟心慌意乱。

李璟问宋齐邱、冯延巳等众臣，他们也是无法，只劝李璟向辽国乞援。李璟遣使北往，行至淮北，却被后周兵截住，搜出了蜡书。

956年三月，李璟以孙晟为司空，让他和礼部尚书王崇质出使后周，献上黄金千两、银十万两、罗绮两千匹，请后周退兵。之前派遣的钟谟、李德明还在后周大营，与孙晟、王崇质一起，向柴荣提出议和请求，并代表李璟作出承诺——

李璟放弃皇帝尊号，尊后周为正朔，向后周称臣。

南唐将寿州、濠州、泗州、楚州、海州之地割让给后周。

南唐每年向后周进贡黄金、绢帛百万。

柴荣此时已攻取淮南过半的州县，欲尽得南唐长江以北的领土，便拒绝和议。

孙晟对柴荣声称南唐有甲兵三十万，柴荣道："江南只有十几个州郡，哪来的三十万甲兵？"

孙晟道："我南唐国精甲利兵十万；飞湍千里的长江，号称天堑，可敌十万；还有国老宋齐邱，智谋宏远，机变如神，自诩能敌十万，合起来是三十万。"

柴荣哈哈大笑，将孙晟送到寿州城下，命其招降寿州守将刘仁赡。

刘仁赡遥望孙晟，在城头屈身下拜。

孙晟正色道："刘公受国家大恩，不可开门降敌。"

柴荣大怒，孙晟道："我是南唐国大臣，岂能教唆本国的节度使叛国投敌？"

李德明见柴荣无退军之意，自请返回金陵，说服李璟尽献江北之地。柴荣答应，让王崇质和李德明一同南归。

李德明、王崇质回国，劝李璟投降。

李璟沉吟未决，太傅宋齐邱从旁进言："江北是江南藩篱，江北一失，江南亦不能保守了。李德明等前去议和，并不是去献地，为何反替柴荣传诏，叫我国割献江北之地呢？"

李德明忍耐不住，抗声答道："柴荣英武过人，中原大军气焰甚盛，若不割江北，恐江南也遭蹂躏呢！"

宋齐邱厉声道："你两人也想学汉末张松吗？张松献西川地图，古今唾骂，你等奈何不闻！"

王崇质被他一吓，慌忙推诿，归咎李德明一人。

枢密使陈觉入奏："李德明奉命出使，不能伸国威，修邻好，反且输情强敌，自示国弱，情愿割弃屏藩，坐捐要害，这与卖国贼何异？请陛下速正明刑，再图退敌！"

李德明闻言，越加暴躁，竟然唾骂陈觉等人。

南唐中主李璟大怒，立命绑出李德明，责他卖国求荣，枭首市曹。

956年七月，后周检校司徒赵弘殷旧疾复发，医治无效去世。

赵弘殷一生没有取得多大成就，但历经后唐、后晋、后汉、后周四朝，大都在禁军中任职，可谓是个军中不倒翁，赵弘殷是乱世中茫茫将校的一个福命缩影。赵匡胤为赵弘殷守孝去了，一时间，后周与南唐争斗中，少了赵匡胤身影。

956年夏，左卫上将军宋彦筠去世，终年七十八岁。

宋彦筠就是那位让家里侍妾婢女剃了光头、穿着僧衣、伺候自己的伐蜀将领。他知道自己作孽太多，更觉得财产太多，对子孙不是什么好事，就把十几座田庄全部交给了朝廷。宋彦筠崇信佛教，斋僧数百万，造寺七十余座。

宋彦筠的十几座田庄，对后周世宗柴荣征伐南唐并没多大帮助。

柴荣因久攻寿州不下，且大雨不止、军粮供应受挫，遂留李重进继续围攻寿州，自率大军返回开封。南唐孙晟等人也被一同带到开封，柴荣对他非常优厚，每次朝会都让他列班于中书省官员之后，还经常召见赐以美酒。孙晟始终不肯透露南唐国内虚实，每次都只称："我主畏惧陛下神武，甘愿臣服，绝无二心。"

昔日郎君今刺史，朱元依旧守朱门。

这是南唐驾部员外郎朱元所作一诗。他本是当年李守贞客将，颇有武略，上书南唐中主李璟，历言用兵得失事宜。李璟十分欣赏，命他规复江北，统兵渡江。更派裨将李平，作为援应。朱元往攻舒州，后周刺史郭令图弃城奔走。李璟即授朱元为舒州团练使，李平亦收复蕲州，得任蕲州刺史。

朱元功劳一件接着一件。南唐百姓自立堡寨，依险为固，成立白甲军。白甲军同心御侮，守望相助，每与后周大军相斗，不避艰险，后周大军屡为所败。朱元因势利导，借助白甲军，得复光州，兵锋直至扬州、滁州。后周淮南节度使向训拟并力攻扑寿州，将扬州、滁州二州将士调至寿州城下，扬州、滁州空虚，遂被南唐兵夺去。

李璟十分兴奋，起用前湖南观察使边镐，以其为应援都军使，以陈觉为监军使，统兵五万救援寿州。二人统归齐王、诸道兵马元帅李景达节制。李景达因为前败，驻军濠州，未敢前进。监军使陈觉胆子，比李景达要小，权柄却比李景达要大。凡军书往来，统由陈觉一人主持。所以南唐兵力虽众，但并无斗志。众将士亦乐得逍遥，过一日，算一日。

李璟命鸿胪卿潘承祐到泉州、建州召募勇士，得到一员大将林仁肇。

林仁肇身材魁梧，武艺高强，身上刺有虎形文身，生性刚强坚毅。他原是闽国偏将，人称"林虎子"。闽国灭亡后，归家闲居。

777

李璟让林仁肇率偏师救援寿州。林仁肇攻破城南大寨,又破濠州水栅,被擢升为淮南屯营应援使。

后周滑州义成军节度使张永德主动请缨,攻打南唐,屯兵下蔡。

张永德前来,也有一点私心。他父亲张颖因为皇亲国戚做上了安州防御使。张颖性格严厉,逼娶部下曹澄之女。曹澄纠集一批人杀害张颖,逃往南唐。张永德前来,是想寻找杀父仇人。

后周张永德在下蔡淮河上,搭建浮桥。南唐林仁肇率领一千敢死士,用船载着薪柴牧草,乘风放火,欲焚毁浮桥。不料,风向转变,火攻失败。后周张永德趁机进战,南唐军大败。林仁肇单马殿后,将张永德射来的箭矢全部挡开。张永德大惊道:"敌军有能人啊,不可轻敌。"

张永德制造铁绳千余尺,横绝淮流,外系巨木,遏绝敌船,大约距浮桥十余步外,东西缆住,免得南唐军再来攻扑。林仁肇斗心未死,一次失败,二次复来。张永德特悬重赏,募得水中善泅的壮士,潜游至敌船下面,系以铁锁,然后派兵绕击敌船。敌船不能行动,被张永德夺了十余艘。船内南唐兵无处逃生,只好"扑通扑通"地跳下水去,投奔河伯去了。林仁肇单舸走免。张永德大捷,自解所佩金带,赏给泗水头目。

张永德获胜,见围攻寿州的李重进持久无功,暗加疑忌。上表奏捷时,附入密书,担心李重进有二心。

后周世宗柴荣以为李重进是至戚,当不至此,特让李重进自白。

李重进恼恨张永德以小人之心度君子之腹,但虑及大敌当前,二将俱握重兵,如果相互猜忌,有害无益。于是,李重进单骑直到张永德帐中,张永德不能不见,设酒招待。

李重进亲手为张永德斟酒,推心置腹道:"我和您都是国家栋梁和皇上亲戚,理应同心协力辅助朝廷。我不知道哪里做得不对,使您误会我有反朝廷之意。"

张永德异常惭愧。李重进笑语张永德："我与您同受重任，各拥重兵，彼此当为朝廷效力，不敢生贰。我非不知旷日持久，有过无功，怎奈刘仁赡善守，寿州又坚，一时攻它不入。您应为我曲谅，为什么反加疑忌呢？神灵在上，李重进誓不负君，亦不负友！"

张永德立即醒悟，当面道歉，二人冰释前嫌。

956 年十一月，李重进在帐内阅视文牒，忽由巡卒捉到间谍一名，送至帐下。那人不慌不忙，说有密事相报，请屏左右。李重进道："我帐前俱系亲信，尽管说来！"那人从怀中取出蜡丸，呈与李重进。

李重进剖开一瞧，内有南唐中主李璟手书："知己知彼，百战百胜。今闻足下受柴荣之命围攻寿州，顿兵经年，此危道也。我守将刘仁赡，有匹夫不可夺之志，城中府库，足应二年之用。我弟李景达近在濠州，秣马厉兵，养精蓄锐，将与足下相见。足下自思，能战胜吗？况且柴荣已起猜疑，派张永德监守下蔡，以分足下之势。张永德密承上旨，已谤于朝，言足下逗留不进，阴生二心。恐寿州未毁一砖，而足下之身家，已先自毁矣。如果一旦削去兵权，死生难卜，不如拥兵敛甲，退图自保。或者，择地而处，惠然南来，我当虚左以待，与您共富贵。铁券丹书，可以昭信，请足下察之。"

原来，南唐中主李璟得知李重进与张永德有嫌隙，便派人前来挑拨离间，对李重进封官许愿。李重进大怒道："狂竖无知，敢来下反间书吗？"李重进即令左右拿住来人，连人带书，一同送往开封。

后周世宗柴荣看完这封蜡丸书，非常生气，当即传入南唐使孙晟，厉色问道："你屡向朕言，说你主决意求和，并无他意，为何行此反间计，招诱我朝大将？我们君臣同心同德，岂听你主诳言？现在看来，你主刁猾得很，你亦明明欺朕，该当何罪？"

柴荣将蜡书掷下，令孙晟自阅。孙晟阅毕，神色自若，正襟答道："上国以我主为欺，亦思上国果真心相待了呢？我主一再求和，如果慨然俯允，理应班师示诚。现在上国围我寿州，经年不撤，这是何理？臣奉使北来，原奉我主诚意，订约修好，迄今已住数月，未奉德音，怪不得我主变计，易和为战了！"

柴荣越怒道："朕前日还都，原为休兵起见，偏你们夺我扬州、滁州，这岂是真心求和吗？"

孙晟又道："扬州、滁州各州，原是敝国土地，不是夺取。"

柴荣拍案道："你真不怕死吗？敢来与朕斗嘴！"

孙晟愤然道："外臣来此，生死早置之度外，要杀就杀，虽死无怨！"

柴荣起身入内，令枢密承旨曹翰送孙晟到右军巡院。

曹翰备了酒肴，与孙晟对饮。谈了许多时候，就是盘问南唐底细。孙晟讳莫如深，一句儿不肯出口。曹翰不禁焦躁，起座与语："如果你再不说，孙相公就会死了！"

孙晟怡然道："我得死，理所应当！"

孙晟神色不变，整顿衣冠，向南叩拜道："臣谨以死报国！"又仰天大叫道："整整三十年了，父母妻儿，我来追寻你们了！"

原来，三十年前，孙晟在开封担任节度判官，因开封宣武军节度使朱守殷叛乱，孙晟一家老小全部被杀。《旧五代史》说："孙晟昔构祸于开封百姓，后伏法于开封监狱，报应之道，岂徒然哉！"孙晟以及随从二百余人尽皆被杀。只有钟谟被贬为耀州司马。

柴荣叹道："孙晟如此忠节，朕未免误杀了。"

南唐中主李璟闻听孙晟遇害，悲痛流涕，追赠为太傅、鲁国公。

柴荣决意征服南唐，自思水师不足，特命在开封城西汴水中，造战船数百艘，又令南唐降将日夕督练，预备出发。后周连年征讨，需用浩繁，国库未免支绌，遂致筹饷难艰。柴荣喜好道士烧炼丹药点化金银的法术，有人把华山隐士陈抟之名上奏朝廷。

陈抟，亳州人，生于唐朝末年。相传他四五岁时，在涡水岸边游戏玩耍，有青衣老妇给他哺乳，从这以后陈抟日益聪明。长大后，他读经史百家，过目不忘。六十岁时，参加后唐科举考试，名落孙山，从此不求俸禄官职，以山水为乐。陈抟喜好《周易》，手不释卷，拜麻衣道者为师，撰写了《指玄篇》八十一章，阐述养生及水银炼丹之术。

柴荣将陈抟请到朝廷，询问点化金银的法术。

陈抟回答："陛下为四海之主，应当以致力治国为念，怎么留意黄白方术这样的事情呢？"

柴荣并不责怪，任他为谏议大夫。陈抟坚决辞谢。柴荣通过观察，发现陈抟每天除了修行睡觉，没有其他本事，于是就放走了他。柴荣嘱咐华州当地官吏，要好好地孝敬陈抟。可每次官吏送来礼品，陈抟都一一拒绝。柴荣知晓后，感慨道："此人绝非凡夫俗子。"

陈抟在华山写下《归隐》一诗，每一句都充满了智慧——

> 十年踪迹走红尘，回首青山入梦频。
>
> 紫绶纵荣争及睡，朱门虽富不如贫。
>
> 愁闻剑戟扶危主，闷听笙歌聒醉人。
>
> 携取琴书归旧隐，野花啼鸟一般春。

8

后周兵围攻寿州，经年不下。

刘仁赡用槛车将曹澄等三个杀害张永德之父的人送到了后周大营，意在求和。后周世宗柴荣下诏，将这三人交给了张永德，让这三人服法。

转眼到了957年春，寿州城中渐渐食尽，有些支撑不住。

齐王、诸道兵马元帅李景达尚在濠州，闻听寿州危急万分，乃遣应援都军使边镐、舒州团练使朱元统兵三万，溯淮而上，来援寿州。南唐军占据紫金山，列十余寨，与城中烽火相通，又筑甬道数十里，准备运粮进城。

后周李重进召集诸将，下达命令："刘仁赡死守孤城，已一年有余，我军累攻不克，无非因他城坚粮足，守将得人。近闻城内粮食将罄，正好乘势急攻，偏来了边镐等军，筑道运粮，若非用计破敌，此城是无日可下了。今夜拟暗往劫寨，分作两路，一出山前，一从山后，前后夹攻，不患不胜。诸君可为国努力！"

李重进令衙将刘俊为前军，自为后军，乘着夜半寒冷之时，严装偷进，直达紫金山。

南唐将朱元，也虑李重进夜袭，商诸边镐，请加意戒备。边镐自恃兵众，毫不在意。朱元叹息回营，惟令部下严行巡察，防备不测。三更已过，朱元尚未敢安睡，只是和衣就寝。忽有巡卒入报道："后周兵来了！"朱元一跃起床，命军士坚守营寨，不得妄动，一面差人报知边镐。

边镐已经睡熟，接得朱元军报，方从睡梦中惊醒，召集军士出寨迎敌。

后周刘俊已经杀到，一边是劲气直达，游刃有余，一边是睡眼蒙眬，临阵先怯，更兼天昏夜黑，模糊难辨。前队的南唐兵，已被后周大军乱砍乱剁，杀死数人。边镐手忙脚乱，只好倾寨出敌。不防寨后火炬齐鸣，又有一军杀入，当先大将，正是李重进。吓得边镐心胆俱裂，急忙弃去正营，逃入旁寨。

朱元保住营帐，无人入犯，惟觉得一片喊声，震动耳鼓，料知边镐失手，乃令壕寨使朱仁裕守营，自率部将时厚卿等出营往援。巧值李重进跃马麾兵，蹂躏诸寨。朱元大吼一声，率众抵敌，与后周大军鏖战多时，杀了一个平手。边镐见朱元来援，稍稍镇静，前来指挥。李重进与刘俊退回，朱元也不追赶。边镐检查营盘，伤亡数千人，粮草失去数十车。边镐懊悔不及。朱元寨中不折一矢，不丧一兵。朱元向边镐冷笑数声，回营安睡去了。

刘仁赡致书齐王、诸道兵马元帅李景达，请令边镐守城，自督各军决战。偏李景达复书不从。刘仁赡懊闷成疾，渐渐地不能起床。

刘仁赡少子刘崇谏恐父病垂危，城必不守，不如出降后周，还可保全家族，乃乘夜出城，拟泛舟渡往淮北，偏被小校拦住，执送城中。刘仁赡问明去意，刘崇谏直供不讳。刘仁赡大怒道："你怎能私出降敌呢？"刘仁赡下令把他腰斩。监军周廷构到中门大哭，以此来营救刘崇谏，刘仁赡不答应。周廷构又派人去向刘仁赡之妻薛氏求救，薛氏说："我对崇谏不是不疼爱啊，但是军法是不能徇私的，名节是不能亏损的。如果饶恕了他，那么刘家就会成了不忠的家庭，我和他父亲还有什么脸面去见将士们呢？"薛氏催促斩杀刘崇谏，将士们深受感动，都为之落泪。

后周李重进闻得消息，也为感叹。部将多有归意，说刘仁赡军令如山，更有紫金山援兵，看来寿州是不易攻入，不如奏请班师。李重进不得已上奏朝廷，候旨定夺。

后周世宗柴荣得李重进奏章，犹豫未决。时李谷奉诏回朝，患上风痹症，多次上表请求致仕，柴荣优诏安抚，始终不允。每有军国大事，仍然派内臣前往李谷府邸向其咨询。后周军师老无功，朝廷出现了罢兵呼吁。柴荣命同平章事范质、王溥征询李谷意见。

李谷请求柴荣亲征，陈述必胜的理由："寿州危困，亡在旦夕，盖御驾亲征，将士必奋，先破援兵，后扑孤城。城中自知必亡，当然投降，唾手便会成功了。"

范质、王溥返报柴荣，柴荣大悦，再次亲征。

柴荣授右骁卫大将军王环为水师统领，带领战船五十艘，沿颍入淮，自己亦坐着大舟，督率战船百余艘，鱼贯而进。江上，舳舻横江，旌旗蔽空。

后周与南唐交战，陆军精锐，非南唐可敌，惟水师寥寥，远不及南唐。南唐人每以此自负。今见后周大军战船顺流而下，无不惊心。朱元登上紫金山高冈，向西遥望，见战船如织，飞驶而来，或纵或横，指挥如意，不禁失声道："罢了！罢了！我水师反不相及，真是出人意料了！"

后周大军到达紫金山，柴荣带着许多将士，陆续登岸。其中有一位威风凛凛的大将，随着柴荣，他霸气威武，仪表堂堂。这位大将，就是守孝复出的殿前都指挥使赵匡胤。

朱元下冈，至边镐寨中，向他道："后周大军来势甚锐，未可轻战，我军只好守住山麓，相戒勿动，待他锐气少衰，方可出与交锋。"

边镐道："彼军远来，正宜与他速战，奈何怯战不前？"

言未已，即有军吏入报道："后周将赵匡胤前来踹营了！"

边镐便即上马，领兵杀出。朱元留他不住，便对部曲道："此行必败。"果然不多时，边镐狼狈奔回，说赵匡胤厉害。朱元接着讥笑道："我原说敌军势盛，不便力争，只可坚壁以待，边公不听忠告，乃有此败。"边镐尚不肯认错，埋怨朱元不救。

朱元道："我若来接应边公，恐各寨统要失去了。"

边镐因此恨朱元，密报陈觉，请陈觉上表易帅。

李景达虽为统帅，但军事都由陈觉决断。陈觉与朱元一向有嫌怨，以为朱元是李守贞的客将，反复难信，便上书弹劾。南唐中主李璟改派鄂岳观察使杨守忠代替朱元。杨守忠至濠州，陈觉遂传齐王、诸道兵马元帅李景达命令，召朱元到濠州议事。

朱元料有他变，慨然叹道："将帅不才，妒功忌能，恐淮南要被他断送了。我迟早总是一死，不如就此毙命罢啦！"

朱远拔剑出鞘，意欲自刎。忽有一人突入，把剑夺住，劝他道："大丈夫何往不富贵，怎可如此死去？"

朱元见是门客宋垍，便说道："你叫我降敌吗？"

宋垍答道："徒死无益，何若择主而事。"

朱元叹息道："如此君臣，原不足与共事，但反颜事敌，亦觉自惭。罢罢！我也顾不得名节了。"

朱元把剑掷去，举寨投降后周。柴荣当然收纳，命为蔡州团练使。

后周军乘势攻打紫金山。边镐恃着兵众，下山抵敌，被赵匡胤用诱敌计，引至寿州城南。三路后周伏兵杀出，把南唐兵冲作数段，吓得边镐连声叫苦，飞马奔还。后面的后周大军紧紧追来，边镐支望朱元出救，不防朱元寨内，已竖起降旗。边镐自知立足不住，弃山逃走。

后周大军既破紫金山大寨，又沿淮追赶南唐军。

柴荣远远看见一位后周将军追击南唐军，夺敌将长槊而还。柴荣询问左右，才知是龙捷左厢都指挥使高怀德。柴荣高兴，将他召至马前，许以夔州宁江军节度使节钺。

柴荣自北岸行进，令赵匡胤等自南岸追击，水师统领王环则领着战船，自中流而下，一路杀获南唐军万余人。

南唐边镐正向淮东窜去，正遇杨守忠带兵来援，述说濠州全军都已从水路前来。边镐又放大了胆，与杨守忠合兵一处，来敌后周大军。冤冤相聚，又与赵匡胤对敌。杨守忠不知好歹，便来冲阵，被后周大军活捉过去。边镐拨马就走，被赵匡胤驱军追上，用箭射倒边镐坐骑，边镐堕落地上，也由后周兵向前捆缚过来。余众逃无可逃，多半跪地投降。

南唐齐王、诸道兵马元帅李景达及监军使陈觉正坐着大船扬帆驶来，迎战后周人军。后周水师统领王环毫不怯懦，向前迎战。两下里正在酣斗，但闻岸上鼓声大震，两旁统是后周大军，发出连串箭，迭射南唐兵。南唐船中多人中箭倒毙，李景达手足失措，对陈觉道："莫非紫金山陷没了吗？"

陈觉道："紫金山如已陷没，奈何杨守忠一军，亦杳无踪迹呢！"

李景达道："岸上统是后周大军，看来凶多吉少，我军将如何抵挡呢？"

陈觉道："不如赶紧回军，如果不退，要全军覆没了。"

李景达忙传令撤军，战船一动，顿时散乱。王环乘势杀上，把南唐船夺了无数。所得粮械，更不胜计。南唐兵或溺死，或请降，差不多有二三万人。李景达、陈觉统统逃还濠州去了。

南唐濠州团练使郭廷谓率水师溯淮来战，偏被后周右龙武统军赵赞伏兵截击，把他杀败。这个赵赞，就是辽国赵延寿之子。郭廷谓慌忙逃回。陈觉闻郭廷谓又败，连濠州都不敢住留，竟怂恿李景达同返金陵。

南唐中主李璟闻诸军败退，拟自督诸将抗拒后周。

中书舍人乔匡舜上书劝谏，李璟说他阻挠众志，流戍抚州。

李璟问及神卫统军朱匡业、刘存忠。朱匡业不好直言，但诵罗隐诗道："时来天地皆同力，运去英雄不自由。"刘存忠亦从旁进言，谓臣意与朱匡业相同。李璟怒道："你等坐视国危，不知为朕筹划，反吟诗调侃，我岂由你等嘲弄吗？"两人叩首谢罪，李璟怒终未释，贬朱匡业为抚州副使，流刘存忠至饶州。

李璟部署兵马，即欲亲行。偏偏陈觉奔还，叙说后周大军精锐异常，说得李璟一腔锐气化作虚无，竟把督军自出的问题搁过一边，不再提起，于是寿州城更加危险了。

后周世宗柴荣致书寿州，令刘仁赡自择祸福。过了三日，未见复音，柴荣亲至寿州城下，再行督攻。

寿州城中的顶梁柱刘仁赡病情加重，卧不能起。柴荣来书，他亦未曾观看。刘仁赡昏昏沉沉睡在床中，满口呓语，不省人事。

寿州监军周廷构见柴荣复来，攻城更急，料知城不可保，便与营田副使孙羽、马步左厢都指挥使张全约，假借刘仁赡名义，开城向后周投降。

柴荣十分高兴，就寿州城北，大陈兵甲，行受降礼。周廷构令人抬着刘仁赡出城，刘仁赡奄奄一息，口不能言，由他摆弄。

柴荣温言劝慰，但见刘仁赡瞟了几眼，也未知他曾否听见，乃复令抬回城中，服药养病。一面赦州民死罪，凡曾受南唐文书、聚迹山林、抗拒王师的壮丁，悉令复业，不问前过，平日挟仇互殴，致有杀伤，亦不得再讼。旧时政令，如与民不便，概令地方官奏闻。

刘仁赡过了一宿，便即归天，终年五十八岁。

人心未泯，公道犹存，寿州百姓听说讣讯，都为之落泪，数十位将校军士自杀，为他殉葬。刘仁赡妻薛氏抚棺大恸，晕过几次，好容易才得救活，她却水米不沾，泣尽继血，悲饿了四五天，一道贞魂也到黄泉碧落往寻其夫去了。后周世宗柴荣闻讯后，派遣使者吊祭，并命内臣负责监护其丧事，追封刘仁赡为彭城郡王。

南唐中主李璟闻刘仁赡死节，悔恨恸哭，追赠太师、中书令。当夜，李璟梦见刘仁赡前来拜谒，仿佛似生前受命情状。等李璟醒来，越加惊叹，进封刘仁赡为卫王，妻薛氏为卫国夫人，立祠致祭。

刘仁赡病死后，本国跟敌国都追封为王爵，也是殊荣了。

五代乱世，文臣武将，朝秦暮楚，改换门庭，反复无常，屡见不鲜。蝼蚁尚且偷生，人性所至，世以为常。可总有一些英雄，不避斧钺，不计生死，舍生取义。欧阳修在《新五代史》中感叹道："世乱识忠臣。诚哉！五代之际，不可以为无人，我得全节之士三人焉，作《死节传》。这三人是：王彦章、裴约、刘仁赡。"

柴荣命周廷构为卫尉卿，孙羽为太仆卿，开仓发粟，分给寿州饥民。自率禁军还都，留李重进等人进攻濠州。

南唐濠州团练使郭廷谓闻听柴荣北还，暗率水师至涡口，折断浮梁，袭破后周军营。后周徐州感化军节度使武行德猝不及防，竟将全营弃去，孑身逃免。柴荣接得败报，按律定罪，降武行德为左卫将军，又追究昔日李继勋失败罪名，降为右卫将军。

朱元投降了后周，其亲家查文徽受到牵连，全家被贬往宣州。查文徽就死在了宣州，离他当年喝下慢性毒酒正好十年。查文徽终年七十岁，算是高寿了。

查文徽子孙旺盛，查氏至今为海陵望族，史官说受益于查文徽乐善好施。其虽是"五鬼"之一，但自慢性中毒后，查文徽似乎看破了一切，涅槃重生了。

9

后周世宗柴荣早年过继给郭威，其生父柴守礼一直活着。

柴荣称帝后，册封生父柴守礼为金紫光禄大夫、检校司空。柴荣的帝位来自其姑父郭威，所以以郭家的继承人自居，认开国皇帝郭威为父。对待生父，礼归礼，敬归敬，但是礼仪方面皆是以元舅礼之。

柴守礼已经致仕，在洛阳安享晚年。这时，王溥、王彦超、韩令坤等同时将相，皆有父在洛阳，算起来有十人左右，与柴守礼朝夕往来，恣意所为，洛阳人多畏避之，号"十阿父"。柴守礼与百姓小有口角，竟麾动家丁，打死数人。韩令坤之父韩伦，致仕前担任陈州行军司马，也在旁助恶，殴斗不休。百姓不甘枉死，到开封讼冤。柴荣顾念本生，把柴守礼略过一边，唯查究韩伦劣迹。韩伦公私交怨，罪恶多端，柴荣命刑部定罪，依法当弃市。韩令坤哀求，情愿削职赎罪，于是只夺韩伦本身爵位，流配沙门岛。韩令坤任官如故，柴守礼不复论罪。

957年十一月，后周世宗柴荣又欲出征南唐。

柴荣命王朴为枢密使，留守开封，自率殿前都指挥使赵匡胤等将领出都，前往濠州。

同平章事、侍卫马步军都指挥使李重进正在攻打濠州南关，数月不下，忽闻御驾复来督师，奋勇百倍，或缘梯，或攀墙，不到半日，攻入南关城。城东复有水寨，与城中作为犄角。控鹤右厢都校王审琦奉柴荣命，领兵捣入，也将水寨据住。城北尚屯敌船数百艘，船外植木，防范后周大军。柴荣命水师拔木进攻，纵火焚敌，敌船不能扑灭，被毁去七十余艘，余船逃去。

濠州诸防，纷纷失败，只剩得斗大孤城，如何保守？南唐濠州团练使郭廷谓想出一法，遣人至后周大营，说众将家属留居江南，今若投降，必至夷族，愿先着人至金陵禀命，然后出降。

柴荣同意，郭廷谓便向南唐中主李璟请命，李璟同意他们投降。郭廷谓便令录事参军李延邹起草降书，李延邹愤怒道："城存与存，城亡与亡，这是人臣大义，何必卑颜降敌？"

郭廷谓道："我非不能效死，但满城生灵无辜遭戮，我实不忍。现濠州是一孤城，如何保全？不如通变屈节保民，愿君勿拘小节！"

李延邹掷笔道："大丈夫终不为叛臣作降表！"

郭廷谓大怒，拔剑相逼道："你敢不从我命吗？"

李延邹道："头可断，降表不可草！"

郭廷谓把剑一挥，李延邹人头落地。

郭廷谓举城降后周，全城兵粮俱为后周所有。柴荣授郭廷谓为亳州防御使。

殿前都指挥使赵匡胤为前锋，直逼泗州，焚南关，破水寨，拔月城。泗州守将范再遇惊慌得不得了，当即开城乞降。赵匡胤入城，禁止掳掠，秋毫无犯。百姓大悦，争献刍粟犒军。柴荣命范再遇为宿州团练使。

柴荣再遣铁骑右厢都指挥使武守琦率八百骑攻扬州。武守琦到时，南唐扬州已毁去官府民庐，只剩下一片瓦砾场，武守琦付诸一叹。

后周世宗柴荣率马步军三万，水陆并进，前攻楚州。楚州是汉初战神韩信故乡，前蜀宰相韦庄曾来楚州写过凭吊诗。行军路上，后周军士高唱《檀来也》战歌——

檀来也，
满把椒浆奠楚祠，
忍见唐民陷战机。
云梦去时高鸟尽，
淮阴归日故人稀。

歌声传到数十里远。

957年十二月，后周大军屯扎于楚州北门。

南唐楚州防御使张彦卿与都监郑昭业，坚守城池，仿佛寿州的刘仁赡。

柴荣亲敲大鼓，后周将士连日攻扑，城外庐舍扫尽无遗。后周又征发民夫凿通老鹳河，引战船入江，水陆夹击楚州城。炮声震天，鼓角喧鸣，南唐张彦卿绝不为动，与郑昭业同心抗击，视死如归。

张彦卿之子张光祚随父登城，望见后周大军势盛，泣诉张彦卿："敌军太强，万难支持，徒死无益，不如出降。"张彦卿不答一词，对身旁将校道："哪里有敌军来攻，你们望见了吗？"众人向城下望去，张光祚亦掉头下望，不防张彦卿拔出腰剑，竟向张光祚项后劈去，一颗血淋淋的头颅立在城上摆着！张彦卿泣语诸将："这是张彦卿爱子，他劝张彦卿降敌，张彦卿受李氏厚恩，义不苟免。这城就是我死所呢！诸君畏死欲降，尽可从便，但不得劝我，若劝我出降，请视我子首级！"刘仁赡杀子，张彦卿亦杀子，可谓无独有偶。众将校感泣奋发，莫敢言降。

柴荣督攻月余，焦躁异常，乃命军士凿城为窟，内纳火药，引以为线，线燃药发，把城轰坍。后周大军从城缺杀入，一拥进来。张彦卿誓死巷斗，战到日暮，身受重伤。张彦卿大呼道："臣力竭了！"自刎而死。郑昭业为后周兵所杀，楚州守卒还有千数人，个个战死，无一生降。后周大军伤亡亦不少。柴荣大怒，下令屠城，百姓死了万余人。

度支、盐铁、户部三司使窦仪跟从柴荣进攻南唐，饷馈不继，柴荣打算治他的罪。范质求见，柴荣知道他是来救窦仪的，站起来躲避。范质拦住柴荣说："窦仪是近臣，过错很小不应当诛杀。"范质摘下官帽叩头泣说："臣位列宰相，让皇上暴怒是臣的错，请宽赦窦仪的罪过。"柴荣怒意消解，赦免窦仪。

柴荣派遣都虞侯慕容延钊、右神武统军宋偓，水陆并进，沿江直下。慕容延钊出身将门，善于攻伐，宋偓则箭术过人。柴荣在野外遇虎，宋偓引弓射击，一箭便将其毙命。慕容延钊、宋偓大破南唐兵，攻下泰州等数州。

南唐中主李璟派枢密使陈觉奉表至泰州，谒见柴荣。陈觉看到后周水师布列长江，非常雄壮，不由惊叫："这些水师是天神降下来的吗？"陈觉始怕，请求柴荣："臣愿意回国劝说李璟，将江北各州全部奉献。"

958年是南唐灰暗的一年。扬州、泰州、滁州、和州、寿州、濠州、泗州、楚州、光州、海州等州已经为后周所得。江北地仅剩下庐州、舒州、蕲州和黄州四州未被后周攻陷。根据陈觉建议，李璟派遣阁门承旨刘承遇拜见柴荣，请求割让长江以北剩下的四个州，每年贡献三十万财物，以换取和平。至此，后周罢兵。五月，李璟去掉帝号，改称南唐国主。后周释放钟谟、冯延鲁、边镐等南唐被俘官员，另外释归南唐降卒五千七百五十人。

后周世宗柴荣奏凯还朝，大小百官，依次行赏。南唐刘承遇私赠赵匡胤白银三千两。赵匡胤笑道："这明明是反间计，我难道为他所算吗？"赵匡胤将白银全部交纳朝廷。柴荣嘉他忠诚，授赵匡胤为许州忠武军节度使。

南平第三任国君高保融耳闻目睹后周夺取南唐江北之地，他遣使入蜀，劝说后蜀末代皇帝孟昶向后周称臣。

孟昶召集将相商议。李昊道："听从高保融则国君受辱，违则中原大军必至，诸将能胜中原大军吗？"

诸将皆称："依靠陛下的圣明和江山的险固，岂能望风投降？秣马厉兵，正是为了抵御外敌，我们愿以死保卫社稷。"

孟昶十分兴奋，命李昊修书，严词拒绝投降。

10

手卷真珠上玉钩，依前春恨锁重楼。
风里落花谁是主？思悠悠。

青鸟不传云外信，丁香空结雨中愁。
回首绿波三楚暮，接天流。

南唐深受后周欺压，南唐中主李璟借诗词《摊破浣溪沙·手卷真珠上玉钩》寄托其彷徨无失的心情。悠悠春恨，化入雄浑苍茫的暮色之中。

李璟喜好诗词，与同平章事冯延巳互相唱和。翰林学士常梦锡屡次进谏，说冯延巳浮夸无术，不应轻信。怎奈冯延巳正得君心，任你舌敝唇焦，也是无益！

李璟与冯延巳会商军事，甚至泣下。冯延巳大言道："陛下当治兵御敌，奈何作儿女子态，徒对臣等涕泣，莫非是酒醉不成，还是乳母未至呢！"李璟不禁色变，冯延巳却是举止自若。

司天监杨熙澄上奏天文有变，国主应避位禳灾。李璟乃召谕群臣："国难未纾，我欲释去万机，栖心休养，何人可以托国？"

791

冯延巳先答道："太傅宋齐邱系再造国手，陛下如厌弃国机，何不举国授予宋公？"

陈觉亦从旁插嘴："陛下深居宫中，国事皆委任宋公，先行后闻，臣等随时入侍，与陛下同谈儒道佛学。"

李璟点头，命中书舍人陈乔草诏，拟委国与宋齐邱。

陈乔待群臣退后，独持草诏，密陈李璟："宗社重大，怎可给人？今陛下若署此诏，从此百官朝请，皆归宋齐邱。即使陛下甘心淡泊，独不念祖上创业艰难吗？难道可一朝委弃吗？臣恐大权一去，求为田舍翁，都很难了！"

李璟恍然大悟道："非卿言，几被贼人所害！"李璟命陈乔将草诏撕毁。

李璟对皇后钟氏及诸子说："陈乔是忠臣也，他日国家急难，你们母子可托之，我死无恨矣。"

李璟开始疑忌宋齐邱、陈觉、冯延巳等人。

陈觉矫传后周世宗柴荣诏命，说江南连年抗拒后周，皆由门下侍郎、同平章事严续主谋，须立杀无赦。

严续为故相严可求子，娶南唐先主李昪女。他性格刚正，不入宋齐邱、陈觉一党。

李璟已有三分明白，不忍杀严续，但罢为少傅。

李璟又将陈觉改为兵部侍郎，将冯延巳罢除相位，降为太子少傅。

钟谟南归，入见李璟，乘隙进言："宋齐邱累受国恩，见危不能致命，反谋篡窃，陈觉阴为羽翼，罪实难容，请陛下申罪正法！"

李璟忽想起陈觉言，便问钟谟："陈觉曾传柴荣命，追诛严续，卿在开封，闻有此语吗？"

钟谟答道："臣未闻此言，恐是由陈觉捏造。就是前时李德明与臣同往议和，他亦无非衡量强弱，因请割地求成，宋齐邱与陈觉说他卖国，遂致诛死。试问今日陈觉前往议和，比前时李德明所请，得失何如？李德明受诛，陈觉怎得无罪？"

李璟沉吟多时，又问钟谟："柴荣是否欲诛严续？"

钟谟又道："臣以为柴荣必无此言。如若不信，臣可至开封问明。"

李璟点首，令钟谟再入后周，上表柴荣，说南唐久拒王师，皆由李璟昏愚所致，与严续无关，请加恩宽恕。柴荣览表，惊诧问道："朕何曾欲诛严续？就使严续欲拒朕，那时桀犬吠尧，各为其主，朕亦何必如此苛求。"

钟谟述及严续刚正以及陈觉狡诈，柴荣又道："据你说来，严续为你国忠臣，朕为天下主，难道教人杀忠臣吗？"

钟谟叩谢而归，报明李璟。

李璟欲诛宋齐邱等人，又遣钟谟到后周禀明。

柴荣道："诛佞录忠，系你国内政，但教你主自有权衡，朕不为遥制呢。"

钟谟兼程回报，李璟乃命枢密使殷崇义草诏惩奸，历数宋齐邱、陈觉罪恶，放宋齐邱回九华山，贬陈觉为国子博士，安置饶州。陈觉惘惘出都，途中复接李璟诏书，赐令自尽。

南唐"五鬼"，陈觉、魏岑、查文徽已死，现只剩下冯延巳、冯延鲁了。李璟不再问罪，冯延巳继续为太子少傅，冯延鲁为户部尚书。

李璟从容语冯延巳："吹皱一池春水，何干卿事！"

冯延巳答道："怎能如陛下所咏：'小楼吹彻玉笙寒'，更为高妙呢。"

江南苟延岁月，君臣不能卧薪尝胆，乃各述对方旧诗，以解愁闷。

宋齐邱结党营私，对常梦锡不依附自己非常憎恨。常梦锡性情刚强，气量狭小，很少宽容他人，常常因为直言不讳而触犯别人。常梦锡同李璟力辩宋齐邱这些奸人。李璟很有辩才，绕着弯子和他解释，常梦锡无话可说，就一边叩头一边说："大奸似忠，陛下若终不觉悟，家国就会灭亡啊！"

常梦锡正与客人坐着谈话，忽然气息微弱而死，终年六十一岁。

宋齐邱到了九华山，叹息道："天道不爽，理应及此，我也不想再活了！"宋齐邱绝粮七日而死，终年七十三岁。

常梦锡死后一月，宋齐邱便死去。李璟感叹说："常梦锡一辈子都想铲除宋齐邱朋党，遗憾的是没能让他亲眼看见这一天啊！"

南唐向后周割地自降尊号后，公卿集会，谈论到后周时，有人认为后周是正统的朝廷，常梦锡就大笑说："你们这些人曾经说要辅佐陛下，让他成为比肩尧舜的明主，为什么今天我们自己成了小朝廷呢？"众人都沉默不语，悄然散去。

常梦锡去世后，人们都赞许他是正人君子，即使是仇人，也不诋毁他。

冯延巳在抑郁寡欢中也去世，终年五十八岁。

冯延巳仕途坎坷，几起几落，因其博学多才，与南唐中主李璟兴趣相同，故能善终。

后周世宗柴荣派翰林承旨陶谷出使南唐，打探南唐虚实。

陶谷素有才名，柴荣闻江南人士多擅文才，故令陶谷充使职。

陶谷既至金陵，见了李璟，谈吐风流，温文尔雅。李璟亦颇起敬，特命户部侍郎韩熙载为陶谷接风洗尘。

宴会极尽奢靡，不只有美酒佳肴，还有美女歌妓，就是要陶谷开开眼界。陶谷一本正经，美食品尝一点就完了，美色拒不接收。吃完喝完，他在馆舍墙壁上写了十二个字——

西川狗，百姓眼，马包儿，御厨饭。

时人都不解其意。韩熙载解释道："'西川狗'即蜀犬，是个'独'字；'百姓眼'即民目，是个'眠'字；'马包儿'即爪子，是个'孤'字；'御厨饭'即官食，是个'馆'字。这十二个字说的就是'独眠孤馆'。"

陶谷容色凛然，不苟言笑。韩熙载笑着道："看来我该让陶谷原形毕露了。"

韩熙载让歌妓秦弱兰扮作驿卒之女，旧衣竹钗，每天早晚在馆驿中洒扫庭院。

陶谷见她容颜秀丽，体态婀娜，不禁暗暗叫好，只是身为使臣，不便细询姓氏。哪知秦弱兰故意撩人，时时眼角留情，时时眉梢传语，有时轻颦巧笑，有时卖弄风骚，惹得陶谷把持不住，与她聊上数语。秦弱兰应对如流，无论什么诗歌，多能说出一二，更令陶谷倾心钟爱。美人解意，才子多情，那有不移篙近岸、成就美事之理？一宵好梦，非常欢娱。

起床后，舒畅无比的陶谷给情意绵绵的秦弱兰写了一首诗歌《春光好》——

好因缘，恶因缘，奈何天。

只得邮亭一夜眠，别神仙。

琵琶拨尽相思调，知音少。

待得鸾胶续断弦，是何年？

数日后，南唐中主李璟在澄心堂设宴招待陶谷。

韩熙载作陪，举杯向陶谷说道："日月似有事，一夜行一周。"

这是洛阳诗人聂夷中的《饮酒乐》中的一句，陶谷知晓，随口说一句："我愿东海水，尽向杯中流。"

这还是《饮酒乐》中的一句，韩熙载笑道："'一饮解百结，再饮破百忧。'酒虽好，但不如'春光好'啊。"

陶谷听出话中有话，但仍旧岸然危坐，作矜持状。

李璟便将秦弱兰唤到席间，命她演唱《春光好》。陶谷异常羞惭，满脸通红，连酌连饮，最后醉倒狂吐。南唐君臣都对他鄙薄不已，在他回国之时只派几个小吏在郊外薄酒相送。陶谷回到京师开封，《春光好》之词已传遍朝野，他因这一桃色丑闻始终不得重用。

后人根据陶谷赠词前后场面，创作《陶谷赠词图》，并在画作右上方题诗一首——

一宿姻缘逆旅中，短词聊以识泥鸿。

当时我作陶承旨，何必尊前面发红。

五 用三十年的时间

皇后符氏跟随后周世宗柴荣南征，时值炎暑又遭暴雨，符氏身染重病，回到开封后去世，年只二十六岁。符氏之妹亦颇有容色，成为柴荣的继室。

枢密使王朴精通术数，谈言多中。

一日，柴荣从容问王朴："朕登大宝，能得几年？"

王朴答道："陛下有心致治，常以苍生为念，天高听卑，自当蒙福。臣本固陋，一知半解，推演数理，可得三十年。三十年后，非臣所能知呢。"

柴荣喜道："诚如卿言，朕当为主三十年，十年拓天下，十年养百姓，十年致太平，朕志足了！"

李谷患病，力请返回洛阳居住，朝廷准许，赐钱三十万。潞州昭义军节度使李筠敬慕李谷是一代名相，赠钱五十万。李谷盛情难却，悉数接受，由此种下祸根。

王朴奉旨视察黄河堤坝，于汴口立水闸。959年四月二十五日，王朴拜访李谷。两人正在交谈时，王朴突然昏倒，猝然离世，终年五十四岁。

王朴性格刚直，处事果断，深得柴荣信赖。大庭广众之下，王朴正色高谈，无敢触其锋者。柴荣亲往吊丧，用玉钺叩地，痛哭再三，不能自止。左右从旁慰劝，柴荣叹道："天不欲朕平定四方吗？为何夺朕王朴，并且这般迅速！"吊毕回宫，数日不欢。柴荣追赠王朴为侍中，将其画像祀于宫中功臣阁。

安审琦改任青州平卢军节度使。

其家仆安友进与安审琦的爱妾于氏私通，于氏常常担心事发，自己性命不保，就与安友进商量谋杀安审琦，安友进面有难色。于氏威胁他："你如果不做，我就告发你骗奸。"安友进迫不得已，这才同意。959 年春，安审琦醉卧帐中，安友进犹豫惊恐，不敢下手，召来同党安万合，才杀死了安审琦。安审琦终年六十三岁。

数日后，安友进等谋杀之人被安审琦之子安守忠活剐。

安审琦出身沙陀大族，自少骁勇擅射。柴荣闻讯后大为震惊，为他辍朝三日，追赠其为尚书令、齐王。

959 年初夏，后周隰州刺史孙议得病暴亡，后任未至。北汉第二任皇帝刘钧闻听，乘虚袭击后周隰州。

隰州都监李谦溥权摄州事，浚城隍，严兵备，措置有方，不致失手。北汉兵冒暑围城，李谦溥引二小吏登城，从容御敌。他手挥羽扇，毫无慌张形状。北汉将士料他不透，未敢猛攻。夜晚，李谦溥招募敢死士百人，袭击北汉兵寨。北汉兵猝不及防，仓皇逃走。李谦溥自率守军，开城追击，北逐数十里，斩首数百级，隰州解围。

柴荣得到奏报，即令李谦溥为隰州刺史，且命潞州昭义军节度使李筠讨伐北汉国。李筠进攻石会关，连破北汉六寨。李谦溥夺得孝义县城。

北汉国第二任皇帝刘钧不禁生忧，慌忙飞使至辽，乞请济师。

辽穆宗耶律璟不愿出兵，支吾对付，急得刘钧忧急万分。再三通使求援，耶律璟便授萧思温为兵部都总管，助北汉攻打后周。

柴荣接得辽国及北汉合寇的消息，决意亲征。

北汉跳梁，全仗辽人为助。柴荣心想，若要釜底抽薪，不如首先攻辽，辽人一败，北汉势孤，自然容易讨平。计议已定，柴荣率军驰赴沧州。到了沧州，柴荣命宋州归德军节度使韩通为陆军都部署，许州忠武军节度使赵匡胤为水路都部署，水陆并举，向北长驱。柴荣与同平章事、侍卫马步军都指挥使李重进，澶州节度使、殿前都点检张永德，侍卫马步军都虞候韩令坤，散骑指挥使孙行友，滑州义成军留后陈思让等众臣，率领大军跟进。

赵匡胤带领战船，顺风顺水，驶过瀛州、莫州。自幽云十六州并入辽邦，北方州县，二十年不见兵革。辽地兵民毫不防备，骤见后周兵到来，个个心惊胆战，逃得不知去向。辽国宁州刺史王洪也接到后周兵入境消息，正拟请兵守城，谁知后周大军已飞抵城下。王洪居守空城，自知不能抵敌，便即开城乞降。赵匡胤收降王洪，令为向导，进抵益津关。

益津关守将终廷辉登关南望，但见河中敌船一字儿排着，旌旗招展，戈戟森严，不觉大惊失色。正在彷徨失措时，忽闻关下有人大叫道："快快开关！"终廷辉俯视来人，乃是宁州刺史王洪，便问道："你来此何事？"王洪道："我为关内生灵单骑到此，特欲与君商议。"终廷辉下关迎入。

王洪先自述投降后周原因，并劝终廷辉也即出降，可保关内百姓。终廷辉尚在狐疑，王洪又道："此地本是华夏版图，你我又是华夏百姓，从前为时势所迫，没奈何归属辽国，现今中原大军到此，我辈正好重还祖国，岂非好事！何必再迟疑？"终廷辉踌躇半晌，想不出什么方法，便依王洪言，随他出降。

赵匡胤溯流西进，渐渐地水路变狭，不便行舟，只好舍舟登陆，入捣瓦桥关。赵匡胤到了关下，守将姚内斌见来兵不多，即率数千骑兵出城截击。赵匡胤大杀一阵，姚内斌麾下伤亡了数百军士。第二日，柴荣倍道来到，侍卫马步军都指挥使李重进以下亦相继到来，还有韩通一军，收降莫州刺史刘楚信、瀛州刺史高彦晖，沿途毫无阻碍，也到瓦桥关下会师。

赵匡胤督军攻城，先在城下招降姚内斌："王师前来，各城披靡，单靠这偌大关隘，万难把守，如果见机投顺，不失富贵，否则玉石俱焚，幸勿后悔！"姚内斌沉吟多时，答言明日答复。赵匡胤也不强迫，便按兵不攻。静守一夜，次日再往攻关，只见姚内斌开城来降。赵匡胤待他到来，引见柴荣。柴荣好言抚慰，授他为汝州刺史。姚内斌叩首谢恩，引后周大军入关。

瓦桥关内，柴荣置酒，宴请群臣。席间商议进取幽州，诸将奏道："陛下出师，只四十二日，兵不过劳，饷不过费，便得关南各州，这都源自陛下威灵，所以得此奇功。只是幽州为辽南要隘，必有重兵把守，将来旷日持久，反而不美，还请陛下三思！"

柴荣默然不答。散宴后，召李重进入帐道："我军前来，势如破竹，关南各州县，不劳而下，这正是灭辽扫北的机会，为何要中道还师？朕欲统一天下，平定南北，时不可失，决意再进！你可率兵万人，明日出发。朕即统兵接应，不捣辽都，定不回军！"李重进料难劝阻，只好应声退出。

柴荣另传谕散骑指挥使孙行友，率骑兵五千名，往攻易州。

李重进次日启行，到了固安县，城门洞开，守吏已经逃去，一任后周兵进入。李重进令军士小憩，派哨骑探视周边。返报固安县北有一安阳水，既无桥梁，又无舟楫，想是由辽兵惧我前往，所以拆桥藏舟，阻我去路。李重进闻报，颇费踌躇，忽闻柴荣驾到，便出城迎谒，禀明前途阻碍。

柴荣锐意进取，当即与李重进往阅河流，果然水势汪洋，深不见底。巡视一回，便对李重进道："此水不能徒涉，只好速筑浮梁，方便进兵。"

柴荣乃令军士采木作桥，限期告竣，自率禁军还驻瓦桥关。

柴荣行至一处高台，有父老乡亲百余人持牛酒进献，柴荣问："此地叫什么名字？"父老答道："历世相传，称之为病龙台。"柴荣闻言默然，骑马离去。当夜，柴荣就开始生病。次日，病情愈重。

孙行友已经攻下易州，擒住刺史李在钦，献入行营。柴荣抱病升帐，问他愿降愿死，李在钦偏偏不屈，触动柴荣怒意，即命推出斩首。柴荣自觉支持不住，退入寝室。又过两日，仍然未愈。

赵匡胤至柴荣御榻前，先问了安，然后谈及军事。

柴荣说："朕本想平辽，不意身体欠安，延误戎机，如何是好？"

赵匡胤道："天意尚未绝辽，所以圣躬未豫，不能指日荡平。如果陛下顺天行事，暂释勿问，臣意天必降福，圣躬自然康泰了。"

柴荣迟疑半晌，徐徐说道："赵卿所言亦是，朕且暂时回都，赵卿可调还各处兵马，明日就启銮罢！"

赵匡胤退出，传旨调回李重进、孙行友，准备回返。

柴荣改称瓦桥关为雄州，留滑州义成军留后陈思让居守；益津关为霸州，留侍卫马步军都虞候韩令坤居守。

柴荣病重，后周撤军，辽国幽州幸得无恙。幽州告急，辽穆宗耶律璟说："瓦桥关、益津关本是中原之地，今还回中原，何失之有？"

柴荣重经沧州，看到一座三人多高的沧州铁狮子十分威武霸气，便说："沧州一带滨临沧海，海水经常泛滥，希望这座铁狮子镇遏海啸水患，也希望沧州铁狮子镇守沧州、守护华夏、抵抗外侮。"

后人王绪曾作《铁狮歌》，记录这段历史——

途人指点铁狮形，威风凛凛镇空城。

东吸大海蛟龙水，北吞契丹虎豹兵。

柴荣到了澶州，审阅各地所上文牒，得到一只皮袋，袋中有一块三尺长的木板，上面写着"点检做天子"五字！

现任殿前都点检是郭威女婿、柴荣妹夫张永德。柴荣不由惊异起来。

柴荣默思：石敬瑭为李嗣源女婿，后来篡后唐为后晋。现今，张永德地位相当于石敬瑭，难道后周天下也要被他篡夺吗？

从后唐开始，皇帝大都是前任皇帝手下的大将，比如后唐明宗李嗣源是后唐庄宗李存勖手下的大将，后唐末帝李从珂是后唐闵帝李从厚手下的大将，后晋高祖石敬瑭是后唐末帝李从珂手下的大将，后汉高祖刘知远是后晋出帝石重贵手下的大将，后周太祖郭威是后汉隐帝刘承祐手下的大将。皇帝位置不稳，自然导致皇帝猜忌重臣。五代乱世，越是手握重权的心腹故旧，越不容易安然走到最后。后唐庄宗李存勖杀戮郭崇韬，后唐明宗李嗣源赐死安重诲，后汉末代皇帝刘承祐妄杀杨邠、王章、史弘肇，后周太祖郭威贬死王峻，这些都是生动的注脚。此时的柴荣扪心自问："朕要学那些先帝吗？也要杀死张永德吗？"

柴荣正在思索时，澶州节度使、殿前都点检张永德前来问安。

张永德婉言进谏："天下未定，四方藩镇，多是幸灾乐祸，但望京师有变，可从中取利。今澶州、开封相去甚近，车驾若不速归，容易人心摇动。

愿陛下俯察舆情，即日还都为好！"

柴荣惊问道："谁使你来说此言？"

张永德答："群臣统有此意。"

柴荣目视张永德道："朕亦知你为人所教，难道都未懂朕意吗？"

过了一会儿，柴荣摇首道："朕看你福薄命穷，怎能当此！"

张永德闻言，莫明其妙。柴荣还在想"点检做天子"一事，心中忍耐不住，遂露了一些口风。张永德哪里知晓，自然摸不着头脑。柴荣厉声道："你且退去，朕便回京！"

张永德慌忙退出，部署各军，专待柴荣出来。柴荣也即出帐，乘辇还都。

张永德为人厚道，对皇帝忠诚，对下属谦逊，柴荣对他信任有加，然而这块神秘木板却让柴荣的心中感到非常不快。柴荣是一位非常英明的帝王，以他的睿智，自然知道这件事情肯定是个阴谋。但考虑到自己的病情越来越重，张永德在朝野上下又有很高的威望，万一自己撒手人寰，柴家的天下恐怕就要改姓张了。

病中的柴荣在途中远望，只见山河辽阔，葱林秀丽，夕阳缓缓拂过远处绵延的山脊，微风轻轻吹动茂密的林叶。"如此景色，真是美呀！"柴荣心中叹道。忽然，他感觉到了一阵天旋地转的眩晕。柴荣知道自己一生征战，身心俱疲，此时身体已是强弩之末了。柴荣蓦然发现，这世间的一山一水、一草一木，都是那么的灵动，都是那么值得细细品味。柴荣心中长叹：自己一生醉心权力和征伐，忘记了做名山野小百姓，去观赏大自然的美妙。

柴荣心中悲凉，竟然从口中喷涌出一股鲜血。那喷涌而出的鲜血四散而去，如毛毛细雨落下。夕阳余晖照来，柴荣面前是一抹妖艳的红。

到了开封，柴荣病情稍轻，急急册封小符氏为皇后，册立柴宗训为太子，然后分封众官——

范质、王溥参知枢密院事；

801

魏仁浦为枢密使、同平章事；

韩通加检校太尉；

向训为检校太师、河南尹、洛阳留守；

张永德为检校太尉、同平章事；

赵匡胤为殿前都点检，加检校太傅，兼许州忠武军节度使。

五日后，柴荣急召范质、赵匡胤等众臣进入。

柴荣慢慢说："朕打算用三十年的时间开创太平盛世，可是上天留给朕的时间只有六年！天不济人，朕想统一天下的愿望不得实现了。"

范质、赵匡胤等众臣在下，痛哭失声。

959年六月三十日，柴荣病崩于万岁殿中，终年三十九岁。

柴荣在位五年零六个月，似与王朴所言不符，但有人解释五六乃是三十，王朴不便直言，故用隐谜相答。乱世烽火，柴荣想着火中取栗，踩着累累白骨成就自己的丰功伟业，想着扫净烟尘，早点还百姓一个太平盛事，但谋事在人，成事在天，假使再有十年，天下必定一统于柴荣之手。柴荣在民间，被俗称为"柴王爷"。他自少经商，曾在南方贩茶，取得成功，中原地区百姓还奉他为财神。

如果说柴荣有最后缺陷，那就是没有召魏博节度使符彦卿来朝掌政。新皇后符氏年华韶稚，太子年幼，怎能掌控乱世？如果符彦卿来朝担任殿前都点检，以其当年尽忠李存勖的人品，一定会忠心辅佐自己女儿与外孙。可是历史不能假设，只能说是天意吧。

柴宗训在后周世宗柴荣灵柩前即皇帝位，这就是后周恭帝，年仅七岁。

由于年纪太小，由同平章事、参知枢密院事范质、王溥辅政。政局不稳，人心浮动，谣言四起。一些忠于后周的官吏敏锐地意识到动乱的根源十有八九要出在赵匡胤那里，指出赵匡胤不应再掌禁军。甚至有的人主张先发制人，及早将赵匡胤干掉。后周恭帝柴宗训懂得什么，只是改任赵匡胤为宋州归德军节度使、检校太尉，仍任殿前都点检。原宋州归德军节度使韩通改为检校太尉、同平章事、侍卫马步军副都指挥使。

殿前副都点检一职由慕容延钊出任，慕容延钊是赵匡胤的"少时三伙伴"，关系非同一般。殿前都虞侯由王审琦担任，与殿前都指挥使石守信，是赵匡胤"义社十兄弟"。整个殿前司将领，均由赵匡胤的人担任了。

光阴易过，转眼便是960年春节，文武百官，朝贺如仪。

正月初二日，忽由镇州、定州飞报京都开封，说是北汉国第二任皇帝刘钧约同辽兵入寇，声势甚盛，请速发大兵戍边！

幼主柴宗训只知嬉戏，晓得什么紧急事情。太后符氏闻报，急召范质等商议。

范质奏道："都点检赵匡胤，忠勇绝伦，可令作统帅，副都点检慕容延钊，素称骁悍，可令作先锋。再命各藩镇会集北征，悉归赵匡胤调遣。那样的话，边境定保无虞。"

太后符氏相信范质之言，当即准奏，即命赵匡胤会师北征。慕容延钊带着前军，先行出发。

赵匡胤准备率军出发，开封城内流言四起。"辽国入侵""主少国疑""点检做天子"这一系列疑问，似乎都在证明一件事情：赵匡胤要反了！百姓惊骇，相率逃匿。

作为京城百姓，开封府人是见过世面的。九年前，后周太祖郭威是后汉的枢密使，当时开封城内也是到处流传着辽国入侵的消息，之后便是郭威率军出征。然而没过多久，郭威就带着原班人马返回京师，但他的身份却从后汉枢密使变成了后周的开国皇帝。还有一件事，令大家感到惊恐，那就是郭威从魏州进取开封时，为了激励全军将士，让他们大肆洗劫开封城，无数家庭在此巨变中支离破碎。如今又是满城传言辽国入侵，历史会不会开始诡异的循环？赵匡胤会不会成为第二个郭威呢？

皇宫里面，并没有人向皇后符氏说这般消息。

正月初二，赵匡胤率兵出城。跟随他的除了一班亲信以外，还有他弟弟赵光义。

赵光义是赵弘殷和杜氏所生，小赵匡胤十二岁。杜氏梦见神仙捧着太阳授予她，从而怀孕。赵光义出生的当晚，红光升腾似火，街巷充满异香。赵光义从小聪颖，杜氏特别钟爱他。赵光义嗜好读书，常常说："别无所爱，但喜读书，开卷有益。多见古今成败，善者从之，不善者改之。"赵匡胤在后周将帅中崭露头角，二十岁出头的赵光义跟着沾光，成为供奉官都知。

匡胤之谋：

宋朝重文轻武开启新端

太阳初出光赫赫，

千山万山如火发。

一轮顷刻上天衢，

逐退群星与残月。

清晨，赵匡胤率领大军出发。一轮红日喷薄而出，赵匡胤诗兴大发，随口吟出了这首《咏初日》。虽说此诗并没什么韵脚，但乍一看也算气势不凡。身后的将领纷纷叫好，赵匡胤也颇为得意。

走了一百里，到达陈桥驿。赵匡胤看见天色渐晚，日影微昏，便令大军安营，寓宿一宵，明晨再行。

殿前散员右第一直散指挥使苗训，独在营外立着，仰望云气。

苗训，河中府人，师从华山隐士陈抟，性聪慧，善观天文，以谋略见长。

军器库使楚昭辅走来，问苗训："你在此望什么？"

苗训用手西指道："你不见太阳下面，复有一太阳吗？"

楚昭辅仔细远眺，果然日下有日，互相摩荡，既而一日沉没，一日独现出阳光，格外明朗，日旁复有紫云环绕。楚昭辅很是惊异，问苗训："主何吉凶？"

苗训道："不妨与你实说，这叫作天命，先没的日光，应验在后周；后现的日光，是应验在点检身上了。"

"何日方见应验？"

"天象已现，就在眼前了。"

楚昭辅、苗训两人相偕归营。楚昭辅回想起瞎子刘悟的预言，坚信赵匡胤当做皇帝。楚昭辅免不得转告他人，顿时一传十，十传百。侍卫马军都指挥使高怀德闻听，首先倡议："皇上年纪那么小，我们拼死拼活去打仗，将来有谁知道我们的功劳？倒不如拥护赵点检作皇帝吧！"

众将应声道："高将军所言甚是，我等就依计速行。"

当年射杀张彦泽乱兵的少年李处耘，现在担任都押衙。他上前说道："这事须禀明点检，方可照行，但恐点检未允，好在点检亲弟赵光义亦在军中，先与他说明底细，令他入禀点检，才望成功。"

大众齐声称善，便邀赵光义入商。赵光义道："此事非同小可，且与赵普计议，再行定夺。"赵普此时担任宋州归德军掌书记，跟从赵匡胤出征，赵光义即以此事说与赵普。赵光义话还没说完，将领们已经闯了进来，嚷嚷着说："我们已经商量定了，非请点检即位不可。"赵光义和赵普听了，暗暗高兴，叮嘱大家一定安定军心。

赵普向众人说："点检威望素著，一入开封，即可正位，乘今夜安排停当，明晨便可行事。"

赵光义立即派亲信郭延斌返回开封，通知留守京城的殿前都指挥使石守信、殿前都虞候王审琦。二人都是"义社十兄弟"，自然拥护赵匡胤。

没多久，这消息就传遍了军营。将士们全起来了，大家闹哄哄地拥到赵匡胤所住驿馆，一直等到天色发白。赵匡胤以勇敢和仁义闻名于军中，故得到将士们的拥戴。

一　点检做天子

赵匡胤一觉醒来，听得外面一片嘈杂。接着，就有人打开房门，高声地叫嚷："请点检做皇帝！"赵匡胤赶快起床，还没来得及说话，几个人把早已准备好的一件黄袍，七拉八扯地披在赵匡胤身上。大伙跪倒在地上磕了几个头，高呼"万岁"。接着又推又拉，把赵匡胤扶上马，请他回京城。

赵匡胤骑在马上，开口说："你们既然立我做天子，我的命令，你们都能听从吗？"将士们齐声回答："自然听从。"赵匡胤就发布命令：到了京城以后，要保护好后周太后和幼主，不许侵犯朝廷大臣，不准抢掠国库。遵守命令的将来有重赏，否则就要严惩。

赵匡胤整军返还开封，遣客省使潘美，加鞭先行。

潘美，魏州人，年轻时风流倜傥，对家乡人说："天下动荡不安，奸臣恣肆行虐，大丈夫不在这个时候建立功名、谋取富贵，真是羞耻啊。"潘美与赵匡胤相识，关系素来深厚。

潘美驰入开封，城中才得消息。时值早朝，太后符氏及众臣突闻此变，全吓得不知所为。太后符氏对范质道："众卿保举赵匡胤，如何生出这般变端？"语至此，泪珠已经扑簌簌地流下来。

范质嗫嚅道："待臣出去劝谕便了。"

太后符氏也不多说，洒泪还宫。

范质握住王溥的手说："仓促遣将，是我们的罪啊！"范质掐得王溥的手几乎出血，王溥一句话也没说。

侍卫马步军副都指挥使韩通奔出，遇着范质、王溥等人，急急说道："叛军将到，二公为何还从容叙谈？"

范质问："韩将军有什么良法？"

韩通道："火来水淹，兵来将挡，都城中还有禁军，急宜请旨调集禁军登城守御，一面传檄各处藩镇，速令勤王，如果他们星夜前来，协力讨逆，何患乱贼不平？"

范质道："缓不济急，如何是好？"

韩通道："二公快去请旨，在下召集禁军便了。"

范质与王溥尚踌躇未决，但见有家人驰报道："叛军前队，已进城来了。相爷快回家去！"二人听到这个急报，还管什么请旨不请旨，一溜烟跑到家中去了。

散员都指挥使王彦升已带着铁骑，驰入开封城中。

王彦升，蜀州人，先后效力于后唐、后晋、后汉、后周。他生性残忍，膂力过人，擅长击剑，人称"王剑儿"。

809

王彦升与韩通相遇，大声道："韩将军快去接驾！新天子到了。"

韩通大怒道："哪里来的新天子？你等贪图富贵，擅谋叛逆，还敢来此横行吗？"

韩通见寡不敌众，回马就走。王彦升已气得七窍生烟，当下策马急追韩通。韩通驰入家门，正想关门。不防王彦升已一跃下马，持刀奔入，手起刀落，将韩通劈死门内。再闯将进去，索性把韩通妻儿尽行杀毙。

赵匡胤领着大军，从明德门入城，命将士一律归营，自己退居殿前都点检公署。过了片刻，散指挥都虞候罗彦瑰将范质、王溥等人推入署门。

赵匡胤装出为难的模样，向他们说："先帝柴荣待我恩义深重，如今我被将士逼成这个样子，你们说怎么办？"

范质、王溥等人不知该怎么回答。

罗彦瑰挺剑向前说："我辈无主，众议立点检做天子，哪个再有异议？如果不肯从命，我的宝剑不长眼！"

王溥面如土色，降阶下拜，范质不得已亦拜。

范质当面质问赵匡胤："先帝柴荣对待您就像对待家人一样，现在他遗体未寒，您怎么就这样做？"大殿内静悄悄，只有一旁的赵光义泪流满面。范质知道大势已去，便又说道："事已至此，就不要太仓促了，自古帝王有禅让之礼，现在可以举行了。如果通过礼仪接受禅让，就应该侍奉太后如母，赡养少主如子，千万不要辜负先帝柴荣旧恩。"赵匡胤挥涕许诺。

960年正月初四，范质、王溥入朝宣召百官。石守信、王审琦等"结社兄弟"簇拥着赵匡胤从容登殿。翰林承旨陶谷从袖子中拿出后周恭帝柴宗训禅位诏书，兵部侍郎窦仪从容朗读——

惟予小子，遭家不造，人心已去，天命有归，咨尔宋州归德军节度使、殿前都点检赵匡胤，禀上圣之姿，有神武之略，佐我高祖，格于皇天，逮事世宗，功存纳麓，东征西讨，厥绩隆焉。天地鬼神，享于有德，讴歌讼狱，归于至仁，应天顺人，法尧禅舜，如释重负，予其作宾。呜呼钦哉，祗畏天命！

赵匡胤退至北面，拜受诏书。因前领宋州归德军节度使，特称新天下为宋朝。

赵匡胤身着衮冕，登崇元殿，即皇帝位，这就是宋太祖，时年三十四岁。

从赵匡胤投军，成为郭威帐下小兵算起，到成为一代开国皇帝，赵匡胤仅用了十二年时间。

赵匡胤接受文武百官朝贺。"万岁、万岁"的声音，响彻宫殿。

赵匡胤降柴宗训为郑王，将太后符氏与柴宗训母子迁往房州。可怜这二十多岁的寡妇、七龄的孤儿，凄凄楚楚、呜呜咽咽，奔向房州去了。

《新五代史》所称"五代"的第五个中原王朝：后周，到此灭亡。

后周共历经三帝：后周太祖郭威、后周世宗柴荣、后周恭帝柴宗训，延续九年。后周是五代时期的强大王朝，在柴荣的带领下退北汉，破南唐，伐辽国，为后来的宋朝打下良好基础。

《新五代史》所称的"五代"，至此结束。

五代占据着原唐朝中央地区，以正统自据。自后梁太祖朱温篡位，至后周恭帝柴宗训禅位，共五十三年，历后梁、后唐、后晋、后汉、后周五代，共十四君，分别是：后梁朱温、朱友珪、朱友贞，后唐李存勖、李嗣源、李从厚、李从珂，后晋石敬瑭、石重贵，后汉刘知远、刘承祐，后周郭威、柴荣、柴宗训。后梁和后周的君主是汉人，除李从珂外，后唐、后晋、后汉的君主是沙陀人。十四位皇帝中，非正常死亡的就占一半，"置君犹易吏，变国若传舍。"

五代频繁的战争，打碎了世族大家所有的荣耀和尊严，武力的高低成为掌握权势最重的筹码。后梁太祖朱温出身佣户，后汉高祖刘知远出身奴仆，后周太祖郭威是个街头混混，后唐庄宗李存勖、后晋高祖石敬瑭都是沙陀人。当这些出身低微甚至卑贱的人端坐在龙椅时，满身朱紫的中原贵族们瑟瑟发抖，体会着什么叫做朝不保夕。与此同时，一些穷苦子弟华丽转身，将权力的魔杖紧紧攥住，走向历史舞台的中心，开始他们精彩的人生演出。

黄巢之乱平息时，唐朝户数大约七百八十万、人口总数大约四千二百万。时跨七十五年后，到了五代结束，全国总户数大约五百万，人口总数大约三千万。纵观中国历史，人口的增长和减少，是和盛世、乱世成正比的。由此可见，五代之战乱，不亚于黄巢之乱。

五代时间虽然短暂，但各路人才你方唱罢我登场，人性的善恶美丑淋漓尽致展现出来。

1

唐失其鹿，海内纷争，群雄并起，归于大宋。

宋太祖赵匡胤设宴招待群臣。

翰林学士王著原是后周的臣子，喝醉了酒，思念故主，当众喧哗起来。群臣大惊，都为他捏一把汗。赵匡胤却毫不怪罪，命人将他扶出去休息。王著不肯出去，掩在屏风后面大声痛哭，好不容易才被左右搀扶出去。第二天，有人上奏说王著应当严惩。赵匡胤说："他喝醉了，朕和他原先同朝为臣，熟悉他的脾气。他一个书生，哭哭故主，也不会出什么大问题，怎能严惩呢？"

赵匡胤夺取皇位后初次进入皇宫，见到宫中嫔妃抱着一个小孩子，问是谁，回答说："这是先帝柴荣的儿子。"范质、赵普、潘美等人随侍赵匡胤左右，赵匡胤回头询问对赵普，赵普等人说："除掉他。"潘美在赵匡胤身后不说话，赵匡胤招呼潘美询问，潘美不敢回答，赵匡胤说："朕不忍心杀了柴荣的儿子。"

潘美说："臣与陛下都曾是先帝柴荣的臣子，劝说陛下杀掉这个孩子，则辜负了先帝，劝说陛下不杀，陛下必定对臣生疑。"

赵匡胤说："送给你做侄子，先帝柴荣的儿子不可以做你的儿子。"

潘美于是带着这个孩子回家。之后赵匡胤也不问这个孩子的情况，潘美也不说。

赵匡胤路过功臣阁，风吹开半掩的门，赵匡胤正好面对殿内王朴的画像，他竟肃立不动，整理御袍，肃然鞠躬。

宦官王继恩问道："陛下贵为天子，他是前朝的大臣，对他的礼遇为何如此之重？"

赵匡胤以手指袍说："如果这个人还活着，朕就不能穿上这件黄袍了。"

赵匡胤虽然登基，但是皇帝宝座还没有坐稳。

李筠担任潞州昭义军节度使已经多年，性格虽然暴躁，但是对他的母亲十分孝顺。每当发怒要杀人的时候，李筠的母亲一定在屏风后面呼唤李筠，李筠马上就到。他母亲说："听说你要杀人了，可以宽恕吗？宽恕了为我们李家积点德。"李筠马上就放掉将要被杀的人。

这个孝顺的李筠让赵匡胤放心不下，其实从人性来说，孝顺自己母亲也会忠于自己君主。

赵匡胤派遣翰林学士王著到潞州，加李筠为中书令，喻示李筠入朝。

李筠不想受命，从事闾丘仲卿苦苦劝阻，李筠才迎接使节，安排酒席。

李筠取出后周太祖郭威的画像挂在大厅墙壁上，对着画像哭泣不已。闾丘仲卿看到这个场面，非常恐惧。李筠这项举动，不就是指着赵匡胤鼻子说："你这个乱臣贼子吗？"

闾丘仲卿反应机敏，向王著赔笑解释："李公是喝多了，才如此失态，请您海涵，千万别介意！"

李筠出于礼节，上书赵匡胤，谢主隆恩。虽然表面归附宋朝，李筠实际上一心准备伐宋以报答后周。北汉国第二任皇帝刘钧听说后，秘密派人约定李筠，准备同时出兵攻打宋朝。李筠长子李守节哭着劝说李筠不要这样做，李筠不听。

王著回到开封，把李筠的表现添油加醋说了一番，大家都非常气愤，纷纷劝赵匡胤立即发兵，清剿李筠。赵匡胤没有这么做，他写信安慰李筠，并提拔李守节为皇城使。

李守节到达开封，赵匡胤对他说："太子，你怎么会来这里？"

李守节十分惊讶，用头撞击地面，战战兢兢说道："陛下怎么会说我是太子？这肯定是有坏人陷害我和我父亲！"

赵匡胤说："朕听说你几次劝你的父亲服从朝廷，可是你的父亲不听，所以派你来朝廷，是想让朕杀掉你。你回去告诉你的父亲，朕没有做皇帝的时候，你愿意做什么就做什么。现在朕已经做了皇帝，你怎么就不能稍微让我一点呢？"

李守节飞马回到潞州，把这些话告诉李筠。赵匡胤这番话没有吓住李筠，反而打草惊蛇。李筠知道阴谋暴露，索性孤注一掷。

山雨欲来风满楼，赵匡胤建立大宋朝，还有一处藩镇放心不下，那就是淮南。李重进以军功累迁至检校太尉、侍卫马步军都指挥使、淮南节度使。后周太祖郭威病逝之前，让李重进向后周世宗柴荣行跪拜之礼，这就是希望断绝李重进夺取皇位的念想。这样的人，怎么可能臣服于宋太祖赵匡胤呢？赵匡胤也必然会对他不放心。

960年春，宋太祖赵匡胤下诏，升李重进为中书令，将李重进从淮南节度使调任青州平卢军节度使。

接到朝廷旨令，李重进心中自语："柴荣时期，我李重进在高平之战、淮南之战中，立下奇功，堪称国家定海神针。你赵匡胤当时算什么？只不过是我李重进手下一个小校而已。我李重进是郭威、柴荣的皇亲，与你赵匡胤没有半点亲缘，我不能坐视郭家、柴家天下被你抢去。"

李重进闻听李筠谋反，就派幕僚翟守珣去联系潞州昭义军节度使李筠，以图共同起事，遥相呼应。李重进认错了人，翟守珣和赵匡胤相识，悄悄到开封城中拜见赵匡胤，把一切事情和盘托出。赵匡胤倒吸一口凉气，心里想：如果李筠联络北汉，李重进联络南唐，二李又联为一体，那么大宋朝就陷入危机了。

赵匡胤静了静，问翟守珣："朕想要赏赐李重进免死铁券，他会相信朕吗？"

"李重进始终没有归顺大宋朝的想法。"

赵匡胤厚赏翟守珣，让他拖延李重进反叛，不要让李筠和李重进这两股势力纠结在一起，要阻止南北呼应。翟守珣听从旨令，回到扬州，诋毁李筠不足与谋事，劝说李重进不要轻易发兵。李重进中计，错失良机。

960年四月十四日，李筠逮捕监军周光逊，派遣衙将刘继冲把周光逊送到北汉，请求援助，然后出兵袭击泽州，杀掉刺史张福，占领泽州。

从事闾丘仲卿建议："大帅您以一支兵马起兵反抗大宋王朝，形势非常危险。虽然北汉答应支援，但是也得不到太多的帮助。不如西下太行山，直接抵达怀州、孟州，堵塞虎牢关，占领洛阳，然后再向东方夺取天下，这才是最好的办法。"

李筠喃喃说："我是老一辈将领，和世宗柴荣如同兄弟，皇宫禁卫官兵，都是我的熟人。一旦听说我军到了，肯定会响应我们，不要担心不会成功。"李筠是在学习昔日李嗣源、李从珂、刘知远、郭威，只可惜对天下形势并没有判断准确。

北汉国第二任皇帝刘钧派遣内园使李弼携带诏书、金银绸缎和良马赏赐给李筠，李筠随即派遣刘继冲到太原，请求刘钧出兵南下，自己为前锋。

刘钧恭谨有礼，喜欢读书，继位后勤政爱民，减少南侵，因此境内还算安定。然而刘钧并不像其父刘旻那样对辽国恭敬，以致在位后期辽国的援助渐少。刘钧乞请辽国出兵，辽国并没响应。

刘钧只好发动全国兵力，南下攻击宋朝。北汉官员在汾水河边设宴饯行。

左仆射赵华劝谏刘钧："李筠这个人，做事情非常轻率，对宋朝的军事行动，臣估计一定不能成功，可是陛下您却发动全国的力量支持，这让臣看不到胜利的希望。"

刘钧哈哈一笑说："你错了。我和李筠联合出兵，南唐与李重进就会响应，群狼对付一头幼牛，绰绰有余了。"

刘钧率领北汉军到达太平驿，李筠亲自迎接。刘钧封李筠为西平王。李筠看见刘钧的兵少而且懦弱，心里就很后悔和北汉结盟。李筠向刘钧说，自己深受后周的恩惠，不忍心辜负后周王朝。北汉和后周世仇，刘钧听到李筠的这些话，心中就不高兴。

李筠要回潞州，刘钧派遣宣徽使卢赞为李筠的监军，李筠更加不高兴。卢赞面见李筠，和他商量事情，李筠对他不理不睬。卢赞很生气，一甩衣袖就离开。刘钧、李筠的联合宣告破灭。

李筠留下李守节守卫潞州，自己率兵南征。不料宋太祖赵匡胤已抢先一步，派遣殿前都指挥使石守信、殿前副都点检慕容延钊率两路禁军夹击李筠，慕容延钊出泽州高平县，首战打败李筠之军，斩获三千人。车辚辚，马萧萧，赵匡胤御驾亲征，同石守信等会师，在泽州城以南打败李筠三万主力。李筠被迫北还，坚守泽州。赵匡胤亲自督战，攻打泽州城。

果州团练使马全义从征，赵匡胤向他问计，马全义答："李筠刚刚获得泽州城，并无百姓基础，如果并力急攻，立可歼灭。"

赵匡胤高兴说："说到朕心上了。"

赵匡胤麾兵急击。马全义率领敢死队数十人攻城，攀墙而上。飞矢击穿马全义手臂，流血不止。马全义拔镞临敌，士气益奋。

眼看就要破城，李筠爱妾刘氏建言："您如果能调集百匹战马，率领心腹杀出重围，向北汉求援，强似坐以待毙啊！"

李筠听从，立即调集千人骑兵，准备趁夜突围。临行前，从事闾丘仲卿劝说："这千名骑兵虽然发誓效忠，并与您同生共死，但城门一开，祸福难料。万一有人突然劫持您献给朝廷，岂不是悔之莫及？不如坚守死战！"

李筠顿时丧失信心，犹豫不决。很快城破，李筠万念俱灰，决意自焚。刘氏柔肠寸断，请求与其同赴阴曹。李筠因她怀有身孕，令她坚强活下去，以保留李氏血脉。在刘氏撕心裂肺的哭喊声中，李筠毅然赴火自焚而死。

宋军乘胜转攻潞州，李守节见大势已去，举城投降。

李筠反叛赵匡胤，在于对后周朝的感恩。李筠之所以能够盘踞潞州，是因为后周太祖郭威的任命。李筠不甘心眼睁睁地看着后周江山改姓赵，更不愿与见风使舵的众同僚为伍，所以仓促起兵。李筠是条恩怨分明的汉子、有情有义的丈夫、懂得孝顺的儿子！李筠不知道的是，他的长子李守节好好地生存了下去，刘氏也找到了李守节，为李筠生下了一个男孩。

洛阳城中，致仕宰相李谷闻听李筠举兵反叛，失败后自焚而死，不由心情忧闷。他深恐因先前接受过李筠财物而遭株连，疾病加剧，七月病逝，终年五十八岁。

李谷为人厚重刚毅，智略过人，能决断大事，是后周朝的重臣。

赵匡胤闻讯后，为其辍朝两日，追赠侍中。

平息了潞州昭义军节度使李筠反叛，赵匡胤将目光对准了淮南节度使李重进。

六宅使陈思诲到了扬州，代表大宋朝廷赏赐李重进记功铁券。

陈思诲对李重进说："李公您与当今皇上一起南征北战。如今，皇上承天意受禅建宋称帝，顾念您久镇淮南劳苦功高，故请您移镇青州。皇上深恐遭您误解，特赐您记功免死铁券，派在下为特使，专程到此安抚李公，望李公体察皇上体恤同仁之心！"

李重进听完陈思诲这番花言巧语，心里很是受用。他吩咐部下整治行装，随陈思诲回朝谢恩。

押衙王忠劝阻李重进："大帅您是前朝皇室近亲，宋朝新天子怎么会容得下您呢？与其坐以待毙，不如鱼死网破！"

李重进犹疑难决。他为了保全自己，下令拘捕陈思诲，然后整治城防。李重进又派王忠向南唐中主李璟求援，李璟已成惊弓之鸟，哪敢得罪大宋朝，他将李重进求援信转交赵匡胤。

960年九月，淮南监军安友规判断李重进谋反在即，便率领数名亲信杀出扬州城。李重进见纸已包不住火，索性将不愿反叛的数十名将士捕杀祭天，然后起兵光复后周。

李重进轻信翟守珣，让他与李筠起兵时间相隔了五个月。有这五个月，宋军足以各个击破。

十月，赵匡胤亲征平叛。

十一月，赵匡胤到达扬州城下，即日破城。

王忠劝李重进杀了陈思诲。李重进摇头叹息："我马上将率家族杀身成仁，杀了他有何好处！"

李重进仰天长叹道："我有愧于太祖郭威之恩啊！"

烈焰升空，李重进举家自焚。

李重进的悲剧，在于性格缺陷：轻信与犹豫。他对出卖自己的内奸翟守珣言听计从，与告密邀功的李璟眉来眼去，终于招来全族灭亡。

马全义跟随赵匡胤征伐李重进，被授江州防御使。

马全义随即重病不起。赵匡胤遣太医诊视，并谕密旨："等到你病好了，授你为河阳三城节度使。"马全义叩头谢恩。无奈医师回天乏力，数日后马全义去世，终年三十八岁。

南唐中主李璟派户部尚书冯延鲁去扬州向赵匡胤朝贡。

刚刚平息李重进叛乱的赵匡胤，正准备乘胜攻取江南。大军驻扎江边，旌旗招展，军势雄壮。

赵匡胤责问冯延鲁："你们江南小国竟敢私通我国的叛臣？"

冯延鲁面不改色、异常淡定，缓缓说道："陛下只知李重进私通江南，却不知此事的详细经过。李重进派来的使者王忠曾住在臣的家中，国主曾令臣对他传话：'大丈夫想造反，历史上也是有的，但目前时机并不成熟。当初宋朝刚刚受禅，人心未定，又有李筠叛乱，大军北征，你们为何不在此时反？现如今内外无事，你们却想以数千乌合之众，来对抗天下精兵，我怎能相助于您呢？'"

赵匡胤哈哈大笑，连连说道："李璟聪明，李璟聪明！"

赵匡胤明白，在这个乱世，大多数军阀选择"阴持两端，以图自固"，这都是为了生存，为了自身安危，从而游走在刀刃上。赵匡胤接着又问："我军将士全都强烈要求渡江南征，你以为如何？"

冯延鲁答道："李重进自以为雄杰无敌，然而一旦英明神武的陛下亲临，他也不过是即刻束手就擒罢了。我们江南不过一小国，又怎能对抗陛下的天威呢？但是陛下也并非没有任何顾虑，江南侍卫数万，均是国主亲兵，誓同死生，固然无投降之理。两军对阵，大国损失数万人马也在所难免。况且还有长江天堑，风涛无常，如果城池久攻不下，粮草难以为继，此事也就堪忧了。”

赵匡胤大笑道："朕不过与你开个玩笑而已，岂会听你游说呢？"

冯延鲁在扬州，正遇上宋军在抓捕李重进手下的叛卒，每天都要杀戮数十人。冯延鲁见此便向赵匡胤奏言："陛下以为谋逆者仅为李重进一人，还是众人均有叛逆之心？如果众人均有叛逆之心，则陛下就不是应天顺人继承大统。如果仅是李重进一人谋逆，那么被迫跟随他造反的人又有何罪过呢？"

赵匡胤深有感悟，赦免了后来被抓捕的叛卒。

赵匡胤厚赐冯延鲁，令其南归，大军南征的事也因此作罢。

南唐国西边，还有个小小的南平国。南平第三任国君高保融见宋朝锐不可当，愈发感到恐惧，一年之间三次向开封进贡。

960年秋，高保融因病去世，终年四十一岁。

高保融其子高继冲年幼，遗命其弟高保勖继位，这就是南平第四任国君。

再说宋朝，陈思诲逃脱后，宋朝廷任命他为镇州成德军监军。

郭崇威改任青州平卢军节度使。郭崇威追念后周的恩遇，时常流泪。镇州成德军监军陈思诲闻听，向赵匡胤密奏其情："郭崇威有反叛之心，应当小心防备他。"宋太祖赵匡胤说："我一向知道郭崇威笃于恩义，是有感而发罢了。"赵匡胤派中使翟须前往侦察。

翟须还未到时，郭崇威非常忧虑，对幕僚说："假若使者不察真情，怎么办呢？"

判官辛仲甫说："皇帝接受天运时，您最先效忠，军民之政的处理，都遵循常例，怎么能找到借口加害呢？只管远远探查使者情况，率领僚属出郊迎接，听任观察，时间久了自会辨明。"

郭崇威照此办理。翟须到后，看见郭崇威并无他意，便回返开封，向赵匡胤说郭崇威正对着宾客属员，坐在池潭小亭上饮酒博戏，城中平静。

赵匡胤笑着说："朕就知道郭崇威不会造反的。"

不久，郭崇威自请入朝，以表明心迹。

敢于公开痛哭流涕怀念后周而安然无恙者，武有郭崇威，文有王著。

翰林学士王著自毁形象，醉宿娼家，赵匡胤置若罔闻。王著又在皇宫酩酊大醉，披头散发，求见宋太祖，这次激怒了赵匡胤，将其贬为员外郎。

赵匡胤对范质说："皇宫是个森严之地，应当选择一个品行老成、学问弘博之人来担任翰林学士才好。"

范质说："窦仪为人清淡厚重，可当重任。"

赵匡胤说："的确非他不可。"

窦仪便担任翰林学士。赵匡胤召窦仪起草制书。窦仪到了宫门口，看见赵匡胤身着便服，露额赤脚坐着。窦仪就在宫门口立住，不肯进去。赵匡胤立刻叫人拿了冠带，穿着好了，窦仪才走进去。

窦仪劝说赵匡胤："陛下是开国之君，应当用礼法昭示天下。"

赵匡胤听了正敛神色，称谢他的建议，自此以后见近臣，不再随意着装。

960年底，陕州节度使药元福去世，终年七十八岁。朝廷追赠他为侍中。

药元福是唐朝一个默默无闻的小兵，身经百战，历经五代乱世，活到了宋朝。药元福为人忠直勇猛，冲锋陷阵不避生死，就像风雨中的一株粗树，没被吹倒，没被涝死，终于等来了晴天。药元福渴望上阵立功，再续他的战场传奇，可惜在赵匡胤即位之年就病故，终年七十七岁。五代乱世中，药元福身不由己，随波逐流，值得欣慰的是，他安然无恙，比起无数战死沙场的将士，他是幸运的。

2

天下略微平定，宋太祖赵匡胤对内外官吏加官晋爵——

石守信为侍卫马步军副都指挥使、宋州归德军节度使；

王审琦为殿前都指挥使、兖州泰宁军节度使；

高怀德为殿前副都点检、滑州义成军节度使；

慕容延钊为殿前都点检；

赵光义为殿前都虞侯；

赵普为枢密直学士；

郭崇威兼中书令；

李处耘为客省使、枢密承旨、右卫将军；

罗彦瑰为控鹤左厢都指挥使，领眉州防御使；

苗训为翰林天文、检校工部尚书。

后周世宗柴荣放弃杀戮的张永德也来了好运。张永德年轻时，听慧和尚说赵匡胤有做皇帝的征兆，因此处处支持赵匡胤。赵匡胤登基后，张永德受尽恩宠，被加官侍中。

华山隐士陈抟骑驴下山，听得路人说赵匡胤受禅，登基做了皇帝，便心中欢喜。陈抟觉得天下从此有了真正适合的主人了，从唐末以来纷乱无比的五代乱局终于要安定下来了，自然替天下苍生欢喜，结果大笑着从驴背上摔下来。路人问其故，陈抟道："天下从此定矣！我师傅麻衣道者预言赵匡胤做天子，是上合天心，下合地理，中合人和。"

赵匡胤既登大位，尊母杜氏为皇太后。

陈桥兵变后，赵匡胤生母杜氏在京师开封城中。赵匡胤担忧，派军器库使楚昭辅询问杜氏日常起居。楚昭辅详细告诉杜氏兵变详情，杜氏才安心下来。杜氏慢慢说："我儿素有大志，今日果然成功了。"

等到杜氏尊为太后，赵匡胤下拜，群臣皆行朝贺礼，杜氏并无喜色，反而满面愁容。

楚昭辅进言："臣闻母以子贵，今子为天子，太后反有忧色，究为何事？"

杜氏道："为君难，天子置身民上，如果能够制治得宜，还可平安过去，如果失道，恐怕将来欲做一匹夫，尚不可得，你等道可忧不可忧吗？"

赵匡胤闻言再拜道："谨遵慈训，不敢有违！"

赵匡胤原配贺氏，已经病殁。赵匡胤册立夫人王氏为皇后。

翟守珣成为供奉官，随驾微行。翟守珣进谏道："陛下幸得天下，人心未安，今乘舆轻出，倘有不测，怎么办呢？"

赵匡胤笑道："帝王创业，自有天命，不能强求，亦不能强拒。从前，方面大耳的将士时常杀死，朕终日侍侧，未曾遭害，可见得天命所归，断不至被人暗算呢。"

正是有了"少时三伙伴""义社十兄弟"，赵匡胤才如猛虎添翼，一举登基称帝，开创宋朝。赵匡胤登上帝位，他们有些得意忘形，有时露出骄横之气。赵匡胤将他们招来，授给他们每人一把佩剑，一副强弓，一匹骏马，然后他也单身上马，不带卫士，和这些兄弟们一起驰出。到了一片树林后，赵匡胤与他们一起下马饮酒。饮了几杯后，赵匡胤突然对他们说："这里僻静无人，你们之中谁想当皇帝，就杀了我，然后去登基。"这些兄弟都被他的气概镇住了，一个个拜伏在地，战栗不止，连称"不敢，不敢"。赵匡胤训斥他们说："你们既然要我做天子，就应当各尽臣下的职责，今后不准再骄横不法，目无天子！"众人三呼万岁。

"少时三伙伴""义社十兄弟"此时明白：从江湖到庙堂，不光是赵匡胤，每个人都经历了血与火的淬炼，现在需完成君与臣的角色置换。

宽仁大度的赵匡胤没有遵循古代帝王"狡兔死，走狗烹"的老路，而是保全了这些兄弟们，让他们能在有生之年，尽享荣华，富贵终年。

赵匡胤微行至赵普府邸，赵普慌忙出迎，导入厅中，拜谒请安。

赵普劝赵匡胤慎自珍重。赵匡胤笑语道："如有人应得天命，任他所为，朕亦不去禁止呢。"

赵普答道："陛下圣明，但如果说普天之下人人悦服无一与陛下为难，臣却不敢断言。就是典兵诸将帅亦岂个个可恃？万一乘间窃发，祸起萧墙，那时措手不及后悔难追，所以为陛下计，总请自重为是！"

赵匡胤道："似石守信、王审琦等人，俱是朕的故人，想必不致生变，卿亦多虑。"

赵普道："臣亦未曾疑他不忠，但熟观诸人，皆非统驭之才，恐不能制服部下，倘若军伍中胁令生变，他亦不得不唯众是从了。"

赵匡胤不禁点首，对赵普道："朕未曾怡情花酒，何必出外微行？正因国家初定，人心是否归向尚未可料，所以私行察访，未敢懈怠。"

赵普道："权归天子，他人不敢觊觎，天下自然太平无事了。"

赵匡胤常常去赵普家。赵普屡次谈起未发迹时二人交往中的一些不足之处。赵匡胤性格豁达，对赵普说："假如在尘土中就可以辨识天子、宰相，那么人人都可以去访求了。"从此赵普不再谈论。

赵匡胤问赵普："天下什么东西最大？"

赵普没有立刻做出回答。就在赵普还没考虑好答案的时候，赵匡胤又问："世界上什么东西比其他东西都大？"

赵普又想了一会儿，回答说："世界上道理最大。"

赵匡胤当即拍手称赞说："对，对，道理是人人都要遵守的，就是朕当皇帝的，也要服从道理，你回答得妙极了，你能给举出几条道理吗？"

"人无远虑，必有近忧。"

"士不可以不弘毅，任重而道远。"

"三军可夺帅也，匹夫不可夺志也。"

"非礼勿视，非礼勿听，非礼勿言，非礼勿动。"

"工欲善其事，必先利其器。"

"小不忍则乱大谋。"

"得民心者得天下。"

赵普一口气说出了很多条道理，赵匡胤感到惊讶，问赵普："你说得都对呀，朕怎么感觉这些道理有些耳熟呢？"

赵普哈哈一笑，向赵匡胤禀道："臣最近一直在看《论语》，臣刚才说的，都是《论语》中的名句呢！"

赵匡胤跟着哈哈大笑。其实，赵匡胤是位喜欢读书的人，他也知晓那都是《论语》中的句子，他还懂得中国传统文化的十六字心法："人心惟危，道心惟微，惟精惟一，允执厥中。"他要用这十六字箴言来处理君臣关系。

到了夏秋交界，赵匡胤召赵普入便殿，开阁乘凉，从容座谈。

赵匡胤自建立宋朝以来，最关心的是如何避免继后周而成为第六个短命政权。赵匡胤向赵普问道："回眸唐朝灭亡以来，天下惶惶，藩镇握兵称雄，朝秦暮楚，城头不时变换大王旗。五代兵戈不息，帝王频换，五十三年间，经历十四君，篡窃相继，变乱不休。朕要从此息灭天下之兵，建国家长久之计，有什么好的办法吗？"

赵普精通治道，对这些问题也早有所考虑，听了赵匡胤的发问，他便说："陛下问到这事，真是天地神人之福啊！那些问题的症结就在于藩镇太重、君弱臣强而已。如今根治的办法，就是削夺藩镇兵权，制其钱谷，收其精兵，天下自然安定啦。"

赵匡胤连声说："朕明白了，朕明白了。"

一个重建中央集权专制的计划就这样酝酿出来，赵匡胤要逐步付诸实施了。

开封城晴空万里，微风在明媚的阳光下轻轻吹拂。

赵匡胤设宴，召石守信、王审琦、高怀德、慕容延钊等禁军将领入席。

赵匡胤举起第一杯酒说："自唐末天下纷争以来，那些称帝的都是什么结局呢？朱温被亲儿子杀死；李存勖被伶人杀死；石重贵流落塞北；刘承祐被草菅人命；郭威临终前，只能将皇位传给义子，他的亲儿子都已经在乱世中死去了。曾经过去的五个朝代，群魔乱舞，皇帝宝座谁都可以坐坐，也谁都坐不稳，随时可能被人抢走，而且大都是被手下大将捡漏。"

众将领一声不吭。赵匡胤举起第二杯酒说："自唐朝灭亡以来，风起云涌的英豪们结局怎样呢？十三太保李存孝，纳帝偏妃的元行钦，'金枪老祖'夏鲁奇，铁枪王彦章，一步百计刘鄩，天下第一粺朱瑾，淮南第一神射手安仁义，四姓叛将刘知俊，老将周德威，良将林仁肇，这五代十大猛将，都是怎样下场呢？要么死于战乱，要么死于凶杀。五代时期，各路军阀为了获胜，异常残忍，朱温使用一种军法：跋队斩，将校有战没者，所部兵悉斩之。杨行密所领淮南兵异曲同工，在战场上经常以寡斗众，如若不胜，其妻弟朱延寿就将败还者全部处死。五代军士，就如曹松所写之诗：一将功成万骨枯。"

众将领吓得不轻。赵匡胤举起第三杯酒说："普通百姓就过得好吗？秦宗权占据蔡州时，方圆数百里的百姓都被当作军粮吃光了。五代时，吃人的地方何止一个蔡州呢？"

赵匡胤痛哭，对众将领道："朕看过郭廷诲写的《周迪妻》，那段乱世中的爱情故事，字字渗透着血腥与恐怖。朕仿佛听到先帝柴荣在对朕说话：'你能在皇宫待多久呢？'朕也想起了孟子的话：'天子不仁，不保四海；诸侯不仁，不保社稷；卿大夫不仁，不保宗庙；士庶人不仁，不保四体。'朕做了天子，实属大难，不如为禁军将领时逍遥自在。朕自受禅以来，已是一年有余，何有一夕安枕呢？"

石守信、王审琦、高怀德、慕容延钊等将领不知所措，离座问道："陛下还有什么忧虑？"

赵匡胤微笑道："朕与众卿统是故交，不妨直告，这皇帝宝位，哪个不想坐一坐呢？"

石守信等人伏地叩首，哆哆嗦嗦说道："当前天下已定，何人敢生异心？"

赵匡胤道："众卿原无此心，倘若麾下贪图富贵，暗中怂恿，将黄袍加在你们身上，你等虽欲不为，也将骑虎难下了。"

石守信等人泣谢道："臣等愚不及此，乞求陛下哀怜，给臣等指示生路！"

赵匡胤道："众卿且起！朕有数语，与众卿说说。"

石守信等人遵旨起来。赵匡胤道："唐末以来，有十大得道高人：大智大勇的钱镠；官场不倒翁冯道；尊礼楷模刘温叟；'海龟'张全义；不开口不开印也不开门的宰相马胤孙；装睡不醒的房暠；君子典范赵光逢；自隐才能的向训；装疯避祸的杨凝式；懂得'知止'的王彦超。他们或聪慧，或诙谐，或善忍，或清廉，于是在乱世中游刃有余。"

"五代之所以取天下者，皆以兵。兵权所在，则随以兴；兵权所去，则随以亡。再者，恃兵者亦为兵噬，在乱世中依靠武力崛起的，往往会被强兵消灭。拥有兵权，既是乱世中的受益者，也是乱世中的受害者。人生如白驹过隙，所求不过是富贵，无非想多积金银，厚自娱乐，令子孙不至穷苦罢了。老子在《道德经》中讲得很清楚：'持而盈之，不如其已；揣而锐之，不可长保；金玉满堂，莫之能守；富贵而骄，自遗其咎；功遂身退，天之道也。'朕为众卿打算，不如释去兵权，挑块良田，购置数顷，为子孙立些长业，自己多买歌童舞女，日夕欢饮，享乐天年。朕与众卿约为婚姻，世世亲睦，上下相安，君臣无忌，岂不是一条上策吗？"

石守信等人拜谢道："臣等顿悟，可以睡个安稳觉了。"

这天，君臣尽欢乃散。

第二天，石守信、王审琦、高怀德、慕容延钊等人均上表称疾，乞罢典兵。

宋太祖赵匡胤于是全部免除他们禁军职务，改命石守信为郓州天平军节度使，王审琦为许州忠武军节度使，高怀德为宋州归德军节度使，众多禁军将领被"杯酒释兵权"。赵匡胤也罢黜了慕容延钊的殿前都点检之职，此后此职不再授予他人，由皇帝直接掌握禁军。赵匡胤迁任慕容延钊为山南东道节度使、西南面兵马都部署。赵匡胤另选一些资历薄浅、威望不高、容易控制的人担任禁军将领。

赵普暗暗赞叹，心中自语："整个五代时期，基本上就是一部武将背主篡位史，军阀们反复上演着同一戏本，直到赵匡胤，才终结了这个恶性循环。"

石守信、王审琦、高怀德、慕容延钊这些新上任的节度使们，已经和唐末、五代时期的节度使完全不一样，权力被大大剥夺。大宋朝廷下令，各州的刺史直接向朝廷汇报，接受朝廷诏令。朝廷派遣文官接任刺史，改称知州。地方上那些最精锐的兵源，都被朝廷抽走，编入禁军当中。节度使的世袭权，也被完全取消。节度使手中掌握的权力非常有限了，渐渐成为一种荣誉虚衔。五代藩镇的积弊，一扫而空了。

王彦升擅杀侍卫马步军副都指挥使韩通，赵匡胤当时并没有追究王彦升的责任，任命他为铁骑左厢都指挥使。参与陈桥兵变的功臣里，石守信、王审琦等人都被授予了节度使，只有王彦升官职最低，可见赵匡胤对他是有成见的。

至于韩通，赵匡胤将他厚葬，追赠为中书令。

赵匡胤命王彦升巡检京城。每到夜里，王彦升就会悄然叩开一位达官贵人之家，诉说巡逻工作的艰辛。达官贵人不傻，一眼就看出了王彦升的目的，赶紧拿出金银财宝馈赠，王彦升屡屡得手。

这天晚上，王彦升敲开了同平章事王溥的府邸。王溥不知道发生了什么事情，亲自出来迎接。

王彦升坐下后说："晚上巡逻又困又累，想与宰相喝上几杯，聊此一醉。"

王溥早就听说王彦升利用夜间巡逻敲诈，没想到他竟然敲到自己头上。王溥吩咐下人准备酒菜，笑眯眯地陪着王彦升喝酒聊天。

酒喝多了，王彦升提醒王溥："我每次去大臣家里喝酒，朝官们都会给几个赏钱。"

王溥装作不懂，只是一个劲地劝王彦升喝酒。

王彦升碰到了一个铁公鸡，心里极不高兴，告辞而去。

第二天上朝，王溥向赵匡胤密奏此事。赵匡胤大怒，将王彦升贬出京城，去原州做团练使去了。

赵匡胤选择将帅，分守边塞：王彦升守原州，李汉超屯关南，董遵诲守环州，马仁瑀屯瀛州，姚内斌守庆州，韩令坤屯镇州，李谦溥守隰州，赵赞屯鄜州。诸将家族留居京师，抚养甚厚。所有在镇军务，尽许便宜行事。因此诸将多尽死力，西北得以无虞。羁留家属以防其叛，优加赏赐以买其欢。

827

关南兵马都监李汉超奉命守边，与诸将共同抵御辽国侵犯。

有甄姓大户告李汉超强娶民女为妾和借钱不还，赵匡胤召见甄姓大户询问："你女儿可嫁什么人？"

甄姓大户回答："嫁给农夫。"

赵匡胤又问："李汉超没到关南时，辽人怎么样？"

甄姓大户回答："我们苦于辽人的暴虐。"

赵匡胤又问："你们现在又怎么样呢？"

甄姓大户回答："没有辽人的侵害了。"

赵匡胤说："李汉超是宋朝守边大臣，你女儿做他的妾，不强于当农妇吗？若使李汉超不守关南，你还能担保你家女儿平安吗？"

甄姓大户离开后，赵匡胤派人告诉李汉超："立即归还民女和所借的钱，朕暂且赦免你，以后不要再做这种事了。钱不够用，为何不找朕呢？"

李汉超感动得热泪盈眶，誓死报效宋太祖。李汉超在关南期间，深得官民爱戴，纷纷请求朝廷为其立碑颂德。

环州通远军使董遵诲，就是董宗本之子，当年欲与赵匡胤角力。

赵匡胤召见董遵诲。他忐忑不安，觉得赵匡胤要和他算算旧账，于是伏在地上连连叩头请死。赵匡胤令左右侍从扶董遵诲起来，董遵诲不敢起身。

赵匡胤问："董卿，还记得当年龙化之梦吗？"

董遵诲吓得面如死灰，以为大祸临头了。赵匡胤笑着说："没有董卿当年勉励，朕哪有今日呀！"

"皇上圣明，微臣罪该万死！"

"朕何忍复念旧恶？卿勿复忧！"

董遵诲叩首谢恩。当年，董遵诲父亲董宗本挈子南奔，妻妾陷入幽州。赵匡胤令人纳赂边民，赎归董遵诲生母，送与董遵诲。董遵诲更加感激，誓以死报。董遵诲在环州，团结各方势力，边境平安。

瀛州防御使马仁瑀的大哥早亡，留有一子由他抚养。马仁瑀平时忙于军务，无暇管教侄子。一天，他侄子醉酒，将一个过路年轻人打死，依法其侄当斩。马仁瑀的侄子威吓死者老父，对县衙编谎说是酒后误伤，希望只以过失杀伤论处。马仁瑀听说后，怒不可遏，派人告诉县衙："依法办案，杀人偿命！"依法将侄子处死后，马仁瑀又派人为老人料理他儿子的丧事。

马仁瑀金戈铁马终一生，执法如山为官正，其事迹和品行，被后世称道。

庆州刺史姚内斌在任，威武猛烈，西夏党项人敬服，不敢侵犯边塞，称姚内斌为"姚大虫"。

镇州成德军节度使韩令坤，虽为"少时三伙伴"，但低调平实，常年戍边，使北疆安宁。

隰州刺史李谦溥招降了一名北汉叫刘进的将领，他勇武过人，在作战中效死力，经常以少胜多，北汉人十分惧怕他，就想用离间计除掉刘进。他们做了一封蜡书，故意丢弃在道上，结果被郿州节度使赵赞得到。他把情况上报宋太祖赵匡胤。赵匡胤下令将刘进绑到京城。李谦溥追问刘进到底是怎么回事，刘进伏身于地连说冤枉。李谦溥说："我以全家四十口人的性命保你。"他上奏朝廷，说刘进被北汉人所惧怕，这是他们使用的反间计。李谦溥的奏折到了京城，赵匡胤一下醒悟，马上释放刘进。刘进十分感激，愿为大宋效死作战。

孙行友被封为同平章事、定州留后。

定州狼山崇佛之风日盛，人们纷纷跑到这里投靠孙行友，这令赵匡胤十分不安。其实孙行友的内心也是忐忑不平的，他生怕赵匡胤拿他开刀，就多次上表请求解除官职，回山修行，赵匡胤就是不允许。孙行友召集成年信徒，修整兵器铠甲，想回狼山保全。兵马都监叶继能得到消息，向赵匡胤密奏。赵匡胤吃惊不小，生怕孙行友聚众谋反，立派阁门副使武怀节率领兵马，以巡边之名，进入了定州城，迅速包围了孙行友府邸。武怀节拿出诏书给孙行友看，让他带着孙氏全族到朝廷听候发落。孙行友到了开封，御史李维岳审问，得知孙行友并没有谋反之心。赵匡胤训斥孙行友一顿，免去他的官爵。为了防止孙行友聚集信徒，朝廷派人把狼山供奉的尼姑孙深意尸身烧毁。

李涛担任兵部尚书。军校尹勋监督疏浚五丈河，民夫乘夜逃散，尹勋擅自斩杀队长陈琲等十人，还有七十位丁夫被施以一百杖刑，并被割去左耳。病重卧床的李涛听后，奋笔草拟奏疏，请求斩杀尹勋来告慰天下百姓。李涛的家人对他说："您患病已久，应该爱护自己的身体，朝廷的事情暂且放在一边。"李涛愤言道："人都会有一死，我身为兵部尚书，坐视军校无辜杀人，怎么可以不上奏？"赵匡胤览奏后不住点头，下诏削去尹勋的官爵，将其流配沙门岛。

961年春，李涛去世，终年六十四岁，赠右仆射。

李涛能言善辩，言辞诙谐，国家安危未形而能见之。李涛能在五代乱世中存身，得益于他性滑稽，善谐谑。李涛身处乱世，虽历沉浮，但始终有惊无险得以善终，成为五代政坛不倒翁。他的处世秘诀，值得后人深思。

五代乱世，人如浮萍，命若草芥，但仍有一批如同李涛一样的幸运之子——

与物无竞的王正言，后任青州平卢军行军司马；

不用寸功、日享千钟的李德诚；

"地仙"张筠；

两次自杀不成的华温琪；

因宦官改一字而被救下的李昊；

出身贵胄的宋偓；

被皇妃看中的街头混混郭威；

从木匠到楚国王、众军头纷纷为其腾位的马殷；

无家可归的孤儿李昪。

凑起来，也是十位。

3

宋太祖赵匡胤欲下诏，令魏博节度使符彦卿进京，入典禁兵。

赵普闻知消息，连忙进谏："符彦卿位极人臣，岂可再给兵权？"

赵匡胤见赵普这样说，疑惑问道："赵卿如此怀疑符彦卿，究竟是为什么呢？符彦卿是朕的师友，朕如此厚待他，他怎能辜负朕呢？"

赵普心想，如若不甩几句重话出去，恐怕赵匡胤不能清醒，略微犹豫之后，赵普小心翼翼地对赵匡胤说："陛下深信符彦卿不会辜负朝廷，可陛下当初为何要辜负先帝柴荣呢？"

赵普这句话虽然声音不大，却像兜心一拳，击中赵匡胤心中隐藏最深、最不愿触及的部分。赵匡胤一时沉默无言，许久才点头，缓缓说道："卿言极是，这诏书还是停止发布吧。"

长安永兴军节度使王彦超、许州忠武军节度使武行德、河中节度使郭从义同时入朝。赵匡胤在后苑设宴，从容与语："众卿均国家旧臣，随朕鞍前马后，南征北战，戎马倥偬，至今尚无休养安乐的时候，这实非朕礼待贤臣的本意。"

王彦超懂得"知止"，马上领会了赵匡胤的意图，离席跪奏道："臣素来功微，承蒙恩宠，得以重任。如今年事已高，希望陛下能恩准臣告老还乡。"

赵匡胤也马上离席，亲自扶起嘉慰："您可以称得上是谦谦君子了。"

武行德等人不明白赵匡胤的用意，历陈平昔的战功及履历艰辛。

赵匡胤听后说："这是前朝的事了，不值得再提了。"

次日，武行德被收回兵权，改授太子太傅，郭从义改授金吾卫上将军。只有王彦超依旧担任节度使。

赵匡胤念念不忘复州被拒往事，酒酣时问王彦超："王卿还记得当年在复州担任防御使时，朕千里迢迢投奔您，却被拒之门外之事吗？您为什么不接纳我呢？"

王彦超内心波涛汹涌，急忙降阶顿首谢罪："陛下，浅水岂能藏得住神龙！当年陛下没有滞留在复州小郡，完全是天意啊！"

这个马屁拍得赵匡胤浑身舒坦，他不由放声大笑，心结消散，自此不再提及这件事了。

赵匡胤突然记起离开复州后偷吃萝卜之事。当年慧和尚的嘱托，赵匡胤记忆犹新。赵匡胤当即派人寻找，慧和尚还健在，赵匡胤把慧和尚请到京城开封，在开封为慧和尚建了一座寺庙，赐名普安寺，这就是开封府人俗称的"道者院"。

"泽国江山入战图，生民何计乐樵苏。"唐末曹松的这句诗，用来说"一谷柴"武行德最为恰当。他原以打柴为生，现今做了闲职后，重拾旧业，白发渔樵江渚上，惯看秋月春风。只不过，他再也挑不动那么沉的担子了。

郭从义擅长击球，赵匡胤在便殿让他击球。郭从义换衣跨驴，驰骋在殿庭之间，盘旋拍击，竭尽赐技的妙处。击球结束，赵匡胤为郭从义赐坐，对他说："你的技艺确实精妙，但这不是将相大臣该做的。你知道唐朝为什么灭亡吗？"郭从义听后大感羞愧。

郭从义多才艺，工于书法。郭从义上疏告老，得以太子太师之职致仕。

961年六月，赵匡胤与赵光义一同去看望患病的生母太后杜氏。

太后杜氏问赵匡胤："你知道为什么你可以夺得天下吗？"

赵匡胤答："是祖宗保佑朕啊！"

太后杜氏摇头说："那是因为后周的皇帝年幼，主少国疑，你才得以黄袍加身。所以以后传位，应该先传给你的弟弟赵光义，这样我大宋江山才可以永固。"

赵匡胤叩头说："谨遵母训。"

太后杜氏命赵普起草盟约，藏于金匮之中，这就是"金匮之盟"。

自金匮立誓后，不到两日，太后杜氏即崩于滋德殿。

临终前，太后杜氏要求赵光义外出时必与赵普同行，以锻炼其处理事务的能力。

961 年六月，赵匡胤委任赵光义为开封尹、同平章事。

赵光义仗着兄长的信任，举止高调，排场盛大，开封府人惊叹"好一条软绣天街"。赵光义广结各路豪杰才士，形成一股举足轻重的势力。

洛阳城中，有一位老臣侍奉过十三位皇帝。

从唐朝活到宋朝，他见证了中原从统一到分裂，再从分裂到统一。

他忠义过、投降过，再忠义过，再投降过。

赵匡胤称帝后，以老臣的礼遇厚待他，允许他每年仅上朝一次，待遇与宰相相同。这位老臣，就是侯益。他经历了五代时期中原地区几乎所有的战争。他的一生，就是五代战争史的缩影。

夕阳下，侯益领着孙子侯延广到侯延广的乳母坟前上香。侯益无比慨叹："自黄巢起事以来，多少将吏死于非命？我年轻时忠君爱国，也曾投靠过辽国人。有人说我好，更多的人说我坏。在乱世中，我没有做过千古流芳的善事，但也没有做过什么大恶之事。是非功过，任由世人评说吧。"

叛将王景崇将侯益在城中的七十多口人全部诛杀。侯益的孙子侯延广还在襁褓之中，他的乳母为了保住自己的小主人将自己的亲生儿子和侯延广交换，才救下了侯延广的性命。乳母抱着侯延广一路行乞一直到了开封，交到侯益的手中。侯益教导侯延广："要说爷爷我能从乱世活到治世，除了幸运以外，依靠的就是善变吧。爷爷我和已经去世的冯道有一拼吧。你们年轻，在世间要学那大自然的变色龙，变换颜色，努力适应环境，但时刻不要忘了做个善良的人，至少不要做坏事，你不要忘记你的乳母的恩德。"

侯延广乳母坟前有棵古槐树。粗大的树干被岁月刻出了一道道刀疤似的伤痕，腐朽的树枝见证了一路风雨。多少春夏秋冬的轮回。小树也就变成了古树。侯益看到这棵古树，深有感触。他脱下衣服，露出脊背上的一处处伤疤。侯益问侯延广："你看爷爷身上的伤疤，像不像这棵古树的瘤痕？"

侯延广用手抚摸侯益的伤疤，发现足足有二十几处，好几处是新伤疤压着旧伤疤。侯益感触说："这是五代乱世的留痕呀，真希望现在的大宋朝停止战争，安养生息。"

一只黄狗摇着尾巴，大摇大摆地走过去。侯益感慨说道："宁为太平犬，不为乱离人呀。"

侯益八十岁时去世，他虽然不是一位叱咤风云的名将，但能够在十多位皇帝手下站稳脚跟，获得厚待，安度晚年，显示出了其高超本领。在五代，朝代更替频繁，皇帝变换奇快，大部分文臣武将不得好死，随着朝代更替烟消云散，像侯益以及冯道这样能够善终的实属少数。

侯益去世前，一位禅僧告诉他："世事无常，贪恋是苦的根源，实现无我即证得涅槃！"

二　多少泪珠何限恨

宋朝的头号敌人，依旧是辽国。

宋朝建立时，辽国侵扰中原似乎消停了。

辽穆宗耶律璟稳定政权之后，觉得帝位已无后顾之忧，便更加放纵。他晚上喝酒作乐，直到第二天早晨。到了白天，耶律璟就大睡其觉，政事统统放在了脑后，耶律璟因此得了个"睡王"的称号。耶律璟血气卑弱，不喜欢看到女人，虽然后宫很多，但从未临幸过，侍奉他的都是宦官。

耶律璟想医病，女巫肖古为他献上一剂"良药"，用男子的胆和丹药一起服下。耶律璟信以为真，短短几年时间，杀死了许许多多的童男，只为取胆。时间久了，耶律璟知道上当受骗，就用鸣镝丛射将肖古虐杀。

耶律璟爱用严刑峻法，如果獐鹿、野豕、鹘雉等猎物遗失死亡，就对手下人处以炮烙、铁梳之类酷刑。如果身边侍者私自回家、告假逾期、应召不准时或者奏对不合自己意思，就对其断手足，烂肩股，折腰胫，划口碎，最后扔在野外。甚至一些饮食上的小问题，他也会亲自挥刀将这些奴仆杀死，然后残虐尸体。

耶律璟也曾后悔自己滥用酷刑，要求大臣切实进谏，但大臣都畏惧他，很少能匡救他的过失，即使偶尔进谏，他也不听。耶律璟下诏，对太尉耶律化哥说："我醉中处理事务有误，你等不应曲意听从。待我酒醒之后，你们重新向我奏明。"但只是说说而已，耶律璟并无真正的悔意。

耶律璟想杀养雉人寿哥、念古时，殿前都点检耶律夷腊葛就进谏道："寿哥等杀死所掌管的野雉，畏罪逃亡，按法律不应处死。"耶律璟听了后更生气，将寿哥等斩首后肢解了，又将关押的六十五名养鹿人中的四十四人杀死，其余痛打一顿。他又想杀幸存者的一些人，因辽太宗耶律德光第四子必摄进谏而作罢。不过，耶律璟的严刑峻法主要适用于身边的五坊、掌兽、近侍、奉膳、掌酒人，上不及大臣，下不及百姓。

1

黄梅时节家家雨，青草池塘处处蛙。

无比消沉的南唐中主李璟将政务交由太弟李景遂全权处理。

李璟长子李弘冀为南昌王，对李景遂十分不满，他听说都押衙袁从范的儿子被李景遂杀死，于是买通了袁从范，鸩杀了李景遂。李弘冀残害亲叔叔，被废除了太子之位。几个月后，李弘冀在郁郁寡欢之中暴毙而亡。

伤心不已的李璟将国都从金陵迁到洪州，称南昌府。

南昌城狭窄，宫府营廨都不够用，群臣日夜思念回去，李璟后悔不已。

961年六月，李璟去世，终年四十六岁。

李璟即位后开始大规模对外用兵，消灭南楚、闽二国。他在位时，南唐疆土最大。不过李璟奢侈无度，导致国力下降。李璟好读书，多才艺，常与宠臣冯延巳等饮宴赋诗。他的词，感情真挚，风格清新。李璟流传下来的词作不多，最脍炙人口的就是这首《摊破浣溪沙·菡萏香销翠叶残》——

菡萏香销翠叶残，西风愁起绿波间。

还与韶光共憔悴，不堪看。

细雨梦回鸡塞远，小楼吹彻玉笙寒。
多少泪珠何限恨，倚栏干。

李璟第六子李煜留守金陵，在金陵登基，史称南唐后主。

李煜，是"重瞳子"，这是大富大贵的帝王之相。可是李煜不想要大富大贵，更不想当什么帝王。当年太子李弘冀如日中天时，仁慈恭孝的李煜取钟山隐士之意，自号钟隐，每日以琴棋书画为乐。然而，想做皇帝的李弘冀突然病逝，不想做皇帝的李煜成为李璟活着的诸子中最年长者，被迫继位。

李煜尊母亲钟氏为圣尊后，立妃周氏为后，加李景达为太师、尚书令。李景达不久卒于抚州，终年四十八岁，是李昪诸子中最长寿者。

李煜派户部尚书冯延鲁入宋进贡，上表陈述南唐变故。

宋太祖赵匡胤回赐诏书，恭贺李煜袭位。

南唐国的西边，是小小的南平国。

南平第四任国君高保勖继位后，放纵荒淫。他白天召娼妓到王府，再挑选强壮军士，让他们调戏淫荡，高保勖则和妻妾垂帘观赏。高保勖喜欢营造亭台、楼阁，花费人力物力无数，致使军民十分不满。从事孙光宪直言劝谏，但高保勖不听。

962年秋，高保勖患病，对步军都指挥使梁延嗣说："我的病不能治好，我的兄弟之中谁可以托付后事呢？"

梁延嗣答："您不念及高继冲吗？先王病重时，将军府之事托付给您，现在先王的儿子高继冲已经长大啦。"

"你说得很对。"高保勖即以高继冲判内外兵马。

十一月，高保勖病逝，终年三十九岁。

高继冲继位，这就是南平第五任国君。

2

963年正月，朗州武平军节度使周行逢病重将死。

周行逢尽心图治，坐镇七年，安享宠荣。

周行逢遗命掌书记李观象等将吏辅佐其子周保权。周行逢上气不接下气地说："当初我们朗州十兄弟结拜，个个被杀，只剩下衡州刺史张文表，我死之后他必会作乱，诸将之中只有杨师璠能对付他。你们要尽心辅佐我儿保住湖南，若事不可为，可举族归朝。"

大宋朝廷闻听周行逢死讯，追封他为汝南郡王，并授周保权为朗州武平军节度使。

讣讯到了衡州，张文表悍然道："我与周行逢俱起家微贱，同立功名，今日周行逢已殁，不把节镇给我，乃教我北面事小儿，这也太欺人啦！"当下带领军士，袭据长沙，杀留后廖简，又声言将进取朗州，尽灭周氏。朗州大震。周保权派遣行军司马杨师璠往讨，遣使至大宋朝廷乞援。

南平与湖南毗连，南平第五任国君高继冲担心张文表侵入，也驰奏宋朝廷。

柴荣种树，赵匡胤乘凉。如今，扫荡群雄、统一中国的使命交给了宋太祖赵匡胤手中。赵匡胤说向众臣说："先帝柴荣说，'十年开拓天下，十年养百姓，十年致太平'，他的帝位朕来坐了，朕不能忘了他的宏伟愿望。"

963年正月初七日，赵匡胤任命慕容延钊为枢密副使、湖南道行营前军都部署，李处耘为都监，率领十州兵马到襄州会合，讨伐张文表，出兵湖南。

正月十二日，赵匡胤亲临造船坊，视察建造战船。

正月二十一日，赵匡胤诏令南平国征发三千名水兵，前去长沙接受慕容延钊指挥。慕容延钊抱病在身，赵匡胤令轿夫抬着他指挥。赵匡胤诏令慕容延钊、李处耘："江陵南逼长沙，西迫巴蜀，北近开封，乃是重要的区域，正好乘势收归，众卿可向江陵假道，伺隙入城，岂不是一举两得吗？"

慕容延钊、李处耘二将明白，这是假道灭虢之计。慕容延钊、李处耘即遣阁门使丁德裕先赴江陵，向他借道，约定兵马从城外经过。

南平第五任国君高继冲随即召集将吏计议。

水军都指挥使李景威劝高继冲严密防备。

御史中丞孙光宪呵斥李景威："你是峡江的一平民罢了，怎么知道成与败？中原从世宗柴荣以来，已有统一天下的志愿。何况宋朝天子赵匡胤秉承天命，真主出现了！王师不是轻易能抵挡的。不如早归疆土，还可免祸。就是你们的富贵，也不至全失呢。"

高继冲踌躇未决，再与叔父高保寅密商。高保寅道："暂且准备牛酒，借犒师为名，往观强弱，再作计较。"

高继冲道："即请叔父前往便了。"

高保寅乃采选肥牛三十头，美酒百瓮，往荆门犒师。既至军前，由李处耘接待，很是殷勤，高保寅大喜。次日由慕容延钊召高保寅入帐，置酒与宴，相对甚欢。高保寅派遣随从飞报高继冲，细说没有危险。

荆门距江陵仅百余里，高保寅在慕容延钊帐中宴饮时，李处耘秘密派遣三千精锐骑兵快速前进。高继冲正等着高保寅回来，突然听见宋朝大军到来，仓皇出迎，在江陵北边十五里处遇到李处耘。

李处耘接见高继冲，命令他等待慕容延钊，自己率领骑兵抢先进城去了。等到高继冲陪慕容延钊进城，宋军已经占据了江陵要冲，高继冲束手无策，只好奉表归顺。宋军兵不血刃，得了三州、十七县和十四万户百姓。

南平国自高季兴始，历五君，国祚三十九年。现在纳土归宋，高继冲改任徐州感化军节度使，总算富贵终身，了却一世。

《新五代史》所称十国中的第五个割据政权：南平国，到此灭亡。

南平是十国中最小的政权，刚成立时仅仅一州之地，最盛时一度辖七州，但前后不过一年。其后，南平疆域固定为江陵、归州、峡州三州。南平国虽然有时也与中原王朝搞点摩擦，但始终保持着一个藩镇的级别，未敢称帝。南平地狭国小，兵力也很有限，就此点而言，连中原王朝下辖的大的藩镇也比不上。由于中原王朝的动荡不安，加上高氏家族的狡猾，才使南平政权维持下来。

南平第四任国君高保勖年幼时，深受父亲高从诲喜爱。高从诲如果发怒，见到高保勖必定释然而笑，因此众人称高保勖为"万事休"。高保勖死后数月，南平国便被宋朝灭掉。牵强附会者说，高保勖绰号"万事休"就是南平国灭亡的预兆。

宋太祖嘉奖孙光宪统一功勋，授任黄州刺史。孙光宪在黄州治理有方。孙光宪素以文学自负，处荆南，怏怏不得志，认为在诸侯幕府中不能展示他的文学才能。他每次对知交说："宁知获麟之笔，反为倚马之用。"他常吟刘禹锡诗："一生不得文章力，百口空为饱暖家。"他的笔记《北梦琐言》记录了破天荒的典故——

荆南地区派人参加京城会试，四五十年竟没有一个考中举人。于是，人们称荆南地区为"天荒"，把那里遣送的考生称作"天荒解"。后来，有个叫刘蜕的荆南考生中了进士，总算破了"天荒"。当时，魏国公崔铉镇守荆南一代，得知刘蜕考中进士，便写信表示祝贺，并赠他七十万"破天荒"钱。

3

慕容延钊、李处耘既袭据江陵，遂进图长沙。

朗州武平军行军司马杨师璠在平津亭大破衡州刺史张文表，将其脔割而食。

湖南内斗，长沙城防空虚，慕容延钊等人乘虚掩入，不费一矢，即得长沙，然后率兵进攻朗州。

掌书记李观象对周保权说："我们所恃者北有南平，以为唇齿，现今高氏拱手听命，朗州势不独全，不如归顺，则不失富贵。"

周保权年幼懦弱，不能用其言，衙将张从富道："目前我兵气势方盛，不妨与宋军决一胜负。朗州城郭坚固，即使不能战胜，尚可据城自守，待他食尽，自然退去，何足深虑？"

诸将亦多半赞同，朗州于是整缮兵甲，决计抗命。

慕容延钊令丁德裕先往宣抚，劝朗州献土投诚。丁德裕率领从骑五百人，直抵朗州城下，呼令开门。张从富在城上应声道："来将为谁？"

丁德裕道："我是阖门使丁德裕，特来传达朝旨，宣谕德意！"

张从富冷笑道："有什么德意？无非想窃据朗州而已。你回去告诉大宋天子，我处封土，本是世袭，张文表已经荡平，不劳你军入境，彼此各守境界，毋伤和气！"

丁德裕怒道："你敢反抗王师吗？"

张从富道："朗州不比江陵，休得小觑！若要强来占据，我也不怕，请看此箭！"说完，即将一箭射下。

丁德裕大喊道："你本请师救援，所以出发大军来拯你们。今妖孽既平，你等反以怨报德，抗拒王师，究是何意？"

张从富不再搭理，尽拆境内桥梁，沉船阻河，伐树塞路，一意与宋军为难。

慕容延钊、李处耘乃陆续进兵。李处耘先到澧江，遥见对岸摆着敌阵，旗帜飘扬，倒也整齐。李处耘明里欲渡江，暗中却分兵绕出上游，潜行南渡。朗州衙将张从富只知防着李处耘，不料刺斜里杀来一支宋军，冲入阵内，慌忙麾兵对阵，战不数合，那对岸宋军又渡江杀来。张从富手足无措，只好逃回朗州。

宋军俘获甚众，至李处耘前报功。李处耘挑拣了数十个身体肥胖的俘虏，令部下分食，又把一些年轻体健的俘虏刺了面，放归朗州。被刺面的这些朗州兵回到朗州，到处说被俘的人被宋军吃掉了。朗州城中，人人大惊，纵火焚城，四散而逃。

李处耘一鼓入城，待慕容延钊兵到，到出搜捕逃虏。寻至西山下，巧值张从富出来，意欲再往别处，被宋军轻松杀掉。再探访至僧寺，又将周保权获住，周氏家眷亦尽做俘囚，湖南乃平。

周保权解至京师开封，上章待罪，赵匡胤令释缚入朝。一个十一二岁的小孩子骤睹天威，吓得杀鸡似地乱抖，连"万岁"两字都叫不清楚。赵匡胤不禁怜惜，优旨特赦，授千牛卫上将军，令与家属同居，周保权得以善终。

自马氏南楚国覆灭后，武平政权是湖南地区割据势力。自952年至963年间，共经历刘言、王逵、周行逢、周保权四任三姓节度使，终为宋朝兼并。武平政权并未建国称帝，所以《新五代史》并未将其收录为十国。

赵匡胤听说李观象曾为周保权谋划投降，便用他为左补阙。

李观象这人，嫉贤妒能。零陵儒士蒋密擅长赋诗，曾作《题桑》："绮罗因片叶，桃李谩同时。"李观象见诗后，故作吃惊说："这是我写的诗，为何成为蒋密写的了？"湖南士人因此瞧不起李观象。

慕容延钊属下的小校司义住在江陵府客将王熔家里，借酒行凶，王熔告到李处耘那里，李处耘把司义招来斥责，司义就到慕容延钊那里诬陷李处耘。到白湖时，李处耘看见军士进入民房，过了一会儿，民房中人大呼求救，便派人逮捕他们，竟是慕容延钊的养马卒，于是鞭打他们。从此，慕容延钊、李处耘两人不和，互相上奏指责。

宋朝廷因为慕容延钊是老臣、重将，赦免其过错，独贬李处耘为淄州刺史。李处耘害怕，不敢辩明自己。

963年腊月，慕容延钊患上重病。宋太祖赵匡胤多次派人去向慕容延钊慰问，尊称他为兄长，并将御药赐给他。最终，慕容延钊不治身亡，终年五十一岁。

赵匡胤听到慕容延钊病逝，痛哭涕零。

李处耘在淄州抑郁而终，终年四十七岁。

宋朝廷为他停朝致哀，追赠为检校太傅。李处耘为大宋王朝的建立和巩固立下了汗马功劳。他为人处事有度量，善于谈论当世之务，平常以建立功名为己任，自认受赵匡胤恩遇，心里想着报答，所以处理事情专断，不顾忌别人的意见，因而落得贬官的下场。后来赵匡胤常常悼念他，让弟赵光义聘娶李处耘次女李氏为妻，以示褒奖。

964年，大宋朝收复郴州，俘获南汉宦官十余人，解至开封。

其中有一个宦官名叫余延业，长得十分矮小。赵匡胤见后，出于好奇，问他道："你在岭南做什么官？"

余延业扭着水蛇腰，翘着兰花指，嗲声嗲气道："做的是扈驾弓官。"

赵匡胤听了，差点大笑。扈驾弓官，就是保卫皇帝的弓箭手。赵匡胤问："就你这样子，也能保护得了皇帝？"赵匡胤命人给余延业弓箭，让他练练。结果余延业使出了吃奶的劲儿，还是拉不开弓。赵匡胤这下实在忍不住了，哈哈大笑。

赵匡胤定了定神，继续问起南汉的国事来。

余延业把南汉历代皇帝骄奢淫逸、残忍暴虐的事一五一十地说了一遍——

南汉国第三任皇帝刘弘熙去世，其子刘鋹继位。他庸懦无能，不会治国，把政事都委任给宦官龚澄枢。龚澄枢信用女巫樊胡子，大小事情先向他请教。樊胡子又对刘鋹进言，称龚澄枢乃是上天派来辅佐天子，即使有罪亦不可问责。龚澄枢于是嚣张，以酷刑震慑国内，百姓颇以为苦。

刘鋹加授潘崇彻为西北面都统。一年多后，刘鋹怀疑潘崇彻有心造反，就派遣宦官薛宗誉前往查看。因索贿未成，薛宗誉竟说潘崇彻每天不理军务，只是以伶人衣锦绣、吹玉笛，惹得刘鋹大怒，召回潘崇彻，夺其兵柄。潘崇彻自此失意，心内怏怏，颇为不平。

刘鋹认为群臣都有家室，会为了顾及子孙不肯尽忠，因此只信任宦官，臣属必须自宫才会被进用，以致一度宦官高达二万人之多。刘鋹宠爱一名波斯女子，与之淫戏于后宫，叫她"媚猪"，而自称"萧闲大夫"，不理政事。后来将政事交给女巫樊胡子，连龚澄枢都依附她，政事紊乱。

刘铄喜欢观人交媾，选择美少年配偶宫人，裸体相接，自与"媚猪"往来巡察，见男胜女，乃喜，见女胜男，即将男子鞭挞或加奄刑。群臣有过，便用烧、煮、剥、别、刀山、剑树等刑，或令罪人斗虎抵象，辄为所噬。每岁赋敛，异常繁重，所入款项，多筑造离宫别馆。龚澄枢劝刘铄除去诸王，藉免后患，于是刘氏宗室屠戮殆尽，故臣旧将，非诛即逃。

听余延业这么一说，赵匡胤瞠目结舌，笑不出来了。赵匡胤心里想：南汉君臣外表衣冠楚楚，满有点儿人样，其实大半是畜生。赵匡胤喃喃自语："朕当救此一方之民！"

然而，西蜀兵变和北汉时局拖住了赵匡胤，待到宋朝腾出手脚，还要六年后。

4

964 年，范质、魏仁浦、王溥三相并罢。

宋太祖赵匡胤改用赵普为同平章事。

范质被授为太子太傅。同年九月，范质去世，终年五十四岁。

范质在早期对赵匡胤并不忠心，但后来被赵匡胤的仁心所打动，所作所为真心为了宋朝。范质临终前，告诫他的儿子范旻，不要向朝廷请赐谥号，也不要刻墓碑。赵匡胤闻讯后，为之悲痛而罢朝。追赠中书令，赐绢五百匹及粟、麦各一百石。赵匡胤心里明白：范质不要谥号，不刻碑文，是心里不能放下那个后周朝！当年，后周太祖郭威在雪中解下自己的袍衣让给范质穿。后周世宗柴荣病重时，范质入宫接受遗命。范质至死也没能解脱，他实乃两朝贤相，一代忠臣。

赵匡胤又想起了自己对范质的承诺。赵匡胤陈桥兵变，范质当面叮嘱赵匡胤："自古帝王有禅让之礼，现在可以举行了。如果通过礼仪接受禅让，就应该侍奉太后如母，赡养少主如子，千万不要辜负先帝柴荣旧恩。"

赵匡胤挥涕许诺。赵匡胤喃喃说道："范质，你放心去吧，朕会遵守许下的诺言，并且还要让世世代代遵守。"

范质考进士时，和凝做知贡举，对考生范质很是青睐，因为自己登进士第时名在十三，所以和凝也把范质的名次排在这个数。他对范质说："你的文章本来可以排第一，暂时屈居第十三名，用来传老夫衣钵。"世人都以此为范质的荣耀。后来范质官登相位，做太子太傅，被封为鲁国公，都与和凝一样。有人作诗纪念这个佳话："从此庙堂添故事，登庸衣钵尽相传。"

范质为官清廉耿介，从没接受过各地的馈赠，所得俸禄和赏赐也大多用来周济孤单无靠的人。他去世时，家里没有多余的财物。范质有个侄儿范杲，很小就成了孤儿，范质待他就像自己的儿子。范杲学业有成任校书郎时，请求范质上奏朝廷提升自己的品级，范质明确拒绝了侄儿的请求。范质作诗《诫儿侄八百字》晓谕他和自己的儿侄——

去上初释褐，一命列蓬丘。青袍春草色，白紵弃如仇。
适会龙飞庆，王泽天下流。尔得六品阶，无乃太为优。
凡登进士第，四选升校雠。历官十五考，叙阶与乐俦。
如何志未满，意欲凌云游。若言品位卑，寄书来我求。
省之再三叹，不觉泪盈眸。吾家本寒素，门地寡公侯。
先子有令德，乐道尚优游。生逢世多僻，委顺信沉浮。
仁宦不喜达，吏隐同庄周。积善有馀庆，清白为贻谋。
伊余奉家训，孜孜务进修。夙夜事勤肃，言行思悔尤。
出门择交友，防慎畏薰莸。省躬常惧玷，恐摄庭闱羞。
童年志於学，不惰为箕裘。二十中甲科，颓尾化为虬。
三十入翰苑，步武向瀛洲。四十登宰辅，貂冠侍冕旒。
备位行一纪，将何助帝酋。即非救旱雨，岂是济川舟。
天子未遐弃，日益素餐忧。黄河润千里，草木皆浸渍。
吾宗凡九人，继踵升官次。门内无百丁，森森朱绿紫。

鹓行洎内职，亚尹州从事。府揲监省官，高低皆清美。

悉由侥倖升，不因资考至。朝迁悬爵秩，命之曰公器。

不蚕复不穑，未尝勤四体。虽然一家荣，岂塞众人议。

颙颙十目窥，龊龊千人指。借问尔与吾，如何不自愧。

戒尔学立身，莫若先孝弟。怡怡奉亲长，不敢生骄易。

战战复兢兢，造次必於是。戒尔学干禄，莫若勤道艺。

尝闻诸格言，学而优则仕。不患人不知，惟患学不至。

戒尔远耻辱，恭则近乎礼。自卑而尊人，先彼而后己。

相鼠与茅鸱，宜鉴诗人刺。戒尔勿旷放，旷放非端士。

周孔垂名教，齐梁尚清议。南朝称八达，千载秽青史。

戒尔勿嗜酒，狂药非佳味。能移谨厚性，化为凶险类。

古今倾败者，历历皆可记。戒尔勿多言，多言者众忌。

苟不慎枢机，灭危从此始。是非毁誉间，适足为身累。

举世重交游，凝结金兰契。忿怨容易生，风波当时起。

所以君子心，汪汪淡如水。举世好承奉，昂昂增意气。

不知承奉者，以尔为玩戏。所以古人疾，蘧蒢与戚施。

举世重任侠，俗呼为气义。为人赴急难，往往陷刑死。

所以马援书，殷勤戒诸子。举世贱清素，奉身好华侈，

肥马衣轻裘，扬扬过闾里。虽得市童怜，还为识者鄙。

我本羁旅臣，遭逢尧舜理。位重才不充，戚戚怀忧畏。

深渊与薄冰，蹈之唯恐坠。尔曹当悯我，勿使增罪戾。

闭门敛踪迹，缩首避名势。名势不久居，华竟何足恃。

物盛必有衰，有隆还有替。速成不坚牢，亟走多颠踬。

灼灼园中花，早发还先萎。迟迟涧畔松，郁郁含晚翠。

赋命有疾徐，青云难力致。寄语谢诸郎，躁进徒为耳。

范质在《诫儿侄八百字》中，讲述了自己的家世与做人的原则，告诫

儿侄要知足知止。希望儿侄修身养性，做一个品行端庄、忠厚正直的人。范质在诗的最后还提醒儿侄，为官要脚踏实地，不能急功近利。

范质为学从政，不仅严于律己，而且对儿侄慈爱以教，重在引导他们如何为人处事，待人接物，成为符合社会需要的有德之人。一篇八百字的诫儿侄长诗语重心长，德为教本，将一个人日常生活中的品行与人生的成长、事业的成就紧密联系起来。这种"厉之以志，劝之以正，示之以俭，贻之以言"的家庭教育，不仅用心良苦，还如春雨润物。此诗一经流出，即被时人广泛传诵。

赵匡胤陈桥兵变，突入京师开封，后周众大臣们束手无策，魏仁浦组织一部分朝臣反抗，终因势单力薄，被镇压了下去。从此，魏仁浦染病在身。他在临死前还一直念着后周世宗柴荣的名字，自责没能保住后周的江山。

王溥任太子少保。赵匡胤对身边的人说："王溥是以往的宰相，应当超常尊重他。"王溥之父是王祚，担任宿州防御使。王祚进京，在王溥家居住。每当公卿到王溥家，必定首先拜见王祚。王祚给他们敬酒，王溥穿着朝服在他们身边侍奉。客人坐立不安，王溥就退下回避。

王祚对客人说："他不过是我犬子罢了，无须烦劳你们起身。"

王溥劝告父亲王祚辞官，王祚以为朝廷不会准许，就上报。结果他的请求被批准，王祚大骂王溥："我身体还没有衰老，你想求个安稳，却把我幽禁在家里。"王祚举起大棍棒要打他，家人们劝说后才住手。

王溥虽居高位，仍勤奋好学，手不释卷，根据前人资料，撰成《唐会要》一百卷，又据五代历朝实录，撰成《五代会要》三十卷。

翰林承旨陶谷自认为久在翰林院，功劳不小，便指使党羽向赵匡胤推荐自己，希望能得到重用。赵匡胤笑道："我听说翰林学士起草诏书，都是参照前人旧本，再换几个字句，不过是依样画葫芦而已，算不上什么贡献。"

陶谷听闻后，作诗《题玉堂壁》自嘲——

官职须由生处有，文章不管用时无。

堪笑翰林陶学士，年年依样画葫芦。

"年年依样画葫芦"，这诗句又让赵匡胤陷入了沉思：当了皇帝就会疑心手握重兵的权臣，因为皇帝的疑心就可能促使这些将领叛乱。这就陷入一个怪圈中，后唐、后晋、后汉都不能冲出这个怪圈。五代乱世，僭越乱伦司空见惯。赵匡胤想，用什么来破这个局？

赵匡胤想起了《论语》治天下。

赵匡胤要用《论语》去抚平五代十国的混乱给华夏造成的创伤。

赵匡胤喃喃说："我们要推行孔子的教导。""礼、义、廉、耻，国之四维。四维不张，国乃灭亡。"五代十国之所以纷乱，是因为这些崛起者均是武人，大多胸无大志，崇尚武力。他们在取得政权后，不知依法治国、教化百姓。赵匡胤决定以五代十国为鉴，崇文抑武。

赵匡胤对同平章事赵普说："五代藩镇残虐，百姓深受其害。选干练的儒臣百余人，分治大藩，即便都贪浊，也抵不上一个武人乱世。"

964年十月十九日，赵匡胤回乡祭祖，恰遇麻衣道者。

这麻衣道者，是周易大师陈抟之师，曾一起隐居华山。早在后周时期，麻衣道者就预言赵匡胤做天子。赵匡胤虚心请教麻衣道者："先生既然能够算出朕会成为天子，那么也一定知道朕的寿命。"

麻衣道者说："十二年之后的今天，如果天气晴朗，那么你就能多活十二年，否则必死。"

赵匡胤微微一笑，继续请教麻衣道者："如果天气阴暗，朕怎样才能救命呢？"

麻衣道者答："能够救命的，还是平时德行，比如郭威。"

赵匡胤陷入了沉思。

赵普入相，任职独专，赵匡胤也格外信任，遇有国事，无不咨商。有时在朝未决，到了夜间，赵匡胤就亲至赵普府邸，商及要政，所以赵普虽退朝，还恐赵匡胤亲到，未敢骤易衣冠。一日大雪，赵普吃过晚饭，对家人道："皇上今日，想必不来了。"家人答道："今夜寒甚，就是寻常百姓尚不愿出门，何况天子啦，岂肯轻出？"赵普易去冠服，退入内室，准备就寝。

长夜漫漫，赵匡胤无心睡眠，如果仅能活十二年，他要干点什么？

赵匡胤迎着鹅毛大雪，独自在开封城里漫步。登基已是四年多，藩镇、禁军两匹烈马，已然驯服；萧墙之内，暂无大乱。卧榻之主终于得暇，然而环视榻侧，酣睡者依旧。赵匡胤想平掉的，有南唐、后蜀、北汉、南汉、吴越，还有辽人盘踞的幽云十六州。赵匡胤想：这些割据者们，仍然生龙活虎，天下四分五裂的局面依然未有改观。王朴当年的《平边策》，赵匡胤早就烂熟于胸。南方诸国，虽然国势不振，但也非朝夕可得，好在它们与宋朝或友好相处，或不相往来，倒也井水不犯河水。大宋的军事威胁，仍然来自北方。辽人若破雄州、霸州防线，可直取黄河以北；北汉也可沿着太行，径下洛阳。而且，北方两国与大宋擦火不断，尤其是北汉，就像一只苍蝇，虽然构不成威胁，但却令人烦躁。

赵匡胤越想越兴奋，干脆约着弟弟、开封尹赵光义去赵普家商议。

今夜银装素裹，赵普自认为皇上必不会来，正思量间，叩门声响起。他赶紧踏雪开门，谁料皇帝竟然立于雪中。诚惶诚恐的赵普匆忙跪拜。

赵匡胤哈哈一笑说："朕还约了光义，他一会儿就到。"

皇帝与皇弟双双驾临，赵普府邸顿时蓬荜生辉。

赵普在堂上燃起木炭，生火烤肉，又让妻子魏氏亲自斟酒，丝毫不敢怠慢了天下最贵的客人。赵匡胤见了魏氏，仍像登基前一样，喊着"嫂嫂"。

赵普嚼着烤肉，问赵匡胤："这大半夜里，天寒地冻的，陛下怎么还出门？"

赵匡胤喝了一杯温酒，暖了暖身子，无奈地说道："朕睡不着啊。你看一榻之外，全是别人在睡着，所以朕来找你，看看你有没有什么办法？"

赵普试探性地问道："陛下是不是觉得自己的天下太小了？南征北伐，

现在正是时候，臣愿洗耳恭听。"

"朕想收复太原。"赵匡胤脱口而出。

赵普默然不语。良久，赵普摇摇头说："此非臣能知道的事情。"

"为什么？"

赵普回答："北汉北有辽国，如果一举灭掉北汉，则来自辽国的边患就由我大宋独挡了。不如先留着它，等削平诸国后，再来拿下北汉这块弹丸之地，简直易如反掌啦。"

这话倒是说进了赵匡胤的心坎里。赵匡胤此时明白，若如赵普所言，在灭掉北汉后，大宋以疲惫之师去应付辽国，那时何谈休养生息？又何谈南征诸国？万一被南方诸国趁机偷袭，岂不是更坏了？一语点醒梦中人。赵匡胤终于想通了，他哈哈大笑，赶紧给自己找个台阶儿下："朕也是这个意思，刚才不过试试你罢了。"然后回头对赵光义说："中原自五代以来，兵连祸结，府库耗竭。我们的劲敌，只有辽国一国。不如就让北汉作为屏障，等我大宋扫灭群雄，取之未晚！"先南后北的统一方略，就此决定。

赵匡胤微笑问："今日欲平南方各国，当先从何处入手？"

赵普答道："莫如蜀地。"

赵匡胤点首。议及伐蜀计策，又谈论了一两时辰。快要黎明了，赵匡胤兄弟方起身辞去，赵普送出门外而别。

雪越下越小了，赵匡胤无限深情地说："寒窗呵笔寻诗句，一片飞来纸上销。"

赵光义问："皇上又再作诗吗？"

赵匡胤微笑说："朕只是喜欢读书而已，这句诗是诗人罗隐写雪的句子。雪夜访赵普，三言两语定下统一天下的策略。"

月光照来，雪地上无数个晶莹剔透的水晶球闪闪烁烁，美丽动人。伴着"嘎吱嘎吱"踩雪声，赵匡胤向赵光义深情说："朕喜欢读书，你也喜欢读书，但我们读书和谋略不如赵普。唐末以来，朕数了数有十大幕僚值得敬佩：尤长刀笔的敬翔，被称作鸱枭的李振，足智多谋的周庠，通达黠慧的盖寓，举无遗算的袁袭，临危不惧的严可求，倡导胡汉分治的韩延徽，荆台隐士梁震，写出《平边策》的王朴，还有喜读《论语》的赵普。"

依据赵普所言，宋朝廷派出探子侦察后蜀国情。

不久，探子自后蜀返，赵匡胤问："蜀地有何事？"

探子说："但闻成都满城诵朱长山《苦热》诗：'烦暑郁蒸无处避，凉风清冷几时来。'"

赵匡胤说："现在是冬天，蜀人却诵《苦热》诗，这是蜀民思朕来伐呢。"

三　妾在深宫哪得知

新年纳余庆，佳节号长春。

964年腊月，后蜀末代皇帝孟昶一时兴起，写下了中国历史上的第一副春联。据说，贴春联的习俗也是起源于孟昶，是由成都传遍全国的。

除夕这天，成都家家户户在院子里堆砌柴火，这叫"燃庭燎"，就连皇宫也不例外。三百位少年，走进后蜀国皇宫里。他们戴着青面獠牙的面具，穿上五颜六色的戏服，又唱又跳，祈求新一年的和顺安宁。过了除夕，就是965年春节。皇宫里支起一根根长长的竹竿，悬挂着各种幡子。宦官、宫女们还将竹竿放进火堆里，噼里啪啦地响个不停，声声震人心肺。

孟昶已经四十七岁了，做了三十年的皇帝。孟昶在位期间，中原地区经历了后唐、后晋、后汉、后周和宋朝，战火不断，民不聊生。与中原形成对比的是，后蜀国地处西南，四面环山，地势险要，易守难攻，成为天府之国。"九天开出一成都，万户千门入画图。草树云山如锦绣，秦川得及此间无。"后蜀国少有战事，皇帝安逸，百姓安康。孟昶的皇宫后苑，宫殿巍峨，园林精致，颇具皇家气派。就连溺器，孟昶都要用金、银、玉、珠、水晶、琉璃、码碯等贵重材料制成。不只皇帝，达官贵人也都沉迷于笙歌酒宴。浣花溪一带歌乐喧天，百花潭上彩舫游弋不绝。孟子说："生于忧患，死于安乐。"后蜀国如无忧患意识，就离灭亡不远了。

965 年春节，后蜀国议政殿内，金碧辉煌，光彩夺目。孟昶举行朝会，与众臣共度佳节，共议时局。

左仆射李昊进谏："臣观大宋，已有统一天下之象。我们若能向大宋称臣纳贡，不失为保全蜀地之长策。"

孟昶摇摇头，反驳道："蜀道难，难于上青天，宋兵难道能飞越蜀地吗？"孟昶罢除了朝贡之议。

965 年三月，后蜀国兴州义兴军裨将赵彦韬按孟昶之令，前往北汉国密送蜡书，以通两国之好，从而共抗宋朝。赵彦韬途经大宋，瞧见了宋军实力，内心生出怯意。赵彦韬自言自语："皇上孟昶奢纵，国家必会被大宋灭掉。与其当个亡国之臣，还不如早早投降，立下功勋。"赵彦韬主意已定，就直接去了开封，献上送往北汉国的蜡书。宋太祖赵匡胤瞧了瞧蜡书，立即召见赵彦韬。赵彦韬尽言蜀地可取，悉数告知后蜀军部署。

赵匡胤不由心中窃喜。他向众臣说道："朕正打算发兵征蜀，不料这孟昶却急朕之所急，送给朕征伐蜀地的理由了。孟昶北上勾结，寻衅挑事，我们一定要消灭他的国家。"

1

开封城内，大雪飘飘。

965 年十一月，宋太祖赵匡胤决定发兵征伐后蜀国。

一个洪亮的声音响彻崇政殿：许州忠武军节度使王全斌为西川行营前军兵马都部署，侍卫步军都指挥使崔彦进为副都部署，龙捷右厢都指挥使史延德为先锋，枢密副使王仁赡为都监，率步骑三万出凤州，沿嘉陵江南下，此为大宋伐蜀北路大军。侍卫马军都指挥使刘廷让为副都部署，枢密承旨曹彬为都监，率步骑两万出归州，溯长江西进，此为大宋伐蜀东路大军。两路大军分进合击，约期会攻成都。

王全斌，兴教门之变中将后唐庄宗李存勖扶到绛霄殿之人。他历仕后唐、后晋、后汉、后周四朝，宋朝建立后，任许州忠武军节度使。

崔彦进，魏州人，为人纯朴，擅长骑射，现任侍卫步军都指挥使。

史延德，魏州人，历仕后晋、后汉、后周三朝，宋朝建立后，任龙捷右厢都指挥使。

王仁赡，唐州人，年轻时风流倜傥，不务产业，后被赵匡胤收到军中。宋朝建立后，任枢密副使。

刘廷让，是刘仁恭、刘守文之后，父亲刘延进携家眷避难南逃。后汉枢密使郭威镇守魏州时，刘廷让投到其麾下。宋朝建立后，任侍卫马军都指挥使。

曹彬，镇州人，禀性淳厚，曹彬的姨母张氏嫁于郭威。曹彬为河中都监时，河中节度使王仁镐对他特别礼遇。曹彬不但没有骄傲自大，反而越发恭敬。赵匡胤担任殿前都点检时，曹彬掌管茶酒，赵匡胤向曹彬索要，曹彬说："这是公家的茶酒，不可以给你。"曹彬自己买酒请赵匡胤喝。赵匡胤称帝后，把曹彬当做心腹。

伐蜀部署完毕，赵匡胤大宴诸将。三杯酒后，赵匡胤问王全斌："能打下来吗？"

王全斌豪气万丈，当即立下誓言："臣等依仗天威，必然克蜀！"

史延德更是夸下海口："孟昶若在天上，我们肯定取不了，可是他在地上，我大军所到之日，即可擒获！"

赵匡胤喜道："众卿勇敢如此，朕复何忧！"

赵匡胤对着王全斌说："你做过许州忠武军节度使，朕也做过许州忠武军节度使，还有一人也做过许州忠武军节度使，那人叫薛能。他有一句名诗：'一想流年百事惊，已抛渔父戴尘缨。青春背我堂堂去，白发欺人故故生。'人生苦短，时不我待呀！我们要在有限之年，应天顺人，一统纷争。"

众将静悄悄的，赵匡胤又道："朕已为孟昶治第开封汴河之滨，共计五百余间，各类用品一切具备。倘若孟昶出降，所有家属，无论大小男妇，一律不准侵犯，好好地送入开封，朕当令他们安居新第。蜀地将士凡能归降，一律重赏。"赵匡胤再道："过去的五十年，更迭五朝，主要是缺少仁政。耕耘仁德，朝种暮获；以暴对暴，朝获暮失。所以说，要想让大宋长久下去，就必须严明军纪。宋军所到之处，不许烧杀掠夺，伤害百姓，违者军法从事！"

王全斌、崔彦进、史延德、王仁赡、刘廷让、曹彬等众将，叩首受训。

后蜀末代皇帝孟昶闻听宋军大举征伐，急命枢密使王昭远为都统，卫圣步军都指挥使赵崇韬为都监，率兵拒宋。

王昭远，成都土著，家庭穷苦，十三岁做了小和尚。有一次，小小王昭远跟着师父到孟知祥府上蹭饭，大概因为骨子里透着机灵劲儿，他竟被孟知祥看重，留下来给孟昶做书童。就是凭借这个身份，王昭远青云直上，直到执掌枢密院，坐上通奏使、知枢密院事的高位。孟昶将国家大事一以委任，国库金银可以随便来拿。

赵崇韬，后蜀开国功臣赵廷隐之子。

孟昶的母亲太原李氏见多识广，对儿子孟昶的行为极为不满，愤怒说："你娘我当年见过李存勖跨黄河击梁军，见过你爹北逐辽国南收两川，所用大将无大功者不让掌军，所以军士对大将都很畏服。"

孟昶举目望天，太原李氏犹在滔滔不绝："你看看你现在用的这些人，王昭远就是个打杂儿的奴仆，赵崇韬那几个人都是花拳绣腿的野小子，向来不会打仗，还不是靠着跟你关系铁才爬上来的。平时大家不敢说，真在前线打起仗来，这几块料能顶事？我看举国上下，只有高彦俦是你爹的旧将，忠心耿耿，绝对不会辜负你。其他人，不足以掌军。"

高彦俦担任夔州宁江军节度使，也在防宋第一线。后蜀国饥不择食，王昭远率军上路了。其实，王昭远也非一无是处，他日夜埋头苦读，自比诸葛亮，誓要北伐中原，逐鹿天下。

左仆射李昊在郊外，为众将饯行。王昭远酒酣起座，摇臂大言："我此行，何止要战胜前来的宋军，就是进取中原，也易如反掌！"李昊暗暗笑着，口中敷衍数语，随即告别。

传说三国时期诸葛亮手执羽扇，即使大冬天也要扇一扇，以保持冷静。王昭远刻意模仿诸葛亮，嫌羽扇太轻，便打造了一把铁如意。王昭远手执铁如意，挥斥方遒，快活过瘾。王昭远率兵启行，到了罗川。这时，宋军已攻克乾渠渡、万仞燕子两寨，进拔兴州，击败了蜀军七千人，缴获了军粮四十多万斛。

王昭远立刻慌张起来，急派宣徽使韩保正率军五千，前往拒敌。韩保正行至三泉，正值宋军先锋史延德带着前队骤马冲来。两下里开仗，后蜀兵毫无战力，纷纷做了无头之鬼，韩保正也被擒俘。

王昭远列阵罗川，史延德不敢轻进，在途中暂憩，静待后军。等到崔彦进率兵到来，方一起前进。遥见后蜀兵依江为营，桥梁未断，步军都指挥使张万友大呼道："不乘此抢过浮桥，更待何时？"张万友飞马突出，驰上浮桥。后蜀兵忙来拦阻，却挡不住张万友神力，左一槊，右一刀，都把蜀兵杀落水中。宋军一齐冲来，霎时间驰过桥西。王昭远见宋军骁勇，不禁失色，率兵退走，回保漫天寨。王昭远调集各处精锐，并力守御。

崔彦进与史延德抵达漫天寨下。寨在山上，势极高峻，崔彦进知不易仰攻，只令军士在山下辱骂，引后蜀兵出来。王昭远仗着兵众，倾寨出战，崔彦进率军迎敌，约略交锋，就一齐退去。王昭远手持铁如意，挥军猛追，这下铁如意用得着了。看看赶了十余里，便觉离寨太远，鸣金收军，但已经迟了。左右两面，两路宋军杀到。左路是宋军马军都监康延泽，右路是宋军步军都指挥使张万友，崔彦进、史延德又领军杀回，三路宋军夹击后蜀军。王昭远心慌意乱，驱马奔归，后蜀兵随即大溃。宋军乘胜追赶，驰至寨下，凭着一股锐气，奋勇登山。王昭远料难保守，弃寨西奔。宋军掩入寨中，夺得粮草兵甲不可胜数。

王全斌驰到，再催崔彦进等进兵。王昭远收集溃卒，复来拒敌，三战三败。王昭远渡过桔柏江，焚烧桥梁，退守剑门。于是宋军攻克利州，缴获军粮八十万斛。

王全斌料剑门险峻、急切难下，便探听东路大军刘廷让消息，再定行止。

夔州地扼三峡，为西蜀江防第一重门户。刘廷让、曹彬率领东路大军自归州进兵，向夔州进攻。

后蜀国夔州宁江军节度使高彦俦与监军武守谦在夔州城外江上，筑起浮桥，夹江列炮，专防敌船。刘廷让从降将赵彦韬处探得夔州兵防部署，思索半天，果断避其锋芒，攻其薄弱。距夔州三十里，宋军舍舟上岸，从陆路深夜袭击夔州。后蜀兵只管江防，不管陆防，骤然被宋军自陆地攻入，立即溃散。宋军进逼夔州城下。

武守谦拟开城搦战，高彦俦出阻道："宋军跋涉前来，利在速战。我们不如坚壁固守，不与交锋。等他们粮尽、士无斗志时，我们一鼓作气，便可退敌了。"武守谦不从，独领麾下一千后蜀兵出城迎敌。宋朝冀州团练使张廷翰率兵交战，武守谦败走。说时迟，那时快，张廷翰紧追武守谦，跟着纵马入城。守卒急欲闭门，却被张廷翰戳毙数人。宋军一拥而进，杀死了武守谦。

高彦俦忙来拒敌，已是招架不住。夔州宁江军判官罗济劝高彦俦单骑逃归成都，高彦俦摇摇头说："今日失守夔州，纵皇上不忍杀我，我有何面目入成都呢！"罗济又劝其降，高彦俦掉泪说："老幼百口都在成都，若一人偷生，全族怎么办？我今日只有死了！"高彦俦整衣正冠，望着成都的方向拜了三拜，然后登楼自焚而亡。后蜀国太后太原李氏曾对孟昶说："惟高彦俦可任。"果如太原李氏所料。

刘廷让、曹彬攻下夔州，安抚百姓，礼葬高彦俦遗骸，再向西进兵。一路所向披靡，开州、万州、施州、忠州一一收降，峡中郡县平定，刘廷让派人驰书报知王全斌。

剑门关外，王全斌收到了一件礼物，乃是宋太祖赵匡胤的紫貂裘帽。前来送礼的宦官王继恩告诉王全斌："严冬到了，开封又下起了鹅毛大雪。皇上身披紫貂裘，头戴紫貂帽，阅读前方战报。皇上说，自己穿着这么厚的衣服，尚且觉得冷，想想你们这些西征的将士，冒严寒，披霜雪，怎么受得了呢？于是皇上脱下紫貂裘帽，让奴才给将军您送来了。皇上还说了，不能每个人都照顾到，心中惭愧。"

"陛下！"王全斌热泪盈眶，捧起紫貂裘帽，朝着开封的方向拜了三拜。宋军将士热血沸腾，随着王全斌跪倒，朝着东北方拜去。

965年腊月，后蜀末代皇帝孟昶闷闷不乐，每天只与花蕊夫人饮酒消愁。东面、北面的防宋前线，接二连三地传来败报，把孟昶吓得不轻。孟昶接连下旨，命东面、北面各州县严防死守，又出金帛募兵，令太子孟玄喆为统帅、成都巡检史李廷珪为副统帅，前去抵抗宋军。

春节马上要到了，孟玄喆亲自题写一对桃符："天垂余庆，地接长春。"孟玄喆吩咐东宫中人："我依据父皇的春联，写下了这对桃符，今日我要出征，你们不要忘记春节时挂在门上。"孟玄喆又下令，所有旗帜都要用锦缎绣成，连旗杆也要用锦缎包好。一切准备就绪，孟玄喆带着姬妾和戏子离开成都。老天故意捉弄这支出征队伍，一场寒风夹着雨雪突然袭来。孟玄喆担心旗子被淋湿，就命人把旗子摘下来，等雨雪停止，再把旗子挂上去，结果忙中生错，旗子全挂倒了。将士百姓暗自发笑，孟玄喆却浑然不知。

上天似乎在帮助宋军灭掉后蜀。王全斌抓获一名降卒，名叫牟进。他说："有条小路叫来苏，从这里可以到达剑门关南面的清强店，与大路相合。如果从来苏进兵，则剑门关不足为恃也。"

王全斌激动地说："大唐李白写诗《蜀道难》，诗中道：'剑阁峥嵘而崔嵬，一夫当关，万夫莫开。'如果牟进所言属实，那么这关就不是关了，我军进取成都就无障碍啦！"

王全斌率军就要出发，马军都监康延泽说："来苏小路，不须主帅亲自前去，一位偏将前去即可。如果顺利到达清强店，向北进攻剑门，与关外大军夹攻，必然轻松破关。"康延泽率军前往来苏小路，顺利到达清强店。后蜀军都统王昭远闻听，慌得找不着北，急忙率领主力退往汉源坡。不论是宋军还是后蜀军，都万万没有想到：剑门关会如此被瞬间攻克。

锦绣太子孟玄喆素不习武，但好乐歌，笙箫管笛，沿途吹唱，不像行军，却似迎亲。行到绵州，孟玄喆得知剑门失守，吓得逃向东川了。

宋军如潮水般涌向汉源坡。后蜀军都监赵崇韬连忙布阵，抵挡宋军。赵崇韬虽然谋略不行，但勇猛可嘉，眼看败局已定，犹自斩敌数人，算得上一条好汉。王昭远就没这份霸气了，丢盔弃甲，连滚带爬，跑到了一处偏僻民舍里躲藏。他悲嗟流涕，两眼尽肿，抱着铁如意，浑身发抖。一会儿，宋军追骑来到，入舍搜寻，瞧见王昭远缩作一团，也不管他什么都统不都统，用一条铁索似猕猴般牵将去了。王昭远一边哭哭啼啼，一边念念有词："时来天地皆同力，运去英雄不自由。"这是诗人罗隐感叹诸葛亮的诗句，竟被王昭远用上了。赵崇韬也被擒俘。二人都被押送开封。

王昭远没做成诸葛亮，后蜀末代皇帝孟昶却要做蜀汉后主刘禅了。孟昶见后蜀军一触即溃，不由长叹道："我父子以丰衣美食养士四十年，没想到他们一旦遇敌，却不能为我北向东向放一箭。我就算现在想坚壁清野，谁又肯为我而死呢？"言毕，孟昶泪如雨下。孟昶不是无兵抵抗，而是不知道用谁抵抗。除了王昭远、孟玄喆这几个人，他不相信任何人。太后太原李氏也是长叹一声："若用我言，安会溃败如此。"

左仆射李昊入报："不好了！宋帅王全斌已入魏城县了，不日就要到达成都了。"

孟昶失声道："这可如何是好？"

李昊道："宋军入蜀，无人可挡，谅成都亦难保守，不如见机纳土，尚可自全。"

孟昶一声不吭，看来心有所动。

李昊继续说："老臣十岁时，亲眼看着我的父亲和弟妹在兵乱中被杀。

我与我的母亲失散十几年，幸得老天悲悯，才让我们母子团聚。想从前，前蜀国灭亡后，要不是善良的宦官张居翰更改一字，老臣等一千人都会没命了。我们这些人呀，既要考虑自己，也要考虑那些兵吏、百姓。退一步，就会海阔天高。臣听说曾在荆南、湖南割据的高继冲、周保权投降后，都在开封活得好好的，一样做官，更加逍遥了。臣还听说，宋朝廷给皇上您在开封汴河旁盖了大宅子，有五百余间呢。"

"罢了！罢了！不要说了，我也顾不上什么了，卿为我草表、投降宋朝就是了。"

李昊乃立即修表，很快表成——

臣生自太原，长于蜀土，幸以先臣之基构，得从幼岁以纂承。只知四序之推移，不识三灵之改卜。伏自皇帝陛下大明出震，圣德居尊，声教被于遐荒，庆泽流于中夏。当凝旒正殿，亏以小事大之仪。及告类圜丘，广执贽奉琛之礼。盖蜀地居遐僻，路阻阙庭。已惭先见之明，因有后时之责。今则皇威电赫，圣略风驰。干戈所指而无前，鼙鼓绕临而自溃。山河郡县，半入于提封。将卒仓储，尽归于图籍。但念臣骨肉二百余人，高堂有亲，七十非远，弱龄侍奉，只在庭闱，日承训抚之恩，粗勤孝养之道，实愿克终甘旨，保此衰年。其次得子孙之团圆，守血食之祭祀。伏乞皇帝陛下容之如地，芘之如天。特轸仁慈，以宽危辱。臣复辄徵故事，上黩严聪。窃念刘禅有安乐之封，叔宝有长城之号，皆因归款，盖获全生。顾眇昧之馀魂，得保家而为幸。庶使先臣寝庙，不为樵采之场。老母庭除，尚有问安之所。见今保全府库，巡逻军城，不使毁伤，将期临照。臣昶谨率文武见任官望阙上表归命。

孟昶遣同平章事、宣徽使伊审征送交宋军。王全斌许诺准降。宋军马军都监康延泽领着百骑随伊审征进入成都，宣谕恩信，尽封府库。此时，后蜀国还有十四万将士，一起放下刀枪投降。966年正月十九日，王全斌率军进入成都。孟昶迎谒马前，王全斌下马抚慰。宋军从出兵到灭亡后蜀，前后不过六十六天时间，可见后蜀是如何不堪一击。半月后，东路刘廷让、曹彬所率宋军亦从峡路到达成都。

《新五代史》所称十国中的第八个割据政权：后蜀国，到此灭亡。

总计后蜀国自孟知祥至孟昶，历二世，共三十二年。

孟知祥入蜀时，见一老人状貌清瘦，推车走过，所载无多。孟知祥问他能载多少？老人答道："尽力不过两袋。"孟知祥初不经意，渐亦引为忌讳，后来果然传了两代，为宋朝所并。后蜀国是仅次于南唐国的南方强国，辖五十个州、二百三十多个县，然而耽于安乐，最后亡于中原。

孟昶曾经一时兴起，写下了中国历史上的第一副春联。这本来是一幅寓意美好的春联，没想到一语成谶。后蜀亡国后，宋太祖赵匡胤任命参知政事吕余庆知成都府，这正好应了上联的"新年纳余庆"。当时宋朝有个节日叫长春节，而且这个长春节就是赵匡胤的生日。孟昶的这句"佳节号长春"，等于是恭贺宋太祖的生日。赵匡胤生日是二月十六日，还有二十多天才到，看来孟昶要到开封，亲自去给赵匡胤祝寿了。

2

李昊既给前蜀国写过降书，亦给后蜀国写过降书，前后相隔四十年。蜀人夜书"世修降表李家"六字，贴在李昊府门上。李昊看到后，淡淡说："让他们骂去吧，如果他们抵挡住中原大兵，我何苦去写降表呢？我写降表，救下他们，再遭他们骂，这就是人世间的丑恶啊。"

宋太祖赵匡胤接得降表，便命孟昶速领家属，来开封授职。孟昶不敢怠慢，挈族属启程，由峡江而下。花蕊夫人随孟昶向北而去，经过葭萌驿站时，花蕊夫人在馆壁上写下了《采桑子·途中作》——

初离蜀道心将碎，离恨绵绵，春日如年，马上时时闻杜鹃。

三千宫女皆花貌，共斗婵娟，髻学朝天，今日谁知是谶言。

宋军不断催促，花蕊夫人的词仅仅完成了上半阕，下半阕是由后人所补。诗词意思是：心将碎，恨绵绵，骑在马上，时时听到叫唤着"不归"的杜鹃鸟叫声。回想以前，三千宫女，争奇斗艳，梳着高髻，以示朝天，没想到朝天竟是投降宋朝的谶言！

孟昶到了开封，待罪阙下。赵匡胤召见孟昶。孟昶叩拜毕，由赵匡胤赐坐赐宴。赵匡胤当面封孟昶为检校太师、中书令，授爵秦国公。自孟昶母太原李氏以下，皇族皇戚、后蜀官属，均一一安排妥当。就是王昭远、赵崇韬等一班俘虏，也尽行释放。

赵匡胤在宫内接见太原李氏，安慰她："您老人家好好保重，不要老是怀念家乡，将来一定送您回去。"

"陛下，让老身回哪里？"

"回蜀地。"

太原李氏说："老身的家原在太原，如果能回到那里养老，是老身的心愿。"

赵匡胤听到后非常高兴，因为太原还被北汉国占据，赵匡胤心想：看来他们"乐不思蜀"了。赵匡胤与太原李氏约定："等平定了太原，一定满足您老人家的愿望。"

太原李氏老于世故，打消了赵匡胤的担心和疑虑。

965年六月十一日，孟昶到达开封七天后去世。

孟昶病终，太后太原李氏一滴泪也没落下。她对着孟昶棺椁悲伤说道："你不能为捍卫社稷而死，活着就是自取其辱，还不如死了，一了百了。老娘之所以苟活在世上，是因为你还活着。现在你死去了，我也不再为你担心了！"从此滴水不进，绝食而死。

太原李氏先嫁李存勖，后嫁孟知祥，转折南北，目睹了乱世中"你方唱罢我登场"。囿于妇女的身份，睿智的太原李氏无法直接参与朝政，只是尽己之力规劝儿子好好治理国家。当被拘送开封后，她又尽心保护儿子不被猜疑。当儿子死后，她不再留恋这个人世了。

孟昶、太原李氏的丧事粗毕，花蕊夫人免不了入宫谢恩。赵匡胤见她婀娜多姿、楚楚动人，竟把她留在宫中，迫她侍宴。花蕊夫人身不由己，唯命是从。饮至数杯，红云上脸，赵匡胤越瞧越爱，越爱越贪，索性拥她入帏，快活起来，次日即册立为妃。

赵匡胤待花蕊夫人，似活宝贝一般，每当退朝，就与花蕊夫人调情作乐。这花蕊夫人是个天生尤物，不但工于献媚，而且擅长诗词。

赵匡胤令她咏蜀，她立成七绝《述国亡诗》——

君王城上竖降旗，妾在深宫那得知？
十四万人齐解甲，更无一个是男儿！

赵匡胤览此，拍手称绝，倾心赞美："不错，不错，真是锦心绣口了。"

原先后蜀内宫中的一些宝物，随着花蕊夫人，收归宋朝皇宫。赵匡胤用后蜀内宫一个盆子洗脸，花蕊夫人见了哈哈大笑。

"为啥笑呢？"

"皇上用的是尿盆呀。"

赵匡胤瞅了又瞅，不由感叹道："就这么一个溺器，竟然用金、银、玉、珠、水晶、琉璃、码磖七宝装成！孟昶奢靡至极！如果不亡国，哪还有天理！""咣"的一声，赵匡胤将它摔碎。

赵匡胤与弟弟、开封尹赵光义饮酒。赵光义不喝，赵匡胤就劝。赵光义说："陛下，如果花蕊夫人能为我折枝花来，我就饮酒。"赵匡胤即命花蕊夫人折花，赵光义站起，突然引弓将花蕊夫人射死。赵光义流泪抱着赵匡胤的腿说："陛下方得天下，宜为社稷自重，远离酒色！"赵匡胤虽心中不快，但也没有责怪他，坐在桌前饮酒如故。

花蕊夫人给赵匡胤留下了深深印象，久久挥之不去。在文德殿，赵匡胤问众臣："大宋建立前，有五个短命的中原王朝。在王朝的南北，还有众多的割据王国、敌对部族。这些众多的帝王背后，有多少值得称道的妃子？"

礼部尚书窦仪答："生于云州的刘氏，为李克用四处征战把握关键方向；当代'阴丽华'张氏，为朱温扶摇直上苦口婆心；'断腕太后'述律平，为耶律阿保机建国开拓立下了汗马功劳。这三个女人，都奠定了各自国家、各自家业的基础，也都成就了他们男人的功名！当然啦，在兵荒马乱的年代里，成为红透的胭脂、鲜艳的花朵的帝王妃子还多的是，如：郭威潦倒时，李存勖的妃子柴氏硬要嫁给他；耶律阮有位汉族皇后甄氏，四十岁时还在中原皇宫里做宫女；刘知远抢了一位农家女，日后成为开国皇后；孟昶的母后李氏，还是李存勖送出去的妃子。宋氏原是一陪嫁丫环，一路逆袭，成了李昪的皇后。五代第一美女当属'花见羞'，她嫁给了李嗣源。"

赵匡胤越听越兴奋，数了数窦仪所说，再加上花蕊夫人，一共十位，心想这可是五代"十佳皇后"啦！赵匡胤赞美窦仪："宰相须用读书人，窦卿具备宰相之才呢。"

自此朝中诸臣，统说窦仪将要入相。赵匡胤亦怀着此意，商于赵普："朕当年攻克滁州时，命亲吏拿府库中的绢布分给部下，但窦仪不许。他是有执守的人，朕想任他为相，赵卿以为如何呢？"

赵普忌惮窦仪刚直，就答道："窦仪虽恪尽职守，但是经略不足。"轻轻一语，便将窦仪抹杀。赵匡胤默然。

窦仪不久去世，终年五十三岁。赵匡胤闻讯，感叹说："朕还想委以重任呢，上天为什么这么快就夺走我的窦仪呢！"

窦仪父亲窦禹钧，住在燕山一带。窦仪五兄弟均考中进士，故人称"五子登科"。《三字经》说："窦燕山，有义方。教五子，名俱扬。"即是描写窦禹钧、窦仪父子。

赵匡胤因李昊早有归宋之谋，对他非常优待，拜为工部尚书，赐以宅邸。不久，李昊的家眷亦由蜀地乘船顺江东来，其妻刘氏不幸途中病逝。李昊得知后悲痛成疾，不久病死，终年七十五岁。

李昊岳父刘知俊跟从四位主子，但都不被相容。李昊相反，在蜀地安然度过了五十年。有人嘲笑李昊："忠臣不事二主，李昊是个卖国贼。"赵普听后说："在乱世中像刘仁赡、张彦卿、李延邹那样坚守气节的人，我们当然要仰视。但对那些做不到的人，我们怎能去苛责呢？当需要在气节和生命之间做选择时，不是事到临头，谁也说不准自己会选择哪样呀！"

那位揣着后蜀给北汉的密信去了开封的赵彦韬，被封为澧州刺史。赵彦韬性情凶恶，所为多不法，受冤百姓到开封鸣诉。赵匡胤大怒，杖配赵彦韬到了蔡州。

3

后蜀国平定后，吕余庆知成都府。

这吕余庆，就是后梁时期被刘守光族灭的沧州横海军节度判官吕兖之孙、后晋时期兵部侍郎吕琦之子。吕余庆一直担任宋太祖赵匡胤的幕僚。赵匡胤受禅登基后，任命他为给事中。赵普、李处耘都是赵匡胤昔日幕僚，资历均比吕余庆浅但官职却比他高。吕余庆丝毫不在意，还替赵普、李处耘说好话，人们都称吕余庆为长者。后来，吕余庆担任知开封府。湖南平定后，吕余庆出朝担任知潭州。

吕余庆到了成都，突然发现府衙大门上挂着一对桃符："天垂余庆，地接长春。"吕余庆很是奇怪，问了半天，才知是原后蜀国太子孟玄喆亲笔题写。吕余庆哭笑不已，向众人说道："天垂'余庆'到成都不假，他们到开封之地迎接'长春节'也是真的。"原来，孟玄喆这小子早早去开封投降了，被宋朝廷授予兖州泰宁军节度使。

宋朝北、东两路大军齐集成都，争风吃醋。西川行营前军兵马都部署王全斌接到宋朝廷诏令，每每处理事务必须与诸将合议，即使小事也不能独自决断。如此一来，虽然防止了王全斌像孟知祥那样霸占蜀地，但也造成了宋军纪律松散，众将各自行事。北路都监王仁赡将后蜀李廷珪的小女纳为小妾，还打开丰德库取出金宝自用。一些官兵与王仁赡一样，在成都恃功骄纵，抢掠玉帛、女子。王全斌、崔彦进这些都部署、副都部署睁一只眼、闭一只眼，唯独知成都府吕余庆坚定守持法度。

一天，药市刚刚开集，街吏驰报有军校喝醉酒持刀抢夺商贩货物。宋军将领不管，但吕余庆会管。他立即派人捕捉，杀头示众，军中稍稍畏服。

东路都监曹彬请求班师，王仁赡等人还想多捞一笔，便反对。

王全斌似乎体会出了风险，向众将说："我听说古代的将帅大多不能保全功名，如今西蜀既然平定，我打算称病告归家乡，以免后患。"

崔彦进劝说王全斌："现今成都还很乱，如果没有朝廷诏书，就不能轻易离去。"

王全斌只好等待。但准许告退的诏书还没来到，蜀地的战乱却突然来了。

宋朝廷下诏，征发蜀兵到开封，每人给钱十贯。王全斌、崔彦进等人发放钱财不及时，刺痛了蜀兵的心。他们到达绵州，发现守城的宋军只有百余人，积压已久的怨恨爆发出来。蜀兵抢夺武器，聚众叛乱，竟然达到了十万人。他们自称"兴国军"，劫掠各县。

原后蜀国文州刺史全师雄带领全族前往开封，不料在绵州遇上了叛乱。全师雄把全家藏在江曲民舍，自己出来探听消息。乱兵认得全师雄，推拥他为主帅。宋军步军都监米光绪前往招抚，搜出全师雄藏在民舍的家人。米光绪也是胆大，将全师雄的爱女纳为小妾，其他人全部杀掉，财产据为己有。

全师雄本无心造反，闻听家族遭遇横祸，便铁了心反叛。全师雄率领军士急攻彭州，赶走刺史王继涛，杀死都监李德荣，占据了州城。附近十县起兵响应，全师雄便自号"兴蜀大王"，建立幕府，设置官吏，分兵据守灌口、新繁、郫、导江、青城等县。

米光绪被打败后，崔彦进率军讨伐，结果还是被击败。

王全斌又派冀州团练使张廷翰前往镇压，依旧不利，退入成都。

全师雄盘踞绵州、汉州之间，阻断阁道，依江建寨，扬言进攻成都。全师雄就像一把火，点燃了蜀地的反宋火焰。蜀州、眉州、昌州、简州、邛州、嘉州、雅州、遂州、果州、普州、资州、荣州、渝州、合州、戎州、陵州等十六州，全都跟随全师雄作乱。

王全斌害怕了！让他担忧的不止全师雄，不止十六州，还有成都城内的二万七千降宋蜀兵。王全斌怕他们响应全师雄，想将他们全部杀掉，于是秘密召集宋军将领计议。崔彦进、刘廷让、王仁赡、张万友、史延德、米光绪、张廷翰等众将皆赞成，但康延泽反对："不如将七千名老幼疾病者释放，其余二万人派兵护送，让他们乘船顺江而下，前往开封。他们听话也就罢了，如果有叛乱迹象，再杀死也不迟。"康延泽的这个建议，被王全斌等人立即否定了。道理很简单，这是放龙入江，纵虎归山。宋军还有位重要将领，就是曹彬，他是位厚道之人，既不赞成杀降，也不反对杀降，只是不肯在上奏朝廷的奏章上署名。这并不影响王全斌等人决策。

二万七千名后蜀降卒，来到成都夹城中。一声炮响，宋军涌出，将他们全部杀死。

反叛的蜀兵红眼了。宋军再想威逼、利诱、安抚、许诺，一切都没有了效果。蜀地乱军抱着战死的心态，绝不束手就擒，誓与宋军抗争到底。

王全斌无奈，只得请刘廷让、曹彬出击蜀地乱军。

刘廷让廉洁，曹彬宽厚，两人入蜀，秋毫无犯，军民畏服。此次从成都出兵，仍然严守军律，不准扰民。沿途百姓，望着刘廷让、曹彬两将军旗帜，拍手相庆。蜀地乱兵也知前途无望，不打算投降王全斌，但愿意归顺曹彬。到了新繁，全师雄率众出敌，才一对垒，前队多半解甲往降，弄得全师雄莫名其妙，没奈何领众退回。哪知阵势一动，宋军即如潮入，大呼："降者免死！"乱众抛戈弃械，纷纷投顺。剩下一批顽固头目，来斗宋军，不是被杀，就是受伤，眼见得不能抵挡，统统回头逃窜。

全师雄奔投灌口。王全斌亲自出马，星夜前进，至灌口袭击全师雄。

全师雄身中数矢，鲜血直喷，倒地而亡。蜀地乱军退据铜山，康延泽用兵剿平。西南诸夷，亦多归附。

捷报传到开封，宋太祖赵匡胤催促王全斌、崔彦进、王仁赡、刘廷让、曹彬等征蜀众将班师回朝。

开封离成都虽三千里之遥，但赵匡胤对蜀地之事了解得清清楚楚。每有从蜀地回来之人，赵匡胤就找他们详细了解。征蜀众将收受贿赂、抢夺女人，甚至打开官府分取金银等事，赵匡胤一清二楚。

赵匡胤看在王全斌等人立功份上，不让狱吏污辱他们，只令中书省问清罪状，王全斌等人供认不讳。赵匡胤下诏宣示王全斌、崔彦进、王仁赡的罪状："大肆杀降，豪夺妇女，广纳货财，并纵兵在蜀地胡作非为，引起万民怨嗟，招致群盗充斥。"百官商议后，判定王全斌、崔彦进、王仁赡罪当处斩。赵匡胤摇了摇头，向众臣说："他们的平蜀之功，你们忘记了吗？"赵匡胤贬王全斌为随州崇义军留后，崔彦进为金州昭化军留后。二人不予争辩，谢恩退出。王仁赡意图开脱自己，便将过失推给王全斌。赵匡胤大怒说："纳娶蜀将李廷珪的小女，打开丰德库抢取金宝，这是王全斌教你干的吗？"王仁赡不能回答，赵匡胤贬王仁赡为右卫将军。

王仁赡此时明白，赵匡胤已经将众将在蜀地的一举一动掌握得清清楚楚。王仁赡心中有了良知，向赵匡胤淡淡说："清廉畏慎，不负陛下，只有都监曹彬，此外都不及了。"

赵匡胤平静说："朕知道，你与王全斌等人昼夜宴饮，不体恤军士，部下鱼肉百姓不停，蜀人深感痛苦。曹彬请求班师，你们不听从。诸将多取玉帛，而曹彬行装中只有图书及衣物。"

赵匡胤升曹彬为滑州义成军节度使，但曹彬谢绝："征蜀将士多被治罪，臣单独受赏，恐怕不能以示劝勉。况且在杀降一事上，臣也没有坚决反对。"赵匡胤说："你立有大功，又不自我夸耀，即使有点小错，但瑕不掩瑜。朕执行劝勉大臣效忠国家的常典，你不必辞让。"

刘廷让虽有过失，因平定全师雄之功，改领陈州镇安军节度使。张廷翰功大于过，升为侍卫司马军都虞候。

康延泽、张万友、史延德、米光绪等征蜀将领都被贬职。

宋军征蜀共有两路大军，北路大军虽然率先进入成都，但因军纪涣散，王全斌、崔彦进、王仁赡等将领一一受到责罚。刘廷让、曹彬等东路大军将领几乎集体升职加薪。东路大军要感谢有了曹彬这样一个好的监军，他懂得"满招损，谦受益"这个天道，从而让他们的马步军行驶在一个正确的轨道中。

宋朝大军撤离蜀地，军校吕翰趁机在嘉州叛乱，均州刺史曹翰率军夺下嘉州。曹翰侦知，叛军三鼓时回夺嘉州。曹翰立生一计，令知更慢些报更，到天明时还是二鼓，叛军溃退。吕翰逃到黎州，被部下杀死，把尸体丢在水中。曹翰升为蔡州团练使。曹翰在蔡州横征暴敛，政事因此废弛。汝阴县令孙崇望到朝廷，告曹翰私卖兵器。御史滕中正前去审问，按律应将曹翰杀头。曹翰为人，阴险狡诈又多智谋，上奏一首《退将诗》："曾因国难披金甲，耻为家贫卖宝刀。"赵匡胤见诗笑笑，将其流放登州了事。曹翰就是当年劝说柴荣入宫侍奉郭威之人。

石守信被解除禁军职务，开始了酒梦浮华的人生。可是闲日子过久了，也挺没劲的。967年秋，石守信入朝，宋太祖赵匡胤与其饮酒。席中，赵匡胤说他打算用石守信故人之子梁周翰为知制诰。席散后，石守信便向梁周翰透了点口风。没想到梁周翰急不可待地上表感谢。结果赵匡胤发怒，打消了起用梁周翰掌诰的念头，将其外放刚刚收复的蜀地绵州通判。

石守信闻听，惊出了一身冷汗。这明里是贬谪梁周翰，暗里不就是敲打他石守信吗？石守信想了想，还是好好听话，一边乘凉去吧。石守信在郓州天平军节度使任上，专事聚敛，积财巨万。

967年冬，赵匡胤册立宋氏为后。

宋氏是左卫上将军宋偓的长女，容德兼全。是时，宋氏年十七岁，赵匡胤年已四十一岁。老夫得了少妻，倍增恩爱。宋偓增加食邑一千户、实封食邑四百户，赐号为"推诚宣力同德保义功臣"。宋偓历仕后晋、后汉、后周、宋四朝，谦恭下士，颇得贤名。他出身贵胄，是后唐庄宗李存勖的外孙、后汉高祖刘知远的女婿，他的长女又嫁给宋太祖赵匡胤，人称宋偓"近代贵盛，鲜有其比"。

转眼到了968年七月，北汉国第二任皇帝刘钧患病。宋太祖赵匡胤致书刘钧："现在朕与你无所仇怨，为何你要困住这一方百姓呢？若有志中原，请南下与我一决雌雄。"刘钧回复赵匡胤："河东的土地和军备都不足以抵挡中原，但我家历代都没有叛节的人。我之所以守在这里，是怕祖先没人祭祀。"这年，刘钧去世，终年四十三岁。

刘钧外甥、义子刘继恩继位，这就是北汉国第三任皇帝，时年三十四岁。

刘继恩本姓薛，父亲薛钊因为醉酒将刘继恩母亲刘氏刺伤。刘氏是北汉初代皇帝刘旻之女，薛钊畏罪自杀。此时刘继恩年纪尚小，而其舅父刘钧无子，因此刘继恩过继给刘钧。刘继恩资质平庸，北汉国第二任皇帝刘钧常常对同平章事郭无为抱怨刘继恩无治国之才。

刘继恩继位后，怨恨郭无为在称帝前没向刘钧多讲自己的好话，因此疏远郭无为，任命其为太空以架空其权力。刘继恩登基两个月后，设宴大会群臣。宴罢，刘继恩在勤政阁中休息，供奉官侯霸荣带领十余人将其刺杀。接着，郭无为派另外一拨人跟着冲进勤政阁杀了侯霸荣。明眼人都清楚，这是郭无为先指使侯霸荣杀刘继恩，之后又杀侯霸荣以灭口。

郭无为迎立刘继恩之弟刘继元继位，这就是北汉末代皇帝，时年二十七岁。

刘继元本姓何，是刘继恩同母异父弟。其母刘氏先嫁薛钊，生子刘继恩，后嫁一个姓何之人，生下刘继元，二人都做了舅父刘钧的义子。

此时，北汉国已经危在旦夕，刘继元即位不久，就听信宦官卫德贵谗言，解除吐浑军统帅卫俦军职，调任辽州刺史。吐浑军数千人不服，请求收回成命，刘继元坚执不允。后来听说卫俦背地里发牢骚，怕他搞兵变，就派人将他杀掉。吐浑军是北汉军主力，统帅被杀，军心瓦解，刘继元实际是在自毁长城。宪州刺史李隐为卫俦抱不平，卫德贵便鼓动刘继元把李隐送到岚州管制，不久就把李隐杀死。同平章事郭无为企图降宋，也被刘继元处死。

北汉国靠着辽国的支持，继续与宋朝抗衡。

辽穆宗耶律璟睡觉、游猎两大爱好不减，朝政交给蕃汉诸臣打理。

969 年三月，耶律璟在怀州进行春猎。已经去世的辽世宗耶律阮次子耶律贤、兵部都总管萧思温、枢密使高勋等众臣随行。当年，耶律阮被弑杀，耶律贤藏于积薪中才得以幸免。耶律贤在宫中长大，从不言及时政。耶律璟看到已经成人的耶律贤，突然说："侄儿已经长大成人，可以将朝政交付给你了。"第二天，耶律璟在黑山打猎，射中一只熊。萧思温随行，敬酒祝贺。耶律璟喝得酩酊大醉，回到黑山下的行宫休息。当夜，耶律璟索要食物，近侍、厨子无法提供。耶律璟扬言要杀人，不甘心坐以待毙的近侍小哥、花哥联合厨子辛古，将其弑杀。耶律璟时年三十九岁，登基已是十九年。

萧思温、高勋等众臣依照耶律璟昨日之语，立耶律贤为帝，这就是辽景宗。小哥、花哥、辛古等弑杀辽穆宗的凶手都被抓获，全部处死。耶律贤因小时受到惊吓，故体弱多病。耶律贤没有气吞山河、南下侵宋的野心，这让大宋朝有了精力、财力来统一南方各国了。不过，耶律贤继续扶植北汉国，但一再约束北汉国不要轻动干戈，力图与宋朝维持平衡。

969 年六月，宋朝重臣符彦卿被改授为凤翔节度使。

符彦卿深知，自己虽然在后周时期是一门二后，累朝袭宠，有谋善战，声振天下，但是所有功勋在新的宋朝都只能归零。何况，他的身份与地位在新朝显得格外尴尬，因此他选择急流勇退。他抵达洛阳后，自称病重，上书宋朝廷，请求在洛阳养病，宋太祖赵匡胤同意。

符彦卿此后一直在洛阳居住，每到春天时，总是骑着小马、领着一两位家仆游历僧寺名园，颇为悠闲适意。符彦卿在洛阳去世，终年七十八岁，波澜壮阔的一生画上了句号。

符彦卿历经后唐、后晋、后汉、后周及宋朝，受赐的巨额财富，符彦卿尽皆分给下属，所以军士都乐于为他效命。他不喜饮酒，谦恭下士，对宾客僚属整日谈笑，言语中不论及俗务、不自矜战功。符彦卿的三个女儿，两位嫁给了后周世宗柴荣，一位嫁给了赵匡胤弟弟赵光义，人称符氏一族"近代贵盛，无与为比"，还有人笑称符彦卿为"天下第一岳父"。

洛阳城中，还有个向训。

他任河南尹十多年，大买园宅，纵情酒色，政务因此废弛。盗贼甚至在白日抢劫，官吏无法禁止。赵匡胤闻讯后大怒，命左武卫上将军焦继勋接任河南尹。赵匡胤对他说："洛阳许久未得到治理了，派你接任，希望你不要效仿向训的所作所为。"

向训历经三朝，得以在凶险的乱世漩涡中善终，秘诀就是自隐才能。他待人豁然，无疑忌心。他从不居功自傲，不枉刑，不扰民，虽有大功于世，却终身未尝自我夸耀。他深知钱财是惹祸根源，因此不积财帛。他去世后不久，他的子孙中便有人挨冻受饿，流落街头。

"当今世道混乱，我儿能够与我成为温洛老叟则足矣。"这是后唐秘书监刘岳对儿子刘温叟的寄望。刘温叟历仕后唐、后晋、后汉、后周、宋五朝，官至御史中丞，素以清廉著称。宋太祖赵匡胤弟弟、开封尹赵光义听说刘温叟清正，派人送给他铜钱五百贯，刘温叟接受下来，存放在厅西舍房中。第二年端午节，赵光义又派人送去粽子、执扇，所派的人正好是去年送钱的人。他看见西舍五百贯钱封记还在，就如实告诉了赵光义。赵光义感慨道："我的钱，他尚且不用，何况是他人的钱呢？从前接受下来，是不想拒绝我。现在过了一年还不启封，可见他的气节。"969年秋天，赵光义在后苑侍奉赵匡胤用宴。在谈论当世有名的清节之士时，赵光义详细讲述了刘温叟之事。赵匡胤再三叹赏。

刘温叟染病，赵匡胤知道他家贫穷，便到他家里赏赐钱币。几个月后，刘温叟去世，终年六十三岁。

四　别是一番滋味

宋朝道州与南汉国相接，道州刺史王继勋目睹南汉国乱象，上书宋朝廷，尽说南汉国可图之状——

南汉国几位皇帝一代不如一代，到了第四任皇帝刘鋹时，南汉朝廷已经是一摊烂泥了。刘鋹十七岁登基称帝，面对混乱不堪的朝局，他没有想过励精图治，而是一心一意吃喝玩乐，将国家大事抛到九霄云外。刘鋹认为宦官和女官虽然值得信赖，但这两类人文化水平不高。刘鋹想出了一个"好点子"：将大臣们奄了！

刘鋹向众臣说："你们个个拖家带口，受家事拖累，必然不肯全心全意为朝廷办事。只要一刀下去，和前尘往事做个了断，那么今后你们的心中就只剩下国家和皇帝了。我不强迫你们自宫，但只要你们还想在朝廷里当差，这一刀之苦就免不了了。"

饱读诗书的人怎么会愿意伤害父母给的身体？南汉朝廷里出现了这么一个怪象：有学识的大臣辞官回家，没有真材实料、投机取巧的人"自我了断"，跻身于庙堂之上。于是，南汉的朝廷就成了宦官和女官们的天下。刘鋹自己则窝在后宫里，与他的后妃们过着醉生梦死的生活。

王继勋在上奏中最后说道："刘鋹残暴不仁，以奄人为吏，请速兴王师，吊民伐罪。"

接到王继勋上书，宋太祖赵匡胤踌躇不定。毕竟离南汉国有些远，从开封到广州足足有三千多里路程。赵匡胤思索一番，便致书南唐国，令南唐后主李煜转谕南汉国第四任皇帝刘鋹，请他善待官吏，向大宋称臣。

1

969年，南唐后主李煜登基已经八年。李煜也曾励精图治，广开言路，罢废弊政，选贤任能。然而没过多久，李煜就发现自己不是秦皇汉武，也不是唐宗宋祖，李煜投入到声色犬马中。李煜善诗文、工书画，丰额骈齿、一目重瞳，常常与高才博学、精通音律的中书侍郎韩熙载交流。

韩熙载放荡不羁，俸禄收入基本用于蓄养伎乐，广招宾客，宴饮歌舞。李煜羡慕，就派画家顾闳中潜入韩熙载府邸，窥其放浪生活。顾闳中仅凭目识心记，就绘成了《韩熙载夜宴图》。画中，有琵琶演奏、观舞、宴间休息和欢送宾客。李煜看了又看，学着韩熙载享乐人生，苟安于世。

与李煜不同，韩熙载俸禄有限。家财耗尽后，韩熙载就会换上破衣烂衫，装成盲叟模样，手持独弦琴，敲敲打打，逐房向诸伎乞食。不能度日、无可奈何之时，韩熙载就向李煜上表哭穷。李煜虽然不满，但还是以内库之钱赏赐韩熙载。空有一身才能的韩熙载，在南唐国一事无成。

当年，韩熙载豪言壮语："江南如果用我为相，我一定能长驱直入，平定中原。"他的好友李谷不甘示弱："中原若能用我为相，取江南如囊中探物。"等到李煜准备拜他为相时，韩熙载困苦潦倒死去。李煜叹息道："我终不得熙载为相也。"韩熙载年轻时的好友，留在中原的李谷，命运比他好得多。早在后周时期，李谷就被封为同平章事，成为中原的宰相了。

李煜皇后周氏，史称大周后。她是南唐司徒周宗长女，嫁于李煜为妻。大周后精通音律，能歌善舞。李煜与她如胶似漆，《一斛珠·晓妆初过》专门写娇妻的情态——

晓妆初过，沉檀轻注些儿个。

向人微露丁香颗，一曲清歌，暂引樱桃破。

罗袖裛残殷色可，杯深旋被香醪涴。

绣床斜凭娇无那，烂嚼红茸，笑向檀郎唾。

《霓裳羽衣曲》乃盛唐显乐，可惜历经中唐兵乱，曲谱失传。李煜寻寻觅觅，于坊间求得残谱，付与佳人。大周后操持琵琶，一番轻拢慢捻，竟使盛唐遗音复响南唐。李煜神驰心醉，随口吟道——

晚妆初了明肌雪，春殿嫔娥鱼贯列。

凤箫吹断水云间，重按《霓裳》歌遍彻。

临风谁更飘香屑，醉拍阑干情味切。

归时休放烛花红，待踏马蹄清夜月。

一首《木兰花·晓妆初了明肌雪》，本是太平欢乐词，却偏偏唱出别离。大周后突然病倒，久治不愈。李煜茶饭不思，日夜陪伴在大周后的病榻前，盼望她早日痊愈。李煜用一首《后庭花破子·玉树后庭前》，祝愿夫妻青春常在——

玉树后庭前，瑶草妆镜边。

去年花不老，今年月又圆。

莫教偏，和月和花，天教长少年。

大周后的妹妹进宫看望姐姐，就在这个时候，她和李煜有了感情，史称小周后。大周后突然见到小周后，立刻惊问道："妹妹何日来？"小周后答道："已经数日啦。"大周后心情立刻烦闷。

大周后又遇到更大的打击，她的四岁的儿子李仲宣夭折，大周后痛不欲生，这时候病已入膏肓。大周后自知人生将尽，对李煜慢慢说道："妾有幸，嫁于君，已经十年啦。女子之荣，莫过于此。所不足者，子殇身殁，无以报德。"大周后强撑着身体沐浴更衣，亲手将玉蝉放进自己嘴里，慢慢死去。她死于南唐最后的繁华里，终年二十九岁。

873

李煜伤心不已，由一位明俊潇洒的青年，瞬间变成了一幅哀苦骨立、杖而后起的形骸。李煜为爱妻写下了感人肺腑的《衣昭惠周后诔》，全文一千多字，情感真挚、感人肺腑。前面几句是："天长地久，嗟嗟蒸民。嗜欲既胜，悲欢纠纷。"后面几句是——

呜呼哀哉！木交枸兮风索索，鸟相鸣兮飞翼翼。吊孤影兮孰我哀，私自怜兮痛无极。呜呼哀哉！夜寤皆感兮，何响不哀？穷求弗获兮，此心隳摧。号无声兮何续，神永逝兮长乖。呜呼哀哉！杳杳香魂，茫茫天步，抆血抚榇，邀子何所？苟云路之可穷，冀传情于方士！呜呼哀哉！

送别大周后，李煜就接到宋太祖赵匡胤交给他的任务：给南汉国第四任皇帝刘鋹写信，劝他归顺宋朝。李煜命人认认真真地写好信札，派人送到南汉国。

刘鋹不服，驰书答李煜，语多不逊。李煜乃将实情奏闻大宋朝廷。

崇政殿里，赵匡胤与众臣商议。

同平章事赵普奏道："在大宋朝的北面，有个汉国，我们姑且称他们为北汉，他们正在生命线上挣扎。在大宋朝南面，也有个汉国，我们姑且称他们为南汉，那儿的皇帝不知羞耻，特别会享受生活。刘鋹身处危险中，还过着安逸日子，哪有天道可言？南汉国早就该灭亡了！"

长沙防御使潘美在开封，向赵匡胤奏道："南汉国头上长疮、脚底流脓，上上下下都烂了。就像一根腐朽的木头，用脚一踹就会断好几截。"

宋朝下定了征伐南汉国的决心。970年九月初一，赵匡胤以长沙防御使潘美为贺州道行营兵马都部署，道州刺史王继勋为行营马步军都监，率十州官兵长驱南下，直奔贺州，攻打南汉国。

2

南汉国掌兵权的几乎都是宦官。

第一个有权力的宦官是李托。他有二女，均有姿色，都嫁给了皇帝刘鋹。刘鋹便任李托为太师。第二个有权力的宦官是龚澄枢。女巫樊胡子称龚澄枢乃上天派来辅佐天子的，刘鋹便以龚澄枢为上将军、左龙虎军观军容使。李托、龚澄枢以酷刑震慑国内，百姓颇以为苦。

宋军进攻南汉国，龚澄枢手握兵权，无从推诿，只好前往贺州，策划守御。龚澄枢毕竟是个奄人，带着一半女态，行至中途，还未与宋军照面，就率军逃离。南汉国水师指挥使伍彦柔自请督兵，往援贺州。船至城外，正好夜半，待到天明，伍彦柔登岸。不料宋军已埋伏在岸边树林中，突然杀出，把南汉军冲作数段。南汉兵多半被杀，伍彦柔被擒，枭首悬竿，晓示城中。贺州守卒惊愕失措，次日城陷。

刘鋹闻听败报，忙问李托。李托想起被免职的西北面都统潘崇彻。刘鋹当即召入潘崇彻，命他为都统，率兵五万，防守贺江。潘崇彻已经心灰意冷，不愿再为刘鋹效力。宋军连拔昭州、桂州、连州后，潘崇彻率军投降。

败报接连传到广州，想不到刘鋹竟然自我安慰："贺州、昭州、桂州和连州本属湖南，宋军既然已经夺取，就应该满足了，不会再南下了。"刘鋹也太天真了，话刚落下，就得到战报：宋军进逼韶州了。

韶州系岭南锁钥，此城一失，广州万不可守。刘鋹慌忙用上将军李承渥为都统，率兵十万到莲花山下，排列象阵迎击。

一千头大象挤满了莲花山下的小路。大象披挂着厚重的铠甲，就连象鼻上也包裹着锐利矛尖。每头大象上，装载五名军士，手执兵器，气势甚盛。宋军多是北方军士，很少见到大象，猛然看到此状，未免慌张起来。

潘美向部下呼喊道："你们没看到南汉军中大小将校都是娘娘腔吗？若想当官，必先自宫，南汉不男不女的人多达二万。他们有什么可怕的？他们不可怕，大象又有什么可怕？"

宋军将校立刻大笑起来。王继勋威武勇敢，在战场上必用铁鞭、铁槊、铁棒，人称"王三铁"。王继勋说："大象有什么可怕？众将士们用强弩尽力攒射，管教众象往回奔，自相践踏残害。"

宋军集中劲弩射象，厚重的铠甲也不能保护大象，大象痛而奔走，象阵立解。不仅大象上面的军士坠地，而且向后返窜时，踩踏了南汉军士。潘美还使用了一招，派骑兵穿插到南汉象阵的侧翼放起火来。大象怕火，立刻晕头转向，朝着来时的路狂奔，把十万南汉兵冲得七零八落。宋军乘势掩击，杀得南汉兵血流成河。李承渥抱头逃窜，还算保全性命。宋军攻入了韶州。

莲花山大败，韶州失守，刘鋹闻报，大惊失色。环顾诸臣，统是面面相觑，没人敢去打仗。刘鋹涕泣入宫。刘鋹属下，除了宦官就是女官。宫媪梁鸾真推荐她的义子郭崇岳御敌。刘鋹已是穷途末路，当即受郭崇岳为招讨使，统兵六万，出屯马径。这郭崇岳秉性懦弱，无勇无谋，每天只向鬼神祈祷。刘鋹欲向潘美请降，郭崇岳力阻不肯。

潘美与将领们计议道："郭崇岳毫无见识，用竹木编为栅栏，来阻挡我们。如果用火攻，敌军一定溃乱。"五千宋兵，每人拿着两个火把，秘密行进到南汉军栅栏。一万火把一齐投出，立刻将南汉军营烧红。老天似乎助力南汉灭亡，突然刮起了大风，就连高一百四十尺，已经四百余年的菩提古树也被连根拔起。风助火威，没被烧死的南汉兵奔逃而去。潘美指挥宋军出击，斩首南汉兵三万人。南汉军大败，郭崇岳死于战火中。

刘鋹大惧，派遣李托赴潘美军中，商议和约。潘美不许，斥退李托，攻打广州城。刘鋹逃生要紧，挑选十几艘船，满载金银财宝及李托二女、波斯女子"媚猪"等嫔妃，准备逃亡入海。还没出发，一群南汉兵盗取船舶逃走。可怜刘鋹，忙活一生得到的女人和钱财都归了乱兵。

此时是971年二月，眼看南汉国就要亡国了，跑回广州的龚澄枢出了个馊主意："宋军进攻我们，不过是看中了我们国中的珍宝罢了。现在把财宝全烧了，留下一座空城，宋军必不能久驻，届时自然就会退兵了。"

刘鋹居然相信，一把火将宫殿府库烧了个精光。广州城内大乱，没人拒守。宋军到了城下，立即登城，入擒刘鋹并李托、龚澄枢等臣僚九十七人，只是女巫樊胡子不知去哪了。有宦官数百人，盛服求见。潘美道："我奉诏伐罪，正为此等，尚敢来见我吗？"遂命一一缚住，斩首示众，广州乃平。宫殿、府库和粮仓都被烧毁，潘美想直接砍了刘鋹，见他声泪俱下，潘美起了恻隐之心，派军将刘鋹押送开封。

《新五代史》所称十国中的第二个割据政权：南汉国，到此结束。

总计南汉国，历四帝，国祚五十四年，共六十州、二百四十个县。南汉国是史上最奇葩的王朝，若想当官，必先自宫。为了仕途，许多南汉国官吏一边念着"大学之道，在明明德"，一边挥刀割掉累赘。宋灭南汉时，南汉户数共十七万，宦官数量则达两万。南汉统治滥用酷刑，民众不堪其苦。因此宋太祖赵匡胤说："朕当救此一方之民。"

南汉国群魔乱舞，倒是那些胼手胝足的百姓保持耕耘者气态，半点儿也不走样。刘鋹曾经招募了两千能够采集珍珠的军士，号"媚川都"。这些人采珠时，要在脚腕拴好绳子，沉入大海深处。采珠异常危险，大量采珠人丧命。百姓的死活，刘鋹根本不在乎，他的宫殿全部用珍珠装饰，穷极奢靡。潘美在宫殿灰烬中寻得没有烧坏的珍珠献给赵匡胤，趁机进言采珠的危苦。赵匡胤见了潘美的奏章，马上降诏，废除媚川都，禁止民众以采珠为业。在残暴统治中挣扎了半个世纪的岭南民众，终于回到了文明的社会。

宋朝廷下旨，潘美升任岭南道转运使，王继勋升任侍卫骑军骁雄军及侍卫步军雄武军使。

刘鋹被押到了开封。对于献俘礼仪，没有人知道该怎么办，赵匡胤就咨询陈国公张昭。

张昭在后唐、后晋、后汉、后周年间，撰写了《唐朝君臣正论》二十五卷、《唐书》二百卷、《制旨兵法》十卷、《周祖实录》三十卷。到了宋朝，张昭依然笔耕不辍，著《嘉善集》五十卷、《名臣事迹》五卷。张昭没有攻城略地的武功，没有和事佬冯道那样的随机应变，却是一位走出五代乱世的文人。他在乱世中用他的才华编撰大量史书，以他的博文见识完善各项典章制度。宋朝初年编纂的《旧五代史》就参考张昭的作品。

张昭叙述完受俘礼仪，赵匡胤又问："张卿生自唐末，经历五朝乱世，已近耄耋之年了！您撰写了这么多史实文字，请问您有何心得呢？"

张昭想了想答道："天道有轮回，苍天绕过谁？万般皆是命，半点不由人。"

赵匡胤似有所悟，喃喃说："朕懂得了！"

赵匡胤按张昭所说礼仪，御崇德门，亲受俘虏。

刘鋹此时不慌不忙，向前叩首道："臣年十六僭位，李托、龚澄枢等俱先考旧人，每事统由他们做主，臣不得自专。所以臣在岭南时，李托、龚澄枢等是国主，臣实似臣子一般，还乞皇上明察！"

赵匡胤命大理寺卿高继申审讯李托、龚澄枢等一干人犯，得种种罪状，当即将他们推出午门外斩首。

赵匡胤特诏，赦免刘鋹，授检校太保、千牛卫上将军。刘鋹谢恩，恬不知耻说："朝廷威灵远及海外，四方降王俱来开封，臣愿得以执鞭为降王之长。"赵匡胤哈哈大笑。

南汉国财宝虽然被抢的抢，烧的烧，但还有美珠四十六瓮，赵匡胤仍然给还刘鋹。刘鋹用美珠结成一龙，头角爪牙，无不俱全，且极巧妙，当下入献皇宫。赵匡胤瞧着，对左右说道："刘鋹如果能将这项技艺用在治国上，南汉怎么会灭亡呢？"

刘鋹在南汉时常置毒酒以杀臣下。一日，赵匡胤到讲武池，众官员大多未至，而刘鋹先到。赵匡胤命人赐给他酒，刘鋹以为赵匡胤要毒杀自己，举杯大哭说："臣继承父祖的基业，抗拒违背朝廷，劳烦王师前来讨伐，臣的罪过自然该死。请陛下不要杀臣，使臣得见太平景象，做一个开封的布衣就好。臣不敢喝这杯酒。"赵匡胤大笑说："朕与人推心置腹，怎么会干这种事呢？"赵匡胤取酒自饮，另赐一杯酒给刘鋹。刘鋹大感惭愧，叩头拜谢。

3

南汉国灭亡后，宋军已从北面、西面、南面将南唐国包围。

南唐后主李煜忧心似焚，每天借酒消愁，悲歌不已。

上将军林仁肇进言："宋朝连年用兵，先后平定西蜀、荆南、湖南、岭南。他们千里奔波，肯定劳累，这正是可乘之机。陛下只要给臣数万兵马，臣就能夺取失去的淮南。毋庸讳言，陛下忧虑重重。陛下可以这样做，对外宣称是臣反叛，如果臣成功了，淮南归陛下所有；如果臣兵败了，陛下灭我满门，以此向宋朝摆脱干系。"李煜惊叫道："你千万不要胡说，这会连累国家的。"林仁肇被调任南昌留守。

南唐国不只有外忧，还有内困。丢掉淮南后，南唐国失去了重要的盐产地，自此要花巨资向中原买盐。财政日益窘迫，南唐国连鹅生双子、柳树结絮都要课税，百姓怨声载道。

惹怒宋朝，南唐国打不过；投降宋朝，李煜舍不得苟且偷安。思来想去，李煜采取折中办法：为保眼前富贵，去除唐号，自己改称"江南国主"。李煜遣其弟中书令李从善去开封朝贡。

宋太祖赵匡胤召见李从善，询问几句后，突然灵感闪现，生出一项计谋来。他将李从善扣留在开封。

李煜请求李从善回归，偏偏赵匡胤不许，只是诏称："李从善多才，朕将重用他为兖州泰宁军节度使。当今南北一家，何分彼此！愿卿毋虑。"

赵匡胤忌惮林仁肇，得到他的画像，悬挂在文德殿中。等到李从善入觐，宦官王继恩引入观看，佯问他认识与否？李从善惊诧道："这是南昌留守林仁肇呀，何故留像在此？"王继恩故意吞吞吐吐，半晌才道："您即将

879

出任兖州泰宁军节度使，同是大宋臣子，我不妨直告，皇上爱林仁肇之才，特赐诏谕，命他前来担任淮南节度使。他愿遵旨来归，先用这幅画像为信物。您寓所旁边不是有一处空宅吗？那是皇上赐给林仁肇的。"

李从善心中暗语："怪不得林仁肇请求率兵进攻淮南呢，他用意深远呀！"

李从善秘密遣人回报南唐后主。李煜不知这是反间计，传召林仁肇。

林仁肇从南昌回到金陵，急切说道："有商人来密告，宋军于荆南建造战船千艘。臣请求带兵秘密前去，焚烧宋朝战船，那样，宋朝就没有一支强大的水师侵犯我国啦。"

李煜冷冷问："你带兵是去荆南呢，还是去淮南呢？"

"为何这样说？难道陛下同意收复淮南了吗？"

"不要说这说那啦，你是否接受过宋朝的诏书？"

"没有。"

林仁肇是真的没有。他出身行伍，常与军士同甘共苦，因此深得军心。南唐国神卫统军都指挥使皇甫继勋、江西观察使朱令赟嫉妒林仁肇，就在李煜面前进谗，称他秘密向宋朝求援，要在南昌自立。那李煜也不访明底细，便认定林仁肇有意欺蒙，当下赐林仁肇酒，暗中置鸩。林仁肇饮将下去，毒性发作，七窍流血而死。

门下侍郎陈乔感叹："若使林仁肇在外带兵，我陈乔在内掌政，那么即使我国国土狭小，宋朝也难以图谋。"闻听林仁肇冤死，陈乔叹息："国家到了如此地步，还要杀害忠臣，真不知道我会死在什么地方。"

金陵城中，最美的地方是后湖，名园胜境，掩映如画。

李煜与户部尚书冯延鲁、吏部尚书徐铉去后湖泛舟。冯延鲁看到风景秀丽的后湖，感慨道："昔日，唐玄宗将三百里镜湖赐给贺知章，对此我不敢奢望，如果主上能将后湖赐给我，臣平身夙愿也就满足了。"徐铉闻听，讥讽冯延鲁："我主礼贤下士，常怕做得不够，哪里还会吝惜一个后湖呢？只可惜像贺知章这样的人太少了！"一席话说得冯延鲁羞愧不已。

李从善被扣留在开封，李煜便派遣户部尚书冯延鲁到开封解救。

谁料冯延鲁到达开封后便一病不起，无法上朝。宋太祖赵匡胤向来对冯延鲁厚爱有加，命太医为他诊治，不久下诏令其南归。

冯延鲁归国不久，病逝于家中，终年六十八岁。

后湖，冯延鲁得不到，很快要从李煜手中丢掉了。

金陵城中，来了一位池州人，名叫樊若水。他参加南唐国进士考试，再次落第。忧伤的樊若水到了洪氏酒馆饮酒。酒保将酒壶、酒盅摆在樊若水面前。樊若水囊中羞涩，只点了一碟咸菜、一两浊酒。樊若水刚刚喘了一口气，就见酒保跟在一位胖乎乎的中年人后面过来。中年人开口说道："这位客官，对不起了，神卫统军都指挥使皇甫继勋要来本馆饮酒，请客官另到他处吧。"

"你是谁呢？"

"这是我家酒馆掌柜洪刍。"酒保慌忙答道。

"洪掌柜，皇甫将军喝他的酒，我喝我的酒，互不干涉啊！"

"那不行，你是个穷酸书生，怎能与将军一同饮酒呢？"说完，洪刍甩袖而去。

樊若水想要找洪刍理论，酒保小声劝道："客官，我们都是穷贱之人，各安本分就好。洪掌柜，你能理会得了吗？他们洪氏一家掌控了金陵城中酒的专卖，富得流油。虽然不缺钱，但却拖欠国家的税赋上百万钱，这里面肯定有玄机呀！要知道，皇甫将军就是洪氏的后台呀！其实，皇甫将军来不来不是问题，你的消费才十个钱，这才是个问题。"

樊若水立刻明白了，这是狗眼看人低呢。走出酒馆的樊若水回想自己，自幼聪明好学，能思善算，因才高自负而不愿甘居人后。长大以后，也曾梦想通过科举入仕，扬名振声，光耀门庭。可是结果却屡试屡败，进取无望。樊若水又看现在的南唐国风雨飘摇，朝政腐败，民生凋敝，早晚会被宋朝灭掉。樊若水想到这，便有了北归宋朝、帮着灭掉南唐国的想法。

樊若水心里清楚，宋太祖赵匡胤有平定南唐之心而无过江之术，面对长江南边的南唐国，宋军只得望江兴叹。樊若水忽然有了在长江建立浮桥的想法。他长期生活在长江边上，对长江渡口、圩堰、关卡、要塞无不了如指掌。采石矶江面比较狭窄，可作为架设浮桥的首选地点。樊若水有了这个大胆设想，便以垂钓为名，划着小船，带上丝绳，去测量采石矶江面的宽度。樊若水在采石矶江面往返数月，获取了详细的水文地理资料。

樊若水到了开封，向赵匡胤献上他亲手绘制的《横江图说》。

赵匡胤打开这卷《横江图说》，见采石矶江面一带的曲折险要一一标明，尤其是采石矶江面的宽度标注更详，不由欣喜说道："今得此图，江南尽入囊中也！"

赵匡胤当即授樊若水为舒州军事推官。

樊若水向赵匡胤禀报，他老母亲及亲属几十人在江南，担心被南唐后主李煜所害，希望迎接他们前来。赵匡胤笑笑说："这没问题。"立即诏令李煜送人过来。

李煜不明所以，也不敢怠慢，立即厚给樊若水家人财物，派兵护送他们过江。

赵匡胤踌躇满志，现在灭亡南唐国就缺一个出师的理由了。赵匡胤令李从善转达旨意，召李煜入朝。李煜当然不会去，只令吏部尚书徐铉入贡，再请遣弟李从善归国。赵匡胤仍然不允，且促李煜迅速前来开封。李煜仍旧佯言有疾，始终不肯入京。赵匡胤正拟发兵往征南唐国，忽闻后周恭帝柴宗训去世，赵匡胤便放下征伐，少不了一番感慨。

973年春，迁居房州的柴宗训染病而亡，终年二十岁。赵匡胤素服发丧，辍朝十日。

柴宗训被葬于新郑县郭店村。在郭店村，还埋着后周太祖郭威、后周世宗柴荣。赵匡胤向众臣无限感慨道："郭店村有陵墓三座，不起眼的土丘前只有一小块墓碑，无论如何都不会让人想到是皇家陵地。虽然墓地没有牌坊、碑楼、石门、石人、石兽，只有草木一岁一枯荣，但我们不觉得简朴。在简朴的后面，是世人的无限敬慕。"

令赵匡胤暂时搁置南征的原因，还有宋朝财力不足、百废待兴。

973 年八月，赵匡胤来到同平章事赵普府中。

恰巧，吴越国第五任国君钱俶寄书与赵普，且赠有海物十瓶。

骤闻赵匡胤到来，赵普仓促出迎，不及将海物收藏。等到赵匡胤入内，已经瞧着，问是何物。赵普不敢虚言，据实奏对。赵匡胤道："海物必佳，不妨一尝！"赵普不能违旨，便取瓶启封，揭开一看，不是什么海中之物，而是亮灿灿的黄金。赵普局促不安，慌慌张张说道："臣实不知情。"赵匡胤叹息道："你也不妨直受。吴越国王钱俶以为宋朝国家大事，统由你书生做主，所以格外厚赠呢。"赵匡胤说完就离开。赵普匆匆送出，懊丧了好几天。见赵匡胤优待如初，赵普这才放心。

一波未平，一波又起。赵普遣亲吏去关中购办巨木，运至开封治第。亲吏趁机多办若干，转卖他人，牟取厚利。度支、盐铁、户部三司使赵玭查证属实，认为有诏禁止私贩，赵普潜遣往购已属违旨，贩卖牟利更属不法，便将详情奏闻。赵匡胤大怒道："他也太贪得无厌啦。"即日逐走赵普，贬为河阳三城节度使。

973 年九月，赵匡胤弟弟、开封尹赵光义被封为晋王，获得准皇储地位。

973 年秋天，宋朝粮食大丰收。内顾无忧，赵匡胤重又拾起收复南唐国之事。"敬事有善功，骄奢则祸至。"前半句夸的是赵匡胤，后半句指的是李煜。赵匡胤一心想统一天下，时刻准备征伐南唐国，而李煜则沉迷于享乐，苟且偷安。李煜对容貌美丽、神采端静的小周后爱护有加，恩宠超过了大周后。小周后性奢侈，李煜就用嵌有金线的红丝罗帐装饰墙壁，又用绿宝石镶嵌窗格。小周后朝歌暮舞，惹得李煜意荡神迷，无心国事。

赵匡胤派阁门使梁迥至金陵，对南唐后主李煜说："今年，开封城中有柴燎之礼，请江南国主入开封助祭。"李煜哼哼哈哈，不予回答。不久，赵匡胤又派中书舍人李穆携诏书来到南唐，劝李煜降宋。李穆向李煜说："大宋王师锐不可当，南平、西蜀、南汉都已亡国，吴越国也听命于大宋。江南国主呀，您已被四面包围啦！与其让百姓遭殃，还不如早早纳土归宋。"

李穆的话击中李煜的软肋。李煜心中准备臣服于宋，但门下侍郎陈乔、清辉殿学士张洎竭力劝阻。

陈乔，早在南唐先主李昇时就拜为中书舍人。南唐中主李璟器重他，曾对诸子说："此忠臣也，他日国家急难，你们可托之，我死无憾矣。"

张洎，行止洒脱，文采清丽，在南唐考中进士。他见李煜迷信佛道，便博览佛道书籍；见陈乔是南唐重臣，便刻意巴结。张洎因此，获得恩宠。

陈乔向李煜流泪说："臣受先帝重托，拼死保卫国家。如果国家不存在了，臣死后有何脸面去九泉之下见先帝呢？"

张洎附和陈乔，声情并茂说道："只要我们君臣众志成城，就一定能够抗拒宋军。臣已经同陈公商量妥当，如果宋军来犯，我俩定为国难而死。"

李煜立刻被陈乔、张洎情绪渲染，当下决心抗宋，于是继续称病，拒绝入朝。

974年九月，赵匡胤以李煜拒命不朝为由，命滑州义成军节度使曹彬为金陵西南面行营马步军战棹都部署，岭南道转运使潘美为西南面行营都监，将兵十万，往伐南唐国。

赵匡胤面谕曹彬、潘美："李煜在陈乔、张洎的鼓动下，外示威服，内缮甲兵，企图坚壁以老宋军。江南水寨、战船已经布列长江沿线，金陵城内也已积聚大批粮草。即便如此，江南也不足为惧。你们此次出师，必会克敌取胜。需要你们注意的是，昔日王全斌平蜀，多杀降卒，朕时常叹恨。此次出师，你们切勿暴掠生民，须要威信兼全，慎毋杀戮！"

曹彬、潘美齐声应答："遵旨！"

赵匡胤又对曹彬叮嘱："平蜀时，曹卿表现不错。等攻克李煜后，任命你为使相。"所谓"使相"，就是节度使加同平章事。曹彬闻听，内心平静。

十月二十三日，曹彬率领宋军沿长江南岸水陆并进，击溃了二万南唐军，夺占了长江要隘采石矶。樊若水去采石矶用毛竹建造浮桥。他们先在石牌口试架，三日桥成，移置采石矶，丝毫不差。

战鼓声越来越近，金陵城中，南唐后主李煜与群臣商议抗宋之策。

张泊进言："臣探得消息，江南逃亡之人樊若水用毛竹在长江上制造浮桥，这岂不是开玩笑吗？长江波浪汹涌，必定不能成功。臣遍览古书，从未有长江上造浮桥之事。这个樊若水在江南连个进士都考不上，现在跑到开封去祸害宋军了。哈，哈。"

宋军在长江打造浮桥，实为旷古未有之事。李煜也认为宋人是异想天开，微微一笑道："宋军不可小瞧，但长江上造浮桥，确是儿戏。"

李煜言未已，侦骑来报：宋军已经从浮桥上渡过长江了。

李煜君臣大惊。原来潘美率领宋军步卒从采石矶所造浮桥上顺利渡江，如同平地行走一般。

李煜急派同平章事郑彦华督水师万人，都虞侯杜真领步兵万人，共拒宋师。

郑彦华带领战船，鸣鼓前进，急趋采石矶浮桥。潘美闻他来到，选弓弩手五千人，排立岸上，一声鼓号，箭如飞蝗，射得南唐国战船樯折帆摧，无从停泊，只好倒桨退去。未多久，杜真所领步军，从岸上驰到，潘美也不待他列阵，便杀将过去。宋军人人奋勇，个个争先，将南唐军杀得七零八落。杜真向南败逃。

李煜闻听败报，急切招募军士，命神卫统军都指挥使皇甫继勋统领，全力御敌。无奈两军强弱悬殊太大，皇甫继勋依旧兵败如山倒。

975年二月，宋军来到了金陵城南的秦淮河。冬天的秦淮河水并未结冰，河水还在流动，波光粼粼。北风呼啸着，雪花飞舞着。无边无际的芦苇若毡般铺在宽阔的河滩上，白茫茫，在岸边黑色的土崖与绿色的流水间隔离出一道美丽的风景。潘美率兵渡秦淮河，因舟楫未集，宋军裹足不前，临河待舟。潘美勃然道："我提兵数万，自开封到此，连汹涌长江都渡过了，这区区秦淮河水能挡住我们吗？"潘美将马一拍，跃入水中，截流而渡。众将士自然跟了过去，就是未曾骑马的步卒，也浮水径达对岸。

南唐兵前来交战，均被宋军杀退。宋兵点火，烧起了芦苇荡，风大火大，立即烧毁了金陵城南水寨。寨内守卒，多被烧死溺死杀死。

南唐国朝廷内，掌握军务的是门下侍郎陈乔、清辉殿学士张洎，二人力主死战，但他们是一介书生，对军务一窍不通，实际掌握军权的是皇甫继勋。皇甫继勋身为南唐主帅，但保惜富贵，无效死之意，常常把"降宋"挂在嘴上。部下有献策破敌或请求出战击敌者，常遭其鞭打、囚禁，以致将士激愤，百姓切齿。

皇甫继勋内结秘书郎刁衎，阻隔战败消息。当宋兵磨刀霍霍准备进攻金陵城时，南唐后主李煜还全然不知。南唐国在金陵城内进行了最后一次科举考试，考场内，几百个举子的手臂在颤抖。宫中，李煜安然召集僧道诵经念咒，祈求仙佛保佑。忽然，李煜听得城外炮声震耳，甚感惊奇，便登城楼远望。李煜大吃一惊，只见城外宋军旌旗遍野，垒栅纵横。李煜急切问刁衎："宋军已到城下，如何不来报我？"

刁衎答道："皇甫继勋不准入报，所以未曾上达。"

李煜愤怒不已，当即召见皇甫继勋，问他何故蔽塞军情。

皇甫继勋答道："宋军强劲，无人可敌，即使臣日日报闻，徒令宫庙震惊，想陛下亦没有什么好法儿！"

李煜拍案道："如果宋军入城，难道任他杀掠吗？"

皇甫继勋答道："我闻听宋军军纪严明，严禁乱杀一人，即使金陵失守，你我性命和富贵照样保全。"

"你是臣子，不做南方臣子了，可以去做北方的臣子，我怎么办呢？"李煜气得直咬牙。

皇甫继勋也不说话，径直走出宫门。南唐军士义愤填膺，早已对皇甫继勋恨之入骨，一拥而上，乱刀将他砍死。

李煜飞诏江西观察使朱令赟，令他速率江西兵入援。

朱令赟驾着大船，威风凛凛，十五万江西兵，跟着他仓促奔往金陵。朱令赟遥望前面帆樯林立，差不多有一千号战船，便惊疑起来，当即命水手停住，暂泊皖口。探卒很快打探明白，前面是宋朝岳州江路巡检战棹都部署王明，率领在荆南新建的千艘战船来战。朱令赟心里，立刻发慌。到了夜晚，战鼓声响，宋军水师攻来了。朱令赟稀里糊涂，命令军士纵火。不意北风大起，那大火随着大风，正好烧着了处在南面的江西战船，霎时全军惊溃。宋兵四面相逼，吓得朱令赟跳水脱身，却被宋兵擒住。

金陵城内，李煜君臣眼巴巴地盼望着朱令赟前来救援，不料等来的却是朱令赟被擒的消息。李煜吓得魂飞魄散，急遣吏部尚书徐铉到开封哀求罢兵。

徐铉快马到了开封，对宋太祖赵匡胤说："江南以小事大，好比儿子侍奉父亲，并没有什么过失，为何被皇上征伐呢？"

赵匡胤反问："既然是父子，为何在两处吃饭呢？"

"江南国主李煜对大宋素来恭敬，由于身患疾病而没有来朝拜谒，并不是要违背陛下的旨意。陛下即使不念江南国主，也当顾及江南生灵。若大军逗留，玉石俱焚，也非陛下恩周黎庶的至意。"

"朕已下令，不得妄杀一人。如果你们国主见机速降，何至生灵涂炭？"

徐铉一时无言回答，只好继续哀求："江南国主李煜屡年朝贡，未尝失仪，陛下何妨恩开一面，得到双全。"

赵匡胤愤愤说："卧榻之侧，岂容他人鼾睡！"

4

无言独上西楼，月如钩。

寂寞梧桐深院锁清秋。

剪不断，理还乱，是离愁，别是一般滋味在心头。

被困金陵城中的南唐后主李煜，写下了这首《相见欢》。在他的内心深处，隐藏着太多的孤寂与凄婉。那剪不断、理不清，让人心乱如麻的，正是即将面临的亡国之痛。

吏部尚书徐铉由开封归来，叙说宋太祖赵匡胤不肯罢兵，李煜越觉慌急。

坏事一件接一件，常州递来急报："吴越国王钱俶遵奉宋命，来攻常州。"李煜无兵可援，只好书致钱俶："今日无我，明日岂有君？有道是：唇亡齿寒。一旦宋天子得到江南之地，恐怕君亦变作开封布衣了。"钱俶并不答书，率军进拔江阴、宜兴两县，并攻下了常州。

此时的南唐国辖下州县，已经所存无几了。

金陵城中有个和尚，人称"小长老"，李煜朝夕与之谈论六根、因果。以前，"小长老"劝说李煜广建佛塔，李煜听从；聚众千人讲佛论道，李煜支持。等到宋军围困金陵，李煜召"小长老"相助。"小长老"展示自己的"能力"，到金陵城楼上左右摇旗。宋军都部署曹彬看到后，以为南唐即将投降，便下令宋兵退却。曹彬是按赵匡胤旨意，"威信兼全，慎毋杀戮"，但李煜不懂曹彬之意，以为是"小长老"法力无穷。李煜上来劲头，命城中军民齐诵《救苦观音菩萨经》。不料第二天，宋军又开始攻城，势头更猛。李煜再找"小长老"，他竟然托病不出。李煜忽然明白被骗，立即鸩杀了"小长老"。

宋军尽围金陵，昼夜攻城，金陵米粮匮乏，死者不可胜数。975年十一月，曹彬派人晓谕李煜："事势已经如此，只可惜一城的百姓跟着受罪。如果你能归降，那是上策啊。此月二十七日，金陵城必破矣！"

李煜不再犹豫，当即自书降表。门下侍郎陈乔劝谏："自古无不亡之国，降亦无由得全，徒取辱耳，请陛下决一死战。"李煜不从，陈乔自缢而亡。

清辉殿学士张洎当初与陈乔约定，同死社稷。当陈乔死后，张洎丝毫不记得当初的约定。张洎趾高气足，洋洋自得。

二十七日，宋军破城。李煜一身白衣，率领臣僚，来到宋军面前奉表投降。曹彬好言安慰，请李煜入宫换装，曹彬仅派几名骑兵等在宫门外。左右秘语曹彬："李煜入宫，如有不测，怎么办？"曹彬笑着说："李煜既然已降，一定不会自杀。"

《新五代史》所称十国中的第九个割据政权：南唐国，到此灭亡。

南唐国共历三世，享国三十八年。南唐国最盛时，幅员三十五个州，人口五百多万，是十国中最强的国家。

宋人陆文圭写下《己卯题吴江长桥》，记叙南唐国灭亡过程——

长驱小陆一时进，钱塘破竹从风靡。

川流衰竭王气尽，成败反复固其理。

汴师平南将彬美，南人死恨樊若水。

采石浮桥一夕成，晓出降幡人姓李。

樊若水成为中国历史上第一座长江大桥的发明者。平定金陵后，宋太祖赵匡胤升樊若水为侍御使，赏钱一百万，令他乘车巡视江南诸州，察访民情。洪氏曾掌管金陵酒的专卖，拖欠税赋几百万钱。樊若水潦倒时，被洪氏酒馆掌柜洪刍侮辱。此时，樊若水大权在握，率领兵丁来到了洪氏酒馆。当年的酒保还在，见到樊若水身穿官服，威风凛凛，当即吓得跪地求饶。樊若水坐在桌前，还是点了一碟咸菜、一两浊酒。酒保哪敢只上这些？把好菜好酒一齐上来，并且一文钱不要。樊若水怒气稍稍消解。掌柜洪刍不知哪去了，樊若水派兵丁将其搜出，责令他偿还拖欠的税赋，樊若水高高兴兴地出了一口恶气。皇甫继勋已死，樊若水无须再去追究洪氏酒馆的后台问题了。

五　往事知多少

雪悠悠地飘着，将天地渲染成白茫茫的一片。

秦淮河并未结冰，河水静静地流淌着。河两岸已被白雪覆盖，昔日的征尘、血迹都已消失在白雪下，尘世重新开始。

宋师凯旋，渐渐远离秦淮河。西南面行营马步军战棹都部署曹彬与西南面行营都监潘美并排骑马，行进在队伍的最前面。曹彬神色坦然，潘美兴奋异常。

"将军您征伐江南，立下了大功，回去就会拜使相了。"

"为何这样说呢？"

"早在征伐前，陛下对您说：'等攻克李煜后，任命你为使相。'我在此先向您祝贺啦。"

"这次南征，仰仗天威，遵照朝廷谋略，才取得成功，我又有什么功劳呢？此次回到开封交差，我不会拜相的。"

"为什么这么说呢？"

"北汉尚未平定啊。"

曹彬、潘美平定江南，立下了大功，尤其此次征伐未曾妄杀一人，可谓功德圆满。开封城中，银装素裹，语笑喧阗。曹彬入宫朝见宋太祖赵匡胤，名帖上称："奉令到江南办事回来。"曹彬的谦恭，可见一斑。赵匡胤对曹彬说："本来要授你为使相，但是北汉还没有攻灭，曹卿暂且等待一些时候吧。"潘美在旁，忍不住偷偷笑起来。赵匡胤发觉，问他为何发笑。潘美不敢隐瞒，将实情回答。赵匡胤也哈哈大笑起来，赐给了曹彬二十万钱，以作补偿。曹彬退朝后，对潘美深情说："人生何必做使相呢？官大也不过是多得些钱财罢了。"潘美又笑起来。

曹彬升任枢密使、检校太尉、许州忠武军节度使，潘美升任宣徽使。

吴越国第五任国君钱俶派遣世子钱惟濬朝贺，赵匡胤面谕钱惟濬："你家父王攻克常州，立有大功，可来与朕相见，共叙友谊。朕定当遣归，苍天在上，决不食言！"钱俶接信，不敢有违，马上前来开封，入觐赵匡胤。钱俶此次入朝，上贡白银二十一万两、绢十三万匹、茶八万斤、乳香七万斤，其他金银宝物无数。赵匡胤高兴，待以殊礼：剑履上殿，书诏不名。

976年正月，南唐原后主李煜被俘送到开封。途中，李煜写下《忆江南·多少恨》——

多少恨，昨夜梦魂中。

还似旧时游上苑，车如流水马如龙。

花月正春风。

还写下《望江南·多少泪》——

多少泪，断脸复横颐。

心事莫将和泪说，凤笙休向泪时吹。

肠断更无疑。

宋太祖赵匡胤在明德楼受俘。李煜白衣纱帽，至楼下谢罪。宋太祖封李煜为违命侯、千牛卫上将军。

清辉殿学士张洎等一干南唐旧臣，跟随李煜来到了开封。张洎性格鄙吝，在开封向李煜讨要俸禄。李煜已经十分贫困，仍以身边的白银酒壶给他，张洎还不满意。张洎与徐铉交厚，徐铉在金陵时，以父礼事张洎。他闻听张洎向李煜索要钱财，就去劝张洎："我今日见到了违命侯李煜，他泪流不止，张公能否将白银酒壶交还故主呢？"张洎生气道："哪来的白银酒壶？如果我早早跟从大宋皇帝，会是现今这个狼狈地步吗？"张洎与徐铉马上绝交。金陵被围时，张洎曾起草蜡书送至城外调遣救兵。如今到了开封，赵匡胤责问张洎，并取出缴获的蜡书让他对证。张洎毫不惧怕，从容回答："各为其主，今能一死，尽为臣之份了。"赵匡胤哈哈一笑，授他为太子中允。

976年三月，赵匡胤巡幸洛阳，举行郊祀大礼。吴越国第五任国君钱俶请求随行。

赵匡胤向钱俶说道："南北风土不同，卿可早日回国，不必随往洛阳。"

钱俶感谢泣下，愿三岁一朝。赵匡胤道："路途遥远，不必限期。"

赵匡胤不食前言，放钱俶回国。临行前，赵匡胤赐钱俶一个黄锦匣，让他途中密观。钱俶登程后，启匣检视，统是宋朝群臣奏请留住钱俶表章，约有三四十篇。钱俶既惊吓又感动，上表谢恩。

赵匡胤到了洛阳，传召王全斌陪祀。王全斌被贬后，怡然自得，世人称赞他的风度。郊祀大礼结束，赵匡胤对王全斌说："因为江南未平，朕担心征南诸将不遵纪律，所以压抑你几年，为朕立下一个典型。如今金陵已被攻克，朕还给你节度使之职。"赵匡胤任王全斌为徐州感化军节度使。王全斌上任后不久就去世了，终年六十九岁。

赵匡胤欲留都洛阳，群臣相率谏阻，赵匡胤不从。

晋王赵光义入陈："江山之固，在德不在险，何必要迁都？"

赵匡胤叹息道："你也未免愚执了，今日依你就是。"

赵匡胤之所以不依群臣而依赵光义，是因为他心中有一个结。这个结与自己寿命有关，也与赵光义前途相关。

1

马上就要到 976 年十月十九日了，这是个特殊日期。早在 964 年十月十九日，麻衣道者给赵匡胤算命，说十二年之后的今天如果天气晴朗，那么他就能多活十二年，否则必死。

赵匡胤心情很沉重，不由思索起自己的一生。赵匡胤认为他最大的功劳就是即将终结一个纷争的乱世——

唐末以来，天下纷争不断。数十年间，没有人能稳住皇位不倒。后梁、后唐、后晋、后汉、后周时期，反叛弑杀不断，更朝换代不止。直到陈桥兵变，才终结了一个血腥的乱世。赵匡胤不仅善待后周皇室，而且用杯酒释兵权，让当年一起奋战的将领们功成身退。赵匡胤已经迈进了治世的殿堂，只有一条腿还在乱世的泥沼中，那就是尚未平定北汉国和尚未收复幽云十六州。赵匡胤不停思索：如果自己离开人世，谁来接班？儿子还是兄弟？

在一个由乱到治的世界里，大家都是靠实力来说话。赵匡胤想到这些，决定誓守金匮之盟，将皇位传给弟弟晋王赵光义。赵匡胤素性友爱，兄弟间和好无隙。自唐末以来，这种兄弟和睦的皇亲贵族极为少见。在后梁朝的家族血斗、南楚国的众驹争槽映衬下，赵匡胤人品愈显珍贵。赵光义有疾，赵匡胤与他灼艾，赵光义觉痛，赵匡胤取艾自灸。赵匡胤常谓赵光义龙行虎步，他日必为太平天子，赵光义不觉害怕，暗自欣幸，对兄长颇加恭谨。

赵匡胤不是没想过传位给自己的儿子。赵匡胤共有二子，赵德昭现今二十六岁，才能平庸；赵德芳现今十八岁，文弱柔顺。赵匡胤感觉二人都不是当皇帝的料，尤其在一个纷争的时代。

赵匡胤招来赵德昭、赵德芳二人说："大宋朝建立以前，中原有五个短命王朝。在短命王朝之外，还有一些割据王国。王国虽然是配角，但存在时间纷纷超过了主角。除了南汉、北汉的百姓困苦外，这些王国的百姓要比中原百姓活得幸福。朕和你们说这些，是告诉你们：主角不一定好，配角才是王道。再说得直接一些，当劳累皇帝不一定幸福，当太平王爷不一定差劲。你们要选好自己的角色，好好活下去，不要辜负父皇对你们的一片期望。"

到了 976 年十月十九日，赵匡胤格外留心这天天气。他就在万岁殿前，仰望天空。白天晴朗无云，夜晚星光璀璨，赵匡胤心中十分高兴。这天很快就要过去了！就在他渐渐心情舒畅时，天空中突然乌云密布，天气骤变，竟然下起了雪花。现在才是秋天，这雪来得太早了点吧！赵匡胤看到此景，又想到麻衣道者所说的话，内心立刻烦闷起来。赵匡胤立刻传旨：让赵光义陪自己饮酒。

赵光义入宫。三杯下肚后，赵匡胤说："世道衰，人伦坏，亲疏之理反其常，干戈起于骨肉，异类合为父子。在大宋建立以前，这种现象太常见了。自唐末以来，中原有五个朝代，一些王朝似乎被命运诅咒，历任皇帝几乎无一人善终。在中原周边的王国中，丑闻也不断。马希广、马希萼、马希崇为争夺王位，手足相残，为世人耻笑。"

"朕当皇帝,虽是禅让取得,但实际是夺了柴荣的天下。柴荣临终时,说天不济人。朕当时在场,痛哭失声。我们要厚待柴氏子孙。过去的五个朝代,是刀光剑影、血雨腥风的乱世,是靠拳头说话的时代。今天是将孙,明天摇身一变就成了皇爷。这样的时代应该过去了,要用文来治世。兵者是凶器,圣人不得已而用之。当年,黄巢军中盛传:'杀儒者不祥。'今后,我们的大宋要重视文人,不得杀士大夫及上书言事人。

"朕一直想着,要给后世子孙留下当皇帝的规矩。朕已经将这份规矩写在纸上,宋朝历任皇帝即位时,都必须拜读这份训令。"

赵匡胤将这份训令交给赵光义看,但赵光义不敢看。赵匡胤硬要他看,赵光义就瞅了瞅,见上面写着——

柴氏子孙有罪,不得加刑,纵犯谋逆,止于狱中赐尽,不得市曹刑戮,亦不得连坐支属。

不得杀士大夫及上书言事人。

子孙有渝此誓者,天必殛之。

宦官王继恩等数人在万岁殿外侍候,遥见烛光下赵光义离席,约莫次日三更,殿外大雪堆积数寸,听见赵匡胤引斧戳地,大声对赵光义说:"好为之。"随后,赵光义离开。赵匡胤解衣就寝,鼾声如雷。

这就是历史典故"烛影斧声"的由来。

二十日四更时分,宋太祖赵匡胤目定口开,悠然归天了,终年五十岁。

总计赵匡胤在位,共一十六年。赵匡胤称帝后,逐步统一天下,并加强中央集权,澄清吏治,劝奖农桑,疗愈了五代以来的战争创伤。赵匡胤之所以能成为千古一帝,还得益于他的完美人格。"少时三伙伴""义社十兄弟"都成为他称帝路上的得力帮手。赵匡胤当了皇帝后,生活一直朴素,他穿的衣服洗了再穿,穿了再洗,很少换新的。赵匡胤常常挂在嘴边的是:"国家之财,是天下百姓之财,我不能随便用。古人说:'以一人治天下,不以天下奉一人。'如果只顾自己挥霍享用，就会让天下百姓寒心。"赵匡胤这种朴素作风，带动了整个社会崇尚节俭。宋朝的州县官去上任，大多穿草鞋而行，骑驴已经是非常奢侈了。

二十日五更，宦官王继恩发现赵匡胤死于万岁殿中。

皇后宋氏急急赶来，抚床大恸，哀号不已。皇后宋氏派王继恩出宫，召赵德芳入宫。宋氏的用意很明显，她想让赵德芳前来继承皇位。可是宋氏没有想到的是，王继恩违背了她的旨意。王继恩心里想：赵匡胤活着的时候，一直在培养赵光义，并没有培养赵德芳，所以他要忠实执行赵匡胤的意志。

王继恩没有去赵德芳的府邸，而是径直去召赵光义。赵光义闻讯后非常惊讶，当即流泪。赵光义对王继恩说："请稍候，我要到后堂与家人商议。"很长时间过去了，赵光义也没有出来。王继恩非常着急，催促道："晋王，事久，将为他人有矣。"赵光义忽然惊醒，泪流满面，冒着雨雪进入宫中。

皇后宋氏见王继恩回来了，连忙问道："德芳来了吗？"

王继恩答道："晋王至矣！"

皇后宋氏看到赵光义后大惊失色。王继恩劝导宋氏："先帝奉母后遗命，传位晋王，金匮密封，可以复视，现请晋王继位。"

皇后宋氏号啕大哭，赵光义瞧不过去，亦劝慰数语。

宋氏不禁泣告道："我母子的性命，均托付官家。"

赵光义道："当共保富贵，幸毋过虑！"

2

976年十月二十一日，赵光义继承皇位，这就是宋太宗。

宋太宗赵光义宣布宋朝依照宋太祖赵匡胤制定的轨道运行，"事为之防，曲为之制"。赵光义号宋氏为开宝皇后，封赵德昭为武功郡王、赵德芳为同平章事。原南汉国、南唐国的国君都在开封活得好好的，赵光义加封刘鋹为卫国公、李煜为陇西郡公。

977年春，周易大师陈抟来到了大宋国都开封。

太常丞宋琪接待陈抟，询问道："先生的玄默修养的方法，可以传授给皇上吗？"

陈抟眼中，苍生与长生相比，无疑苍生更加重要，所以无论哪个皇帝当家，他都只会劝导皇帝好好治理天下，治理天下就是最大的功德、最大的修炼，于是陈抟回答宋琪："我是一位山野隐士，对当下的世道没有什么用处，我也不知道吐纳养生之理，无此类方术可以传授。现在皇上龙颜秀异，有天人一样的外表，博古通今，深究治乱，真是有道德、有仁义、圣明的君主。现在正是君臣上下同心同德，兴起改革，以使天下太平的时候，勤行修炼的功劳也不及此。"

宋琪把陈抟的话转告宋太宗，这让赵光义更加敬慕陈抟。赵光义说："陈抟独善其身，不为势态利益所干扰，是真正的方外之士啊。陈抟在华山居住已经四十多年，估计年龄已近一百岁了。他自称经历五代离乱之世，庆幸现在天下太平，所以来朝廷进觐朕，朕要与他交流，他的看法很值得一听。"

赵光义设宴，款待陈抟。席间，赵光义问："唐朝瑰丽梦幻，盛极一时，为何短短时间内就走向灭亡了呢？"

陈抟答："《周易》有个《丰卦》，告诫世人：治乱相因，盛衰无常，不可不警惕。世间，美好的东西往往都是转瞬即逝，唐朝皇室贵族没有学到《周易》的道理，在多年的声色犬马中忽略了王朝中深层的矛盾。"

赵光义接话说："盛唐的根基由下而上层层腐烂，黄巢之乱、朱温篡唐，不过是压倒骆驼的最后一根稻草而已。"

陈抟点头称是。赵光义又请教后梁、后唐、后晋、后汉、后周这五代灭亡的原因。

陈抟答："《周易》说，'一阴一阳之谓道。'任何事物都有阴阳两个方面，看待任何问题，都应当从两方面去看，不能光看一面，那样就容易看偏了。五代是乱世，重武轻文，只看重了拳头，却忽视了礼仪教化，故而战乱不止。人性，有忠的一面，也有反的一面；有亲的一面，也有仇的一面。没有认识到阴的一面，就会突遇灾祸。过分认识到阴的一面，看不到阳的一面，就会无事生非，比如对安分守己的大将过分提防，就会逼迫他造反。"

赵光义心中明白，光认识到阳的一面，未认识到阴的一面，就会保不住富贵，比如陈桥兵变。赵光义知道陈抟是不会点到这事的。

陈抟接着说："《周易》说：'天道亏盈而益谦，地道变盈而流谦，鬼神害盈而福谦，人道恶盈而好谦。'满月的亮光会一天天减少，月未满时的亮光会一天天增加，这是天道的规律；水满了，就会流向低洼的地方，这是地道的规律；鬼神看到人志高意满，它就嫉妒，要加以伤害，看到你什么都没有，就想帮助你，这是人道的规律。"

赵光义说："先生的话，朕记住了，您还有什么忠言送给朕吗？"

陈抟答："《周易》讲：'安而不忘危，存而不忘亡，治而不忘乱。'宋朝正走向盛世，但也要有居安思危的忧患意识。"

赵光义喃喃说："先生所说的，大概包含所谓的天道、地道、人道吧。"

陈抟说："《道德经》中说：'有物混成，先天地生，寂兮寥兮，独立而不改，周行而不殆，可以为天地母。吾不知其名，字之曰道，强为之名曰大。大曰逝，逝曰远，远曰反。'意思是说：有一个东西混然而成，在天地形成以前就已经存在。听不到它的声音也看不见它的形体，寂静而空虚，不依靠任何外力而独立长存永不停息，循环运行而永不衰竭，可以作为万物的根本。我不知道它的名字，所以勉强把它叫做'道'，再勉强给它起个名字叫做'大'。它广大无边而运行不息，运行不息而伸展遥远，伸展遥远而又返回本原。"

赵光义惭愧说："朕是一介武夫，要学的东西太多了。"

陈抟说："故道大，天大，地大，王亦大。域中有四大，而王居其一焉。"

赵光义询问大宋未来的命数，陈抟只是淡淡地回答："天机泄露，则后患无穷。"

赵光义下诏，赐号陈抟为希夷先生。《道德经》说："视之不见名曰夷，听之不闻名曰希。"所谓希夷先生，就是虚寂玄妙先生。后人每当提到陈抟，都会尊之为老祖。

977年秋，太子太师李继勋病终，终年六十二岁。

宋朝廷追赠中书令、陇西郡王。

李继勋以质朴耿直著称，与赵匡胤是旧交，所以受到特别宠遇。在"义社十兄弟"中，李继勋不仅年龄最长，而且升迁速度最快，是第一个成为节度使的。

"义社十兄弟"当年都在郭威账下，同是起于行伍，血战于沙场，而因为智力、武力、胆魄、运气等各种因素的不同，他们的人生轨迹也便有了不同。杨光义做上了宿州保静军节度使，韩重赟做上了相州彰德军节度使，刘庆义做上了安州安远军节度使，刘守忠做上了左骁卫上将军，王政忠做上了解州刺史。"义社十兄弟"杀敌赴难，慷慨高歌，结束了五代十国的乱世，开启了浩浩荡荡的大宋盛世。

相比"朗州十兄弟"的互相残杀，"义社十兄弟"没有一人在腥风血雨中丧生，这不得不说是个奇迹了。

977年十月，鄜州节度使赵赞入朝，尚未入宫觐见，便已病逝，终年五十五岁。宋太宗赵光义听闻讣讯，为他辍朝两日，追赠侍中。

当年，宋太祖赵匡胤选择将帅，分守边塞，王彦升守原州，李汉超屯关南，董遵诲守环州，马仁瑀屯瀛州，姚内斌守庆州，韩令坤屯镇州，李谦溥守隰州，赵赞屯鄜州，使得宋朝建立之后二十年间无西北之忧。岁月是把无情的刀，刀刀催人老，如今，赵赞等老将一个个离去了。

3

宋朝灭了南汉国、南唐国后，有一处割据政权直接与宋朝接壤。

这就是陈洪进所领的泉州清源军藩镇。

泉州清源军节度使留从效去世后，年迈的节度副使张汉思为留后，陈洪进任节度副使。张汉思害怕陈洪进专权，便在酒宴上埋伏军士，拟将其杀死。酒过三巡后，泉州忽然发生地震，陈洪进躲过了这一劫。事后，陈洪进袖藏大锁，穿着常服进入军府，喝退值勤卫兵。陈洪进将张汉思反锁，逼迫他交出了印信。陈洪进成为泉州清源军节度使，自此割据泉州、漳州二州。陈洪进依附宋朝，获赐封号为"推诚顺化功臣"。陈洪进每年都向宋朝进贡，辖区百姓不堪重负，很是痛苦。

宋太宗赵光义即位后，加封陈洪进为检校太师。

吴越国王妃孙氏回到了临安。吴越国第五任国君钱俶甚为想念，见春色将老、陌上花已开，便写信道："陌上花开，可缓缓归矣。"钱俶回国后，向宋朝贡献频繁。每次进贡，钱俶必先焚香，对宋朝恭敬无以复加。

吴越国风调雨顺、物阜民康，一派世外桃源的景象。江南的鱼米富足，自然吸引了北方的难民。这些在战乱中举家逃离的百姓，越过千山、跨过万河，躲过兵匪、忍过饥饿，来到了吴越国。他们给吴越国带来的不仅是庞大的劳动力，还有先进的生产技术。吴越国在不知不觉中成长起来，势力超过了北方。

钱俶崇信佛教，吴越国内佛教大盛，自谓"凡千万机之暇，口不辍诵释氏之书，手不停披释氏之典"。他于境内造经幢，刻佛经，建寺院，修宝塔，礼遇延寿等高僧。吴越国成为名副其实的东南佛国。

钱俶问延寿："自唐朝灭亡至宋朝建立，共存有五个短暂的王朝，可称之为五代。五代时期，贪婪、仇恨、猜忌像一股股腐臭气息，来了又去，去了又来，控制着劫掠、杀斗、反抗。请问法师，在佛教中，是如何看待呢？"

延寿答："佛陀说，世有三毒：贪、嗔、痴，残害身心，为恶之根源。这三毒，对应着大王刚才说的贪婪、仇恨、猜忌。世人要修行，就要除去贪、嗔、痴。"

钱俶沉默很久，似有所悟。延寿问钱俶："大王相信因果吗？"

钱俶答："相信，请法师开示。"

延寿说："唐朝结束后，朱温乱伦奢杀，到头来被其子弑杀。李存勖灭掉朱氏梁朝，飘飘然不知所以然，善恶不分，是非不明，结局被亲兵乱箭射死。自唐末以来，这类的事情不胜枚举。与此相反，吴越国太祖创业成功后，非但没有自傲，反而制订了家训。《钱氏家训》中称：'要尔等心存忠孝，爱兵恤民。要度德量力而识时务，如遇真君主，宜速归附。'"

"佛陀说：'色即是空，空即是色。'一切有形世界，都是因起，也终会缘灭。吴越国也是有形世界，因起时来，缘灭时去。当今天下形势，宋朝必会统一吴越国。大王您要学会平和淡定，笑看人生风云，静待悲欢离合。大王要做好自己，种善因，结善缘。其他的一切，都不是大王所能决定的，要交给老天。"

钱俶明白，延寿在劝谕自己：到了纳土归宋的时候了。

在位三十年的吴越国第五任国君钱俶面临生与死的抉择：降宋，还是抗宋？钱俶决定听从延寿劝告，以和平方式将吴越国土并入宋朝，为历史留下一段佳话。

钱俶的选择无疑是明智的，吴越国根本没有与宋朝抗衡的本钱。钱俶离开延寿后，向众臣静静说："在这个天崩地裂的大乱世，吴越国高祖打下了这片基业，实属不易。但今非昔比，宋朝气势如虹，要以武力灭吴越国，应该易如反掌。《钱氏家训》是吴越国太祖留给子孙的精神遗产，非常珍贵。我审时度势，决心遵循《钱氏家训》所说，以天下苍生安危为念，纳土归宋。"

978 年春节，钱俶祭拜吴越国太祖钱镠陵庙，失声痛哭道："两年多前，宋朝矛头直逼江南，子孙不是不懂'唇亡齿寒'道理，实是觉得大势已去，只好苟且偷安，拒绝李煜的求援，拒绝出兵助宋。现如今，子孙要把吴越土地拱手相让。子孙不孝啊，既不能守祭祀，又不能死社稷。"钱俶悲伤欲绝，几乎不能站立。

978 年四月，泉州清源军节度使陈洪进闻听吴越国即将投降，便率先纳土降宋，献出泉州、漳州二州和所辖一十四县。宋朝正式统一闽南。

泉州清源军是位于闽南的割立政权，延续三十三年。其统治者留从效、陈洪进并未建国称帝，所以《新五代史》并未将其纳入十国。

陈洪进到了开封，入觐宋太宗。赵光义赐钱千万、白银万两、绢万匹，并授陈洪进为徐州感化军节度使、同平章事。

978 年五月，吴越国王钱俶闻听陈洪进纳土，心中恐慌，立刻上表乞罢所封吴越国王，情愿解甲归田，终享天年。钱俶表道——

臣钱俶庆遇承平之运，远修肆觐之仪，愿以所管十三州、八十六县、五十五万六百八十户、十一万五千一十六卒，悉数献给宋朝，谨再拜上言。

表既上，宋太宗赵光义当然收纳，封钱俶为淮海国王。

赵光义命范质长子范旻权知两浙诸州军事，所有钱氏亲属及境内旧吏，统遣至开封，共载舟一千零四十四艘。

《新五代史》所称十国中的第四个割据政权：吴越国，到此灭亡。

吴越国，历三代五王，国祚五十五年，是五代十国时期存世时间最长的王国。吴越国也是五代十国的一股清流，从建立起，它就尊五代和宋朝等所有中原王朝为正朔，并接受其册封。吴越国是乱世中少有的太平地，造就了杭州的繁华。

后人苏轼游杭州九仙山，闻听一百年前吴越国"陌上花开，可缓缓归矣"的典故，心中充满感叹，即兴创作了七言绝句组诗《陌上花三首》——

陌上花开蝴蝶飞，江山犹是昔人非。遗民几度垂垂老，游女长歌缓缓归。
陌上山花无数开，路人争看翠辇来。若为留得堂堂去，且更从教缓缓回。
生前富贵草头露，身后风流陌上花。已作迟迟君去鲁，犹教缓缓妾还家。

第一首对《陌上花》事作了概括的叙述；第二首写吴越国王妃孙氏春

归临安情景；第三首慨叹吴越国王钱俶的去国降宋。三首诗委婉曲折地咏叹了吴越国的兴亡，并感慨人世间荣华富贵皆如那草头露、陌上花，转眼即消逝。

4

绿酒一杯歌一遍，再拜陈三愿：
一愿郎君千岁，二愿妾身常健。
三愿如同梁上燕，岁岁长相见。

宋朝都城开封，气派的集英殿里，举行宴会，歌女们唱起了南唐诗人冯延巳的《长命女·春日宴》。

宋太宗赵光义、陇西郡公李煜、小周后就在宴席中。酒过三巡后，赵光义独牵小周后进入密室。赵光义深情地说："你美丽端静，听朕的话，可封你为郑国夫人。"

小周后答："陛下，在历史的长河中，有许多女性留下了艳丽的身影。她们有的温婉贤淑，有的心狠手辣，还有的深明大义。我不幸嫁给了李煜，但我只想做一朵纯洁的荷花。"

赵光义怅然若失。他突然想起希夷先生陈抟的教诲，便与小周后走出室外。赵光义望去，角落中的李煜黯然神伤。

春花秋月何时了？往事知多少。
小楼昨夜又东风，故国不堪回首月明中。

雕栏玉砌应犹在，只是朱颜改。
问君能有几多愁？恰似一江春水向东流。

978 年七夕，李煜生日。李煜在开封寓所中不停咏唱新作《虞美人·春花秋月何时了》，声闻于室外。

赵光义闻之大怒，立赐鸩酒，将他毒死。李煜终年四十二岁。宋朝廷追赠其为吴王，葬于洛阳北邙山。

李煜继位后，南唐国偏安十五年。李煜的词，继承了晚唐以来韦庄等花间派词人的传统，又受李璟、冯延巳等人的影响，语言明快、形象生动、用情真挚、风格鲜明，其亡国后词作更是题材广阔，含意深沉，别树一帜。尤其《虞美人·春花秋月何时了》，是李煜用生命来书写的千古绝唱。

南唐亡臣指责小周后红颜祸国，小周后以诗人罗隐《西施》诗作答——

家国兴亡自有时，吴人何苦怨西施。
西施若解倾吴国，越国亡来又是谁？

国之兴亡，绝不是一个帝王身边的女人可以决定。小周后郁郁寡欢，反复唱着李煜为她写的词《喜迁莺·晓月坠》——

晓月坠，宿云微，无语枕频欹。
梦回芳草思依依，天远雁声稀。
啼莺散，馀花乱，寂寞画堂深院。
片红休埽尽从伊，留待舞人归。

小周后不久亦与世长辞。

赵普又回到了开封，赵光义授他司徒、侍中。

赵光义与赵普闲聊。赵光义问："唐朝与宋朝之间，经历五个短暂的朝代。在这样一个暴君迭出、酷吏丛生、刑法严峻、饿殍遍野的年代里，蹦出了许多无耻恶人：大流氓朱温、乱世魔王秦宗权、盗墓贼温韬、豺狼张彦泽、阴险亲信秘琼、阴险小人朱守殷、背主求荣康义诚、眼中钉赵在礼、过街老鼠杜重威，欲想做官必先自宫的刘铢等等，赵卿你认为怎样才能减少恶人呢？”

赵普数了数，赵光义一共说了十大恶人。其实，五代乱世的恶人何止一百、一千、一万呢？

赵普回答道："乱世既出英雄又出恶人，对待恶人，杀也杀不尽，要靠儒家经典的教化，让世人尊师重道、修身齐家、治国平天下。'己所不欲，勿施于人'，'穷则独善其身'，'言而有信'，这些《论语》的教条，人人遵循，则社会必将充满仁和爱。"

赵光义说："一百年前，黄巢军中盛传'杀儒者不祥'，果不其然，当天下都靠拳头说话时，世间祸乱不止。'一阴一阳之谓道。'五代重拳头轻教化，阴阳不谐。现在整整一百年过去了，我们要重文，要多读一些孔孟之书。有人说你只读一部《论语》，这是真的吗？"

赵普老老实实地回答："'见贤思齐焉，见不贤而内自省也。''工欲善其事，必先利其器。''君子和而不同，小人同而不和。'这些《论语》中的名言，时刻激励着臣。臣所知道的，确实不超出《论语》这部书。过去臣以半部《论语》辅助太祖平定天下，现在臣用半部《论语》辅助陛下，便天下太平啦。"

赵光义嗜好读书，这些《论语》中的名言非常耳熟，但他百听不厌。赵光义情不自禁地说起《论语》名言来："'其身正，不令而行；其身不正，虽令不从。''德不孤，必有邻。'"赵光义意味深长地说道："朕明白了，朕有很多地方做得不对。"赵光义想起了李煜、小周后。他此刻觉得自己当时酒后失态，忘记了《论语》的教诲，不该做出过分的动作。

《道德经》说："名与身孰亲？身与货孰多？得与亡孰病？甚爱必大费；多藏必厚亡。故知足不辱，知止不殆，可以长久。"978年秋天，常读《道德经》的金吾卫上将军王彦超，怀着"知止"之心，上表请求致仕。赵光义准其以太子太师之职致仕。

王彦超告诫他的儿子们："唐朝灭亡后、宋朝建立前，经历了五个短命朝代，周边散落着众多王国。在这个将星熠熠的年代里，他们往往没有好下场，他们的子孙也很惨。我王彦超征战几十年，多次担任统帅，杀了许多人，能得善终已属万幸，但一定没有阴德泽及后代。你们要勉力行善，以求自保。"

5

978年冬天，开封大雪飘飘。

崇政殿内，宋太宗赵光义与群臣商议征伐北汉国。

赵光义向众臣说："《论语》中说：'人无远虑，必有近忧。'如果不把北汉灭亡，他们势必与辽国勾结，祸害中原百姓。当前，北汉土瘠民贫，内供军国，外奉辽国，赋繁役重，民不聊生。朕想趁机北伐，众卿以为如何呢？"

众臣激奋，纷纷言战。许州忠武军节度使曹彬应召来到了开封城，赵光义加授他为同平章事，曹彬终于成为使相。

赵光义问曹彬："朕打算亲征北汉，曹卿认为怎样？"

曹彬答："以大宋精兵，剪除北汉这个孤垒，简直就是摧枯拉朽，为什么不可以呢？"

曹彬为人，仁敬和厚，在朝廷从未违旨，也从未谈论别人的过失。讨伐后蜀、南唐，曹彬个人丝毫没有所取。曹彬功勋卓著，但为人谦逊，如果在路上遇到士大夫，一定引车回避。每次与手下官吏谈政事，一定先整冠才接见。曹彬的俸禄，大都分给宗族，没有积余。

赵光义高兴说："曹卿的话，有分量呀！不只因为你的贡献，还因为你的人品。朕听说，你在徐州做节度使时，有个属吏犯罪，已经结案，一年以后才杖打他，为什么呢？"

曹彬答："臣听说这个人刚娶了媳妇，如果杖打他，他的父母必定认为是媳妇克夫，而朝夕鞭打辱骂她，使她不能活下去。所以臣迟缓处罚，然而也没有枉法。"

"你真是厚道之人呢!"

979年正月,宋太宗赵光义亲征北汉国,曹彬随征。

枢密使楚昭辅随军出征。楚昭辅听信瞎子刘悟所言,跟随赵匡胤。他为人谨慎、耿介、正直,在枢密院任职不徇私情,众人都无法从他这里谋求好处。楚昭辅喜好收藏,家有韩滉《五牛图》以及王维的山水画。

车辚辚,马萧萧,十万宋朝大军向太原进发。

北路招讨使潘美主攻太原,太原石岭关都部署郭进,负责阻截辽国援兵。

北汉国穷,且比吴越国还小,之所以敢于抗宋,是因为有彪悍的辽军做靠山。

北汉末代皇帝刘继元闻听宋师大举进攻,急忙遣使向辽国求救。

辽国宰相耶律沙领兵前来,到了石岭关,遥见宋军阻在前面,约有一万兵马。耶律沙根本就不当回事,未曾想郭进率领宋军猛地杀过来,吓得辽兵手忙脚乱,胆落魂销。宋军争杀辽兵,耶律沙如何抵挡得了,只好策马返奔。这些辽兵只恨脚短、逃跑不快,宋军也毫不留情,追上一个杀一个。耶律沙率兵退去,两下罢战。

郭进驰书奏捷,赵光义大喜。

北路招讨使潘美率领宋军,屡败北汉兵,直抵太原城下,筑起长围,四面合攻。太原城中专望辽援,日久不至。北汉末代皇帝刘继元大惧,寝食不安。

赵光义驰至,亲督大军,猛力攻扑。楚昭辅等左右侍从劝谏赵光义远离矢石,赵光义说:"将士效命于锋镝之下,朕岂忍坐观!"宋军将士闻听后,士气更加振奋,争先冒死攻城。宋军马军都头辅超大呼道:"偌大城池,有这般难攻吗?如有壮士,快随我来,好登城立功!"言毕,有十数人踊跃而出,随着辅超,驾梯而上。北汉军长枪手攒刺辅超,辅超用刀格斗,被戳伤了好几处,不得已退归城下。辅超解甲察看,身受十三创,血肉模糊。赵光义嘉奖辅超英勇，面赐锦袍银带，并令后营休息。辅超尚不肯歇，自言翌日凌晨定要入城，虽死无恨。到了次日清晨，辅超果然一马跃出，复去登城。云梯还未架就，辅超身上已中了八矢。辅超左手执盾，右手执刀，欲冒死直上，幸由赵光义闻悉，传令辅超回营，才得不死。

赵光义下令射书太原城中，招降北汉将士。北汉国宣徽使范超逾城出降，宋军疑是奸细，不待细问，竟将他一刀两段。北汉末代皇帝刘继元闻范超降宋，也将范超妻小一一杀死，投首城下。赵光义闻范超枉死，又得他妻小首级，不禁悲悼，令将士置棺殓葬，亲往祭祀。太原城内守将瞧着，不由感动起来。指挥使郭万超潜行出城，投奔宋营，赵光义格外优待。刘继元帐下众多将士，多半出降。

赵光义诏谕刘继元："南方数个王国，献地归朝，或授以大藩，或列于上将，臣僚子弟，皆享官封。你刘继元速降，必保富贵。安危两途，由你自选！"

刘继元接到诏书，沉吟半晌，喃喃说道："宋天子优礼，谨当遵旨！"

979年五月初六日，北汉末代皇帝刘继元率官属出城，缟衣纱帽，待罪台下。

赵光义传旨特赦，封刘继元为检校太师、右卫上将军、徐州郡公。刘继元乐不思蜀，悠游岁月，得以寿终。

《新五代史》所称十国中的第十个割据政权：北汉国，到此结束。

北汉国依附辽国，共历四帝，享国二十八年。北汉国是由沙陀人刘旻建立的王国，随着北汉国的灭亡，昙花一现的沙陀族似乎在历史上消失了，再无出现过。北汉地瘠民贫、国小财乏，战事频繁，兵役繁重，官吏强征十七岁以上男子为兵，又滥征赋税以输辽贡。百姓不堪重负，被迫逃亡。北汉十二州在盛唐时有二十七万九千一百户，到北汉灭亡时在籍仅三万五千二百户，仅为盛唐时的八分之一。

《新五代史》所称的十国，至此全部灭亡。"礼、义、廉、耻，国之四维。四维不张，国乃灭亡。"除了北汉国外，前蜀、南汉、南吴、吴越、南平、南楚、闽、后蜀、南唐等九国尽在南方。观十国,各自割据一方,单打独斗,力求自保,这无异于坐以待毙。

唐朝、后唐、后晋、后汉四个朝代以及北汉国,皆发迹于太原,后蜀国皇帝孟知祥也曾担任过太原留守。宋太宗赵光义认为太原是帝王龙兴之地,又觉得太原地形险要,城高池深,百姓劲悍,易守难攻,便以开封、太原星宿不合为由,下诏毁掉太原城:先迁城中士绅到开封,又火烧城市,并发五万人削平太原系舟山头,还决汾水、晋水冲灌太原废墟。在五代十国混战中扮演重要角色的太原城,被彻底摧毁。

宋朝大军班师回归。途中,宋太宗赵光义骑马冲上一处高坡,向北望去,心中无限慨叹:"幽云十六州,何时收回?"

后语

剧怜五季干戈，忧怀欲写。

茫茫百感，问英雄今安在哉！

五代十国远去一千余年了，一个个鲜活的人物留在历史长空中——

击球赌三川的唐僖宗；杀人恶魔黄巢、秦宗权；托付幼子的唐昭宗；乱世枭雄朱温、杨行密、王建、刘隐；本色男儿李克用；封妻子为皇后的岐王李茂贞；推波助澜的宦官田令孜、杨复恭、刘季述；铮铮铁骨孙揆；主和的郑畋与主战的卢携；未得善终的围剿黄巢名将王铎、高骈、刘巨容；气势不凡的李让三家奴；乱世"乞丐"李罕之；乱世"海龟"张全义；被孽子夺位的刘仁恭；抢"小妈"的刘守光；"十三太保"李存孝；"人死留名"的王彦章；喜欢天上黄鹰、地上黄金的秦裴；恶女婿朱瑾；四姓叛将刘知俊；分身将葛从周；缘系两场酒的王师范；看着"慈亲倚门望"死去的訾信；管制豺虎之人的张氏；红颜祸水蓝田刘氏。

三矢开疆业的李存勖；大智大勇的李嗣源、钱镠；木匠出身的马殷；"得灯便倒"的孟知祥；风雨飘摇的王镕；架空三代国主的徐温；足智多谋的周庠；两赴鸿门宴的李严；与物无竞的王正言；不用寸功、日享千钟的李德诚；遵循礼法的刘温叟；装睡不醒的房暠；"金枪老祖"夏鲁奇；念念不忘唐朝的宦官张承业；刮骨疗毒的苌从简；君子典范赵光逢；"入万死"的符存审；望尘就知敌数的周德威；一步百计的刘郇；刀尖上跳舞的朱弘昭；阴险小人朱守殷；盗墓贼温韬；背主求荣的康义诚；"杨家将"师祖杨师厚；两次自杀不成的华温琪；逃不出奄宦魔爪的郭崇韬；写下血腥爱情故事的郭廷诲；擅权致死的安重诲；纳帝偏妃的元行钦；"地仙"张筠；改一字而救千人的张居翰；"尽是一场傀儡"的王衍；智慧德行皆优的云州刘氏；取出免死铁券的张氏；无情无义的魏州刘氏；五代第一美女花见羞。

"儿皇帝"石敬瑭；无家可归的孤儿李昪；被骂为高赖子的南平国君；"骑马来，骑马去"的闽国国君；豺狼张彦泽；被老鼠救命的柴再用；大雪中瑟瑟发抖的韩昭胤、李专美；"不开口不开印也不开门"的宰相马胤孙；一路叛逃的卢文进；眼中钉赵在礼；"积钱三十万于此，不知何人取之"的刘延朗；夸口"十万横磨剑"的景延广；错杀歌妓的马全节；被骂千年的赵延寿；"死节将军"皇甫遇；"探囊取物"韩熙载；变家为国的耶律阿保机；制为帝耙的耶律德光；纳四十三岁汉族宫女为皇后的耶律阮；"断腕太后"述律平。

编入《白兔记》的刘知远；"无奈天子"刘旻；赌红眼的皇甫晖；侍奉十三位帝王的侯益；文采飞扬的罗隐、韦庄、牛希济；"众驹争槽"的南楚国君；"近代贵盛，鲜有其比"的宋偓；性滑稽、有先见的李涛；乐善好施的查文徽；五色笔和凝；沾上血腥财富"魔咒"的董温琪、秘琼、范延光、杨光远、李守贞；过街老鼠杜重威；倡导"胡汉分治"的韩延徽；"初生牛犊不怕虎"的刘承祐；蜕变成"凤凰"的传奇女子柴氏、甄氏、刘家李氏、宋氏；与三位皇帝"结缘"的太原李氏。

　　"雀衔谷"郭威；打算用三十年开创太平盛世的柴荣；等待"瓮里飞出雁"的冯晖；"独眠孤馆"的陶谷；两位女婿担任两朝皇帝的符彦卿；官场不倒翁冯道；尝尽悲欢荣辱的宰相李昊；唱歌的权臣王峻；自隐才能的向训；装疯避祸杨凝式；"五子登科"窦仪；历经七朝药元福；是非缠扰王全斌；"项羽第二"李筠；常年被甲枕戈入睡的刘词；懂得"知止"的王彦超；造寺七十座的宋彦筠；互相联手又互相残杀的朗州"十兄弟"；创立水长城的"报仇张孝子"；本国跟敌国都追封为王爵的刘仁赡；写出《平边策》的王朴；写下《诫儿侄八百字》的范质；半部《论语》治天下的赵普；轻信与犹豫的李重进；第一良将曹彬；羞于碌碌无为的潘美；建功大宋的"少时三伙伴""义社十兄弟"；传奇道人陈抟；第一座长江大桥的发明者樊若水；并不想做帝王的李璟、李煜；"何苦怨西施"的大周后、小周后；美貌与才华的花蕊夫人；"睡王"耶律璟；欲想做官必先自宫的刘鋹；发明春联的孟昶；纳土归宋的钱俶；"烛影斧声"赵光义；抱着马脖往前冲的赵匡胤。

　　俱往矣！形形色色的历史人物登上了五代十国大舞台，演绎着崇高与卑鄙，收获着光荣与屈辱。在这个超级大乱世，他们在冰封雪冻中求温暖，在枪林箭雨中求生存。他们哪一个人不是刀头舐血、绝地求生？孔子说："时也，命也！"五代十国乱世是"时"，他们留在历史长空中的痕迹则是"命"。

　　唐朝，大部分是乱世，重武，国家不停征战；宋朝，大部分是治世，重文，仗也有但很少。唐朝时，"南方地恶""江南瘴疠地"；宋朝时，"苏湖熟，天下足"，"天上天堂，地下苏杭"。唐朝时，佃农、奴婢是奴，他们没有翻身的一天；宋朝时，佃农、奴婢是人，他们可以通过自己的努力成为地主、商人、将军、官吏。唐朝时，文盲多，没有多少读书人；宋朝时，读书更容易，文盲相对少。唐朝与宋朝，是两个特色鲜明的朝代。而连接唐朝与宋朝的，则是五代十国；造成唐朝与宋朝差别的，也是五代十国。

五代十国不只是战和乱，更有变和通。观整个宋朝，整肃后宫，没有后妃祸；抑制宦官，没有奄人祸；睦好族人，没有宗室祸；防范皇亲，没有外戚祸；罢典禁兵，没有强藩祸。这五种优点的取得，正是因为借鉴了五代十国的教训。所谓不破不立，在这场旷世少有的大纷乱之后，迎来的是宋朝的辉煌。赵匡胤、赵光义这两位开国皇帝，从五代十国乱世中，挖掘出治世的"黄金"来。

　　五代十国是一个奇峰叠起的时代，更是一段扑朔迷离的传奇。《周易》说："无平不陂，无往不复，艰贞无咎。"五代十国如同这个"陂"，宋朝兴盛如同这个"复"，"艰贞无咎"则是五代十国留给后人的警示。一千余年已经流逝，希望今人对五代十国历史不只是感叹和猎奇，而是咀嚼和反刍。乱世中有宝藏可挖，这宝藏就是乱世中的智慧、黑暗中的摸索、屈辱后的反思。

　　挖取乱世中的宝藏，不正是这部小说撰写的出发点和落脚点吗？